DICIONÁRIO do LATIM ESSENCIAL

Antônio Martinez de Rezende | Sandra Braga Bianchet

DICIONÁRIO do LATIM ESSENCIAL

2ª edição revista e ampliada
5ª reimpressão

autêntica C|L|Á|S|S|I|C|A

Copyright © 2014 Antônio Martinez Rezende e Sandra Braga Bianchet
Copyright desta edição © 2014 Autêntica Editora

Primeira edição publicada pela Crisálida em 2005.

Todos os direitos reservados pela Autêntica Editora Ltda. Nenhuma parte desta publicação poderá ser reproduzida, seja por meios mecânicos, eletrônicos, seja via cópia xerográfica, sem a autorização prévia da Editora.

COORDENADOR DA COLEÇÃO CLÁSSICA,
EDIÇÃO E PREPARAÇÃO
Oséias Silas Ferraz

REVISÃO
Antônio Martinez de Rezende
Sandra Braga Bianchet
Oséias Silas Ferraz

CAPA
Diogo Droschi

DIAGRAMAÇÃO
Conrado Esteves
Oséias Silas Ferraz

Dados Internacionais de Catalogação na Publicação (CIP)
(Câmara Brasileira do Livro, SP, Brasil)

Rezende, Antônio Martinez de
 Dicionário do latim essencial / Antônio Martinez de Rezende, Sandra Braga Bianchet. -- 2. ed. rev. ampl.; 5 reimp. -- Belo Horizonte: Autêntica, 2023. -- (Coleção Clássica)

 Bibliografia
 ISBN 978-85-8217-320-6

 1. Latim - Dicionários - Português 2. Latim jurídico I. Bianchet, Sandra Braga. II. Título. III. Série.

13-09938   CDD-475.03

Índices para catálogo sistemático:
 1. Latim-português : Dicionários   475.03

Belo Horizonte
Rua Carlos Turner, 420
Silveira . 31140-520
Belo Horizonte . MG
Tel.: (55 31) 3465 4500

São Paulo
Av. Paulista, 2.073, Conjunto Nacional
Horsa I . Sala 309 . Bela Vista
01311-940 . São Paulo . SP
Tel.: (55 11) 3034 4468

www.grupoautentica.com.br
SAC: atendimentoleitor@grupoautentica.com.br

Para o meu filho Rafael, que me ensina a traduzir dos sentidos os sentimentos, muito além de todas as palavras de todas as línguas.
Antônio

Para Leo, Sisi, Lulu, Bia e Marcelo, eternos amores.
Para meu pai e minha mãe, eternos amigos.
Sandra

A Coleção Clássica

A Coleção Clássica tem como objetivo publicar textos de literatura – em prosa e verso – e ensaios que, pela qualidade da escrita, aliada à importância do conteúdo, tornaram-se referência para determinado tema ou época. Assim, o conhecimento desses textos é considerado essencial para a compreensão de um momento da história e, ao mesmo tempo, a leitura é garantia de prazer. O leitor fica em dúvida se lê (ou relê) o livro porque precisa ou se precisa porque ele é prazeroso. Ou seja, o texto tornou-se "clássico".

Vários textos "clássicos" são conhecidos como uma referência, mas o acesso a eles nem sempre é fácil, pois muitos estão com suas edições esgotadas ou são inéditos no Brasil. Alguns desses textos comporão esta coleção da Autêntica Editora: livros gregos e latinos, mas também textos escritos em português, castelhano, francês, alemão, inglês e outros idiomas.

As novas traduções da Coleção Clássica – assim como introduções, notas e comentários – são encomendadas a especialistas no autor ou no tema do livro. Algumas traduções antigas, de qualidade notável, serão reeditadas, com aparato crítico atual. No caso de traduções em verso, a maior parte dos textos será publicada em versão bilíngue, o original espelhado com a tradução.

Não se trata de edições "acadêmicas", embora vários de nossos colaboradores sejam professores universitários. Os livros são destinados aos leitores atentos – aqueles que sabem que a fruição de um texto demanda prazeroso esforço –, que desejam ou precisam de um texto clássico em edição acessível, bem cuidada, confiável.

Nosso propósito é publicar livros dedicados ao "desocupado leitor". Não aquele que nada faz (esse nada realiza), mas ao que, em meio a mil projetos de vida, sente a necessidade de buscar o ócio produtivo ou a produção ociosa que é a leitura, o diálogo infinito.

Oséias Silas Ferraz [coordenador da coleção]

11   Introdução

21   Dicionário do latim essencial

459 Apêndice

463 Verbos

509 Os autores

Introdução

Assim como a arte dos mosaicos, habilidade que os romanos elevaram ao grau supremo de sofisticação, a composição do texto literário latino se revela um intrincado complexo e refinado arranjo de elementos e de formas. A compreensão do texto passa, necessariamente, também pelo domínio das possibilidades de organização dos elementos, a que poderemos chamar simplesmente de palavras, veiculados num amplo espectro de formas.

O dicionário latino como ferramenta especializada, auxiliar no acesso ao texto, exige daquele que o consulta domínio prévio dos sistemas, processos e conjuntos das formas sob as quais as palavras podem-se apresentar. Por outro lado, isso impõe aos que elaboram um dicionário o estabelecimento de convenções que, explicitadas e entendidas, podem minimizar as dificuldades de utilização.

Analisemos a seguinte situação:

Dada a frase – VETERIORES DISCIPVLI DE ROMANORVM IMPERATORVM AVCTORITATE SCRIPSERVNT (os alunos mais velhos escreveram sobre a autoridade dos generais romanos) – como chegar ao enunciado de cada uma das palavras, que assim se registra no dicionário?

auctorĭtas, auctoritatis, (f.).	*romanus,-a,*-um.
de. prep./abl.	*scribo,-is,-ĕre*, scripsi, scriptum.
discipŭlus,-i, (m.).	*uetus, uetĕris*.
imperator, imperatoris, (m.).	

Como se vê, um longo, às vezes tortuoso, percurso se faz entre o texto e o dicionário, a começar pelo próprio alfabeto.

Os latinos não conheciam os grafemas **j** e **v**, por isso usavam em todas as circunstâncias **i** e **u**. É preciso observar, no entanto, que as maiúsculas de **i** e **u** eram, respectivamente, **I** e **V**.

Os quadros que se seguem poderão servir de roteiro para localização dos nomes (adjetivos e substantivos) e verbos, já que perfazem a maioria dos verbetes e neles se concentra a maior complexidade de formas.

Nomes substantivos e adjetivos

Temas	Tema em A		Tema em O				Tema em V			
Número	Singular	Plural	Singular		Plural		Singular		Plural	
Gênero	M./F.	M./F.	M./F.	N.	M./F.	N.	M./F.	N.	M./F.	N.
Nom.	-a	-ae	-us, -er, -ir		-i	-a	-us	-u	-us	-ŭa
Voc.			-us, -e-er, -ir							
Acus.	-am	-as	-um		-os		-um			
Gen.	-ae	-arum	-i		-orum		-us		-ŭum	
Abl.	-a	-is	-o		-is		-u		-ĭbus	
Dat.	-ae						-ui	-u		

Temas	Tema em E		Temas em I/Consoante			
Número	Singular	Plural	Singular		Plural	
Gênero	Masc./Fem.	Masc./Fem.	Masc./Fem.	N.	Masc./Fem.	N.
Nominativo	-es	-es	?		-es	-(ĭ)a
Vocativo						
Acusativo	-em	-es	-em	?		
Genitivo	-ei	-erum	-is		-(ĭ)um	
Ablativo	-e	-ebus	-e, -i		-ĭbus	
Dativo	-ei		-i			

O tratamento dos nomes

a) substantivos

No quadro anterior os substantivos distribuem-se por 5 grupos, a que chamamos temas. Cada grupo temático se especifica em dois números (singular e plural), até três gêneros (masculino, feminino e neutro) e seis casos (nominativo, vocativo, acusativo, genitivo, dativo e ablativo).

Como estabelecer os agrupamentos temáticos?

No dicionário, os substantivos estão enunciados em nominativo e genitivo, já que do confronto destes dois casos é possível determinar o grupo temático, tal como se observa:

Nominativo		Genitivo		Grupo temático
Luna	-a	lunae	-ae	A
lupus ager uir templum	-us -er -ir -um	lupi agri uiri templi	-i	O
aspectus genu	-us -u	aspectus genus	-us	U
Materĭes	-es	materĭei	-ei	E
auctorĭtas ciuis iter lumen lux ordo	?	auctoritatis ciuis itinĕris lumĭnis lucis ordĭnis	-is	i/consoante

A determinação do grupo temático deve ser a primeira preocupação daquele que busca uma palavra no dicionário, por exemplo:

1) *uetus* termina exatamente como *discipŭlus* em nominativo singular, mas o genitivo singular *uetĕris* vai situar esta palavra no tema em i/consoante; a oposição *discipŭlus* X *discipŭli* mostrará que esta é uma palavra de tema em O.

2) *romanorum* e *imperatorum* poderiam parecer do mesmo grupo, já que ambas terminam em *-orum*, no entanto, a análise criteriosa evidenciará que *imperatorum* é um genitivo plural (*imperator-um*) do grupo

i/consoante, se considerarmos que sua enunciação é *imperator, imperatoris. Romanorum*, embora esteja também no caso genitivo plural (*roman-orum*) pertence ao tema em O, pois faz nominativo singular *romanus* e genitivo singular *romani*.

O exame atento do quadro mostra que há numerosas coincidências de forma, no entanto, referem-se a grupos temáticos diferentes ou remetem a casos morfossintáticos diferentes.

A oposição nominativo X genitivo no grupo i/consoante é a mais complexa, a começar pelo fato de que estão reunidas em um só conjunto palavras de tema em I e palavras de tema em consoante. Além disso, há no grupo palavras cujo nominativo singular é exatamente idêntico ao genitivo singular, como em *ciuis, ciuis*, outras completamente diferentes, como *iter, itinĕris*. Esta é a razão de havermos colocado um ponto de interrogação em lugar de formas do nominativo singular no quadro acima. Adotamos, no entanto, a seguinte convenção como estratégia de identificação das palavras que apresentam mais acentuadas diferenças formais:

O GENITIVO SINGULAR, EM SUA FORMA PLENA, ESTÁ REGISTRADO NO DICIONÁRIO COM REMISSÃO AO NOMINATIVO.

Exemplos:

1) no texto aparece *operĭbus* (dativo ou ablativo plural: *oper-ĭbus*) – deve-se substituir *-ĭbus* por *-is* (desinência do genitivo singular *opĕr-is*) e recorrer ao dicionário, que registrará: *opĕris*, ver *opus*.

2) *Crudelitatem* – acusativo singular (*crudelitat-em*): formar *crudelitatis* (*crudelitat-is*); no dicionário se verificará: *crudelitatis*, ver *crudelĭtas*.

b) adjetivos

Podem ser divididos em dois grandes blocos:

I – adjetivos dos temas em o/a:

São enunciados em nominativo singular, com as terminações *-us* ou *-er* (para masculino, seguem os nomes de tema em o); *-a* (para feminino, seguem os nomes de tema em a); *-um* (para o neutro, seguem os nomes de tema em o): *altus,-a,-um; intĕger,-gra,-grum*.

II – adjetivos dos temas em i/consoante:

1. são enunciados em nominativo singular, com as terminações *-er* (para o masculino), *-is* (para o feminino), *-e* (para o neutro): *celĕber, celĕbris, celĕbre; celer, celĕris, celĕre*.

2. são enunciados em nominativo singular, com as terminações *-is* (para masculino e feminino), *-e* (para neutro): *caelestis, caeleste; facĭlis, facĭle*.

3. são enunciados em nominativo, extensivo aos três gêneros, e genitivo singular, como se fossem substantivos: *capax, capacis; felix, felicis; prudens, prudentis*.

O tratamento dos verbos

O sistema verbal latino é resultado de um dos mais finamente elaborados processos de formação de palavras, em que estão conjugados, em três segmentos, de maneira harmônica, valores semânticos e elementos formais. A complexidade desse sistema pode ser exemplificada através das formas *scripsěrant*, (mais-que-perfeito do indicativo, terceira pessoa do plural, voz ativa) e *legěrer* (imperfeito subjuntivo passivo, primeira pessoa do singular) em que podemos destacar a combinação dos elementos gramaticais, a saber:

a) *scrips-* é o chamado tema de *perfectum*, que veicula o sentido básico do processo, acrescido da informação de que se trata de um fato já **concluído**.
b) *-ěra-* é o sufixo modo-temporal que indica um evento real (modo indicativo) ocorrido num passado remoto (mais que perfeito).
c) *-nt* é a desinência número-pessoal, que remete à "pessoa" do sujeito gramatical (terceira), identificando neste o número (plural) e, secundariamente, a voz (ativa).
d) *Leg-* é o chamado tema de *infectum*, que veicula o sentido básico do processo, acrescido da informação de que se trata de um fato **não concluído**.
e) *-(ě)re-* é o sufixo modo-temporal que indica um evento não real (que o situa no plano do possível, do provável, do hipotético, do desejado), numa perspectiva de passado (imperfeito do subjuntivo).
f) *-r* é a desinência número-pessoal de primeira pessoa do singular da voz passiva.

Como se pode observar dos quadros abaixo, dois dos três elementos da composição de uma forma verbal finita estão aí listados: os **sufixos modo-temporais** e as **desinências número-pessoais**, o que significa dizer que a busca no dicionário deve ser posterior à identificação da forma no texto.

Observação:

Os encontros entre temas, sufixos e desinências podem demandar, no subsistema do *infectum*, vogais ou de ligação ou eufônicas. Geralmente essas vogais se apresentam sob a forma de -ĭ-, -ě- e ŭ.

Exemplos:

1) *legĭmus* = tema de *infectum* leg- + vogal de ligação -ĭ- + desinência de pessoa -mus.
2) *tribuĭtis* = tema de *infectum* tribu- + vogal eufônica -ĭ- + desinência de pessoa -tis.
3) *dicěris* = tema de *infectum* dic- + vogal de ligação -ě-* + desinência de pessoa -ris.

   * todo -ĭ- antes de -r- passa a -ě-.

Quando dos sufixos modo-temporais

Subsistema do INFECTVM					
Tempos	Modos	1ª Conj.	2ª Conj.	3ª Conj.	4ª Conj.
PRESENTE	Indicativo	ZERO			
	Subjuntivo	-E-		-A-	
IMPERFEITO	Indicativo	-BA-		-EBA-	
	Subjuntivo	-RE-		-(E)RE	
FUTURO DO PRESENTE	Indicativo	-BO- / -BĬ- / -BV-[1]		-A- / -E- [2]	

[1] **-BO-** emprega-se para a primeira pessoa do singular,
 -BV- para a terceira pessoa do plural,
 -BĬ- para as demais pessoas

[2] **-A-** emprega-se para a primeira pessoa do singular;
 -E- para as demais pessoas

Subsistema do PERFECTVM		
Tempos		Todas as Conjugações
PRETÉRITO PERFEITO	Indicativo	ZERO
	Subjuntivo	-ĔRI-
PRETÉRITO MAIS-QUE-PERFEITO	Indicativo	-ĔRA-
	Subjuntivo	-ISSE-
FUTURO PERFEITO	Indicativo	-ĔRO / -ĔRI- [3]

[3] **-ĔRO** emprega-se para a primeira pessoa do singular, **-ĔRI-** para as demais pessoas.

Sistema verbal – desinências número-pessoais

Vozes	VOZ ATIVA		VOZ PASSIVA
Pessoas	Todos os tempos	Só Pretérito Perfeito	Sistema do Infectum
EGO	-O / -M	-I	-R
TV	-S	-ISTI	-RIS / -RE
	-T	-IT	-TVR
NOS	-MVS	-ĬMVS	-MVR
VOS	-TIS	-ISTIS-	-MĬNI
	-NT	ERVNT /-ERE	-NTVR

O verbo é registrado no dicionário através das seguintes formas:

a) primeira pessoa do singular do presente do indicativo: *laudo, augĕo, audĭo, ago*;

b) segunda pessoa do singular do presente do indicativo: *-as*(laud*as*), *-es*(aug*es*), *-is*(aud*is*), *-is*(ag*is*);

c) infinitivo presente: *-are*(laud*are*), *-ere*(aug*ere*), *-ire*(audire), *-ĕre*(ag*ĕre*);

d) primeira pessoa do singular do pretérito perfeito*: *-aui*(laud*aui*), *auxi*, *-iui*(aud*iui*), *egi*.

e) Supino*: *-atum*(laud*atum*), *auctum*, *-itum*(aud*itum*), *actum*.

* Às vezes a forma plena, às vezes somente a terminação.

A enunciação do verbo através das cinco formas permite:

1. Identificação da conjugação: para isso basta confrontar a segunda pessoa e o infinitivo: *-as/-are* = primeira, *-es/-ere* = segunda, *-is/-ire* = quarta, *-is/-ĕre* = terceira conjugação.

2. Identificação dos temas de *infectum*, de acordo com dois agrupamentos:

2.1. Primeira, segunda e quarta conjugações: eliminar *-re* do infinitivo, ou *-s* de segunda pessoa: *lauda-, auge-, audi-*

2.2. Terceira conjugação: eliminar desinência *-o* de primeira pessoa: *ag-*

3. Identificação do tema de *perfectum*: - eliminar, em todas as conjugações, a desinência *-i* de primeira pessoa do singular do pretérito perfeito: *laudau-, aux-, audiu-, eg-*.

4. Formação do particípio passado, que, sendo um adjetivo em *-us,-a,-um*, coincide, na forma do neutro, com o supino, sempre terminado em *-um*.

Em linhas gerais, a localização de um verbo no dicionário requer os seguintes procedimentos:

Exemplo 1: *augerent* – verificar que *-nt* é a desinência de terceira pessoa do plural, *-re-*, o sufixo modo-temporal que caracteriza o pretérito imperfeito do subjuntivo, logo *auge-* é o tema do *infectum*, pois o pretérito imperfeito do subjuntivo integra o sistema do *infectum*.

Auge-o > augĕo é a forma de entrada do verbo no dicionário (presente do indicativo, primeira pessoa do singular = tema de *infectum* + desinência número-pessoal).

Exemplo 2: *auxissemus* – trata-se de um mais-que-perfeito do subjuntivo, primeira pessoa do plural, considerando que *-mus* é a desinência, *-isse-*, o sufixo modo-temporal e *aux-* o tema de *perfectum*. *Auxissemus* pertence, portanto, ao sistema do *perfectum*.

O dicionário registrará, no apêndice, a primeira pessoa do singular do pretérito perfeito (tema de *perfectum* + desinência), ao lado da primeira do singular do presente, quando houver significativas discrepâncias entre os temas de *infectum* e *perfectum*.

Em resumo, as formas temporais se distribuem por dois sistemas – *infectum* e *perfectum* – que estão estruturados a partir de **temas**, os quais podem ser identificados no enunciado do verbo através do presente/infinitivo (*infectum*) e da primeira pessoa do pretérito perfeito do indicativo (*perfectum*).

Observações:

1) Verbos Depoentes.

Há no latim a categoria dos chamados "depoentes", verbos que, na forma, seguem a voz passiva, mas no seu aspecto semântico e, sobretudo na atuação sintática, comportam-se como se fossem da voz ativa. Seu registro no dicionário, obviamente, obedecerá à forma passiva.

Nos textos, no entanto, encontram-se muitas vezes empregados como ativos verbos originalmente depoentes. O contrário também pode acontecer: verbos originalmente ativos empregados como depoentes. Na maioria destes casos, o dicionário registrará uma só forma.

2) É frequente a "omissão" das sequências -*ui*-. -*ue*- no interior de formas verbais, especialmente do *perfectum*, assim, encontramos *amassem* por *amauissem* ou *laudarat* por *laudauĕrat*.

Situações Especiais

Há um significativo número de palavras que, embora não estejam consignadas no dicionário, podem ser identificadas por associação ou pelo conhecimento dos mecanismos que levam à sua constituição.

Alguns processos de formação de palavras:

I – Substantivos

1) Muitos substantivos de tema em -*u*- (nominativo -*us*, genitivo -*us*) são formados com base no supino (a 5ª. forma do enunciado de um verbo), isso significa que, em princípio, para cada supino pode haver um substantivo correspondente. Assim é que vamos encontrar, por exemplo:

cursus,-us,(m.). associado ao verbo *curro*;
cantus,-us, (m.). associado ao verbo *cano*;
luctus,-us, (m.). associado ao verbo *lugĕo*.

Nem todos os substantivos dessa natureza encontram-se registrados no dicionário, mas podem facilmente ser associados aos verbos correspondentes, usando-se, por exemplo, da forma neutra do particípio passado (idêntico ao supino), cuja enunciação se faz no apêndice.

2) Os nomes de agente (pertencentes ao grupo temático i/consoante) se formam a partir de temas verbais (quase sempre coincidentes com o tema temporal de *infectum*) acrescidos dos sufixos -*tor*-, para masculino, e -*tric*-, para o feminino.

| imperator imperatoris | do verbo impĕro | imperatrix imperatricis | do verbo impĕro |
| actor   actoris | do verbo ago. | actrix   actricis | do verbo ago. |

II – Adjetivos

O dicionário não registra os adjetivos no grau comparativo de superioridade e no superlativo, razão porque é importante conhecer os processos mais representativos dessas formações.

a) O comparativo de superioridade segue o modelo dos nomes do grupo temático i/consoante, com a seguinte estrutura:

radical do adjetivo + sufixos -ĭor (masculino e feminino), -ĭus (neutro) + desinências casuais:

Adjetivo em grau normal	Grau comparativo	Exemplo de uma flexão casual
altus,-a,-um	altĭor, altĭus*	*altiore* – ablativo singular para os três gêneros
celĕber, celebris, celĕbre	celebrĭor, celebrĭus*	*celebriores* – nominativo, vocativo e acusativo plural masculino e feminino
sapĭens, sapientis	sapientĭor, sapientĭus*	*sapientioris* – genitivo singular para os três gêneros.
audax, audacis	audacĭor, audacioris*	*audaciorum* – genitivo plural para os três gêneros.

* a forma -ĭus é usada unicamente para o nominativo, vocativo e acusativo neutros do singular, os demais casos seguem as desinências do masculino e do feminino.

b) O superlativo ajusta-se ao modelo dos adjetivos em *-us,-a,-um*, na seguinte estrutura: radical do adjetivo + sufixo *-issĭm-* + desinências casuais dos temas a/o.

Grau normal	Grau superlativo	Exemplo de uma flexão casual
altus,-a,-um	altissĭmus,-a,-um	*altissĭmo* – ablat./dat. singular, masc. e neutro
longus,-a,-um	longissĭmus,-a,-um	*longissĭmas* – acusativo plural feminino
sapĭens, sapientis	sapientissĭmus,-a,-um	*sapientissĭmos* – acusativo plural masculino
audax, audacis	audacissĭmus,-a,-um	*audacissĭmis* – ablat./dat. pl. masc. fem. ne.

III – Advérbios

O emprego de formas com valor adverbial é bastante variado em latim:

a) existem as formas adverbiais, que poderíamos chamar "advérbios por natureza" (= formas originalmente adverbiais) e que se encontram listadas no dicionário;

b) adjetivos no caso ablativo ou acusativo podem ser usados adverbialmente: *multo, multum; foris, foras*, etc;

c) o nominativo/acusativo neutro singular dos adjetivos em grau comparativo de superioridade também é usado como advérbio: *longĭus* = mais/muito longamente: *felicĭus* = mais/muito felizmente;

d) o processo mais produtivo de formação de advérbios constitui-se do acréscimo dos sufixos *-e* ou *-ter* a uma base adjetiva.

1 – adjetivos em *-us,-a,-um* (incluindo-se o superlativo) formam advérbios com o sufixo *-e* associado ao radical:

Adjetivo	Radical (= genitivo singular menos a terminação -i)	Advérbio
audacissĭmus,-a,-um	*audacissĭm-i*	*audacissĭme*
confusus,-a,-um	*confus-i*	*confuse*
malus,-a,-um	*mal-i*	*male*
piger, pigra, pigrum	*pigr-i*	*pigre*

2 – adjetivos do grupo temático i/consoante formam advérbios com substituição do elemento *-s* do genitivo singular pelo sufixo *-ter*:

Adjetivo	Genitivo singular menos a partícula -s.	Advérbio
atrox, atrocis	*atroci-s*	*atrocĭter*
celer, celĕris, celĕre	*celĕri-s*	*celerĭter*
felix, felicis	*felici-s*	*felicĭter*
fortis, forte	*forti-s*	*fortĭter*

Assim, formas adverbiais, que, por acaso, não estejam registradas no dicionário, podem ser, em sua grande maioria, localizadas por associação aos adjetivos de que são formadas.

Dicionário do latim essencial

A

A = abreviatura de *Aulus*; de *absoluo*.
a, abs. O mesmo que **ab**.
ab. Prep./abl. De, desde, a partir de. Por, pelo, pela.
abactus,-us, (m.). (ab-ago). Ação de desviar. Roubo, roubo de gado.
abăcus,-i, (m.). Ábaco, tábua de calcular.
abalieno,-as,-are,-aui,-atum. (ab-alĭus). Desviar, afastar. Alienar, ceder, vender.
abdicatĭo, abdicationis, (f.). (ab-dico). Renúncia. Abdicação.
abdĭco,-as,-are,-aui,-atum. (ab-dico). Renunciar. Abdicar.
abdico,-is,-ĕre,-dixi,-dictum. (ab-dico). Recusar.
abdo,-is,-ĕre,-dĭdi,-dĭtum. (ab-do). Retirar, afastar. Encobrir, ocultar.
abdomen, abdomĭnis, (n.). Ventre, abdômen.
abduco,-is,-ĕre,-duxi,-ductum. (ab-duco). Afastar, fazer sair, separar. Levar à força. Abduzir.
abĕo, abis, abire, abĭi, abĭtum. Ir embora, escapar, desaparecer.
aberratĭo, aberrationis (f.). (ab-erro). Meio de se afastar. Distração, diversão. Aberração.
aberro,-as,-are,-aui,-atum. (ab-erro). Errar longe, extraviar-se, andar sem rumo. Afastar-se.
abhinc. Longe daqui. A partir de agora.
abhorrĕo,-es,-ere,-horrŭi. (ab-horrĕo). Afastar-se com horror. Ser estranho a, rejeitar.
abiecte. De maneira abjeta, de modo vil.
abiectĭo, abiectionis, (f.). (ab-iacĭo). Recusa. Ação de deixar cair.
abiectus,-a-um. (ab-iacĭo). Baixo, abjeto. Banal. Desanimado.
abĭgo,-is,-ĕre, abegi, abactum. (ab-ago). Afastar com violência, empurrar. Fazer desaparecer, dissipar.
abiicĭo,-is,-ĕre,-ieci,-iectum. (ab-iacĭo). Lançar longe, fora. Jogar abaixo, rebaixar, abandonar.
abĭtus,-us, (m.). (ab-eo). Partida, afastamento. Passagem, saída.

abiudĭco,-as,-are,-aui,-atum. (ab-iudĭco). Privar alguém de alguma coisa através de sentença. Rejeitar, recusar. Abjudicar.
abiungo,-is,-ĕre,-iunxi,-iunctum. (ab-iungo). Tirar do jugo, desatrelar. Separar, apartar.
ablegatĭo, ablegationis, (f.). (ab-lego,-as). Ação de afastar para algum lugar. Banimento, desterro, exílio.
ablego,-as,-are,-aui,-atum. (ab-lego,-as). Afastar, mandar para longe. Exilar.
ablŏco,-as,-are. (ab-loco). Alugar.
abludo,-is,-ĕre. (ab-ludo). Estar em desacordo. Ser diferente.
ablŭo,-is,-ĕre, ablŭi, ablutum. (ab-lauo). Tirar lavando, lavar.
abnato,-as,-are. (ab-nato). Salvar-se a nado.
abnĕgo,-as,-are,-aui,-atum. (ab-nego). Recusar, negar. Renunciar.
abnormis, abnorme. (ab-norma). Em desacordo com a norma.
abnŭo,-is,-ĕre,-nŭi,-nutum ou -nuĭtum. (ab-nuo). Sinalizar com a cabeça que não. Recusar através de sinal. Negar, recusar.
abnuto,-as,-are-aui,-atum. (ab-nuo). Recusar muitas vezes.
abolĕo,-es,-ere,-eui ou -ui,-itum. Destruir, aniquilar, suprimir.
abolesco,-is,-ĕre,-eui. (abolĕo). Extinguir-se. Perder-se, apagar-se.
abolitĭo, abolitionis, (f.). (abolĕo). Anulação, supressão. Anistia. Abolição.
abominandus,-a,-um. (ab-ominor). Abominável, abominado.
abomĭnor,-aris,-ari,-atus sum. (ab-ominor). Detestar, abominar. Repelir como de mau agouro.
aborĭor,-iris,-iri,-ortus sum. (ab-orĭor). Morrer, extinguir-se. Desaparecer.
abortĭo, abortionis, (f.). (ab-orĭor). Aborto.
abortus,-us, (m.). (orĭor). Aborto. Obra literária imperfeita.
abrado,-is,-ĕre,-rasi,-rasum. (ab-rado). Tirar raspando. Roubar, extorquir.
abripĭo,-is,-ĕre,-ripŭi,-reptum. (ab-rapĭo). Arrebatar, arrancar, levar à força.

abrogatio, abrogationis, (f.). (ab-rogo). Abrogação, supressão de uma lei por intermédio de outra.

abrŏgo,-as,-are,-aui,-atum. (ab-rogo). Abrogar, suprimir. Tirar.

abrumpo,-is,-ĕre,-rupi,-ruptum (ab-rumpo). Separar violentamente. Rasgar, cortar, romper.

abrupte. Abruptamente.

abruptĭo, abruptionis, (f.). (ab-rumpo). Ruptura. Divórcio.

abscedo,-is,-ĕre,-cessi,-cessum. (abs-cedo). Ir para longe, ir-se embora, distanciar-se. Abandonar.

abscessĭo, abscessionis, (f.). (abs-cedo). Ação de afastar-se, afastamento.

abscessus,-us, (m.). (cedo). Afastamento. Ausência, retirada.

abscido,-is,-ĕre,-cĭdi,-cisum. (abs-caedo). Separar cortando, cortar. Tirar, arrebatar.

abscindo,-is,-ĕre,-cĭdi,-cissum. (ab-scando). Separar rasgando, rasgar. Suprimir.

abscise. Concisamente, de modo conciso.

abscondo, -is, -ĕre, abscondĭdi/abscondi, abscondĭtum/absconsum. Esconder ocultar. Dissimular. Desaparecer.

absens, absentis (ab-sum). Ausente.

absentĭa,-ae, (f.). (ab-sum). Ausência, afastamento.

absilĭo,-is,-ire,-silŭi. (ab-salĭo). Saltar para longe.

absimĭlis, absimĭle. Diferente, dissemelhante.

absinthĭum,-i, (n.). Absinto.

absisto,-is,-ĕre, absistĭti ou abstĭti. (ab-sto). Afastar-se, retirar-se. Renunciar. Parar.

absoluo,-is,-ĕre,-solui,-solutum. (ab-soluo). Separar, desligar. Perdoar, absolver. Acabar, terminar.

absolute. (ab-soluo). De modo acabado, perfeitamente. Absolutamente.

absolutĭo, absolutionis, (f.). (ab-soluo). Ação de desembaraçar-se, libertar-se. Solução. Exatidão.

absorbĕo,-es,-ere,-bŭi. (ab-sorbĕo). Engolir, devorar. Absorver.

absque, prep./abl. Na ausência de, sem, exceto.

abstemĭus,-a,-um. Abstêmio. Sóbrio.

abstergo,-is,-ĕre,-tersi,-tersum. (abs-tergo). Enxugar, limpar. Dissipar, fazer desaparecer.

absterrĕo,-es,-ere,-terrŭi,-terrĭtum. (abs-terrĕo). Afastar pelo terror. Afastar, desviar. Tirar, recusar.

abstinenter. Desinteressadamente.

abstinentĭa,-ae, (f.). (abs-tenĕo). Respeito ao alheio. Desinteresse. Jejum, abstinência.

abstinĕo,-es,-ere,-tinŭi,-tentum. (abs-tenĕo). Ter à distância, manter afastado. Abster-se.

abstraho,-is,-ĕre,-traxi,-tractum. (abs-traho). Levar puxando, arrastar. Desviar, separar. Distrair.

abstrudo,-is,-ĕre,-trusi,-trusum. (abstrudo). Impelir para longe, empurrar. Ocultar, esconder.

absum, -es, -esse, afŭi/abfŭi. Estar afastado/distante de. Estar ausente. Faltar. Diferir, ser diferente.

absumo,-is,-ĕre,-sumpsi,-sumptum (ab-sumo). Consumir, esgotar. Destruir, aniquilar. Morrer. Dissipar.

absurde. De modo discordante. Estupidamente, absurdamente.

abundanter. (ab-unda). Abundantemente, copiosamente.

abundantĭa,-ae, (f.). (ab-unda). Abundância. Riqueza, opulência.

abunde. (ab-unda). Com abundância, abundantemente, copiosamente.

abundo,-as,-are,-aui,-atum. (ab-unda). Transbordar. Ter em abundância, ser rico. Ser excessivo.

abusus,-us, (m.). (ab-utor). Consumação completa. Uso excessivo, esgotamento. Abuso.

abutor,-ĕris, abuti, abusus sum. (ab-utor). Consumir no uso. Usar até o fim, esgotar. Abusar.

ac. ver **atque**.

academia,-ae, (f.). Academia. Ginásio onde Platão doutrinava.

academĭcus,-a,-um. Acadêmico.

acanthus,-i, (m.). Acanto (planta cuja folha se representa nas decorações arquitetônicas).

acc- ver também **adc-**.

accedo,-is,-ĕre,-cessi,-cessum. (ad-cedo). Caminhar para, aproximar-se. Marchar contra. Juntar-se a, aderir.

accelĕro,-as,-are,-aui,-atum. (ad-celer). Apressar-se, acelerar.

accendo,-is,-ĕre,-cendi,-censum. (ad-candĕo). Por fogo em, acender, inflamar. Excitar, animar.

accensus,-i, (m.). Soldado de reserva. Ordenança.
accensus,-us, (m.). (ad-candĕo). Ação de acender.
accentus,-us, (m.). (ad-cano). Acento, acentuação. Entonação.
accepi. Ver **accipĭo**.
acceptĭo, acceptionis, (f.). (ad-capĭo). Ação de receber, aceitação, recebimento.
accepto,-as,-are,-aui,-atum. (ad-capĭo). Receber frequentemente. Aceitar, acolher, suportar.
acceptor, acceptoris, (m.). (ad-capĭo). Aquele que recebe. O que aprova, acolhe.
acceptricis, ver **acceptrix**.
acceptrix, acceptricis, (f.). (ad-capĭo). Aquela que recebe, acolhe.
acceptum,-i, (n.). (ad-capĭo). O que se recebeu. Receita, crédito.
accers- ver **arcess-**.
accessĭo, accessionis, (f.). (ad-cedo). Ação de aproximar-se. Acréscimo, aumento. Suplemento, acessório.
accessus,-us, (m.). (ad-cedo). Chegada, aproximação. Acesso.
accĭdens,-ntis. (ad-cado). Qualidade acidental, não essencial. Acessório.
accĭdo,-is,-ĕre,-cĭdi,-cisum. (ad-caedo). Começar a cortar. Abater, destruir. Consumir.
accĭeo,-es,-ere, também **accĭo,-is,-ire,-iui/-ĭi,-itum. (ad-cio).** Chamar, mandar vir.
accingo,-is,-ĕre,-cinxi,-cinctum. (ad-cingo). Cingir, ligar. Armar, equipar. Preparar-se.
accipĭo,-is,-ĕre,-cepi,-ceptum. Receber, tomar. Compreender, ouvir. Aprender. Experimentar.
accipĭter, accipĭtris, (m.). (ad-capĭo). Ave de rapina. Gavião, falcão. Ladrão.
accipĭtris ver **accipĭter**.
accitus,-us, (m.). (ad-cio). Chamamento, convocação.
acclamatĭo, acclamationis, (f.). (ad-clamo). Aplauso, aclamação. Clamor, grito. Vaia.
acclamo,-as,-are,-aui,-atum. (ad-clamo). Gritar, soltar gritos. Protestar. Proclamar.
acclaro,-as,-are,-aui,-atum. (ad-clarus). Tornar claro, evidenciar. Clarear.
acclinis, accline. (ad-clino). Que se reclina para, inclinado. Propenso a.
acclino,-as,-are,-aui,-atum. (ad-clino). Inclinar, encostar-se. Pender. Estar propenso a.
accliuis, accliue. (ad-clino). Em aclive. Íngreme.
accliuĭtas, accliuitatis, (f.). (ad-clino). Direção ascendente, subida. Escarpa, encosta.
accliuitatis, ver **accliuĭtas**.
accognosco,-is,-ĕre,-noui,-nĭtum. (ad-nosco). Reconhecer.
accognoui, ver **accognosco**.
accŏla,-ae, (m.). (ad-colo). O que habita ou mora perto, vizinho.
accŏlo,-is,-ĕre,-colŭi,-cultum. (ad-colo). Habitar junto, nas vizinhanças.
accommodate ou accomŏde. (ad-cum-modus). De modo apropriado, convenientemente.
accommodatĭo, accomodationis, (f.). (ad-cum-modus). Adaptação, conformidade. Condescendência. Acomodação.
accomŏdo,-as,-are,-aui,-atum. (ad-cum-modus). Adaptar, ajustar. Tornar apropriado. Acomodar.
accredo,-is,-ĕre,-dĭdi,-dĭtum. (ad-credo). Estar disposto a acreditar. Dar crédito, acreditar em.
accresco,-is,-ĕre,-creui,-cretum. (ad-cresco). Crescer, desenvolver. Ser acrescentado. Acrescer.
accretĭo, accretionis, (f.). (ad-cresco). Aumento, acréscimo.
accubitĭo, accubitionis, (f.). (ad-cubo). Ato de estar deitado. Tomar lugar à mesa.
accubĭtus,-us, (m.). (ad-cubo). Ato de estar deitado. Tomar lugar à mesa.
accubo,-as,-are,-cubŭi,-cubĭtum. (ad-cubo). Deitar-se, estar deitado. Estar à mesa. Repousar.
accumbo,-is,-ĕre,-cubŭi,-cubĭtum. (ad-cubo). Deitar-se junto de, deitar-se.
accumulate. Com abundância, largamente.
accumulator, accumulatoris, (m.). (ad-cumŭlo). O que acumula. Acumulador.
accumŭlo,-as,-are,-aui,-atum. (ad-cumŭlo). Acumular, amontoar. Cumular, aumentar.
accurate. (ad-cura). Com cuidado. Diligentemente. Acuradamente.
accuratĭo, accurationis, (f.). (ad-cura). Ação de cuidar, prestar atenção.
accuro,-as,-are,-aui,-atum. (ad-cura). Cuidar de, ocupar-se com cuidado de.
accurro,-is,-ĕre,-curri/-cucurri,-cursum.

(ad-curro). Vir correndo para junto de. Acorrer. Ocorrer, surgir repentinamente.

accursus,-us, (m.). (ad-curro). Ação de acorrer.

accusabĭlis, accusabĭle. (ad-causa). Em condições de ser acusado. Censurável, repreensível.

accusatĭo, accusationis, (f.). (ad-causa). Acusação, incriminação. Discurso de acusação.

accusator, accusatoris, (m.). (ad-causa). Acusador. Delator.

accusatricis, ver **accusatrix.**

accusatrix, accusatricis, (f.). (ad-causa). Acusadora. Delatora.

accuso,-as,-are,-aui,-atum. (ad-causa). Acusar. Acusar judicialmente.

acĕo,-es,-ere, acŭi. Ser ácido, estar azedo. Ser desagradável.

acer, acris, acre. Agudo, pontiagudo, penetrante. Vivo. Impetuoso, enérgico.

acerbe. (acerbus). Asperamente, cruelmente. Impacientemente. Acerbamente.

acerbĭtas, acerbitatis, (f.). (acerbus). Aspereza, agudeza. Rispidez, severidade. Calamidade.

acerbitatis, ver **acerbĭtas.**

acerbus,-a,-um. Azedo, áspero, acerbo. Inacabado, imperfeito. Cruel, mordaz.

acerra,-ae, (f.). Acerra (caixa de guardar incenso). Altar onde se colocava incenso.

aceruatim. Conjuntamente, acumuladamente, em montão. Em resumo, sumariamente.

aceruatĭo, aceruationis, (f.). Acumulação.

aceruo,-as,-are,-aui,-atum. (aceruus). Acumular, amontoar. Formar um acervo.

aceruus,-i, (m.). Acervo, montão. Grande quantidade.

acesco,-is,-ĕre, acŭi. (acĕo). Tornar-se azedo.

acetabŭlum,-i, (n.). (acetum). Vinagreira. Prato, vasilha. Cálice das flores.

acetarĭa,-orum, (n.). (acetum). Legumes com vinagre. Salada.

acetum,-i, (n.). Vinagre. Espírito, graça, agudeza de espírito.

achĕta,-ae, (f.). Cigarra.

acĭde. (acĕo). Azedamente, amargamente. Desagradavelmente.

acĭdus,-a,-um. (acĕo). Ácido, azedo. Desagradável. Agudo penetrante.

acĭes,-ĕi, (f.). Ponta, gume. Espada. Olhar penetrante. Brilho da inteligência. Exército formado em linha de batalha. Batalha.

acinăces, acinăcis (m.). Espada curta. Cimitarra (dos persas).

acĭnus,-i (m.). ou acĭnum,-i, (n.). Bago de uvas, baga de fruto ou cacho.

acipenser, acipensĕris, (m.). Um peixe marítimo.

aconĭtum,-i, (n.). Acônito. Veneno violento, bebida envenenada.

acquiesco,-is,-ĕre,-quieui,-quietum. (ad--quies). Dar-se ao repouso, repousar. Descansar, acalmar. Ter o último repouso, morrer.

acquiro,-is,-ĕre,-quisiui,-quisitum. (ad--quaero). Ajuntar a, aumentar. Adquirir. Juntar dinheiro, enriquecer.

acre. (acer). Com ardor. Acremente.

acricŭlus,-a,-um. (acer). Ligeiramente picante, mordaz.

acrimonĭa,-ae, (f.). (acer). Acidez. Dureza, acrimônia. Aspereza, austeridade.

acrĭter. (acer). Acremente, de modo penetrante. Energicamente.

acroasis,-is, (f.). Auditório erudito. Audição.

acrostichĭdis, ver **acrostĭchis.**

acrostĭchis,-ĭdis, (f.). Acróstico.

acta,-ae, (f.). (ago). Costa, margem, praia. Prazeres de praia.

acta,-orum, (n.). (ago). Coisas feitas. Atos oficiais. Registros de atos oficiais. Ata.

actĭo, actionis, (f.). (ago). Maneira de agir. Ação, atividade. Processo, ação.

actiuus,-a,-um. (ago). Ativo, em ação.

actor, actoris, (m.). (ago). O que faz mover, avançar. O que faz algo, o que representa. O orador, o advogado. Agente, administrador, o ator.

actuarĭus,-a-um. (ago). Ligeiro, fácil. Como subst.: Atuário, administrador, guarda--livros, contador.

actum,-i, (n.). (ago). Ato, ação, o que se realizou.

actus,-us, (m.). (ago). Fato de estar em movimento. Movimento, impulso. Ação do orador ou do ator: gestual. Realização, execução, administração.

aculeatus,-a,-um. (acus). Provido de aguilhão. Que tem ferrão. Penetrante, sutil.

aculĕus,-i, (m.). (acus). Aguilhão, ferrão. Sutilezas.

acumen, acumĭnis, (n.). (acus). Ponte, aguilhão. Agudeza de espírito.
acŭo,-is,-ĕre, acŭi, acutum. (acus). Tornar agudo, aguçar. Estimular, animar, excitar. Dar acentuação aguda, pronunciar de modo agudo (em gramática).
acus,-us, (f.). Agulha.
acute. (acus). De modo penetrante. Sutilmente, engenhosamente.
acutus,-a-um. (acus). Agudo, pontiagudo. Penetrante. Fino, perspicaz, sutil.
ad. prep/acus. Traduz a ideia de aproximação: a, para, até. Até perto, até junto de. Aproximadamente, por volta de.
adactĭo, adactionis (f.). (ad-ago). Ação de obrigar. Obrigação, constrangimento.
adaeque. (ad-aequo). De um modo igual, de tal maneira.
adaequo,-as,-are,-aui,-atum. (ad-aequo). Aplainar, alisar, nivelar. Alcançar, atingir. Comparar-se a.
adaero,-as,-aui,-atum. (ad-aes). Avaliar em dinheiro, taxar, contar.
adagĭum,-i, (n.). (ad-aio). Adágio, provérbio.
adallĭgo,-as,-are,-aui,-atum. (ad-allĭgo). Ligar a, atar.
adamantĕus,-a,-um. (adamas). De ferro. Duro como ferro, aço, diamante.
adamantinus,-a,-um. (adamas). De diamante. Inflexível, indomável.
adamantis, ver **adamas**.
adamas, adamantis (m.). Ferro ou outro metal duro. Diamante.
adambŭlo,-as,-are,-aui,-atum. (ad-ambŭlo). Passear, andar junto de um lado para outro.
adaperĭo,-is,-ire,-perŭi,-pertum. (ad-aperĭo). Abrir completamente. Descobrir. Tornar visível.
adapto,-as,-are,-aui,-atum. (ad-aptus). Adaptar, ajustar.
adauctus,-us, (m.). (ad-augĕo). Aumento, crescimento.
adaugĕo,-es,-ere,-auxi,-auctum. (ad-augĕo). Aumentar, ampliar. Oferecer em sacrifício, consagrar.
adaugmen, adaugmĭnis, (n.). (ad-augĕo). Crescimento, aumento.
adbĭbo,-is,-ĕre,-bibi,-bibĭtum. (ad-bibo). Absorver bebendo. Escutar com atenção.
adc- ver também **acc-**.

addecet,-es,-ere. (ad-decet). Convir. Ser conveniente.
addensĕo,-es,-ere. (ad-densus). Tornar mais espesso, mais compacto. Condensar.
addenso,-as,-are. (ad-densus). Tornar-se espesso. Condensar-se. Adensar.
addico,-is,-ĕre,-dixi,-dictum. (ad-dico). Dar o assentimento, estar de acordo. Aprovar. Pôr à venda, adjudicar. Consagrar, dedicar.
addictus,-us, (m.). (ad-dico). Escravo por dívida.
addisco,-is,-ĕre,-didĭci. (ad-disco). Acrescentar ao que se sabe. Aprender além do que se sabe.
additamentum,-i, (n.). (ad-do). Adição, aumento. Aditamento.
addo,-is,-ĕre,-dĭdi,-dĭtum. (ad-do). Colocar junto de, pôr juntamente. Ajuntar, acrescentar, aumentar.
adduco,-is,-ĕre,-duxi,-ductum. (ad-duco). Puxar para si, fazer vir a si, levar consigo. Conduzir, levar a. Contrair, enrugar.
adĕdo,-is,-ĕre, adedi, adesum. (ad-edo). Pôr-se a comer, roer, devorar. Gastar perdulariamente. Consumir, destruir.
adĕo,-is,-ire, adĭi/adiui, adĭtum. (ad-eo). Ir em direção a, aproximar-se. Avançar. Empreender, encarregar-se de.
adĕo. Até aí, até esse ponto, até esse momento. A tal ponto que, de tal modo que. Aliás.
adĕps, adĭpis, (m. e f.). Gordura.
adequĭto,-as,-are,-aui,-atum. (ad-equus). Cavalgar em direção a, andar a cavalo de um lado para outro.
aderro,-as,-are. (ad-erro). Errar, andar sem rumo. Vaguear em torno de ou junto a.
adf, ver **aff**.
adhaerĕo,-es,-ere,-haesi,-haesum. (ad-haerĕo). Estar aderente a, ligado a. Ficar fixo. Manter-se ligado a.
adhaesĭo, adhaesionis, (f.). (ad-haerĕo). Aderência. Adesão.
adhaesus,-us, (m.). (ad-haerĕo). Aderência. Adesão.
adhibĕo,-es,-ere,-bŭi,-bĭtum. (ad-habĕo). Aplicar a. Empregar. Apresentar, oferecer, mostrar. Proceder, portar-se.
adhinĭo,-is,-ire,-iui,-itum. (ad-hinĭo). Relinchar para o lado de. Relinchar. Gritar.
adhortatĭo, adhortationis, (f.). (ad-hortor). Exortação, encorajamento.

adhortator, adhortatoris, (m.). (ad-hortor). Aquele que exorta, que encoraja.
adhortor,-aris,-ari,-hortatus sum. (ad--hortor). Dirigir exortações, exortar, encorajar. Incitar.
adhuc. Até aqui, até agora. Ainda.
adiacěo,-es,-ere,-iacŭi. (ad-iacěo). Jazer perto de, estar deitado junto. Estar situado perto.
adiectĭo, adiectionis, (f.). (ad-iacĭo). Adição, aumento, anexação. Repetição de uma palavra na frase (Retórica).
adiectus,-us, (m.). (ad-iacĭo). Aproximação, ação de pôr em contato.
adĭgo,-is,-ěre,-egi,-actum. (ad-ago). Impelir para fazer entrar. Obrigar a comparecer. Obrigar, forçar, constranger.
adiicĭo,-is,-ěre,-ieci,-iectum. (ad-iacĭo). Lançar ao lado de, jogar perto. Ajuntar, acrescentar, unir, aumentar.
adĭmo,-is,-ěre,-emi,-emptum. (ad-emo). Tirar, arrebatar, suprimir. Proibir, impedir.
adipatus,-a,-um. (adeps). Gordo, engordurado. Pesado, grosseiro.
adĭpis, ver **adĕps.**
adipiscor,-ěris,-pisci, adeptus sum. (ad-aptus). Chegar a, atingir, alcançar. Obter, adquirir, apoderar-se de.
adĭtus,-us, (m.). (ad-eo). Ação de aproximar-se, aproximação. Entrada, acesso.
adiudĭco,-as,-are,-aui,-atum. (ad-ius). Adjudicar, atribuir. Pronunciar, decidir.
adiumentum,-i, (n.). (ad-iuuo). Ajuda, socorro. Auxílio, assistência.
adiunctĭo, adiunctionis, (f.). (ad-iungo). Ação de unir, união, aproximação. Adjunção.
adiunctor, adiunctoris, (m.). (ad-iungo). O que acrescenta.
adiungo,-is,-ěre,-iunxi,-iunctum. (ad-iungo). Jungir, atrelar. Unir, acrescentar, ajuntar. Aplicar, fazer incidir.
adiuro,-as,-are,-aui,-atum. (ad-ius). Afirmar por juramento, jurar. Adjurar.
adiutor, adiutoris, (m.). (ad-iuuo). O que ajuda. Auxiliar, assistente, ajudante. Substituto.
adiutorĭum,-i, (n.). (ad-iuuo). Ajuda, socorro, auxílio. Adjutório.
adiutrix, adiutricis, (f.). (ad-iuuo). A que ajuda. Auxiliar, assistente, ajudante.

adiuuo,-as,-are,-iuui,-iutum. (ad-iuuo). Vir em auxílio de, auxiliar, ajudar, favorecer. Sustentar, manter. Animar. Realçar.
adl- ver também **all-**.
admetĭor,-iris,-iri,-mensus sum. (ad-metĭor). Medir alguma coisa ou alguém.
admigro,-as,-are,-aui,-atum. (ad-migro). Ir para, juntar-se a. Migrar para.
adminicŭlo,-as,-are,-aui,-atum. (ad-minĕae). Escorar, estacar. Apoiar, ajudar.
adminicŭlum,-i, (n.). (ad-minĕae). Estaca, escora.
administer,-tri, (m.). (ad-ministro). O que ajuda, auxiliar, operário, trabalhador.
administra,-ae, (f.). (ad-ministro). A que ajuda, criada, auxiliar.
administratĭo, administrationis, (f.). (ad--ministro). Auxílio, ajuda, assistência. Administração, direção, governo.
administrator, administratoris, (m.). (ad--ministro). O que administra, encarregado, administrador.
admirabĭlis, admirabĭle. (ad-miror). Digno de admiração, admirável, maravilhoso. Extraordinário.
admirabilĭter. (ad-miror). De modo admirável, admiravelmente.
admiratio, admirationis, (f.). (ad-miror). Admiração. Espanto, surpresa.
admirator, admiratoris, (m.). (ad-miror). Admirador.
admiror,-aris,-ari,-atus sum. (ad-miror). Admirar, olhar com admiração, surpreender-se. Desejar, cobiçar.
admiscěo,-es,-ere,-miscŭi,-mixtum. (ad-miscěo). Juntar ou acrescentar misturando, misturar. Imiscuir-se, misturar-se com.
admissarĭus,-i, (m.). Garanhão, reprodutor. Homem lascivo.
admissĭo, admissionis, (f.). (ad-mitto). Ação de admitir à presença de alguém. Audiência.
admissum,-i, (n.). (ad-mitto). Ação, ato. Má ação, crime.
admitto,-is,-ěre,-misi,-missum. (ad-mitto). Deixar ir, deixar aproximar-se, permitir acesso, receber. Admitir, deixar fazer. Permitir. Acolher, aceitar, acatar.
admixtĭo, admixtionis, (f.). (ad-miscěo). Mistura.
admoderate. (ad-modus). De modo adequado, proporcionadamente.

admŏdum. (ad-modus). Até, à medida, até ao limite. Inteiramente, grandemente.
admoenĭo,-is,-ire,-iui. (ad-moenĭa). Cercar com muralhas, sitiar. Preparar uma armadilha.
admolĭor,-iris,-iri,-itus sum. (ad-molĭor). Fazer esforços para, esforçar-se por. Pôr em movimento.
admonĕo,-es,-ere,-monŭi,-monĭtum. (ad-monĕo). Fazer lembrar, relembrar. Aconselhar, advertir. Castigar, dar lição. Excitar.
admonitĭo, admonitionis, (f.). (ad-monĕo). Ato de relembrar. Recordação, evocação. Advertência.
admonĭtor, admonitoris, (m.). (ad-monĕo). O que faz lembrar, instigador, evocador.
admonĭtum,-i, (n.). (ad-monĕo). Advertência, aviso, conselho.
admonitus,-us, (m.). (ad-monĕo). Aviso, advertência. Conselho, encorajamento. Evocação, lembrança.
admordĕo,-es,-ere,-momordi,-morsum. (ad-mordĕo). Morder, tirar mordendo.
admotĭo, admotionis, (f.). (ad-mouĕo). Aproximação, aplicação, toque.
admouĕo,-es,-ere,-moui,-motum. (ad-mouĕo). Fazer mover para, aproximar. Aplicar, empregar. Inspirar.
admugĭo,-is,-ire,-mugĭi,-mugitum. (ad-mugĭo). Responder mugindo, mugir para.
admurmuratĭo, admurmurationis, (f.). (ad-murmur). Sussurro (para chamar a atenção).
admutĭlo,-as,-are,-aui,-atum. (ad-mutĭlo). Tosquiar. Lograr, surripiar.
adn- ver **ann-** ou também **an-**.
adnăto,-as,-are,-aui. (ad-no). Nadar para. Nadar ao lado de.
adnauĭgo,-as,-are,-aui,-atum. (ad-nauis). Navegar para, em direção a. Navegar ao lado de.
adno,-as,-are,-aui,-atum. (ad-no). Nadar para, em direção a. Nadar perto, ao lado de. Chegar a nado.
adolĕo,-es,-ere,-leui, adultum. (ad-olĕo). Queimar, fazer queimar. Consumir pelo fogo.
adolesco,-is,-ĕre,-eui, adultum. (ad-alo). Crescer, desenvolver-se, engrossar.
adoperĭo,-is,-ire,-perŭi,-pertum. (ad-operĭo). Cobrir, fechar.
adoptatĭo, adoptationis, (f.). (ad-opto). Adoção. Perfilhação.
adopto,-as,-are,-aui,-atum. (ad-opto). Tomar por escolha, escolher. Adotar. Juntar, reunir. Pôr nome a.
ador, adŏris, (m.). Espécie de trigo.
adorabĭlis, adorabĭle. (ad-oro). Adorável.
adoratĭo, adorationis, (f.). (ad-oro). Adoração.
adorĕa,-ae, (f.), ou **adorĭa.** Recompensa aos soldados. Glória militar. Adória.
adorĭor,-iris,-iri,-adortus sum. (ad-orĭor). Atacar, assaltar. Começar, empreender, tentar.
adorno,-as,-are,-aui,-atum. (ad-orno). Preparar, equipar. Ornar, enfeitar, adornar.
adoro,-as,-are,-aui,-atum. (ad-oro). Dirigir uma súplica a. Adorar, cultuar. Venerar, admirar, reverenciar.
adp- ver também **app-**.
adr- ver também **arr-**.
adrado,-is,-ĕre,-rasi,-rasum. (ad-rado). Raspar, tirar raspando, tosar. Rasurar.
adsc- ver também **asc-**.
adsum, ades, adesse, adfŭi/affŭi. Estar perto, junto. Estar presente. Defender, favorecer, ser útil a. Participar.
adt- ver ambém **att-**.
aduectĭo, aduectionis. (ad-ueho). Ação de transportar, transporte.
aduectus,-us, (m.). (ad-ueho). Transporte, viagem.
adueho,-is,-ĕre,-uexi,-uectum. (ad-ueho). Levar para, transportar. Chegar. Importar.
aduelo,-as,-are,-aui,-atum. (ad-uelum). Cobrir com véu, pôr um véu, cobrir, coroar, velar.
aduĕna,-ae, (m.). (ad-uenĭo). Estrangeiro. Vindo de país estrangeiro.
aduenĭo,-is,-ire,-iui,-uentum. (ad-uenĭo). Vir para perto, chegar, sobrevir.
aduenticĭus,-a,-um. (ad-uenĭo). Trazido de algum lugar, importado. Que vem de fora. Estranho, emprestado. Adventício. Surpreendente.
aduento,-as,-are,-aui,-atum. (ad-uenĭo). Chegar rapidamente. Chegar, aproximar-se.
aduentus,-us, (m.). (ad-uenĭo). Ato de chegar, chegada, vinda. Invasão.
aduer-, ver também **aduor-**.
aduersarĭa,-orum, (n.). (ad-uerto). Minuta, rascunho de escrito.

aduersarĭus,-i. (ad-uerto). Antagonista, rival. Adversário.
aduersator, aduersatoris, (m.). (ad-uerto). O que se opõe, adversário. Opositor.
aduersor,-aris,-ari,-atus sum. (ad-uerto). Voltar-se contra, opor-se, ser contrário, hostil.
aduersus ou aduersum. (ad-uerto). Em sentido oposto, em frente, contra.
aduersus,-a,-um. (ad-uerto). Voltado para, face a face. Contrário, contra, oposto, inimigo.
aduersus. prep./acus.: Em frente de, diante de, em presença, em resposta a. Contra, ao encontro de.
aduerto,-is,-ĕre,-uerti, uersum. (ad-uerto). Dirigir, voltar para ou contra. Prestar atenção, chamar atenção, ver notar.
aduesperascit,-ascĕre,-auit. (ad-uesper). Entardecer, fazer-se noite. Aproximar-se a noite.
aduigĭlo,-as,-are,-aui,-atum. (ad-uigĭlo). Velar, olhar por, estar alerta. Vigiar
adulans, adulantis, (m.). (adŭlor). Adulador, lisonjeador.
adulator, adulatoris, (m.). (adŭlor). Adulador, vil, lisonjeador.
adulescens, adulescentis, (m. e f.). (ad-alo). Jovem, adolescente.
adulescentĭa,-ae, (f.). (ad-alo). Adolescência, mocidade.
adulescentŭlus,-a,-um. (ad-alo). De gente jovem, jovem.
adŭlor,-aris,-ari,-atus sum. Aproximar fazendo festa, acariciar. Adular, lisonjear.
adulter,-ĕra,-ĕrum. (adultĕro). Alterado, estragado. De adúltero.
adulteratĭo, adulterationis, (adultĕro). (f.). Adulteração, falsificação.
adulterinus,-a,-um. (adultĕro). Adulterino, de raça cruzada. Falso, falsificado.
adulterĭum,-i, (n.). (adultĕro). Adultério.
adultĕro,-as,-are,-aui,-atum. (ad-alter). Alterar, adulterar, corromper, falsificar. Seduzir, cometer adultério.
adumbratim. (ad-umbra). De modo vago, impreciso, imperfeito.
adumbratĭo, adumbrationis, (f.). (ad-umbra). Esboço, bosquejo.
adumbro,-as,-are,-aui,-atum. (ad-umbra). Pôr à sombra, sombrear. Esboçar, delinear. Imitar, inventar, fingir.

aduncus,-a,-um. Recurvo, adunco.
aduocatĭo, aduocationis, (f.). (ad-uox). Assistência, defesa, consulta judiciária. Reunião, assembleia. Prazo.
aduocatus,-i, (m.). (ad-uox). O que assiste, patrono. Ajudante, defensor.
aduŏco,-as,-are,-aui,-atum. (ad-uox). Chamar a si, convocar, convidar. Tomar como defensor. Apelar para, recorrer a.
aduŏlo,-as,-are,-aui,-atum. (ad-uolo). Voar em direção a, aproximar-se voando, precipitar-se.
aduoluo,-is,-ĕre,-uolui,-uolutum. (ad-uoluo). Rolar para junto de, levar rolando. Deixar cair junto, prostrar junto de.
aduor-, ver também **aduer-**.
adurgĕo,-es,-ere. (ad-urgĕo). Apertar contra. Perseguir.
aduro,-is,-ĕre,-ussi,-ustum. (ad-uro). Queimar ligeiramente, queimar na superfície. Inflamar, abrasar.
adusque. prep./acus. Até a.
adustĭo, adustionis, (f.). (ad-uro). Ação de queimar, queimadura. Inflamação, esfoladura.
adytum,-i, (n.). Ádito – parte mais secreta de um templo. Mausoléu, santuário.
aedes, aedis, (f.). Lareira, morada sagrada de um deus familiar. No plural, *aedes*, *aedĭum*, significa residência, casa, habitação.
aedicŭla,-ae, (f.). (aedes). Pequeno templo, capela. Casa pequena.
aedificatĭo, aedificationis, (f.). (aedes-facĭo). Ação de edificar, construir. Edifício, casa.
aedificator, aedificatoris, (m.). (aedes-facĭo). Construtor, arquiteto. Que tem mania de construir.
aedificĭum,-i, (n.). (aedes-facĭo). Edifício, casa, construção.
aedifĭco,-as,-are,-aui,-atum. (aedes-facĭo). Edificar, construir. Criar, constituir.
aedilis, aedilis, (m.). (aedes). Edil, magistrado romano encarregado de assuntos municipais.
aedilĭtas, aedilitatis, (f.). (aedes). Edilidade.
aedilitatis, ver **aedilĭtas**.
aeditŭus,-i (m.). (aed-tuĕor). Guarda de um templo, porteiro.
aedon, aedŏnis, (m.). Rouxinol.
aegaĕus,-a,-um. Do mar Egeu. Egeu.

aeger, aegra, aegrum. Doente, enfermo. Atormentado, inquieto. Penoso, doloroso. Infeliz.
aegĭdis, ver **aegis**.
aegis, aegĭdis, (f.). Égide. Escudo de Minerva, com a cabeça de Medusa.
aegocerontis, ver **aegocĕros**.
aegocĕros, aegocerontis, (m.). Capricórnio, signo do Zodíaco. Egóceros.
aegre. (aeger). De modo aflitivo, com dificuldade, penosamente, de má vontade.
aegresco,-is,-ĕre. (aeger). Adoecer, sofrer. Irritar-se, afligir-se.
aegritudĭnis, ver **aegritudo**.
aegritudo, aegritudĭnis, (f.). (aeger). Doença. Desgosto, aflição.
aegrotatĭo, aegrotationis, (f.). (aeger). Doença. Aflição, ansiedade, preocupação.
aegroto,-as,-are,-aui,-atum. (aeger). Estar doente, abalado. Estar em má situação.
aegrotus,-a,-um. (aeger). Doente, preocupado. Ansioso.
aelĭnos,-i, (m.). Canto fúnebre, nênia.
aemulatĭo, aemulationis, (f.). (aemŭlor). Emulação. Rivalidade invejosa, inveja, ciúme.
aemulator, aemulatoris, (m.). (aemŭlor). Que procura igualar, rivalizar. Rival.
aemŭlor,-aris,-ari,-atus sum. Igualar imitando, ser êmulo. Rivalizar, competir. Invejar.
aemŭlus,-a,-aum. (aemŭlor). Êmulo, rival, adversário, comparável. Ciumento, invejoso.
aeneator, aeneatoris, (m.). (aenus). Tocador de trombeta.
aenĕus,-a,-um. (aenus). Êneo, de bronze, da cor de bronze. Duro como bronze.
aenigma, aenigmătis, (n.). Enigma, obscuridade, mistério.
aenigmătis, ver **aenigma**.
aenipĕdis, ver **aenĭpes**.
aenĭpes, aenipĕdis. (aenus-pes). De pés de bronze.
aenum,-i, (n.) (aes). Caldeirão de bronze, marmita, vaso de bronze.
aenus,-a,-um (aes). De bronze, de cobre. Firme, inflexível, inexorável.
aequabĭlis, aequabĭle. (aequus). Regular, igual por inteiro, uniforme. Justo, imparcial, constante.

aequabilĭtas, aequabilitatis, (f.). (aequus). Igualdade, regularidade. Justiça, imparcialidade.
aequabilitatis, ver **aequabilĭtas**.
aequabilĭter. Igualmente, uniformemente.
aequaeuus,-a,-um. (aequus-aeuum). Da mesma idade, contemporâneo.
aequalis, aequale. (aequus). Da mesma grandeza, idade, estatura. Igual, uniforme.
aequalĭtas, aequalitatis, (f.). (aequus). Igualdade, uniformidade. Harmonia.
aequalitatis, ver **aequalĭtas**.
aequalĭter. Em partes iguais. Igualmente, uniformemente.
aequanimĭtas, aequanimitatis, (f.). (aequus-anĭmus). Benevolência. Equanimidade.
aequanimitatis, ver **aequanimĭtas**.
aequatĭo, aequationis, (f.). (aequus). Nivelamento. Distribuição por igual.
aeque. Igualmente, da mesma maneira. Justamente, equitativamente.
aequilibrĭtas, aequalibritatis, (f.). (aequus-libra). Exata proporção das partes. Equilíbrio.
aequilibritatis, ver **aequilibrĭtas**.
aequilibrĭum. (libra). Equilíbrio, nível.
aequinoctĭum,-i, (n.). (aequus-nox). Equinócio, duração igual dos dias e das noites.
aequipăro,-as,-are,-aui,-atum. (aequus-paro). Igualar, pôr no mesmo nível, equiparar.
aequĭtas, aequitatis, (f.). (aequus). Igualdade, equilíbrio. Justiça, imparcialidade. Moderação. Equidade.
aequitatis, ver **aequĭtas**.
aequo,-as,-are,-aui,-atum. Aplainar, igualar, nivelar. Atingir, chegar a.
aequor, aequŏris, (n.). (aequus). Superfície plana. Planície. Mar (tranquilo).
aequorĕus,-a,-um. Marinho, marítimo.
aequum,-i, (n.). Terreno plano, planície. Equidade, justiça.
aequus,-a,-um. Plano, liso. Vantajoso, favorável. Igual, justo, imparcial. Benévolo, tranquilo.
aer, aeris, (m.). Ar, brisa. Cimo. Nuvem, nevoeiro.
aerarĭum,-i (n.). (aes). Tesouro público, erário. Dinheiro público.
aerarĭus,-a-um. (aes). De bronze, de cobre. Relativo a dinheiro do tesouro.

aeratus,-a,-um. (aes). Coberto de bronze, ornado. Feito de bronze. Cheio de dinheiro.
aerĕus,-a,-um. (aes). De bronze, de cobre.
aeripĕdis, ver **aerĭpes.**
aerĭpes, aeripĕdis. (aes-pes). Que tem pés de bronze.
aerĭus,-a,-um. (aer). Aéreo. Elevado, alto.
aerugĭnis, ver **aerugo.**
aeruginosus,-a,-um. (aerugo). Coberto de azinhavre, ferrugento.
aerugo, aerugĭnis, (f.). (aes). Azinhavre. Rancor, fel, inveja.
aerumna,-ae, (f.). Sofrimento, provação, tribulação. Miséria, desventura.
aerumnosus,-a,-um. Cheio de sofrimento, miséria. Atormentado.
aes, aeris, (n.). Bronze, cobre, latão. Objetos de bronze. Moeda, dinheiro. Fortuna, salário, lucro.
aesculetum,-i, (n.). Bosque de carvalho.
aestas, aestatis, (f.). Verão, estio. Calor do verão.
aestatis, ver **aestas.**
aestĭfer,-fĕra,-fĕrum. (aestus-fero). Que produz calor. Queimado pelo calor.
aestimabĭlis, aestimabĭle. (aestĭmo). Estimável, que se pode avaliar, que tem valor.
aestimatĭo, aestimationis, (f.). (aestĭmo). Avaliação, cálculo. Apreciação. Preço, valor.
aestĭmo,-as,-are,-aui,-atum. Fixar o preço, o valor. Julgar. Considerar, pensar. Estimar.
aestiua,-orum, (n.). (aestus). Acampamento de verão. Tempo apropriado para uma incursão militar.
aestiue. (aestus). Como no verão. Que tem o calor de verão.
aestiuus,-a,-um. (aestus). De verão, estivo.
aestuarĭum,-i, (n.). (aestus). Estuário.
aestŭo,-as,-are,-aui,-atum. (aestus). Arder, ferver. Sentir calor. Ser ardente de amor. Inquietar-se, agitar-se.
aestuosus,-a,-um. (aestus). Muito quente, abrasador. Estuoso, fervente, agitado.
aestus,-us, (m.). Calor ardente. Agitação, fervilhar. Perturbação.
aetas, aetatis, (f.). Idade. Duração de uma vida. Geração, século.
aetatis, ver **aetas.**
aeternĭtas, aeternitatis, (f.). (aeuum). Eternidade. Vida eterna.
aeternitatis, ver **aeternĭtas.**

aeternus,-a,-um. (aeuum). Eterno, perpétuo.
aether, aethĕris, (n.). Éter. Céu. Éter (o deus Júpiter).
aetherĭus,-a,-um. Etéreo. Aéreo. Celeste, divino.
aethiologĭa,-ae, (f.). Etiologia. Investigação das causas.
aethra,-ae, (f.). A parte mais elevada do céu, onde ficam os astros. Ar puro, céu.
aeuĭtas, aeuitatis, (f.). (aeuum). Idade, duração da vida. Longa duração, velhice, eternidade, imortalidade.
aeuitatis, ver **aeuĭtas.**
aeuum,-i, (n.). Tempo. Duração da vida, existência. Idade. Eternidade.
afer, afra, afrum. Africano.
affabĭlis, affabĭle. (ad-for). A quem se pode falar com facilidade. Acolhedor, afável.
affabilĭtas, affabilitatis, (f.). (ad-for). Afabilidade, cortesia, acolhimento.
affabilitatis, ver **affabilĭtas.**
affabre. (ad-faber). Artisticamente, com arte.
affătim. Suficientemente, amplamente, abundantemente.
affatus,-us, (m.). (ad-for). Palavras dirigidas, fala, discurso.
affectatĭo, affectationis (f.). (ad-facĭo). Pretensão, aspiração. Procura, paixão.
affectĭo, affectionis, (f.). (ad-facĭo). Relação, disposição. Modo de ser, estado. Boa disposição, sentimento, paixão. Afeição.
affecto,-as,-are,-aui,-atum. (ad-facĭo). Meter-se a, empreender. Procurar obter, pretender, aspirar.
affectus,-a,-um. (ad-facĭo). Possuído de, dotado, tomado de, cheio. Disposto. Afetado.
affĕro, affers,-ferre, attŭli, allatum. (ad-fero). Trazer ou levar. Anunciar, comunicar. Alegar, referir, dizer.
affĭcĭo,-is,-ĕre,-feci,-fectum. (ad-facĭo). Pôr em determinado estado. Dispor. Impressionar. Enfraquecer, afetar.
affigo,-is,-ĕre,-fixi,-fixum. (ad-figo). Enfiar em, fixar a, prender. Gravar. Afixar.
affingo,-is,-ĕre,-finxi,-fictum. (ad-fingo). Imaginar além. Acrescentar imaginando. Atribuir falsamente, imputar.
affinis, affine. (ad-finis). Vizinho, limítrofe. Cúmplice. Aliado, parente.
affinĭtas, affinitatis. (ad-finis). Vizinhança, contiguidade. Parentesco. Afinidade.

affinitatis, ver **affinĭtas**.
affirmate. (ad-firmo). De modo firme, solenemente, formalmente.
affirmatĭo, affirmationis, (f.). (ad-firmo). Afirmação, segurança, garantia.
affirmo,-as,-are,-aui,-atum. Firmar, confirmar, corroborar, provar. Afirmar, asseverar, assegurar.
afflatus,-us, (m.). (ad-flo). Sopro, vento, respiração. Inspiração.
afflicto,-as,-are,-aui,-atum. (ad-fligo). Afligir muito, bater com violência. Perturbar, inquietar, atormentar.
affligo,-is,-ĕre,-flixi,-flictum. (ad-fligo). Bater em, lançar contra. Abater, atenuar, atormentar. Afligir.
afflo,-as,-are,-aui,-atum. (ad-flo). Soprar para ou contra. Bafejar. Exalar, transpirar.
affluenter. (fluo). Abundantemente.
affluentĭa,-ae, (f.). (ad-fluo). Fluxo, ação de correr. Abundância. Afluência.
afflŭo,-is,-ĕre,-fluxi,-fluxum. (ad-fluo). Correr para, vir correndo. Vir em grande quantidade, ter em abundância. Afluir.
affrĭco,-as,-are, africŭi, africtum ou africatum. (ad-frico). Esfregar contra, em. Entrechocar-se.
affulgĕo,-es,-ĕre,-fulsi,-fulsum. (ad-fulgĕo). Brilhar, luzir, aparecer brilhando. Mostrar-se.
affundo,-is,-ĕre,-fudi,-fusum. (ad-fundo). Derramar em, sobre, espalhar. Lançar-se em. Ser banhado, ser regado.
agaso, agasonis, (m.). Moço de estrebaria, escudeiro. Lacaio, criado de baixa condição.
age. interjeição. (ago). Eia, olá. Coragem. Faça alguma coisa (para uma só pessoa).
agellus,-i, (m.). (ager). Campo pequeno.
ager, agri, (m.). Campo. Domínio, território. Campo (em oposição a urbs).
agger, aggĕris, (m.). (ad-gero). Materiais amontoados, montão de terra. Terrapleno, muralha, trincheira. Elevação, colina, outeiro.
aggĕro,-as,-are,-aui,-atum. (ad-gero). Amontoar terra. Amontoar, acumular. Exagerar, aumentar, encher.
aggĕro,-is,-ĕre,-gessi, gestum. (ad-gero). Levar, trazer a ou para. Acumular. Produzir muito, em larga escala.
agglomĕro,-as,-are,-aui,-atum. (ad-glomus). Enovelar, reunir, amontoar. Aglomerar.
agglutĭno,-as,-are,-aui,-atum. (ad-gluten). Colar, grudar a, soldar. Aglutinar. Unir-se a.
aggrăuo,-as,-are,-aui,-atum. (ad-grauis). Tornar mais pesado, sobrecarregar. Piorar, agravar.
aggredĭor,-ĕris,-grĕdi,-gressus sum. (ad-gradus). Ir contra, atacar, agredir. Empreender, abordar. Caminhar em direção a, aproximar-se de.
aggrĕgo,-as,-are,-aui,-atum. (ad-grex). Reunir, associar, ajuntar, agregar.
aggressĭo, aggressionis, (f.). (ad-gradus). Ataque, assalto.
agĭlis, agĭle. (ago). Que vai depressa, rápido, ágil.
agilĭtas, agilitatis, (f.). (ago). Rapidez, agilidade.
agilitatis, ver **agilĭtas**.
agitabĭlis, agitabĭle. (ago). Que se pode mover facilmente. Ligeiro, agitável.
agitatĭo, agitationis, (f.). (ago). Ação de pôr em movimento. Atividade prática, exercício. Agitação.
agĭte. interjeição. (ago). Eia, olá. Coragem. Façam alguma coisa (para mais de uma pessoa).
agĭto,-as,-are,-aui,-atum. (ago). Impelir com força, fazer avançar. Agitar. Perseguir, atormentar, censurar. Pensar, refletir.
agmen, agmĭnis, (n.). (ago). Marcha, curso, movimento. Exército em marcha, tropas, esquadrão. Multidão em caminhada.
agmĭnis, ver **agmen**.
agna,-ae, (f.). Cordeira, ovelha. Vítima oferecida em sacrifício.
agnascor,-ĕris,-nasci,-natus sum. (ad-gnascor). Nascer junto, ao lado de. Nascer depois do testamento.
agnatus,-us, (m.). (ad-gnascor). Parente pelo lado paterno. Criança nascida após estabelecidos os herdeiros.
agnina,-ae, (f.). (agnus). Carne de cordeiro.
agnitĭo, agnitionis, (f.). (ad-gnosco). Conhecimento, reconhecimento.
agnosco,-is,-ĕre,-noui, agnĭtum. (ad-gnosco). Reconhecer, conhecer. Admitir, declarar, confessar, considerar como.
agnus,-i, (m.). Cordeiro, carneiro.
ago,-is,-ĕre, egi, actum. Empurrar para frente, impelir, conduzir à frente. Dirigir-se

para. Fazer sair, expulsar. Agir, fazer, ocupar-se de, tratar. Viver, passar a vida. Cumprir um ritual, interpretar, representar um papel.

agrarĭus,-a,-um. (ager). Dos campos, relativo aos campos. Agrário.

agrestis, agreste. (ager). Dos campos, relativo aos campos, rústico. Silvestre, selvagem, grosseiro, inculto, "da roça". Agreste.

agricŏla,-ae, (m.). (ager-colo). Lavrador, agricultor. Rústico.

agricultura,-ae, (f.). (ager-colo). Agricultura.

agrimonĭa,-ae, (f.). Sofrimento, desgosto.

agripĕta,-ae, (m.). (ager-peto). O que luta pela posse da terra. Colono.

ahen-, ver também **aen-**.

ain, o mesmo que **aisne?** Dizes tu? Você diz que?

aio, ais (defectivo). Dizer sim, afirmar. Dizer.

ala,-ae, (f.). Ponto de articulação de um braço ou de uma asa. Asa. Ala (esquadrão).

alabaster, alabastri, (m.). Vaso de alabastro para perfume.

alăcer, alăcris, alăcre. Vivo, cheio de entusiasmo, impetuoso. Alegre, risonho. Ágil, rápido, leve, veloz.

alacrĭtas, alacritatis, (f.). (alăcer). Vivacidade, entusiasmo. Alegria, jovialidade.

alăpa,-ae, (f.). Bofetada. Gesto ritual de alforriar um escravo.

alarĭus,-a,-um. (ala). Pertencente a uma ala do exército. Tropas auxiliares. Cavaleiros auxiliares.

alatus,-a,-um. (ala). Que tem asas. Alado.

albesco,-is,-ĕre. (albus). Tornar-se branco, alvejar.

albĭco,-as,-are. (albus). Embranquecer alguma coisa. Ser branco, alvejar.

album,-i, (n.). (albus). Quadro branco, em que se relacionavam nomes e festividades. Registro, lista. A cor branca. Álbum.

albus,-a,-um. Branco. Pálido. Claro, limpo, sereno.

alcyon, alcyŏnis, (f.). Alcíone (ave marítima).

alĕa,-ae, (f.). Jogo de dados, jogo de sorte. Sorte. Risco, perigo, azar.

aleatorĭus,-a,-um. (alĕa). Relativo ao jogo de sorte ou aos jogadores.

ales, alĭtis. (ala). I -. Que tem asas, alado. Rápido, ligeiro. II - Ave. Auspício, agouro.

alesco,-is,-ĕre. (alo). Crescer, aumentar.

alga,-ae, (f.). Alga, sargaço. Coisa de pouco valor.

algensis, algense. (alga). Que nasce na ou vive de alga.

algĕo,-es,-ere, alsi, alsum. Ter frio, gelar. Morrer de frio.

algĭdus,-a,-um. (algĕo). Álgido. Muito frio, gelado.

algor, algoris, (m.). (algĕo). Frio. Frio rigoroso.

alĭa. Por outro lado.

alĭas. Em outra ocasião, em outras circunstâncias.

alĭbi. (alĭus). Em outro lugar, em outra coisa.

alicŭbi. (alĭus). Em qualquer lugar, em qualquer parte.

alicunde. (alĭus). De qualquer lugar, de qualquer parte.

alienatio, alienationis. (alĭus). Transmissão do direito de propriedade. Separação, ruptura. Alienação.

alienigĕnus,-a,-um. (alĭus-gigno). De outro país, estrangeiro. Heterogêneo.

alieno,-as,-are,-aui,-atum. (alĭus). Afastar, distanciar. Tornar inimigo, hostil. Vender, alienar.

alienus,-a,-um. (alĭus). Que pertence a outro, alheio, estranho. Estrangeiro. Afastado de. Prejudicial.

alĭger,-ĕra,-ĕrum. (ala-gero). Alado, alígero.

alimentum,-i, (n.). (alo). Subsistência. Alimento. Pensão.

alĭo. Para outro lugar, para outra parte. Para outro assunto, fim.

alioqui ou **alioquin.** Por outro lado, de outro modo, de resto.

aliorsum. Para outro lugar, em outra direção.

alĭpes, alĭpĕdis. (ala-pes). Que tem asas nos pés. Rápido, ligeiro.

alipĭlus,-i (m.). (ala-pilus). Que tem pelos nas axilas.

alipta,-ae ou **aliptes.** Alipta, o que unta e perfuma os atletas.

alĭqua. Por qualquer lugar, De qualquer maneira.

aliquamdĭu. Durante algum tempo, por algum tempo.

aliquando. Algumas vezes. Outrora, um dia. Enfim, finalmente.

aliquantŭlum. Um pouquinho, em pequena quantidade.

aliquantum. Grande quantidade, quantidade apreciável, bastante.
alĭqui,-qua,-quod. Algum, alguma coisa. Alguém.
alĭquis,-qua,-quod. Algum, alguém, alguma coisa.
alĭquo. Para qualquer lugar, para qualquer direção. Para alguma coisa.
aliquot. Alguns, um certo número, vários.
aliquotĭens. Algumas vezes.
alĭter. De outra maneira.
alĭtis. ver **ales.**
aliubi. Em outra parte. Alhures.
alĭum,-i, (n.). Alho.
aliunde. De outro lugar, de outra parte. De longe, de outra coisa.
alĭus,-a,-ud. Outro (tratando-se de mais de dois). Diferente, outro, diverso.
all- ver também **adl-.**
allabor,-ĕris,-labi,-lapsus sum. (ad-labo). Escorregar para, até. Correr para. Aproximar-se. Aportar.
allaboro,-as,-are,-aui,-atum. (ad-labor). Trabalhar em, trabalhar com esforço. Ajuntar com trabalho.
allatro,-as,-are,-aui,-atum. (ad-latro). Ladrar contra, injuriar. Bramir.
allaudo,-as,-are,-aui,-atum. (ad-laus). Exaltar, elogiar, encher de elogios.
allegatĭo, allegationis, (f.). (ad-lego). Missão, embaixada, solicitação.
allego,-as,-are,-aui,-atum. (ad-lego). Mandar, despachar, enviar. Alegar, dar desculpa.
allĕgo,-ĭs,-ĕre,-legi,-lectum. (ad-lego). Juntar por escolha ou por eleição. Associar. Eleger.
alleuatĭo, allevationis, (f.). (ad-leuis). Ação de levantar, elevação. Alívio.
alleuo,-as,-are,-aui,-atum. (ad-leuis). Levantar-se, erguer, elevar. Aliviar.
allicĭo,-is,-ĕre,-lexi,-lectum. (ad-lacĭo). Atrair, seduzir. Aliciar.
allido,-is,-ĕre,-lisi,-lisum. (ad-laedo). Esbarrar contra, ferir contra. Ficar arruinado.
allubesco,-is,-ĕre. (ad-libet). Agradar. Começar a agradar, gostar de.
allucĕo,-es,-ere,-luxi. (ad-lux). Luzir perto, brilhar junto de. Brilhar, estar límpido.
alludo,-is,-ĕre,-lusi,-lusum. (ad-ludus). Dirigir gracejos a, brincar. Aludir, fazer alusão.

allŭo,-is,-ere, allŭi. (ad-lauo). Vir molhar, vir banhar.
alluuĭes,-ĕi, (f.). (ad-lauo). Inundação, cheia.
alluuĭo, alluuionis, (f.). (ad-lauo). Aluvião. Inundação, transbordamento.
almus,-a,-um. (ad-alo). O que alimenta, nutriz. Benéfico, propício. Maternal.
alnus,-i, (f.). Amieiro, alno (árvore).
alo,-is,-ĕre, alŭi, altum ou alĭtum. Alimentar, nutrir. Fazer crescer, desenvolver.
alogĭa,-ae, (f.). Disparate, tolice.
altarĭa,-ĭum, (n.). Altares, onde se queimam as ofertas aos deuses.
alte. Em cima, do alto, ao alto. Profundamente. De longe.
alter,-ĕra,-ĕrum. O outro (tratando-se de dois), um dos dois. O segundo.
altercatĭo, altercationis, (f.). (alter). Disputa. Debate judiciário, contestação. Altercação.
altercor,-aris,-ari,-atus sum. (alter). Discutir, debater, debater judicialmente. Altercar.
alterno,-as,-are. (alter). Fazer alternadamente, alternar. Hesitar.
alternus,-a,-um. (alter). Um depois do outro. Recíproco, mútuo.
alteruter,-utra,-utrum. (alter-uter). Um ou outro, um dos dois.
alticinctus,-a,-um. (altus-cingo). Cingido em cima. Arregaçado. Desembaraçado, ativo.
altĭlis, altĭle. (alo). I - que se alimenta, que se engrossa, que se pode engordar. II - ave doméstica engordada.
altisŏnus,-a,-um. (altus-sono). Que soa alto. Sublime. Altissonante.
altitonans, altitonantis. (altus-tono). Que troveja do alto ou nas alturas, retumbante.
altitonantis, ver **altitonans.**
altitudĭnis, ver **altitudo.**
altitudo, altitudĭnis, (f.). (altus). Altura, elevação. Grandeza. Profundidade.
altiuŏlus,-a,-um. (altus-uolo). Que voa alto.
altor, altoris, (m.). (alo). O que alimenta.
altrinsĕcus. (alter-secus). Do outro lado, de um outro lado.
altrouersum/altrouorsum. (alter-uerto). Do outro lado, para o outro lado.
altus,-a,-um. (alo). Alto, elevado. Profundo. Nobre, sublime, soberbo. Remoto, antigo.
aluarĭum,-i, (n.). (aluus). Cortiço de abelhas.
alueare, aluearis, (n.). (aluus). Cortiço de abelhas.

alueŏlus,-i, (m.). (aluus). Vasilha de madeira. Porão de navio, canoa. Leito estreito de um regato, canal. Tabuleiro de jogar. Tina para banho.

alumnus,-i, (m.). (alo). Criança de peito. Discípulo, aluno.

aluta,-ae, (f.). Couro tenro, pele macia. Sapato, bolsa de couro macio. Cosmético.

aluus,-i, (f.). Cavidade intestinal, ventre. Útero. Cortiço de abelhas.

amabĭlis, amabĭle. (amo). Digno de amor, amável, amoroso, terno. Agradável.

amabilĭtas,-atis, (f.). (amo). Amabilidade, generosidade. Atenção.

amabilitatis, ver **amabilĭtas.**

amabilĭter. (amo). Com amor, amorosamente. De modo agradável. Generosamente.

amabo. (amo). Por favor. Se me permite.

amandatĭo, amandationis. (a-mando). Afastamento, exílio.

amando,-as,-are,-aui,-atum. (a-mando). Afastar, exilar. Mandar para longe.

amanter. (amo). Como amigo, amigavelmente, afetuosamente.

amanuensis, amanuensis, (m.). (manus). Secretário, amanuense.

amarăcum,-i, (n.). Manjerona.

amare. (amarus). Com amargor, amargamente. Dolorosamente.

amaricĭum,-i, (n.). (amarăcum). Essência de manjerona.

amaritĭes,-ei, (f.). (amarus). Amargor, amargura.

amaritudĭnis, ver **amaritudo.**

amaritudo, amaritudĭnis, (f.). (amarus). Amargor, azedume.

amarus,-a,-um. Amargo. Acre, desagradável. Sarcástico, mordaz. Irritável, impertinente.

amasiuncŭla,-ae, (f.). (amo). Amante, namorada. Namoradinha.

amasĭus,-i, (m.). (amo). Amante, namorado.

amatĭo, amationis, (f.). (amo). Manifestação de amor.

amator, amatoris, (m.). (amo). O que ama, amigo. Amoroso, apaixonado. dissoluto, libertino.

amatorĭe. Apaixonadamente.

amatorĭum,-i, (n.). (amo). Meio de provocar amor. Filtro amoroso.

ambactus,-i, (m.). Vassalo, escravo.

ambages, ambagis, (f.). (amb-ago). Sinuosidades, rodeios, voltas do caminho. Circunlóquios. Obscuridade, enigma, incerteza.

ambĕdo,-is,-ĕre,-edi,-esum. (amb-edo). Comer em volta, roer em volta, devorar.

ambi. Elemento de composição. Em volta de, em torno de, de cada lado.

ambĭgo,-is,-ĕre. (amb-ago). Pôr nos pratos da balança. Deixar em suspenso, estar indeciso. Disputar, contestar, discutir.

ambigue. (amb-ago). De modo ambíguo, duvidoso. Ambiguamente.

ambiguĭtas, ambiguitatis, (f.). (amb-ago). Incerteza, obscuridade, equívoco, dúvida. Ambiguidade.

ambiguitatis, ver **ambiguĭtas.**

ambigŭus,-a,-um. (amb-ago). De dois sentidos, incerto, duvidoso, indeciso. Enganador. Ambíguo.

ambĭo,-is,-ire,-ĭi/iui,-ĭtum. (amb-eo). Andar em volta, rodear, cercar. Procurar obter, disputar um cargo, andando em volta dos eleitores.

ambitĭo, ambitionis, (f.). (amb-eo). Ação de andar em volta de. Solicitação, pretensão, cabala. Desejo de popularidade lisonja, adulação. Ambição.

ambitiose. (amb-eo). Com cabala, com empenho. Com lisonja. Com ostentação. Ambiciosamente.

ambitiosus,-a,-um. (amb-eo). Que rodeia, que envolve. Intrigante, que procura agradar, desejoso de popularidade. Cheio de ostentação. Ambicioso.

ambĭtus,-us, (m.). (amb-eo). Circuito, caminho em volta de, contorno. Circunlóquio, rodeio. Ambição, intriga. Em retórica: período.

ambo,-ae,-o. Ambos, os dois ao mesmo tempo.

ambrosĭa,-ae, (f.). Ambrosia, alimento dos deuses. Bálsamo celeste para untar o corpo.

ambrosĭus/ambrosĕus,-a,-um. De ambrosia. Suave, perfumado de ambrosia, agradável.

ambubaĭae,-arum, (f.). Tocadoras de flauta da Síria, cortesãs.

ambulacrum,-i (n.). (ambŭlo). Alameda, ambulacro. Passeio.

ambulatĭo, ambulationis, (f.). (ambĭo). Passeio, lugar de passeio.

ambulator, ambulatoris. (ambĭo). O que gosta de passear, passeador. Vadio.

ambŭlo,-as,-are,-aui,-atum. (ambĭo). Dar a volta, passear. Caminhar, marchar.
amburo,-is,-ĕre,-ussi,-ustum. (amb-uro). Queimar em torno. Queimar.
ambustĭo, ambustionis, (f.). (amb-uro). Ação de queimar. Queimadura.
amens, amentis. (a-mens). Que perdeu a mente, o juízo, que está fora de si. Louco, insensato. Extravagante, absurdo.
amentĭa,-ae, (f.). (a-mens). Alienação mental, loucura, demência.
amentis, ver **amens.**
amento,-as,-are,-aui,-atum. (amentum). Atar, guarnecer com uma correia. Lançar um dardo com uma correia. Atirar com força, disparar.
amentum,-i, (n.). Correia de dardo. Cordão de amarrar sapato.
ames, amĭtis, (m.). Pau ou forquilha para armar redes a pássaros. Cabo de instrumentos. Varais de liteiras.
amethystus,-i, (f.). Ametista.
amiantus,-i, (m.). Amianto.
amica,-ae, (f.). (amo). amiga.
amice. (amo). amigavelmente.
amicĭo,-is,-ire,-cŭi/-ixi,-ĭctum. (amb-iacĭo). Pôr uma vestimenta em torno de si, cobrir-se com capa. Envolver, rodear. Vestir-se, arrumar-se.
amicitĭa,-ae, (f.). (amo). Amizade, simpatia. Aliança, boas relações. Relação de afeto.
amictus,-us, (m.). (amicĭo). Ação de lançar um manto em torno de si. Maneira de vestir-se. Toga, manto.
amicus,-a,-um. (amo). amigo de, aquele que ama. Devotado, que tem afeição por. Agradável.
amicus,-i, (m.). (amo). Amigo, confidente, aliado. Namorado.
amigro,-as,-are. (a-migro). Emigrar. Ir-se embora.
amisĭo, amissionis, (f.). (a-mitto). Perda. O que se deixou escapar.
amĭta,-ae, (f.). Tia por parte de pai.
amĭtis, ver **ames.**
amitto,-is,-ĕre, amisi, amissum. (a-mitto). Deixar escapar ou afastar-se, deixar partir. Perder, abandonar, renunciar.
ammonĭacum,-i, (n.). Goma amoníaca.
amnicŏla,-ae (m.). (amnis-colo). O que habita ou cresce junto de um rio.

amnis, amnis (m.). Rio, corrente de água. Torrente. Água. Constelação do Eridan.
amo,-as,-are,-aui,-atum. Amar, querer bem, estimar, estar apaixonado.
amoenus,-a,-um. Agradável, doce, aprazível, encantador, gracioso.
amolĭor,-iris,-iri,-itus sum. (a-molĭo). Fazer esforço para mover, afastar com esforço, desviar, retirar.
amor, amoris, (m.). Amizade, afeição. Paixão, desejo, vontade. Amor.
amouĕo,-es,-ere,-moui,-motum. (a-mouĕo). Afastar, apartar, arredar, remover. Tirar, subtrair.
amphibolĭa,-ae, (f.). ou amphibologĭa. Anfibologia, ambiguidade, duplo sentido.
amphiteatrum,-i, (n.). Anfiteatro.
amphŏra,-ae, (f.). Ânfora, vaso de barro com duas asas. Medida para líquidos (aproximadamente 24 litros).
ample. Amplamente, grandemente, em larga escala. Pomposamente.
amplector,-ĕris,-cti,-plexus sum. (am-plecto). Abraçar. Abranger, conter. Ligar-se a. Admitir, acolher.
amplexor,-aris,-ari,-atus sum. (am-plecto). Abraçar. Seguir uma opinião. Acariciar, amar, apreciar.
amplexus,-us, (m.). (am-plecto). Entrelaçamento, abraço. Carinho.
amplificatĭo, amplificationis, (f.). (amplus-facĭo). Acréscimo, aumento. Amplificação.
amplifice. Magnificamente.
amplifĭco,-as,-are,-aui,-atum. (amplus-facĭo). Amplificar, aumentar, desenvolver.
amplĭo,-as,-are,-aui,-atum. (amplus). Tornar mais amplo, aumentar, alargar, acrescentar. Estender, adiar. Ampliar.
amplitudĭnis, ver **amplitudo.**
amplitudo, amplitudĭnis, (f.). (amplus). Grandeza, dimensão, amplitude. Importância, prestígio, pompa.
amplus,-a-um. Largo, extenso, espaçoso, vasto, importante. Magnífico, suntuoso. Ilustre, importante. Sublime.
ampulla,-ae, (f.). Pequeno vaso de barro, frasco, ampola. Estilo empolado.
ampullarĭus,-i, (m.). (ampulla). Fabricante ou vendedor de frascos.
ampullor,-aris,-ari,-atus sum. (ampulla). Usar de linguagem empolada, exprimir-se com ênfase.

amputatĭo, amputationis, (f.). (am-puto). Ação de cortar, podar. Corte.
ampŭto,-as,-are,-aui,-atum. (am-puto). Cortar em toda volta, mutilar, encurtar, abreviar. Amputar.
amuletum,-i, (n.). Amuleto, talismã.
amygdăla,-ae, (f.). Amêndoa. Amendoeira.
amylum,-i, (n.). Amido, goma de amido.
an ou **anne.** Partícula interrogativa que traduz grande dúvida ou uma restrição. Será possível que? Por ventura? Acaso?
an- ver **ann-** ou também **adn-**.
anadema, anademătis, (n.). Enfeite para cabeça.
analecta,-ae, (m.). Escravo que tira a mesa. Restos de uma refeição. Fragmentos, compilação.
analogĭa,-ae, (f.). Relação, proporção, simetria. Analogia.
anapaestum,-i, (n.). ou anapaestus,-i, (m.). Anapesto, verso anapéstico, pé composto de duas sílabas breves e uma longa.
anaphŏra,-ae, (f.). Ascensão aos astros. Anáfora (repetição de palavras).
anas, anătis ou anĭtis. Pato, pata.
anatina,-ae (f.). (anas). Carne de pato.
anatocismus,-i, (m.). Juros compostos.
anceps, ancipĭtis. (amb-caput). De duas cabeças, de duas caras. Ambíguo, duvidoso, incerto. Perigoso, enganador. Ancípite.
anch- ver também **anc-**.
ancilla,-ae, (f.). Criada, escrava, auxiliar.
ancillaris, ancillare. (ancilla). Relativo a criadas, ancilar. Servil, baixo.
ancillor,-aris,-ari,-atus sum. (ancilla). Ser escravo, servir como criado. Ser subserviente, dependente de.
ancŏra,-ae, (f.). Âncora. Refúgio, recurso.
ancorale, ancoralis, (n.). (ancŏra). Cabo de âncora.
ancorarĭus,-a,-um. (ancŏra). Pertencente, pertinente a âncora.
andabăta,-ae, (m.). Gladiador que, de olhos fechados, combatia a cavalo.
androgynes, androgynis (f.). Mulher com coragem de homem.
androgynus,-i, (m.). Andrógino, hermafrodita, o que tem dois sexos.
anfractus,-us, (m.). (am-frango). Curvatura, sinuosidade, circuito. Desvio. Circunlóquio.
angarĭa,-ae, (f.). Imposto sobre transporte.
angarĭo,-as,-are,-aui,-atum. (angarĭa). Exigir imposto de transporte. Obrigar, forçar.
angellus,-i, (m.). Pequeno ângulo, canto.
angina,-ae, (f.). Angina, inflamação da garganta.
angiportum,-i (n.) ou –us,-us (m.). (ango--portus). Beco, viela.
ango,-is,-ĕre, anxi, anctum. Apertar, estreitar. Oprimir, atormentar.
angor, angoris, (m.). (ango). Opressão, angústia. Amargura, tormentos.
anguĭfer,-fĕra,-fĕrum (anguis-fero). Que traz serpentes, que alimenta, produz serpentes. Anguífero. Substantivado: a constelação do Serpentário.
anguinus,-a,-um. (anguis). De serpente, semelhante a serpente. Anguino.
anguis, anguis, (m. e f.). Cobra, serpente, O Dragão, o Serpentário (constelações).
angularis, angulare. (angŭlus). Que tem ângulos, angular.
angŭlus,-i, (m.). Canto, ângulo. Recinto, lugar retirado. Quarto de estudo, sala de escola.
anguste. (ango). Estreitamente, apertadamente. De modo limitado, restrito. Mesquinhamente. Concisamente.
angustĭae,-arum, (f.). (ango). Espaço estreito, desfiladeiro. Brevidade. Dificuldades, angústia, aflição.
angusticlauius,-i, (m.). (angustus-clauus). Tribuno da plebe, que usa na túnica uma faixa estreita de púrpura. Angusticlávio.
angusto,-as,-are,-aui,-atum. (ango). Tornar estreito, apertar. Restringir, reduzir.
angustus,-a,-um. (ango). Estreito, apertado. De curta duração, restrito. Limitado, acanhado. Seco, sutil.
anhelĭtus,-us, (m.). (anhelo). Sopro, suspiro, respiração dificultosa. Exalação.
anhelo,-as,-are,-aui,-atum. Respirar com dificuldade, estar ofegante. Anelar, arquejar. Exalar, respirar.
anhelus,-a,-um. (anhelo). Anelante, ofegante. Que torna ofegante.
anicŭla,-ae (f.). (anus). Velhinha.
anilis, anile. (anus). Senil, de velha. À maneira de uma velha.
anilĭtas, anilitatis, (f.). (anus). Velhice de mulher.
anĭma,-ae, (f.). Sopro, emanação. Sopro vital, alma.

animaduersĭo, animaduersionis, (f.). (animaduerto). Aplicação do espírito, atenção, observação. Censura, repreensão, castigo, pena.

animaduerto,-is,-ĕre,-uerti,-uersum. (uerto anĭmum ad). Aplicar o espírito a, prestar atenção, perceber. Observar, reconhecer. Notar, censurar, repreender, punir.

anĭmal, animalis, (n.). (anĭma). Ser vivo, animal (por oposição aos humanos).

animalis, animale. (anĭma). Que respira, animado.

anĭmans, animantis. (m. e f.). (anĭma). Ser vivo, animal.

animatĭo, animationis, (f.). (anĭma). Infusão de vida, ser animado. Animação.

animatus,-us, (m.). (anĭma). Respiração, vida.

anĭmo,-as,-are,-aui,-atum. (anĭma). Animar, dar vida. Transformar. Ter determinada disposição de espírito.

animose. (anĭmus). Com coragem. Corajosamente, apaixonadamente.

animosus,-a,-um. (anĭmus). Corajoso, intrépido, ardente. Magnânimo, orgulhoso, impetuoso. Apaixonado.

anĭmus,-i, (m.). Princípio pensante (em oposição a *corpus* e *anĭma*), sede do pensamento. Coração, caráter, índole, condição, natureza.

ann- ver **an-** ou também **adn-**.

annalis,-e, (m.). (annus). Livro de anais.

anne, partícula que introduz o segundo membro de uma interrogativa indireta dupla, ver **an**.

annecto,-is,-ĕre,-nexŭi,-nexum. (ad-necto). Ligar a, atar, unir a. Ajuntar, acrescentar.

annellus,-i, (m.). Anelzinho.

annexus,-us, (m.). (ad-necto). Reunião, conexão. Anexo.

annicŭlus,-a,-um. (annus). De um ano, com um ano de idade.

annĭfer,-fĕra,-fĕrum. (annus-fero). Que produz (frutos) todo o ano. Que se renova todos os anos.

annitor,-ĕris, anniti, annixus ou annisus sum. (ad-nitor). Apoiar-se em, encostar-se a, firmar-se em. Dobrar-se com esforço, fazer esforço.

anniuersarĭus,-a,-um. (annus-verto). Que volta todos os anos, anual.

annona, ae, (f.). (annus). Produção do ano, colheita do ano. Colheita do trigo, provisões de trigo. Preço alto, escassez.

annosus,-a,-um. (annus). Carregado de anos. Velho.

annotator, annotatoris, (m.). (ad-nota). Que toma nota de. Observador, o que espia.

annŏto,-as,-are,-aui,-atum. (ad-nota). Pôr uma nota ou um sinal, tomar nota de. Notar, observar. Designar, destinar.

annŭlus,-i, (m.). Anel. Argola. Anelo de ouro.

annumĕro,-as,-are,-aui,-atum. (ad-numĕrus). Contar no número, acrescentar ao número.

annuntĭo,-as,-are,-aui,-atum. (ad-nuntĭo). Anunciar, fazer saber, relatar.

annŭo,-is,-ĕre,-nŭi,-nutum. (ad-nuo). Conceder, aprovar por um sinal de cabeça. Afirmar, confessar, designar através de um sinal.

annus,-i, (m.). Ano. Produção de um ano. Estação das colheitas (outono).

annŭum,-i, (n.). (annus). Salário de um ano, rendimento anual, pensão.

annŭus,-a,-um. (annus). Que dura um ano. Que volta a cada ano.

anomalĭa,-ae, (f.). Anomalia, irregularidade.

anquiro,-is,-ĕre,-quisiui,-quisitum. (am-quaero). Procurar com cuidado, examinar. Fazer investigação judicial. Processar, acusar.

ansa,-ae, (f.). Asa. Cabo. Ocasião, oportunidade.

anser, ansĕris, (m.). Pato, ganso.

ante. adv. Diante, adiante, antes. Anteriormente.

ante. prep./acus. Diante de, na presença de, perante. Antes.

antĕa. adv. Até agora, até então, antes.

anteaquam. adv. antes que.

antecapĭo,-is,-ĕre,-cepi,-captum. (ante-capĭo). Tomar, obter, receber antes. Preceder, antecipar.

antecedo,-is,-ĕre,-cessi,-cessum. (ante-cedo). Caminhar, marchar na frente. Preceder, anteceder. Ultrapassar.

antecello,-is,-ĕre. (ante-cello). Elevar-se acima dos demais, distinguir-se, ultrapassar, ser superior.

antecessĭo, antecessionis, (f.). (ante-cedo).

Antecedência, precedência. Fato antecedente.
antecessor, antecessoris, (m.). (ante-cedo). Batedor. Predecessor, precursor, antecessor.
antecipatĭo, anticipationis, (f.). (ante-capĭo). Conhecimento antecipado, pressentimento. Antecipação.
antecursor, antecursoris, (m.). (ante-curro). Guarda avançada, explorador, batedor.
anteĕo,-is,-ire, antĕi/anteiui, anteĭtum/antĭtum. (ante-eo). Ir na frente, adiante, preceder. Ultrapassar, exceder. Preceder.
antefĕro,-fers,-ferre,-tŭli,-latum. (ante-fero). Levar adiante. Preferir.
antegredĭor,-ĕris,-grĕdi,-gressus sum. (ante-gradus). Caminhar adiante, marchar na frente, ir antes, preceder.
antĕhac. Até agora, anteriormente.
antelogĭum,-i, (n.). Prólogo.
antelucanus,-a,-um. (ante-lux). Antes do amanhecer, até amanhecer, matinal.
antemitto,-is,-ĕre,-misi,-misum. (ante-mitto). Mandar adiante, enviar antes.
antemna,-ae, (f.). Antena (de um navio).
anteoccupatĭo, anteoccupationis, (f.). (ante-ob-capĭo). Antecipação, ato de antecipar uma objeção, anteocupação.
antepilanus,-i, (m.) (ante-pilus). Antepilano, soldado das primeiras linhas.
antepono,-is,-ĕre,-posŭi,-posĭtum. (ante-pono). Pôr adiante, antepor. Preferir.
antĕquam. Antes que.
antesignanus,-i, (m.). (ante-signum). Soldado que combate diante das insígnias. Chefe, comandante.
antesto,-as,-are, antesteti/antĭsti. (ante-sto). Estar à frente de, diante de. Levar vantagem, exceder, ultrapassar.
anteuenĭo,-is,-ire,-ueni,-uentum. (ante-uenĭo). Vir antes, chegar antes, antecipar-se. Exceder-se.
anteuerto/anteuorto,-is,-ĕre,-uerti/uorti,-uersum/uorsum. (ante-uerto). Ir na frente, preceder, chegar antes. Prevenir, antecipar, preferir.
anticĭpo,-as,-are,-aui,-atum. (ante-capĭo). Tomar antecipadamente, antecipar. Levar vantagem, ultrapassar.
antidŏtus,-i, (m.), ou -um,-i, (n.). Antídoto, contraveneno.

antinomĭa,-ae, (f.). Antinomia, oposição de duas leis.
antipŏdes, antipŏdum, (m.). Antípodas. Pessoas que trocam a noite pelo dia.
antiquarĭus,-a,-um. Relativo à antiguidade. Antiquário, o que gosta de antiguidades.
antique. À moda antiga.
antiqui,-orum, (m.). Os antepassados. Os antigos.
antiquĭtas, antiquitatis, (f.). Antiguidade. Costumes antigos, a antiga simplicidade.
antiquitatis ver **antiquĭtas.**
antiquĭtus. Desde a antiguidade. Na antiguidade, antigamente.
antiquo,-as,-are,-aui,-atum. Rejeitar (uma lei ou uma proposta de lei).
antiquus,-a,-um. Antigo, velho, passado.
antonomasĭa,-ae, (f.). Antonomásia (termo de gramática).
antrum,-i, (n.). Gruta, caverna, cavidade, antro.
anus,-i, (m.). Anel. Ânus.
anus,-us, (f.). Velha. Velha feiticeira. Velho, velha.
anxie. (anxĭus). Com ansiedade, ansiosamente, com inquietação.
anxiĕtas, anxietatis, (f.). (anxĭus). Ansiedade, desassossego, inquietação. Escrúpulo, preocupação.
anxietatis, ver **anxiĕtas.**
anxĭfer,-fĕra,-fĕrum. (anxĭus). Atormentador.
anxĭus,-a,-um. (ango). Ansioso, inquieto, atormentado. Penoso, angustiante, incômodo.
aper, apri, (m.). Javali. Espécie de peixe.
aperĭo,-is,-ire, aperŭi, apertum. Abrir. Descobrir. Fender, cavar, escavar. Expor, esclarecer.
aperte. (aperĭo). Abertamente, publicamente. Às claras, com clareza.
apertum,-i, (n.). (aperĭo). Lugar descoberto, planície. Ao ar livre. Às claras.
apertus,-a,-um. (aperĭo). Aberto, descoberto. Sereno, claro. Franco.
apex, apĭcis, (m.). Ponta, cimo. Auge, ápice. Barrete, tiara, coroa. Traço vertical colocado por cima das vogais para indicar que são longas. Sutileza, minúcia.
aphractus,-i, (m.). ou -um,-i, (n.). Navio sem coberta.
aphrodisĭa,-orum, (n.). Afrodísias, festas em honra de Vênus.

apicatus,-a,-um. Coberto com o barrete dos Flâmines.
apĭcis, ver **apex.**
apicŭla,-ae, (f.). Pequena abelha, abelha.
apĭnae,-arum, (f.). Ninharias.
apĭo,-is,-ĕre. Ligar, atar.
apis, apis, (f.). Abelha.
apis, apis, (m.). O boi Ápis (adorado no Egito).
apiscor,-ĕris, apisci, aptus sum. (apĭo). Atingir, alcançar, adquirir. Compreender.
apodyterĭum,-i, (n.). Apoditério, vestiário de um balneário.
apolŏgus,-i, (m.). Apólogo, fábula.
aposiopesis, aposiopesis, (f.). Aposiopese (= reticências), figura de retórica.
apostrŏphe,-es, (f.). Apóstrofe (dirigir-se a um outro que não o auditório), figura de retórica. (f.). Apóstrofe, figura de retórica.
apotheca,-ae, (f.). Lugar onde se guardam comestíveis, despensa. Celeiro, adega
app- ver também **adp-**.
apparate. Com aparato, suntuosamente.
apparatĭo, apparationis, (.f) (ad-paro). Preparativo, preparação. Suntuosidade, aparato.
apparĕo,-es,-ere,-parŭi,-parĭtum. (ad-parĕo). Aparecer, estar à vista, mostrar-se. Ser evidente, estar claro. Estar junto de alguém para servir, estar às ordens para.
apparitĭo, apparitionis, (f.). (ad-parĕo). Serviço, função, cargo. Serviçal.
apparĭtor, apparitoris, (m.). (ad-parĕo). Funcionário subalterno (ao serviço de um magistrado).
apparo,-as,-are,-aui,-atum. (ad-paro). Preparar, fazer preparativos. Preparar-se, equipar.
appellatĭo, appellationis, (f.). (ad-pello). Ação de dirigir a palavra, apelo. Pronúncia.
appello,-as,-are,-aui,-atum. (ad-pello). Chamar, dirigir a palavra a. Solicitar, recorrer a. Nomear, proclamar. Demandar, litigar.
appello,-is,-ĕre, appŭli, appulsum. (ad-pello). Impelir para, dirigir para, fazer chegar. Aproximar-se, aportar.
appendix, appendĭcis, (f.). (ad-pendo). O que pende. Apêndice, suplemento, acessório.
appendo,-is,-ĕre,-pendi,-pensum. (ad-pendo). Suspender a, suspender. Pesar.
appetenter. (ad-peto). Com avidez, avidamente, com sofreguidão.
appetentĭa,-ae, (f.). (ad-peto). Apetite, vontade, desejo. Paixão.
appetitĭo, appetitionis, (f.). (ad-peto). Ação de procurar alcançar. Desejo, Cobiça. Apetite.
appeto,-is,-ĕre,-petiui,-petitum. (ad-peto). Procurar aproximar-se de, procurar alcançar. Atacar, assaltar. Desejar, pretender. Aproximar-se, chegar.
appingo,-is,-ĕre,-pinxi,-pictum. (ad-pingo). Pintar em, desenhar sobre. Acrescentar.
applaudo,-is,-ĕre,-plausi,-plausum. (ad-plaudo). Bater em. Fazer baterem duas coisas. Aplaudir.
applicatĭo, applicationis, (f.). (ad-plico). Ação de ligar. Prender, ligar algo a. Direito de herdar, sem testamento, os bens de um cliente morto.
applico,-as,-are,-aui,-atum. (ad-plico). Aportar, aproximar-se, dirigir-se a. Apoiar. Aplicar, ligar a.
apploro,-as,-are,-aui,-atum. (ad-ploro). Chorar com, junto de.
appono,-is,-ĕre,-posŭi,-posĭtum. (ad-pono). Pôr junto de, diante de, apor. Designar. Ajuntar, acrescentar.
apporrectus,-a,-um. Estendido junto, ao longo de.
apporto,-as,-are,-aui,-atum. (ad-porto). Trazer, transportar para, levar. Causar, produzir.
apposco,-is,-ĕre. (ad-posco). Pedir a mais.
apposĭte. (ad-pono). Convenientemente, de modo apropriado.
appositĭo, appositionis, (f.). (ad-pono). Acréscimo, adição.
apposĭtum,-i, (n.). (ad-pono). Epíteto, o que qualifica (o substantivo), aposto, atributo.
apposĭtus,-a,-um. (ad-pono). Posto junto a, próximo, vizinho. Inclinado, propenso a, próprio para.
apprecor,-aris,-ari,-atus sum. (ad-prex). Pedir, dirigir súplicas a, suplicar, invocar.
apprehendo,-is,-ĕre,-endi,-ensum. (ad-prehendo). Agarrar, apanhar, segurar. Apoderar-se de, tomar de assalto, assaltar, atacar.
apprime. (ad-primus). Antes de tudo, sobretudo, principalmente.
apprĭmo,-is,-ĕre,-pressi,-pressum. (ad-premo). Apertar contra ou de encontro a, estreitar.

approbatĭo, approbationis, (f.). (ad-probo). Aprovação, prova, confirmação.
apprŏbe. Muito bem.
apprŏbo,-as,-are,-aui,-atum. (ad-probo). Aprovar, fazer aprovar. Provar, demonstrar.
appromitto,-is,-ĕre. (ad-pro-mitto). Responder por alguém, ficar como garantia, ser fiador.
appropĕro,-as,-are,-aui,-atum. (ad-propĕro). Apressar, acelerar. Apressar-se muito.
appropinquatĭo, appropinquationis, (f.). (ad-propinquus). Aproximação.
appropinquo,-as,-are,-aui,-atum. (ad-propinquus). Aproximar-se de, avizinhar.
appugno,-as,-are,-aui,-atum. (ad-pugna). Atacar, assaltar.
appulsus,-us, (m.). (ad-pello). Ação de aportar, acesso, desembarque. Contato, ataque, dano.
apricatĭo, apricationis, (f.). (aprĭcus). Ação de aquecer-se ao sol.
aprĭcor,-aris,-ari. (aprĭcus). Aquecer-se ao sol.
aprĭcum,-i, (n.). Lugar ensolarado. Às claras, à luz do dia.
aprĭcus,-a,-um. Exposto ao sol.
aprilis, aprilis, (m.). Abril, o mês consagrado a Vênus.
aprugnus ou aprunus,-a,-um. (aper). De javali.
apsĭdis, ver **apsis.**
apsis, apsĭdis, (f.), também **absis.** Arco, abóbada. Curso de um planeta, ábside.
apte. Convenientemente, de modo apropriado. Perfeitamente ligado.
apto,-as,-are,-aui,-atum. Aplicar, adaptar, apropriar, adequar. Ligar, atar, prender. Preparar, equipar, munir.
aptus, -a, -um. Ligado, atadado, unido. Equipado, preparado, munido, provido, guarnecido. Apropriado, apto, hábil, conveniente, adequado.
apud, prep./acus. Junto de, perto de, na região de. Diante de. Em casa de, ao pé de, junto a.
aqua,-ae, (f.). Água. Chuva, inundação. Águas termais, banhos.
aquaeductus,-us, (m.). (aqua-duco). Aqueduto.
aquarĭus,-i, (m.). (aqua). Escravo encarregado de águas, aguadeiro. Inspetor de águas. Aquário (constelação).
aquatĭcus,-a,-um. (aqua). Aquático. Cheio de água.
aquatĭlis, aquatĭle. (aqua). Aquático.
aquatĭo, aquationis, (f.). (aqua). Aprovisionamento de água, aguada.
aquĭla,-ae, (f.). Águia. Águia: insígnia da legião romana; constelação.
aquilĭfer,-fĕri, (m.). (aquĭla-fero). Legionário encarregado de conduzir a insígnia.
aquĭlo, aquilonis, (m.). O Aquilão (vento norte).
aquor,-aris,-ari,-atus sum. (aqua). Fazer aguada, fazer provisão de, ir buscar água.
ara, arae, (f.). Altar, lar dos deuses. Proteção, auxílio divino. Ara (constelação). Monumento, urna funerária.
arabs, arăbis. Árabe.
arăbus,-a,-um. Arábico, árabe.
aranĕa,-ae, (f.). Aranha. Teia de aranha.
araneosus,-a,-um. (aranĕa). Cheio de teias de aranha.
aranĕus,-a,-um. (aranĕa). De, relativo a aranha.
aratĭo, arationis, (f.). (aro). Lavoura, ação de lavrar. Terras cedidas para cultivo em parceria.
arator, aratoris, (m.). (aro). Lavrador. Rendeiro, meeiro.
aratrum,-i, (n.). (aro). Arado.
arbĭter, arbĭtri, (m.). Testemunha ocular, espectador. Confidente. Árbitro, juiz.
arbitratus,-us, (m.). (arbĭter). Arbitragem, decisão, julgamento. Vontade, arbítrio.
arbitrĭum,-i, (n.). (arbĭter). Arbitragem, sentença arbitral. Julgamento, decisão. Poder de decisão. Arbítrio.
arbĭtror,-aris,-ari,-atus sum. (arbĭter). Observar, ser testemunha. Julgar, pensar, crer.
arbor, arbŏris, (f.), também **arbos.** Árvore. Objeto de madeira. *Iouis arbor,* o castanheiro; *Phoebi arbor,* o loureiro; *Palladis arbor,* a oliveira; *Herculĕa arbor,* o choupo, olmeiro.
arbustum,-i, (n.). (arbor). Pequeno bosque, arvoredo. Árvore.
arbŭtus,-i, (f.). Medronheiro (árvore).
arca,-ae, (f.). Cofre, arca, caixa. Armário. Caixão, sarcófago. Cárcere.

arcano. (arca). Secretamente, em segredo, em particular.
arcanum,-i, (n.). (arca). Segredo, mistério.
arcĕo,-es,-ere, arcŭi. Conter, manter, reter. Manter à distância, ao longe, afastar.
arcesso,-is,-ĕre,-iui/-ĭi,-itum. Mandar vir, ir buscar, procurar, mandar chamar, chamar. Obter, extrair, conseguir.
archetypus,-a,-um. Original, que foi feito em primeiro lugar. Arquétipo.
archimagirus,-i, (m.). Chefe de cozinheiros, arquimagiro.
archipirata,-ae (m.). Chefe de piratas, arquipirata.
architector,-aris,-ari. Inventar, arquitetar planos, procurar.
architectus,-i, (m.). Arquiteto. Inventor, autor.
arcipotens, arcipotentis, (m.). (arcus-possum). O que tem poder sobre o arco, hábil manejador do arco, poderoso arqueiro.
arcis. ver **arx**.
arcitĕnens, arcitenentis, (m.). (arcus-tenĕo). O que traz, segura o arco, ornado de arco (Apolo). Sagitário (constelação).
arct- ver também **art-**.
arcte ou **arte**. Estreitamente. Duramente, severamente. Ternamente.
arcto,-as,-are,-aui,-atum. (arctus). Apertar fortemente, estreitar. Reduzir, resumir.
arctos ou arctus,-i, (f.). A Ursa, estrela. O norte, o pólo norte. A noite.
arctum,-i, (n.). (arctus). Espaço estreito. Situação embaraçosa.
arctus,-a,-um. Estreito, apertado, acanhado. Profundo. Tacanho, restrito.
arcuatus,-a,-um. (arcus). Curvado em arco. Ictérico, com icterícia.
arcŭo,-as,-are,-aui,-atum. (arcus). Curvar em arco, dar a forma de arco, arquear.
arcus,-us, (m.). Arco. Objeto em forma de arco. Arco de triunfo.
ardĕa,-ae, (f.). Garça.
ardenter. (ardĕo). Ardentemente, ardorosamente.
ardĕo,-es,-ere, arsi, arsum. Arder, estar em fogo, brilhar, cintilar. Desejar ardentemente, apaixonadamente. Estar fora de controle.
ardesco,-is,-ĕre, arsi. (ardĕo). Pegar fogo, começar a arder, inflamar. Apaixonar-se.

ardor, ardoris, (m.). (ardĕo). Calor ardente, ardor. Brilho, resplendor. Fogo, paixão, desejo ardente.
ardŭum,-i, (n.). Lugar elevado, montanha, lugar escarpado.
ardŭus,-a,-um. Alto, elevado, escarpado. Difícil, desfavorável, árduo.
arĕa, arĕae, (f.). Espaço desocupado, praça. Superfície plana. Eira.
arefacĭo,-is,-ĕre,-feci,-factum. (arĕo-facĭo). Fazer secar, secar, esgotar, tornar árido.
arena,-ae, (f.). Areia. Lugar coberto de areia. Arena, anfiteatro. Gladiador, combatentes de circo.
arenosus,-a,-um. Arenoso.
arens, arentis. (arĕo). Seco, ressequido, árido. Abrasador, sedento.
arĕo,-es,-ere, arŭi. Estar seco. Estar abrasado em sede, estar esgotado.
aresco,-is,-ĕre. (arĕo). Tornar-se seco, perder a umidade.
aretalŏgus,-i, (m.). Charlatão, tagarela.
argentarĭa,-ae, (f.). (argentum). Casa bancária, banco. Ofício de banqueiro. Mina de prata.
argentarĭus,-a,-um. (argentum). De prata. Moeda, dinheiro de prata.
argentĕus,-a,-um. (argentum). Argênteo, de prata, prateado. Ornado de prata, brilhante como prata.
argentum,-i, (n.). Prata (metal). Objeto de prata, prataria. Moeda, riqueza.
argilla,-ae, (f.). Argila.
argitis, argitis, (f.). Argita, videira que produz uvas brancas.
argumentatĭo, argumentationis, (f.). (argŭo). Argumentação, argumentos.
argumentor,-aris,-ari,-atus sum. (argŭo). Aduzir prova, argumentar. Dar como prova, provar, demonstrar.
argumentum,-i, (n.). (argŭo). Prova, argumento. Matéria, assunto.
argŭo,-is,-ĕre, argŭi,-gutum. Indicar, demonstrar, manifestar. Acusar, censurar, arguir.
argute. (argŭo). Com agudeza, com finura. Sutilmente, agudamente.
argutĭa,-ae, (f.). (argŭo). Argúcia, sutileza. Gracejo, vivacidade, elegância.
argutus,-a,-um. (argŭo). Claro, distinto, arguto. Agudo, picante, ativo, sagaz, fino. Melodioso, sonoro.

aride. (areo). Secamente.
aridum,-i, (n.). (areo). Terra firme, lugar seco.
aridus,-a,-um. (areo). Seco, ressequido, árido. Magro, pobre, sem requinte.
aries, arietis, (m.). Carneiro. Aríete. Áries, signo do zodíaco e constelação.
arietis, ver **aries**.
arieto,-as,-are,-aui,-atum. (aries). Dar marradas, bater com aríete. Tropeçar, chocar-se contra. Ferir, perturbar, inquietar.
arista,-ae, (f.). Barba de espiga. Espiga. Pêlo do corpo.
arithmeticus,-a,-um. Aritmético, relativo à aritmética.
aritudinis, ver **aritudo**.
aritudo, aritudinis, (f.). (areo). Aridez, secura.
arma,-orum, (n.). Armas. Utensílios, instrumentos. Exército, homens armados. A guerra.
armamenta,-orum, (n.). (arma). Utensílios, equipamentos, ferramentas. Equipamentos de navio.
armarium,-i, (n.). (arma). Armário, cofre. Guarda-louça, biblioteca.
armatura,-ae, (f.). (arma). Armadura, equipamento. Soldados armados, tropas.
armentalis, armentale. (armentum). Pertencente a um rebanho ou manada.
armentum,-i, (n.). Rebanho de gado grosso. Gado de trabalho. Rebanho em geral.
armifer,-fera,-ferum. (arma-fero). Que produz homens armados. Belicoso, guerreiro, armífero.
armiger,-gera,-gerum. (arma-gero). Que traz armas, armígero.
armilla,-ae, (f.). (armus). Bracelete.
armipotens, armipotentis. (arma-possum). Poderoso, temível pelas armas, guerreiro, belicoso.
armo,-as,-are,-aui,-atum. Armar. Equipar. Fortificar, munir, preparar.
armus,-i, (m.). Parte superior do braço, ombro. Braço.
aro,-as,-are,-aui,-atum. Lavrar, arar, sulcar. Cultivar. Trabalhar como agricultor.
arr- ver também **adr-**.
arrepo,-is,-ere,-repsi,-reptum. (ad-repo). Ir de rasto, rastejar. Insinuar-se brandamente.
arrideo,-es,-ere,-risi,-risum. (ad-rideo). Rir-se para, sorrir para, rir com. Sorrir, agradar, favorecer.
arrigo,-is,-ere,-rexi,-rectum. (ad-rego). Levantar para, endireitar, erguer. Excitar, animar.
arripio,-is,-ere,-ripui, reptum. (ad-rapio). Agarrar, arrebatar, tomar violentamente. Atacar de surpresa. Levar aos tribunais.
arrodo,-is,-ere,-rosi,-rosum. (ad-rodo). Roer em redor, dilacerar com os dentes, morder violentamente.
arroganter. (ad-rogo). Arrogantemente, com presunção.
arrogantia,-ae, (f.). (ad-rogo). Arrogância, presunção, altivez.
arrogo,-as,-are,-aui,-atum. (ad-rogo). Pedir a mais. Ajuntar, associar. Arrogar-se, atribuir-se algo, sem fundamento.
ars, artis, (f.). Maneira de ser ou de proceder. Habilidade adquirida, conhecimento técnico. Artifício, astúcia. Ofício, profissão. Trabalho, obra, tratado. Talento, arte.
art- ver também **arct-**.
arteria,-ae, (f.). Traqueia, artéria.
articulatim. (artus). Por parte, pouco-a-pouco, distintamente. Articuladamente.
articulatio, articulationis (f.). (artus). Formação de nós em árvores. Doença nos gomos de videiras. Articulação.
articulo,-as,-are,-aui,-atum. (artus). Articular, pronunciar distintamente.
articulus,-i, (m.). (artus). Articulação, juntura. Membro pequeno, dedo. Ocasião, momento. Seção, divisão de membro de frase (artigo).
artifex, artificis, (m. e f.). (ars-facio). Artífice, operário, artista. Autor, criador, perito em arte. Artista.
artificialiter. (ars-facio). Com arte.
artificiose. (ars-facio). Com arte, artisticamente.
artificiosus,-a,-um. (ars-facio). Feito segundo os princípios de arte, artístico. Engenhoso, hábil.
artificium,-i, (n.). (ars-facio). Profissão, ocupação, arte, emprego. Perícia, habilidade. Obra de arte. Ciência. Ardil, manha, astúcia.
artis, ver **ars**.
artopta,-ae, (f.). Espécie de forma para assar pão.
artus, o mesmo que **arctus**.
artus,-us, (m.). Articulações, juntura dos ossos. Membros do corpo. Ramos de árvore.

aruina,-ae, (f.). Gordura, toucinho, banha de porco.
arŭla,-ae, (f.). Pequeno altar.
arun- ver também **harun-**.
arundinĕus,-a,-um. (arundo). De cana, de caniço.
arundo, arundĭnis, (f.). Cana, caniço. Haste de flecha, flecha. Vara de pescar. Bastão, bengala, travessa de tecelão.
aruum,-i, (n.). (aro). Terra lavrada, campo. Seara, pastagem. Planície.
aruus,-a,-um. (aro). Arável, lavrado.
arx, arcis, (f.). Cidadela. Altura, o ponto mais elevado. Lugar fortificado, forte, baluarte. Refúgio, proteção. O Capitólio.
as, assis, (m.). Asse (unidade do sistema monetário romano.) Pouco valor, coisa de pouco valor.
asc- ver também **adsc-**.
ascendo,-is,-ĕre,-cendi,-censum. (ad-scando). Subir, fazer subir. Elevar-se, crescer. Escalar, montar, chegar.
ascensĭo, ascensionis, (f.). (ad-scando). Ação de subir, subida. Ascensão.
ascensus,-us, (m.). (ad-scando). Ação de subir, subida, escalada. Ascensão, acesso.
ascĭa,-ae, (f.). Enxó, machadinha.
ascĭo,-is,-ire,-iui. (ad-scisco). Mandar vir, receber, ajuntar.
ascisco,-is,-ĕre,-iui,-itum. (ad-scisco). Mandar vir, chamar a si. Tomar para si, adotar. Adquirir, conseguir. Aprovar, admitir. Atribuir-se.
ascribo,-is,-ĕre,-cripsi,-criptum. (ad-scribo). Ajuntar por escrito, acrescentar a um escrito. Ajuntar, inscrever, marcar, agravar. Associar, alistar, recrutar. Imputar, referir.
ascriptĭo, ascriptionis, (f.). (ad-scribo). O que se junta a um escrito. Adição.
asella,-ae, (f.). (asĭnus). Burrinha, jumentinha.
asellus,-i, (m.). (asĭnus). Burrinho, jumentinho.
asĭna,-ae, (f.). (asĭnus). Burra, asna, jumenta.
asĭnus,-i, (m.). Asno, burro, jumento. Homem estúpido.
asotus,-a,-um. Dissoluto, voluptuoso, devasso.
aspectabĭlis, aspectabĭle. (ad-specĭo). Visível.
aspecto,-as,-are,-aui,-atum. (ad-specĭo). Olhar frequentemente ou atentamente para, prestar atenção. Estar atento. Estar voltado para, estar defronte.
aspectus,-us, (m.). (ad-specĭo). Ação de olhar, olhar. Vista, presença. Aspecto, aparência.
aspello,-is,-pellĕre,-pŭli,-pulsum. (abs--pello). Expulsar, afastar, repelir
asper,-ĕra,-ĕrum. Áspero, Pedregoso, agudo. Duro, difícil, desagradável. Rigoroso, tempestuoso, severo, árido. Rude, áspero, sem harmonia.
aspĕre. Asperamente. Com severidade, duramente, rudemente.
aspergo,-is,-ĕre,-persi,-persum. (spargo). Espalhar, derramar. Aspergir, borrifar, molhar.
asperĭtas, asperitatis, (f.). (asper). Aspereza, aridez. Rigor, rudeza, dificuldade.
aspernor,-aris,-ari,-atus sum. (sperno). Afastar, rejeitar, recusar, renegar. Repelir com desprezo.
aspĕro,-as,-are,-aui,-atum. (asper). Tornar áspero, desigual. Encapelar, encrespar. Tornar mais forte, agudo, violento, agravar.
aspersĭo, aspersionis, (f.). (spargo). Ação de espalhar. Aspersão.
aspicĭo,-is,-ĕre,-spexi,-spectum. (ad-specĭo). Olhar para, dirigir os olhos a, estar voltado para. Considerar, examinar, prestar atenção.
aspĭdis, ver **aspis**.
aspiro,-as,-are,-aui,-atum. (ad-spiro). Soprar para, soprar. Aspirar, pretender. Inspirar, infundir. Pronunciar com aspiração.
aspis, aspĭdis, (f.). Áspide, serpente venenosa.
asporto,-as,-are,-aui,-atum. (abs-porto). Afastar levando, transportar. Conduzir, levar em navio.
assa,-ae, (f.). Ama-seca (a que cuida sem amamentar).
assecla,-ae, (m.). (ad-sequor). O que faz parte da comitiva, sequaz. Acólito, assecla, bandido.
assector,-aris,-ari,-sectatus sum. (ad-sequor). Acompanhar, seguir.
assensĭo, assensionis (f.). (ad-sentĭo). Assentimento, adesão, aprovação.
assensus,-us, (m.). (ad-sentĭo). Adesão, assentimento, aprovação.
assentĭor,-iris,-iri,-sensus sum. (ad-sentĭo). Dar assentimento, aprovar, ter opinião idêntica.
assequor,-ĕris,-sequi,-secutus sum. (ad-se-

quor). Perseguir, alcançar, atingir. Chegar a, obter, conseguir. Seguir mentalmente, acompanhar, compreender.
asser, assĕris, (m.). Pequena peça de madeira, barrote, estaca, varais.
assĕro,-is,-ĕre,-serŭi,-sertum. (ad-sĕro). Puxar para si, chamar a si. Reivindicar, reclamar. Atribuir, arrogar, apropriar.
assertĭo, assertionis, (f.). (ad-sero). Ação de reivindicar a libertação, libertação.
asseruĭo,-is,-ire. (ad-seruĭo). Sujeitar-se, submeter-se, condescender.
asseruo,-as,-are,-aui,-atum. (ad-seruo). Guardar junto de si, ter sob a guarda. Montar guarda, vigiar.
assessĭo, assessionis, (f.). (ad-sedĕo). Ação de sentar junto a, assistência a.
assessus,-us, (m.). (ad-sedĕo). Ato de estar sentado ao lado de, assistência.
asseueranter. (ad-seuerus). De modo afirmativo, categoricamente.
asseuero,-as,-are,-aui,-atum. (ad-seuerus). Afirmar com ênfase, categoricamente, asseverar, falar a sério. Provar, atestar.
assidĕo,-es,-ere,-sedi,-sessum. (ad-sedĕo). Estar sentado junto de. Acampar, sitiar. Ajudar, cuidar de, ocupar-se assiduamente. Assediar, cercar.
assido,-is,-ĕre,-sedi,-sessum. (ad-sido). Assentar-se ao pé de, tomar lugar, estabelecer-se.
assidŭe. (ad-sido). Assiduamente. Incessantemente, sem interrupção.
assidŭus,-a,-um. (ad-sido). Assíduo, constantemente presente. Incessante, permanente. Domiciliado.
assigno,-as,-are,-aui,-atum. (ad-signo). Assinar, fazer assignação. Atribuir, imputar, destinar. Selar, firmar, chancelar.
assilĭo,-is,-ire,-silŭi,-sultum. (ad-salĭo). Saltar para, sobre, acometer, atacar. Passar de repente.
assimĭlis, assimĭle. (ad-simĭlis). Muito parecido. Cuja semelhança se aproxima.
assimĭlo,-as,-are,-aui,-atum. (ad-simĭlis). Tornar semelhante, à semelhança de.
assimŭlo,-as,-are,-aui,-atum. (ad-simĭlis). Representar exatamente, copiar. Fingir, simular. Comparar, assimilar.
assis, ver **as.**
assisto,-is,-ĕre,-stĭti. (ad-sisto). Manter-se junto de. Assistir a, amparar, estar presente. Estar ou manter-se de pé.
assolĕo,-es,-ere. (ad-solĕo). Costumar, ter costume.
assŏno,-as,-are,-aui. (ad-sono). Responder (a uma voz), produzir eco, ressoar.
assuesco,-is,-ĕre,-sueui,-suetum. (ad-suesco). Habituar-se a, acostumar a.
assuetudĭnis ver **assuetudo.**
assuetudo, assuetudĭnis, (f.). (ad-suesco). Hábitos, costume.
assulto,-as,-are,-aui,-atum. (ad-salto). Saltar a, lançar-se para, assaltar, atacar.
assŭmo,-is,-ĕre,-sumpsi,-sumptum. (ad-sŭmo). Tomar acrescentando, associar a, tomar para si, acrescentar. Aceitar, conceber. Atribuir, arrogar, aplicar, assumir.
assumptĭo, assumptionis (f.). (ad-sŭmo). Ação de se juntar ou associar, tomada, aceitação.
assŭo,-is,-ĕre,-sŭi,-sutum. (ad-suo). Coser, costurar a.
assurgo,-is,-ĕre,-surrexi,-surrectum. (ad-surgo). Levantar-se, erguer-se para. Erguer-se cortesmente, honrar. Elevar, crescer.
assus,-a,-um. Assado.
ast, conj. Por outro lado, por minha vez, mas.
ast-, ver também **ads-** ou **hast-.**
aster, astĕris, (m.). Estrela, astro.
asterno,-is,-ĕre. (sterno). Estender perto, esticar-se, deitar-se junto.
astipĭlor,-aris,-ari,-atus sum. (stipulor). Obrigar-se por outro, ficar fiador de. Aprovar, ser de mesma opinião. Aderir.
asto,-as,-are,-stĭti. (ad-sto). Estar de pé junto de, parar junto. Estar perto, estar presente.
astrĕpo,-is,-ĕre. (ad-strepo). Responder com ruído, fazer ruído perto. Aplaudir com forte ruído.
astricte. (ad-stricte). De modo cerrado, estreitamente, estritamente.
astrĭfer,-fĕra,-fĕrum. (aster-fero). Astrífero, que traz os astros. Colocado entre os astros.
astringo,-is,-ĕre,-trinxi,-trictum. (ad-strango). Amarrar estreitamente, ligar, atar, apertar, adstringir. Reduzir, contrair. Encadear, obrigar, sujeitar. Resumir, abreviar.
astrologia,-ae, (f.). Astronomia, astrologia.
astrum,-i, (n.). Astro, estrela. Constelação. Céu.

astrŭo,-is,-ĕre,-truxi,-tructum. (ad-struo). Construir ao lado, aumentar. Ajuntar, acrescentar.
astu, (n.), indeclinável. A cidade por excelência, entre os gregos: Atenas.
astupĕo,-es,-ere. Estar pasmado de. Admirar-se à vista de, ficar boquiaberto, estupefato.
astus,-us, (m.). Astúcia, habilidade.
astute. (astus). Com astúcia, habilmente, manhosamente.
astutĭa,-ae, (f.). (astus). Habilidade, astúcia, manha. Logro, trapaça.
astutus,-a,-um. (astus). Astucioso, velhaco, malicioso, astuto.
asylum,-i, (n.). Templo, lugar inviolável. Refúgio, asilo.
at, conj. Por outro lado, por outra parte, ao contrário. Pelo menos, ao menos. Mas, talvez, acaso.
atăuus,-i, (m.). O pai do trisavô ou da trisavó. Antepassados.
ater, atra, atrum. Negro, preto, atro, escuro. Obscuro, tenebroso, tempestuoso. Sombrio, funesto, horrível. Cruel, infeliz, maligno.
athleta,-ae, (m.). Atleta, campeão.
atŏmus,-i (m.). Átomo, corpúsculo.
atque, conj. E por outro lado, e o que é mais. E entretanto, e contudo. E.
atqui, também **atquin, conj.** Mas de qualquer modo, e entretanto. Na verdade, efetivamente, com efeito.
atramentum,-i, (n.). (ater). Atramento, tinta com que os romanos escreviam. Líquido preto, a cor preta.
atratus,-a,-um. (ater). Enegrecido, escurecido. Vestido de luto.
atriŏlum,-i, (n.). (atrĭum). Atríolo, pequeno vestíbulo, átrio.
atrĭum,-i, (n.). Átrio, vestíbulo, pórtico. A casa.
atrocĭtas, atrocitatis, (f.). (ater). Atrocidade, crueldade, monstruosidade, horror. Violência, furor, rudeza.
atrocitatis ver **atrocĭtas.**
atrocĭter. (ater). Atrozmente, com atrocidade, cruelmente. De modo rude, excessivamente rude.
atrox, atrocis. (ater). Atroz, medonho, terrível, cruel. Perigoso. Violento, cruel, impiedoso.

att- também **adt-.**
attamen, conj. (at-tamen). Mas, no entanto, mas ao menos.
attat ou **attătae.** Ah! oh! (com admiração).
attegĭa,-ae, (f.). Cabana, choça.
attempĕro,-as,-are,-aui,-atum. (ad-tempĕro). Adaptar, ajustar. Dirigir contra.
attendo,-is,-ĕre,-tendi,-tentum. (ad-tendo). Estender para, tender a, dirigir para. Prestar atenção, estar atento. Atender, atentar para.
attente. (ad-tendo). Atentamente, com atenção, com zelo, cuidado.
attentĭo, attentionis, (f.). (ad-tempto). Atenção, dedicação.
attento,-as,-are,-aui,-atum. (ad-tempto). Pôr a mão em, tocar em, tentar, experimentar, ensaiar. Atacar, atentar contra.
attenuate. (ad-tenŭo). De modo simples, atenuadamente.
attenŭo,-as,-are,-aui,-atum. (ad-tenŭo). Afinar, diminuir, emagrecer, afilar, enfraquecer. Reduzir, consumir, Relaxar, atenuar.
attĕro,-is,-ĕre,-triui,-tritum. (ad-tĕro). Esfregar contra, pisar, desgastar. Gastar, consumir com o uso. Arruinar, destruir.
attestor,-aris,-ari,-atus sum. (ad-testor). Atestar, testemunhar, provar. Confirmar.
attexo,-is,-ĕre,-texui,-textum. (ad-texo). Tecer contra, entrelaçar, unir. Adaptar, acrescentar a.
attĭce. À maneira dos áticos, com aticismo.
attigŭus,-a,-um. (ad-tango). Contíguo, próximo. Adjacente, vizinho.
attinĕo,-es,-ere,-tinŭi,-tentum. (ad-tenĕo). Tocar em, chegar a, dirigir-se a, estar contíguo a. Concernir, dizer respeito a, interessar, pertencer a. Ter perto, deter, guardar, garantir, manter.
attingo,-is,-ĕre,-tĭgi,-tactum. (ad-tango). Tocar em, alcançar, atingir. Confinar com, estar contíguo.
attollo,-is,-ĕre. (ad-tollo). Levantar para, erguer. Elevar-se, erigir. Exaltar, realçar, engrandecer.
attondĕo,-es,-ere,-tondi,-tonsum. (ad-tondĕo). Talhar, cortar, desbastar. Tosquiar, raspar. Podar.
attŏno,-as, are, attonŭi, attonĭtum. Tornar atônito pelo raio, assombrar, espantar, atroar.
attorquĕo,-es,-ere. (ad-torquĕo). Dirigir, lançar, arremessar contra.

attraho,-is,-ĕre,-traxi,-tractum. (ad-traho). Puxar para si, atrair. Puxar violentamente, arrastar, seduzir.

attrecto,-as,-are,-aui,-atum. (ad-tracto). Pôr a mão em, tocar em, apalpar. Apropriar-se, apoderar-se de. Intentar, empreender.

attribŭo,-is,-ĕre,-tribŭi,-tributum. (ad-tribŭo). Atribuir, destinar a, designar, dar. Submeter, anexar, impor. Imputar.

attributĭo, attributionis, (f.). (ad-tribŭo). Atribuição, repartição, consignação. Propriedade característica de alguém ou de algo.

attributum,-i, (n.). (ad-tribŭo). Quantia confiada ao tesouro público e destinada ao pagamento dos soldados.

attritus,-us, (m.). (ad-tero). Atrito, fricção.

au ou **hau,** interj. Expressão de perturbação, surpresa, impaciência.

auare. Com cobiça, com avareza.

auaritĭa,-ae, (f.). Grande desejo, cobiça, avidez. Avareza, sofreguidão.

auarus,-a,-um. Cobiçoso, avarento, insaciável, ávido de dinheiro.

auceps, aucŭpis, (m.). (auis-capĭo). Passarinheiro. Espião à espreita.

auctĭo, auctionis, (f.). (augĕo). Aumento. Hasta pública, venda em hasta pública.

aucto,-as,-are. (augĕo). Aumentar, acrescentar. Favorecer, proteger.

auctor, auctoris (m.). (augĕo). Aquele que faz crescer, nascer; o que produz, o que providencia. Fundador, criador, inventor, autor. Instigador, promotor. Fiador, abonador. Vendedor em hasta pública. Autoridade, defensor.

auctorĭtas, auctoritatis, (f.). (augĕo). Cumprimento, realização, consumação. Garantia, fiança, responsabilidade. Voto, opinião dominante. Posse legítima, propriedade. Vontade, desejo. Consideração, respeito. Autoridade, peso.

auctoritatis ver **auctorĭtas.**

auctoro,-as,-are,-aui,-atum. (augĕo). Garantir, afiançar. Vender ou alugar mediante salário.

aucŭpis, ver **auceps.**

aucupĭum,-i, (n.). (auis-capĭo). Caça, captura de aves. Produto da caça de aves. Meio de capturar.

aucŭpor,-aris,-ari,-atus sum. (aucupĭum). Caçar, capturar aves. Enviar, espreitar, estar à cata de.

audacĭa,-ae, (f.). (audĕo). Audácia, ousadia. Valor, coragem. Decisão ousada.

audacis, ver **audax.**

audacter. (audĕo). Ousadamente, com audácia. Corajosamente.

audax, audacis. (audĕo). Audacioso, corajoso, ousado. Confiante.

audenter. Corajosamente, com audácia.

audentĭa,-ae, (f.). (audĕo). Ousadia, corajem.

audĕo,-es,-ere, ausus sum. Ter desejos de, querer muito. Ter audácia de, tentar, empreender. Ser ousado, atrever-se a, ousar.

audientĭa,-ae, (f.). (audĭo). Silêncio (para ouvir), atenção ao que se quer ouvir. Audiência, audição, faculdade de ouvir.

audĭo,-is,-ire,-iui,-itum. Ouvir, estar atento a, escutar. Entender, compreender. Ouvir dizer. Obedecer, acreditar. Ser discípulo, ouvir lições.

auditĭo, auditionis (f.). (audĭo). Ação de ouvir. Boato, voz corrente. Audição.

auditorĭum,-i, (n.). (audĭo). Lugar, sala onde se reúne para audições. Auditório.

aue! (para uma só pessoa), **auete!** (para duas ou mais pessoas). Olá! Bom dia, boa tarde, boa noite!

aueho,-is,-ĕre,-uexi,-uectum. (a-ueho). Levar de, levar para longe, transportar de.

auellana,-ae, (f.). Avelã.

auello,-is,-ĕre,-uelli/-uulsi,-ulsum. (a-uello). Arrancar, tirar à força, separar violentamente. Destacar.

auena,-ae, (f.). Aveia. Colmo da aveia. Flauta pastoril, gaita (feita de colmos).

auĕo,-es,-ere. Desejar ardentemente, ser ávido.

auerro,-is,-ĕre,-uerri. (a-uerso). Tirar, desposar, afastar.

auersĭo, auersionis, (f.). (a-uerto). Afastamento, aborrecimento.

auersor,-aris,-ari,-atus sum. (a-uerto). Voltar o rosto em sinal de repugnância, desviar-se, afastar-se com afetação. Desviar.

auerto,-is,-ĕre,-uerti,-uersum. (a-uerto). Voltar para outro lado, desviar. Afastar o espírito, desviar a atenção. Furtar, tirar, roubar. Afastar-se, evitar, fugir.

auete! ver **aue!**

aufĕro,-fers,-ferre, abstŭli, ablatum. (ab-fero). Levar, retirar, furtar. Deixar de, cessar, renunciar. Levar à força, arrebatar, destruir, matar. Auferir.

aufugĭo,-is,-ĕre,-fugi. (ab-fugĭo). Fugir, escapar-se, escapulir.

augĕo,-es,-ere, auxi, auctum. Fazer crescer, aumentar, amplificar. Elevar, glorificar, enriquecer, favorecer.

augesco,-is,-ĕre. (augĕo). Começar a crescer, tornar-se maior, medrar, engrossar.

augmen, augmĭnis, (n.). (augĕo). Aumento.

augmentum,-i (n.). (augĕo). Aumento.

augmĭnis, ver **augmen.**

augur, augŭris, (m. e f.). O que anuncia o crescimento de uma empresa. O que dá presságios. Áugure, o adivinho, intérprete, membro de colégio de sacerdotes.

augurale, auguralis (n.). (augur). O lado direito da tenda do general, onde ele tomava os auspícios. Bastão dos áugures.

auguratio, augurationis, (f.). (augur). Ação de tomar os augúrios. Ciência dos áugures, adivinhação.

augurĭum,-i, (n.). (augur). Ciência dos áugures. Adivinhação, predição, profecia. Pressentimento, presságio. Observação e interpretação de um presságio.

auguro,-as,-are,-aui,-atum. (também auguror). (augur). Tomar os augúrios. Augurar, predizer, pressagiar.

augusta,-ae, (f.). Augusta, título das imperatrizes ou de parentas próximas do imperador.

augustalis, augustale (augustus). De augusto.

auguste. (augustus). Reverentemente, segundo o rito, religiosamente.

augustus,-a,-um. (augĕo). Augusto, majestoso, venerável. Santo, sagrado.

auĭa,-ae, (f.). Avó.

auiarĭum,-i, (n.). (auis). Galinheiro, pombal, viveiro de aves. Lugar onde aves fazem ninhos. Aviário.

auĭde. Avidamente.

auidĭtas, auiditatis, (f.). (auĕo). Avidez, desejo ardente. Cobiça. Apetite.

auiditatis, ver **auidĭtas.**

auĭdus,-a,-um. (auĕo). Ávido, que deseja ardentemente. Ambicioso, avarento. Guloso, insaciável.

auis, auis, (f.). Ave. Presságio, auspício.

auitus,-a,-um. (auus). De avô, que vem do avô ou de antepassados, hereditário. Avito.

auĭus,-a,-um. (uia). Onde não há caminho trilhado, intransitável, ínvio, inacessível, Errante, extraviado. Desviado de, afastado.

aula,-ae, (f.). Pátio de uma casa ou de um palácio. Átrio. Palácio, corte.

aula,-ae, também **olla,-ae, (f.).** Panela.

aulaeum,-i, (n.). Tapete, tapeçaria. Cortina.

aulĭci,-orum, (m.). Escravos da corte, cortesãos, áulicos.

aulĭcus,-a,-um. Relativo à corte ou palácio do príncipe, áulico.

auŏco,-as,-are,-aui,-atum. (a-uoco). Afastar pela palavra, chamar de parte. Afastar, desviar. Distrair. Revogar, anular.

auŏlo,-as,-are,-aui,-atum. (a-uolo). Voar para longe, fugir, sair voando. Sair precipitadamente, desaparecer.

aura,-ae, (f.). O ar em movimento, viração, brisa. Eflúvio, exalação. Brilho. Popularidade.

auratus,-a,-um. (aurum). Dourado, ornado de ouro. Da cor de ouro.

aureŏlus,-a,-um. (aurum). De ouro, da cor de ouro. Preciso, encantador, gracioso.

aurĕus,-a,-um. (aurum). De ouro, áureo. Ornado de ouro. Formoso, cintilante. Da idade do ouro, puro, feliz.

auricilla,-ae, (f.). (auris). O lóbulo, a parte inferior da orelha.

auricŏmus,-a,-um. (aurum-coma). Cabelos da cor de ouro.

auricŭla,-ae (f.). (auris). Aurícula, orelhinha. Orelha, ouvido.

aurĭfer,-fĕra,-fĕrum. (aurum-fero). Aurífero, que produz ouro.

aurĭfex, aurifĭcis, (m.). (aurum-facĭo). Ourives.

aurificis, ver **aurĭfex.**

auriga,-ae, (m.). Auriga, cocheiro, trabalhador de estrebaria. Piloto. Uma constelação.

aurigĕna,-ae (m.). (aurum-geno). Aurígena, nascido de uma chuva de ouro (Perseu).

aurigo,-as,-are,-aui,-atum. (auriga). Guiar um carro, governar, dirigir.

auris, auris (f.). Orelha, ouvido. Ouvido atento, atenção. Lâmina do arado.

auritŭlus,-a,-um. (auris). O orelhudo, o burro.

aurora,-ae, (f.). (aurum). Aurora, o oriente, os países orientais.
aurum,-i, (n.). Ouro. Objeto de ouro, jóia. Moeda de ouro, dinheiro, riqueza. Idade do ouro.
auscultatĭo, auscultationis (f.). (auris). Ação de escutar, de espionar. Ação de obedecer ao que se ouviu.
ausculto,-as,-are,-aui,-atum. (auris). Escutar, dar ouvidos a. Obedecer.
auspex, auspĭcis, (m.). (auis-specĭo). I – Áuspice, o que adivinha pela observação do comportamento de aves. Chefe, protetor. Testemunha, padrinho. II – Favorável, feliz, de bom agouro, auspicioso.
auspicĭum,-i, (n.). (auis-specĭo). Ato de tomar os auspícios. Auspício, presságio. Poder, autoridade, vontade, arbítrio.
auspĭco,-as,-are,-aui,-atum, também **auspĭcor. (auis-specĭo).** Tomar os auspícios.
auster, austri (m.). Austro, vento sul. A região de onde sopra o austro, países do sul.
austere. Severamente, duramente, austeramente.
austerĭtas, austeritatis (f.). (austerus). Rudeza, aspereza. Gravidade, seriedade, severidade.
austeritatis, ver **austerĭtas.**
austerus,-a,-um. Rude, áspero. Severo, rígido, austero, grave.
australis, australe. (auster). Austral, do sul.
ausum,-i, (n.). (audĕo). Ato de audácia, coragem. Crime.
aut, *conj.* Ou, ou então. Ou senão, ou do contrário; *aut ... aut,* ou ... ou, ou ... pelo menos.
autem, *conj.* (adversativa atenuada que não vem no início de frase). Por outro lado, ora, no entanto.
automătus,-a,-um. Espontâneo, favorável, voluntário.
autumnus,-i, (m.). Outono. Produções do outono.
auuncŭlus,-i, (m.). (auus). Tio materno.
auus,-i, (m.). Avô. Antepassados.
auxiliarĭi,-orum, (m.). (augĕo). As tropas auxiliares.
auxiliaris, auxiliare. (augĕo). Que socorre, auxiliar.
auxiliator, auxiliatoris, (m.). (augĕo). O que auxilia, auxiliar.
auxilior,-aris,-ari,-atus sum. (augĕo). Auxiliar, levar socorro. Ajudar. Ser eficiente.
auxilĭum,-i, (n.). (augĕo). Auxílio, socorro, ajuda, assistência. Meio de socorro, reforço.
axis, axis, (m.). I - Eixo. Eixo do mundo, pólo. Céu, firmamento, região celeste. Carro. II – Prancha, tábua.
axungĭa,-ae, (f.). Gordura de porco, enxúndia.

B

babăe, interj. Oh, ah, às mil maravilhas, muito bem.
babaecălus,-i, (m.). (babăe). Tolo, imbecil.
bac- ver também **bacc-** ou **bacch-.**
baca,-ae, (f.). Baga, fruto. Objeto em forma de baga. Azeitona. Pérola.
bacatus,-a,-um. (baca). De pérola, feito de pérola.
bacc- ou **bacch-,** ver também **bac-.**
bacch- ou **bacc-,** ver também **bac-.**
baccha,-ae ou bacche,-es, (f.). (bacchus). Bacantes. Bacanais.
bacchanal, bacchanalis, (n.). (bacchus). Lugar onde se reuniam as bacantes. Bacanais, festas em honra de Baco. Orgia, devassidão.
bacchatĭo, bacchationis, (f.). (bacchus). Celebração das orgias de Baco. Orgia.
bacchor,-aris,-ari,-atus sum. (bacchus). Festejar Baco, celebrar os mistérios de Baco. Estar exaltado, fora de si, embriagado. Agitar-se furiosamente. Gritar como bacantes.
bacchus,-i, (m.). Baco, deus do vinho e da inspiração poética.
bacĭfer,-fĕra,-fĕrum. (baca-fero). Bacífero, que tem bagas, que produz bagas. Fértil em oliveiras.

bacillum,-i (n.). (bacŭlum). Varinha, bastão pequeno. Vara que os litores usavam.
bacŭlum,-i, (n.), ou bacŭlus,-i (m.). Bastão, bengala. Bastão de áugure.
baiŭlo,-as,are. Levar às costas.
baiŭlus,-i, (m.). (baiŭlo). Carregador, bájulo.
balaena,-ae, (f.), também **ballaena** e **ballena.** Baleia.
balanatus,-a,-um. Perfumado de bálsamo
balătron, balatronis, (m.). Farsista, ator de baixa categoria, charlatão, tratante.
balatus,-us, (m.). (balo). Balido, berro.
balbe. Balbuciando, gaguejando. Confusamente.
balbus,-a,-um. (balbus). Gago, que gagueja.
balbutĭo,-as,-are,-aui,-atum. (balbus). Gaguejar, balbuciar, pronunciar mal.
ballista,-ae, (f.). Balista, máquina de arremessar pedras ou dardos. Dardo ou projétil
balluca,-ae, (f.) e ballucis, ver **ballux.**
ballux, ballucis (f.). Areia de ouro.
balnearĭus,-a,-um. (balnĕum). De banho, balneário, relativo aos banhos.
balnĕum,-i, (n.). Banho, sala de banho. Banhos públicos.
balo,-as,-are,-aui,-atum. Balar, balir. Dizer absurdos.
balsămum,-i, (n.). Balsameiro. Bálsamo.
baltĕus,-i, (m.) ou baltĕum,-i, (n.). Cinturão. Cinto, cinta. Açoite.
baptismum,-i, (n.) ou baptismus,-i, (m.). Batismo.
barăthrum,-i, (n.). Abismo, sorvedouro. As regiões infernais. Estômago insaciável.
barba,-ae, (f.). Barba. Folhas tenras, ramos novos.
barbăre. De modo bárbaro, estrangeiramente. Grosseiramente, barbaramente.
barbări,-orum (m.). Bárbaros. Povos estrangeiros, incultos.
barbarĭa,-ae, (f.). O país dos bárbaros, qualquer país que não seja a Grécia ou a Itália. Falta de cultura, grosseria. Linguagem rústica ou viciosa.
barbarismus,-i, (m.). Barbarismo.
barbărus,-a,-um. Estrangeiro. Rude, selvagem, inculto. Incorreto.
barbatus,-a,-um. (barba). Barbado. Coberto de pêlos. Velho.
barbĭtos,-i, (m.), ou barbĭtus. Lira, alaúde. Canto.

barbŭla,-ae, (f.). (barba). Barba pequena, buço. Lanugem de plantas.
barditus,-us, (m.). Canto de guerra dos germanos.
bardocucŭlus,-i, (m.). Manto gaulês com capuz.
bardus,-a,-um. Estúpido, tolo, retardado.
baro, baronis, (m.). Estúpido, imbecil. Mercenário.
barrus,-i, (m.). Elefante.
bascauda,-ae, (f.). Bacia pequena, bacia de mãos.
basiatĭo, basiationis, (f.). (basĭum). Ação de beijar.
basilĕum,-i, (n.). Diadema real. Unguento. Uma planta.
basilĭca,-ae, (f.). Grande edifício público, onde funcionavam repartições públicas; local de transações comerciais. Basílica.
basilĭcus,-a,-um. Real, magnífico, principesco.
basiliscus,-i, (m.). Basilisco (serpente venenosa).
basĭo,-as,-are,-aui,-atum. (basĭum). Beijar.
basiŏlum,-i, (n.). (basĭum). Beijinho.
basis, basis, (f.). Base, pedestal.
basĭum,-i, (n.). Beijo.
bassarĭcus,-a,-um. De Baco.
batillum,-i, (m.). Braseiro, turíbulo.
battŭo,-is,-ĕre, também **batŭo.** Bater, ferir. Bater-se, esgrimir. Ter relações sexuais.
beate. Com felicidade, felizmente.
beatitudĭnis, ver **beatitudo.**
beatitudo, beatitudĭnis, (f.). (beatus). Felicidade.
beatus,-a,-um. Cumulado de bens, aquele que tem tudo de que necessita. Rico, opulento. Feliz, bem-aventurado.
beccus,-i, (m.). Bico (especialmente de galos).
bellator, bellatoris. (bellum). Guerreiro, belicoso. Fogoso.
belle. (bellus). Lindamente, bem, deliciosamente.
bellicosus,-a,-um. (bellum). Belicoso, guerreiro, aguerrido.
bellĭcum,-i, (n.). Toque de trombeta para chamar os soldados, sinal de combate. Sinal de guerra.
bellĭcus,-a,-um. (bellum). De guerra, guerreiro. Valoroso, aguerrido.
belligĕro,-as,-are,-aui,-tum. (bellum-gero). Provocar, gerar a guerra. Combater, lutar.
bello,-as,-are,-aui,-atum. (bellum). Fazer a guerra, guerrear. Lutar.

bellum,-i, (n.). Guerra. Combate, batalha.
bellus,-a,-um. Bom, em bom estado. Belo, bonito. De boa saúde.
belŭa,-ae, (f.). Animal, fera. Animal grande e violento. Bruto, imbecil, rude.
bene. Bem, de modo bom.
benedĭco,-is,-ĕre,-dixi,-dictum. (bene-dico). Bendizer, falar bem, elogiar.
benefacĭo,-is,-ĕre,-feci,-factum. (benefacĭo). Agir bem, corretamente. Fazer o bem, fazer favor, prestar um serviço a.
benefĭce. (bene-facĭo). Com beneficência, generosidade. Beneficamente.
beneficentĭa,-ae, (f.). (bene-facĭo). Beneficência, tendência para a prática do bem. Clemência.
beneficĭum,-i, (n.). (bene-facĭo). Benefício, favor, serviço prestado. Distinção, mercê. Gratificação.
benefĭcus,-a,-um. (bene-facĭo). Benéfico, generoso.
benefio,-is,-fĭeri, passiva de **benefacĭo.**
beneuŏle. (bene-uolo, uis). Com benevolência, benevolentemente.
beneuolentĭa,-ae. (bene-uolo, uis). Disposição para querer bem, benevolência, afeição, dedicação. Boa vontade.
beneuŏlus,-a,-um. (bene-uolo, uis). Benévolo, afeiçoado, dedicado.
benigne, (benignus). Com bondade, com benevolência. Generosamente. Muito obrigado (em fórmulas de agradecimento).
benignĭtas, benignitatis, (f.). (benignus). Benignidade, benevolência. Bondade, generosidade. Liberalidade.
benignitatis, ver **benignĭtas.**
benignus,-a,-um. Benigno, bondoso, indulgente. Generoso, liberal.
beo,-as,-are,-aui,-atum. Tornar feliz, gratificar, compensar, consolar.
bes, bessis, (m.). Dois terços de um todo de 12 partes (oito sobre doze); fração do asse; oito onças. O número oito.
bestĭa,-ae, (f.). Animal (em oposição ao homem). Animal feroz, fera.
bestiarĭus,-i, (m.). (bestĭa). Bestiário, gladiador que luta com feras.
bestiŏla,-ae, (f.). (bestĭa). Animal pequeno, inseto.
beta, (n. indecl.). Beta, letra do alfabeto grego.
beta,-ae, (f.). Acelga.
bibliotheca,-ae, (f.). Biblioteca. Estante.
bibo,-is,-ĕre, bibi, bibĭtum. Beber. Respirar, sorver, absorver.
bibŭlus,-a,-um. (bibo). Que bebe muito, que gosta de beber. Que se impregna, poroso. Ávido.
biceps, bicĭpis, (m.). (bis-caput). Que tem duas cabeças. Que tem dois cumes. Duplo.
bicĭpis, ver **biceps.**
bicornis, bicorne. (bis-cornu). Bicorne, que tem dois chifres. Duplo. Que se divide em dois.
bidens, bidentis. (bis-dens). Bidente, que tem dois dentes. Que tem dois braços, dois galhos. Ovelha. Alvião, enxadão.
bidental, bidentalis. (bis-dens). Pequeno templo onde se sacrificam ovelhas. Lugar atingido por um raio, mas purificado com o sacrifício de uma ovelha.
bidentis, ver **bidens.**
bidŭum,-i, (n.). (bis-dies). Espaço, intervalo de dois dias.
biennĭum,-i, (n.). (bis-annus). Espaço de dois anos.
bifarĭam. Em duas direções, em duas partes. De duas maneiras.
bifer,-fĕra,-fĕrum. (bis-fero). Que produz duas vezes por ano. Duplo, com duas formas.
bifĭdus,-a,-um, ou bifidatus. (bis-findo). Fendido em duas partes, separado, partido, dividido em dois.
bifŏris, bifŏre. (bis-foris). Que tem duas aberturas, duplo. Que tem dois batentes (portas).
biformis, biforme. (bis-forma). Biforme, de forma dupla. De duas caras. Monstruoso.
bifrons, bifrontis. (bis-frons). Que tem duas caras, bifronte.
bifurcus,-a,-um. (bis-furca). Que tem duas pontas, bifurcado.
biga,-ae, (f.). Carro puxado por dois cavalos. Biga.
biiŭgus,-a,-um ou biiŭgis, biiŭge. (bis-iugo). Puxado por dois cavalos atrelados. Pertinente aos carros ou aos jogos do circo.
bilancis, ver **bilanx.**
bilanx, bilancis, (f.). (bis-lanx). Balança de dois pratos.

bilicis, ver **bilix**.
bilinguis, bilingue. (bis-lingŭa). Que tem duas línguas. Que fala duas línguas, bilíngue. Que tem duas palavras, maldoso, falso.
bilis, bilis, (f.). Bílis. Mau humor, cólera, indignação.
bilix, bilicis. (bis-lancĭum). Que é de dois tecidos; que é de dois fios.
bimaris, bimare. (bis-mare). Que fica entre dois mares, banhado por dois mares.
bimaritus,-i, (m.). (bis-mas). Bígamo.
bimembres,-ĭum (m.). (bis-membrum). Os centauros. Os seres mitológicos que se formavam duas metades de corpos diferentes.
bimus,-a,-um. (bis-hiems). De dois anos, que dura dois anos. Intervalo de dois invernos.
bini,-ae,-a. De dois em dois, dois de cada vez. Dois, uma parelha.
binoctĭum,-i, (n.). (bis-nox). Espaço de duas noites.
binus,-a,-um. Duplo.
bipartĭo,-is,-ire. (bis-pars). Dividir em duas partes, dividir ao meio, bipartir.
bipatens, bipatentis. (bis-patĕo). Aberto dos dois lados, aberto de par em par, bipatente.
bipennis, bipenne. (bis-penna). Que tem duas asas. Que tem dois gumes.
bipennis, bipennis, (f.). (bis-penna). Machadinha de dois gumes.
bipes, bipĕdis. (bis-pes). Que tem dois pés, bípede.
biremis, bireme. (bis-remus). I - Movido por dois remos. II - Subs.f.: navio de duas ordens de remos; barco movido por dois remos.
bis. Duas vezes.
bisaccĭum,-i, (n.). (bis-saccus). Sacola, alforge.
bison, bisontis, (m.). Bisão (espécie de boi selvagem).
bisquini,-ae,-a, ou **bis quini.** Duas vezes cinco, dez.
bisseni,-ae,-a ou **bis seni.** Duas vezes seis, doze.
bitumen, bitumĭnis, (n.). Betume.
bitumĭnis, ver **bitumen**.
biuĭus,-a,-um. (bis-uia). Que tem dois caminhos. Duplo.
blande. (blandus). Lisonjeiramente, com carícia, carinhosamente. Agradavelmente.

blandimentum,-i, (n.). (blandus). Carícias, carinho, lisonja. Encanto, prazer, doçura.
blandĭor,-iris,-iri,-itus sum. (blandus). Acariciar, lisonjear. Persuadir, encantar, seduzir.
blanditĭa,-ae, (f.), ou **blanditĭes,-ei. (blandus).** Carícias, blandícias. Agrado, prazer, encanto, sedução.
blandus,-a,-um. Carinhoso, meigo, lisonjeiro, afável. Atraente.
blasphemĭa,-ae, (f.). Blasfêmia, palavra ultrajante.
blatĕro,-as,-are,-aui,-atum, também **blactĕro** ou **blattĕro.** Tagarelar.
blatta,-ae, (f.). Traça, barata. Púrpura.
blitĕus,-a,-um. (blitum). Insípido, insosso (como o bredo).
blitum,-i, (n.). Bredo (uma planta).
boarĭus,-a,-um. (bos). De bois, relativo aos bois. Bovino.
boatus,-us, (m.). (boo). Mugido. Grito forte.
boĭa,-ae (f.). (bos). Correia, laço, colar e outros artefatos semelhantes, feitos de couro de boi.
boletar, boletaris, (n.). (boletus). Prato para colocar cogumelos, prato em geral.
boletus,-i, (m.). Cogumelo.
bolus,-i, (m.). Lance, lance de dados.
bombus,-i (m.). Zumbido (de abelhas). Ruído, aclamação.
bombycis, ver **bombyx**.
bombyx, bombycis, (m. e f.). Bicho da seda.
bona,-orum, (n.). (bonum). Bens, vantagens, riqueza, prosperidade. Felicidade.
bonĭtas, bonitatis, (f.). (bonum). Boa qualidade, bondade, benevolência. Ternura, honestidade.
bonitatis, ver **bonĭtas**.
bonus,-a,-um. Bom, boa. Corajoso, valente, honesto, favorável. Próprio, adequado a.
boo,-as,-are,-aui,-atum. (bos). Mugir. Ressoar.
boreus,-a,-um. Boreal, setentrional.
bos, bouis, (m.). Boi. Animal bovino.
botryo, botryonis, (m.). Cacho de uvas.
botŭlus,-i, (m.). Chouriço, salsicha.
bouillus,-a,-um. (bos). De boi, bovino.
bouis, ver **bos**.
bracae,-arum, (f.). Bragas (calções compridos e largos, mas apertados junto aos pés), usados pelos bárbaros e pelos romanos.
bracatus,-a,-um. (bracae). Que usa bragas. *Bracata Gallĭa*: a Gália Narbonense.

brachĭum,-i (n.). Braço, antebraço. Membro anterior de animais. Braço de mar.
bractĕa,-ae, (f.). Folha de metal, folha de ouro.
bracteatus,-a,-um. (bractĕa). Coberto de folhas de metal, de lâminas de ouro. Dourado.
breui. Brevemente, em pouco tempo, por um momento.
breuĭa,-ium. (breuis). Baixios, bancos de areia.
breuiarĭum,-i, (n.). (breuis). Resumo, sumário, inventário.
breuiloquentĭa,-ae, (f.). (breuis-loquor). Concisão, laconismo.
breuis, breue. Breve, curto. Estreito, profundo. Efêmero, conciso. Pequeno.
breuĭtas, breuitatis, (f.). (breuis). Curta extensão, curta duração, brevidade. Pequena estatura.
breuitatis, ver **breuĭtas**.
breuĭter. Com brevidade, brevemente, em pouco tempo. Concisamente, precisamente.
bruma,-ae, (f.). O dia mais curto do ano. Solstício de inverno. Inverno.
brutus,-a,-um. Pesado. Pesado de espírito, bruto, irracional.
bubălus,-i, (m.). Búfalo, antílope.
bubile, bubilis, (n.). (bos). Curral de bois.
bubo, bubonis, (m.). Mocho, coruja.
bubŭla,-ae, (f.). (bos). Carne de vaca.
buc- ver também **bucc-**.
bucc- ver também **buc-**.
bucca,-ae, (f.). Boca, cavidade bucal. No plural: face, bochechas, queixo.
buccŭla,-ae, (f.). (bucca). Boca pequena. Convexidade do escudo; parte do capacete que protege as faces.

bucerĭus,-a,-um. (bos). Que tem chifres de boi.
bucĭna,-ae, (f.). (bos-cano). Corneta de boiadeiro. Buzina, trombeta.
bucĭno,-as,-are,-aui,-atum. (bos-cano). Tocar trombeta, buzinar.
bufo, bufonis, (m.). Sapo.
bulbus,-i, (m.). Bulbo, tubérculo; cebola. Protuberância de plantas.
bulla,-ae, (f.). Bolha de ar que se forma na superfície da água. Objeto em forma de bolha. Uma ninharia, um nada. Bolinha de ouro ou de outro metal que os filhos dos patrícios traziam ao pescoço. Bola onde se guardavam os amuletos contra os invejosos. Bula, selo.
bullatus,-a,-um. (bulla). Ornado de botões ou de pregos. Que traz a bula ao pescoço.
bullĭo,-is,-ire,-iui,-itum. (bulla). Estar em ebulição, ferver.
burdo, burdonis, (m.). Burro, mula.
buris, buris, (m.). Rabiça do arado.
burra,-ae, (f.). Lã grosseira.
burrus,-i, (m.). Ruço, avermelhado. Grafia arcaica para o nome grego Pyrrhus.
bustuarĭus,-a,-um. (comburo). Lugar onde se queimavam cadáveres. Relativo a funerais.
bustum,-i, (n.). (comburo). Lugar onde se queimava ou se enterrava um cadáver. Túmulo, sepultura, monumento fúnebre. Cinzas funerárias.
buxum,-i, (n.), ou buxus,-i, (m.). Buxo (planta, madeira). Objetos fabricados com essa madeira: flauta, pente, tabuinhas de escrever, etc.
byrsa ou bursa,-ae, (f.). Pele, couro.
byssus,-i, (f.). Linho muito fino.

C

C. Abreviatura de Caius, de *condemno*. Representação do numeral cem.
ca- ver também **cha-**.
caballus,-i, (m.). Cavalo de trabalho, cavalo pequeno.
cachino,-as,-are,-aui,-atum. Rir às gargalhadas, gargalhar, zombar. Fazer estrondo, falar rindo.
cachinnus,-i, (m.). Grande risada, gargalhada. Murmúrio das ondas.
caco,-as,-are,-aui,-atum. Defecar, sujar, cagar.
cacoethes, cacoethis, (n.). Mau hábito, mania, cacoete. Tumor maligno.
cacozelĭa,-ae, (f.). Imitação de mau gosto, imitação ridícula.

cacumen, cacumĭnis, (n.). Cimo, ponta, cume, extremidade. Auge, perfeição, apogeu.
cacumĭnis, ver **cacumen.**
cadauer, cadauĕris, (n.). Cadáver, corpo morto.
cado,-is,-ĕre, cecĭdi, casum. Cair. Estar abatido, desfalecer, sucumbir. Morrer, ser imolado. Acontecer, terminar, acabar. Aplicar-se a, convir a. Ter uma desinência (gramática).
caduceus,-i, (m.). Caduceu (vara ou insígnia de Mercúrio e dos arautos).
caducus,-a,-um. (cado). Que cai. Caduco, transitório, fraco, perecível, frágil. Sem dono, abandonado.
cadurcum,-i, (n.). Manta, cobertor. Cama, colchão.
cadus,-i, (m.). Recipiente para vinho, mel. Barril, tonel, vaso de mármore. Urna funerária. Medida para líquidos, equivalente a três urnas.
cae- ver também **ce-** ou **coe-**.
caecĭtas, caecitatis, (f.). (caecus). Cegueira, falta de vista.
caecitatis, ver **caecĭtas.**
caeco,-as,-are,-aui,-atum. (caecus). Cegar, privar de vista. Deslumbrar, ofuscar, obscurecer.
caecus,-a,-um. Cego. Invisível, obscuro, tenebroso. Secreto, oculto, dissimulado. Incerto, indistinto.
caedes, caedis, (f.). (caedo). Ação de cortar, corte. Matança, massacre, carnificina. Imolação, sangue derramado.
caedo,-is,-ĕre, cecidi, caesum. Cortar, abater cortando. Entalhar, encaixar, gravar. Ferir, imolar, sacrificar, matar. Cortar em pedaços, desbaratar.
caelebs, caelĭbis, (m.). Solteiro, celibatário
caeles, caelĭtis. (caelum). Do céu, celeste.
caelestis, caeleste. (caelum). Celeste, do céu. Divino, excelente.
caelĭbis, ver **calebs.**
caelicŏlae,-arum, (m.). (caelum-colo). Habitantes do céu, celícolas. Os deuses.
caelĭtis, ver **caeles.**
caelo,-as,-are,-aui,-atum. Gravar, cinzelar, burilar.
caelum,-i, (n.). I – Céu, abóbada celeste. Morada dos deuses, alturas celestes. Clima, região. Auge da felicidade. Fenômenos celestes. II – Cinzel, buril.
caementum,-i, (n.). (caedo). Pedra britada, brita, pedra miuda.
caenosus,-a,-um. (caenum). Lodoso, lamacento.
caenum,-i, (n.). Lodo, lama, imundície. Indivíduo imundo.
caepa,-ae, (f.), ou **cepa.** Cebola.
caerimonĭa,-ae, (f.). também **caeremonĭa.** Culto, prática religiosa, rito sagrado. Religião, respeito, veneração. Cerimônia do culto.
caerŭla,-orum, (n.). (caelum). As regiões celestes, a superfície azulada do céu e dos cumes das montanhas. As planícies azuladas, o mar.
caerulĕus,-a,-um. (caelum). Azul, de cor azul. Do mar, marinho. Azul forte.
caesarĭes, caesariĕi, (f.). Cabeleira comprida e farta, madeixa. Pelo de barba.
caesim. (caedo). Por cortes, por talhos. Com frases curtas.
caesĭus,-a,-um. Esverdeado, de cor verde.
caespes, caespĭtis, (m.). Pedaço de terra coberto de relva, tufo, torrão. Terreno com relva, solo. Cabana. Altar.
caespĭtis, ver **caespes.**
caestus,-us, (m.). (caedo). Manopla, tira de couro com pedaços de metal e enrolada nas mãos dos lutadores.
caesura,-ae, (f.). (caedo). Ação de cortar. Cesura.
caia,-ae, (f.). Bastão, porrete.
calamister, calamistri, (m.). (calămus). Ferro de frisar. Falsos ornamentos de estilo, afetação.
calamĭtas, calamitatis, (f.). (calămus). Flagelo, tempestade que destrói as plantações, quebra as hastes. Calamidade, desastre, desgraça.
calamitosus,-a,-um. (calămus). Que causa grandes prejuízos, pernicioso, funesto. Sujeito a calamidades. Infeliz, desgraçado.
calămus,-i, (m.). Cana, haste de plantas. Objeto feito de ou em formato de cana. Caniço, flauta, flecha. Caneta, pena de escrever. Colmo de plantas.
calătus,-i, (m.). Cesta. Taça, copo. Cálice de flor.
calcar, calcaris, (n.). (1.calx). Espora, aguilhão. Estímulo.

calcarĭus,-a,-um. (2.calx). Calcário, relativo a cal.
calce- ver também **calci-**.
calceamen, calceamĭnis, (n.). (calcĕus). Calçado, sapato.
calceamĭnis, ver **calceamen**.
calcĕo,-as,-are,-aui,-atum. Calçar.
calcĕus,-i, (m.). Calçado, sapato.
calci- ver também **calce-**.
calcis, ver **calx 1. e 2.**
calcĭtro,-as,-are,-aui,-atum. (1.calx). Atirar para longe com violência. Escoicear. Recalcitrar, resistir.
calco,-as,-are,-aui,-atum. (1.calx). Calcar, pisar, amassar com os pés. Espezinhar, esmagar.
calcŭlus,-i, (m.). (2.calx). Pequena pedra, calhau. Pedra para votar ou de tábua de calcular. Conta, cálculo.
cald-, ver também **calĭd-**.
calda,-ae, (f.). Água quente.
caldarĭus,-a,-um. (calda). De estufa, caldeira, de água quente.
caldarĭum,-i, (n.). (calda). Estufa, caldeira.
calefacĭo,-is,-ĕre,-feci,-factum. (calĕo-facĭo). Aquecer, esquentar. Inflamar, excitar.
calefio,-is.-fĭeri,-factus sum. (calĕo-fio). Tornar-se quente, aquecer-se.
calendae,-arum, (f.), ou **kalendae.** Calendas (o primeiro dia do mês, entre os romanos). O mês.
calendarĭum,-i, (n.). Registro, livro de contas.
calĕo,-es,-ere, calŭi. Estar quente, ser quente. Estar em situação difícil. Estar inflamado, excitado. Desejar ardentemente, estar impaciente.
calesco,-is,-ĕre. (calĕo). Tornar-se quente, aquecer-se.
calĭcis, ver **calix**.
calĭd-, ver também **cald-**.
calĭde. Com ardor, prontamente.
calĭdus,-a,-um. (calĕo). Quente, cálido. Ardente, arrebatado, fogoso. Temerário, precipitado.
caliendrum,-i, (n.). Touca para mulheres. Cabeleira postiça.
calĭga,-ae, (f.). (1.calx). Espécie de sandália, usadas por soldados rasos. Profissão de soldado.
caligatus,-i, (m.). (caliga). Soldado raso.
caligĭnis, ver **caligo**.

caliginosus,-a,-um. (caligo). Sombrio, tenebroso, caliginoso. Incerto, obscuro, confuso.
caligo, caligĭnis, (f.). Fumo negro, nuvem ou nevoeiro cerrado, caligem. Escuridão, trevas. Ignorância, desgraça, desordem, confusão. Vertigem, perturbação da vista.
caligo,-as,-are,-aui,-atum. Estar enevoado, estar carregado, escuro. Ter a vista embaçada, não ver com clareza, ficar cego.
calix, calĭcis, (m.). Copo, vaso para beber, cálice. O conteúdo de um recipiente. Vaso, panela.
callĕo,-es,-ere, callŭi. (callum). Ter calos, estar calejado. Ser experimentado em algo, conhecer bem.
callĭde. (callĭdus). Com habilidade, habilmente, experientemente. Com astúcia, velhacamente.
callidĭtas, calliditatis, (f.). (callĭdus). Habilidade, esperteza. Astúcia, velhacaria.
calliditatis, ver **callidĭtas**.
callĭdus,-a,-um. (callum). Hábil, esperto. Astuto, velhaco, manhoso. Experimentado, calejado.
callis, callis, (m. e f.). Caminho de rebanhos, caminhos feitos por animais. Atalho, caminho.
callosus,-a,-um. (callum). Caloso, que tem calos. Duro, espesso.
callum,-i, (n.). Pele espessa e dura. Calosidade, calo. Insensibilidade, endurecimento.
calo, calonis, (m.). I - Criado de baixa categoria, criado de um soldado. Carregador de bagagens. II – Calçado de madeira, coturno dos gregos.
calo,-as,-are,-aui,-atum. Chamar, convocar.
calor, caloris, (m.). Calor, febre. Impetuosidade, arrebatamento, coragem. Amor ardente.
caltha,-ae, (f.), ou **calta.** Cravo de defunto, rosa de ouro.
calua,-ae, (f.). Crânio, caveira.
caluitĭes, caluitĭei, (f.). (caluus). Calvície.
calumnĭa,-ae (f.). (caluor). Falsa acusação, calúnia. Falso pretexto, trapaça, intriga, má-fé, fraude.
calumnĭor,-aris,-ari,-atus sum. Acusar falsamente, caluniar. Usar de trapaças.
caluus,-a,-um. Calvo. Liso. Desprovido, desguarnecido, desprotegido.
calx (1), calcis, (f.). Calcanhar. Pé.

calx (2), calcis, (f.). Cal, pedra de cal. Extremidade ou fim de um espaço (marcado a cal). Fim, termo.
calycis, ver **calyx.**
calyx, calycis, (m.). Cálice (das flores). Casca de frutos ou de ovos. Concha, casulo.
cama,-ae, (f.). Cama, leito baixo e estreito.
cambĭo,-as,-are,-aui. Cambiar, trocar.
camella,-ae, (f.). (dim. de camĕra). Gamela, tijela.
camelus,-i, (m.). Camelo.
camĕra,-ae, (f.), ou camăra. Teto abobadado, abóbada, arco. Cobertura em forma de arco.
camĕro,-as,-are. Construir em forma de abóbada. Fazer com arte.
caminus,-i, (m.). Forno, forja. Fogão. Lar, lareira de chaminé.
campester,-tris,-tre. (campus). Da planície, da campina. Relativo ao campo de Marte (local de exercícios militares, comícios, eleições, etc.).
campus,-i, (m.). Planície, terreno plano. Campina cultivada. Campo de exercícios ou de batalhas. **Campus Martĭus** - Campo de Marte: local onde se realizavam treinamentos físicos, comícios e recrutamentos de centúrias. Superfície do mar.
camur,-a,-um, ou camurus. Recurvado para dentro (como chifres de bois).
canalis, canale. (canis). De cão.
canalis, canalis, (m.). (canna). Fosso, canal, tubo, cano, aqueduto, veio.
cancello,-as,-are,-aui,-atum. (cancellus). Cobrir com grades, dispor em grades. Delimitar um campo. Riscar, apagar.
cancellus,-i, (m.). Grades, balaustrada. Limites, barreira.
cancer, cancri, (m.). Caranguejo, lagostim. O Sul. Câncer (constelação, zodíaco). Cancro. Pinça, fórceps.
candela,-ae, (f.). (candĕo). Vela, círio, tocha. Corda encerada. Candeia.
candelabrum,-i, (n.). (candela). Candelabro.
candĕo,-es,-ere, candŭi. Estar inflamado, queimar. Brilhar de brancura, ser de brancura brilhante.
candĭda,-ae, (f.). (candĕo). Toga branca do candidato. Espetáculo de gladiadores oferecido por um candidato. Esperança. Autoridade, prestígio.
candidatus,-i, (m.). (candĕo). Candidato, vestido de uma toga branca. O que pretende alguma coisa, aspirante.
candĭde. (candĕo). De cor branca. Candidamente, de boa fé, simplesmente.
candĭdus,-a,-um. (candĕo). Branco brilhante, vestido de branco. Brilhante, resplandecente. Claro, radioso. Sincero, franco, límpido, cândido.
candor, candoris, (m.). (candĕo). Brancura brilhante, alvura. Brilho, esplendor, beleza. Clareza, limpidez, pureza.
canĕo,-es,-ere, canŭi. (canus). Ter os cabelos brancos, encanecer, envelhecer.
canesco,-is,-ĕre, canŭi. (canĕo). Tornar-se branco, embranquecer. Envelhecer.
canicŭla,-ae, (f.). (canis). Cadelinha. Canícula (constelação). Mulher rabujenta. Lance infeliz em jogo de dados.
caninus,-a,-um. (canis). Canino, de cão. Agressivo, mordaz.
canis, canis, (m.). ou canes. Cão, cadela. Parasita, bajulador. Lance infeliz no jogo. Filósofo cínico.
canistra,-orum, (n.). (canna). Cesto (de junco), açafate.
canitĭes,-ei, (f.). (canus). Brancura. Brancura dos cabelo, velhice.
canna,-ae, (f.). Cana, junco. Objeto feito de junco. Flauta.
cano,-is,-ĕre, cecĭni, cantum. Cantar. Celebrar. Predizer, profetizar, anunciar. Tocar um instrumento.
canon, canŏnis, (m.). Regra, medida, cânone. Conjunto de livros sagrados reconhecidos pela seitas como de inspiração divina.
canorus,-a,-um. (cano). Canoro, que canta. Sonoro, melodioso, harmonioso.
cantamen, cantamĭnis, (n.). (canto). Encantamento, encanto, magia.
cantamĭnis ver **cantamen.**
canterĭus,-i, (m.), ou cantherĭus. Cavalo castrado, cavalo. Sustentáculo de videiras. Espeque.
canthărus,-i, (m.). Cântaro, taça ou copo de duas asas.
canthus,-i, (m.). Arco de ferro em volta de uma roda. Roda.
cantĭcum,-i, (n.). (cano). Canto, canção. Cântico, recitativo.

cantilena,-ae, (f.). (cano). Canto, canção, cantilena, estribilho. Ninharia, bagatela, tagarelice.
cantĭo, cantionis, (f.). (cano). Canto, canção. Feitiçaria, encantamento.
canto,-as,-are,-aui,-atum. (cano). Cantar. Celebrar. Cantar em verso. Ressoar, tocar. Praticar cerimônias mágicas, encantar.
cantor, cantoris, (m.). (cano). Cantor, músico. Ator cômico. Panegirista.
cantus,-us, (m.). (cano). Canto. Som, Poesia, verso, poema. Feitiçaria.
canus,-a,-um. Branco. Cabelos brancos, velho, antigo.
capacis, ver **capax.**
capacĭtas, capacitatis, (f.). (capĭo). Capacidade, possibilidade de conter. Receptáculo.
capax, capacis. (capĭo). Que pode conter, que contém. Capaz, digno, idôneo. Insaciável, ávido.
capedĭnis, ver **capedo.**
capedo, capedĭnis, (f.). Vaso de uma asa, utilizado nos sacrifícios.
capella,-ae, (f.). (capra). Cabrita, cabra. Cabra, uma estrela que indica o início da estação chuvosa.
caper, capri, (m.). Bode. Mau cheiro. A constelação de capricórnio.
capesso,-is,-ĕre,-siui,-situm. (capĭo). Procurar agarrar, apanhar. Tomar, agarrar.
capillatus,-a,-um. (capillus). Que tem cabelos compridos. Fino como um cabelo.
capillus,-i, (m.). Cabelo. Fio de cabelo, de barba.
capĭo,-is,-ĕre, cepi, captum. Apanhar, tomar, agarrar. Conter, conceber, compreender. Ser capaz de. Aprisionar, apoderar-se de. Receber, possuir.
capistrum,-i, (n.). Mordaça, cabresto. Atadura, correia.
capitalis, capitale. (caput). I – de cabeça, capital. Relativo à pena de morte. Mortal, fatal, funesto. Principal. II – Véu que as sacerdotisas trazem na cabeça. Crime capital, condenação à morte.
capitellum,-i, (n.). (caput). Cabeça, extremidade. Capitel de uma coluna.
capĭtis, ver **caput.**
capitŭlum,-i, (n.). (caput). Cabeça pequena, cabeça. Homem, criatura. Cobertura para a cabeça, capuz. Capitel de coluna. Capítulo. Artigo, título de uma lei.

capra,-ae, (f.). Cabra. Constelação de capricórnio.
caprĕa,-ae, (f.). (capra). Cabra montês.
capricornus,-i, (m.). (caper-cornu). Capricórnio, signo do zodíaco.
caprificus,-i, (f.). (caper-ficus). Figueira brava.
caprimulgus,-i, (m.). (caper-mulgĕo). Cabreiro, o que ordenha cabras.
caprinus,-a,-um. (caper). Caprino, de cabra.
capsa,-ae, (f.). Caixa de madeira para acomodar livros, rolos de papiro. Caixa de frutas.
capsarĭus,-i, (m.). (capsa). Encarregado de transportar as caixas de livro.
capsŭla,-ae, (f.). (capsa). Pequena caixa, cofrezinho.
captatĭo, captationis, (f.). (capto). Ação de apanhar, captação. Ação de surpreender.
captĭo, captionis, (f.). (capĭo). Ação de tomar posse, agarrar. Cilada armadilha, engano. Sutileza, sofisma.
captiose. (capĭo). De modo capcioso, capciosamente.
captiosus,-a,-um. (capĭo). Capcioso, enganador. Sofístico.
captitĭum,-ii, (n.). (caput). Veste feminina que reveste o peito. Capuz. Abertura por onde passa a cabeça.
captiuĭtas, captiuitatis, (f.). (capĭo). Cativeiro, escravidão. Conjunto de prisioneiros.
captiuus,-a,-um. (capĭo). Prisioneiro, cativo, aprisionado.
capto,-as,-are,-aui,-atum. (capĭo). Procurar apanhar, fazer por tomar. Apanhar, tomar, capturar. Cobiçar, ambicionar. Captar, granjear. Espreitar.
captura,-ae, (f.). (capĭo). Ação de tomar, apanhar, tomada, captura. Presa. Ganho, lucro.
capŭla,-ae, (f.). Bilha pequena, bilha de asa.
capŭlus,-i, (m.). (capĭo). Esquife, caixão. Rabiça de arado. Cabo, punho de arma.
caput, capĭtis, (n.). Cabeça. Pessoa, indivíduo. Vida, existência. Cimo, parte superior. O essencial, o principal. Capital, cidade mais importante.
carbassus,-i, (f.). ou carbassa,-orum, (n.). Tecido de linho fino, roupa de linho. Vela de navio. Cortina de teatro.
carbo, carbonis, (m.). Carvão, brasa. Sinal de infâmia (feito com carvão), descrédito.

carcer, carcĕris, (m.). Recinto fechado, lugar de onde partiam os carros em corrida. Ponto de partida. O que encerra, prisão, cárcere.
carchesĭum,-ĭi, (n.). Copo para beber. Cesto da gávea de um navio. Cabrestante, guindaste para elevação de grandes pesos.
carcĭnos,-i, (m.), ou carcĭnus. Câncer (zodíaco).
cardĭnis ver **cardo.**
cardo, cardĭnis, (m.). Gonzo, coiceira. Pólo, ponto cardeal, linha transversal traçada de norte a sul. Ponto capital, conjuntura.
cardus,-us, (m.), ou cardŭus. Cardo, alcachofra.
care. (carus). Caro, de alto valor.
carĕo,-es,-ere, carŭi. Ter falta de, estar carente de, estar privado de. Passar sem, abster-se, sentir falta.
carĭes, carĭei, (f.). Podridão. Cárie.
carina,-ae, (f.). Casca de noz. Quilha de navio (formato de noz). Navio, embarcação.
cariosus,-a,-um. (carĭes). Apodrecido, podre. Decrépito, arruinado. Cariado.
carĭtas, caritatis, (f.). (carus). Ternura, afeição, amor. Carestia, alto preço.
caritatis, ver **carĭtas.**
carmen, carmĭnis, (n.). Canto, som de voz ou de instrumentos. Composição em verso, poesia (lírica ou épica). Inscrição em verso. Fórmula religiosa ou jurídica. Sentenças morais em verso.
carmĭnis, ver **carmen.**
carni- ver também **carnu-.**
carnĭfex, carnifĭcis, (m.). (caro). Carrasco, algoz, aquele que tortura.
carnificina,-ae, (f.). (caro-facĭo). Lugar onde se fazem execuções, patíbulo. Ofício de carrasco. Tortura, suplício. Carnificina.
carnifĭcis, ver **carnĭfex.**
carnis, carnis, (f.), ver **caro.**
carnu- ver também **carni-.**
caro, carnis, (f.). Pedaço de carne, carne. Polpa. Corpo, em oposição a espírito.
carpentum,-i, (n.). Carruagem de duas rodas, carroça. Carro de exército.
carpo,-is,-ĕre, carpsi, carptum. Colher, arrancar. Desenredar, desfiar, separar. Recolher, fruir, gozar, consumir. Censurar, atacar. Percorrer, seguir.

carptim. (carpo). Colhendo daqui e dali, por parcelas, separadamente.
carruca,-ae, (f.). Carro gaulês.
carrus,-i, (m.). Carro de quatro rodas, carroça.
carta- ver também **cartha-.**
carus,-a,-um. Querido, caro, estimado, de alto valor, de grande preço, custoso.
caryota,-ae, (f.). ou caryotis, caryotĭdis. Tâmara.
casa,-ae, (f.). Cabana, choupana. Tenda, barraca. Casebre.
cascus,-a,-um. Antigo, velho, dos tempos antigos.
casĕus,-i, (m.), ou casĕum,-i, (n.). Queijo.
cassĭda,-ae, (f.). (cassis). Capacete de metal.
cassĭdis, ver **cassis.**
cassis, cassĭdis, (f.). Capacete de metal (dos cavaleiros).
cassis, cassis, (m.). ou casses. Rede, armadilha de rede. Teia de aranha. Ciladas, armadilhas.
casso,-as,-are,-aui,-atum. (cassus). I – Anular, tornar nulo. Destruir, aniquilar. Esvaziar. II – Vacilar, estar prestes a cair.
cassum. Sem motivo, sem razão.
cassus,-a,-um. Vazio, vão, inútil.
castanĕa,-ae, (f.). Castanha, castanheiro.
caste. Honestamente, virtuosamente. Religiosamente, com pureza, castamente.
castellum,-i (n.). (castra). Fortaleza, campo fortificado. Abrigo, caverna, asilo, refúgio. Aldeia nas montanhas.
castigate. (castigo). Com reserva, com moderação. Concisamente.
castigatĭo, castigationis, (f.). (castigo). Repreensão, castigo. Apuro de estilo.
castigo,-as-are,-aui,-atum. (castus-ago). Repreender, censurar. Castigar, punir, corrigir. Conter, reprimir.
castimonĭa,-ae, (f.). (castus). Pureza de costumes, moralidade. Castidade de corpo.
castĭtas, castitatis, (f.). (castus). Pureza de costumes. Castidade.
castitatis ver **castĭtas.**
castra,-orum, (n.). (castrum). Acampamento, lugar fortificado, quartel. Caserna. Partido político, escola filosófica.
castro,-as,-are,-aui,-atum. Cortar, podar, castrar. Amputar. Emascular, debilitar.
castrum,-i (n.). Lugar fortificado.

castus,-a,-um. O que se ajusta, se conforma às leis, às regras ou ritos religiosos. Santo, sagrado. Correto.
casualis, casuale. (cado). Casual, acidental, fortuito. Relativo aos casos gramaticais.
casŭla,-ae, (f.). (casa). Cabana. Túmulo.
casus,-us, (m.). (cado). Queda, ato de cair. Fim, ruína. Acaso, circunstância, acontecimento. Infelicidade, desgraça. Caso gramatical.
catacumba,-ae, (f.). Catacumba.
cataegĭdis. Ver cataegis.
cataegis, cataegĭdis, (f.). Vento tempestuoso. Vento da Panfília.
cataphăgas,-ae, (m.). Comilão, glutão.
cataphracta,-ae, (f.), ou cataphrate,-es. Cota de malha guarnecida com escamas ou lâminas de ferro (para cavaleiro e cavalo).
cataplexis, cataplexis, (f.). Beleza estarrecedora.
cataplus,-i, (m.). Regresso de um navio ao porto, desembarque. Frota mercante.
catapulta,-ae, (f.). Catapulta. Projétil lançado pela catapulta.
cataracta,-ae, (f.), ou cataractes. Catarata, catadupa. Comporta, dique, represa. Grade protetora de portas e de acessos a pontes.
catasceua,-ae, (f.). Confirmação por meio de provas.
catasta,-ae, (f.). Estrado onde se vendiam escravos. Estrado.
cate. (catus). Com habilidade, com tato, com arte.
catechizo,-as,-are,-aui,-atum. Catequizar.
categoria,-ae, (f.). Acusação. Categoria (lógica).
cateia,-ae, (f.). Arma de arremesso gaulesa (espécie de dardo).
catella,-ae, (f.). (catena). Cadeia pequena, bracelete, colar. Laço, embaraço. Recompensa militar.
catella,-ae, (f.). (catŭlus). Cadelinha.
catena,-ae, (f.). Cadeia. Laço.
caterua,-ae (f.). Bando armado e em desordem. Tropa de bárbaros. Esquadrão de cavalaria. Multidão, caterva.
cateruatim. (caterua). Por grupos, aos bandos.
cathĕdra,-ae, (f.). Cadeira, assento. Cátedra.
catillus,-i, (m.). Prato pequeno.
catinum,-i, (n.), ou catinus. Travessa de mesa.
catta,-ae, (f.). Gata.
cattus,-i, (m.). Gato.
catŭlus,-i, (m.). (cattus). Filhote de animal, cria. Cachorrinho.
catus,-a,-um. Agudo, pontiagudo, áspero. Sutil, sagaz, sensato, hábil.
cauda,-ae, (f.), ou coda. Cauda, rabo.
caudex, caudĭcis, (m.), ou codex. Tronco de árvore. Homem estúpido. Tabuinha de escrever. Livro de registro, códice.
caudĭcis ou **codĭcis**, ver **caudex**.
cauĕa,-ae, (f.), ou cauĭa. (cauus). Cavidade, interior da boca, órbita do olho. Gaiola, jaula. Parte do teatro reservada aos espectadores, espectadores, plateia. Teatro.
cauĕo,-es,-ere, caui, cautum. Tomar cuidado, precaver-se. Evitar. Velar por, cuidar de. Tomar providências. Provar, garantir, dispor em testamento.
cauerna,-ae, (f.). (cauus). Cavidade, abertura, fenda, orifício. Caverna, covil, toca. Porão de navio.
cauesis, o mesmo que **caue si uis**. Acautela-te, toma cuidado. Peço-te. Por favor.
cauilla,-ae, (f.). Zombaria, gracejo, brincadeira.
cauillor,-aris,-ari,-atus sum. Gracejar, zombar, escarnecer, ironizar. Usar de sofismas.
caulae,-arum, (f.), ou caullae. Curral de ovelhas. Cerca de um templo. Cavidades, poros da pele.
caulis, caulis (m.). ou colis, também **coles.** Caule, haste de plantas. Pena de caneta. Penis.
caunĕa,-arum, (f.). Figos secos de Cauno.
cauo,-as,-are,-aui,-atum. (cauus). Cavar, furar, escavar. Abrir covas.
caupo, cauponis, (m.). Taberneiro, estalajadeiro.
caupona,-ae, (f.). Estalajem, taberna. Taberneira.
causa,-ae, (f.). Causa, motivo, razão. Causa jurídica, processo, questão, litígio. Posição, situação, caso.
causalĭter. De acordo com as causas, causativamente.
causarĭus,-a,-um. (causa). Doente, enfermo. No plural, como subst.: Os reformados, inválidos.
causatĭo, causationis, (f.). (causa). Pretexto, desculpa. Indisposição. Acusação.

causĕa,-ae, (f.), ou causĭa. Chapéu macedônico. Mantelete (máquina de guerra).
causidĭcus,-i, (m.). (causa-dico). Advogado, o que defende uma causa.
causor,-aris,-ari,-atus sum. (causa). Alegar um pretexto, alegar. Objetar.
caute. (cauĕo). Cautelosamente, prudentemente.
cautela,-ae, (f.). (cauĕo). Cautela, desconfiança, precaução.
cauter,-eris, (m.), ou cauterĭum,-i. Ferro para cauterizar, ferro em brasa. Queimadura, chaga. Cautério.
cautes, cautis, (f.), ou cotes. Ponta de rochedo, escolho, rocha.
cautim. (cauĕo). Com precaução, prudentemente.
cautĭo, cautionis, (f.). (cauĕo). Precaução, cautela, prudência. Caução, fiança. Promessa, empenho.
cautor, cautoris, (m.). (cauĕo). Homem precavido. Fiador.
cautus,-a,-um. (cauĕo). Precavido, prudente. Seguro, certo, protegido. Cauteloso, esperto, matreiro.
cauus,-a,-um. Vazio, oco, vão, cavado.
ce- ver também **cae-** ou **coe-**.
cedo,-is,-ĕre, cessi, cessum. Ir, andar, dar um passo adiante. Tocar a, caber a. Retirar-se, ir-se embora. Ceder a, não resistir. Entrar em acordo. Passar, decorrer. Conceder, entregar.
cedrus,-i, (f.). Cedro, madeira de cedro, resina de cedro (para conservação de manuscritos).
celĕber, celĕbris, celĕbre. Frequentado, movimentado, populoso. Numeroso, abundante. Celebrado, festejado. Célebre, ilustre, famoso.
celebratĭo, celebrationis, (f.). (celĕber). Afluência, concurso de pessoas. Solenidade, celebração.
celebrĭtas, celebritatis, (f.). (celĕber). Grande multidão, frequência, afluência. Celebração solene, solenidade. Celebridade, fama, reputação.
celebritatis, ver **celebrĭtas**.
celebrĭter. Frequentemente.
celĕbro,-as,-are,-aui,-atum. (celĕber). Frequentar, ir muitas vezes. Acompanhar em multidão. Festejar, celebrar. Falar muito de.

celer, celĕris, celĕre. Pronto, rápido, célere. Súbito, repentino. Vivo, rápido.
celĕre. Celeremente, rapidamente.
celerĭtas, celeritatis, (f.). (celer). Rapidez, agilidade, celeridade. Prontidão, presteza.
celeritatis, ver **celerĭtas**.
celĕro,-as,-are,-aui,-atum. (celer). Apressar, acelerar, agilizar. Ir apressadamente.
cella,-ae, (f.). (celo). Pequeno compartimento, onde se oculta algo. Quarto pequeno. Cela, capela, santuário. Celeiro, adega. Alvéolos das colmeias.
celo,-as,-are,-aui,-atum. Esconder, ocultar.
celocis, ver **celox**.
celox, celocis, (m. e f.). Navio ligeiro. Barriga, ventre.
celsus,-a,-um. Elevado, alto, excelso. Soberbo, orgulhoso.
cena,-ae, (f.). Jantar (principal refeição da tarde). Conjunto de iguarias do jantar. Sala de jantar
cenacŭlum,-i, (n.). Sala de jantar. Andares superiores, quartos dos andares superiores.
cenatorĭa,-orum, (n.). (cena). Trajes de mesa.
cenaturĭo,-is,-ire. (cena). Ter vontade de jantar.
cenĭto,-as,-are,-aui,-atum. (cena). Jantar muitas vezes, frequentemente.
ceno,-as,-are,-aui,-atum. (cena). Jantar, cear.
censĕo,-es,-ere, censŭi, censum. Declarar alto, solene e categoricamente. Ser de opinião, julgar, pensar. Avaliar, estimar, ter em conta. Ordenar, determinar, decretar. Declarar a fortuna e a categoria de cada pessoa. Recensear.
censĭo, censionis, (f.). (censĕo). Avaliação (feita por um censor), recenseamento. Castigo, multa.
censor, censoris, (m.). (censĕo). Censor (magistrado encarregado do recenseamento). Crítico.
censura,-ae, (f.). Censura, dignidade de censor. Exame, julgamento, crítica. Severidade.
census,-us, (m.). (censĕo). Censo, recenseamento. Rol, registro do censo. Bens, fortuna.
centeni,-ae,-ae. (centum). Cem a cada vez. Cem.
centĭens ou **centĭes. (centum).** Cem vezes.

cento, centonis, (m.). Espécie de manta feita de retalhos (para apagar incêndios). Centão = poesia feita de versos ou partes de versos de diversos autores.

centrum,-i, (n.). Centro.

centum - indeclinável. Cem, centena, cento. Um grande número.

centumuir, centurmuiri, (m.). Centúnviro (membro de um tribunal de cem juízes que julgava casos de herança).

centuncŭlus,-i, (m.). (cento). Vestimenta de arlequim. Farrapos, trapos, remendos.

centurĭa,-ae, (f.). (centum). Centúria (grupo de cem cavaleiros). Divisão do povo romano em classes, segundo a fortuna. Medida de superfícies (aproximadamente 50 Ha.).

centuriatus,-a,-um. (centurĭo). Alistado, disposto, formado.

centuriatus,-us, (m.). (centurĭo). Divisão em centúrias. Grau de centurião.

centurĭo, centurionis, (m.). (centum). Centurião (comandante de uma centúria).

centurĭo,-as,-are,-aui,-atum. (centum). Formar em centúrias.

centurionatus,-us, (m.). (centurĭo). Inspeção dos centuriões. Cargo ou dignidade de centurião.

cenŭla,-ae, (f.). (cena). Pequeno jantar, pequena refeição. Lanche.

cera,-ae, (f.). Cera, objeto feito de cera. Sinete ou selo em cera. Imagem ou busto feito de cera. Tabuinha de cera para escrever. Célula das abelhas.

cerarĭum,-i, (n.). (cera). Imposto para cera (imposto de selo).

cerasĭnus,-a,-um. (cerasus). Da cor da cereja.

cerasum,-i, (n.). Cereja.

cerasus,-i, (m.). Cerejeira.

cercurus,-i, (m.), ou cercyrus. Navio ligeiro, navio de carga.

cerdo, cerdonis, (m.). Artífice, operário de baixa categoria.

cerealĭa,-ium, (n.), ou cerialĭa. (ceres). Cereálias, festas em louvor a Ceres, deusa das colheitas.

cerealis, cereale. (ceres). I - Relativo ao trigo, ao pão. II - De Ceres.

cerebellum,-i, (n.). (cerĕbrum). Mioleira pequena (de vitela, carneiro, etc.).

cerĕbrum,-i, (n.). Cérebro, miolos. Cabeça, juízo, razão, inteligência.

ceres, cerĕris, (f.). Ceres, deusa da agricultura (= Deméter). Seara, cereais, trigo, pão.

cerĕus,-a,-um. (cera). De cera, feito de cera. Da cor de cera. Flexível, suave, dócil, moldável.

cerno,-is,-ĕre, creui, cretum. Passar pelo crivo, peneirar, separar. Distinguir, discernir, ver claramente. Compreender, ver pelo pensamento, pela imaginação. Decidir, resolver, decretar.

cernŭus,-a,-um. Que inclina a cabeça. Inclinado para o chão. O que cai de cabeça para diante.

ceroma,-ae, (f.), ou ceroma, cerĭmătis (n.). (cera). Unguento composto de cera e azeite, usado pelos lutadores. Sala de exercícios. Luta.

cerritus,-a,-um. Furioso, frenético, delirante, demente.

certamen, certamĭnis, (n.). (certo). Luta, corrida, torneio, certame. Disputa, rivalidade. Esforço, empenho.

certamĭnis, ver **certamen.**

certatim. (certo,-are). Com insistência, ao desafio.

certatĭo, certationis. (certo,-are). Combate, peleja, luta. Disputa, conflito. Ação, questão judicial, debate judiciário.

certe. (certus). Certamente, seguramente, sem dúvida. Pelo menos, em todo caso.

certo,-as,-are,-aui,-atum. Demandar, contestar. Combater, lutar. Disputar.

certo. (certus). Certamente, seguramente. Irrevogavelmente, inflexivelmente.

certus,-a,-um. Resolvido, decidido. Determinado, fixo, preciso. Seguro, confiável, sincero. Certo.

cerua,-ae, (f.). Corça (fêmea do veado).

ceruicis, ver **ceruix.**

ceruicŭla,-ae, (f.). (ceruix). Pequeno pescoço, nuca pequena.

ceruix, ceruicis, (f.). Nuca, cerviz, cabeça, pescoço, ombros. Gargalo de garrafa, haste de planta. Confiança; audácia.

ceruus,-i, (m.). Cervo, veado. Estacas (em forma de chifres de veado) fixadas ao chão para impedir a marcha da cavalaria.

cessatĭo, cessationis, (f.). (cedo). Descanso, repouso. Cessação, parada.

cessim. (cedo). Retrocedendo, pouco a pouco. De lado, obliquamente.

cessĭo, cessionis, (f.). (cedo). Ação de ceder, cessão. Aproximação, chegada.
cesso,-as,-are,-aui,-atum. (cedo). Parar, permanecer inativo, cessar. Demorar-se, tardar. Deixar de comparecer ao tribunal. Relaxar, negligenciar.
cestus,-i, (m.). Cinto, correia, cilha.
cetarĭa,-ae, (f.), ou cetarĭum,-i, (n.). (cetus). Viveiro de peixes, aquário.
cete. Cetáceos, peixes grandes.
cetĕrus,-a,-um. Restante, o que resta. Os outros, todos os outros.
cethĕgi,-orum, (m.). Os romanos antigos, os Cétegos.
cetra,-ae, (f.), ou caetra. Pequeno escudo de couro.
cetus,-i, (m.). Cetáceo, monstro marinho. Atum. Baleia (constelação).
ceu. Como, assim como. Como se.
ceuĕo,-es,-ere, ceui. Mover as nádegas. Fazer festa com os animais, adular, lisonjear.
cha- ver também **ca-**.
chaere. Bom dia, salve.
chalcaspĭdes,-um. Soldados armados com escudos de bronze.
chalcĕus,-a,-um. De bronze.
chaos,-i, (m.). Caos, confusão dos elementos de que se forma o universo. Os infernos, trevas profundas, abismo.
charistĭa,-orum, (n.). Banquete de família.
charĭtes,-um. (f.). As Graças, as Cárites.
charta,-ae, (f.). Folha de papel, papel, papiro. Folha escrita, documento, livro, arquivo.
chasma, chasmătis, (n.). Abertura, abismo, sorvedouro.
chasmătis, ver **chasma**.
chelae,-arum, (f.). Os braços do escorpião. A Balança (constelação).
chelys, chelyis ou chelyos, (f.). Tartaruga. Cítara, lira. Lira (constelação).
chersos,-i, (f.). Cágado.
chimaera,-ae, (f.). Quimera – monstro fabuloso com cabeça de leão, corpo de cabra e cauda de dragão.
chirogrăphum,-i, (n.). O que escreve com a própria mão, autógrafo. Manuscrito. Escrito assinado.
chironomĭa,-ae, (f.). A arte do gesto.
chirurgĭa,-ae, (f.). Cirurgia. Remédio violento.
chium,-i, (n.). Vinho de Quios (uma ilha).

chlamys, chlamydis, (f.). Clâmide – manto grego, preso ao pescoço ou ao ombro direito. Capa de militar.
chorda,-ae, (f.). Tripa. Corda de instrumento. Corda, barbante.
chorĕa,-ae, (f.). Dança em coro.
choreus,-i, (m.). Coreu ou Troqueu – elemento de métrica, constituído de uma sílaba longa seguida de uma breve.
chorus,-i, (m.). Coro (de dançarinos, músicos e cantores), dança em coro. Reunião, ajuntamento, assembleia.
christianus,-a,-um. Cristão.
chrysĭus,-a,-um. De ouro. Objetos de ouro.
cibarĭa,-orum, (n.). (cibus). Alimentos, víveres. Ração.
cibo,-as,-are,-aui,-atum. (cibus). Alimentar, nutrir.
ciborĭum,-i, (n.). Cibório – copo de duas asas.
cibus,-i, (m.). Alimento, comida. Seiva. Estimulante. Isca.
cicada,-ae, (f.). Cigarra.
cicăro, cicaronis, (m.). Menino querido – termo afetivo.
cicatricis, ver **cicatrix**.
cicatrix, cicatricis, (f.). Cicatriz. Rasgão, esfolado.
cicer, cicĕris, (n.). Chícaro, grão de bico. Homem do povo.
ciconĭa,-ae, (f.). Cegonha.
cicur, cicŭris. Domesticado, manso, doméstico.
cicuta,-ae, (f.). Cicuta. Flauta rústica.
ciĕo,-es,-ere, ciui, citum. Pôr em movimento, mover. Mandar vir, chamar, invocar. Citar judicialmente. Excitar, provocar, agitar.
cilicĭum,-i, (n.). Tecido grosseiro de pelo de cabra.
cimex, cimĭcis, (m.). Percevejo. Termo de injúria.
cimĭcis, ver **cimex**.
cinaedus,-a,-um. Dissoluto, torpe, efeminado, pederasta.
cincinnatus,-a,-um. (cincinnus). De cabelos anelados. Cometa.
cincinnus,-i, (m.). Anel de cabelo. Ornato artificial. Gavinha.
cinctura,-ae, (f.). (cingo). Cintura, cinta.
cinefactus,-a,-um. (cinis-facĭo). Reduzido a cinzas.

cinerarĭus,-a,-um. (cinis). De cinza, semelhante a cinza. Como subst.: o que frisa os cabelos, aquecendo o ferro na cinza quente.
cinĕris, ver **cinis.**
cingo,-is,-ĕre, cinxi, cinctum. Cingir, rodear com um cinto. Revestir. Proteger, cobrir. Ter ao lado, junto.
cingŭlum,-i, (n.). (cingo). Cintura.
cingŭlus,-i, (m.). Faixa de terra. Cintura.
cinis, cinĕris, (m.). Cinza. Cinzas dos mortos, restos mortais. Ruínas. Morte.
cinnamomum,-i, (n.), ou cinnămum, cinnămon. Caneleira, canela. Termo de carícia.
cio,-is,-ire, ciui, citum, o mesmo que **ciĕo.**
cippus,-i, (m.). Marco, poste, cepo. Pedra funerária. Estaca pontiaguda fixada ao solo.
circa, prep./acus., também advérbio. Em volta de, ao pé de, nas imediações. De todos os lados. Cerca de, mais ou menos. A respeito de, acerca de.
circensis, circense. (circus). Circense, do circo.
circes, circĭtis, (m.). Círculo, circunferência, circuito.
circĭno,-as,-are,-aui,-atum. (circus). Formar um círculo em volta de, arredondar, formar em círculo, circular.
circĭnus,-i, (m.). Compasso.
circĭter, prep./acus., também advérbio. Nas vizinhanças de, próximo de. Em toda a volta, em todos os sentidos. Quase, pouco mais, aproximadamente.
circĭtis, ver **circes.**
circĭto,-as,-are. (circes). Perturbar, agitar, fazer girar em volta.
circlus, ver **circŭlus.**
circuĭtus,-us, (m.). (circus). Ação de andar à volta, movimento de rotação. Contorno, circunferência. Volta, desvio. Período, perífrase (retórica).
circulatim. (circus). Por grupos.
circulator, circulatoris, (m.). (circus). Saltimbanco, charlatão.
circŭlor,-as,-ari,-atus sum. (circus). Circular, formar um círculo. Agrupar-se, reunir-se em grupo. Fazer de charlatão.
circŭlus,-i (m.). (circus). Círculo. Zona celeste, órbita de um astro. Objeto em forma circular. Assembleia, reunião.

circum, prep./acus., também advérbio. À volta de, em roda de. Nas proximidades, vizinhanças. Em torno de, de todos os lados.
circumăgo,-is,-ĕre, circumegi,-actum. (circum-ăgo). Conduzir em volta de, levar em redor. Executar um movimento circular. Virar, voltar-se.
circumamplector,-ĕris,-plecti,-plexus sum. (circum-amplector). Abraçar, rodear.
circumăro,-as,-are,-aui,-atum. (circum-aro). Lavrar em volta, encerrar um círculo feito com o arado.
circumcido,-is,-ĕre,-cidi,-cisum. (circum-caedo). Cortar em volta, aparar, podar. Reduzir, suprimir.
circumcingo,-is,-ere,-cinxi,-cinctum. (circum-cingo). Cercar, cercar por todos os lados.
circumcise. (circum-caedo). Concisamente, com concisão.
circumcisus,-a,-um. (circum-caedo). Escarpado, abrupto. Abreviado, curto, reduzido.
circumcludo,-is,-ĕre,-clusi,-clusum. (circum-claudo). Fechar, cercar por todos os lados. Encerrar.
circumcŏlo,-is,-ĕre. (circum-colo). Habitar em roda de, nas proximidades de, à margem.
circumcompono,-is,-ĕre,-posŭi,-positum. (circum-cum-pono). Pôr em volta, colocar em redor. Servir em volta, à mesa.
circumcongredĭor,-ĕris,-gredi,-gressus sum. (circum-cum-gradus). Fazer a volta de. Investir, acometer de todos os lados.
circumcurro,-is,-ĕre. (circum-curro). Correr em volta de. Circular.
circumcurso,-as,-are,-aui,-atum. (circum-curro). Correr muitas vezes repetidamente em volta de. Correr por toda parte, andar sem destino.
circumdo,-as,-are,-dĕdi,-dătum. (circum-do). Pôr em volta de, dispor em volta. Rodear, cercar, encerrar. Limitar, fechar, circunscrever.
circumduco,-is,-ĕre,-duxi,-ductum. (circum-duco). Conduzir em volta, rodear. Cercar, fazer um círculo em volta. Desviar, Enganar, iludir. Alongar uma sílaba na pronúncia. Desenvolver.

circumductĭo, circumductionis, (f.). (circum-duco). Ação de conduzir em volta. Velhacaria.

circumĕo,-is,-ire,-iui/-ĭi,-itum. (circum-eo). Andar em círculo, ir em volta, rodear, cercar, passar ao longo de. Disputar, pretender.

circumequĭto,-as,-are,-aui,-atum. (circumequĭto). Cavalgar em círculo, dar a volta a cavalo.

circumerro,-as,-are,-aui,-atum. (circum--erro). Dar volta em torno de, girar, andar errante em volta de.

circumfĕro,-fers,-ferre,-tŭli,-latum. (circum-fero). Levar em volta de, mover circularmente. Levar de um lado para outro, fazer circular. Divulgar, difundir, publicar.

circumflecto,-is,-ĕre,-flexi,-flectum. (circum-flecto). Descrever um círculo, percorrer à volta de. Pronunciar uma sílaba como longa.

circumflo,-flas,-flare,-flaui,-flatum. (circum-flo). Soprar em torno de, soprar para todos os lados.

circumflŭo,-fluis,-fluĕre,-fluxi,-fluxum. (circum-fluo). Correr em volta de, rodear, circundar. Sair do leito, transbordar, estar repleto.

circumflŭus,-a,-um. (circum-fluo). Que corre em volta, circula. Rodeado de água.

circumforanĕus,-a,-um. (circum-forum). Das proximidades do fórum. Que percorre o mercado, ambulante.

circumfundo,-is,-ĕre,-fusi,-fusum. (circum-fundo). Circunfundir, derramar em volta, espalhar. Envolver, rodear, cercar.

circumgesto,-as,-are. (circum-gero). Vender de rua em rua. Espalhar notícias, circular.

circumiacĕo,-es,-ere. (circum-iacĕo). Estar estendido em volta ou perto, estender-se.

circuminiicĭo,-is,-ĕre. (circum-in-iacĭo). Lançar em redor de.

circumlatro,-as,-are,-aui,-atum. (circum--latro). Ladrar em redor de, junto a. Fazer ruído em volta de.

circumlĭgo,-as,-are,-aui,-atum. (circum--ligo). Ligar em volta, rodear, ligar uma coisa a outra.

circumlinĭo,-is,-ire,-liniui,-linitum. (circum-linĭo). Untar em volta de, revestir com uma camada.

circumlino,-is,-ĕre,-leui/-liui,-lĭtum, o mesmo que **circumlinĭo.**

circumlocutĭo, circumlocutionis, (f.). (circum-loquor). Circunlocução, perífrase.

circumluuĭo, circumluuionis, (f.). (circum--lauo). Lodaçal.

circummitto,-is,-ĕre,-misi,-misum. (circum-mitto). Enviar em toda a volta, por toda parte.

circummunĭo,-is,-ire,-iui/i,-itum. (circummunĭo). Cercar de fortificações, fortificar em volta, bloquear.

circumplaudo,-is,-ĕre. (circum-plaudo). Aplaudir em volta de, por toda parte.

circumplector,-ĕris,-plecti,-plexus sum. (circum-plector). Abraçar, cingir, rodear com um abraço.

circumretĭo,-is,-ire,-iui,-itum. (circum-rete). Cercar com redes, apanhar em redes, enredar, embaraçar.

circumrodo,-is,-ĕre,-rosi,-rosum. (circum--rodo). Roer em volta, roer. Dilacerar, caluniar, difamar.

circumsaepĭo,-is,-ire,-saepsi,-saeptum. (circum-saepĭo). Cercar em volta, rodear. Sitiar.

circumscribo,-is,-ĕre,-scripsi,-scriptum. (circum-scribo). Traçar um círculo em volta, circunscrever, rodear. Definir, explicar, interpretar. Enganar, iludir, sofismar. Revogar, suspender.

circumscripte. (circum-scribo). Com limites precisos, de modo preciso.

circumscriptĭo, circunscriptionis, (f.). (circum-scribo). Círculo traçado em volta. Circuito, contorno. Astúcia, ardil. Frase.

circumsĕco,-as,-are,-secŭi,-sectum. (circum-seco). Cortar em volta. Circuncidar.

circumsedĕo,-es,-ere,-sedi,-sessum. (circum-sedĕo). Estar sentado em volta de. Rodear, cercar, sitiar, bloquear. Enganar, iludir.

circumsessĭo, circumsessionis, (f.). (circumsedĕo). Cerco (de uma cidade).

circumsilĭo,-is,-ire. (circum-salĭo). Saltar de um lado para outro. Assaltar por todos os lados.

circumsisto,-is,-ĕre,-steti. (circum-sisto). Parar em redor, estar sentado em volta de. Cercar, bloquear, envolver.

circumsŏno,-as,-are,-aui,-atum. (circum-sono). Retumbar em volta, por todos os lados.
circumspectatricis, ver **circumspectatrix.**
circumspectatrix, circumspectatricis, (f.). (circum-specto). Aquela que olha em volta espionando. Espiã.
circumspecte. (circum-specĭo). Com prudência, cautelosamente.
circumspecto,-as,-are,-aui,-atum. (circumspicĭo). Olhar frequentemente em torno de si. Estar atento. Considerar, examinar com atenção. Espiar, espreitar.
circumspicĭo,-is,-ĕre,-pexi,-pectum. (circum-specĭo). Olhar em torno de si, percorrer com os olhos. Ser circunspecto, cauteloso. Espreitar, espiar, buscar, procurar.
circumstantĭa,-ae, (f.). (circum-sto). Ação de estar de volta em roda de. Situação, circunstância. Particularidade.
circumsto,-as,-are,-steti. (circum-sto). Manter-se em volta, rodear. Sitiar, bloquear. Ameaçar.
circumtĕro,-is,-ĕre. (circum-tero). Esmagar em volta, pisar à volta.
circumtŏno,-as,-are,-tonŭi. (circum-tono). Trovejar em torno de, fazer grande barulho em volta, aturdir.
circumuado,-is,-ĕre,-uasi. (circum-uado). Atacar de todos os lados. Apoderar-se, tomar, invadir.
circumuăgus,-a,-um. (circum-uagor). Que se espraia por todos os lados.
circumuallo,-as,-are,-aui,-atum. (circum-uallum). Estabelecer linhas de circunvalação, circunvalar, bloquear, cercar, sitiar.
circumuectĭo, circumuectionis, (f.). (circum-ueho). Transporte de mercadoria. Movimento circular.
circumuĕhor,-ĕris,-uehi,-uectus sum. (circum-ueho). Transportar em volta de, fazer a volta de, contornar. Demorar-se em torno de, estender-se num assunto.
circumuelo,-as,-are. (uelum). (circum-uelum). Envolver com um véu, envolver.
circumuenĭo,-is,-ire,-ueni,-uentum. (circumuenĭo). Vir em volta de, rodear. Cercar, atacar, sitiar, assaltar. Oprimir, afligir.
circumuersor,-aris,-ari. (circum-uerto). Andar à roda, voltar-se para todos os lados.

circumuerto,-is,-ĕre,-uerti,-uersum. (circum-uerto). Fazer girar à roda de, voltar-se em torno de. Lograr, enganar. Libertar um escravo (fazendo-o girar sobre si).
circumuŏlo,-as,-are,-aui,-atum. (circum-uŏlo). Voar em torno, circunvoar.
circumuoluo,-is,-ĕre,-uolui,-uolutum. (circum-uoluo). Circunvolver, rolar em torno de, enrolar em volta de. Percorrer.
circus,-i, (m.). Círculo. Circo, o grande circo (de Roma).
ciris, ciris (f.). Garça.
cirrati,-orum, (m.). (cirrus). Cabeças com cabelos encaracolados.
cirrus,-i, (m.). Tufo de cabelos ou pêlos. Anel, caracol, cacho de cabelos. Topete de penas, franjas.
cis, prep./acus. Aquém de, da parte de cá. Antes de.
cisĭum,-i, (n.). Cadeira de duas rodas, charrete.
cista,-ae, (f.). Cesto de vime, cofre. Urna eleitoral.
cistella,-ae, (f.). (cista). Pequena cesta, caixinha ou pequeno cofre.
cisterna,-ae, (f.). (cista). Cisterna, reservatório.
cistophŏrus,-i, (m.). (cista). Carregador de cofres. Moeda de prata cujo cunho era a cesta mística de Baco.
citatim. (cito). Apressadamente, com precipitação.
cithăra,-ae, (f.). Cítara. Canto acompanhado da lira. Arte de tocar a cítara.
citĭmus,-a,-um. (cito). Muito próximo, o mais próximo.
cito,-as,-are,-aui,-atum. Pôr em movimento. Lançar, provocar, suscitar. Convocar, chamar, citar as partes ao tribunal.
cito. Depressa, rapidamente. Facilmente.
citra, prep./acus., também advérbio. Desta parte, do lado de cá, aquém. Menos, sem, fora de.
citrĕum,-i, (n.). Limão.
citrĕus,-a,-um. (citrus). Cítreo, de limoeiro. De madeira do limoeiro.
citro. (cĭeo). Por aqui, desta parte.
citrus,-i, (f.). Limoeiro.
citus,-a,-um. Pronto, rápido, ágil, ligeiro.
ciuĭcus,-a,-um. (ciuis). De cidadão, civil, cívico.

ciuilis, ciuile. (ciuis). Civil, de cidadão. Cível. Digno de cidadão. Popular, moderado, afável, civilizado.
ciuilĭtas, ciuilitatis, (f.). (ciuis). Qualidade de cidadão, sociabilidade, cortesia, civilidade. Ciência de governar. Política.
ciuilitatis, ver **ciuilĭtas.**
ciuilĭter. (ciuis). Como bom cidadão, como convém a alguém civilizado. Com moderação, afavelmente.
ciuis, ciuis, (m.). Cidadão, indivíduo humano, homem do povo.
ciuĭtas, ciuitatis, (f.). (ciuis). Condição de cidadão, direito de cidadão. Conjunto de cidadãos, comunidade, cidade (considerando-se o conjunto de pessoas).
ciuitatis, ver **ciuĭtas.**
clades, cladis, (f.). Ruína, destruição, perda, calamidade, desgraça. Desastre na guerra, derrota.
clam, prep./acus. e abl., também advérbio. Às escondidas, secretamente, às ocultas.
clamĭto,-as,-are,-aui,-atum. (clamo). Gritar repetidamente, gritar muito. Pedir aos gritos. Repetir gritando.
clamo,-as,-are,-aui,-atum. Gritar, clamar. Gritar por, chamar em voz alta. Proclamar.
clamor, clamoris (m.). (clamo). Grito, brado, clamor, gritaria. Aclamação, aplauso, vaia. Barulho, estrondo.
clamosus,-a,-um. (clamo). Cheio de gritos, barulhento.
clancularĭus,-a,-um. (clam). Secreto, oculto.
clancŭlo. (clam). Furtivamente, secretamente, discretamente.
clandestinus,-a,-um. (clam). Clandestino, secreto, furtivo. Imperceptível, invisível.
clango,-is,-ĕre. Gritar. (clangor). Fazer ressoar.
clangor, clangoris, (m.). Grito, som (de aves e de instrumentos).
clare. Claramente, nitidamente, distintamente. Brilhantemente.
clarĕo,-es,-ere. Brilhar, luzir, resplandecer. Ser ilustre, evidente, claro.
claresco,-is,-ĕre, clarŭi. Tornar-se claro, evidente, brilhar. Tornar-se ilustre, notabilizar-se.
clarigatĭo, clarigationis, (f.). Ação de reclamar do inimigo o que foi tomado injustamente. Direito de represália.
clarisŏnus,-a,-um. (clarus-sonus). Que soa claro. Voz clara.
clarĭtas, claritatis, (f.). (clarus). Claridade, brilho. Sonoridade da voz. Ilustração, celebridade.
claritatis, ver **clarĭtas.**
claro,-as,-are,-aui,-atum. (clarus). Tornar claro, luminoso. Aclarar, esclarecer. Tornar ilustre.
clarus,-a,-um. Claro, sonoro. Brilhante, manifesto, evidente. Ilustre, famoso, glorioso.
classiarĭus,-a,-um. (classis). Da armada, da marinha.
classĭcum,-i, (n.). (classis). Sinal dado pela trombeta (para chamar as diversas classes de cidadãos). Som de trombeta. Trombeta guerreira.
classĭcus,-a,-um. Da primeira classe, exemplar, clássico. Da armada, naval.
classis, classis, (f.). Classe (cada uma das categorias em que se dividiam os cidadãos romanos). Divisão, grupo, categoria, gradação. Tropa, exército. Armada, esquadra.
clatri,-orum, (m.). Grades.
clau- ver também **clu-.**
claua,-ae, (f.). Clava, bastão, estaca de madeira.
clauarĭum,-i, (n.). (clauus). Gratificação militar para os gastos com os pregos dos calçados.
claudĕo,-es,-ere, ou claudo,-is,-ĕre. (claudus). Mancar, coxear.
claudĭco,-as,-are,-aui,-atum. (claudus). Coxear, mancar, claudicar. Ser desnivelado, vacilar. Não proceder bem.
claudo,-is,-ĕre, clausi, clausum. (clauis). Fechar, trancar, cerrar, encerrar, cercar, cingir. Terminar.
claudus,-a,-um. Coxo, manco, claudicante. Que anda com dificuldade. Vacilante, hesitante, desnivelado.
clauicŭla,-ae, (f.). (clauis). Pequena chave. Gavinha (de videira).
clauis, clauis, (f.). Chave, tranca.
claustrum,-i, (n.). (claudo). Tudo que serve para fechar. Barreira, fechadura. Lugar fechado. Prisão.
clausŭla,-ae, (f.). (claudo). Conclusão, arremate. Cláusula, fim de frase.
clausum,-i, (n.). (claudo). Lugar fechado. Encerramento, fechadura.

clauus,-i, (m.). Prego, cravo. Cavilha, leme. Faixa de púrpura (com que se amarravam as togas). Nó (de árvores ou de guarnições da túnica). Tumor, verruga, cabeça-de-prego, calo.

clemens, clementis. De declive suave. Dócil, clemente, indulgente. Moderado, calmo, agradável, pacífico.

clementĭa,-ae, (f.). (clemens). Serenidade, suavidade. Bondade, clemência.

clementis, ver **clemens.**

clepo,-is,-ĕre, clepsi. cleptum. Roubar, furtar. Esconder. ocultar, dissimular.

clepsydra,-ae, (f.). Clepsidra (relógio de água). Tempo marcado por uma clepsidra.

cli- ver também **cly-.**

clibănus,-i, (m.). Forno portátil, torteira.

cliens, clientis, (m.). Cliente (protegido de um patrono), aliado, vassalo. Adorador de uma divindade particular.

clientela,-ae, (f.). (cliens). Proteção (ao cliente), aliança, condição de cliente. Clientes, clientela.

clientis, ver **cliens.**

clinĭcus,-i, (m.). (clino). Clínico, médico que visita doentes. Coveiro.

clino,-as,-are. Inclinar, fazer pender.

clipeatus,-i, (m.). (clipĕus). Soldado de armadura pesada.

clipĕus,-i, (m.). Clípeo, escudo (de metal, redondo e côncavo). Disco do sol.

clitellae,-arum, (n.). Albarda (= sela rudimentar), carga (de animal). Instrumento de tortura.

cliuosus,-a,-um. (cliuus). Que se ergue em declive, cheio de declives. Escarpado, íngreme.

cliuus,-i, (m.). Outeiro, ladeira. Dificuldades, trabalho.

cloaca,-ae, (f.). (cluo). Cloaca, esgoto. Ventre.

clu- ver também **clau-.**

cluĕo,-es,-ere, ou cluo,-is,-ĕre. Ter a reputação de, ter fama de. Ser celebrado, glorioso. Ter um nome, existir.

clunis, clunis, (m. e f.). Nádegas, ancas.

cluo,-is,-ĕre - arcaico. Limpar.

clurinus,-a,-um. De macaco.

cly- ver também **cli-.**

clyster, clysteris, (m.). Clister. Seringa.

coaccedo,-is,-ĕre. (cum-accedo). Juntar-se a.

coaceruo,-as,-are,-aui,-atum. (cum-aceruo). Amontoar, acumular. Reunir em massa, multidão.

coacesco,-is,-ĕre,-acŭi. (cum-acĕo). Tornar-se azedo, azedar-se.

coacte (cogo). Depressa, rapidamente, logo.

coactĭo, coactionis, (f.). (cogo). Ação de recolher, arrecadação. Resumo, sumário.

coaedifĭco,-as,-are,-aui,-atum. (cum-aedifĭco). Construir juntamente. Cobrir de construções.

coaequalis, coaequale. (cum-aequo). Da mesma idade. Semelhante, parecido, igual.

coaequo,-as,-are,-aui,-atum. (cum-aequo). Aplanar, nivelar. Igualar.

coagmento,-as,-are,-aui,-atum. (cogo). Unir em conjunto, reunir, ligar. Consolidar-

coagŭlum,-i, (n.). Coágulo. O que reúne, o que liga; liame. Leite coalhado. Coagulação.

coalesco,-is,-ĕre,-alŭi,-alĭtum. (cum-alo). Crescer juntamente com, aumentar, unir-se crescendo. Sarar, cicatrizar. Desenvolver-se.

coangusto,-as,-are,-aui,-atum. (cum-ango). Apertar, comprimir, estreitar, limitar, restringir.

coargŭo,-is,-ĕre,-argŭi,-argutum. (cum-argŭo). Demonstrar, provar, mostrar. Convencer. Condenar, acusar.

coarto,-as,-are-aui,-atum. (cum-arto). Apertar fortemente, estreitar. Abreviar, contrair. Resumir, condensar.

coaxo,-as,-are. Coaxar.

coc- ver também **coqu-.**

coccina,-arum, (n.). (coccum). Vestidos de escarlate.

coccum,-i, (n.). Quermes (espécie de cochonilha de que se extrai a tinta escarlate). A cor escarlate. Tecido, manta de escarlate.

cochlĕa,-ae, (f.). Caracol. Casca do caracol.

cochlĕar, cochlearis, (n.). (cochlĕa). Colher. Medida para líquidos.

coctĭlis, coctĭle. (coquo). Cozido ao fogo. Tijolo.

coctura,-ae, (f.). (coquo). Cozimento. Fusão, infusão. Tempo próprio para a maturação dos frutos.

codex, codĭcis, (m.). Tabuinha de escrever, livro, registro. Código, coleção.

codicilli,-orum, (m.). (codex). Tabuinha de escrever. Carta bilhete. Memorial, petição. Diploma.
codĭcis, ver **codex.**
coe- ver também **cae-** ou **ce-.**
coemo,-is,-ĕre,-emi,-emptum. (cum-emo). Comprar ao mesmo tempo, por atacado, comprar.
coemptĭo, coemptionis, (f.). (cum-emo). Compra recíproca ou comum. Casamento por coempção (=por compra da mulher). Compra, tráfico.
coeo, cois, coire, coïi, coïtum. (cum-eo). Ir junto, reunir-se, encontrar-se. Juntar-se, unir-se. Formar uma aliança.
coepi, coepisse, coeptum - somente perfectum. Ter começado, principiado. Estabelecer. Começar.
coepto,-as,-are,-aui,-atum. (coepi). Começar, empreender, tentar. Estar no início.
coercĕo,-es,-ere,-ercŭi,-ercĭtum. (cum-arcĕo). Conter, encerrar completamente, apertar. Reprimir, castigar, obrigar a cumprir.
coercitĭo, coercitionis, (f.). (cum-arcĕo). Ação de reprimir, repressão. Castigo, punição. Coerção.
coetus,-us, (m.). (coĕo). Assembleia, ajuntamento, bando, movimentos sediciosos. Reunião, união.
cogitabĭlis, cogitabĭle. (cogĭto). Concebível.
cogitate. (cogĭto). Com reflexão, refletidamente, meditadamente.
cogitatĭo, cogitationis, (f.). (cogĭto). Pensamento, imaginação. Reflexão, meditação, cogitação. Plano, resolução.
cogĭto,-as,-are,-aui,-atum. (cum-agĭto). Pensar, cogitar. Meditar, conceber, projetar.
cognatĭo, cognationis, (f.). (cum-nascor). Parentesco por consanguinidade, cognação. Igualdade de raça. Afinidade, semelhança.
cognitĭo, cognitionis, (f.). (cognosco). Ação de conhecer. Conhecimento através do estudo. Investigação, inquirição. Reconhecimento.
cognĭtor, cognitoris, (m.). (cognosco). O que conhece uma causa judicial, defensor, advogado. Testemunha, abonador, fiador.
cognitura,-ae, (f.). (cum-nosco). Cargo de agente do fisco.

cognomen, cognomĭnis, (n.). (cum-nomen). Cognome. Sobrenome, epíteto, apelido. Nome.
cognomĭnis, ver **cognomen.**
cognomĭno,-as,-are,-aui,-atum. (cum-nomen). Cognominar, pôr sobrenome ou apelido. Ser chamado, denominado.
cognosco,-is,-ĕre,-noui,-notum. (cum-[g]nosco). Conhecer pelos sentidos, ver, ser informado, saber, tomar conhecimento. Procurar saber, reconhecer. Investigar. Ter relações ilícitas.
cogo,-is,-ĕre, coegi, coactum. (cum-ago). Levar junto, conduzir juntamente. Reunir em um mesmo lugar, congregar. Condensar, resumir. Conduzir à força, obrigar a reunir. Coagir, forçar, obrigar. Condensar, coagular. Fechar a marcha. Concluir, inferir.
cohaerenter. (cum-haerĕo). De modo contínuo, ininterruptamente.
cohaerĕo,-es,-ere,-haesi,-haesum. (cum-haerĕo). Estar ligado em todas as partes. Formar um todo, ser coerente.
coheres, coheredis, (m. e f.). (cum-heres). Coerdeiro, coerdeira.
cohibĕo,-es,-ere,-hibŭi,-hibĭtum. (cum-habĕo). Ter juntamente, conter, encerrar. Manter, reter, deter. Impedir, reprimir. Limitar, reduzir, recusar. Coibir.
cohonesto,-as,-are,-aui,-atum. (cum-honor). Honrar, prestar honras, dar valor, fazer valer. Ornar, dar mais lustre, realçar.
cohorresco,-is,-ĕre,-horrŭi. (cum-horrĕo). Tremer de corpo inteiro, começar a tremer, tremer de medo ou de frio.
cohors, cohortis, (f.). Cerrado, pátio, curral. Coorte, divisão ou parte do acampamento, tropas acampadas. Tropa auxiliar. Grupo, multidão, cortejo. Comitiva de um magistrado.
cohortatĭo, cohortationis, (f.). (cum-hortor). Exortação, discurso.
cohortis, ver **cohors.**
cohortor,-aris,-ari,-atus sum. (cum-hortor). Exortar com vivacidade, encorajar, incitar.
coinquĭno,-as,-are,-aui,-atum. (cum-inquĭno). Manchar inteiramente. poluir. Infectar, contagiar, contaminar.
coïtus,-us, (m.). (cum-eo). Junção. Coito, cópula, acasalamento. Contração.

colăphus,-i, (m.). Bofetada, soco, murro, tapa.
colĕus,-i, (m.). Testículo.
coll- ver também **conl-**.
collabasco,-is,-ĕre. (cum-labo). Vacilar, ameaçar ruir, baquear.
collabefio,-fis,-fiĕri,-factus sum. (cum-labo--fio). Ser feito em pedaços, cair em pedaços. Ser derrotado, suplantado.
collabor,-labĕris,-labi,-lapsus sum. (cum--labo). Cair com, cair junto, ao mesmo tempo. Desabar, desfalecer.
collaboro,-as,-are. (cum-laboro). Trabalhar juntamente com, em colaboração com, colaborar.
collaceratus,-a,-um. (cum-lacero). Todo rasgado, completamente dilacerado.
collacrĭmo,-as,-are,-aui,-atum. (cum-lacrima). Chorar juntamente. Desfazer-se em lágrimas, chorar abundantemente.
collare, collaris, (n.). (collum). Colar.
collatĭo, collationis, (f.). (cum-fĕro). Ajuntamento, reunião. Encontro. Contribuição, oferenda feita aos imperadores. Comparação, paralelo.
collatro,-as,-are,-aui,-atum. (cum-latro). Ladrar contra, atacar.
collaudo,-as,-are,-aui,-atum. (cum-laudo). Cumular de louvores, elogiar, fazer um grande elogio.
collecta,-ae, (f.). (cum-lego). Coleta, contribuição em dinheiro, quota.
collectĭo, collectionis, (f.). (cum-lego). Ação de juntar, de recolher. Reunião. Coleção. Recapitulação, resumo. Argumentação, conclusão.
collectiuus,-a,-um. (cum-lego). Recolhido. Concludente, fundado no raciocínio.
collega,-ae, (m.). (cum-lego). Colega (em magistratura), o que recebeu um cargo juntamente com. Camarada, companheiro. Membro de uma corporação.
collegĭum,-i, (n.). (cum-lego). Colégio (de sacerdotes, de magistrados). Associação, corporação.
colleuo,-as,-are,-aui,-atum. (cum-leuo). Tornar inteiramente liso, alisar.
collĭbet ou collŭbet,-ere,-libŭit, e -libĭtum est. (cum-libet, lubet). Apraz, agrada, vem à mente, ao espírito.
collido,-is,-ĕre,-lisi,-lisum. (cum-laedo). Bater contra, entrechocar. Quebrar contra. Tornar hostil, fazer chorar, hostilizar.
collĭgo,-as,-are,-aui,-atum. (cum-ligo). Ligar junto, atar juntamente. Reunir, coligar, combinar. Reduzir, condensar, conter.
collĭgo,-is,-ĕre,-legi,-lectum. (cum-lego). Colher juntamente, recolher, juntar, reunir. Contrair, apertar. Concluir, deduzir. Refletir em. Provocar, causar, sofrer.
collina,-ae, (f.). (collis). Colina, região de colinas.
collinĕo,-as,-are,-aui,-atum. (cum-linĕo). Apontar, dirigir em linha reta, fazer pontaria. Achar a direção certa.
collis, collis, (m.). Colina, outeiro. Monte, montanha.
colloco,-as,-are,-aui,-atum. (cum-loco). Colocar, pôr. Fazer, sentar, deitar, depositar, instalar. Estabelecer, arranjar. Dar a juros, dar em casamento, casar (a filha).
collocupleto,-as,-are,-aui,-atum. (cum--locupleto). Enriquecer, locupletar.
colloquĭum,-i, (n.). (cum-loquor). Entrevista, conferência, colóquio, conversação.
collŏquor,-ĕris,-loqui,-locutus sum. (cum--loquor). Falar com, entrevistar, entreter-se com.
collucĕo,-es,-ere,-luxi. (cum-lucĕo). Brilhar por todos os lados, resplandecer, refletir.
colludo,-is,-ĕre,-lusi,-lusum. (cum-ludo). Jogar junto, jogar com, brincar com. Fazer conluios com, entrar em entendimento com.
collum,-i, (n.). Pescoço, gargalo (de garrafa, bilha). Haste de uma flor.
collŭo,-is,-ĕre,-lŭi,-lutum. (cum-lauo). Lavar, limpar completamente. Umedecer, molhar, banhar.
collusĭo, collusionis, (f.). (cum-ludo). Conluio, entendimento fraudulento, fraude.
collustro,-as,-are,-aui,-atum. (cum-lustro). Iluminar, alumiar por todos os lados. Olhar atentamente, percorrer com os olhos.
colluuĭo, colluuionis, (f.). (colluo). Mistura impura, confusão, caos. Porcaria, sujidade.
colo,-as,-are,-aui,-atum. Coar, filtrar, purificar.
colo,-is,-ĕre, colŭi, cultum. Cultivar, cuidar. Habitar, morar. Ocupar-se de. Honrar, cultuar, venerar, respeitar.
colona,-ae, (f.). (colo). Caponesa, agricultora.
colonĭa,-ae, (f.). (colo). Propriedade rural, quinta, fazenda. Colônia.

colonus,-i, (m.). (colo). Colono, agricultor, fazendeiro, camponês. Feitor.
color, coloris, (m.). Cor, tinta. Colorido, brilho. Aspecto exterior. O que encobre, esconde.
coloro,-as,-are,-aui,-atum. Colorir, dar cor, corar. Encobrir, disfarçar.
colossus,-i, (m.). Colosso, estátua colossal.
colostra,-ae, (f.), ou colostrum,-i, (n.). Colostro, primeiro leite. Termo de carícia.
colŭber,-bri, (m.), ou colŭbra,-ae, (f.). Cobra, serpente.
colum,-i, (n.). (colo,-are). Filtro, coador, purificador. Filtro para o vinho.
columba,-ae, (f.) e columbus,-i, (m.). Pomba, pombo. Termo de carinho.
columella,-ae, (f.). (columna). Pequena coluna.
colŭmen, columĭnis, (n.). O que se eleva no ar, cimo, cume, cumeeira. Apoio, sustentáculo, o principal.
columĭnis, ver **colŭmen.**
columna,-ae, (f.). (colŭmen). Coluna. Apoio, sustentáculo, arrimo.
columnatĭo, columnationis, (f.). Peristilo.
colus,-us, ou colus,-i, (f.). Roca. Roca das Parcas. Os fios da vida.
coma,-ae, (f.). Cabeleira, coma. Crina de cavalo, penacho de capacete. Folhagem de árvores. Feixe de raios de luz (dos astros e cometas).
combĭbo, combibonis, (m.). (cum-bibo). Companheiro de bebedeira.
combĭbo,-is,-ĕre,-bĭbi,-bibĭtum. (cum-bibo). Beber com alguém. Beber completamente, embebedar. Impregnar-se, embeber.
comburo,-is,-ĕre,-bussi,-bustum. (cum-uro). Queimar inteiramente, destruir pelo fogo. Arruinar-se, destruir.
comĕdo, comĕdis, comĕdere, comedi, comesum/comestum, também **comĕdo, comes, comesse. (cum-edo).** Comer inteiramente, devorar. Dissipar, arruinar, gastar.
comes, comĭtis, (m. e f.). (eo). O que vai com alguém, companheiro, acompanhante. Pessoa da comitiva.
cometa,-ae, (m.), ou cometes,-ae. Cometa.
comĭce. Comicamente.
comĭcus,-a,-um. Cômico, relativo à comédia.

cominatĭo, cominationis, (f.). (cum-minor). Ameaça enérgica, demonstração ameaçadora. Ameaças.
comis, come. Afável, generoso, pródigo, liberal, elegante.
comissatĭo, comissationis, (f.). Festim com música e dança. Orgia, pândega.
comĭtas, comitatis (f.). (comes). Afabilidade, cortesia, bondade. Liberalidade, generosidade. Magnificência de mesa, luxo.
comitatis, ver **comĭtas.**
comitatus,-us, (m.). (comes). Acompanhamento, cortejo, comitiva. Corte. Caravana.
comitĭa,-orum, (n.). (comes). Comícios, assembleia para votação. Campanha política.
comitĭum,-i, (n.). (coeo). Lugar de reunião (no Forum). Assembleia do povo. Comício.
comĭto,-as,-are,-aui,-atum, também **comĭtor, ... (comes).** Acompanhar, juntar-se a alguém como companheiro.
commacŭlo,-as,-are,-aui,-atum. (cum-macŭlo). Sujar, manchar completamente, poluir.
commanduco,-as,-are,-aui,-atum, também **commanducor,... (cum-manduco).** Mastigar, comer, comer inteiramente.
commater, commatris, (f.). (cum-mater). Comadre.
commeatus,-us, (m.). (cum-mĕo). Ação de circular, comunicação, passagem. Meio de transporte. Licença militar. Descanso. Lucro, ganho.
commedĭtor,-aris,-ari. (cum-medĭtor). Meditar, estudar a fundo. Procurar imitar.
commemĭni,-isti,-isse. (cum-memĭni). Lembrar-se, mencionar.
commemŏro,-as,-are,-aui,-atum. (cum-memŏro). Recordar, lembrar, trazer à memória. Fazer referência a, mencionar.
commendatĭo, comendationis, (f.). (cum-mando). Recomendação, ação de recomendar. O que se recomenda, título de recomendação.
commendo,-as,-are,-aui,-atum. (cum-mando). Recomendar, confiar. Recomendar. Comandar, fazer valer.
commentarĭus,-i, (m.). também **commentarĭum,-i, (n.). (cum-mens).** Livro de notas, memorial. Formulário, diário, registro dos magistrados. Comentários, memórias. Rascunho. Caderno de notas.

commentor,-aris,-ari,-atus sum. (cum-mens). Ter em mente, relembrar, considerar. Estudar, refletir. Compor, redigir, escrever. Comentar, explicar.
commentum,-i, (n.). (cum-memĭni). Invenção, ficção. Plano, projeto.
commĕo,-as,-are,-aui,-atum. (cum-meo). Pôr-se a caminho, ir de um lugar para outro, viajar. Ir muitas vezes, circular.
commercĭum,-i, (n.). (cum-merx). Comércio, tráfico, negócio. Mercadorias. Praça de negócios. Relações entre pessoas, trato.
commerĕor,-mereris,-mereri,-merĭtus sum. (cum-merĕo). Merecer (um castigo). Cometer uma falta, um crime, ser culpado.
commetĭor,-metiris,-metiri,-mensus sum. (cum-metĭor). Medir completamente, proporcionar. Medir junto, comparar.
commĭgro,-as,-are,-aui,-atum. (cum-migro). Passar de um lugar para outro. Emigrar, mudar de residência.
comminiscor,-scĕris,-sci,-mentus sum. (cum-memĭni). Imaginar, inventar.
commĭnor,-aris,-ari,-atus sum. (minor). Fazer ameaças, ameaçar enfaticamente.
comminŭo,-is,-ĕre,-minŭi,-minutum. (cum-minŭo). Quebrar, despedaçar, fazer em pedaços. Moer, diminuir, reduzir. Abater, enfraquecer, vencer.
commĭnus. (cum-manus). À mão, de perto, corpo a corpo. Imediatamente, diretamente, logo.
commiscĕo,-es,-ere,-miscŭi,-mixtum. (cum-miscĕo). Misturar com, juntar, unir.
commisĕror,-aris,-ari,-atus sum. (cum-misĕror). Lamentar, lastimar, deplorar. Excitar a compaixão, recorrer ao patético.
commissĭo, commissionis, (f.). (cum-mitto). Ação de confiar os jogos a alguém. Comissão. Celebração dos jogos, discurso de abertura. Obra aparatosa. Representação (no teatro ou no circo).
committo,-is,-ĕre,-misi,-missum. (cum-mitto). Pôr juntamente, juntar, reunir. Comparar, confrontar. Confiar, entregar. Começar, empreender, travar combate. Cometer uma falta, infringir uma lei. Merecer um castigo, ser culpado.
commŏde. (cum-modus). Dentro dos limites, de modo apropriado, de boas maneiras. Vantajosamente, dentro de boas condições.

commodĭtas, commoditatis, (f.). (cum-modus). Justa proporção, simetria. Comodidade, oportunidade, ocasião favorável. Vantagem, utilidade.
commoditatis, ver **commodĭtas.**
commŏdo,-as,-are,-aui,-atum. (cum-modus). Ajustar, adaptar, colocar na medida certa. Emprestar. Aplicar a propósito, conceder. Prestar-se a, prestar favores.
commŏdus,-a,-um. (cum-modus). Conforme a medida, apropriado, conveniente. Vantajoso. Bondoso, benévolo, agradável.
commonefacĭo,-is,-ĕre,-feci,-factum. (cum-monĕo-facĭo). Recordar, lembrar. Advertir.
commonĕo,-es,-ere,-monŭi,-monĭtum. (cum-monĕo). Advertir, avisar, aconselhar. Fazer lembrar, recordar.
commonitĭo, commonitionis, (f.). (cum-monĕo). Advertência, recordação.
commonstro,-as,-are,-aui,-atum. (cum-monstro). Mostrar, indicar.
commordĕo,-es,-ere. (cum-mordĕo). Morder, dilacerar, rasgar.
commorĭor,-morĕris,-mori,-mortŭus sum. (cum-morĭor). Morrer com alguém, ao mesmo tempo que alguém.
commoror,-aris,-ari,-atus sum. (cum-moror). Demorar-se, parar, deter-se.
commotĭo, commotionis, (f.). (cum-mouĕo). Abalo, estremecimento. Comoção, emoção, agitação da alma.
commouĕo,-es,-ere,-moui,-motum. (cum-mouĕo). Pôr em movimento, remover, deslocar. Comover, excitar, impressionar. Provocar, suscitar. Levar, impelir. Perturbar, abalar.
communĭco,-as,-are,-aui,-atum. (cum-munis). Pôr em comum, repartir, dividir algo. Reunir, misturar, associar. Falar, conversar, comunicar-se.
communĭo,-is,-ire,-iui/ĭi,-itum. (cum-munĭo). Fortificar, construir fortificações. Consolidar, suster.
communis, commune. (cum-munis). Comum, que pertence a vários ou a todos. Público, geral. Medíocre, banal, comum. Acessível, afável.
communĭtas, communitatis, (f.). (cum-munis). Comunidade, conformidade. Instinto social, sociabilidade. Afabilidade.
communitatis, ver **communĭtas.**

communitĭo, communitionis, (f.). (cum-munĭo). Ação de fortificar, fortificação. Preparação de um terreno.

commutatĭo, commutationis, (f.). (cum--muto). Mudança, alteração, comutação, substituição. Reversão.

commuto,-as,-are,-aui,-atum. (cum-muto). Mudar inteiramente, alterar completamente. Trocar, substituir.

como,-is,-ĕre, compsi, comptum. (cum--emo). Tomar juntamente, reunir, combinar. Arranjar, dispor em conjunto. Arranjar os cabelos, pentear.

comoedĭa,-ae. (f.). Comédia, gênero teatral. Comédia, peça teatral.

comosus,-a,-um. (coma). Cabeludo, de cabelos compridos. Cheio de folhagens.

compaciscor,-piscĕris,-cisci, compactus, compectus sum. (cum-pax). Fazer um pacto, combinar.

compages, compagis, (f.). (cum-pango). Juntura, união, articulação. Prisão.

compar, comparis. (cum-par). Igual semelhante. Como subst.: Companheiro, camarada, marido, esposa.

comparĕo,-es,-ere,-parŭi. (cum-parĕo). Aparecer, comparecer. Mostrar-se, estar presente. Realizar-se.

compăro,-as,-are,-aui,-atum. (cum-par). Comparar, confrontar. Mostrar por comparação. Juntar, reunir. Decidir de comum acordo, concordar. Fazer lutar, opor, ter como antagonista.

comparo,-as,-are,-aui,-atum. (cum-paro). Preparar, apresentar, aprontar, pôr em ordem. Estabelecer, dispor, regular. Obter, adquirir, comprar. Preparar-se.

compatĭor,-ĕris,-pati,-passus sum. (cum-patĭor). Sofrer com, sofrer muito. Ter compaixão.

compello,-as,-are,-aui,-atum. (cum-pello). Dirigir a palavra a, interpelar. Insultar, acusar, atacar, injuriar.

compello,-is,-ĕre,-pŭli,-pulsum. (cum-pello). Impelir para junto, reunir, fazer avançar, compelir. Forçar, constranger, obrigar.

compendĭum,-i, (n.). (cum-pendo). Dinheiro economizado, economia, lucro. Resumo.

compenso,-as,-are,-aui,-atum. (cum-penso). Pesar uma coisa com outra, compensar, contrabalançar.

comperĭo,-is,-ire,-pĕri,-pertum. (cum-parĭo). Descobrir, ser informado. Vir a saber.

compes, compedis, (f.). (cum-pes). Grilhões, algemas. Cadeia, laço.

compesco,-is,-ĕre,-scŭi. (cum-parco). Conter, reter, reprimir, cessar. Dominar, fazer cessar.

compĕto,-is,-ĕre,-petiui/petĭi,-petitum. (cum-peto). Visar o mesmo fim. Encontrar-se no mesmo ponto com. Adaptar-se, convir, coincidir. Estar no uso de, ser capaz, permitir. Corresponder, pertencer a. Competir.

compilo,-as,-are. (cum-pilo). Pilhar, despojar, roubar. Plagiar, compilar.

compingo,-is,-ĕre,-pegi,-pactum. (cum--pango). Reunir, juntar. compor, formar, construir. Impelir com violência, encerrar, restringir.

compitalĭa,-orum, (n.). (compĭtum). Festas em honra aos deuses Lares das encruzilhadas.

compĭtum,-i, (n.). (cum-peto). Encruzilhada, lugar onde se encontram vários caminhos.

complacĕo,-es,-ere,-placŭi, também **-placĭtus sum. (cum-placĕo).** Agradar ao mesmo tempo, agradar a vários.

complano,-as,-are,-aui,-atum. (cum-plano). Aplanar. Destruir, arrasar. Mitigar, abrandar.

complector,-ĕris,-plecti,-plexus sum. (cum--plecto). Abraçar, estreitar, rodear. Conter, compreender. Agarrar, apoderar-se de. Apreender. Concluir.

complementum,-i, (n.). (cum-pleo). Complemento.

complĕo,-es,-ere,-pleui,-pletum. (cum-plĕo). Encher inteiramente, encher, completar, preencher. Acabar, concluir.

complexus,-us, (m.). (cum-plecto). Aperto, abraço, ação de abraçar. Peleja, combate corpo a corpo. Amor, vínculo afetivo.

comploro,-as,-are,-aui,-atum. (cum-ploro). Lamentar-se juntamente. Deplorar, lastimar.

complures,-plura. (cum-plus). Vários, em maior número, mais numerosos.

compluuĭum,-i, (n.). (cum-pluuĭa). Complúvio – reservatório no interior de uma casa para a captação de águas de chuva.

compono,-is,-ĕre,-posŭi,-posĭtum. (cum-pono). Pôr juntamente, juntar, reunir. Guardar, manter em reserva. Confrontar, acariciar, comparar. Apaziguar, acalmar. Construir, edificar. Compor. Arranjar, pôr em ordem, dispor, instalar. Fingir, simular.

comporto,-as,-are,-aui,-atum. (cum-porto). Transportar para o mesmo lugar, amontoar, reunir, ajuntar.

compos, compŏtis. (cum-potis). Que está na posse de. Que é senhor de. Que obteve, que possui.

compositĭo, compositionis, (f.). (cum-pono). Composição, preparação de uma obra, de um remédio. Preparação, mistura. Disposição, arranjo, organização. Acomodação das palavras na frase.

compotatĭo, compotationis, (f.). (cum-poto). Ação de beber em conjunto.

compŏtis, ver **compos.**

comprĕcor,-aris,-ari,-atus sum. (cum-prex). Invocar, suplicar. Orar, fazer uma prece.

comprehendo,-is,-ĕre,-prehendi,-prehensum. (cum-prehendo). Tomar juntamente, unir, amarrar, agarrar. Apoderar-se de. Flagrar, surpreender. Exprimir. Compreender.

comprehensĭo, comprehensionis, (f.). (cum-prehendo). Gesto de agarrar com as mãos. Ação de apoderar-se de algo, apreensão, prisão. Compreensão, percepção, entendimento. Frase, período.

compressĭo, compressionis, (f.). (cum-premo). Compressão, ato de comprimir. Concisão, precisão de estilo. Abraço.

comprĭmo,-is,-ĕre,-pressi,-pressum. (cum-premo). Comprimir, apertar, contrair. Reter, suspender, conter, reprimir. Guardar, ocultar. Forçar, violentar. Ter prisão de ventre.

comprobo,-as,-are,-aui,-atum. (cum-probo). Aprovar inteiramente. Reconhecer como justo, comprovar, confirmar, certificar.

compromitto,-is,-ĕre,-misi,-missum. (cum-pro-mitto). Comprometer-se reciprocamente, sujeitar-se ao arbítrio de alguém.

compte. (como). Com esmero, cuidadosamente, asseadamente.

compungo,-is,-ĕre,-punxi/-pŭgi,-punctum. (cum-pungo). Picar. Ferir, ofender, compungir.

compŭto,-as,-are,-aui,-atum. (cum-puto). Calcular, contar, computar. Levar em conta, contar com. Fazer a conta.

computresco,-is,-ĕre,-putrŭi. (cum-putresco). Apodrecer completamente, decompor-se.

conamen, conamĭnis, (n.). (conor). Esforço, ímpeto. Apoio.

conamĭnis, ver **conamen.**

conatus,-us, (m.). (conor). Esforço. Empenho, tentativa, empresa, impulso. Inclinação, tendência.

concalefio,-is,-fiĕri,-factus sum. (cum-calĕo-fio). Aquecer-se, ser aquecido.

concalesco,-is,-ĕre, calŭi. (concalefio). Tornar-se bem quente, aquecer-se completamente, abrasar-se.

concallĕo,-es,-ere,-callŭi. (cum-callĕo). Tornar-se caloso, endurecer. Tornar-se insensível, calejar-se.

concamĕro,-as,-are,-aui,-atum. (cum-camĕra). Construir em abóbada, abobadar.

concăuo,-as,-are,-aui,-atum. (cum-cauo). Curvar, arquear.

concedo,-is,-ĕre,-cessi,-cessum. (cum-cedo). Pôr-se em marcha, a caminho, retirar-se, desaparecer. Ceder o lugar a, ser inferior, sujeitar-se a. Conceder a, permitir, perdoar. Cessar, morrer. Aderir a um partido. Deixar, abandonar, renunciar.

concelĕbro,-as,-are,-aui,-atum. (cum-celĕbro). Frequentar, ir em grande número. Povoar em massa, ocupar. Fazer algo repetidamente, com ardor. Celebrar, festejar, solenizar.

concentus,-us, (m.). (cum-cano). Sinfonia, harmonia. Concerto. Aplausos, aclamações. União, boa harmonia.

conceptĭo, conceptionis, (f.). (cum-capĭo). Ação de conter, encerrar. Concepção (de espírito). Redação, fórmula.

conceptus,-us. (cum-capĭo). Ação de conter. O conteúdo. Ação de receber. Concepção, germinação, fruto, feto. Pensamento, noção.

concerpo,-is,-ĕre,-cerpsi,-cerptum. (cum-carpo). Rasgar, dilacerar, fazer em pedaços. dizer mal, censurar.

concerto,-as,-are,-aui,-atum. (cum-certo). Combater, entrar em conflito, lutar. Discutir, disputar, altercar.

concessĭo, concessionis, (f.). (cum-cedo). Concessão, licença, permissão. Confissão de culpa.

concha,-ae, (f.). Concha, marisco ou molusco (de que se extrai a pérola ou a púrpura). Pérola, púrpura.

conchylĭum,-i, (n.). Concha, marisco. Púrpura. Tecidos tingidos de púrpura.

concido,-is,-ĕre,-cidi,-cisum. (cum-caedo). Cortar em pedaços, retalhar. Destruir, derrubar, abater. Bater com força.

concĭdo,-is,-ĕre,-cĭdi. (cum-cado). Cair de uma vez, cair ao mesmo tempo. Cair morto, ser imolado. Ser derrotado, ser destruído. Decair.

concĭĕo,-es,-ere,-ciui,-citum ou concĭo,-is,-ire. (cum-cieo). Mandar vir junto, reunir. Agitar com violência, pôr em movimento. Excitar, sublevar, revoltar, provocar.

concilĭo,-as,-are,-aui,-atum. (cum-calo,--as). Reunir, juntar. Conciliar, unir, ligar. Procurar obter, granjear, obter favores. Cativar, atrair.

concinno,-as,-are,-aui,-atum. Arrumar, arranjar, preparar, limpar. Cuidar, inventar, produzir.

concĭno,-is,-ĕre,-cinŭi. (cum-cano). Cantar juntamente, tocar em concerto. Formar um todo, estar em harmonia. Cantar, celebrar. Anunciar, prognosticar pelo canto.

concipĭo,-is,-ĕre,-cepi,-ceptum. (cum-capĭo). Tomar juntamente ou inteiramente, conter, recolher. Receber, contrair, tomar. Perceber pelos sentidos, imaginar, conceber. Exprimir, pronunciar.

concise. (concĭdo). Concisamente.

concĭto,-as,-are,-aui,-atum. (concĭĕo). Mover com força ou rapidamente, lançar violentamente. Excitar violentamente, sublevar, concitar. Impelir, excitar, suscitar, provocar.

conclamatĭo, conclamationis, (f.). (cum--clamo). Gritos, clamor. Aplausos, aclamações.

conclamo,-as,-are,-aui,-atum. (cum-clamo). Gritar com toda força, gritar juntamente, conclamar, proclamar. Chamar às armas. Chamar em voz alta, aos gritos, invocar. Dizer o último adeus.

conclaue, conclauis, (n.). (cum-clauis). Quarto fechado a chave. Quarto de dormir, sala de jantar.

concludo,-is,-ĕre,-clusi,-clusum. (cum-claudo). Fechar, enclausurar. Conter. Acabar, concluir, completar. Tirar uma conclusão.

conclusĭo, conclusionis, (f.). (cum-claudo). Ação de fechar ou de encerrar. Cerco, sítio. Fim do discurso. Argumentação, conclusão, raciocínio.

concŏquo,-is,-ĕre,-coxi,-coctum. (cum-coquo). Cozinhar juntamente. Digerir, elaborar. Pensar seriamente, refletir, meditar.

concordĭa,-ae, (f.). (cum-cor). Concórdia, harmonia. Acordo.

concordis, ver **concors.**

concordĭter. (cum-cor). De bom acordo, em boa disposição, perfeitamente.

concordo,-as,-are,-aui,-atum. (cum-cor). Concordar, estar de acordo, viver em harmonia.

concors, concordis. (cum-cor). Unido cordialmente, concorde, que está de acordo. Harmonioso.

concredo,-is,-ĕre,-credĭdi,-credĭtum. (cum--credo). Confiar, fazer confidência.

concremo,-as,-are,-aui,-atum. (cum-cremo). Queimar inteiramente, reduzir a cinzas, abrasar, incendiar.

concrĕpo,-as,-are,-crepŭi,-crepĭtum. (cum--crepo). Dar estalos, estalar com força. Fazer ruídos, estrondos. Fazer retumbar ao mesmo tempo.

concresco,-is,-ĕre,-creui,-cretum. (cum--cresco). Formar-se ou crescer por agregação ou por condensação. Condensar-se, tornar-se espesso, coagular-se, endurecer.

concretĭo, concretionis, (f.). (cum-cresco). Condensação, concreção. Agregação, reunião. A matéria, a materialidade, concretude.

concrucĭor,-aris,-ari,-atus sum. (cum-crux). Ser profundamente atormentado, sofrer inteiramente, ser torturado (na cruz).

concubina,-ae, (f.). (cum-cubo). Concubina, a que se deita com.

concubĭtus,-us, (m.). (cum-cubo). Lugar à mesa (onde os romanos tomavam suas refeições), o deitar junto. União, relações entre homem e mulher. Coito entre animais.

concumbo,-is,-ĕre,-cubŭi,-cubĭtum. (cum--cubo). Deitar-se juntamente com, ao lado de.

concupisco,-is,-ĕre,-piui/-pĭi,-pĭtum. (cum-cupĭo). Desejar ardentemente, cobiçar.

concurro,-is,-ĕre,-curri,-cursum. (cum--curro). Correr juntamente, em massa. Marchar contra, avançar, combater, entrechocar. Ser concorrente, afluir, concorrer. Aproximar-se.

concurso,-as,-are,-aui,-atum. (curro). Correr juntamente, correr para um lado e outro. Percorrer.

concursus,-us, (m.). (curro). Ação de correr juntamente, afluência, concurso. Encontro, choque, combate luta. Reunião, ajuntamento.

concutĭo,-is,-ĕre,-cussi,-cussum. (cum-quatĭo). Sacudir violentamente, sacudir, agitar. Abalar. Causar terror. Bater em, entrechocar.

condecŏro,-as,-are,-aui,-atum. (cum-decus). Ornar, decorar. Realçar, honrar, condecorar.

condemno,-as,-are,-aui,-atum. (cum-damno). Condenar. Acusar, fazer condenar, declarar culpado.

condenso,-as,-are,-aui,-atum. (cum-densĕo). Tornar compacto, espesso, condensar, coagular, coalhar. Apertar, juntar.

condicĭo, condicionis, (f.). (cum-dico). Condição firmada, pacto. Situação, estado. Ajuste de casamento.

condico,-is,-ĕre,-dixi,-dictum. (cum-dico). Fixar as condições de um pacto, pactuar, prometer, ajustar condições. Condizer.

condigne. (cum-dignus). De maneira digna, condignamente.

condimentum,-i, (n.). (condĭo). Condimento, tempero, adubo. Graça, encanto.

condĭo,-is,-ire,-iui/-ĭi,-itum. Temperar, condimentar. Tornar agradável, suavizar, realçar. Adubar. Embalsamar, curtir.

condisco,-is,-ĕre,-didĭci. (cum-disco). Aprender com alguém, aprender a fundo.

condĭtor, conditoris, (m.). (condo). Fundador. Criador, o que faz alguma coisa, autor. Organizador, restaurador.

conditorĭum,-i, (n.). (condo). Armazém, depósito. Caixão, sepulcro, túmulo.

condo,-is,-ĕre,-dĭdi,-dĭtum. (cum-do). Pôr juntamente, reunir. Fundar, construir, criar. Compor, escrever, descrever, contar. Pôr de parte, guardar, reservar, esconder. Enterrar, sepultar. Consumir, gastar o tempo.

condocefacĭo,-is,-ĕre,-feci,-factum. (cum-docĕo-facĭo). Adestrar, instruir, ensinar.

condocĕo,-es,-ere,-docŭi,-doctum. (cum-docĕo). Instruir, exercitar, ensinar, amestrar.

condolĕo,-es,-ere,-dolŭi. (cum-dolĕo). Sofrer junto. Sofrer muito, ter grande dor.

condono,-as,-are,-aui,-atum. (cum-dono). Dar sem reserva, doar, presentear. Abandonar, entregar, consagrar, dedicar. Perdoar.

conduco,-is,-ĕre,-duxi,-ductum. (cum-duco). Conduzir, levar junto, reunir, ajuntar. Contrair, cicatrizar, coagular. Contratar, arrendar, alugar, tomar uma empreitada. Ser vantajoso, convir.

conduplĭco,-as,-are,-aui,-atum. (cum-duplĭco). Redobrar, reduplicar.

conduro,-as,-are. (cum-duro). Tornar mais duro, endurecer muito.

conecto,-as,-are,-nexŭi,-nexum. (cum--necto). Ligar juntamente, prender junto. Conexionar, conectar.

conexum,-i, (n.). (cum-necto). Encadeamento lógico, consequência necessária.

confabŭlor,-aris,-ari,-atus sum. (cum-fabŭlor). Falar, confabular, conversar. Falar de alguma coisa, tratar.

confarrĕo,-as,-are (cum-farrĕum). Casar por confarreação (= cerimônia solene). Celebrar um casamento por confarreação.

confatalis, confatale. (cum-fatum). Sujeito à mesma fatalidade, ao mesmo destino.

confectĭo, confectionis, (f.). (cum-facĭo). Ação de fazer completamente, de produzir, compor, completar. Acabamento, terminação. Composição, redação. Cobrança. Enfraquecimento.

confercĭo,-is,-ire,-fersi,-fertum. (cum-farcĭo). Acumular, amontoar.

confĕro,-fers,-ferre, contŭli, collatum. (cum-fero). Levar juntamente, transportar para o mesmo lugar, reunir. Fornecer, dar, pagar. Pôr em comum, lado a lado, comparar, conferir. Lutar, pelejar, combater. Resumir. Contribuir para, servir, ser útil a.

confertim. (confercĭo). Em massa, em multidão compacta, em tropa cerrada.

conferuĕo,-es,-ere,-ferbŭi. (cum-feruĕo). Ferver juntamente. Irritar-se, inflamar-se. Consolidar.

confessĭo, confessionis, (f.). (cum-fatĕor). Confissão. Reconhecimento.

confestim. (cum-festĭno). Imediatamente, logo.

conficĭo,-is,-ĕre,-feci,-fectum. (cum-facĭo). Fazer integralmente, acabar por completo. Juntar, reunir, arranjar. Destruir, exterminar, matar. Enfraquecer, oprimir. Gastar, dissolver, moer. Produzir um efeito.

confidenter. (cum-fido). Resolutamente, atrevidamente, sem temor. Audaciosamente, afrontosamente.

confidentĭa,-ae. (f.). (cum-fido). Confiança, firme esperança. Segurança, firmeza. Audácia, atrevimento.

confido,-is,-ĕre, confisus sum. (cum-fido). Confiar em, ter confiança de, esperar com firmeza. Ter a ousadia, o atrevimento de.

configo,-is,-ĕre,-fixi,-fixum. (cum-figo). Pregar juntamente, pôr pregos em. Traspassar, furar, perfurar. Acabrunhar.

confingo,-is,-ĕre,-finxi,-finctum. (cum-fingo). Imaginar junto, combinar, concertar, inventar por completo. Moldar, modelar. Fingir.

confinis, confine. (cum-finis). Limítrofe, vizinho, confim. Que tem relações com, que se parece, assemelha-se com.

confinĭum,-i, (n.). (cum-finis). Limite. Proximidade, vizinhança. Confins, raias.

confirmo,-as,-are,-aui,-atum. (cum-firmo). Consolidar, firmar. Restabelecer-se, convalescer, curar-se. Confirmar, ratificar, provar, garantir. Animar, encorajar, persuadir.

confisco,-as,-are,-aui,-atum. (cum-fiscus). Guardar numa caixa ou cofre. Confiscar, tomar para o fisco.

confisĭo, confisionis, (f.). (cum-fido). Confiança.

confitĕor,-fiteris,-fiteri,-fessus sum. (cum-fatĕor). Confessar, reconhecer, declarar. Indicar, mostrar, revelar.

conflagro,-as,-are,-aui,-atum. (cum-flagro). Estar em chamas, estar abrasado, inflamar-se, queimar-se. Consumir-se

conflicto,-as,-are,-are,-aui,-atum. (cum-fligo). Chocar-se contra, lutar contra. Maltratar, atormentar, perseguir.

conflictus,-us. (cum-fligo). Choque, encontro. Ataque, investida.

confligo,-is,-ĕre,-flixi,-flictum. (cum-fligo). Bater juntamente, bater uma coisa em outra, opor, confrontar. Combater, lutar. Estar em conflito.

conflo,-as,-are,-aui,-atum. (cum-flo). Soprar junto. Reunir soprando, fundir, derreter. Formar, forjar, fabricar. Acender, excitar, provocar.

conflŭo,-is,-ĕre,-fluxi. (cum-flŭo). Reunir correndo, confluir, correr juntamente. Acorrer em massa, acudir, convergir em grande massa.

confodĭo,-is,-ĕre,-fodi,-fossum. (cum-fodĭo). Cavar, escavar. Furar com um golpe, trespassar, varar.

conformo,-as,-are,-aui,-atum. (cum-formo). Dar forma, formar, arranjar. Dispor, compor, adaptar, modelar, conformar.

conforto,-as,-are,-aui,-atum. (cum-fortis). Reforçar, tornar mais forte, fortificar. Consolar, reconfortar, encorajar.

confragosus,-a,-um. (cum-frango). Áspero, pedregoso, dificultoso. Duro, desagradável, embaraçoso.

confremo,-is,-ĕre,-fremŭi. (cum-fremo). Retumbar por todos os lados, murmurar.

confrĭco,-as,-are,-fricŭi,-atum. (cum-frico). Esfregar, friccionar. Abraçar suplicando.

confringo,-is,-ĕre,-fregi,-fractum. (cum-frango). Quebrar, fazer em pedaços. Abater quebrando, destruir, arruinar, dissipar.

confugĭo,-is,-ĕre,-fugi,-fugĭtum. (cum-fugĭo). Refugiar-se junto a. Recorrer a, ter recurso.

confundo,-is,-ĕre,-fudi,-fusum. (cum-fundo). Derramar juntamente, misturar. Confundir. Travar combate, pelejar. Lançar a confusão. Comunicar, difundir, espalhar.

confuse. (cum-fundo). Desordenadamente, confusamente.

confuto,-as,-are,-aui,-atum. (cum-futo). Parar, abater, derrubar, demolir. Conter um adversário, reduzir ao silêncio, refutar, convencer.

confutŭo,-is,-ĕre. (cum-futŭo). Deitar-se com, ter relações com.

congĕlo,-as,-are,-aui,-atum. (cum-gelo). Gelar, congelar. Endurecer, petrificar, espessar. Adormecer, entorpecer-se.

congemĭno,-as,-are,-aui,-atum. (cum-gemĭno). Redobrar, duplicar, repetir. Dobrar-se.

congĕmo,-is,-ĕre,-gemŭi. (cum-gemo). Gemer com alguém, gemer profundamente. Chorar, lamentar, deplorar.

congerĭes,-ei, (f.). (cum-gero). Montão, pilha. Monte de lenha, fogueira. O caos. Acumulação.

congĕro,-is,-ĕre,-gessi,-gestum. (cum-gero). Amontoar, acumular. Formar por acumulação. Cumular, crivar.

congiarĭum,-i, (n.). (congĭus). Vasilha que comporta um côngio. Distribuição ao povo de: vinho, azeite, dinheiro. Gratificação, presente.

congĭus,-i, (m.). Côngio – medida romana, equivalente a aproximadamente 3 litros (= oitava parte de uma ânfora).

conglacĭo,-as,-are,-aui,-atum. (cum-glacĭo). Gelar, congelar-se. Fazer gelo.

conglŏbo,-as,-are,-aui,-atum. (cum-globus). Reunir numa bola. Ajuntar, reunir, agrupar forças militares. Formar por conglomeração.

conglomĕro,-as,-are,-aui,-atum. (cum-glomus). Formar em pelotão, aglomerar, reunir, conglomerar.

conglutĭno,-as,-are,-aui,-atum. (cum-gluten). Conglutinar, colar, juntamente, grudar, soldar. Unir, ligar, aglutinar.

congratŭlor,-aris,-ari,-atus sum. (cum-gratus). Apresentar felicitações, congratular-se. Felicitar-se.

congredĭor,-gredĕris,-gredi,-gressus sum. (cum-gradus). Caminhar com, vir ou encontrar-se com, dirigir-se a. Ter uma entrevista com. Combater corpo a corpo, lutar perto. Discutir.

congrĕgo,-as,-are,-aui,-atum. (cum-grex). Congregar, reunir no rebanho, reunir pessoas. Amontoar, acumular.

congressĭo, congressionis, (f.). (cum-grex). Ação de se encontrar, encontro, confronto, combate. Relação carnal.

congruenter. (congrŭo). De maneira conveniente, de conformidade com.

congrŭo,-is,-ĕre,-grŭi. Encontrar-se, ajuntar-se, reunir-se. Estar de acordo, concordar, entender-se, estar em harmonia. Ser conveniente.

coniecto,-as,-are,-aui,-atum. (cum-iacĭo). Lançar juntamente, atirar junto. Conjeturar, presumir, concluir por conjectura. Prognosticar, pressagiar.

coniectura,-ae, (f.). (cum-iacĭo). Conjectura, presunção. Explicação, interpretação. Argumentação baseada em conjecturas.

coniicĭo,-is,-ĕre,-ieci,-iectum, ou **conicĭo,** também **coicĭo. (cum-iacĭo).** Lançar juntamente, lançar em massa, reunir. Lançar, arremessar, atirar. Presumir, calcular, conjeturar, concluir, inferir.

conitor,-ĕris,-niti, conisus ou **conixus sum. (cum-nitor).** Fazer esforços juntamente, fazer grandes esforços. Procurar alcançar, chegar a.

coniuĕo,-es,-ere,-niui ou nixi. Fechar, fechar-se. Estar de acordo. Fechar os olhos, as pálpebras. Fazer vista grossa, ser conivente.

coniugatĭo, coniugationis, (f.). (cum-iugum). União, aliança, mistura. Parentesco. Encadeamento de orações. Conjugação.

coniugo,-as,-are,-aui,-atum. (cum-iugum). Conjugar, ligar, unir. Casar, esposar.

coniuncte. (cum-iugum). Conjuntamente, ao mesmo tempo.

coniunctĭo, coniunctionis, (f.). (cum-iungo). União, ligação. União conjugal, laços de amizade. Encadeamento harmonioso de palavras. Conjunção (gramatical).

coniungo,-is,-ĕre,-iunxi,-iunctum. (cum-iungo). Atrelar, ligar, jungir, juntar, unir. União por casamento, por parentesco, amizade. Formar palavras compostas.

coniuratĭo, coniurationis, (f.). (cum-iuro). Juramento comum, ação de jurar conjuntamente, conjuração. Conspiração.

coniuro,-as,-are,-aui,-atum. (cum-iuro). Pronunciar juntamente o juramento ou compromisso, jurar conjuntamente. Conspirar, formar uma conspiração, tramar, conjurar.

coniux, coniŭgis, (m. e f.). (cum-iugum). Esposo, esposa. Fêmea dos animais. Noiva, amante.

conl-, ver também **coll-.**

conm-, ver também **comm-.**

conn-, ver também **con-.**

conopeum,-i, também **conopĭum, (n.).** Mosquiteiro, cama coberta com mosquiteiro.

conor,-aris,-ari,-atus sum. Pôr-se em marcha. Preparar-se para alguma coisa, empreender, tentar, ensaiar.
conquasso,-as,-are,-aui,-atum. (cum-quasso). Sacudir violentamente, agitar fortemente. Quebrar, despedaçar.
conquĕror,-querĕris,-quĕri,-questus sum. (cum-queror). Queixar-se conjuntamente, lamentar profundamente, deplorar vivamente.
conquiesco,-is,-ĕre,-quieui,-quietum. (cum-quiesco). Estar em completo repouso, repousar, descansar. Abrandar, acalmar.
conquiro,-is,-ĕre,-quisiui,-quisitum. (cum-quaero). Procurar com empenho, cuidadosamente. Recrutar, reunir, ajuntar.
conquisitĭo, conquisitionis (f.). (cum-quaero). Ação de procurar juntamente, de pesquisar. Recrutamento. Arrecadação.
consaepĭo,-is,-ire,-saepsi,-saeptum. (cum-saepes). Fechar completamente, cercar por todos os lados.
consaluto,-as,-are,-aui,-atum. (cum-saluto). Saudar junto, saudar cordialmente, trocar saudações.
consanesco,-is,-ĕre,-sanŭi. (cum-sanus). Restabelecer-se, curar-se, sarar.
consanguinĕus,-a,-um. (cum-sanguis). Nascido do mesmo sangue, consanguíneo, fraternal. Parente, irmão.
conscelĕro,-as,-are,-aui,-atum. (cum-scelus). Manchar com um crime.
conscendo,-is,-ĕre,-scendi,-scensum. (cum-scando). Subir, montar, elevar-se. Embarcar.
conscientĭa,-ae, (f.). (cum-scio). Conhecimento compartilhado de alguma coisa, confidência, cumplicidade. Consciência, conhecimento, noção. Percepção do bem e do mal.
conscindo,-is,-ĕre,-scĭdi,-scissum. (cum-scindo). Rasgar inteiramente, fazer em pedaços, dilacerar. Abater, atormentar.
conscĭo,-is,-ĕre,-sciui,-scitum. (cum-scio). Ter conhecimento completo, ter consciência. Sentir-se responsável por.
consciscо,-is,-ĕre,-sciui. (cum-scio). Resolver em comum ou de acordo com. Decretar, decidir. Executar, cumprir.

conscĭus, -a, -um. (cum-scio). Que sabe juntamente, confidente, cúmplice. Consciente, cônscio. Culpado.
conscribo,-is,-ĕre,-scripsi,-scriptum. (cum-scribo). Escrever juntamente, inscrever numa lista, alistar, recrutar. Escrever, compor, redigir.
consecratĭo, consecrationis, (f.). (cum-sacer). Ação de consagrar aos deuses. Tornar sagrado. Apoteose (dos imperadores romanos).
consĕcro,-as,-are,-aui,-atum. (cum-sacer). Consagrar, votar aos deuses, dedicar. Divinizar.
consectarĭus,-a,-um. (cum-sequor). Consequente, lógico.
consectaricis, ver **consectatrix.**
consectatrix, consectatricis, (f.). (cum-sequor). A que persegue, a que acompanha, companheira.
consectĭo, consectionis, (f.). (cum-seco). Corte (de árvores).
consector,-aris,-ari,-atus sum. (cum-sequor). Seguir constantemente, perseguir, acossar. Procurar perseguir, obter. Procurar imitar.
consecutĭo, consecutionis, (f.). (cum-sequor). Ação de seguir, acompanhar. Consequência, efeito. Conclusão. Ligação adequada.
consenesco,-is,-ĕre,-senŭi. (cum-senex). Envelhecer, chegar a idade avançada. Definhar, decair, consumir-se.
consensĭo, consensionis, (f.). (cum-sentĭo). Conformidade nos sentimentos, acordo. Conspiração, conluio.
consensus,-us, (m.). (cum-sentĭo). Conformidade de sentimentos. Acordo, anuência. União, anuência por unanimidade. Consenso. Conspiração.
consentanĕus,-a,-um. (cum-sentĭo). Conforme a, de acordo com, consentâneo. Próprio, lógico, razoável. Circunstâncias lógicas.
consentes Dii, (m.). Os doze deuses conselheiros, que formavam o conselho do Olimpo.
consentĭo,-is,-ire,-sensi,-sensum. (cum-sentĭo). Ser da mesma opinião, estar de acordo com. Entender-se, conformar-se. Conjurar, tramar. Decidir unanimemente. Consentir.

consĕquor,-ĕris,-sequi,-secutus sum. (cum--sequor). Acompanhar, seguir ou perseguir alguém. Apanhar, alcançar. Seguir cronologicamente. Conseguir. Compreender, perceber, exprimir totalmente. Resultar.

consĕro,-is,-ĕre,-serŭi,-sertum. (cum-sero). Ligar, entrelaçar, juntar, unir. Vir às mãos, lutar, travar combate, batalhar.

consĕro,-is,-ĕre,-seui,-sĭtum. (cum-semen). Semear, plantar.

conseruatrix, conseruatricis, (f.). (cum--seruo). A que conserva, defensora, conservadora.

conseruo,-as,-are,-aui,-atum. (cum-seruo). Conservar, defender, salvar, guardar, respeitar. Observar fielmente, cumprir.

conseruus,-i, (m.). (cum-seruus). Companheiro de escravidão.

consessor, consessoris, (m.). (cum-sido). O que está sentado com ou junto de. Assessor, o que toma assento com outro juiz.

considerate. (cum-sidus). Com reflexão, refletidamente, consideradamente.

consideratĭo, considerationis, (f.). (cum--sidus). Ação de considerar, consideração, observação.

considĕro,-as,-are,-aui,-atum. (cum-sidus). Consultar os astros. Examinar com respeito e atenção, olhar com dignidade. Respeitar, observar. Pensar, meditar, refletir, considerar.

consido,-is,-ĕre,-sedi,-sessum. (cum-sido). Assentar-se juntamente. Tomar assento. Tomar posição, acampar. Parar, estabelecer-se. Desmoronar-se, cair, acalmar-se. Acabar terminar, cessar.

consignatĭo, consignationis, (f.). (cum-signum). Prova escrita. Consignação.

consigno,-as,-are,-aui,-atum. (cum-signum). Marcar com um sinal, com um selo. Assinar, redigir. Confirmar por escrito, certificar, atestar.

consilesco,-is,-ĕre,-silŭi. (cum-silĕo). Calar-se completamente.

consiliarĭus,-i, (m.). (consŭlo). O que aconselha, conselheiro. Juiz assessor. Intérprete.

consilĭor,-aris,-ari,-atus sum. (consŭlo). Reunir-se em conselho, deliberar. Aconselhar.

consilĭum,-i, (n.). (consŭlo). Lugar em que se tomam deliberações, conselho, assembleia. Deliberação, resolução tomada. Projeto, plano, desígnio. Bom conselho, opinião, prudência.

consimĭlis, consimĭle. (cum-simĭlis). Inteiramente semelhante, semelhante.

consisto,-is,-ĕre,-stĭti,-stĭtum. (cum-sisto). Reunir-se. Parar, fazer parar, deter-se, cessar. Compor-se de, consistir em, constar de, firmar-se em. Pôr-se, colocar-se, apresentar-se. Tomar posição, fixar-se, estabelecer-se. Estar firme, estar calmo.

consitĭo, consitionis, (f.). (cum-semen). Ação de semear, plantar. Plantio.

consobrina,-ae, (f.). Prima pelo lado materno, prima irmã.

consociatĭo, consociationis, (f.). (cum-socĭus). Consociação, associação, aliança, união.

consocĭo,-as,-are,-aui,-atum. (cum-socĭus). Consociar, associar, ligar, unir, juntar.

consolabĭlis, consolabĭle. (cum-solor). Consolação, alívio. Encorajamento.

consolor,-aris,-ari,-atus sum. (cum-solor). Aliviar, reconfortar, encorajar.

consŏno,-as,-are,-aui,-atum. (cum-sono). Produzir juntamente um som, ressoar, retumbar. Estar em harmonia. Ter o mesmo som, concordar.

consopĭo,-is,-ire,-iui/-ĭi,-itum. (cum-sopĭo). Adormecer, fazer dormir. Cair em desuso.

consors, consortis. (cum-sors). Que partilha da mesma sorte, que vive em comunidade de bens, consorte. Que é em comum. Fraternal. Irmão, irmã.

consortis, ver **consors.**

consortĭum,-i, (n.). (cum-sors). Participação, comunidade. Comunidade de bens, consórcio.

conspectus,-us, (m.). (cum-specĭo). Ação de olhar, olhar, vista de olhos. Aspecto, presença, vista. Observação, exame. Conspecto.

conspergo,-is,-ĕre,-persi,-persum. (cum--spargo). Espargir, aspergir, borrifar, regar. Salpicar.

conspicĭo,-is,-ĕre,-pexi,-pectum. (cum-specĭo). Olhar, ver, avistar, divisar, enxergar. Considerar, pensar, compreender. Chamar a atenção, ser notável.

conspĭcor,-aris,-ari,-atus sum. (cum-specĭo). Perceber, ver, descobrir, avistar.

conspicŭus, -a, um. (cum-specĭo). Que está à vista, visível. Conspícuo, ilustre, notável.

conspiratĭo, conspirationis, (f.). (cum--spiro). Ação de soprar, sussurrar conjuntamente. Acordo, harmonia, união. Conspiração.
conspiro,-as,-are,-aui,-atum. (cum-spiro). Soprar, sussurrar conjuntamente. Estar de acordo, concordar, conspirar.
conspisso,-as,-are. (cum-spisso). Tornar espesso, condensar, apertar.
consponsor, consponsoris, (m.). (cum-spondĕo). Fiador com outros, endossante.
conspŭo,-is,-ĕre,-spŭi,-sputum. (cum-spŭo). Sujar cuspindo. Cuspir, escarrar.
conspurco,-as,-are,-aui,-atum. (cum-spurco). Sujar, conspurcar.
constabilĭo,-is,-ire,-iui,-itum. (cum-sto). Estabelecer solidamente, fortificar.
constanter. (cum-sto). De modo invariável, constantemente, com firmeza. De acordo, concordantemente, unanimemente.
constantĭa,-ae, (f.). (cum-sto). Permanência, invariabilidade. Perseverança, estabilidade, fidelidade. Firmeza, constância. Acordo, conformidade.
consternatĭo, consternationis, (f.). (cum--sterno). Espanto, pavor, terror, abatimento. Agitação, motim, revolta, sublevação.
consterno,-as,-are,-aui,-atum. (cum-sterno). Abater, consternar, espantar, assustar, aterrorizar, apavorar.
consterno,-is,-ĕre,-straui,-stratum. (cum--sterno). Cobrir, juncar. Sobrepor camadas.
constipo,-as,-are,-aui,-atum. (cum-stipo). Acumular, apinhar, amontoar, apertar, estreitar.
constitŭo,-is,-ĕre,-stitŭi,-stitutum. (cum--sto). Estabelecer, pôr, colocar, formar. Instituir, constituir, organizar, fundar, criar. Construir, erigir, levantar. Decidir, resolver, determinar, marcar, fixar.
constitutĭo, constitutionis, (f.). (cum-sto). Constituição, natureza, estado, condição. Definição, disposição legal, instituição.
constitutum,-i, (n.). (cum-sto). Convenção, acordo, pacto. Lei, regra. O que foi constituído.
consto,-as,-are,-stĭti,-statum. (cum-sto). Estar seguro, estar firmemente estabelecido. Ser evidente, ser composto de, consistir em. Custar, ser posto à venda, ter o valor de. Existir, subsistir, permanecer, durar. Estar de acordo, em harmonia. Constar.
constratum,-i, (n.). (cum-sterno). Conjunto de tábuas, pavimento, soalho.
constringo,-is,-ĕre,-trinxi,-trictum. (cum--stringo). Ligar, estreitar com, encadear. Restringir, reprimir. Juntar, resumir.
constructĭo, constructionis, (f.). (cum-strŭo). Estrutura, montão. Disposição, arranjo, arrumação. Estrutura. Construção.
construo,-is,-ĕre,-struxi,-structum. (cum-strŭo). Amontoar junto, acumular, juntar em ordem. Construir, levantar. Prover, guarnecer.
constupro,-as,-are,-aui,-atum. (cum-stupro). Desonrar, atentar contra o pudor, violar. Manchar, poluir, sujar.
consuadĕo,-es,-ere. (cum-suadĕo). Aconselhar vivamente. Dar conselhos com insistência, ser favorável.
consuasor, consuasoris, (m.). (cum-suadĕo). Conselheiro.
consuefacĭo,-is,-ĕre,-feci,-factum. (cum-suesco-facĭo). Acostumar alguém a, habituar.
consuesco,-is,-ĕre,-sueui,-suetum. (cum--suesco). Acostumar, habituar. Acostumar-se. Ter relações com.
consuetudo, consuetudĭnis, (f.). (cum--suesco). Costume, hábito. Uso. Relações, intimidade, ligação afetiva.
consul, consŭlis, (m.). (.). Cônsul, o primeiro magistrado romano. Procônsul.
consulatus,-us, (m.). (consul). Consulado, cargo de cônsul.
consŭlo,-is,-ĕre,-sulŭi,-sultum. Reunir para uma deliberação, consultar, examinar, deliberar. Velar pelos interesses de, ocupar-se de.
consulte. (consŭlo). Com reflexão, com exame, prudentemente, refletidamente.
consulto,-as,-are,-aui,-atum. (consŭlo). Deliberar resolutamente, frequentemente. Atender aos interesses de. Debater.
consultum,-i, (n.). (consŭlo). Deliberação, decisão. Decreto do senado (= *senatus consultum*). Resposta de um oráculo.
consummatĭo, consummationis, (f.). (cum--summa). Ação de adicionar. Execução, consumação, acabamento. Acumulação de argumentos.

consummo,-as,-are,-aui,-atum. (cum--summa). Elevar ao topo. Fazer a soma, adicionar. Levar ao fim, acabar, completar, consumar. Aperfeiçoar.

consumo,-is,-ĕre,-sumpsi,-sumptum. (cum--sumo). Tomar ou empregar inteiramente. Consumir, devorar, gastar, esgotar. Destruir, debilitar. Acabar, fazer morrer.

consumptĭo, consumptionis, (f.). (cum--sumo). Destruição, consumpção, esgotamento.

consŭo,-is,-ĕre,-sŭi,-sutum. (cum-suo). Coser juntamente, costurar. Fechar.

consurgo,-is,-ĕre,-surrexi,-surrectum. (cum-surgo). Levantar-se junto, pôr-se de pé. Levantar-se contra, sublevar-se. Elevar-se.

consurrectĭo, consurrectionis, (f.). (cum--surgo). Ação de levantar-se conjuntamente.

contabesco,-is,-ĕre,-tabŭi. (cum-tabĕo). Fundir-se inteiramente, consumir-se. Definhar-se, decompor-se.

contabulatĭo, contabulationis, (f.). (cum-tabŭla). Soalho, andar (de torre ou de máquina de guerra). Pregas de vestimenta.

contabŭlo,-as,-are,-aui,-atum. (cum-tabŭla). Guarnecer, cobrir, construir com tábuas. Assoalhar.

contactus,-us, (m.). (cum-tango). Ação de tocar, contato. Contágio, influência perniciosa.

contagĭo, contagionis, (f.). (cum-tango). Contato, união. Contágio, contaminação, infecção, epidemia. Influência prejudicial.

contagĭum,-i, (n.). (cum-tango). Contágio, influência.

contaminatĭo, contaminationis, (f.). Mancha, mal, doença, corrupção. Processo de fusão de dois ou mais textos de comédias para se produzir um outro.

contamĭno,-as,-are,-aui,-atum. (mesma raiz de **tango**). Entrar em contato com. Manchar pelo contato. Sujar, poluir, contagiar.

contĕgo,-is,-ĕre,-texi,-tectum. (cum-tego). Cobrir, proteger. Esconder, encobrir, dissimular.

contemno,-is,-ĕre,-tempsi,-temptum. (cum--temno). Desprezar, não dar importância, desdenhar, menosprezar. Afrontar pelo desrespeito.

contemplatĭo, contemplationis, (f.). (cum--templum). Ação de olhar atentamente, minucioso exame. Ação de apontar. Consideração, respeito.

contemplor,-aris,-ari,-atus sum. (cum-templum). Olhar atentamente, contemplar.

contemptĭo, contemptionis, (f.). (cum-temno). Ação de desprezar, desprezo.

contemptus,-us, (m.). (cum-temno). Desprezo.

contendo,-is,-ĕre,-tendi,-tentum. (cum--tendo). Estender com força, entesar. Estender-se para, arremessar-se, lançar-se. Lutar, rivalizar. Opor, comparar. Pedir com insistência, procurar, solicitar. Marchar apressadamente. Afirmar, sustentar.

contentĭo, contentionis, (f.). (cum-tendo). Ação de estender ou de ser estendido com esforço. Elevação da voz. Luta, rivalidade, conflito, comparação, discussão. Contenção.

contentiosus,-a,-um. (cum-tendo). Que gosta de lutar, conflituoso, obstinado. Litigioso.

contentus, -a, -um. I- ver **continĕo** e **contendo.** II- fortemente estendido, tenso. Atento. III- Contido. Contente, satisfeito.

contermĭnus,-a,-um. (cum-termĭnus). Limítrofe, contíguo, vizinho.

contĕro,-is,-ĕre,-triui,-tritum. (cum-tero). Gastar esfregando, consumir pelo uso. Usar, triturar. Abater, consumir, destruir, esmagar.

conterrĕo,-es,-ere,-tĕrrui,-terrĭtum. (cum-terror). Encher de terror, apavorar, espantar.

contestatĭo, contestationis, (f.). (cum-testis). Afirmação fundada em testemunhos. Testemunho, prova. Súplica.

contestor,-aris,-ari,-atus sum. (cum-testis). Pôr em presença as testemunhas. Contestar. Tomar como testemunha, invocar em auxílio.

contexo,-is,-ĕre,-texŭi,-textum. (cum-texo). Formar tecendo, entrelaçar. Reunir, unir, ligar, atar. Compor, redigir um texto.

contexte. (cum-texo). De modo encadeado, concatenadamente, urdidamente.

contextus,-us, (m.). (cum-texo). Reunião, conjunto, encadeamento, sucessão. Contexto.

conticesco,-is,-ĕre,-ticŭi, ou conticisco. (cum-tacĕo). Parar de falar, silenciar por completo. Emudecer.

contignatĭo, contignationis, (f.). (cum-tignum). Madeiramento. Andar, pavimento.
contigno,-as,-are,-aui,-atum. (cum-tignum). Cobrir com vigas, com um soalho. Colocar vigas (de madeira).
contigŭus,-a,-um. (cum-tango). Que toca em, contíguo. Ao alcance de.
continenter. (cum-tenĕo). Seguidamente, contiguamente, ininterruptamente. Sobriamente, comedidamente.
continentĭa,-ae, (f.). (continĕo). Moderação, domínio de si mesmo.
continĕo,-es,-ere,-tinŭi,-tentum. (cum-tenĕo). Conter, manter, reter, encerrar, deter. Conservar, sustentar, guardar. Reprimir, refrear. Estar junto de.
contingo,-is,-ĕre,-tĭgi,-tactum. (cum-tango). Tocar, tocar em, atingir. Chegar, alcançar. Ter relações. Contaminar.
contingo,-is,-ĕre,-tinxi,-tinctum, ou contingŭo. (cum-tingo). Tingir completamente, cobrir de tinta, untar, impregnar.
continŭo. (cum-tenĕo). Incontinente, imediatamente. Continuamente, sempre.
continŭo,-as,-are,-aui,-atum. (cum-tenĕo). Continuar, fazer seguir sem interrupção. Seguir-se. Juntar, reunir, confinar. Prolongar, persistir, durar.
continŭus, -a, -um. Contínuo, consecutivo. Unido. Ininterrupto. Adjacente.
contĭo, contionis, (f.). (cum-uenĭo). Assembleia do povo, reunião pública, convenção. Assembleia de soldados. Discurso proferido em assembleia, discurso político.
contionalis, contionale. (contĭo). Relativo às assembleias públicas.
contionor,-aris,-ari,-atus sum. (contĭo). Reunir, estar reunido em assembleia. Discursar em assembleia. Dizer publicamente, proclamar.
contiuncŭla,-ae, (f.). (contĭo). Pequena assembleia. Breve discurso ao povo.
contorquĕo,-es,-ere,-torsi,-tortum. (cum-torquĕo). Voltar, girar, virar, fazer girar, contorcer. Brandir, atirar, lançar.
contorte. (cum-torquĕo). De modo confuso, confusamente, distorcidamente. De modo conciso, resumidamente.
contra, prep./acus., também advérbio. Defronte de, frente a. Em sentido contrário, contrariamente a, contra. Face a face. Do lado contrário, em oposição a.
contractĭo, contractionis, (f.). (cum-traho). Contração, abreviação. Opressão, abatimento, aperto (do coração).
contradico,-is,-ĕre,-dixi,-dictum. (contra-dico). Contradizer, replicar, objetar.
contradictĭo, contradictionis, (f.). (contra-dico). Contradição, objeção, réplica.
contraho,-is,-ĕre,-traxi,-tractum. (cum-traho). Arrastar junto, contrair, apertar. Ajuntar, reunir, reduzir, diminuir. Contrair uma dívida, uma obrigação.
contralĕgo,-is,-ĕre,-lexi,-lectum. (contra-lego). Leitura de confronto, de verificação.
contrapono,-is,-ĕre. (contra-pono). Opor, contrapor.
contrarĭe. (contra). Contrariamente. Por antíteses.
contrecto,-as,-are,-aui,-atum, ou contracto. (cum-traho). Tocar, apalpar, examinar. Entrar em contato com, ter relações ilícitas. Apropriar-se de, roubar. Contemplar, apreciar, saborear.
contremisco,-is,-ĕre,-tremŭi. (cum-tremo). Começar a tremer, tremer inteiramente. Vacilar, hesitar. Tremer de medo.
contribŭo,-is,-ĕre,-tribŭi,-tributum. (cum-tribŭo). Fazer a sua parte, contribuir. Unir, incorporar, agrupar, anexar.
contristo,-as,-are,-aui,-atum. (cum-tristis). Entristecer, magoar. Obscurecer.
controuersĭa,-ae, (f.). (contra-uersus). Choque, embate, confronto de ideias e opiniões, discussão, controvérsia. Debate judicial, processo.
controuersus,-a,-um. (contra-uersus). Voltado em sentido contrário. Controvertido, discutido, duvidoso. Pontos litigiosos.
contrucido,-as,-are,-aui,-atum. (cum-trucido). Degolar, matar, trucidar, massacrar. Traspassar de golpes. Arruinar, destruir.
contrudo,-is,-ĕre,-trusi,-trudum. (cum-trudo). Impelir com força, juntamente. Acumular, amontoar.
contrunco,-as,-are,-aui,-atum. (cum-truncus). Cortar a cabeça de muitos de uma só vez. Aparar, cortar em pedaços.
contubernalis, contubernalis, (m.). (cum-taberna). Companheiro de tenda, camarada. Jovem que acompanha o general

em guerra. Cônjuge escravo. Amigo inseparável.

contubernĭum,-i, (n.). (cum-taberna). Camaradagem. Relações de amizade, intimidade. Habitação comum. Morada.

contuĕor,-eris,-eri,-tuĭtus sum. (cum-tuĕor). Olhar atentamente, observar. Prestar atenção, considerar.

contumacĭa,-ae, (f.). (contumax). Contumácia, perseverança, obstinação, firmeza. Orgulho, altivez. Teimosia. Persistência.

contumacis, ver **contumax.**

contumacĭter. (contumax). Com obstinação, firmeza. Com altivez, com orgulho.

contumax, contumacis. Teimoso, obstinado. Constante, firme. Arrogante, orgulhoso.

contumelĭa,-ae, (f.). Ultraje, afronta, palavra injuriosa. Censura, repreensão. Dano, prejuízo, violência.

contumŭlo,-as,-are,-aui,-atum. (cum-tumŭlo). Cobrir com túmulo, enterrar. Fazer em forma de um monte.

contundo,-is,-ĕre,-tudi,-tusum. (cum-tundo). Bater completamente, esmagar, esmigalhar, moer, quebrar, contundir. Acabrunhar, oprimir, abater, destruir.

conturbatĭo, conturbationis, (f.). (cum-turba). Conturbação, perturbação, desordem, confusão. Desordem psíquica.

conturbo,-as,-are,-aui,-atum. (cum-turba). Conturbar, perturbar, pôr em desordem, desorganizar. Perturbar o espírito, inquietar. Levar à falência.

contus,-i, (m.). Vara, bastão comprido. Chuço, venábulo.

conualesco,-is,-ĕre,-ualŭi. (cum-ualĕo). Tomar forças, crescer, aumentar. Firmar-se, desenvolver-se, convalescer.

conuallis, conualle. (cum-uallis). Vale fechado por todos os lados.

conuaso,-as,-are,-aui,-atum. (cum-uas). Embrulhar para carregar. Envasar conjuntamente.

conubĭum,-i, (n.). (cum-nubes). Direito de contrair casamento. Casamento, conúbio.

conuecto,-as,-are,-aui,-atum. (cum-ueho). Transportar em massa, carregar.

conueho,-is,-ĕre,-uexi,-uectum. (cum-ueho). Transportar, levar, carregar. Recolher, armazenar.

conuello,-is,-ĕre,-uelli/-uulsi,-uulsum. (uello). Arrancar inteiramente, arrebatar, puxar com muita força. Abalar, enfraquecer, demolir, derrubar.

conuĕnae,-arum (m.). (cum-uenĭo). Estrangeiros vindos com outros, aventureiros, fugitivos.

conuenienter. (cum-uenĭo). Conformemente, de conformidade, de acordo com. Harmoniosamente.

conuenientĭa,-ae, (f.). (cum-uenĭo). Acordo perfeito, conformidade, harmonia, proporção. Constância, equanimidade.

conuenĭo,-is,-ire,-ueni,-uentum. (cum-uenĭo). Vir juntamente. Reunir, afluir, encontrar-se. Ficar de acordo, convir, ajustar-se. Ser conveniente. Ir ao encontro de, encontrar.

conuenticĭum,-i, (n.). (cum-uenĭo). Gratificação de presença. Dinheiro distribuído aos cidadãos pobres que frequentavam as assembleias (na Grécia).

conuentĭo, conuentionis, (f.). (cum-uenĭo). Assembleia, reunião, união carnal. Convenção, pacto.

conuentus,-us, (m.). (cum-uenĭo). Reunião, assembleia. Acordo, convenção. Conjunto de cidadãos reunidos numa cidade de província. Sessão judiciária.

conuersatĭo, conuersationis, (f.). (cum-uerto). Ação de voltar e tornar a voltar a alguma coisa. Uso frequente de algo. Habitação, morada. Intimidade.

conuersĭo, conuersionis, (f.). (cum-uerto). Ação de girar, movimento circular dos astros. Revolução. Volta periódica. Mudança, alteração, metamorfose. Versão. Repetição da mesma palavra no fim de cada período. Conversão.

conuerso,-as,-are. (cum-uerto). Virar em todos os sentidos.

conuersor,-aris,-ari,-atus sum. (cum-uerto). Viver com, viver na companhia de. Ter relações com. Habitar, morar em algum lugar.

conuerto,-is,-ĕre,-uerti,-uersum, ou conuorto. (cum-uerto). Voltar, girar, virar inteiramente, fazer voltar. Mudar, alterar, transformar, traduzir, verter. Atrair, chamar a si. Voltar-se, converter-se, transformar-se. Dirigir-se para, fugir, retroceder.

conuestĭo,-is,-ire,-iui,-itum. (cum-uestis).

Cobrir com uma veste, revestir, cobrir, envolver.

conuexĭtas, conuexitatis, (f.). (cum-ueho). Convexidade, forma circular, abóbada arredondada. Concavidade.

conuexitatis, ver **conuexĭtas.**

conuexus,-a,-um. (cum-ueho). Convexo, arredondado, de forma circular. Curvado, inclinado, íngreme.

conuicĭor,-aris,-ari,-atus sum. (cum-uox). Injuriar, insultar aos berros, censurar aos gritos.

conuicĭum,-i,-(n.). (cum-uox). Gritaria, clamor, balbúrdia, barulheira. Gritos de insulto. Censura, repreensão. O que é objeto de censura.

conuictĭo, conuictionis, (f.). (cum-uinco). Demonstração, prova convincente. Convicção, convencimento.

conuictĭo, conuictionis, (f.). (cum-uiuo). Intimidade, convivência, relações.

conuictus,-us. (cum-uiuo). Convivência, trato comum. Banquete, festim.

conuinco,-is,-ĕre,-uici,-uictum. (cum-uinco). Convencer, demonstrar. Provar, refutar. Confundir um adversário.

conuinctĭo, conuinctionis, (f.). (cum-uincĭo). Conjunção (gramatical).

conuiso,-is,-ĕre. (cum-uiso). Examinar atentamente. Visitar.

conuiua,-ae, (m.). (cum-uiuo). Conviva, convidado.

conuiuĭum,-i, (n.). (cum-uiuo). Convívio, refeição em comum, banquete, festim. Reunião de convidados, os convidados.

conuiuo,-is,-ĕre,-uixi,-uictum. (cum-uiuo). Conviver, viver com, junto. Comer juntamente.

conuiuor,-aris,-ari,-atus sum. (cum-uiuo). Dar um banquete, receber convite para um banquete.

conuocatĭo, conuocationis, (f.). (cum-uoco). Convocação, chamamento.

conuŏco,-as,-are,-aui,-atum. (cum-uoco). Chamar, convocar, reunir.

conuŏlo,-as,-are,-aui,-atum. (cum-uolo). Voar juntamente, acorrer junto, voar depressa.

conuoluo,-is,-ĕre,-uolui,-uolutum. (cum-uoluo). Volver, fazer andar em roda, rodear. Enrolar, enroscar.

conuolutor,-aris,-ari. (cum-uoluo). Enrolar-se com.

conus,-i, (m.). Cone. Cimeira de um capacete.

conuulnĕro,-as,-are,-aui,-atum. (cum-uulnus). Ferir profundamente.

cooperculum,-i, (n.). (cum-operĭo). Tampa.

cooperĭo,-is,-ire,-perŭi,-pertum. (cum-operĭo). Cobrir inteiramente.

cooptatĭo, cooptationis, (f.). (cum-opto). Cooptação, escolha, eleição, admissão.

coopto,-as,-are,-aui,-atum. (cum-opto). Escolher, cooptar, eleger por cooptação, agregar, associar, nomear.

coorĭor,-oriris,-oriri,-ortus sum. (cum-orĭor). Levantar-se. Nascer, surgir, aparecer, desencadear-se. Levantar-se contra.

coortus,-us, (m.). (cum-orĭor). Nascimento, aparecimento.

copa,-ae, (f.). Taberneira.

cophĭnus,-i, (m.). Cesto.

copĭa,-ae, (f.). (cum-ops). Abundância. Fartura de bens, recursos, meios de viver. Riqueza. Faculdade, poder, situação.

copĭae,-arum, (f.). (cum-ops). Tropas, forças militares, recursos em soldados.

copĭdis, ver **copis.**

copiose. (cum-ops). Com abundância, copiosamente. Com abundância de ideias, estilo. Com eloquência.

copiosus, -a, -um. (copĭa). Copioso, abundante, rico. Eloquente.

copis, copĭdis, (f.). Espada curta, sabre de lâmina larga.

coprĕa,-ae, (m.). Bobo.

copta,-ae, (f.). Espécie de bolo muito duro.

copŭla,-ae, (f.). (cum-apĭo). Tudo que serve para prender, laço, cadeia, trela, correia, gancho. União. Encadeamento de palavras. Cópula.

copulatĭo, copulationis, (f.). (cum-apĭo). Ajuntamento, aglomeração, encadeamento. União.

copŭlo,-as,-are,-aui,-atum. (cum-apĭo). Ligar, amarrar, unir, associar. Copular.

coqu- ver também **coc-**.

coquino,-as,-are,-aui,-atum. (coquus). Cozinhar, preparar uma refeição, um manjar.

coquo,-is,-ĕre, coxi, coctum. (coquus). Cozer, cozinhar. Amadurecer, sazonar. Preparar ao fogo, secar, queimar. Digerir. Meditar, maquinar, tramar. Agitar, atormentar.

coquus,-i, (m.). Cozinheiro.

cor, cordis, (n.). Coração. Inteligência, sensibilidade, espírito, bom senso. Estômago.

corăcis, ver **corax**.
corallĭum,-i, (n.). Coral.
coram, prep./abl., também advérbio. Perante, em presença de, diante. Face a face, defronte. Publicamente, abertamente.
corax, corăcis, (m.). Corvo. Máquina de guerra.
corbis, corbis, (m. e f.). Cesto de vime.
corbita,-ae, (f.). (corbis). Navio de carga (em que se penduravam cestos).
corcŭlum,-i, (n.). (cor). Coraçãozinho. Termo de carinho.
cordacis, ver **cordax**.
cordate. (cor). Cordatamente, sensatamente, com prudência.
cordax, cordacis, (m.). Dança licenciosa. Como adj.: retumbante.
cordis, ver **cor**.
corinthiarĭus,-i, (m.). (Corinthus). Guardião ou apreciador dos bronzes ou vasos de metal feitos em Corinto.
corĭum,-i, (n.). Couro, pele curtida de animais. Pele, casca. Correia, chicote.
corneŏlus,-a,-um. (cornu). Que é da natureza do chifre, córneo. Duro como chifre.
cornĕus,-a,-um. (cornu). De corno, de chifre, córneo. Semelhante ao chifre. Obtuso.
cornĭcen, cornicĭnis, (n.). (cornu-cano). Corneteiro.
cornicĭnis, ver **cornĭcen**.
cornicis, ver **cornix**.
cornicularĭus,-i, (m.). (cornu). Corniculário, oficial subalterno.
cornicŭlum,-i, (n.). (cornu). Chifre pequeno, antena de inseto. Ornato em forma de chifre.
cornix, cornicis, (f.). Gralha.
cornu,-us, (n.). Chifre, corno. Objeto feito de ou em forma de chifre. Casco do pé de animais. Bico de aves. Dente de elefante. Antena de insetos. Cornos da lua. Braço de rio. Arco. Penacho, cumeeira de capacete. Formação do exército. Vasilha de guardar azeite. Funil. Coragem, energia. Corno como símbolo da resistência e da hostilidade.
cornus,-i, (f.). Pilriteiro (planta). Dardo, lança.
corolla,-ae, (f.). (corona). Pequena coroa, grinalda.
corollarĭum,-i, (n.). (corona). Pequena coroa. Gorjeta, gratificação.

corona,-ae, (f.). Coroa. Objeto em forma de coroa. Círculo, roda, assembleia, reunião. Cornija. Alinhamento, formação de um exército sitiador ou de defesa. Bloqueio. *Sub corona uendĕre* = vender prisioneiros de guerra (estes se apresentavam coroados).
corono,-as,-are,-aui,-atum. Coroar, cingir com uma coroa. Cercar, colocar guardas.
corporalis, corporale. (corpus). Corporal, relativo ao corpo, de corpo.
corporĕus,-a,-um. (corpus). Que tem corpo, corpóreo, material. Que se prende ao corpo, do corpo. De carne.
corpŏro,-as,-are,-aui,-atum. (corpus). Dar corpo, tomar corpo. corporificar-se.
corpus, corpŏris, (n.). Corpo. Corpo inanimado, cadáver. Objeto material, substância, matéria. Tronco de árvore. Reunião de indivíduos, povo, ajuntamento, corporação, nação. Carne, gordura. Corpo de um texto.
corpuscŭlum,-i, (n.). (corpus). Corpo pequeno, corpúsculo. Corpo definhado. Termo de carinho.
corrado,-is,-ĕre,-rasi,-rasum. (cum-rado). Raspar inteiramente. Raspar levando. Levar em bloco, rapinar. Colher com dificuldade.
correctĭo, correctionis, (f.). (cum-rego). Ação de corrigir, reforma. Censura, repreensão. Correção.
correpo,-is,-ĕre,-repsi. (cum-repo). Esgueirar-se, introduzir-se sorrateiramente. Insinuar-se. Rastejar.
correpte. (cum-rapĭo). De modo breve.
correptĭo, correptionis, (f.). (cum-rapĭo). Ação de tomar, agarrar. Pronunciar como breve (gramática).
corridĕo,-es,-ere,-risi. (cum-ridĕo). Rir juntamente.
corrigĭa,-ae, (f.). Correia, cordão de sapato.
corrĭgo,-is,-ĕre,-rexi,-rectum. (cum-rego). Endireitar. Corrigir, reformar, melhorar, curar.
corripĭo,-is,-ĕre,-ripŭi,-reptum. (cum-rapĭo). Agarrar bruscamente, apoderar-se violentamente. Tomar, agarrar. Reunir, ajuntar, acolher. Reduzir, diminuir, abreviar.
corriuo,-as,-are,-aui,-atum. (cum-riuus). Fazer correr juntamente. Conduzir águas para um mesmo lugar.
corrobŏro,-as,-are,-aui,-atum. (cum-

-robur). Fortificar (como um carvalho), reforçar, corroborar.
corrodo,-is,-ĕre,-rosi,-rodum. (cum-rodo). Corroer, roer completamente.
corrŏgo,-as,-are,-aui,-atum. (cum-rogo). Alcançar à força de pedidos. Obter, conseguir. Convidar juntamente. Procurar por toda parte.
corrotundo,-as,-are,-aui,-atum. (cum-rota). Arredondar, dar forma redonda. Completar, arredondar quantias, números.
corruda,-ae, (f.). Aspargo bravo.
corrŭgo,-as,-are,-aui,-atum. (cum-ruga). Enrugar completamente, franzir.
corrumpo,-is,-ĕre,-rupi,-ruptum. (cum-rumpo). Fazer arrebentar, destruir. Corromper, alterar, estragar, deteriorar. Falsificar. Seduzir.
corrŭo,-is,-ĕre,-rŭi. (cum-ruo). Desabar, cair, derrubar. Precipitar-se. Fazer cair. Ruir completamente.
corrupte. (cum-rumpo). De maneira viciosa, corruptamente.
corruptela,-ae, (f.). (cum-rumpo). Corrupção, ação de corromper. Devassidão, sedução. Lugar de perdição.
corruptĭo, corruptionis, (f.). (cum-rumpo). Deterioração, alteração. Corrupção, depravação.
cortex, cortĭcis, (m. e f.). Invólucro, casca. Córtice, cortiça.
cortĭcis ver **cortex.**
cortina,-ae, (f.). Caldeira, tina, caldeirão. Tripeça de Apolo (junto à qual se assentava a Pítia ao proferir os oráculos). Espaço circular, auditório. Véu, cortina.
corusco,-as,-are,-aui,-atum. Entrechocar-se. Cintilar, brilhar, luzir. Brandir, mover, agitar, dardejar.
coruus,-i, (m.). Corvo. Máquina de guerra. Peixe negro.
corycus,-i, (m.). Saco (cheio de areia ou qualquer outro material, de que os atletas se utilizavam para se exercitar).
corylus,-i, (f.). Aveleira.
corymbus,-i, (m.). Corimbo, cacho de heras. Ornato de popa e proa dos navios. Estalactite.
coryphaeus,-i, (m.). Corifeu. Chefe.
cos, cotis, (f.). Pedra dura, seixo, calhau. Pedra de amolar.
cos. e coss. Abreviaturas do singular e do plural de *consul.*
cosmetes,-ae, (m.). Escravo encarregado do serviço de maquiagem.
cosmĭcos,-a,-um. (cosmos). Do mundo, cósmico.
cosmos,-i, (m.). O mundo.
cossis,-is ou **cossus,-i, (m.).** Bicho de madeira.
costa,-ae, (f.). Costela. Ilharga, flanco, lado.
cothurnus,-i, (m.). Coturno, calçado alto (de uso dos atores e de caçadores – borzeguim). A tragédia. Assunto trágico, estilo elevado. Elevação, prestígio, majestade.
cotid- ver também **cottid-.**
cotis, ver **cos.**
cottidianus,-a,-um. (quot-dies). também **quottidianus.** Cotidiano, diário, de todos os dias. Familiar, habitual, comum.
cottidĭe. (quot-dies). Todos os dias, cada dia. Quotidianamente, diariamente.
coturnix, coturnicis, (f.). Codorniz. Termo de carinho.
cotyla,-ae, (m.), também **cotŭla** e **cotyle,-es.** Medida de capacidade para líquidos.
couerbĕro,-as,-are,-aui,-atum. (cum-uerbĕro). Açoitar com força, espancar. Flagelar, estigmatizar.
couerro,-is,-ĕre,-uerri,-uersum. (cum-uerro). Tirar, limpar varrendo, varrer completamente. Raspar, ajuntar roubando. Maltratar.
couinnarĭus,-i, (m.). (couinnus). Soldado combatente e condutor de um carro de guerra.
couinnus,-i, (m.). Carroça, carro de guerra, carro de corrida ou de viagem.
coum,-i, (n.). O vinho da ilha de Cós.
coxendĭcis, ver **coxendix.**
coxendix, coxendĭcis, (f.). Anca, quadril. Coxa.
crabro, crabronis, (m.). Moscardo, vespão.
crapŭla,-ae, (f.). Estado de embriaguez, bebedeira. Resina que se misturava ao vinho (para produzir a embriaguez). Excesso de comida.
crapularĭus,-a,-um. (crapŭla). Que tem a cabeça pesada por causa da embriaguez.
cras. Amanhã.
crasse. (crassus). Grosseiramente, sem arte. Confusamente, de modo pouco claro.
crassitudĭnis, ver **crassitudo.**

crassitudo, crassitudĭnis, (f.). (crassus). Espessura, grossura. Consistência, densidade.
crassus,-a,-um. Espesso, grosso. Gordo, denso, lodoso. Grosseiro, avultado.
crastĭnus,-a,-um. (cras). De amanhã. Posterior, futuro.
crater, crateris, (m.). Vaso grande em que se misturava o vinho com água. Vasilha para azeite. Pia de uma fonte. Cratera de vulcão. Taça – constelação.
cratera,-ae, (f.), ver crater. Taça, a constelação.
craticŭla,-ae, (f.). (cratis). Grelha.
cratis, cratis, (f.), ou crates. Grades de vimes entrelaçados. Grade (de lavoura ou instrumento de tortura).
creatĭo, creationis, (f.). (creo). Procriação. Criação, nomeação, eleição.
creator, creatoris, (m.). (creo). Criador, fundador, autor. Pai.
creatrix, creatricis, (f.). (creo). Criadora, fundadora, autora. Mãe.
creber,-bra,-brum. (cresco). Espesso, apertado, cerrado. Numeroso. Frequente, que se repete sem interrupção. Cheio, abundante, rico.
crebresco,-is,-ĕre, crebrŭi. (creber). Repetir-se com pequenos intervalos. propagar-se, intensificar-se, crescer.
crebrĭtas, crebritatis, (f.). (creber). Frequência, repetição. Espessura, abundância, fertilidade.
crebritatis, ver crebrĭtas.
crebro. (creber). Frequentemente, sempre, sem interrupção.
credibĭlis, credibĭle. (credo). Crível, digno de crédito.
credibilĭter. (credo). De maneira crível, com verossimilhança.
credĭtor, creditoris, (m.). (credo). Credor.
credĭtum,-i, (n.). (credo). Crédito. Coisa emprestada, empréstimo, dívida.
credo,-is,-ĕre,-dĭdi,-dĭtum. Depositar em confiança, confiar em, acreditar em. Emprestar. Crer, ter como certo. Pensar, julgar, supor.
credulĭtas, credulitatis, (f.). (credo). Credulidade.
credulitatis, ver credulĭtas.
credŭlus,-a,-um. (credo). Crédulo. Que crê facilmente em alguma coisa. Facilmente crível. Aventuroso.

crematĭo, cremationis, (f.). (cremo). Ação de queimar, cremação.
cremo,-as,-are,-aui-atum. Queimar. Cremar um cadáver.
cremor, cremoris, (m.). Sumo, suco, caldo grosso.
creo,-as,-are,-aui,-atum. (cresco). Produzir, fazer crescer, engendrar, fazer nascer. Nomear, eleger, indicar. Causar, ocasionar.
creper,-pĕra,-pĕrum. Escuro. Obscuro, duvidoso, incerto.
crepĭda,-ae, (f.). Sandália, alpercata.
crepidĭnis, ver crepido.
crepido, crepidĭnis, (f.). Base (de edificações), pedestal. Saliência de um rochedo. Parede, passeio.
crepitacŭlum,-i,-(n.). (crepo). Pandeiro, matraca, chocalho, guizo.
crepĭto,-as,-are,-aui,-atum. (crepo). Estalar ruidosamente, dar frequentes estalos. Crepitar, ranger.
crepo,-as,-are, crepŭi, crepĭtum. Produzir um ruído, estalar, crepitar. Abrir-se, fender-se com ruído, estilhaçar-se.
crepundĭa,-ae, (f.). (crepo). Chocalho, brinquedo de criança. Sinais para reconhecimento suspensos aos pescoços de crianças. Amuleto.
crepuscŭlum,-i, (n.). (creper). Crepúsculo. Obscuridade, luz fraca.
cresco,-is,-ĕre, creui, cretum. (creo). Brotar, crescer, medrar. Nascer. Aumentar, elevar-se, engrandecer-se.
creta,-ae, (f.). Argila, barro branco. Giz. Alvaiade (pasta de maquilagem). Sinal feito com um giz para indicar o fim de um julgamento.
cretacĕus,-a,-um. (creta). Feito de argila, da natureza da argila.
cretatus,-a,-um. (creta). Branqueado, marcado com giz. Maquilado com alvaiade. Vestido de branco.
cretĕus,-a,-um. (creta). De argila, de giz.
cretĭo, cretionis, (f.). (cerno). Ação de aceitar uma herança. Herança.
cretŭla,-ae, (f.). (creta). Argila branca usada para lacrar correspondências.
cribro,-as,-are,-aui,-atum. (cribrum). Crivar, peneirar, joeirar.
cribrum,-i, (n.). Crivo, peneira, joeira.
crimen, crimĭnis, (n.). (cerno). Decisão

judicial. Objeto da decisão, queixa, acusação. Calúnia, injúria. Crime, delito, erro, adultério. Motivo, pretexto de ação criminosa. Culpabilidade.
criminatĭo, criminationis, (f.). (crimen). Criminação, incriminação, acusação. Acusação caluniosa.
crimĭnis, ver **crimen.**
crimĭno,-as,-are,-aui,-atum. (crimen). Criminar, incriminar, acusar.
criminose. (crimen). De modo acusador, caluniosamente, injuriosamente.
crinale, crinalis, (n.). (crinis). Fivela, prendedor para cabelos.
crinis, crinis, (m.). Cabelos, cabeleira, madeixa, tranças. Brilho, rastros luminosos de cometas. Braços de polvo. Crina.
crinitus,-a,-um. (crinis). Que tem muitos cabelos. Feito de crina.
crisis, crisis, (f.). Crise.
crispo,-as,-are,-aui,-atum. (crispus). Crispar, encrespar, frisar, fazer ondular. Brandir, agitar.
crispŭlus,-a,-um. (crispus). Bem frisado.
crispus,-a,-um. Crespo, frisado. Ondeado, raiado. Agitado, rápido, vibrante. Elegante, bem penteado.
crista,-ae, (f.). Crista. Tufo de folhas. Penacho de capacete, cimeira. Crista de montes.
cristatus,-a,-um. (crista). Que tem crista. Capacete com penacho.
criterĭum,-i, (n.). Julgamento.
crĭticus,-a,-um. Crítico.
crocĕus,-a,-um. (crocus). Cróceo, de açafrão. Amarelo ouro, da cor de açafrão.
crocĭnum,-i, (n.). (crocus). Óleo de açafrão.
crocĭnus,-a,-um. (crocus). De açafrão, da cor de açafrão. Cróceo.
crocodilus,-i, (m.). Também **corcodilus.** Crocodilo.
crocota,-ae, (f.). (crocus). Vestimenta amarela (usada por mulheres e sacerdotes de Cibele).
crocus,-i, (m.) e (f.), ou crocum,-i, (n.). Açafrão. A cor de açafrão. Derivados do açafrão: perfume, vinho.
crotalĭa,-orum, (n.). Brincos pingentes, formados de várias pérolas.
crotalum,-i, (n.). Crótalo, espécie de castanholas.
cruciabĭlis, cruciabĭle. (crux). Que atormenta, suplicia. Cruel.
cruciatus,-us, (m.). (crux). Tormento, tortura. Sofrimento. Instrumentos de tortura.
crucifigo,-is,-ĕre,-fixi,-fixum. (crux-figo). Crucificar, pregar na cruz.
crucĭo,-as,-are,-aui,-atum. (crux). Crucificar, infligir o castigo da cruz. Supliciar, torturar até a morte.
crudelis, crudele. (cruor). Que gosta de fazer correr o sangue. Duro, cruel, insensível, desumano.
crudelĭter. (cruor). Com crueldade, duramente, desumanamente.
crudesco,-is,-ĕre,-dŭi. (cruor). Sangrar, derramar sangue. Tornar-se mais violento, recrudescer.
crudĭtas, cruditatis, (f.). (cruor). Indigestão, excesso de alimentação.
crudus,-a,-um. (cruor). Sangrento, ensanguentado. Cru, não processado. Não digerido, que digere mal. Que faz sangrar, violento, cruel, áspero. Vigoroso, impiedoso. Novo, recente, imaturo, inexperiente.
cruente. (cruor). Com derramamento de sangue. Cruelmente, impiedosamente.
cruento,-as,-are,-aui,-atum. (cruor). Ensanguentar, manchar de sangue. Ferir, dilacerar. Tingir de vermelho.
cruentus,-a,-um. (cruor). Sangrento, coberto de sangue. Vermelho como sangue, sanguíneo. Sanguinário, cruel.
crumena,-ae, (f.). Bolsa, sacola (de caçador). Dinheiro.
cruor, cruoris, (m.). Carne em sangue, carne crua. Força vital, vida. Sangue derramado, ferida em sangue. Carnificina, morticínio. Cruor.
cruris, ver **crus.**
crus, cruris, (n.). Pernas. Pilastras. Parte inferior de um tronco.
crusta,-ae, (f.). O que reveste, crosta. Lâmina, placa, revestimento, baixo relevo, ornamento cinzelado, incrustações. Vasilhas com relevos.
crusto,-as,-are,-aui,-atum. (crusta). Revestir, cobrir, incrustar.
crustularĭus,-i, (m.). (crustum). Pasteleiro, confeiteiro.
crustum,-i, (n.). Pastel, bolo, guloseima.
crux, crucis, (f.). Instrumento de tortura. Cruz. Tortura, tormento. Peste.

crypta,-ae, (f.). Cripta, galeria subterrânea, gruta.
crystallus,-i, (m.), ou -um,-i, (n.). Cristal. Objeto feito de cristal.
cubiculatus,-a,-um. (cubo). Provido de quartos de dormir.
cubicŭlum,-i, (n.). (cubo). Quarto de deitar, de dormir. Camarote do imperador no circo.
cubile, cubilis, (n.). (cubo). Lugar para se deitar. Leito, cama, leito nupcial. Ninho, covil, toca. Domicílio, morada.
cubĭtal, cubitalis, (n.). (cubĭtus). Almofada para o cotovelo.
cubĭto,-as,-are,-aui,-atum. (cubo). Estar frequentemente deitado. Deitar-se com, dormir com.
cubĭtus,-i, (m.). Cotovelo. Côvado (medida de comprimento: ± 30 centímetros). Inflexão, curvatura.
cubĭtus,-us, (m.). (cubo). O estar deitado, ato de dormir. Leito, cama.
cubo,-as,-are,-bŭi,-ĭtum. Estar deitado, estar de cama. Estar à mesa (os romanos faziam, deitados, suas refeições). Dormir, ter relações com.
cubus,-i, (m.). Cubo. Espécie de medida. Número cúbico.
cucullus,-i, (m.). Capuz, capa. Cartucho de papel.
cucŭlus,-i, (m.). ou cuculus. Cuco (ave que põe ovos em ninhos de outros pássaros). Amante adúltero. Amante tímido. Imbecil, preguiçoso.
cucŭma,-ae, (f.). Caldeirão. Banheira pequena.
cucuměris, ver **cucŭmis.**
cucŭmis,-is ou cucuměris, (m.). Pepino.
cucurbĭta,-ae, (f.). Abóbora, cabaça. Ventosa (primitivamente feita de cabaça).
cudo,-is,-ĕre, cudi, cusum. Bater, espancar. Malhar (os cereais, o ferro), forjar, cunhar. Urdir, tramar.
cuias, cuiatis, (m. e f.). De que país? Donde? De que cidade?
cuiatis, cuiatis, (m. e f.). De que país? Donde? De que cidade?
cuius,-a-um. Pertencente a quem, de quem, cujo.
cuiusuis, cuiauis, cuiumuis. De quem quer que seja.
culcita,-ae, (f.). Colchão, travesseiro.
culěus,-i, (m.), ou cullěus. Saco de couro (onde se prendiam os parricidas para serem lançados ao mar). Odre (para armazenar até 91 litros de líquidos).
culex, culĭcis, (m. e f.). Mosquito.
culĭcis, ver **culex.**
culina,-ae, (f.). Cozinha. Fogão portátil. Provisões, víveres. Latrina.
culinarĭus,-a,-um. (culina). De cozinha. Como subst.: Cozinheiro.
culmen, culmĭnis, (n.). (cello). Cimo, cume, ponto culminante. Cumeeira. Auge, fastígio. Edifício, templo.
culmus,-i, (m.). Colmo, haste de gramíneas. Teto de colmo.
culpa,-ae, (f.). Estado de quem comete uma falta. Falta, culpabilidade, responsabilidade. Crime, delito contra o pudor. Negligência. Mal.
culpo,-as,-are,-aui,-atum. (culpa). Censurar uma falta, repreender, criticar. Acusar, culpar, incriminar.
culta,-orum, (n.). (colo). Campos cultivados, searas.
culte. (colo). Com cuidado, com elegância, com esmero, zelosamente.
cultellus,-i, (m.). (culter). Faca pequena, navalha de barba.
culter, cultri, (m.). Toda espécie de faca. Navalha. Relha do arado.
cultor, cultoris, (m.). (colo). Habitante. Lavrador, cultivador. O que respeita, honra, cultua.
cultrix, cultricis, (f.). (colo). Habitante, a que habita. Cultivadora, a que respeita, honra, cultua.
cultura,-ae, (f.). (colo). Cultura, plantação, agricultura. Cultura intelectual, moral, espiritual. Fazer a corte a alguém.
cultus,-us, (m.). (colo). Cultura, trato da terra. Cultura do espírito, erudição, civilização. Gênero de vida, costumes. Culto religioso, reverência. Aparato, ornamento, luxo, elegância.
culus,-i, (m.). Ânus.
cum, prep./abl. Com, em companhia de, juntamente com. Logo que. Por meio de.
cum, também quom e quum, conj. No momento em que, logo que. Visto que, pois que. Ainda que, embora, conquanto que, como. Com verbo no indicativo tem valor temporal. Com verbo no subjuntivo seus valores tendem a ser ou concessivo ou causal.
cuměra,-ae, (f.). ou cuměrus,-i, (m.). Arca para cereais. Arca.

cumprimis ou **cum primis. (primus).** Em primeiro lugar, primeiramente, antes de tudo.
cumque ou **cunque,** também **quomque.** Em todos os casos, em quaisquer circunstâncias.
cumulate. (cumŭlus). Plenamente, abundantemente, copiosamente.
cumŭlo,-as,-are,-aui,-atum. (cumŭlus). Acumular, amontoar, cumular. Aumentar, ajuntar em montes.
cumŭlus,-i, (m.). Montão, massa. Excesso, acréscimo. Auge, máximo grau.
cunabŭla,-orum, (n.). (cunae). Berço. Ninho de aves, colmeia. Pátria, terra natal. Tenra idade, meninice, origem, nascimento.
cunae,-arum, (f.). Berço. Ninho de aves. Meninice.
cunctanter. (cunctor). Com hesitação, lentamente, devagar.
cunctatĭo, cunctationis, (f.). (cunctor). Demora, hesitação.
cunctator, cunctatoris, (m.). (cunctor). Contemporizador, hesitante, circunspecto.
cunctor,-aris,-ari,-atus sum. Contemporizar, hesitar, demorar, arrastar-se, alongar.
cunctus,-a,-um. Todo, inteiro, sem exceção.
cunĕo,-as,-are,-aui,-atum. (cunĕus). Dar a forma de cunha, formar (o exército) em cunha. Fender com a cunha, cunhar.
cunĕus,-i, (m.). Cunha, todo objeto em forma de cunha. Uma das formações do exército. Cavilhas de navio.
cunicŭlus,-i, (m.). Coelho. Galeria subterrânea, túnel, toca. Mina. Meio indireto, artificioso.
cupa,-ae, (f.), ou **cuppa.** Cuba, vasilha de madeira armada com arcos. Barril.
cupedĭa,-ae, (f.). ou **cuppĕdia.** Gulodice.
cupĭde. (cupĭo). Ardentemente, avidamente. Apaixonadamente, com sofreguidão.
cupidĭnis, ver **cupido.**
cupidĭtas, cupiditatis, (f.). (cupĭo). Desejo, vontade forte. Ambição. Paixão. Cobiça.
cupiditatis, ver **cupidĭtas.**
cupido, cupidĭnis, (m.). (cupĭo). Desejo, vontade, paixão. Cobiça, amor. Ambição desmedida. Cupido, o deus do amor, filho de Vênus.
cupĭdus,-a,-um. (cupĭo). Que deseja, desejoso de. Que é amigo de. Ávido, cobiçoso, apaixonado. Parcial, cego de paixão.
cupĭo,-is,-ĕre,-iui/-ĭi,-itum. Desejar, ter vontade de, desejar ardentemente, cobiçar. Ter desejos, paixão.

cupressus,-i, (m.). ou **-us,-us.** Cipreste. Cofre de cipreste.
cur. Por que? Por que razão?
cura,-ae, (f.). Cuidado, zelo, preocupação amorosa. Direção, administração, encargo. Tratamento (= atenção, cuidado). Guarda, vigia, protetor.
curate. (cura). Com cuidado, com atenção, empenhadamente.
curatĭo, curationis, (f.). (cura). Ocupação, cuidado. Tratamento médico. Cargo, administração. Ação de zelar, vigiar.
curator, curatoris, (m.). (cura). Administrador, encarregado de. Curador, tutor, protetor, guardião.
curculĭo, curculionis, (m.). Gorgulho (inseto).
curĭa,-ae, (f.). Cúria (divisão do povo romano em ordens). Templo em que se reunia a Cúria para celebrar um culto. Sala de reuniões do Senado, o próprio Senado. Sala de sessões de outras assembleias.
curialis, curialis, (m.). (curĭa). O que é da mesma cúria ou da mesma povoação. Servidor do palácio, pessoa da corte.
curiatim. (curĭa). Por cúrias.
curiatus,-a,-um. (curĭa). Da cúria, relativo à cúria.
curĭo, curionis, (m.). I – de curĭa: Curião, sacerdote da cúria. Pregoeiro público. II – de cura: O que é consumido por preocupações, emagrecido por preocupações.
curiose. (cura). Com cuidado, com atenção, com interesse, curiosidade. Com afetação.
curiosĭtas, curiositatis, (f.). (cura). Desejo de conhecer, investigação cuidadosa, empenho de obter informações. Curiosidade.
curiositatis, ver **curiosĭtas.**
curiosus,-a,-um. (cura). Que toma cuidado, cuidadoso. Excessivamente cuidadoso, minucioso. Indiscreto, impertinente.
curis, curis, (f.). Lança.
curo,-as,-are,-aui,-atum. (cura). Cuidar, olhar por, tratar, velar. Curar. Governar, dirigir, administrar. Comandar. Fazer por, ter em conta. Vigiar, zelar, proteger.
curricŭlum,-i, (n.). (curro). Corrida, carreira. Luta, corrida de carros. Pista de corrida, hipódromo. Carro usado nos jogos do circo. Carreira, campo.
curro,-is,-ĕre, cucurri, cursum. Correr. Percorrer.

currus,-us, (m.). (curro). Carro. Carro de triunfo. Triunfo. Cavalos que puxam um carro. Navio. Arado de rodas.
cursim. (curro). Correndo, rapidamente.
cursĭto,-as,-are,-aui,-atum. (curro). Correr daqui e dali. Correr frequentemente.
curso,-as,-are,-aui,-atum. (curro). Correr daqui e dali. Correr frequentemente.
cursor, cursoris, (m.). (curro). Corredor (atleta). Condutor de carro. Mensageiro, correio. Escravo que vai à frente de seu senhor.
cursus,-us, (m.). Corrida, viagem. Marcha, movimento, percurso feito. Curso, duração, andamento.
curto,-as,-are,-aui,-atum. (curtus). Cortar, encurtar.
curtus,-a,-um. Truncado, encurtado, mutilado. Curto, pequeno, incompleto.
curuamen, curuamĭnis, (n.). (curuo). Curvatura, curva.
curuamĭnis ver **curuamen.**
curulis, curule. (currus). De carro, relativo ao carro. Curul: *sella curulis* – cadeira sobre rodas, reservada inicialmente aos reis e depois a todos os nobres.
curuo,-as,-are,-aui,-atum. Curvar, dobrar, arquear. Comover, convencer.
cuspĭdis ver **cuspis.**
cuspĭdo,-as,-are,-aui,-atum. (cuspis). Tornar pontudo, apontar, aguçar.
cuspis, cuspĭdis, (f.). Ponta de lança, extremidade. Lança, dardo. Tridente de Netuno. Ferrão de inseto. Espeto.
custodĭa,-ae, (f.). (custos). Guarda, conservação, proteção. Sentinelas. Lugar onde se monta guarda. Prisão, cadeia.
custodĭo,-is,-ire,-iui,-itum. (custos). Guardar, conservar, proteger. Manter em prisão, ter em poder. Guardar segredo.
custodis, ver **custos.**
custodite. (custos). Com circunspeção, com cautela.
custos, custodis, (m.). Guarda, guardião, defensor, protetor. Vigia. Pedagogo, supervisor, inspetor. Cão de guarda.
cutis, cutis, (f.). Cobertura exterior, invólucro. Pele, cútis. Couro. Aparência externa, exterior.
cyăthus,-i, (m.). Copo, taça. Copo utilizado para retirar o vinho de um recipiente e distribuí-lo nas taças.
cyclădis, ver **cyclas.**
cyclas, cyclădis, (f.). Ciclade (vestimenta feminina).
cyclops, cyclopis, (m.). Ciclope (gigante).
cycnus,-i, (m.), ou **cygnus.** Cisne.
cydărum,-i, (n.). Navio de transporte.
cylindrus,-i, (m.). Cilindro. Rolo de aplainar terra.
cymatĭlis, cymatĭle. Da cor verde-mar.
cymba,-ae, (f.), ou **cumba.** Barca, canoa, bote, quilha.
cymbalistrĭa,-ae, (f.). Tocadora de címbalo.
cymbălum,-i, (n.). Címbalo (instrumento musical formado por dois pratos).
cymbĭum,-i, (n.). (cymba). Taça (em forma de barco). Lâmpada em forma de barco.
cynĭcus,-a,-um. Cínico (relativo ao cinismo – corrente filosófica).
cyparissus,-i, (f.). Cipreste.
cyprĕus,-a,-um. De cobre. **Cyprĭum aes** = cobre de Chipre.

D

d. Abreviatura de Decĭmus (nome próprio); de *dabam* ou *dies*, em correspondências.
D. Abreviatura de *Decĭmus*; de *dies*. **D** = O numeral 500.
dactylus,-i, (m.). I – Tâmara (pela semelhança com um dedo). II – Dátilo, unidade métrica formada por uma sílaba longa e duas breves.
daedălus,-a,-um. Artisticamente feito, trabalhado. Hábil, engenhoso, criativo.
dama,-ae, (m.). Gamo, corça, cabrito montês.
damnabĭlis, damnabĭle. (damnum). Condenável, vergonhoso.
damnatĭo, damnationis, (f.). (damnum). Condenação judicial, condenação.
damno,-as,-are,-aui,-atum. (damnum). Aplicar uma sanção, multar, obrigar. Condenar, censurar, repreender, desprezar.
damnose. De modo condenável, com prejuízo, nocivamente, perniciosamente.

damnosus,-a,-um. (damnum). Que causa dano, pernicioso, prejudicial.
damnum,-i, (n.). Dano, prejuízo, perda. Multa, castigo, condenação.
damus,-i, (m.). Sarça, moita, arbusto.
dapĭno,-as,-are. (daps). Servir em abundância uma refeição.
daps, dapis, (f.). Sacrifício oferecido aos deuses. Refeição ritual, banquete sagrado. Banquete, festim. Iguaria, alimento.
dapsĭle. Com grande pompa, magnificamente, suntuosamente.
dapsĭlis, dapsĭle. Abundante, rico, suntuoso.
datarĭus,-a,-um. (do). Que pode ou deve ser dado.
datatim. (do). Em troca, reciprocamente.
datĭo, dationis, (f.). (do). Ação de dar. Direito de dispor de seus bens.
datiuus,-a,-um. (do). Que é dado. O caso dativo.
dato,-as,-are,-aui,-atum. (do). Praticar a usura. Dar muitas vezes.
datum,-i, (n.). (do). Dádiva, presente.
de, prep./abl. Designa a separação, afastamento, origem, assunto: De, a partir de, de cima (de) para baixo. A respeito de, sobre, conforme, de acordo com. Por causa de. Como prevérbio acrescenta ao verbo as ideias de movimento de cima para baixo, separação, privação de, acabamento, intensidade.
dea,-ae (f.). Deusa.
dealbo,-as,-are,-aui,-atum. (de-albus). Branquear, alvejar, caiar. Purificar.
deambulatĭo, deambulationis, (f.). (deambŭlo). Deambulação, passeio.
deambŭlo,-as,-are,-aui,-atum. (de-ambŭlo). Deambular, passear, dar uma caminhada.
deamo,-as,-are,-aui,-atum. (de-amo). Gostar muito, amar, acolher com amor.
dearmo,-as,-are,-aui,-atum. (de-arma). Desarmar, roubar, subtrair.
deartŭo,-as,-are,-aui,-atum. (de-artus). Desmembrar, deslocar.
deascĭo,-as,-are,-aui,-atum. (de-ascĭo). Fazer uma velhacaria, enganar, extorquir. Desbaratar, aplainar.
debaccor,-aris,-ari,-atus sum. (de-bacchor). Entregar-se a delírios desordenados, enfurecer-se, arrebatar-se. Cair na orgia, na devassidão.

debellator, debellatoris, (m.). (de-bellum). Vencedor, conquistador. Debelador.
debello,-as,-are,-aui,-atum. (de-bellum). Terminar com vitória uma guerra, vencer. Debelar.
debĕo,-es,-ere, debŭi, debĭtum. (de-habĕo). Dever (dinheiro ou qualquer outra coisa), ser devedor. Ter obrigação de. Ser forçado a. Estar obrigado a. Ser destinado a.
debĭlis, debĭle. Fraco, frágil, sem forças, sem energia. Enfermo, paralisado.
debilĭtas, debilitatis, (f.). (debĭlis). Fraqueza, debilidade, enfermidade. Paralisia.
debilitatĭo, debilitationis, (f.). (debĭlis). Debilitação, enfraquecimento. Desânimo.
debilitatis, ver **debilĭtas.**
debilĭto,-as,-are,-aui,-atum. (debĭlis). Debilitar, enfraquecer, paralisar. Ferir, mutilar, quebrar.
debĭtor, debitoris, (m.). (debĕo). Devedor. Devedor da vida, reconhecido.
debĭtum,-i, (n.). (debĕo). Dívida. Tributo, obrigação. Débito.
deblatĕro,-as,-are,-aui,-atum. (blatĕro). Deblaterar, berrar, gritar. Declamar.
decanto,-as,-are,-aui,-atum. (de-cano). Cantar, executar cantando. Repetir, repisar. Decantar; elogiar, gabar.
decedo,-is,-ĕre,-cessi,-cessum. (de-cedo). Ir-se embora, pôr-se em marcha. Ir-se embora da vida, desaparecer, findar. Renunciar a, afastar-se de, faltar a. Ficar aquém de, ceder, ser inferior a.
decem. Dez. Um grande número, um número infinito.
december, decembris, (m.). (decem). Dezembro (o mês 10 do antigo calendário romano).
decemiugis, decemiuge. (decem-iugum). (Carro) puxado por dez cavalos.
decempĕda,-ae (f.). (decem-pes). Decêmpeda, vara de dez pés (medida).
decemplex, decemplĭcis. (decem-plex). Décuplo.
decemplĭcis, ver **decemplex.**
decemprimi,-orum, (m.). (decem-primus). Os dez mais importantes (= primeiros), decuriões de uma cidade.
decemuir,-i, (m.). (decem-uir). Decênviro.
decemuiratus,-us, (m.). (decem-uir). Decenvirato, dignidade e função de decênviro.

decemuiri,-orum, (m.). (decem-uir). Decênviros, comissão de dez magistrados nomeada para redigir a Lei das Doze Tábuas (304 a.C.). Magistrados. Colégio de sacerdotes encarregados de guardar e consultar os Livros Sibilinos.

decennis, decenne. (decem-annus). Que dura dez anos.

decens, decentis. (decet). Conveniente, decente, próprio, adequado. Bem proporcionado, harmonioso, formoso.

decenter. (decet). Conveniente, com decência.

decentia,-ae, (f.). (decet). Conveniência, decência, decoro.

deceptor, deceptoris, (m.). (de-capio). Enganador.

deceris, deceris, (f.). Navio com dez ordens de remos.

decerno,-is,-ěre,-creui,-cretum. (de-cerno). Decidir, resolver. Decretar, votar, julgar. Combater, lutar.

decerpo,-is,-ěre,-cerpsi,-cerptum. (de-carpo). Apanhar, colher, separar colhendo.

decertatio, decertationis, (f.). (de-certo). Combate decisivo, decisão.

decerto,-as,-are,-aui,-atum. (de-certo). Decertar, combater, lutar. Travar um combate decisivo. Decidir através de um combate.

decessio, decessionis, (f.). (de-cedo). Partida, afastamento. Saída, partida de um funcionário. Abatimento, diminuição.

decessor, decessoris, (m.). (de-cedo). O que deixa um cargo ou uma província (findo o mandato). Antecessor, predecessor.

decessus,-us, (m.). (de-cedo). Partida. Saída de um cargo. Falecimento. Diminuição, abatimento.

decet, decere, decuit. – somente terceira pessoa. Convir, ser conveniente, ficar bem.

decido,-is,-ěre,-cidi,-cisum. (de-caedo). Separar cortando, cortar, reduzir. Decidir, resolver. Arranjar-se, acomodar-se, transigir.

decido,-is,-ěre,-cidi. (de-cado). Cair de, cair, decair. Sucumbir, morrer, perecer. Desanimar.

deciens e decies. (decem). Dez vezes. Indefinido, ilimitado.

decim- ver também **decum-**.

decima,-ae, (f.). (decem). Dízimo oferecido aos deuses. Tributo. Dádiva em dinheiro feita ao povo. O décimo de uma herança.

decimanus,-a,-um. (decem). Dado em pagamento ao dízimo, sujeito ao dízimo. Pertencente à décima legião.

decimo,-as,-are,-aui,-atum. (decem). Dizimar, punir (geralmente com a morte) uma pessoa em cada grupo de dez.

decimus,-a,-um. (decem). Décimo. Grande, considerável.

decipio,-is,-ěre,-cepi,-ceptum. (de-capio). Apanhar em armadilha, através de um ardil. Iludir, enganar, trapacear. Esquecer.

decisio, decisionis, (f.). (de-caedo). Diminuição, enfraquecimento. Solução, compromisso, transigência, transação. Decisão.

declamatio, declamationis, (f.). (de-clamo). Exercício da palavra – declamação. Tema, assunto de declamação. Discurso banal. Protesto ruidoso.

declamator, declamatoris, (m.). (de-clamo). Declamador, o que se exercita na palavra, na arte de falar.

declamito,-as,-are,-aui,-atum. (de-clamo). Declamar, exercitar-se com frequência na arte de falar. Vociferar. Exercitar-se na advocacia.

declamo,-as,-are,-aui,-atum. (de-clamo). Gritar ruidosamente, falar em voz alta, declamar. Injuriar, falar com veemência contra alguém.

declaratio, declarationis, (f.). (de-claro). Declaração, manifestação.

declaro,-as,-are,-aui,-atum. (de-claro). Tornar conhecido, mostrar, fazer ver claramente. Proclamar, nomear, declarar. Anunciar. Significar, traduzir, exprimir.

declinatio, declinationis, (f.). (de-clino). Ação de se desviar, afastamento, abandono, flexão (do corpo). Pequena digressão. Aversão, repugnância. Inclinação, flexão. Em gramática: declinação, derivação, flexão, conjugação.

declinis, decline. (de-clino). Que se inclina, que se retira, se afasta.

declino,-as,-are,-aui,-atum. (de-clino). Desviar, afastar, arredar. Evitar, fugir de, desviar-se de. Derivar, declinar.

decliuis, decliue. (de-clino). Que desce em declive, ladeira. Inclinado. Declínio, decadência.

decliuitatis, ver **decliuiuitas**.

decliuiuĭtas, decliuitatis, (f.). (de-clino). Ladeira, declive, declividade.
decocta,-ae, (f.). (de-coquo). Água fervida e resfriada na neve.
decoctor, decoctoris, (m.). (de-coquo). Dissipador, esbanjador, homem arruinado, que abriu falência.
decollo,-as,-are,-aui,-atum. (de-collum). Tirar, arrancar (a cabeça) do pescoço, degolar, decapitar.
decolo,-as,-are,-aui,-atum. (de-colum). Escapar por entre os dedos, fugir das malhas. Escoar.
decolor, decoloris. (de-color). Descorado, descolorido, manchado, alterado em sua coloração natural. Corrompido.
decoloro,-as,-are,-aui,-atum. (de-color). Descolorar. Alterar a coloração natural, fazer perder a cor.
decondo,-is,-ĕre. (de-condo). Ocultar, esconder.
decŏquo,-is,-ĕre,-coxi, coctum. também **decŏco. (de-coquo).** Reduzir pela cocção, diminuir. Fazer cozer, fazer ferver. Separar, cortar, arruinar, dissipar os bens. Amadurecer.
decor, decoris, (m.). (decet). Beleza física, formosura, encanto, graça. O que fica bem, o que convém. Ornamento, elegância. (Opõe-se a *decus* = beleza moral).
decore. (decet). Convenientemente, dignamente. Artisticamente.
decŏro,-as,-are,-aui,-atum. (decus). Decorar, ornar, enfeitar. Distinguir, honrar.
decorum,-i, (n.). (decor). Decoro, decência, conveniência.
decorus,-a,-um. (decor). Que convém, que fica bem. Belo, formoso. Enfeitado, ornado, elegante, rico.
decrepĭtus,-a,-um. (de-crepo?). Decrépito.
decresco,-is,-ĕre,-creui,-cretum. (de--cresco). Decrescer, diminuir, tornar-se menor.
decretum,-i, (n.). (de-cerno). Decisão, decreto. Princípios doutrinários, doutrina.
decŭm- ver também **decĭm-**.
decumbo,-is,-ĕre,-cubŭi,-cubĭtum. (de--cubo). Deitar-se, pôr-se à mesa. Cair combatendo, cair morto.
decurĭa,-ae. (f.). (decem-curĭa). Decúria, divisão do povo romano. Dezena, conjunto de dez cavaleiros, comandados por um decurião. Divisão, corporação, classe.
decuriatĭo, decuriationis, (f.). (decem-curĭa). Divisão por decúrias.
decurĭo, decurionis, (m.). (decem-curĭa). Decurião, comandante de dez cavaleiros. Senador de cidades municipais ou de colônias. Chefe de pessoal do palácio.
decurĭo,-as,-are,-aui,-atum. (decem-curĭa). Dividir em decúrias, distribuir por dezenas. Formar conluios, conspirar.
decurro,-is,-ĕre,-cucurri, cursum. (de--curro). Descer correndo, escorrer, precipitar-se. Ir, marchar, fazer um percurso marítimo. Manobrar, desfilar. Recorrer a. Acabar, narrar.
decursĭo, decursionis, (f.). (de-curro). Manobra, parada militar.
decursus,-us, (m.). (de-curro). Ação de descer correndo, descida rápida, queda d'água. Marcha, parada militar. Movimento, ritmo. Missão cumprida, carreira andada. Decurso de tempo, percurso completo. Decurso.
decus, decŏris, (n.). (decet). Ornato, enfeite. Beleza moral, virtude, dever. Decoro, decência, dignidade. Honra, glória.
decussis, decussis, (m.). (decem-as). O número dez. Aspa em forma de X. Moeda de dez asses.
decusso,-as,-are,-aui,-atum. (decem-as). Cruzar em forma de X, cruzar em aspa.
decutĭo,-is,-ĕre,-cussi,-cussum. (de-quatio). Derrubar sacudindo ou batendo, fazer cair, deitar abaixo. Sacudir até cair.
dedĕcet,-ĕre, dedecŭit. (de-decet). Não convir, não ficar bem. Assentar mal.
dedĕcor, dedecŏris. (de-decus). Feio, vergonhoso, indigno.
dedecŏris, ver **dedĕcus**.
dedecŏro,-as,-are,-aui,-atum. (de-decor). Desfigurar, deformar, tornar feio. Desonrar, difamar.
dedecŏrus,-a,-um. (de-decus). Desonroso, vergonhoso.
dedĕcus, dedecŏris (n.). (de-decus). Desonra, vergonha, indignidade, infâmia. Opróbio, o que causa vergonha. Mal, vício.
dedicatĭo, dedicationis, (f.). (de-dico). Consagração, inauguração.
dedicatiuus,-a,-um. (de-dico). Afirmativo.

dedĭco,-as,-are,-aui,-atum. (de-dico). Consagrar solenemente aos deuses, dedicar.

dedignatĭo, dedignationis, (f.). (de-dignus). Desdém, recusa desdenhosa.

dedignor,-aris,-ari,-atus sum. (de-dignus). Repelir alguém ou algo como indigno, desdenhar, recusar.

dedisco,-is,-ĕre, dedidĭci. (de-disco). Desaprender, esquecer, não saber.

dediticĭus,-a,-um. (de-do). Que capitulou, que se rendeu incondicionalmente.

deditĭo, deditionis, (f.). (de-do). Capitulação, rendição incondicional

dedo,-is,-ĕre, dedĭdi, dedĭtum. (de-do). Entregar de uma vez por todas, render-se incondicionalmente, capitular. Consagrar, dedicar.

dedocĕo,-es,-ere,-docŭi,-doctum. (de-docĕo). Fazer desaprender, fazer esquecer.

dedolĕo,-es,-ere,-dolŭi. (de-dolĕo). Deixar de se afligir, Pôr fim à dor, ao sofrimento.

deduco,-is,-ĕre,-duxi, ductum. (de-duco). Puxar (fios) de cima para baixo, fiar. Levar, conduzir, retirar, desviar. Reduzir, abater, diminuir. Fazer descer, abaixar. Acompanhar, escoltar, conduzir. Levar a noiva para a casa do noivo. Tirar de, deduzir.

deducta,-ae, (f.). (de-duco). Soma deduzida de uma herança, com consentimento.

deductĭo, deductionis, (f.). (de-duco). Ação de tirar de, de levar, de desviar. Ação de desapossar. Diminuição, dedução.

deerro,-as,-are,-aui,-atum. (de-erro). Afastar-se do caminho, desviar-se, desencaminhar-se, perder-se.

defaeco,-as,-are,-aui,-atum, ou defeco. (de-faex). Defecar. Separar as impurezas, o sedimento de um líquido. Tornar claro, purificar, limpar.

defatigatĭo, defatigationis, (f.). (de-fatigo). Fadiga, esgotamento, cansaço.

defatigo,-as,-are,-aui,-atum. (de-fatigo). Fatigar, cansar, esgotar.

defectĭo, defectionis, (f.). (de-facĭo). Defecção, deserção. Eclipse. Afastamento, esgotamento, desaparecimento. Fraqueza, ruína, perda.

defector, defectoris, (m.). (de-facĭo). Desertor, traidor.

defectus,-us, (m.). (de-facĭo). Abandono de um posto, deserção. Desaparecimento, falta, ausência.

defendo,-is,-ĕre,-fendi,-fensum. (de-fendo). Repelir, afastar. Defender, proteger. Defender pela palavra, dizer uma defesa. Desempenhar um papel. Castigar, vingar, reivindicar.

defenĕro,-as,-are,-aui,-atum. (de-fenus). Arruinar-se pela usura.

defensĭo, defensionis, (f.). (defendo). Ação de repelir, repulsa. Defesa. Discurso de defesa.

defensĭto,-as,-are. (defendo). Defender muitas vezes, proteger intensamente.

defenso,-as,-are,-aui,-atum. (de-fendo). Repelir. Defender energicamente, vigorosamente.

defensor, defensoris, (m.). (defendo). O que desvia, afasta (um perigo). Defensor, protetor. Advogado. Meios de defesa.

defenstrix, defenstricis, (f.). (defendo). Defensora.

defĕro,-fers,-ferre,-tŭli,-latum. (de-fero). Levar, trazer (de cima para baixo). Confiar algo a, conceder, conferir, oferecer. Delatar, denunciar, revelar. Submeter. Pôr à venda.

deferuesco,-is,-ĕre,-ferbŭi/-ferui. (deferuĕo). Deixar de ferver, deixar de borbulhar, esfriar. Acalmar-se, moderar-se

defetiscor,-ĕris,-ĕri,-fessus sum ou defatiscor. (de-fatiscor). Estar cansado, fatigado. Fatigar-se.

deficĭo,-is,-ĕre,-feci,-fectum. (de-facĭo). Abandonar, deixar, faltar. Fazer falta, apagar-se, extinguir-se, definhar-se, eclipsar-se, arruinar-se.

defigo,-is,-ĕre,-fixi,-fixum. (de-figo). Enfiar, enterrar, plantar, fixar do alto para baixo, espetar. Atar, prender, imobilizar. Declarar enfaticamente. Maravilhar, encantar, amaldiçoar.

defingo,-is,-ĕre,-finxi,-fictum. (de-fingo). Moldar, modelar, formar.

definĭo,-is,-ire,-iui,-itum. (de-finis). Delimitar, limitar, circunscrever, pôr um fim. Definir, descrever, expor. Determinar, fixar, regular. Concluir, terminar.

definite. (finis). De maneira determinada, precisa. Distintamente, expressamente.

definitĭo, definitionis, (f.). (de-finis). De-

limitação. Definição. Determinação, indicação exata.
definitiuus,-a,-um. (de-finis). Delimitado, limitado. Definitivo.
defit, defiĕri. (de-facĭo). Debilitar-se, desmaiar. Faltar, fazer falta.
deflagratĭo, deflagrationis, (f.). (de-flagro). Combustão, incêndio. Deflagração.
deflagro,-as,-are,-aui,-atum. (de-flagro). Ser destruído por um incêndio, ser devorado pelas chamas, queimar-se, abrasar. Extinguir-se, morrer. Apagar-se, acalmar-se.
deflecto,-is,-ĕre,-flexi,-flexum. (de-flecto). Abaixar-se curvando, curvar, dobrar, torcer. Desviar-se, afastar-se.
deflĕo,-fles,-flere,-fleui,-fletum. (de-flĕo). Chorar, deplorar, lastimar. Chorar amargamente.
deflexus,-us, (m.). (de-flecto). Ação de se afastar, desviar. Curvatura.
deflocco,-as,-are. (de-floccus). Tirar o pelo a, pelar.
defloresco,-is,-ĕre,-florŭi. (de-flos). Perder as flores, desflorir, murchar. Perder o encanto, o frescor, o brilho. Deixar de ser importante.
defloro,-as,-are,-aui,-atum. (de-flos). Tirar, colher a flor. Deflorar, desonrar, manchar.
deflŭo,-is,-ĕre,-fluxi,-fluxum. (de-fluo). Correr de cima para baixo, escorrer, defluir. Derivar, deslizar, descer, cair. Escoar inteiramente, desaparecer. Deixar de correr.
defodĭo,-is,-ĕre,-fodi,-fossum. (de-fodĭo). Cavar, escavar, furar. Enterrar, sepultar. Ocultar, esconder.
deformatĭo, deformationis, (f.). (de-forma). Ação de desfigurar, alteração, deformação. Degradação, desonra. Desenho, representação, forma, aparência.
deformis, deforme. (de-forma). Desfigurado, disforme, feio, horrendo, deformado. Degradante, aviltante. Inconsistente.
deformĭtas, deformitatis, (f.). (de-forma). Deformidade, feiura. Desonra, infâmia, indignidade.
deformitatis, ver **deformĭtas.**
deformĭter. (de-forma). Sem graça, desagradavelmente, deformemente. Vergonhosamente.
deformo,-as,-are,-aui,-atum. (de-forma). Dar forma a, formar, esboçar, descrever, traçar. Desfigurar, deformar, tornar feio. Alterar, estragar, manchar, desonrar.
defraudo,-as,-are,-aui,-atum. (de-fraus). Tirar por meio de fraude, defraudar, privar de, despojar, enganar.
defrĭco,-as,-are,-fricŭi,-frictum/-fricatum. (de-frico). Tirar esfregando, friccionar, esfregar com força. Limpar esfregando, polir.
defringo,-is,-ĕre,-fregi,-fractum. (de-frango). Quebrar, fazer em pedaços.
defringo,-is,-ĕre,-fregi,-fractum. (de-frango). Romper, quebrar, arrancar rompendo.
defrŭor,-ĕris,-frŭi. (de-fruor). Tirar bom partido de, aproveitar muito de.
defrustror,-aris,-ari. Enganar, iludir.
defrŭtum,-i, (n.). Vinho cozido, mosto cozido, espécie de vinho doce.
defugĭo,-is,-ĕre,-fugi. (de-fugĭo). Evitar pela fuga, fugir de, escapar de, esquivar.
defunctorĭe. (de-fungor). Negligentemente, frouxamente, sem interesse, perfunctoriamente.
defundo,-is,-ĕre, fudi,-fusum. (de-fundo). Tirar (vinho), derramar, vazar.
defungor,-ĕris,-fungi,-functus sum. (de-fungor). Cumprir inteiramente, desempenhar-se completamente, Pagar uma dívida, estar quites com. Falecer, morrer.
degĕner, degenĕris. (de-genus). Degenerado, aviltado, baixo, indigno, ignóbil.
degenĕro,-as,-are,-aui,-atum. (de-genus). Degenerar, abastardar. Alterar, enfraquecer. Desonrar, manchar, aviltar, difamar.
degĕro,-is,-ĕre,-gessi. (de-gero). Levar, transportar, carregar.
deglubo,-is,-ĕre, degluptum – sem perf. **(de-glubo).** Tirar a pele, descascar, pelar. Esfolar.
dego,-is,-ĕre. (de-ago). Acabar, passar, gastar, consumir. Continuar, prosseguir.
degrandĭnat,-are. unipessoal. **(de-grando).** Cair granizo, acontecer uma tempestade de granizo.
degrauo,-as,-are,-aui,-atum. (de-grauis). Carregar, sobrecarregar. Oprimir, acabrunhar.
degredĭor,-dĕris,-gredi,-gressus sum.

(de-gradus). Dar um passo para baixo, descer. Afastar-se, sair.
degrunnĭo,-is,-ire. (de-grunnĭo). Grunhir (o porco).
degusto,-as,-are,-aui,-atum. (de-gustus). Degustar, provar, saborear. ensaiar, experimentar. Tocar de leve, lamber.
dehabĕo,-es,-ere. (de-habĕo). Não possuir, carecer de, ter falta de.
dehinc. A partir daqui, daqui em diante. Desde aí. Em seguida, depois.
dehisco,-is,-ĕre. (de-hisco). Abrir-se, entreabrir-se, fender-se.
dehonestamentum,-i, (n.). (de-honor). Deformidade, o que desfigura. O que desagrada, desonra. Ultraje, ignomínia.
dehonesto,-as,-are,-aui,-atum. (de-honor). Desfigurar, desonrar, aviltar, manchar. Descaracterizar.
dehortor,-aris,-ari,-hortatus sum. (de-hortor). Dissuadir, desaconselhar. Afastar.
deiectĭo, deiectionis, (f.). (de-iacĭo). Ação de pôr abaixo, de derrubar. Evauação, diarreia. Expropriação. Abatimento moral, degradação.
deiĕro,-as,-are. (de-iuro). Jurar, fazer um juramento.
deiicĭo,-is,-ĕre,-ieci,-iectum. (de-iacĭo). Jogar abaixo, precipitar, fazer cair, lançar. Derrubar, abater, destruir. Expulsar, obrigar a, desalojar. Desapossar, privar de. Afastar, repelir. Evacuar.
dein, ver **deinde.**
deinceps. Sucessivamente, em seguida, depois, logo, a seguir (no tempo e no espaço).
deinde. Depois, em seguida, a seguir (no tempo e no espaço).
deiungo,-is,-ĕre. (de-iungo). Desjungir, desatrelar, desunir, separar.
deiuuo,-as,-are. (de-iuuo). Privar de ajuda, recusar a prestar socorro.
delabor,-ĕris,-labi,-lapsus sum, (de-labor). Cair de, escapar. Descer, abaixar, decair. Escorregar. Derivar de.
delamentor,-aris,-ari. (de-lamentor). Lamentar, deplorar, chorar.
delasso,-as,-are,-aui,-atum. (de-lasso). Cansar demasiadamente, fatigar muito, esgotar.
delatĭo, delationis, (f.). (de-fero). Delação, denúncia, acusação.

delator, delatoris, (m.). (de-fero). Delator, denunciador, acusador.
delebĭlis, delebĭle. (delĕo). Destrutível, arruinável.
delectabĭlis, delectabĭle. (de-lego). Agradável, encantador, deleitável.
delectamentum,-i, (n.). (de-lego). Deleitamento, prazer, encanto, distração, divertimento.
delectatĭo, delectationis, (f.). (de-lego). Deleite, prazer, divertimento, encanto.
delecto,-as,-are,-aui,-atum. (de-lego). Atrair, seduzir. Encantar, deleitar, causar prazer. Comprazer-se, estar maravilhado.
delectus,-us, (m.). (de-ligo). Escolha, discernimento. Recrutamento de tropas.
delegatĭo, delegationis, (f.). (de-lego). Delegação, substituição de uma pessoa por outra. Fixação de um imposto.
delego,-as,-are,-aui,-atum. (de-lego). Delegar, confiar a. Imputar, atribuir a. Enviar, remeter.
delenimentum,-i, (n.). (de-lenis). O que acalma, abranda. Lenitivo. Atrativo, sedução, engodo.
delenĭo,-is,-ire,-iui/-ĭi,-itum, ou **delinĭo. (de-lenis).** Acalmar, abrandar, adoçar. Atrair, encantar, seduzir.
delenĭtor, delenitoris, (m.). (de-lenis). O que acalma, abranda, encanta.
delĕo,-es,-ere,-eui,-etum. Apagar, riscar, raspar. Destruir, arrasar, aniquilar, exterminar.
deletricis, ver **deletrix.**
deletrix, deletricis, (f.). (delĕo). Destruidora, arrasadora.
delibamentum,-i, (n.). (de-libo). Libação.
deliberabundus,-a,-um. (de-libra). Que delibera, pondera, equilibra.
deliberatĭo, deliberationis, (f.). (de-libra). Deliberação, consulta. Decisão.
deliberator, deliberatoris, (m.). (de-libra). O que faz uma consulta. O que delibera.
delibĕro,-as,-are,-aui,-atum. (de-libra). Deliberar, pôr em deliberação, ponderar. Resolver, decidir. Consultar.
delibo,-as,-are,-aui,-atum. (de-libo). Tomar uma parte de. Provar, colher, tocar de leve, beijar levemente, delibar. Tomar, tirar, levar.
delĭbro,-as,-are,-aui,-atum. (de-liber,-bri). Descascar, tirar a casca ou a pele.

delibŭo,-is,-ĕre,-libŭi,-libutum. Untar, impregnar.

delicata,-ae, (f.). (de-lacĭo). Criança muito querida, mimada.

delicate. (de-lacĭo). Delicadamente, com gentileza. Com doçura, voluptuosamente. Negligentemente, molemente, vagarosamente.

delicatus,-a,-um. (de-lacĭo). Que agrada aos sentidos, atraente, delicioso, ameno. Delicado, terno, meigo. De gosto apurado, exigente.

delicĭae, arum, (f.). (de-lacĭo). Delícias, prazer favorito. Gozo, volúpia. Objeto de afeição, de amor, sedução. Capricho, exigência.

delictum-i, (n.). (delinquo). Delito, falta, transgressão. Erro.

delĭgo,-as,-are,-aui,-atum. (de-ligo). Prender, suspender e prender (para tortura). Ligar, atar, amarrar.

delĭgo,-is,-ĕre,-legi,-lectum. (de-lego). Acabar de colher, fazer uma escolha. Recrutar, eleger. Tirar, separar, pôr de parte.

delinquo,-is,-ĕre,-liqui,-lictum. (de-linquo). Faltar, ausentar-se. Cometer uma falta, delinquir, pecar.

deliquesco,-is,-ĕre, delicŭi. (de-liquĕo). Derreter-se, liquefazer. Amolecer, enfraquecer. Efeminar-se.

delĭquo,-as,-are. (de-liquĕo). Decantar, transvasar. Esclarecer, explicar claramente.

deliramentum,-i, (n.). (de-lira). Divagações, extravagâncias.

deliratĭo, delirationis, (f.). (de-lira). Ato de sair fora da canalização. Delírio, loucura, extravagância.

deliro,-as,-are,-aui,-atum. (de-lira). Sair fora da canalização, do leito. Afastar-se do caminho. Delirar, perder a razão.

delitesco,-is,-ĕre,-litŭi. (de-latĕo). Esconder-se, ocultar, estar escondido.

delitĭgo,-as,-are. (de-lis). Altercar, exceder-se em palavras.

delphin, delphinis, (m.). Golfinho.

delphinus,-i, (m.). Golfinho.

delubrum,-i, (n.). (de-luo). Templo, santuário. Lugar de purificação.

delucto,-as,-are, ou deluctor,-aris,-ari. (de--luctor). Lutar com todas as forças, combater obstinadamente.

deludifĭco,-as,-are. (de-ludus-facĭo). Zombar de alguém, escarnecer.

deludo,-is,-ĕre,-lusi,-lusum. (de-ludus). Abusar de, zombar, enganar, iludir, lograr.

delumbis, delumbe. (de-lumbus). Sem forças, debilitado, abatido. Desancado.

delumbo,-as,-are,-aui,-atum. (de-lumbus). Desancar. Enfraquecer. Arrebentar o lombo.

deluto,-as,-are,-aui. (de-lutum). Rebocar, revestir de barro.

demadesco,-is,-ĕre,-madŭi. (de-madĕo). Umedecer-se, molhar-se.

demando,-as,-are,-aui,-atum. (de-mando). Confiar, entregar. Pôr-se em segurança.

demano,-as,-are,-aui,-atum, ou dimano. (de-mano). Espalhar-se, estender-se.

demens, dementis. (de-mens). Demente, insensato, louco enfurecido.

dementer. (de-mens). Loucamente, insensatamente, furiosamente.

dementĭa,-ae, (f.). (de-mens). Demência, loucura. Extravagância.

dementĭo,-is,-ire. (de-mens). Enlouquecer, perder o juízo, delirar.

dementis, ver demens.

demĕo,-as,-are. (de-meo). Afastar-se, descer.

demerĕo,-es,-ere,-merŭi,-merĭtum. (de-merĕo). Ganhar, merecer algo. Cativar, estar nas graças de.

demergo,-is,-ĕre,-mersi,-mersum. (de-mergo). Mergulhar, afundar, enterrar, afogar. Esmagar, desonrar.

demetĭor,-iris,-iri,-mensus sum. (de-metĭor). Medir, compassar, alinhar.

demeto,-as,-are,-aui,-atum, ou dimeto. (de--meta). Delimitar, limitar, marcar.

demĕto,-is,-ĕre,-messŭi,-messum. (de--meto). Abater cortando, ceifar. Colher. Cortar, tirar, fazer desaparecer.

demigratĭo, demigrationis, (f.). (de-migro). Emigração, partida, mudança.

demigro,-as,-are,-aui,-atum. (de-migro). Mudar de domicílio, retirar-se, afastar-se. Deixar, abandonar algo.

deminŭo,-is,-ĕre,-minŭi,-minutum. (de-minŭo). Diminuir, tirar, reduzir. Enfraquecer, abater.

deminutĭo, deminutionis, (f.). (de-minŭo). Ação de tirar, diminuição, redução, abatimento. Alienação.

demiror,-aris,-ari,-miratus sum. (de-mi-

ror). Espantar-se, mostrar-se surpreso. Ter curiosidade de saber.

demisse. (mitto). Para baixo, embaixo, rasteiramente. Humildemente. Baixamente.

demissĭo, demissionis, (f.). (de-mitto). Abaixamento. Abatimento, enfraquecimento. Demissão.

demitĭgo,-as,-are,-aui,-atum. (de-mitis). Mitigar, suavizar.

demitto,-is,-ĕre,-misi,-missum. (de-mitto). Deixar cair, baixar, fazer descer. Enterrar, espetar. Abaixar, fechar as pálpebras. Lançar, arremessar, precipitar. Abater-se, rebaixar-se.

demiurgus,-i, (m.). Demiurgo – primeiro magistrado em certas cidades da Grécia.

demo,-is,-ĕre,-dempsi,-demptum. (de-emo). Tirar (de um lugar alto). Arrebatar, arrancar. Livrar.

demolĭor,-iris,-iri,-molitus sum. (de-moles). Pôr abaixo, fazer descer, derrubar. Afastar. Demolir.

demolitĭo, demolitionis, (f.). (de-moles). Demolição, ação de pôr abaixo. Destruição.

demonstratĭo, demonstrationis, (f.). (de-monstro). Ação de mostrar, demonstração.

demonstratiuus,-a,-um. (de-monstro). Que serve para mostrar, indicar. Demonstrativo.

demonstrator, demonstratoris, (m.). (de-monstro). O que indica, descreve. Demonstrador.

demonstro,-as,-are,-aui,-atum. (de-monstro). Mostrar, indicar, demonstrar. Expor, descrever, fazer conhecer.

demordĕo,-es,-ere,-mordi,-morsum. (de-mordĕo). Arrancar às dentadas, morder com força.

demorĭor,-ĕris,-mori,-mortŭus sum. (de-morĭor). Morrer. Morrer de amor por.

demoror,-aris,-ari,-atus sum. (de-moror). Demorar, parar, deter-se. Retardar, aguardar, esperar, estar reservado.

demouĕo,-es,-ere,-moui,-motum. (de-mouĕo). Afastar, desviar de, deslocar, remover. Demover.

demugitus,-a,-um. (de-mugĭo). Cheio de mugidos.

demulcĕo,-es,-ere,-mulsi,-mulsum. (de-mulcĕo). Acariciar com a mão, afagar, tocar de leve.

demum. Enfim, finalmente. Precisamente, exatamente, somente, unicamente.

demurmŭro,-as,-are. (de-murmur). Murmurar, dizer em voz baixa.

demutatĭo, demutationis, (f.). (de-muto). Mudança para mal.

demutĭlo,-as,-are. (de-mutĭlo). Mutilar, cortar.

demuto,-as,-are,-aui,-atum. (de-muto). Mudar (para mal). Estar mudado, diferente.

denarĭus,-i, (m.). (decem). Denário (moeda que valia inicialmente 10 asses e depois 16 asses). Dinheiro.

denarro,-as,-are,-aui,-atum. (de-narro). Narrar em detalhes, contar tudo.

denato,-as,-are. (de-no). Descer a nado, nadar correnteza abaixo.

denego,-as,-are,-aui,-atum. (de-nego). Negar enfaticamente, recusar de todo, dizer não.

deni,-ae,-a. (decem). Dez de cada vez, de dez em dez. Dez.

denicales feriae, (f.). (de-nex,-cis). Cerimônias de purificação de uma casa onde alguém morreu.

denĭque. (de-ne-que). Enfim, finalmente, por fim. Em resumo, numa palavra, em conclusão.

denominatĭo, denominationis, (f.). (de-nomen). Denominação. Metonímia (retórica).

denomĭno,-as,-are,-aui,-atum. (de-nomen). Denominar, designar por um nome, nomear.

denormo,-as,-are. (de-norma). Tornar irregular, descaracterizar, desfigurar.

denotatĭo, denotationis, (f.). (de-noto). Indicação, denotação.

denŏto,-as,-are,-aui,-atum. (de-noto). Denotar, indicar por meio de um sinal, assinalar, designar. Difamar, desacreditar.

dens, dentis, (m.). Dente. Objetos em forma de dente: do arado, da âncora, por exemplo. Objetos de marfim.

densatĭo, densationis, (f.). (densus). Condensação, espessamento, coagulação.

dense. (densus). De modo espesso, denso, compactamente. Tudo ao mesmo tempo, frequentemente.

densĕo,-es,-ere,-etum. (sem perf.). Tornar denso, adensar, compactar, condensar.

densĭtas, densitatis, (f.). (densus). Espessura,

consistência, densidade. Frequência, grande número.
densitatis, ver **densĭtas.**
denso,-as,-are,-aui,-atum (=densĕo). Condensar. Amontoar, multiplicar.
densus,-a,-um. Espesso, denso, cheio, coberto de. Frequente, numeroso. Forte, vigoroso.
dentalĭa,-ium, (n.). (dens). Parte do arado onde se encaixa a relha.
dentatus,-a,-um. (dens). Que tem dentes, dentado. Com grandes dentes. Picante, mordaz.
dentis, ver **dens.**
dentiscalpĭum,-i, (n.). (dens-scalprum). Palito de dentes.
denubo,-is,-ĕre,-nupsi,-nuptum. (de-nubo). Sair da casa paterna para se casar (a mulher), casar-se.
denudo,-as,-are,-aui,-atum. (de-nudo). Desnudar, descobrir. Revelar, despojar.
denuntiatĭo, denuntiationis, (f.). (de-nuntĭo). Anúncio, advertência, notificação, aviso. Delação, denúncia.
denuntĭo,-as,-are,-aui,-atum. (de-nuntĭo). Anunciar, fazer saber, declarar, notificar. Ameaçar. Delatar, denunciar.
denŭo. (de-nouo). De novo, novamente, ainda uma vez mais.
deonĕro,-as,-are,-aui,-atum. (de-onus). Descarregar, tirar o peso, a carga, aliviar, esvaziar. Desonerar.
deorsum ou deorsus (de-uerto). Em baixo, para baixo. De alto a baixo, debaixo.
deoscŭlor,-aris,-ari,-atus sum. (de-oscŭlum). Beijar, beijar ternamente, oscular.
depango,-is,-ĕre,-pactum. (sem perf.). (de-pango). Enterrar, espetar, plantar. Fixar, determinar.
deparcus,-a,-um. (de-parco). Excessivamente econômico, avarento.
depasco,-is,-ĕre,-paui,-pastum. (de-pasco). Apascentar, levar para pastar. Pastar. Destruir, devorar, consumir. Desbastar.
depeciscor,-ĕris,-pecisci,-pectus sum, ou depaciscor. (de-pax). Fazer um acordo, fazer um pacto. Transigir, conformar-se. Estipular.
depecto, is,-ĕre. (de-pecten). Pentear, separar penteando. Surrar, desancar.
depeculator, depeculatoris, (m.). (de-pecus). Ladrão (de gado, inicialmente), espoliador, depredador.
depeculor,-aris,-ari,-atus sum. (de-pecus). Roubar, saquear, despojar. Levar, tomar.
depello,-is,-ĕre,-pŭli,-pulsum. (de-pello). Afastar de, tirar de, expulsar. Desalojar. Banir.
dependĕo,-es,-ere. (de-pendĕo). Estar suspenso, dependurado. Depender de, ligar-se a. Derivar de.
dependo,-is,-ĕre,-pendi,-pensum. (de-pendo). Pagar, dar em pagamento. Expiar. Gastar, empregar, despender.
deperdo,-is,-ĕre,-perdĭdi,-perdĭtum. (de-perdo). Perder tudo, perder inteiramente, arruinar-se. Perder.
deperĕo,-is,-ire,-iui/ĭi,-perĭtum. (de-per-eo). Perecer, morrer, ir-se em definitivo. Perder-se. Morrer de amor, amar perdidamente.
depictĭo, depictionis, (f.). (de-pingo). Ação de pintar. Pintura, desenho.
depilo,-as,-are. (de-pilus). Pelar, tirar o pelo. Depenar. Despojar, pilhar.
depingo,-is,-ĕre,-pinxi,-pictum. (de-pingo). Pintar, desenhar, retratar. Imaginar, descrever. Enfeitar.
deplango,-is,-ĕre,-planxi,-planctum. (de-plango). Chorar, lamentar, deplorar.
deploratĭo, deplorationis, (f.). (de-ploro). Lamentação, pranto. Deploração.
deploro,-as,-are,-aui,-atum. (de-ploro). Lamentar, chorar, prantear. Deplorar.
depluit,-ĕre. (unipessoal). (de-pluuĭa). Chover.
depono,-is,-ĕre,-posŭi,-posĭtum. (de-pono). Pôr no chão, pousar. Depor. Guardar em segurança, depositar, confiar a. Abandonar, largar, renunciar, deixar de lado.
depopulatĭo, depopulationis, (f.). (de-popŭlor). Devastação, destruição.
depopulator, depopulatoris, (m.). (de-popŭlor). Destruidor, devastador.
depopŭlor,-aris,-ari,-atus sum. (de-popŭlor). Destruir, devastar. Roubar, saquear, pilhar.
deporto,-as,-are,-aui,-atum. (de-porto). Levar de um lugar para outro, levar consigo, transportar. Desterrar, exilar, deportar.
deposco,-is,-ĕre,-poposci. (de-posco). Exigir, reclamar, pedir com energia, reivindicar. Desafiar, provocar.

depositĭo, depositionis, (f.). (de-pono). Depósito, consignação, testemunho, depoimento. Demolição, destruição, perda. Enterro. Conclusão, fim.

deposĭtum,-i, (n.). (de-pono). Depósito, consignação. Reserva.

depraedatĭo, depraedationis, (f.). (de-praeda). Depredação, pilhagem, espoliação, devastação.

depraedor,-aris,-ari,-atus sum. (de-praeda). Pilhar, depredar, saquear, devastar.

deprauate. (de-prauus). Perversamente, depravadamente, despudoradamente.

deprauatĭo, deprauationis, (f.). (de-prauus). Torção, contorção, alteração, fingimento. Depravação, corrupção.

deprauo,-as,-are,-aui,-atum. (de-prauus). Torcer, contorcer, entortar. Deformar. Depravar, corromper, perverter.

deprecatĭo, deprecationis, (f.). (de-prex). Ação de afastar por meio de súplica. Imprecação, maldição. Pedido de perdão, de clemência.

deprecator, deprecatoris, (m.). (de-prex). O que afasta por meio de súplica. Intercessor, protetor.

deprecor,-aris,-ari,-atus sum. (de-prex). Procurar afastar por meio de súplica, pedir clemência, perdão, implorar. Interceder, afastar, desviar. Deprecar.

deprehendo,-is,-ĕre,-prehendi,-hensum. (de-prehendo). Apanhar, apanhar em flagrante, surpreender. Descobrir, reconhecer. Compreender, perceber. Estar embaraçado.

deprehensĭo, deprehensionis, (f.). (de-prehendo). Ação de apanhar em flagrante delito. Descoberta. Compreensão, apreensão.

deprĭmo,-is,-ĕre,-pressi,-pressum. (de-premo). Abaixar, fazer descer, enterrar. Submergir. Abater, deprimir, rebaixar. Humilhar, depreciar, restringir.

depromo,-is,-ĕre,-prompsi,-promptum. (de-promo). Tirar de, extrair, sacar.

depropĕro,-as,-are. (de-propĕro). Apressar-se, apressar. Ter pressa em fazer.

depropitĭo,-as,-are. (de-propitĭus). Tornar propício.

depso,-is,-ĕre, depsŭi, depstum. Pisar, amassar, bater, curtir.

depŭdet,-pudĕre,-pudŭit. (unipessoal). **(de-pudet).** Não ter vergonha, não se envergonhar.

depugis, depuge. (de-puga). Que não tem nádegas, de nádegas pequenas.

depugno,-as,-are,-aui,-atum. (de-pugna). Combater violentamente, lutar decisivamente. Dar combate a.

depulsĭo, depulsionis, (f.). (de-pello). Ação de repelir, expulsar. Defesa, refutação.

depulsor, depulsoris, (m.). (de-pello). O que expulsa, o que repele, afasta.

depungo,-is,-ĕre. (de-pungo). Indicar, marcar, assinalar.

depurgo,-as,-are. (de-purgo). Limpar.

deputo,-as,-ae,-aui,-atum. (de-puto). Cortar, desbastar. Avaliar, julgar. Imputar a, atribuir a.

derado,-is,-ĕre,-rasi,-rasum. (de-rado). Raspar, tirar raspando. Apagar.

derelictĭo, derelictionis, (f.). (de-linquo). Ação de abandonar. Abandono.

derelinquo,-is,-ĕre,-reliqui,-relictum. (de-linquo). Abandonar, desamparar completamente. Deixar após si.

derepente. (de-repente). De repente, subitamente.

derepo,-is,-ĕre,-repsi. (de-repo). Descer rastejando, deslizar furtivamente. Arrastar-se para baixo.

deridĕo,-es,-ere,-risi,-risum. (de-ridĕo). Rir de, zombar, ridicularizar.

deridicŭlus,-a,-um. (de-ridĕo). Ridículo, que faz rir.

derigesco,-is,-ĕre,-rigŭi. (de-rigĕo). Tornar-se imóvel. Tornar-se estupefato. Paralisar-se de espanto.

deripĭo,-is,-ĕre,-ripŭi,-reptum. (de-rapĭo). Arrancar, tirar de, levar, roubar. Diminuir.

derisor, derisoris, (m.). (de-ridĕo). Zombador, zombeteiro. Bobo, parasita, adulador.

deriuatĭo, deriuationis, (f.). (de-riuus). Ação de desviar (as águas). Ação de derivar um nome, derivação. Emprego de um quase sinônimo, com o objetivo de amenizar a expressão.

deriuo,-as,-are,-aui,-atum. (de-riuus). Desviar as águas, fazer derivar. Derivar uma palavra.

derogatĭo, derogationis, (f.). (de-rogo). Derrogação, anulação de uma lei.

derŏgo,-as,-are,-aui,-atum. (de-rogo).

Derrogar, anular, revogar uma lei. Tirar, separar. Cortar, diminuir.
deruncĭno,-as,-are,-aui,-atum. (de-runco). Aplainar. Enganar, lograr.
derŭo,-is,-ĕre,-rŭi. (de-ruo). Fazer cair, precipitar. Cair, abater-se, ruir. Destruir, arruinar.
deruptus,-a,-um. (de-rumpo). Separado por ruptura ou fratura. Escarpado, abrupto. Como subst.: Precipício.
desăcro,-as,-are,-aui,-atum. (de-sacer). Consagrar, dedicar. Divinizar.
desaeuĭo,-is,-ire,-ĭi,-itum. (de-saeuus). Maltratar com excessiva crueldade. Enfurecer-se. Deixar de estar furioso (sentido raro).
desalto,-as,-are,-aui,-atum. (de-salĭo). Dançar, representar dançando.
descendo,-ĭs,-ĕre,-scendi,-scensum. (de-scando). Descer, rebaixar-se. Dirigir-se, ir para, marchar. Tomar partido. Afastar-se, desviar. Descender de, ter origem em.
descensĭo, descensionis, (f.). (de-scando). Ação de descer, descida. Humilhação.
descisco,-is,-ĕre,-ciui/-cĭi,-scitum. (de-scisco). Desligar-se de, separar-se de, abandonar (um partido, uma aliança). Renunciar.
describo,-is,-ĕre,-scripsi,-scriptum. (de-scribo). Transcrever, copiar, escrever conforme um original. Traçar, desenhar. Representar, expor, descrever, narrar. Designar alguém, falar de. Delimitar, definir, fixar. Repartir, distribuir, dividir.
descripte. (de-scribo). De modo preciso, exatamente, distintamente.
descriptĭo, descriptionis, (f.). (de-scribo). Cópia, reprodução. Desenho, representação. Descrição. Divisão, delimitação, fixação.
desĕco,-as,-are,-cŭi,-sectum. (de-seco). Separar cortando, cortar, ceifar. Reduzir.
desĕro,-ĭs,-ĕre,-serŭi,-sertum. (de-sero – adv.). Desertar. Abandonar, Deixar. Faltar a, negligenciar.
deserpo,-is,-ĕre. (de-serpo). Descer rastejando, rastejar.
desertor, desertoris, (m.). (desĕro). Desertor. Aquele que abandona, desampara. Traidor.
desertum,-i, (n.). (desĕro). Deserto, solidão.
deseruĭo,-is,-ĭre. (de-seruĭo). Servir com zelo, dedicar-se. Ser consagrado a.
deses, desĭdis. (de-sedĕo). Ocioso, ocupado, preguiçoso, desidioso. (Sentado o tempo todo).
desidĕo,-es,-ere,-sedi. (de-sedĕo). Estar sempre sentado. Permanecer inativo, ser preguiçoso.
desiderabĭlis, desiderabĭle. (de-sidus). Desejável, atraente, apetecível.
desideratĭo, desiderationis, (f.). (de-sidus). Desejo.
desiderĭum,-i, (n.). (de-sidus). Desejo (de algo já perdido), saudade. Objeto da saudade. Necessidade. Pedido.
desidĕro,-as,-are,-aui,-atum. (de-sidus). Deixar de ver, sentir a falta de, ter saudade de. Desejar, esperar, buscar.
desidĭa,-ae, (f.). (de-sedĕo). Desídia, preguiça, inércia, indolência.
desidiose. (de-sidus). Ociosamente, desidiosamente, inativamente.
desido,-is,-ĕre,-sedi. (de-sido). Abater-se, vir abaixo. Afundar-se, ir ao fundo. Enfraquecer-se degenerar-se, decair.
designatĭo, designationis, (f.). (de-signum). Indicação, designação. Plano, disposição. Forma, figura.
designator, designatoris, (m.). (de-signum). Designador, empregado que indica os lugares no teatro. Inspetor dos jogos públicos. O que dirige as cerimônia fúnebres.
designo,-as,-are,-are,-aui,-atum. (de-signum). Marcar, indicar, traçar. Designar, assinalar. Ordenar, dispor, regular. Pôr em ordem, revelar, mostrar.
desilĭo,-is,-ire,-silŭi,-sultum. (de-salĭo). Saltar de, saltar para baixo, descer saltando, descer.
desĭno,-is,-ĕre,-sĭi,-sĭtum. (de-sino). Acabar, pôr termo, cessar, deixar de, findar.
desipientĭa,-ae, (f.). (de-sapĭo). Loucura, demência. Alucinação.
desisto,-is,-ĕre,-stĭti,-stĭtum. (de-sisto). Afastar-se, abandonar. Desistir, renunciar. Abster-se. Acabar de.
desolo,-as,-are,-aui,-atum. (de-solus). Deixar só. Despovoar, devastar, destruir, desolar.
desomnis, desomne. (de-somnus). Privado de sono.
despectĭo, despectionis, (f.). (de-specĭo).

Desprezo, desdém. O olhar de cima para baixo.

despecto,-as,-are,-aui,-atum. (de-specĭo). Olhar de cima. Dominar. Olhar com desdém, desprezar.

despectus,-us, (m.). (de-specĭo). Desprezo, objeto do desprezo. Vistas, miradouros.

desperanter. (de-spes). Desesperadamente, com desespero, sem esperanças.

desperatĭo, desperationis, (f.). (de-spes). Falta de esperança, desespero. A audácia que nasce do desespero.

despero,-as,-are,-aui,-atum. (de-spes). Desesperar, perder as esperanças.

despicatĭo, despicationis, (f.). (de-specĭo). Desprezo, desdém.

despicĭo,-is,-ĕre,-pexi,-pectum. (de-specĭo). Olhar de cima para baixo, observar, dirigir ou desviar o olhar. Desprezar, desdenhar. Falar com desprezo.

despoliator, despoliatoris, (m.). (de-spolĭo). Ladrão, gatuno. Espoliador.

despolĭo,-as,-are,-aui,-atum. (de-spolĭo). Espoliar, esbulhar, despojar, pilhar.

despondĕo,-es,-ere,-pondi,-ponsum. (de-spondĕo). Separar-se de compromisso, descomprometer-se. Prometer a filha em casamento, desposar. Prometer, acordar, garantir. Abandonar, renunciar.

desponso,-as,-are,-aui,-atum. (de-spondĕo). Prometer em casamento, desposar.

despumo,-as,-are,-aui,-atum. (de-spumo). Espumar, tirar a espuma. Lançar espuma, transbordar, deixar de espumar.

despŭo,-is,-ĕre. (de-spŭo). Cuspir. Afastar um mal cuspindo. Rejeitar com desprezo.

desterto,-is,-ĕre,-tŭi. (de-sterto). Deixar de ressonar. Deixar de sonhar ressonando.

destillo,-as,-are,-aui,-atum. (de-stillo). Cair gota a gota, gotejar, destilar. Exalar um cheiro.

destinate. (destĭno). Obstinadamente.

destinatĭo, destinationis, (f.). (destĭno). Fixação, determinação, resolução, intenção. Projeto. Obstinação, destinação.

destĭno,-as,-are,-aui,-atum. (de-*stano). Fixar, prender, ligar. Designar, determinar, destinar. Escolher, eleger, nomear. Visar, propor-se. Adquirir.

destitŭo,-is,-ĕre,-titŭi,-tutum. (de-sto). Colocar à parte, isolar. Manter de pé, estabelecer. Abandonar, cessar, deixar de. Omitir, suprimir, enganar.

destitutĭo, destitutionis, (f.). (de-sto). Ação de abandonar, abandono. Falta de palavra, traição.

destringo,-is,-ĕre,-trinxi,-trictum. (de-stringo). Cortar, colher, arrancar, separar. Desembainhar uma espada. Tocar de leve, roçar. Criticar, censurar, satirizar.

destructĭo, destructionis, (f.). (de-strŭo). Destruição, ruína. Refutação.

destrŭo,-is,-ĕre,-truxi,-tructum. (de-strŭo). Demolir, destruir, desmontar. Arruinar, enfraquecer, abater. Vencer.

desub. prep./abl. Debaixo de, de baixo de.

desubĭto. (de-subĭto). Repentinamente, subitamente. De repente.

desudo,-as,-are,-aui,-atum. (de-sudor). Suar muito. Suar, fatigar-se, cansar-se. Destilar, fazer correr. Fazer com dificuldade.

desuefio,-is,-fĕri,-factus sum. (de-suesco-facĭo). Desabituar-se, perder o hábito.

desuesco,-is,-ĕre,-sueui,-suetum. (de-suesco). Perder o hábito, desabituar, desacostumar.

desuetudĭnis, ver **desuetudo.**

desuetudo, desuetudĭnis, (f.). (de-suesco). Falta de hábito, desuso.

desultor, desultoris, (m.). (de-salĭo). Cavaleiro que salta de um cavalo para outro. Pessoa inconstante, volúvel.

desultura,-ae, (f.). (de-salĭo). Ação de saltar abaixo.

desum, dees, deesse, defŭi. (de-sum). Faltar. Deixar de cumprir, não atender. Estar ausente, não participar, abandonar.

desumo,-is,-ĕre,-sumpsi,-sumptum. (de-sumo). Tomar para si, escolher. Encarregar-se de.

desŭper. (de-super). De cima, do alto, da parte de cima. Do alto para baixo.

desurgo,-is,-ĕre. (de-surgo). Levantar-se, erguer-se.

detĕgo,-is,-ĕre,-texi,-tectum. (de-tego). Descobrir, revelar, pôr a descoberto, desvendar.

detendo,-is,-ĕre,-tendi,-tensum. (de-tendo). Distender, afrouxar, desapertar. Estender. Desarmar.

detergĕo,-es,-ere,-tersi,-tersum. (de-tergĕo). Tirar limpando, enxugar. Limpar, varrer, fazer desaparecer. Gastar, abater, derrubar.

deterioro,-as,-are. Estragar, deteriorar.

determinatĭo, determinationis, (f.). (determĭno). Marcação, fixação de um limite, de uma extremidade, de um fim. Determinação.

determĭno,-as,-are,-aui,-atum. (determĭno). Marcar os limites, limitar. Determinar, regular, fixar. Traçar, desenhar.

detĕro,-is,-ĕre,-triui,-tritum. (de-tero). Gastar pelo atrito ou pelo uso. Tirar esfregando. Esmagar, triturar, pisar. Enfraquecer, diminuir.

deterrĕo,-es,-ere,-terrŭi,-terrĭtum. (de--terror). Afastar aterrorizando. Desviar, dissuadir. Afugentar pelo medo. Afastar um mal, proteger.

detestabĭlis, detestabĭle. (de-testor). Detestável, abominável.

detestatĭo, detestationis, (f.). (de-testor). Imprecação, maldição. Execração, detestação.

detestor,-aris,-ari,-atus sum. (de-testor). Amaldiçoar, execrar, abominar. Afastar, desviar (tendo os deuses por testemunhas). Repelir, afastar, desviar com súplicas, com imprecações. Renunciar solenemente.

detexo,-is,-ĕre,-texŭi,-textum. (de-texo). Acabar de tecer, tecer completamente. Entrançar. Representar, descrever, retratar.

detinĕo,-es,-ere,-tinŭi,-tentum. (de-tenĕo). Ter afastado, deter, reter, fazer parar, impedir. Ocupar. Encantar, atrair.

detondĕo,-es,-ere,-tondi,-tonsum. (detondĕo). Tosquiar. Cortar rente (os cabelos). Cortar.

detŏno,-as,-are,-nŭi. (de-tono). Trovejar fortemente. Enfurecer-se com alguém, cair como um raio. Deixar de trovejar, sossegar, acalmar.

detonsĭo, detonsionis, (f.). (de-tondĕo). Ação de tosquiar, tosquia.

detorquĕo,-es,-ere,-torsi,-tortum. (detorquĕo). Desviar, afastar. Deformar, desfigurar, distorcer.

detorrĕo,-es,-ere. (de-torrĕo). Reduzir a cinzas, queimar completamente, consumir, torrar.

detractĭo, detractionis, (f.). (de-traho). Ação de cortar, corte. Roubo. Maledicência, difamação, crítica. Elipse, supressão.

detractor, detractoris, (m.). (de-traho). Aquele que deprecia, que rebaixa. Detrator.

detrăho,-is,-ĕre,-traxi,-tractum. (de-traho). Puxar para baixo, rebaixar. Tirar com violência, com força, arrancar. Denegrir, depreciar, causar mal.

detrectatĭo, detrectationis, (f.). (de-tracto). Recusa.

detrecto,-as,-are,-aui,-atum. (de-tracto). Afastar, repelir, recusar. Depreciar, desacreditar, denegrir.

detrimentosus,-a,-um. (tero). Desvantajoso, prejudicial.

detrimentum,-i, (n.). (de-tero). Uso, desgaste, deterioração. Diminuição, perda, prejuízo. Derrota, desastre.

detrudo,-is,-ĕre,-trusi,-trusum. (de-trudo). Empurrar de cima para baixo, precipitar. Lançar, atirar com força. Desalojar, expulsar. Reduzir, constranger. Diferir, adiar.

detrunco,-as,-are,-aui,-atum. (de-truncus). Separar do tronco, cortar, destroncar. Degolar, decapitar, mutilar.

deturbo,-as,-are,-aui,-atum. (de-turba). Destruir, pôr abaixo, precipitar. Expulsar com violência. Confundir, conturbar.

deturpo,-as,-are. (de-turpis). Tornar feio, desfigurar. Manchar, sujar, desonrar.

deuasto,-as,-are,-aui,-atum. (de-uasto). Devastar, assolar, saquear, pilhar.

deuĕho,-is,-ĕre,-uexi,-uectum. (de-ueho). Levar, transportar, conduzir. Descer um rio de barco.

deuello,-is,-ĕre,-uulsi,-uulsum. (de-uello). Arrancar. Fazer em pedaços. Arrancar o pelo ou o cabelo.

deuelo,-as,-are. (de-uelum). Pôr a descoberto, descobrir. Tirar o véu.

deuenĭo,-is,-ire,-ueni,-uentum. (de-uenĭo). Vir de, chegar a, dirigir-se a. Cair em. Recorrer a.

deuers- ver também **deuors-**.

deuersor,-aris,-ari,-atus sum. (de-uersor). Hospedar-se, albergar-se. Morar, habitar.

deuersorĭum,-i, (n.). (de-uersor). Hospedaria, albergue, estalagem. Asilo, retiro. Loja, armazém.

deuert- ver também **diuert-**.

deuerticŭlum,-i, (n.). (de-uerto). Caminho

afastado, desvio. Albergue, hospedaria. Subterfúgio. Refúgio, asilo.

deuerto,-is,-ĕre,-uerti,-uertum. (de-uerto). Desviar, afastar-se de, tomar um caminho afastado. Fazer uma digressão, afastar-se do assunto. Hospedar-se, albergar-se.

deuexus,-a,-um. (de-ueho). Que vai em declive, pendente, inclinado. Que declina.

deuĭa,-orum, (n.). (de-uia). Lugares ermos, afastados dos caminhos. Lugares não frequentados.

deuincĭo,-is,-ire,-uinxi,-uinctum. (de-uincĭo). Ligar, amarrar fortemente. Obrigar, aliar, atrair.

deuinco,-is,-ĕre,-uici,-uictum. (de-uinco). Vencer completamente, submeter.

deuinctĭo, deuinctionis, (f.). (de-uincĭo). Laço, laço de amizade. Encantamento, sortilégio, "amarração".

deuito,-as,-are,-aui,-atum. (de-uito). Evitar, escapar, fugir.

deuĭus,-a,-um. (de-uia). Desviado, afastado, fora do caminho. Errante, solitário. Perdido, insensato, que está em erro. Inconstante, infiel.

deuncis, ver **deunx.**

deunx, deuncis, (m.). (uncĭa). Deunce (onze dozeavos de um libra romana).

deuŏco,-as,-are,-aui,-atum. (de-uoco). Chamar, fazer descer, fazer vir, atrair, convidar. Conduzir, levar a.

deuŏlo,-as,-are,-aui,-atum. (de-uolo). Descer voando, descer rapidamente. Voar, acudir.

deuŏluo,-is,-ĕre,-uolui,-uolutum. (de-uoluo). Fazer rolar de cima para baixo, arrastar rolando, precipitar. Desenrolar, fiar. Rolar, desligar, cair. Desenvolver.

deuŏro,-as,-are,-aui,-atum. (de-uoro). Tragar, engolir. Devorar, gastar, dissipar. Absorver. Destruir, perder.

deuors- ver também **deuers-.**

deuortĭum,-i, (n.). (de-uerto). Desvio.

deuotĭo, deuotionis, (f.). (de-uouĕo). Dedicação, voto com que alguém se dedica. Devoção, culto. Imprecação, maldição. sortilégio, encantamento.

deuoto,-as,-are,-aui,-atum. (de-uouĕo). Submeter a encantamentos, enfeitiçar. Dedicar, consagrar. Invocar uma divindade. Amaldiçoar.

deuouĕo,-es,-ere,-uoui,-uotum. (de-uouĕo). Votar, dedicar, consagrar. Amaldiçoar. Submeter a encantamentos, enfeitiçar.

deuro,-is,-ĕre,-ussi,-ustum. (de-uro). Queimar inteiramente, reduzir a cinzas. Extinguir o frio.

deus,-i, (m.). (arc. deiuos/diu-). Deus, divindade. O que é venerado como deus.

deutor,-ĕris,-uti,-usus sum. (de-utor). Abusar, usar mal, desperdiçar.

dextans, dextantis, (m.). (de-sextans). Cinco sextos de uma libra romana.

dextella,-ae (f.). (dexter). Pequena mão direita.

dexter,-tra,-trum ou dextĕra,-tĕrum. Direito, que está do lado direito, à direita. Propício, favorável, feliz.

dextĕra,-ae, (f.), ou dextra. Mão direita. A mão direita (símbolo de amizade ou de proteção). Braços, tropas.

dextĕre ou **dextre.** Direitamente, habilmente.

dexterĭtas, dexteritatis, (f.). (dexter). Destreza, habilidade.

dextra, prep./acus. À direita.

dextrorsum ou **dextrorsus** também **dextrouersum** e **dextrouorsum.** Para a direita, do lado direito.

di-, também na forma **dis-.** Partícula, elemento de composição que pode indicar: divisão; separação; afastamento; direção em sentidos opostos; negação.

diabatharĭus,-i. (m.). Sapateiro de calçados finos.

diabŏlus,-i, (m.). Diabo, espírito do mal.

diacŏnus,-i, (m.). Diácono.

diadema, diademătis, (n.). Diadema.

diaeta,-ae, (f.). Regime alimentar, dieta. Tratamento benigno. Quarto, aposento, casa de recreio. Camarote, cabine de navio.

dialectĭca,-ae, (f.). Dialética.

dialectus,-i, (f.) ou **dialectos.** Dialeto.

dialis, dialis, (m.). Dial, sacerdote de Júpiter.

dialŏgus,-i, (m.). Diálogo, conversa.

dianĭum,-i. (n.). (Diana). Diánio. Templo ou lugar de Roma consagrado à deusa Diana.

dianĭus,-a,-um. (Diana). De Diana, relativo a Diana, referente à caça.

diapasma, diapasmătis, (n.). Pó, pastilha de perfume.

diarĭa,-orum, (n.). (dies). Ração diária. Salário diário.

diatretus,-a,-um. Feito ao torno. Como subst.: vasos ou copos ricamente trabalhados.

dibăphus,-i (f.). Vestido de púrpura.
dica,-ae, (f.). Processo, ação judicial.
dicabŭla,-orum, (n.). (dico). Contos pueris.
dicacis, ver **dicax.**
dicacĭtas, dicacĭtatis, (f.). (dico). Dicacidade, mordacidade.
dicacitatis, ver **dicacĭtas.**
dicatĭo, dicationis, (f.). (dico). Declaração formal do desejo de tornar-se cidadão. Glorificação.
dicax, dicacis. (dico). Mordaz, sarcástico, zombeteiro.
dicĭo, dicionis, (f.). (dico). Poderio, autoridade, domínio.
dico,-as,-are,-aui,-atum. (*deik-, mostrar). Dizer solenemente, proclamar. Consagrar, dizer solenemente um voto. Dedicar. Inaugurar.
dico,-is,-ĕre, dixi, dictum. (*deik-, mostrar). Dizer, mostrar com palavras, pronunciar, afirmar, expor. Criar, eleger, nomear, designar. Cantar, celebrar. Fixar, marcar, determinar. Ordenar, avisar, advertir. Falar.
dicrŏtum,-i, (n.). Navio de duas ordens de remos.
dictata,-orum, (n.). (dico). Texto ditado, lições. Instruções, regulamentos, regras.
dictator, dictatoris, (m.). (dico). Ditador, magistrado extraordinário e com amplos poderes. Magistrado de algumas cidades da Itália.
dictatorĭus,-a,-um. (dico). Ditatório, de ditador.
dictatura,-ae, (f.). (dico). Didatura, dignidade (poder) de ditador. Ação de ditar textos aos alunos.
dicterĭum,-i, (n.). (dico). Dito picante, sarcasmo.
dictĭco,-as,-are,-aui,-atum. (dico). Ir repetindo, dizer, repetir muitas vezes. Advogar com frequência.
dictĭo, dictionis, (f.). (dico). Ação de dizer, de exprimir-se, pronúncia, dicção. Discurso, recitação. Arte de dizer, palavra. Predição, resposta de um oráculo.
dicto,-as,-are,-aui,-atum. (dico). Ditar, dizer em voz alta. Dizer repetindo, repetir. Prescrever, ordenar, recomendar, aconselhar.
dictum,-i, (n.). (dico). Palavra, termo. Dito, palavra espirituosa, sentença, provérbio. Ordem, mandado.

dido,-is,-ĕre, didĭdi, didĭtum. (dis-do). Distribuir, espalhar, repartir.
diduco,-is,-ĕre,-duxi,-ductum. (dis-duco). Levar em direções diferentes, conduzir para diversas partes. Dividir, separar, dispersar. Abrir. Estender. Desatar. Abandonar, separar-se, romper. Digerir.
diductĭo, diductionis, (f.). (dis-duco). Separação. Separação de sílabas. Expansão, prolongamento, continuação.
diecŭla,-ae, (f.). (dies). Prazo curto, demora de um dia, pequena demora. Prazo.
dierectus,-a,-um. (dis-erĭgo). Posto na cruz, enforcado, suspenso. Atormentado, supliciado.
dies, diei, (m. e f.). Dia (civil, de 24 horas). Dia (em oposição à noite), unidade de tempo. Data fixada, tempo, duração. Clima, temperatura. Luz, claridade.
diffamo,-as,-are,-aui,-atum. (dis-fama). Difamar, desacreditar. Divulgar, espalhar boato.
differentĭa,-ae, (f.). (dis-fero). Diferença. Objetos distintos. Caráter distintivo.
diffĕro,-fers,-ferre, distŭli, dilatum. (dis--fero). Levar para diferentes partes, de um lado para outro, dispersar. Despedaçar. Espalhar boato, difamar, desacreditar. Guardar para depois, adiar. Ser diferente, diferir.
differtus,-a,-um. (dis-farcĭo). Cheio de, apinhado de.
difficĭlis, difficĭle. (dis-facĭo). Difícil, dificultoso, penoso, custoso. Intratável, severo, pouco acessível.
difficilĭter. (dis-facĭo). Dificilmente.
difficultas, difficultatis, (f.). (dis-facĭo). Dificuldade, embaraço, obstáculo. Falta, carência. Mau humor, caráter insuportável.
difficultatis ver **difficultas.**
difficulter. (dis-facĭo). Dificilmente, penosamente, dificultosamente.
diffidenter. (dis-fido). Com desconfiança, com timidez, timidamente.
diffidentĭa,-ae, (f.). (dis-fido). Desconfiança, falta de confiança. Falta de fé.
diffido,-is,-ĕre,-fisus sum. (dis-fido). Não se fiar, não confiar em. Perder as esperanças. Desconfiar, descrer.
diffindo,-is,-ĕre,-fidi,-fissum. (dis-findo). Fender, romper, separar, dividir. Suspender, adiar.

diffingo,-is,-ĕre. (dis-fingo). Transformar, fazer de novo. Mudar.

diffitĕor,-fiteris,-fiteri. (dis-fatĕor). Negar, não confessar.

difflo,-as,-are,-aui,-atum. (dis-flo). Dispersar, espalhar soprando.

difflŭo,-is,-ĕre,-fluxi,-fluxum. (dis-fluo). Correr para diferentes partes, escoar, espalhar-se. Ter em abundância. Dissolver-se, diluir-se. Definhar, diminuir.

diffugĭo,-is,-ĕre,-fugi,-fugĭtum. (dis-fuga). Fugir para diversas partes, fugir em desordem. Dispersar-se, dividir-se, desaparecer, dissipar-se.

diffugĭum,-i, (n.). (dis-fuga). Fuga em diferentes direções, dispersão.

diffundo,-is,-ĕre,-fudi,-fusum. (dis-fundo). Espalhar, derramar, dispersar. Estender, alargar, distender.

diffuse. (dis-fundo). Difusamente, com extensão, com desenvoltura.

diffusĭo, diffusionis, (f.). (dis-fundo). Difusão, ação de espalhar, inundação. Desfalecimento.

diffututus,-a,-um. (dis-futŭo). Esgotado pelos excessos. Usado e abusado por muitos.

diggama. Digama (letra do alfabeto grego, semelhante, na forma, a F). Abreviatura de *Fenus* (rendimentos, juros). Livro de contabilidade.

digĕro,-is,-ĕre,-gessi,-gestum. (dis-gero). Levar de um lado para outro, desagregar, separar. Digerir, dissolver. Pôr em ordem, classificar, distribuir.

digesta,-orum, (n.). Digesto, obra dividida em capítulos. A bíblia.

digestĭo, digestionis, (f.). (dis-gero). Distribuição, arranjo, ordem. Repartição, digestão. Divisão de uma ideia geral em pontos específicos.

digĭtus,-i, (m.). Dedo (de humanos e animais). Dedo (medida equivalente a 1,83 cm.).

digladĭor,-aris,-ari,-atus sum. (dis-gladĭus). Combater, lutar, digladiar.

dignatĭo, dignationis, (f.). (dignus). Ação de julgar digno, estima, reputação, fama, dignidade. Ação de elevar às honras. Estima que se dispensa.

digne. (dignus). Com dignidade, dignamente, convenientemente. Decentemente.

dignĭtas, dignitatis, (f.). (dignus). Mérito, merecimento, dignidade. Consideração, prestígio, honorabilidade. Categoria, cargo honorífico. Nobreza, virtude. Magnificência, beleza viril (em oposição a *uenustas*).

dignitosus,-a,-um. (dignus). Cheio de dignidade.

digno,-as,-are,-aui,-atum. (dignus). Julgar digno, ser julgado digno.

dignor,-aris,-ari,-atus sum. (dignus). Julgar digno. Dignar-se, querer, achar conveniente, consentir.

dignosco,-is,-ĕre,-noui,-notum. (dis-[g]nosco). Discernir, distinguir.

dignus,-a,-um. Digno de, que merece. Conveniente, justo, honesto.

digredĭor,-gredĕris,-gredi,-gressus sum. (dis-gradus). Retirar-se, afastar-se, ir-se embora. Fazer uma digressão.

digressĭo, digressionis, (f.). (dis-gradus). Separação, afastamento, partida. Desencaminhamento. Fugir do assunto, digressão.

digressus,-us, (m.). (dis-gradus). Ação de afastar-se, partida. Digressão, episódio.

diiudicatĭo, diiudicationis, (f.). (dis-ius). Julgamento, sentença.

diiudĭco,-as,-are,-aui,-atum. (dis-ius). Decidir por meio de um julgamento, julgar, crer. Discernir, distinguir.

dilabor,-bĕris,-labi,-lapsus sum. (dis-labor). Escoar por diversos lados, dissipar-se, derreter. Dispersar-se, espalhar-se. Ir-se aos poucos, cair aos pedaços. Escapar de, perecer, esvair-se.

dilacĕro,-as,-are,-aui,-atum. (dis-lacer). Rasgar, fazer em pedaços, dilacerar.

dilanĭo,-as,-are,-aui,-atum. (dis-lanĭo). Rasgar, fazer em pedaços, dilacerar.

dilapĭdo,-as,-are,-aui,-atum. (dis-lapis). Crivar, cobrir de pedras. Dilapidar, esbanjar, dissipar.

dilargĭor,-giris,-giri,-gitus sum. (dis-largus). Distribuir liberalmente, repartir, dividir.

dilatĭo, dilationis, (f.). (dis-fero). Adiamento, demora, delonga. Intervalo, afastamento.

dilato,-as,-are,-aui,-atum. (dis-fero). Dilatar, alongar, estender. Aumentar, desenvolver.

dilator, dilatoris, (m.). (dis-fero). Contemporizador.
dilaudo,-as,-are,-aui,-atum. (dis-laus). Louvar sob todos os aspectos, exaltar, gabar.
diligenter. (dis-lego). Escrupulosamente, atenciosamente, conscienciosamente, pontualmente.
diligentĭa,-ae, (f.). (dis-lego). Atenção, cuidado, zelo. Exatidão, consciência, pontualidade, escrúpulo. Economia, parcimônia. Afeição.
dilĭgo,-is,-ĕre,-lexi,-lectum. (dis-lego). Amar (por escolha), gostar, distinguir, honrar, considerar.
dilorico,-as,-are,-aui,-atum. (dis-lorica). Rasgar para descobrir, abrir as roupas que cobrem o peito.
dilucĕo,-es,-ere. (dis-lux). Ser claro, ser evidente.
dilucesco,-is,-ĕre,-luxi. (dis-lux). Começar a iluminar (o dia), raiar, romper da aurora. Aparecer.
dilucĭde. (dis-lux). Claramente, limpidamente, nitidamente.
dilucĭdus,-a,-um. (dis-lux). Claro, luminoso, brilhante, iluminado. Nítido.
dilucŭlum,-i, (n.). (dis-lux). Romper do dia.
diludĭum,-i, (n.). (dis-ludus). Repouso dos gladiadores, intervalo entre lutas. Tréguas.
dilŭo,-is,-ĕre,-lŭi,-lutum. (dis-lauo). Diluir, dissolver, tirar lavando. Desagregar, diminuir, dissipar, enfraquecer, apagar. Explicar, esclarecer, aclarar.
dilute. (dis-lauo). Dissolvido em líquido. Com mistura de água.
diluuĭes,-ei, (f.). (dis-lauo). Inundação, cheia, dilúvio.
diluuĭum,-i, (n.). (dis-lauo). Inundação, cheia, dilúvio. Destruição, cataclismo, devastação.
dimăchae,-arum, (m.). Soldados que combatem a pé ou a cavalo.
dimadesco,-is,-ĕre,-madŭi. (dis-madĕo). Derreter-se.
dimano, ver também **demano.**
dimano,-as,-are,-aui,-atum. (dis-mano). Espalhar-se, estender-se.
dimensĭo, dimensionis, (f.). (dis-metior). Medida, dimensão. Ação de medir em todas as direções, cálculo, divisão da ração aos soldados.

dimet-, ver também **demet-.**
dimetĭor,-tiris,-tiri,-mensus sum. (dis-metĭor). Medir em todas as direções, de um extremo a outro. Medir, calcular.
dimicatĭo, dimicationis, (f.). (dis-mico). Combate, batalha, "faiscar das armas".
dimĭco,-as,-are,-aui,-atum. (dis-mico). Abrir e fechar, agitar-se em diversas direções, esgrimir. Combater, lutar, pelejar.
dimidĭo,-as,-are,-aui,-atum. (dis-medĭus). Dividir ao meio, dividir em dois, diminuir metade de.
dimidĭus, a,-um. (dis-medĭus). Meio, metade.
diminŭo,-is,-ĕre. (dis-minŭo). Fazer em pedaços, quebrar. Frequentemente confundido com *deminŭo.*
dimissĭo, dimissionis, (f.). (dis-mitto). Ação de enviar, expedição, remessa. Licenciamento militar. Remissão (dos pecados).
dimissus,-us, (m.). (dis-mitto). Licenciamento, baixa militar.
dimitto,-is,-ĕre,-misi,-missum. (dis-mitto). Enviar, mandar, despachar, remeter, despedir. Abandonar, renunciar, deixar ir. Dissolver uma assembleia, suspender uma seção. Licenciar um exército, dispersar, dividir uma tropa.
dimouĕo,-es,-ere,-moui,-motum. (dis-mouĕo). Afastar de um lado para outro, separar, dividir. Dispersar, dissolver, dissipar.
dinumĕro,-as,-are,-aui,-atum. (dis-numĕro). Contar, calcular, enumerar. Contar dinheiro, pagar.
diocesis, diocesis, (f.). Departamento a que se estende uma jurisdição. Circunscrição. Diocese.
diocetes,-ae, (m.). Superintendente.
diota,-ae, (f.). Vaso de duas asas.
diploma, diplomătis, (n.). Permissão por escrito, salvo-conduto, título, diploma.
dirae,-arum, (f.). (dirus). I – As Fúrias (divindades infernais). II – Maus presságios. Pragas, imprecações.
dire. (dirus). Cruelmente.
directe. (dis-rego). Diretamente, em linha reta. Na ordem direta.
directĭo, directionis, (f.). (dis-rego). Alinhamento. Linha reta, direção.
directo. (dis-rego). Em linha reta. Diretamente, sem rodeios.

directus,-a,-um. (dis-rego). Alinhado, direto. Escarpado. Em ângulo reto. Rígido.
direptĭo, direptionis, (f.). (dis-rapĭo). Pilhagem, rapina, saque.
direptor, direptoris, (m.). (dis-rapĭo). Saqueador, salteador, bandido.
diribĕo,-es,-ere,-ribŭi,-ribĭtum. (dis-habĕo). Distribuir, classificar, escolher, contar. Repartir.
diribitĭo, diribitionis, (f.). (dis-habĕo). Contagem (de votos).
diribitorĭum,-i, (n.). (dis-habĕo). Local de apuração dos boletins de votos. Local de pagamento dos soldados.
dirĭgo,-is,-ĕre,-rexi,-rectum. (dis-rego). Conduzir em diversas direções, traçar o caminho. Dirigir, alinhar, endireitar. Dispor, ordenar, regular.
dirĭmo,-is,-ĕre,-remi,-remptum. (dis-emo). Dividir, separar. Desunir, romper, interromper. Frustrar, destruir.
diripĭo,-is,-ĕre,-ripŭi,-reptum. (dis-rapĭo). Puxar, arrebatar, arrancar. Saquear, roubar. Disputar a posse de algo.
dirĭtas, diritatis, (f.). (dirus). Caráter funesto. Desgraça, infelicidade. Crueldade, barbaridade. Mau humor.
diritatis, ver **dirĭtas.**
dirumpo,-is,-ĕre,-rupi,-ruptum. (dis-rumpo). Despedaçar, esquartejar, rasgar. Romper inteiramente, acabar, destruir. Arrebentar (de ódio, de rir, etc.).
dirŭo,-is,-ĕre,-rŭi,-rutum. (dis-ruo). Destruir, demolir, pôr abaixo. Destruir, arruinar, abolir.
diruptĭo, diruptionis, (f.). (dis-rumpo). Fratura, rompimento, quebra.
dirus,-a,-um. Sinistro, de mau agouro. Terrível, medonho, funesto. Cruel, selvagem, bárbaro, furioso.
dirutĭo, dirutionis, (f.). (dis-ruo). Destruição.
dis, ditis. (diues). Rico, opulento, abundante.
dis-, o mesmo que **di-**
discalceatus,-a,-um. (dis-calx). Descalço.
discedo,-is,-ĕre,-cessi,-cessum. (dis-cedo). Afastar-se, separar-se, sair de. Repartir, dividir, dispersar-se. Divergir, divorciar-se, romper, quebrar. Fugir, desertar. Renunciar, faltar a. Passar, desaparecer. Aceitar, compartilhar, pôr-se ao lado de.

disceptatĭo, disceptationis, (f.). (dis-capto). Debate, discussão, contestação. Exame, julgamento, decisão.
discepto,-as,-are,-aui,-atum. (dis-capto). Julgar, decidir. Debater, discutir, contestar.
discerno,-is,-ĕre,-creui,-cretum. (dis-cerno). Separar, discernir, distinguir. Decidir.
discerpo,-is,-ĕre,-cerpsi,-cerptum. (dis-carpo). Despedaçar. Partir, dividir. Dispersar, dissipar.
discessĭo, discessionis, (f.). (dis-cedo). Partida, afastamento. Separação, divórcio. Mudança de opinião, de decisão (através do voto), voto precipitado.
discessus,-us, (m.). (dis-cedo). Separação, divisão. Partida, afastamento. Retirada.
discidĭum,-i, (n.). (dis-scindo). Rasgão, divisão, separação, divórcio.
discido,-is,-ĕre. (dis-caedo). Separar cortando.
discindo,-is,-ĕre,-scidi,-scisum. (dis-scindo). Rasgar, cortar, fender, separar. Interromper.
discingo,-is-ĕre,-cinxi,-cinctum. (dis-cingo). Tirar o cinto, desarmar, despojar. Enfraquecer, aniquilar, enervar. Julgar, decidir.
disciplina,-ae, (f.). (disco). Ensino, instrução, educação, ciência, disciplina. Disciplina militar. Matéria ensinada. Método, sistema, doutrina. Organização política. Princípios de moral.
discipŭla,-ae, (f.). (disco). aluna, discípula, aprendiz.
discipŭlus,-i, (m.). (disco). Aluno, discípulo, aprendiz.
discludo,-is,-ĕre,-clusi,-clusum. (dis-claudo). Separar fechando, separar, encerrar.
disco,-is,-ĕre, didĭci. Aprender, estudar. Aprender a conhecer, conhecer, ser informado.
discobŏlos,-i, (m.). Arremessador de disco, discóbulo.
discolor, discoloris. (dis-color). De diferentes cores, de cor diferente, diferente.
disconducit, unipessoal. (dis-conduco). Não é vantajoso.
disconuenĭo,-is,-ire. (dis-cum-uenĭo). Não estar de acordo, não ser da conveniência, discordar.

discordabilis, discordabile. (dis-cor). Que está em desacordo.

discordĭa,-ae, (f.). (dis-cor). Discórdia, desacordo, desunião. Luta, agitação.

discordiosus,-a,-um. (dis-cor). Inclinado a, cheio de discórdia. Onde reina a discórdia.

discordis, ver **discors.**

discordo,-as,-are,-aui,-atum. (dis-cor). Estar em desacordo, não concordar. Ser diferente, diferir.

discors, discordis. (dis-cor). Discorde, que está em desacordo. Discordante, diferente, dividido.

discrepantĭa,-ae, (f.). (dis-crepo). Desacordo, discordância, discrepância.

discrepatĭo, discrepationis, (f.). (dis-crepo). Desacordo, discrepância.

discrepĭto,-as,-are,-aui,-atum. (dis-crepo). Ser absolutamente diferente, ser discrepante.

discrepo,-as,-are,-aui,-atum. (dis-crepo). Emitir um som diferente, soar diferentemente. Discordar, diferir, discrepar.

discribo,-is,-ĕre,-cripsi,-criptum. (dis-scribo). Inscrever em diferentes contas, atribuir, distribuir. Repartir, dividir.

discrimen, discrimĭnis, (n.). (dis-cerno). Linha divisória, ponto de separação, separação. Sinal distintivo, diferença. Decisão, sentença decisiva. Expectativa, momento decisivo, situação crítica, auge do perigo.

discrimĭnis, ver **discrimen.**

discrimĭno,-as,-are,-aui,-atum. (dis-cerno). Pôr à parte, separar. Distinguir, diferençar, discriminar.

discriptĭo, discriptionis, (f.). (dis-scribo). Divisão, distribuição. Arranjo, organização.

discrucĭo,-as,-are,-aui,-atum. (dis-crux). Torturar (na cruz), atormentar.

discubĭtus,-us. (dis-cubo). Ação de ir para a mesa. Concubinato.

discumbo,-is,-ĕre,-cubŭi,-cubĭtum. (dis-cubo). Deitar-se. Deitar-se para comer, tomar lugar à mesa.

discupĭo,-is,-ĕre. (dis-cupĭo). Desejar ardentemente.

discurro,-is,-ĕre,-curri,-cursum. (dis-curro). Correr para diferentes lados. Correr de todos os lados. Correr, espalhar. Percorrer, discorrer.

discursatĭo, discursationis, (f.). (dis-curro). Corrida em diferentes sentidos, idas e vindas.

discurso,-as,-are,-aui,-atum. (dis-curro). Ir e vir, correr constantemente, andar por diversas partes.

discursus,-us, (m.). (dis-curro). Ação de correr por várias partes, ida e vinda. Discurso, conversação, colóquio.

discus,-i, (m.). Disco, malha. Prato.

discussĭo, discussionis, (f.). (dis-quatĭo). Abalo, sacudidela. Exame atento, discussão. Inspeção, verificação.

discutĭo,-is,-ĕre,-cussi,-cussum. (dis-quatĭo). Afastar, separar sacudindo. Fender, rachar. Dispersar, dissipar, inutilizar. Derrubar. Desvendar, desembrulhar.

diserte. (disertus). Expressamente, claramente. Eloquentemente.

disertus,-a,-um. (dis-artus?). Diserto, que se expressa com clareza. Bem ordenado, habilmente disposto. Claro, expressivo.

disiecto,-as,-are. (dis-iacĭo). Lançar para diversas partes, dispersar.

disiectus,-us, (m.). (dis-iacĭo). Dispersão, dissolução.

disiicĭo,-is,-ĕre,-ieci,-iectum. (dis-iacĭo). Lançar para diferentes lados, para todos os lados. Dispersar, separar, debandar, pôr em desordem. Dissipar, destruir. Romper, inutilizar.

disiuncte. (dis-iungo). Separadamente, em separado. De maneira alternada.

disiunctĭo, disiunctionis, (f.). (dis-iungo). Separação, disjunção. Diversidade. Proposição disjuntiva.

disiungo,-is,-ĕre,-iunxi,-iunctum. (dis-iungo). Desunir, desatrelar, desjungir. Separar, afastar, distinguir, destacar.

dispando,-is,-ĕre,-pandi,-pansum. (dis-pando). Abrir, estender. Desdobrar, amplificar.

dispar, dispăris. (dis-par). Díspar, diferente, desigual, dissemelhante.

disparatum,-i, (n.). (dis-par). Proposição contraditória.

dispăro,-as,-are,-aui,-atum. (dis-par). Separar, dividir.

dispectus,-us, (m.). (dis-specĭo). Consideração, discernimento.

dispello,-is,-ĕre,-pŭli,-pulsum. (dis-pello). Dispersar, dissipar. Fender, abrir. Afastar para longe.

dispendĭum,-i, (n.). (dis-pendo). Gasto, dispêndio, despesa. Perda, prejuízo, dano. Desvio.

dispendo,-is,-ĕre,-pensum. (dis-pendo). Pesar para distribuir, distribuir, repartir.

dispensatĭo, dispensationis, (f.). (dis-pendo). Distribuição, partilha. Administração, superintendência, direção.

dispensator, dispensatoris, (m.). (dis-pendo). Administrador, superintendente.

dispenso,-as,-are,-aui,-atum. (dis-pendo). Repartir, distribuir. Administrar, governar, gerir, regular. Dispor, ordenar, organizar.

disperditĭo, disperditionis, (f.). (dis-perdo). Destruição, perda, ruína.

disperdo,-is,-ĕre,-dĭdi,-dĭtum. (dis-perdo). Perder completamente, destruir, arruinar. Aniquilar, dissipar.

disperĕo,-is,-ire,-perĭi. (dis-per-eo). Ir definitivamente. Desaparecer completamente, perecer, morrer. Ser destruído. Perder-se, estar pedido.

dispergo,-is,-ĕre,-persi,-persum. (dis-per-rego). Espalhar por todos os lados, espargir, disseminar.

disperse, também dispersim. (dis-per-rego). Por aqui e por ali, por vários lugares, daqui e dali.

dispertĭo,-is,-ire,-iui/ĭi,-itum. (dis-pars). Distribuir, repartir, dividir.

dispicĭo,-is,-ĕre,-spexi,-spectum. (dis-specĭo). Discernir, distinguir, ver com clareza. Considerar, examinar, tomar em consideração.

displicentĭa,-ae, (f.). (dis-placĕo). Displicência, descontentamento, desgosto.

displicĕo,-es,-ere,-plicŭi,-plicĭtum. (dis-placĕo). Desagradar, não sentir bem, estar indisposto. Desaprovar.

displodo,-is,-ĕre,-plosum. (dis-plaudo). Abrir com ruído, dilatar, afastar, estender.

dispono,-is,-ĕre,-posŭi,-posĭtum. (dis-pono). Pôr separadamente, colocar em diferentes lugares, dispor. Regular, organizar, ordenar, distribuir.

disposĭte. (dis-pono). Com ordem, regularmente.

dispositĭo, dispositionis, (f.). (dis-pono). Disposição, organização, ordem. Disposição (termo da retórica).

dispositura,-ae, (f.). (dis-pono). Disposição, ordenação, ordem.

dispŭdet,-pudĕre,-pudŭit, -unipessoal. (dis-pudet). Ter muita vergonha, ter grande pudor.

dispungo,-is,-ĕre,-punxi,-punctum. (dis-pungo). Fazer balanço financeiro. Verificar, distinguir. Marcar a separação, determinar o fim.

disputatĭo, disputationis, (f.). (dis-puto). Ação de examinar com todas as implicações uma questão. Discussão, disputa, debate, argumentação. Cálculo, cômputo.

dispŭto,-as,-are,-aui,-atum. (dis-puto). Examinar detalhadamente uma conta, uma questão. Expor com precisão, discutir, examinar. Tratar, debater, discutir, dissertar. Argumentar, discorrer.

disquiro,-is,-ĕre. (dis-quaero). Inquirir cuidadosamente, investigar.

disquisitĭo, disqusitionis, (f.). (dis-quaero). Inquérito, investigação.

dissaep- ver também **dissep-**.

dissĕco,-as,-are,-cŭi,-ctum. (dis-seco). Cortar, rasgar, dissecar.

dissemĭno,-as,-are,-aui,-atum. (dis-semen). Disseminar, propagar, espalhar. Divulgar.

dissensĭo, dissensionis, (f.). (dis-sentĭo). Divergência, discordância, dissentimento. Discórdia, discussão, divisão.

dissensus,-us, (m.). (dis-sentĭo). Divergência de sentimentos, dissentimento, discordância.

dissentanĕus,-a,-um. (dis-sentĭo). Divergente, discordante, oposto, diferente.

dissentĭo,-is,-ire,-sensi,-sensum. (dissentĭo). Ser de opinião diferente, não se entender. Diferir, opor-se, afastar-se.

dissep- ver também **dissaep-**.

dissepĭo,-is,-ĕre,-sepsi,-septum. (dis-saepĭo). Separar, dividir.

disseptum,-i, (n.). (dis-saepĭo). Tapume, divisão, cerca, sebe. Diafragma.

disserenascit,-ĕre - unipessoal. (dis-serenus). Tornar-se claro (o tempo).

disserenat,-are - unipessoal. (dis-serenus). Estar claro (o tempo), fazer bom tempo. Tornar sereno, aclarar.

dissĕro,-is,-ĕre,-serŭi,-sertum. (dis-sero, serŭi). Encadear as ideias, raciocinar logicamente. Dissertar, discutir, expor, argumentar.

dissĕro,-is,-ĕre,-seui,-situm. (dis-sero, seui). Semear em diversas partes, plantar aqui e ali. Disseminar.

disserpo,-is,-ĕre. (dis-serpo). Espalhar-se.

dissertatĭo, dissertationis, (f.). (dis-sero, serŭi). Dissertação, tratado

dissertĭo, dissertionis, (f.). (dis-sero, serŭi). Dissolução, separação.

dissidĕo,-es,-ere,-sedi,-sessum. (dis-sedĕo). Manter-se afastado, estar separado. Fazer oposição, estar em dissidência. Ser desigual, diferente.

dissidĭum,-i, (n.). (dis-sedĕo). Separação, divisão.

dissigno,-as,-are,-aui,-atum. (dis-signum). Distinguir, dispor, regular, ordenar. Distinguir por um sinal. Romper o selo, violar, destruir.

dissilĭo,-is,-ire,-silŭi,-sultum. (dis-salĭo). Saltar de um lado para outro, saltar, precipitar-se. Quebrar-se, dividir-se, abrir-se. Afastar com violência.

dissimĭlis, dissimĭle. (dis-simĭlis). Diferente, dissemelhante.

dissimilĭter. (dis-simĭlis). Diferentemente, diversamente.

dissimilitudĭnis, ver dissimilitudo.

dissimilitudo, dissimilitudĭnis, (f.). (dis-simĭlis). Dissemelhança, diferença.

dissimulatĭo, dissimulationis, (f.). (dis-simĭlis). Dissimulação, fingimento, disfarce. Ironia.

dissimŭlo,-as,-are,-aui,-atum. (dis-simĭlis). Dissimular, fingir, esconder, ocultar. Não prestar atenção, não fazer caso, negligenciar.

dissipabĭlis, dissipabĭle. (dissĭpo). Que se dissipa, se evapora facilmente, dissipável.

dissipatĭo, dissipationis, (f.). (dissĭpo). Dispersão, dissolução, destruição. Dissipação, gasto, desperdício.

dissĭpo,-as,-are,-aui,-atum. (dis-*supo). Espalhar-se por todo lado, dispersar-se. Derrotar, destruir, aniquilar. Dissipar, gastar, consumir. Divulgar, propagar.

dissociabĭlis, dissociabĭle. (dis-socĭus). Que separa, incompatível. Dissociável.

dissociatĭo, dissociationis, (f.). (dis-socĭus). Separação. Antipatia, repugnância.

dissocĭo,-as,-are,-aui,-atum. (dis-socĭus). Separar, dissociar, dividir, desunir.

dissolubĭlis, dissolubĭle. (dis-soluo). Separável, divisível, dissolúvel. Que se pode resolver.

dissoluo,-is,-ĕre,-solui,-solutum. (dis--soluo). Separar, desunir, dissolver, desagregar, destruir. Pagar, desobrigar-se de. Desfazer, anular. Desprender, livrar, soltar.

dissolute. (dis-soluo). Sem ligação, sem conexão, frouxamente. Com descuido.

dissolutĭo, dissolutionis, (f.). (dis-soluo). Dissolução, separação das partes. Destruição, ruína. Refutação. Falta de conexão entre palavras. Falta de energia, frouxidão. Relaxamento, corrupção.

dissolutus,-a,-um. (dis-soluo). Negligente, indolente, fraco. Relaxado, depravado.

dissŏnus,-a,-um. (dis-sono). Dissonante, discordante. Diferente.

dissors, dissortis. (dis-sors). De sorte diferente. Que não entra na partilha, que está à parte, diferente.

dissuadĕo,-es,-ere,-suasi,-suasum. (dis-suadĕo). Desaconselhar, dissuadir, afastar. Ser contra, combater.

dissuasĭo, dissuasionis, (f.). (dis-suadĕo). Ação de dissuadir, de afastar. Dissuasão.

dissuasor, dissuasoris, (m.). (dis-suadĕo). O que dissuade, o que afasta.

dissulto,-as,-are. (dis-salĭo). Saltar daqui e dali, quebrar-se, partir-se em pedaços. Sobressaltar-se, ser abalado, estremecer.

dissŭo,-is,-ĕre,-sutum. (dis-sŭo). Descosturar, romper, rasgar.

distaedet, distaesum est, unipessoal. (dis--taedet). Aborrecer-se muito.

distantĭa,-ae, (f.). (dis-sto). Distância, afastamento. Diferença.

distendo,-is,-ĕre,-tendi,-tentum. (dis-tendo). Estender, distender. Inchar, encher. Atormentar, torturar. Dividir, repartir.

distermĭno,-as,-are,-aui,-atum. (dis-termĭnus). Delimitar, limitar, separar. Pôr limites.

distĭchon,-i (n.). Dístico: conjunto de dois versos (hexâmetro e pentâmetro).

distincte. (dis-stinguo). Separadamente, distintamente, com clareza.

distinctĭo, distinctionis, (f.). (dis-stinguo). Distinção, divisão, separação. Descontinuidade, interrupção. Pontuação. Ordem, método, enfeite, beleza, brilho.

distinĕo,-es,-ere,-tinŭi,-tentum. (distenĕo). Ter separado, conservar separado, separar, rasgar, partir, dividir. Manter afastado, reter, impedir. Retardar, atrasar.

distinguo,-is,-ĕre,-tinxi,-tinctum. (dis-stinguo). Separar, dividir, separar por meio de sinais, diferenciar. Distinguir mentalmente, discernir, definir. Variar, diversificar. Ornar, adornar, matizar.

disto,-as,-are. (dis-sto). Estar distante, afastado. Ser diferente, haver distinção.

distorquĕo,-es,-ere,-torsi,-tortum. (distorquĕo). Torcer para um lado e outro. Distorcer, deformar. Torturar, atormentar.

distortĭo, distortionis, (f.). (dis-torquĕo). Distorção, contorção, torcedura.

distractĭo, distractionis, (f.). (dis-traho). Divisão, separação. Desacordo, discórdia, desunião.

distraho,-is,-ĕre,-traxi,-tractum. (dis-traho). Puxar em diferentes sentidos, separar, dividir, desunir. Romper, arrancar, rasgar, esquartejar, destruir, desfazer. Vender no varejo, vender os pedaços.

distribŭo,-is,-ĕre,-bŭi,-butum. (dis-tribŭo). Distribuir, dividir, repartir, partilhar.

distribute. (dis-tribŭo). Com ordem, metodicamente, ordenadamente.

distributĭo, distributionis, (f.). (dis-tribŭo). Divisão, distribuição.

distringo,-is,-ĕre,-strinxi,-strictum. (dis-stringo). Ligar de um e de outro lado. Manter separado, separar, abrir, estender. Ocupar-se intensamente. Fatigar, importunar.

distrunco,-as,-are. (dis-truncus). Cortar em dois, separar (a cabeça) do tronco.

disturbatĭo, disturbationis, (f.). (dis-turba). Demolição, ruína.

disturbo,-as,-are,-aui,-atum. (dis-turba). Dispersar com violência. Demolir, pôr abaixo, derrubar, destruir.

dit- ver também **diuit-**.

ditae,-arum. (diues). Riqueza, bens.

ditesco,-is,-ĕre. (diues). Tornar-se rico, enriquecer.

dito,-as,-are,-aui,-atum. (diues). Enriquecer.

dityrambus,-i, (m.). Ditirambo (Poesia em honra de Dioniso/Baco).

diu. Durante muito tempo, há muito tempo. *Também usado como antigo locativo de dies*: durante o dia, de dia.

diua,-ae, (f.). (diuus). Deusa.

diuarĭco,-as,-are,-aui,-atum. (dis-uarus). Separar um do outro. Afastar as pernas para montar a cavalo.

diuello,-is,-ĕre,-uelli/-uulsi,-uulsum. (dis-uello). Puxar em sentidos diversos, separar à força, rasgar, arrancar, dilacerar. Perturbar. Afastar, separar.

diuendo,-is,-ĕre,-uendĭtum. (dis-uendo). Vender, vender no varejo.

diuerbĕro,-as,-are,-aui,-atum. (dis-uerber). Separar batendo, cortar, fender, bater com violência.

diuerbĭum,-i, (n.). (dis-uerbum). Diálogo, parte dialogada das peças teatrais.

diuerse. (dis-uerto). Em sentidos opostos, para diferentes lados. Diversamente, à parte, separadamente.

diuersĭtas, diuersitatis, (f.). (dis-uerto). Contradição, divergência. Diversidade, variedade, diferença.

diuersitatis, ver **diuersĭtas**.

diuert- ver também **deuert-**

diuerto,-is,-ĕre,-uerti,-uersum. (dis-uerto). Afastar-se de, separar-se, ir-se embora. Opor-se, divorciar-se. Ser diferente.

diues, diuĭtis. Rico, opulento. Abundante.

diuexo,-as,-are,-aui,-atum. (dis-uexo). Devastar, saquear. Torturar, atormentar. Perseguir, vexar.

diuidĭa,-ae, (f.). (diuĭdo). Discórdia. Aborrecimento, inquietação, pesar, preocupação.

diuĭdo,-is,-ĕre,-uisi,-uisum. Dividir, separar. Distribuir, repartir. Distinguir. Variar, adornar.

diuinatĭo, diuinationis, (f.). (diuus). Adivinhação, arte de fazer previsões, pressentimento. Debate judiciário (previamente realizado para se escolher o acusador).

diuine. (diuus). À maneira de um deus. Divinamente, perfeitamente. Como que adivinhando.

diuinĭtas, diuinitatis, (f.). (diuus). Divindade, poder divino, natureza divina. Perfeição, superioridade.

diuinitatis, ver **diuinĭtas.**
diuinĭtus. (diuus). Da parte dos deuses, por inspiração divina, por vontade divina. Divinamente, maravilhosamente, excelentemente.
diuino,-as,-are,-aui,-atum. (diuus). Adivinhar, profetizar, predizer.
diuinum,-i, (n.). (diuus). O poder divino. Sacrifício divino. Adivinhação, predições.
diuinus,-a,-um. (diuus). De deus, divino, dos deuses. Inspirado pela vontade dos deuses, profético. Excelente, maravilhoso, admirável. Imperial.
diuinus,-i, (m.). (diuus). Adivinho. O que lê a sorte.
diuise. (diuĭdo). Separadamente, distintamente, divididamente.
diuisĭo, diuisionis, (f.). (diuĭdo). Divisão, repartição, distribuição.
diuisor, diuisoris, (m.). (diuĭdo). Divisor, o que divide, separa. O que distribui (dinheiro).
diuisus,-us, (m.). (diuĭdo). Partilha, repartição.
diuit- ver também **dit-**.
diuitĭae,-arum, (f.). (diues). Riqueza, bens. Fecundidade, fertilidade.
diuĭtis, ver **diues.**
diuortĭum,-i, (n.). (dis-uerto). Separação, divórcio.
diurnum,-i, (n.). (dies). Ração diária de um escravo.
diurnus,-a,-um. (dies). Diurno, do dia, que acontece durante o dia.
dius,-a,-um, o mesmo que **diuus. (deus).** De Júpiter, do Céu, divino. Semelhante aos deuses. Excelente, precioso.
diutĭnus,-a,-um. (diu). De longa duração, que dura muito tempo.
diuturnĭtas, diuturnitatis. (f.). (diu). Diuturnidade, longa duração.
diuturnitatis, ver **diuturnĭtas.**
diuturnus,-a,-um. (diu). De longa duração, que dura longo tempo, diuturno.
diuulgo,-as,-are,-aui,-atum. (dis-uulgus). Espalhar entre o povo, divulgar, publicar. Fazer boato.
diuulsĭo, diuulsionis, (f.). (dis-uello). Ação de arrancar, de separar, de dividir.
diuus,-a,-um. Divino, de deus.

diuus,-i, (m.). Deus, divindade. Título concedido aos imperadores romanos após a morte.
do, das, dare, dedi, datum. Dar. Oferecer, apresentar, consagrar, fornecer. Permitir, concordar, admitir, ceder. Provocar, ocasionar. Pôr, colocar. Produzir, emitir. Dizer, expor, proferir. Fixar, representar.
docĕo,-es,-ere, docŭi, doctum. (docĕo). Fazer aprender, instruir, ensinar. Representar. Dar aulas, ter uma escola.
docĭlis, docĭle. (docĕo). Que aprende facilmente, instruído, ensinado. Dócil, flexível, brando.
docilĭtas, docilitatis, (f.). (docĕo). Aptidão para aprender. Docilidade, brandura.
docte. (docĕo). Doutamente, sabiamente. Prudentemente, sutilmente.
doctor, doctoris, (m.). (docĕo). O que ensina.
doctrina,-ae (f.). (docĕo). Ensino, instrução, formação teórica. Conhecimentos adquiridos, ciência, cultura. Doutrina, teoria, método, sistema.
doctus,-a,-um. (docĕo). Instruído, sábio, douto. Prudente, astuto.
documentum-i, (n.). (docĕo). Exemplo, modelo, ensino, demonstração, prova, indicação. Documento.
dodrans, dodrantis, (m.). Os 9/12, ou 3/4 de um todo. Palmo (medida).
dogma, dogmătis, (n.). Opinião, teoria, crença, princípio. Decreto. Dogma, artigo de fé.
dolabra,-ae, (f.). Machado, machadinha. Alvião, picareta.
dolenter. (dolĕo). Com dor, com pesar, dolorosamente. De maneira patética, de semblante comovedor.
dolĕo,-es,-ere, dolŭi, dolĭtum. Sentir dor, ter um mal, estar doente, sofrer. Produzir ou causar dor, ser doloroso. Afligir-se, deplorar, lamentar, chorar. Doer.
doliaris, doliare. (dolĭum). De tonel, de pipa. Semelhante a um barril.
dolĭdus,-a,-um. (dolĕo). Doloroso.
dolĭum,-i, (n.). Grande vasilha de barro ou de madeira, tonel, talha, pipa, barril.
dolo, dolonis, (m.). Vara de ferrão, chuço. Ferrão de inseto. Vela de proa. Punhal.

dolo,-as,-are,-aui,-atum. Trabalhar a madeira, cortar, talhar, lavrar, desbastar. Aperfeiçoar.

dolor, doloris, (m.). (dolĕo). Dor, sofrimento, aflição, pesar. Ressentimento, indignação, cólera. Sensibilidade, emoção. Objeto de dor.

dolose. (dolus). Dolosamente, com dolo, com trapaça, manhosamente, artificiosamente.

dolosus,-a,-um. (dolus). Manhoso, astuto, velhaco, trapaceiro, enganador.

dolus,-i, (m.). Manha, astúcia, sagacidade. Engano, ardil, dolo. Insídia, traição, trapaça, fraude. Erro, falta, ato censurável, negligência.

domabĭlis, domabĭle. (domo). Domável, domesticável.

domesticatim. (domus). Em casa, em seu ambiente.

domestĭce. (domus). Em casa, em particular.

domestĭci,-orum. (m.). (domus). Os membros de uma família, os que habitam a mesma casa (amigos, clientes, escravos, etc.).

domestĭcus,-a,-um. (domus). De casa, doméstico. Da família, familiar. Particular, privado. Que é do país.

domicenĭum,-i, (n.). (domus-cena). Refeição em casa.

domicilĭum,-i, (n.). (domus). Domicílio, habitação, morada.

domĭna,-ae, (f.). (domus). Dona da casa, esposa. Senhora, soberana. Amiga, amante. A imperatriz.

dominans, dominantis. (domus). Essencial, necessário. Principal, príncipe.

dominantis, ver **dominans.**

dominatĭo, dominationis, (f.). (domus). Domínio, soberania, poder absoluto, dominação.

dominator, dominatoris, (m.). (domus). Senhor, soberano.

dominatricis, ver **dominatrix.**

dominatrix, dominatricis, (f.). (domus). Senhora, soberana.

dominĭcum,-i, (n.). (domus). Coletânea dos versos do imperador Nero.

dominĭcus,-a,-um. (domus). Do senhor, que pertence ou é relativo ao senhor.

dominĭum,-i, (n.). (domus). Propriedade, direito de propriedade. Banquete solene, festim.

domĭnor,-aris,-ari,-atus sum. (domus). Ser senhor de, dominar, mandar, reinar, governar. Ter hegemonia, predominar.

domĭnus,-i, (m.). (domus). Dono da casa, senhor, proprietário. Chefe, árbitro, soberano, governante. Amante. O imperador.

domĭto,-as,-are. (domus). Domar, subjugar, sumeter.

domĭtor, domitoris, (m.). (domus). Domador, domesticador. Vencedor.

domo,-as,-are,-aui/-mŭi,-atum/ĭtum. (domus). Domesticar, domar, amansar. Vencer, subjugar.

domuitĭo, domuitionis, (f.). (domus-ire). Volta para casa.

domus,-us ou **domus,-i, (f.).** Casa, domicílio, morada, habitação. Pátria. Família, seita. Edifício.

donarĭa,-orum, (n.). (donum). Lugar do templo onde se depositavam as oferendas. Templo, santuário, altar.

donatĭo, donationis, (f.). (donum). Doação, dádiva, presente.

donatiuum,-i, (n.). (donum). Donativo (feito pelo imperador aos soldados).

donator, donatoris, (m.). (donum). Doador.

donec. I – com indicativo: enquanto, durante todo o tempo que. Até o momento que. II - com subjuntivo: Até que, até que finalmente, até o momento que.

dono,-as,-are,-aui,-atum. (donum). Dar (algo) de presente (a alguém), presentear (alguém com algo), conceder, doar. Perdoar. Sacrificar.

donum,-i. (do). Dom, presente. Oferenda aos deuses.

dorcădis, ver **dorcas.**

dorcas, dorcădis, (f.). Corça, cabra montês.

dorĭcus,-a,-um. Dórico. Grego.

dorĭus,-a,-um. Dório.

dormĭo,-is,-ire,-iui/-ĭi,-itum. Dormir. Estar desocupado, não fazer nada. Estar morto. Passar o tempo a dormir.

dormitator, dormitatoris, (m.). (dormĭo). Noctívago, ladrão (porque dorme durante o dia).

dormitĭo, dormitionis, (f.). (dormĭo). Faculdade de dormir, sono. Sono eterno, a morte.

dormitor, dormitoris, (m.). (dormĭo). Dorminhoco, o que gosta de dormir.
dormitorĭum,-i, (n.). (dormĭo). Quarto de dormir.
dormitorĭus,-a,-um. (dormĭo). Onde se dorme.
dorsum,-i, (n.). Dorso, costas, espinha dorsal. Cume, encosta (de monte).
doryphŏros,-i, (m.). Soldado armado de lança, doríforo.
dos, dotis, (f.). (do). Dote. Bens, talento, qualidades.
dossenus ou dossennus,-i, (m.). Dosseno (personagem arquetípico de farsas satíricas e da comédia).
dotatus,-a,-um. (do). Bem dotado, rico, talentoso.
dotis, ver **dos.**
doto,-as,-are,-aui,-atum. (do). Dotar, prover de.
drachma,-ae, (f.). Dracma: unidade de peso e moeda entre os atenienses.
draco, draconis, (m.). Dragão. Vaso em forma de serpente, para aquecer água. Dragão (a constelação).
draconigĕna,-ae, (m. e f.). (draco-nascor). Nascido de um dragão, draconígena.
drama, dramătis, (n.). Drama, ação teatral.
dramatĭcus,-a,-um. (drama). Relativo ao drama, dramático.
dramătis, ver **drama.**
draucus,-i, (m.). Devasso.
droma, dromădis, (m.). Dromedário.
dromădis, ver **droma.**
dropacis, ver **dropax.**
dropax, dropacis, (m.). Pomada para fazer cair o cabelo, depilatório.
druidae,-arum. ou druides,-um. (m.). Druidas (sacerdotes dos antigos gauleses).
duapondo. (pondus). Pesando duas libras.
dubĭe. (dubĭus). Duvidosamente, de maneira dúbia, incerto.
dubitanter. (dubĭus). Com dúvida, com hesitação.
dubitatĭo, dubitationis, (f.). (dubĭus). Dúvida, incerteza. Hesitação, demora.
dubĭto,-as,-are,-aui,-atum. (dubĭus). Duvidar, questionar, hesitar, vacilar. Ponderar, examinar.

dubĭum,-i, (n.). (dubĭus). Dúvida, hesitação. Perigo, situação de emergência.
dubĭus,-a,-um. Dúbio, incerto, duvidoso. Indeciso, hesitante. Perigoso, crítico, difícil.
ducanarĭus,-a,-um. (duo-centum). Que contém duzentos, relativo a duzentos. Substantivado: comandante de 200 soldados.
ducatus,-us, (m.). (dux). Função de general, comando militar. Ação de guiar, direção. Ducado.
duceni,-ae,-a. (duo-centum). De duzentos em duzentos, duzentos de cada vez.
ducenti,-ae,-a. (duo-centum). Duzentos. Uma grande quantidade.
ducis, ver **dux.**
duco,-is,-ĕre, duxi, ductum. (dux). Conduzir, levar, guiar, marchar à frente. Tirar, atrair, puxar. Prolongar, estender, construir. Compor, escrever. Contar, calcular, computar, estimar. Pensar, julgar. Organizar, regular.
ductĭlis, ductĭle. (dux). Que se pode conduzir, guiável. Maleável, dúctil.
ductĭo, ductionis, (f.). (dux). Conduzir, levar frequentemente. Enganar.
ducto,-as,-are,-aui,-atum. (dux). Conduzir de um lado para outro. Comandar. Seduzir, enganar. Casar (para o homem).
ductor, ductoris, (m.). (dux). Guia, condutor. Chefe, general.
ductus,-us, (m.). (dux). Ação de conduzir, condução, encaminhamento. Administração, governo. Construção, traçado. Disposição, economia.
dudum. Há algum tempo, outrora. Há pouco, recentemente. Imediatamente, logo.
duellator, duellatoris, (m.). (bellum). Guerreiro, homem de guerra.
duellum,-i, (n.). (forma arcaica de bellum). Guerra, combate.
duis, forma arcaica de **bis.**
dulce. (dulcis). Docemente, suavemente, carinhosamente.
dulcedĭnis, ver **dulcedo.**
dulcedo, dulcedĭnis, (f.). (dulcis). Doçura, sabor doce. Agrado, encanto, prazer.
dulcesco,-is,-ĕre. (dulcis). Tornar-se doce, amável.
dulcĭa,-ium, (n.). (dulcis). Doces, guloseimas.

dulcicŭlus,-a,-um. (dulcis). Adocicado, um pouco doce.
dulcis, dulce. Doce, agradável, suave. Amado.
dulcĭter. (dulcis). Docemente, agradavelmente.
dulcitudĭnis, ver **dulcitudo.**
dulcitudo, dulcitudĭnis, (f.). (dulcis). Doçura, sabor agradável, amabilidade.
dulcor, dulcoris, (m.). (dulcis). Sabor doce, doçura.
dulĭce. Como um escravo.
dum. I – com indicativo: Enquanto, durante o tempo em que. Até que, até o momento em que. II – com subjuntivo: até que, contanto que, desde que.
dumetum,-i, (n.). (dumus). Lugar coberto de sarças, bosque, floresta. Arbustos. Espinhos, sutilezas, dificuldades.
dummŏdo. (dum-modus). Sempre com subjuntivo: contanto que, desde que.
dumosus,-a,-um. (dumus). Cheio de sarças.
dumtaxat ou duntaxat. (dum-tango). Até que se lhe possa tocar, sem ir mais além. Somente, não mais. Pelo menos.
duo, duae, duo. Dois.
duodenarĭus,-a,-um. (duo-decem). Que contém doze.
dupla,-ae. (duo). O dobro de, o dobro do preço.
duplex, duplĭcis. (duo-plico). Duplo, dobrado em dois, duplex. Dividido em dois. Manhoso, ardiloso.
duplicarĭus,-i, (m.). (duo-plico). Soldado que tem o salário dobrado.
duplicatĭo, duplicationis, (f.). (duo-plico). Duplicação, ação de dobrar.
duplicĭter. (duo-plico). Duplamente, de duas maneiras.
duplĭco,-as,-are,-aui,-atum. (duo-plico). Duplicar, dobrar. Acrescentar aumentar. Curvar, dobrar.
duplus,-a,-um. (duo). Duplo, dobrado.
dura,-orum, (n.). (durus). Provações, sofrimentos, palavras duras.
durabĭlis, durabĭle. (durus). Durável.
duramen, duramĭnis, (n.). (durus). Endurecimento. Congelamento.
duramentum,-i, (n.). (durus). Cepa velha de videira. Firmeza, solidez.
duramĭnis, ver **duramen.**
duratĕus,-a,-um. De madeira (em se tratando do cavalo de Tróia).
dure. (durus). Duramente, rudemente, grosseiramente, sem graça. Rigorosamente, severamente.
duresco,-is,-ĕre, durŭi. Endurecer-se, solidificar-se (por congelamento). Tomar um estilo duro.
durĭtas, duritatis, (f.). (durus). Dureza, rudeza, grosseria.
duritatis, ver **durĭtas.**
durĭter. (durus). Duramente, pesadamente, severamente. Dificilmente, penosamente.
duritĭa,-ae,(f.). (durus). Dureza, aspereza. Vida trabalhosa. Insensibilidade, severidade, rigor.
duritĭes,-ei, o mesmo que **duritĭa.**
duro,-as,-are,-aui,-atum. (durus). Tornar duro, endurecer, fortificar. Tornar-se insensível, ser cruel. Tornar forte, durar, resistir.
durus,-a,-um. Duro, áspero, rude. Cruel, insensível. Imprudente, descarado. Resistente, forte. Difícil, custoso.
duumuir,-uiri. (m.). (duo-uir). Duúnviro, membro de uma comissão constituída de dois homens.
dux, ducis. (m.). (duco). O que conduz, o guia. Chefe, general, comandante. O que guarda o rebanho. O conselheiro, o autor.
dynămis,dynămis, (f.). Grande quantidade, abundância.
dyscŏlus,-a,-um. Irritável, intratável.

E

e, também **ex** e **ec-**. I - prep./abl., indica o ponto de partida: de, de dentro de, do interior de, desde, a partir de; a respeito de, conforme, segundo. II – prevérbio, indica: ideia de saída, de ausência, de conclusão. Em geral, usa-se e antes de consoante, ex antes de vogal, às vezes, antes de consoante também.

eapropter. o mesmo que **proptereă. (propter ea).**

eatĕnus. (ea tenus). Até aí, a este ponto, pelo tempo que, a tal ponto.

ebĕnus,-i, (f.). Ébano – árvore ou madeira.

ebĭbo,-is,-ĕre,-bĭbi,-bibĭtum. (e-bibo). Beber até o fim, sugar. Absorver, esgotar, beber.

eblandĭor,-iris,-iri,-blanditus sum. (e-blandĭor). Obter por meio de carícias, lisonjear. Encantar, seduzir.

ebriĕtas, ebrietatis, (f.). (ebrĭus). Embriaguez. Suculência (de frutos).

ebrietatis, ver **ebriĕtas.**

ebriosĭtas, ebriositatis, (f.). (ebrĭus). Bebedeira, hábito da embriaguez.

ebriositatis, ver **ebriosĭtas.**

ebriosus,-a,-um. (ebrĭus). Bêbedo, dado à bebedeira. Suculento.

ebrĭus,-a,-um. Ébrio, bêbedo, embriagado. Saturado.

ebullĭo,-is,-ire,-iui/ĭi,-itum. (e-bullĭo). Sair em borbulhões, ferver muito. Produzir em abundância, fazer sair, realçar, exaltar.

ebur, ebŏris, (n.). Marfim. Objeto feito de marfim. Elefante.

eburatus,-a,-um. (ebur). Ornado de marfim.

ĕburnĕus,-a,-um. (ebur). Ebúrneo, de marfim. De elefante. Da cor do marfim.

ecastor. (castor). Por Castor! (fórmula de juramento usada pelas mulheres).

ecaudis, ecaude (e-cauda). Sem cauda, truncado, encurtado.

ecce. Eis, eis aí, eis aqui. Olha!

eccĕre. Bem, eis aqui, eis que.

ecclesĭa,-ae, (f.). Assembleia. Igreja.

ecdĭcus,-i, (m.). Síndico, advogado de uma cidade.

ecf- ver também **eff-.**

echinus,-i, (m.). Ouriço, ouriço do mar. Castanha. Vaso metálico para lavar copos. Ornato de capitel das colunas dóricas e jônicas.

echo,-us, (m.). Eco (som).

eclipsis,-is. (f.). Eclipse.

eclipticus,-a,-um. (eclipsis). Sujeito a eclipses.

eclŏga,-ae, (f.). Escolha, seleção, compilação. Fragmento de verso. Écloga.

eclogarĭum,-ĭi, (n.). (eclŏga). Coleção de pequenas obras literárias, trechos escolhidos.

econtra. (e-contra). Em frente, defronte, face a. Em oposição.

econtrarĭo. (e-contra). Pelo contrário, por outro lado.

ecquando? (ec-quando). Em que tempo? Quando foi? Se alguma vez.

ecqui? Se por ventura, se por acaso.

ecquis/ecqui, ecquae/ecqua, ecquod/ecquid? Há alguém que? Há algum que? Quem há que? Acaso alguém?

ecquo? Para onde? Aonde?

ecstăsis, ecstăsis, (f.). Êxtase.

ectypus,-a,-um. Que é em relevo, feito em relevo. Saliente.

ecu- ver também **equu-.**

ecus também **equus.**

ecutĭo,-is,-ĕre,-cussi,-cussum. (e-quatĭo). Fazer cair sacudindo, derrubar, tirar à força. Sacudir, agitar, excitar, provocar. Afastar, despojar, expulsar.

edacis, ver **edax.**

edacĭtas, edacitatis, (f.). (edo). Voracidade, apetite devorador.

edacitatis, ver **edacĭtas.**

edax, edacis. (edo). Voraz, devorador. Consumidor.

edentŭlus,-a,-um. (e-dens). Desdentado, velho. Que perdeu as forças.

edepol. Por Pólux (fórmula de juramento).

edĕra, o mesmo que **hedĕra.**

edico,-is,-ĕre,-dixi,-dictum. (e-dico). Proclamar um édito. Dizer em voz alta. Publicar, tornar público. Ordenar, mandar, estabelecer, fixar.

edictĭo, edictionis, (f.). (e-dico). Ordem, mandado. Edição.

edicto,-as,-are,-aui,-atum. (e-dico). Dizer alto, declarar.

edictum,-i, (n.). (e-dico). Proclamação, Édito, declaração pública. Ordem, enunciado, enunciação.

edisco,-is,-ĕre, edidĭci. (e-disco). Decorar, aprender de cor, aprender a fundo. Descobrir.

edissĕro,-is,-ĕre,-serŭi,-sertum. (e-dis-sero). Expor inteiramente, explicar detalhadamente, desenvolver.

edisserto,-as,-are,-aui,-atum. (e-dis-sero). Expor detalhadamente, desenvolver.

edĭta,-orum, (n.). (e-do). Ordens. Lugares elevados.

editicĭus,-a,-um. (e-do). Que se pode escolher.

editĭo, editionis, (f.). (e-do). Parto, ação de dar à luz. Edição, publicação de livro. Representação, celebração (de jogos). Declaração, versão de um fato. Escolha de juízes, nomeação de magistrados.

editor, editoris, (m.). (e-do). O que produz, proporciona, patrocina, o que causa, autor, fundador.

edo, edis, edĕre, edi, esum, ou edo, es, esse, edi, esum. Comer, consumir, devorar, roer. Destruir, arruinar.

edo, edis, edĕre, edĭdi, edĭtum. (e-do). Fazer sair, publicar, dar à luz. Produzir, causar. Expor, fazer ver. Escolher, nomear, declarar, fazer conhecer oficialmente.

edocĕo,-es,-ere,-docŭi,-doctum. (e-docĕo). Ensinar bem, instruir completamente, fazer saber inteiramente.

edŏlo,-as,-are,-aui,-atum. (e-dolo). Trabalhar com machadinha ou enxó. Desbastar, trabalhar (a madeira). Fazer o acabamento, dar os retoques finais.

edŏmo,-as,-are,-domŭi, -domĭtum. (e-domus). Domar inteiramente.

edormĭo,-is,-ire,-iui,-itum. (e-dormĭo). Acabar de dormir, dormir a sono solto. Acabar, completar algo dormindo.

educatĭo, educationis, (f.). (e-duco). Ação de criar, criação de animais, cultivo de plantas. Educação, instrução.

educator, educatoris, (m.). (e-duco). Aquele que cria, que alimenta. Pai, educador, criador, preceptor.

educatricis, ver **educatrix.**

educatrix, educatricis, (f.). (e-duco). Aquela que cria, que alimenta. Mãe, educadora, criadora.

edŭco,-as,-are,-aui,-atum. (e-duco). Criar, alimentar, cuidar de. Formar, educar, instruir. Produzir.

educo,-is,-ĕre,-duxi,-ductum. (e-duco). Conduzir, levar para fora, tirar. Fazer sair, dar à luz, produzir. Criar, educar. Elevar, exaltar. Esgotar, esvaziar. Passar o tempo.

edulis, edule. (edo). Comestível, próprio para consumo.

eduro,-as,-are. (durus). Endurecer. Durar, resistir.

edurus,-a,-um. (durus). Muito duro. Insensível.

eferuo,-is,-ĕre. (e-ferŭeo). Transbordar fervendo. Borbulhar, fervilhar.

eff- ver também **ecf-**.

effaris,-fatus sum. (ex-for). Falar, dizer, contar, predizer, anunciar. Fixar, determinar. (1a.sg. desusada)

effatĭo, effationis, (f.). (ex-for). Ação de falar.

effatum,-i, (n.). (ex-for). Proposição. Predição.

effecte. (ec-facĭo). Efetivamente.

effectĭo, effectionis, (f.). (ex-facĭo). Execução, realização, acabamento. Capacidade de realizar, produção, trabalho.

effectiuus,-a,-um. (ex-facĭo). Efetivo, ativo, produtivo.

effector, effectoris, (m.). (ex-facĭo). O que faz, produz. Autor, realizador. Operário.

effectum,-i, (n.) (ex-facĭo). Efeito.

effectus,-us, (m.). (ex-facĭo). Execução, realização, efeito. Resultado. Eficácia, força, potência.

effeminate. (ex-femĭna). Efeminadamente, à maneira de mulher.

effemĭno,-as,-are,-aui,-atum. (ex-femĭna). Tornar feminino, efeminar. Enfraquecer, tornar efeminado, amolecer, tornar lânguido. Tirar a coragem.

effercĭo,-is,-ire,-fersi,-fertum. (ex-farcĭo). Encher, fartar.

efferĭtas, efferitatis, (f.). (ex-fera). Selvageria, ferocidade, barbárie.

effĕro,-as,-are,-aui,-atum. (ex-fera). Tornar feroz, dar aspecto de ferocidade a. Embotar, tornar insensível.

effĕro,-fers,-ferre, extŭli, elătum. (ex-fero). Levar, conduzir para fora, tirar. Levar para a cova, enterrar. Produzir, gerar, fazer sair da terra. Exprimir, expor, dizer, divulgar. Elevar, exaltar. Sofrer, suportar.

efferuesco,-is,-ĕre,-ferbŭi/ferui. (ex-feruĕo). Esquentar, entrar em ebulição. Ferver. Fervilhar, espalhar-se, produzir em grande quantidade.

effĕrus,-a,-um. (ex-fera). Feroz, selvagem, brutal.

effetus,-a,-um. (ex-fetus). Que deu à luz. Esgotado, fatigado, exausto (pelo esforço, cansaço, pelo parto).

efficacĭa,-ae (f,). (ex-facĭo). Propriedade, poder eficaz, eficácia.

efficacĭtas, efficacitatis, (f.). (ex-facĭo). Força, virtude, eficácia.

efficacitatis, ver **efficacĭtas.**

efficacĭter. (ex-facĭo). Eficazmente, com sucesso, eficientemente.

effĭcax, efficacis. (ex-facĭo). Que faz, que atua. Eficaz, que tem a propriedade de, poderoso.

efficienter. (ex-facĭo). Eficientemente. Com atuação eficiente.

efficientĭa,-ae, (f.). (ex-facĭo). Eficiência, capacidade de produzir, poder, propriedade, virtude.

efficĭo,-is,-ĕre,-feci,-fectum. (ex-facĭo). Acabar de fazer, fazer completamente, produzir. Fazer por, fazer que, tornar, obter, realizar, construir. Executar, cumprir. Perfazer uma quantia. Provar, concluir, demonstrar, estabelecer.

effigĭa,-ae, também effigĭes,-ei, (f.). Representação, imagem, estátua, retrato, cópia. Imitação, semelhança, forma. Sombra, espectro, fantasma.

effingo,-is,-ĕre,-finxi,-finctum. (ex-fingo). Fazer desaparecer, limpar, enxugar. Reproduzir, pintar, figurar, esculpir. Esfregar brandamente.

efflagitatio, efflagitationis, (f.). (ex-flagĭto). Pedido com instância, solicitação.

efflagĭto,-as,-are,-aui,-atum. (ex-flagĭto). Pedir com instância, solicitar com veemência, rogar, instar por.

efflatus,-us, (m.). (ex-flo). Saída para o ar, para o vento, sopro.

efflĕo,-es,-ere,-fleui,-fletum. (ex-fleo). Chorar copiosamente.

efflictim. (ex-fligo). Violentamente, apaixonadamente, ardentemente.

effligo,-is,-ĕre,-flixi,-flictum. (ex-fligo). Bater fortemente, abater, matar.

efflo,-as,-are,-aui,-atum. (ex-flo). Exalar, expelir soprando, soprar. Morrer, expirar.

effloresco,-is,-ĕre,-florŭi. (ex-flos). Florescer. Ser florescente, brilhar, nascer.

efflŭo,-is,-ĕre,-fluxi. (ex-fluo). Derramar-se, espalhar-se, correr de, esvair-se. Passar, decorrer. Sair, escapar. Divulgar.

effluuĭum,-i, (n.). (ex-fluo). Escoamento, eflúvio. Lugar onde se despejam as águas (de um lago).

effoco,-as,-are. (ex-fauces). Abafar, sufocar.

effodĭo,-is,-ĕre,-fodi,-fossum. (ex-fodĭo). Tirar cavando, extrair, abrir, vazar, furar, desenterrar. Demolir, abater, saquear.

effractarĭus,-i, (m.). (ex-frango). O que rouba arrombando as portas.

effrenate. (ex-frenum). Desenfreadamente, desregradamente, dissolutamente.

effrenatĭo, effrenationis, (f.). (ex-frenum). Dissolução, excesso, libertinagem.

effrenus,-a,-um. (ex-frenum). Desenfreado, sem freio. Dissoluto, desregrado, violento.

effrĭco,-as,-are, (-frixi),-fricatum. (ex-frico). Esfregar, remover esfregando, limpar.

effringo,-is,-ĕre,-fregi,-fractum. (ex-frango). Quebrar, abrir arrombando, arrombar, destruir.

effugĭo,-is,-ĕre,-fugi,-fugĭtum. (ex-fugĭo). Escapar fugindo, fugir. Evitar, esquivar-se de.

effugĭum,-i, (n.). (ex-fugĭo). Ação de fugir, meio de fugir. Fuga, evasão. Saída, passagem.

effulgĕo,-es,-ere,-fulsi. (ex-fulgĕo). Brilhar, resplandecer, luzir, fulgurar.

effultus,-a,-um. (fulcĭo). Apoiado sobre, sustentado.

effundo,-is,-ĕre,-fudi,-fusum. (ex-fundo). Derramar, espalhar, verter espalhando. Lançar, enviar. Deixar correr solto, abandonar. Expirar, exalar. Produzir em abundância, prodigalizar. Dissipar, gastar.

effuse. (ex-fundo). Com largueza, amplamente, com efusão. Em debandada, precipitadamente.

effusĭo, effusionis, (f.). (ex-fundo). Ação de espalhar, derramamento. Profusão, prodigalidade, largueza, efusão.

effutĭo,-is,-ire,-iui,-itum. (ex-futĭlis). Falar sem pensar, dizer futilidades, banalidades. Falar com facilidade.

effutŭo,-is,-ĕre,-futŭi,-fututum. (ex-futŭo). Esgotar pela devassidão. Dissipar nos prazeres (o dinheiro, a fortuna).

egenus,-a,-um. (egĕo). Que tem falta de, privado de, pobre.

egĕo,-es,-ere, egŭi. Estar na pobreza, na indigência, ser pobre, carecer de. Estar privado de. Procurar, desejar.

egĕro,-is,-ĕre,-gessi,-gestum. (e-gero). Levar para fora, tirar, extrair. Fazer sair, lançar para fora, esvaziar, esgotar, evacuar, vomitar. Afastar, dissipar, derramar. Desabafar.

egestas, egestatis, (f.). (egĕo). Falta, privação, necessidade. Pobreza, penúria, miséria.

egestatis, ver **egestas.**

egestĭo, egestionis, (f.). (egĕo). Ação de levar, tirar. Dissipação, ruína.

egigno,-is,-ĕre. (e-gigno). Produzir. Sair de, aumentar.

ego, mĕi, mihi, me. Eu, de mim, a mim, me, etc.

egredĭor, egredĕris, egredi, egressus, sum. (e-gradus). Sair, sair de, afastar-se de. Desembarcar. Elevar-se, subir, ultrapassar, passar além.

egregĭe. (e-grex). De modo particular, especialmente. Distintamente, excelentemente.

egregĭus,-a,-um. (e-grex). Insigne, distinto, excelente, notável, brilhante, egrégio. Honroso, glorioso, favorável.

egressĭo, egressionis, (f.). (e-gradus). Ação de sair, saída. Digressão.

egressus,-us, (m.). (e-gradus). Ação de sair, saída. Desembarque, desembocadura, lugar de saída. Digressão.

ehem! Interjeição para denotar surpresa, admiração, alegria.

eheu! Interjeição para denotar tristeza, dor, abatimento.

eho! Expressão de advertência, de chamamento, de insistência.

ei! interjeição: ai! ui!

eiaculor,-aris,-ari,-atus sum. (e-iacĭo). Lançar com força, projetar, arremessar para fora.

eiectĭo, eiectionis, (f.). (e-iacĭo). Ação de lançar, arremessar fora. Expulsão, exílio, desterro.

eiecto,-as,-are,-aui,-atum. (e-iacĭo). Lançar fora, expelir, expulsar, vomitar, evacuar.

eiicĭo,-is,-ĕre, eieci, eiectum. (e-iacĭo). Lançar fora, expulsar, expelir. Vomitar, fazer sair. Exilar, banir, desterrar. Precipitar, saltar, desembarcar. Extirpar, arrancar. Reprovar, rejeitar.

eiulabĭlis, eiulabĭle. (eiulo). Queixoso, lastimoso.

eiulatĭo, eiulationis, (f.). (eiulo). Lamentações, prantos, queixas.

eiulo,-as,-are,-aui,-atum. (da interjeição ei). Lamentar-se, deplorar. Soltar gritos de dor.

eiuratĭo, eiurations, (f.). (e-ius). Renúncia, abdicação, demissão.

eiuro,-as,-are,-aui,-atum. (e-ius). Protestar sob juramento, recusar, rejeitar. Abdicar, renunciar, abandonar. Afastar-se de, desaprovar.

elabor,-ĕris,-labi,-lapsus sum. (e-labor). Escorregar, deslizar para fora, escapar. Desaparecer, esconder-se. Esquivar-se, evitar, perder-se.

elaboro,-as,-are,-aui,-atum. (e-labor). Realizar ou obter a custa de esforço. Trabalhar com cuidado, aplicar-se a. Elaborar.

elanguesco,-is,-ĕre,-langŭi. (e-languĕo). Tornar-se lânguido, enfraquecido, sem relevância. Enfraquecer-se.

elargĭor,-iris,-iri. (e-largus). Dar generosamente, com liberalidade. Distribuir.

elate. (effĕro). Com elevação, com largueza. Em tom solene, elevado. Orgulhosamente, com altivez, com desdém.

elatĭo, elationis, (f.). (effĕro). Ação de elevar, de erguer-se. Exaltação, nobreza, sublimidade. Amplificação, exagero, hipérbole.

elatro,-as,-are. (e-latro). Gritar, ladrar com força. Falar como se estivesse ladrando.

elatus,-a,-um. (effĕro). Elevado, alto, sublime, nobre. Arrebatado, apaixonado.

elăuo,-as,-are,-laui,-lautum. (e-lauo). Lavar, banhar. Banhar-se. Ser despojado. Mergulhar, perder-se na água.

electa,-orum, (n.). (e-lego). Trechos escolhidos, seleta.

electe. (e-lego). Com escolha, selecionadamente.

electĭo, elections, (f.). (e-lego). Escolha, seleção, eleição.

electo,-as,-are. (e-lego). Seduzir, enganar.

electrum,-i, (n.). Âmbar amarelo. Liga metálica (3/4 de ouro e 1/4 de prata). Enfeite de âmbar usado pelas matronas romanas.
elĕgans, elegantis. (e-lego). Que sabe escolher, de bom gosto, distinto. Elegante, esmerado, apurado. Correto, brilhante.
eleganter. (e-lego). Elegantemente. Com escolha, com gosto. Distintamente, com finura.
elegantĭa,-ae, (f.). (e-lego). Escolha, bom gosto, distinção, elegância. Correção, clareza, refinamento.
elegia,-ae, (f.). Elegia (poema).
elementa,-orum, (n.). Letras do alfabeto, alfabeto. Noções elementares, princípios das ciências, os rudimentos. As categorias aristotélicas. Começo, princípio.
elenchus,-i, (m.). Pérola em forma de pera. Apêndice de um livro.
elephantĭasis, elephantĭasis, (f.). (elephas). Elefantíase (lepra).
elephantinus,-a,-um. (elephas). De marfim, da cor de marfim.
elephantus,-i, (m.). Elefante. Marfim.
elĕphas ou elephans, elephantis, (m.). Elefante. Elefantíase (lepra).
elĕuo,-as,-are,-aui,-atum. (e-leuis). Levantar, erguer, elevar. Tirar, aliviar, tornar leve, enfraquecer. Amenizar, consolar, minorar.
elicĭo,-is,-ĕre,-licŭi/-lexi,-licĭtum. (e-lacĭo). Fazer sair por magia ou astúcia, evocar, invocar. Tirar, arrancar. Provocar, atrair, excitar.
elido,-is,-ĕre,-lisi,-lisum. (e-laedo). Fazer sair apertando, esmagar, apertar com força. Abater, enfraquecer, vencer, anular, elidir. Emitir um som, refletir uma imagem.
elĭgo,-is,-ĕre,-legi,-lectum. (e-lego). Colher arrancando, tomar, tirar. Separar, escolher, eleger.
elimĭno,-as,-are,-aui,-atum. (e-limen). Pôr para fora de casa, expulsar, banir. Divulgar, vulgarizar.
elimo,-as,-are,-aui,-atum. (e-lima). Limar, lixar delicadamente, polir, retocar, aperfeiçoar. Enfraquecer.
elinguis, elingue. (e-lingua). Sem língua, mudo. Sem eloquência.
elinguo,-as,-are,-aui,-atum. (e-lingua). Arrancar, cortar a língua a alguém.
elĭquo,-as,-are,-aui,-atum. (e-liquo). Clarificar, purificar. Destilar, fazer escorrer, gotejar. Investigar, examinar acuradamente.
elisĭo, elisionis, (f.). (e-laedo). Ação de extrair um líquido, de arrancar lágrimas. Elisão.
elixus,-a,-um. (e-lix). Cozido na água. Embebido na água.
elŏco,-as,-are,-aui,-atum. (e-locus). Alugar, arrendar. Dar de aluguel.
elocutĭo, elocutionis, (f.). (e-loquor). Ação de falar, maneira de se exprimir, expressão, palavra. Elocução.
elocutorĭus,-a,-um. (e-loquor). Relativo à expressão.
elocutricis, ver **elocutrix.**
elocutrix, elocutricis, (f.). (e-loquor). A que fala.
elogĭum,-i, (n.). Epitáfio, inscrição tumular. Pequena fórmula, nota, cláusula jurídica. Matéria de uma causa. Registro de presos. Elogio.
eloquentĭa,-ae, (f.). (e-loquor). Dom da palavra, facilidade de expressão.
eloquĭum,-i, (n.). (e-loquor). Linguagem, palavra, expressão do pensamento. Dom da palavra, eloquência. Conversação, discurso.
elŏquor,-quĕris,-loqui,-locutus sum. (e-loquor). Falar, expor, exprimir-se. Explicar, indicar, revelar, declarar, anunciar.
elucĕo,-es,-ere,-luxi. (e-lux). Luzir, brilhar, resplandecer. Revelar-se, manifestar-se.
eluctabĭlis, eluctabĭle. (e-lucta). Que se pode vencer, superar, de que se pode escapar.
eluctor,-aris,-ari,-atus sum. (e-lucta). Sair com esforço ou dificuldade. Superar, vencer lutando. Obter através da luta. Escapar de.
elucŭbro,-as,-are,-aui,-atum. (e-lux). Fazer à custa de vigílias, trabalhar com cuidado, preparar cuidadosamente.
eludo,-is,-ĕre,-lusi,-lusum. (e-ludo). Evitar, esquivar-se de, aparar um golpe. Zombar, ridicularizar, divertir-se. Frustrar, enganar.
elugĕo,-es,-ere,-luxi. (e-lugĕo). Chorar, sofrer por, deplorar, estar de luto. Acabar de chorar, deixar o luto.
elumbis, elumbe. (e-lumbus). Sem forças, enfraquecido, sem vigor. Sem rins.

elŭo,-is,-ĕre,-lui,-lutum. (e-lauo). Lavar, limpar. Apagar, fazer desaparecer. Purificar, dissolver, diluir. Dissipar, gastar.

eluuĭes,-ei, (f.). (e-lauo). Àgua corrente, enxurrada, torrente. Córrego, charco, atoleiro, pântano. Esgoto, escoamento. Ruína, perda.

eluuĭo, eluuionis, (f.). (e-lauo). Inundação.

emacĕro,-as,-are. (e-macer). Emagrecer.

emacis, ver **emax.**

emancipatĭo, emancipationis, (f.). (e-manuscapĭo). Emancipação. Alienação.

emancĭpo,-as,-are,-aui,-atum. (e-manuscapĭo). Emancipar, libertar, excluir da tutela. Alienar.

emano,-as,-are,-aui,-atum. (e-mano). Correr, sair de, manar. Provir, originar-se de, emanar. Espalhar-se, derramar, divulgar.

emarcesco,-is,-ĕre,-marcŭi. (e-marcĕo). Murchar, secar.

ematuresco,-is,-ĕre,-maturŭi. (e-maturus). Amadurecer, chegar à maturidade. Abrandar, acalmar.

emax, emacis. (emo). Que gosta, que tem mania de comprar, consumista.

emblema, emblemătis, (n.). Trabalho em relevo. Ornato, folheado.

embolĭum,-i, (n.). Espécie de pantomima representada nos entreatos.

emendabĭlis, emendabĭle. (e-mendum). Reparável, que se pode corrigir, emendável.

emendate. (e-mendum). Corretamente, com correção. Sem remendos.

emendatĭo, emendationis, (f.). (e-mendum). Ação de corrigir, correção, emenda.

emendico,-as,-are,-aui,-atum. (e-mendum). Mendicar, pedir esmolas.

emendo,-as,-are,-aui,-atum. (e-mendum). Emendar, corrigir, retificar. Remediar, curar.

ementĭor,-tiris,-tiri,-titus sum. (e-mentĭor). Mentir, caluniar, falsear. fingir, imitar, dissimular.

emercor,-aris,-ari,-atus sum. (e-merx). Comprar.

emerĕo,-es,-ere,-merŭi,-merĭtum. (e-merĕo). Merecer, obter, conseguir, ganhar. Concluir o serviço militar.

emerĕor,-eris,-eri,-ĭtus sum. (e-merĕo). Acabar de prestar o serviço militar. Concluir uma tarefa.

emergo,-is,-ĕre,-mersi,-mersum. (e-mergo). Emergir, sair da água. Aparecer, surgir, nascer.

emerĭtum,-i, (n.). (e-merĕo). Pensão de reforma para os soldados.

emerĭtus,-a,-um. (e-merĕo). Acabado, concluído, vitorioso. Que não mais trabalha.

emetĭor,-iris,-iri,-mensus sum. (e-meta). Medir exatamente. Percorrer, atravessar. Dar em larguesa, atribuir, dispensar.

emĕto,-is,-ĕre,-messus. (e-meto). Ceifar, tirar ceifando.

emĭco,-as,-are,-micŭi,-atum. (e-mico). Lançar-se para fora, atirar-se para fora, sair com força, romper, brotar. Aparecer, surgir, irromper, manifestar-se.

emĭgro,-as,-are,-aui,-atum. (e-migro). Sair de, emigrar, mudar de habitação, expatriar-se. Fazer sair, afastar, expulsar.

eminentĭa,-ae, (f.). (e-minĕo). Altura, elevação, saliência, relevo, eminência. Excelência, superioridade.

eminĕo,-es,-ere,-minŭi. (e-minĕo). Destacar-se, estar saliente, elevar-se acima de, sobressair. Manifestar-se, revelar-se, surgir, aparecer. Tornar-se relevante.

emĭnus. (e-manus). Sem vir às mãos. De longe, à distância.

emiror,-aris,-ari,-atus sum. (e-mirus). Estar muito admirado, mostrar grande surpresa.

emissarĭum,-i, (n.). (e-mitto). Escoadouro. Represa.

emissarĭus,-i, (m.). (e-mitto). Emissário, agente, espião. Correio.

emissicĭus,-a,-um. (e-mitto). Que se envia para espionar.

emissĭo, emissionis, (f.). (e-mitto). Ação de soltar, deixar ir. Emissão.

emitto,-is,-ĕre,-misi,-missum. (e-mitto). Deixar escapar, soltar, largar, deixar cair, emitir. Produzir, dar à luz, lançar, atirar.

emo,-is,-ĕre, emi, emptum. Tomar. Comprar. Subornar, assalariar.

emodŭlor,-aris,-ari. (e-modus). Cantar.

emolimentum,-i, (n.). (e-moles). Grande construção. Trabalho, obstáculo, dificuldade.

emolĭor,-iris,-iri,-molitus sum. (e-moles). Levantar um peso, elevar. Executar, conseguir, fazer. Lançar fora com dificuldade.

emollĭo,-is,-ire,-iui/-ĭi,-itum. (e-mollis). Amolecer, amaciar, abrandar, suavizar. Debilitar, enfraquecer.
emŏlo,-as,-are,-aui,-atum. (e-molo). Moer inteiramente, moer bem. Produzir.
emolumentum,-i, (n.). (emŏlo). Vantagem, proveito, lucro, emolumento.
emorĭor,-ĕris,-mori,-mortŭus sum. (e--mors). Acabar de morrer, morrer, esvair--se, acabar, desaparecer.
emouĕo,-es,-ere,-moui,-motum. (e-mouĕo). Expulsar, mover para longe, abalar, sacudir, tirar, afastar. Dissipar.
empirĭcus,-i, (m.). Médico empírico.
emporĭum,-i, (n.). Empório, mercado, entreposto. Lugar de compra e venda.
emptĭcĭus,-a,-um. (emo). Que se compra, comprado.
emptĭo, emptionis, (f.). (emo). Compra, contrato de venda. Objeto comprado.
emptor, emptoris, (m.). (emo). Comprador.
emugĭo,-is,-ire. (e-mugĭo). Mugir, soltar mugidos.
emulgĕo,-es,-ere,-mulsi,-mulsum. (e-mulgĕo). Ordenhar. Esgotar.
emungo,-is,-ĕre,-munxi,-munctum. (e--mungo). Assoar. Limpar, despojar.
emunĭo,-is,-ire,-iui/-ĭi,-itum. (e-moenĭa). Fortificar, guarnecer de muros. Tornar seguro, defender, proteger.
emutatĭo, emutationis, (f.). (e-muto). Mudança completa, definitiva.
emuto,-as,-are,-aui,-atum. (e-muto). Transformar inteiramente, mudar por completo.
en. I – Interjeição: eis, eis aqui. II – partícula interrogativa: Acaso?
enarrabĭlis, enarrabĭle. (e-narro). Que se pode descrever, descritível. Também: que não se pode descrever.
enarratĭo, enarrationis, (f.). (e-narro). Desenvolvimento, explicação, comentário. Enumeração pormenorizada. Escansão de sílabas.
enarro,-as,-are,-aui,-atum. (e-narro). Contar com detalhes, pormenorizadamente. Explicar, comentar, interpretar.
enascor,-ĕris,-nasci,-natus sum. (e-nascor). Nascer de, vir ao mundo, sair, brotar.
enăto,-as,-are,-aui,-atum. (e-no). Salvar-se a nado, escapar de um naufrágio. Desembaraçar-se, livrar-se de. Atravessar a nado.

enauĭgo,-as,-are,-aui,-atum. (e-no). Passar navegando, viajar pelo mar, aportar. Escapar, livrar-se.
encaustum,-i, (n.). Pintura encáustica feita com cera. Cores a fogo. Tinta de púrpura (reservada para a assinatura dos imperadores).
endrŏmis, endromĭdis. Manto com que os atletas se cobriam após os exercícios físicos.
enĕco,-as,-are,-necŭi,-nectum (e-nex). Matar, fazer morrer. Esgotar, fatigar, importunar.
eneruis, enerue. (e-neruus). Sem nervos, fraco, efeminado.
eneruo,-as,-are,-aui,-atum. (e-neruus). Privar dos nervos, cortar, tirar os nervos. Enfraquecer, enervar, esgotar.
enim. I – Adv.: Certamente, sem dúvida, de fato. II – Conj.: Na verdade, efetivamente, com efeito. É que, pois, porquanto.
enimuero. Efetivamente, sem dúvida, seguramente.
enitĕo,-es,-ere,-nitŭi. (e-nitĕo). Brilhar, reluzir. Aparecer, distinguir-se.
enitor,-ĕris,-niti,-nisus/nixus sum. (e--nitor). Fazer esforços para sair, desembaraçar-se. Esforçar-se. Procurar obter, procurar fazer. Transpor, atravessar. Dar à luz, parir.
enixe. (e-nitor). Esforçadamente, com esforço, com todo empenho.
eno,-as,-are,-aui,-atum. (e-no). Salvar-se a nado, abordar. Escapar-se, evolar-se, livrar-se.
enodate. (e-nodus). Claramente, facilmente, com lucidez, sem embaraços.
enodatĭo, enodationis, (f.). (e-nodus). Explicação, esclarecimento. Etimologia.
enodis, enode. (e-nodus). Que não tem nós, que é sem nós. Desembaraçado, flexível, fácil.
enodo,-as,-are,-aui,-atum. (e-nodus). Tirar os nós, desembaraçar, desatar. Explicar, interpretar, esclarecer. Fazer etimologia.
enormis, enorme. (e-norma). Que está fora da norma, irregular, mal feito. Fora das proporções, muito grande, enorme. Inesgotável.
enormĭtas, enormitatis, (f.). (e-norma). Irregularidade, desproporcionalidade. Grandeza, grossura, enormidade.

enormitatis, ver **enormĭtas.**
enormĭter. (e-norma). Irregularmente, contra as regras. Desmedidamente, enormemente, excessivamente.
enotesco,-is,-ĕre,-notŭi. (e-nota). Tornar-se público, propalar-se, tornar-se conhecido.
enŏto,-as,-are,-aui,-atum. (e-nota). Notar, registrar em notas.
ensĭfer,-fĕra,-fĕrum. (ensis-fero). Armado de espada, aquele que porta uma espada.
ensis, ensis, (m.). Espada, gládio. Autoridade, poder supremo. Combate, guerra.
enthĕus,-a,-um. Divinamente, inspirado, cheio de entusiasmo.
enubo,-is,-ĕre,-nupsi,-nuptum. (e-nubes). Casar (a mulher com um homem de classe/condição inferior), fazer casamento desigual.
enucleate. (e-nux). De modo sóbrio e claro. Sem caroço.
enuclĕo,-as,-are,-aui,-atum. (e-nux). Tirar o caroço, a noz. Estudar, examinar detalhadamente, estudar a fundo.
enumeratĭo, enumerationis, (f.). (e-numĕrus). Enumeração. Resumo, recapitulação.
enumĕro,-as,-are,-aui,-atum. (e-numĕrus). Contar por inteiro. Relatar, resumir, recapitular, enumerar.
enuntiatĭo, enuntiationis, (f.). (e-nuntĭus). Enunciação, exposição, narração. Proposição. Pronunciação.
enuntiatum,-i, (n.). (e-nuntĭus). Enunciado, proposição.
enuntĭo,-as,-are,-aui,-atum. (e-nuntĭus). Anunciar para fora, fazer conhecer, divulgar, exprimir, dizer, declarar, enunciar.
enuptĭo, enuptionis, (f.). (enubo). Casamento com desigual, casamento ruim.
enutrĭo,-is,-ire,-iui/ĭi,-itum. (e-nutrĭo). Alimentar bem, nutrir, criar (um filho, uma criança).
eo, is, ire, iui/ĭi, itum. Ir. Dirigir-se, caminhar para, andar. Recorrer, procurar, Passar, transformar-se, correr de, espalhar-se.
eo. I – Adv.: Para lá, para aquele lugar. A este ponto, a tal estado. II – Por causa disto, a fim de que, para que. Tanto que, tanto mais que, tanto menos que. De tal modo, assim, a tal ponto.

eodem. (idem). Para o mesmo lugar, ao mesmo ponto. Ao mesmo fim.
eous,-a,-um. Do oriente, oriental.
epaphaerĕsis, epaphaerĕsis, (f.). Ação de tirar, de tosquiar. Evacuação repetida.
ephebus,-i, (m.). Adolescente, jovem (entre 16 e 20 anos).
ephemerĭdis, ver **ephemĕris.**
ephemĕris, ephemerĭdis, (f.). Diário, efeméride.
ephippiatus,-a,-um. (ephippĭum). Sentado num xairel.
ephippĭum,-i, (n.). Xairel (cobertura que se coloca no cavalo).
epicopus,-a,-um. Guarnecido de remos.
epicrŏcus,-a,-um. Fino, transparente.
epĭcus,-a,-um. Épico.
epigramma, epigrammătis, (n.). Inscrição, título. Epitáfio. Epigrama, pequena composição poética. Marca de ferro em brasa.
epigrammătis, ver **epigramma.**
epĭgrus,-i, (m.). Cavilha.
epimenĭa,-orum, (n.). Presentes dados todos os meses. Provisões para um mês.
epiraedĭum,-i, (n.). Correia para atrelar o cavalo ao carro. Carro, parelha de cavalos.
episcŏpus,-i, (m.). Inspetor de mercados. Bispo.
epistŭla,-ae, (f.). Remessa (de uma carta). Carta, epístola.
epistulĭum,-i, (n.). (epistŭla). Bilhetinho, pequena carta.
epitaphĭus,-i, (m.). Discurso fúnebre. Epitáfio.
epithalamion,-i, (n.) ou **epithalamĭum.** Canto nupcial, epitalâmio.
epitŏme,-es, (f.). Resumo, epítome.
epitonĭum,-i, (n.). Rolo cilíndrico, rolha, torneira.
epos, (n.). indecl. Epopeia, poema épico.
epoto,-as,-are,-aui,-atum ou epotum. (e-poto). Beber tudo, esvaziar bebendo. Absorver, tragar, impregnar-se, devorar.
epŭlae,-arum, (f.). Alimento, iguaria, pratos, comida. Refeição, festim, banquete.
epularis, epulare. (epŭla). De mesa, de festim.
epŭlo, epulonis, (m.). (epŭla). Sacerdote que presidia aos festins dos sacrifícios. Conviva, comilão.
epŭlor,-aris,-ari,-atus sum. Assistir a um banquete, banquetear-se. Comer.

epŭlum-i, (n.). (epŭla). Refeição suntuosa, banquete cerimonial, refeição sagrada.
equa,-ae, (f.). Égua.
equarĭus,-a,-um. (equus). De cavalo.
eques, equĭtis, (m.). (equus). Cavaleiro. Cavalaria. Membro da ordem dos cavaleiros (grupo de pessoas com certos direitos e privilégios).
equester,-tris,-tre. (equus). Equestre, de cavalo. De cavalaria.
equestrĭa,-ium, (n.). (equus). Bancadas dos cavaleiros no teatro.
equĭdem. Certamente, sem dúvida, seguramente, evidentemente, no que diz respeito.
equile, equilis, (n.). (equus). Estrebaria, cavalariça.
equinus,-a,-um. (equus). Equino, de cavalo, de égua.
equirĭa,-orum, (n.). (equus-curro). Corridas de cavalo, instituídas por Rômulo em honra de Marte.
equiso, equisonis, (m.). (equus). Tratador de cavalos, escudeiro.
equitabĭlis, equitabĭle. (equus). Favorável a manobras de cavalaria.
equitatĭo, equitationis, (f.). (equus). Equitação.
equitatus,-us, (m.). (equus). Ação de andar a cavalo. Cavalaria. Ordem dos cavaleiros.
equĭtis, ver eques.
equĭto,-as,-are,-aui,-atum. (equus). Andar a cavalo, cavalgar, galopar. Desfilar a cavalo.
equu- ver também ecu-.
equulĕus,-i (m.). (equus). Cavalo novo, potro. Cavalete (instrumento de tortura: estaca onde se amarravam escravos).
equus,-i, (m.). Cavalo. Cavalaria. Máquina de guerra (semelhante a um aríete). O Cavalo de Tróia. Pégaso.
er- ver também her-.
era ver também hera.
eradicĭtus. (e-radix). Com todas as raízes, radicalmente.
eradico,-as,-are,-aui,-atum. (e-radix). Erradicar, arrancar (pela raiz). Destruir, exterminar.
erado,-is,-ĕre,-rasi,-rasum. (e-rado). Raspar fora, tirar raspando. Suprimir, eliminar, apagar.

erănus,-i, (m.). Espécie de "previdência privada" voluntária.
erectus,-a,-um. (e-rego). Erguido, direito, hirto. Arrogante, soberbo. Alto, elevado nobre.
erepo,-is,-ĕre,-repsi,-reptum. (e-repo). Sair rastejando, arrastar-se. Subir rastejando. Elevar-se insensivelmente. Atravessar rastejando.
ereptĭo, ereptionis, (f.). (e-rapĭo). Espoliação, roubo.
ereptor, ereptoris, (m.). (e-rapĭo). Ladrão, espoliador.
erga, prep./acus. Na direção de, defronte de, em frente de. Relativamente a, com respeito a, para com. Contra.
ergastŭlum,-i, (n.). Prisão de escravos, prisão. Escravos aprisionados.
ergo. I – Conj.: Pois, portanto, por conseguinte, logo. II – posposto a um genitivo = por causa de, graças a, em honra de.
erĭgo,-is,-ĕre,-rexi,-rectum. (e-rego). Levantar, erguer, elevar, endireitar. Fazer subir, mandar subir. Estimular, dar coragem. Despertar, excitar.
eripĭo,-is,-ĕre,-ripŭi,-reptum. (e-rapĭo). Puxar violentamente, tirar à força, arrebatar, arrancar. Livrar de, libertar. Fazer desaparecer, obscurecer, impedir. Apressar.
erodo,-is,-ĕre,-rosi,-rosum. (e-rodo). Roer, comer, corroer.
erogatĭo, erogationis, (f.). (e-rogo). Distribuição, despesa, pagamento.
erŏgo,-as,-are,-aui,-atum. (e-rogo). Fazer sair para distribuir, fornecer para despesas públicas. Pagar, gastar, fornecer. Fazer perecer, sacrificar.
eros, erotis, (m.). Eros, O Amor.
erosĭo, erosionis, (f.). (e-rodo). Ação de roer, erosão.
erotĭcus,-a,-um. (eros). Erótico.
erotis, ver eros.
errabundus,-a,-um. (erro). Errante.
erratĭcus,-a,-um. (erro). Errante, vagabundo.
erratĭo, errationis, (f.). (erro). Ação de se afastar, desvio, volta, caminho mais longo.
erratum,-i, (n.). (erro). Erro, falta.
erro, erronis, (m.). (erro). Vagabundo, errante.
erro,-as,-are,-aui,-atum. Errar, andar sem rumo, caminhar para uma aventura.

Afastar-se do caminho, perder-se, enganar-se, cometer um erro. Vagar.
erronĕus,-a,-um. (erro). Errante, vagabundo.
error, erroris, (m.). (erro). Ação de se afastar, afastamento, volta, rodeio. Erro, falta, culpa. Loucura, delírio, desvario. Ignorância, incerteza. Armadilha.
erubesco,-is,-ĕre,-rubŭi. (e-rubĕo). Enrubescer, tornar-se vermelho. Corar de vergonha, envergonhar-se. Respeitar, reverenciar.
eruca,-ae, (f.). Eruca (planta). Lagarta (de plantas).
eructo,-as,-are,-aui,-atum. Vomitar, lançar fora. Exalar, expelir. Arrotar.
erudĭo,-is,-ire,-iui/-ĭi,-itum. (e-rudis). Tirar da condição de rude. Formar, instruir, educar. Aperfeiçoar.
erudite. (e-rudis). Sabiamente, como alguém instruído.
erudiţĭo, eruditionis, (f.). (e-rudis). Ação de ensinar, instruir, formar. Instrução, conhecimento, ciência.
erumpo,-is,-ĕre,-rupi,-ruptum. (e-rumpo). Fazer sair quebrando, lançar fora, precipitar. Fazer uma investida, forçar uma linha de batalha. Aparecer subitamente, manifestar-se, mostrar-se. Estalar, explodir. Terminar em, acabar bruscamente.
erŭo,-is,-ĕre,-rŭi,-rŭtum. (e-ruo). Tirar de, extrair de, desenterrar, cavar, arrancar. Destruir, demolir, arruinar. Descobrir, desvendar.
eruptĭo, eruptionis, (f.). (e-rumpo). Saída impetuosa, erupção, explosão, eclosão. Irrupção.
erus, ver herus.
eruum,-i, (n.). Lentilha.
esca,-ae, (f.). Alimento, sustento, comida, pasto. Isca, alimento atrativo.
escarĭus,-a,-um. (esca). Que serve para refeições. Próprio para alimentação.
escendo,-is,-ĕre,-cendi,-censum. (ex-scando). Subir, montar, embarcar.
escensĭo, escensionis, (f.). (ex-scando). Desembarque, descida.
esculenta,-ae, (f.). (esca). Alimentos, manjares.
esculentus,-a,-um. (esca). Comestível, próprio para alimentação, nutritivo.
esĭto,-as,-are,-aui. (edo). Comer muitas vezes.
esse ver sum.
essedarĭus,-i (m.). (essĕdum). Combatente (em carro).
essĕdum,-i, (n.). Éssedo (carro gaulês, de duas rodas, para guerra e transporte).
essentĭa,-ae, (f.). (esse). Essência, a natureza de alguma coisa.
essentialis, essentiale, (esse). Essencial, relativo à essência.
essu- ver também esu-.
estricis, ver estrix.
estrix, estricis, (f.). (edo). Comilona.
esu- ver também essu-.
esurĭo, esurionis, (m.). (edo). Comilão.
esurĭo,-is,-ire,-iui/-ĭi,-itum. (edo). Desejar comer, ter fome. Desejar, cobiçar.
esuritĭo, esuritionis, (f.). (edo). Fome.
et. I – Conj.: E, e também. E além disso, e até. E então, e depois. II – Adv.: Também, do mesmo modo.
etĕnim. (et-enim). Com efeito, na verdade, pois, efetivamente.
ethĭca,-ae, (f.). Ética, moral.
ethnicalis, etnicale. Pagão.
ethnĭcus,-a,-um. Dos pagãos, dos gentios.
etholŏgus,-i, (m.). Mimo (histrião), comediante.
etĭam tum ou etĭam tunc. Até então, ainda então.
etĭam. (et-iam). E agora, agora ainda. Ainda, além disso, também. Mesmo, até, pois ainda. Sim, certamente.
etiamdum ou etĭam dum. Ainda agora.
etiamnum ou etiamnunc. Ainda agora.
etiamsi ou etĭam si. Ainda que, embora, se bem que. Mas, entretanto, aliás.
etsi. E entretanto. Embora, ainda que, se bem que.
etymologĭa,-ae, (f.). Etimologia.
eu, também **euax.** Interjeição: Bem, muito bem, bravo!
euado,-is,-ĕre,-uasi,-uasum. (e-uado). Sair de, evadir, escapar. Salvar-se, fugir. Ter fim, acabar por, vir a ser, realizar-se. Transpor, atravessar, passar, evitar.
euagatĭo, euagationis, (f.). (e-uagus). Ação de errar, andar errante.
euagor,-aris,-ari,-atus sum. (e-uagus). Correr daqui e dali, andar errante. Espalhar-se, afastar-se, estender-se, propagar-se. Sair de, exceder os limites, ultrapassar.

eualesco,-is,-ĕre,-ualŭi. (e-ualĕo). Tomar forças, fortificar-se, fortalecer-se. Ser capaz de, poder. Prevalecer, dominar.

eualĭdus,-a,-um. (e-ualĕo). Robusto, muito forte. Corajoso.

euanesco,-is,-ĕre,-uanŭi. (e-uannus). Desaparecer, dissipar-se, esvair-se. Desvanecer, perder a força, esvaziar-se.

euanĭdus,-a,-um. (e-uannus). Que desaparece, se esvazia, que perde a força, se extingue. Extinto, extenuado.

euaporatĭo, euaporationis, (f.). (e-uapor). Evaporação.

euasto,-as,-are,-aui,-atum. (e-uastus). Devastar completamente, destruir, assolar.

euectĭo, euectionis, (f.). (e-ueho). Ação de se elevar. Permissão de utilizar o correio imperial.

eueho,-is,-ĕre, euexi,-uectum. (e-ueho). Transportar, levar, arrebatar. Elevar às alturas, erguer, exaltar. Ultrapassar, exceder, transpor.

euello,-is,-ĕre, euelli/ euulsi, euulsum. (e-uello). Arrancar, tirar pela raiz. Tirar, afastar, fazer desaparecer.

euenĭo,-is,-ire, eueni, euentum. (e-uenĭo). Vir de, sair. Resultar, provir de, produzir. Acontecer, suceder.

euentum,-i, (n.). (e-uenĭo). Acontecimento, ocorrência, acidente, evento. Resultado, ocorrência.

euentura,-ae, (f.). (e-uenĭo). As coisas que hão de acontecer, o futuro.

euentus,-us, (m.). (e-uenĭo). Acontecimento, ocorrência, evento. Consequência, resultado (bom ou ruim), sucesso, desastre. Efeito.

euerbĕro,-as,-are,-aui,-atum. (e-uerber). Bater com força, bater várias vezes, açoitar, chicotear. Fatigar, marcar, importunar.

euerricŭlum,-i, (n.). (e-uerro). Vassoura. Rede de pesca.

euerro,-is,-ĕre,-uerri,-uersum. (e-uerro). Varrer, limpar. Apanhar com rede. Espoliar, pilhar, roubar.

euersĭo, euersionis, (f.). (e-uerto). Ação de derrubar, desabamento, destruição, ruína. Subversão.

euersor, euersoris, (m.). (e-uerto). O que destrói, o que derruba.

euerto,-is,-ĕre,-uerti,-uersum. (e-uerto). Voltar para o outro lado, revirar, revolver. Derrubar, pôr abaixo, destruir, arruinar, abater, aniquilar. Despojar, expropriar, expulsar.

euestigatus,-a,-um. (e-uestigo). Descoberto (após investigação).

euge. Interjeição: Bem, muito bem, bravo, coragem!

euhoe. Interjeição: Evoé! - grito das bacantes.

euĭdens, euidentis. (e-uidĕo). Que se vê de longe, visível, claro, aparente. Digno de crédito.

euidenter. (e-uidĕo). Evidentemente, claramente.

euidentĭa,-ae, (f.). (e-uidĕo). Visibilidade, possibilidade de ver. Clareza, transparência.

euigĭlo,-as,-are,-aui,-atum. (e-uigĕo). Acordar, despertar. Velar, estar vigilante, passar sem dormir. Trabalhar sem descanso, trabalhar à noite. Meditar, elaborar.

euilesco,-is,-ĕre,-uilŭi. (e-uilis). Tornar-se vil, perder completamente o valor.

euincĭo,-is,-ire,-uinxi,-uictum. (e-uincĭo). Cingir, atar, ligar.

euinco,-is,-ĕre,-uici,-uictum (e-uinco). Vencer completamente, derrotar, triunfar. Elevar-se, ultrapassar, ir além. Alcançar, conseguir. Provar, experimentar.

euĭro,-as,-are,-aui,-atum. (e-uir). Privar da virilidade, castrar. Enfraquecer, abater.

euiscĕro,-as,-are,-aui,-atum. (e-uiscus). Arrancar as vísceras, arrancar as entranhas. Rasgar, dilacerar.

euitabĭlis, euitabĭle. (e-uito). Evitável, que se pode evitar.

euitatĭo, euitationis, (f.). (e-uito). Ação de evitar. Fuga, escapada.

euito,-as,-are,-aui,-atum. (e-uito). Evitar, escapar, fugir, impedir.

euocator, euocatoris, (m.). (e-uox). O que convoca, que conduz soldados. O que evoca.

euŏco,-as,-are,-aui,-atum. (e-uox). Chamar, fazer sair, mandar vir. Convocar, recrutar, alistar tropas. Citar, intimar, notificar, requisitar. Provocar. excitar, atrair.

euŏlo,-as,-are,-aui,-atum. (e-uolare). Sair voando, voar. Sair precipitadamente, escapar, fugir. Elevar-se.

euoluo,-is,-ĕre,-uolui,-uolutum. (e-uoluo). Rolar, fazer rolar. Rolar para fora, desdobrar, estender, desenrolar. Tirar de, despojar, separar, afastar. Narrar, expor, apresentar.

euolutĭo, euolutionis, (f.). (e-uoluo). Ação de desenrolar. Ler (= desenrolar um papiro, um pergaminho).

euŏmo,-as,-are,-uomŭi,-uomĭtum. (e-uomo). Lançar fora vomitando, vomitar, despejar, rejeitar.

euripus,-i, (m.). Canal, estreito. Fosso d'água que circundava o circo de Roma.

euulgo,-as,-are,-aui,-atum. (e-uulgus). Divulgar, publicar.

euulsĭo, euulsionis, (f.). (e-uello). Ação de arrancar. Destruição.

ex- ver também **exs-**.

ex, ver também **e**.

exacerbo,-as,-are,-aui,-atum. (ex-acerbus). Irritar, exacerbar. Magoar, causar desgosto. Agravar.

exactĭo, exactionis, (f.). (ex-ago). Expulsão, desterro, deportação. Ação de fazer sair, de exigir o cumprimento de uma tarefa.

exactor, exactoris, (m.). (ex-ago). O que expulsa, lança fora. O que recebe (impostos), cobrador, recebedor. Controlador, vigia.

exactus,-a,-um. (ex-ago). Rigorosamente medido, preciso, exato.

exacŭo,-is,-ĕre,-acŭi,-acutum. (ex-acus). Tornar agudo, aguçar, afiar. Estimular, excitar, animar, exortar.

exaduersum ou **exaduersus. (ex-ad-uerto).** I – Adv.: Em frente, face a face. II – Prep. Acus.: Em frente, defronte de.

exaedificatĭo, exaedificationis, (f.). (ex-aedes-facĭo). Construção. Construção da frase.

exaedifĭco,-as,-are,-aui,-atum. (ex-aedesfacĭo). Acabar de construir, construir inteiramente, edificar. Expulsar de casa.

exaequatĭo, exaequationis, (f.). (ex-aequus). Ação de igualar, nivelamento. Plano, superfície plana. Igualdade, situação de igualdade, paralelo, comparação.

exaequo,-as,-are,-aui,-atum. (ex-aequus). Aplainar, nivelar, igualar. Emparelhar.

exaestŭo,-as,-are,-aui,-atum. (ex-aestus). Ferver, borbulhar, agitar-se. Estar agitado, estar quente. Fazer ferver.

exaggeratĭo, exaggerationis, (f.). (ex-agger). Acúmulo de terra, aterro. Grandeza (de alma), exaltação, amplificação. Exagero.

exaggĕro,-as,-are,-aui,-atum. (ex-agger). Amontoar, aterrar. Aumentar, amplificar, exagerar.

exagitator, exagitatoris, (m.). (ex-ago). O que persegue com violência. Censor severo.

exagĭto,-as,-are,-aui,-atum. (ex-ago). Perseguir incessantemente, impelir para diante. Exasperar, irritar, atormentar. Rejeitar, desaprovar, criticar. Revolver na mente, meditar.

exalbesco,-is,-ĕre,-bŭi. (ex-albus). Tornar branco, alvejar, tornar-se pálido.

exaltus,-a,-um. (ex-alo). Muito alto.

examen, examĭnis, (n.). (ex-ago). Ação de pesar, verificação, exame. Fiel de balança. Multidão, bando, cardume, enxame.

examĭnis, ver **examen**.

examĭno,-as,-are,-aui,-atum. (ex-ago). Pesar, equilibrar, examinar. Enxamear.

exanclo, ver **exantlo**.

exanimalis, exanimale. (ex-anĭma). Que está sem vida. Mortal, que mata.

exanimatĭo, exanimationis, (f.). (ex-anĭma). Sufocação, terror, espanto, surpresa, pasmo.

exanĭmis, exanĭme. (ex-anĭma). Sem vida, inanimado, morto, exânime. Espantado, trêmulo de medo.

exanĭmo,-as,-are,-aui,-atum. (ex-anĭma). Tirar o sopro vital, matar, cortar a respiração, sufocar. Aterrar, causar grande medo, inquietar, atormentar. Morrer.

exantlo,-as,-are,-aui,-atum. ou **exanclo.** Esgotar, esvaziar, despejar. Suportar inteiramente, sofrer, tolerar.

exardesco,-is,-ĕre,-arsi,-arsum. (ex-ardĕo). Inflamar-se, abrasar-se, arder. Irritar-se, enfurecer-se. Amar perdidamente, desejar ardentemente, apaixonar-se.

exaresco,-is,-ĕre,-arŭi. (ex-arĕo). Secar completamente, esgotar-se, perder-se, acabar.

exarmo,-as,-are,-aui,-atum. (ex-arma). Desarmar, privar dos meios de defesa. Aniquilar.

exăro,-as,-are,-aui,-atum. (ex-aro). Tirar lavrando, lavrar profundamente. Traçar, escrever. Cultivar, fazer produzir lavrando. Sulcar, enrugar.

exaspĕro,-as,-are,-aui,-atum. (ex-asper). Tornar áspero, rude, desigual. Irritar, exasperar. Inflamar.

exaudĭo,-is,-ire,-iui,-itum. (ex-audĭo). Ouvir distintamente, perceber com clareza, ouvir bem. Prestar atenção, atender a uma súplica.

exaugĕo,-es,-ere. (ex-augĕo). Aumentar consideravelmente, acrescentar, fortificar.

exaugŭro,-as,-are,-aui,-atum. (ex-augur). Profanar, dessacralizar, tirar o caráter sagrado a.

exautoro,-as,-are,-aui,-atum. (ex-augĕo). Privar do soldo, dar baixa a um soldado, destituir.

excaeco,-as,-are,-aui,-atum. (ex-caecus). Tornar cego, cegar. Ofuscar, deslumbrar. Escurecer, desfigurar. Podar as videiras.

excalceati,-orum, (m.). (ex-calx). Atores cômicos (estes não usavam coturnos).

excalcĕo,-as,-are,-aui,-atum. (ex-calx). Descalçar, tirar o sapato (coturno).

excandescentĭa,-ae, (ex-candĕo). Ação de se encolerizar, de se irritar, arrebatamento de cólera. Irritabilidade.

excandesco,-is,-ĕre,-candŭi. (ex-candĕo). Abrasar-se. Esquentar, inflamar, irritar-se.

excanto,-as,-are,-aui,-atum. (ex-cano). Evocar ou fazer vir, atrair por meio de encantamentos.

excarnifĭco,-as,-are,-aui,-atum. (ex-caro). Raspar, dilacerar a golpes, torturar até à morte. Atormentar.

excauo,-as,-are,-aui,-atum. (ex-cauus). Escavar, cavar, esburacar.

excedo,-is,-ĕre,-cessi,-cessum. (ex-cedo). Sair de, retirar-se, ir-se embora, partir. Desaparecer, morrer, sair da vida. Adiantar, chegar a, ultrapassar, exceder.

excellentĭa,-ae, (f.). (ex-cello). Superioridade, elevação, grandeza, excelência.

excello,-is,-ĕre,-cellui,-celsum. (ex-cello). Elevar-se acima de, ser superior, sobressair, ultrapassar. Orgulhar-se, ser orgulhoso, ser altivo.

excelse. (ex-cello). Altamente, com elevação, com grandeza, altivamente.

excelsĭtas, excelsitatis, (f.). (ex-cello). Elevação, altura, grandeza, dignidade, nobreza.

excelsitatis, ver **excelsĭtas.**

exceptĭo, exceptionis, (f.). (ex-capĭo). Ação de excetuar, restrição, limitação, exceção.

excepto,-as,-are. (ex-capĭo). Retirar a todo instante, recolher habitualmente, recolher, apanhar.

excerno,-is,-ĕre,-creui,-cretum. (ex-cerno). Fazer sair escolhendo, expelir, separar.

excerpo,-is,-ĕre,-cerpsi,-cerptum. (ex-carpo). Tirar de, extrair, escolher, colher. Pôr à parte, retirar, subtrair, omitir.

excerptum,-i, (n.). (ex-carpo). Trecho escolhido, excerto.

excessus,-us, (m.). (ex-cedo). Partida, saída, retirada. Morte. Abandono, falta, afastamento. Êxtase, arrebatamento. Digressão.

excidĭo, excidionis, (f.). (ex-cado). Ruína, destruição.

excidĭum,-i, (n.). (ex-cado). Queda, descida. Destruição, morte.

excido,-is,-ĕre,-cidi,-cisum. (ex-caedo). Separar, tirar cortando, talhar, esculpir. Cavar, escavar, raspar. Demolir, destruir.

excĭdo,-is,-ĕre,-cĭdi. (ex-cado). Cair de, cair. Sair, escapar, esquecer-se. Ser despojado, privado de. Perder-se, desaparecer, morrer.

excieo ou **excĭo.**

excĭo,-is,-ire,-iui,-itum. (ex-cieo). Chamar para fora, mandar sair. Atrair, convocar, evocar. Acordar, excitar, provocar. Assustar, aterrar.

excipĭo,-is,-ĕre,-cepi,-ceptum. (ex-capĭo). Pôr de lado, excetuar, excluir, retirar, subtrair. Acolher, receber, ouvir. Tirar de, tomar. Observar, espiar, apanhar, surpreender. Ter na mão, segurar, suster. Suceder, vir depois, prosseguir, substituir.

excisĭo, excisionis, (f.). (ex-caedo). Entalhe, encaixe. Ruína, destruição.

excĭto,-as,-are,-aui,-atum. (ex-cito). Mandar sair, chamar para fora, expulsar. Excitar, provocar, despertar, estimular, animar. Dar, apresentar (testemunhas). Construir, edificar. Fazer brotar, crescer. Assinar, encorajar.

exclamatĭo, exclamationis, (f.). (ex-clamo). Grito, gritaria. Exclamação.

exclamo,-as,-are,-aui,-atum. (ex-clamo). Gritar, bradar, exclamar. Falar aos gritos, recitar, declamar. Chamar em voz alta.

excludo,-is,-ĕre,-clusi,-clusum. (ex-claudo). Não deixar entrar, não admitir, excluir. Fazer sair, expulsar, afastar, repelir. Impedir, privar. Acabar, concluir.

exclusĭo, exclusionis, (f.). (ex-claudo). Exclusão, afastamento.

excogitatĭo, excogitationis, (f.). (ex-cogo). Ação de imaginar, invenção.

excogitator, excogitatoris, (m.). (ex-cogo). O que imagina, o inventor.

excogĭto,-as,-are,-aui,-atum. (ex-cogo). Descobrir pela reflexão, imaginar, inventar. Pensar, refletir seriamente.

excŏlo,-is,-ĕre,-colŭi,-cultum. (ex-colo). Cultivar com zelo, preparar com cuidado, tratar bem. Aperfeiçoar, polir, civilizar. Honrar, venerar, cultuar, respeitar. Ornar, embelezar.

excŏquo,-is,-ĕre,-coxi,-coctum. (ex-coquo). Cozer, cozinhar, derreter, fundir. Purificar, depurar. Maquinar, urdir. Atormentar.

excordis, ver **excors.**

excors, excordis. (ex-cor). Insensato, despropositado, louco, fora do coração.

excrementum,-i, (n.). (ex-cerno). Excreção, secreção, excremento.

excresco,-is,-ĕre,-creui,-cretum. (ex-cresco). Crescer para o alto, desenvolver-se, crescer muito.

excruciabĭlis, excruciabĭle. (ex-crux). Que merece ser torturado, atormentado.

excrucĭo,-as,-are,-aui,-atum. (ex-crux). Submeter à tortura, martirizar. Afligir, fazer sofrer. Obter confissão sob tortura.

excubĭae,-arum. (f.). (ex-cubo). Guarda, sentinela, vigia. Noite passada fora de casa.

excubĭtor, excubitoris, (m.). (ex-cubo). Guardião, sentinela.

excŭbo,-as,-are,-cubŭi,-cubĭtum. (ex-cubo). Dormir fora de casa, passar a noite fora. Montar guarda, estar de sentinela. Estar alerta, vigiar, cuidar.

excudo,-is,-ĕre,-cudi,-cusum. (ex-cudo). Tirar, arrancar batendo. Forjar, fabricar, fundir. Produzir, compor.

exculco,-as,-are,-aui,-atum. (ex-calx). Espremer com os pés, calcar, pisar. Entulhar, encher calcando.

excuratus,-a,-um. (ex-cura). Bem preparado, bem cuidado.

excurro,-is,-ĕre,-curri/-cucurri,-cursum. (ex-curro). Sair correndo, correr para fora. Estender-se para fora, avançar. Desenvolver-se, mostrar-se, exceder.

excursĭo, excursionis, (f.). (ex-curro). Correria, irrupção, incursão. Digressão. Excursão, viagem.

excursor, excursoris, (m.). (ex-curro). Batedor, explorador, espião.

excursus,-us, (m.). (ex-curro). Corrida, excursão, incursão. Saliência, projeção. Digressão.

excusabĭlis, excusabĭle. (ex-causa). Desculpável, escusável.

excusate. (ex-causa). De maneira escusável, desculpável.

excusatĭo, excusationis, (f.). (ex-causa). Desculpa, justificação, escusa. Pretexto, motivo de desculpa. Perdão, dispensa.

excuso,-as,-are,-aui,-atum. (ex-causa). Desculpar, justificar. Justificar-se, alegar, apresentar como desculpa. Alegar, citar.

excusor, excusoris, (m.). (ex-cudo). Aquele que trabalha, malha o bronze. Caldeireiro

excusse. (ex-quatĭo). Lançado com violência. Violentamente sacudido.

excutĭo, is, -ĕre, -cussi, -cussum. Fazer cair sacudindo, derrubar, tirar, arrancar. Sacudir, agitar, excitar, provocar. Lançar, arremessar. Afastar, expulsar.

exĕdo,-is,-ĕre,-edi,-esum. (edo). Devorar, roer, consumir, comer. Corroer, apagar, destruir.

exĕdra,-ae, (f.). Sala de reunião (com assentos), sala de recepção. Coro das igrejas.

exemplar, exemplaris, (n.). (ex-emo). Modelo, original, exemplo. Cópia, exemplar, reprodução, retrato.

exemplum,-i, (n.). (ex-emo). Modelo, original. Cópia, reprodução. Exemplo. Castigo exemplar. Prova. Amostra, espécimen.

exemptor, exemptoris, (m.). (ex-emo). O que tira, cavoqueiro (o que escava pedreiras).

exentĕro,-as,-are, ou exintĕro. Tirar os intestinos, estripar. Despojar, esvaziar a bolsa. Atormentar, dilacerar.

exĕo,-is,-ire,-iui,-itum. (ex-eo). Sair, ir para fora. Desembarcar, sair do porto, expatriar. Nascer, crescer. Espalhar-se, propagar-se, desaguar. Acabar, terminar, morrer. Transpor, atravessar, exceder. Evitar, escapar.

exercĕo,-es,-ere,-cŭi,-cĭtum. (ex-arcĕo). Perseguir, andar à caça, acossar. Agitar, não deixar em repouso, trabalhar. Praticar, exercitar, exercer, administrar, ocupar-se de. Fazer sentir, manifestar, atormentar, inquietar. Estimular, animar.
exercitatĭo, exercitationis,(f.). (ex-arcĕo). Exercitação, exercício, reflexão, meditação. Prática, hábito.
exercitĭum,-i, (n.). (ex-arcĕo). Exercício militar. Prática, exercício.
exercĭto,-as,-are,-aui,-atum. (ex-arcĕo). Exercitar, exercer com frequência. Perturbar.
exercĭtor, exercitoris, (m.). (ex-arcĕo). O que exercita. Instrutor, professor de ginástica.
exercĭtus,-us, (m.). (ex-arcĕo). Exercício. Exército, tropas. Infantaria. Multidão, grande número, bando.
exersor, exersoris, (m.). (ex-edo). Roedor, o que rói.
exhaeresĭmus,-a,-um. Que deve ser cortado.
exhalatĭo, exhalationis, (f.). (ex-halo). Exalação.
exhalo,-as,-are,-aui,-atum. (ex-halo). Exalar, expirar. Morrer. Exalar-se, evaporar-se.
exhaurĭo,-is,-ire,-hausi,-hausum. (exhaurĭo). Esgotar, esvaziar, exaurir. Acabar, terminar, executar completamente.
exheredatĭo, exheredations. (ex-heres). Ação de deserdar.
exheredo,-as,-are,-aui,-atum. (ex-heres). Deserdar.
exheres, exheredis. (ex-heres). Deserdado, que não pode herdar. Que já não possui, roubado, privado.
exhibĕo,-es,-ere,-hibŭi,-hibĭtum. (ex-habĕo). Expor, mostrar. Apresentar em juízo. Fornecer, causar, suscitar, produzir. Exibir.
exhilăro,-as,-are,-aui,-atum. (ex-hilăris). Alegrar, divertir, recrear.
exhorresco,-is,-ĕre,-horrŭi. (ex-horrĕo). Arrepiar-se, sentir calafrios. Tremer, recear, sentir horror.
exhortatĭo, exhortationis, (f.). (ex-hortor). Exortação, incitamento.
exhortor,-aris,-ari,-atus sum. (ex-hortor). Exortar, encorajar, animar.
exhydriae,-arum, (f.). Ventos chuvosos.
exĭgo,-is,-ĕre,-egi,-actum. (ex-ago). Empurrar para fora, expulsar, fazer sair. Exigir, reclamar, cobrar. Acabar, levar ao fim, executar completamente. Pesar, medir, examinar. Apreciar, julgar, avaliar.
exigue. (ex-ago). Escassamente, estreitamente, brevemente, exiguamente.
exiguĭtas, exiguitatis, (f.). (ex-ago). Exiguidade, pequenez, estreiteza, brevidade, pobreza. Pequeno número.
exiguitatis, ver **exiguĭtas.**
exigŭus,-a,-um. (ex-ago). Exíguo, pequeno, de pequena estatura. Curto, estreito, diminuto. Restrito, fraco.
exilis, exile. Delgado, fino, magro, mirrado. Fraco, débil, pobre.
exilĭtas, exilitatis, (f.). (exilis). Finura, magreza, delgadeza. Pequenez, fraqueza, debilidade. Secura.
exilitatis, ver **exilĭtas.**
exilĭter. (exilis). Mesquinhamente, fracamente. Com secura, brevemente.
eximĭe. (ex-emo). Eximiamente, excelentemente, eminentemente, extraordinariamente.
eximĭus,-a,-um. (ex-emo). Pôsto em destaque, exímio, excelente, superior, notável, privilegiado.
exĭmo,-is,-ĕre,-emi,-emptum. (ex-emo). Pôr de parte, tirar, suprimir. Expulsar, arrebatar. Eximir, livrar.
exinanĭo,-is,-ire,-iui/-ĭi,-itum. (ex-inanis). Esvaziar, esgotar. Aniquilar, destruir, devastar.
exinde. Em seguida, depois. Daí, deste lugar, a partir deste momento. Por consequência, por conseguinte.
existimatĭo, existimationis, (f.). (existĭmo). Opinião, julgamento, parecer, apreciação. Estima, consideração.
existimator, existimatoris, (m.). (existĭmo). Apreciador, conhecedor, crítico, juiz.
existĭmo,-as,-are,-aui,-atum. Julgar, pensar, crer, considerar, ser de opinião. Meditar, ponderar. Estimar, apreciar.
exitiabĭlis, exitiabĭle. (ex-eo). Funesto, fatal, mortal. Que se vai em definitivo.
exitĭo, exitionis, (f.). (ex-eo). Saída, ida em definitivo. Morte.
exitiosus,-a,-um. (ex-eo). Pernicioso, funesto, fatal.
exitĭum,-i, (n.). (ex-eo). Morte violenta, des-

truição, ruína. Perda, derrota. Saída.
exĭtus,-us, (m.). (ex-eo). Ação de sair, saída, via de saída. Fim, morte. Resultado, conclusão, termo, efeito, consequência, desfecho. Terminação, desinência.
exlegis, ver **exlex.**
exlex, exlegis. (ex-lex). Que está fora da lei, que não se sujeita à lei. Licencioso, desenfreado.
exobsĕcro,-as,-are. (ex-ob-sacer). Pedir com instância, com insistência.
exodĭum,-i, (n.). Fim, termo, conclusão. Pequena farsa ou comédia com que se terminava um espetáculo, logo a seguir a uma tragédia.
exolesco,-is,-ĕre,-leui,-letum. (ex-alo). Deixar de crescer. Cair em desuso, ser esquecido.
exonĕro,-as,-are,-aui,-atum. (ex-onus). Descarregar, tirar a carga. Livrar de um peso, aliviar, exonerar.
exopinisso,-as,-are. (ex-opinĭo). Pensar, julgar.
exopto,-as,-are,-aui,-atum. (ex-opto). Desejar ardentemente. Escolher, preferir, optar por.
exorabĭlis, exorabĭle. (ex-os, oris). Que pode ser convencido através de súplicas. Que se deixa subornar.
exordĭor,-iris,-iri,-orsus sum. (ex-ordĭor). Começar a urdir, tramar, urdir. Iniciar, começar um discurso.
exordĭum,-i, (n.). (ex-ordĭor). Começo de uma urdidura, trabalho inicial do tecelão. Começo, princípio, origem. Começo de um discurso.
exorĭor,-iris,-iri,-ortus sum, (ex-orĭor). Levantar-se, surgir de. Nascer, sair de, proceder, derivar, provir de. Mostrar-se, aparecer, começar.
exornatĭo, exornationis, (f.). (ex-orno). Ação de ornamentar, embelezamento, ornamento. Ornamentos oratórios.
exornator, exornatoris, (m.). (ex-orno). O que embeleza, o que enfeita.
exŏrno,-as,-are,-aui,-atum. (ex-orno). Equipar, prover do necessário, munir, preparar. Embelezar por fora, enfeitar, ornar completamente.
exoro,-as,-are,-aui,-atum. (ex-os, oris). Suplicar com instância, mover com súplica. Obter por meio de súplica, alcançar, granjear. Aplacar, abrandar.
exorsa,-orum, (n.). (ex-orĭor). Preâmbulo, começo. Empresa, empreendimento.
exortus,-us, (m.). (ex-orĭor). Nascimento, começo, origem.
exos, exossis, (m. e f.). (ex-os, ossis). Que não tem ossos, sem osso.
exosculatĭo, exosculationis, (f.). (ex-os, oris). Beijo de ternura.
exoscŭlor,-aris,-ari,-atus sum. (ex-os, oris). Beijar com ternura, cobrir de beijos.
exosso,-as,-are,-aui,-atum. (ex-os, ossis). Dessossar, tirar as arestas, arrancar os espinhos. Moer de pancadas.
exostra,-ae, (f.). Ponte elevadiça (para alcançar as muralhas). Máquina de teatro (para girar elementos do palco de encenação).
exosus,-a,-um. (ex-odi). Que detesta, odeia. Odioso, odiado.
exoterĭcus,-a,-um. Exotérico, trivial, comum, feito para o público.
exotĭcus,-a,-um. Exótico, estranho.
exp- ver também **exsp-**
expallesco (desusado), expallŭi. (ex-pallĕo). Tornar-se muito pálido. Amarelar de medo, recear.
expando,-is,-ĕre,-pandi,-pansum. (ex-pando). Estender, desdobrar, abrir, expandir. Desenvolver, explicar, expor.
expatro,-as,-are,-aui,-atum, (ex-patro). Concluir, finalizar. Perder-se em volúpia, em licenciosidade.
expauesco,-is,-ĕre,-paui. (ex-pauĕo). Estar apavorado, assustar-se. Temer, recear.
expecto,-is,-ĕre (ex-pecten). Pentear com cuidado.
expeculiatus,-a,-um. (ex-pecus). Despojado, violado.
expedĭo,-is,-ire,-iui/ĭi,-itum. (ex-pes). Livrar de uma armadilha, de uma peia, libertar. Desembaraçar, desenredar, organizar, arranjar, preparar. Desenvolver, explicar, contar. Ser útil, conveniente, ter resultado favorável.
expedite. (ex-pes). De maneira desembaraçada, livremente, comodamente, prontamente.
expeditĭo, expeditionis, (f.). (ex-pes). Preparativos de guerra, expedição, campanha. Explicação clara, exposição precisa.

expello,-is,-ĕre,-pŭli,-pulsum. (ex-pello). Expulsar, expelir, repelir, desterrar. Lançar, arremessar, atirar. Fazer sair, tirar, libertar. Dissipar.

expendo,-is,-ĕre,-pendi,-pensum. (ex-pendo). Pagar inteiramente, pesar com cuidado. Ponderar, examinar com atenção. Gastar, despender. Pagar um crime, expiar uma culpa.

expensum,-i, (n.). (ex-pendo). Despesa, pagamento, desembolso.

expergefio,-fis,-fiĕri,-factus sum. (ex-pergo-fio). Ser despertado.

expergiscor,-ĕris,-gisci,-perrectus sum (ex-pergo). Despertar, acordar.

expergo,-is,-ĕre,-pergi,-gĭtum. (ex-per-rego). Despertar.

experientĭa,-ae, (f.). (ex-peritus). Ensaio, prova, tentativa, experiência. Prática, habilidade, destreza.

experimentum,-i, (n.). (ex-peritus). Experimento, ensaio, tentativa, prova por experiência.

experĭor,-iris,-iri,-pertus sum. (ex-peritus). Ensaiar, tentar, experimentar, provar, submeter a prova. Saber por experiência. Sentir, suportar. Medir-se. Recorrer aos tribunais.

expers, expertis. (ex-pars). Que não tem parte em, privado de, isento, desprovido.

expertis, ver expers.

expetesso,-is,-ĕre. (ex-peto). Desejar. Enviar recomendações.

expĕto,-is,-ĕre,-iui/-ĭi,-itum. (ex-peto). Procurar, desejar vivamente, cobiçar. Escolher, tomar. Procurar obter, reclamar, reivindicar. Acontecer, sobrevir.

expiatĭo, expiationis, (f.). (ex-pius). Expiação, reparação de uma falta. Satisfação.

expilatĭo, expilationis, (f.). (ex-pilo). Rapina, pilhagem, saque.

expilo,-as,-are,-aui,-atum. (ex-pilo). Roubar, assaltar, saquear, pilhar, despojar.

expingo,-is,-ĕre,-pinxi,-pictum. (ex-pingo). Pintar, descrever, representar.

expĭo,-as,-are,-aui,-atum. (ex-pius). Purificar por expiação, expiar. Reparar, resgatar. Acalmar, aplacar, satisfazer. Afastar por meio de cerimônias religiosas.

expiscor,-aris,-ari,-piscatus sum. (ex-piscis). Pescar. Correr atrás, procurar, buscar.

explanabĭlis, explanabĭle. (ex-planus). Claro, inteligível.

explanate. (ex-planus). Claramente, inteligivelmente.

explanatĭo, explanationis, (f.). (ex-planus). Explicação, esclarecimento, interpretação. Clareza de estilo. Pronúncia distinta, articulação. Hipótese.

explanator, explanatoris, (m.). (ex-planus). Intérprete, comentador.

explano,-as,-are,-aui,-atum. (ex-planus). Estender, aplainar. Desenvolver, explicar, esclarecer. Pronunciar com clareza.

explementum,-i, (n.). (ex-plenus). O que serve para encher. Complemento. Satisfação.

explĕo,-es,-ere,-eui,-etum. (ex-plenus). Encher completamente, entulhar. Completar, acabar, terminar, executar, cumprir.

expletĭo, expletionis, (f.). (ex-plenus). Satisfação, contentamento, completude.

explicabĭlis, explicabĭle. (ex-plico). Que se pode desenvolver, explicável. Desdobrável.

explicate. (ex-plico). Com clareza, distintamente. Desenvolvido com perfeição.

explicatĭo, explicationis, (f.). (ex-plico). Ação de desdobrar, desenvolver. Explicação, desenvolvimento.

explicator, explicatoris, (m.). (ex-plico). Intérprete, o que explica.

explicatus,-us, (m.). (ex-plico). Ação de desdobrar, de estender. Explicação.

explico,-as,-are,-aui/-cŭi,-catum/-cĭtum. (ex-plico). Desenrolar, desdobrar, desenvolver, estender. Explicar, esclarecer, interpretar. Narrar, contar, expor em pormenores. Desembaraçar, organizar, arranjar, desenredar, livrar.

explodo,-is,-ĕre,-plosi,-plosum. (ex-plaudo). Repelir, recusar, desaprovar batendo palmas, vaiar. Expulsar, condenar.

explorate. (exploro). Com conhecimento de causa, com segurança.

exploratĭo, explorationis, (f.). (exploro). Observação, exame, exploração.

explorator, exploratoris, (m.). (exploro). Observador, explorador, espião, aquele que parte em reconhecimento, batedor. Investigador, pesquisador, aquele que experimenta.

exploratorius,-a,-um. (exploro). Exploratório, de observação. De prova, que serve para reconhecer.

exploro,-as,-are,-aui,-atum. Observar, examinar, verificar, ensaiar, assegurar-se de, explorar. Explorar o terreno, espiar, sondar, reconhecer, estudar, procurar.

expolio,-is,-ire,-iui,-itum. (ex-polio). Polir completamente, lustrar, alisar. Aperfeiçoar, embelezar, cultivar, ornar.

expolitio, expolitionis, (f.). (ex-polio). Ação de polir. Ornamento, embelezamento, aperfeiçoamento.

expono,-is,-ere,-posui,-positum. (ex-pono). Pôr fora, à vista, expor. Abandonar, expulsar, afastar, entregar a. Emprestar, oferecer, apresentar. Contar, relatar, explicar.

exporrigo,-is,-ere,-rexi,-rectum. (ex-per-rego). Estender, desdobrar, alongar. Oferecer, prometer, conceder.

exportatio, exportationis, (f.). (ex-porto). Exportação. Exílio, desterro, deportação.

exporto,-as,-are,-aui,-atum. (ex-porto). Levar para fora, exportar. Transportar. Deportar, exilar, banir.

exposco,-is,-ere,-poposci,-poscitum. (ex-posco). Pedir vivamente, solicitar com instância. Reclamar, exigir.

expositio, expositionis, (f.). (ex-pono). Exposição, abandono, desamparo. Explicação, narração, comentário, definição.

expostulatio, expostulationis, (f.). (ex-postulo). Pedido feito com instância. Reclamação, queixa.

expostulo,-as,-are,-aui,-atum. (ex-postulo). Pedir com instância, solicitar, reclamar. Queixar-se, perguntar queixando.

expressus,-a,-um. (ex-premo). Apertado, comprimido, tirado à força. Posto em evidência, saliente, nítido. Claramente expresso, bem articulado.

exprimo,-is,-ere,-pressi,-pressum. (ex-premo). Fazer sair apertando, espremer, extrair. Moldar, modelar, imitar. Exprimir, representar, dizer, expor. Traduzir.

exprobratio, exprobrationis, (f.). (ex-probo). Censura, repreensão, exprobração.

exprobro,-as,-are,-aui,-atum. (ex-probo). Censurar, repreender, exprobrar.

expromo,-is,-ere,-prompsi,-promptum. (ex-promo). Produzir, fazer, conhecer, fazer sair, proferir. Fazer aparecer, mostrar, manifestar, citar, revelar. Expor, dizer, contar, relatar.

expudoratus,-a,-um. (ex-pudor). Sem vergonha, despudorado.

expugnabilis, expugnabile. (ex-pugna). Que se pode tomar de assalto, vulnerável, expugnável. Que pode ser destruído.

expugnatio, expugnationis, (f.). (ex-pugna). Expugnação, ação de tomar de assalto, tomada.

expugnator, expugnatoris, (m.). (ex-pugna). O que toma de assalto. Sedutor, corruptor.

expugno,-as,-are,-aui,-atum. (ex-pugna). Tomar de assalto, vencer, submeter, expugnar. Apoderar-se, extorquir, obter à força. Concluir, terminar.

expulsio, expulsionis, (f.). (ex-pello). Expulsão, degredo, deportação.

expungo,-is,-ere,-punxi,-punctum. (ex-pungo). Picar, ferroar inteiramente. Apagar, riscar, acabar, terminar. Verificar, examinar.

expurgatio, expurgationis, (f.). (ex-purgo). Justificação, desculpa.

expurgo,-as,-are,-aui,-atum. (ex-purgo). Limpar, expurgar. Corrigir, desculpar, justificar.

exputesco,-is,-ere. (ex-puteo). Cheirar muito mal.

exputo,-as,-are,-aui,-atum. (ex-puto). Cortar fora, podar. Examinar, compreender.

exquiro,-is,-ere,-quisiui,-quisitum. (ex-quaero). Procurar com cuidado, escolher. Investigar, indagar, perguntar. Solicitar, procurar obter.

exquisite. (ex-quaero). Cuidadosamente, selecionadamente, de modo aprofundado.

exquisitus,-a,-um. (ex-quaero). Bem cuidado, escolhido, elegante, refinado.

exs- ver também **ex-**.

exsaeuio,-is,-ire (ex-saeuus). Cessar de estar violento, acalmar-se.

exsanguis, exsangue. (ex-sanguis). Que não tem, que perdeu sangue. Pálido, lívido, branco, exangue. Sem força, frágil, mirrado.

exsanio,-as,-are. (ex-sanies). Fazer supurar, extrair.

exsarcĭo,-is,-ire. (ex-sarcĭo). Restaurar, reparar um mal.
exsatĭo,-as,-are,-aui,-atum. (ex-satis). Saciar, fartar, satisfazer completamente.
exsaturabĭlis, exsaturabile. (ex-satis). Que se pode saciar.
exsatŭro,-as,-are,-aui,-atum. (ex-satis). Saciar, fartar, satisfazer.
exscidĭum,-i, (n.). (ex-scindo). Destruição, ruína, saque, aniquilamento.
exscindo,-is,-ĕre,-cĭdi,-cissum. (ex-scindo). Fender, separar, rasgar, cindir, cortar. Quebrar, arruinar, destruir.
exscrĕo,-as,-are,-aui,-atum. (ex-scrĕo). Expectorar, escarrar.
exscribo,-is,-ĕre,-cripsi,-criptum. (ex-scribo). Extrair copiando, copiar, transcrever. Reproduzir os traços, assemelhar-se. Inscrever, escrever.
exsculpo,-is,-ĕre,-psi,-sculptum. (ex-scalpo). Tirar escavando, fazer sair raspando, apagar, riscar. Obter pela força. Cinzelar, talhar, esculpir.
exsĕco,-as,-are,-secŭi, sectum. (ex-seco). Separar cortando. Castrar. Cercear, reduzir, deduzir.
exsecrabĭlis, exsecrabĭle. (ex-sacer). Abominável, execrável. Que abomina, que detesta.
exsecratĭo, exsecrationis, (f.). (ex-sacer). Juramento solene. Imprecação, maldição, execração.
exsĕcror,-aris,-ari,-atus sum. (ex-sacer). Amaldiçoar, fazer imprecações, abominar, execrar. Lançar maldições.
exsectĭo, exsectionis, (f.). (ex-seco). Amputação, ação de cortar.
exsecutĭo, exsecutionis, (f.). (ex-sequor). Conclusão, término, acabamento, realização, execução. Administração, ação judicial. Desenvolvimento, exposição.
exsecutor, exsecutoris, (m.). (ex-sequor). Magistrado que dá andamento aos processos, promotor, executor. Vingador, o que persegue.
exsequĭae,-arum. (ex-sequor). Cortejo, procissão fúnebre, enterro, exéquias. Restos mortais.
exsĕquor,-ĕris,-sequi,-secutus sum. (ex--sequor). Seguir até o fim, acompanhar. Concluir, acabar, executar, realizar. Perseguir, fazer valer os direitos. Castigar, vingar. Tratar um assunto, expor, relatar. Buscar, seguir, querer.
exsĕro,-is,-ĕre,-serŭi,-sertum. (ex-sero). Desembaraçar, tirar de, descobrir, mostrar.
exsibĭlo,-as,-are,-aui,-atum. (ex-sibĭlus). Assoviar, sibilar. Vaiar.
exsicco,-as,-are,-aui,-atum. (ex-siccus). Secar, esvaziar. Dissipar.
exsigno,-as,-are,-aui,-atum. (ex-signum). Anotar tudo, tomar nota, notar.
exsilĭo,-is,-ire,-silŭi,-sultum. (ex-salĭo). Saltar para fora, atirar-se, lançar-se. Elevar-se.
exsilĭum,-i, (n.). (ex-salĭo). Exílio, desterro. Lugar de exílio.
exsisto,-is,-ĕre,-stĭti,-stĭtum. (ex-sto). Elevar-se acima de, sair da terra, surgir, nascer, provir. Existir, manifestar, aparecer.
exsoluo,-is,-ĕre,-solui,-solutum. (ex-soluo). Separar, desligar, desatar, desprender. Desembarcar, livrar, soltar. Pagar uma dívida. Fazer desaparecer, banir.
exsolutĭo, exsolutionis, (f.). (ex-soluo). Libertação, livramento.
exsomnis, exsomne. (ex-somnus). Despertado do sono, privado do sono, vigilante.
exsŏno,-as,-are,-sonŭi. (ex-sonus). Ressoar, retumbar.
exsorbĕo,-es,-ere,-sorbŭi. (ex-sorbĕo). Engolir, beber inteiramente, sorver, devorar. Suportar, vencer, dissipar.
exsors, exsortis. (ex-sors). Que não é tirado à sorte. Excluído, isento, privado.
exsp- ver também **exp-**
exspatĭor,-aris,-ari,-atus sum. (ex-spatĭum). Desviar-se do caminho, espalhar-se, estender-se. Andar sem destino, errar.
exspectatĭo, exspectationis. (ex-specto). Desejo, curiosidade, impaciência. Expectativa, esperança.
exspecto,-as,-are,-aui,-atum. (ex-specto). Olhar de longe, estar na expectativa. Esperar.
exspergo,-is,-ĕre,-persi,-persum. (ex-spargo). Espalhar, estender, dispersar. Pegar, inundar.
exspes. (ex-spes). Sem esperança, desesperançado.

exspiro,-as,-are,-aui,-atum. (ex-spiro). Soprar, exalar, lançar soprando. Morrer, expirar, exalar o último suspiro. Sair, escapar.
exsplendesco,-is,-ĕre,-dŭi. (ex-splendĕo). Brilhar intensamente, luzir, destacar-se.
exspolĭo,-as,-are,-aui,-atum. (ex-spolĭum). Despojar inteiramente, esbulhar, privar de.
exspŭo,-is,-ĕre,-pŭi,-putum. (ex-spŭo). Cuspir, lançar fora, vomitar. Exalar. Rejeitar, afastar.
exsterno,-as,-are,-aui,-atum. (ex-sterno). Pôr fora de si, consternar, apavorar.
exstillo,-as,-are. (ex-stillo). Escorrer gota a gota. Chorar copiosamente.
exstimŭlo,-as,-are,-aui,-atum. (ex-stimŭlo). Picar fortemente, aguilhoar. Instigar, estimular.
exstinctĭo, exstinctionis, (f.). (ex-stinguo). Extinção, aniquilamento, morte.
exstinctor, exstinctoris, (m.). (ex-stingo). O que extingue, destruidor, aniquilador, sufocador (de uma revolução).
exstinguo,-is,-ĕre,-stinxi,-stinctum. (ex-stinguo). Extinguir, desaparecer, morrer, apagar, destruir. Fazer desaparecer, esquecer.
exstirpo,-as,-are,-aui,-atum. (ex-stirps). Extirpar, arrancar, suprimir. Aniquilar, destruir.
exsto,-as,-are. (ex-sto). Estar acima de, ultrapassar, exceder. Estar à vista, aparecer. Durar, subsistir, existir.
exstructĭo, exstructionis, (f.). (ex-struo). Ação de construir, construção.
exstrŭo,-is,-ĕre,-struxi,-structum. (ex-struo). Acumular, amontoar. Levantar, edificar.
exsucus,-a,-um ou exsuccus. (ex-sucus). Sem molho, sem suco, seco. Sem força, esgotado.
exsudo,-as,-are,-aui,-atum. (ex-sudo). Evaporar completamente. Eliminar pela transpiração, exsudar, suar muito. Suar para fazer alguma coisa.
exsugo,-is,-ĕre,-suxi,-suctum. (ex-sugo). Esgotar sugando, estancar. Absorver a umidade, Secar
exsul, exsŭlis. Exilado, banido, expatriado, proscrito. Privado de.
exsŭlo,-as,-are,-aui,-atum. (exsul). Estar exilado, estar banido, viver no exílio.
exsultanter. (ex-salto). Saltando de alegria, exultantemente. Com fluidez.
exsultatĭo, exsultationis, (f.). (ex-salto). Ação de saltar, pulo. Exultação de alegria.
exsulto,-as,-are,-aui,-atum. (ex-salto). Saltar, pular. Fazer palpitar, exultar, estar possuído de. Estar orgulhoso.
exsuperabĭlis, exsuperabĭle. (ex-super). Que se pode vencer, superável.
exsupĕro,-as,-are,-aui,-atum. (ex-super). Elevar-se acima de, exceder, transpor. Ultrapassar, vencer, levar vantagem.
exsurdo,-as,-are,-aui,-atum. (ex-surdus). Ensurdecer. Tornar insensível, embotar.
exsurgo,-is,-ĕre,-surrexi,-surrectum. (ex-surgo). Levantar-se. Elevar-se. Crescer, brotar. animar-se, encorajar-se.
exsuscĭto,-as,-are,-aui,-atum. (ex-sub-cito). Despertar, acordar. Suscitar, excitar, provocar.
exta, extorum, (n.). Vísceras, entranhas (das vítimas rituais). Coração, pulmões, fígado, vesícula, etc.
extemplo. Logo, imediatamente.
extemporalis, extemporale. (ex-tempus). Sem preparação, improvisado.
extemporalĭtas, extemporalitatis, (f.). (ex-tempus). Arte, talento de improvisar.
extendo,-is,-ĕre,-tendi,-tensum e -tentum. (ex-tendo). Estender, alongar, alargar, desdobrar. Deitar, estender no chão. Aumentar, engrandecer.
extentĭo, extentionis, (f.). (ex-tendo). Ação de estender, difusão, extensão.
extento,-as,-are. (ex-tendo). Estender, ampliar, abrir.
extenŭo,-as,-are,-aui,-atum. (ex-tenŭis). Tornar fino, tênue. Atenuar, enfraquecer, rebaixar, aliviar.
exter também **extĕrus.**
exterĕbro,-as,-are,-aui,-atum. (ex-tero). Tirar cavando, obter com esforço.
extergĕo,-es,-ere,-tersi,-tersum. (ex-tergĕo). Limpar, enxugar.
exterĭus. (exter). Exteriormente, de fora.
extermĭno,-as,-are,-aui,-atum. (extermĭnus). Exilar, expulsar dos limites, deportar. Rejeitar, eliminar, abolir.
externus,-a,-um. (exter). Exterior, externo, de fora. Estranho, exótico, estrangeiro.

Inimigo, hostil.
extĕro,-is,-ĕre,-triui,-tritum. (ex-tero). Fazer sair esfregando, tirar esfregado, gastar pelo atrito. Esmagar, triturar, destruir.
exterrĕo,-es,-ere,-terrŭi,-terrĭtum. (exterrĕo). Aterrar, apavorar, aterrorizar.
extĕrus,-a-um, ou exter. Exterior, de fora, estrangeiro.
extimesco,-is-ĕre,-timŭi. (ex-timĕo). Estar muito assustado, assustar-se. Temer, recear.
extĭmus,-a,-um. (exter). O mais afastado, situado na extremidade.
extipex, extipĭcis, (m.). (exta-specĭo). Arúspice (o que lê as entranhas).
extipĭcis, ver **extipex**.
extipicĭum,-i, (n.). (exta-specĭo). Ritual de observação/interpretação das entranhas das vítimas.
extollo,-is,-ĕre,-tŭli, elatum. (ex-tollo). Elevar, levantar, erguer. Reanimar, encorajar. Exaltar, elogiar. Embelezar. Diferir, adiar.
extorquĕo,-es,-ere,-torsi,-tortum. (extorquĕo). Desconjuntar, deslocar, luxar. Afastar com violência, expelir, arrancar, extorquir.
extorris, extorre. (ex-terra). Lançado para fora do país, desterrado, expatriado.
extra. (exter). I – Adv.: fora, fora de, sem, salvo, a menos, exceto. II – Prep./acus.: fora de, além de, salvo, exceto, afora, sem.
extraho,-is,-ĕre,-traxi,-tractum. (ex-traho). Tirar de, fazer sair, extrair. Arrancar, livrar, descobrir, publicar. Passar o tempo, gastar, consumir.
extranĕus,-a,-um. (extra). Exterior, de fora, estranho.
extraordinarĭus,-a,-um. (extra-ordo). Extraordinário, desusado. Suplementar, auxiliar.
extraquam. Exceto se, a menos que.
extrarĭus,-a,-um. (extra). Exterior, estranho, estrangeiro, de fora.
extremĭtas, extremitatis, (f.). (extremus). Extremidade. Circunferência, órbita, superfície, contorno. Desinência, terminação.
extremitatis, ver **extremĭtas**.
extremus,-a,-um. (exter). O mais afastado, extremo, último, derradeiro. Que está no fim, o pior.
extrico,-as,-are,-aui,-atum. (ex-tricae). Desenredar, desembaraçar, livrar de dificuldade. Tirar de embaraço.
extrinsĕcus. (exter-secus). De fora, do exterior, extrínseco. Demais, além disso.
extrudo,-is,-ĕre,-trusi,-trusum. (ex-trudo). Afastar com violência, expulsar, obrigar a partir. Repelir, conter.
extubĕro,-as,-are,-aui,-atum. (ex-tuber). Inchar, fazer inchar, arquear, fazer saliência.
extumĕo,-es,-ere. (ex-tumĕo). Estar inchado, inchar-se.
extundo,-is,-ĕre,-tudi,-tusum. (ex-tundo). Fazer sair batendo, expulsar. Forjar, fabricar, produzir com esforço, obter com custo.
exturbo,-as,-are,-aui,-atum. (ex-turba). Expulsar violentamente, fazer sair à força. Destruir, repudiar.
exuberantĭa,-ae, (f.). (ex-uber). Abundância, exuberância.
exubĕro,-as,-are,-aui,-atum. (ex-uber). Transbordar, estar cheio, ser abundante.
exulceratĭo, exulcerationis, (f.). (ex-ulcus). Úlcera, ulceração, ferimento. Agravamento.
exulcĕro,-as,-are,-aui,-atum. (ex-ulcus). Formar úlceras, ferir, irritar.
exulŭlo,-as,-are,-aui,-atum. (ex-ulŭlo). Ulular, uivar, soltar gritos, chamar aos gritos.
exundo,-as,-are,-aui,-atum. (ex-unda). Correr com abundância, transbordar, estender-se para fora.
exungo,-is,-ĕre. (ex-ungo). Untar com perfume, perfumar.
exŭo,-is,-ĕre, exŭi, exutum. Despir, despojar. Pôr de lado, livrar-se.
exuro,-is,-ĕre,-ussi,-ustum. (ex-uro). Queimar completamente, destruir pelo fogo, incendiar. Secar, esgotar, consumir, esgotar.
exustĭo, exustionis, (f.). (ex-uro). Ação de queimar, combustão. Abrasamento, incêndio.
exuuĭae,-arum, (f.). (ex-exŭo). Pele (que se desprende de animais), pele de serpente. Despojos, presa.
her- ver também **er-**.

F

f. Abreviações: **F.** = *flĭus*; **F.I.** = *fiĕri iussit*.
faba,-ae, (f.). Fava. Outros grãos ou objetos em forma de fava.
fabalis, fabale. (faba). De favas.
fabella,-ae (f.). (for). Narrativa pequena, conto, história. Fábula, peça de teatro.
faber, fabri, (m.). Operário que trabalha materiais duros, serralheiro, carpinteiro. Artífice, artista.
fabre. (faber). Artisticamente, engenhosamente, com habilidade.
fabrefacĭo,-is,-ĕre,-feci,-factum. (faber-facĭo). Construir ou fazer com arte.
fabrĭca,-ae, (f.). (faber). Profissão de artífice. Fabrico, fabricação, mão de obra, arquitetura, estrutura. Maquinação, ardil, dolo, engano. Oficina, serralheria. Edifício, construção.
fabricatĭo, fabricationis, (f.). (faber). Ação de fabricar, fabricação, fabrico, construção. Estrutura (do homem). Criação de palavra.
fabricator, fabricatoris, (m.). (faber). Construtor, fabricante, artista, operário.
fabrĭcor,-aris,-ari,-atus sum. (faber), também **fabrĭco,-are**. Fabricar, forjar, trabalhar. Inventar, instruir.
fabrilĭa,-orum, (n.). (faber). Utensílios de ferreiro.
fabrilis, fabrile. (faber). De operário, de artista, fabril. De forja, de ferreiro.
fabŭla,-ae, (f.). (for). Conversação, conversa. Assunto de conversa, narração. Narração encenada com diálogos, peça teatral. Narração ficciosa ou lendária. Conto, fábula, apólogo. Mentira.
fabularis, fabulare. (for). Fabuloso, falso, mitológico.
fabŭlor,-aris,-ari,-atus sum. Falar, conversar. Tagarelar, inventar, contar mentiras.
facdum. (fac-dum). Faze, pois. Faça, então.
facesso,-is,-ĕre,-siui/-ii,-situm. (facĭo). Executar com prontidão, apressar-se em fazer, desejar executar. Suscitar, fazer vir, atrair, criar. Ir-se, afastar-se.
facete. (facetus). Com graça, espirituosamente, delicadamente, elegantemente.
facetĭa,-ae, (f.). (facetus). Dito espirituoso, gracejo, bom humor.
facetus,-a,-um. Elegante, fino. Delicado, complacente. Agradável, espirituoso, jovial.
facĭes, facĭei, (f.). (facĭo). Forma exterior, aspecto geral, aparência, fisionomia, retrato. Beleza do rosto, formosura. Rosto, face. Gênero, espécie. Espetáculo.
facĭle. (facĭo). Facilmente, sem esforço. Sem dúvida, sem contestação. De bom grado, prontamente, sem hesitação, sem compromisso.
facĭlis, facĭle (facĭo). Fácil, que se faz facilmente. Dócil, tratável, sociável. Favorável, propício, apto, conveniente. Abundante. Disposto a, favorável a. Pouco custoso, pouco importante.
facilĭtas, facilitatis, (f.). (facĭo). Facilidade. Aptidão. Afabilidade, bondade. Fraqueza, permissibilidade.
facilitatis, ver **facilĭtas**.
facinŏris, ver **facinus**.
facĭnus, facinŏris, (n.). (facĭo). Ação, feito, ato. Crime, atentado. Instrumento de crime.
facĭo,-is-ĕre, feci, factum. Pôr, colocar. Fazer, executar, efetuar, concluir. Exercer, praticar, produzir, compor, criar, fabricar. Nomear, eleger, tornar, instituir. Ser eficaz, convir a, fazer bem, ser útil.
facis, ver **fax**.
factĭcĭus,-a,-um. (facĭo). Factício, artificial.
factĭo, factionis, (f.). (facĭo). Maneira de fazer; poder, direito de fazer. Posição, categoria. Grupo, associação, partido, corporação, facção. Conluio, liga, intriga. Bom partido, casamento rico. Relações, influência, poder.
factiose. (facĭo). Poderosamente.
factiosus,-a,-um. (facĭo). Ativo, empreendedor, ambicioso, poderoso. Faccioso, intrigante. Oligarca, nobre.
factĭto,-as,-are,-aui,-atum. (facĭo). Fazer muitas vezes. Fazer o papel, desempenhar o ofício de. Instituir.
factum,-i, (n.). (facĭo). Feito, ação, empresa, obra. *No plural*: os feitos notáveis.

facultas, facultatis, (f.). (facĭo). Faculdade, possibilidade, poder, força. Propriedade, talento natural, capacidade. Quantidade, abundância, provisão, meios, recursos.
facunde. (for). Eloquentemente, com elegância.
facundĭa,-ae, (f.). (for). Facilidade de falar, dom da palavra, talento oratório. Palavra, narração, linguagem rebuscada.
faecĕus,-a,-um. (faex). Imundo, coberto de lama, ignóbil.
faecis, ver **faex.**
faecŭla,-ae, (f.). (faex). Tártaro, borra (do vinho), sarro.
faeculentus,-a,-um. (faex). Cheio de borra, impuro.
faen- ver também **fen-**
faex, faecis, (f.). Resíduo, borra (do vinho ou do azeite), sedimento. Tártaro. Molho espesso. Refugo, impureza, fezes, excremento.
fagineŭs,-a,-um. (fagus). De faia.
fagus,-i. (f.). Faia (uma árvore).
falae,-arum, (f.). Torres de madeira, máquina de guerra.
falarĭca,-ae, (f.). (falae). Espécie de dardo (revestido de estopa e pez, arremessado de torres).
falcatus,-a,-um. (falx). Em forma de foice, curvo, recurvado. Armado de foice.
falcĭfer,-fĕra,-fĕrum. (falx-fero). Que traz, carrega uma foice.
falcis ver **falx.**
falco, falconis, (m.). (falx). Falcão (suas garras são em forma de foice). Garra, unha.
fallacĭa,-ae, (f.). (fallo). Engano, ardil, manha, estratagema, Falácia. Sortilégio, encantamento.
fallaciosus,-a,-um. (fallo). Falacioso, enganador, falaz.
fallacis, ver **fallax.**
fallacĭter. (fallo). De modo enganador, perverso. Perfidamente, com deslealdade, simuladamente.
fallax, fallacis. (fallo). Enganador, falacioso, pérfido, falaz.
fallo,-is,-ĕre, fefelli, falsum. Enganar, induzir em erro, trair, faltar, falsear. Escapar a, ignorar.
falsarĭus,-i, (m.). (fallo). Falsário, falsificador, enganador.
falsidĭcus,-a,-um. (fallo-dico). Mentiroso, enganador, que fala mentiras.
falsimonĭa,-ae, (f.). (fallo). Mentira.
falsipărens, falsiparentis. (fallo-parĭo). Que tem pai suposto.
falsĭtas, falsitatis, (f.). (fallo). Falsidade, mentira.
falso. (fallo). Falsamente, sem razão, sem fundamento.
falsus,-a,-um. (fallo). Falso, enganador, mentiroso. Fingido, suposto, imaginário.
falx, falcis, (f.). Foice, podão.
fama,-ae, (f.). (for). O que se diz de alguém, voz corrente, assunto público. Renome, reputação, honra, glória, fama. Opinião formada, crença, tradição.
famelĭcus,-a,-um. (fames). Faminto, esfomeado, famélico.
fames, famis, (f.). Fome. Avidez, desejo violento, avidez. Secura (de estilo).
famigeratĭo, famigerationis, (f.). (fama-gero). Voz pública, voz corrente.
famigeratus,-a,-um. (fama-gero). Cheio de fama, de renome, afamado, famigerado.
familĭa,-ae, (f.). (famŭlus). Conjunto de criados e escravos que viviam na mesma casa. Gente, criadagem. As pessoas de uma casa. Casa, geração, escola, seita, grupo. Família.
familiaris, familiare. (famŭlus). Que faz parte dos escravos da casa. Da mesma família, da casa, doméstico. Íntimo, confidencial, comum, usual.
familiarĭtas, familiaritatis, (f.). (famŭlus). Amizade, intimidade, familiaridade.
familiarĭter. (famŭlus). Como amigo íntimo, intimamente, familiarmente. A fundo, perfeitamente, minuciosamente.
familĭas - genitivo de **familĭa.**
famosus,-a,-um. (fama). Que dá o que falar, conhecido, famoso. Desacreditado, de má reputação. Infamante.
famŭla,-ae, (f.). (famŭlus). Criada, serva, escrava.
famularis, famulare. (famŭlus). Relativo a servo, de escravo, servil.
famulitĭo, famulitionis, (f.). (famŭlus). Conjunto de escravos.
famŭlor,-aris,-ari,-atus sum. (famŭlus). Servir, estar a serviço de. Socorrer.

famŭlus,-i, (m.). Servo, criado, doméstico. Sacerdote de uma divindade.
fanatĭcus,-a,-um. (fanum). Inspirado, cheio de entusiasmo. Delirante, exaltado, louco, furioso. Supersticioso, fanático.
fano,-as,-are. (fanum). Consagrar, recitar fórmulas de consagração.
fanum,-i, (n.). Lugar consagrado. Templo.
far, farris, (n.). Trigo, Farinha de trigo, bolo, pão.
farcĭo,-is,-ire, farsi, fartum. Engordar, cevar. Encher, rechear, fartar. Guarnecer, estofar, forrar. Espetar, introduzir.
farina,-ae, (f.). (far). Farinha de trigo, qualquer espécie de farinha ou de pó. Condição, camada social.
farragĭnis, ver **farrago.**
farrago, farragĭnis, (f.). (far). Mistura de cereais ceifados ainda verdes para animais. Mistura, prato de legumes, compota de frutas. Bagatela, coisa de pouco valor.
farratus,-a,-um. (far). De trigo, de farinha, de papas.
fartim. (farcĭo). De modo completamente cheio, inteiramente farto, empanturrado.
fartor, fartoris, (m.). (farcĭo). Salsicheiro. Criador de aves.
fartura,-ae, (f.). (farcĭo). Ação de encher, enchimento de chouriços. Ação de engordar aves.
fas. (n. indeclinável). Expressão da vontade divina, lei religiosa, direito divino. O que é permitido pelas leis divinas e naturais, o que é lícito, permitido. Destino.
fasces, fascĭum, (m. plural). Feixes (de varas de olmo ou bétula atadas, no meio das quais havia uma machadinha) que os Litores conduziam à frente dos altos magistrados, em sinal dos poderes de vida e morte. Dignidades, honra, poder, poder consular.
fascĭa,-ae, (f.). (fascis). Faixa, tira (de pano), pano para envolver o corpo. Diadema.
fasciatim. (fascis). Em feixes, aos montes, em grupo.
fascicŭlus,-i, (m.). (fascis). Feixe, molho. Pacote, rolo (de livros ou cartas).
fascinatĭo, fascinationis, (f.). Fascinação, encantamento, sedução.
fascĭno,-as,-are,-aui,-atum. Encantar, enfeitiçar, fascinar.

fascĭnum,-i, (n.), também **-us,-i, (m.).** Malefício, quebranto, sortilégio. Falo.
fascis, fascis, (m.). Feixe, embrulho, maço, molho. Bagagem de soldado. Carga, fardo.
faseŏlus,-i, (m.). Feijão.
fasti, fastorum, (m.). Fastos, calendário romano, em que se marcavam os dias de audiência e os dias de festa. Anais, fastos consulares.
fastidĭo,-is,-ire,-iui,-itum. (fastus,-us). Ter repugnância, desdenhar, desprezar, ter fastio.
fastidiose. (fastus,-us). Com desprezo, desdenhosamente. Com enjoo, com repugnância.
fastidiosus,-a,-um. (fastus,-us). Enjoado (pela comida). Desdenhoso, altivo, soberbo. Fatigante, repugnante.
fastidĭum,-i, (n.). (fastus,-us). Enjoo, repugnância. Desdém, desprezo, arrogância, altivez. Gosto difícil, paladar exigente.
fastigate. (fastigo). Em declive, inclinadamente, obliquamente.
fastigatĭo, fastigationis, (f.). (fastigo). Ação de se elevar em ponta, em bico.
fastigatus,-a,-um. (fastigo). Elevado, pontiagudo. Cônico.
fastigĭum,-i, (n.). (fastus,us). Declive, inclinação, telhado em declive, cume, cimo. Cume de montanha, ponto culminante. Pontos principais, nível social. Fastígio.
fastigo,-as,-are,-aui,-atum. (fastus,-us). Inclinar, construir em declive, tornar pontiagudo. Elevar-se em ponta, crescer em altura.
fastosus,-a,-um. (fastus,-us). Soberbo, altivo, desdenhoso. Magnífico.
fastus,-a,-um. (fas). Fasto (dia não feriado, dia de audiência).
fastus,-us, (m.). Orgulho, soberba, altivez, desdém.
fatalis, fatale. (fatum). Do destino, da sorte, fatal, que contém o destino, profético. Determinado pelo destino. Funesto, mortal.
fatalĭter. (fatum). Conforme o destino, fatalmente, naturalmente.
fatĕor,-eris,-eri, fassus sum. (for). Confessar, reconhecer o erro. Manifestar, declarar, proclamar, publicar.
fatidĭcus,-a,-um. (fatum-dico). Que prediz o futuro, profético, fatídico.

fatĭfer,-fĕra,-fĕrum. (fatum-fero). Que traz a morte, mortífero, que traz, contém as determinações do destino.
fatigatĭo, fatigationis, (f.). (fatigo). Grande fadiga, lassidão, cansaço, esgotamento. Sarcasmo, crítica amarga.
fatigo,-as,-are,-aui,-atum. Fatigar, cansar, estafar, extenuar. Atormentar, acabrunhar, oprimir, inquietar. Exortar, animar.
fatilĕgus,-a,-um. (fatum-lego). Que recolhe a morte.
fatilŏquus,-a,-um. (fatum-loquor), ou **fatilŏcus.** Que prediz o futuro.
fatisco,-is,-ĕre. Fender-se, abrir-se. Esfalfar-se, cansar-se, esgotar-se.
fatŭa,-ae, (f.). (fatus). Mulher que faz o papel de bobo para entreter as pessoas que a alimentam.
fatuĭtas, fatuitatis, (f.). (fatus). Estupidez, tolice.
fatuitatis, ver **fatuĭtas.**
fatum,-i, (n.). Destino, fado. Fatalidade, desgraça. Tempo fixado pelo destino, morte. Predição, oráculo.
fatŭor,-aris,-ari. (fatum). Delirar, desvairar, ser tomado de delírio profético.
fatus,-a,-um. Que não tem gosto, insípido. Insensato, imbecil, idiota.
fatus,-i, (m.). bobo.
fauces, faucĭum, (f.). Garganta, desfiladeiro. Entrada de uma caverna, de um porto. Boca, cratera. Goela.
fauĕo,-es,-ere, faui, fautum. Favorecer o crescimento. Estar bem disposto, ser favorável, favorecer. Interessar-se por, guardar silêncio.
fauilla,-ae, (f.). (fouĕo). Cinza quente, cinza, brasa. Cinzas dos mortos. Centelha, origem, germe.
fauor, fauoris, (m.). (fauĕo). Favor, interesse, simpatia, atenção. Demonstração de apoio, aplausos.
fauorabĭlis, fauorabĭle. (fauĕo). Que presta favor. Que obtém favor, estimado, popular. Favorável.
fauorabilĭter. (fauĕo). Favoravelmente, com sucesso.
fauste. (faustus). Felizmente, auspiciosamente.
faustus,-a,-um. Feliz, próspero. Que faz crescer em prosperidade, favorável, propício.

fautor, fautoris, (m.). (fauĕo). O que favorece, protetor, defensor. Apoio, sustentáculo. Os que aplaudem no teatro, a claque.
fauus,-i, (m.). Favo de mel, bolo de mel, mel.
fax, facis (f.). Tocha, archote, facho. Facho nupcial, himeneu. Tocha fúnebre. Luz, astro, estrela cadente. Estímulo, incitamento, instigação, violência, ardor, fúria. Flagelo, praga.
fe- ver também **foe-**
febris, febris, (f.). Febre.
februarĭus,-a,-um. De fevereiro.
februarĭus,-i, (m.). Fevereiro, (o mês das purificações).
februum,-i, (n.). Oferenda expiatória.
fecunde. De modo fecundo, abundantemente, fertilmente.
fecundĭtas, fecunditatis, (f.). (fecundus). Fecundidade, abundância, fertilidade.
fecunditatis, ver **fecundĭtas.**
fecundo,-as,-are,-aui,-atum. (fecundus). Fecundar, fertilizar.
fecundus,-a,-um. Fecundo, fértil, abundante. Fecundante, fertilizante. Rico, abastado.
fel, fellis, (n.). Bílis, fel. Amargor. Cólera, inveja, veneno.
feles, felis (f.). Gato, gata. Pequeno carnívoro. Raptor.
felicĭtas, felicitatis, (f.). (felix). Fecundidade, fertilidade. Favor dos deuses, prosperidade, ventura, felicidade.
felicitatis, ver **felicĭtas.**
felicĭter. (felix). Felizmente, com sucesso, com êxito.
felix, felicis. Que produz frutos, fecundo, fértil. Fecundante. Favorecido dos deuses. Favorável, propício, salutar. Hábil, talentoso. Feliz.
fello,-as,-are. Sugar, mamar, chupar.
femella,-ae, (f.). (femĭna). Mulherzinha, femeazinha.
femen, femĭnis, (n.). Coxa.
femĭna,-ae, (f.). Fêmea (em oposição a macho). Mulher.
feminalĭa, feminalĭum, (n.). (femen). Faixas para envolver as coxas.
feminĕus,-a,-um. (femĭna). De mulher, feminino. Feminil, efeminado, delicado, frágil.
femininus,-a,-um. (femĭna). Feminino, de mulher. Gênero feminino.

femĭnis, ver **femen** e também **femur.**
femŏris, ver **femur.**
femur, femĭnis, (n.) também **femŏris.** Coxa.
fen- ver também **faen-**
fenĕbris, fenĕbre. (fenus). Relativo a usura, relativo a juros.
feneratĭo, fenerationis, (f.). (fenus). Usura, juros extorsivos.
fenĕro,-as,-are,-aui,-atum. (fenus). Emprestar dinheiro a juros, exercer a usura.
fenĕror,-aris,-ari,-atus sum. (fenus). Adiantar, emprestar a juros, especular. Exercer a usura.
fenestra,-ae, (f.). Buraco ou postigo em parede, abertura. Janela. Acesso, caminho, avenida.
fenestro,-as,-are,-aui,-atum. (fenestra). Abrir janelas, prover de janelas.
fenile, fenilis, (n.). (fenum). Palheiro.
fenŏris, ver **fenus.**
fenum,-i, (n.). Feno.
fenus, fenŏris, (n.). Rendimento de dinheiro emprestado, empréstimo a juros. Proveito, ganho, lucro. Capital.
fera,-ae, (f.). Animal selvagem.
feracĭter. (fero). Com fertilidade.
feralĭa, feralĭum, (n.). Festas em honra dos deuses manes.
feralis, ferale. Relativo aos mortos, fúnebre. Lúgubre, fatal, funesto.
ferax, feracis. (fero). Fértil, fecundo, rico, abundante.
ferb- ver também **feru-**
fercŭlum,-i, (n.). O que serve para levar. Bandeja, tabuleiro. O conteúdo de um prato. Maca, padiola, liteira.
fere. Quase, aproximadamente, mais ou menos. Geralmente, quase sempre.
ferentarĭus,-i, (m.). (fero). Tropas auxiliares, tropas ligeiras.
ferĕtrum,-i, (n.). (fero). Padiola para transportar oferendas, despojos e também os mortos.
ferĭae,-arum, (f.). Dias consagrados ao repouso (descanso em honra aos deuses). Dias de descanso, férias, festas.
ferina,-ae, (f.). (ferus). Carne de animal selvagem.
ferinus,-a,-um. (ferus). De animal selvagem, de fera, ferino.
ferĭo,-is,-ire. Bater, ferir. Cunhar (moeda), firmar, celebrar um contrato. Abrir, fender, atingir, matar, imolar. Enganar, lograr, despojar.
ferior,-aris,-ari,-atus sum. (ferĭae). Estar em festa, ter férias, descansar.
ferĭtas, feritatis, (f.). (ferus). Costumes selvagens, barbárie. Aspecto selvagem, aspereza, rudeza, natureza agreste.
feritatis, ver **ferĭtas.**
ferme. Muito aproximadamente, quase, mais ou menos. Comumente, quase sempre, geralmente.
fermentum,-i, (n.). (feruĕo). Fermento, levedura. Fermentação. Cevada ou trigo fermentado para fabricar bebida. Cólera, ira, amargor, indignação.
fero, fers, ferre, tuli, latum. Levar, trazer. Levar diante, conduzir, avançar, guiar, impelir, mostrar. Suportar, sofrer, tolerar. Elevar, exaltar, elogiar, celebrar. Dar, produzir, render, causar, propor. Levar para toda parte, espalhar, anunciar, contar. Obter, receber, recolher.
ferocĭa,-ae, (f.). (ferus). Violência, caráter violento. Orgulho, altivez, coragem, valor. Aspereza.
ferocis, ver **ferox.**
ferocĭtas, ferocitatis, (f.). (ferus). Violência, impulso, arrebatamento. Altivez, orgulho, arrogância, insolência.
ferocitatis, ver **ferocĭtas.**
ferocĭter. (ferus). Com audácia, ousadia, com violência. Duramente, firmemente.
ferox, ferocis. (ferus). Indomável, fogoso, intrépido, corajoso. Altivo, soberbo, orgulhoso.
ferramentum,-i, (n.). (ferrum). Instrumento de ferro, utensílio, ferramenta. Lâmina, navalha, instrumento cortante.
ferrarĭa,-ae, (f.). (ferrum). Mina de ferro.
ferrarĭus,-a,-um. (ferrum). De ferro, relativo a ferro.
ferratus,-a,-um. (ferrum). Munido, armado de ferro ou de instrumento cortante. De ferro.
ferrĕus,-a,-um. (ferrum). Férreo, de ferro, da cor do ferro, da idade do ferro. Duro, insensível, cruel, desumano. Robusto, forte, sólido, vigoroso, infatigável. Descarado, impudente.
ferriterĭum,-ĭi, (n.). (ferrum). Lugar onde se usa o ferro, prisão.

ferrugĭnĕus,-a,-um. (ferrum). Da cor do ferro, azul escuro, escuro, sombrio. Ferruginoso, negro.
ferrugĭnis, ver **ferrugo.**
ferrugo, ferrugĭnis, (f.). (ferrum). Ferrugem. Cor de ferrugem, escuro forte. Cor de púrpura escura, cor azulada. Inveja.
ferrum,-i, (n.). Ferro. Objeto ou instrumento de ferro (espada, faca, tesoura, relha de arado, etc.). Insensibilidade, dureza, crueldade. Cadeia, grilhão.
fertĭlis, fertĭle. (fero). Fértil, fecundo, produtivo, abundante. Fertilizante, que fertiliza. Rico.
fertilĭtas, fertilitatis, (f.). (fero). Fertilidade. Luxo, opulência.
fertilitatis, ver **fertilĭtas.**
feru- ver também **ferb-**
ferŭĕo,-es,-ere, ferui/ferbŭi. Ferver, borbulhar, estar fervendo. Estar ardente, queimar. Agitar-se, estar inflamado.
feruesco,-is,-ĕre. (ferŭĕo). Pôr-se a ferver, a borbulhar.
ferŭĭdus,-a,-um. (ferŭĕo). Quente, ardente, férvido. Vivo, violento, impetuoso, exasperado.
ferŭla,-ae, (f.). Férula (planta de haste comprida). Vara para castigar, chibata.
feruor, feruoris. (ferŭĕo). Fervura, calor, ardor. Efervescência, fermentação. Arrebatamento, fervor.
ferus,-a,-um. Selvagem, bravio, cruel, insensível. Rigoroso, violento.
ferus,-i, (m.). Animal (em geral), animal selvagem.
fescenninus,-a,-um. Fescenino (relativo a poesia grosseira, licenciosa, injuriosa).
fessus,-a,-um. Fatigado, cansado. Acabrunhado, desanimado.
fest- ver também **fist-.**
festinanter. (festĭno). Apressadamente. Com precipitação, com solicitude.
festinatĭo, festinationis, (f.). (festĭno). Pressa, precipitação, prontidão, diligência.
festino,-as,-are,-aui,-atum. Apressar-se, despachar-se. Acelerar, precipitar.
festinus,-a,-um. (festĭno). Que se apressa, pronto, expedito. Precoce, prematuro.
festiue. (ferĭae). Alegremente, festivamente. Com encanto, engenhosamente.
festiuĭtas, festiuitatis, (f.). (ferĭae). Alegria festiva. Alegria, encanto, espírito. Ornamento.
festiuus,-a,-um. (ferĭae). De festa, festivo, alegre, jovial, divertido, gracioso. Fino, espirituoso.
festuca,-ae, (f.). Espécie de grama, colmo. Varinha com que o litor tocava a cabeça de um escravo ao lhe conceder a liberdade.
festum,-i, (n.). (ferĭae). Dia de festa, festa.
festus,-a,-um. (ferĭae). De festa, que está em festa. Solene. Alegre, divertido.
fetura,-ae, (f.). (fetus). Tempo de gravidez, duração da gestação. Reprodução. Filhotes de animais.
fetus,-us, (m.). Gravidez. Filhos, ninhada. Frutos, produtos da terra. Parto, nascimento. Feto.
fibra,-ae, (f.). Fibra, filamentos. Fígado, entranhas. Sensibilidade, delicadeza.
fibŭla,-ae, (f.). (figo). Colchete, fivela, broche. Vergalhão de ferro, gancho.
ficetum,-i, (n.). (ficus). Figueiral. Hemorróidas.
ficte. (fingo). De modo artificioso, fingidamente.
ficticĭus,-a,-um. (fingo). Artificial, fictício.
fictilis, fictĭle. (fingo). Feito de barro. Inventado, imaginado, fingido.
fictio, fictionis,(f.). (fingo). Ação de modelar, formação, criação, modelagem. Ficção, invenção. Suposição, hipótese.
fictor, fictoris, (m.). (fingo). Escultor, modelador, artífice, autor, criador. Pasteleiro, o que faz os bolos sagrados.
fictum,-i, (n.). (fingo). Mentira, falsidade.
ficulnus,-a,-um. (ficus). De figueira.
ficus,-i, também ficus,-us, (m.). Figueira, figo. Hemorróidas.
fidele. (fides). Fielmente, confiavelmente, com lealdade.
fidelĭa,-ae, (f.). Pote, jarro, vaso grande para líquidos.
fidelis, fidele. (fides). Em que se pode confiar, confiável, leal, amigo. Sólido, durável, firme.
fidelĭtas, fidelitatis, (f.). (fides). Fidelidade, lealdade, constância.
fidelitatis, ver **fidelĭtas.**
fidelĭter. (fides). Fielmente, lealmente. Com amizade, com constância.

fidenter. (fides). Com segurança, com certeza.

fidentĭa,-ae, (f.). (fides). Confiança, firmeza, confiabilidade.

fides, fidĕi, (f.). Fé, crença. Promessa solene, juramento, garantia. Confiança, convicção. Boa fé, fidelidade, lealdade, confiabilidade, honestidade. Crédito, segurança, confiança. Proteção, auxílio.

fidĭcen, fidicĭnis, (m.). (fidis-cano). Tocador de lira. Poeta lírico.

fidicŭla,-ae, (f.). (fidis). Lira pequena. Cordas de suplício (para esticar o corpo).

fidis, fidis, (f.) – geralmente no plural. Lira, cordas da lira. Lira (a constelação).

fido,-is,-ĕre, fisus sum. (fides). Fiar-se em, ter confiança, confiar. Ousar, atrever-se.

fiducĭa,-ae, (f.). (fides). Confiança, certeza, segurança. Orgulho, ousadia. Boa fé, cumprimento de dever. Garantia, fiança.

fiduciarĭus,-a,-um. (fides). Fiduciário. Confiado, depositado. Provisório, transitório.

fidus,-a,-um. (fides). Em que se pode confiar, fiel, leal, confiável, sincero. Seguro, firme, duradouro, sólido.

figo,-is,-ĕre, fixi, fictum/fixum. Pregar, espetar, cravar, fixar. Publicar, promulgar, afixar (uma lei). Traspassar, furar, ferir, matar.

figŭlus,-i, (m.). (fingo). O que trabalha o barro, oleiro. O que faz telhas, tijolos. Escultor.

figura,-ae, (f.). (fingo). Forma exterior, configuração, estrutura, aspecto, aparência, figura. Sombras, fantasma. Forma, maneira, modo, espécie. Beleza. Forma gramatical, figura de estilo.

figuratĭo, figurationis, (f.). (fingo). Configuração, forma, figura. Imaginação, fantasia.

figuro,-as,-are,-aui,-atum. (fingo). Dar forma a, moldar, modelar, figurar. Conceber, imaginar. Ornar de figuras.

filĭa,-ae, (f.). filha.

filĭus,-i, (m.). Filho. Criança de peito.

filum,-i, (n.). Fio, cordão. Fio da espada. Enredo, contextura. Linha, traços fisionômicos. Figura, traçado, forma, arte, natureza.

fimbrĭa,-ae, (f.). Extremidade, ponta, borda. Franja, filamentos.

fimbriatus,-a,-um. (fimbrĭa). Rendado, recortado, de franjas.

fimum,-i, (n.). Estrume, adubo. Lodo, lama, imundície.

findo,-is,-ĕre, fidi, fissum. Fender, abrir, separar, partir.

fingo,-is,-ĕre, finxi, fictum. Modelar em barro, modelar, moldar, esculpir. Imaginar, inventar, produzir, criar, fingir. Ajustar, adaptar.

finĭo,-is,-ire,-iui/-ĭi,-itum. (finis). Limitar, delimitar, demarcar, marcar. Determinar, estabelecer, prescrever, decidir. Acabar, findar, terminar. Morrer, chegar ao fim.

finis, finis, (m. e f.). Limite, fronteira. Fim, objetivo, alvo, escopo. Termo, ponto final, grau supremo. Território.

finite. (finis). De maneira limitada, sem excessos, com medidas.

finitĭmus,-a,-um. (finis). Vizinho, contíguo, limítrofe. Semelhante, que tem relação com.

finitor, finitoris, (m.). (finis). Agrimensor, aquele que demarca territórios. O que põe termo a, o que acaba com.

fio, fis, fiĕri, factus sum. Pass. de facĭo. Ser feito, ser criado, fazer-se, tornar-se. Nascer, acontecer, existir. Contribuir para. Encontrar-se, apresentar-se.

firmamen, firmamĭnis, (n.). (firmus). Apoio, sustentáculo, suporte.

firmamentum,-i, (n.). (firmus). Apoio, esteio, suporte, reforço. Prova, argumento, o ponto essencial. Firmamento, céu.

firme. (firmus). Firmemente, solidamente, fortemente.

firmĭtas, firmitatis, (f.). (firmus). Solidez, consistência. Firmeza (de caráter), autoridade.

firmitatis, ver **firmĭtas.**

firmĭter. (firmus). Firmemente, solidamente, com força.

firmitudo, firmitudĭnis, (f.). (firmus). Firmeza, solidez, consistência. Constância, resistência.

firmo,-as,-are,-aui,-atum. (firmus). Firmar, fortificar, fortalecer, reforçar. Afirmar, confirmar, provar, assegurar. Animar, encorajar.

firmus,-a,-um. Firme, sólido, vigoroso, resistente. Constante, duradouro, eficaz.

fiscalis, fiscale. (fiscus). Do fisco, fiscal.

fiscella,-ae, (f.). (fiscus). Cestinho. Utensílio de espremer queijos.

fiscina,-ae, (f.). (fiscus). Cesta.
fiscus,-i, (m.). Cesto (de junco ou vime para espremer uvas e azeitonas). Cesto de guardar dinheiro. Tesouro público, fisco. Rendimento público para manutenção do imperador.
fissilis, fissile. (findo). Que pode ser fendido, fácil de quebrar.
fissĭo, fissionis, (f.). (findo). Ação de fender, divisão, quebra, fissão.
fissum,-i, (n.). (findo). Fenda, abertura, fissura.
fist- ver também **fest-**.
fistŭla,-ae, (f.). Cano, tubo, canal. Poros, porosidade. Flauta, flauta de Pã. Pena de escrever, cálamo. Fístula, úlcera.
fistulator, fistulatoris, (m.). (fistŭla). Tocador de flauta, flautista.
fistulatus,-a,-um. (fistŭla). Poroso, cheio de canais. Espetado de tubos.
fitilla,-ae, (f.). Bolo usado nos sacrifícios.
fixe. (figo). Invariavelmente, de modo fixo.
flabelum,-i, (n.). (flo). Leque.
flabĭlis, flabĭle. (flo). Da natureza do ar, de sopro, de vento.
flabra,-orum, (n.). (flo). O soprar do vento, viração.
flaccĕo,-es,-ere. (flaccus). Ser mole, tornar-se mole, flácido. Estar sem coragem, sem energia.
flaccĭdus,-a,-um. (flaccus). Flácido, mole. Lânguido, sucumbido.
flaccus,-a,-um. Flácido, mole, pendente. De orelhas compridas.
flagello,-as,-are,-aui,-atum. (flagrum). Açoitar, flagelar, bater.
flagellum,-i, (n.). (flagrum). Chicote, açoite, vara. Rebento, ramo flexível. Braço de polvo. Flagelo, punição, remorso.
flagitatĭo, flagitationis, (f.). (flagrum). Pedido insistente, solicitação veemente, rogo. Reclamação.
flagitator, flagitatoris, (m.). (flagrum). Aquele que pede com insistência, o que roga. Credor insistente.
flagitiose. (flagrum). Escandalosamente, de modo infame. Vergonhosamente, com desonra, vilmente.
flagitiosus,-a,-um. (flagrum). Escandaloso, vergonhoso, desonroso.
flagitĭum,-i, (n.). (flagrum). Ato de protesto barulhento contra a conduta escandalosa de alguém. Vergonha, desonra, infâmia. Depravação, licenciosidade.
flagĭto,-as,-are,-aui,-atum. (flagrum). Pedir com insistência, suplicar, solicitar. Reclamar, exigir, reclamar judicialmente. Solicitar para fins vergonhosos.
flagrantĭa,-ae, (f.). (flagro). Calor intenso, abrasamento. Sentimento ardente, paixão. Brilho intenso (dos olhos).
flagro,-as,-are,-aui,-atum. Arder, estar em chamas, estar abrasado. Estar dominado por, ser devastado, destruído. Arder de amor.
flagrum,-i, (n.). Chicote, açoite.
flamen, flamĭnis, (m.). Flâmine (sacerdote que se consagrava ao culto de uma divindade particular).
flamen, flamĭnis, (n.). (flo). Sopro. Vento, brisa.
flamĭnis, ver **flamen.**
flamma,-ae, (f.). (flagro). Chama, fogo, incêndio. Paixão, amor ardente. Brilho, resplendor.
flammĕum,-i, (n.). (flamma). Véu da cor de chamas usado pela noiva no dia do casamento.
flammĕus,-a,-um. (flamma). Brilhante, de chamas. Da cor do fogo.
flammĭger,-gĕra,-gĕrum. (flamma-gero). Inflamado, ardente. Flamígero, que traz o raio, que traz o trovão.
flammo,-as,-are,-aui,-atum. (flamma). Inflamar, flambar, incendiar. Avermelhar como o fogo. Cintilar.
flamŭla,-ae, (f.). (flamma). Pequena chama.
flatus,-us, (m.). (flo). Sopro, hálito, respiração. Sopro na flauta, som de flauta. Flatulência. Orgulho, soberba.
flauĕo,-es,-ere. (flauus). Tornar-se amarelo.
flauus,-a,-um. Amarelo, dourado. Louro. Como subst.: moeda de ouro.
flebĭle. (fleo). Tristemente, em lágrimas, em prantos.
flebĭlis, flebĭle. (fleo). Lastimoso, choroso, triste, aflito. Flébil, entrecortado pelas lágrimas. Que faz chorar, aflitivo.
flebilĭter. (fleo). Tristemente, em prantos.
flecto,-is,-ĕre, flexi, flexum. Curvar, dobrar, flexionar. Volver, dirigir, desviar-se para. Afastar, mudar. Comover, excitar. Flexionar, derivar, conjugar.

fleo,-es,-ere, fleui, fletum. Ato físico de chorar, derramar lágrimas. Lamentar, deplorar

fletus,-us, (m.). (fleo). Choro, pranto, lágrimas. Suspiro, gemido.

flexanĭmus,-a,-um. (flecto-anĭmus). Que domina os corações, as almas, arrebatado. Delirante, em delírio.

flexibĭlis, flexibĭle. (flecto). Flexível, dobrável. Suave, brando. Inconstante.

flexĭlis, flexĭle. (flecto). Que se dobra, maleável, flexível. Arqueado, que verga.

flexilŏquus,-a,-um. (flecto-loquor). Ambíguo, enigmático.

flexĭo, flexionis, (f.). (flecto). Ação de curvar, dobrar, flexão. Desvio. Inflexão, modulação da voz.

flexuosus,-a,-um. (flecto). Tortuoso, sinuoso.

flexura,-ae, (f.). (flecto). Ação de curvar, curvatura, dobradura. Flexão, declinação.

flexus,-us, (m.). (flecto). Inflexão, curvatura, sinuosidade, volta, circuito, desvio. Modulação. Declínio. Declinação, conjugação.

flictus,-us, (m.). (fligo). Choque, encontro.

fligo,-is,-ĕre, flixi, flictum. Bater, ferir. entrechocar.

flo, flas, flare, flaui, flatum. Soprar, exalar. Soprar um instrumento. Fundir metais (com o fole da forja).

floccus,-i, (m.). Floco de lã, velo de lã. Coisa insignificante.

floralis, florale. (flos). Relativo às flores, floral.

florĕo,-es,-ere, florŭi. Florir, estar em flor. Ser jovem. Ser famoso, ser poderoso, ter prestígio. Ser feliz, brilhar.

florĕus,-a,-um. (flos). De flor, coberto de flor, florido.

florĭdus,-a,-um. (flos). Florido, coberto de flor. Brilhante, resplandecente. Jovem, feliz.

floris, ver **flos.**

florus,-a,-um. (flos). Florido, brilhante.

flos, floris, (m.). Flor, floração. Nata, refinamento. Penugem, primeira barba. Beleza, prosperidade, felicidade.

floscŭlus,-i, (m.). (flos). Pequena flor, flor nova e delicada. Belezas, ornamentos.

fluctifrăgus,-a,-um. (fluo-frango). Que desfaz, quebra as ondas.

fluctiuăgus,-a,-um. (fluo-uago). Que vagueia sobre as ondas.

fluctuatĭo, fluctuationis. (fluo). Agitação. Hesitação, irresolução. Flutuação.

fluctŭo,-as,-are,-aui,-atum. (fluo). Estar agitado. Flutuar, boiar, ser agitado pelas ondas. Estar hesitante.

fluctuosus,-a,-um. (fluo). Agitado, tempestuoso, ondeado, que tem veias.

fluctus,-us, (m.). (fluo). Vaga, onda. Agitação, perturbação, tumulto. Emanações.

fluens, fluentis. (fluo). Flácido, mole, efeminado.

fluentum-i, (n.). (fluo). Curso de água, regato, rio.

fluĭdus,-a,-um. (fluo). Que corre, que escorre, fluido. Débil, frouxo, lânguido, efeminado. Efêmero.

fluĭto,-as,-are,-aui,-atum. (fluo). Correr para diversas partes. Flutuar, balançar, ondear. Vacilar, duvidar, hesitar.

flumen, flumĭnis, (n.). (fluo). Correnteza, corrente de água. Rio, regato. Torrente. Abundância, riqueza.

flumĭnis, ver **flumen.**

fluo,-is,-ĕre, fluxi, fluctum/fluxum. Correr, escoar, escorrer, derramar-se. Ser fluente, flutuar, cair suavemente. Acabar, passar, desvanecer-se, ser lânguido, amolecer. Estar indeciso, hesitante.

fluuialis, fluuiale. (fluo). De rio, fluvial.

fluuĭdus,-a,-um. (fluo). Fluido.

fluuĭus,-i, (m.). (fluo). Rio, regato, correnteza. Água corrente.

fluxus,-a,-um. (fluo). Que corre, fluido. Flutuante, vacilante, sem consistência, mole, frouxo. Fraco, efêmero. Largo, solto, relaxado.

focale, focalis, (n.). (fauces). Gravata, lenço de pescoço (usado pelos doentes e pelos efeminados).

focarĭa,-ae, (f.). (focus). Cozinheira. Concubina.

focĭlo,-as,-are,-aui,-atum. (fouĕo). Restabelecer, reanimar, confortar. Aquecer.

focŭla,-orum, (n.). (focus). Aquecedor.

focŭlus,-i, (m.). (focus). Braseiro pequeno para sacrifícios. Fogo.

focus,-i, (m.). Lar doméstico (pequeno altar onde permanecia aceso o fogo para os deuses - Lares ou Penates - da casa).

Habitação, casa. Altar, pira fúnebre. Lareira, braseiro.

fodĭco,-as,-are,-aui,-atum. (fodĭo). Escavar, picar, furar. Atormentar, afligir, fazer sofrer.

fodĭo,-is,-ĕre, fodi, fossum. Cavar, escavar, furar, vazar. Picar, aguilhoar, atormentar, dilacerar. Esporear o cavalo.

foede. (foedus,-a). De modo horrível, cruelmente, horrorosamente. Odiosamente, indignamente.

foederatus,-a,-um. (foedĕris). Aliado, confederado. Unido, associado.

foedĕris, ver **foedus.**

foedĭtas, foedĭtatis, (f.). (foedus,-a). Aspecto horroroso, feiura. Imundície, repugnância.

foedĭtatis, ver **foedĭtas.**

foedo,-as,-are,-aui,-atum. (foedus,-a). Desfigurar, tornar repugnante. Manchar, sujar, desonrar.

foedus, foedĕris, (n.). Tratado, aliança, convenção, pacto. União, associação, federação. Lei, regra.

foedus,-a,-um. Horroroso, repugnante, feio, horrível. Vergonhoso, indigno. Funesto.

foetĕo,-es,-ere. Cheirar mal, ter cheiro fétido. Repugnar, ser insuportável.

foetĭdus,-a,-um. (foetĕo). Fétido, mal cheiroso. Repugnante.

foetor, foetoris, (m.). (foetĕo). Mau cheiro, fedor. Infecção.

folĭum,-i, (n.). Folha. Folhagem. Folha de palmeira em que a Sibila escrevia oráculos. Folha de papel. Bagatelas.

follicŭlus,-i, (m.). (follis). Pequeno saco, bolsa de couro. Bola. Invólucro, película. Bexiga, escroto.

follis, follis, (m.). Fole. Bolsa de couro, bola de couro.

fomenta,-orum, (n.). (fouĕo). O que alimenta o fogo (gravetos, maravalha, etc.). Calmante, lenitivo, cataplasma quente.

fomes, fomĭtis, (m.). (fouĕo). Lenha seca, achas (para acender ou alimentar o fogo). Estimulante.

fomĭtis, ver **fomes.**

fons, fontis (m.). Fonte, nascente. Origem, causa. Água.

fonticŭlus,-i, (m.). (fons). Pequena fonte.

fontis, ver **fons.**

for, -aris, -ari, fatus sum. Falar, dizer, contar. Celebrar. Predizer, profetizar.

forabĭlis, forabĭle. (foro). Que pode ser furado.

foramen, foramĭnis, (n.). (foro). Buraco, abertura.

foramĭnis, ver **foramen**

foras. Do lado de fora, para o lado de fora.

forcĕps, forcĭpis, (m. e f.) Torquês, tenaz. Disposição das tropas.

forda bos, (f.). Vaca prenhe.

forensis, forense. (forum). Relativo à eloquência, da praça pública, do foro, forense. Que serve ou se faz fora de casa, exterior.

fores, forĭum, (n.). Porta (de casa). Abertura, entrada.

fori,-orum (m.). Espaço livre, passagem ou ponte de um navio, convés. Lugares reservados nos teatros, galeria. Cortiço de abelhas. Carreiros ou ruas entre canteiros.

forĭca,-arum, (f.). Latrinas públicas.

foris. I – adv. De fora, exteriormente. II – prep. Fora, para fora de.

forma,-ae, (f.). Forma, figura, contorno, conjunto de traços exteriores, imagem, representação, aparência. Fôrma, molde, moldura. Formas elegantes, beleza, formosura. Ideia, tipo ideal, tipo.

formalis, formale. (forma). Relativo à forma. Que serve de modelo. Formal.

formatĭo, formatĭonis, (f.). (forma). Formação, confecção. Configuração.

formator, formatoris, (m.). (forma). O que dá forma, formador, criador. O que instrui.

formatura,-ae, (f.). (forma). Conformação, forma, figura.

formica,-ae, (f.). Formiga.

formicinus,-a,-um. (formica). De formiga.

formidabĭlis, formidabĭle. (formido). Temível, formidável.

formidamen, formidamĭnis, (n.). (formido). Espectro, fantasma, espantalho.

formidamĭnis, ver **formidamen.**

formidĭnis, ver **formido.**

formido, formidĭnis, (f.). Espantalho. Receio, medo, terror.

formido,-as,-are,-aui,-atum. Ter medo, recear. Hesitar. Afastar-se com pavor, tremer.

formidolosus,-a,-um. (formido). Terrível, medonho. Cheio de medo, receoso, tímido.

formo,-as,-are,-aui,-atum. (forma). Dar forma a, modelar, figurar, formar. Ins-

truir, produzir, criar, conceber, imaginar. Arranjar, organizar, regular.
formose. (forma). De modo encantador, com elegância, graciosamente.
formosĭtas, formosĭtatis, (f.). (forma). Formas elegantes, beleza.
formosus,-a,-um. (forma). Bem feito, proporcionado, de formas elegantes, formoso.
formŭla,-ae, (f.) (forma). Forma delicada. Regra, sistema, quadro, lei, fórmula. Formulário de prescrições, regulamento. Formalidade, norma.
fornacis, ver **fornax.**
fornax, fornacis, (m. e f.). Forno, fornalha. Fornalha do vulcão Etna.
fornicatus,-a,-um. (fornix). Abobadado, em arco.
fornicis, ver **fornix.**
fornĭco,-as,-are,-aui,-atum. (fornix). Prostituir-se. Entregar-se à idolatria.
fornix, fornĭcis, (m.). Abóbada, arco. Porta em arco. Aqueduto, arco de triunfo. Lupanar, habitação em forma de abóbada, onde viviam prostitutas.
foro,-as,-are,-aui,-atum. Furar, perfurar, traspassar.
fors, fortis, (f.). Acaso, sorte, fortuna. (Usado apenas em nom. e abl. sing., nos outros casos usa-se o subst. *fortuna*).
forsan. (fors-an). Talvez, por acaso, por ventura.
forsit. (fors-sit). Talvez, por ventura.
forsĭtan. (fors-sit-an). o mesmo que forsan.
fortasse também **fortassis. (forte).** Talvez, acaso. Possivelmente, provavelmente. Aproximadamente, mais ou menos, quase.
forte. (fors). Talvez, por acaso, casualmente.
forticŭlus,-a,-um. (fortis). Bastante corajoso, um tanto enérgico.
fortis, forte. Forte, sólido, vigoroso, resistente, infatigável. Corajoso, enérgico, valoroso. Virtuoso, honesto. Arrogante, violento. Poderoso, rico, nobre.
fortĭter. (fortis). Fortemente, energicamente, com coragem.
fortitudo, fortitudĭnis, (f.). (fortis). Força, coragem, bravura, energia, intrepidez, firmeza.
fortuĭtus,-a,-um. (fors). Casual, fortuito, acidental. Improvisado.
fortuna,-ae, (f.). (fors). Sorte, destino, sina. Felicidade, sucesso, êxito, sorte. Infortúnio, infelicidade. Bens, fortuna, riqueza.
fortunate. (fors). De maneira feliz, afortunadamente.
fortuno,-as,-are,-aui,-atum. (fors). Tornar feliz, afortunar, fazer prosperar.
forŭli,-orum, (m.). (fori). Armários para livros, estantes.
forum,-i, (n.). Espaço livre, recinto ou cercado em volta de uma casa. Praça pública, praça do mercado, mercado. Foro – centro da vida romana, onde eram construídos os edifícios públicos, os monumentos e os templos; onde eram tratados os assuntos de estado e de questões particulares. Fórum. Também era palavra usada para designar praças, localidades e cidades.
forus,-i, (m.). Mesa de jogo.
fossa,-ae, (f.). (fodĭo). Escavação, fosso, vala, cova, trincheira. Canal.
fossĭlis, fossĭle. (fodĭo). Tirado, escavado da terra, fóssil.
fossĭo, fossionis, (f.). (fodĭo). Escavação, ação de cavar, cava.
fossor, fossoris, (m.). (fodĭo). Cavador, agricultor, mineiro. Homem grosseiro, rude.
fouĕa,-ae, (f.). Fossa, buraco, escavação. Armadilha, fosso.
fouĕo,-es,-ere,-foui, fotum. Aquecer, esquentar, acalentar, acariciar. Chocar (ovos). Encorajar, aplaudir, proteger, favorecer, lisonjear. Cuidar, tratar de. Meditar.
fracte. (frango). De modo efeminado, molemente.
fractura,-ae, (f.). (frango). Estilhaço, fragmento. Fratura.
fraga,-orum, (n.). Morangos.
fragĭlis, fragĭle. (frango). Frágil, quebrável. Perecível. Pouco durável, fraco. Efeminado, mole. Que soa como algo que se quebra.
fragilĭtas, fragilitatis, (f.). (frango). Fragilidade, fraqueza. Curta duração.
fragilitatis, ver **fragilĭtas.**
fragmen, fragmĭnis, (n.). (frango). Estilhaço, fragmento, pedaço.
fragmentum,-i, (n.). (frango). Fragmento, estilhaço, pedaço, lasca.
fragmĭnis, ver **fragmen.**

fragor, fragoris, (m.). (frango). Ação de quebrar, fratura. Ruído de algo que se quebra, fragor, estrépito, estrondo.
fragosus,-a,-um. (frango). Quebrado, quebradiço, frágil. Áspero, rude, escarpado. Ruidoso, retumbante.
fragrantĭa,-ae, (f.). (fragro). Cheiro agradável, fragrância.
fragro,-as,-are,-aui,-atum. Exalar cheiro forte ou agradável. Cheirar bem, perfumar.
framĕa,-ae, (f.). Espada. Lança de ferro curto e estreito, usada pelos germanos.
frango,-is,-ĕre, fregi, fractum. Partir, quebrar, romper, rasgar, dilacerar. Violar, infringir. Abater, debilitar. Refrear, reprimir, destruir, arruinar.
frater, fratris, (m.). Irmão. Membro de uma confraria. Aliado, confederado.
fraterne. (frater). Fraternalmente, como irmão.
fraternĭtas, fraternitatis, (f.). (frater). Fraternidade, parentesco, união entre povos.
fraternitatis, ver **fraternĭtas.**
fraternus,-a,-um. (frater). Fraterno, fraternal, de irmão.
fratricida,-ae, (m.). (frater-caedo). Fratricida, assassino do irmão.
fraudatĭo, fraudationis, (f.). (fraus). Ação de enganar, má fé, fraude.
fraudator, fraudatoris, (m.). (fraus). Fraudador, trapaceiro, enganador.
fraudis, ver **fraus.**
fraudo,-as,-are,-aui,-atum. (fraus). Fraudar, enganar, trapacear. Causar dano.
fraudulentĭa,-ae, (f.). (fraus). Astúcia, velhacaria, trapaça.
fraus, fraudis, (f.). Fraude, má fé, velhacaria. Dano feito a alguém, prejuízo. Armadilha, cilada.
fraxĭnus,-i, (f.). Freixo (árvore). Dardo.
fremebundus,-a,-um. (fremo). Estridente, ruidoso. Enfurecido aos gritos, irritado.
fremĭtus,-us, (m.). (fremo). Ruído, rugido, relincho, zumbido. Estrépito, alarido, gritaria.
fremo,-is,-ĕre, fremŭi, fremĭtum. Fazer ruído, estrondo. Ressoar, retumbar, gritar, aclamar, vaiar. Indignar-se, revoltar.
fremor, fremoris, (m.). (fremo). Rugido, bramido, estrépito, gritaria.

frenator, frenatoris, (m.). (frendo). O que dirige, moderador. Lançador de venábulo.
frendo,-is,-ĕre, fresum ou fressum. Ranger os dentes, encolerizar-se, irritar-se. Moer, triturar. Deplorar com raiva.
freno,-as,-are,-aui,-atum. (frendo). Frear, refrear, conter, moderar.
frenum,-i, (n.). (frendo). Freio, rédeas, brida.
frequens, frequentis. Abundante, denso, cerrado, numeroso. Assíduo, frequente, repetido. Que ocorre muitas vezes, comum, corrente, geral.
frequentatĭo, frequentationis, (f.). (frequens). Abundância, emprego frequente. Recapitulação, acumulação.
frequenter. (frequens). Frequentemente, muitas vezes. Em grande número, muitas vezes.
frequentĭa,-ae, (f.). (frequens). Afluência, multidão, grande número, densidade.
frequentis, ver **frequens.**
frequento,-as,-are,-aui,-atum. (frequens). Reunir em grande número, ir muitas vezes, ser assíduo. Amontoar, acumular, encher. Povoar.
fretum,-i, (n.). Estreito, braço de mar. Agitação das águas, o mar. Impetuosidade, agitação.
fretus,-a,-um. Apoiado, confiante, que tem confiança em, persuadido de.
frico,-as,-are,-aui,-atum ou frico,-as,-are, fricŭi, frictum. Esfregar, friccionar, polir.
frictura,-ae, (f.). (frico). Fricção.
frigefacto,-as,-are (frigus-facio). Arrefecer, esfriar.
frigĕo,-es,-ere, frixi/frigŭi. (frigus). Estar frio, estar com frio. Estar sem vida. Ser friamente recebido.
frigĕro,-as,-are. (frigus). Refrescar, esfriar, arrefecer.
frigesco,-is,-ĕre, frixi. (frigus). Esfriar. Arrefecer, tornar-se lânguido.
frigĭda,-ae, (f.). (frigus). Água fria.
frigidarĭum,-i, (n.). (frigus). Geleira, câmara fria. Lugar próprio para conservar alimentos frescos.
frigĭde. (frigus). Friamente, frouxamente, sem energia. Irrelevante, sem graça.
frigĭdus,-a,-um. (frigus). Frio, gelado, fresco. Gelado pelo frio da morte. Fraco, insensível, inativo. Fútil, inútil.

frigo,-is,-ĕre, frixi, frictum. Fazer secar cozendo, assar, torrar, frigir, fritar
frigŏris, ver **frigus.**
frigus, frigŏris, (n.). Frio, arrepio, frieza. Insensibilidade, indiferença. Inverno.
frio,-as,-are,-aui,-atum. Moer, triturar, esmigalhar, reduzir a pedaços.
fritillus,-i, (m.). Copo de jogar dados.
friuŏlus,-a,-um. De preço insignificante, de pouca importância, fútil, frívolo.
frondator, frondatoris, (m.). (frondis). O que desfolha árvores, podador. Espécie de pombo (ave).
frondĕo,-es,-ere. (frondis). Ter folhas, estar coberto de folhas, ser frondoso.
frondĕus,-a,-um. (frondis). De folhagem, coberto de folhas.
frondis, ver **frons.**
frondosus,-a,-um. (frondis). Frondoso, coberto de folhas, cheio de folhagem.
frons, frondis, (f.). Folhagem, folhas. Coroa, grinalda de folhas.
frons, frontis, (f.). Fronte, cara, rosto, semblante. Frontispício, parte anterior, frente. Capa. Aparência.
frontalĭa,-ium. (frontis). Testeira, ornato para cabeça de animais.
frontis, ver **frons.**
fronto, frontonis, (m.). (frontis). O que tem a testa grande. Frontão.
fructuarĭus,-a,-um. (frŭor). Relativo aos frutos, que produz, rende frutos.
fructuosus,-a,-um. (frŭor). Fecundo, fértil, frutuoso. Vantajoso, rentável, lucrativo.
fructus,-us, (m.). (frŭor). Usufruto, direito ao uso e produto de bens alheios, efeito, rendimento. Gozo, delícias, encantos. Fruto, colheita.
frugalĭtas, frugalitatis, (f.). (frux). Moderação, prudência, sobriedade. Boa colheita de frutos.
frugalitatis, ver **frugalĭtas.**
frugalĭter. (frux). Moderadamente, frugalmente, economicamente.
frugi – indeclinável. (frux). Que tem bom procedimento, sensato, sóbrio, cordato. Moderado, frugal, honesto.
frugĭfer,-fĕra,-fĕrum. (frux-fero). Que produz, que rende, fértil, fecundo. Útil, frutuoso.

frugilĕgus,-a,-um. (frux-lego). Que junta, colhe grãos.
frugis, ver **frux.**
frumentarĭus,-a,-um. (frumentum). Relativo ao trigo. Rico em trigo. Como subst.: negociante, fornecedor de trigo.
frumentatĭo, frumentationis, (f.). (frumentum). Abastecimento de trigo. Distribuição de cereais ao povo.
frumentator, frumentatoris, (m.). (frumentum). Negociante, fornecedor de cereais. Soldado encarregado de providenciar o trigo.
frumentor,-aris,-ari,-atus sum. (frumentum). Abastecer, fazer provisões de trigo.
frumentum,-i, (n.). Cereais, grãos, trigo ainda não beneficiado. Renda em trigo.
fruor, fruĕris, frui, fruĭtus/fructus sum. Gozar de, usufruir, ter proveito.
frustatim. (frustum). Parceladamente, aos pedaços.
frustillatim. (frustum). Aos bocadinhos, em gotas.
frustra. Em vão, inutilmente. Sem finalidade, sem razão, sem motivo. Ilusoriamente, com mentiras.
frustramen, frustramĭnis, (n.). (frustra). Engano, embuste.
frustramĭnis, ver **frustramen.**
frustratĭo, frustrationis, (f.). (frustra). Esperança vã, decepção, desapontamento, frustração. Ação de iludir, má fé, perfídia. Subterfúgio, pretexto.
frustro,-as,-are,-aui,-atum. (frustra). Enganar, iludir, decepcionar.
frustulentus,-a,-um. (frustum). Cheio de pedaços.
frustum,-i, (n.). Pedaço, fragmento. Bocado (de alimento).
frutex, frutĭcis, (m.). Rebento (de uma planta). Ramagem, rama. Arbusto, árvore. Indivíduo Estúpido.
fruticetum,-i, (n.). (frutex). Matagal, mata, arvoredo.
frutĭcis, ver **frutex.**
frutĭcor,-aris,-ari,-atus sum. (frutex). Produzir, soltar rebentos, brotar.
fruticosus,-a,-um. (frutex). Que tem muitos rebentos, cheio de brotações. Cheio de árvores.
frux, frugis, (f.). Produto da terra, grãos, cereais, legumes, frutos. Farinha sagrada.

Homem que produz alguma coisa, bravo, virtuoso.
fuco,-as,-are,-aui,-atum. (fucus). Tingir, pintar. Disfarçar, dissimular.
fucosus,-a,-um. (fucus). Colorido, enfeitado. Simulado, fingido.
fucus,-i, (m.). I – Planta de que se extraía a cor vermelha. Púrpura. Pintura, disfarce, artifício. Própole. II – Zangão.
fuga,-ae, (f.). (fugĭo). Ação de fugir, fuga, evasão. Exílio. Carreira, afastamento, aversão.
fugacĭs, ver **fugax.**
fugax, fugacis. (fugĭo). Que foge facilmente, pronto para fugir, fugitivo. Que corre rapidamente, que evita. Passageiro, efêmero.
fugĭo,-is,-ire, fugi, fugĭtum. Fugir, escapar-se, correr em fuga. Ser exilado, estar desterrado. Evitar, abandonar, deixar.
fugitiuus,-a,-um. (fugĭo). Fugitivo. Como subst.: escravo fugitivo, desertor.
fugo,-as,-are,-aui,-atum. (fuga). Pôr em fuga, afugentar, afastar, repelir. Exilar, desterrar. Excluir, impedir.
fulcimentum,-i, (n.). (fulcĭo). Esteio, apoio, sustentáculo.
fulcĭo,-is,-ire, fulsi, fultum. Escorar, sustentar, suportar. Apoiar, firmar, fortalecer, consolidar.
fulcipedĭa,-ae, (f.). (fulcĭo-pes). Apoio dos pés.
fulcrum,-i,(n.). (fulcĭo). Suporte, apoio, esteio, pé da cama. Leito, cama.
fulgĕo,-es,-ere, fulsi. Lançar raios. Brilhar, luzir, cintilar. Ser ilustre, estimado, respeitado. Brilhar, fulgir.
fulgĭdus,-a,-um. (fulgĕo). Luminoso, brilhante, fúlgido.
fulgor, fulgoris, (m.). (fulgĕo). Luz, brilho, fulgor. Honra, posição de destaque. Raio, relâmpago.
fulgur, fulgŭris, (n.). (fulgĕo). Raio, relâmpago, clarão. Brilho, honra.
fulguratĭo, fulgurationis, (f.). (fulgĕo). Fulguração, relâmpago.
fulgurator, fulguratoris, (m.). (fulgĕo). O que lança relâmpagos. Intérprete dos relâmpagos, do raio.
fulguritus,-a,-um. (fulgĕo). Atingido, fulminado por um raio.
fulguro,-as,-are,-aui,-atum. (fulgĕo). Relampejar, brilhar, cintilar, luzir, clarear.

fulĭca,-ae, (f.). Gaivota.
fuliginĕus,-a,-um. (fuligo). Fuliginoso, enegrecido pela fuligem.
fuligĭnis, ver **fuligo.**
fuligo, fuligĭnis, (f.). Fuligem, fumaça espessa. Tinta preta para as sobrancelhas. Obscuridade.
fullo, fullonis, (m.). Pisoeiro, o que prepara os panos depois de tecidos. Espécie de escaravelho.
fulmen, fulmĭnis, (n.). (fulgĕo). Raio, corisco, clarão. Violência, impetuosidade. Catástrofe, desgraça.
fulmenta,-ae, (f.). (fulcĭo). Suporte, apoio, sustentáculo. Sola de calçado.
fulminatĭo, fulminationis, (f.). (fulgĕo). O lançar do raio, fulminação.
fulminĕus,-a,-um. (fulgĕo). Do raio. Impetuoso, violento.
fulmĭnis, ver **fulmen.**
fulmĭno,-as,-are,-aui,-atum. (fulgĕo). Lançar o raio, ferir com o raio, fulminar.
fultura,-ae, (f.). (fulcĭo). Sustentáculo, esteio, apoio. Alimentação, fortificante.
fuluus,-a,-um. Amarelo, ruivo, fulvo, acinzentado.
fumarĭum,-i, (n.). (fumus). Compartimento para defumação, defumador. Chaminé.
fumĕus,-a,-um. (fumus). De fumo, que foi exposto ao fumo. Que espalha o fumo.
fumĭdus,-a,-um. (fumus). Que fumega, que solta fumaça.
fumifĭco,-as,-are. (fumus-facĭo). Queimar incenso, produzir fumo.
fumo,-as,-are,-aui,-atum. (fumus). Fumegar, fazer, lançar fumaça.
fumosus,-a,-um. (fumus). Que lança fumaça, fumoso. Enegrecido, defumado. Que cheira a fumaça.
fumus,-i, (m.). Fumo, fumaça. Vapor.
funale, funalis, (n.). (funis). Tocha, lustre, candeeiro (objetos feitos com corda encerada).
funambŭlus,-i, (m.). (funis-ambŭlo). Acrobata, funâmbulo (que anda na corda).
functĭo, functionis, (f.). (fungor). Execução, exercício, trabalho.
funda,-ae, (f.). Funda, objeto parecido com uma funda: bolsa, sacola, rede de pesca. Bola de chumbo que se atira com a funda.

fundamentum,-i, (n.). (fundus). Base, alicerce, fundamento. Fundo do mar.
fundĭto,-as,-are,-aui,-atum. (fundo). Espalhar em abundância, lançar em grande quantidade, espalhar.
fundĭtus. (fundus). Desde os alicerces, radicalmente, inteiramente. No fundo, nas profundezas.
fundo,-as,-are,-aui,-atum. (fundus). Alicerçar, assentar solidamente. Fundar, construir, criar. Estabelecer, constituir. Consolidar, firmar.
fundo,-is,-ĕre, fudi, fusum. Derramar, espalhar, fundir. Emitir, exalar. Dar à luz, produzir em abundância. Dispersar, pôr em fuga.
fundus,-i, (m.). Fundo, base. Bens de raiz, propriedade, fazenda, terreno. Sustentáculo de uma decisão.
funĕbris, funĕbre. (funus). Fúnebre. Funesto, mortal.
funerĕus,-a,-um. (funus). Fúnebre, de funeral, funéreo. Sinistro, funesto.
funĕris, ver **funus.**
funĕro,-as,-are,-aui,-atum. (funus). Celebrar os funerais, prestar homenagens fúnebres.
funesto,-as,-are,-aui,-atum. (funus). Manchar por um crime, desonrar. Expor à morte.
funestus,-a,-um. (funus). Funesto, mortal, mortífero, sinistro. Desolado, enlutado.
fungor,-ĕris, fungi, functus sum. Cumprir, executar, desempenhar. Empregar, gozar de. Consumir, acabar.
fungus,-i, (m.). Cogumelo. Tumor, inchaço. Tolo, idiota (cabeça de cogumelo).
funicŭlus,-i, (m.). (funis). Cordão, barbante, cordinha, cordel.
funis,-is, (m.). Corda, amarra.
funus, funĕris, (n.). Funeral, enterro, cerimônia fúnebre. Morte, assassínio, carnificina. Perda, ruína, aniquilamento, flagelo, peste.
fur, furis, (m.). Ladrão, o que (às escondidas) furta. Velhaco, patife. Zangão, moscardo.
furacis, ver **furax.**
furax, furacis. (fur). Propenso, inclinado ao roubo, que tem tendência para o roubo.
furca,-ae, (f.). Forcado (de dois dentes). Forquilha, pau bifurcado (posto no pescoço de escravos e criminosos). Forca, patíbulo. Escora, esteio. Desfiladeiro.
furcĭfer,-fĕra,-fĕrum. (furca-fero). Aquele que merece a forca. Velhaco, patife.
furcŭla,-ae, (f.). (furca). Pequeno forcado. Passagem, desfiladeiro estreito.
furenter. (furo). Furiosamente. Como um louco.
furfur, furfŭris, (m.). Casca, farelo (de grãos). Caspa.
furĭa,-ae, (f.). (furo). Fúria, delírio, acesso de loucura. Raiva, cólera. Peste, flagelo.
furialis, furiale. (furo). De fúria, relativo a fúria. Atroz, terrível, horrível.
furialĭter. (furo). Furiosamente, com furor, com fúria.
furibundus,-a,-um. (furo). Delirante, furioso. Inspirado.
furĭo,-as,-are,-aui,-atum. (furo). Enfurecer, tornar furioso.
furiose. (furo). Furiosamente, como um louco, demente.
furiosus,-a,-um. (furo). Delirante, louco, insensato. Violento, impetuoso, furioso.
furnarĭa,-ae, (f.). (furnus). Profissão de forneiro. Padaria.
furnarĭus,-i, (m.). (furnus). Padeiro, forneiro.
furnus,-i, (m.). Forno, fornalha.
furo,-is,-ĕre. Estar fora de si, estar louco, delirante, furioso, irritado, enlouquecido de paixão. Estar possuído, inspirado pelos deuses.
furor, furoris, (m.). (furo). Furor, fúria, delírio, loucura, raiva. Delírio profético, paixão furiosa, desejo violento.
furor,-aris,-ari,-atus sum. (fur). Roubar, furtar. Esquivar, dissimular, disfarçar, ocultar, trapacear. Apropriar indevidamente. Usar de esperteza.
furtim. (fur). Às escondidas, furtivamente, em segredo.
furtiuus,-a,-um. (fur). Roubado, furtado. Furtivo, secreto, escondido. Discreto.
furtum,-i, (n.). (fur). Furto, roubo. Produto do roubo. Amor secreto, relações ilícitas.
furuncŭlus,-i, (m.). I – (fur) – Pequeno ladrão. II – (feruĕo?) – furúnculo.
furuus,-a,-um. (fuscus). Negro, sombrio.
fuscina,-ae, (f.). Tridente, forcado de ferro.

fusco,-as,-are,-aui,-atum. Tornar escuro, enegrecer, obscurecer. Ofuscar.
fuscus,-a,-um. Negro, preto, escuro. Velado, ofuscado.
fuse. (fundĕre). Abundantemente, profusamente, extensamente, abertamente, espalhadamente.
fusĭlis, fusĭle. (fundĕre). Fundido.
fusĭo, fusionis, (f.). (fundĕre). Ação de derramar, de espalhar. Difusão, expansão.
fustigo,-as,-are. (fustis). Bater, surrar, fustigar.
fustis, fustis, (m.). Bastão, vara, pedaço de pau.
fustitudĭnus,-a,-um. (fustis-tundo). Terrível como uma surra de varas.
fustuarĭum,-i, (n.). (fustis). Suplício aplicado com um bastão, surra de varas.
fusus,-i, (m.). (fundo). Fuso (de fiar).
futĭlis, futĭle. (fundo). Que deixa escapar o que contém. Frágil, frívolo, inútil, fraco, sem efeito, fútil.
futilĭtas, futilitatis, (f.). (fundo). Futilidade.
futilitatis, ver **futilĭtas.**
futŭo,-is,-ĕre, futŭi, fututum. Ter relações com uma mulher.
futurus,-a,-um. Futuro, que há de ser, de acontecer.
fututĭo, fututionis, (f.). (futŭo). Relações sexuais.

G

g. abreviatura: **G.L.** *genĭo loci.*
G. abreviatura de Gaius.
gabălus,-i, (m.). Cruz, forca, patíbulo.
gabăta,-ae, (f.). Tigela, escudela.
gaesa,-orum, (n.). Dardos de ferro (usados pelos gauleses).
galba,-ae, (m.). I – palavra gaulesa que significava "o gordo". II – espécie de larva.
galbănum,-i, (n.). Gálbano (resina de uma planta).
galbĕus,-i, (m.). Faixa de lã para envolver um medicamento.
galbĭnum,-i, (n.). (galbus). Veste de cor verde usada por mulheres ou homens efeminados.
galbĭnus,-a,-um. (galbus). De cor verde-pálida, amarelo. Mole, efeminado.
galbus,-a,-um. De cor verde-pálida, amarelo.
galĕa,-ae, (f.). Capacete, casco (inicialmente de couro), elmo.
galĕo,-as,-are,-aui,-atum. (galĕa). Cobrir com um capacete, usar capacete.
galericŭlum,-i, (n.). (galerus). Pequeno barrete, boné de pele, pequena touca. Cabeleira postiça.
galerus,-i, (m.). Barrete, boné de pele, touca. Cabeleira postiça.
gallĭca,-ae, (f.). (gallĭa). Calçado dos gauleses.
gallĭce. (gallĭa). Em língua gaulesa, à maneira dos gauleses.
gallina,-ae, (f.). Galinha. Franguinha.
gallinacĕus,-a,-um. (gallus). De galo, de galinha, galináceo.
gallinarĭus,-i, (m.). (gallus). Criador de galinhas.
gallus,-a,-um. (gallĭa). Gaulês, da Gália.
gallus,-i, (m.). Galo.
gamelĭon, gamelionis, (m.). Camelião (sétimo mês dos atenienses).
ganĕa,-ae, (f.). Taberna, espelunca, lugar mal frequentado. Boa mesa, orgia, devassidão.
ganĕo, ganeonis, (m.). (ganĕa). Frequentador de tabernas, devasso.
gangăba,-ae, (m.). (palavra persa). Carregador.
gannĭo,-is,-ire. Ganir, rosnar, latir. Resmungar, murmurar.
gannitus,-us, (m.). (gannĭo). Ganido, latido. Alarido, gritaria. Lamentações.
gargarizo,-as,-are,-aui,-atum. Gargarejar, beber em gargarejo. Pronunciar como se estivesse gargarejando.
garrĭo,-is,-ire,-iui/ĭi,-itum. Soar, chilrear, coaxar. Tagarelar, conversar.
garrulĭtas, garrulitatis, (f.). (garrĭo). Tagarelice, conversar. Sons de aves ou de animais.

garrŭlus,-a,-um. (garrĭo). Falador, verboso, barulhento, murmurante.
garum,-i, (n.). Salmoura.
gastrum,-i, (n.). Vaso bojudo.
gaudĕo,-es,-ere, gauisus sum. Alegrar-se, regozijar-se. Gostar de, sentir-se alegre com.
gaudĭum,-i, (n.). (gaudĕo). Contentamento, satisfação, alegria. Prazer dos sentidos, gozo, volúpia.
gauĭa,-ae, (f.). Gaivota.
gaulus,-i, (m.). Prato redondo, terrina. Barco quase redondo.
gausăpa,-ae (f.). Tecido espesso e de pelos compridos, toalha. Manto, capa. Cabeleira postiça.
gausapatus,-a,-um. (gausăpa). Coberto com uma capa. Coberto de pelo.
gaza,-ae, (f.). (palavra persa). Tesouro real. Riquezas, bens, haveres.
gelasco,-is,-ĕre. (gelu). Congelar-se, condensar-se, gelar.
gelasinus,-i, (m.). Enrugamentos do rosto que ri. Rugas do rosto, "pé-de-galinha".
gelatĭo, gelationis, (f.). (gelu). Geada.
gelĭde. (gelu). Com frieza.
gelĭdus,-a,-um. (gelu). Gelado, muito frio.
gelo,-as,-are,-aui,-atum. (gelu). Gelar, congelar, condensar, gear.
gelu, (n.). - Indeclinável. Gelo, geada, frio.
gemellus,-a,-um. (gemĭnus). Gêmeo, duplo. Semelhante, parecido, par.
geminatĭo, geminationis, (f.). (gemĭnus). Repetição, duplicação de palavra. Redobro.
gemĭni,-orum. (m.). Irmãos gêmeos. Signo do Zodíaco (Castor e Pólux).
gemĭno,-as,-are,-aui,-atum. (gemĭnus). Dobrar, duplicar, geminar. Emparelhar, unir, juntar. Ser duplo, fazer aos pares.
gemĭnus,-a,-um. Gêmeo, duplo. Em número de dois, de duas naturezas, semelhante, parecido.
gemĭtus,-us, (m.). (gemo). Gemido, lamentação, soluço, suspiro, ruído surdo.
gemma,-ae, (f.). Rebento, brotação, gomo (da vinha). Pedra preciosa, gema, pérola, jóia. Engaste de anel, sinete. Beleza, ornato.
gemmĕus,-a,-um. (gemma). De pedra preciosa, como pedra preciosa. Brilhante como pedra preciosa.
gemmĭfer,-fĕra,-fĕrum. (gemma). Que produz, que contém, ornado de pedras preciosas.
gemmo,-as,-are,-aui,-atum. (gemma). Estar coberto de pedras preciosas. Germinar, brotar.
gemmosus,-a,-um. (gemma). Guarnecido, coberto de muitas pedras preciosas.
gemo,-is,-ĕre, gemŭi, gemĭtum. Gemer, lamentar-se, suspirar, chorar, deplorar.
gemonĭae,-arum, (f.). Degraus no monte Capitólio, onde se expunham os corpos dos supliciados.
gena,-ae, (f.). Faces, bochechas. Pálpebras, olhos. Órbita, cavidade dos olhos.
gener, genĕri, (m.). (geno). Genro, futuro genro. Cunhado.
generalis, generale. (genus). Que pertence a uma raça, relativo a um gênero. Genérico, geral.
generalĭter. (genus). De modo geral, geralmente.
generasco,-is,-ĕre. (genus). Produzir-se, engendrar-se, ser gerado.
generatim. (genus). Por raças, nações, gêneros. Por categorias, classes. Em geral, geralmente.
generatĭo, generationis, (f.). (genus). Reprodução, geração. Genealogia, família, raça, tronco.
generator, generatoris, (m.). (genus). Genitor, pai, o que gera, produz.
genĕris, ver genus.
genĕro,-as,-are,-aui,-atum. (genus). Gerar, engendrar, criar. Produzir, criar, compor.
generose. (genus). Nobremente, dignamente.
generosĭtas, generositatis, (f.). (genus). Boa raça. Boa qualidade, nobreza, magnanimidade.
generosus,-a,-um. (genus). De boa raça, de boa família, de ascendência ilustre. Nobre, generoso, magnânimo.
genĕsis, genĕsis, (f.). Geração, criação. Posição dos astros relativamente ao nascimento, estrela, sina, horóscopo.
genetiuus,-a,-um. (geno). De nascença, natural. Que gera, criador.
genetricis, ver genetrix.
genetrix, genetricis, (f.). (geno). Mãe, criadora, geradora.

genialis, geniale. (geno). Relativo a nascimento, nupcial, conjugal. Que se diverte, alegre, festivo, de gozo. Abundante, fértil, fecundo.
genialĭter. (geno). Alegremente.
geniculatus,-a,-um. (genu). Que tem nós, nodoso. Na forma de um cotovelo, recurvo.
genicŭlum,-i, (n.). (genu). Joelho pequeno, nós de plantas.
genitabĭlis, genitabĭle. (geno). Fecundo, capaz de produzir.
genitalis, genitale. (geno). Que gera, fecundo, fértil. De nascimento, natal.
genĭtor, genitoris, (m.). (geno). Pai, criador, autor, genitor. Fundador.
genitura,-ae, (f.). (geno). Geração, procriação, nascimento. Semente. Criatura.
genĭtus,-us, (m.). (geno). Procriação, geração, produção.
genĭus,-i, (m.). (geno). Divindade tutelar de cada indivíduo, de um lugar, de uma coisa. Caráter, característica, tendência natural. Gênio, talento, mérito, beleza, glória, valor.
geno,-is,-ĕre, o mesmo que **gigno.**
gens, gentis, (f.). (geno). Gente (grupo de pessoas ligadas a um antepassado comum). Raça, estirpe, família. Povo, nação. Os estrangeiros (= gentios), em oposição aos romanos.
gentĭcus,-a,-um. (geno). Que pertence a uma nação, nacional.
gentilicĭus,-a,-um. (geno). Próprio de uma *gens*, de uma família.
gentilis, gentile. (geno). Relativo a, próprio de uma família, uma *gens*. Pertencente a uma nação, nacional. Escravo pertencente a um senhor. Parente, compatriota.
gentilĭtas, gentilitatis, (f.). (geno). Parentesco. Família, parentes. Comunidade.
gentilitatis, ver **gentilĭtas.**
gentilĭter. (geno). À maneira do país, de uma região. Na língua do país. Como os gentios.
gentis, ver **gens.**
genu, genus, (n.). Joelho. Nó (de uma planta).
genualĭa,-ium, (n.). (genu). Joelheiras.
genuinus,-a,-um. (geno). De nascimento, inato, autêntico, genuíno. Verdadeiro, real, certo.

genus, genĕris, (n.). (geno). Nascimento, origem, raça, tronco. Família, descendência. Povo, nação. Gênero, espécie. Modo, maneira.
geographĭa,-ae, (f.). Topografia, geografia.
geometrĭa,-ae, (f.). Geometria.
georgĭcus,-a,-um. Relativo à agricultura, pertinente ao trabalho no campo.
germanĭtas, germanitatis, (f.). (germanus). Parentesco, fraternidade, irmandade. Origem comum, afinidade, semelhança, analogia.
germanitatis, ver **germanĭtas.**
germanus,-a,-um. I – Que é da mesma raça, autêntico, natural. Irmão. II – Germano, da Germânia, alemão.
germen, germĭnis, (n.). (geno). Germe, rebento, brotação. Descendência, raça, prole. Semente, princípio.
germinatĭo, germinationis, (f.). (germen). Germinação, rebento.
germĭnis, ver **germen.**
germĭno,-as,-are,-aui,-atum. (germen). Germinar, soltar brotações. Produzir.
gero,-is,-ĕre, gessi, gestum. Levar, trazer, ter consigo, ter em si. Assumir, encarregar-se de, executar, realizar. Administrar, gerir, fazer cumprir, exercer. Produzir, criar, gerar. Ter, manter, nutrir. Comportar-se, proceder.
gerrae,-arum. (f.). Bagatelas, ninharias, tolices.
gerro, gerronis, (m.). (gerrae). Falador, tolo, imbecil, estúpido.
gerŭla,-ae, (f.). (gero). Portadora, carregadora, babá, ama. Abelha obreira.
gerŭlus,-a,-um. (gero). Que leva. Mensageiro, portador, carregador.
gestamen, gestamĭnis, (n.). (gero). O que se pode fazer. O que serve para transportar. Liteira, carruagem.
gestamĭnis, ver **gestamen.**
gestatĭo, gestationis, (f.). (gero). Ação de levar ou trazer. Passeio de liteira ou carruagem. Avenida, rua. Gestação.
gestator, gestatoris, (m.). (gero). Portador, o que leva ou traz. O que passeia em liteira.
gestatorĭus,-a,-um. (gero). Que serve para levar ou transportar.
gesticulatĭo, gesticulationis, (f.). (gero). Gestos, gesticulação.

gesticŭlor,-aris,-ari,-atus sum. (gero). Dançar, fazer pantomima, gesticular. Exprimir por gestos, fazer mímica.
gestio, gestionis, (m.). (gero). Ação de dirigir, gestão, administração, gerenciamento.
gestĭo,-is,-ire,-iui/-ii,-itum. (gero). Fazer gestos expansivos, emocionados. Desejar ardentemente, estar ansioso por.
gesto,-as,-are,-aui,-atum. (gero). Levar daqui e dali, levar, trazer, transportar em liteira. Estar grávida, trazer consigo. Denunciar, delatar.
gestor, gestoris, (m.). (gero). Boateiro, delator. Administrador, gerente.
gestus,-us, (m.). (gero). Atitude do corpo, movimento corporal, gesto. Maneira de proceder. Gestual do orador, do ator. Jogo fisionômico.
gibber, gibbĕra, gibbĕrum. Corcunda, corcovado.
gigantis, ver **gigas.**
gigas, gigantis, (m.). Gigante.
gigno,-is,-ĕre, genŭi, genĭtum, o mesmo que **geno.** Gerar, dar à luz, criar, produzir. Causar, dar origem, provocar.
giluus,-a,-um. Amarelo claro.
gingiua,-ae, (f.). Gengiva.
glabarĭa,-ae, (f.). (glaber). Mulher que gosta de escravos imberbes.
glaber, bra,-brum. I – Adj.: Liso, sem pelos, rapado, imberbe. II – Subst.: escravo imberbe.
glacialis, glaciale. (glacĭes). Glacial, de gelo, muito frio.
glacĭes, glaciei, (m.). Gelo. Dureza, frieza, rigidez.
glacĭo,-as,-are,-aui,-atum. (glacĭes). Gelar, congelar, endurecer.
gladiator, gladiatoris, (m.). (gladĭus). Gladiador, combatente. Fabricante de espadas.
gladiatorĭus,-a,-um. (gladĭus). Gladiatório, de gladiador. Violento, furioso.
gladiatura,-ae, (f.). (gladĭus). Profissão de gladiador.
gladĭus,-i, (m.). Espada, gládio.
glae- ver também **gle-**
glaesum,-i, (n.). Âmbar amarelo.
glandĭfer,-fĕra,-fĕrum. (glans-fero). Que produz glandes (por ex.: a árvore do carvalho).
glandĭnis, ver **glando.**
glandis, ver **glans.**
glandĭum,-i, (n.). Língua de porco.
glando, glandĭnis, (f.). o mesmo que **glans.** Glande, bolota.
glans, glandis, (f.). Glande (do carvalho), bolota (da azinheira). Objeto em forma de bolota. Bala de chumbo ou de barro para se lançar com a funda.
glarĕa,-ae, (f.). Cascalho.
glaucus,-a,-um. Esverdeado, verde pálido, verde-mar, cinzento.
gle- ver também **glae-**
gleba,-ae, (f.). Bocado de terra, bola de terra, torrão. Monte, pedaço de terra, gleba. Solo, terreno cultivado. Imposto ou domínio sobre uma terra.
glisco,-is,-ĕre. Crescer, engordar, aumentar. Desenvolver-se. Encher-se de alegria.
globosus,-a,-um. (globus). Esférico, redondo.
globus,-i, (m.). Bola, esfera, globo. Amontoado, porção, montão. Multidão, massa. Formação de tropas, pelotão.
glomeramen, glomeramĭnis, (n.). (glomus). Aglomeração, pelotão, novelo, bola. Átomos de forma esférica.
glomeramĭnis, ver **glomeramen.**
glomeratĭo, glomerationis, (f.). (glomus). Multidão, aglomeração.
glomĕris, ver **glomus.**
glomĕro,-as,-are,-aui,-atum. (glomus). Fazer uma bola, um novelo. Reunir em pelotão, agrupar, concentrar. Amontoar, acumular.
glomus, glomĕris, (n.). Novelo, bola.
glorĭa,-ae, (f.). Glória, renome, fama, reputação. Ornamento, enfeite. Desejo de glória, vaidade, orgulho, fanfarronice.
gloriatĭo, gloriationis, (f.). (glorĭa). Ação de gloriar-se, de vangloriar-se.
glorĭor,-aris,-ari,-atus sum. (glorĭa). Gloriar-se, vangloriar-se.
gloriosus,-a,-um. (glorĭa). Glorioso. Vaidoso, presunçoso, fanfarrão.
glubo,-is,-ĕre, glupsi, gluptum. Pelar, descascar, desnudar.
gluma,-ae, (f.). (glubo). Casca, película (de grãos).
gluten, glutĭnis, (n.). Cola, goma, grude, visco. Substância gelatinosa.

glutinator, glutinatoris, (m.). (gluten). Encadernador, o que cola as folhas dos livros.
glutĭnis, ver **gluten.**
glutĭo,-is,-ire,-iui/-ĭi,-itum. (glutus). ou **gluttĭo.** Engolir, tragar. Abafar a voz.
glutus,-i, (m.). Goela.
gna-, ver também **na-**.
gnarĭtas, gnaritatis, (f.). (nosco). Conhecimento (de lugares).
gnarus,-a,-um. (nosco). Que conhece, que sabe. Conhecido de.
gnata,-ae, (f.). (nascor). Filha.
gnauus,-a,-um. Ativo, ardoroso. Diligente, ardiloso, industrioso.
grabatus,-i, (m.). Leito pobre, catre.
gracĭlis, gracile. Fino, delgado, delicado, franzino. Esguio, grácil, elegante, esbelto. Magro, pobre, miserável. Sóbrio, simples.
gracilĭtas, gracilitatis, (f.). (gracĭlis). Elegância, delicadeza, graciosidade. Magreza. Sobriedade, simplicidade.
gracilitatis, ver **gracilĭtas.**
gracilĭter. (gracĭlis). Graciosamente. Com simplicidade, sem ornamento.
gradatim. (gradus). Por degraus. Gradativamente, gradualmente, pouco-a-pouco.
gradatĭo, gradationis, (f.). (gradus). Escada. Passagem de uma ideia a outra. Gradação.
gradĭor,-ĕris, gradi, gressus sum. (gradus). Andar, caminhar, avançar, adiantar-se.
gradus,-us, (m.). Passo, marcha, o andar. Posição. Degrau. Ordem, categoria, classe, grau.
graece. (graecus). Em língua grega.
graecisso,-as,-are. (graecus). Imitar os gregos.
graecus,-a,-um. Grego, da Grécia.
graius,-a,-um. Grego.
grallator, grallatoris, (m.). O que anda com pernas de pau.
gramen, gramĭnis, (n.). Relva, erva, grama. Pasto para animais.
gramĭnĕus,-a,-um. (gramen). De relva, coberto de relva. De bambu.
gramĭnis, ver **gramen.**
grammatĭca,-ae, (f.). Gramática.
grammatĭcus,-a,-um. Gramático, de gramática.
grammatista,-ae, (m.). Professor de gramática, gramático.
granarĭum,-i, (n.). (granum). Celeiro.

granatum,-i, (n.). (granum). Romã.
grandaeuus,-a,-um. (grandis-aeuus). Velho, antepassado, de idade avançada.
grandesco,-is,-ĕre. (grandis). Crescer, desenvolver-se.
grandĭculus,-a,-um. (grandis). Um tanto grande, corpulento.
grandĭfer,-fĕra,-fĕrum. (grandis-fero). Fértil, que produz muito.
grandilŏquus,-a,-um. (grandis-loquor). Que tem estilo pomposo, elevado. Que fala eloquentemente.
grandĭnat,-are. (grando). Saraivar, cair granizo.
grandĭnis, ver **grando.**
grandis, grande. Grande, de grandes proporções, longo, abundante, considerável. Forte. Pomposo, imponente, sublime. De idade avançada.
grandiscapĭus,-a,-um. (grandis-scapus). De tronco alto.
grandĭtas, granditatis, (f.). (grandis). Grandeza, elevação, sublimidade.
granditatis, ver **grandĭtas.**
grandĭter. (grandis). Grandemente, fortemente. Com elevação.
grando, grandĭnis, (f.). Granizo, saraiva.
granĭfer,-fĕra,-fĕrum (granum-fero). Que tem, carrega, produz grãos, granífero.
granŭlum,-i, (n.). (granum). Grãozinho, pequeno grão, granulação.
granum,-i, (n.). Grão, semente.
graphiarum,-i, (n.). Estojo para guardar os estiletes de escrita.
graphĭce. Com esmero, perfeitamente, artisticamente.
graphĭcus,-a,-um. Perfeito, completo, artístico.
graphĭum,-i, (n.). Estilete, ponteiro (objeto para escrever nas tábuas de cera).
grassator, grassatoris, (m.) (gradĭor). Salteador, ladrão de estrada, bandido, assaltante.
grassatura,-ae, (f.). (gradĭor). Pilhagem, roubo.
grassor,-aris,-ari,-atus sum. (gradĭor). Andar, vaguear, vagabundear, errar. Cair sobre, atacar, assaltar, devastar. Proceder, agir.
grate. (gratus). Com prazer, de boa vontade, gratamente. Reconhecidamente.

grates, (f., pl.). - somente acus. e nom. Graças, agradecimentos, reconhecimento.
gratĭa,-ae, (f.). (gratus). Graça, reconhecimento, agradecimento. Amabilidade, favor, obséquio, simpatia, benignidade, benevolência. Popularidade, crédito. Beleza, encanto. Harmonia, amizade. Perdão, licença. Razão, motivo.
gratifĭcor,-aris,-ari,-atus sum. (gratus--facio). Tornar-se agradável, agradar, favorecer, servir. Presentear, gratificar.
gratiosus,-a,-um. (gratus). Que está nas graças de alguém, beneficiário. Influente, popular, complacente, feito ou obtido por favores.
gratis. (gratus). Gratuitamente, grátis, de graça. Sem proveito, sem motivo.
grator,-aris,-ari,-atus sum. (gratus). Agradecer, felicitar, congratular-se.
gratuĭtus,-a,-um. (gratus). Gratuito, dado ou recebido gratuitamente. Sem motivo, espontâneo, desinteressado. Inútil, supérfluo.
gratulatĭo, gratulationis, (f.). (gratus). Ação de graças, manifestação de alegria, de reconhecimento. Felicitações, congratulações.
gratŭlor,-aris,-ari,-atus sum. (gratus). Dar graças, agradecer. Felicitar, congratular-se.
gratus,-a,-um. Grato, agradável, recebido com reconhecimento, jovial, encantador. Digno de reconhecimento, de gratidão.
grauanter. (grauis). A custo, com dificuldade, penosamente.
grauastelus,-a,-um. (grauis). Sobrecarregado pela idade.
grauatim. (grauis). Lentamente, a custo, contra a vontade.
grauedinosus,-a,-um. (grauis). De cabeça pesada, com secreções nasais, com coriza.
grauedo, grauedĭnis, (f.). (grauis). Peso da cabeça, dos membros. Coriza, secreções.
graueŏlens, graueolentis. (grauis-olĕo). De cheiro forte. Que cheira mal.
grauesco,-is,-ĕre. (grauis). Tornar-se pesado, carregar-se. Engravidar. Agravar, piorar.
grauidĭtas, grauiditatis, (f.). (grauis). Gravidez, gestação.
grauiditatis, ver **grauidĭtas.**
grauĭdo,-as,-are,-aui,-atum. (grauis). Engravidar, fecundar. Carregar.
grauĭdus,-a,-um. (grauis). Pesado, carregado, cheio. Prenhe, grávida. Fecundo.
grauis, graue. Grave, pesado, prenhe. Forte, pesadamente armado. Que tem peso, autoridade, digno, considerável. Severo, rígido, rigoroso, difícil, sério. Penoso, custoso, funesto, triste, doentio, pernicioso.
grauĭtas, grauitatis, (f.). (grauis). Gravidade, peso. Importância, preço elevado, força, vigor, intensidade. Severidade. Fraqueza, languidez, idade avançada.
grauitatis, ver **grauĭtas.**
grauĭter. (grauis). Pesadamente, gravemente, fortemente, violentamente. De modo importante, com energia.
grauo,-as,-are,-aui,-atum. (grauis). Sobrecarregar, carregar, pesar sobre. Agravar, aumentar. Oprimir, aturdir, entorpecer. Gravar.
grauor,-aris,-ari,-atus sum. (grauis). Suportar com dificuldade, sofrer, estar fatigado. Causar dificuldade. Recusar-se. Achar pesado.
gregales, gregalĭum, (m.). (grex). Amigos, camaradas, companheiros. Que pertence ao bando, ao grupo, à multidão.
gregarĭus,-a,-um. (grex). Relativo ao rebanho. Do bando, da multidão. Vulgar, comum.
gregatim. (grex). Em rebanho, aos bandos. Coletivamente.
gremĭum,-i, (n.). (grex). O que os braços podem envolver, colo, seio. Proteção, apoio, auxílio, cuidado. As entranhas, o centro da terra.
grex, gregis, (m.). Rebanho, gado, manada, bando. Multidão, companhia. Coro (das musas).
griphus,-i, (m.). Enigma.
gruis, ver **grus.**
grumus,-i, (m.). Pequena elevação, outeiro. Coágulo.
grundĭtus,-us, (m.). (grunnĭo). Grunhido.
grunnĭo,-is,-ire,-iui/-ĭi,-itum. Grunhir.
grus, gruis, (f.). Grou (uma ave).
guberna,-orum, (n.). Lemes, timões.
gubernacŭlum.-i, (n.). Leme, timão (de embarcações). Direção, governo, administração.
gubernatĭo, gubernationis, (f.). Governo, direção, administração. Condução de um navio.

gubernator, gubernatoris, (m.). Timoneiro, piloto. Dirigente.
guberno,-as,-are,-aui,-atum. Governar, dirigir, administrar. Pilotar, conduzir uma embarcação.
gula,-ae, (f.). Garganta, goela, esôfago, pescoço. Boca.
gulosus,-a,-um. (gula). Glutão, guloso, comilão, ávido.
gurges, gurgĭtis, (m.). Abismo, sorvedouro, redemoinho. Turbilhão de água. Goela, garganta. Rio, lago, pântano.
gurgĭtis, ver **gurges.**
gurgulĭo, gurgulionis, (m.). (gurges), – também **curculĭo.** Garganta, goela.
gurgustĭum,-i, (n.). Pequeno albergue, taberna. Choupana.
gustatĭo, gustationis, (f.). (gustus). Prato de entrada. Ação de gostar.
gustatorĭum,-i, (n.). (gustus). Mesa para refeição leve. Lanche, entrada.
gustatus,-us, (m.). (gustus). Gosto, paladar. Ação de gostar, apreciação.
gusto,-as,-are,-aui,-atum. (gustus). Provar, degustar, comer um pouco. Participar de, gozar, gostar.
gustus,-us, (m.). Gosto. Paladar, sabor. Prova, degustação. Prato de entrada.
gutta,-ae, (f.). Gota. Lágrima, suor. Pequena quantidade. Manchas, salpicos. Tipos de ornamentos arquitetônicos.
guttatus,-a,-um. (gutta). Malhado, manchado, salpicado.
guttur, guttŭris, (n.). Garganta, goela. Gula, voracidade.
guttus,-i, (m.). Vaso de gargalo estreito, garrafa, frasco.
gymnasĭum,-i, (n.). Ginásio (lugar público destinado aos exercícios físicos). Escola de filósofos. Lugar de reunião, de conversa.
gynaeceum,-i, (n.). Gineceu (aposento destinado a mulheres). Sala ou oficina destinada às mulheres.
gypsatus,-a,-um. (gypsum). Gessado, coberto de gesso.
gypsum,-i, (n.). Gesso. Estátua de gesso.
gyro,-as,-are,-aui,-atum. (gyrus). Girar, circular, fazer andar ao redor.
gyrus,-i, (m.). Círculo, circuito, volta, giro. Picadeiro, carreira. Sutilezas, rodeios, desvios.

H

h. Abreviaturas: h = *heres, honor, habet.*
h. Abreviatura de *heres;* de *honor.*
habena,-ae, (f.). (habĕo). Correia. Açoite, chicote. Rédeas, freio, cavalaria. Cordame, velas.
habentĭa,-ae, (f.). (habĕo). O que se possui, bens, propriedade.
habĕo,-es,-ere, habŭi, habĭtum. Ter, manter, manter-se. Ocupar, possuir. Conter, encerrar, reter, conservar. Realizar, considerar, estimar, avaliar. Habitar, morar, viver.
habĭlis, habĭle. (habĕo). Que se segura bem, confortável, fácil. Bem adaptado a, próprio, conveniente, hábil.
habilĭtas, habilitatis, (f.). (habĕo). Aptidão, habilidade.
habilitatis, ver **habilĭtas.**
habitabĭlis, habitabĭle. (habĕo). Habitável. Habitado.
habitatĭo, habitationis, (f.). (habĕo). Ação de habitar, habitação, morada, domicílio. Aluguel.
habĭto,-as,-are,-aui,-atum. (habĕo). Habitar, ocupar, morar. Residir, povoar. Deter-se, demorar-se.
habitudĭnis, ver **habitudo.**
habitudo, habitudĭnis, (f.). (habĕo). Modo de ser, estado. Caráter, natureza. Forma exterior, o exterior.
habĭtus,-us, (m.). (habĕo). Condição, estado, aspecto exterior, conformação física. Aparência, postura, situação, posição, atitude. Maneira de ser ou de agir, hábito. Veste, traje (= roupas características).

hac. Por aqui.
hacpropter. Por causa disto.
hactenus. (hac-tenus). Até aqui, até agora, somente a este ponto. Tão somente, apenas, unicamente. Bastante, suficiente.
hae- ver também **he-**
haec, ver hic. Como subst. neutro: Estas coisas.
haed, ver **hoed.**
haedillus,-i. (m.). Cabritinho.
haedus,-i, (m.). Bode, cabrito. Cabritos (uma constelação).
haerĕo,-es,-ere, haesi, haesum. Estar, ficar ligado, aderir. Estar parado, deter-se. Estar embaraçado, hesitar.
haerĕsis, haerĕsis, (f.). Opinião, sistema, doutrina. Heresia.
haesitantĭa,-ae, (f.). (haerĕo). Embaraço, prisão.
haesitatĭo, haesitationis, (f.). (haerĕo). Hesitação, incerteza. Vacilo, gagueira.
haesĭto,-as,-are,-aui,-atum. (haerĕo). Estar parado ou embaraçado. Hesitar, estar perplexo.
hageter, hageteris, (m.). Indicador de caminho, guia.
halieutĭcus,-a,-um. De pescador.
halĭtus,-us, (m.). (halo). Sopro, exalação, emanação, vapor. Hálito, respiração.
hallec, hallecis, (n.). Salmoura.
hallucinatĭo, hallucinationis, (f.). Erro, engano, alucinação.
hallucĭnor,-aris,-ari,-atus sum. Sonhar, delirar, divagar. Ter alucinações.
halo,-as,-are,-aui,-atum. Exalar. Ter cheiro.
halosis, halosis, (f.). Tomada, captura (de Tróia).
hama,-ae, (f.). Balde (usado em incêndios).
hamatus,-a,-um. (hamus). Que tem ganchos, curvo, adunco. Que tem ponta curva. Interesseiro.
hamus,-i, (m.). Gancho, copos da espada. Anzol. Objetos de pontas recurvas. Malhas (de armaduras).
haphe, haphes, (f.). Pó com que os atletas se esfregavam, antes dos combates. Pó.
har- ver também **ar-**.
hara,-ae, (f.). Curral, estábulo.
hariŏla,-ae, (f.). Adivinha, feiticeira.
hariŏlor,-aris,-ari,-atus sum. Adivinhar, profetizar. Delirar, devanear.
hariŏlus,-i, (m.). Adivinho, feiticeiro.
harmonĭa,-ae, (f.). Harmonia, simetria, proporção. Melodia, harmonia de sons.
harpăga,-ae, (f.). Gancho, arpéu, arpão.
harpăgis, ver **harpax.**
harpago,-as,-are,-aui,-atum. Roubar. Atrair para perto.
harpax, harpăgis, (m.). Âmbar (já que atrai objetos pequenos).
harpe,-es, (f.). Espada curva, alfanje. Foice. Espécie de ave de rapina.
haruspex, haruspĭcis, (m.). (haru = intestinos + **specĭo)** Arúspice (o que examina as entranhas das vítimas). Adivinho.
haruspicinus,-a,-um. (haruspex). Relativo aos arúspices ou a essa arte.
haruspĭcis, ver **haruspex.**
hasta,-ae, (f.). Lança, dardo, arma. Objeto em forma de lança. Venda em hasta pública, leilão (uma lança era fincada no local do leilão).
hastatus,-a,-um. (hasta). Armado de lança. Como subst.: soldado que combatia com lança. Lanceiro.
hastile, hastilis, (n.). (hasta). Pau de lança. Dardo. Ramo de árvore, varinha, bordão.
hastŭla,-ae, (f.). (hasta). Lasca, fragmento de madeira.
haud, também **hau** e **haut.** Não (negação intensiva, forte).
hauddum. Ainda não.
haudquaquam. De maneira alguma, absolutamente não.
haurĭo,-is,-ire, hausi, haustum. Esgotar, esvaziar. Absorver, engolir, consumir, devorar, dissipar. Perceber, captar pelos sentidos. Exaurir.
haustus,-us, (m.). (haurĭo). Ação de esgotar, de esvaziar. Ação de beber, trago, sorvo. Movimento de engolir.
he- ver também **hae-**
hebdomădis, ver **hebdŏmas.**
hebdŏmas, hebdomădis, (f.). Semana. O sétimo dia.
hebĕo,-es,-ere. Estar embotado, estar rombudo, obtuso. Estar inativo, atônito, espantado.
hebes, hebĕtis. (hebĕo). Embotado, rombudo. Obtuso. Insensível, duro. Que perdeu o fio, o corte, a ponta.
hebesco,-is,-ĕre. (hebĕo). Embotar-se, tornar-se obtuso, enfraquecer-se.

hebetatĭo, hebetationis, (f.). (hebĕo). Enfraquecimento, embotamento.
hebĕtis, ver **hebes.**
hebraeus,-a,-um. Da Judeia, hebreu, hebraico.
hecatombe,-es, (f.). Hecatombe (sacrifício de 100 bois ou vítimas).
hedĕra,-ae, (f.). Hera (Planta consagrada a Baco e com que se coroavam os poetas).
hederosus,-a,-um. (hedĕra). Coberto de hera.
hedychrum,-i, (n.). Espécie de unguento para a pele.
helcĭum,-i, (n.). O que se usa para arrastar algo, corda de arrastar.
hellebŏrus,-i, (m.). Heléboro (planta medicinal especialmente indicada para os casos de loucura).
helluatĭo, helluationis, (f.). (hellŭor). Voracidade, glutonaria. Cenas de devassidão.
hellŭo, helluonis, (m.). (hellŭor). Glutão, devorador, depredador. Devasso.
hellŭor,-aris,-ari,-atus sum. Fartar-se, devorar com sofreguidão.
heluela,-ae, (f.), ou **heluella.** Couve pequena.
heluus,-a,-um. Amarelado.
hem. Expressão de sentimento de culpa, de indignação, de dor: ai!, ah!
hemerodrŏmi,-orum, (m.) Correios, mensageiros.
hemicyclĭum,-i, (n.). Recinto semicircular com assentos.
hemina,-ae, (f.). Hemina (medida de capacidade).
hendecasyllăbus,-i, (m.). Hendecassílabo (verso de 11 sílabas).
hepar, hepătis, (n.). Fígado.
hepatĭa,-orum, (n.). Os intestinos.
hepatĭcus,-a,-um. Aquele que sofre do fígado, hepático.
hepătis, ver **hepar.**
hepteres,-i, (f.). Barco de sete ordens de remos.
her, heris (m.). Ouriço. Espécie de máquina de guerra em forma de ouriço.
hera,-ae, (f.). Senhora, dona-da-casa, soberana. Amante.
herba,-ae, (f.). Erva, relva. Planta em geral. Erva medicinal ou mágica. Palma, vitória.
herbesco,-is,-ĕre. (herba). Brotar.
herbĕus,-a,-um. (herba). Verde, da cor de relva.
herbĭdus,-a,-um. (herba). Coberto de relva, de erva. Relativo a erva, rico em pastagem. De cor verde.
herbĭfer,-fĕra,-fĕrum. (herba-fero). Que produz erva, coberto de relva.
herbosus,-a,-um. (herba). Coberto de relva, margeado de relva. Composto de diversas plantas. Verde, de cor de erva.
hercisco,-is,-ĕre. Repartir uma herança, fazer partilha.
Hercle! Fórmula de juramento: Por Hércules.
herctum,-i, (n.) Herança.
here ver **heri.**
heredis, ver **heres.**
hereditarĭus,-a,-um. (heres). Relativo a uma herança, de herança. Recebido por herança, hereditário.
heredĭtas, hereditatis, (f.). (heres). Herança, ação de herdar. Sucessão.
heredĭum,-i, (n.). (heres). Herança, bens herdados, patrimônio.
heres, heredis, (m.). Herdeiro, herdeira. Proprietário, dono.
heri ou **here.** Ontem.
hericĭus,-a,-um. (her). Ouriço. Máquina de guerra em forma de ouriço.
herifŭga,-ae, (m.). (herus-fugĭo). Escravo fugitivo.
herilis, herile. (herus). De dono ou dona da casa.
hermeneuma, hermeneumătis, (n.). Interpretação, explicação.
heroĭcus,-a,-um. (heros). Heroico, de herói. Heroĭca = os poemas épicos.
heros, herois, (m.). Herói, semideus. Homem célebre.
heroum,-i, (n.). (heros). Túmulo de um herói.
herous,-a,-um. (heros). Heroico, épico.
herus,-i, (m.). Senhor, dono-da-casa, soberano. Proprietário, patrão. Esposo, amante.
hesternus,-a,-um. (heri). De ontem, de véspera.
hetaerĭa,-ae, (f.). Confraria, sociedade.
hetaerĭce,-es, (f.). Corpo de guardas a cavalo.
heu!, com acusativo. Ah!, ai!
heus!, com vocativo. Olá!, olha!
hexamĕter, hexamĕtri, (m.). Hexâmetro (verso de seis pés).
hexeris, hexeris, (f.). Navio com seis ordens de remos.

hexis, hexis, (f.). Prontidão, habilidade.
hiatus,-us, (m.). (hio). Ação de abrir a boca, abertura. Boca, goela aberta. Hiato. Avidez, cobiça.
hiberna,-orum, (n.). (hiems). Acampamentos, quartéis de inverno.
hibernacŭla,-ae, (f.). (hiems). Tendas para os quartéis de inverno, acampamentos de inverno.
hiberno,-as,-are,-aui,-atum. (hiems). Invernar, estar, permanecer nos quartéis de inverno. Passar o inverno.
hibernus,-a,-um. (hiems). De inverno, invernoso. Tempestuoso.
hic, haec, hoc. Este, esta, isto.
hic. Aqui, neste lugar. Neste momento, agora.
hice, haece, hoce, também **hicce, haecce, hocce.** Reforço de **hic**. Este, esta, isto.
hicĭne, haecĭne, hocĭne. (hic). Interrogativo/ exclamativo: acaso é este? esta? isto?
hicĭne. (hic). Será aquí. Por acaso agora?
hiemalis, hiemale. (hiems). De inverno, invernal. Chuvoso, tempestuoso, frio.
hiematĭo, hiemationis, (f.). (hiems). Ação de passar o inverno.
hiĕmo,-as,-are,-aui,-atum. (hiems). Passar o inverno. Invernar, estar em acampamento de inverno. Estar tempestuoso, estar agitado, tormentoso.
hiems, hiemis, (f.). Inverno, estação ruim. Mau tempo, tempestade. Frio. Ano.
hiĕra,-ae, (f.). Nome de uma corrida em que os concorrentes finalizam ao mesmo tempo. Antídoto (medicina).
hiĕto,-as,-are. (hio). Bocejar, abrir a boca.
hilăre. (hilăris). Alegremente.
hilăris, hilăre. Alegre, jovial, bem disposto.
hilarĭtas, hilaritatis, (f.). (hilăris). Alegria, jovialidade, bom humor, contentamento.
hilaritatis, ver **hilarĭtas**.
hilăro,-as,-are,-aui,-atum. (hilăris). Tornar de bom humor, tornar alegre, alegrar.
hilla,-ae, (f.). Intestino. Linguiça, chouriço.
hilum,-i, (n.). Hilo, olho negro das favas. Quase nada, um nada, nada.
hinc. (hic). Daqui, deste lugar. A partir de agora, em seguida.
hinnĭo,-is,-ire. Relinchar, rinchar.
hinnitus,-us, (hinnĭo). Relincho, rincho.
hinnŭlus,-i, (m.). (hinnus). Macho novo. Corço pequeno.
hinnus,-i, (m.). Macho, burro (filho de equino com asinino).
hio,-as,-are,-aui,-atum. Estar aberto, escancarar-se. Estar boquiaberto, pasmado. Bocejar, abrir a boca. Cobiçar, desejar com avidez. Produzir hiatos. Vomitar, declamar.
hippodămus,-i, (m.). Domador de cavalos, cavaleiro.
hippodrŏmus,-i, (m.). Hipódromo.
hippopera,-ae, (f.). Mala de viagem, alforge.
hira,-ae, (f.). Intestinos.
hircinus,-a,-um. (hircus). De bode, de pele de bode.
hircosus,-a,-um. (hircus). De bode, peludo como um bode, que cheira a bode.
hircus,-i, (m.). também **hirquus**. Bode. Cheiro de bode. Devasso.
hirnĕa,-ae, (f.). Vaso para vinho.
hirpus,-i, (m.). (palavra de origem sabina). Lobo.
hirsutus,-a,-um. (hirtus). Eriçado, arrepiado, hirsuto. Rude, grosseiro.
hirtus,-a,-um. Que tem ponta ou asperezas. Peludo, felpudo. Grosseiro, inculto, rude, áspero.
hirudĭnis, ver **hirudo**.
hirudo, hirudĭnis, (f.). Sanguessuga, parasita.
hirundĭnis, ver **hirundo**.
hirundo, hirundĭnis, (f.). Andorinha.
hisco,-is,-ĕre. (hio). Abrir-se, fender-se. abrir a boca, dizer, relatar. Cantar.
hispĭdus,-a,-um. Eriçado, áspero, arrepiado. Peludo, cabeludo. Duro, áspero.
historĭa,-ae, (f.). História. Obra histórica, narração de fatos, conto, fábulas. Investigação.
historĭce, historĭces, (f.). (historĭa). Exegese, explicação de autores.
historĭcus,-a,-um. (historĭa). Histórico, de história. Como subst.: historiador.
histrĭcus,-a,-um. (histrĭo). De histrião, de comediante.
histrĭo, histrionis, (m.). Histrião, comediante, ator.
histrionĭa,-ae, (f.). (histrĭo). Profissão de ator.
hiulco,-as,-are,-aui,-atum. (hio). Entreabrir, fender.
hoc. (hic). Por isso, por esse motivo, por causa disso.

hodĭe. (hoc die). Hoje. Agora, atualmente.
hodiernus,-a,-um. (hodĭe). De hoje, atual, de agora, hodierno.
hoed, ver também **haed.**
holĕris, ver **holus.**
holĭtor, holitoris. (holus). Jardineiro, hortelão, vendedor de legumes.
holus, holĕris, (m.). Legumes.
homicida,-ae, (m.). (homo-caedo). Homicida, assassino, criminoso.
homicidĭum,-i, (n.). Homicídio, assassinato.
homĭnis, ver **homo.**
homo, homĭnis, (m.). (humus). Ser humano, homem (em oposição aos deuses e aos animais).
homoeomeria,-ae, (f.). Identidade entre as partes.
homullus,-i, (m.). (homo). Homenzinho, pobre homem.
homuncŭlus,-i, (m.). (homo). Homenzinho, pobre homem.
honestamentum,-i, (n.). (honor). Ornamento, embelezamento, enfeite. Distinção honorífica.
honestas, honestatis, (f.). (honor). Consideração, respeito, honorabilidade, dignidade. Notabilidade, virtude, decoro. Beleza, nobreza, excelência.
honestatis, ver **honestas.**
honeste. (honor). Honestamente, de maneira honrosa. Virtuosamente, nobremente.
honesto,-as,-are,-aui,-atum. (honor). Honrar, dignificar, tratar com distinção. Ornamentar, realçar.
honestus,-a,-um. (honor). Honesto, honrado, digno de honra. Nobre, distinto. Virtuoso, decente. Belo.
honor, honoris, (m.), ou **honos.** Honra, dignidade, estima. Cargo honorífico, função, cargo político. Homenagem, oferenda, sacrifício. Recompensa, prêmio. Beleza.
honorabĭlis, honorabĭle. (honor). Honroso, que dá honra. Honorável.
honorarĭus,-a,-um. (honor). Honorário, honorífico. Que se refere a uma magistratura.
honorate. (honor). Com apreço, com deferência, respeito.
honorifĭcus,-a,-um. (honor). Que honra, honroso, glorioso.

honoro,-as,-are,-aui,-atum. (honor). Honrar, prestar honra a, reverenciar respeitar. Gratificar. Embelezar.
honos, ver **honor.**
hoplites,-ae, (m.). Soldado de infantaria. Hoplita.
hora,-ae, (f.). Hora, divisão do dia. Tempo, época, estação.
hordearĭus,-a,-um. (hordĕum). Relativo à cevada.
hordĕum,-i, (n.). Cevada.
horĭa,-ae, (f.). Barca de pescador.
horno. Este ano.
hornotĭnus,-a,-um. Do ano, da estação, produzido neste ano.
horologĭum,-i, (n.). Relógio, quadrante solar.
horoscŏpus,-i, (m.). Horóscopo.
horrendus,-a,-um. (horrĕo). Que causa arrepios, que faz tremer. Terrível, horrendo, horroroso, medonho, espantoso.
horrĕo,-es,-ere, horrŭi. Erguer-se, eriçar-se, estar arrepiado. Ter horror de, temer, recear, ter muito medo.
horreŏlum,-i, (n.). (horrĕum). Pequeno celeiro.
horresco,-is,-ĕre, horrŭi. (horrĕo). Eriçar-se, arrepiar-se, estremecer, recear, ter medo.
horrĕum,-i, (n.). Celeiro.
horribĭlis, horribĭle. (horrĕo). Que causa horror, horrível, terrível. Admirável, espantoso.
horrĭde. (horrĕo). De modo áspero, rudemente, asperamente.
horrĭdus,-a,-um. (horrĕo). Eriçado, arrepiado, rugoso, áspero. Selvagem, grosseiro, repugnante. Medonho, temível, horrível.
horrĭfer,-fĕra,-fĕrum. (horrĕo-fero). Horrível, espantoso.
horrifĭco,-as,-are,-aui,-atum. (horrĕo-facĭo). Eriçar. Espantar, aterrar.
horrisŏnus,-a,-um. (horrĕo-sonus). Que produz um ruído aterrador, retumbante.
horror, horroris, (m.). (horrĕo). Arrepiamento de frio ou de medo, arrepio, calafrio, tremor, estupor. Aspereza. Estremecimento, terror, horror.
horsum. (hoc-uerto). Para cá, para este lado, do lado de cá.
hortamen hortamĭnis, (n.). (hortor). Exortação, encorajamento.

hortamĭnis, ver **hortamen**.
hortatĭo, hortationis, (f.). (hortor). Exortação, encorajamento.
hortatiuus,-a,-um. (hortor). Que serve para encorajar, que adverte, exortativo.
hortator, hortatoris, (m.). (hortor). O que exorta, o que adverte, instigador, animador. Chefe dos remadores.
hortatus,-us, (m.). (hortor). Exortação, encorajamento.
hortor,-aris,-ari,-atus sum. Exortar, encorajar, estimular, instigar. Aconselhar.
hortŭlus,-i, (m.). (hortus). Pequeno jardim. Pequeno parque, parque.
hortus,-i, (m.). Cerca, propriedade cercada. Jardins, parque, horto. Casa de campo, fazenda.
hospes, hospĭtis, (m.). Hóspede, estrangeiro, estranho. Anfitrião, aquele que dá hospedagem.
hospĭta,-ae, (f.). (hospes). Estrangeira, forasteira.
hospitales, hospitalĭum, (m.). (hospes). Os hóspedes, as visitas.
hospitalis, hospitale. (hospes). De hóspede, relativo a hóspede. Hospitaleiro, generoso.
hospitalĭtas, hospitalitatis, (f.). (hospes). Condição de estrangeiro. Hospitalidade.
hospitalitatis, ver **hospitalĭtas**.
hospitalĭter. (hospes). De modo hospitaleiro, com hospitalidade.
hospĭtis, ver **hospes**.
hospitĭum,-i, (n.). Hospitalidade, acolhida, hospedagem. Aposento destinado a hóspede, pousada, teto, agasalho. Abrigo, covil.
hospĭtus,-a,-um. (hospes). Que concede hospitalidade, hospitaleiro. Viajante, hóspede, estrangeiro.
hostĭa,-ae, (f.). Vítima (expiatória, para acalmar a cólera dos deuses). Vítima humana.
hostĭcus,-a,-um. (n.). (hostis). De estrangeiro, de inimigo. Como subst.: território estrangeiro, inimigo.
hostifĭcus,-a,-um. (hostis-facĭo). Inimigo, hostil, funesto.
hostilis, hostile. (hostis). Hostil, de inimigo.
hostimentum,-i, (n.). (hostis). Compensação.
hostĭo,-is,-ire. (hostis). Igualar, pôr no mesmo nível. Retribuir na mesma moeda.

hostis, hostis. (m.). Estrangeiro, forasteiro, hóspede. Inimigo, inimigo público.
huc. (hic). Para cá, para este lugar. A este ponto, a tal ponto.
hucĭne. (huc-ne). A tal ponto?
huiusmŏdi. (hic-modus). Deste modo, maneira, desta espécie.
hum- ver também **um-**
humane. (homo). Humanamente. Bondosamente, benignamente. Agradavelmente, alegremente.
humanĭtas, humanitatis, (f.). (homo). Humanidade, a natureza, a espécie humana, o espírito humano. Benevolência, bondade, polidez, cortesia. Cultura, educação, civilidade.
humanitatis, ver **humanĭtas**.
humanĭter. (homo). De acordo com a natureza humana, humanamente. Afavelmente, generosamente.
humanĭtus. (homo). Segundo a natureza humana. Suavemente, amavelmente.
humanus,-a,-um. (homo). Humano. Que convém ou pertence ao ser humano. Culto, civilizado. Amável, afável, benevolente, generoso.
humatĭo, humationis, (f.). (húmus). Inumação, enterro.
humecto,-as,-are,-aui,-atum. (humĕo). Umedecer, molhar. Molhar-se.
humefacĭo,-is,-ĕre. (humĕo-facĭo). Tornar úmido.
humĕo,-es,-ere. Ser úmido, estar úmido.
humĕrus,-i, (m.). Ombro, espádua. Pescoço de animais. Flanco, cimo.
humesco,-is,-ĕre. (humĕo). Tornar-se úmido, umedecer-se.
humĭdus,-a,-um. (humĕo). Úmido, molhado. Inconsistente.
humĭlis, humĭle. (humus). Que está no chão. Baixo, pequeno. Humilde, modesto. Fraco, sem importância, de baixa condição. Abatido, humilhado.
humilĭtas, humilitatis, (f.). (humus). Pouca elevação, baixa estatura, pequenez. Fraqueza, pobreza, abatimento moral, humilhação, humildade. Servilismo, obscuridade.
humilitatis, ver **humilĭtas**.
humilĭter. (humus). Com pouca elevação. Humildemente, com fraqueza.

humo,-as,-are,-aui,-atum. (humus). Enterrar, inumar. Fazer os funerais.
humor, humoris, (m.). (humĕo). Líquido, umidade. Humores do corpo.
humus,-i, (f.). Solo, terra. Terra, região.
hyacinthus,-I, (m.). Jacinto (planta). Espécie de Ametista.
hyălus,-i, (m.). Verde, cor verde.
hybrĭda,-ae. (m. e f.). Híbrido, bastardo. Resultante de mistura de diferentes.
hydra,-ae, (f.). Hidra, serpente. Serpentário (constelação).
hydraulus,-i, (m.). Órgão hidráulico.
hydrĭa,-ae, (f.). Jarro, cântaro.
hydrus,-i, (m.). Hidra, cobra de água. As serpentes das Fúrias.
hymenaeus,-i, (m.). Himeneu, casamento, união. Epitalâmio, canto de himeneu. Cópula.
hyperborĕus,-a,-um. Setentrional, hiperbóreo.
hypocrĭta,-ae, (m.). Comediante, histrião.
hypogeum,-i, (n.). Construção subterrânea. Jazigo, sepultura.

I

i. I abreviatura de: *unus, primus*.
I. O numeral 1.
iacĕo,-es,-ere, iacŭi. Jazer, estar estendido, estar deitado. Estar abatido, doente, de cama. Estar baixo. Estar calmo, imóvel. Estar na obscuridade, no esquecimento. Estar sem coragem.
iacĭo,-is,-ĕre, ieci, iactum. Jogar, atirar, lançar, arremessar. Estabelecer, pôr, colocar.
iactantĭa,-ae, (f.). (iacĭo). Ação de gabar-se, presunção, ostentação, jactância.
iactatĭo, iactationis, (f.). (iacĭo). Ação de agitar, agitação, abalo. Ostentação, vaidade. Jactância. Favor, estima, popularidade.
iactatus,-us, (m.). (iacĭo). Agitação, movimento.
iacto,-as,-are,-aui,-atum. (iacĭo). Lançar, atirar muitas vezes. Pôr para frente. Agitar, debater. Gabar-se, vangloriar-se, dizer em voz alta. Lançar em desprezo, menosprezar. Meditar, revolver no espírito.
iactura,-ae, (f.). (iacĭo). Alijamento, lançamento de uma carga ao mar, perda. Dano, prejuízo, sacrifício. Despesa, gasto, prodigalidade.
iactus,-us, (m.). (iacĭo). Ação de arremessar, lançamento, jato, tiro. Lanço de dados, lançamento de redes. Emissão de voz.
iaculabĭlis, iaculabĭle. (iacĭo). Que se pode lançar, que se arremessa, de arremesso.
iaculatĭo, iaculationis, (f.). (iacĭo). Ação de arremessar.
iaculator, iaculatoris, (m.). (iacĭo). Soldado armado de dardo, arremessador de dardo. Acusador.
iaculatricis, ver **iaculatrix**.
iaculatrix, iaculatricis, (f.). (iacĭo). Caçadora, portadora de dardos, de flechas.
iacŭlor,-aris,-ari,-atus sum. (iacĭo). Atirar, jogar, lançar, arremessar o dardo. Ferir, atingir com o dardo. Dirigir palavras, dizer, proferir.
iacŭlum,-i, (n.). (iacĭo). Dardo. Espécie de rede.
iam. Já, agora, neste momento. Desde agora, deste momento em diante. Ora, daí, então.
iambus,-i, (m.). Iambo ou jambo (unidade métrica formada de uma sílaba breve e uma longa). Poema jâmbico. Iambos (versos satíricos).
iamdiu, o mesmo que **iam diu**.
iamdudum. (iam-dudum). Depois de muito tempo, há muito tempo. Imediatamente, sem demora.
iampridem. (iam-pridem). Há muito tempo, desde muito tempo.
ianĭtor, ianitoris. (ianus). Porteiro. "Cérbero", porteiro do Orco.
ianitricis, ver **ianĭtrix**.
ianĭtrix, ianitricis, (f.). (ianus). Porteira, escrava encarregada de atender a porta. Guardiã da entrada.
iant- ver também **ient-**.

ianthĭnus,-a,-um. De cor violeta. Como subst. pl.: vestes de cor violeta.
ianŭa,-ae, (f.). (ianus). Passagem, entrada. Porta de acesso, acesso, caminho de entrada.
ianus,-i (m.). Passagem, arcada, pórtico, galeria. Galeria abobadada onde, no fórum, se instalavam banqueiros e cambistas.
iberus,-a,-um, também **hiberus.** Ibero, natural da Ibéria, da Hispânia (Espanha).
ibi. Aí, nesse lugar. Então, nesse momento. Nesse assunto, nisso, nesse caso.
ibidem (ibi-idem). No mesmo lugar, nesse mesmo lugar. No mesmo tempo, no mesmo momento. No mesmo ponto, na mesma coisa.
ico,-is,-ĕre, ici, ictum. Bater, ferir. Firmar um contrato ou acordo, "bater o martelo". Estar impressionado, alarmado.
iconĭcus,-a,-um. Feito segundo a natureza, copiado do natural.
iconismus,-i, (m.). Representação fiel.
icterĭcus,-a,-um. Ictérico, afetado pela icterícia.
ictus,-us, (m.). (ico). Pancada, golpe. Pulsação, marcação de compasso. Conclusão.
id, ver **is.**
idcirco. (id-circa). Por isto, por esta razão.
idĕa,-ae, (f.). Ideia, tipo. O original. Forma, noção.
idem, eădem, idem. Este mesmo, o mesmo, a mesma. Também, igualmente, ao mesmo tempo, do mesmo modo.
identĭdem (idem-et-idem). Por várias, diversas vezes. Repetidamente, ininterruptamente.
identĭtas, identitatis, (f.). (idem). Identidade.
identitatis, ver **identĭtas.**
idĕo. (id-eo). Por este motivo, por isto, por causa disto.
idiota,-ae, (m.), ou idiotes. Homem sem instrução, sem cultura, de mau gosto. Ignorante, idiota.
idiotismus,-i, (m.), ou idiotismos. Expressão própria de uma língua, idiotismo. Estilo familiar ou vulgar.
idŏlum,-i, (n.), ou idolon. Imagem, forma. Ídolo.
idonĕe. (idonĕus). Convenientemente, de maneira conveniente.
idonĕus,-a,-um. Próprio para, apto a, útil, favorável, conveniente, adequado. Capaz, digno, hábil, idôneo.
idos. Aparência, forma.
idum. (i-dum). Vai, pois.
idus, iduum, (f.). Os Idos (o dia 15 dos meses março, maio, julho, e outubro, o dia 13 dos demais meses).
iecinŏris, ver **iecur.**
iecŏris, ver **iecur.**
iecur, iecŏris ou **iecinŏris, (n.).** Fígado. Sede das paixões, coração (figurado).
ieiune. (ieiunus). Com secura, laconicamente. Sem graça, sem ornamento.
ieiunĭtas, ieiunitatis, (f.). (ieiunus). Grande fome. Secura, sobriedade. Falta de, ausência.
ieiunitatis, ver **ieiunĭtas.**
ieiunĭum,-i, (n.). (ieiunus). Jejum, abstinência, privação de alimento. Magreza, fome, sede.
ieiunus,-a,-um. Que está em jejum. Esfomeado, magro, seco. Pobre, árido, acanhado, mesquinho. Estranho, ignorante, desconhecedor.
ientacŭlum,-i, (n.). Almoço, o que se serve no almoço.
iento,-as,-are,-aui. Almoçar.
igĭtur. Portanto, pois, nestas circunstâncias. Em resumo, em suma. Então, sendo assim, por conseguinte.
ignarus,-a,-um. (in-gnarus). Que não sabe, desconhecedor, ignorante. Desconhecido, ignorado.
ignaue. (in-gnauus). Com fraqueza, sem energia. Frouxamente.
ignauĭa,-ae, (f.). (in-gnauus). Inação, indolência, apatia. Covardia, preguiça.
ignauus,-a,-um. (in-gnauus). Ignavo, indolente, inativo, preguiçoso. Covarde. Sem energia, improdutivo, inerte, inútil. Que entorpece, torna ocioso.
ignesco,-is,-ĕre. (ignis). Incendiar-se, inflamar, abrasar-se. Encolerizar-se, enraivecer.
ignĕus,-a,-um. (ignis). Ígneo, inflamado, abrasado, de fogo. Brilhante, ardente, resplandecente.
ignicŭlus,-i, (m.). (ignis). Centelha, fagulha, faísca, pequeno fogo, pequena chama. Vivacidade.

ignipŏtens, ignipotentis. (ignis-possum). Ignipotente, luminoso, senhor do fogo (epíteto de Vulcano).
ignis, ignis, (m.). Fogo, chama, incêndio. Clarão, raio, relâmpago. Fogueira, facho, luminosidade. Paixão inflamada, objeto amado. Erisipela.
ignitus,-a,-um. (ignis). Inflamado, ardente, vivo. Cintilante, brilhante.
ignobĭlis, ignobĭle. (in-nosco). Desconhecido, obscuro, sem nome. De origem obscura, de nascimento humilde. Desprezível, ignóbil, vil.
ignobilĭtas, ignobilitatis, (f.). (in-nosco). Origem obscura, baixa origem. Obscuridade, falta de renome.
ignobilitatis, ver **ignobilĭtas.**
ignominĭa,-ae, (f.). (in-nomen). Ignomínia, desonra, vergonha, infâmia, afronta, mancha.
ignominiose. (in-nomen). Desonrosamente, vergonhosamente.
ignominiosus,-a,-um. (in-nomen). Ignominioso, desonroso, vergonhoso, degradante.
ignorabĭlis, ignorabĭle. (in-gnarus). Desconhecido, ignorado.
ignorantĭa,-ae, (f.). (in-gnarus). Ignorância, desconhecimento.
ignoro,-as,-are,-aui,-atum. (in-gnarus). Desconhecer, ignorar, não saber.
ignoscentĭa,-ae, (f.). (in-nosco). Ação de perdoar.
ignosco,-is,-ĕre,-noui,-notum. (in-nosco). Perdoar, desculpar, reconhecer inteiramente.
ignotus,-a,-um. (in-nosco). Desconhecido, ignorado. Que não conhece, ignorante.
ilex, ilĭcis, (f.). Azinheira (planta).
ilĭa, ilĭum, (n.). Flancos, ilhargas, partes laterais do ventre. Entranhas, ventre.
ilĭcet. (ire-licet). Podem retirar-se. Está tudo acabado, tudo está perdido. Imediatamente, logo.
ilicetum,-i, (n.). (ilex). Azinhal.
ilĭcis, ver **ilex.**
ill-, ver também **inl-.**
illa. Por lá, por ali, por acolá.
illabefactus,-a,-um. (in-labor-facĭo). Que não se quebra, indestrutível.
illabor,-ĕris,-labi,-lapsus sum. (in-labor). Escorregar para, cair em. Lançar-se em, penetrar.

illaboratus,-a,-um. (in-laboro). Trabalhar em.
illac. (illa-ce). Por lá, por ali, por acolá.
illacessitus,-a,-um. (in-lacĭo). Que não foi atacado, não provocado.
illacrimabĭlis, illacrimabĭle. (in-lacrĭma). Que não foi chorado. Inexorável, impiedoso.
illacrĭmo,-as,-are,-aui,-atum. (in-lacrĭma). Chorar, deplorar. Suar, gotejar, pingar.
illaesus,-a,-um. (in-laedo). Ileso, que não foi ferido. Que não sofreu.
illaetabĭlis, illaetabĭle. (in-laetus). Que não se pode alegrar, melancólico, triste. Penoso, desagradável.
illaquĕo,-as,-are,-aui,-atum. (in-laquĕus). Apanhar no laço, enlaçar. Seduzir.
illatĭo, illationis, (f.). (in-fero). Ilação, conclusão. Imposto, contribuição.
illatro,-as,-are,-aui,-atum. (in-latro). Ladrar contra, ladrar muito.
illaudabĭlis, illaudabĭle. (in-laus). Que não merece ser elogiado, indigno.
illaudatus,-a,-um. (in-laus). Indigno de louvor. Sem glória, obscuro.
ille, illa, illud. Aquele, aquela, aquilo. Usado enfaticamente: o famoso, "aquele", célebre; para caracterizar desprezo, distanciamento: aquele, aquela.
illecĕbra,-ae, (f.). (in-lacĭo). Atrativo, encanto, sedução. Trapaça.
illectus,-a,-um. (in-lego). Não lido.
illegis, ver **illex.**
illepĭdus,-a,-um. (in-lepos). Sem graça, impertinente, grosseiro, desagradável. Tosco, deselegante.
illex, illegis. (in-lex). Que não tem lei, contrário, fora da lei.
illex, illĭcis. (in-lacĭo). Tentador, sedutor. Como subst.: ave que serve de chamariz. Isca, sedução, engodo.
illibatus,-a,-um. (in-libo). Inteiro, intacto, íntegro. Completo, regular. Puro, sem mancha, ilibado.
illiberalis, illiberale. (in-liber). Indigno de um homem livre, baixo, vulgar, vil, desprezível. Sórdido, avaro. Descortês.
illiberalĭtas, illiberalitatis, (f.). (in-liber). Mesquinharia, falta de generosidade.
illic. (ille-ce). Lá, acolá, ali.
illicĭo,-is,-ĕre, illexi, illectum. (in-lacĭo). Atrair, seduzir, encantar, conquistar, ca-

tivar. Atrair para uma armadilha, fazer cair em cilada. Induzir a, arrastar para.
illĭcis, ver **illex.**
illicitator, illicitatoris, (m.). (in-licĕo). Comprador, licitante.
illicĭtus,-a,-um. (in-licet). Ilegal, proibido, ilícito, não permitido.
illicĭum,-i, (n.). (in-lacĭo). Atrativo, chamariz, engodo. Convocação.
illĭco. (in-loco). No lugar, neste lugar. Sem demora, imediatamente.
illido,-is,-ĕre,-lisi,-lisum. (in-laedo). Bater contra, quebrar, embater. Morder os lábios, cravar os dentes.
illĭgo,-as,-are,-aui,-atum. (in-ligo). Ligar, atar, prender, amarrar. Fechar, encerrar. Embaraçar, envolver.
illimis, illime. (in-limus). Sem lama, puro, límpido.
illinc. (ille). De lá, do outro lado, daquele lado, da parte de lá.
illĭno,-is,-ĕre,-leui,-lĭtum. (in-lino). Untar, revestir, cobrir, impregnar.
illiquefactus,-a,-um. (in-liquo-facĭo). Mole, brando. Liquefeito.
illiteratus,-a,-um. (in-littĕra). Iletrado, sem instrução, ignorante.
illiusmŏdi. (ille-modus). Daquele modo, assim, daquela maneira.
illo. (ille). Para lá, para os lados de lá.
illocabĭlis, illocabĭle. (in-loco). Que não se pode casar.
illotus,-a,-um. (in-lauo). Sujo, não lavado. Que não está seco.
illuc. (ille). Para lá, para ali. Àquele ponto. Para o começo.
illucĕo,-es,-ere,-luxi. (in-lux). Luzir, brilhar sobre, iluminar. Amanhecer. Esclarecer.
illucesco,-is,-ĕre,-luxi. (in-lux). Começar a luzir, a brilhar, a clarear. Começar a amanhecer. Começar a esclarecer.
illuctans, illuctantis. (in-lucta). Que luta contra, combatente.
illudo,-is,-ĕre,-lusi,-lusum. (in-ludo). Divertir-se, brincar com, recrear-se. Zombar de alguém, insultar, ultrajar. Lesar, maltratar, prejudicar.
illuminatĭo, illuminationis, (f.). (in-lumen). Claridade, luz, iluminação.
illumĭno,-as,-are,-aui,-atum. (in-lumen). Iluminar, esclarecer. Embelezar, ornar. Tornar brilhante, luminoso. Tornar ilustre, honrar, enriquecer.
illunis, illune ou illunĭus,-a,-um. (in-luna). Sem lua, não iluminado pela lua.
illusĭo, illusionis, (f.). (in-ludo). Ironia. Zombaria. Ilusão, engano.
illustramentum,-i, (in-lux). Ornamento.
illustratĭo, illustrationis, (f.). (in-lux). Ação de esclarecer, de tornar brilhante.
illustris, illustre. (in-lux). Luminoso, claro, que emite luz. Brilhante. Evidente. Célebre, famoso, nobre, iluminado.
illustro,-as,-are,-aui,-atum. (in-lux). Esclarecer, aclarar, iluminar, explicar. Dar brilho, ilustrar, celebrizar.
illuuĭes, illuuĭei, (f.). (in-lauo). Imundície. Inundação, cheia, estagnação.
ilotae,-arum, (m.). Ilotas (a classe dos escravos entre os espartanos).
im. Forma arcaica de **eum.**
imaginarĭus,-a,-um. (imago). De imagem. Imaginário, falso.
imaginatĭo, imaginationis, (f.). (imago). Imagem, visão. Pensamento, imaginação.
imagĭnis, ver **imago.**
imagĭnor,-aris,-ari,-atus sum. (imago). Imaginar, representar na imaginação, sonhar.
imaginosus,-a,-um. (imago). Imaginoso, fantasioso. Cheio de alucinações.
imago, imagĭnis, (f.). Imagem, representação, forma, imitação, cópia, sombra. Fantasma, visão, sonho. Ideia, pensamento, recordação. Retrato, máscara (de cera para representar, em cerimônias fúnebres, os antepassados).
imbalnitĭes, imbalnitĭei, (f.). (in-balneum). Sujeira, imundície.
imbecillĭtas, imbecillitatis, (f.). (imbecillus). Fraqueza física, debilidade. Covardia.
imbecillus,-a,-um. Fraco. Estéril. Humilde. Estúpido.
imbellis, imbelle. (in-bellum). Impróprio para a guerra, que não serve para combater, sem coragem, fraco. Calmo, pacífico, tranquilo, sereno.
imber, imbris, (m.). Aguaceiro, chuva, temporal. Nuvem de chuva, chuva de pedras.
imberbis, imberbe, também **imberbus,-a,--um. (in-barba).** Sem barba, imberbe. Jovem.

imbibo,-is,-ĕre,-bibi. (in-bibo). Embeber-se, absorver. Conceber, formar uma ideia.
imbito,-is,-ĕre. (im-bito). Entrar em, penetrar.
imbrex, imbrĭcis, (m. e f.). (imber). Telha côncava (para conduzir a água da chuva). Gesto de aplaudir (com as mãos recurvadas).
imbrĭcis, ver **imbrex.**
imbrĭco,-as,-are,-aui,-atum. (imber). Cobrir de telhas côncavas.
imbrĭcus,-a,-um. (imber). Chuvoso, de chuva.
imbrĭfer,-fĕra,-fĕrum. (imber-fero). Que traz chuva, chuvoso, pluvioso.
imbris, ver **imber.**
imbŭo,-is,-ĕre,-bŭi,-butum. Impregnar, embeber, imbuir. Inculcar, encher de, insinuar. Experimentar, ensaiar. Habituar, instruir, ensinar, acostumar.
imitabĭlis, imitabĭle. (imĭtor). Imitável, que se pode imitar.
imitamen, imitamĭnis, (n.). (imĭtor). Imitação, cópia.
imitamĭnis, ver **imitamen.**
imitatĭo, imitationis, (f.). (imĭtor). Imitação, cópia.
imĭtor,-aris,-ari,-atus sum. Imitar, reproduzir por imitação, copiar. Simular, fingir, afetar. Apresentar, exprimir, representar.
imm-, ver também **inm-.**
immaculatus,-a,-um. (in-macŭla). Sem mancha, imaculado.
immadesco,-is,-ĕre,-madŭi. (in-madĕo). Umedecer-se, molhar-se.
immane. também **immanĭter (in-manis).** De modo horrível, terrivelmente.
immanis, immane. (in-manis). Mau, cruel, desumano. Enorme, prodigioso. Medonho, cruel, horrendo, espantoso.
immanĭtas, immanitatis, (f.). (in-manis). Crueldade, ferocidade, barbárie. Feito horrível, plano monstruoso.
immanitatis, ver **immanĭtas.**
immansuetus,-a,-um. (in-mansus-suesco). Selvagem, cruel, feroz.
immaturĭtas, immaturitatis, (f.). (in-maturus). Imaturidade, falta de idade. Precipitação, pressa.
immaturus,-a,-um. (in-maturus). Que não está maduro. Antes do tempo, prematuro, precoce. Que não tem idade.

immedicabĭlis, immedicabĭle. (in-medĕor). Incurável, mortal. Irremediável, implacável.
immeditatus,-a,-um. (in-medĕor). Não estudado, espontâneo, natural.
immĕmor, immemŏris. (in-memor). Esquecido, que não se lembra, desmemoriado. Ingrato. Que faz esquecer.
immemorabĭlis, immemorabĭle. (in-memor). Que não merece ser lembrado. Que tem falta de memória. Indizível, inenarrável.
immensĭtas, immensitatis, (f.). (in-metĭor). Imensidade.
immensus,-a,-um. (in-metĭor). Sem medida, imenso, muito grande, muito forte.
immĕo,-as,-are. (in-meo). Entrar em, penetrar.
immerens, immerentis. (in-merĕo). Que não merece, inocente. Que vale pouco.
immergo,-is,-ĕre,-mersi,-mersum. (in-mergo). Imergir, mergulhar em. Plantar, colocar em. Insinuar-se.
immerĭtus,-a,-um. (in-merĕo). Que não merece, imerecido. Injusto.
immersabĭlis, immersabĭle. (in-mergo). Que não pode ser submergido.
immetatus,-a,-um. (in-meta). Não separado por marcos (metas) ou extremos.
immigro,-as,-are,-aui,-atum. (in-migro). Passar para, entrar em. Mudar-se para, imigrar. Introduzir-se.
imminĕo,-es,-ere. (in-minae). Elevar-se acima de, estar suspenso, estar no alto. Dominar, ameaçar, estar iminente. Estar próximo, perseguir.
imminŭo,-is,-ĕre,-minŭi,-minutum. (in-minus). Diminuir, reduzir. Enfraquecer, debilitar. Destruir, arruinar, quebrar, romper. Desrespeitar, violar.
imminutĭo, imminutionis, (f.). (in-minus). Supressão, perda, diminuição. Atenuação, enfraquecimento.
immiscĕo,-es,-ere,-miscŭi,-mixtum ou mistum. (in-miscĕo). Misturar, juntar. Imiscuir-se, fazer parte de, insinuar-se em.
immiserabĭlis, immiserabĭle. (in-miser). Que não causa compaixão.
immisericordis, ver **immiserĭcors.**
immiserĭcors, immisericordis. (in-miser-cor). Impiedoso, que não tem compaixão. Não misericordioso.

immissĭo, immisionis, (f.). (in-mitto). Ação de enviar para. Ação de fazer desenvolver, desenvolvimento.
immite. (in-mitis). Violentamente.
immitis, immite. (in-mitis). Que não está doce. Verde, amargo. Violento.
immitto,-is-ĕre,-misi,-misum. (in-mitto). Enviar para dentro, lançar contra, impelir. Deixar ir, soltar. Deixar crescer.
immortalĭtas, immortalitatis, (f.). (in--mors). Imortalidade. Incorruptibilidade, beatitude.
immo. Não, pelo contrário, muito pelo contrário, longe disso. E até, e ainda mais. Ou melhor, ou antes.
immobĭlis, immobĭle. (in-moĕuo). Imóvel. Calmo, insensível.
immoderate. (in-modus). Sem ordem, sem obedecer às ordens. Sem medida, imoderadamente.
immoderatĭo, immoderationis, (f.). (in-modus). Falta de moderação, falta de medida.
immoderatus,-a-um. (in-modus). Sem limites, infinito. Sem medida, excessivo. Sem ritmo.
immodestĭa,-ae, (f.). (in-modus). Excesso, desregramento, falta de moderação. Indisciplina.
immodestus,-a,-um. (in-modus). Sem comedimento, sem moderação, desregrado. Desordenado.
immodĭce. (in-modus). Sem medida, excessivamente, desmedidamente, imoderadamente.
immodĭcus,-a,-um. (in-modus). Desmesurado, desmedido, excessivo. Extravagante, desregrado.
immodulatus,-a,-um. (in-modus). Sem cadência, sem harmonia.
immolatĭo, immolationis, (f.). (in-mola). Imolação, sacrifício.
immolitus,-a,-um. (in-moles). Que está em construção.
immŏlo,-as,-are,-aui,-atum. (in-mola). Imolar, sacrificar. Imolar (= cobrir uma vítima com farinha e sal).
immorĭor,-ĕris,-mŏri,-mortŭus sum. (in--mors). Morrer em ou sobre, morrer junto.
immŏror,-aris,-ari,-atus sum. (in-mora). Ficar em, parar, ficar. Deter-se em, insistir.
immorsus,-a,-um. (in-mordĕo). Mordido. Excitado.

immortales, immortalĭum, (m.). (in-mors). Os deuses, os imortais.
immortalis, immortale. (in-mors). Imortal. Eterno. Dos deuses, divino, feliz como os deuses.
immortalitatis, ver **immortalĭtas**.
immortalĭter. (in-mors). Eternamente, infinitamente.
immotus,-a,-um. (in-mouĕo). Imóvel, sem movimento. Firme, inabalável.
immugĭo,-is,-ire,-iui. (in-mugĭo). Mugir, bramir, rugir. Retumbar, ressoar.
immulgĕo,-es,-ere. (in-mulgĕo). Ordenhar dentro, derramar em, tirar leite.
immundĭtĭa,-ae, (f.). (in-mundus,-a.). Imundície, impureza, sujeira.
immundus,-a,-um. (in-mundus,-a). Sujo, impuro, imundo.
immunĭo,-is,-ire,-iui, (in-moenĭa). Fortificar, construir uma proteção.
immunis, immune. (in-munus). Imune, isento de encargos. Desimpedido, livre, dispensado. Improdutivo, preguiçoso, egoísta. Inocente, puro.
immunĭtas, immunitatis, (f.). (in-munus). Isenção, dispensa, imunidade.
immunitatis, ver **immunĭtas**.
immunitus,-a,-um. (in-moenĭa). Não fortificado. Impraticável.
immurmŭro,-as,-are,-aui,-atum. (in-murmur). Murmurar em ou contra. Sussurrar, murmurar.
immutabĭlis, immutabĭle. (in-muto). Imutável, que não muda. Mudado.
immutatĭo, immutationis, (f.). (in-muto). Mudança. Metonímia.
immutatus,-a,-um. (in-muto). Não mudado, invariável.
immutesco,-is,-ĕre,-mutŭi. (in-mutus). Emudecer, calar-se, ficar mudo.
immutilatus,-a,-um. (in-mutĭlo). Intacto, não mutilado.
immuto,-as,-are,-aui,-atum. (in-muto). Mudar, modificar, transformar.
impacatus,-a,-um. (in-pax). Não pacificado, agitado, turbulento.
impactĭo, impactionis, (f.). (in-pango). Choque, embate.
impaenitendus,-a,-um. (in-paenitet). De que não se deve arrepender.
impallesco,-is,-ĕre,-pallui. (in-pallĕo). Empalidecer.

impar, impăris. (in-par). Ímpar, desigual, diferente. Inferior, incapaz.

imparatus,-a,-um. (in-paro). Que não está preparado, sem preparação, surpreendido. Desapercebido.

imparĭter. (in-par). Irregularmente, desigualmente.

impastus,-a,-um. (in-pasco). Em jejum, esfomeado, faminto.

impatĭens, impatientis. (in-patĭor). Que não pode sofrer, que não pode suportar, impaciente. Impassível, insensível. Que não se pode conter, violento.

impatienter. (in-patĭor). Impacientemente, violentamente. Sem resignação.

impatientĭa,-ae, (f.). (in-patĭor). Dificuldade de suportar, aversão, impaciência. Falta de firmeza. Impassibilidade.

impauĭde. (in-pauěo). Destemidamente, sem receio, impavidamente.

impauĭdus,-a,-um. (in-pauěo). Corajoso, destemido, impávido.

impedimentum,-i, (n.). (in-pes). Impedimento, dificuldade, obstáculo, entrave. Bagagens, equipamentos militares (carregados às costas). Animais de carga.

impedĭo,-is,-ire,-iui,-itum. (in-pes). Impedir, entravar, criar obstáculos. Embaraçar, estorvar, desviar, atrasar.

impeditĭo, impeditionis, (f.). (in-pes). Obstáculo, impedimento.

impello,-is,-ěre,-pŭli,-pulsum. (in-pello). Impelir, fazer avançar, lançar contra, repelir. Bater, agitar, movimentar, abanar. Provocar, instigar, estimular, persuadir. Fazer cair, destruir.

impenděo,-es,-ere. (in-penděo). Estar suspenso, estar pendurado. Estar iminente, estar próximo, ameaçar.

impendĭosus,-a,-um. (in-pendo). Gastador, esbanjador.

impendĭum,-i, (n.). (in-pendo). Gasto, despesa.

impendo,-is,-ěre,-pendi,-pensum. (in-pendo). Gastar, despender, desembolsar. Aplicar, consagrar, dedicar.

impenetrabĭlis, impenetrabĭle. (in-penes). Impenetrável, inacessível.

impensa,-ae, (f.). (in-pendo). Gasto, despesa. Materiais. Custas, sacrifício.

impense. (in-pendo). Onerosamente, com muitos gastos. Zelosamente, cuidadosamente. Com vigor, energia. Muito fortemente.

imperator, imperatoris, (m.). (in-paro). General, comandante, chefe, guia. Imperador (inicialmente era título conferido a um comandante vitorioso). Homem de guerra.

imperatrix, imperatricis, (f.). (in-paro). Soberana, a que comanda. Imperatriz.

imperatum,-i, (n.). (in-paro). Mandado, ordem.

imperceptus,-a,-um. (in-per-capĭo). Despercebido, não captado, não compreendido.

imperco,-is,-ěre. (in-parco). Poupar a alguém.

impercussus,-a,-um. (in-per-cutĭo). Não batido.

imperditus,-a,-um. (in-perdo). Não destruído, preservado, salvo.

imperfectus,-a,-um. (in-per-facĭo). Não acabado, imperfeito, incompleto.

imperfossus,-a,-um. (in-per-fodĭo). Não vazado, não perfurado.

imperiosus,-a,-um. (in-paro). Que manda, poderoso. Imperioso, altivo, arrogante, tirânico.

imperite. (in-peritus). Sem conhecimento, sem jeito, desastradamente. Inexperientemente.

imperitĭa,-ae, (f.). (in-peritus). Falta de conhecimento, ignorância, inabilidade, imperícia.

imperito,-as,-are,-aui,-atum. (in-paro). Mandar, comandar, ter o poder.

imperitus,-a,-um. (in-peritus). Ignorante, inábil, inexperiente, desastroso.

imperĭum,-i, (n.). (in-paro). Poder soberano. Supremo poder, autoridade máxima, domínio, soberania, magistratura. Comando militar. Estado, império, governo imperial.

imperiuratus,-a,-um. (in-per-ius). Pelo qual não se presta um falso juramento.

impermissus,-a,-um. (in-per-mitto). Completamente proibido.

impěro,-as,-are,-aui,-atum. (in-paro). Comandar, ordenar, mandar, imperar. Dominar, ser senhor.

imperpetŭus,-a,-um. (in-per-peto). Não eterno, não perpétuo, efêmero.

imperterrĭtus,-a,-um. (in-per-terrĕo). Impávido, inteiramente destemido.
impertĭo,-is,-ire,-iui,-itum. (in-pars). Fazer parte, partilhar. Comunicar, participar, dizer. Consagrar, presentear.
imperturbatus,-a,-um. (in-per-turba). Absolutamente calmo, não perturbado.
imperuĭus,-a,-um. (in-per-uia). Intransitável, inacessível, impraticável.
impetĭbilis, impetibĭle. (in-patĭor). Insuportável, intolerável.
impĕto,-is,-ĕre. (in-peto). Lançar-se sobre, cair sobre, atacar.
impetrabĭlis, impetrabĭble. (in-patro). Que se pode obter, impetrável. Que obtém facilmente, persuasivo.
impetratĭo, impetrationis, (f.). (in-patro). Obtenção, ação de obter.
impetrĭo,-is-ire,-iui,-itum. (in-patro). Tomar os agouros, procurar obter através de bons agouros.
impetritum,-i, (n.). (in-patro). Bom augúrio.
impĕtro,-as,-are,-aui,-atum. (in-patro). Terminar, concluir, encerrar. Obter, conseguir.
impĕtus,-us, (m.). (in-peto). Ímpeto, impetuosidade, impulso, arremesso. Assalto, choque, ataque, embate. Impulso violento, fúria, veemência. Desejo ardente, paixão, entusiasmo, arrebatamento. Instinto.
impexus,-a,-um. (in-pecto). Despenteado, desgrenhado. Desalinhado, grosseiro, descuidado.
impĭe. (in-pius). Impiedosamente, cruelmente, criminosamente.
impĭetas, impietatis, (f.). (in-pius). Impiedade, crueldade, maldade. Falta de respeito, irreverência, má índole.
impietatis, ver **impĭetas**.
impĭger,-pĭgra,-pĭgrum. (in-piger). Ativo, diligente, resoluto.
impĭgre. (in-piger). Com diligência, sem hesitação. Infatigavelmente.
impigrĭtas, impigritatis, (f.). (in-piger). Diligência, atividade, presteza.
impigritatis, ver **impigrĭtas**.
impingo,-is,-ĕre,-pegi,-pactum. (in-pango). Enterrar, plantar, pregar. Impingir. Lançar, impelir, atirar.
impĭo,-as,-are,-aui,-atum. (in-pius). Tornar sacrílego, ímpio, criminoso. Manchar, desonrar, desrespeitar.

impĭus,-a,-um. (in-pius). Ímpio, sacrílego, sem respeito.
implacabĭlis, implacabĭle. (in-placĕo). Implacável.
implacĭdus,-a,-um. (in-placĕo). Inquieto, agitado. Cruel, implacável.
implecto,-is,-ĕre,-plexi,-plexum. (in-plecto). Entrelaçar. Misturar, envolver.
implĕo,-es,-ere,-pleui,-pletum. (in-pleo). Encher, saturar. Fartar, saciar. Completar, acabar, realizar.
implexus,-us, (m.). (in-plico). Enlaçamento.
implicatĭo, implicationis, (f.). (in-plico). Entrelaçamento, embaraço. Encadeamento.
implicĭte. (in-plico). Confusamente, de modo obscuro, atrapalhadamente.
implico,-as,-are,-aui/-plicŭi,-atum, /-plicĭtum. (in-plico). Enlaçar, entrelaçar, enrolar, embaraçar. Implicar, envolver, confundir, misturar. Ligar, unir, comunicar.
imploratĭo, implorationis, (f.). (in-ploro). Ação de implorar, imploração, invocação.
imploro,-as,-are,-aui,-atum. Invocar com lágrimas. Implorar, suplicar, apelar para.
implumis, implume. (in-pluma). Implume, sem penas, sem pelos. Sem asas.
implŭo,-is,-ĕre,-plŭi,-plutum. (in-pluo). Chover, chover em.
impluuĭum,-i, (n.). (in-pluo). Implúvio (reservatório para armazenar água da chuva). Pátio interno.
impolitus,-a,-um. (in-polĭo). Não polido, não trabalhado, sem ornato. Inculto, grosseiro, deselegante. Inacabado.
impollutus,-a,-um. (in-pollŭo). Sem mancha, não poluído, impoluto.
impono,-is,-ĕre,-posŭi,-posĭtum. (in-pono). Pôr em, dentro, colocar, depositar, sobrepor. Pôr à frente, infligir, impor. Encarregar, confiar. Enganar, iludir.
importo,-as,-are,-aui,-atum. (in-porto). Importar, trazer para dentro. Introduzir. Provocar, suscitar.
importunĭtas, importunitatis, (f.). (in-porta). Posição desvantajosa ou desfavorável. Má índole, mau caráter. Crueldade.
importunus,-a,-um. (in-porta). O que não se pode aportar, inabordável, inacessível, intransitável. Desfavorável, perigoso, insuportável. Desagradável, duro, intratável,

impertinente. Desordenado, desenfreado.
importuosus,-a,-um. (in-porta). Que não tem porto.
impos, impŏtis. (in-potis). Que não é senhor de. Que não pode alcançar, que não pode suportar.
impossibĭlis, impossibĭle. (in-potis). Impossível.
impossibilĭtas, impossibilitatis, (f.). (in-potis). Impossibilidade.
impossibilitatis, ver **impossibilĭtas**.
impŏtens, impotentis. (in-potis). Que não pode, incapaz, que não é senhor de. Fraco, impotente. Imoderado, incontido, furioso, insolente, colérico. Excessivo.
impotenter. (in-potis). Violentamente, sem medida, tiranicamente.
impotentĭa,-ae, (f.). (in-potis). Impotência, fraqueza, falta de poder, de moderação. Insolência, fúria, violência.
impŏtis, ver **impos**.
impransus,-a-um. (in-prandĕo). Em jejum, esfomeado.
imprecatĭo, imprecationis, (f.). (in-prex). Imprecação, maldição.
imprecor,-aris,-ari,-atus sum. (in-prex). Fazer imprecações, suplicar, invocar. Desejar.
impressĭo, impressionis, (f.). (in-premo). Ação de apoiar sobre, de carregar sobre. Ação de apertar, pressão. Cunho, marca, impressão. Assalto, ataque, investida. Sensação, impressão. Articulação, expressão.
imprimis. (in-prae). Antes de tudo, principalmente, em primeiro lugar.
imprimo,-is,-ĕre,-pressi,-pressum. (in-premo). Apertar sobre, firmar sobre. Gravar, cunhar, imprimir, sulcar, afundar. Registrar, marcar.
improbabĭlis, improbabĭle. (in-probus). Que não pode, não merece ser aprovado.
improbatĭo, improbationis, (f.). (in-probus.). Desaprovação.
imprŏbe. (in-probus.). Indignamente, desaforadamente, desonestamete. Defeituosamente, mal. Excessivamente, extremamente.
improbĭtas, improbitatis, (f.). (in-probus.). Má qualidade. Desonestidade, perversidade, malícia, improbidade. Temeridade, desaforo.
improbitatis, ver **improbĭtas**.
imprŏbo,-as,-are,-aui,-atum. (in-probus.). Desaprovar, censurar, condenar. Rejeitar. Anular, desmentir.
imprŏbus,-a,-um. (in-probus.). Mau, de má qualidade, defeituoso, insuficiente. Perverso, desonesto, falso, enganador. Duro, cruel, impudente, descarado. Ávido, insaciável.
improcerus,-a,-um. (in-procerus). De pequena estatura, baixo.
improfessus,-a,-um. (in-pro-fatĕor). Não declarado, não manifestado, não confessado.
impromptus,-a,-um. (in-promo). Que não é/está pronto. Irresoluto, indeciso.
impropĕro,-as,-are,-aui,-atum. (in-propĕrus). Apressar-se a entrar. Censurar, repreender.
improprĭus,-a,-um. (in-pro-priuo). Impróprio.
improsper,-pĕra,-pĕrum. (in-prosper). Sem sucesso, desfavorável, infeliz, que não dá bom resultado.
improuĭde. (in-pro-uidĕo). Imprevidentemente, inconsideradamente.
improuĭdus,-a,-um. (in-pro-uidĕo). Imprevidente, displicente. Que não previu, que não se preparou, surpreendido.
improuisus,-a-um. (in-pro-uidĕo). Imprevisto, repentino, inesperado.
imprudens, imprudentis. (in-pro-uidĕo). Que não prevê. Que não sabe, ignorante. Imprudente, desprevenido, surpreendido.
imprudenter. (in-pro-uidĕo). Por ignorância, sem conhecimento. Imprudentemente.
imprudentĭa,-ae, (f.). (in-pro-uidĕo). Falta de conhecimento, ignorância. Imprudência, irreflexão. Inadvertência, desatenção, descuido.
impubes, impubĕris. (in-pubis). Sem pelo. Jovem, adolescente, que não atingiu a puberdade. Casto, virginal.
impudens, impudentis. (in-pudet). Que não tem vergonha, sem pudor, descarado, impudente.
impudenter. (in-pudet). Descaradamente, impudentemente, afrontosamente.
impudentĭa,-ae, (f.). (in-pudet). Descaramento, atrevimento, indecência, impudência.
impudice. (in-pudet). Sem pudor, desonestamente.

impudicitĭa,-ae, (f.). (in-pudet). Impudicícia, prostituição, maus costumes.
impudicus,-a,-um. (in-pudet). Sem vergonha, descarado, dissoluto, despudorado, prostituído, impudico. Fétido, infecto.
impugnatĭo, impugnationis, (f.). (in-pugnus). Ataque, assalto, embate, arremetida.
impugno,-as,-are,-aui,-atum. (in-pugnus). Atacar, assaltar, combater. Agredir.
impulsĭo, impulsionis, (f.). (in-pello). Impulso, choque, embate. Disposição natural para. Incitamento, instigação.
impulsor, impulsoris, (m.). (in-pello). Instigador, incitador, conselheiro.
impulsus,-us, (m.). (in-pello). Choque, movimento, embate. Incitamento, impulso.
impune. (in-poena). Impunemente, com impunidade. Sem perigo, sem dano, sem prejuízo.
impunis, impune. (in-poena). Impune, ileso.
impunĭtas, impunitatis, (f.). (in-poena). Impunidade. Permissividade excessiva.
impunitatis, ver **impunĭtas.**
impunitus,-a,-um. (in-poena). Sem punição, impune, ileso. Sem limite, com excessos.
impure. (in-purus). De modo impuro, vergonhosamente, escandalosamente.
impurĭtas, impuritatis, (f.). (in-purus). Impureza.
impuritatis, ver **impurĭtas.**
impurus,-a,-um. (in-purus). Impuro, sujo, vergonhoso. Obsceno, impudico.
imputator, imputatoris, (m.). (in-putus). O que faz alarde, o que lança no rosto.
impŭto,-as,-are,-aui,-atum. (in-puto). Fazer valer, levar em conta. Imputar, atribuir, censurar.
imŭlus,-a,-um. (imus). O mais baixo, o mais fundo.
imum,-i, (n.). (imus). O fim, a extremidade, o fundo.
imus,-a,-um. Que está em baixo, que está no fundo, o extremo, o último.
in. I – prep./acus. associada a processos que indicam movimento: para dentro, para cima, para o meio, até, para, em. II – prep./abl. associada a conceitos de noção estática: em, dentro de, dentre, sobre. III – prefixo de valores privativo e negativo.
inabruptus,-a,-um. (in-ab-rumpo). Intacto, inteiro, não quebrado.
inaccessus,-a,-um. (in-ad-cedo). Inacessível.
inacesco,-is,-ĕre,-acŭi. (in-acĕo). Azedar-se, tornar-se amargo. Desagradar.
inadustus,-a,-um. (in-ad-uro). Não queimado, incombustível.
inaedifĭco,-as,-are,-aui,-atum. (in-aedes-facĭo). Construir, edificar em. Acumular, amontoar. Obstruir, cercar, murar.
inaequabĭlis, inaequabĭle. (in-aequus). Desigual.
inaequalis, inaequale. (in-aequus). Que não está no nível, áspero. Desigual, desproporcional. Variável, instável, inconstante.
inaequalĭtas, inaequalitatis. (in-aequus). Desigualdade, disparidade, diversidade, dissemelhança. Anomalia.
inaequalitatis, ver **inaequalĭtas.**
inaequalĭter. (in-aequus). De modo desigual, sem equilíbrio.
inaequo,-as,-are. (in-aequus). Igualar, nivelar.
inaestimabĭlis, inaestimabĭle. (in-aestĭmo). De nenhum valor. Inestimável, incalculável, acima de qualquer valor.
inaestŭo,-as,-are. (in-aestus). Aquecer-se muito, ferver.
inaffectatus,-a,-um. (in-ad-facĭo). Não afetado, natural.
inagitabĭlis, inagitabĭle. (in-ago). Que não pode ser agitado, imóvel.
inagitatus,-a,-um. (in-ago). Não agitado.
inamabĭlis, inamabĭle. (in-amo). Desagradável, insuportável, odioso. Indigno de ser amado.
inamaresco,-is,-ĕre. (in-amarus). Tornar-se amargo, amargar.
inambitiosus,-a,-um. (in-ambi-eo). Sem ambição, simples, sem luxo.
inambŭlo,-as,-are,-aui,-atum. (in-ambŭlo). Passear, andar em.
inamoenus,-a,-um. (in-amoenus). Desagradável, horrível.
inane, inanis, (n.). O vazio, o vácuo. Os ares. A inutilidade.
inane. (inanis). Em vão, inutilmente, no vazio.
inanĭa,-ae, (f.). (inanis). O vazio, o nada.
inanilŏquus,-a,-um. (inanis-loquor). Falastrão, o que fala demais sem dizer nada.
inanimentum,-i, (n.). (inanis). O vazio, o vácuo, a inanidade.
inanĭmus,-a,-um. (in-anĭmus). Inanimado.

inanĭo,-is,-ire,-iui,-itum. (inanis). Tornar vazio, esvaziar.
inanis, inane. Vazio, oco, vago, inane. Vão, inútil, fútil. Orgulhoso, presunçoso, leviano. Privado de, pobre, sem.
inanĭtas, inanitatis, (f.). (inanis). O vácuo. Cavidade. Futilidade, vaidade. Inanição (o vazio do estômago).
inanitatis, ver **inanĭtas.**
inanĭter. (inanis). Sem razão, sem fundamento. Inutilmente.
inaratus,-a,-um. (in-aro). Não lavrado, a ser lavrado.
inardesco,-is,-ĕre,-arsi. (in-ardĕo). Incendiar-se, abrasar. Inflamar-se. Estar ardorosamente apaixonado.
inaresco,-is,-ĕre,-arŭi. (in-arĕo). Tornar-se seco, secar.
inartificialis, inartificiale. (in-ars-facĭo). Sem arte, sem artifício, natural.
inartificialis, inartificiale. (in-ars-facĭo). Sem arte, sem artifício, natural.
inartificialĭter. (in-ars-facĭo). Naturalmente, sem artifício.
inascensus,-a,-um. (in-ad-scando). Não escalável, não escalado.
inassuetus,-a,-um. (in-ad-suesco). Não acostumado, que não tem o costume de.
inattenuatus,-a,-um. (in-ad-tenŭo). Não diminuído, não enfraquecido.
inaudax, inaudacis. (in-audĕo). Tímido.
inaudĭo,-is,-ire,-iui,-itum. (in-audĭo). Ouvir dizer, ter notícias. Vir a saber, aprender.
inauditus,-a,-um. (in-audĭo). Que não foi ouvido. Inaudito, absurdo, estranho, sem exemplo.
inauguratĭo, inaugurationis, (f.). (in-augur). Começo, inauguração, estreia.
inaugurato. (in-augur). Depois de consultar as aves, após tomados os agouros.
inaugŭro,-as,-are,-aui,-atum. (in-augur). Tomar os augúrios. Consagrar oficialmente uma nomeação para um colégio sacerdotal. Inaugurar.
inauris, inauris, (f.). (in-auris). Brincos nas orelhas.
inauro,-as,-are,-aui,-atum. (in-aurum). Dourar. Cobrir de riquezas.
inauspicatus,-a,-um. (in-auspex). Feito sem consultar os auspícios, mal agourado, infeliz, funesto. Inesperado.

inausus,-a,-um. (in-audĕo). Não ousado, não tentado.
incaedŭus,-a,-um. (in-caedo). Não cortado.
incalesco,-is,-ĕre,-calŭi. (in-calĕo). Aquecer-se. Arder de paixão.
incallĭdus,-a,-um. (in-callĕo). Sem arte, simples. Inábil, incapaz, incompetente. Sem refinamento.
incandesco,-is,-ĕre,-candŭi. (in-candĕo). Incandescer, abrasar-se.
incanesco,-is,-ĕre,-canŭi. Tornar-se branco, encanecer. Envelhecer.
incantamentum,-i, (n.). (in-cano). Encantamento, encantos.
incanto,-as,-are,-aui,-atum. (in-cano). Submeter a encantamentos, fazer encantamentos, encantar.
incanus,-a,-um. (in-canus). Branco, encanecido. Antigo, velho.
incassus,-a,-um. (in-cassus). Inútil.
incastigatus,-a,-um. (in-castus-ago). Não repreendido.
incaute. (in-cauĕo). Imprudentemente, sem cautela.
incautus,-a,-um. (in-cauĕo). Incauto, imprudente, desprecavido, surpreendido. Imprevisto, perigoso, de que não se pode precaver.
incedo,-is,-ĕre,-cessi,-cessum. (in-cedo). Avançar, caminhar para. Invadir, penetrar em, propagar. Apoderar-se.
incelebratus,-a,-um. (in-celĕber). Não mencionado, ignorado.
incenatus,-a,-um. (in-cena). Que não jantou. Sem comer, faminto.
incendiarĭus,-a,-um. (in-candĕo). De incêndio, incendiário.
incendĭum,-i, (n.). (in-candĕo). Incêndio, fogo, abrasamento. Calor forte. Ardor, paixão violenta. Tocha, archote.
incendo,-is,-ĕre,-cendi,-censum. (in-candĕo). Incendiar, queimar, abrasar. Inflamar, aquecer. Provocar, excitar, estar fortemente apaixonado, irritar. Tornar brilhante, iluminar. Agitar, perturbar, atormentar.
incenis, incene. (in-cena). Que não jantou. Faminto, sem comer.
inceno,-as,-are,-aui,-atum. (in-ceno). Jantar em.
incensĭo, incensionis, (f.). (in-candĕo). Incêndio, abrasamento.

incensor, incensoris, (m.). (in-candĕo). Incendiário, o que ateia fogo.
incensus,-a,-um. (in-censĕo). Não recenseado.
inceptĭo, inceptionis, (f.). (in-capĭo). Ação de começar, começo, tentativa.
incepto,-as,-are,-aui,-atum. (in-capĭo). Começar, empreender. Discutir com alguém.
inceptum,-i, (n.). (in-capĭo). Começo. Plano, projeto, tentativa, empresa.
incero,-as,-are,-aui,-atum. (in-cera). Encerar, revestir de cera. Amarrar bilhetes (tabuinhas escritas) aos pés dos deuses para se obterem graças.
incerte. (in-cerno). De modo duvidoso, incerto.
incerto,-as,-are. (in-cerno). Tornar incerto, não garantir. Tornar indistinto.
incertus,-a,-um. (in-cerno). Incerto, instável, variável. Duvidoso, vacilante, inconstante, indeciso. Inquieto, perturbado.
incesso,-as,-are,-aui,-atum. (in-cedo). Atacar, assaltar, investir. Apoderar-se de, sobrevir a. Acusar, lançar culpas.
incessus,-us, (m.). (in-cedo). Ação de avançar, passo, marcha. Procedimento. Ataque, invasão. Caminhos, passagens.
inceste. (in-castus). De modo impuro, pecaminosamente. Desonestamente, criminosamente.
incestifĭcus,-a,-um. (in-castus-facĭo). Incestuoso.
incesto,-as,-are,-aui,-atum. (in-castus). Manchar, poluir, sujar. Corromper, desonrar, cometer incesto.
incestum,-i, (n.). (in-castus). Impureza, mancha. Adultério, incesto.
incestus,-a,-um. (in-castus). Impuro, manchado. Incestuoso, obsceno, impudico, desonroso.
incestus,-us, (m.). (in-castus). Incesto.
inchŏo ver **incŏho**.
incido,-is,-ĕre,-cidi,-cisum. (in-caedo). Entalhar, cortar, gravar, fazer uma incisão. Interromper, suprimir, suspender.
incĭdo,-is,-ĕre,-cĭdi. (in-cado). Cair em ou sobre, lançar-se, sobrevir. Acontecer, sobrevir, suceder.
incilo,-as,-are. Repreender, censurar. Injuriar, invectivar.
incingo,-is,-ĕre,-cinxi,-cinctum. (in-cingo). Cingir, rodear, cercar. Coroar.
incĭno,-as,-are,-cinŭi,-centum. (in-cano). Entoar um canto, cantar.
incipesso,-as,-are. (in-capĭo). Começar, iniciar.
incipĭo,-is,-ĕre,-cepi,-ceptum. (in-capĭo). Começar, iniciar, empreender. Estar no começo.
incise. (in-caedo). Por partes, por incisos.
incisĭo, incisionis,(f.). (in-caedo). Corte, entalhe, incisão. Pequeno membro de frase, inciso.
incisum,-i, (n.). (in-caedo). Inciso, pequeno membro de frase.
incisura,-ae, (f.). (in-caedo). Incisão, corte, poda. Traço, contorno. Nervuras, divisões, linhas (das mãos).
incĭta,-orum, (n.). (in-citus). Última ordem ou fila do xadrez. Beco sem saída.
incitamentum,-i, (n.). (in-cĭeo). Incitamento, estímulo, incentivo.
incitatĭo, incitationis, (f.). (in-cĭeo). Movimento rápido, impetuosidade, rapidez. Entusiasmo, veemência. Incitamento, instigação, impulsão.
incĭto,-as,-are,-aui,-atum. (in-cĭeo). Lançar, impelir, mover, apressar, acelerar. Incitar, estimular, excitar, exortar. Aumentar, agravar, inspirar.
incĭtus,-a,-um. (in-cĭeo). Impelido, de movimentos rápidos.
inciuilis, inciuile. (in-ciuis). Violento, brutal, sem civilidade.
inclamĭto,-as,-are,-aui,-atum. (in-clamo). Gritar insistentemente, exclamar.
inclamo,-as,-are,-aui,-atum. (in-clamo). Gritar para, chamar em voz alta, invocar. Exclamar contra, repreender severamente, interpelar.
inclaresco,-is,-ĕre,-clarŭi. (in-clarus). Tornar-se célebre, distinguir-se.
inclemens, inclementis. (in-clemens). Impiedoso, cruel, inclemente.
inclementĭa,-ae, (f.). (in-clemens). Severidade, rigor, dureza, inclemência.
inclementis, ver **inclemens**.
inclinabĭlis, inclinabĭle. (in-clino). Inclinável, que se pode inclinar, que se pode fazer pender.
inclinatĭo, inclinationis, (f.). (in-clino). Inclinação, inflexão, propensão. Tendência. Mudança dos acontecimentos.

inclino,-as,-are,-aui,-atum. (in-clino). Inclinar, flexionar, pender, dobrar. Desviar, mudar. Diminuir, baixar. Conjugar, declinar.
inclĭt- ver também **inclut-**, ou **inclyt-**.
includo,-is,-ĕre,-clusi,-clusum. (in-claudo). Encerrar, fechar em. Incluir, incrustar, cercar, rodear. Interceptar, embargar, fazer parar, tapar.
inclusĭo, inclusionis, (f.). (in-claudo). Prisão, encerramento, inclusão.
inclutus,-a,-um. Célebre, ilustre, ínclito.
incoactus,-a,-um. (in-cogo). Não obrigado, voluntário.
incoctus,-a,-um. (in-coquo). Cru, não cozido.
incogitabĭlis, incogitabĭle. (in-cogo). Inconcebível, incrível. Irrefletido, imprudente.
incogĭto,-as,-are. (in-cogo). Meditar algo.
incognĭtus,-a,-um. (in-nosco). Desconhecido, incógnito. Desaparecido, não reconhecido. Não examinado, desprezado.
incŏho,-as,-are,-aui,-atum, também **inchŏo.** Começar, empreender, erigir.
incŏla,-ae (m.). (in-colo). Morador, habitante, domiciliado em. Compatriota. Afluente.
incŏlo,-as,-are,-colŭi. (in-colo). Morar, habitar, residir.
incolŭmis, incolŭme. Intacto, incólume, íntegro, inteiro. São e salvo, ileso.
incolumĭtas, incolumitatis, (f.). (incolŭmis). Incolumidade, segurança, conservação, salvação, integridade.
incolumitatis, ver **incolumĭtas.**
incomitatus,-a,-um. (in-comes). Sem comitiva, não acompanhado.
incomitĭo,-as,-are. (in-comitĭum). Injuriar, insultar publicamente.
incommendatus,-a,-um. (in-commendo). Não recomendado, exposto a. Não respeitado, ultrajado.
incommŏde. (in-commŏdus). Inconvenientemente, desagradavelmente, fora de propósito, além das medidas.
incommodĭtas, incommoditatis, (f.). (incommŏdus). Incomodidade, inconveniência, prejuízo, dano, injustiça.
incommoditatis, ver **incommodĭtas**
incommŏdo,-as,-are. (in-commŏdus). Ser inconveniente, incomodar, importunar.

incommŏdum,-i, (n.). (in-commŏdus). Mau estado. Inconveniente, desvantagem, prejuízo. Doença, achaque. Desastre, desgraça, infelicidade.
incommŏdus,-a,-um. (in-commŏdus). Em mau estado. Contrário, desvantajoso, desfavorável, infeliz. Importuno, inconveniente.
incomparabĭlis, incomparabĭle. (in-compar). Incomparável, sem par, sem igual.
incompertus,-a,-um. (in-comparĭo). Não esclarecido, obscuro, desconhecido.
incomposĭtus,-a,-um. (in-compono). Desordenado, em desordem. Sem arte, sem ritmo, em desarmonia.
incomprehensibĭlis, incomprehensibĭle (in-comprehendo). Que não se pode apanhar, apreender, que escapa. Incompreensível, inconcebível.
incompte. (in-como). Grosseiramente, sem arte, desalinhado.
incomptus,-a,-um. (in-como). Despenteado. Grosseiro, tosco, desalinhado.
incomutabĭlis, incommutabĭle. (in-commuto). Imutável.
inconcessus,-a,-um. (in-concedo). Não permitido, proibido.
inconcilĭo,-as,-are,-aui,-atum. (in-concilĭo). Criar embaraços. Enganar, lograr, conseguir com astúcia.
inconcinnĭtas, inconcinitatis, (f.). (in-concinnus). Assimetria, desproporção, desarranjo. Desafino
inconcinnitatis, ver **inconcinnĭtas.**
inconcinnus,-a,-um. (in-concinnus). Deselegante, desleixado, sem graça. Desafinado.
inconcussus,-a,-um. (in-concutĭo). Firme, inabalável, imbatível.
incondĭtus,-a-um. (in-condo). Confuso, desordenado. Não sepultado. Grosseiro, mal cadenciado.
incongrŭens, incongruentis. (in-congrŭo). Incongruente, inconveniente.
inconsequentĭa,-ae, (f.). (in-consĕquor). Falta de sequência, de ligação, de encadeamento.
inconsiderantĭa,-ae, (f.). (in-considĕro). Inadvertência, falta de atenção, de reflexão.
inconsideratus,-a,-um. (in-considĕro). Inconsiderado, que não refletiu, inadvertido.

inconsolabĭlis, inconsolabĭle. (in-consolor). Incurável, irreparável, inconsolável.

inconstans, inconstantis. (in-consto). Inconstante, mutável, instável, inconsequente.

inconstanter. (in-consto). Inconsequentemente, levianamente, de modo inconstante.

inconstantĭa,-ae, (f.). (in-consto). Inconstância, fragilidade, variabilidade. Inconsequência.

inconstantis, ver **inconstans.**

inconsultus,-a,-um. (in-consŭlo). Irrefletido, imprudente. Não consultado, não pensado.

incontaminatus,-a,-um. (in-contamĭno). Puro, não manchado, sem contaminação.

incontentus,-a,-um. (in-continĕo). Que não está estendido, frouxo.

incontĭnens, incontinentis. (in-continĕo). Que não segura, não contém. Incontinente, sem temperança. voluptuoso.

incontinenter. (in-continĕo). Sem moderação, em excesso. Incontinentemente.

incontinentĭa,-ae, (f.). (in-continĕo). Incontinência. Incapacidade de conter os impulsos, desregramento.

inconuenĭens, inonuenientis. (in-conuenĭo). Discordante. Dissemelhante, diferente, inconveniente.

incŏquo,-is,-ĕre,-coxi,-coctum. (in-coquo). Cozinhar em, ferver, cozer. Mergulhar em, tingir.

incorporalis, incorporale. (in-corpus). Incorpóreo, imaterial, incorporal.

incorrectus,-a,-um. (in-corrĭgo). Não corrigido, incorreto.

incorruptus,-a,-um. (in-corrumpo). Puro, inalterado, incorrupto, não corrompido. Intacto, incorruptível. Imperecível.

increbresco,-is,-ĕre,-crebrŭi, ou **increbesco, -crebŭi. (in-cresco).** Aumentar, crescer. Desenvolver-se, tomar vulto, espalhar-se.

incredibĭlis, incredibĭle. (in-credo). Incrível, inacreditável. Inconcebível, estranho.

incredibilĭter. (in-credo). Espantosamente, incrivelmente, assombrosamente.

incredŭlus,-a,-um. (in-credo). Incrédulo. Incrível.

incrementum,-i, (n.). (in-cresco). Crescimento, desenvolvimento, aumento. O que serve para aumentar.

increpĭto,-as,-are,-aui,-atum. (in-crepo). Elevar a voz contra, gritar. Repreender, censurar. Exortar, encorajar.

increpo,-as,-are,-aui/-crepŭi,-atum/-crepĭtum. (in-crepo). Elevar a voz contra, censurar aos gritos. Soar alto, estalar, gemer. Bater, retumbar.

incresco,-is,-ĕre,-creui. (in-cresco). Crescer em, desenvolver-se. Aumentar.

incruentatus,-a,-um. (in-cruor). Que não está ensanguentado.

incruentus,-a,-um. (in-cruor). Não ensanguentado, incruento. Que não derramou sangue, não ferido.

incrusto,-as,-are,-aui,-atum. (in-crusta). Incrustar, cobrir, revestir. Sujar, manchar.

incubĭto,-as,-are. (in-cubo). Estar escondido (na cama), estar coberto, deitar-se.

incŭbo,-as,-are,-cubŭi/-aui,- cubĭtum /-atum. (in-cubo). Estar deitado em ou sobre. Estar chocando. Residir, habitar.

incudis, ver **incus.**

inculco,-as,-are,-aui,-atum. (in-calco). Amontoar com o pé, amontoar, calcar. Gravar, fazer entrar na mente, inculcar.

inculpatus,-a,-um. (in-culpa). Irrepreensível, sem motivo de recriminação. Sem culpa.

incultus,-a,-um. (in-colo). Não cultivado. Não cuidado, abandonado. Sem educação, inculto, bárbaro, grosseiro, selvagem.

incumbo,-is,-ĕre,-cubŭi,-cubĭtum. (in--cumbo). Deitar-se em ou sobre, descansar sobre, pousar em. Lançar-se sobre, cair, abater, perseguir. Entregar-se a, incumbir-se de.

incunabŭla,-orum. (in-cunae). Berço. Origem, lugar de nascimento.

incuratus,-a,-um. (in-cura). Não tratado, não cuidado.

incurĭa,-ae, (f.). (in-cura). Falta de cuidado, negligência, indiferença, incúria.

incuriosus,-a,-um. (in-cura). Pouco cuidado, negligente, indiferente. Desleixado.

incurro,-is,-ĕre,-curri/-cucurri,-cursum. (in-curro). Correr contra, lançar-se sobre, fazer uma incursão. Estender-se até, chegar a, incorrer. Sobrevir, acontecer, coincidir.

incursĭo, incursionis, (f.). (in-curro). Choque, embate, encontro. Incursão, invasão, irrupção.

incursĭto,-as,-are,-aui,-atum. (in-curro). Atirar-se contra, fazer incursões. Atacar.
incurso,-as,-are,-aui,-atum. (in-curro). Correr contra, lançar-se sobre. Ir contra, chocar-se com, ferir, embater. Atacar, fazer incursões, invadir.
incursus,-us, (m.). (in-curro). Choque, embate, ataque, encontro.
incuruesco,-is,-ĕre. (in-curuo). Encurvar--se, dobrar-se.
incuruo,-as,-are,-aui,-atum. (in-curuo). Encurvar, dobrar, vergar. Abater-se, abaixar.
incuruus,-a,-um. (in-curuo). Curvado, arredondado, curvo. Abaulado.
incus, incudis, (f.). (in-cudo). Bigorna.
incusatĭo, incusationis, (f.). (in-causa). Censura, repreensão.
incuso,-as,-are,-aui,-atum. (in-causa). Incriminar, inculpar. Censurar, repreender, lançar no rosto.
incussus,-us, (m.). (in-quatĭo). Choque, embate.
incustoditus,-a,-um. (in-custos). Não guardado, desprotegido. Não acatado, não respeitado. Imprudente.
incutĭo,-is,-ĕre,-cussi,-cussum. (in-quatĭo). Enterrar, espetar sacudindo, brandir contra, arremessar contra, ferir. Incutir, causar, inspirar, suscitar.
indagatĭo, indagationis, (f.). (in-d-ago). Investigação cuidadosa, indagação.
indagatricis, ver **indagatrix.**
indagatrix, indagatricis, (f.). (in-d-ago). A que indaga, investiga. Inquisidora, pesquisadora.
indagĭnis, ver **indago.**
indago, indagĭnis, (f.). (in-d-ago). O que serve para cercar: rede de pesca ou de captura de animais, laços, armadilhas. Pesquisa, investigação.
indago,-as,-are,-aui,-atum. (in-d-ago). Seguir uma pista, seguir o rastro. Procurar, indagar, investigar, descobrir.
inde. (is). De lá, daí, desse lugar, donde. Desde então, desde esse momento. Por isso, por essa razão.
indebĭtus,-a,-um. (in-debĕo). Indébito, indevido.
indecens, indecentis. (in-decet). Inconveniente, indecente.
indecenter. (in-decet). De modo inconveniente. Indecentemente.
indecet,-ere – unipessoal. Ser inconveniente.
indeclinabĭlis, indeclinabĭle. (in-declino). Que não desvia. Indeclinável.
indeclinatus,-a,-um. (in-declino). Firme, inabalável, constante.
indĕcor, indecŏris, indecŏre. (in-decus). Sem glória, indigno.
indecorus,-a,-um. (in-decus). Inconveniente, indecoroso, que fica mal. Feio, desagradável.
indefensus,-a,-um. (in-defendo). Indefeso, não protegido.
indefessus,-a,-um. (in-defatigo). Não fatigado, infatigável.
indefletus,-a,-um. (in-deflĕo). Não chorado.
indeflexus,-a,-um. (in-deflecto). Não desviado. Não curvado.
indeiectus,-a,-um. (in-de-iacĭo). Não derrubado, de pé.
indelebĭlis, indelebĭle. (in-delĕo). Que não pode ser apagado, destruído, indelével.
indelectatus,-a,-um. (in-delecto). Contrariado, não deleitado.
indelibatus,-a,-um. (in-delibo). Intacto, inteiro. Casto.
indemnatus,-a,-um. (in-damnum). Que não foi condenado, que não foi julgado. Não danificado.
indemnis, indemne. (in-damnum). Que não sofreu danos, que não teve prejuízo, indene.
indenuntiatus,-a,-um. (in-denuntĭo). Não declarado, não anunciado, não denunciado.
indeploratus,-a,-um. (in-deploro). Não chorado.
indeprauatus,-a,-um. (in-deprauo). Não alterado, não estragado, não depravado.
indeprensus,-a,-um. (in-deprehendo). Que não se pode apreender, descobrir. Imperceptível.
indesertus,-a,-um. (in-desĕro). Não abandonado, não deixado, não perdido.
indestrictus,-a,-um. (in-destringo). Sem ser ferido. Não ferido.
indetonsus,-a,-um. (in-de-tondĕo). De cabelos compridos, não cortados.
indeuitatus,-a,-um. (in-deuito). Não evitado.
index, indĭcis, (m. e f.). (in-dico). Que indica, que anuncia, sinal, indicador, indício.

Delator, denunciador. Catálogo, tabela, registro, lista, índice. Título de livro. Inscrição. Indez.
indicatĭo, indicationis, (f.). (in-dico). Indicação de preço, taxa.
indicens, indicentis. (in-dico). Que não fala.
indicina,-ae, (f.). (in-dico). Denúncia, delação, informação. Preço da denúncia.
indĭcis, ver **index.**
indicĭum,-i, (n.): (in-dico). Indicação, sinal, informação, revelação, denúncia. Indício, sinal, marca, prova. Preço pago por uma denúncia.
indĭco,-as,-are,-aui,-atum. (in-dico). Revelar, desvendar, denunciar, indicar. Mostrar, testemunhar. Estabelecer preço, avaliar.
indico,-is,-ĕre,-dixi,-dictum. (in-dico). Proclamar, declarar, anunciar, publicar. Impor, mandar, notificar, ordenar, prescrever.
indictĭo, indictionis, (f.). (in-dico). Declaração, notificação. Imposto, taxa.
indĭdem. (inde-idem). Do mesmo lugar, daí mesmo. Da mesma coisa, da mesma origem.
indiffĕrens, indiferentis. (in-dis-fero). Indiferente.
indifferenter. (in-dis-fero). Indiferentemente, indistintamente.
indifferentĭa,-ae, (f.). (in-dis-fero). Sinonímia, não diferença.
indigĕna,-ae. (indu-geno). Do país, nascido na região.
indigentĭa,-ae, (f.). (indu-egĕo). Carência, necessidade, falta. Exigência, precisão.
indigĕo,-es,-ere,-digŭi, (indu-egĕo). Ter falta, necessidade de. Desejar, sentir falta.
indigestus,-a,-um. (in-digĕro). Sem ordem, confuso. Não digerido.
indigĕtes, indigĕtum. (m.). Os deuses nacionais, primitivos dos romanos.
indignabundus,-a,-um. (in-dignus). Cheio de indignação.
indignatĭo, indignationis. (in-dignus). Indignação. Manifestações de indignação, motivos de indignação.
indigne. (in-dignus). Indignamente, com indignação.
indignĭtas, indignitatis, (f.). (in-dignus). Indignidade. Ação indigna, afronta, violência, ultraje. Ação revoltante.
indignitatis, ver **indignĭtas.**
indignor,-aris,-ari,-atus sum. (in-dignus). Indignar-se, revoltar-se, exasperar-se. Desdenhar, recusar como indigno.
indignus,-a,-um. (in-dignus). Que não convém. Que não merece. Indigno, injusto, vergonhoso, odioso, revoltante. Cruel, rigoroso.
indĭgus,-a,-um. (indu-egĕo). Que tem necessidade, que tem falta, carência de. Desejoso.
indilĭgens, indiligentis. (in-dilĭgo). Negligente, pouco atento, sem cuidado. Maltratado.
indiligenter. (in-dilĭgo). Sem cuidado, negligentemente.
indiligentĭa,-ae, (f.). (in-dilĭgo). Falta de cuidado, negligência.
indipiscor,-ĕris,-pisci,-deptus sum. (indu-apiscor). Apanhar, agarrar, atingir. Adquirir. Alcançar, conceber. Empreender.
indireptus,-a,-um. (in-diripĭo). Não roubado, não saqueado.
indiscretus,-a,-um. (in-discerno). Não separado, estreitamente unido, que não se distingue, indistinto. Semelhante, parecido, igual.
indiserte. (in-disertus). Sem talento, sem eloquência.
indisertus,-a,-um. (in-disertus). Pouco eloquente.
indisposĭtus,-a,-um. (in-dispono). Desorganizado, mal ordenado, confuso. Não preparado.
indissolubĭlis, indissolubĭle. (in-dissoluo). indissolúvel, indestrutível, imperecível.
indistinctus,-a,-um. (in-distinguo). Não separado, não distinto, confuso. Indistinto, pouco nítido, obscuro.
indiuidŭus,-a,-um. (in-diuĭdo). Indivisível, inseparável.
indiuisus,-a,-um. (in-diuĭdo). Não dividido, não repartido, indiviso. Integral.
indo,-is,-ĕre,-dĭdi,-dĭtum. (in-do). Pôr em ou sobre, introduzir, aplicar. Inspirar, incutir. Dar, atribuir, impor.
indocĭlis, indocĭle. (in-docĕo). Que não pode ser ensinado, incapaz de ser instruído. Rebelde, que não se adapta, não suporta. ignorante, rude, grosseiro. Não aprendido, não ensinado.

indocte. (in-docĕo). ignorantemente, sem conhecimento. Desastradamente, desajeitadamente.
indoctus,-a,-um. (in-docĕo). Que não aprendeu, que não sabe, ignorante, inepto. Grosseiro, sem arte.
indolentĭa,-ae, (f.). (in-dolĕo). insensibilidade, ausência de dor.
indŏles, indŏlis (f.). (indu-alo). Natureza íntima, qualidades, disposições naturais, tendência, propensão, caráter. Crescimento, aumento.
indolesco,-is,-ĕre,-dolŭi. (in-dolĕo). Sentir dor, sofrer, afligir-se. Compadecer-se.
indomabĭlis, indomabĭle. (in-domo). indomável.
indomĭtus,-a,-um. (in-domo). Indômito, não domado, não submisso. Invencível, desenfreado.
indormĭo,-is,-ire,-iui,-itum. (in-dormĭo). Dormir em ou sobre, adormecer. Ser indiferente a.
indotatus,-a,-um. (in-dos). Não dotado, que não tem dote. Sem ornamentos. Que não recebeu as últimas honras.
indu-. Forma arcaica de **in-**.
indubitatus,-a,-um. (in-dubĭus). Certo, incontestável.
indubĭto,-as,-are,-aui,-atum. (in-dubĭus). Duvidar de, pôr em dúvida.
indubĭus,-a,-um. (in-dubĭus). indubitável.
induco,-is,-ĕre,-duxi,-ductum. (in-dux). Levar, conduzir para ou contra, introduzir. Revestir, cobrir, aplicar. Riscar, apagar, suprimir, cancelar, abrogar. Induzir, levar a, seduzir. Representar, pôr em cena. Pôr em mente.
inductĭo, inductionis, (f.). (in-dux). Ação de introduzir em, de conduzir. Ação de aplicar sobre. Resolução, determinação. indução. Prosopopeia.
inductor, inductoris, (m.). (in-dux). O que induz, introduz. O que castiga.
inductus,-us, (m.). (in-dux). Conselho, instigação.
indulco,-as,-are,-aui,-atum. (in-dulcis). Adoçar, tornar afável. Falar docemente.
indulgenter. (indulgĕo). Bondosamente, indulgentemente. Com brandura, com benevolência.
indulgentĭa,-ae, (f.). Brandura, indulgência, ternura, condescendência. Suavidade, meiguice. Favor, benefício, mercê. Remissão de uma falta, perdão, isenção de um imposto.
indulgĕo,-es,-ere, dulsi, -dultum. Ser indulgente, ser favorável. Aplicar-se a, ocupar-se de, ceder. Permitir, conceder, acordar. Perdoar.
indultus,-us, (m.). (indulgĕo). Concessão, permissão. Perdão.
indŭo,-is,-ĕre, indŭi,-dutum. Pôr sobre si, vestir, revestir. Tomar, assumir, adotar, conceber. Inspirar, inculcar. Envolver-se.
induresco,-is,-ĕre,-durŭi. (in-durus). Tornar-se duro, endurecer.
induro,-as,-are,-aui,-atum. (in-durus). Tornar duro, endurecer. Petrificar, congelar.
indusiarĭus,-a,-um. (indŭo). Camiseiro, fabricante de camisas.
industrĭa,-ae, (f.). Aplicação, zelo. Atividade, trabalho, esforço, assiduidade.
industrĭe. (industrĭa). Com zelo, ativamente.
industriosus,-a,-um. (industrĭa). Ativo, trabalhador, zeloso.
industrĭus,-a,-um. (industrĭa). Ativo, zeloso, laborioso.
indutĭae,-arum, (f.). Armistício, tréguas. Descanso, repouso, tranquilidade.
indutus,-us, (m.). (indŭo). Ação de vestir. Vestimenta.
inebrĭo,-as,-are,-aui,-atum. (in-ebrĭus). Embriagar, embebedar. Saturar, encher, atordoar. Inebriar.
inedĭa,-ae. (f.). (in-edo). Privação, abstinência de alimento. Fome.
inedĭtus,-a,-um. (in-edo). Não publicado, não editado, inédito.
ineffabĭlis, ineffabĭle. (in-ec-for). Inefável, que não se pode exprimir, inenarrável. Sem palavras.
inefficacis, ver **inefficax**.
inefficax, inefficacis. (in-efficĭo). Inútil, ineficaz.
inelĕgans, inelegantis. (in-e-lego). Deselegante, grosseiro. Desagradável.
ineleganter. (in-e-lego). Sem gosto, sem refinamento. Deselegantemente, rudemente, desagradavelmente.
inelegantis, ver **inelĕgans**.
ineluctabĭlis, ineluctabĭle. (in-e-luctor). Invencível, inelutável, inevitável.
inemendabĭlis, inemendabĭle. (in-emendo). Incorrigível.

inemorĭor,-ĕris,-mŏri,-mortŭus sum. (in-emorĭor). Morrer em.

inemptus,-a,-um. (in-emo). Não comprado, não resgatado.

inenarrabĭlis, inenarrabĭle. (in-enarro). Indizível, inenarrável, inefável.

inenodabĭlis, inenodabĭle. (in-nodus). Que não pode ser desatado. Inexplicável, insolúvel, inextrincável.

inĕo,-is,-ire,-iui,-itum. (in-eo). Ir para, entrar em. Começar, empreender, executar, assumir. Tomar, formar, adotar, desempenhar. Concluir. Lançar-se contra, atacar.

inepte. (in-aptus). Desastradamente, grosseiramente, estupidamente, ineptamente.

ineptĭae,-arum, (f.). (in-aptus). Tolices, impertinências, loucuras, frivolidades. Estupidez.

ineptĭo,-is,-ire. (in-aptus). Delirar, dizer tolices, perder a cabeça, ensandecer.

ineptus,-a,-um. (in-aptus). Inábil, inepto, desajeitado, desastrado, inapto. Tolo, imbecil. Importuno, molesto, enjoativo.

inequitabĭlis, inequitabĭle. (in-equus). Em que não se pode ir a cavalo. Impróprio para manobrar a cavalaria.

inermis, inerme, também inermus,-a,-um. (in-arma). Inerme, sem armas, desarmado. Sem exército, sem defesa, fraco. Inofensivo.

inerro,-as,-are,-aui,-atum. (in-erro). Errar em, andar errante por.

iners, inertis. (in-ars). Sem arte, sem gosto. Sem capacidade, sem talento, inábil. Sem atividade, sem energia, preguiçoso, inativo, estéril, inerte. Tímido, fraco, sem coragem. Insípido. Que entorpece.

inertĭa,-ae, (f.). (in-ars). Incapacidade, ignorância. Inação, inércia, indolência, preguiça, apatia, aversão. Negligência, descuido. Covardia. Torpor.

ineruditus,-a,-um. (in-erudĭo). Ignorante, pouco esclarecido. Impolido, grosseiro.

inesco,-as,-are,-aui,-atum. (in-esca). Atrair, iludir, trapacear. Lançar uma isca.

ineuectus,-a,-um. (in-eueho). Que se eleva, elevado.

ineuitabĭlis, ineuitabile. (in-euito). Inevitável.

ineuolutus,-a,-um. (in-euoluo). Não desenrolado.

inexaustus,-a,-um. (in-exaurĭo). Não esgotado. Inesgotável, insaciável.

inexcitus,-a,-um. (in-excito). Não agitado, calmo.

inexcusabĭlis, inexcusabĭle. (in-excuso). Indesculpável, inescusável.

inexcussus,-a,-um. (in-excutĭo). Não abalado, não abatido.

inexercitatus,-a,-um. (in-exercito). Não exercitado, sem exercício, sem prática, inexperiente.

inexorabĭlis, inexorabĭle. (in-exoro). Inexorável, inflexível. Sem piedade, sem compaixão. Que não se pode obter por rogos.

inexperrectus,-a,-um. (in-expergo). Adormecido, não despertado.

inexpertus,-a,-um. (in-experĭor). Inexperiente, novato, novo, desusado. Não acostumado. Não experimentado.

inexpiabĭlis, inexpiabĭle. (in-expĭo). Inexpiável. Terrível, implacável.

inexplebĭlis, inexplebĭle. (in-explĕo). Insaciável, infatigável. Sempre vazio.

inexpletus,-a,-um. (in-explĕo). Não saciado. Insaciável.

inexplicabĭlis, inexplicabĭle. (in-explico). Que não se pode desatar, desdobrar. De que não se pode sair. Inexplicável. Ininterrupto, sem fim. Impossível, intransitável.

inexplicĭtus,-a,-um. (in-explico). Não explícito, embaraçado, obscuro, enigmático.

inexploratus,-a,-um. (in-exploro). Inexplorado, desconhecido, não observado.

inexpugnabĭlis, inexpugnabĭle. (in-expugno). Inexpugnável. Invencível, inacessível. Que não se pode arrancar.

inexstinctus,-a,-um. (in-extinguo). Não extinto, imortal. Insaciável.

inexsuperabĭlis, inexsuperabĭle. (in-ex-supero). Intransitável, inacessível. Invencível, não ultrapassável.

inextricabĭlis, inextricabĭle. (in-extrico). Donde não se pode sair. Que não se pode arrancar. Incurável. Indescritível.

infăbre. (in-faber). Grosseiramente, sem arte, não trabalhado.

infabricatus,-a,-um. (in-faber). Não fabricado. Não trabalhado, grosseiro, tosco.

infac- ver também **infic-**.

infacetĭae,-arum, (f.). (in-facetus). Grosserias, rusticidade, falta de elegância.

infacetus,-a,-um. (in-facetus). Sem graça, grosseiro, mal educado.
infacundus,-a,-um. (in-for). Sem eloquência, pouco eloquente, que tem dificuldade de expressão.
infamĭa,-ae, (f.). (in-fama). Má reputação, má fama, descrédito. Desonra, infâmia, vergonha.
infamis, infame. (in-fama). De má reputação, desacreditado, desonrado, infame. Funesto, perigoso.
infamo,-as,-are,-aui,-atum. (in-fama). Infamar, desacreditar. Acusar, censurar.
infandus,-a,-um. (in-for). De que não se deve falar, indescritível, horrível, medonho, cruel, abominável, monstruoso, infando.
infans, infantis. (in-for). Que não fala, incapaz de falar. Que não tem o dom da palavra. De pouca idade, infantil. Criança.
infantarĭus,-a,-um. (in-for). Que gosta de criança.
infantĭa,-ae, (f.). (in-for). Incapacidade de falar, mudez. Infância, meninice, primeira idade.
infatigabĭlis, infatigabĭle. (in-fatigo). Infatigável, incansável.
infatŭo,-as,-are,-aui,-atum. (in-fatus). Tornar insensato, estúpido.
infaustus,-a,-um. (in-faustus). Funesto, infeliz, sinistro, infausto. Desventurado, perseguido pelas desgraças.
infector, infectoris, (m.). (in-ficĭo). Tintureiro. O que serve para tingir.
infectus,-a,-um. (in-facĭo). Não feito, não realizado. Incompleto, imperfeito, não concluído. Não trabalhado, brutal. Impossível. A ser feito.
infecundĭtas, infecunditatis, (f.). (in-fecundus). Infecundidade.
infecunditatis, ver **infecundĭtas.**
infelicĭtas, infelicitatis, (f.). (in-felix). Infelicidade, desgraça, calamidade. Esterilidade.
infelicitatis, ver **infelicĭtas.**
infelicĭter. (in-felix). Infelizmente.
infelix, infelicis. (in-felix). Estéril, improdutivo. Infeliz, desventurado, desgraçado. Sinistro, deplorável, funesto.
infenso,-as,-are. (in-fendo). Hostilizar, encarniçar-se contra. Destruir.
infensus,-a,-um. (in-fendo). Hostil, irritado contra, infenso. Cruel, inimigo, funesto.

infercĭo,-is,-ire,-fersi,-sum/-tum. (in-farcĭo). Encher, ajuntar, acumular. Enfartar.
infĕri,-orum. (m.). (infĕrus). Os mortos, os habitantes das regiões infernais, os infernos.
inferĭae,-arum, (f.). (infĕrus). Sacrifícios aos mortos, vítimas oferecidas aos Manes.
inferna,-orum, (n.). (infĕrus). As regiões infernais, a morada dos deuses infernais.
inferne. (infĕrus). Em baixo, inferiormente.
infernus,-a,-um. (infĕrus). Que está em baixo, de região inferior. Infernal, das regiões infernais.
infĕro,-fers,-ferre,-tŭli, illatum. (in-fero). Levar a ou contra, lançar em, atacar. Trazer, servir a mesa. Dar, oferecer, apresentar, prestar. Causar, produzir, inspirar, suscitar, incutir. Dirigir-se, caminhar, andar.
inferuesco,-is,-ĕre,-ferbŭi. (in-ferŭeo). Aquecer, ferver, borbulhar.
infĕrus,-a,-um. Inferior, que está abaixo.
infeste. (infestus). Hostilmente, como inimigo.
infesto,-as,-are,-aui,-atum. (infestus). Atacar, devastar, assolar, infestar. Fazer sofrer, atormentar. Alterar, estragar, corromper.
infestus,-a,-um. Hostil, inimigo, dirigido contra. Exposto a ataques, ameaçado, perigoso.
infic- ver também **infac-**.
inficĭo,-is,-ĕre,-feci,-fectum. Mergulhar em, tingir, revestir, impregnar. Envenenar, infectar, estragar, corromper.
infidelis, infidele. (in-fides). Infiel, inconstante, indiscreto, não confiável.
infidelĭtas, infidelitatis, (f.). (in-fides). Infidelidade.
infidelitatis, ver **infidelĭtas.**
infidelĭter. (in-fides). Infielmente, de modo pouco seguro, não confiável.
infidus,-a,-um. (in-fides). Não confiável, infiel, inseguro, inconstante, perigoso.
infigo,-is,-ĕre,-fixi,-fixum. (in-figo). Fixar em, prender em, enfiar.
infimatis, infimate ou infĭmas, infimatis. (infĭmus). De baixa condição.
infĭmus,-a,-um. (infra). O que está em baixo de tudo, o mais baixo, a parte inferior. Ínfimo, o mais humilde.

infindo,-is,-ĕre,-fidi,-fissum. (in-findo). Fender, escavar em, provocar fissuras.

infinĭtas, infinitatis, (f.). (in-finis). Imensidão, infinidade, extensão infinita.

infinitatis, ver **infinĭtas.**

infinite. (in-finis). Sem fim, sem limite, infinitamente. Indefinidamente, incessantemente.

infinito. (in-finis). Infinitamente, imensamente, sem limite.

infinitus,-a,-um. (in-finis). Infinito, ilimitado, imenso. Geral, indeterminado. Infinitivo(forma verbal).

infirmatĭo, infirmationis, (f.). (in-firmus). Enfraquecimento, ação de enfraquecer. Refutação.

infirmĭtas, infirmitatis, (f.). (in-firmus). Fraqueza, debilidade, doença enfermidade. Leviandade, inconstância.

infirmitatis, ver **infirmĭtas.**

infirmo,-as,-are,-aui,-atum. (in-firmus). Enfraquecer, debilitar. Destruir, derrubar. Anular, refutar.

infirmus,-a,-um. (in-firmus). Fraco, débil, doente. Covarde, frívolo, sem autoridade.

infit. (in-fio). Começa a. Começa a falar.

infitialis, infitiale. (infit). Negativo.

infitĭas ire. Negar.

infitiator, infitiatoris, (m.). (infit). O que nega uma dívida, o que se recusa a repor um depósito.

infitĭor,-aris,-ari,-atus sum. Negar (um depósito, uma dívida). Contestar, recusar.

inflammatĭo, inflammationis, (f.). (in-flamma). Ação de incendiar, incêndio. Inflamação. Ardor, excitação, entusiasmo.

inflammo,-as,-are,-aui,-atum. (in-flamma). Atear fogo, incendiar, acender. Inflamar, irritar. Incitar, animar, entusiasmar.

inflatĭo, inflationis, (f.). (in-flo). Inchaço, inchação, tumefação. Flatulência. Aumento, expansão, dilatação.

inflatus,-a,-um. (in-flo). Orgulhoso, vaidoso. Inchado. Empolado, enfático.

inflatus,-us, (m.). (in-flo). Ação de soprar, insuflação, sopro. Inspiração.

inflecto,-is,-ĕre,-flexi,-flexum. (in-flecto). Curvar, dobrar, torcer, vergar. Desviar, fazer desviar, dirigir para, volver. Abrandar, comover, enternecer.

infletus,-a,-um. (in-fleo). Não chorado.

inflexibĭlis, inflexibĭle. (in-flecto). Inflexível, que não se pode dobrar.

inflexus,-us, (m.). (in-flecto). Sinuosidade, volta. Inflexão.

infligo,-is,-ĕre,-flixi,-flictum. (in-fligo). Bater, lançar, chocar contra, ferir com. Infligir.

inflo,-as,-are,-aui,-atum. (in-flo). Soprar em, sobre ou dentro, inflar. Inchar, encher de orgulho, animar, encorajar. Levantar, elevar (o preço).

influo,-is,-ĕre,-fluxi,-fluxum. (in-fluo). Correr para dentro, lançar-se, precipitar-se, invadir, desaguar. Entrar, insinuar-se. Influir.

infodĭo,-is,-ĕre,-fodi,-fossum (in-fodĭo). Cavar, enterrar, sepultar, plantar. Inserir em, espetar, enxertar.

informatĭo, informationis, (f.). (in-forma). Ação de formar, representação, esboço, ideia. Explicação, informação.

informis, informe. (in-forma). Sem forma, bruto, informe. Mal formado, disforme, feio, horrível.

informo,-as,-are,-aui,-atum. (in-forma). Dar forma a, modelar, formar. Representar, esboçar, delinear. Dispor, organizar, instruir, educar.

infortunatus,-a,-um. (in-fors). Infeliz, desgraçado.

infortunĭum,-i, (n.). (in-fors). Desventura, castigo, desgraça, infortúnio.

infra. I – prep./acus.: abaixo, a seguir, posterior a. II – adv.: Abaixo, em baixo, na parte de baixo.

infractĭo, infractionis, (f.). (in-frango). Ação de quebrar, infração. Abatimento, enfraquecimento.

infragĭlis, infragĭle. (in-frango). Que não pode ser quebrado, inquebrável. Firme, inabalável, sólido.

infrĕmo,-is,-ĕre,-fremŭi. (in-fremo). Bramir, fazer ruído. Rugir, estrondear, enfurecer-se.

infrendĕo,-es,-ere. (in-frendo). Ranger os dentes, estar furioso.

infrenis, infrene. (in-frenum). Sem freio. Que não se pode conter, desenfreado, infrene.

infreno,-as,-are,-aui,-atum. (in-frenum). Pôr freio em, enfrear, atrelar. Conter, dirigir, governar.

infrequens, infrequentis. (in-frequens). Pouco numeroso, mal provido de, raro, infrequente. Pouco frequentado, deserto, solitário. Pouco familiar.

infrequentĭa,-ae, (f.). (in-frequens). Falta de frequência, número pequeno, infrequência. Solidão, deserto.

infringo,-is,-ĕre, fregi,-factum. (in-frango). Quebrar contra, quebrar, infringir. Abater, enfraquecer, arruinar, anular. Desanimar, desencorajar.

infrondis, ver **infrons.**

infrons, infrondis. (in-frons). Sem folhagem, sem árvore.

infructuosus,-a,-um. (in-fruor). Infrutífero, estéril, que não produz.

infrunitus,-a,-um. (in-fruor). Insípido.

infucatus,-a,-um. (in-fucus). Não pintado.

infŭla,-ae, (f.). Faixa sagrada, banda, ínfula (colar ou diadema utilizado em rituais por sacerdotes, vítimas ou suplicantes). Enfeite, decoração, ornato.

infulatus,-a,-um (infŭla). Que traz uma ínfula.

infulcĭo,-is,-ĕre,-fulsi,-fultum. (in-fulcĭo). Espetar, pôr à força. Inserir, introduzir.

infundo,-is,-ĕre,-fudi,-fusum. (in-fundo). Derramar, verter, espalhar, derreter, infundir. Introduzir. Banhar, molhar.

infusco,-as,-are,-aui,-atum. (in-fusco). Enegrecer, escurecer. Manchar. Obscurecer, velar, alterar.

infusĭo, infusionis, (f.). (in-fundo). Ação de derramar em. Injeção, infusão.

ingemĭno,-as,-are,-aui,-atum. (in-gemĭnus). Redobrar, repetir, reiterar. Aumentar.

ingemisco,-is,-ĕre,-gemŭi. (in-gemo). Gemer, lamentar, chorar. Deplorar com gemidos.

ingemo,-is,-ĕre,-gemŭi. (in-gemo). Gemer, lamentar, chorar, deplorar. Ranger os dentes.

ingenĕro,-as,-are,-aui,-atum. (in-genus). Engendrar, gerar, produzir, procriar. Inspirar, infundir.

ingeniatus,-a,-um. (in-genus). Disposto pela natureza.

ingeniosus,-a,-um. (in-genus). Apto para, próprio. Dotado de talento, hábil, engenhoso. Espirituoso, fino, refinado.

ingenĭum,-i, (n.). (in-genus). Qualidade, natureza. Disposições naturais ou intelectuais. Engenho, inteligência, talento. Imaginação, invenção, astúcia.

ingens, ingentis. Enorme, vasto, imenso, ingente. Grande, notável, distinto. Forte, poderoso.

ingenŭe. (in-genus). De homem livre, liberalmente. Francamente, sinceramente.

ingenuĭtas, ingenuitatis, (f.). (in-genus). Condição de homem livre. Modo próprio de homem livre, sentimentos nobres, lealdade, honradez, honestidade.

ingenŭus,-a,-um. (in-genus). Que tem origem em, nascido em, inato. Indígena. Nascido livre, de condição livre, bem nascido. Digno de homem livre, sincero, honrado. Fraco, delicado.

ingĕro,-is,-ĕre,-gessi,-gestum. (in-gero). Levar, trazer para dentro, introduzir, ingerir. Lançar contra, proferir. Impor, inculcar. Oferecer, dar, apresentar. Acumular, acrescentar, repetir.

ingigno,-is,-ĕre,-genŭi,-genĭtum. (in-genus). Inspirar, fazer nascer em, inculcar.

inglomĕro,-as,-are. (in-glomus). Aglomerar, acumular.

inglorĭus,-a,-um. (in-glorĭa). Inglório, obscuro, sem glória. Simples, sem ornato.

ingluuĭes, ingluuĭei, (f.). Garganta, goela, papo. Voracidade, avidez, glutonaria.

ingratĭa,-ae, (f.). (in-gratus). Ingratidão, descontentamento.

ingratus,-a,-um. (in-gratus). Desagradável, displicente. Ingrato, insociável. Que não merece gratidão. Insaciável.

ingrauesco,-is,-ĕre. (in-grauis). Tornar-se pesado, engravidar. Crescer, aumentar. Agravar-se, piorar, irritar-se.

ingrauo,-as,-are,-aui,-atum. (in-grauis). Carregar, sobrecarregar. Agravar, irritar, azedar. Endurecer.

ingredĭor,-ĕris,-gredi,-gressus sum. (in--gradus). Entrar, ir para dentro, ingressar. Caminhar para, dirigir-se a. Começar, abordar. Dedicar-se, aplicar-se, entregar-se a.

ingressus,-us, (m.). (in-gradus). Entrada, ingresso, acesso. Começo. O andar, o caminhar, marcha.

ingrŭo,-is,-ĕre,-grŭi. Lançar-se sobre, cair sobre, atacar.

inguĭna, inguĭnum, (n.). Órgãos genitais, virilha.
ingurgĭto,-as,-are,-aui,-atum. (in-gurges). Engolfar, mergulhar, afundar. Ingurgitar, engolir. Entregar-se ao prazer.
inhabĭlis, inhabĭle. (in-habĕo). Difícil de manejar, pesado, incômodo. Impróprio, incapaz de, inepto, inábil.
inhabĭto,-as,-are,-aui,-atum. (in-habĕo). Habitar em, residir, morar.
inhaerĕo,-es,-ere,-haesi,-haesum. (in-haerĕo). Estar fixado em, estar preso, seguro, ligado. Aderir, seguir de perto. Aplicar-se, dedicar-se a. Ser inseparável, inerente a, estar presente.
inhalo,-as,-are,-aui,-atum. (in-halo). Exalar. Soprar sobre.
inhibĕo,-es,-ere,-hibŭi,-hibĭtum. (in-habĕo). Fazer parar, reter, conter, ter à mão, reter, inibir, impedir. Aplicar, exercer, empregar. Remar para trás, fazer recuar.
inhibitĭo, inhibitionis, (f.). (in-habĕo). Ação de remar em sentido contrário. Inibição.
inhĭo,-as,-are,-aui,-atum. (in-hio). Ter a boca ou a goela aberta, escancarada. Desejar, aspirar a, procurar alcançar. Olhar com admiração ou curiosidade.
inhonestus,-a,-um. (in-honor). Sem honra, sem consideração, desprezível, desonrado. Desonesto, vergonhoso, indecoroso. Feio, repugnante, hediondo.
inhonoratus,-a,-um. (in-honor). Desprezado, não honrado. Sem recompensa. Sem encargos, sem magistraturas.
inhonorifĭcus,-a,-um. (in-honor-facĭo). Desonroso, pouco honroso.
inhonorus,-a,-um. (in-honor). Sem honra, desrespeitado, sem crédito. Disforme, feio.
inhorresco,-is,-ĕre,-horrŭi. (in-horrĕo). Eriçar-se. Começar a tremer, tremer de medo. Agitar-se.
inhospitalis, inhospitale. (in-hospes). Inóspito, não hospitaleiro.
inhospĭtus,-a,-um. (in-hospes). Inóspito, não hospitaleiro.
inhumane. (in-homo). Duramente, desumanamente, cruelmente.
inhumanĭtas, inhumanitatis, (f.). (in--homo). Desumanidade, inumanidade, crueldade, selvageria. Grosseria, falta de civilidade. O viver desumanamente.
inhumanitatis, ver **inhumanĭtas.**
inhumanus,-a,-um. (in-homo). Desumano, cruel, bárbaro, inumano. Severo, grosseiro, impertinente, descortês.
inhumatus,-a,-um. (in-humus). Sem sepultura, não sepultado.
inhumo,-as,-are,-aui,-atum. (in-humus). Plantar, pôr na terra.
inĭbi (in-ibi). Lá, nesse lugar, nesse tempo, nesse momento.
iniectĭo, iniectionis, (f.). (in-iacĭo). Ação de lançar sobre ou para dentro. Injeção.
iniecto,-as,-are. (in-iacĭo). Lançar sobre ou dentro.
inĭgo,-is,-ĕre, inegi, inactum. (in-ago). Fazer ir para, conduzir, impelir. Excitar.
iniicĭo,-is,-ĕre,-ieci,-iectum. (in-iacĭo). Lançar em ou sobre, arremessar. Pôr, aplicar, agarrar. Incutir, inspirar, suscitar, insinuar. Causar, provocar, fazer nascer.
inimicitĭa,-ae, (f.). (in-amicus). Inimizade, ódio, aversão, rancor.
inimicus,-a,-um. (in-amicus). Inimigo, hostil. De inimigo. Contrário, funesto.
inintellĕgens, inintellegentis. (in-intellĕgo). Falto de inteligência, obtuso, rude.
inique. (in-aequus). Desigualmente, diferentemente, injustamente, iniquamente.
iniquĭtas, iniquitatis, (f.). (in-aequus). Desigualdade, excesso, demasia. Desvantagem. Injustiça, perversidade.
iniquitatis, ver **iniquĭtas.**
iniquus,-a,-um. (in-aequus). Desigual, acidentado, excessivo, difícil. Desfavorável, desvantajoso, infeliz. Inimigo, adverso, contrário. Injusto, iníquo.
initiamenta,-orum, (n.). (in-eo). Iniciação.
initiatĭo, initiationis, (f.). (in-eo). Iniciação (em ritos secretos). Participação.
initĭo,-as,-are,-aui,-atum. (in-eo). Iniciar, começar. Fazer uma iniciação. Instruir. Batizar.
initĭum,-i, (n.). (in-eo). Começo, início, princípio. Fundamentos, princípios de uma ciência. Auspícios, ritos, cerimônias secretas, mistérios.
inĭtus,-us, (m.). (in-eo). Chegada, começo. Cópula.
iniucundus,-a,-um. (in-iuuo). Desagradável. Duro, amargo.

iniungo,-is,-ĕre,-iunxi,-iunctum. (in-iungo). Ligar a, em ou sobre, juntar. Causar, impor, infligir.
iniuratus,-a,-um. (in-ius). Que não jurou.
iniurĭa,-ae, (f.). (in-ius). Ato contrário ao direito, injustiça. Injúria, ofensa, prejuízo, agravo. Severidade, rigor excessivo.
iniuriosus,-a,-um. (in-ius). Injusto, cheio de injustiça. Funesto, prejudicial.
iniussus,-a,-um. (in-iubĕo). Que não recebeu ordem. Espontâneo, que vem por si mesmo.
iniustitĭa,-ae, (f.). (in-ius). Injustiça. Severidade excessiva, rigor injusto.
iniustus,-a,-um. (in-ius). Contrário ao direito e à justiça, injusto. Excessivo, além das medidas. Cruel, severo, perigoso, insuportável.
iniusus,-us, (m.). (in-iubĕo). Sem ordem de, contra as ordens de.
inl-, ver também **ill-**.
inm-, ver também **imm-**.
innabĭlis, innabĭle. (in-no). Inavegável.
innascor,-ĕris,-nasci,-natus sum. (in-nascor). Nascer em ou sobre.
innato,-as,-are,-aui,-atum. (in-no). Nadar em ou sobre, flutuar, boiar, vogar sobre. Entrar nadando. Hesitar, vacilar.
innauigabĭlis, innauigabĭle. (in-nauis-ago). Inavegável, que não se pode navegar.
innecto,-is,-ĕre,-nexŭi,-nectum. (in-necto). Ligar em, amarrar, atar, entrelaçar. Unir, urdir.
innitor,-ĕris,-niti,-nixus/nisus sum. (in--nitor). Apoiar-se em, arrimar-se. Repousar em.
inno,-as,-are,-aui,-atum. (in-no). Nadar em, flutuar, navegar. Desaguar, desembocar. Atravessar a nado.
innocens, innocentis. (in-nocĕo). Incapaz de prejudicar, inofensivo. Honesto, irrepreensível, virtuoso. Sem culpa, inocente. Desinteressado.
innocenter. (in-nocĕo). Sem prejuízo, honestamente, irrepreensivelmente.
innocentĭa,-ae, (f.). (in-nocĕo). O que não prejudica, inocuidade. Honestidade, virtude, comportamento irrepreensível. Inocência. Desinteresse, integridade.
innocŭus,-a,-um. (in-nocĕo). Que não faz mal, inócuo, inofensivo. Inocente. Incólume, são e salvo, sem dano.

innotesco,-is,-ĕre,-notŭi. (in-nota). Tornar-se conhecido, notado, notável. Fazer conhecer.
innoxĭus,-a,-um. (in-nocĕo). Inofensivo, que não faz mal. Honesto, virtuoso, honrado. Inocente. Que não sofreu dano, são e salvo, ileso.
innŭba-ae, (f.). (in-nubes). Solteira, não casada. Virgem.
innubĭlus,-a,-um. (in-nubes). Sem nuvens, claro, sereno.
innubo,-as,-are,-aui,-atum. (in-nubes). Casar-se, entrar na família por casamento. Suceder à esposa.
innumerabĭlis, innumerabĭle. (in-numĕrus). Inumerável, incontável.
innumeralis, innumerale. (in-numĕrus). Inumerável, incontável, infinito.
innumĕrus,-a,-um. (in-numĕrus). Inúmero, inumerável, incontável, infinito.
innŭo,-is,-ĕre,-nŭi,-nutum. (in-nuo). Fazer sinal com a cabeça. Indicar, sinalizar com gesto.
innupta,-ae, (f.). (in-nubes). Que não está casada, inupta. Casta, virgem.
innutrĭo,-is,-ire. (in-nutrĭo). Alimentar, criar em. Alimentar-se.
inoblitus,-a,-um. (in-ob-lino). Não esquecido, que não esquece.
inobrutus,-a,-um. (in-ob-ruo). Não submergido, não engolido.
inobsĕquens, inobsequentis. (in-ob-sequor). Que não obedece, renitente, indócil, intratável.
inobseruabĭlis, inobseruabĭle. (in-ob--seruo). Que não pode ser observado, inobservável.
inobseruantĭa,-ae, (f.). (in-ob-seruo). Falta de observação, falta de atenção. Negligência, inobservância.
inodorus,-a,-um. (in-odor). Sem cheiro, inodoro.
inoffensus,-a,-um. (in-ob-fendo). Não ofendido, sem obstáculo. Desembargado, livre, desimpedido. Constante.
inofficiosus,-a,-um. (in-ob-facĭo). Desrespeitoso, não cumpridor dos deveres. Inoficioso.
inolesco,-is,-ĕre,-oleui,-olĭtum. (in-alo). Crescer, criar raízes, implantar, brotar. Fazer crescer, desenvolver.

inominatus,-a,-um. (in-omen). De mau presságio, sinistro, funesto.
inopertus,-a,-um. (in-operĭo). Nu, descoberto. Não escondido.
inopĭa,-ae, (f.). (in-ops). Falta, carência, privação. Necessidade, pobreza, miséria, indigência. Abandono. Abstinência. Secura.
inopinans, inopinantis. (in-opinor). Apanhado de surpresa, surpreendido.
inopinatus,-a,-um. (in-opinor). Inesperado, imprevisto, repentino.
inops, inopis. (in-ops). Privado de, falto de, sem recursos. Pobre, indigente, desgraçado. Fraco, sem poder.
inoptabĭlis, inoptabĭle. (in-opto). Não desejável.
inoptatus,-a,-um. (in-opto). Não desejado.
inoratus,-a,-um. (in-oro). Não exposto, não declarado.
inordinatus,-a,-um. (in-ordo). Mal ordenado, desordenado. Em debandada.
inornatus,-a,-um. (in-orno). Não ornado, sem enfeites, sem ornatos. Sem arte, tosco, grosseiro. Não celebrado, não louvado.
inquam, inquis, inquit. (aparece como intercalado). Digo, dizes, diz.
inquĭes, inquietis. (in-quies). I - Inquieto, agitado, que não tem descanso. II – inquietação, desassossego.
inquietatĭo, inquietationis, (f.). (in-quies). Inquietação, desassossego, movimento, agitação.
inquietis, ver **inquĭes.**
inquieto,-as,-are,-aui,-atum. (in-quies). Perturbar, agitar, inquietar.
inquietus,-a,-um. (in-quies). Perturbado, sempre agitado, turbulento, amotinado. Sem descanso.
inquilinus,-a,-um. (in-colo). Locatário, inquilino, arrendatário. Forasteiro, estrangeiro. Habitante.
inquino,-as,-are,-aui,-atum. Sujar, manchar, poluir. Estragar, corromper, violar. Desonrar, desacreditar.
inquiro,-is,-ĕre,-quisiui/-sĭi,-quisitum. (in--quaero). Procurar com cuidado, buscar descobrir, investigar. Fazer pesquisas, informar-se. Fazer um inquérito, um processo.
inquisitĭo, inquisitionis, (f.). (in-quaero). Investigação, pesquisa, indagação. Devassa, inquérito. Inquisição.
inquisitor, inquisitoris, (m.). (in-quaero). Investigador, indagador, inquisidor.
inquisitus,-a,-um. (in-quaero). Não procurado, não examinado.
insaeptus,-a,-um. (in-saepes). Cingido, rodeado, estampado.
insaluber, insalubris. (in-salus). Insalubre, não saudável.
insalutatus,-a,-um. (in-saluus). Não saudado.
insanabĭlis, insanabĭle. (in-sanus). Incurável. Irremediável, insanável.
insane. (in-sanus). Tolamente, insensatamente.
insanĭa,-ae, (f.). (in-sanus). Loucura, demência, insânia. Paixão violenta. Desvario, delírio poético.
insanĭo,-is,-ire,-iui,-itum. (in-sanus). Estar louco, perder a razão, enlouquecer. Gastar totalmente, fazer extravagâncias. Ter paixão violenta, amar loucamente.
insanĭtas, insanitatis, (f.). (in-sanus). Falta de saúde, doença. Loucura, demência, insanidade.
insanitatis, ver **insanĭtas.**
insanus,-a,-um. (in-sanus). Insano, insensato, louco, furioso. Que faz enlouquecer. Desordenado, monstruoso, excessivo, desmedido. Inspirado, que tem o delírio profético.
insatiabĭlis, insatiabĭle. (in-satis). Insaciável. Que não se farta.
insatiatus,-a,-um. (in-satis). Insaciável.
insatiĕtas, insatietatis, (f.). (in-satis). Apetite, desejo insaciável.
insaturabĭlis, insaturabĭle. (in-satis). Insaciável.
inscendo,-is,-ĕre,-scendi,-scensum. (in--scando). Subir em, embarcar. Montar (um cavalo).
inscĭens, inscientis. (in-scĭo). Que não sabe, que não presta atenção. Imbecil, tolo, ignorante.
inscientĭa,-ae, (f.). (in-scĭo). Ignorância, não conhecimento. Incapacidade, inabilidade.
inscitĭa,-ae, (f.). (in-scĭo). Ignorância, incapacidade, inabilidade. Absurdo, disparate, estupidez.
inscitus,-a,-um. (in-scĭo). Ignorante, incapaz, inábil, inepto. Estúpido, absurdo.

inscĭus,-a,-um. (in-scĭo). Que não sabe, ignorante, inexperiente. Desprevenido, surpreendido. Desconhecido.
inscribo,-is,-ĕre,-scripsi,-scriptum. (in-scribo). Inscrever, escrever em. Pôr um título, uma inscrição. Gravar, assinalar, marcar, designar. Atribuir, imputar. Endereçar.
inscriptĭo, inscriptionis, (f.). (in-scribo). Ação de escrever em, sobre. Inscrição, título.
insculpo,-is,-ĕre,-sculpsi,-sculptum. (in-scalpo). Gravar sobre, esculpir em, insculpir.
insecabĭlis, insecabĭle, (in-seco). Que não pode ser cortado. Inseparável, indivisível.
insĕco,-as,-are,-secŭi,-sectum. (in-seco). Cortar, dissecar, dividir, separar.
insecta,-orum, (n.). (in-seco). Insetos.
insectatĭo, insectationis, (f.). (in-sequor). Ação de perseguir, perseguição. Ataques violentos, censuras, invectiva.
insectator, insectatoris, (m.). (in-sequor). Perseguidor, tirano. Censor infatigável.
insector,-aris,-ari,-sectatus sum. (in-sequor). Perseguir violentamente, ir no encalço de. Atormentar, pressionar. Invectivar, atacar com palavras, censurar.
insedabilĭter. (in-sedo). Intranquilamente. Sem poder ser acalmado.
insenesco,-is,-ĕre,-senŭi. (in-senex). Envelhecer. Empalidecer, embranquecer.
insensibĭlis, insensibĭle. (in-sentĭo). Imaterial, imperceptível, incompreensível, insensível.
inseparabĭlis, inseparabĭle. (in-se-paro). Inseparável indivisível. Indissolúvel.
insepultus,-a,-um. (in-sepelĭo). Insepulto, não sepultado.
insĕquor,-ĕris,-sequi,-secutus sum. (in-sequor). Seguir, perseguir. Vir depois, sobrevir, suceder. Atacar, acometer, ferir.
insĕro,-is,-ĕre,-serŭi,-sertum (in-sero). Inserir, introduzir. Misturar, intercalar, entrelaçar.
insĕro,-is,-ĕre,-seui,-sĭtum. (in-sero). Implantar. Plantar, enxertar, semear dentro.
inserto,-as,-are,-aui,-atum. (in-sero). Introduzir em, inserir.
inseruĭo,-is,-ire,-iui. (in-seruo). Ser escravo, estar sujeito a. Mostrar-se subserviente, complacente. Adaptar-se a, sujeitar-se a.

insibĭlo,-as,-are,-aui,-atum. (in-sibĭlus). Sibilar, assobiar.
insiccatus,-a,-um. (in-siccus). Umedecido, não seco.
insidĕo,-es,-ere,-sedi,-sessum. (in-sedĕo). Estar sentado em ou em cima de. Estar estabelecido, colocado, fixado. Ocupar-se. Estar gravado em, reter no espírito. Habitar.
insidĭae,-arum, (f.). (in-sedĕo). Cilada, emboscada, armadilha, laço. Ardil, traição.
insidĭor,-aris,-ari,-atus sum. (in-sedĕo). Armar ciladas, emboscadas. Preparar uma traição. Espiar, estar à espreita.
insidiosus,-a,-um. (in-sedĕo). Cheio de ciladas, de armadilhas. Insidioso, pérfido, traidor.
insido,-is,-ĕre,-sedi,-sessum. (in-sido). Assentar em, pousar, colocar sobre. Instalar, tomar posição, fixar-se em.
insigne, insignis, (n.). (in-signum). Insígnia, distintivo, marca particular. Insígnia. Ornamento, enfeite. Honras, distinções.
insignĭo,-is,-ire,-iui,-itum. (in-signum). Colocar um sinal, assinalar, distinguir.
insignis, insigne. (in-signum). Que se distingue por um sinal ou marca particular. Distinto, notável, grande, importante, extraordinário, insigne. Ornado, enfeitado. Disforme, feio, difamado, desacreditado.
insignite, também insignĭter. (in-signum). De modo notável, extraordinariamente, insignemente.
insilĭa,-ĭum, (n.). (in-salĭo). Cilindros de um tear.
insilĭo,-is,-ire,-silŭi,-sultum. (in-salĭo). Saltar em, atirar em ou contra, atacar. Subir em.
insĭmul. (in-simul). Juntamente, ao mesmo tempo, simultaneamente.
insimulatĭo, insimulationis, (f.). (in-simĭlis). Acusação.
insimŭlo,-as,-are,-aui,-atum. (in-simĭlis). Acusar falsamente, acusar.
insincerus,-a,-um. (in-sin-cera). Não genuíno, impuro, de má qualidade. Viciado, corrompido.
insinuatĭo, insinuationis, (f.). (in-sinus). Ação de se introduzir, insinuação. Exórdio insinuante. Relatório, notificação.

insinŭo,-as,-are,-aui,-atum. (in-sinus). Fazer entrar, introduzir. Insinuar, sugerir, fazer saber.

insipĭens, insipientis. (in-sapĭo). Tolo, insensato. Ignorante.

insipienter. (in-sapĭo). De modo estúpido, insensatamente. Com ignorância.

insipientĭa,-ae, (f.). (in-sapĭo). Estupidez, loucura, tolice, insensatez, ignorância.

insĭpo,-is,-ĕre. Lançar em ou sobre.

insisto,-is,-ĕre,-stĭti. (in-sto). Parar, deter-se em, apoiar sobre. Perseguir acirradamente, insistir, persistir. Andar, caminhar sobre. Aplicar-se a, cumprir.

insitĭcĭus,-a,-um. (in-sero). Inserido em, intercalado, entrelaçado. Estrangeiro.

insitĭo, insitionis, (f.). (in-sero). Ação de enxertar, enxertia, enxerto. O tempo de enxertia.

insitiuus,-a,-um. (in-sero). Que provém de enxerto, enxertado. Estrangeiro, adotivo, falso, ilegítimo.

insociabĭlis, insociabĭle. (in-socĭus). Insociável, que não pode fazer ou viver em aliança. Que não se pode repartir, incompatível.

insolabĭliter. (in-solor). Inconsolavelmente, sem possibilidade de se consolar.

insŏlens, insolentis. (in-solĕo). Que não tem o hábito de, não habituado. Desusado, pouco frequente, novo. Desmedido, excessivo. Altivo, arrogante, insolente.

insolenter. (in-solĕo). Contrariamente ao costume, raramente. Imoderadamente. Arrogantemente, insolentemente.

insolentĭa,-ae, (f.). (in-solĕo). Falta de hábito, inexperiência. Novidade, afetação. Imoderação, orgulho, insolência, arrogância.

insolesco,-is,-ĕre. (in-solĕo). Tornar-se arrogante, insolente. Tomar um aspecto desusado.

insolĭdus,-a,-um. (in-solĭdus). Fraco, frágil.

insolĭtus,-a,-um. (in-solĕo). Não costumeiro, não habituado, insólito. Novo, desusado, estranho.

insolubĭlis, insolubĭle. (in-soluo). Indissolúvel, que não se pode desatar. Impagável. Incontestável, indubitável.

insomnĭa,-ae, (f.). (in-somnus). Insônia.

insomnis, insomne. (in-somnus). Insone, sem sono, que não dorme. Desperto.

insomnĭum,-i, (n.). (in-somnus). Sonho, visão.

insŏno,-as,-are,-sonŭi. (in-sonus). Ressoar, retumbar. Fazer ressoar.

insons, insontis. (in-sons). Inocente, sem culpa. Inofensivo, que não faz mal.

insŏnus,-a,-um. (in-sonus). Silencioso, que não produz ruídos.

insopitus,-a,-um. (in-sopor). Não adormecido. Inextinguível.

inspeciosus,-a,-um. (in-specĭo). Feio, disforme.

inspectĭo, inspectionis, (f.). (in-specĭo). Ação de olhar. Exame, inspeção. Reflexão, especulação.

inspecto,-as,-are,-aui,-atum. (in-specĭo). Examinar, observar, olhar.

inspector, inspectoris, (m.). (in-specĭo). Observador, examinador, inspetor.

inspectus,-us, (m.). (in-specĭo). Observação, inspeção. O olhar.

insperatus,-a,-um. (in-spes). Inesperado. Imprevisto.

inspergo,-is,-ĕre,-persi,-spersum. (in-spargo). Espalhar em ou sobre. Aspergir, salpicar.

inspicĭo,-is,-ĕre,-pexi,-spectum. (in-specĭo). Olhar em, ver, fixar os olhos. Olhar atentamente, inspecionar, examinar. Considerar, ponderar.

inspico,-as,-are. (in-spica). Tornar pontiagudo, apontar (como espiga).

inspiro,-as,-are,-aui,-atum. (in-spiro). Soprar em, insuflar. Inspirar. Comover, exaltar.

inspoliatus,-a,-um. (in-spolĭum). Não despojado, não roubado.

inspŭo,-is,-ĕre. (in-spuo). Cuspir em ou sobre. Lançar com a boca.

inspurco,as,-are. (in-spurcus). Manchar, sujar, conspurcar.

instabĭlis, instabĭle. (in-sto). Inconsistente, frágil, fraco, vacilante. Instável, inconstante.

instantĭa,-ae, (f.). (in-sto). Presença, proximidade, vizinhança. Constância, perseverança, assiduidade. Força, veemência. Insistência.

instar, (n.) - indeclinável. Peso que se colocava num dos pratos da balança. O equivalente, o valor de, mais ou menos, do tamanho de. Valor igual, imagem, semelhança.

instauratĭo, instaurationis, (f.). (in-stauro). Renovação, repetição. Reconstrução, reparação.

instauro,-as,-are,-aui,-atum. Renovar, celebrar de novo. Recomeçar, repetir. Reconstruir, reconstituir-se. Oferecer. Instaurar.

insterno,-is,-ĕre,-straui,-stratum. (in-sterno). Estender sobre. Cobrir, recobrir.

instigo,-as,-are,-aui,-atum. Aguilhoar, instigar, estimular.

instillo,-as,-are,-aui,-atum. (in-stillo). Derramar gota a gota, instilar. Introduzir, insinuar, inculcar.

instimŭlo,-as,-are,-aui,-atum. (in-stimŭlus). Excitar, estimular.

instinctor, instinctoris, (m.). (instinguo). Instigador.

instinctus,-us, (m.). (instinguo). Instigação, excitação, impulso, instinto. Inspiração.

instinguo,-is,-ĕre,-stinxi,-stinctum. Impelir, excitar, incitar, animar.

instĭta,-ae, (f.). (in-sto). Guarnição (babado, barrado) da estola ou vestido de senhora, vestido. Matrona, senhora.

institĭo, institionis, (f.). (in-sto). Repouso, descanso.

instĭtor, institoris, (m.). (in-sto). Vendedor, negociante.

instĭtŭo,-is,-ĕre,-stitŭi,-stitutum. (in-sto). Colocar, pôr em ou sobre. Estabelecer, instituir, dispor, construir. Formar, instruir, educar. Ordenar, mandar, organizar, regular. Empreender, começar.

institutĭo, institutionis, (f.). (in-sto). Disposição, plano. Organização, sistema, método, doutrina, princípio, seita. Instrução, ensino, educação.

institutum,-i, (n.). (in-sto). Plano, projeto, disposição, fim, desígnio. Hábito, maneira de ser ou de viver. Princípios estabelecidos, instituições. Ideias, ensinamentos, disciplina.

insto,-as,-are,-stĭti,-statum. (in-sto). Estar de pé, erguer-se em. Ameaçar, seguir de perto, aproximar-se. Perseguir, ir no encalço. Estar iminente, estar suspenso, inclinar-se. Trabalhar sem descanso, aplicar-se a. Insistir.

instrenŭus,-a,-um. (in-strena). Preguiçoso, inativo, sem coragem, negligente.

instrepo,-is,-ĕre,-strepŭi,-strepĭtum. (in-strepo). Fazer barulho, gritar, fazer estardalhaço.

instringo,-is,-ĕre,-strinxi,-strictum. (in-stringo). Ligar, apertar, fazer aderir. Estimular, incitar.

instructĭo, instructionis, (f.). (in-struo). Construção, edificação. Ação de dispor, de organizar, disposição.

instructor, instructoris, (m.). (in-struo). O que prepara, organizador, ordenador.

instructus,-us, (m.). (in-struo). Bagagem, equipamento. Preparação.

instrumentum,-i, (n.). (in-struo). Equipamento, mobiliário, utensílios. Material, instrumentos. Recursos, meios.

instrŭo,-is,-ĕre,-struxi,-structum. (in-struo). Construir, levantar, erguer, erigir. Organizar, dispor, ordenar. Guarnecer, prover, fornecer. Instruir, ensinar.

insuauis, insuaue. (in-suauis). Desagradável. Funesto, infeliz.

insudo,-as,-are. (in-sudo). Suar em ou sobre, transpirar.

insuefactus,-a,-um. (in-suesco-facĭo). Habituado.

insuesco,-is,-ĕre,-sueui,-suetum. (in-suesco). Acostumar-se a, acostumar, habituar.

insuetus,-a,-um. (in-suesco). Novo, desusado, incomum, extraordinário.

insŭla,-ae, (f.). Ilha. Grupo, conjunto de casas, quarteirão. Casa para aluguel.

insularĭus,-i, (m.). (insŭla). Locatário, inquilino.

insulsĭtas, insulsitatis, (f.). (in-salsus). Tolice, estupidez. Falta de gosto.

insulsitatis, ver **insulsĭtas.**

insulsus,-a,-um. (in-salsus). Sem sal, sem gosto, insípido, sem sabor. Imbecil, estúpido.

insultatĭo, insultationis, (f.). (in-salĭo). Ação de saltar em ou sobre. Insulto, ataque, assalto.

insulto,-as,-are,-aui,-atum. (in-salĭo). Saltar em ou sobre, pular. Insultar, maltratar. Atacar, assaltar. Ser insolente.

insultura,-ae, (f.). (in-salĭo). Ação de saltar sobre.

insum, ines, inesse, infŭi. (in-sum). Estar em ou sobre. Existir, encontrar-se. Estar contido, pertencer, residir.
insumo,-is,-ĕre,-sumpsi,-sumptum. (in--sumo). Empregar, despender, gastar. Consagrar, aplicar. Tomar para si, assumir. Enfraquecer.
insŭo,-is,-ĕre,-sui,-sutum. (in-suo). Coser, costurar em, bordar. aplicar sobre, unir, ligar.
insŭper. (in-super). I – adv.: em cima, por cima. Além de. II – prep./acus.: sobre, por cima de. III – prep./abl.: além de, por outro lado.
insuperabĭlis, insuperabĭle. (in-super). A que não se pode subir, intransponível, insuperável. Invencível, inevitável, incurável.
insurgo,-is,-ĕre,-surrexi,-surrectum. (in--sub-rigo). Levantar-se sobre, elevar-se. Rebelar, insurgir.
insusurro,-as,-are,-aui,-atum. (in-susurrus). Cochichar, dizer ao ouvido. Murmurar, sussurrar.
intabesco,-is,-ĕre,-tabŭi. (in-tabĕo). Derreter-se, fundir-se, liquefazer-se. Definhar-se, consumir-se.
intactus,-a,-um. (in-tango). Intacto, inteiro, não tocado. Não danificado, não experimentado. Puro, casto.
intactus,-us, (m.). (in-tango). Intangibilidade.
intectus,-a,-um. (in-tego). Nu, não vestido. Franco, sincero.
intĕger, intĕgra, intĕgrum. (in-tango). Intacto, inteiro. Não tocado, não danificado. Perfeito, completo, novo. Íntegro, virtuoso, puro, casto. Imparcial, indiferente. Calmo.
intĕgo,-is,-ĕre,-texi,-tectum. (in-tego). Cobrir, revestir. Proteger.
integratĭo, integrationis, (f.). (in-tango). Renovação. Integração.
intĕgre. (in-tango). De modo puro, corretamente. Irreparavelmente, imparcialmente.
integrĭtas, integritatis, (f.). (in-tango). Estado de intacto, integridade, totalidade. Boa saúde. Inocência, probidade, honestidade. Pureza, correção.
integritatis, ver **integrĭtas**.
intĕgro,-as,-are,-aui,-atum. (in-tango). Renovar, recomeçar, fazer voltar ao estado integral. Restaurar, reanimar, recrear.
integumentum,-i, (n.). (in-tego). Vestido, cobertura. Capa, manto. Armadura, escudo, guarda, proteção.
intellectus,-us, (m.). (inter-lego). Percepção, conhecimento. Intelecto, inteligência. Compreensão. Sentido, significação.
intellegenter. (inter-lego). Inteligentemente. Com discernimento, com conhecimento.
intellegentĭa,-ae, (f.). (inter-lego). Faculdade de discernir, compreender. Inteligência, entendimento, compreensão. Conhecimento, noção, ideia. Arte, talento, gosto, ciência.
intellegibĭlis, intellegibĭle. (inter-lego). Que pode ser compreendido, perceptível, inteligível.
intellĕgo,-is,-ĕre,-lexi,-lectum. (inter-lego). Escolher, discernir. Compreender, conhecer, perceber, interpretar. Sentir, apreciar.
intemeratus,-a,-um. (in-temĕre). Não violado, puro, sem mancha. Casto, virgem.
intempĕrans, intemperantis. (in-tempĕro). Desregrado, excessivo, dissoluto, devasso. Que não se contém.
intemperanter. (in-tempĕro). Desmedidamente, imoderadamente. Intemperantemente.
intemperantĭa,-ae, (f.). (in-tempĕro). Imoderação, desmedida, excesso, demasia, intemperança. Indisciplina, licenciosidade, arrogância. Intempérie.
intemperatus,-a,-um. (in-tempĕro). Imoderado, excessivo, descontrolado.
intemperĭes, intemperĭei, (f.). (in-tempĕro). Intempérie, instabilidade do tempo. Desgraça, calamidade. Exagero, excesso. Indisciplina, insubordinação. Mau humor, impertinência.
intempestiuus,-a,-um. (in-tempus). Fora da estação, inoportuno, intempestivo. Importuno.
intempestus,-a,-um. (in-tempus). Desfavorável, doentio, insalubre, impróprio. Tempestuoso.
intendo,-is,-ĕre,-tendi,-tentum. (in-tendo). Estender para. Estender-se, dirigir-se para. Ter a intenção, pretender, intentar, aplicar-se a. Entesar, reforçar, aumentar. Sustentar, afirmar.

intensĭo, intensionis, (f.). (in-tendo). Ação de estender, tensão.
intentatĭo, intentationis, (f.). (in-tendo). Ação de estender para, de se dirigir para.
intentatus,-a,-um. (in-tento). Não experimentado, não tocado.
intente. (in-tendo). Com esforço, com vigor. Atentamente.
intentĭo, intentionis, (f.). (in-tendo). Ação de estender, tensão, pressão. Aplicação, atenção, contenção. Aumento, intensidade. Ataque, acusação.
intento,-as,-are,-aui,-atum. (in-tendo). Estender, dirigir para ou contra. Ameaçar, intentar.
intentus,-us, (m.). (in-tendo). Ação de estender, de apresentar, intento.
intepĕo,-es,-ere. (in-tepĕo). Estar tépido, estar morno, aquecer-se. Estar apaixonado.
intepesco,-is,-ĕre,-tepŭi. Tornar-se tépido, amornar. Arrefecer, acalmar-se.
inter. (in). Prep./acus.: Entre, no meio de, no intervalo de. Durante.
interaestŭo,-as,-are. (inter-aestus). Estar abrasado, inquieto, estar sufocado de tempos em tempos.
interamenta,-orum, (n.). (inter). Aparelhos de interior de navios, dos porões de embarcação.
interaresco,-is,-ĕre. (inter-arĕo). Secar inteiramente, ressequir-se.
interbĭbo,-is,-ĕre. (inter-bibo). Beber completamente.
intercalaris, intercalare. (inter-calo). Intercalado, intercalar. Inserido, acrescentado.
intercalo,-as,-are,-aui,-atum. (inter-calo). Intercalar, inserir, acrescentar. Adiar, transferir.
intercapedĭnis, ver **intercapedo.**
intercapedo, intercapedĭnis, (f.). (inter-capĭo). Interrupção, pausa, intervalo, suspensão, demora.
intercedo,-is,-ĕre,-cessi,-cessum. (inter-cedo). Colocar-se entre, interpor-se, intervir, interceder. Opor-se, impedir, embargar. Decorrer entre. Sobrevir.
interceptĭo, interceptionis, (f.). (inter-capĭo). Subtração, roubo, furto. Interceptação.
intercessĭo, intercessionis, (f.). (inter-cedo). Intervenção, interseção, mediação. Oposição. Abono, caução, fiança.
intercessor, intercessoris, (m.). (inter-cedo). Intercessor, mediador. Opositor, impugnador. Abonador, fiador.
intercessus,-us, (m.). (inter-cedo). Mediação, intercessão, intervenção.
intercido,-is,-ĕre,-cidi,-cisum. (inter-caedo). Cortar pelo meio. Abrir, fender.
intercĭdo,-is,-ĕre,-cĭdi. (inter-cado). Cair entre. Chegar no intervalo. Morrer, acabar-se. Cair em desuso, sair da lembrança.
intercĭno,-is,-ĕre. (inter-cano). Cantar no intervalo.
intercipĭo,-is,-ĕre,-cepi,-ceptum. (inter-capĭo). Interceptar, apanhar, capturar, roubar. Tomar de surpresa. Cortar, interromper.
intercise. (inter-caedo). Por fragmentos, por partes. Por incisos, interrompidamente.
intercludo,-is,-ĕre,-clusi,-clusum. (inter-claudo). Fechar, tapar, obstruir. Embargar, impedir. Excluir, privar, separar.
interclusĭo, interclusionis, (f.). (inter-claudo). Ação de fechar, de obstruir. Respiração interrompida, falta de respiração.
intercolumnĭum,-i, (n.). (inter-columna). Espaço vão entre colunas, intercolúnio.
intercurro,-is,-ĕre,-cucurri,-cursum. (inter-curro). Correr entre, correr no intervalo. Intervir, sobrevir, interpor-se. Misturar-se a, confundir-se com.
intercursus,-us, (m.). (inter-curro). Ação de correr entre, intervenção. Aparição por intervalos.
intercus, intercutis. (inter-cutis). Intercutâneo, subcutâneo, debaixo da pele. Interior, escondido.
intercutis, ver **intercus.**
interdătus,-a,-um. (inter-do). Distribuído, espalhado.
interdico,-is,-ĕre,-dixi,-dictum. (inter-dico). Proibir, vedar, interdizer. Lavrar um decreto, pronunciar o termo/fórmula que põe fim a um litígio.
interdictĭo, interdictionis, (f.). (inter-dico). Interdição, proibição.
interdictum,-i, (n.). (inter-dico). Sentença, decisão, édito (do pretor). Interdição, proibição.
interdĭu. (inter-dĭes). Durante o dia, de dia.
interdo,-as,-are. (inter-do). Distribuir, espalhar, entregar em intervalos.

interductus,-us, (m.). (inter-duco). Pausas feitas num período, pontuação.
interdum. (inter-dum). Algumas vezes, por vezes, de tempos em tempos.
intereă. (inter-ea). Durante este tempo, enquanto isso, no intervalo.
interemptor, interemptoris, (m.). (inter-emo). Assassino.
interĕo,-is,-ire,-ĭi,-ĭtum. (inter-eo). Perder-se em, desaparecer. Morrer, estar perdido.
interequĭto,-as,-are,-aui,-atum. (inter-eques). Estar a cavalo, andar a cavalo.
interfatĭo, interfationis, (f.). (inter-for). Interrupção, interpelação.
interfector, interfectoris, (m.). (inter-facĭo). Assassino, destruidor.
interficĭo,-is,-ĕre,-feci,-fectum. (inter-facĭo). Privar de, privar da vida, matar, assassinar, massacrar. Aniquilar, destruir, fazer desaparecer.
interfio,-is,-fiĕri. Ser destruído, ser aniquilado.
interflŭo,-is,-ĕre. (inter-flŭo). Correr entre, atravessar, separar.
interfodĭo,-is,-ĕre,-fodi,-fossum. (inter-fodĭo). Furar, cavar entre.
interfugĭo,-is,-ĕre. (inter-fugĭo). Penetrar em.
interfundo,-is,-ĕre,-fudi,-fusum. (inter-fundo). Correr entre, espalhar por. Interpor-se.
interiacĕo,-es,-ere,-iacŭi. (inter-iacĕo). Estar colocado entre, estar de permeio.
interĭbi. (inter-ibi). Entretanto, durante esse tempo. Entrementes.
interiectĭo, interiectionis, (f.). (interiacĭo). Inserção, intercalação. Intervalo, parêntese.
interiicĭo,-is,-ĕre,-ieci,-iectum. (interiacĭo). Colocar entre, lançar entre, interpor.
intĕrim. Durante aquele tempo, no intervalo, entrementes. Entretanto. Durante um momento, por um instante. Às vezes, por vezes.
interĭmo,-is,-ĕre,-emi,-emptum. (inter-emo). Destruir, tirar a vida. Desferir um golpe mortal.
interĭor, interĭus. (inter). Que está dentro, interior. Que está no fundo, íntimo, secreto, oculto. Especial, restrito.

interitĭo, interitionis, (f.). (inter-eo). Destruição, aniquilamento.
interĭtus,-us, (m.). (inter-eo). Destruição, ruína, aniquilamento. Morte, assassínio.
interiungo,-is,-ĕre,-iunxi,-iunctum. (inter-iungo). Ligar um a outro, juntar, unir, interligar. Descansar, parar.
interlabor,-ĕris,-labi,-lapsus sum. (inter-labor). Deslizar entre, cair, correr entre. Atravessar deslizando.
interlĕgo,-is,-ĕre,-legi,-lectum. (inter-lego). Colher entre, colher em intervalos.
interlĭno,-is,-ĕre,-leui,-lĭtum. (inter-lino). Cancelar, apagar, rasurar. Falsificar com rasuras. Misturar, espalhar entre, untar.
interlŏquor,-ĕris,-loqui,-locutus sum. (inter-loquor). Interromper, cortar a palavra. Intervir. Dizer interrompendo.
interlucĕo,-es,-ere,-luxi. (inter-lux). Brilhar através, luzir entre. Mostrar-se com intervalos.
interluco,-as,-are. (inter-lux). Desbastar as árvores, deixar entrar luz por entre as árvores.
interlunĭum,-i, (n.). (inter-luna). Interlúnio, tempo em que a lua não aparece.
interlŭo,-is,-ĕre. (inter-lauo). Banhar, correr entre. Lavar com intervalos.
intermanĕo,-es,-ere. (inter-manĕo). Ficar no meio, ficar entre.
intermenstrŭus,-a,-um. (inter-mensis). Que está entre dois meses.
intermĕo,-as,-are. (inter-meo). Correr entre, atravessar.
intermĭnor,-aris,-ari,-atus sum. (inter-minor). Ameaçar com violência, proibir terminantemente.
intermiscĕo,-es,-ere,-miscŭi,-mixtum. (inter-miscĕo). Misturar.
intermissĭo, intermissionis, (f.). (inter-mitto). Interrupção, descontinuidade, suspensão, repouso. Eclipse.
intermitto,-is,-ĕre,-misi,-misum. (inter-mitto). Deixar um intervalo entre, deixar livre, desocupado. Interromper, suspender, cessar. Interpor.
intermorĭor,-ĕris,-mori,-mortŭus sum. (inter-morĭor). Morrer pouco a pouco, morrer lentamente. Estar moribundo.
intermundĭa,-orum. (n.). (inter-mundus). Espaço entre dois mundos.

internecĭo, internecionis, (f.). (inter-nex). Carnificina, massacre, destruição, extermínio. Perda.
interneciuus,-a,-um. (inter-nex). Mortal, mortífero, de morte.
internecto,-as,-are,-aui,-atum. (inter-necto). Entrelaçar, unir.
internodĭum,-ii, (n.). (inter-nodus). Espaço entre dois nós, entrenó. Parte entre duas articulações do corpo.
internosco,-is,-ĕre,-noui,-notum. (inter-nosco). Reconhecer, distinguir, discernir.
internuntĭo,-as,-are. (inter-nuntĭus). Discutir por mensagens recíprocas, enviar mensageiros de ambos os lados. Parlamentar.
internus,-a,-um. (inter). Interior, interno. Doméstico. Como subst. pl.: Ocupações domésticas. Entranhas, intestinos.
intĕro,-is,-ĕre,-triui,-tritum. (in-tero). Moer, esmagar. Pisar.
interpellatĭo, interpellationis, (f.). (inter-pello). Interpelação, interrupção. Obstáculo, impedimento. Citação, intimação.
interpellator, interpellatoris, (m.). (inter-pello). O que interrompe. Importuno, impertinente.
interpello,-as,-are,-aui,-atum. (inter-pello). Interromper pela palavra, interpelar. Impedir. Citar, intimar.
interplĭco,-as,-are. (inter-plico). Entrelaçar, embaraçar.
interpolatĭo, interpolationis, (f.). (inter-polĭo). Aquele que muda, que altera.
interpŏlis, interpŏle. (inter-polĭo). Reparado, renovado, restaurado. Que se renova.
interpŏlo,-as-are,-aui,-atum. (inter-polĭo). Dar nova formar, refazer, recompor, renovar. Transformar, alterar, falsificar. Interpolar, inserir, misturar.
interpono,-is,-ĕre,-posŭi,-posĭtum. (inter-pono). Pôr entre, interpor. Inserir, intercalar. Interromper, deixar um intervalo. Intrometer, intervir.
interpositĭo, interpositionis, (f.). (inter-pono). Interposição, inserção, intercalação. Parêntese.
interpres, interprĕtis, (m.). Agente entre duas partes, intermediário, negociador. Intérprete, tradutor, comentador, aquele que explica.

interpretatĭo, interpretationis, (f.). (inter-pres). Interpretação, explicação, comentário. Tradução, versão.
interprĕtis, ver **interpres**.
interprĕtor,-aris,-ari,-atus sum. (inter-pres). Interpretar, explicar, comentar. Traduzir. Compreender, julgar, avaliar. Servir de intérprete.
interpunctĭo, interpunctionis, (f.). (inter-pungo). Sinal de pontuação.
interpungo,-is,-ĕre,-punxi,-punctum. (inter-pungo). Pontuar, separar palavras. Entrecortar.
interquiesco,-is,-ĕre,-quieui,-quietum. (inter-quiesco). Repousar com intervalos, descansar aos poucos.
interregnum,-i, (n.). (inter-regnum). Espaço entre dois reinados, entre dois mandatos, interregno.
interrĭtus,-a,-um. (in-terrĕo). Sem medo, intrépido, impávido.
interrogatĭo, interrogationis, (f.). (inter-rogo). Pergunta, inquirição, interrogação. Interrogatório. Argumento, silogismo.
interrŏgo,-as,-are,-aui,-atum. (inter-rogo). Interrogar, inquirir, pedir opiniões. Fazer interrogatório judicial. Argumentar em forma de silogismo.
interrumpo,-is,-ĕre,-rupi,-ruptum. (inter-rumpo). Separar quebrando, romper, cortar. Interromper, perturbar. Entrecortar.
interruptĭo, interruptionis, (f.). (inter-rumpo). Reticência, descontinuidade, intervalo. Interrupção.
intersaepĭo,-is,-saepsi,-saeptum. (inter-saepes). Cercar, fechar, rodear. Impedir, separar, embargar.
interscindo,-is,-ĕre,-cidi,-cissum. (inter-scindo). Separar cortando, romper pelo meio. Dividir, separar, quebrar. Interromper.
interscribo,-is,-ĕre,-scripsi,-scriptum. (inter-scribo). Escrever nas entrelinhas, escrever entre as linhas.
intersisto,-is,-ĕre,-stĭti. (inter-sto). Parar entre, parar no meio, interromper.
interspiratĭo, interspirationis, (f.). (inter-spiro). Respiração, pausa para respirar. Respirar através.
interstinguo,-is,-ĕre,-stinxi,-stinctum. (inter-stinguo). Extinguir, apagar completamente. Matar. Matizar.

interstringo,-is,-ĕre. (inter-stringo). Apertar com força, apertar pelo meio. Cortar ao meio.

intersum,-es,-esse,-fŭi. (inter-sum). I - Estar entre. Estar presente, assistir, participar. II - Impessoalmente: difere, há diferença. Interessa, importa, é do interesse.

intertexo,-is,-ĕre,-texŭi,-textum. (inter-texo). Tecer, entremear, entrelaçar.

intertrimentum,-i, (n.). (inter-tero). Estrago, deterioração. Perda, prejuízo.

interuallum,-i, (n.). (inter-uallus). Intervalo, espaço entre, distância. Pausa, repouso, descanso. Diferença.

interuello,-is,-ĕre,-uulsi,-uulsum. (inter-uello). Arrancar em intervalos, aos poucos, desbastar, arrancar aqui e ali.

interuenĭo,-is,-ire,-ueni,-uentum. (inter-uenĭo). Vir, estar, colocar-se entre. Sobrevir, chegar inesperadamente. Intervir, intrometer-se. Impedir, embaraçar, colocar obstáculo, interromper.

interuentus,-us, (m.). (inter-uenĭo). Chegada repentina, inesperada. Intervenção, interposição. Fiança, caução.

interuerto,-is,-ĕre,-uerti,-uersum. (inter-uerto). Desviar-se, voltar-se para outra direção. Desencaminhar, sonegar, subtrair.

interuiso,-is,-ĕre,-uisi,-uisum. (interuidĕo). Visitar, ir ver de vez em quando. Inspecionar, vigiar.

intestabĭlis, intestabĭle. (in-testis). Que não pode testemunhar, não pode fazer testamento. Infame, abominável.

intestatus,-a,-um. (in-testis). Que não fez testamento. Não atestado, não testemunhado.

intestinus,-a,-um. (intus). Interior, do interior. Doméstico, civil. Como subst.pl.: entranhas, intestinos, vísceras.

intexo,-is,-ĕre,-texŭi,-textum. (in-texo). Tecer em, entrelaçar, entretecer. Entremear, misturar. Inserir, fazer entrar. Cobrir, envolver. Escrever, formar.

intĭbum,-i, (n.), também **intŭbum** e **intybum.** Chicórea selvagem (planta).

intĭme. (intus). Interiormente. Familiarmente, intimamente. Cordialmente, afetuosamente.

intĭmo,-as,-are,-aui,-atum. (intus). Levar, pôr para dentro, introduzir. Fazer saber, anunciar, publicar, expor.

intĭmus,-a,-um. (intus). O que está mais dentro, o mais profundo. O mais secreto, mais recôndito. Íntimo, familiar.

intingo,-is,-ĕre,-tinxi,-tinctum. (in-tingo). Molhar, embeber em, impregnar. Pôr no molho. Temperar, adubar.

intolerabĭlis, intolerabĭle. (in-tollo). Insuportável, intolerável. Que não pode suportar.

intoleranter. (in-tollo). Sem medida, intolerantemente.

intolerantĭa,-ae, (f.). (in-tollo). Natureza ou fato insuportável. Insolência, poder insuportável. Impaciência.

intŏno,-as,-are,-tonŭi,-atum. (in-tono). Trovejar. Fazer ruído, ressoar, retumbar. Gritar como um trovão, falar com estardalhaço.

intonsus,-a,-um. (in-todĕo). Não tosquiado, intonso, cabeludo. Eriçado, arrepiado. Folhudo. Rude, selvagem. Austero.

intorquĕo,-es,-ere,-torsi,-tortum. (in-torquĕo). Torcer para dentro, retorcer, entortar. Volver, arrojar, brandir, lançar.

intra. (in). I – Prep./acus.: no interior de, dentro, nos limites. Para dentro. Aquém de, abaixo de. No intervalo de, durante. II – Adv.: dentro, no interior.

intrabĭlis, intrabĭle. (intra). Em que se pode entrar.

intractabĭlis, intractabĭle. (in-tracto). Intratável, rebelde, indomável. Que não se pode manusear, inutilizável. Incurável.

intractatus,-a,-um. (in-tracto). Indomado. Não experimentado. Não trabalhado.

intremisco,-is,-ĕre,-tremŭi. (in-tremo). Começar a tremer.

intrepĭdus,-a,-um. (in-trepĭdus). Corajoso, intrépido, valente, altaneiro.

intrico,-as,-are,-aui,-atum. (in-tricae). Confundir, embaraçar, enredar.

intrinsĕcus. (intra-secus). Interiormente, dentro. Para o interior.

intro,-as,-are,-aui,-atum. (intra). Entrar em, penetrar. Transpor.

intro. (in). Para dentro, para o interior. Dentro.

introduco,-is,-ĕre,-duxi,-ductum. (intra-duco). Fazer entrar, introduzir, levar para dentro. Expor, propor, estabelecer, apresentar.

introductĭo, introductionis, (f.). (intra--duco). Introdução. Apresentação.
introĕo,-is,-ire,-iui/-ĭi,-itum. (intra-eo). Ir para dentro, entrar, penetrar.
introfĕro,-fers,-ferre,-tŭli,-latum. (intra--fero). Levar para dentro.
introïtus,-us, (intra-eo). Entrada, ação de entrar. Acesso, lugar por onde se entra. Começo, introdução, exórdio.
intromitto,-is,-ĕre,-misi,-missum. (intra--mitto). Introduzir, fazer entrar, admitir. Enviar, mandar.
introrsum e introrsus. (intra-uorsum e -uorsus). Para dentro, para o interior de. Dentro, no interior.
introrumpo,-is,-ĕre,-rupi,-ruptum. (intra--rumpo). Entrar rapidamente, entrar à força, precipitar-se para dentro.
introspecto,-as,-are,-aui,-atum. (intra-specĭo). Olhar para dentro.
introspicĭo,-is,-ĕre,-pexi,-pectum. (intra-specĭo). Olhar para dentro, para o interior de. Olhar para ou por, examinar.
intuĕor,-eris,-eri,-tuïtus sum. (in-tueor). Olhar atentamente, fixar o olhar, observar, contemplar. Considerar, examinar. Avistar, ver.
intuïtus,-us, (m.). (in-tuĕor). Olhar, vista de olhos. Respeito, consideração, dedicação.
intumesco,-is,-ĕre,-tumŭi. (in-tumĕo). Inchar-se, intumescer-se. Irritar-se, inflamar-se.
intumulatus,-a,-um. (tumĕo). Insepulto, sem sepultura.
inturbĭdus,-a,-um. (in-turba). Não perturbado, calmo, tranquilo. Sem ambição, sem paixão.
intus. (in). I – Prep./acus.: dentro, de dentro, para dentro. II – Adv.: do interior de, de dentro de, interiormente, dentro.
intutus,-a,-um. (in-tuĕor). Não seguro, não cuidado, desprotegido. Perigoso.
inuado,-is,-ĕre,-uasi,-uasum. (in-uado). Caminhar em, avançar sobre. Invadir. Atacar, assaltar. Começar, empreender.
inualesco,-is,-ĕre,-ualŭi. (in-ualĕo). Tornar-se forte, fortalecer-se. Predominar. Tornar-se usual.
inualĭdus,-a,-um. (in-ualĕo). Fraco, débil, sem força, inválido. Doente.
inuectīcĭus,-a,-um, também **inuectitĭus. (in--ueho).** Importado, exótico, estrangeiro. Não sincero.
inuectĭo, inuectionis, (f.). (in-ueho). Importação, ação de carregar para dentro.
inuĕho,-is,-ĕre,-uexi,-uectum. (in-ueho). Arrastar, puxar, trazer para, transportar. Lançar-se sobre, investir.
inuenĭo,-is,-ire,-ueni,-uentum. (in-uenĭo). Vir em ou sobre. Encontrar, achar. Saber, conhecer. Descobrir. Obter, adquirir, receber. Inventar, imaginar, instituir.
inuentĭo, inuentĭonis, (f.). (in-uenĭo). Descoberta, invenção.
inuentum,-i, (n.). (in-uenĭo). Invenção, invento.
inuenustus,-a,-um. (in-uenus). Sem beleza, sem graça, sem elegância. Infeliz, desafortunado.
inuerecundus,-a,-um. (in-uerĕor). Impudente, descarado, sem vergonha.
inuergo,-is,-ĕre. (in-vergo). Entornar sobre, derramar. Envergar.
inuersĭo, inuersionis, (f.). (in-uerto). Inversão, transposição. Alegoria. Anástrofe.
inuerto,-is,-ĕre,-uerti,-uersum. (in-uerto). Voltar, virar, revolver, inverter. Modificar, alterar, perverter. Derrubar.
inuestigatĭo, inuestigationis, (f.). (in-uestigo). Investigação, indagação cuidadosa.
inuestigo,-as,-are,-aui,-atum. (in-uestigo). Seguir um rastro, uma pista. Investigar, indagar, perscrutar. Achar, encontrar.
inueterasco,-is,-ĕre,-aui. (in-uetus). Tornar-se antigo, inveterar-se, enfraquecer com o tempo, decair. Consolidar-se, fixar-se, fortificar-se.
inueteratio, inueterationis, (f.). (in-uetus). Doença crônica.
inuĕtero,-as,-are,-aui,-atum. (in-uetus). Tornar antigo, fazer cair em desuso. Tornar-se velho, inveterar-se, arraigar-se.
inuĭcem. (in-uicis). Por sua vez, alternadamente. Reciprocamente, mutuamente. Em troca.
inuictus,-a,-um. (in-uinco). Que não foi vencido, invencível, invicto. Inexpugnável.
inuidentĭa,-ae, (f.). (in-uidĕo). Sentimento de inveja, ciume.
inuidĕo,-es,-ere,-uidi,-uisum. (in-uidĕo). Olhar demasiadamente, com insistência para, lançar maus olhares. Invejar, odiar. Impedir, recusar, tirar à força.

inuidiosus,-a,-um. (in-uiděo). Invejoso. Invejado, invejável. Que torna odioso, revoltante.
inuĭdus,-a,-um. (in-uiděo). Invejoso. Inimigo, hostil, adverso. Cruel.
inuigĭlo,-as,-are,-aui,-atum. (in-uigěo). Velar em, velar por. Estar desperto, estar atento. Dedicar a vigília a.
inuiolatus,-a,-um. (in-uiŏlo). Não violado, não maltratado, respeitado. Inviolável.
inuisitatus,-a,-um. (in-uisĭto). Não visitado. Novo, extraordinário, não visto.
inuiso,-is,-ěre,-uisi,-uisum. (in-uiso). Visitar, ir ver. Olhar, ver.
inuitamentum,-i, (n.). (in-uito). Convite. Atrativo, engano, sedução. Encorajamento, incitação.
inuitatĭo, inuitationis, (f.). (in-uito). Convite, solicitação. Provocação, incitação.
inuite. (in-uolo, uis). Contra a vontade, com constrangimento, contrariamente.
inuito,-as,-are,-aui,-atum. (in-uito). Convidar, receber, oferecer. Induzir, instigar, incitar.
inuitus,-a,-um. (in-uolo, uis). Que age contra a vontade, forçado, constrangido. Involuntário.
inuĭus,-a,-um. (in-uia). Sem caminho, inacessível, impenetrável, intransitável.
inultus,-a,-um. (in-ulciscor). Que não foi vingado, que não se vingou. Impunemente, sem prejuízo. Não saciado.
inumbro,-as,-are,-aui,-atum. (in-umbra). Cobrir de sombra, pôr à sombra. Tornar sombrio, sombrear, escurecer, obscurecer. Eclipsar.
inundatĭo, inundationis, (f.). (in-unda). Cheia, inundação, dilúvio.
inundo,-as,-are,-aui,-atum. (in-unda). Inundar, transbordar, submergir. Espalhar-se, sair do leito.
inungo,-is,-ěre,-unxi,-unctum. (in-ungo). Untar, ungir, banhar. Umedecer, impregnar-se.
inuocatĭo, inuocationis, (f.). (in-uox). Invocação.
inuŏco,-as,-are,-aui,-atum. (in-uox). Chamar, pedir auxílio. Dar nome, nomear.
inuolĭto,-as,-are,-aui,-atum. (in-uolo,-as). Voar sobre, pairar, flutuar.
inuŏlo,-as,-are,-aui,-atum. (in-uolo,-as). Voar em ou para, precipitar-se. Atacar, tomar posse, roubar de.
inuolŭcrum,-i, (n.). (in-uoluo). Invólucro, envoltório. Véu, disfarce, máscara.
inuoluo,-is,-ěre,-uolui,-uolutum. (in-uoluo). Rolar para ou sobre, fazer cair. Envolver, cercar, velar.
inurbanus,-a,-um. (in-urbs). Deselegante, indelicado, grosseiro, tosco.
inurgěo,-es,-ere. (in-urgěo). Empurrar, lançar.
inuro,-is,-ěre,-ussi, ustum. (in-uro). Queimar em, marcar a fogo. Imprimir indelevelmente, causar. Queimar, destruir.
inusitatus,-a,-um. (in-utor). Raro, desusado, extraordinário, inusitado.
inutĭlis, inutĭle. (in-utor). Inútil, vão, supérfluo. Impróprio, incapaz. Prejudicial.
inutĭlitas, inutilitatis, (f.). (in-utor). Inutilidade. Caráter prejudicial. Perigo.
inutilĭter. (in-utor). Inutilmente, sem uso.
inuulnerabĭlis, inuulnerabĭle. (in-uulnus). Invulnerável.
iocatĭo, iocationis, (f.). (iocus). Gracejo, zombaria.
iocor,-aris,-ari,-atus sum. (iocus). Brincar, gracejar, zombar.
iocosus,-a,-um. (iocus). Alegre, brincalhão, que gosta de gracejar, jocoso. Que se diverte, que brinca.
iocularĭa,-ĭum, (n.). (iocus). Gracejos, ditos picantes.
iocularis, ioculare. (iocus). Jocoso, divertido, risível.
ioculariter. (iocus). Com gracejos, jocosamente. Por brincadeira.
iocus,-i, (m.). Gracejo, graça. Divertimento, brincadeira. Jogo.
iota. Letra do alfabeto grego.
Iouis. Genitivo de Iuppĭter.
ipse, ipsa, impsum. (is-pse). O próprio, o mesmo. Exatamente, precisamente. Por si mesmo, espontaneamente.
ipsissĭmus,-a,-um. (ipse). Ele próprio, em pessoa.
ira,-ae, (f.). Ira, cólera, fúria. Objeto, motivo de cólera, de fúria. Violência, impetuosidade. Paixão violenta. Discórdia, inimizade.

iracundĭa,-ae, (f.). (ira). Irritabilidade, iracúndia. Indignação, arrebatamento, explosão de fúria.
iracundus,-a,-um. (ira). Irascível, irritável. Colérico, furioso, irritado.
irascor,-ĕris, irasci, iratus sum. (ira). Irar-se, irritar-se, encolerizar-se, indignar-se.
irrationalis, irrationale. (in-ratĭo). Irracional, privado de razão.
irraucesco,-is,-ĕre,-rausi. (in-raucus). Enrouquecer.
irreligiosus,-a,-um. (in-religĭo). Irreligioso, ímpio, perverso.
irremeabĭlis, irremeabĭle. (in-re-meo). Donde não se pode voltar.
irreparabĭlis, irreparabĭle. (in-re-paro). Irreparável, irrecuperável.
irrepertus,-a,-um. (in-reperĭo). Não encontrado.
irrepo,-is,-ĕre,-repsi,-reptum. (in-repo). Arrastar-se em ou sobre, ir-se arrastando para, esgueirar-se. Insinuar-se, entrar sorrateiramente.
irrepto,-as,-are. (in-repo). Esgueirar-se, deslizar para. Entrar furtivamente.
irrequietus,-a,-um. (in-re-quies). Irrequieto, sem repouso, sem descanso.
irresecutus,-a,-um. (in-re-seco). Não cortado.
irresolutus,-a,-um. (in-re-soluo). Irresoluto, não afrouxado, não relaxado.
irretĭo,-is,-ire,-iui/-ĭi,-itum. (in-retis). Envolver numa rede, enlaçar. Embaraçar, enredar, envolver. Seduzir, encantar.
irretortus,-a,-um. (in-re-torquĕo). Não voltado para trás, que não se desvia, não deslumbrado.
irreuĕrens, irreuerentis. (in-re-uerĕor). Irreverente, nada respeitoso.
irreuerentĭa,-ae, (f.). (in-re-uerĕor). Irreverência, licença, excesso.
irreuocabĭlis, irreuocabĭle. (in-re-uox). Que não se pode fazer voltar atrás, irrevogável. Implacável.
irreuocatus,-a,-um. (in-re-uox). Não chamado atrás, não retido. Irrevogável.
irridĕo,-es,-ere,-risi,-risum. (in-ridĕo). Rir-se de, zombar, escarnecer, ridicularizar.
irridicŭlum,-i, (n.). (in-ridĕo). Zombaria, objeto de riso, o ridículo.
irrigatĭo, irrigationis, (f.). (in-rigo). Irrigação, rega.

irrĭgo,-as,-are,-aui,-atum. (in-rigo). Irrigar, regar, banhar. Conduzir, canalizar água. Espalhar-se.
irrigŭus,-a,-um. (in-rigo). Regado, molhado, banhado.
irrisĭo, irrisionis, (f.). (in-ridĕo). Irrisão, zombaria, escárnio, deboche.
irritabĭlis, irritabĭle. (irrĭto). Irritável, irascível.
irritamen, irritamĭnis, (n.). (irrĭto). Irritamento, coisa que irrita. Estimulante, excitante, estímulo, incentivo.
irritamentum,-i, (n.). ver **irritamen**.
irritatĭo, irritationis, (f.). (irrĭto). Irritação. Estimulante, incentivo, excitante.
irrito,-as,-are,-aui,-atum. Provocar, excitar, estimular. Irritar, indispor, encolerizar.
irrĭtus,-a,-um. (in-reor). Sem efeito, sem valor, nulo. Inútil, estéril, ineficaz, vão. Sem êxito, sem resultado, infrutífero.
irrogatĭo, irrogationis, (f.). (in-rogo). Irrogação, imposição, condenação ao pagamento.
irrŏgo,-as,-are,-aui,-atum. (in-rogo). Irrogar, propor medida contra alguém. Infligir, aplicar sanção, punir, condenar.
irrŏro,-as,-are,-aui,-atum. (in-roro). Cobrir de orvalho. Umedecer, molhar, banhar. Gotejar, cair como orvalho.
irrumo,-as,-are,-aui,-atum. Pôr na boca de alguém, dar de mamar.
irrumpo,-is,-ĕre,-rupi,-ruptum. (in-rumpo). Irromper, precipitar-se em ou sobre. Atacar, invadir. Usurpar.
irrŭo,-is,-ĕre,-rŭi. (in-ruo). Lançar-se, cair sobre, precipitar-se. Invadir. Usurpar.
irruptĭo, irruptionis, (f.). (in-rumpo). Ataque, invasão, incursão, irrupção.
is, ea, id. Elemento de valor anafórico: Ele, ela. O, a. Este, esta.
istactenus. (istac-tenus). Até este ponto.
iste, ista, istud. Pronome demonstrativo de segunda pessoa: Esse, essa, isso. Tal, semelhante. Às vezes se emprega com sentido pejorativo.
istic. (iste-c). Aí, nesse lugar.
isticĭne. (iste-c-ne). Por que motivo? Por que? Por ventura esse?
istinc. (iste-hinc). Daí, desse lugar.
isto. (iste). Para aí, a isso.
istorsum. (iste-uersum). Desse lado, dali. Para esse lado, esse lugar.

istuc. (iste-ce). Para aí, esse lado. A esse assunto.

ita. Assim, desta maneira, como dizes, nestas condições. Tal, do mesmo modo. Pois, portanto, por consequência. Sim (como resposta).

ităque. (ita-que). E assim, desta maneira. Pois, assim pois, por consequência. Por exemplo.

item. (ita-em). Do mesmo modo, igualmente, paralelamente, bem como. Também.

iter, itinĕris, (n.). Caminho percorrido, trajeto, viagem, marcha. Via, meio, maneira. Curso.

iteratĭo, iterationis, (f.). (itĕrum). Iteração, repetição. Segunda lavra (agricultura). Direito de segunda libertação.

itĕro,-as,-are,-aui,-atum. (itĕrum). Repetir, reiterar, dizer sem parar. Renovar, recomeçar.

itĕrum. Pela segunda vez, de novo, novamente. De volta. Por sua vez, reciprocamente.

itĭdem. (ita-dem). Do mesmo modo, igualmente, paralelamente, bem como. Também.

itinĕris, ver **iter.**

itĭo, itionis, (f.). (eo, ire). Ação de ir, passeio. No plural: avenidas.

ito,-as,-are. (eo, ire). Ir frequentemente, ir muitas vezes.

itus,-us, (m.). (eo, ire). Ação, de ir, marcha. Ida.

iuba,-ae, (f.). Crina, objeto parecido com uma crina. Crista de galo, penacho, cabeleira de um cometa. Juba.

iubar, iubăris, (n.). Estrela d'alva, estrela da manhã. Esplendor, brilho, glória, majestade.

iubatus,-a,-um. (iuba). Que tem crina, crista.

iubĕo,-es,-ere, iussi, iussum. Ordenar, mandar. Sancionar, autorizar, decidir. Convidar a, desejar, levar a. saudar.

iucundĭtas, iucunditatis, (f.). (iuuo). Encanto, agrado, alegria, prazer. Amabilidade, obséquio.

iucunditatis, ver **iucundĭtas.**

iucundus,-a,-um. (iuuo). Agradável, ameno, encantador, jucundo.

iudex, iudĭcis, (m.). (ius-dico). O que mostra ou diz o direito, árbitro, juiz.

iudicatĭo, iudicationis, (f.). (ius-dico). Ação de julgar, de investigar. Julgamento, juízo, opinião, deliberação.

iudicatum,-i, (n.). (ius-dico). Coisa julgada, julgamento, sentença.

iudicatus,-us, (m.). (ius-dico). Direito de julgar, cargo de juiz.

iudicialis, iudiciale. (ius-dico). Relativo a julgamentos, judicial, judiciário.

iudiciarĭus,-a,-um. (ius-dico). Relativo à justiça, judiciário.

iudĭcis, ver **iudex.**

iudicĭum,-i, (n.). (ius-dico). Ação ou direito de julgar, ofício de juiz. Ação judicial, investigação, processo judicial. Julgamento, sentença, decisão. Tribunal. Juízo, opinião, reflexão. Faculdade de julgar.

iudĭco,-as,-are,-aui,-atum. (ius-dico). Julgar, proferir uma sentença. Processar, reclamar, demandar. Declarar, proclamar. Avaliar, estimar, apreciar, julgar.

iugalis, iugale. (iugum). De jugo, que tem forma de jugo. Conjugal, nupcial. Parelha de cavalos.

iugatĭo, iugationis, (f.). (iugum). Ação de prender a vinha a uma estaca. Medida agrária.

iugĕra, iugerum, (n.). (iugum). Medida agrária, jeira: corresponde ao terreno lavrado por uma junta de bois durante um dia.

iugĕrum,-i, (n.). (iugum). Jeira: medida agrária correspondente a 240 pés de comprimento por 120 de largura.

iugis, iuge. (iugum). Que corre sempre (água), perene, contínuo. Que dura sempre, inesgotável, perpétuo.

iuglandis, ver **iuglans.**

iuglans, iuglandis, (f.). (iouis-glans). Noz, nogueira.

iugo,-as,-are. (iugum). Ligar, jungir, atrelar, unir. Casar.

iugosus,-a,-um. (iugum). Montanhoso.

iugŭlo,-as,-are,-aui,-atum. (iugum). Cortar o pescoço, degolar, assassinar, matar. Oprimir, abater.

iugŭlus,-i, (m.).ou iugŭlum,-i, (n.). (iugum). Parte do corpo onde o pescoço se une ao tronco. Garganta, goela.

iugum,-i, (n.). Jugo, trela, canga. Junta de bois, parelha de cavalos. Carro. Jugo: artefato constituído de duas lanças fincadas ao chão e encimadas por uma terceira, debaixo de que passavam os vencidos em

sinal de submissão. Balança (constelação). Laços do matrimônio. Cadeia de montanhas, cimo de uma montanha.
iugus,-a,-um. (iugum). Unido, ligado. Que une.
iumentum,-i, (n.). (iugum). Animal de carga, animal que se atrela: cavalo, burro, camelo. Tropa de animais.
iuncĕus,-a,-um. (iuncus). De junco. Semelhante ao junco. Delgado.
iuncosus,-a,-um. (iuncus). Cheio de junco.
iunctim. (iungo). Lado a lado. Consecutivamente, em seguida.
iunctĭo, iunctionis, (f.). (iungo). União, ligação, coesão, junção. Ligação harmoniosa.
iunctura,-ae, (f.). (iungo). Juntura (onde duas partes se unem), ligação. Parentesco. Composição, combinação, conexão.
iuncus,-i, (m.). Junco (planta).
iungo,-is,-ĕre, iunxi, iunctum. (iugum). Atrelar, unir aos pares, jungir. Reunir. Continuar, prosseguir, fazer suceder. Acrescentar.
iunipĕrus,-i, (m.). Zimbro ou junípero (árvore).
iure. (ius). Com justiça, com razão. De direito. Merecidamente, justamente.
iurgĭum,-i, (n.). (ius-ago). Querela, disputa, contenda. Contestação, separação (de casal).
iurgo,-as,-are,-aui,-atum. (ius-ago). Estar em litígio, em demanda. Disputar, pleitear. Repreender, censurar.
iuris, ver **ius.**
iurisconsultus,-i, (m.). (ius-consŭlo). Jurisconsulto.
iurisdictĭo, iurisdictionis, (f.). (ius-dico). Ação de ministrar a justiça, judicatura. Autoridade, competência. Jurisdição.
iuro,-as,-are,-aui,-atum. (ius). Jurar, afirmar com juramento, prestar um juramento. Conjurar, conspirar.
ius, iuris, (n.). I- Direito, justiça. Legislação, leis, direito escrito. Lugar onde se ministra o direito. II- Suco, molho, caldo, extrato.
iusiurandum,-i, (n.). (ius). Juramento, afirmação sob juramento.
iussum,-i, (n.). (iubĕo). Ordem, mandado, preceitos. Vontade (do povo), lei.
iusta,-orum, (n.). (ius). As cerimônias devidas. Formalidades, deveres. O devido, o justo. Salário, sustento. Honras fúnebres.
iuste. (ius). Com justiça, com equidade. justamente.
iustifĭcus,-a,-um. (ius-facĭo). Que procede com justiça, que faz, promove a justiça. Justo.
iustitĭa,-ae, (f.). (ius). Justiça, equidade, conformidade com o direito. Sentimento de justiça, benignidade.
iustitĭum,-i, (n.). (ius-sto). Férias dos tribunais, suspensão dos trabalhos judiciais. Suspensão dos negócios em geral.
iustus,-a,-um. (ius). Conforme o direito, legítimo, justo. De justa medida, conveniente, normal. Afável, benevolente, bom.
iuuenalĭa,-ĭum, (f.). (iuuĕnis). Festas em honra à juventude.
iuuenalis, iuuenale. (iuuĕnis). Jovem, juvenil, da juventude.
iuuenca,-ae, (f.). (iuuĕnis). Novilha. A que é jovem.
iuuencus,-i, (m.). (iuuĕnis). Novilho, touro novo. Jovem. Couro de boi.
iuuenesco,-is,-ĕre. Adquirir as forças da juventude. Tornar-se jovem, rejuvenescer.
iuuenilis, iuuenile. (iuuĕnis). De jovem, juvenil, da juventude.
iuuĕnis, iuuĕnis. (subst. e adj.). Novo, jovem, rapaz, moça, menino, menina.
iuuenta,-ae, (f.). (iuuĕnis). Juventude, mocidade.
iuuentus, iuuentutis, (f.). (iuuĕnis). Juventude, mocidade. Jovens guerreiros, mocidade armada.
iuuentutis, ver **iuuentus.**
iuuo,-as,-are, iuui, iutum. Agradar a. Ajudar, auxiliar, ser útil.
iuxta. I - Adv.: lado a lado, próximo um do outro. Muito próximo, perto. Igualmente, do mesmo modo, tanto quanto, assim como. II - Prep./acus.: muito perto de, junto a. Logo depois, a seguir.
iuxtim. (iuxta). Igualmente.
ixĭos,-ii, (m.). Espécie de abutre.

K

k. Letra do alfabeto que representa na língua antiga o som do K (káppa) grego. K. = abreviatura de *Kaeso* (Cesão); K./Kal. = abreviatura de *kalendae*.

kalendae,-arum, (f.). Calendas, o primeiro dia do mês. Mês. (**ad Kalendas graecas** = nunca).

koppa, (n.). Copa, signo numérico grego, que vale 90.

L

l. L. = abreviatura de Lucĭus. L = número 50 (em algarismo romano).
L = abreviatura de Lucĭus; L = o numeral 50.

labărum,-i, (n.). Lábaro (estandarte militar da época imperial, ricamente ornamentado, sobre o qual Constantino mandou colocar uma coroa, uma cruz e as iniciais de Jesus Cristo).

labasco,-is,-ĕre. (labo). Cambalear, desabar, abater. Oscilar, ceder.

labĕa,-ae, (f.). Lábio, beiço.

labecŭla,-ae, (f.). Pequena nódoa.

labefacĭo,-is,-ĕre,-feci,-factum. (labo-facĭo). Abalar. Romper, destruir, arruinar. Subverter.

labefactatĭo, labefactationis, (f.). (labefacto). Abalo.

labefacto,-as,-are,-aui,-atum. Fazer cair, abater, abalar. Arruinar, enfraquecer. Fazer oscilar, corromper.

labellum,-i, (n.). (labrum). I- Lábio delicado. Lábio (de criança). Termo de afeto. II- Bacia pequena. Taça para as libações.

labeosus,-a,-um. (labĕa). Beiçudo.

labes, labis, (f.). (labor). I- Queda, ruína, desmoronamento. Flagelo, calamidade, destruição, peste. II- Mancha, nódoa. Labéu, desonra. Pessoa ignóbil.

labĭa,-ae, (f.). Lábio inferior.

labis, ver **labes**.

labĭum,-i, (n.). Lábio, lábios.

labo,-as,-are,-aui,-atum. Escorregar de modo a cair, ir abaixo, desabar. Vacilar, hesitar.

labor, laboris, (m.). Trabalho, fadiga, carga. Sofrimento, dor, fadiga (proveniente do esforço ao executar um trabalho). Esforço, labor. Empresa, plano, obra. Cuidado, solicitude, atividade dispensada. Desgraça, desventura, infelicidade. Doença, dor física.

labor, labĕris, labi, lapsus sum. Escorregar, deslizar. Cambalear, hesitar, resvalar, cair. Deixar-se ir, seguir, tender para, inclinar-se. Decorrer. Cometer uma falta.

laborĭfer,-fĕra,-fĕrum. (labor-fero). Que suporta o trabalho, laborioso.

laboriosĭus. (laboriosus). Laboriosamente, com muito esforço, com muito sacrifício.

laboriosus,-a,-um. (labor, laboris). Laborioso, que suporta o trabalho/fadigas. Ocupado, que tem muito trabalho, ativo. Que dá trabalho, fatigante, difícil, custoso. Que padece, que sofre.

laboro,-as,-are,-aui,-atum. (labor). Trabalhar, esforçar-se. Sofrer, inquietar-se, preocupar-se, estar em dificuldade. Desaparecer, sucumbir. Elaborar, executar. Cultivar.

labos, ver **labor, laboris**.

labrum,-i, (n.). (lambo). I- Lábio(s), beiço(s). Borda, orla. II- Banheira, tina para banho. Vasilha, bacia (destinada ao banho).

labrusca,-ae, (f.). Videira silvestre, uvas de videira silvestre.

labruscum,-i, (n.). Uvas da videira silvestre.

labyrinthĕus,-a,-um. De labirinto, labiríntico.

labyrinthus,-i, (m.). Labirinto.
lac, lactis, (n.). Leite. Suco leitoso das plantas. De cor leitosa. Infância.
lacer,-ĕra,-ĕrum. Rasgado, dilacerado, mutilado. Que rasga, que despedaça.
laceratĭo, lacerationis, (f.). (lacer). Laceração, ação de rasgar, dilaceração.
lacerna,-ae, (f.). Lacerna (capa com capuz, sem mangas, aberta na frente e afivelada ao pescoço).
lacernatus,-a,-um. (lacerna). Que se veste de lacerna.
lacĕro,-as,-are,-aui,-atum. (lacer). Rasgar, lacerar, dilacerar, despedaçar. Fazer sofrer, atormentar. Despojar, dissipar.
lacerta,-ae, (f.). Lagarto. Peixe de nome desconhecido.
lacertosus,-a,-um. (lacertus). Que tem braços musculosos, forte, robusto.
lacertus,-i, (m.). I- Músculo do braço, músculo do ombro, músculo em geral. Força muscular, robustez, vigor. Braços. II- Lagarto. Peixe de nome desconhecido.
lacesso,-is,-ĕre,-iui/-ĭi,-itum. Provocar, irritar, excitar. Atacar, assaltar. Bater, ferir, açoitar.
lachanisso/lachanizo,-as,-are. Estar fraco/ lânguido.
lachrim-, ver **lacrĭm-.**
lachrum-, ver **lacrĭm-.**
lacinĭa,-ae, (f.). I- Floco de lã em forma de tufo, porção, parcela. Franja, aba, orla. Retalho, pedaço. Vestido. Extremidade, ponta. II- Lacínia, sobrenome de Juno.
laciniosus,-a,-um. (lacinĭa). Recortado, dividido em segmentos, rendado.
lacrĭma,-ae, (f.). Lágrima. Gota de látex/ resina.
lacrimabĭlis, lacrimabĭle. (lacrĭmo). Que faz verter lágrimas, triste, lamentável.
lacrimabundus,-a,-um. (lacrĭmo). Todo banhado em lágrimas.
lacrĭmo,-as,-are,-aui,-atum. Chorar. Destilar, derramar seiva.
lacrimosus,-a,-um. (lacrĭma). Que verte lágrimas, choroso. Que faz verter lágrimas, lamentável, funesto.
lacrimŭla,-ae, (f.). (lacrĭma). Pequena lágrima.
lacrŭm-, ver **lacrĭm-.**
lactĕo,-es,-ere. (lac). Mamar, ser amamentado. Ser leitoso.
lactĕolus,-a,-um. (lactĕus). Branco como leite, parecido com leite.
lactes, lactĭum, (f.). (lac). Intestino delgado. Ovas de peixe.
lactesco,-is,-ĕre. (lactĕo). Transformar-se em leite. Começar a ter leite, verter leite.
lactĕus,-a,-um. (lac). De leite, lácteo. Cheio de leite. Branco como leite. Que mama. Agradável como leite.
lacticulosus,-a,-um. (lac). Que deixou de mamar, desmamado.
lactis, ver **lac.**
lacto,-as,-are,-aui,-atum. (lac). Amamentar, nutrir com leite. Atrair com carícias, seduzir.
lactuca,-ae, (f.). Alface.
lactucŭla,-ae, (f.). (lactuca). Alface pequena.
lacuna,-ae, (f.). (lacus). Água de cisterna. Cisterna, fosso, cavidade, buraco, abertura. Lacuna, vácuo, brecha, defeito.
lacunar, lacunaris, (n.). (lacuna). Painel em um teto, com divisões ou compartimentos, teto com molduras.
lacunarĭum,-i, ver **lacunar.**
lacuno,-as,-are,-aui,-atum. (lacuna). Cobrir com lambris, abobadar.
lacunosus,-a,-um. (lacuna). Que tem cavidades, esburacado.
lacus,-us, (m.). Reservatório de água, lago, bacia. Cisterna, reservatório subterrâneo. Cuba.
laedo,-is,-ĕre, laesi, laesum. Bater, ferir. Prejudicar, danificar, ultrajar. Tocar, causar impressão.
laena,-ae, (f.). Capa de inverno.
laesĭo, laesionis, (f.). (laedo). Ataque, acusação.
laetabĭlis, laetabĭle. (laetor). Que provoca alegria, alegre, feliz.
laetandus,-a,-um. (laetor). Próspero, feliz.
laetans, laetantis. (laetor). Alegre, risonho, agradável.
laetatĭo, laetationis, (f.). (laetor). Regozijo, alegria.
laete. (laetus). Alegremente, com satisfação. Jovialmente, amenamente. Abundantemente.
laetifĭcans, laetificantis. (laetifĭco). Contente, alegre.
laetifĭco,-as,-are,-aui,-atum. (laetifĭcus).

Tornar abundante/produtivo, fertilizar. Alegrar, tornar alegre.
laetifícus,-a,-um. (laetus-facĭo). Que torna alegre.
laetitĭa,-ae, (f.). (laetus). Fecundidade, fertilidade. Alegria, prazer. Encanto, graça.
laetitĭes,-ei, ver **laetitĭa.**
laetitudĭnis, ver **laetitudo.**
laetitudo, laetitudĭnis, (f.). (laetus). Alegria.
laeto,-as,-are,-aui,-atum. (laetus). Adubar. Alegrar.
laetor,-aris,-ari,-atus sum. (laetus). Alegrar-se, regozijar-se.
laetus,-a,-um. Gordo, fértil, abundante. Favorável, feliz. Alegre, satisfeito. Agradável, aprazível.
laeua,-ae, (f.). Mão esquerda. Lado esquerdo.
laeuamentus, ver **leuamentum.**
laeuatus, ver **leuatus.**
laeue. (laeuus). De modo rude, desajeitadamente.
laeuis, ver **leuis.**
laeuum,-i, (n.). Lado esquerdo.
laeuus,-a,-um. Esquerdo. Desfavorável, sinistro, adverso, inoportuno. Favorável, propício.
lagănum,-i, (n.). Espécie de bolo feito de farinha e azeite.
lageos,-i, (m.). Espécie de videira.
lagoena,-ae, (f.). Bilha de barro.
lagoïdis, ver **lagois.**
lagois, lagoïdis, (f.). Lebre-marinha (nome de um peixe).
lagona, ver **lagoena.**
lallo,-as,-are,-aui,-atum. Ninar uma criança, cantando "lá, lá".
lama,-ae, (f.). Lama, lamaçal, atoleiro.
lambo,-is,-ĕre, lambi, lambĭtum. Lamber. Acariciar. Banhar.
lamella,-ae, (f.). (lamĭna). Pequena lâmina de metal.
lamellŭla,-ae, (f.). (lamella). Pequena lâmina de metal.
lamenta,-orum, (n.). Lamentações, gemidos. O cacarejar das galinhas.
lamentabĭlis, lamentabĭle. (lamentor). Lamentável, deplorável.
lamentatĭo, lamentationis, (f.). (lamentor). Lamentações, gemidos.
lamentor,-aris,-ari,-atus sum. Lamentar-se, queixar-se, gemer, deplorar.

lamĭa,-ae, (f.). Vampira, bruxa, "bicho-papão".
lamĭna,-ae, (f.). Lâmina, folha delgada de metal. Lâmina em brasa. Pequena barra metálica, peça de ouro/prata. Casca de nozes.
lammĭna, ver **lamĭna.**
lamna, ver **lamĭna.**
lampădis, ver **lampas.**
lampas, lampădis, (f.). Lâmpada. Tocha, facho. Luz, claridade.
lamyrus,-i, (m.). Um tipo de peixe do mar.
lana,-ae, (f.). Lã, novelo de lã. Nuvens (que se assemelham a flocos de lã). Penugem.
lanaris, lanare.(lana). Lanígero.
lancĕa,-ae, (f.). Lança, dardo.
lanceŏla,-ae, (f.). (lancĕa). Pequena lança.
lancĭno,-as,-are,-aui,-atum. Despedaçar, rasgar.
lancis, ver **lanx.**
lanĕus,-a,-um. (lana). De lã. Mole, macio, tenro (como a lã).
languefacĭo,-is,-ĕre. (languĭdus-facĭo). Tornar lânguido, amolecer.
languĕo,-es,-ere, languĭ. Estar lânquido/amolecido/prostrado/debilitado. Desfalecer.
languesco,-is,-ĕre, languĭ. (languĕo). Tornar-se lânguido, enfraquecer-se, adoecer. Extinguir-se.
languidŭlus,-a,-um. (languĭdus). Murcho. Lânguido, mole, indolente.
languĭdus,-a,-um. Lânguido, fraco. Preguiçoso, indolente. Covarde.
langŭla, ver **lancŭla.**
languor, languoris, (m.). (languĕo). Languidez, fadiga, cansaço. Doença. Preguiça, moleza. Calmaria.
laniatĭo, laniationis, (f.). (lanĭo). Ação de rasgar.
laniatus,-us, (m.). (lanĭo). Ação de rasgar/dilacerar. Tortura.
lanicĭum, ver **lanitĭum.**
laniena,-ae, (f.). (lanĭus). Açougue.
lanificĭum,-i, (n.). (lanifĭcus). Manufatura de lã.
lanifĭcus,-a,-um. (lana-facĭo). Que prepara a lã.
lanĭger,-gĕra,-gĕrum. (lana-gero). Lanígero, que produz lã.
lanĭo,-as,-are,-aui,-atum. Rasgar, despedaçar.

lanionĭus,-a,-um. (lanĭo). Relativo a açougueiro.
lanista,-ae, (m.). Lanista, treinador de gladiadores.
lanisticĭus,-a,-um. (lanista). Relativo a gladiadores.
lanitĭum,-i, (n.). (lana). Lã, pelo de carneiro.
lanĭus,-i, (m.). (lanĭo). Açougueiro. O que sacrifica as vítimas. Carrasco.
lantern-, ver latern-.
lanugĭnis, ver lanugo.
lanugo, lanugĭnis, (f.). (lana). Penugem, lanugem. Pelo. Mocidade.
lanx, lancis, (f.). Prato, travessa. (Prato de) balança.
lapăthus,-i, (f.), ver lapăthum.
lapăthum,-i, (n.). Labaça (nome de uma planta usada como laxante).
lapicida,-ae, (m.). (lapis-caedo). Lapicida, o que lapida pedras.
lapicidinae,-arum, (f.). (lapis-caedo). Pedreiras.
lapidarĭus,-a,-um. (lapis). De pedra. Gravado em pedra.
lapĭdat,-are,-auit. (lapis). Cair chuva de pedra.
lapidatĭo, lapidationis, (f.). (lapĭdo). Ação de atirar pedras.
lapidator, lapidatoris, (m.). (lapĭdo). O que lança pedras.
lapidesco,-is,-ĕre. (lapĭdo). Transformar-se em pedra.
lapidĕus,-a,-um. (lapis). De pedra, pedregoso. Petrificado.
lapĭdis, ver lapis.
lapĭdo,-as,-are,-aui,-atum. (lapis). Apedrejar. Cobrir de pedras.
lapidosĭtas, lapidositatis, (f.). (lapis). Substância pedregosa.
lapidosus,-a,-um. (lapis). Pedregoso, cheio de pedras. Duro.
lapillus,-i, (m.). (lapis). Pedra pequena. Pedra preciosa. Cálculo renal. Mármore.
lapis, lapĭdis, (m.). Pedra. Marco, limite. Monumento fúnebre. Estúpido, ignorante. Tribuna (onde se vendiam escravos). Mármore, pedra preciosa. Mosaico.
lappa,-ae, (f.). Bardana (nome de planta).
lapsĭo, lapisionis, (f.). (labor,-ĕris, labi). Queda, ruína.

lapso,-as,-are. (labor,-ĕris, labi). Cair repetidas vezes, escorregar incessantemente.
lapsus,-us, (m.). (labor,-ĕris, labi). Queda. Corrente de água. Curso dos astros. Erro, engano, falha.
laquĕar/laqueare, laquearis. (n.). Teto trabalhado artesanalmente, teto com molduras.
laquearĭum, ver laquear.
laquĕo,-as,-are. (laquear). Cobrir com estuco, forrar.
laquĕus,-i. (m.). Laço, nó. Rede, armadilha.
lar, laris, (f.). Lares, divindades protetoras da casa e de seus moradores. Lareira, lar, casa. Ninho.
lardum/larĭdum,-i, (n.). Toucinho.
large. (largus). Abundantemente, amplamente.
largifĭcus,-a,-um. (largus-facĭo). Amplo, abundante.
largiflŭus,-a,-um. (large-fluo). Que corre abundantemente.
largilŏquus,-a,-um. (large-loquor). Falante, tagarela.
largĭor,-iris,-iri, largitus sum. (largus). Dar em abundância/liberalmente, conceder.
largĭtas, largitatis, (f.). (largus). Liberalidade, generosidade.
largĭter. (largus). Muito, bastante. Abundantemente, amplamente.
largitĭo, largitionis, (f.). (largĭor). Liberalidade. Suborno.
largitor, largitoris, (m.). (largĭor). O que pratica liberalidades. O que suborna.
largus,-a,-um. Abundante, copioso. Generoso, liberal. Rico.
larĭdum, ver lardum.
larifŭga,-ae, (m.). (lar-fugo). Vagabundo.
lars, lartis, (m.). Chefe militar.
lartis, ver lars.
larua,-ae, (f.). Espírito dos mortos, espectro, fantasma. Máscara. Boneco.
larualis, laruale. (larua). Esquelético.
laruatus,-a,-um. (larua). Furioso.
lasănum,-i, (n.). Penico.
lasciuĭa,-ae, (f.). (lasciuus). Ação de pular, divertimento. Jovialidade, brincadeira. Lascívia, excesso, libertinagem. Gracejo, afetação.
lasciuĭo,-is,-ire,-ĭi,-itum. (lasciuus). Divertir-se, fazer graça. Cometer excessos. Ser afetado.

lasciuus,-a,-um. (lasciuia). Brincalhão, alegre, jovial. Petulante, impertinente. Devasso, licencioso. Afetado.
laser, lasĕris, (n.). Láser (espécie de resina aromática).
laseratus,-a,-um. (laser). Preparado com láser.
laserpiciarĭus,-a,-um. (laserpicĭum). Relativo a láser.
laserpicĭfer,-fĕra,-fĕrum. (laser). Que produz láser.
laserpicĭum/laserpitĭum,-i, (n.). (laser). Láser (espécie de resina aromática).
lassesco,-is,-ĕre. (lasso). Fatigar-se, cansar-se.
lassitudĭnis, ver **lassitudo.**
lassitudo, lassitudĭnis, (f.). (lassus). Cansaço, fadiga.
lasso,-as,-are,-aui,-atum. (lassus). Cansar, fatigar.
lassŭlus,-a,-um. (lassus). Bastante cansado/fatigado.
lassus,-a,-um. Inclinado, caído. Cansado, fatigado. Enfraquecido.
lastaurus,-i, (m.). Devasso.
late. (latus). Largamente, extensamente. Amplamente, abundantemente.
latĕbra,-ae, (f.). (latĕo). Esconderijo, refúgio. Segredo, mistério. Pretexto, subterfúgio.
latebricŏla,-ae, (m.). (latĕbra-colo). O que frequenta bordéis.
latebrose. (latebrosus). Em lugar secreto.
latebrosus,-a,-um. (latĕbra). Escondido, secreto.
latens, latentis. (latĕo). Escondido, oculto, misterioso. Latente.
latenter. (latens). Secretamente.
latentis, ver **latens.**
latĕo,-es,-ere, latŭi. Estar escondido. Estar livre de.
later, latĕris, (m.). Tijolo.
lateramen, lateramĭnis, (n.). (later). Superfície interna de um vaso.
lateramĭnis, ver **lateramen.**
laterarĭus,-a,-um. (later). (Feito) de tijolos. Relativo a tijolos.
latercŭlum,-i (n.). Registro, lista.
latercŭlus/latericŭlus,-i, (m.). (later). Pequeno tijolo. Bolo em forma de tijolo.
latericĭum,-i, (n.). (later). Alvenaria.
latericĭus/lateritĭus,-a,-um. (later). (Feito) de tijolo.
latĕris, ver **later** e **latus.**
laterna,-ae, (f.). Lanterna.
laternarĭus,-i, (m.). (laterna). Aquele que porta uma lanterna. Escravo.
latesco,-is,-ĕre. (latĕo). Ocultar-se, esconder-se.
latex, latĭcis, (m./f.). Qualquer tipo de líquido (água, vinho, azeite, etc.). Absinto.
latĭar, latiaris, (n.). Sacrifício a Júpiter.
latibŭlum,-i, (n.). (latĕo). Esconderijo. Asilo.
latĭcis, ver **latex.**
laticlauĭus,-a,-um. (latus-clauus). Guarnecido de larga banda de púrpura. Que usa o laticlavo. Patrício, senador.
latifundĭum,-i, (n.). (latus-fundus). Latifúndio.
latinae,-arum, (f.). (latinus). Feriados latinos.
latine. (Latinus). Em latim. Em bom latim, corretamente.
latinĭtas, latinĭtatis, (f.). (latinus). Latinidade.
latinĭtatis, ver **latinĭtas.**
latinus,-a,-um. Relativo ao Lácio, latino.
latĭo, lationis, (f.). (latum, de **fero).** Apresentação de uma lei. Direito.
latitatĭo, latitationis, (f.). (latĭto). Ação de se conservar oculto.
latĭto,-as,-are,-aui,-atum. (latĕo). Esconder-se. Faltar (a uma chamada em juízo).
latitudĭnis, ver **latitudo.**
latitudo, latitudĭnis, (f.). (latus,-a,-um). Largura. Extensão. Gravidade. Amplitude.
latomĭae,-arum, (f.). Prisão construída nas rochas.
lator, latoris, (m.). (latum, de **fero).** Aquele que propõe/apresenta.
latrator, latratoris, (m.). (latror). Ladrador, que grita. Inoportuno.
latratus,-us, (m.). (latror). Ação de latir. Grito (do orador).
latrina,-ae, (f.). (lauo). Latrina. Quarto de banho. Bordel.
latro, latronis, (m.). Soldado mercenário. Bandido, ladrão. Peão (peça de xadrez).
latro,-as,-are,-aui,-atum. Ladrar, latir. Gritar. Reclamar aos gritos. Atacar.
latrocinĭum,-ĭi, (n.). (latrocĭnor). Serviço militar. Latrocínio, assalto a mão armada. Bando de salteadores. Assalto (no jogo de xadrez).

latrocĭnor,-aris,-ari,-atus sum. (latro, latronis). Prestar serviço militar. Assaltar, roubar a mão armada. Caçar.

latruncularĭa tabula, (f.). Mesa de xadrez.

latruncŭlus,-i, (m.). (latro,-onis). Soldado mercenário. Salteador, ladrão. Peão (peça de xadez).

latumĭae, ver **latomĭae.**

latura,-ae, (f.). (latum, de **fero).** Ação de levar.

latus, latĕris, (n.). Flanco, lado, tronco. Superfície lateral. Pulmões (no plural). Corpo. Círculo, roda.

latus,-a,-um. Largo. Extenso, espaçoso. Abundante, rico. Duradouro.

latuscŭlum,-i, (n.). (latus, latĕris). Pequeno lado. Face de um espelho.

lauabrum,-i, (n.). (lauo). Tina para banho.

lauacrum,-i, (n.). (lauo). Banho (de água e não de vapor). Quarto de banho (pl.).

lauatĭo, lauationis, (f.). (lauo). (Ação de tomar) banho.

laudabĭlis, laudabĭle. (laudo). Louvável, digno de elogios. Estimado.

laudabilĭter. (laudabĭlis). De modo louvável. Honrosamente.

laudanda,-orum, (n.). (laudo). Belas ações.

laudatĭo, laudationis, (f.). (laudo). Discurso laudatório, panegírico, elogio.

laudator, laudatoris, (m.). (laudo). Panegirista, apologista. O que pronuncia um elogio fúnebre. Testemunha de defesa.

laudatrix, laudatricis, (f.). (laudo). A que louva/elogia.

laudis, ver **laus.**

laudo,-as,-are,-aui,-atum. Louvar, elogiar, exaltar. Pronunciar o elogio fúnebre. Exaltar a felicidade. Nomear, citar.

lauo,-as,-are,-aui,-atum. Lavar-se, tomar banho. Lavar, limpar.

lauo,-is,-ĕre, laui, lautum. Lavar, limpar. Molhar, umedecer.

laurĕa,-ae, (f.). (laurĕus). Loureiro. Coroa de louros. (Louros da) vitória. Glória cívica.

laureatus,-a,-um. (laurĕa). Coroado/ornado de louros.

laureŏla,-ae, (f.). (laurĕa). Folha de loureiro, pequena coroa de louros. Pequeno triunfo.

laurĕus,-a,-um. (laurus). Relativo ao loureiro.

lauricŏmus,-a,-um. (laurus-coma). Encoberto por loureiros.

laurĭfer,-fĕra,-fĕrum. (laurus-fero). Laurífero, que produz loureiros. Ornado/coroado de loureiros.

laurus,-i/laurus,-us, (f.). Loureiro. Coroa de louro (representativa do triunfo). Vitória.

laus, laudis, (f.). Panegírico, elogio, louvor. Mérito, valor. Glória, reputação, estima, consideração.

laute. (lautus). Lautamente, suntuosamente. Perfeitamente.

lautĭa,-orum, (n.). (lautus). Presentes dados pelos senadores a embaixadores enviados a Roma. Presente de boas vindas.

lautitĭa,-ae, (f.). (lautus). Luxo, suntuosidade. Elegância.

lautiuscŭlus,-a,-um. (lautus). Muitíssimo elegante/rico.

lautumĭae, ver **latomĭae.**

lautus,-a,-um. Lavado. Elegante. Rico, suntuoso.

laxamentum,-i, (n.). (laxo). Relaxamento, indulgência. Descanso, repouso.

laxe. (laxus). Largamente, amplamente. Desordenadamente. Livremente, sem empecilhos.

laxĭtas, laxitatis, (f.). (laxus). Grande extensão, espaço. Comodidade.

laxitatis, ver **laxĭtas.**

laxo,-as,-are,-aui,-atum. Afrouxar, relaxar. Abrir. Abrandar, amolecer.

laxus,-a,-um. Frouxo, desapertado. Amplo, largo, extenso. Relaxado, solto.

lea,-ae, (f.). Leoa.

leaena,-ae, (f.). Leoa.

lebes, lebetis, (m.). Bacia destinada a lavar as mãos.

lecte. (lectus,-a,-um). Arbitrariamente, com possibilidade de escolha.

lectica,-ae, (f.). (lectus,-i). Liteira.

lecticarĭŏla,-ae, (f.). (lecticarĭus). Aquela que gosta de carregadores de liteira.

lecticarĭus,-i, (m.). (lectica). Carregador de liteira.

lecticŭla,-ae, (f.). (lectica). Pequena liteira, cadeirinha. Padiola. Leito. Ninho.

lecticŭlus,-i, (m.). (lectŭlus). Leito.

lectĭo, lectionis, (f.). (lego,-is,-ĕre). Escolha, eleição, nomeação. Leitura, lição. Texto.

lectĭto,-as,-are,-aui,-atum. (lego,-is,-ĕre). Ler repetidas vezes.

lectiuncŭla,-ae, (f.). (lego,-is,-ĕre). Leitura rápida.
lector, lectoris, (m.). (lego,-is,-ĕre). Leitor.
lectŭlus,-i, (m.). (lectus,-i). (Pequeno). leito.
lectus,-a,-um. (lego). Colhido, reunido, seleto.
lectus,-i, (m.). Cama, leito (de estar à mesa, de repouso, fúnebre, nupcial).
legalis, legale. (lex). Legal.
legata,-ae, (f.). (legatus). Embaixatriz.
legatarĭus,-i, (m.). (legatus). Legatário.
legatĭo, legationis, (f.). (lego,-as,-are). Delegação, embaixada. Legado, embaixador. Função de legado, governo de uma província.
legator, legatoris, (m.). (lego,-as,-are). Testador.
legatorĭus,-a,-um. (legatus). De legado imperial, de embaixador.
legatum,-i, (n.). (lego,-as,-are). Legado por testamento.
legatus,-i, (m.). (lego,-as,-are). Embaixador, legado, emissário. Lugar-tenente, comandante subalterno. Governador de província. Comandante de legião.
legĭfer,-fĕra,-fĕrum. (lex-fero). Que estabelece leis.
legĭo, legionis, (f.). (lego,-as,-are). Legião. Tropas. Exército.
legionarĭus,-a,-um. (legĭo). Relativo a uma legião, legionário.
legis, ver **lex**.
legislator, legislatoris, (m.). (lex-latum, de **fero).** O que apresenta uma lei, legislador.
legitĭma,-orum, (n.). (legitĭmus). Formalidades legais.
legitĭme. (legitĭmus). Legitimamente, de acordo com as leis, legalmente.
legitĭmus,-a,-um. Legal, legítimo. Normal, conveniente, necessário.
legiuncŭla,-ae, (f.). (legĭo). Pequena legião.
lego,-as,-are,-aui,-atum. (lex). Delegar. Enviar como embaixador. Nomear embaixador/lugar-tenente.
lego,-is,-ĕre, legi, lectum. Colher. Recolher. Tomar para si, roubar. Escolher, eleger. Ler.
leguleius,-i, (m.). (lex). Leguleio, exímio cumpridor das formalidades legais.
legumen, legumĭnis, (n.). Legume.
legumĭnis, ver **legumen**.
lembus,-i, (m.). Pequena embarcação, barca.

lemma, lemmătis, (n.). Assunto. Título de um capítulo, epigrama.
lemniscatus,-a,-um. (lemniscus). Ornado com lemniscos.
lemniscus,-i, (m.). Fita (utilizada presa a coroas, palmas de vencedores e suplicantes, ou como enfeite sobre a cabeça de convidados em um banquete).
lemŭres, lemurum, (m.). Lêmures, almas dos mortos, espectros.
lena,-ae, (f.). (leno). Alcoviteira. Sedutora.
lene. (lenis). Docemente, suavemente.
lenimen, lenimĭnis, (n.). (lenĭo). Consolo, alívio.
lenimentum,-i, (n.). (lenĭo). Lenitivo, consolação. Alívio.
lenimĭnis, ver **lenimen**.
lenĭo,-is,-ire,-iui/ĭi,-itum. Abrandar, acalmar, consolar. Acariciar. Acalmar-se, apaziguar-se.
lenis, lene. Macio, doce, suave, ameno. Afável, calmo, benévolo. Que se deixa levar facilmente.
lenĭtas, lenitatis, (f.). (lenis). Maciez, suavidade, doçura. Bondade.
lenĭter. (lenis). Docemente, suavemente. Com tranquilidade, com moderação. Sem vigor.
lenitudo, lenitudĭnis, (f.). (lenis). Suavidade, doçura. Bondade.
lenitudĭnis, ver **lenitudo**.
leno, lenonis, (m.). Alcoviteiro, rufião. Vendedor de escravas.
lenocĭnor,-aris,-ari,-atus sum (leno). Exercer a função de alcoviteiro, prostituir escravas. Procurar seduzir, galantear, acariciar. Ajudar, favorecer.
lenocinĭum,-i, (n.). (leno). Tráfico de escravas. Sedução, encanto. Enfeite exagerado, artificial.
lens, lentis, (f.). Lentilha.
lente. (lentus). Lentamente, calmamente. Friamente, com indiferença. Prudentemente.
lentesco,-is,-ĕre. (lentĕo). Tornar-se flexível/lento. Abrandar-se, moderar-se.
lentis, ver **lens**.
lentiscum,-i, (n.)/lentiscus,-i, (m.). Lentisco, aroeira.
lentisfĭcer,-fĕra,-fĕrum. Plantado de lentiscos/aroeiras. Ou **lentiscifer (cf)**.

lentitudĭnis, ver **lentitudo**.
lentitudo, lentitudĭnis, (f.). (lentus). Apatia, indiferença. Lentidão, indolência.
lento,-as,-are,-aui,-atum. (lentus). Tornar-se flexível, curvar. Prolongar.
lentulĭtas, lentulitatis, (f.). A nobreza de um Lêntulo.
lentŭlus,-a,-um. (lentus). Bastante indolente/vagaroso.
lentus,-a,-um. Flexível, maleável. Indolente, ocioso, vagaroso, lento. Insensível, indiferente.
lenuncŭlus,-a,-um. I- Diminutivo de **leno**. **II-** Barco pequeno, canoa, bote.
leo, leonis, (m.). Leão.
lepĭdus,-a,-um. (lepos). Gracioso, encantador, elegante. Espirituoso. Efeminado.
lepor/lepos, leporis, (m.). Graça, encanto, beleza. Elegância, delicadeza.
leporis, ver **lepor** e **lepus**.
lepus, lepŏris, (m./f.). Lebre.
lepuscŭlus,-i, (m.). (lepus). Pequena lebre.
letalis/lethalis, letale. (letum). Letal, mortal.
lethargĭcus,-a,-um. Letárgico, em estado de letargia.
lethargus,-i, (m.). Letargia.
letĭfer,-fĕra,-fĕrum. (letum-fero). Mortífero.
leto,-as,-are,-aui,-atum. Matar.
letum,-i, (n.). Morte. Ruína, destruição.
leuamen, leuamĭnis, (n.). (leuo II). Alívio, consolação.
leuamentum,-i, (n.). (leuo II). Alívio, consolação.
leuamĭnis, ver **leuamen**.
leuatĭo, leuationis, (f.). (leuo II). Alívio, consolação. Atenuação.
leuator, leuatoris, (m.). (leuo II). Aquele que alivia. Ladrão.
leuatus,-a,-um. (leuo). Polido, liso.
leucaspĭdis, ver **leucaspis**.
leucaspis, leucaspĭdis, (f.). A que traz um escudo branco.
leucophaeatus,-a,-um. Que tem um vestido cinza-escuro.
leuicŭlus,-a,-um. (leuis II). Bastante fútil.
leuidensis, leuidense. (leuis II-densus). Ligeiro, leve. Insignificante.
leuifĭdus,-a,-um. (leuis II-fides). Pérfido, enganador.
leuĭpes, leuipĕdis, (m./f.). (leuis II-pes). Que tem pés ágeis.

leuis, leue. I- Liso, plano. Sem pelo, imberbe. Branco, tenro, delicado. Escorregadio. Fluente. **II-** Leve. Ligeiro, veloz, rápido. Fraco, magro. De pouca importância, fútil, passageiro. Inconstante, pérfido. Doce, agradável, bom.
leuĭtas, leuitatis, (f.). (leuis). I- Polimento. Delicadeza, suavidade. **II-** Leveza. Mobilidade, agilidade. Futilidade, inconstância. Leviandade, volubilidade.
leuĭter. (leuis II). Ligeiramente, levemente. Pouco. Facilmente.
leuo,-as,-are,-aui,-atum (leuis). I- Polir, alisar, tornar plano. **II-** Aliviar, diminuir. Confortar, reanimar, divertir. Levantar, erguer, apoiar. Enfraquecer, diminuir, destruir.
leuor, leuoris, (m.). Polimento.
lex, legis, (f.). Lei. Convenção, contrato. Cláusula, condição. Regra, preceito, obrigação. Ordem.
libamen, libamĭnis, (n.). (libo). Libação (feita aos deuses durante os sacrifícios). Primícias.
libamentum,-i, (n.). (libo). Libamento, oferenda. Primícias.
libamĭnis, ver **libamen**.
libarĭus,-i, (m.). (libum). Pasteleiro.
libatĭo, libationis, (f.). (libo). Libação, oferenda, sacrifício.
libella,-ae, (f.). (libra). Libela (pequena moeda de prata, de valor equivalente a um asse). Pequena quantia.
libellus,-i, (m.). (liber,-bri). Opúsculo. Pequeno tratado. Livreco. Diário, agenda, jornal. Petição, requerimento. Memorial, notas. Programa. Cartaz, edital. Carta, bilhete. Panfleto.
libens, libentis. (libet). Que procede de boa vontade/com prazer, contente. Alegre, jovial.
libenter. (libens). De bom grado, com prazer.
libentĭa,-ae, (f.). (libens). Alegria, prazer.
liber,-bĕra,-bĕrum. Livre. Independente, não subordinado. Isento. Licencioso, desregrado. Ocioso, espaçoso, extenso.
liber,-bĕri, (m.). Filho.
liber,-bri, (m.). Líber (entrecasca sobre a qual se escrevia, antes do papiro), casca. Livro, tratado, obra. Peça teatral, comédia. Carta, decreto, manuscrito. (No plur.) Livros dos augúrios. Coleção, compilação.

liberalis, liberale. (liber,-bĕra,-bĕrum). De pessoa livre, relativo à liberdade. Digno de homem livre, nobre, honrado. Generoso, liberal. Belo, formoso.

liberalĭtas, liberalitatis, (f.). (liberalis). Bondade, indulgência, afabilidade. Liberalidade, generosidade. Presente.

liberalitatis, ver **liberalĭtas.**

liberalĭter. (liberalis). Como um homem livre, liberalmente. Cordialmente. Dignamente, nobremente. Generosamente.

liberatĭo, liberationis, (f.). (libĕro). Liberação, libertação. Absolvição.

liberator, liberatoris, (m.). (libĕro). Libertador.

libĕre. (liber,-bĕra,-bĕrum). Livremente, abertamente. Espontaneamente. De modo sincero.

libĕro,-as,-are,-aui,-atum. (liber,-bĕra,-bĕrum). Tornar livre, libertar, liberar. Soltar, desprender, desobrigar, isentar. Absolver.

liberta,-ae, (f.). (liber,-bĕra,-bĕrum). Liberta, escrava posta em liberdade.

libertas, libertatis, (f.). (liber,-bĕra,-bĕrum). Liberdade. Independência. Permissão. Franqueza, sinceridade.

libertatis, ver **libertas.**

libertinus,-a,-um. (libertus). Relativo a liberto, que está em liberdade.

libertus,-i, (m.). Liberto, escravo posto em liberdade. Filho de liberto.

libet,-ere, libŭit/libĭtum est. Ter vontade de, agradar, achar bom.

libidĭnis, ver **libido.**

libidĭnor,-aris,-ari,-atus sum. (libido). Entregar-se aos prazeres/à devassidão.

libidinose. (libidinosus). Licenciosamente, voluptuosamente. Arbitrariamente. Despoticamente.

libidinosus,-a,-um. (libido). Libidinoso, voluptuoso, licencioso. Arbitrário.

libido, libidĭnis, (f.). Desejo, vontade. Desejo sexual/erótico, luxúria. Sensualidade. Devassidão, capricho, fantasia.

libĭta,-orum, (n.). (libet). Desejos, caprichos.

libitina,-ae, (f.). Organização de funerais, administração de pompas funerárias.

libitinarĭus,-i. (m.). (libitina). Agente de funerais.

libo,-as,-are,-aui,-atum. Fazer/oferecer uma libação. Provar, tocar de leve, extrair. Comer, beber. Verter, derramar, regar.

libonŏtus,-i, (m.). Vento do sudeste.

libra,-ae, (f.). Libra (peso de doze onças). Medida de capacidade para líquidos (sub-dividida em doze partes iguais). Balança. Nível. Contrapeso, equilíbrio. Constelação de libra.

libramentum,-i, (n.). (libro). Contrapeso, peso. Equilíbrio, nível.

librarĭa,-ae, (f.). (libra/liber,-bri). I- Aquela que pesa. II- Livraria. Bibliotecária, copista.

librariŏlus,-i, (m.). (librarĭus II). Copista, livreiro.

librarĭum,-i, (n.). (liber,-bri). Biblioteca. Armário. Carteira para guardar papéis.

librarĭus,-a,-um. (libra/liber,-bri). I- Relativo ao peso de uma libra. II- Relativo a livros.

librarĭus,-i, (m.). (liber,-bri). Copista, bibliotecário. Livreiro. Professor dos primeiros anos de estudo.

librator, ver **libritor.**

librilis, librile. (libra). Que pesa uma libra.

libritor, libritoris, (m.). Funcionário encarregado de medir o nível da água e controlar seu consumo. O que faz funcionar máquinas de guerra.

libro,-as,-are,-aui,-atum. (libra). Pesar. Nivelar. Manter em equilíbrio, balancear.

libum,-i, (n.). Bolo (feito com óleo ou leite e coberto de mel). Bolo sagrado.

liburna/liburnĭca,-ae, (f.). Liburna (navio leve e, consequentemente, ligeiro dos Liburnos).

licens, licentis. (licet). Demasiadamente livre, licencioso.

licenter. (licens). Muito livremente, desenfreadamente, desregradamente.

licentĭa,-ae, (f.). (licens). Liberdade, permissão. Liberdade excessiva, indisciplina, licenciosidade.

licentiosus,-a,-um. (licentĭa). Licencioso, desmedido, desregrado.

licĕo,-es,-ere, licŭi, licĭtum. Ser posto em hasta pública/em leilão, ser posto à venda. Ser avaliado, fixar um preço.

licĕor,-eris,-eri, licĭtus sum. (licĕo). Licitar, arrematar/comprar em leilão. Avaliar, estimar.

licet,-ere, licŭit/licĭtum est. Ser permitido, poder, ter o direito de.
licet. Embora, ainda que.
lichen, lichenis, (m.). Líquen (nome de planta). Impigem, erupção sobre a pele.
licitatĭo, licitationis, (f.). (licĭtor). Licitação, arrematação, venda em hasta pública ou leilão.
licitator, licitatoris, (m.). (licĭtor). Licitador, encarregado de fazer lances em um leilão.
licĭtor,-aris,-ari. Licitar, fazer lances em leilão. Cobrir lances em leilão. Encarecer.
licĭtus,-a,-um. (licet). Lícito, permitido, legítimo.
licĭum,-i, (n.). Linha, fio. Cordão, fita, cinta, cinto.
lictor, lictoris, (m.). Lictor (escravo que acompanhava um magistrado, indicando tratar-se de um ocupante de cargo oficial).
lido,-is,-ĕre, ver **laedo.**
lien/lienis, lienis, (m.). Baço.
lienosus,-a,-um. (lien). Que tem doença no baço. Soberbo, arrogante.
ligamen, ligamĭnis, (n.). (ligo). Laço, cordão, fita.
ligamentum,-i, (n.). (ligo). Ligadura, atadura.
ligamĭnis, ver **ligamen.**
lignarĭus,-i, (m.). (lignum). Lenhador, carpinteiro.
lignatĭo, lignationis, (f.). (lignor). Provisão de lenha.
lignator, lignatoris, (m.). (lignor). Lenhador.
ligneŏlus,-a,-um. (lignĕus). (Feito) de madeira.
lignĕus,-a,-um. (lignum). Lígneo, (feito) de madeira. Lenhoso. Magro.
lignor,-aris,-ari,-atus sum. (lignum). Apanhar lenha, fazer provisão de lenha.
lignum,-i, (n.). Madeira, lenha. Árvore. Tábua. Caroço ou casca de um fruto.
ligo, ligonis, (m.). Enxada. Cultivo da terra, agricultura.
ligo,-as,-are,-aui,-atum. Ligar, atar, unir, amarrar. Enfaixar.
ligŭla/lingŭla,-ae, (f.). (lingua). Língua pequena. Pequena parcela de terra. Colher.
ligumen, ver **legumen.**
ligurĭo/ligurrĭo,-is,-ire,-iui/ĭi,-itum. (lingo). Lamber, provar. Ser guloso, comer guloseimas, comer bastante. Tocar de leve. Desejar, cobiçar.

liguritĭo/ligurritĭo, ligurritionis, (f.). (lingo). Gulodice.
ligustrum,-i, (n.). Alfeneiro.
lilĭum,-i, (n.). Lírio. Posicionamento de defesa (de formato semelhante a um lírio).
lima,-ae, (f.). Lima (instrumento). Ação de corrigir, correção.
limatŭlus,-a,-um. (limatus). Bastante polido/delicado.
limatus,-a,-um. Polido, aperfeiçoado. Simples, sóbrio.
limbolarĭus/limbularĭus,-i, (m.). (limbus). Passamaneiro, o que faz trabalhos de bordado de seda.
limbus,-i, (m.). Borda, franja, tira, bainha, orla. (Zona do) zodíaco.
limen, limĭnis, (n.). Limiar, soleira da porta. Entrada, porta. Casa, morada. Princípio, começo. Barreira.
limes, limĭtis (m.). Limite, fronteira, raia. Caminho, atalho, estrada. Leito de um rio, sulco. Muralha, muro de defesa.
limĭnis, ver **limen.**
limĭtis, ver **limes.**
limito,-as,-are,-aui,-atum. (limes). Delimitar, limitar. Estabelecer, determinar, fixar.
limo,-as,-are,-aui,-atum. (lima). Limar. Esfregar, polir, aperfeiçoar. Diminuir, cortar, suprimir.
limosus,-a,-um. (limus,-i). Lodoso, pantanoso, lamacento.
limpĭdus,-a,-um. Límpido, transparente, claro.
limus,-a,-um. Oblíquo, torto, de soslaio.
limus,-i, (m.). I- Lodo, lama, limo. Depósito, sedimentação. Mancha. Excremento. Sujeira, imundície, poluição. II- Vestimenta que se assemelha a uma saia, bordada de púrpura, usada pelos que imolavam as vítimas.
linarĭus,-i, (m.). (linum). Operário que fabrica linho.
linĕa,-ae, (f.). Fio (de linha). Cordão, colar. Linha de pescar. Corda/rede para apanhar caça. Cordel de carpinteiro. Traço, linha geométrica. Limite, termo.
lineamentum,-i, (n.). (linĕa). Feições, fisionomia, traços. Traço, linha geométrica. Retoque, pincelada. Esboço, plano.
linearis, lineare. (linĕa). Linear, geométrico.
linĕo,-as,-are,-aui,-atum. (linĕa). Alinhar.

linĕus,-a,-um. (linum). De linho.
lingo,-is,-ĕre, linxi, linctum. Lamber, sugar, chupar.
lingua,-ae, (f.). Língua. Fala, palavra, linguagem, idioma, dialeto. Embocadura de uma flauta.
linguarĭum,-i, (n.). (lingua). Multa por falar em excesso.
lingulaca,-ae, (m./f.). (lingua). Tagarela.
linguosus,-a,-um. (lingua). Tagarela.
linia, ver **linĕa**.
liniamentum, ver **lineamentum**.
linĭger,-gĕra,-gĕrum. (linum-gero). Que se veste de linho.
linĭo,-as,-are, ver **linĕo**.
linĭo,-is,-ire,-iui,-itum, ver **lino**.
lino,-is,-ĕre, liui/leui, litum. Untar. Esfregar, friccionar. Cobrir, revestir. Sujar, manchar.
linquo,-is,-ĕre, liqui. Deixar, abandonar, afastar-se de.
linteatus,-a,-um. (lintĕum). Que se veste de linho.
lintĕo, linteonis, (m.). (lintĕum). Tecelão.
linteŏlum,-i, (n.). (lintĕum). Pedaço de linho.
linteonis, ver **lintĕo**.
linter, lintris, (f.). Tina, banheira. Barrica, tonel. Canoa, barco.
lintĕum,-i, (n.). (linum). Tecido de linho. Objetos feitos com linho (vela de navio, cortina, túnica, guardanapo, etc). Tecido (em geral).
lintĕus,-a,-um. (linum). De linho.
lintricŭlus,-a,-um. (linter). Pequena canoa.
lintris, ver **linter**.
linum,-i, (n.). Linho (planta e tecido). Fio, linha. Túnica de linho. Vela de navio. Rede de pescar/caçar. Corda (em geral).
lippĭo,-is,-ire,-iui. (lippus). Estar com os olhos remelentos.
lippitudĭnis, ver **lippitudo**.
lippitudo, lippitudĭnis, (f.). (lippus). Inflamação dos olhos, oftalmia.
lippus,-a,-um. Remelento.
liquefacĭo,-is,-ĕre,-feci,-factum. (liquĕo-facĭo). Liquefazer. Amolecer, debilitar.
liquefio,-is,-fĭĕri,-factus sum. (liquĕo -fio). Tornar-se líquido, fundir-se, derreter-se. Debilitar-se, enfraquecer-se.
liquĕo,-es,-ere, licŭi/liqui. Estar claro, ser líquido, ser fluido. Ser claro/evidente.
liquesco,-is,-ĕre, licŭi. (liquĕo). Tornar-se líquido/transparente. Fundir, desaparecer. Efeminar-se.
liquidĭtas, liquiditatis, (f.). (liquĭdum). Pureza do ar.
liquiditatis, ver **liquidĭtas**.
liquidiuscŭlus,-a,-um. (liquĭdus). Um pouco fluido.
liquĭdo. (liquĭdus). Claramente. Certamente.
liquĭdum,-i, (n.). Água, líquido. Clareza, certeza.
liquĭdus,-a,-um. (liquĕo). Claro, límpido, transparente. Corrente, fluido. Evidente. Calmo, sereno, tranquilo.
liquo,-as,-are,-aui,-atum. Filtrar, tornar límpido. Liquefazer, derreter, fundir.
liquor, liquoris, (m.). (liquĕo). Fluidez. Estado líquido. Líquido (água, vinho, mar etc).
liquor,-ĕris, liqui. (liquĕo). Tornar líquido, derreter, fundir. Desmaiar. Extinguir-se.
lis, litis, (f.). Contestação em juízo, processo, demanda, litígio. Debate, controvérsia, discussão. Reclamação. Multa, castigo.
litatĭo, litationis, (f.). (lito). Imolação.
litatus,-a,-um. Bem aceito pelos deuses, que traz bons presságios.
litĕr-, ver **littĕr-**.
litĭcen, liticĭnis, (m.). (lituus-cano). Tocador de clarim.
liticĭnis, ver **litĭcen**.
litigator, litigatoris, (m.). (litĭgo). Litigante, o que apresenta uma demanda.
litigatus,-us, (m.). (litĭgo). Contestação, litígio.
litigiosus,-a,-um. (litigĭum). Litigioso, que gosta de processos. Que está em litígio.
litigĭum,-i, (n.). (litĭgo). Disputa, litígio, contestação.
litĭgo,-as,-are,-aui,-atum. (lis-ago). Estar em litígio, pleitear, litigar, contestar, disputar, lutar.
litis, ver **lis**.
lito,-as,-are,-aui,-atum. Obter um presságio favorável, sacrificar com bons presságios. Oferecer um sacrifício aos deuses. Apaziguar, acalmar.
litoralis/littoralis, litorale. (litus). Do litoral, da costa. Marginal.
litorĕus,-a,-um. (litus). Do litoral, marítimo.
litŏris, ver **litus**.

littĕra,-ae, (f.). Letra. Maneira de escrever. Carta.
littĕrae,-arum, (f.). Carta. Registro, livro de contas. Obra. Documentos (escritos). Literatura. Cultura, instrução, conhecimento.
litterarĭus,-a,-um. (littĕra). Relativo à leitura e à escrita.
litterate. (litteratus). De forma legível. Literariamente. Sabiamente.
litterator, litteratoris, (m.). (littĕra). Mestre de gramática. Filólogo.
litteratura,-ae, (f.). (littĕra). Ciência das letras, arte de escrever e ler.
litteratus,-a,-um. (littĕra). Marcado com letras/inscrição. Instruído, sábio, culto.
litteratus,-i, (m.). (littĕra). Intérprete de poemas, crítico literário.
litterŭla,-ae, (f.). (littĕra). Letra pequena. Pequena carta. Rápida instrução.
littor-, ver **litor-**.
litura,-ae, (f.). (lino). Revestimento. Traço, risco. Correção, modificação. Borrão, mancha.
litus, litŏris, (n.). Praia, costa, litoral. Margem (de rio ou lago). Porto, baía, enseada.
litŭus,-i, (m.). Bastão dos áugures (liso e recurvado). Trombeta recurvada, clarim. Autor, instigador, iniciador. Sinal.
liuĕo,-es,-ere. Tornar-se lívido. Ficar pálido de inveja. Invejar.
liuesco,-is,-ĕre. (liuĕo). Tornar-se lívido.
liuidŭlus,-a,-um. (liuĭdus). Um tanto lívido. Um pouco invejoso.
liuĭdus,-a,-um. Da cor de chumbo, lívido, negro. Pisado, contuso. Invejoso, que deseja o mal.
liuor, liuoris, (m.). (liuĕo). Lividez, cor lívida. Inveja, malevolência.
lixa,-ae, (m.). Servente do exército.
locarĭus,-i, (m.). (locus). Intermediário, cambista.
locatĭo, locationis, (f.). (loco). Aluguel, locação, arrendamento. Contrato de locação.
locellus,-i, (m.). (locus). Pequeno cofre, caixinha.
locĭto,-as,-are. (loco). Pagar aluguel/salário.
loco,-as,-are,-aui,-atum. Colocar, estabelecer. Dar em casamento, casar. Alugar, arrendar. Emprestar, empregar, dar de empreitada.
loculamentum,-i, (n.). (locŭlus). Armário/ estante para papéis.

locŭlus,-i, (m.). Compartimento. Caixão. Estojo, carteira, cofre, bolsa.
locŭples, locupletis. (locus-pleo). Rico em terras. Confiável. Rico, opulento. Fecundo, abundante.
locupletator, locupletatoris, (m.). (locupleto). O que enriquece.
locupletis, ver **locŭples**.
locupleto,-as,-are,-aui,-atum. (locŭples). Enriquecer.
locus,-i, (m.). Lugar, local, posição, situação. Assento, poltrona (no teatro). Região, localização. Posto de guerra. Ventre, útero. Passagem, trecho (de um livro/autor). Fundamento de um raciocínio, objeto de discussão, assunto de um discurso. Categoria, ordem, classe, grau, condição. Ocasião, oportunidade, época, tempo (**loco-**adv.: em lugar de, ao invés de).
locusta,-ae, (f.). Gafanhoto. Lagosta.
locutĭo, locutionis, (f.). (loquor). Ação de falar, linguagem, palavra. Maneira de falar.
lodĭcis, ver **lodix**.
lodix, lodĭcis, (f.). Cobertor, coberta.
loedus, ver **ludus**.
logĕum/logĭum,-i, (n.). Documentos antigos, arquivo.
logĭca,-ae/logĭce,-es, (f.). Lógica.
logos/logus,-i, (m.). Palavra. Discurso vazio, palavra sem sentido. Brincadeira, piada, gozação.
lolĭum,-i, (n.). Erva daninha. Joio.
lolligĭnis, ver **lolligo**.
lolligo, lolligĭnis, (f.). Choco, siba (nome de um peixe).
lomentum,-i, (n.). (lotum). Sabão.
longaeuus,-a,-um. (longus-aeuum). Longevo, muito velho, idoso, antigo.
longe. (longus). Ao longo, em comprimento. Ao longe, distante. Longe, longamente. Grandemente, muito.
longinquĭtas, longinquitatis, (f.). (longinquus). Afastamento, grande distância. Longa duração. Longo período.
longinquitatis, ver **longinquĭtas**.
longinquum. (longus). Durante muito tempo, longamente.
longinquus,-a,-um. (longus). Afastado, distante, longínquo, remoto. Estrangeiro, forasteiro. Longo, duradouro, prolongado, contínuo. Tedioso. Antigo.

longitudĭnis, ver **longitudo.**
longitudo, longitudĭnis, (f.). (longus). Comprimento. (Longa) duração.
longiuscŭlus,-a,-um. (longus). Um pouco mais comprido.
longŭlus,-a,-um. (longus). Bastante comprido/distante.
longum. (longus). Durante muito tempo, há muito tempo.
longurĭus,-i, (m.). (longus). Vara reta e comprida.
longus,-a,-um. Comprido. Grande, extenso. Afastado, distante, remoto. Duradouro, contínuo.
loquacis, ver **loquax.**
loquacĭtas, loquacitatis, (f.). (loquax). Loquacidade, prolixidade.
loquacitatis, ver **loquacĭtas.**
loquacĭter. (loquax). De modo loquaz. Minuciosamente, pormenorizadamente.
loquacŭlus,-a,-um. (loquax). Bastante loquaz, tagarela, falante.
loquax, loquacis. (loquor). Falante, tagarela, loquaz.
loquela/loquella,-ae, (f.). (loquor). Palavra articulada. Língua, linguagem, idioma.
loquentĭa,-ae, (f.). (loquor). Facilidade para falar, facúndia.
loquĭtor,-aris,-ari,-atus sum. (loquor). Falar exageradamente, falar pelos cotovelos.
loquor,-ĕris, loqui, locutus sum. Falar, dizer, expressar-se. Proferir, expressar, pronunciar, mencionar. Declarar, evidenciar, indicar. Murmurar, sussurrar.
loquuntĭo, ver **locuntĭo.**
lorarĭus,-i, (m.). (lorum). Lorário (escravo incumbido de açoitar).
loratus,-a,-um. (lorum). Preso por uma correia.
loreŏla, ver **laureŏla.**
lorĕus,-a,-um. (lorum). De couro.
lorica,-ae, (f.). (lorum). Couraça. Trincheira, mecanismo de defesa.
lorico,-as,-are,-aui,-atum. (lorica). Cobrir com uma couraça. Revestir. Armar.
loripĕdis, ver **lorĭpes.**
lorĭpes, loripĕdis, (m./f.). (lorum-pes). Que tem as pernas tortas.
lorum,-i, (n.). Correia, tira de couro. Couro. Rédeas. Açoite.
lotĭum,-i, (n.). Urina.

lotos/lotus,-i, (f.). Loto, lódão (designação comum a diversas plantas). Flauta.
lotus,-a, um, ver **lautus.**
lubens, ver **libens.**
lubet, ver **libet.**
lubrĭco,-as,-are,-aui,-atum. (lubrĭcus). Lubrificar, tornar escorregadio.
lubrĭcum,-i, (n.). (lubrĭcus). Lugar escorregadio. Perigo, dificuldade.
lubrĭcus,-a,-um. Escorregadio. Inseguro, incerto. Difícil, perigoso, crítico. Liso, polido. Inquieto, inconstante. Inclinado, propenso. Enganoso, fraudulento.
lucana, ver **lucanĭca.**
lucanĭca,-ae, (f.). Um tipo de tempero (inventado pelos lucanos).
lucanĭcum, ver **lucanĭca.**
lucar, lucaris. (lucus). Imposto sobre os bosques sagrados (para sustento de atores). Salário de atores.
lucellum,-i, (n.). (lucrum). Pequeno lucro.
lucĕo,-es,-ere, luxi. (lux). Luzir, brilhar, resplandecer. Deixar-se ver. Ser claro/manifesto/evidente. Amanhecer, romper a aurora.
lucerna,-ae, (f.). (lucĕo). Lâmpada de azeite. Vigília, trabalho à noite.
lucesco,-is,-ĕre, luxi. (lucĕo). Começar a brilhar. Amanhecer, raiar o dia.
lucĭdus,-a,-um. (lux). Luminoso, brilhante, límpido. Lúcido, claro, evidente.
lucĭfer,-fĕra,-fĕrum. (lux-fero). Luminoso, que traz luz. Que traz um facho.
lucifŭgus,-a,-um. (lux-fugĭo). Que foge da luz. Escuso.
lucis, ver **lux.**
lucisco, ver **lucesco.**
lucratiuus, a,-um. (lucror). Lucrativo, proveitoso.
lucrificabĭlis, lucrificabĭle. (lucrum). Que dá lucro.
lucrifŭga,-ae, (m.). (lucrum-fugĭo). O que evita o lucro.
lucror,-aris,-ari,-atus sum. (lucrum). Ganhar, lucrar. Adquirir, obter, conseguir. Economizar.
lucrosus,-a,-um. (lucrum). Lucrativo, proveitoso.
lucrum,-i, (n.). Lucro, ganho, proveito. Riqueza, fortuna. Ganância. Vantagem, benefício.

luctamen, luctamĭnis, (n.). (luctor). Esforço, empenho.
luctamĭnis, ver **luctamen.**
luctatĭo, luctationis, (f.). (luctor). Luta, disputa, conflito. Controvérsia, debate.
luctator, luctatoris, (m.). (luctor). Lutador, competidor.
luctĭfer,-fĕra,-fĕrum. (luctor-fero). Que provoca conflitos, desastroso, infeliz.
luctifĭcus,-a,-um. (luctus-facĭo). Funesto, triste.
luctisŏnus,-a,-um. (luctus-sono). Que produz um som triste.
lucto,-as,-are, ver **luctor.**
luctor,-aris,-ari,-atus sum. Lutar, combater. Disputar. Debater, entrar em controvérsia.
luctuosus,-a,-um. (luctus). Triste, deplorável, lastimável, doloroso. Pesaroso, infeliz.
luctus,-us, (m.). (lugĕo). Dor, luto, aflição. Lamentação, gemido, lágrimas. Perda, morte.
lucubratĭo, lucubrationis, (f.). (lucŭbro). Vigília à luz de lâmpada, serão. Lucubração, trabalho feito durante uma vigília.
lucubratorĭus,-a,-um. (lucŭbro). De vigília.
lucŭbro,-as,-are,-aui,-atum. Trabalhar à luz da lâmpada, fazer serão.
luculente. (luculentus). Esplendidamente.
luculenter. (luculentus). Esplendidamente.
luculentus,-a,-um. Luminoso, brilhante, límpido. Magnífico, belo, esplêndido. Importante, respeitável. Elegante, nítido. Digno de crédito, confiável.
lucus,-i, (m.). (lucĕo). Bosque sagrado. Bosque.
lucusta, ver **locusta.**
ludĭa,-ae, (f.). (ludĭus). Atriz, dançarina, gladiadora profissional. Mulher de gladiador.
ludibrĭum,-i, (n.). (ludus). Ludíbrio, zombaria, escárnio. Insulto, ultraje, desonra. Engano, dolo. Abuso/violência sexual.
ludibundus,-a,-um. (ludo). Que brinca, que faz piadas, gracejador. Sem dificuldade, sem perigo, fácil.
ludĭcer,-cra,-crum. (ludus). Divertido, alegre, esportivo.
ludĭcre. (ludĭcer). Por brincadeira.
ludĭcrum,-i, (n.). (ludĭcer). Jogo público, espetáculo. Divertimento, distração.
ludĭcrus, ver **ludĭcer.**

ludificabĭlis, ludificabĭle. (ludifĭco). Próprio para enganar.
ludificatĭo, ludificationis, (f.). (ludifĭco). Zombaria, logro, engano.
ludificator, ludificatoris, (m.). (ludifĭco). Enganador.
ludificatus,-us, (m.). (ludifĭco). Zombaria, escárnio.
ludifĭco,-as,-are,-aui,-atum. (ludus-facĭo). Usar de subterfúgios. Zombar, escarnecer. Enganar, iludir, tapear.
ludifĭcor,-aris,-ari,-atus sum. (ludus-facĭo). Rir-se de, zombar, escarnecer. Enganar, iludir.
ludĭus,-i, (m.). (ludus). Histrião, dançarino profissional. Gladiador.
ludo,-is,-ĕre, lusi, lusum. Jogar, brincar, divertir-se. Compor, tocar. Ridicularizar, zombar. Imitar ridicularizando, remedar. Enganar, iludir. (*ludĕre opĕram* = trabalhar em vão, desperdiçar tempo).
ludus,-i, (m.). Jogo, divertimento. Representações teatrais, espetáculo, exibição. Escola, aula. Brincadeira, gracejo. Prazeres da juventude.
lues, luis, (f.). (luo). Epidemia, peste, doença contagiosa. Flagelo, calamidade, desgraça. Decadência, deterioração.
lugĕo,-es,-ere, luxi, luctum. Estar de luto, lastimar-se. Lamentar, chorar pela morte de.
lugubrĭa, lugubrĭum (n.). (lugŭbris). Luto.
lugŭbris, lugŭbre. De luto, triste. Desastroso, sinistro, lúgubre.
luis, ver **lues.**
lumbifragĭum,-i, (n.). (lumbus-frango). Ruptura dos rins.
lumbricus,-i, (m.). Lombriga. Minhoca.
lumbus,-i, (m.). Rins. Espinha dorsal. Órgãos genitais. Galho central de uma videira.
lumen, lumĭnis, (n.). (lucĕo). Luz, claridade. Meio de iluminação, lâmpada, candeia. Luz do dia. Brilho, esplendor, glória. Ornamento, beleza. Perspicácia.
luminare, luminaris, (n.). (lumen). Astro, corpo celeste. Luz, lâmpada. Janela.
lumĭnis, ver **lumen.**
lumĭno,-as,-are,-aui,-atum. (lumen). Iluminar, clarear.
luminosus,-a,-um. (lumen). Luminoso. Brilhante. Eminente, notável.

luna,-ae, (f.). (lucĕo). Lua. Mês. Noite.
lunaris, lunare (luna). Lunar, da lua.
luno,-as,-are,-aui,-atum. (luna). Dobrar no formato da lua crescente. Dispor em arco.
lunter, ver **linter.**
lunŭla,-ae, (f.). (luna). Lúnula (enfeite em forma de lua usado por mulheres).
luo,-is,-ĕre, lui. Soltar, deixar ir. Pagar, solver. Sofrer, passar por. Lavar, limpar. Expiar, resgatar.
lupa,-ae, (f.). (lupus). Loba. Prostituta.
lupanar, lupanaris, (n.). (lupa). Lupanar, bordel, puteiro.
lupatus,-a,-um. (lupus). Dotado de dentes de lobo. Afiado, cortante, pontiagudo.
lupinus,-a,-um. (lupus). Relativo a lobo.
lupinus,-i, (m.). Tremoço.
lupor,-aris,-ari. (lupa). Associar-se a prostitutas.
lupus,-i, (m.). Lobo. Lobo-marinho (nome de um peixe). Freio em forma de dente de lobo. Arpéu.
lurco, lurconis, (m.). Comilão.
lurĭdus,-a,-um. (luror). Lúrido, pálido, descorado. Que torna pálido.
luror, luroris, (m.). Palidez.
luscinĭa,-ae, (f.). Rouxinol.
lusciniŏla,-ae, (f.). (luscinĭa). Pequeno rouxinol.
luscinĭus, ver **luscinĭa.**
luscitĭo, luscitionis, (f.). Visão turva, dificuldade de visão.
luscitiosus,-a,-um. (luscitĭo). Que tem vistas fracas, de visão turva.
luscus,-a,-um. Cego de um olho.
lusĭo, lusionis, (f.). (ludo). Jogo, divertimento.
lusĭto,-as,-are,-aui,-atum. (ludo). Jogar com frequência, divertir-se muitas vezes.
lusor, lusoris, (m.). (ludo). Jogador. Brincalhão, gozador, o que faz zombarias.
lusorĭa,-ae, (f.). (lusorĭus). Pequeno iate.
lusorĭus,-a,-um. (lusor). Recreativo. Feito por brincadeira, fictício, sem efeito.
lustralis, lustrale. (lustrum II). Lustral, expiatório. Relativo ao lustro (espaço de 5 anos), quinquenal.
lustramen, lustramĭnis, (n.). (lustrum II). Meio de purificação, objeto expiatório.
lustramĭnis, ver **lustramen.**
lustratĭo, lustrationis, (f.). (lustrum II). Purificação, lustração. Ação de percorrer, perambulação.
lustrĭcus,-a,-um. (lustrum II). Relativo à purificação, lustral.
lustrifĭcus,-a,-um. (lustrum II-facĭo). Expiatório.
lustro,-as,-are,-aui,-atum. (lustrum II). Purificar através de uma oferenda expiatória, expiar. Passar em revista. Percorrer, caminhar em torno de, atravessar. Observar, examinar, inspecionar, vistoriar. Rever, considerar. Iluminar, tornar claro.
lustror,-aris,-ari,-atus sum. (lustrum I). Frequentar lugares de má reputação.
lustrum,-i, (n.). I- Chiqueiro. Covil, toca. Lugares de má reputação. Orgia. II- Sacrifício expiatório, purificação, lustração. Censo, recenseamento. Período quinquenal, lustro. Período de vários anos.
lusus,-us, (m.). (ludo). Brincadeira, divertimento, jogo, passatempo. Paquera, flerte. Zombaria, gozação.
luteŏlus,-a,-um. (lutĕus II). Amarelado.
lutĕus,-a,-um. (lutum). I- Coberto de lama. Lodoso, sujo, enlameado. Desprezível, miserável. II- De cor amarela, amarelado, amarelo cor de fogo. Avermelhado.
lutĭto,-as,-are. (lutum I). Cobrir de lama, emporcalhar.
lutulentus,-a,-um. (lutum I). Lamacento, lodoso. Sujo, enlameado. Torpe, infame.
lutum,-i, (n.). I- Lama, lodo. Barro, argila. Imundície, sujeira. II- Gauda (planta utilizada para tingir de amarelo). Cor amarela, açafrão.
lux, lucis, (f.). Luz, claridade. (Luz do) dia. Corpo celeste. Fonte de iluminação. Brilho, glória, esplendor. Vida. Vista, olhos. Visão pública. Ajuda, socorro.
luxo,-as,-are,-aui,-atum. Luxar, deslocar.
luxor,-aris,-ari. (luxus). Viver na luxúria.
luxurĭa,-ae/luxurĭes,-ei, (f.). (luxus). Excesso, exuberância, extravagância. Arrebatamento, entusiasmo. Luxo, suntuosidade. Volúpia, luxúria, vida de prazeres, frivolidade.
luxurĭo,-as,-are,-aui,-atum. (luxurĭa). Ser

abundante, ser luxuriante. Viver no luxo. Ter em excesso. Pular, saltar, brincar. Avolumar-se, aumentar rapidamente.
luxuriosus,-a,-um. (luxurĭa). Viçoso, luxuriante. Imoderado, excessivo, extravagante. Suntuoso, voluptuoso.
luxus,-a,-um. Deslocado, luxado.
luxus,-us, (m.). Excesso, extravagância. Luxo, fausto, grandeza, esplendor.
lychnobĭus,-i, (m.). O que transforma a noite em dia.
lychnuchus,-i, (m.). Lustre, candelabro.
lychnus,-i, (m.). Luz, lâmpada.
lygdos,-i, (f.). Pedra branca.
lympha,-ae, (f.). Água.
lymphatĭcum,-i, (n.). (lymphatus). Delírio, insanidade.
lymphatĭcus,-a,-um. (lymphatus). Causado por delírio, delirante, louco.
lymphatus,-us, (m.). (lympho). Loucura, alienação mental.
lympho,-as,-are,-aui,-atum. (lympha). Molhar com água. Enlouquecer, perder a razão. Estar em delírio.
lyncis, ver **lynx.**
lynter, ver **linter.**
lynx, lyncis, (m./f.). Lince.
lyra,-ae, (f.). Lira. Poesia lírica, canção. Gênio poético.
lyrĭcus,-a,-um. Lírico, relativo à lira.

M

m. M. = abreviatura de *Marcus*. **M'** abreviatura de Manĭus. **M** = número 1.000 (em algarismo romano).
maccus,-i, (m.). Um dos personagens tradicionais da atelana (espécie de farsa popular), caracterizado como um comilão, de orelhas grandes, sempre infeliz em seus casos de amor. Imbecil, tolo.
macellarĭus,-a,-um. (macellus). Relativo ao mercado, pertencente ao comércio de gêneros alimentícios.
macellarĭus,-i, (m.). (macellum). Negociante de gêneros alimentícios. Açougueiro.
macellum,-i, (n.). Mercado (sobretudo de carne). Abatedouro.
macellus,-a,-um. (macer). Um pouco magro.
macĕo,-es,-ere. (macer). Ser/estar magro.
macer,-cra,-crum. Magro. Fino.
maceratĭo, macerationis, (f.). Maceração. Infusão de cal em água. Putrefação. Mortificação.
macerĭa,-ae/macerĭes,-ei, (f.). Muro de vedação. Muralha.
macĕro,-as,-are,-aui,-atum. Amolecer através de maceração, macerar, diluir. Amolecer, debilitar, enfraquecer. Atormentar, afligir.
macesco,-is,-ĕre. (macĕo). Emagrecer.
machaera,-ae, (f.). Sabre, espada.
machaerophŏrus,-i, (m.). Soldado armado de sabre.
machĭna,-ae, (f.). Máquina, engenho. Andaimes (de uma construção). Plataforma (em que se expunham escravos à venda). Invenção, maquinação, artifício.
machinalis, machinale. (machĭna). Relativo a máquinas.
machinamen, machinamĭnis, (n.). (machĭnor). Maquinação.
machinamentum,-i, (n.). (machĭnor). Máquina, instrumento.
machinamĭnis, ver **machinamen.**
machinarĭus,-a,-um. (machĭna). Relativo a máquinas.
machinatĭo, machinationis, (f.). (machĭnor). Mecanismo. Máquina, engenho. Maquinação, artifício.
machinator, machinatoris, (m.). (machĭnor). Inventor, fabricante. Engenheiro, mecânico. Maquinador.
machinatrix, machinatricis, (f.). (machĭnor). Maquinadora.
machĭnor,-aris,-ari,-atus sum. Inventar, imaginar. Planejar, maquinar, tramar.
machinosus,-a,-um. (machĭna). Construído com engenho.

macĭes,-ei, (f.). (macěo). Magreza. Aridez, esterilidade. Pobreza.

macresco,-is,-ěre, macrŭi. (macer). Emagrecer. Secar, murchar. Definhar.

macrocollum,-i, (n.). Papel de formato grande.

mactabĭlis, mactabĭle. (macto). Que pode causar a morte, mortal.

mactator, mactatoris, (m.). (macto). Assassino.

macto,-as,-are,-aui,-atum. (mactus). Honrar, glorificar. Sacrificar, imolar (em honra aos deuses). Matar, arruinar, destruir.

mactus,-a,-um. I- Glorificado, honrado, adorado. II- Bravo! Maravilhoso! Coragem! (mais comumente sob a forma de vocativo singular *macte*).

macŭla,-ae, (f.). Mancha, nódoa. Malha de uma rede. Desonra, infâmia.

maculatĭo, maculationis, (f.). (macŭlo). Mancha.

macŭlo,-as,-are,-aui,-atum. (macŭla). Manchar, sujar. Desonrar. Corromper, adulterar.

maculosus,-a,-um. (macŭla). Manchado, cheio de nódoas. Mosqueado. Desonrado.

madefacĭo,-is,-ěre,-feci,-factum. (maděo-facĭo). Umedecer, molhar, regar.

madefio,-is,-fiěri,-factus sum. (maděo-fio). Estar úmido/molhado.

madens, madentis. (maděo). Umedecido, molhado, úmido. Perfumado. Cheio, repleto. Impregnado de vinho.

maděo,-es,-ere, madŭi. Estar molhado/embebido. Estar embriagado. Estar farto/cheio. Estar cozido.

madesco,-is,-ěre, madŭi. (maděo). Umedecer-se, embeber-se.

madĭde. (madĭdus). De modo a estar molhado/úmido. Totalmente ébrio/embriagado.

madĭdus,-a,-um. (maděo). Molhado, úmido, banhado. Perfumado. Tingido. Ébrio. Cozido, tenro. Cheio, impregnado.

mador, madoris, (m.). (maděo). Umidade.

maeandratus,-a,-um. Sinuoso, tortuoso.

maena,-ae, (f.). Pequeno peixe de água salgada.

maenianum,-i, (n.). Galeria externa, sacada, varanda.

maerěo,-es,-ere. Estar triste/aflito, afligir-se. Deplorar, lamentar. Dizer com tristeza.

maeror, maeroris, (m.). (maerěo). Tristeza, grande aflição, profundo pesar.

maestitĭa,-ae, (f.). (maestus). Tristeza, abatimento, aflição.

maestitudo, maestitudĭnis, ver **maestitĭa**.

maestus,-a,-um. (maerěo). Triste, abatido, aflito. Fúnebre, sinistro. Severo, sombrio.

maga,-ae, (f.). (magus). Maga, feiticeira.

magalĭa, magalĭum, (n.). Cabanas, casebres.

mage, ver **magis**.

magia,-ae, (f.). Magia.

magĭce, magĭces, ver **magia**.

magĭcus,-a,-um. (magia). Mágico, relativo à magia. Misterioso.

magis. (magnus). Mais. Antes, de preferência. **Eo magis/hoc magis** = tanto mais.

magister,-tri, (m.). (magnus). O que comanda/dirige. Mestre, piloto, pastor, escudeiro, diretor. Professor.

magisterĭum,-i, (n.). (magister). Dignidade/cargo de chefe. Ensino, lições. Magistério.

magistra,-ae, (f.). (magister). Mestra, professora.

magistratus,-us, (m.). (magister). Magistratura, função pública. Magistrado.

magnanimĭtas, magnanimitatis, (f.). (magnanĭmus). Grandeza da alma, magnanimidade.

magnanimitatis, ver **magnanimĭtas**.

magnanĭmus,-a,-um. (magnus-anĭmus). Magnânimo, nobre, generoso.

magnes, magnetis, (m.). Da Magnésia. Ímã mineral (magnes lapis).

magnifacĭo,-is,-ěre. (magnus-facĭo). Valorizar muito, dar muita importância.

magnificentĭa,-ae, (f.). (magnifĭcus). Magnificência, suntuosidade, esplendor. Nobreza, magnanimidade. Genialidade, grande talento. Estilo pomposo.

magnifĭco,-as,-are. (magnifĭcus). Valorizar muito, dar muita importância. Exaltar, louvar.

magnifĭcus,-a,-um. (magnus-facĭo). Magnífico, suntuoso, esplêndido. Grandioso, glorioso. Elevado, sublime. Faustuoso, pomposo. Imponente. Nobre, generoso.

magniloquentĭa,-ae, (f.). (magnus-loquor). Magniloquência, sublimidade de linguagem.

magnilŏquus,-a,-um. (magnus-loquor). De linguagem sublime, grandíloquo.

magnitudĭnis, ver **magnitudo**.

magnitudo, magnitudĭnis, (f.). (magnus). Grandeza, grande extensão/volume/altura, grossura. Grande número. Duração, extensão. Intensidade, força. Importância. Nobreza.
magnopĕre. (magnus-opus). Insistentemente. Grandemente, fortemente. Muito, bastante.
magnus,-a,-um. Grande, elevado, vasto, abundante, espaçoso. Alto, forte. De longa duração, longo. Idoso. Importante, considerável. Orgulhoso, soberbo.
magus,-a,-um. Relativo à magia, mágico.
magus,-i, (m.). Mago, feiticeiro. Sacerdote.
maialis, maiale, (m.). Porco castrado.
maiestas, maiestatis, (f.). (magnus). Majestade, grandeza. Autoridade, dignidade. Soberania do estado. Honra, imponência.
maiestatis, ver **maiestas.**
maior/maius, maioris. Maior, mais vasto, mais abundante, mais espaçoso. Mais elevado, mais alto. Mais forte. Mais longo. Mais idoso. Mais importante. Mais orgulhoso.
maiores, maiorum, (m.). (magnus). Os maiores, os antepassados.
maius, ver **maior.**
maius,-a,-um. Do mês de maio.
maius,-i, (m.). Mês de maio.
maiuscŭlus,-a,-um. Um tanto maior. Um tanto mais velho.
mala,-ae, (f.). Queixada. Maçãs do rosto, faces.
malacĭa,-ae, (f.). Bonança, calmaria. Apatia.
malaxo,-as,-are. Amolecer.
male. (malus). Mal, de modo contrário. Injustamente, de modo inconveniente. Infelizmente. Fortemente, violentamente.
maledicacis, ver **maledĭcax.**
maledĭcax, maledicacis. (maledico). Maldizente.
maledĭce. (maledico). Com malevolência.
maledicentĭa,-ae, (f.). (maledico). Maledicência.
maledico,-is,-ĕre,-dixi,-dictum. (maledico). Maldizer, falar mal de, ultrajar.
maledictĭo, maledictionis, (f.). (maledico). Maledicência, maldição, ultraje.
maledictĭto,-as,-are. (maledico). Ultrajar/insultar repetidas vezes.
maledictum,-i, (n.). (maledico). Injúria, ultraje, palavra injuriosa. Maldição, imprecação.
maledĭcus,-a,-um. (maledico). Maldizente.
malefacĭo,-is,-ĕre,-feci,-factum. Fazer mal, prejudicar.
malefactor, malefactoris, (m.). (malefacĭo). Malfeitor.
malefactum,-i, (n.). (malefacĭo). Malefício, ato ultrajante.
maleficĭum,-i, (n.). (malefĭcus). Ação criminosa, maldade, ruindade, crime. Dano, prejuízo, malefício, injúria. Fraude, adulteração. Bruxaria, feitiço.
malefĭcus,-a,-um. (malefacĭo). Maléfico, criminoso, funesto. Prejudicial, perigoso, nocivo.
maleloquĭum,-i, (n.). (malelŏquor). Malefício, maldição.
malelŏquor,-ĕris,-lŏqui,-locutus sum. Falar mal, injuriar, ultrajar.
malenotus,-a,-um. Pouco conhecido, obscuro.
malesuadus,-a,-um. (male-suadĕo). Que aconselha mal, que conduz para o mal.
maleuŏlens, maleuolentis. (male-uolo). Mal intencionado, malévolo, malevolente.
maleuolentĭa,-ae, (f.). (male-uolo). Malevolência, inveja.
maleuŏlus,-a,-um. (male-uolo). Mal intencionado, invejoso, malévolo.
malĭfer,-fĕra,-fĕrum. (malum I -fero). Que produz maçãs.
maligne. (malignus). Invejosamente, malignamente, de modo mesquinho.
malignĭtas, malignitatis, (f.). (malignus). Má índole. Maldade, inveja. Mesquinharia, avareza, sovinice.
malignitatis, ver **malignĭtas.**
malignus,-a,-um. (malus,-a,-um). De má índole, de mau caráter, pérfido. Avarento. Estéril. Estreito, fraco.
malitĭa,-ae, (f.). (malus,-a,-um). Má índole, maldade. Malícia.
malitiosus,-a,-um. (malitĭa). Malicioso, desleal, que age de má fé.
maliuol-, ver **maleuol-.**
malleator, maleatoris, (m.). (mallĕus). O que trabalha com martelo.
malleŏlus,-i, (m.). (mallĕus). Martelo pequeno. Projétil em forma de martelo, que servia para lançar fogo no inimigo.

mallĕus,-i, (m.). Martelo.
mallus,-i, (m.). Fio de lã.
malo, mauis, malle, malui. (magis-uolo). Gostar mais, preferir.
malobăthron,-i, (n.). Malóbatro (nome de uma árvore, de onde se extraía perfume). Essência/óleo de malóbatro.
malua,-ae, (f.). Malva (nome de uma planta).
malum,-i, (n.). I- Maçã. Qualquer fruto que possui caroço. II- Mal. Calamidade, desgraça, flagelo, perigo. Castigo.
malum. Que vergonha! Que loucura! Que desgraça!
malus,-a,-um. Mau, de má qualidade. Desonesto, depravado. Pernicioso, ardiloso. Infeliz, funesto, miserável.
malus,-i, (f.). Macieira.
malus,-i, (m.). Mastro do navio. Mastro. Barrote, trave, viga.
mamilla,-ae, (f.). (mamma). Seio, teta. Mãezinha.
mamma,-ae, (f.). Seio, teta. Mamãe.
mammeata,-ae, (f.). (mamma). Possuidora de seios grandes.
mammicŭla,-ae, (f.). (mamma). Seio pequeno.
mammosus,-a,-um. (mamma). Que possui seios grandes. Que possui o formato de um seio.
mammŭla,-ae, (f.). Seio pequeno.
manabĭlis, manabĭle. (mano). Que atravessa, que penetra.
manceps, mancĭpis, (m.). (manus-capĭo). Comprador, arrematador. Empreiteiro, empresário. Fiador.
mancĭpis, ver **manceps.**
mancipĭum,-i, (n.). (manus-capĭo). Ação de tomar alguma coisa com a mão (tornando-se proprietária). Posse, direito de propriedade. Objeto adquirido. Escravo. Direito de propriedade. Propriedade.
mancĭpo,-as,-are,-aui,-atum. (manceps). Vender, alienar, transmitir a propriedade. Abandonar, entregar, ceder.
mancup-, ver **mancip-.**
mancus,-a,-um. Que tem um membro decepado (geralmente a mão). Mutilado, defeituoso, imperfeito.
mandator, mandatoris, (m.). (mando,-as,-are). Mandante.
mandatum,-i, (n.). (mando,-as,-are). Mandato, procuração. Comissão, cargo, ordem.
mandatus,-us, (m.). (mando,-as,-are). Recomendação, mandado.
mando,-as,-are,-aui,-atum. Confiar, entregar, encarregar. Mandar, ordenar. Mandar comunicar.
mando,-is,-ĕre, mandi, mansum. Mascar, mastigar. Devorar, comer com voracidade.
mandra,-ae, (f.). Rebanho, tropa. Tabuleiro de xadrez.
manduco, manduconis, (m.). (mando,-is,-ĕre). Comilão, glutão.
manduco,-as,-are,-aui,-atum. (mando,-is,-ĕre). Mascar, mastigar. Comer, devorar.
manducus,-i, (m.). (mando,-is,-ĕre). Comilão, glutão (um tipo de personagem cômica mascarada, que representava o papel de comilão nas atelanas).
mane, (n.indecl.). Manhã.
mane. De manhã, pela manhã.
manĕo,-es,-ere, mansi, mansum. Ficar, permanecer. Morar, residir. Persistir, durar, perseverar. Esperar. Estar reservado.
manes, manĭum, (m.). (manus). Manes, espíritos deificados dos mortos (especialmente dos pais). Divindades do mundo inferior. Morada dos manes, os infernos. Punições (impostas no mundo inferior). Cadáver.
mango, mangonis, (m.). Negociante de escravos. Comerciante enganador. Polidor de pedras preciosas.
manibĭae, ver **manubĭae.**
manĭca,-ae, (f.). (manus). Manga, luva. Ferro, grilhão.
manicatus,-a,-um. (manĭca). Que possui mangas.
manicŭla,-ae, (f.). (manus). Mão pequena. Rabiça do arado.
manifestarĭus,-a,-um. (manifestus). Manifesto, claro, evidente, palpável.
manifeste/manifesto. (manifestus). De modo manifesto, claramente, evidentemente.
manifesto,-as,-are,-aui,-atum. (manifestus). Manifestar, tornar público, evidenciar, demonstrar claramente.
manifestus,-a,-um. Manifesto, claro, evidente, aparente. Palpável. Exposto, tornado público. Incontestável, óbvio.
manipl-, ver **manipul-.**

manipritĭum, ver manupretĭum.
manipularis, manipulare. (manipŭlus). Manipular, de manípulo. Pertencente a soldado raso.
manipularis, manipularis, (m.). (manipŭlus). Manipular, soldado raso. Companheiro de manípulo, soldado da mesma tropa.
manipularĭus,-a,-um. (manipŭlus). De soldado raso.
manipulatim. (manipŭlus). Aos montes, em feixes. Em manípulos.
manipŭlus,-i, (m.). (manus-pleo). Punhado, molho, feixe. Manípulo, estandarte, insígnia. Manípulo, tropa (em torno de 200 soldados, o equivalente à 30ª parte de uma legião). Bando.
mannŭlus,-i, (m.). (mannus). Pequeno pônei.
mannus,-i, (m.). Pônei, cavalo pequeno.
mano,-as,-are,-aui,-atum. Gotejar, escorrer lentamente, destilar. Espalhar-se, manar, estender-se, difundir-se. Emanar, decorrer. Surgir, originar-se.
mansĭo, mansionis, (f.). (manĕo). Morada, habitação. Albergue, pousada, estalagem.
mansĭto,-as,-are. (manĕo). Permanecer, ficar. Habitar, morar, residir.
mansuefacĭo,-is,-ĕre,-feci,-factum. (mansuetus-facĭo). Amansar, domesticar. Abrandar, acalmar, pacificar.
mansuefio,-is,-fiĕri,-factus sum. (mansuefacĭo). Amansar-se, domesticar-se. Abrandar-se, acalmar-se, moderar-se.
mansŭes, mansuetis/mansuis. (manus--suesco). Domesticado, manso. Tranquilo, dócil, calmo.
mansuesco,-is,-ĕre,-sueui,-suetum. (manus--suesco). Domesticar(-se), amansar(-se).
mansuetis, ver mansŭes.
mansuetudĭnis, ver mansuetudo.
mansuetudo, mansuetudĭnis, (f.). (mansuetus). Mansidão. Brandura, doçura, bondade, benevolência.
mansuetus,-a,-um. (manus-sueo). Domesticado. Brando, tranquilo, doce, calmo.
mansŭis, ver mansŭes.
mantele, mantelis, (n.). (manus-tela). Toalha de mão. Guardanapo.
mantelĭum, ver mantele.
mantel(l)um,-i, (n.). (mantele). Toalha de mão, guardanapo. Capa, capote, manto. Véu.
mantĭca,-ae, (f.). (manus). Saco, alforje, sacola.
manticĭnor,-aris,-ari. (cano). Predizer, profetizar.
mantil-, ver mantel-.
manto,-as,-are. (manĕo). Ficar, permanecer. Esperar, aguardar.
manuale, manualis, (n.). (manus). Capa de livro.
manualis, manuale. (manus). Que se pode segurar com a mão, manual.
manubĭae,-arum, (f.). (manus). Despojos, presa. Pilhagem, rapina. Raios e trovões.
manubialis, manubiale. (manubĭae). Proveniente de rapina.
manubrĭum,-i, (n.). (manus). Cabo, asa. Manivela.
manucĭŏlum,-i, (n.). (manucĭum). Pequeno feixe, punhado.
manucĭum,-i, (n.). (manus). Luva.
manufest-, ver manifest-.
manulearĭus,-i, (m.). (manulĕus). O que faz túnicas de longas mangas.
manuleatus,-a,-um. (manulĕus). Que possui longas mangas.
manulĕus,-i, (m.). (manus). Manga longa de túnica.
manumissĭo, manumissionis, (f.). (manu-mitto). Libertação de um escravo.
manumitto,-is,-ĕre,-misi,-missum. (manus-mitto). Libertar, conceder a liberdade, emancipar.
manupretĭum,-i, (n.). (manus-pretĭum). Preço da mão-de-obra. Salário, ordenado.
manus,-us, (f.). Mão. Autoridade, poder. Força, coragem, valentia. Violência. Combate corpo-a-corpo. Trabalho, obra. Letra, modo de escrever. Tromba de elefante (*manus extrema* = toque final, último retoque). Tropa.
mapalĭa, mapalĭum, (n.). Cabana, choupana. Aldeia, lugarejo. Bordel, puteiro. Bagatela, ninharia.
mappa,-ae, (f.). Guardanapo. Pano (com o qual era dado o sinal de largada aos corredores no circo).
marăthrum,-i, (n.). Funcho (uma planta).
marcĕo,-es,-ere. Estar murcho, estar seco. Enfraquecer, estar enfraquecido, perder o vigor.

marcesco,-is,-ĕre. (marcĕo). Murchar-se, secar. Enfraquecer-se, perder o vigor, estar debilitado. Embriagar-se.

marcĭdus,-a,-um. (marcĕo). Murcho, estragado, apodrecido. Fraco, exaurido, débil, lânguido. Entorpecido.

marcor, marcoris, (m.). (marcĕo). Podridão, putrefação. Apatia, languidez, indolência.

marcŭlus,-i, (m.). (marcus). Pequeno martelo.

marcus,-i, (m.). Martelo.

mare, maris, (n.). Mar, oceano. Água do mar, água salgada.

margarita,-ae, (f.). Pérola.

margaritum,-i, (n.). Pérola.

margĭnis, ver **margo**.

margĭno,-as,-are,-aui,-atum. (margo). Cercar, cingir, rodear, margear.

margo, margĭnis, (m./f.). Margem, beira. Extremidade, fronteira.

marinus,-a,-um. (mare). Marinho, do mar.

maris, ver **mare** e **mas**.

marita,-ae, (f.). Mulher casada, esposa.

maritalis, maritale. (maritus). Conjugal, nupcial.

maritĭmus,-a,-um. (mare). Marítimo, do mar.

marito,-as,-are,-aui,-atum. (maritus). Casar(-se), dar em casamento. Unir, entrelaçar. Impregnar.

maritŭmus, ver **maritĭmus**.

maritus,-a,-um. (mas). Unido, emparelhado. Conjugal, nupcial, relativo ao casamento. Impregnante.

maritus,-i, (m.). Marido, esposo. Noivo. Macho. Casal, marido e mulher (pl.).

marmor, marmŏris, (n.). Mármore. Estátua de mármore. Construção em mármore. Marco miliário. Mar calmo.

marmorarĭus,-a,-um. (marmor). De mármore.

marmorarĭus,-i, (m.). (marmor). Marmorista.

marmorĕus,-a,-um. (marmor). Marmóreo, de mármore. Branco, polido, duro (como o mármore). Ornado de estátuas de mármore.

marmŏro,-as,-are,-aui,-atum. (marmor). Revestir de mármore.

marra,-ae, (f.). Espécie de enxada.

marsupĭum,-i, (n.). Bolsa. Bolso. Carteira, saco.

martiales, martialĭum, (m.). Soldados da legião de Marte. Sacerdotes de Marte.

martialis, martiale. De Marte, marcial.

marticŏla,-ae, (m.). Aquele que cultua Marte.

martigĕna,-ae, (m.). (mars-gigno). Descendente de Marte.

martĭus,-a,-um. (mars). De Marte. Guerreiro, corajoso. Proveniente do planeta Marte, marciano.

martĭus,-i, (m.). Mês de março.

mas, maris. Macho, do sexo masculino. Viril.

masculinus,-a,-um. (mas). Masculino, de macho. Másculo, viril.

mascŭlus,-a,-um. (mas). Masculino, de macho. Másculo, viril, vigoroso.

massa,-ae, (f.). Massa, pasta. Queijo. Barra de ouro. Bloco de mármore.

massalis, massale. (massa). Que forma uma massa.

mastigĭa,-ae, (m.). Velhaco, patife, salafrário.

mastruca,-ae, (f.). Roupa de pele.

mastrucatus,-a,-um. Que veste a *mastruca*.

masturbator, masturbatoris, (m.). (masturbo). Aquele que pratica a masturbação.

matăra,-ae, (f.). Lança gaulesa.

matăris, ver **matăra**.

matella,-ae, (f.). (matŭla). Pote, bilha, vaso pequeno. Penico.

matellĭo, matellionis, (m.). (matŭla). Pote, vaso.

mater, matris, (f.). Mãe. Tronco. Pátria. Maternidade. Afeição maternal. Venerável, respeitável (associado a nomes de deusas). Causa, fonte, origem.

matercŭla,-ae, (f.). (mater). Mãezinha.

materfamilĭas, matrisfamilias, (f.). Mãe de família, dona de casa.

materĭa,-ae, (f.). Substância, matéria, material. Linhagem, raça, descendência. Objeto de discussão, tópico, assunto, tema. Tratado. Ocasião, oportunidade, pretexto. Talento, habilidade natural, gênio. Madeira.

materiarĭus,-a,-um. (materĭa). Vendedor de madeira.

materĭes, ver **materĭa**.

materĭo,-as,-are,-aui,-atum. (materĭa). Construir com madeira.

materĭor,-aris,-ari. (materĭa). Fazer provisão de madeira.

maternus,-a,-um. (mater). Maternal, de mãe.
matertĕra,-ae, (f.). (mater). Tia materna.
mathematĭca,-ae, (f.). Matemática. Astrologia.
mathematĭcus,-a,-um. Matemático, relativo à matemática.
mathematĭcus,-i, (m.). Matemático. Astrólogo.
mathesis, mathesis, (f.). Conhecimento, aprendizagem. Matemática. Astrologia.
matricida,-ae, (m./f.). (mater-caedo). Matricida, o/a que mata a mãe.
matricidĭum,-i, (n.). (matricida). Matricídio, ato de matar a mãe.
matricis, ver **matrix.**
matricŭla,-ae, (f.). (matrix). Matrícula, registro.
matrimes, ver **matrimus.**
matrimonialis, matrimoniale. (mater). Matrimonial.
matrimonĭum,-i, (n.). (mater). Maternidade legal, casamento, matrimônio.
matrimus,-a,-um. (mater). Que ainda tem a mãe viva.
matris, ver **mater.**
matrisfamilĭas, ver **materfamilĭas.**
matrix, matricis, (f.). (mater). Fêmea grávida, fêmea que cria os filhotes. Tronco principal, árvore que dá rebentos. Fonte, origem, causa.
matrona,-ae, (f.). (mater). Matrona, mulher casada, mãe de família. Mulher, esposa.
matronalis, matronale. (matrona). De matrona, matronal, de mãe de família.
mattĕa,-ae, (f.). Manjar delicado, guloseima.
mattus,-a,-um. Úmido, mole, macio. Bêbado.
mattya, ver **mattĕa.**
matŭla,-ae, (f.). Vaso para líquidos. Penico. Imbecil, tolo.
maturate. (maturatus). Prontamente, rapidamente.
mature. (maturus). Oportunamente, a propósito, em tempo. Prontamente, rapidamente.
maturesco,-is,-ĕre, maturŭi. (maturus). Amadurecer, tornar-se maduro. Desenvolver-se. Alcançar a maturidade.
maturĭtas, maturitatis, (f.). (maturus). Maturação, amadurecimento. Momento propício, oportunidade. Maturidade, experiência.
maturitatis, ver **maturĭtas.**
maturo,-as,-are,-aui,-atum. (maturus). Amadurecer, tornar-se maduro. Apressar (-se), acelerar. Precipitar-se.
maturus,-a,-um. Maduro. Completo, que atingiu pleno desenvolvimento. Forte, vigoroso. Oportuno, apropriado, pronto. Prudente, sensato. Precoce, prematuro, antecipado. Urgente, rápido.
matus, ver **mattus.**
matutine. Pela manhã, ao amanhecer.
matutinum,-i, (n.). Manhã, romper do dia.
matutinus,-a,-um. Matutino, matinal.
mauortĭus,-a,-um. De Marte.
maxilla,-ae, (f.). (mala). Queixada, maxilar, mandíbula.
maxillaris, maxillare. (maxilla). Que diz respeito à maxila, maxilar.
maxĭme. (magis). Muito grandemente, enormemente, muito. Sobretudo, principalmente. Precisamente, exatamente. Perfeitamente, muito bem.
maximĭtas, maximitatis, (f.). (maxĭmus). Grandeza.
maximitatis, ver **maximĭtas.**
maxĭmus, ver **magnus.**
mazonŏmus,-i, (m.). Prato.
meatus,-us, (m.). (meo). Estrada, caminho, via. Passagem, movimento, curso.
mecastor. Por Castor!
mechanĭcus,-a,-um. Mecânico.
meddĭcis, ver **meddix.**
meddix, meddĭcis, (m.). Curador, magistrado (entre os oscos).
medela,-ae, (f.). (medĕor). Medicamento, remédio.
medĕor,-eris,-eri. Cuidar, prestar socorro. Tratar, medicar. Consertar, reparar, restaurar.
medianus,-a,-um. (medĭus). Central, que está no meio.
mediastinus,-i, (m.). (medĭus). Escravo comum (destinado ao trabalho braçal).
mediator, mediatoris, (m.). (medĭo). Mediador.
medĭca,-ae, (f.). Médica. Luzerna (um tipo de forragem).
medicabĭlis, medicabĭle. (medĭcor). Medicável, tratável, que se pode curar.
medicamen, medicamĭnis, (n.). (medĭcor). Medicamento, remédio. Poção, antídoto, veneno. Cosmético, maquiagem.

medicamentum,-i, (n.). (medĭcor). Medicamento, remédio. Droga. Unguento. Veneno. Feitiço, encantamento. Tintura, corante. Cosmético, maquiagem. Antídoto.
medicamĭnis, ver **medicamen.**
medicatus,-a,-um. (medĭcor). Medicinal.
medicatus,-us, (m.). (medĭcor). Feitiço, encantamento.
medicina,-ae, (f.). (medicinus). Medicina, arte médica. Cirurgia. Consultório médico. Remédio, poção. Veneno. Antídoto. Alívio, consolação.
medicinalis, medicinale. (medicina). Medicinal, de médico.
medicinus,-a,-um. (medĭcus). De médico.
medĭco,-as,-are,-aui,-atum. (medĭcus). Medicar, tratar, curar. Preparar um remédio. Tingir, colorir.
medĭcor,-aris,-ari,-atus sum. (medĭcus). Medicar, tratar, curar.
medĭcus,-a,-um. (medĕor). Medicinal, próprio para curar. Que faz feitiço.
medĭcus,-i, (m.). Médico, cirurgião.
mediĕtas, medietatis, (f.). (medĭus). Meio, centro. Metade.
medietatis, ver **mediĕtas.**
medimnum,-i, (n.). Medimno (medida grega de capacidade, utilizada para cereais).
mediŏcris, mediŏcre. (medĭus). Médio, mediano, que fica no meio-termo. Indiferente, não-marcado. Medíocre, fraco. Intermediário, duvidoso.
mediocrĭtas, mediocritatis, (f.). (mediŏcris). Medida, moderação, meio-termo. Inferioridade, mediocridade, insignificância.
mediocritatis, ver **mediocrĭtas.**
mediocrĭter. (mediŏcris). Mediocremente, moderadamente. Calmamente, tranquilamente. Grandemente, extremamente.
medioxĭmus,-a,-um. Intermediário, que está no meio. Mediano, moderado.
meditamentum,-i, (n.). (medĭtor). Exercício, preparação.
meditate. (meditatus). Deliberadamente, de caso pensado, de propósito. Refletidamente. Com precisão.
meditatĭo, meditationis, (f.). (medĭtor). Preparação, prática, exercício. Meditação, reflexão.
meditatus,-us, (m.). (medĭtor). Meditação, pensamento.

mediterranĕus,-a,-um. (medĭus-terra). Que fica no meio da terra, mediterrâneo.
medĭtor,-aris,-ari,-atus sum. (medĕor). Exercitar-se, dedicar-se. Refletir, meditar, estudar. Preparar, maquinar. Pretender, objetivar.
meditullĭum,-i, (n.). (medĭus-tellus). Meio, espaço intermediário.
medĭum,-i, (n.). (medĭus). Meio, centro, espaço intermediário. Praça pública. Público. Sociedade.
medĭus fidĭus. Palavra de honra, com toda a certeza.
medĭus,-a,-um. Médio, central, intermediário. Indiferente, indeterminado, ambíguo, indefinido. Moderado. Medíocre, comum. De meia idade.
medĭus,-i, (m.). Mediador.
medulla,-ae, (f.). (medĭus). Medula. Coração, entranhas, âmago. Cerne, parte essencial. A melhor parte.
medullaris, medullare. (medulla). Situado na medula, que está no centro.
medullĭtus. (medulla). Na medula. No cerne. Do fundo do coração.
medullŭla,-ae, (f.). (medulla). Medula.
mefitis, ver **mephitis.**
mehercŭle(s)/mehercle. Por Hércules! (como juramento ou afirmação categórica).
mei,-orum, (m.). (meus). Os meus, meus parentes, meus amigos.
meio,-is,-ĕre. Urinar. Derramar, entornar.
mel, mellis, (n.). Mel. Doçura.
melancholĭcus,-a,-um. Melancólico.
melandryum,-dryi, (n.). Posta de atum em conserva.
melanurus,-i, (m.). Espécie de peixe de água salgada.
melĭca,-ae, (f.). Poema lírico, ode.
melĭcus,-a,-um. Musical, harmonioso. Lírico.
melĭcus,-i, (m.). Poeta lírico.
melilotos,-i, (f.). Meliloto (nome de uma planta).
melimelum,-i, (n.). Espécie de maçã muito doce.
melĭor/melĭus, melioris. Melhor, mais valioso, mais vantajoso, mais hábil.
meli(s)phyllum,-i, (n.). Melissa, erva-cidreira.
melĭus, ver **melĭor.**

meliuscŭlus,-a,-um. (melĭor). Um tanto melhor. Um pouco mais bem disposto.
mellarĭum,-i, (n.). (mel). Colmeia.
mellĕus,-a,-um. (mel). De mel. Doce, suave.
mellĭfer,-fĕra,-fĕrum. (mel-fero). Que produz mel.
mellilla,-ae, (f.). (mel). Amorzinho, docinho.
mellina,-ae, (f.). (mel). Vinho de mel.
mellis, ver mel.
mellitŭlus,-a,-um. (mellĭtus). Doce como o mel. Suave. Amorzinho, docinho.
mellitus,-a,-um. (mel). De mel. Temperado com mel. Doce, querido.
melos (n.). Canto, poema lírico.
membrana,-ae, (f.). (membrum). Membrana, película. Pele. Pergaminho. Superfície.
membranĕus,-a,-um. (membrana). De pergaminho.
membranŭla,-ae, (f.). (membrana). Membrana, película. Pergaminho.
membratim. (membrum). De membro em membro, membro a membro. Em frases curtas. Ponto a ponto, minuciosamente.
membrum,-i, (n.). Membro. Parcela, pedaço, porção. Peça, compartimento.
memĭni,-isti,-isse. Ter presente no espírito, lembrar-se. Mencionar.
memor, memŏris. Que se lembra, lembrado. Que faz lembrar. Que pensa em, que recorda. Que se lembra facilmente.
memorabĭlis, memorabĭle. (memŏro). Memorável, digno de lembrança, glorioso, famoso. Imaginável, concebível, verossímil.
memorandus,-a,-um. (memŏro). Memorável, glorioso, famoso.
memorator, memoratoris, (m.). (memŏro). O que recorda, o que fala de.
memoratrix, memoratricis, (f.). (memo--rator). A que recorda, a que fala de.
memoratus,-a,-um. (memŏro). Celebrado, famoso.
memoratus,-us, (m.). (memŏro). Ação de recordar/contar, menção.
memorĭa,-ae, (f.). (memor). Memória, lembrança, recordação. Tempo passado, tradição. Época, tempo. Anais, relato histórico. Narração. Relato escrito.
memorialis, memoriale. (memorĭa). Que ajuda a memória.
memorĭola,-ae, (f.). (memorĭa). Memória.
memorĭter. (memor). De memória, de cor. Com memória fidedigna. Acuradamente, corretamente.
memŏro,-as,-are,-aui,-atum. (memor). Recordar, lembrar. Contar, dizer.
menda,-ae, (f.). Defeito físico, mancha na pele. Falha, erro, incorreção.
mendacis, ver mendax.
mendacĭum,-i, (n.). (mendax). Mentira, invenção, disfarce. Ilusão. Fábula, ficção. Imitação. Falsidade, hipocrisia.
mendaciuncŭlum,-i, (n.). (mendacĭum). Mentira, peta, lorota.
mendax, mendacis. (mendum). Mentiroso, falso, enganador, imaginário. Fingido, dissimulado. Fictício, irreal.
mendicabŭlum,-i, (n.). (mendico). Mendigo.
mendicatĭo, mendicationis, (f.). (mendico). Ação de mendigar, mendicância.
mendicĭtas, mendicitatis, (f.). (mendicus). Mendicância, indigência, pobreza.
mendicitatis, ver mendicĭtas.
mendico,-as,-are,-aui,-atum. (mendicus). Mendigar, pedir esmolas.
mendicŭlus,-a,-um. (mendicus). De mendigo, de pobre.
mendicus,-a,-um. De mendigo, indigente. Pobre.
mendosus,-a,-um. (mendum). Defeituoso, incorreto. Que comete erros. Falso, enganador.
mendum,-i, (n.). Defeito físico, mancha no rosto. Falha, erro, incorreção.
mens, mentis, (f.). Mente, espírito, inteligência. Pensamento, capacidade intelectual. Disposição de espírito. Intenção, objetivo, plano, projeto. Razão, discernimento, entendimento, consciência. Coragem, ânimo. Memória.
mensa,-ae, (f.). Mesa. Balcão. Plataforma. Iguarias, pratos. Convidado, hóspede.
mensarĭus,-a,-um. (mensa). Relativo às finanças.
mensarĭus,-i, (m.). (mensa). Banqueiro, cambista.
mensĭo, mensionis, (m.). (metĭor). Medida.
mensis, mensis, (m.). Mês. Menstruação.
mensor, mensoris, (m.). (metĭor). Medidor.
menstrŭa,-orum, (n.). (menstrŭus). Menstruação.

menstrualis, menstruale. (menstrŭus). Mensal, a cada mês. Que dura um mês.
menstrŭus,-a,-um. (mensis). Mensal, que se faz todos os meses. Que dura um mês.
mensŭla,-ae, (f.). (mensa). Pequena mesa.
mensularĭus,-i, (m.). (mensŭla). Banqueiro, cambista.
mensura,-ae, (f.). (metĭor). Medida, quantidade, dimensão, capacidade. Grandeza, alcance.
menta/mentha,-ae, (f.). Hortelã, menta.
mentĭo, mentionis, (f.). (memĭni). Menção. Moção, proposta.
mentĭor,-iris,-iri, mentitus sum. (mens). Mentir, não dizer a verdade. Faltar à palavra, prometer falsamente. Imaginar, inventar, fingir. Enganar, dissimular. Imitar.
mentis, ver mens.
mentŭla,-ae, (f.). Membro viril, pênis.
mentum,-i, (n.). Queixo. Barba.
meo,-as,-are,-aui,-atum. Passar, circular, caminhar.
meopte = meo ipso.
mephitis, mephitis, (f.). Exalação sulfurosa.
mepte = me ipsum.
meracus,-a,-um. (merus). Puro, sem mistura.
mercabĭlis, mercabĭle. (mercor). Que pode ser comprado.
mercator, mercatoris, (m.). (mercor). Mercador, comerciante, negociante.
mercatorĭus,-a,-um. (mercator). De comerciante.
mercatura,-ae, (f.). (mercor). Negócio, comércio, tráfico. Ofício de mercador.
mercatus,-us, (m.). (mercor). Negócio, comércio, tráfico. Mercado, feira.
mercedarĭus,-i, (m.). (merces). O que paga salário.
mercedis, ver merces.
mercedŭla,-ae, (f.). (merces). Pequeno salário, pequena renda. Rendimento fraco.
mercenarĭus,-a,-um. (merces). Assalariado, contratado.
mercenarĭus,-i, (m.). (merces). Mercenário, o que trabalho por um salário.
merces, mercedis, (f.). Salário, quantia paga. Recompensa. Punição, castigo. Rendimento, juros.
mercimonĭum,-i, (n.). (merx). Mercadoria.
mercis, ver merx.
mercor,-aris,-ari,-atus sum. (merx). Negociar. Comprar.
merda,-ae, (f.). Excremento, estrume. Merda.
mere. (merus). Puramente, sem mistura.
merens, merentis. (merĕo). Digno, merecedor.
merĕo,-es,-ere, merŭi, merĭtum/merĕor,-eris,-eri, merĭtus sum. Receber como prêmio. Ganhar, obter. Comprar, adquirir. Prestar serviço militar, ser soldado. Merecer, ser digno. Comportar-se (bem ou mal), prestar serviço.
meretricĭe. (meretricĭus). Como meretriz.
meretricis, ver merĕtrix.
meretricĭus,-a,-um. (merĕtrix). De meretriz, de prostituta.
meretricŭla,-ae, (f.). (merĕtrix). Meretriz.
merĕtrix, meretricis, (f.). (merĕo). Meretriz.
merges, mergĭtis, (f.). Molho, feixe.
mergĭtis, ver merges.
mergo,-is,-ĕre, mersi, mersum. Mergulhar, afundar, submergir. Esconder, ocultar.
mergus,-i, (m.). (mergo). Mergulhão (nome de uma ave).
meridianus,-a,-um. (meridĭes). Do meio-dia. Do sul, meridional.
meridiatĭo, meridiationis, (f.). (meridĭo). Sesta.
meridĭes,-ei, (m.). (medĭus-dies). Meio-dia. Sul.
meridĭo,-as,-are. (meridĭes). Fazer a sesta.
merĭto,-as,-are,-aui,-atum. (merĕo). Ser assalariado, receber salário. Servir como soldado.
merĭto. (merĭtus). Com razão, justamente.
meritorĭa,-orum, (n.). (meritorĭus). Local/casa para alugar.
meritorĭus,-a,-um. (merĕo). Que merece salário, que busca obter salário. Prostituído.
merĭtum,-i, (n.). (merĕo). Salário merecido, recompensa. Valor, preço, importância. Serviço prestado. Mérito, conduta. Título, direito.
merĭtus,-a,-um. (merĕo). Merecedor. Que serviu como soldado. Merecido. Justo, justificado.
merobĭbus,-a,-um. (merum-bibo). Que aprecia vinho, bebedor de vinho.
merops, merŏpis, (f.). Abelharuco (nome de ave).

merso,-as,-are,-aui,-atum. (mergo). Mergulhar várias vezes.
merto,-as,-are, ver **merso.**
merŭla,-ae, (f.). Melro (nome de ave).
merum,-i, (n.). (merus). Vinho puro.
merus,-a,-um. Puro, simples, sem mistura. Nu, despojado. Verdadeiro, autêntico. Único.
merx, mercis, (f.). Mercadoria.
mesochŏrus,-i, (m.). Corifeu.
mesor, ver **mensor.**
messis, messis, (f.). (meto,-is,-ĕre). Ceifa, colheita. Messe.
messor, messoris, (m.). (meto,-is,-ĕre). Ceifeiro.
messorĭus,-i, (m.). (meto,-is,-ĕre). Ceifeiro.
-met. Partícula enclítica de reforço, que se junta aos pronomes pessoais.
meta,-ae, (f.). Pirâmide, cone. Meta do circo. Fim, meta. Extremidade.
metallum,-i, (n.). Mina. Trabalho nas minas. Metal, produto mineral.
metamorphosis, metamorphosis, (f.). Metamorfose.
metaphŏra,-ae, (f.). Metáfora.
metaphrăsis, metaphrăsis, (f.). Paráfrase.
metaplasmus,-i, (m.). Metaplasmo.
metator, metatoris, (m.). (metor). O que marca/delimita um lugar. Agrimensor.
methodĭce, methodĭces, (f.). Método (parte da gramática).
methodĭum,-i, (n.). Brincadeira, piada.
meticulosus,-a,-um. (metus). Meticuloso, receoso. Tímido. Espantoso.
metĭor,-iris,-iri, mensus sum. Medir. Avaliar, estimar. Percorrer medindo. Distribuir, repartir.
meto,-as,-are. Medir.
meto,-is,-ĕre, messŭi, messum. Ceifar, fazer a colheita. Colher, cortar. Derrubar, destruir.
metor,-aris,-ari, metatus sum. Delimitar, demarcar, fixar os limites. Medir. Instalar, levantar.
metreta,-ae, (f.). Vaso (para vinho ou azeite). Medida (para líquidos).
metrĭcus,-a,-um. De medida, métrico.
metrum,-i, (n.). Metro, medida de um verso. Verso.
metuendus,-a,-um. (metŭo). Temível.

metŭens, metuentis. (metŭo). Tímido, receoso, medroso.
metuentis, ver **metŭens.**
metŭo,-is,-ĕre, metŭi, metutum. (metus). Temer, recear, ter medo. Estar apreensivo, hesitar.
metus,-us, (m.). Receio, temor, medo. Inquietação, ansiedade. Temor religioso.
meus,-a,-um. Meu, minha. Querido/querida.
mi. Vocativo de *meus*. Forma contrata de *mihi*.
mica,-ae, (f.). Parcela, grão, migalha. Pequena sala de jantar.
micarĭus,-i, (m.). (mica). O que vive de migalhas.
mico,-as,-are, micŭi. Tremer, palpitar, agitar-se. Cintilar, brilhar, faiscar.
micturĭo,-is,-ire. (mingo). Ter vontade de urinar com frequência.
migratĭo, migrationis, (f.). (migro). Migração. Emprego metafórico, sentido figurado.
migro,-as,-are,-aui,-atum. Mudar-se, ir embora, emigrar. Levar, transportar.
mihi, ver **ego.**
mihipte = **mihi ipsi.**
mile, ver **mille.**
miles, milĭtis, (m.). Soldado. Exército. Soldado de infantaria. Escolta. Peão (no jogo de xadrez).
miliarĭus,-a,-um. (milĭum). Relativo a *milium*.
militaris, militare. (miles). De soldado, militar, guerreiro.
militarĭter. (militaris). Como soldado, militarmente.
militarĭus, ver **militaris.**
militĭa,-ae, (f.). (miles). Serviço militar. Campanha, expedição, guerra, operação militar.
milĭtis, ver **miles.**
milĭto,-as,-are,-aui,-atum. (miles). Ser soldado, prestar serviço militar. Combater, guerrear.
milĭum, ver **mille.**
milĭum,-i, (n.). Um tipo de milho miúdo.
mille, (n.). Mil, um milhar. Milha. Grande número.
millenarĭus,-a,-um. (millenus). Milenar, que contém mil unidades.
millenus,-a,-um. (mille). Que contém mil unidades.

millesĭmum. (mille). Pela milésima vez.
millesĭmus,-a,-um. (mille). Milésimo.
millĭa, ver **mille.**
milliarĭum,-i, (n.). (milliarĭus). Pedra/marco miliário.
milliarĭus,-a,-um. (mille). Que contém o número mil. Que contém a extensão de uma milha.
millĭe(n)s. (mille). Mil vezes. Infinitas vezes.
milua,-ae, (f.). Fêmea do milhafre (ave de rapina).
miluinus,-a,-um. (miluus). Relativo ao milhafre. Ávido, devorador.
miluus,-i, (m.). Milhafre (ave de rapina). Homem ávido. Nome de uma constelação.
mima,-ae, (f.). Comediante mímica.
mimĭce. (mimĭcus). Como comediante mímico.
mimĭcus,-a,-um. (mimus). De mímica, de comediante. Fingido, dissimulado.
mimogrăphus,-i, (m.). Autor de mimos.
mimŭla,-ae, (f.). (mima). Pequena comediante mímica.
mimus,-i, (m.). Pantomimo, comediante. Mimo, farsa teatral.
mina,-ae, (f.). Mina (moeda grega equivalente a 100 dracmas). Mina de ouro/prata.
minacĭae,-arum, (f.). (minax). Ameaça.
minacis, ver **minax.**
minacĭter. (minax). De modo ameaçador, com ameaças.
minae,-arum, (f.). Saliências. Ameaças.
minanter, ver **minacĭter.**
minatĭo, minationis, (f.). (minor). Ameaça.
minator, minatoris, (m.). (minor). O que ameaça.
minax, minacis. (minor). Saliente, iminente. Ameaçador, perigoso.
minĕo,-es,-ere. Estar saliente. Pender.
mingo,-is,-ĕre, minxi/mixi, minctum. Urinar.
miniatŭlus,-a,-um. Ligeiramente colorido de vermelho.
minĭme. (minĭmus). Menos possível, minimamente, muito pouco.
minĭmum,-i, (n.). (minĭmus). A menor quantidade possível.
minĭmum. (minĭmus). Muito pouco, menos possível, quase nada.
minĭmus,-a,-um. Mínimo, muito pequeno, o menor, muito baixo, de muito pouca importância.

minĭo,-as,-are,-aui,-atum. (minĭum). Pintar com vermelhão.
minister,-tra,-trum. (minus). Servidor, auxiliar, ajudante.
minister,-tri, (m.). (minus). Servente, atendente. Ministro, sacerdote. Ajudante, auxiliar. Cúmplice. Intermediário.
ministerĭum,-i, (n.). (minister). Função servil, ofício de servo. Ocupação, trabalho. Pessoal.
ministra,-ae, (f.). (minister). Criada, escrava. Sacerdotisa. Ajudante, auxiliar.
ministrator, ministratoris, (m.). (ministro). Servidor. Adjunto, assessor.
ministratorĭus,-a,-um. (ministrator). Relativo ao serviço de mesa.
ministro,-as,-are,-aui,-atum. (minister). Servir. Fornecer, ministrar. Cuidar, tratar. Executar, dirigir, governar.
minitabundus,-a,-um. (minor). Que faz ameaças.
minĭtor,-aris,-ari,-atus sum. (minor). Ameaçar repetidas vezes.
minĭum,-i, (n.). Vermelhão, zarcão.
minor,-aris,-ari,-atus sum. Ameaçar, fazer ameaças. Declarar, prometer.
minor/minus, minoris. Menor. Inferior, mais fraco. Mais jovem.
minoris, ver **minor.**
minum-, ver **minim-.**
minŭo,-is,-ĕre, minŭi, minutum. (minus). Diminuir, reduzir. Emagrecer. Quebrar. Procurar destruir, aniquilar.
minus. Menos. Muito pouco, pouquíssimo, insuficiente.
minuscŭlus,-a,-um. (minor). Minúsculo, bastante pequeno.
minutal, minutalis, (n.). (minutus). Coisa pequena. Picadinho de carne.
minutatim. (minutus). Em pequenos pedaços. Pouco a pouco, gradativamente.
minute. (minutus). De modo acanhado, mesquinhamente.
minutĭa,-ae, (f.). (minutus). Parcela muito pequena, minúcias.
minutiloquĭum,-i, (n.). (minutus-loquor). Concisão.
minutĭo, minutionis, (f.). (minŭo). Diminuição.
minutŭlus,-a,-um. (minutus). Pequenino.
minutus,-a,-um. (minŭo). Pequeno, minús-

culo. Insignificante. Fraco, vulgar, frívolo. Simples, reduzido.

mirabĭlis, mirabĭle. (miror). Maravilhoso, admirável, espantoso, extraordinário, único.

mirabilĭter. (mirabilis). Maravilhosamente, admiravelmente, espantosamente, extraordinariamente.

mirabundus,-a,-um. (miror). Muito admirado, cheio de admiração.

miracŭla,-ae, (f.). (miror). Mulher admiravelmente feia.

miracŭlum,-i, (n.). (miror). Coisa admirável/extraordinária, prodígio, milagre.

mirandus,-a,-um. (miror). Admirável, maravilhoso.

miratĭo, mirationis, (f.). (miror). Admiração, espanto.

mirator, miratoris, (m.). (miror). Admirador.

miratrix, miratricis, (f.). (mirator). Admiradora.

mire. (mirus). Admiravelmente, espantosamente.

mirifĭcus,-a,-um. (mirus-facĭo). Admirável, maravilhoso, prodigioso.

mirmillo, mirmillonis, (m.). Um tipo de gladiador.

miror,-aris,-ari,-atus sum. Espantar-se, assombrar-se. Admirar, contemplar, olhar com espanto/admiração.

mirus,-a,-um. Admirável, digno de espanto, maravilhoso, extraordinário, surpreendente, incomum, assombroso.

miscellanĕus,-a,-um. (miscellus). Misturado, confuso.

miscellus,-a,-um. (miscĕo). Misturado, confuso.

miscĕo,-es,-ere, miscŭi, mixtum. Misturar, juntar, unir. Perturbar, confundir, agitar. Tramar, maquinar.

misellus,-a,-um. (miser). Pobrezinho, infeliz. Miserável, em estado deplorável.

miser,-ĕra,-ĕrum. Infeliz, desgraçado, miserável. Deplorável, lamentável. Triste, melancólico. Doente, indisposto. Em mau estado. Sem valor/importância, mesquinho, vil. Violento, excessivo, extravagante.

miserabĭlis, miserabĭle. (miserŏr). Digno de compaixão, triste, deplorável. Patético.

miserabilĭter. (miserabĭlis). Miseravelmente, de modo deplorável, de modo a despertar compaixão. Pateticamente.

miserandus,-a,-um. (miserŏr). Digno de compaixão, deplorável.

miseratĭo, miserationis, (f.). (miseror). Compaixão, comiseração, comoção. Gênero patético.

miserĕ. (miser). Miseravelmente, de modo comovente, de modo digno de compaixão. De modo desagradável, excessivamente.

miserĕo,-es,-ere, miserŭi, miser(ĭ)tum. (miser). Compadecer-se, ter compaixão.

miserĕor,-eris,-eri, miser(ĭ)tus sum. (miser). Ter pena, ter compaixão, apiedar-se.

miseresco,-is,-ĕre. (miserĕo). Ter pena, ter compaixão, apiedar-se.

miserĕt-ere, misertum est. (miser). Ter pena, ter compaixão.

miserĭa,-ae, (f.). (miser). Miséria, pobreza extrema. Infelicidade, adversidade. Infortúnios, males.

misericordĭa,-ae, (f.). (misericors). Misericórdia, compaixão, piedade.

misericors, misericordis. (miserĕo-cor). Misericordioso, compassivo, piedoso.

miserĭter. (miser). De modo a causar compaixão.

miserŏr,-aris,-ari,-atus sum. (miser). Lamentar, lastimar, deplorar. Apiedar-se.

missicĭus,-a,-um. (mitto). Que está prestes a receber baixa do serviço militar.

missicŭlo,-as,-are. (mitto). Enviar repetidas vezes.

missĭle, missĭlis, (n.). (missĭlis). Míssil, arma de arremesso. Bolo. Favor, benefício.

missĭlis, missĭle. (mitto). Que pode ser lançado.

missĭo, missionis, (f.). (mitto). Despedida, libertação. Baixa (do serviço militar). Licenciamento. Envio. Fim, conclusão. Perdão. Adiamento.

missitĭus, ver **missicĭus.**

missĭto,-as,-are,-aui,-atum. (mitto). Mandar repetidas vezes, enviar muitas vezes.

missor, missoris, (m.). (mitto). Lançador, o que pratica a ação de lançar.

missus,-us, (m.). (mitto). Ação de soltar/enviar. Arremesso, tiro, jato. Corrida.

mite. (mitis). Com doçura, docemente.

mitella,-ae, (f.). (mitra). Faixa de seda. Ligadura.

mitesco,-is,-ĕre. (mitis). Tornar-se mole, amadurecer. Acalmar-se, abrandar-se. Domesticar-se.

mitifĭco,-as,-are,-aui,-atum. (mitis-facĭo). Amolecer, tornar tenro. Abrandar, acalmar. Amansar, domesticar.
mitigatĭo, mitigationis, (f.). (mitĭgo). Alívio, mitigação.
mitĭgo,-as,-are,-aui,-atum. (mitis-ago). Amolecer. Tornar doce, adocicar. Acalmar, abrandar, pacificar.
mitis, mite. Macio, tenro, maduro, mole. Suave, ameno, doce. Calmo, tranquilo. Fecundo, fértil. Delicado, suave. Amável.
mitra,-ae, (f.). Mitra.
mitratus,-a,-um. (mitra). Que usa a mitra.
mitto,-is,-ĕre, misi, missum. Deixar partir, soltar, largar. Lançar, atirar. Enviar, despachar, mandar. Licenciar, despedir. Emitir. Guiar, escoltar. Omitir, silenciar. (*manu mittĕre* = libertar).
mitŭlus,-i, (m.). Mexilhão (gênero de moluscos).
mixtim. (mixtus). De modo confuso, misturadamente.
mixtura,-ae, (f.). (miscĕo). Mistura, fusão.
mnemosynon,-i, (n.). Lembrança, recordação.
mobĭlis, mobĭle. (mouĕo). Fácil de ser movido, móvel, movediço. Flexível, brando. Ágil, rápido, ligeiro. Inconstante, volúvel, instável, leviano.
mobilĭtas, mobilitatis, (f.). (mobĭlis). Mobilidade, rapidez, agilidade. Inconstância, leviandade, volubilidade. Vivacidade.
mobilitatis, ver **mobilĭtas.**
mobilĭter. (mobĭlis). Agilmente, rapidamente, vivamente.
mobilĭto,-as,-are. (mobĭlis). Tornar móvel.
moderabĭlis, moderabĭle. (moderor). Moderado.
moderamen, moderamĭnis, (n.). (moderor). Leme do navio. Direção. Governo.
moderamĭnis, ver **moderamen.**
moderanter. (moderans). De modo direcionado.
moderate. (moderatus). Moderadamente, com limite, com precaução.
moderatim. (moderatus). Moderadamente, gradativamente.
moderatĭo, moderationis, (f.). (moderor). Moderação, prudência. Equilíbrio. Governo, autoridade, poder.
moderator, moderatoris, (m.). (moderor). Governante, chefe, guia, mestre. Moderador, regulador.
moderatrix, moderatricis, (f.). (moderator). Moderadora, reguladora.
moderatus,-a,-um. (moderor). Moderado, comedido, ponderado, regulado.
moderor,-aris,-ari,-atus sum. (modus). Moderar, regular, manter na medida certa. Governar, dirigir, conduzir. Restringir, diminuir, reprimir.
modeste. (modestus). Moderadamente, na medida certa. Discretamente.
modestĭa,-ae, (f.). (modestus). Moderação, medida, temperança. Discrição. Docilidade, tranquilidade. Virtude, honestidade, dignidade. Modéstia, pudor, decência. Sabedoria prática.
modestus,-a,-um. (modus). Moderado, modesto, razoável, discreto, reservado.
modialis, modiale. (modĭus). Que contém um módio.
modĭce. (modĭus). Dentro dos limites, moderadamente. Calmamente, tranquilamente, pacientemente. Mediocremente, medianamente.
modĭcum,-i, (n.). (modĭcus). Pequena quantidade.
modĭcus,-a,-um. (modus). Módico, moderado, modesto. Razoável. Pequeno, medíocre. Limitado, raro.
modificatĭo, modificationis, (f.). (modifĭco). Estrutura, medida, ritmo.
modifĭco,-as,-are,-aui,-atum. (modus-facĭo). Regular, ordenar, limitar.
modiŏlus,-i, (m.). (modĭus). Pequena medida. Pequena taça. Caixa. Um tipo de instrumento cirúrgico.
modĭum,-i, (n.), ver **modĭus.**
modĭus,-i, (m.). Módio, alqueire.
modo. Só, somente, apenas. Neste momento, imediatamente. Ainda há pouco, ainda agora. Pouco depois. (*modo* + subjuntivo/*ut* = contanto que, sob a condição de; *modo... modo...* = ora...ora..., sucessivamente).
modulate. (modulatus). Melodiosamente, harmoniosamente.
modulatĭo, modulationis, (f.). (modŭlor). Ação de medir/regular. Melodia, modulação, cadência.

modulator, modulatoris, (m.). (modŭlor). Modulador, medidor, regulador. Músico.
modulatus,-a,-um. (modŭlor). Melodioso, harmonioso.
modulatus,-us, (m.). Modulação. Canto.
modŭlor,-aris,-ari,-atus sum. (modus). Medir, regular. Cadenciar, marcar o ritmo. Modular, tocar, cantar.
modŭlus,-i, (m.). (modus). Pequena medida. Medida, ritmo, melodia.
modus,-i, (m.). Medida, comprimento, altura, circunferência, dimensão. Moderação, meio-termo. Lei, regra. Medida rítmica, cadência, compasso musical. Limite, fim. Conduta, comportamento. Modo, maneira, método, forma.
moecha,-ae, (f.). Mulher adúltera, cortesã.
moechadis, ver **moechas.**
moechas, moechadis, (f.). Mulher adúltera, cortesã.
moechia,-ae, (f.). Adultério.
moechor,-aris,-ari. (moechus). Cometer adultério.
moechus,-i, (m.). Homem adúltero.
moenĕr-, ver **munĕr-.**
moenĭa, moenĭum, (n.). (munĭo). Muralhas, muros. Cerco, circuito. Cidade. Palácio, casa, edifício.
moenĭo,-is,-ire, ver **munĭo.**
moenĭum, ver **moenĭa.**
moerĕo, ver **maerĕo.**
moerus, ver **murus.**
mola,-ae, (f.). Mó. Moinho. Farinha sagrada.
molaris, molaris, (m.). (mola). Mó, pedra grande. Queixal, dente molar.
molaris, molare. (mola). De mó, de moinho.
moles, molis, (f.). Massa, volume. Grande massa de pedra, construção, edifício, dique, mole, represa. Carga, peso. Grande estatura. Máquina de guerra. Multidão. Grandeza, importância. Esforço, dificuldade.
moleste. (molestus). Com pesar. De modo desagradável.
molestĭa,-ae, (f.). (molestus). Pesar, mágoa, inquietação. Afetação, rebuscamento.
molestus,-a,-um. (moles). Molesto, penoso, desagradável, embaraçoso. Chocante. Rebuscado, afetado. Nocivo, perigoso.
molimen, molimĭnis, (n.). (molĭor). Massa, grande volume. (Grande) esforço. Grandeza, importância.

molimentum,-i, (n.). (molĭor). Esforço, trabalho.
molimĭnis, ver **molimen.**
molĭor,-iris,-iri,-itus sum. (moles). Fazer esforço para se deslocar, deslocar-se com dificuldade, colocar um objeto pesado em movimento. Empenhar-se, executar com dificuldade. Preparar, realizar, construir. Maquinar, planejar, tramar. Afastar, segurar, arrombar. Provocar, excitar. Abalar, causar.
molis, ver **moles.**
molitĭo, molitionis, (f.). (molĭor). Preparação, planejamento, meios de ação. Demolição. Empreendimento, empresa, construção.
molitor, molitoris, (m.). (molĭor). Construtor, autor. Maquinador. Empreendedor.
molitrix, molitricis, (f.). (molitor). Construtora, autora. Maquinadora. Empreendedora.
molĭtum,-i, (n.). (molo). Um tipo de prato (feito com farinha).
mollesco,-is,-ĕre. (mollis). Amolecer, tornar-se mole. Acalmar, aliviar. Tornar-se afeminado.
mollicellus,-a,-um. (mollicŭlus). Macio, delicado, tenro.
mollicŭlus,-a,-um. (mollis). Macio, delicado, tenro. Voluptuoso.
mollimentum,-i, (n.). (mollĭo). Consolação, lenitivo.
mollĭo,-is,-ire,-iui/-ĭi,-itum. (mollis). Amolecer, amaciar. Abrandar, apaziguar, suavizar. Reduzir. Debilitar, enfraquecer. Tornar afeminado.
mollipĕdis, ver **mollĭpes.**
mollĭpes, mollipĕdis. (mollis-pes). Que tem os pés moles.
mollis, molle. Mole, tenro, delicado, macio. Flexível. Brando, macio. Fraco, tímido, sensível. Afeminado. Suave, agradável, doce. Ameno, aprazível. Favorável, propício.
mollĭter. (mollis). Suavemente, brandamente. Gradualmente. Voluptuosamente. Calmamente, pacientemente.
mollitĭa,-ae, (f.). (mollis). Brandura, flexibilidade. Moleza. Sensibilidade, doçura. Fraqueza. Hábitos afeminados.
mollitudĭnis, ver **mollitudo.**

mollitudo, mollitudĭnis, (f.). (mollis). Flexibilidade. Moleza, maciez. Doçura.
molo,-is,-ĕre, molŭi, molĭtum. (mola). Moer, triturar.
moly, molyos, (n.). Espécie de planta (que produz uma flor branca).
momen, momĭnis, (n.). (mouĕo). Movimento. Impulso.
momentanĕus,-a,-um. (momentum). Momentâneo, passageiro.
momentosus,-a,-um. (momentum). Instantâneo, pronto, rápido.
momentum,-i, (n.). (mouĕo). Impulso, movimento, mudança, variação. Revolução. Peso. Importância, influência. Motivo, causa, circunstância. Parcela, pequena quantidade. Momento, minuto, instante.
momĭnis, ver **momen.**
monedŭla,-ae, (f.). Gralha (nome de ave).
monela,-ae, (f.). (monĕo). Advertência.
monĕo,-es,-ere, monŭi, monĭtum. Fazer pensar, lembrar. Chamar a atenção, advertir. Aconselhar, esclarecer. Instruir, ensinar. Predizer, anunciar, profetizar.
moneris, moneris, (f.). Navio com apenas uma fileira de remos.
moneta,-ae, (f.). (monĕo). Mãe das musas. Sobrenome de Juno (em cujo templo se cunhavam moedas). Lugar onde se cunham moedas. Moeda, dinheiro. Carimbo, timbre.
monetalis, monetale.(moneta). Relativo à moeda.
monetarĭus,-i, (m.). (moneta). Moedeiro.
monile, monilis, (n.). Colar. Joia.
monim-, ver **monum-.**
monitĭo, monitionis, (f.). (monĕo). Advertência, conselho.
monĭtor, monitoris, (m.). (monĕo). Monitor, guia, conselheiro. Nomenclador. Censor. Instrutor, professor.
monitorĭus,-a,-um. (monĭtor). Que serve de advertência.
monĭtum,-i, (n.). (monĕo). Aviso, advertência, conselho. Profecia, oráculo, predição.
monĭtus,-us, (m.). (monĕo). Aviso, advertência. Profecia, oráculo, predição.
monogrammus,-a,-um. Linear. Formado por linhas. Esboçado.
monopodĭum,-i, (n.). Mesa de apenas um pé.

monopolĭum,-i, (n.). Monopólio, exclusividade.
mons, montis, (m.). Monte, montanha. Penedo, rochedo.
monstratĭo, monstrationis, (f.). (monstro). Ação de mostrar, indicação.
monstrator, monstratoris, (m.). (monstro). Mostrador, indicador. Propagador, autor.
monstratus,-a,-um. (monstro). Insigne, notável, distinto.
monstrĭfer,-fĕra,-fĕrum. (monstrum-fero). Que produz monstros. Monstruoso, horrível.
monstrifĭcus,-a,-um. (monstrum-facĭo). Monstruoso. Sobrenatural.
monstro,-as,-are,-aui,-atum. Mostrar, designar, indicar. Dizer. Denunciar, acusar. Advertir, aconselhar.
monstrosus, ver **monstruosus.**
monstrum,-i, (n.). (monĕo). Prodígio. Objeto/ser sobrenatural, monstro, monstruosidade. Coisa espantosa, maravilha.
monstruosus,-a,-um. (monstrum). Monstruoso, extraordinário, prodigioso.
montanus,-a,-um. (mons). De montanha, relativo a montanhas. Montanhoso.
monticŏla,-ae, (m./f.). (mons-colo). Habitante das montanhas.
montĭfer,-fĕra,-fĕrum. (mons-fero). Que carrega uma montanha.
montis, ver **mons.**
montiuăgus,-a,-um. (mons-uagus). Que percorre as montanhas.
montosus, ver **montuosus.**
montuosus,-a,-um. (mons). Montanhoso.
monumentum,-i, (n.). (monĕo). O que preserva a memória de alguma coisa. Túmulo, sepulcro, estátua, inscrição, lápide. Templo, monumento. Obra literária, trabalho escrito. Sinal, marca, indício. (*monumentum laudis* = memorial).
mora,-ae, (f.). I- Demora. Pausa. Espaço de tempo, retardamento. Obstáculo, impedimento. II- Mora (divisão do exército espartano).
moralis, morale. (mores). Relativo aos costumes, moral.
moratĭo, morationis, (f.). (moror). Impedimento, retardo, demora.
morator, moratoris, (m.). (moror). Embromador, enganador. Um tipo de advoga-

do (que falava apenas para preencher o tempo).
moratus,-a,-um. (mores). Dotado de costumes. Característico.
morbĭdus,-a,-um. (morbus). Doente, enfermo. Mórbido.
morbosus,-a,-um. (morbus). Doente, enfermo. Impudico, torpe.
morbus,-i, (m.). Doença, enfermidade. Paixão. Aflição, pesar, dor.
mordacis, ver **mordax.**
mordacĭtas, mordacitatis, (f.). (mordax). Aptidão para morder/picar. Sabor picante.
mordacĭter. (mordax). De modo mordaz, satiricamente.
mordax, mordacis. (mordĕo). Que morde. Cortante, afiado, picante. Mordaz, satírico. Consumidor.
mordĕo,-es,-ere, momordi, morsum. Morder, picar, ferroar. Mastigar. Ferir. Atormentar, importunar, consumir, torturar. Prender, segurar.
mordĭcus. (mordĕo). Mordendo, usando os dentes. Obstinadamente, com perseverança.
more. Estupidamente.
moretum,-i, (n.). Moreto (iguaria feita de ervas, alho, queijo e vinho).
moribundus,-a,-um. (morĭor). Moribundo. Mortal, perecível.
morigĕror,-aris,-ari,-atus sum. (mos-gero). Ser complacente, conformar-se, condescender.
morigĕrus,-a,-um. (mos-gero). Complacente, dócil, submisso.
morĭo, morionis, (m.). Maluco, idiota.
morĭor,-ĕris, mori, mortŭus sum. Morrer, perecer, sucumbir, expirar. Acabar, findar. Extinguir-se.
moris, ver **mos** e **morum.**
mormyr, mormyris, (f.). Nome de um peixe marinho desconhecido.
morolŏgus,-a,-um. Que diz besteiras.
moror,-aris,-ari,-atus sum. I- Demorar-se, parar, ficar. Retardar, deter. Morar, habitar, residir. Não opor resistência, não se importar. II- Estar louco, delirar.
morose. (morosus). Com cuidado, escrupulosamente. Impertinentemente.
morosĭtas, morositatis, (f.). (morosus). Impertinência, mal-humor, enfado. Purismo, rigor exacerbado.
morositatis, ver **morosĭtas.**
morosus,-a,-um. (mos). Impertinente, mal humorado. Exigente. Desagradável, inoportuno.
mors, mortis, (f.). Morte, falecimento. Cadáver.
morsiuncŭla,-ae, (f.). (morsus). Pequena mordida.
morsum,-i, (n.). (mordĕo). Mordida. Pedaço (retirado com os dentes).
morsus,-us, (m.). (mordĕo). Mordida, dentada. Dente da âncora. Ferrugem. Sabor acre/picante. Ataque, maledicência.
mortalis, mortale. (mors). Mortal, sujeito a morte. Transitório, passageiro, efêmero. Relativo aos mortais, humano.
mortalĭtas, mortalitatis, (f.). (mortalis). Mortalidade. Humanidade.
mortalitatis, ver **mortalĭtas.**
mortarĭum,-i, (n.). Morteiro, almofariz. Substância triturada em um almofariz, pomada.
morticina,-orum, (n.). (mors). Carcaça.
morticinus,-a,-um. (mors). De animal morto. Morto.
mortĭfer,-fĕra,-fĕrum. (mors-fero). Mortal, mortífero.
mortifĕrus, ver **mortĭfer.**
mortifĭcus,-a,-um. (mors-facĭo). Mortal, que provoca a morte.
mortis, ver **mors.**
mortualĭa, mortualĭum, (n.). (mortŭus). Roupas com as quais um morto é enterrado. Canções fúnebres.
morturĭo,-is,-ire. (mors). Desejar a morte, buscar morrer.
morum,-i, (n.). Amora.
morus,-a,-um. Maluco, louco, extravagante.
morus,-i, (f.). Amoreira.
mos, moris, (m.). Uso, costume. Comportamento, procedimento, caráter. Modo, maneira. Lei, regra, preceito. Vontade, desejo.
motĭo, motionis, (f.). (mouĕo). Movimento, agitação, impulso.
motiuncŭla,-ae, (f.). (motĭo). Pequeno movimento, tremor. Ligeiro acesso de febre.
moto,-as,-are. (mouĕo). Mover com frequência, agitar fortemente.

motor, motoris, (m.). (mouĕo). O que mantém algo em movimento, agitador.
motus,-us, (m.). (mouĕo). Movimento, agitação, embalo, dança. Gesto, gesticulação. Tremor de terra. Sentimento, paixão, comoção. Motim, perturbação da ordem. Motivo.
mouens, mouentis. (mouĕo). Móvel, inconstante.
mouĕo,-es,-ere, moui, motum. Pôr(-se) em movimento, mover(-se), agitar(-se). Afastar, despojar, tirar, deslocar. Excitar, provocar, causar. Impressionar, comover, abalar. Perturbar, irritar. Impelir, lançar. Produzir, manifestar. Dançar. Tocar, cantar.
mox. Em breve, dentro de pouco tempo, sem demora. Logo após, depois, em seguida.
mucĭdus,-a,-um. (mucus). Bolorento, estragado. Rançoso.
mucro, mucronis, (m.). Ponta, extremidade pontiaguda. (Ponta de) espada. Fim. Vivacidade.
mucus/muccus,-i, (m.). Muco nasal.
mugil, mugĭlis, (m.). Mujem (nome de um peixe).
muginor,-aris,-ari. Ruminar. Refletir longamente, usar de evasivas.
mugĭo,-is,-ire,-iui/-ĭi,-itum. Mugir. Soar, ribombar, tanger.
mugitus,-us, (m.). (mugĭo). Mugido. Gemido, grito, ruído.
mula,-ae, (f.). Mula.
mulcĕo,-es,-ere, mulsi, mulsum. Tocar levemente, acariciar, apalpar, lamber. Abrandar, apaziguar, suavizar, acalmar.
mulco,-as,-are,-aui,-atum. Bater, maltratar. Estragar, deteriorar, danificar.
mulcta,-ae, (f.). Multa. Castigo, punição.
mulctaticĭus,-a,-um. (mulcta). Proveniente de multa/castigo.
mulctatĭo, mulctationis, (f.). (mulcta). Multa.
mulcto,-as,-are,-aui,-atum. Multar, condenar a pagar uma multa. Privar. Castigar, punir, condenar.
mulctra,-ae, (f.). (mulgĕo). Vaso de ordenha, tarro, balde. Leite ordenhado.
mulctrarĭum,-i, (n.). (mulctra). Vaso de ordenha, tarro, balde.
mulctrum, ver **mulctrarĭum.**
mulgĕo,-es,-ere, mulxi/mulsi, mulctum/mulsum. Ordenhar.
muliĕbris, muliĕbre. (mulĭer). De mulher, feminino.
muliebrĭter. (muliĕbris). Como uma mulher. De modo afeminado.
mulĭer, muliĕris, (f.). Mulher. Esposa.
mulierarĭus,-a,-um. (mulĭer). De mulher. Mulherengo.
muliercŭla,-ae, (m.). (mulĭer). Mulherzinha.
muliĕris, ver **mulĭer.**
mulierosĭtas, mulierositatis, (f.). (mulĭer). Paixão por mulheres.
mulierositatis, ver **mulierosĭtas.**
mulierosus,-a,-um. (mulĭer). Que gosta muito de mulheres.
mulinus,-a,-um. (mulus). De mula. Estúpido.
mulĭo, mulionis, (m.). (mulus). Arrieiro, cocheiro.
mulionĭus,-a,-um. (mulĭo). De arrieiro, de cocheiro.
mullĕus,-a,-um. (mullus). Avermelhado, de cor vermelha, da cor da púrpura.
mullus,-i, (m.). Ruivo (nome de um peixe).
mulomedicina,-ae, (f.). (mulus-medicina). Medicina veterinária.
mulomedĭcus,-i, (m.). Médico veterinário.
mulsum,-i, (n.). Vinho misturado com mel.
mulsus,-a,-um. (mulcĕo). Doce, suave, tenro, agradável.
multa-, ver **mulcta-.**
multesĭmus,-a,-um. (multus). Um dentre muitos. Pequeno, fraco, ínfimo.
multibĭbus,-a,-um. (multus-bibo). Que bebe muito, beberrão.
multicăuus,-a,-um. (multus-cauus). Que possui muitas cavidades.
multicĭus,-a,-um. Tecido com fios finos. Macio, transparente. Esplêndido.
multifacĭo,-is,-ĕre,-feci,-factum. (multifacĭo). Fazer grande caso, importar-se.
multifarĭam. Em muitos lugares.
multifarĭus,-a,-um. De muitos tipos, variado.
multifĭdus,-a,-um. (multus-findo). Dividido em várias partes, fendido em locais variados. Variado, multifacetado.
multiformis, multiforme. (multus-forma). Multiforme, variado, mutável.

multifŏrus,-a,-um. (multus-foris). Que tem várias cavidades/aberturas.
multigenĕris, multigenĕre. (multus-genus). De várias espécies.
multigĕnus, ver **multigenĕris.**
multiiŭgis, multiiŭge. (multus-iugum). Jungido com vários, atrelado a vários. Multiplicado, numeroso, complexo.
multiiŭgus, ver **multiŭgis.**
multimŏdis. (multimŏdus). De muitos modos, de várias maneiras.
multimŏdus,-a,-um. (multus-modus). De muitos modos, de várias maneiras.
multipĕdis, ver **multĭpes.**
multĭpes, multipĕdis. (multus-pes). Que possui muitas patas/pés.
multĭplex, multiplĭcis. (multus-plico). Que possui muitas dobras/pregas. Que dá muitas voltas. Multíplice, que tem muitas partes. Múltiplo, numeroso, grande, considerável, abundante. Variável, mutável, volúvel. Variado.
multiplicabĭlis, multiplicabĭle. (multiplĭco). Numeroso, que pode ser multiplicado.
multiplicatĭo, multiplicationis, (f.). (multiplĭco). Multiplicação, aumento.
multiplicĭter. (multĭplex). De muitas formas, de muitos modos.
multiplĭco,-as,-are,-aui,-atum. (multĭplex). Multiplicar, aumentar, acrescentar.
multipŏtens, multipotentis. (multum-potens). Muito poderoso.
multisignis, multisigne. (multus-signum). Coberto de insígnias.
multisŏnus,-a,-um. (multus-sonus). Barulhento, ruidoso.
multitudĭnis, ver **multitudo.**
multitudo, multitudĭnis, (f.). (multus). Grande número de pessoas, multidão. Plural.
multiuăgus,-a,-um. (multum-uagus). Errante, vagabundo.
multiuŏlus,-a,-um. (multum-uolo, uis, uel-le). Insaciável, que deseja muito.
multo,-as,-are, ver **mulcto.**
multo. (multus). Muito, em grande quantidade.
multum. (multus). Muito, frequentemente.
multum,-i, (n.). (multus). Grande quantidade, grande parte.
multum. (multus). Muito, frequentemente.
multus,-a,-um. Abundante, numeroso, em grande quantidade. Adiantado, que vai alto. Insistente, obstinado. Que se encontra em muitos lugares, ativo. Prolixo, abundante em palavras.
mulus,-i, (m.). Mula macho. Burro, estúpido.
mundanus,-i, (m.). (mundus I). Cosmopolita, cidadão do universo.
mundatorĭus,-a,-um. (mundo). Que purifica, purgativo.
munde. (mundus,-a,-um). Propriamente, precisamente, exatamente.
mundicĭa, ver **mundĭtĭa.**
mundĭter. (mundus,-a,-um). De modo limpo. Decentemente.
mundĭtĭa,-ae, (f.). (mundus,-a,-um). Limpeza. Elegância. Enfeite, adorno. Polidez, elegância.
mundĭtĭes,-ei, ver **mundĭtĭa.**
mundo,-as,-are,-aui,-atum. (mundus,-a,--um). Purificar, limpar.
mundŭlus,-a,-um. (mundus,-a,-um). Limpinho, asseado. Elegante.
mundus,-a,-um. Limpo, asseado. Elegante.
mundus,-i, (m.). I- Conjunto dos corpos celestes, firmamento. Mundo, universo. Globo terrestre, terra. Humanidade. II- Enfeite, jóia, adorno.
munerarĭus,-a,-um. (munus). Que dá de presente, doador. Relativo aos gladiadores.
munĕris, ver **munus.**
munĕro,-as,-are,-aui,-atum. (munus). Presentear. Recompensar, gratificar.
munĕror,-aris,-ari,-atus sum. (munus). Presentear. Gratificar, recompensar.
munĭa,-orum, (n.). Funções oficiais, obrigações.
munĭceps, municĭpis, (m./f.). (munĭa-capĭo). Habitante de um município. Compatriota, concidadão.
municipalis, municipale. (municipĭum). Municipal, relativo ao município. Provinciano.
municipatim. (municipĭum). De município em município.
municĭpis, ver **munĭceps.**
municĭpium,-i, (n.). (munĭceps). Município.
munificientĭa,-ae, (f.). (munificus). Munificiência, liberalidade, generosidade.

munifĭco,-as,-are. (munus-facĭo). Gratificar, recompensar.
munifĭcus,-a,-um. (munus-facĭo). Munificiente, generoso, liberal.
munimen, munimĭnis, (n.). (munĭo). Fortificação, trincheira.
munimentum,-i, (n.). (munĭo). Defesa, fortificação, trincheira, proteção. Auxílio, abrigo, proteção.
munimĭnis, ver **munimen.**
munĭo,-is,-ire,-iui/-ĭi,-itum. Fortificar, munir. Construir uma estrada, abrir caminho. Abrigar, proteger(-se). Preparar.
munitĭo, munitionis, (f.). (munĭo). Fortificação. Meio de defesa, muro, torre, trincheira, fosso. Abertura/construção de estradas. Acesso, facilidade.
munito,-as,-are. (munĭo). Abrir um caminho.
munitor, munitoris, (m.). (munĭo). O que trabalha em construção de meios de defesa. Soldado que trabalha em obras militares. Construtor, edificador. Mineiro.
munus, munĕris, (n.). Cargo, função, ocupação, ofício público. Obrigação, serviço, tarefa. Presente, brinde. Graça, favor, benefício. Exéquias, funeral. Espetáculo público, combate de gladiadores.
munuscŭlum,-i, (n.). (munus). Presentinho.
muraena, ver **murena.**
muralis, murale. (murus). Mural, de muro, de baluarte.
murena,-ae, (f.). Moreia (nome de um peixe).
murex, murĭcis, (m.). Múrice (nome de um molusco de que se extrai a púrpura). Púrpura, tecido de púrpura. Rochedo pontiagudo. Freio guarnecido de pontas. Estrepe.
murĭa,-ae, (f.). Salmoura.
muriatĭca,-orum, (n.). (murĭa). Salmoura de atum.
muricidus,-a,-um. Indolente, covarde.
murĭcis, ver **murex.**
murĭes,-ei, ver **murĭa.**
murinus,-a,-um. (mus). De rato.
muris, ver **mus.**
murmur, murmŭris, (n.). Murmúrio, ruído surdo. Súplica. Zumbido. Rugido. Bramido, ronco.
murmuratĭo, murmurationis, (f.). (murmŭro). Murmúrio, grasnado. Queixa, reclamação.
murmurillum,-i, (n.). (murmur). Sussurro, cochicho.
murmŭris, ver **murmur.**
murmŭro,-as,-are,-aui,-atum. (murmur). Murmurar, sussurrar, cochichar.
murmŭror,-aris,-ari,-atus sum. (murmur). Murmurar, sussurrar, cochichar.
murr-, ver **murrh-.**
murrha,-ae, (f.). I- Substância mineral com a qual se faziam vasos preciosos. II- ver **myrrha.**
murrhĕus,-a,-um. I- Feito de *murrha*. II- ver **myrrhĕus.**
murta, ver **myrta.**
murus,-i, (m.). Muro. Cerca. Defesa, proteção, abrigo.
mus, muris, (m.). Rato.
musa,-ae, (f.). Musa. Canção, canto, poesia, poema. Estudo, ciência.
musca,-ae, (f.). Mosca. Curioso. Chato, inoportuno.
muscarĭum,-i, (n.). (muscarĭus). Mata-mosca.
muscarĭus,-a,-um. (musca). De moscas.
muscipŭlum,-i, (n.). (mus-capĭo). Ratoeira.
muscosus,-a,-um. (muscus). Coberto de musgo.
muscŭlus,-i, (m.). (mus). Ratinho. Mexilhão (espécie de molusco). Músculo, vigor, força. Mantelete. Um tipo de embarcação pequena.
muscus,-i, (m.). Musgo.
museum,-i, (n.). Lugar consagrado às Musas. Museu, biblioteca, academia.
museus,-a,-um. Relativo às musas. Harmonioso, melodioso.
musĭca,-ae, (f.). Música.
musĭca,-orum, (n.). Música.
musĭce,-es, ver **musĭca.**
musĭcus,-a,-um. Relativo à música. Relativo à poesia, relativo às letras.
musĭcus,-i, (m.). Músico.
mussĭto,-as,-are,-aui,-atum. (musso). Calar-se, silenciar. Murmurar, cochichar, sussurrar, resmungar.
musso,-as,-are,-aui,-atum. Murmurar, cochichar, sussurrar, resmungar. Calar-se, silenciar, ocultar, dissimular. Hesitar, recear. Zumbir.
mustacĕum,-i, (n.). Bolo de casamento.
mustacĕus,-i, (m.), ver **mustacĕum.**

mustella,-ae, (f.). Doninha.
mustellinus,-a,-um. (mustella). De doninha, da cor de uma doninha.
mustes, ver **mysta.**
mustum,-i, (n.). (mustus). Vinho novo, vinho doce não fermentado. Outono, vindima.
mustus,-a,-um. Novo.
mutabĭlis, mutabĭle. (muto). Mutável, variável, inconstante.
mutabilĭtas, mutabilitatis, (f.). (muta-bĭlis). Mutabilidade. Inconstância, volubilidade.
mutatĭo, mutationis, (f.). (muto). Mutação, mudança, variação. Troca.
mutĭlo,-as,-are,-aui,-atum. (mutĭlus). Mutilar, cortar. Diminuir, reduzir.
mutĭlus,-a,-um. Mutilado, cortado. Truncado.
mutĭo,-is,-ire,-iui,-itum. Fazer mu, mugir. Murmurar, resmungar. Rosnar.
mutitĭo, mutitionis, (f.). (mutĭo). Murmúrio.
muto,-as,-are,-aui,-atum. Mudar(-se), modificar(-se), transformar(-se). Trocar, negociar. Remover, deslocar. Adiar, dilatar.
mutuatĭo, mutuationis, (f.). (mutŭor). Empréstimo.
mutŭe. (mutŭo,-as,-are). Mutuamente, reciprocamente.
mutŭo,-as,-are,-aui,-atum. (mutŭum). Pegar emprestado.
mutŭor,-aris,-ari,-atus sum. Pegar emprestado, tomar de empréstimo. Tomar, tirar, receber.
mutus,-a,-um. Que só sabe mugir. Mudo, silencioso, inanimado.

mutŭum,-i, (n.). (mutŭus). Dinheiro tomado emprestado. Reciprocidade.
mutŭus,-a,-um. (muto). Mútuo, recíproco. Emprestado, tomado de empréstimo.
myopăro, myoparonis, (m.). Mióparo (um tipo de embarcação de piratas).
myrica,-ae, (f.). Tamarindo.
myrice,-es, ver **myrica.**
myropola,-ae, (m.). Perfumista.
myropolĭum,-i, (n.). Loja de perfumes.
myrrha,-ae, (f.). Planta de que se extrai a mirra. Perfume de mirra.
myrrhĕus,-a,-um. (myrrha). Perfumado com mirra. Amarelo-castanho (da cor da mirra).
myrrhĭnus,-a,-um. (myrrha). De mirra.
myrta,-ae, (f.). Murta.
myrtetum,-i, (n.). (myrtus). Plantação de murta.
myrtĕus,-a,-um. (myrtus). (Feito) de murta.
myrtum,-i, (n.). (myrtus). Murtinho, bagas de murta.
myrtus,-i/myrtus,-us, (f.). Murta.
mysta,-ae, (m.). O que é iniciado na prática de mistérios.
mystagogus,-i, (m.). O que inicia na prática de mistérios, iniciador, mestre dos mistérios.
mysterĭum,-i, (n.). Mistério (cerimônia secreta em honra de uma divindade, restrita aos iniciados). Mistério, segredo.
mystes,-ae, ver **mysta.**
mystĭcus,-a,-um. Relativo aos mistérios. Místico.
mythĭcus,-a,-um. Mítico, fabuloso.
mythos,-i, (m.). fábula, mito.

N

n. N. = abreviatura de *Numerĭus*.
nabis, nabis, (f.). Girafa (entre os etíopes).
nablĭa,-orum, (n.). Nablo (tipo de harpa).
nabun, ver **nabis.**
naenĭa, ver **nenĭa.**
naeuus,-i, (m.). Mancha sobre o corpo, sinal natural, mancha de nascença, verruga.

nam. De fato, realmente, com efeito, obviamente. Pois, porque, é por isso que. Assim, por exemplo. Por outro lado.
namque. (nam). O fato é que, e de fato, porque.
nanciscor,-ĕris, nancisci, nactus/nanctus sum. Encontrar/achar por acaso. Obter, adquirir. Contrair (uma doença).

nanus,-i, (m.). Anão. Cavalo pequeno. Tipo de vaso (baixo e largo).
narcissĭnus,-a,-um. (narcissus). (Feito) de narciso.
narcissus,-i, (m.). Narciso (nome de uma flor).
nardĭnum,-i, (n.). (nardĭnus). Óleo perfumado com essência de nardo.
nardĭnus,-a,-um. (nardum). Feito de nardo, semelhante ao nardo.
nardum,-i, (n.)/nardus,-i, (f.). Nardo (nome de uma planta). Essência/perfume de nardo.
naris, naris ou **nares, narium (f.).** Narinas. Nariz. Orifício, abertura. Agudeza, esperteza.
narrabĭlis, narrabĭle. (narro). Narrável, digno de ser narrado, que se pode narrar.
narratĭo, narrationis, (f.). (narro). Narração, narrativa.
narratiuncŭla,-ae, (f.). (narratĭo). Pequena narrativa, história curta, conto.
narrator, narratoris, (m.). (narro). Narrador.
narratus,-us, (m.). (narro). Narração, narrativa.
narro,-as,-are,-aui,-atum. (gnarus). Narrar, relatar, contar, expor. Dizer, falar. Dedicar.
narthecĭum,-i, (n.). Caixa de medicamentos, recipiente para perfumes.
narus,-a,-um, ver **gnarus.**
nascentĭa,-ae, (f.). (nascor). Nascimento.
nasco,-is,-ĕre, ver **nascor.**
nascor,-ĕris, nasci, natus sum. Nascer, provir, originar-se. Levantar, elevar.
nassa,-ae, (f.). Cesto de vime (usado em pescaria). Armadilha, cilada.
nasturtĭum,-i, (n.). Mastruço (nome de uma planta).
nasum,-i, (n.), ver **nasus.**
nasus,-i, (m.). Nariz. Olfato, faro. Esperteza. Zombaria, brincadeira.
nasutus,-a,-um. (nasus). Narigudo. Astucioso, sagaz. Zombeteiro, mordaz.
nata,-ae, (f.). Filha.
natales, natalĭum, (m.). (natalis). Nascimento, origem. Aniversário.
natalicĭa,-ae, (f.). (natalicĭus). Festa de aniversário.
natalicĭus,-a,-um. (natalis). Relativo à hora ou ao dia do nascimento.
natalis, natale. (natus). Relativo ao nascimento, natal.
natalis, natalis, (m.). Dia do nascimento. Divindade que preside ao nascimento de cada ser humano.
natalĭum, ver **natales.**
natatĭo, natationis, (f.). (nato). Natação. Lugar em que se pode nadar.
natator, natatoris, (m.). (nato). Nadador.
nates, natĭum, (f.). Nádegas.
natĭo, nationis, (f.). (natus). Nascimento. Raça, espécie. Nação, povo. Seita, tribo.
natis, ver **nates.**
natiuĭtas, natiuitatis, (f.). (natiuus). Nascimento. Geração.
natiuitatis, ver **natiuĭtas.**
natiuus,-a,-um. (natus). Nascido, iniciado. Inato, natural, nativo. Primitivo.
nato,-as,-are,-aui,-atum. (no). Nadar. Flutuar, navegar. Atravessar a nado. Estar coberto, transbordar. Espalhar-se. Oscilar, hesitar.
natrix, natricis, (f.). (no). Hidra, cobra d'água. Chicote (feito de pele de cobra). Um tipo de planta.
natu. Pelo nascimento, pela idade.
natura,-ae, (f.). (nascor). Nascimento. Natureza. Universo, princípio criador. Ordem natural, lei natural, força da natureza. Índole, temperamento, caráter.
naturalis, naturale. (natura). De nascimento, natural. Dado pela natureza, inato. Relativo à natureza, que obedece às leis da natureza.
naturalĭter. (naturalis). Naturalmente, conforme a natureza, por natureza.
natus,-a,-um. (nascor). Nascido, mortal. Constituído, feito. Que tem a idade de.
natus,-i, (m.). (nascor). Filho. Filhote.
nauale, naualis, (n.). (naualis). Estaleiro, doca.
naualis, nauale. (nauis). De navio, naval.
nauarchus,-i, (m.). Capitão, piloto de navio.
nauclerus,-i, (m.). Dono de navio.
naucum,-i, (n.). Algo fútil, coisa sem importância.
naue. (gnaue). Com cuidado, com zelo.
naufragĭum,-i, (n.). (nauis-frango). Naufrágio. Ruína, destruição, perda. Tempestade.

naufrăgo,-as,-are,-aui,-atum. (naufrăgus). Naufragar.

naufrăgus,-a,-um. (nauis-frango). Náufrago. Tempestuoso, que causa um naufrágio. Que perdeu tudo.

nauicŭla,-ae, (f.). (nauis). Navio pequeno, bote.

nauicularĭa,-ae, (f.). (nauicularĭus). Comércio marítimo. Profissão de armador.

nauicularĭus,-i, (m.). (nauicŭla). Armador.

nauifrăgus,-a,-um. (nauis-frango). Que quebra os navios, que provoca naufrágios, tempestuoso.

nauigabĭlis, nauigabĭle. (nauĭgo). Navegável, em que se pode navegar.

nauigatĭo, nauigationis, (f.). (nauĭgo). Navegação, viagem em embarcação.

nauigator, nauigatoris, (m.). (nauĭgo). Navegador, marinheiro.

nauĭger,-gĕra,-gĕrum. (nauis-gero). Que transporta navios.

nauigiŏlum,-i, (n.). (nauigĭum). Barco.

nauigĭum,-i, (n.). (nauĭgo). Navio, embarcação.

nauĭgo,-as,-are,-aui,-atum. (nauis). Navegar, viajar em uma embarcação.

nauis, nauis, (f.). Nau, navio, embarcação. (*nauĭbus et quadrigis* = de qualquer maneira, com unhas e dentes).

nauĭta,-ae, (m.). (nauis). Navegante, marinheiro.

nauĭtas, nauitatis, (f.). (nauus). Presteza, assiduidade, zelo.

nauitatis, ver nauĭtas.

nauĭter. (nauus). Com cuidado, com zelo. Deliberadamente, de caso pensado. Completamente.

naulum,-i, (n.). Frete por mar, dinheiro pago para transporte por via marítima.

naumachĭa,-ae, (f.). Representação de um combate naval. Local em que se dá o combate naval.

naumachiarĭus,-i, (m.). (naumachĭa). O que combate em uma *naumachia*.

nauo,-as,-are,-aui,-atum. (nauus). Fazer com empenho, realizar uma tarefa de modo cuidadoso.

nausĕa,-ae, (f.). Enjoo (por causa do mar). Náusea, ânsia de vômito. Repugnância.

nauseabundus,-a,-um. (nausĕo). Que sente enjoo no mar. Que tem náuseas.

nauseator, nauseatoris, (m.). (nausĕo). O que sente enjoo no mar.

nausĕo,-as,-are,-aui,-atum. Estar enjoado, ter ânsia de vômito. Estar desgostoso.

nauseŏla,-ae, (f.). (nausĕa). Ânsia de vômito passageira, náusea branda.

nausĭ-, ver nausĕ-.

nauta,-ae, (m.). Nauta, marinheiro. Negociante.

nautĭcus,-a,-um. Relativo aos marinheiros, náutico, naval.

nauus,-a,-um. (gnauus). Ativo, ardoroso. Industrioso, diligente, zeloso, cuidadoso.

naxa, ver nassa.

-ne. Acaso? Por acaso? (Partícula enclítica, empregada em orações interrogativas, que se liga geralmente à primeira palavra da frase; não aparece necessariamente na tradução).

ne. I- Certamente, verdadeiramente, de fato. II- Não, que não, para que não, a fim de que não.

nebŭla,-ae, (f.). Névoa, nevoeiro, vapor, bruma. Nuvem. Obscuridade, trevas.

nebŭlo, nebulonis, (m.). (nebŭla). Libertino, velhaco, calhorda.

nebulosus,-a,-um. (nebŭla). Nebuloso, coberto de nevoeiro. Obscuro.

nec/neque. E não, nem.

necdum. Ainda não.

necessarĭus,-a,-um. (necesse). Necessário, inevitável, urgente. Útil, indispensável. Íntimo, estreitamente ligado (por parentesco, amizade, acordos, etc).

necesse. (ne-cedo). Necessário, indispensável.

necessĭtas, necessitatis, (f.). (necesse). Necessidade, obrigação. Fatalidade, destino. Exigência natural, interesse. Relação de parentesco, laço de amizade.

necessitatis, ver necessĭtas.

necessitudĭnis, ver necessitudo.

necessitudo, necessitudĭnis, (f.). (necesse). Relação de parentesco, laço de amizade. Relacionamento. Família, parente, grupo de aliados. Necessidade, obrigação.

necessu-, ver necesse.

necis, ver nex.

necne. Ou não.

necnon/neque non. E também, e além disso, e ainda.

neco,-as,-are,-aui,-atum. (nex). Matar. Apagar. Destruir, corromper.
necopinans, necopinantis. (nec-opĭnor). Desprevenido, descuidado.
necopinantis, ver **necopinans.**
necopinato. (necopinatus). De repente, inesperadamente.
necopinatus,-a,-um. (nec-opĭnor). Imprevisto, inesperado.
necopinus,-a,-um. (nec-opĭnor). Imprevisto. Despreocupado, descuidado, distraído.
nectar, nectăris, (n.). Néctar (bebida dos deuses). Mel, leite, vinho (qualquer bebida doce de cheiro agradável). Canto doce.
nectarĕus,-a,-um. (nectar). De néctar. Doce como o néctar.
necto,-is,-ĕre, nexŭi/nexi, nexum. Ligar, atar, unir, entrelaçar. Prender, acorrentar. Acumular, juntar.
necŭbi. (ne-alicŭbi). Para que em nenhum lugar, para evitar que em alguma parte.
necunde. (nec-unde). Para que de nenhum lugar, para evitar que de qualquer lugar.
nedum. (ne-dum). Muito menos, menos ainda, de modo algum. Com tanto mais razão, muito mais.
nefandus,-a,-um. (ne-fari). Nefando, ímpio, abominável, criminoso, horrível. Indizível.
nefarĭus,-a,-um. (ne-fari). Ímpio, abominável, criminoso.
nefas, (n.). Aquilo que é contrário à vontade divina ou às leis da religião e da natureza. Crime, atrocidade. Prodígio, monstruosidade.
nefastus,-a,-um. (nefas). Proibido pelas leis divinas, contrário às leis da natureza e da religião. Abominável, criminoso, perverso. Prejudicial, injurioso. Infeliz, maldito. (*dies nefasti* = dias em que não se realizavam julgamentos ou assembleias do povo).
negantĭa,-ae, (f.). (nego). Negação, proposição negativa.
negatĭo, negationis, (f.). (nego). Negação. Partícula negativa.
negĭto,-as,-are. (nego). Negar repetidas vezes, dizer insistentemente que não.
neglectĭo, neglectionis, (f.). (neglĕgo). Ação de desprezar, negligência.
neglectus,-us, (m.). (neglĕgo). Negligência.
neglĕgens, neglegentis. (neglĕgo). Negligente, indiferente, descuidado.

neglegenter. (neglĕgens). Negligentemente, indiferentemente, sem cuidado.
neglegentĭa,-ae, (f.). (neglĕgens). Negligência, descuido, indiferença.
neglĕgo,-is,-ĕre, neglexi, neglectum. (nec-lego). Negligenciar, desdenhar. Não cuidar, ser indiferente.
neglig-, ver **negleg-.**
nego,-as,-are,-aui,-atum. Negar, dizer não. Recusar(-se). Não reconhecer.
negotialis, negotiale. (negotĭum). Relativo a um negócio.
negotĭans, negotiantis, (m.). (negotĭor). Negociante, banqueiro, especulador.
negotiantis, ver **negotĭans.**
negotiatĭo, negotiationis, (f.). (negotĭor). Negócio, comércio, tráfico.
negotiator, negotiatoris, (m.). (negotĭor). Negociante, banqueiro, traficante.
negotiŏlum,-i, (n.). (negotĭum). Pequeno negócio.
negotĭor,-aris,-ari,-atus sum. Negociar, comercializar, traficar.
negotiosus,-a,-um. (negotĭum). Bastante ocupado, atarefado. Embaraçoso, intrincado. De trabalho, destinado aos negócios.
negotĭum,-i, (n.). (nec-otĭum). Ocupação, trabalho, negócio. Dificuldade, embaraço. Atividade política. Assunto particular. Processo, causa forense. Comércio.
nemĭnis, ver **nemo.**
nemo, nemĭnis, (m./f.). Ninguém, nenhuma pessoa. Pessoa desprezível.
nemoralis, nemorale. (nemus). Do bosque, da floresta.
nemoricultricis, ver **nemoricultrix.**
nemoricultrix, nemoricultricis, (f.). (nemus-cultrix). Aquela que habita os bosques.
nemŏris, ver **nemus.**
nemoriuăgus,-a,-um. (nemus-uagus). Que erra pelos bosques.
nemorosus,-a,-um. (nemus). Coberto de florestas. Espesso, cerrado.
nempe. Evidentemente, naturalmente, certamente, sem dúvida.
nemus, nemŏris, (n.). Bosque (sagrado), floresta. Árvore, vinhedo.
nenĭa,-ae, (f.). Nênia, canto fúnebre. Elegia, canto triste. Canção infantil. Fórmula mágica. Oração fúnebre.

neo,-es,-ere, neui, netum. Fiar. Tecer, entrelaçar.
nepa,-ae, (m.). Escorpião. Caranguejo.
nepos, nepotis, (m.). Neto. Sobrinho. Descendente. Rebento. Dissipador, perdulário, devasso.
nepotatus,-us, (m.). (nepotor). Prodigalidade, dissipação.
nepotis, ver **nepos.**
nepotor,-aris,-ari. (nepos). Viver como um dissipador.
nepotŭlus,-i, (m.). (nepos). Netinho.
neptis, neptis, (f.). Neta.
nequam. (ne-aequus). Que não vale para nada, de má qualidade. Imprestável, vil, infame. Licencioso, dissoluto.
nequando. Para que em tempo algum, a fim de que nunca.
nequaquam. Absolutamente não, de maneira alguma.
neque/nec. E não, nem.
nequĕo,-is,-ire,-iui/-ĭi,-itum. (ne-queo). Não poder, não ser capaz de, não conseguir.
nequicquam/nequiquam. Em vão, inutilmente. Sem motivo, sem razão, sem finalidade.
nequĭter. (nequam). De modo indigno, indevidamente.
nequitĭa,-ae, (f.). (nequam). Maldade, perversidade. Malícia. Devassidão, dissipação, prodigalidade. Indolência, preguiça. Astúcia, fraude. Infidelidade.
nequitĭes,-ei, ver **nequitĭa.**
neruĭa,-orum, (n.). Músculos. Membro viril.
neruĭae,-arum. (f.). Cordas de um instrumento musical.
neruosus,-a,-um. (neruus). Cheio de nervos, fibroso. Vigoroso, musculoso, forte, robusto, cheio de energia.
neruŭlus,-a,-um. (neruus). Músculo pequeno. Força, energia, vigor.
neruus,-i, (m.). Nervo, tendão, músculo. Membro viril. Corda, correia, couro. Ferro, prisão. Força, energia, vigor.
nescĭo,-is,-ire,-iui/-ĭi,-itum. (ne-scio). Desconhecer, ignorar, não saber.
nescĭus,-a,-um. (ne-scio). Que desconhece, que ignora, que não sabe. Que não pode, que não quer. Desconhecido, ignorado.
nesse, ver **neo.**

neu, ver **neue.**
neue/neu. E que não, e não, nem.
neuelles = **nolles,** ver **nolo.**
neuis = **non uis,** ver **nolo.**
neuolt = **non uult,** ver **nolo.**
neuter,-tra,-trum. (ne-uter). Nem um nem outro, nenhum dos dois. Neutro, nem bom nem ruim, indiferente.
neutĭquam. De maneira alguma, de modo nenhum, absolutamente não.
neutralis, neutrale. (neuter). Neutro, que não pertence a nem um nem outro.
neutro. (neuter). Para nenhum dos dois lados.
neutrŭbi. (neuter-ubi). Em nenhum dos dois lugares.
nex, necis, (f.). (neco). Morte violenta, homicídio, assassinato. Morte natural.
nexĭlis, nexĭle. (necto). Atado, ligado, unido, entrelaçado.
nexum,-i, (n.). (necto). Contrato de compra e venda. Obrigação, sujeição.
nexus,-us, (m.). (necto). Laço, nó. Entrelaçamento, encadeamento. Rigor, severidade. Contrato de compra e venda. Obrigação, sujeição.
ni. Não, que não, tomara que não. Se não.
nicatores, nicatorum, (m.). Os invencíveis.
niceterĭum,-i, (n.). Recompensa, prêmio por uma vitória.
nico,-is,-ĕre, nici. Piscar os olhos.
nicto,-as,-are. (nico). Piscar os olhos, pestanejar.
nidifĭco,-as,-are. (nidus-facĭo). Construir um ninho.
nidifĭcus,-a,-um. (nidus-facĭo). Próprio para construir ninhos.
nidor, nidoris, (m.). Vapor, cheiro (de coisa cozida, assada ou queimada).
nidŭlus,-i, (m.). (nidus). Pequeno ninho.
nidus,-i, (m.). Ninho. Ninhada. Compartimento, receptáculo. Morada, residência. Vaso.
niger,-gra,-grum. Negro, preto, escuro. Sombrio, tenebroso, tempestuoso. Infeliz, de mau agouro. Mau, perverso. Fúnebre, triste, melancólico.
nigresco,-is,-ĕre, nigrŭi. (niger). Tornar-se negro, escurecer-se.
nigrĭco,-as,-are. (niger). Tornar-se negro, escurecer-se.

nigro,-as,-are,-aui,-atum. (niger). Ser negro.
nigror, nigroris, (m.). (niger). Negritude.
nigrum,-i, (n.). (niger). Mancha negra. Cor negra.
nihil, (n.). Nada, nulidade, inutilidade. De modo algum, não.
nihildum. Nada ainda.
nihilomĭnus. Não menos.
nihilum,-i, (n.). Nada, coisa sem valor. (*nihĭli* = de nada, sem valor; *de nihĭlo* = sem motivo, sem fundamento).
nil, ver **nihil.**
nilum,-i, ver **nihilum.**
nilus,-i, (m.). I. O rio Nilo. II. Aqueduto.
nimbatus,-a,-um. (nimbus). Leve, passageiro, frívolo.
nimbĭfer,-fĕra,-fĕrum. (nimbus-fero). Tempestuoso, chuvoso.
nimbosus,-a,-um. (nimbus). Tempestuoso, chuvoso.
nimbus,-i, (m.). Nuvem de chuva, nuvem espessa. Chuva, tempestade. Nimbo, auréola. Desgraça, azar repentino.
nimĭo. (nimis). Muito, demasiadamente, excessivamente, enormemente.
nimiopĕre. (nimis-opus). De modo excessivo.
nimirum. (ne-mirum). Certamente, seguramente, sem dúvida.
nimis. Muito, demasiadamente, excessivamente, enormemente.
nimĭum,-i, (n.). (nimis). Excesso, demasia, superabundância.
nimĭum. (nimis). Muito, demasiadamente, excessivamente, enormemente.
nimĭus,-a,-um. (nimis). Que está além da medida, excessivo, muito grande, demais. Imoderado, destemperado.
ningit,-ĕre, ninxit. Nevar, cair neve.
ninguis, ver **nix.**
ninguit, ver **ningit.**
nisi. Se não. Exceto se, senão, somente se. (*nisi ut* = a menos que).
nisus,-i, (m.). Gavião.
nisus,-us, (m.). (nitor). Apoio. Esforço, movimento para se deslocar. Dor do parto.
nitedŭla,-ae, (f.). Pequeno rato avermelhado, rato do monte.
nitela,-ae, (f.). (nitĕo). Brilho, esplendor.
nitella/nitela,-ae, (f.). (nitedŭla). Pequeno rato avermelhado, rato do monte.

nitens, nitentis. (nitĕo). Brilhante, resplandecente. Gordo, bem nutrido. Florescente.
nitentis, ver **nitens.**
nitĕo,-es,-ere, nitŭi. Brilhar, reluzir. Estar em bom estado, ter boa saúde, estar gordo. Ser brilhante/célebre. Florescer. Ter em abundância, abundar. Ser claro/puro.
nitesco,-is,-ĕre. (nitĕo). Tornar-se brilhante, tornar-se gordo. Crescer, aumentar. Aperfeiçoar-se.
nitĭde. (nitĭdus). Claramente, nitidamente. Com brilho, em esplendor, magnificamente.
nitidiuscŭlus,-a,-um. (nitĭdus). Bastante brilhante, muito esplêndido.
nitĭdus,-a,-um. (nitĕo). Brilhante, resplandecente. Limpo. Gordo, bem alimentado, que goza de boa saúde. Bonito, elegante. Fértil. Aperfeiçoado. Rico, suntuoso.
nitor, nitoris, (m.). (nitĕo). Brilho, lustro. Beleza, elegância. Pureza. Magnificência, esplendor.
nitor,-ĕris, niti, nixus/nisus sum. Apoiar-se, firmar-se. Inclinar-se, dobrar-se com esforço, pender. Esforçar-se. Avançar com esforço, subir.
nitrarus,-a,-um. (nitrum). Misturado com nitro.
nitrosus,-a,-um. (nitrum). Cheio de nitro.
nitrum,-i, (n.). Nitro (mineral alcalino).
niualis, niuale. (nix). Coberto de neve. Branco como a neve. Frio, gelado.
niuarĭus,-a,-um. (nix). Relativo a neve, em que se pode encontrar neve.
niuatus,-a,-um. (nix). Arrefecido com neve, gelado com neve.
niuĕus,-a,-um. (nix). De neve. Branco como a neve. Vestido de branco. Claro, puro, transparente.
niuis, ver **nix.**
nix, niuis, (f.). Neve. Clima frio. Brancura.
nixor,-aris,-ari. (nitor). Apoiar-se, firmar-se. Depender. Fazer grande esforço.
nixus,-us, (m.). Pressão, esforço. Dor do parto.
no,-as,-are,-aui,-atum. Nadar, flutuar. Navegar. Voar.
nobĭlis, nobĭle. Conhecido, célebre, famoso, ilustre, renomado. Nobre, de origem nobre.
nobilĭtas, nobilitatis, (f.). (nobĭlis). Celebri-

dade, fama, renome, reputação. Nobreza, aristocracia. Excelência, superioridade.
nobilitatis, ver **nobilĭtas**.
nobilĭter. (nobĭlis). Nobremente, de modo notável.
nobilĭto,-as,-are,-aui,-atum. (nobĭlis). Tornar conhecido/famoso. Enobrecer, aperfeiçoar, tornar excelente.
nobis, ver **nos**.
nobiscum. (nobis-cum). Conosco.
nocens, nocentis. (nocĕo). Pernicioso, prejudicial, funesto. Mau, culpado, criminoso, perverso.
nocentis, ver **nocens**.
nocĕo,-es,-ere, nocŭi, nocĭtum. Causar a morte. Prejudicar, fazer mal, ser funesto.
nociuus,-a,-um. (nocĕo). Nocivo, prejudicial, perigoso.
nocte. (nox). Durante a noite, à noite.
noctĭfer,-fĕri, (m.). (nox-fero). Estrela da tarde.
noctiluca,-ae, (f.). (nox-lucĕo). A que brilha durante a noite. Lua.
noctis, ver **nox**.
noctiuăgus,-a,-um. (nox-uagus). Que caminha durante a noite.
noctu, ver **nocte**.
noctŭa,-ae, (f.). (nox). Coruja.
noctuabundus,-a,-um. (noctu). Que viaja durante a noite.
noctuinus,-a,-um. (noctŭa). De coruja.
nocturnus,-a,-um. (noctu). Noturno. Negro, escuro.
nocŭus,-a,-um. (nocĕo). Prejudicial.
nodo,-as,-are,-aui,-atum. (nodus). Amarrar, ligar, atar.
nodosus,-a,-um. (nodus). Cheio de nós, preso, amarrado. Complicado, intrincado, difícil, enigmático.
nodŭlus,-i, (m.). (nodus). Pequeno nó, pequena laçada.
nodus,-i, (m.). Nó, laçada. Rebento. Nodosidade. Rosca. Articulação, vértebra, espinha dorsal. Ponto de intersecção entre o Zodíaco e o Equador. Uma das estrelas na constelação de Peixes. Cinto, cintura. Cadeia, encadeamento. Dificuldade, embaraço, obstáculo. Enredo, intriga.
nolo, non uis, nolle, nolŭi. (non-uolo). Não querer. Não querer bem, não ser favorável.
nomen, nomĭnis, (n.). Nome, palavra, termo, expressão. Nome próprio, prenome, sobrenome, título. Família, raça, povo, nação. Fama, reputação, renome. Pretexto, desculpa. Título de crédito, (título de) dívida, carta de fiança. Crédito. (*nomĭne* = por causa de, em nome de, sob o pretexto de, a título de).
nomenclatĭo, nomenclationis, (f.). (nomen--calo). Designação. Lista, catálogo.
nomenclator, nomenclatoris, (m.). (nomen--calo). Escravo encarregado de informar o nome das pessoas a seu senhor, à medida que esse as encontra, principalmente em período eleitoral.
nomenclatura,-ae, (f.). (nomenclator). Nomenclatura.
nomencula-, ver **nomencla-**.
nominalis, nominale. (nomen). Nominal, relativo a um nome.
nominatim. (nomĭno). Nominalmente, designando pelo nome.
nominatĭo, nominationis, (f.). (nomĭno). Denominação. Nomeação.
nominatiuus,-a,-um. (nomen). Que serve para nomear.
nominator, nominatoris, (m.). (nomĭno). O que dá nome. O que nomeia para uma função.
nominatus,-us, (m.). (nomĭno). Nome, denominação.
nomĭnis, ver **nomen**.
nominĭto,-as,-are. (nomĭno). Nomear, designar pelo nome.
nomĭno,-as,-are,-aui,-atum. (nomen). Nomear, designar pelo nome. Chamar pelo nome, pronunciar o nome, citar. Indicar/nomear para uma função. Notificar, acusar, denunciar.
nomisma, nomismătis, (n.). Moeda (de ouro ou prata).
nomismătis, ver **nomisma**.
non. Não. De forma alguma, de jeito nenhum. (*non quod/quo* = como se não; *non nisi* = somente se; *non si* = nem mesmo se).
nona,-ae, (f.). (nonus). Nona hora do dia (a 3ª hora antes do pôr-do-sol). Nona parte.
nonae,-arum, (f.). (nonus). Nonas (divisão do mês romano, nove dias antes dos idos), dia 7 (dos meses de março, maio, julho e outubro, dia 5 dos demais meses).

nonagenarĭus,-a,-um. (nonageni). Nonagenário, que contém o número 90.
nonageni,-a,-um. (nonagĭes). Noventa de cada vez, em grupos de 90.
nonagesĭmus,-a,-um. (nonanginta). Nonagésimo.
nonagĭe(n)s. Noventa vezes.
nonaginta. Noventa.
nonanus,-a,-um. (nonus). Que pertence à nona legião.
nonarĭa,-ae, (f.). (nonus). Prostituta, cortesã (porque as prostitutas só podiam sair a partir da 9ª hora).
nondum. Ainda não.
nongenti. Novecentos.
nonne. Não é verdade que... Se não é verdade que... (pressupõe uma resposta afirmativa).
nonnullus,-a,-um. Algum, alguma.
nonnumquam. Algumas vezes, às vezes.
nonnusquam. Em alguns lugares.
nonus,-a,-um. (nouem). Nono.
nonusdecĭmus,-a,-um. Décimo nono.
norma,-ae, (f.). Esquadro. Norma, regra, modelo, padrão, preceito.
normalis, normale. (norma). Feito sob medida, feito de acordo com o esquadro.
nos. Nós, nos.
noscĭto,-as,-are,-aui,-atum. (nosco). Conhecer, reconhecer. Perceber, observar. Examinar, explorar.
nosco,-is,-ĕre, noui, notum. Tomar conhecimento, ficar sabendo, aprender a conhecer. Conhecer, saber. Reconhecer, admitir. Examinar, considerar.
nosmet. Nós mesmos.
nosse = nouisse, ver **nosco.**
noster,-tra,-trum. Nosso, nossa.
nosti = nouisti, ver **nosco.**
nostras, nostratis. (noster). De nosso país, nativo, de nossos compatriotas.
nostratis, ver **nostras.**
nostri, ver **nos** e **noster.**
nostrum, ver **nos** e **noster.**
nota,-ae, (f.). (nosco). Sinal, marca, traço característico. Marco, indício. Carta. Sinal estenográfico. Nota musical. Mancha no corpo, tatuagem. Impressão, etiqueta. Anotação. Cifra, código.
notabĭlis, notabĭle. (nota). Notável, insigne, famoso, extraordinário, memorável. Discernível, perceptível. Marcado, indicado.

notabilĭter. (notabĭlis). De modo marcante/perceptível. Claramente, visivelmente.
notarĭus,-i, (m.). (nota). Estenógrafo, secretário.
notatĭo, notationis, (f.). (noto). Notação, marcação. Observação, exame. Pena imposta pelo censor. Escolha, designação. Etimologia.
notesco,-is,-ĕre, notŭi. (noto). Tornar-se conhecido, fazer-se conhecer.
nothus,-a,-um. Ilegítimo, não genuíno, falso, bastardo. Híbrido, resultante de cruzamento. Emprestado, estrangeiro.
notĭo, notionis, (f.). (nosco). Conhecimento. Noção, ideia, concepção. Investigação.
notitĭa,-ae, (f.). (nosco). Celebridade, notoriedade, fama. Conhecimento, noção, ideia. Relação sexual.
notitĭes,-ei, ver **notitĭa.**
noto,-as,-are,-aui,-atum. (nota). Marcar, designar por uma marca. Escrever, anotar, estenografar, escrever usando abreviaturas. Observar, notar. Significar, indicar, denotar. Censurar, repreender, condenar.
notor, notoris, (m.). (nosco). O que conhece uma pessoa, fiador, testemunha.
nouacŭla,-ae, (f.). (nouo). Navalha, faca. Punhal.
noualis, nouale. (nouus). Cultivado pela 1ª vez, recentemente preparado para o cultivo.
nouator, nouatoris, (m.). (nouo). Renovador, restaurador.
nouatrix, nouatricis, (f.). (nouator). Renovadora, restauradora.
noue. (nouus). De modo novo/inovador.
nouello,-as,-are. (nouellus). Plantar novas vinhas.
nouellus,-a,-um. (nouus). Novo, jovem. Recente.
nouem. Nove.
nouember, nouembris, nouembre. (nouem). De novembro.
nouember, nouembris, (m.). Novembro.
nouendĕcim. (nouem-decem). Dezenove.
nouendialis, nouendiale. (nouem-dies). Do nono dia, que se realiza no nono dia. Que dura nove dias. Fúnebre.
nouenus,-a,-um. (nouem). Em grupos de nove, nove para cada.
nouerca,-ae, (f.). Madrasta.
nouercalis, nouercale. (nouerca). De madrasta. Hostil.

nouicĭus,-a,-um. (nouus). Noviço, que serve como escravo há pouco tempo. Novo, recente.
nouĭe(n)s. Nove vezes.
nouissĭme. (nouus). Mais recentemente, nos últimos dias, ultimamente. Finalmente, por fim.
nouĭtas, nouitatis, (f.). (nouus). Novidade. Relacionamento recente. Raridade, acontecimento não usual. Condição de um *homo nouus*, isto é, o 1º em uma família a se tornar nobre.
nouitĭus, ver **nouicĭus.**
nouo,-as,-are,-aui,-atum. (nouus). Tornar novo, renovar, inovar. Mudar, alterar, inventar.
nouum,-i, (n.). (nouus). Novidade.
nouus,-a,-um. Novo, jovem, fresco, recente. Inovador, desconhecido, inaudito. Desabituado, inexperiente. Estranho. Que se tornou nobre recentemente.
nox, noctis, (f.). Noite. Sonho, sono. Morte. Perda da visão, cegueira. Ignorância. Obscuridade, trevas, escuridão. Situação embaraçosa. Regiões infernais.
noxa,-ae, (f.). (nocĕo). Crime, delito. Prejuízo, dano, injúria, ofensa, injustiça (cometida ou sofrida). Punição, castigo.
noxĭa,-ae, (f.). (noxĭus). Prejuízo, dano. Falta, delito.
noxim = nocuĕrim, ver **nocĕo.**
noxiosus,-a,-um. (noxĭus). Nocivo, prejudicial, culpado.
noxĭus,-a,-um. (noxa). Nocivo, perigoso, prejudicial. Culpado, criminoso.
nubecŭla,-ae, (f.). (nubes). Pequena nuvem. Mancha escura. Expressão triste/sombria.
nubes, nubis, (f.). Nuvem. Mancha escura. Multidão, bando. Expressão triste/sombria. Obscuridade. Calamidade, desgraça. Tempestade.
nubĭfer,-fĕra,-fĕrum. (nubes-fero). Que traz nuvens, tempestuoso.
nubigĕna,-ae, (m./.f). (nubes-gigno). Gerado nas nuvens, nascido nas nuvens. Centauro.
nubĭlis, nubĭle. (nubo). Que pode casar-se, que está na idade de se casar.
nubĭlo,-as,-are. (nubĭlum). Encobrir-se de nuvens, nublar, estar nublado.
nubilosus,-a,-um. (nubĭlum). Nublado, nebuloso.
nubĭlum,-i, (n.). (nubes). Tempo nublado. Nuvem.
nubĭlus,-a,-um. (nubes). Nublado, nebuloso, encoberto por nuvens. Que traz nuvens. Sombrio, obscuro, tempestuoso. Negro, escuro. Inimigo, oponente, funesto. Perturbado.
nubis, ver **nubes.**
nubiuăgus,-a,-um. (nubes-uagus). Que vaga/erra pelas nuvens.
nubo,-is,-ĕre, nupsi, nuptum. Casar-se.
nubs, ver **nubes.**
nucetum,-i, (n.). (nux). Plantação de nogueiras.
nucĕus,-a,-um. (nux). De nogueira.
nucis, ver **nux.**
nuclĕus,-i, (m.). (nux). Amêndoa. Caroço. Núcleo, centro, parte interna.
nudĭus. (nunc-dies). Há, atrás, passados (sempre em conexão com números ordinais e em referência a tempo decorrido).
nudo,-as,-are,-aui,-atum. Despir, pôr à mostra. Despojar, saquear. Abandonar, desguarnecer, privar.
nudus,-a,-um. Nu, despido, descoberto, posto à mostra. Privado, desguarnecido, abandonado. Pobre, sem recursos. Simples, natural.
nugacis, ver **nugax.**
nugae,-arum, (f.). Ninharias, frivolidades, bagatelas. Bobagens, palavras sem sentido. Versos ligeiros. Brincalhão, gracejador, galhofeiro. (*nugas agĕre* = fazer papel de bobo).
nugator, nugatoris, (m.). (nugor). O que diz asneiras, pateta, paspalhão.
nugatorĭus,-a,-um. (nugator). Fútil, frívolo, sem valor, vazio. Pueril.
nugax, nugacis. (nugor). Fútil, frívolo, sem valor, vazio. Pueril.
nugigerŭlus,-i, (m.). (nugae-gero). Vendedor de bugigangas.
nugor,-aris,-ari,-atus sum. (nugae). Falar bobagens, gracejar. Passar o tempo, divertir-se.
nullus,-a,-um. (ne-ullus). Nenhum/nenhuma, ninguém, nada. Nulo, sem importância. Inexistente, morto, aniquilado.
nullusdum, nullădum, nullumdum. Ainda nenhum/nenhuma.
num. Por acaso? Porventura? (geralmente pressupõe uma resposta negativa).

numen, numĭnis, (n.). (nuo). Movimento de cabeça manifestando a vontade. Vontade. Nume, poder divino, vontade dos deuses. Divindade, deus, deusa. Majestade, poder, grandeza.

numerabĭlis, numerabĭle. (numĕro). Que se pode contar. Facilmente contável. Pouco numeroso.

numeratĭo, numerationis, (f.). (numĕro). Pagamento.

numeratum,-i, (n.). (numĕro). Dinheiro (em espécie).

numĕro,-as,-are,-aui,-atum. (numĕrus). Contar, numerar. Enumerar, incluir, considerar. Pagar.

numerosus,-a,-um. (numĕrus). Numeroso, em grande número, multíplice, variado. Cadenciado, rítmico, harmonioso.

numĕrus,-i, (m.). Número, categoria, classe, ordem. Quantidade, grande número. Parte de um todo, parte medida/determinada. Ritmo, cadência, compasso musical. Divisões de um exército, corpo de tropas (pl.). Matemática (pl.).

numidĭca,-ae, (f.). Galinha da Numídia (atual Argélia).

numĭnis, ver **numen.**

numis, ver **numen.**

nummarĭus,-a,-um. (nummus). Relativo a moeda/ao dinheiro, pecuniário. Que está em dificuldade financeira. Venal.

nummatus,-a,-um. (nummus). Endinheirado, rico.

nummulariŏlus,-i, (m.). (nummularĭus). Pequeno cambista, banqueiro de pequeno porte.

nummularĭus,-i, (m.). (nummŭlus). Cambista, banqueiro.

nummŭlus,-i, (m.). (nummus). Moeda pequena.

nummus,-i, (m.). Moeda, dinheiro. Sestércio (pequena moeda romana de cobre). Pequena quantia, quantia desprezível. Dracma (moeda grega).

numquam. Nunca, jamais. De modo algum.

numqui(s), numqua(e), numquod/numquid. Acaso alguém? Acaso alguma coisa? Se alguém, se alguma coisa.

numqui. De que modo?

numquid. Acaso? Porventura? (não aparece necessariamente na tradução).

numus, ver **nummus.**

nunc. Agora, neste momento. Mas, mas em realidade. Em vista disso, nessas circunstâncias. (*nunc ipsum* = exatamente agora, nesse instante).

nuncĭus, ver **nuntĭus.**

nuncupatĭo, nuncupationis, (f.). (nuncŭpo). Denominação, atribuição de um nome. Designação solene (de um herdeiro). Dedicatória. Anúncio público do número de votos.

nuncupator, nuncupatoris, (m.). (nuncŭpo). O que atribui um nome, o que designa por um nome.

nuncŭpo,-as,-are,-aui,-atum. (nomencapĭo). Chamar, invocar. Pronunciar, declarar solenemente, anunciar publicamente.

nundĭnae,-arum, (f.). (nouem-dies). (Dia de) feira (em Roma, de 9 em 9 dias). Mercado. Negócio, tráfico.

nundinalis, nundinale. (nundĭnae). Relativo a feira, de mercado.

nundinatĭo, nundinationis, (f.). (nundĭnor). Comércio, tráfico, venda.

nundinator, nundinatoris, (m.). (nundĭnor). Comerciante, traficante.

nundĭnor,-aris,-ari,-atus sum. (nundĭnae). Frequentar os mercados. Negociar, traficar, vender. Comprar.

nundĭnus,-a,-um. (nouem-dies). De nove em nove dias.

nunqu-, ver **numqu-.**

nuntĭa,-ae, (f.). (nuntĭus). Mensageira.

nuntiatĭo, nuntiationis, (f.). (nuntĭo). Anunciação, comunicação.

nuntĭo,-as,-are,-aui,-atum. Anunciar, fazer saber, fazer conhecer. Mandar, ordenar.

nuntĭum,-i, (n.). (nuntĭus). Notícia, mensagem.

nuntĭus,-a,-um. Que anuncia, que faz saber.

nuntĭus,-i, (m.). Mensageiro, intermediário. Mensagem, notícia. Ordem, recomendação. Comunicação, notificação.

nuo,-is,-ĕre. Fazer um sinal com a cabeça manifestando a vontade. Anvir, consentir.

nuper. Ainda há pouco, há pouco tempo, recentemente. Nos últimos tempos, muito recentemente. Pouco antes.

nupĕrus,-a,-um. (nuper). Recente.

nupta,-ae, (f.). (nubo). Mulher casada, esposa.

nuptĭae,-arum, (f.). (nubo). Núpcias, bodas, casamento. Relação sexual, coito.
nuptialis, nuptiale. (nuptĭae). Nupcial, conjugal.
nuptŭla,-ae, (f.). (nupta). Jovem mulher casada.
nurus,-us, (f.). Nora. Mulher jovem.
nusquam. (ne-usquam). Em nenhuma parte, em lugar algum. Em nenhuma ma ocasião.
nutabundus,-a,-um. (nuto). Hesitante, vacilante.
nutatĭo, nutationis, (f.). (nuto). Titubeação, oscilação. Situação incerta.
nuto,-as,-are,-aui,-atum. (nŭo). Fazer sinal com a cabeça, comandar (por um sinal com a cabeça). Vacilar, oscilar. Duvidar, hesitar. Pender, inclinar-se.
nutricatĭo, nutricationis, (f.). (nutrico). Ação de nutrir, nutrição. Crescimento (das plantas).
nutricatus,-us, (m.). (nutrico). Ação de nutrir, nutrição. Crescimento (das plantas).
nutricis, ver **nutrix.**
nutricĭum,-i, (n.). (nutricĭus). Cuidado com a alimentação. Ação de criar.
nutricĭus,-a,-um. (nutrix). Que nutre, que alimenta, que cria.
nutrico,-as,-are,-aui,-atum. (nutrix). Nutrir, criar, amamentar. Manter, conservar.
nutricor, ver **nutrico.**
nutricŭla,-ae, (f.). (nutrix). Ama, a que alimenta, a que cria.
nutrimen, nutrimĭnis, (n.). (nutrĭo). Nutrição.
nutrimentum,-i, (n.). (nutrĭo). Nutrição, alimento.
nutrimĭnis, ver **nutrimen.**
nutrĭo,-is,-ire,-iui/-ĭi,-itum. Nutrir, alimentar, amamentar. Manter, conservar.
nutrĭor, ver **nutrĭo.**
nutrix, nutricis, (f.). (nutrĭo). Ama, a que alimenta, a que cria. Peito, seios.
nutus,-us, (m.). (nuo). Movimento com a cabeça, sinal de cabeça. Sinal que manifesta a vontade, ordem, vontade. Atração dos corpos, movimento gravitacional.
nux, nucis, (f.). Qualquer tipo de fruto com casca dura e amêndoa. Noz, amêndoa. Nogueira, amendoeira.
nympha,-ae, (f.). Ninfa (semi-deusa que habita os bosques e as águas). Água. Fonte. Esposa. Mulher jovem, moça. Crisálida.
nymphe, nymphes, ver **nympha.**

O

o. O. Abreviatura de diversas palavras iniciadas em 'o' (*omnis, optĭmus, ossa,* etc).
o. Ó. Exclamação empregada para invocar; chamar; exprimir desejo, surpresa, indignação, satisfação, dor, etc.
ob/obs. prep./acus. Diante de, em frente a. Para, em função de. Em vista de, por causa de. Contra, em troca de, por. Em lugar de, em vez de.
obaeratus,-a,-um. (ob-aes). Endividado, cheio de dívidas.
obambŭlo,-as,-are,-aui,-atum. (ob-ambŭlo). Passear diante de, passar perto de, andar em roda. Vagar.
obarmo,-as,-are,-aui,-atum. (ob-armo). Armar.
obăro,-as,-are,-aui,-atum. (ob-aro). Lavrar, cultivar a terra.
obba,-ae, (f.). Decantador (vaso de fundo largo para vinho).
obbrutesco,-is,-ĕre, obbrutŭi. (ob-brutus). Tornar-se bruto/estúpido.
obc-, ver **occ-.**
obdo,-is,-ĕre,-dĭdi,-dĭtum. (ob-do). Pôr na frente, colocar diante. Fechar, enclausurar. Expor. Oferecer, presentear.
obdormĭo,-is,-ire,-iui/-ĭi,-itum. (obdormĭo). Cair no sono, dormir.
obdormisco,-is,-ĕre,-iui,-itum. (obdormĭo). Adormecer, pegar no sono.
obduco,-is,-ĕre,-duxi,-ductum. (ob-duco). Conduzir na frente, levar adiante. Cobrir,

envolver, encobrir. Fechar, encerrar, obstruir. Beber, ingerir.
obductĭo, obductionis, (f.). (obduco). Ação de cobrir/encobrir.
obducto,-as,-are. (obduco). Conduzir repetidas vezes, levar frequentemente.
obduresco,-is,-ĕre, obdurŭi. (ob-duresco). Tornar-se duro, enrijecer-se. Tornar-se insensível.
obduro,-as,-are,-aui,-atum. (ob-duro). Sofrer, persistir, não desanimar.
obduxe = obduxisse, ver **obduco.**
obĕdo,-is,-ĕre,-edi,-esum. (ob-edo). Comer vorazmente, devorar.
obĕo,-is,-ire,-iui/-ĭi,-itum. (ob-eo). Ir ao encontro de, encontrar. Opor-se, ir contra, afrontar. Percorrer, rodear. Empreender, executar. Pôr-se, acabar, perecer, morrer.
obequĭto,-as,-are,-aui,-atum. (ob-equĭto). Cavalgar contra/em direção a.
oberro,-as,-are,-aui,-atum. (ob-erro). Errar diante/em volta de, vagar.
obesĭtas, obesitatis, (f.). (obesus). Obesidade, corpulência, excesso de gordura.
obesitatis, ver **obesĭtas.**
obesus,-a,-um. (obĕdo). Roído, magro, desgastado. Obeso, gordo. Espesso, grosseiro.
obex, obĭcis, (m./f.). (ob-iacĭo). Barreira, muro, porta. Tranca, ferrolho. Obstáculo, impedimento.
obf-, ver **off-.**
obg-, ver **ogg-.**
obhaerĕo,-es,-ere. Estar aderido.
obhaeresco,-is,-ĕre,-haesi. (ob-haeresco). Aderir a, prender-se a, ligar-se a.
obĭcis, ver **obex.**
obirascor,-ĕris,-irasci,-iratus sum. (ob-irascor). Estar irritado com, irritar-se contra.
obiratĭo, obirationis, (f.). (obirascor). Ira, cólera, rancor.
obĭter. (ob-iter). No caminho, a caminho, de passagem. Incidentalmente. Imediatamente.
obĭtus,-us, (m.). (obĕo). Aproximação, encontro, visita. Desaparecimento, morte, destruição, aniquilamento. Ocaso.
obiacĕo,-es,-ere,-iacŭi. (ob-iacĕo). Estar deitado diante de, estar perto de.

obiectatĭo, obiectationis, (f.). (obiecto). Repreensão, acusação.
obiectĭo, obiectionis, (f.). (obiicĭo). Objeção.
obiecto,-as,-are,-aui,-atum. (obiicĭo). Pôr diante, opor, interpor. Expor. Fazer objeção, censurar, repreender.
obiectus,-us, (m.). (obiicĭo). Oposição de obstáculo, imposição de barreira. Aparição, visão, espetáculo.
obiicĭo,-is,-ĕre,-ieci,-iectum. (ob-iacĭo). Lançar diante de, jogar contra. Expor, apresentar, oferecer. Causar, inspirar, insuflar. Censurar, repreender.
obiurgatĭo, obiurgationis, (f.). (obiurgo). Repreensão, censura.
obiurgator, obiurgatoris, (m.). (obiurgo). Repressor, censor.
obiurgatorĭus,-a,-um. (obiurgo). Relativo a repreensão, de censura.
obiurgo,-as,-are,-aui,-atum. Repreender, censurar, reprovar. Castigar, punir, corrigir.
oblanguesco,-is,-ĕre,-langŭi. Tornar-se fraco, perder o vigor.
oblatratricis, ver **oblatratrix.**
oblatratrix, oblatratricis, (f.). (oblatrator). A que ladra.
oblatro,-as,-are. (ob-latro). Ladrar. Enfurecer-se.
oblectamen, oblectamĭnis, (n.). (oblecto). Divertimento, distração, recreação.
oblectamentum, ver **oblectamen.**
oblectamĭnis, ver **oblectamen.**
oblectatĭo, oblectationis, (f.). (oblecto). Divertimento, distração, recreação.
oblecto,-as,-are,-aui,-atum. (ob-lacto). Atrair com carinhos, encantar, divertir, agradar, entreter. Passar o tempo de maneira agradável. Deter, adiar.
oblenĭo,-is,-ire. (ob-lenĭo). Acalmar, abrandar.
oblicus, ver **obliquus.**
oblido,-is,-ĕre,-lisi,-lisum. (ob-laedo). Apertar com força, sufocar, despedaçar.
obligatĭo, obligationis, (f.). (oblĭgo). Ação de empenhar a palavra. Obrigação. Ação de se responsabilizar. Amarra.
obligatus,-a,-um. (oblĭgo). Obrigado. Prometido, penhorado.

oblĭgo,-as,-are,-aui,-atum. (ob-ligo). Ligar, atar, amarrar. Obrigar. Penhorar, hipotecar. Tornar-se responsável.

oblimo,-as,-are,-aui,-atum. (ob-limus). Cobrir de limo, tapar com lodo. Dissipar os bens, fazer um mau negócio. Tornar escuro, obscurecer, confundir.

oblĭno,-is,-ĕre,-leui,-lĭtum. (ob-lino). Revestir, emboçar, untar. Selar, fechar. Impregnar. Sujar, manchar.

oblique. (obliquus). Obliquamente, disfarçadamente. Indiferentemente.

obliquĭtas, obliquitatis, (f.). (obliquo). Obliquidade.

obliquitatis, ver **obliquĭtas**.

obliquo,-as,-are,-aui,-atum. (obliquus). Torcer, curvar, voltar para o lado. Fazer indiretamente, agir de modo disfarçado.

obliquus,-a,-um. (ob-liquus). Oblíquo, atravessado, lateral. Indireto, disfarçado, dissimulado. Inimigo, invejoso, hostil.

obliscor, ver **obliuiscor**.

oblitesco,-is,-ĕre,-litŭi. (ob-latesco). Esconder-se, ocultar-se.

oblittĕro,-as,-are,-aui,-atum. (ob-littĕra). Apagar, obliterar. Fazer esquecer, apagar uma lembrança. Abolir.

obliuĭo, obliuionis, (f.). (obliuiscor). Esquecimento. Distração.

obliuiosus,-a,-um. (obliuĭo). Esquecido. Distraído. Que faz esquecer.

obliuiscor,-ĕris,-uisci, oblitus sum. (ob-liuor). Esquecer(-se), não se lembrar.

obliuĭum,-i, (n.). (obliuiscor). Esquecimento.

oblongus,-a,-um. (ob-longus). Oblongo, alongado.

oblŏquor,-ĕris,-loqui,-locutus sum. (ob-loquor). Cortar a palavra, interromper a fala. Contradizer. Injuriar, reprovar, censurar. Cantar com acompanhamento, acompanhar.

obluctor,-aris,-ari,-atus sum. (ob-luctor). Lutar contra, opor-se.

obludo,-is,-ĕre,-lusi,-lusum. (ob-ludo). Gracejar, brincar, zombar, fazer piadas.

obmolĭor,-iris,-iri,-itus sum. (ob-molĭor). Bloquear, obstruir.

obmurmŭro,-as,-are,-aui,-atum. (ob-murmŭro). Murmurar (contra), dizer com os dentes cerrados.

obmutesco,-is,-ĕre,-mutŭi. (ob-muto). Tornar-se mudo, emudecer. Calar-se, guardar silêncio. Cessar.

obnatus,-a,-um. (ob-natus). Nascido em torno de.

obnisus, ver **obnixus**.

obnitor,-ĕris,-niti,-nixus/-nisus sum. (ob-nitor). Apoiar-se sobre. Fazer força contra, lutar, resistir.

obnixus,-a,-um. (ob-nixus). Que faz força contra, firme, obstinado, resistente.

obnoxiosus,-a,-um. (obnoxĭus). Submisso, dependente.

obnoxĭus,-a,-um. (ob-noxĭus). Submetido a punição, exposto a um castigo. Culpado. Servil, humilde. Obrigado por lei. Perigoso, arriscado.

obnubo,-is,-ĕre,-nupsi,-nuptum. (ob-nubo). Cobrir com um véu, velar. Envolver, rodear.

obnuntiatĭo, obnuntiationis, (f.). (obnuntĭo). Anunciação de um mau presságio.

obnuntĭo,-as,-are,-aui,-atum. (ob-nuntĭo). Anunciar um mau presságio, declarar que os auspícios são contrários, dar uma má notícia. Opor-se, protestar, resistir.

oboedĭens, oboedientis. (oboedĭo). Obediente, submisso.

oboedienter. (oboediens). De modo submisso/obediente.

oboedientĭa,-ae, (f.). (oboedĭo). Obediência, submissão, dependência.

oboedientis, ver **oboedĭens**.

oboedĭo,-is,-ire,-iui/-ĭi,-itum. (ob-oedĭo). Obedecer, ser obediente.

obolĕo,-es,-ere, obolŭi. (ob-olĕo). Exalar um odor, cheirar a.

obŏlus,-i, (m.). Óbolo (pequena moeda grega, correspondente à 6ª parte de um dracma; peso equivalente a essa mesma proporção).

oborĭor,-iris,-iri, obortus sum. (ob-orĭor). Surgir diante de, aparecer, nascer.

obp-, ver **opp-**.

obrepo,-is,-ĕre,-repsi,-reptum. (ob-repo). Arrastar-se para, aproximar-se furtivamente, introduzir-se às escondidas. Surpreender.

obrepto,-as,-are,-aui,-atum. (ob-repto). Arrastar-se furtivamente, introduzir-se clandestinamente.

obretĭo,-is,-ire. (ob-rete). Envolver em uma rede.
obrigesco,-is,-ĕre,-rigŭi. (ob-rigesco). Tornar-se duro, enrijecer-se. Entorpecer-se pelo frio.
obrodo,-is,-ĕre. Comer em volta, petiscar.
obrŏgo,-as,-are,-aui,-atum. (ob-rogo). Apresentar um ante-projeto de lei, derrogar, invalidar.
obrŭo,-is,-ĕre,-rŭi,-rŭtum. (ob-ruo). Oprimir, esmagar, aniquilar. Cobrir, encobrir, esconder, sepultar. Afogar, mergulhar.
obrussa,-ae, (f.). Verificação dos quilates do ouro no cadinho. Teste, prova.
obsaepĭo,-is,-ire,-saepsi,-saeptum. (ob-saepĭo). Cercar, obstruir a passagem, enclausurar. Impedir, embargar, barrar.
obsatŭro,-as,-are. (ob-satŭro). Fartar, saciar.
obscene. (obscenus). Obscenamente, de modo indecente.
obscenĭtas, obscenitatis, (f.). (obscenus). Obscenidade, indecência.
obscenitatis, ver **obscenĭtas.**
obscenus,-a,-um. De mau agouro, sinistro, funesto, fatal. Indecente, obsceno. Sujo, imundo.
obscuratĭo, obscurationis, (f.). (obscuro). Obscurecimento, trevas, escuridão. Eclipse.
obscure. (obscurus). Em termos obscuros, confusamente, indistintamente. Secretamente, às escondidas.
obscurĭtas, obscuritatis, (f.). (obscurus). Obscurecer, tornar escuro, escurecer. Esconder, ocultar, suprimir, apagar. Dissimular, disfarçar.
obscuritatis, ver **obscurĭtas.**
obscuro,-as,-are,-aui,-atum. (obscurus). Escurecer, tornar escuro. Obscurecer. Esconder, ocultar. Desaparecer. Dissimular, disfarçar.
obscurum,-i, (n.). (obscurus). Obscuridade.
obscurus,-a,-um. Obscuro, sombrio, tenebroso. Desconhecido, incerto, duvidoso. Oculto, escondido.
obsecratĭo, obsecrationis, (f.). (obsĕcro). Obsecração, preces públicas. Súplicas, preces ardentes (direcionadas aos deuses, com o intuito de apaziguá-los).
obsĕcro,-as,-are,-aui,-atum. (ob-sacro). Pedir veementemente, suplicar.

obsecundo,-as,-are,-aui,-atum. (obsĕquor). Obedecer, ceder, sujeitar-se. Conformar-se, mostrar-se favorável.
obsepĭ-, ver **obsaep-.**
obsĕquens, obsequentis. (obsĕquor). Que cede às vontades/desejos, submisso, complacente, obediente. Favorável, propício.
obsequenter. (obsĕquens). Complacentemente, com condescendência.
obsequentĭa,-ae, (f.). (obsĕquens). Complacência, condescendência.
obsequentis, ver **obsĕquens.**
obsequiosus,-a,-um. (obsequĭum). Bastante complacente, cheio de condescendência.
obsequĭum,-i, (n.). (obsĕquor). Complacência, condescendência. Obediência, submissão.
obsĕquor,-ĕris,-sĕqui,-secutus sum. (ob-sequor). Ceder às vontades/desejos, ser condescendente, ter complacência. Submeter-se, obedecer.
obsĕro,-as,-are,-aui,-atum. (ob-sero/serŭi). Fechar, trancar.
obsĕro,-is,-ĕre,-seui,-sĭtum. (ob-sero/seui). Semear, plantar, disseminar.
obseruabĭlis, obseruabĭle. (obseruo). Que se pode observar, observável. Notável, admirável.
obseruans, obseruantis. (obseruo). Que tem respeito, que considera. Que observa as ordens, que cumpre com sua obrigação.
obseruanter. (obseruans). Com cuidado, com atenção.
obseruantĭa,-ae, (f.). (obseruans). Observação, respeito. Consideração, atenção.
obseruantis, ver **obseruans.**
obseruatĭo, obseruationis, (f.). (obseruo). Observação, respeito. Atenção, cuidado.
obseruator, obseruatoris, (m.). (obseruo). Observador, o que observa/respeita.
obseruĭto,-as,-are,-aui,-atum. (obseruo). Observar cuidadosamente.
obseruo,-as,-are,-aui,-atum. (ob-seruo). Observar. Velar, guardar, vigiar. Respeitar, considerar.
obses, obsĭdis, (m./f.). (ob-sedĕo). Refém. Penhor, fiador, responsável.
obsessĭo, obsessionis, (f.). (obsidĕo). Ação de sitiar/cercar, bloqueio. Ocupação.

obsessor, obsessoris, (m.). (obsidĕo). O que cerca, sitiante. O que ocupa um lugar.
obsidĕo,-es,-ere,-sedi,-sessum. (ob-sedĕo). Estar sentado/instalado diante, ocupar um lugar. Sitiar, bloquear. Investir, atacar, invadir. Apoderar-se, dominar.
obsidĭo, obsidionis, (f.). (obsidĕo). Cerco, bloqueio, sítio. Detenção, captura. Perigo iminente.
obsidionalis, obsidionale. (obsidĕo). De cerco, de sítio.
obsĭdis, ver **obses.**
obsidĭum,-i, (n.). (obsidĕo). Cerco, sítio, perigo. Condição de refém.
obsido,-is,-ĕre,-sedi,-sessum. (ob-sido). Cercar, sitiar. Ocupar, invadir.
obsignator, obsignatoris, (m.). (obsigno). O que sela/lacra. Testemunha.
obsigno,-as,-are,-aui,-atum. (ob-signo). Selar, lacrar com um selo. Assinar. Imprimir, empreender.
obsĭpo,-as,-are. (ob-supo). Lançar diante de.
obsisto,-is,-ĕre,-stĭti. (ob-sisto). Colocar-se diante de. Fazer obstáculo, opor-se, resistir.
obsolefio,-is,-fiĕri,-factus sum. (obsolĕo-fio). Enfraquecer-se, perder o vigor.
obsolesco,-is,-ĕre,-leui,-letum. Cair em desuso. Apagar-se (da memória). Enfraquecer, perder o vigor/valor.
obsolete. (obsoletus). Sordidamente.
obsoletus,-a,-um. (obsolesco). Obsoleto, que caiu em desuso. Antiquado, velho, usado. Comum, vulgar, banal. Manchado, marcado.
obsonator, obsonatoris, (m.). (obsono). Comprador de gêneros alimentícios.
obsonatus,-us, (m.). (obsono). Alimento, provisão. Mercado.
obsonĭum,-i, (n.). Comestíveis, comida.
obsŏno,-as,-are. (ob-sonum). Perturbar, interromper com um ruído.
obsono,-as,-are,-aui,-atum. Comprar provisões, fazer compras de gêneros alimentícios.
obsorbĕo,-es,-ere,-sorbŭi. (ob-sorbĕo). Engolir, beber avidamente, sorver completamente.
obstacŭlum,-i, (n.). (obsto). Obstáculo, impedimento.

obstetricis, ver **obstĕtrix.**
obstĕtrix, obstetricis, (f.). (obsto). Parteira.
obstinatĭo, obstinationis, (f.). (obstĭno). Obstinação, constância, firmeza, perseverança.
obstinatus,-a,-um. (obstĭno). Obstinado, decidido. Constante, perseverante, firme.
obstĭno,-as,-are,-aui,-atum. (obsto). Obstinar-se, persistir, insistir.
obstipesco,-is,-ĕre,-stipŭi. (ob-stipes). Tornar-se estupefato, ficar imóvel/estupefato/paralisado.
obstipus,-a,-um. (ob-stipes). Inclinado para diante/para um lado/para trás, oblíquo. Deitado, pendido.
obstĭtus,-a,-um. (obsisto). Posicionado contra, oponente, inimigo. Tocado pelo raio.
obsto,-as,-are,-stĭti, obstaturus. (ob-sto). Pôr-se diante, fazer obstáculo, obstruir a passagem. Impedir, fazer oposição, obstar.
obstragŭlum,-i, (n.). (obsterno). Laço, fita, correia (para prender as sandálias aos pés).
obstrĕpo,-is,-ĕre,-strepŭi,-strepĭtum. Fazer um ruído contra/diante de. Interromper com um ruído, incomodar/perturbar com gritos.
obstrigillo,-as,-are. (obstringo). Opor um obstáculo, obstruir a passagem. Censurar, repreender.
obstringo,-is,-ĕre,-strinxi,-strictum. (ob-stringo). Apertar fortemente, ligar, atar, prender. Constranger, obrigar. Tornar-se responsável/culpado.
obstructĭo, obstructionis, (f.). (obstrŭo). Obstrução, bloqueio. Disfarce, dissimulação.
obstrudo, ver **obtrudo.**
obstrŭo,-is,-ĕre,-struxi,-structum. (ob-struo). Construir na frente. Obstruir, bloquear, fechar. Opor-se.
obstupefacĭo,-is,-ĕre,-feci,-factum. (obstupĕo-facĭo). Tornar estupefato/paralisado, paralisar, espantar.
obstupefio,-is,-fiĕri,-factus sum. (obstupĕo-fio). Tornar-se estupefato/paralisado, paralisar-se, espantar-se.
obstupesco, ver **obstipesco.**
obstupĭdus,-a,-um. (ob-stupĭdus). Estupefato, paralisado, confuso.

obsum, obes, obesse, obfŭi/offŭi. (ob-sum). Estar na frente, fazer obstáculo, opor-se. Prejudicar, causar danos.

obsŭo,-is,-ĕre, obsŭi, obsutum. (ob-suo). Costurar diante de. Bloquear, parar, interceptar.

obsurdesco,-is,-ĕre, obsurdŭi. (ob-surdus). Tornar-se surdo, ensurdecer-se.

obtĕgo,-is,-ĕre,-texi,-tectum. (ob-tego). Cobrir inteiramente, recobrir. Encobrir, ocultar, esconder.

obtemperatĭo, obtemperationis, (f.). (obtempĕro). Obediência, submissão.

obtempĕro,-as,-are,-aui,-atum. (obtempĕro). Moderar-se, conter-se. Conformar-se, obedecer.

obtendo,-is,-ĕre,-tendi,-tentum. (ob-tendo). Estender diante, pôr diante, opor. Cobrir, encobrir. Alegar, apresentar como justificativa.

obtento,-as,-are. (obtinĕo). Possuir, ocupar.

obtentus,-us, (m.). (obtendo). Ação de estender/pôr diante, ação de cobrir. Pretexto, simulação, fingimento. Véu, disfarce.

obtĕro,-is,-ĕre,-triui,-tritum. (ob-tero). Esmagar, pisar. Desprezar, oprimir, aniquilar, destruir.

obtestatĭo, obtestationis, (f.). (obtestor). Súplica (em que os deuses são invocados como testemunhas), compromisso solene. Pedido insistente.

obtestor,-aris,-ari,-atus sum. (ob-testor). Invocar os deuses como testemunhas. Tomar o testemunho, tomar por testemunha. Pedir insistentemente, suplicar, implorar. Afirmar solenemente, jurar.

obtexo,-is,-ĕre,-texŭi,-textum. (ob-texo). Tecer diante de/sobre. Cobrir, envolver.

obticĕo,-es,-ere. (ob-tacĕo). Calar-se, manter silêncio.

obticesco,-is,-ĕre,-cŭi. (obticĕo). Calar-se, manter silêncio.

obtinĕo,-es,-ere,-tinŭi,-tentum. (ob-tenĕo). Ter, possuir, ocupar, manter, conservar. Ganhar, obter. Provar, demonstrar, sustentar, fazer prevalecer.

obtingo,-is,-ĕre,-tĭgi. (ob-tango). Chegar. Suceder, acontecer, ocorrer. Caber por sorte.

obtorpesco,-is,-ĕre,-torpŭi. (ob-torpesco). Entorpecer-se, tornar-se imóvel. Tornar-se insensível.

obtorquĕo,-es,-ere,-torsi,-tortum. (ob-torquĕo). Virar, torcer com força.

obtrectatĭo, obtrectationis, (f.). (obtrecto). Difamação, humilhação. Inveja.

obtrectator, obtrectatoris, (m.). (obtrecto). Difamador, o que censura por inveja.

obtrecto,-as,-are,-aui,-atum. (ob-tracto). Opor-se, atravessar o caminho, obstruir a passagem. Difamar, censurar por inveja. Caluniar, atacar injustamente, depreciar, prejudicar.

obtrudo,-is,-ĕre,-trusi,-trusum. (ob-trudo). Impelir violentamente, atirar com extrema força. Impor, obrigar a aceitar, pressionar, forçar. Encobrir.

obtrunco,-as,-are,-aui,-atum. (ob-trunco). Cortar, podar. Decapitar, matar.

obtuĕor,-eris,-eri. (ob-tuĕor). Olhar de frente. Ver, perceber.

obtundo,-is,-ĕre,-tŭdi,-tusum/-tunsum. (ob-tundo). Bater fortemente, rebater. Embotar, tornar rombudo. Enfraquecer, fatigar. Diminuir, amortecer. Importunar.

obturbo,-as,-are,-aui,-atum. (ob-turbo). Turvar, tornar turvo. Derrotar, dispersar, desbaratar. Perturbar, interromper, importunar. Impedir.

obturgesco,-is,-ĕre,-tursi. (ob-turgesco). Inchar-se, começar a inchar.

obturo,-as,-are,-aui,-atum. (ob-turo). Fechar, tapar, obstruir, obturar. Matar a fome, saciar.

obtusus,-a,-um. (obtundo). Espancado. Fraco, esgotado, enfraquecido. Insensível. Obtuso, estúpido, grosseiro, ignorante.

obtutus,-us, (m.). (obtuĕor). Olhar contemplativo, contemplação, olhar fixo.

obumbro,-as,-are,-aui,-atum. (ob-umbro). Sombrear, cobrir de sombras, escurecer. Cobrir, velar, dissimular. Proteger, defender.

obuncus,-a,-um. (ob-uncus). Recurvado.

obustus,-a,-um. (ob-uro). Queimado (ao redor).

obuallo,-as,-are,-aui,-atum. (ob-uallo). Cercar com trincheiras, fortificar.

obuenĭo,-is,-ire,-ueni,-uentum. (ob-uenĭo). Sobrevir, apresentar-se diante de. Acontecer. Vir em socorro de. Tocar por sorte, caber.

obuersor,-aris,-ari,-atus sum. (ob-uersor). Mostrar-se, deixar-se ver, apresentar-se. Oferecer-se.
obuerto,-is,-ĕre,-uerti,-uersum. (ob-uerto). Voltar para/contra.
obuïam. (ob-uia). No caminho, na passagem, ao encontro, diante, contra. À mão, ao alcance.
obuigĭlo,-as,-are,-atum. (ob-uigĭlo). Velar, vigiar.
obuïus,-a,-um. (ob-uia). Que vai ao encontro de, que se apresenta, que se põe a caminho. Acessível, afável. Exposto. Fácil, óbvio, comum.
obuoluo,-is,-ĕre,-uolui,-uolutum. (ob-uoluo). Envolver, cobrir, encobrir. Ocultar, dissimular.
occaeco,-as,-are,-aui,-atum. (ob-caeco). Cegar, tornar cego. Tornar obscuro/ininteligível, obscurecer. Cobrir, encobrir. Paralisar, privar de movimentos.
occallatus,-a,-um. (ob-callĕo). Endurecido, insensível.
occallesco,-is,-ĕre,-callŭi. (ob-callĕo). Tornar-se duro/intumescido, tornar-se caloso. Tornar-se insensível.
occăno,-is,-ĕre,-canŭi. (ob-cano). Tocar trombeta. Soar, ressoar.
occasĭo, occasionis, (f.). (occĭdo). Ocasião, oportunidade, momento favorável.
occasiuncŭla,-ae, (f.). (occasĭo). Ocasião, oportunidade, momento favorável.
occasus,-us, (m.). (occĭdo). Pôr-do-sol, ocaso, poente, ocidente. Queda, ruína, destruição. Morte.
occatĭo, occationis, (f.). (occo). Gradagem, ação de gradar a terra.
occator, occatoris, (m.). (occo). Gradador, o que grada a terra.
occedo,-is,-ĕre,-cessi. (ob-cedo). Ir ao encontro de, avançar. Ir à frente de, preceder.
occento,-as,-are,-aui,-atum. (ob-canto). Cantar diante de, fazer uma serenata.
occentus,-us, (m.). (occĭno). Canto de mau agouro, grito.
occepto,-as,-are,-aui. (occipĭo). Começar.
occĭdens, occidentis, (m.). Occidente.
occidentis, ver **occĭdens.**
occidĭo, occidionis, (f.). (occido). Massacre, extermínio, carnificina, matança.
occĭdo,-is,-ĕre, occĭdi, occasum. (ob-cado). Cair, desmoronar-se. Pôr-se. Sucumbir, perecer.
occido,-is,-ĕre, occidi, occisum. (ob-caedo). Cortar, fazer em pedaços. Matar, fazer perecer, levar à morte, torturar. Importunar, atormentar.
occidŭus,-a,-um. (occĭdo). Poente, ocidental, localizado no ocidente. Decadente, declinante. Perecível, que caminha para o fim.
occillo,-as,-are. (occo). Quebrar, esmagar.
occĭno,-is,-ĕre,-cecĭni/occinŭi. (ob-cano). Entoar um canto. Soltar um grito de mau agouro.
occipio,-is,-ĕre,-cepi,-ceptum. (ob-capĭo). Começar, iniciar, principiar, empreender.
occipitĭum,-i, (n.). (ob-caput). A parte de trás da cabeça, occipício.
occisĭo, occisionis, (f.). (occido). Massacre, extermínio, carnificina, matança.
occisor, occisoris, (m.). (occido). Assassino.
occlamĭto,-as,-are. (ob-clamĭto). Gritar, vociferar, berrar.
occludo,-is,-ĕre,-clusi,-clusum. (ob-claudo). Fechar, tapar, cerrar, trancar, enclausurar.
occo,-as,-are,-aui,-atum. Gradar, desfazer os torrões de terra com a grade.
occŭbo,-as,-are, occubŭi, occubĭtum. (ob-cubo). Estar deitado, repousar. Estar sepultado.
occulco,-as,-are. (ob-culco). Calcar, pisar.
occŭlo,-is,-ĕre,-culŭi,-cultum. (ob-colo). Esconder, ocultar, dissimular.
occultatĭo, occultationis, (f.). (occulto). Ação de se ocultar, ato de se esconder, ocultação.
occultator, occultatoris, (m.). (occulto). O que esconde/oculta.
occulte. (occultus). Às escondidas, secretamente.
occulto,-as,-are,-aui,-atum. (occŭlo). Ocultar, esconder, dissimular, fazer desaparecer.
occultum,-i, (n.). (occultus). Segredo. (*ex occulto* = sem ser visto; *in occulto* = na sombra, na escuridão; *per occultum* = secretamente).
occultus,-a,-um. (occŭlo). Escondido, oculto, secreto. Dissimulado.
occumbo,-is,-ĕre,-cubŭi,-cubĭtum. (ob-cumbo/cubo). Cair morto, perecer, sucumbir.

occupatĭo, occupationis, (f.). (occŭpo). Ação de ocupar/tomar posse, ocupação. Negócio. Prolepse, antecipação. Cuidado.
occŭpo,-as,-are,-aui,-atum. (ob-capĭo). Apoderar-se, tomar posse, ocupar. Anteceder, antecipar, prevenir, surpreender. Empregar, emprestar a juros.
occurro,-is,-ĕre,-curri,-cursum. (ob-curro). Ir ao encontro, apresentar-se. Ocorrer, vir à mente. Marchar/dirigir-se contra, atacar. Opor-se, fazer objeção, resistir.
occursatĭo, occursationis, (f.). (occurso). Ação de ir ao encontro. Atenção, solicitude.
occurso,-as,-are,-aui,-atum. (occurro). Ir ao encontro, apresentar-se, mostrar-se. Ocorrer, vir à mente.
occursus,-us, (m.). (occurro). Encontro, ação de ir ao encontro/apresentar-se diante.
ocellatum,-i, (n.). (ocellus). Pequena pedra (marcada com olhos ou pintas).
ocellatus,-a,-um. (ocellus). Que possui pequenos olhos.
ocellus,-i, (m.). (oculus). Olhinho, menina dos olhos. Pérola, jóia.
ocĭmum,-i, (n.). Manjericão.
ocĭor, ocĭus. Mais rápido.
ocissĭmus,-a,-um. Muito rápido.
ocĭter. Prontamente.
ocĭus. Mais rapidamente, muito prontamente/depressa.
ocliferĭus,-a,-um. (ocŭlus-ferĭo). Que salta aos olhos, bastante proeminente.
ocrĕa,-ae, (f.). Grevas, polainas de couro.
ocreatus,-a,-um. (ocrĕa). Que possui polainas de couro.
octaphŏron, ver **octophŏron.**
octauani,-orum, (m.). (octauus). Soldados da oitava legião.
octauum. (octauus). Pela oitava vez.
octauus,-a,-um. (octo). Oitavo.
octauusdecĭmus,-a,-um. Décimo oitavo.
octĭe(n)s. (octo). Oito vezes.
octingentesĭmus,-a,-um. (octingenti). Octingentésimo.
octingenti,-ae,-a. Oitocentos.
octipĕdis, ver **octĭpes.**
octĭpes, octipĕdis. (octo-pes). Que possui oito pés.
octo. Oito.
october, octobris, (m.). (octo). Outubro (oitavo mês do antigo ano romano, que se iniciava em março).
october, octobris, octobre. (october). De outubro.
octodĕcim. Dezoito.
octogenarĭus,-a,-um. (octogeni). Octogenário, que contém 80.
octogeni,-ae,-a. (octo). Em grupos de oitenta cada.
octogesĭmus,-a,-um. (octoginta). Octogésimo.
octogĭe(n)s. (octoginta). Oitenta vezes.
octoginta. Oitenta.
octoiŭgis, octoiŭge. (octo-iugum). Em grupos de oito cada, oito de cada vez. Oito.
octoni,-ae,-a. (octo). Em grupos de oito cada, oito de cada vez. Oito.
octophŏron,-i, (n.). Liteira carregada por oito homens.
octophŏros, octophŏron. Levado por oito homens.
octuagĭes, ver **octogĭes.**
octuplicatus,-a,-um. (octŭplus). Multiplicado por oito.
octŭplus,-a,-um. Oito vezes maior.
octussis, octussis, (m.). (octo-as). Soma de oito asses.
oculatus,-a,-um. (ocŭlus). Que possui olhos, que vê bem. Visível.
oculĕus,-a,-um. (ocŭlus). Cheio de olhos. Bastante perspicaz.
ocŭlus,-i, (m.). Olho. Capacidade de ver, visão. Iluminação, luminosidade. Objeto em formato de olho. Objeto de afeição, o que é querido.
odarĭum,-i, (n.). Canto, canção.
odeum,-i, (n.). Prédio público (projetado para espetáculos musicais), teatro.
odi, odisti, odisse. Odiar. Estar descontente.
odiose. (odiosus). De modo desagradável, de modo a causar ódio.
odiosĭcus, ver **odiosus.**
odiosus,-a,-um. (odĭum). Odioso. Desagradável, incômodo, problemático.
odĭum,-i, (n.). (odi). Ódio, aversão, antipatia, repugnância. Conduta odiosa, linguagem ofensiva. Ofensa, insolência.
odor, odoris, (m.). Odor, cheiro. Cheiro bom, perfume, essência. Cheiro desagradável, fedor. Indício, sinal.

odoratĭo, odorationis, (f.). (odoror). Ação de cheirar.
odoratus,-a,-um. (odoror). Perfumado, aromático.
odoratus,-us, (m.). (odoror). Ação de cheirar, olfato.
odorĭfer,-fĕra,-fĕrum. (odor-fero). Odorífero, perfumado. Que produz perfumes/temperos. (*gens odorifĕra* = os Persas).
odoro,-as,-are,-aui,-atum. (odor). Perfumar, cheirar.
odoror,-aris,-ari,-atus sum. (odor). Reconhecer pelo cheiro, cheirar, sentir um cheiro, farejar. Procurar, perseguir, investigar. Aspirar.
odorus,-a,-um. (odor). Odorífero, perfumado, odoro. Que possui olfato apurado.
odos, ver **odor.**
oeconomĭa,-ae, (f.). Administração de afazeres domésticos, economia doméstica. Divisão apropriada, boa disposição, economia.
oeconomĭcus,-a,-um. Relativo à economia doméstica. Bem ordenado, metódico.
oenophŏrum,-i, (n.). Vaso para conservar ou transportar vinho (de formato desconhecido).
oestrus,-i, (m.). Tavão (inseto cuja picada torna os animais furiosos). Delírio profético, inspiração poética, entusiasmo.
oesus, ver **usus.**
oesypum,-i, (n.). Gordura (proveniente de lã não lavada, utilizada como cosmético pelas mulheres romanas). Maquiagem.
ofella,-ae, (f.). (offa). Pequeno pedaço de carne.
offa,-ae, (f.). Pedaço, mordida. Pedaço de carne/massa. Tumor. Fragmento, trecho.
offatim. (offa). Em pequenas partes, em pedacinhos.
offendicŭlum,-i, (n.). (offendo). Obstáculo, impedimento.
offendo,-is,-ĕre,-fendi,-fensum. (ob-fendo). Chocar-se, bater, esbarrar. Ferir, ofender. Falhar, errar. Estar descontente/ofendido. Não ser bem sucedido, ter azar. Encontrar, topar, ir de encontro a.
offensa,-ae, (f.). (offendo). Ação de se chocar/esbarrar. Descontentamento, desagrado. Ofensa, injúria, afronta. Violação da lei, crime. Indisposição, incômodo. Descrédito, falta de prestígio.
offensacŭlum,-i, (n.). (offenso). Ação de ir de encontro a, choque, embate.
offensatĭo, offensationis, (f.). (offenso). Ação de ir de encontro a, choque, embate. Falha.
offensator, offensatoris, (m.). (offenso). O que tropeça ao falar.
offensĭo, offensionis, (f.). (offendo). Ação de se chocar/bater/esbarrar. Aversão, descrédito, má reputação. Descontentamento, irritação, inimizade. Mau êxito, malogro. Incômodo, doença, indisposição.
offensiuncŭla,-ae, (f.). (offensĭo). Pequena ofensa. Pequeno desagrado.
offenso,-as,-are. (offendo). Bater, chocar. Hesitar ao falar, gaguejar, balbuciar.
offensus,-a,-um. (offendo). Ofendido, irritado, descontente. Odioso, detestado.
offensus,-us, (m.). (offendo). Choque, embate.
offĕro,-fers,-ferre, obtŭli, oblatum. (ob-fero). Levar diante de, apresentar, expor. Oferecer, dar. Opor. Fornecer, inspirar, proporcionar.
officina,-ae, (f.). (opĭfex). Oficina, fábrica, laboratório, loja. Escola.
officĭo,-is,-ĕre,-feci,-fectum. (ob-facĭo). Pôr(-se) à frente, fazer obstáculo, impedir, obstruir. Prejudicar, embargar.
officiosus,-a,-um. (officĭum). Conforme o dever, pronto a servir. Cortês, atencioso, serviçal. Ditado pelo dever, justo, legítimo.
officiosus,-i, (m.). (officĭum). Escravo, serviçal, criado.
officĭum,-i, (n.). (opus-facĭo). Trabalho, tarefa, ocupação. Obrigação, dever. Cargo, função pública. Obediência, fidelidade ao dever. Serviço prestado, favor, obséquio. Demonstração de respeito, homenagem.
offigo,-is,-ĕre,-fixi,-fixum. (ob-figo). Fixar, prender.
offirmatus,-a,-um. (offirmo). Firme, decidido, obstinado.
offirmo,-as,-are,-aui,-atum. (ob-firmo). Fortificar, consolidar. Firmar, tornar durável. Persistir, perseverar, obstinar-se.
offla, ver **offŭla.**
offrenatus,-a,-um. (ob-freno). Dominado.

offucĭa,-ae, (f.). (ob-fucus). Pintura para o rosto. Disfarce, trapaça.
offŭi, ver **obsum.**
offŭla,-ae, (f.). (offa). Pedacinho (de carne/massa), bolinha (de carne/massa).
offulgĕo,-es,-ere,-fulsi. (ob-fulgĕo). Brilhar diante de, aparecer.
offundo,-is,-ĕre,-fudi,-fusum. (ob-fundo). Espalhar diante de/em volta de, estender, envolver. Encobrir, escurecer, ofuscar.
oggannĭo,-is,-ire,-iui/-ĭi,-itum. (ob-gannĭo). Repetir muitas vezes.
oggĕro,-is,-ĕre. (ob-gero). Fornecer, trazer, dar.
oh. Oh! Ah! (interjeição utilizada para exprimir os mais diversos sentimentos).
ohe. Ei, você(s)! Oi! Olá! (interjeição utilizada para chamar alguém).
oi. Ah! (interjeição utilizada para exprimir uma reclamação).
oiei. Ah! Oh! Ai! (interjeição utilizada para exprimir dor e medo).
oinus, ver **unus.**
olĕa,-ae, (f.). Azeitona. Oliveira.
oleaginĕus,-a,-um. (olĕa). De oliveira, semelhante à oliveira, da cor da oliveira.
oleaginĭus, ver **oleaginĕus.**
oleagĭnus, ver **oleaginĕus.**
olearĭus,-a,-um. (olĕum). De azeite, relativo ao azeite.
olearĭus,-i, (olĕum). Fabricante/negociante de azeite.
oleaster,-tri, (m.). (olĕa). Oliveira selvagem.
oleastrum, ver **oleaster.**
oleĭtas, oleitatis, (f.). (olĕa). Colheita de azeitonas.
olens, olentis. (olĕo). Odorífero, perfumado, que cheira bem. Mal cheiroso, fedorento. Velho, desusado, ultrapassado.
olentĭa,-ae, (f.). (olĕo). Odor, cheiro.
olenticetum,-i, (n.). (olĕo). Lugar imundo/infectado.
olentis, ver **olens.**
olĕo,-es,-ere, olŭi. Exalar um cheiro/perfume, perfumar, cheirar (bem ou mal). Sentir/perceber pelo cheiro. Anunciar, indicar.
olĕris, ver **olus.**
oletum,-i, (n.). (olĕa/olĕo). I- Plantação de oliveira. II- Mau cheiro, imundice, excremento.

olĕum,-i, (n.). Azeite de oliva, óleo. Palestra, ginásio (lugar público em que se exercitava a luta com o corpo untado em óleo).
olfacĭo,-is,-ĕre,-feci,-factum. (olĕo-facĭo). Cheirar, farejar. Fazer cheirar a, atribuir um odor.
olfacto,-as,-are,-aui,-atum. (olfacĭo). Cheirar, farejar. Aspirar, sorver.
olfactus,-us, (m.). (olfacĭo). Ação de cheirar/farejar, olfato.
olim. Outrora, certa vez. Um dia (em referência a passado ou futuro). Algum tempo depois. De longa data, grande parte das vezes.
olĭtor, olitoris, (m.). (olus). Vendedor de verduras, quitandeiro.
olitorĭus,-a,-um. (olus). Relativo a verduras/legumes.
oliua,-ae, (f.). Oliveira. Azeitona. Ramo de oliveira. Bastão de oliveira.
oliuetum,-i, (n.). (oliua). Plantação de oliveiras.
oliuĭfer,-fĕra,-fĕrum. (oliua-fero). Que produz oliveiras. Feito de ramos de oliveiras.
oliuĭtas, oliuitatis, (f.). (oliua). Colheita de azeitonas.
oliuitatis, ver **oliuĭtas.**
oliuum,-i, (n.). (oliua). Azeite de oliva. Perfume, óleo perfumado, essência.
olla,-ae, (f.). Panela, caldeirão. Urna cinerária.
olle = **ille.**
ollus,-a,-um = **ille, illa, illud.**
olo,-is,-ĕre, ver **olĕo.**
olor, oloris, (m.). Cisne.
olorinus,-a,-um. (olor). De cisne.
olus, olĕris, (n.). Verdura, legume.
oluscŭlum,-i, (n.). (olus). Verdura, legume.
olympĭas, olympiădis, (f.). Olimpíada (espaço de quatro anos). Lustro (espaço de cinco anos).
olympĭcus,-a,-um. Olímpico.
olympieum,-i, (n.). Templo dedicado a Júpiter Olímpico.
olympionices,-ae, (m.). Vencedor dos jogos olímpicos.
olympĭus,-a,-um. Olímpico, dos jogos olímpicos.
omasum,-i, (n.). Tripa de boi, buchada.
omen, omĭnis, (n.). Sinal, indício, presságio,

prognóstico (bom ou ruim). Casamento. Desejo, voto.
omentum,-i, (n.). Membrana adiposa que envolve os intestinos. Entranhas, intestinos. Membrana. Gordura, adiposidade.
ominator, ominatoris, (m.). (omen). O que dá um prognóstico/faz um preságio.
omĭnis, ver **omen.**
omĭnor,-aris,-ari,-atus sum. (omen). Fazer um preságio, dar um prognóstico, predizer.
ominosus,-a,-um. (omen). De mau agouro.
omissus,-a,-um. (omitto). Negligente, descuidado.
omitto,-is,-ĕre,-misi,-missum. (ob-mitto). Largar, deixar ir, deixar escapar. Omitir, renunciar, abandonar, deixar de lado.
omne, omnis, (n.). Tudo.
omnĭfer,-fĕra,-fĕrum. (omnis-fero). Que produz todas as coisas.
omnigĕnus,-a,-um. (omnis-genus). De todas as espécies, de todos os gêneros.
omnimŏdis. (omnimŏdus). De todas as maneiras, de todos os modos.
omnimŏdo. (omnimŏdus). De todas as maneiras, de todos os modos.
omnimŏdus,-a,-um. (omnis-modus). Que é de todos os modos, feito de todas as maneiras.
omnino. (omnis). Inteiramente, totalmente. Em geral, geralmente. No conjunto, ao todo. Somente. Em verdade, verdadeiramente.
omnipărens, ominiparentis. (omnis-parĭo). Que produz todas as coisas.
ominiparentis, ver **omnipărens.**
omnipŏtens, omnipotentis. (omnis-potens). Onipotente, todo poderoso.
omnipotentis, ver **omnipŏtens.**
omnis, omne. Todo, toda, cada. De qualquer espécie, qualquer (*omnĭa* = tudo, todas as coisas; *omnes* = todos, todas as pessoas).
omnitŭens, omnituentis. (omnis-tuĕor). Que vê/observa tudo.
omniuăgus,-a,-um. (omnis-uagus). Que vaga por toda parte, errante, vagabundo.
omniuŏlus,-a,-um. (omnis-uolo). Que deseja tudo.
onăger,-gri, (m.). Burro selvagem.

onagos,-i, (m.). Carroceiro, o que guia um burro.
onăgrus, ver **onăger.**
onerarĭa,-ae, (f.). (*onus*). Navio de carga, navio mercante.
onerarĭus,-a,-um. (*onus*). De carga, de transporte.
onĕris, ver **onus.**
onĕro,-as,-are,-aui,-atum. (onus). Carregar, onerar. Cumular, sobrecarregar. Aumentar, agravar. Encher, cobrir.
onerosus,-a,-um. (onus). Pesado. Oneroso, penoso. Molesto, desagradável, incômodo.
onus, onĕris, (n.). Carga, peso, fardo. Encargo, dificuldade, ônus. Despesa, imposto. Gravidez.
onustus,-a,-um. (onus). Carregado. Cheio, saciado, farto. Abatido.
onyx, onychis, (m.). Ônix. Vaso/caixa de ônix.
opacĭtas, opacitatis, (f.). (opacus). Sombra. Trevas.
opacitatis, ver **opacĭtas.**
opaco,-as,-are,-aui,-atum. (opacus). Cobrir de sombra, escurecer, sombrear. Tornar sombrio.
opacus,-a,-um. Que está à sombra, em que há sombra, sombreado. Escuro, negro. Sombrio, tenebroso. Que dá sombra, frondoso.
opella,-ae, (f.). (opĕra). Pequena obra. Pequeno esforço, pouco trabalho.
opĕra,-ae, (f.). Trabalho, ocupação, atividade. Emprego, função, serviço prestado. Jornada de trabalho. Trabalhador, operário. Cuidado, atenção. Lazer, tempo livre. (*opĕra mea/tua* = graças a mim/a ti; *eadem/una opĕra* = do mesmo modo, ao mesmo tempo; *dedĭta/data opĕra* = de propósito; *opĕrae est* = ter tempo para, ser possível).
operarĭa,-ae, (f.). (opĕra). Operária, trabalhadora.
operarĭus,-a,-um. (opĕra). Relativo ao trabalho, de trabalhador.
operarĭus,-i, (m.). Operário, trabalhador.
operatĭo, operationis, (f.). (opĕror). Obra, trabalho.
opercŭlum,-i, (n.). (operĭo). Tampa, cobertura, coberta.

operimentum,-i, (n.). (operĭo). Tampa, cobertura, coberta.
operĭo,-is,-ire,-perŭi,-pertum. Cobrir, tampar, fechar. Ocultar, dissimular. Sepultar, enterrar.
opĕris, ver **opus.**
opĕror,-aris,-ari,-atus sum. (opus). Trabalhar, realizar uma tarefa, ocupar-se. Realizar uma cerimônia religiosa, fazer um sacrifício.
operose. (operosus). Com trabalho, com esforço. Com cuidado, com cautela.
operosĭtas, operositatis, (f.). (ope-rosus). Trabalho excessivo, esforço desmedido.
operositatis, ver **operosĭtas.**
operosus,-a,-um. (opĕra). Operoso, laborioso, custoso. Penoso, difícil, elaborado. Ativo, eficaz.
operte. (operĭo). Às escondidas. Enigmaticamente.
opertorĭum,-i, (n.). (operĭo). Cobertura.
opertum,-i, (n.). (opertus/operĭo). Lugar secreto. Segredo. Resposta ambígua, oráculo obscuro.
opes, opum, (f.). Recursos, meios, força, poder. Autoridade, consideração, crédito. Tropas. Riqueza, abundância, suntuosidade.
ophthalmĭas,-ae, (m.). Espécie de peixe.
ophtalmĭcus,-i, (m.). Oftalmologista, oculista.
opĭcus,-a,-um. Bárbaro, rude, grosseiro, inculto, estúpido, ignorante.
opĭfer,-fĕra,-fĕrum. (ops-fero). Que fornece recursos, ajudante.
opĭfex, opifĭcis, (m./f.). (opus-facĭo). Autor(a), fabricante, produtor(a). Trabalhador(a), artista.
opificina, ver **officina.**
opifĭcis, ver **opĭfex.**
opificĭum,-i, (n.). (opĭfex). Trabalho, realização de uma tarefa.
opilĭo, opilionis, (m.). Pastor.
opime. (opimus). Com fartura, abundantemente. Suntuosamente, esplendidamente, ricamente.
opimĭtas, opimitatis, (f.). (opimus). Abundância, prosperidade, riqueza.
opimitatis, ver **opimĭtas.**
opimus,-a,-um. Gordo, corpulento, bem nutrido. Fértil, fecundo, rico. Copioso, abundante, opulento, suntuoso, nobre, esplêndido. Sobrecarregado, empolado.
opinabĭlis, opinabĭle. (opinor). Que se mantém como opinião/conjectura, conjectural, imaginário.
opinatĭo, opinationis, (f.). (opinor). Suposição, conjectura. Opinião. Imaginação, fantasia. Crença.
opinator, opinatoris, (m.). (opinor). O que faz suposições/conjecturas.
opinatus,-a,-um. (opino). Imaginado, suposto, imaginário.
opinatus,-us, (m.). (opinor). Opinião. Suposição, imaginação.
opinĭo, opinionis, (f.). (opinor). Suposição, conjectura. Opinião. Imaginação, fantasia. Crença, convicção. Reputação, fama, estima. Rumor.
opinor,-aris,-ari,-atus sum. Ter uma opinião, supor, imaginar, fazer conjecturas, acreditar, pensar, julgar.
opipăris, ver **opipărus.**
opipărus,-a,-um. (ops-paro). Abundante, rico, suntuoso, esplêndido.
opis, ver **ops.**
opitŭlor,-aris,-ari,-atus sum. (ops-tulo). Socorrer, auxiliar, prestar ajuda, assistir.
opĭum,-i, (n.). Ópio.
opobalsămum,-i, (n.). (Suco de) bálsamo.
opocarpăthon,-i, (n.). Suco de uma planta chamada carpathum.
oporĭce, oporĭces, (f.). Medicamento composto a partir de algumas plantas.
oporĭnos. De outono.
oporotheca,-ae, (f.). Fruteira.
oportet,-ere, oportŭit. (opus). Ser necessário/preciso, ser apropriado/bom, ser razoável, convir.
oportunus, ver **opportunus.**
oppango,-is,-ĕre,-pegi,-pactum. (ob-pango). Pregar, amarrar, fixar.
oppedo,-is,-ĕre. (ob-pedo). Peidar diante de. Ridicularizar, insultar.
opperĭor,-iris,-iri,-pertus sum. (ob-perĭor). Esperar, aguardar.
oppĕto,-is,-ĕre,-iui/-ĭi,-itum. (ob-peto). Ir de encontro a, ir encontrar, afrontar. Morrer, perecer.

oppidani,-orum, (m.). (oppĭdum). Habitantes, cidadãos (de qualquer cidade, exceto Roma).
oppidanus,-a,-um. (oppĭdum). Da cidade, pertencente a uma cidade. Provinciano.
oppidatim. (oppĭdum). De cidade em cidade.
oppĭdo. Muito, exageradamente, extremamente. Inteiramente, completamente. Sim, certamente.
oppidŭlum,-i, (n.). (oppĭdum). Pequena cidade.
oppĭdum,-i, (n.). (ob-pedum). Cidade (fortificada), fortaleza. Habitantes de uma cidade. Floresta fortificada.
oppignĕro,-as,-are,-aui,-atum. (ob-pignĕro). Penhorar, empenhar, dar como penhor.
oppilo,-as,-are,-aui,-atum. (ob-pilo). Tapar, obstruir.
opplĕo,-es,-ere,-eui,-etum. (ob-pleo). Encher completamente, preencher. Difundir-se, propagar-se.
oppono,-is,-ĕre,-posŭi,-posĭtum. (ob--pono). Pôr diante de, opor, apresentar, propor. Expor, alegar, responder.
opportune. (opportunus). Oportunamente, em tempo, a propósito, a tempo.
opportunĭtas, opportunitatis, (f.). (opportunus). Oportunidade, ocasião favorável. Localização privilegiada. Vantagem, facilidade, comodidade. Utilidade, proveito.
opportunitatis, ver **opportunĭtas.**
opportunus,-a,-um. (ob-portus). Oportuno, propício, favorável, conveniente, adequado. Apto, disposto, apropriado. Exposto, sujeito.
opposĭtĭo, oppositionis, (f.). (oppono). Oposição.
opposĭtus,-a,-um. (oppono). Oposto, exposto.
opposĭtus,-us, (m.). (oppono). Oposição.
oppostus, ver **opposĭtus.**
oppressĭo, oppressionis, (f.). (opprĭmo). Pressão, força, violência. Opressão. Destruição.
oppressor, oppressoris, (m.). (opprĭmo). Destruidor.
opprĭmo,-is,-ĕre,-pressi,-pressum. (ob--premo). Apertar, comprimir, esmagar. Oprimir, reprimir, subjugar, aniquilar, destruir. Surpreender, tomar de assalto. Ocultar, dissimular.
opprobrĭum,-i, (n.). (opprobro). Vergonha, desonra. Injúria, afronta.
opprŏbro,-as,-are. (ob-probrum). Censurar, repreender, admoestar.
oppugnatĭo, oppugnationis, (f.). (oppugno). Assalto, ataque. Acusação.
oppugnator, oppugnatoris, (m.). (oppugno). Assaltante, agressor.
oppugno,-as,-are,-aui,-atum. (ob-pugno). Atacar, assaltar, travar combate, sitiar, formar um cerco. Perseguir, acusar.
ops-, ver também **obs-.**
ops, opis, (f.). Abundância, recurso, riqueza. Poder, força. Auxílio, ajuda, apoio. Forças militares.
opt-, ver também **obt-.**
optabĭlis, optabĭle. (opto). Desejável, apetecível.
optatĭo, optationis, (f.). (opto). Desejo, vontade. Expressão de um desejo. Opção, escolha.
optato. (optatus). Conforme a vontade, como se deseja.
optatum,-i, (n.). (optatus). Desejo, vontade.
optatus,-a,-um. (opto). Desejado, agradável, aprazível.
optĭgo, ver **obtĕgo.**
optĭmas, optimatis. (optĭmus). Pertencente aos melhores, do partido dos optimates. Aristocrático.
optimates, optimat(ĭ)um, (m.). (optĭmus). Optimates (pertencentes ao partido conservador e aristocrático do Senado Romano). Aristocratas, nobres.
optimatis, ver **optĭmas.**
optĭmus,-a,-um. Ótimo, muito bom, excelente, esplêndido.
optĭo, optionis, (f.). (opto). Liberdade de escolha, livre escolha, opção. Ajudante, assistente. Adjunto (masc.).
optiuus,-a,-um. (opto). Escolhido.
opto,-as,-are,-aui,-atum. Escolher, optar, selecionar. Desejar, querer, pedir.
optŭm-, ver **optĭm-.**
opŭlens, opulentis. (ops). Opulento, rico, abundante. Suntuoso, magnífico. Poderoso, influente.

opulentis, ver **opŭlens.**
opulente(r). (opŭlens). Com opulência, suntuosamente, ricamente.
opulentĭa,-ae, (f.). (opŭlens). Opulência, riqueza, suntuosidade. Força, poder.
opulento,-as,-are. (opŭlens). Enriquecer, tornar-se rico.
opulentus,-a,-um. (ops). Opulento, rico, abundante. Suntuoso, magnífico. Poderoso, influente.
opum, ver **opes.**
opus, opĕris, (n.). Trabalho, obra. Esforço. Edifício, construção. Ato, atitude.
opus, (n.). Coisa necessária. (*opus esse* = ser necessário, ser preciso).
opuscŭlum,-i, (n.). (opus). Pequena obra, pequeno trabalho. Opúsculo, pequena obra literária.
ora,-ae, (f.). Borda, extremidade. Beira-mar, costa, litoral. Zona, país, região. Contorno, limite, quadro. Cabo, amarra.
oracl-, ver **oracŭl-.**
oracularĭus,-a,-um. (oracŭlum). Que profere oráculos, profético.
oracŭlum,-i, (n.). (oro). Oráculo, resposta de um deus. Templo em que são proferidos oráculos. Predição, profecia. Sentença, adágio.
orarĭus,-a,-um. (ora). Costeiro, litorâneo.
oratĭo, orationis, (f.). (oro). Fala, linguagem, discurso. Eloquência, recurso oratório. Estilo de fala. Discurso. Frase, sentença. Prosa. Correspondência, carta, mensagem imperial.
oratiuncŭla,-ae, (f.). (oratĭo). Pequeno discurso.
orator, oratoris, (m.). (oro). Embaixador, encarregado de transmitir uma mensagem verbal. Orador. Intercessor.
oratorĭa,-ae, (f.). (orator). Arte da oratória.
oratorĭe. (oratorĭus). À maneira dos oradores, retoricamente.
oratorĭus,-a,-um. (orator). Oratório, do orador.
oratricis, ver **oratrix.**
oratrix, oratricis, (f.). (orator). A que pede/suplica. Oratória, retórica.
oratus,-us, (m.). (oro). Súplica, pedido.
orba,-ae, (f.). Órfã.
orbatĭo, orbationis, (f.). (orbo). Privação.
orbator, orbatoris, (m.). (orbo). O que priva alguém de pais ou de filhos.
orbis, orbis, (m.). Círculo. Globo terrestre, mundo, terra. Região, país. Disco, escudo. Mesa redonda. Roda. Olho. Pandeiro. Prato de balança. Volta, rodeio, giro. Período.
orbĭta,-ae, (f.). (orbis). Marca de caminho (deixada por rodas). Curso, caminho, rota. Impressão, marca, risco, traço. Circuito, órbita. Exemplo.
orbĭtas, orbitatis, (f.). (orbus). Privação (de pais, de filhos, ou de qualquer pessoa querida), orfandade, viuvez. Falta, privação (de qualquer coisa). Perda da visão.
orbitosus,-a,-um. (orbĭta). Cheio de marcas de rodas.
orbo,-as,-are,-aui,-atum. (orbus). Privar de pais, de filhos, ou de qualquer pessoa querida. Privar.
orbus,-a,-um. Privado. Privado de pais, de filhos, ou de qualquer pessoa querida. Viuvo. Órfã(o).
orca,-ae, (f.). Orca (espécie de baleia). Vaso de bojo largo, talha. Caixa para jogar dados.
orchădis, ver **orchas.**
orchas, orchădis, (f.). Espécie de azeitona (de formato oblongo).
orchestra,-ae, (f.). Orquestra (parte do cenário do teatro, ou lugar no teatro reservado aos senadores). Senado.
orcinus,-a,-um. (orcus). Relativo à morte.
orcus,-i (m). Divindade infernal (Plutão). As regiões infernais, o inferno. A morte.
ordĕum, ver **hordĕum.**
ordinarĭus,-a,-um. (ordo). Conforme a ordem/regra/costume. Regular, normal, usual.
ordinatim. (ordinatus). Em ordem, de maneira apropriada. Regularmente.
ordinatĭo, ordinationis, (f.). (ordĭno). Ordenação, disposição, plano. Organização política. Distribuição de cargos. Regulamentação, decreto, edito.
ordinator, ordinatoris, (m.). (ordĭno). Ordenador, regulador.
ordinatus,-a,-um. (ordĭno). Ordenado, disposto. Regular, normal, regularizado.
ordĭnis, ver **ordo.**
ordĭno,-as,-are,-aui,-atum. (ordo). Ordenar, regularizar, regular, organizar. Governar, dispor, repartir.

ordĭor,-iris,-iri, orsus sum. Urdir uma trama, começar a tecer. Começar, iniciar, empreender. Começar a falar.
ordo, ordĭnis, (m.). Ordem. Linha, fileira, disposição. Fila de soldados, ordem de batalha. Corpo de tropas, centúria. Centurião, comandante. Classe, grupo social. Senado. Série, encadeamento, alinhamento, sucessão.
orexis, orexis, (f.). Apetite.
orgănum,-i, (n.). Instrumento, máquina. Órgão, instrumento musical.
orgĭa,-orum, (n.). Orgias (festival noturno em honra a Baco). Cerimônias religiosas. Segredos, mistérios.
orichalcum,-i, (n.). (Objeto de) latão.
oricilla, ver **auricilla.**
oricŭla, ver **auricŭla.**
orĭens, orientis, (m.). (orĭor). O oriente. Sol nascente.
orientis, ver **orĭens.**
originatĭo, originationis, (f.). (origo). Derivação de palavras, etimologia.
origĭnis, ver **origo.**
originĭtus. (origo). Originariamente.
origo, origĭnis, (f.). (orĭor). Começo, início, fonte, origem, nascimento, descendência. Raça, sangue, família. Ancestral, progenitor, fundador. Causa, princípio.
orĭor,-iris,-iri, ortus sum. Levantar-se, elevar-se. Surgir, nascer, originar-se. Começar, iniciar, principiar.
oris, ver **os.**
oriundus,-a,-um. (orĭor). Oriundo, originário, proveniente, nascido.
oriza, ver **oryza.**
ornamentum,-i, (n.). (orno). Equipamento, aparato. Enfeite, ornamento. Figura de estilo, beleza da expressão. Glória, distinção, honra, dignidade, título honorífico.
ornate. (ornatus). Com elegância, com adorno.
ornatricis, ver **ornatrix.**
ornatrix, ornatricis, (f.). (orno). A que enfeita/adorna. Criada de quarto (encarregada de cuidar dos cabelos de sua senhora).
ornatus,-a,-um. (orno). Provido, equipado, preparado. Ornado, enfeitado, bonito, elegante. Honrado, respeitado, distinto, ilustre.
ornatus,-us, (m.). (orno). Equipamento, aparato. Enfeite, ornamento. Figura de estilo, beleza da expressão.
orno,-as,-are,-aui,-atum. Preparar, equipar, guarnecer. Ornamentar, ornar, adornar, embelezar, enfeitar. Honrar, prestar homenagem, distinguir.
ornus,-i, (f.). Freixo silvestre.
oro,-as,-are,-aui,-atum. Pronunciar uma fórmula ritual, rogar, pedir, suplicar. Advogar, pleitear.
orsa,-orum, (n.). (ordĭor). Tentativa, projeto, empreendimento. Palavras, discursos, obra literária.
orsus,-us, (m.). (ordĭor). Começo, início. Tentativa, projeto.
orthographĭa,-ae, (f.). Ortografia.
ortulanus, ver **hortulanus.**
ortus,-us, (m.). (orĭor). O nascer dos astros. Surgimento, nascimento, começo, origem.
oryza,-ae, (f.). Arroz.
os, oris, (n.). Boca. Voz, linguagem, palavra. Expressão facial, rosto, fisionomia. Ar, aspecto. Entrada, abertura, orifício. Fonte, princípio. Embocadura. Proa de Navio. (*pleno ore* = zelosamente, com carinho).
os, ossis, (n.). Osso, ossada. Parte interior, cerne, caroço. Esqueleto. Coração, entranhas.
osce. (oscus). Em osco, na linguagem dos oscos.
oscen, oscĭnis, (m.). Ave de canto auspicioso.
oscillatĭo, oscillationis, (f.). (oscillo). Ação de balançar. Balanço, gangorra.
oscillo,-as,-are. (oscillum). Balançar(-se).
oscillum,-i, (n.). (os, oris/obs-cillo). I- Pequena cavidade em frutos (de onde surgem vermes). Pequena máscara de Baco (pendurada em árvores, de modo que pudesse ser facilmente agitada pelo vento). II- Balanço, movimentação.
oscĭnis, ver **oscen.**
oscĭtans, oscitantis. (oscĭto). Ocioso, negligente.
oscitanter. (oscĭto). Ociosamente, negligentemente.
oscitantis, ver **oscĭtans.**
oscitatĭo, oscitationis, (f.). (oscĭto). Bocejo. Aborrecimento, tédio.

oscĭto,-as,-are,-aui,-atum. Abrir a boca, bocejar. Estar ocioso, descansar. Ser negligente. Abrir(-se).
oscĭtor, ver **oscĭto.**
osculabundus,-a,-um. (oscŭlor). Que enche de beijos.
osculatĭo, osculationis, (f.). (oscŭlor). Ação de beijar.
oscŭlor,-aris,-ari,-atus sum. (oscŭlum). Beijar. Acariciar. Valorizar muito, dar muito valor.
oscŭlum,-i, (n.). (os). Boquinha. Beijo. Carícia.
osor, osoris, (m.). (odi). O que odeia/detesta, inimigo.
ospes, ver **hospes.**
ossĕus,-a,-um. (os, ossis). Ósseo, de osso. Duro como um osso. Ossudo, magro.
ossifrăga,-ae, (f.), ver **ossifrăgus.**
ossifrăgus,-i, (m.). (os, ossis-frango). Águia marinha, xofrango (ave de rapina).
ossifrăgus,-a,-um. (os, ossis-frango). Que quebra ossos.
ossis, ver **os, ossis.**
ossum,-i, ver **os, ossis.**
ostendo,-is,-ĕre, ostendi, ostentum. (obs--tendo). Expor, mostrar, exibir, pôr diante dos olhos. Apresentar, demonstrar, indicar. Declarar, dizer, tornar conhecido.
ostensus = ostentus, ver **ostendo.**
ostentatĭo, ostentationis, (f.). (ostendo). Ação de mostrar/expor, exibição. Pompa, ostentação. Fingimento, simulação. Promessa.
ostentator, ostentatoris, (m.). (ostento). Ostentador, exibicionista, o que gosta de se mostrar.
ostento,-as,-are,-aui,-atum. (ostendo). Pôr à mostra, mostrar, exibir. Apresentar, oferecer. Ostentar, gabar. Ameaçar. Prometer.
ostentum,-i, (n.). (ostendo). Presságio. Prodígio, maravilha, milagre.
ostentus,-us, (m.). (ostendo). Ação de mostrar, exibição, amostra. Aparência. Prova, sinal, comprovação.
ostiarĭum,-i, (n.). (ostĭum). Imposto cobrado sobre as portas.
ostiarĭus,-a,-um. (ostĭum). Da porta, relativo à porta.
ostiatim. (ostĭum). De porta em porta, de casa em casa.
ostĭum,-i, (n.). (os, oris). Porta. Entrada, abertura. Embocadura, foz.
ostrĕa,-ae, (f.). Ostra.
ostreosus,-a,-um. (ostrĕa). Rico em ostras.
ostrĕum, ver **ostrĕa.**
ostrĭa, ver **ostrĕa.**
ostrĭfer,-fĕra,-fĕrum. (ostrĕa-fero). Que produz ostras.
ostrinus,-a,-um. (ostrum). De púrpura.
ostrum,-i, (n.). Púrpura (extraída da ostra). Tecido de púrpura. Vestido, manto (feito desse tecido).
otĭor,-aris,-ari,-atus sum. (otĭum). Estar no ócio, descansar, não fazer nada.
otiose. (otiosus). Na ociosidade, sem ocupação. Calmamente, gradualmente, lentamente, sem pressa, pouco a pouco.
otiosus,-a,-um. (otĭum). Ocioso, desocupado, à toa. Sem encargo oficial, livre de cargo público. Indiferente, neutro, despreocupado. Calmo, tranquilo, quieto. Lento, tedioso, insípido, apático.
otĭum,-i, (n.). Lazer, repouso, desocupação. Tempo livre (especialmente dedicado à literatura), produto desse tempo livre. Calma, paz, tranquilidade, felicidade. Inércia, inatividade.
ouatĭo, ouationis, (f.). (ouo). Ovação (triunfo de menor valor, uma vez que a vitória era obtida de maneira fácil e sem derramamento de sangue).
ouatus,-a,-um. (ouum/ouo). I- Oval, em formato de ovo. II- Adquirido pela vitória.
ouatus,-us, (m.). (ouo). Grito de vitória.
ouicŭla,-ae, (f.). (ouis). Pequena ovelha.
ouile, ouilis, (n.). (ouis). Curral de ovelhas/cabras, redil, aprisco. Espaço fechado localizado no Campus *Martius* (onde as tribos romanas se reuniam para votar).
ouilis, ouile. (ouis). De ovelha, lanígero.
ouis, ouis, (f.). Ovelha, carneiro. Lã. Simplório, bobo, imbecil.
ouo,-as,-are,-,-atum. Exaltar-se de alegria, regozijar-se, soltar gritos de alegria. Obter triunfo por ovação.
ouum,-i, (n.). Ovo. Casca de ovo (como medida). Formato oval.

P

p. P. = abreviatura de Publĭus, *parte, pater, popŭlus, publĭcus*, etc. P.C. = *patres conscripti*; P.M. = abreviatura de *pontĭfex maxĭmus*; P.R. = *popŭlus romanus*; P.S. = *pecunĭa sua*.

pabulatĭo, pabulationis, (f.). (pabŭlor). Ação de pastar.

pabulator, pabulatoris, (m.). (pabŭlor). O que dá pastagem aos animais. Forrageador.

pabŭlor,-aris,-ari,-atus sum. (pabŭlum). Pastar, alimentar-se, comer pastagem. Forragear, procurar comida.

pabŭlum,-i, (n.). Pasto, pastagem, forragem. Alimento, comida. Alimentação, sustentação.

pacalis, pacale. (pax). Relativo à paz, pacífico, de paz.

pacator, pacatoris, (m.). (paco). Pacificador.

pacatus,-a,-um. (paco). Pacífico, tranquilo, calmo, sossegado, amigável.

pacĭfer,-fĕra,-fĕrum. (pax-fero). Que faz/anuncia o tratado de paz, pacificador. Pacífico.

pacificatĭo, pacificationis, (f.). (pacifĭco). Pacificação, reconciliação.

pacificator, pacificatoris, (m.). (pacifĭco). Pacificador.

pacificatorĭus,-a,-um. (pacificator). Que faz/anuncia o tratado de paz. Destinado à paz.

pacifĭco,-as,-are,-aui,-atum. (pax-facĭo). Estabelecer o tratado de paz, negociar a paz, fazer a paz. Apaziguar, acalmar.

pacifĭcor,-aris,-ari,-atus sum. (pacifĭco). Estabelecer o tratado de paz, negociar a paz, fazer a paz. Apaziguar, acalmar.

pacifĭcus,-a,-um. (pax-facĭo). Que faz a paz, pacífico.

pacis, ver **pax**.

pacisco, ver **paciscor**.

paciscor,-ĕris, pacisci, pactus sum. (paco). Fazer um tratado/pacto, pactuar, barganhar, entrar em acordo. Estipular, prometer.

paco,-as,-are,-aui,-atum. Pacificar, acalmar, tornar pacífico. Subjugar, domar, vencer.

pacta,-ae, (f.). (paciscor). Noiva.

pactĭo, pactionis, (f.). (paciscor). Pacto, acordo, convenção, barganha, tratado. Promessa, compromisso. Adjudicação dos impostos públicos. Acordo ilícito, cabala.

pactum,-i, (n.). (paciscor). Pacto, acordo, convenção, barganha, tratado. Promessa, compromisso. Modo, maneira, forma.

pactus,-a,-um. (paciscor/pango). I- Pactuado, convencionado, combinado, ajustado. Prometido em casamento. II- Plantado, enterrado. Firmado, convencionado.

pactus,-i, (m.). Noivo.

paedagogĭum,-i, (n.). Escola (destinada à educação dos escravos que se tornariam pajens). Crianças (que frequentavam essa escola).

paedagogus,-i, (m.). Escravo (que acompanhava as crianças à escola). Preceptor, mestre. Pedagogo. Guia, líder, condutor, mentor.

paedico, paediconis, (m.). Homossexual.

paedico,-as,-are. Praticar o homossexualismo.

paedĭdus,-a,-um. (paedor). Mal cheiroso, sujo, emporcalhado.

paedor, paedoris, (m.). Sujeira, imundície.

paelex, ver **pellex**.

paeminosus, ver **peminosus**.

paene. Quase, por um triz. Como se pode dizer.

paeninsŭla,-ae, (f.). (paene-insŭla). Península.

paenitentĭa,-ae, (f.). (paenĭtet). Arrependimento, pesar. Penitência.

paenĭtet,-ere, paenitŭit. Não ter bastante, não estar satisfeito. Ter pesar, arrepender-se. Desagradar, causar insatisfação.

paenŭla,-ae, (f.). Capa/manto com capuz (de lã, que cobre o corpo todo, usada geralmente em viagens, ou na cidade em dias chuvosos). Cobertura.

paenulatus,-a,-um. (paenŭla). Que usa a paenŭla.

paeon, paeonis, (m.). Péon – um tipo de pé métrico (formado de quatro sílabas – uma longa e três breves).

paetŭlus,-a,-um. (paetus). Ligeiramente vesgo, um pouco estrábico.

paetus,-a,-um. Vesgo, estrábico. De olhar furtivo.

paganĭca,-ae, (f.). (paganĭcus). Bola especial (usada primeiramente apenas no campo).
paganĭcus,-a,-um. (pagus). Do campo, rural, rústico.
paganus,-a,-um. (pagus). Do campo, rural, rústico. Civil, cívico.
paganus,-i, (m.). (pagus). Camponês, rústico, homem do campo. Cidadão, população civil. Pessoa sem instrução.
pagatim. (pagus). Por aldeias, em cada distrito.
pagella,-ae, (f.). (pagĭna). Pequena página.
pager, ver **phager.**
pagĭna,-ae, (f.). Latada, ramada. Coluna (de um escrito ou papiro), página escrita. Carta, livro, obra literária.
paginŭla,-ae, (f.). (pagĭna). Pequena página.
pagus,-i, (m.). Marco, baliza, delimitador. Distrito, província, campo. Aldeia, população do campo.
pala,-ae, (f.). Enxada, pá, espátula. Engaste.
palaestra,-ae, (f.). Palestra, escola de luta/combate, ginásio para luta, lugar para exercitar o combate. Exercício da luta. Escola de retórica, exercício de retórica. Arte, habilidade. Cultura, elegância.
palaestrĭca,-ae, (f.). (palaestrĭcus). Arte da luta/do combate.
palaestrĭcus,-a,-um. Relativo à luta/ao combate. Que favorece a luta.
palaestrĭcus,-i, (m.). Professor da arte da luta.
palaestrita,-ae, (m.). Diretor da escola de luta. Atleta, lutador.
palam. I- Em público, publicamente, abertamente, claramente. De domínio público. II- Diante de, perante.
palangae, ver **phalangae.**
palathĭum,-i, (n.). Bolinho de frutas cristalizadas.
palatum,-i, (n.)/palatus,-i, (m.). Palato, céu da boca. Abóboda celeste, céu.
palĕa,-ae, (f.). Palha.
palĕar, palearis, (n.). Papada do boi.
palestr-, ver **palaestr-.**
palimpsestus,-i, (m./f.). Palimpsesto (pergaminho cujo escrito foi apagado, com o objetivo de ser reutilizado).
paliurus,-i, (f.). Paliuro (nome de uma planta).
palla,-ae, (f.). Manto (longo e largo usado pelas senhoras romanas, geralmente preso por broches). Veste (usada por atores/músicos em cena). Cortina, tapeçaria.
pallăca,-ae, (f.). Concubina.
pallens, pallentis. (pallĕo). Pálido, lívido, amarelado. Pouco luminoso, escuro, sombrio. Fraco, ruim, vicioso. Que torna pálido, que faz empalidecer.
pallentis, ver **pallens.**
pallĕo,-es,-ere, pallŭi. Estar pálido/amarelado, perder a cor. Estar pálido de desejo, estar ansioso. Estar pálido de medo, recear, temer.
pallesco,-is,-ĕre, pallŭi. (pallĕo). Empalidecer, tornar-se pálido/amarelado.
palliatus,-a,-um. (pallĭum). Vestido com o pallĭum. De grego. Coberto, protegido.
pallidŭlus,-a,-um. (pallĭdus). Um pouco pálido.
pallĭdus,-a,-um. (pallĕo). Pálido, lívido, sem cor, amarelado. Pálido de medo, assustado. Pálido de paixão, apaixonado. Pouco luminoso, escuro, sombrio. Que torna pálido, que faz empalidecer.
palliolatus,-a,-um. (palliŏlum). Coberto com um capuz.
palliŏlum,-i, (n.). (pallĭum). Pequeno pallĭum, pequena capa, mantilha. Capuz.
pallĭum,-i, (n.). Manto grego (usado especialmente por filósofos gregos). Manto, capa. Cortina. Coberta, manta.
pallor, palloris, (m.). (pallĕo). Palidez, cor pálida. Cor/formato desagradável. Terror, pavor.
pallŭla,-ae, (f.). (palla). Pequena capa, pequeno manto.
palma,-ae, (f.). Palma da mão. Mão. Pata. Parte do tronco de onde saem os ramos. Palmeira, tronco da palmeira, ramo da palmeira, palma, tâmara (fruto da palmeira). Vassoura (feita de palmeira). Vitória, vencedor, primeiro lugar (que recebia uma palma como símbolo da vitória). Pá do remo, remo.
palmaris, palmare. (palma). Relativo a palmeira. Cheio de palmeiras. Excelente, vitorioso, que merece a palma da vitória.
palmarĭus,-a,-um. (palma). De palmeira, plantado de palmeiras. Que merece a palma da vitória.
palmatus,-a,-um. (palmo). Marcado com a palma da mão. Que possui palmas, que contém o desenho de uma palmeira.

palmes, palmĭtis, (m.). (palma). Vara de videira, sarmento. Videira. Rebento (de uma árvore).
palmetum,-i, (n.). (palma). Palmar, palmeiral.
palmĕus,-a,-um. (palma/palmus). I - De palmeira, relativo à palmeira. II - Do comprimento de um palmo.
palmĭfer,-fĕra,-fĕrum. (palma-fero). Que produz palmeiras. Abundante em palmeiras.
palmĭger,-gĕra,-gĕrum. (palma-gero). Que produz palmeiras. Que carrega uma palma.
palmipĕdis, ver **palmĭpes.**
palmĭpes, palmipĕdis. (palma/palmus-pes). I - Que tem o pé espalmado. II - Que tem a altura de um pé e um palmo.
palmĭtis, ver **palmes.**
palmo,-as,-are,-,-atum. (palmo). Imprimir a marca da palma da mão. Amarrar uma videira.
palmosus,-a,-um. (palma). Abundante em palmeiras.
palmŭla,-ae, (f.). (palma). Palma da mão, mão. Remo, pá do remo. Tâmara.
palmus,-i, (m.). (palma). Palmo (medida de comprimento).
palor,-aris,-ari,-atus sum. Errar, caminhar sem rumo, dispersar-se, espalhar-se.
palpatĭo, palpationis, (f.). (palpo). Apalpadela, toque. Carícia.
palpator, palpatoris, (m.). (palpo). Lisonjeiro, bajulador, adulador.
palpĕbra,-ae, (f.). Pálpebra(s). Cílios.
palpitatĭo, palpitationis, (f.). (palpĭto). Palpitação, agitação, pulsação.
palpĭto,-as,-are,-aui,-atum. (palpo). Mover-se frequente e rapidamente, agitar-se, palpitar.
palpo,-as,-are,-aui,-atum. Tocar ligeiramente com a mão, apalpar. Acariciar. Lisonjear.
palpor, ver **palpo.**
palpum,-i, (n.)/palpus,-i, (m.). Carícia. Lisonja, bajulação.
paludamentum,-i, (n.). Manto militar, capa do general (considerada, durante o império, insígnia do poder supremo). Capa de soldado.
paludatus,-a,-um. Vestido com o manto militar.
paludis, ver **palus.**
paludosus,-a,-um. (palus, paludis). Pantanoso.
palumba, ver **palumbes.**
palumbes, palumbis, (m.). Pombo.
palumbus, ver **palumbes.**
palus, paludis, (f.). Pântano, lagoa, paul. Junco, cana.
palus,-i, (m.). Estaca, poste, pelourinho.
paluster, palustris, palustre. (palus, paludis). Pantanoso. Que vive nos pântanos.
pampinĕus,-a,-um. (pampĭnus). (Feito) de ramo da videira, coberto de folhagem da videira.
pampĭnus,-i, (m./f.). Ramo da videira (com as folhas), folhagem da videira.
panăca,-ae, (f.). Um tipo de taça/copo.
panacea,-ae, (f.). Um tipo de erva (à qual foi atribuído o poder de curar todas as doenças), panaceia.
panaces, panacis, (n.), ver **panacea.**
panăcis, ver **panax.**
panariŏlum,-i, (n.). (panarĭum). Pequena cesta de pão.
panarĭum,-i, (n.). (panis). Cesta de pão.
panax, panăcis, (m.), ver **panacea.**
panchrestus,-a,-um. Bom/útil para todas as coisas.
pancratiasta/pancratiastes,-ae, (m.). Atleta que luta no *pancratĭon*.
pancratĭce. (pancratĭum). À maneira de um pancratiasta, atleticamente, de modo combativo.
pancratĭon,-i, (n.). Combate completo. Nome de uma planta.
pandicŭlor,-aris,-ari. (pando,-is,-ĕre). Estender-se, alongar-se.
pando,-as,-are,-aui,-atum. Curvar, dobrar.
pando,-is,-ĕre, pandi, pansum/passum. Estender, expandir, desdobrar. Abrir, fender. Mostrar, revelar, desvendar, tornar público, relatar, explicar. Secar.
pandus,-a,-um. (pando,-is,-ĕre). Curvado, curvo, recurvado. Inclinado, dobrado.
pane, panis, (n.), ver **panis.**
panegyrĭcus,-i, (m.). Panegírico, elogio, discurso laudatório.
pango,-is,-ĕre, panxi/pepĭgi/pegi, pactum. Fixar, amarrar. Enterrar, plantar, afundar. Fazer, compor, escrever, produzir.

Estabelecer, determinar, estipular, entrar em acordo. Prometer em casamento.
panicĭum,-i, (n.). (panis). Bolo, pão, biscoito.
panĭcum,-i, (n.). Milho painço.
panificĭum,-i, (n.). (panis). Panificação. Bolo, pão, biscoito.
panis, panis, (m.). Pão.
pannicŭlus,-i, (m.). (pannus). Pedacinho de pano, trapo.
pannosus,-a,-um. (pannus). Esfarrapado, maltrapilho. Rugoso, enrugado.
pannucĕus,-a,-um. (pannus). Remendado.
pannus,-i, (m.). Pedaço de pano, pano. Farrapo, trapo. Faixa. Saco, mochila. Pedaço.
pansa,-ae, (m.). Que anda com as pernas em arco.
pantex, pantĭcis, (m.). Intestino, abdômen.
panther, pantheris, ver **panthera**.
panthera,-ae, (f.). Pantera.
pantherinus,-a,-um. (panthera). De pantera. Semelhante a uma pantera, malhado. Arteiro, manhoso.
pantĭcis, ver **pantex**.
pantomima,-ae, (f.). Pantomima (atriz que representa através de gestos). Dançarina de balé.
pantomimĭcus,-a,-um. (pantomimus). Relativo ao pantomimo, pantomímico.
pantomimus,-i, (m.). Pantomimo (ator que representa através de gestos). Pantomima (representação através de gestos).
papa,-ae, (m.). Palavra através da qual bebês pedem comida. Papai (termo carinhoso para pater).
papae. Maravilha! Que legal! Muito bom!
papas, papătis, (m.). Tutor.
papătis, ver **papas**.
papauer, papauĕris, (n.). Papoula.
papauerĕus,-a,-um. (papauer). De papoula.
papilĭo, papilionis, (m.). Borboleta.
papilla,-ae, (f.). (papŭla). Bico do seio. Seio, mama, teta. Botão. Botão de rosa.
papo,-as,-are. Comer, papar.
pappa, ver **papa**.
papparĭum,-i, (n.). (pappa). Alimento infantil.
pappas, ver **papa**.
pappus,-i, (m.). Velho, ancião. Avô. Semente (coberta de penugens).
papŭla,-ae, (f.). Ferida purulenta, furúnculo.

papyrĭfer,-fĕra,-fĕrum. (papyrus-fero). Abundante em papiros.
papyrum,-i, (n.)/papyrus,-i, (f.). Papiro (cana do Egito, utilizada principalmente para fazer papel). Papel, escrito, manuscrito, livro, folha, página.
par, paris. I - (adj.) Igual, semelhante, próximo. Conveniente, apropriado, justo. II - (subst.) Companheiro (-a), par, casal. Esposo (-a).
parabĭlis, parabĭle. (paro). Que se pode facilmente comprar, de fácil aquisição.
parabŏla,-ae, (f.). Comparação, semelhança. Parábola. Provérbio.
parabŏle,-es, ver **parabŏla**.
paradoxon,-i, (n.). Paradoxo.
paralytĭcus,-a,-um. Paralítico.
parap-, ver **parop-**.
paraphrăsis, paraphrăsis, (f.). Paráfrase.
pararĭus,-i, (m.). (paro). Intermediário, corretor, agente.
parasita,-ae, (f.). (parasitus). Mulher parasita.
parasitaster,-tri, (m.). (parasitus). Mísero parasita.
parasitatĭo, parasitationis, (f.). (parasitus). Bajulação de parasita.
parasitĭcus,-a,-um. (parasitus). De parasita.
parasitor,-aris,-ari. (parasitus). Viver como parasita.
parasitus,-i, (m.). Parasita, penetra. Hóspede, convidado. Comediante.
parastichĭdis, ver **parastĭchis**.
parastĭchis, parastichĭdis, (f.). Acróstico.
parate. (paratus). De modo preparado, cuidadosamente, prontamente.
paratĭo, parationis, (f.). (paro). Preparação. Esforço para obter, aspiração.
paratragoedo,-as,-are. Expressar-se à maneira de um ator trágico.
paratus,-a,-um. (paro). Pronto, preparado, disposto. Provido, equipado, adequado. Sábio, hábil, sagaz.
paratus,-us, (m.). (paro). Preparação, adequação, provisão, preparo. Ornamento.
parazonĭum,-i, (n.). Cinturão com espada.
parce. (parcus). Moderadamente, comedidamente, com economia, pouco. Raramente.
parcimonĭa, ver **parsimonĭa**.
parcĭtas, parcitatis, (f.). (parcus). Comedimento, moderação, economia, parcimônia. Raridade.

parcitatis, ver **parcĭtas**.
parco,-is,-ĕre, peperci/parsi, parsum. Conter(-se), deter(-se), reter(-se). Poupar, conservar, salvar.
parcus,-a,-um. Parcimonioso, parco, econômico, avaro. Pouco, pequeno, fraco, moderado. Sóbrio.
pardălis, pardălis, (f.). Pantera.
pardus,-i, (m.). Leopardo.
pareas,-ae, (f.). Um tipo de serpente.
parens, parentis, (m./f.). (parĭo). Pai, mãe, avô. Autor, inventor, fundador. (*parentes* = os pais, os antepassados, os parentes).
parens, parentis. (parĕo). Obediente, submisso.
parentalĭa, parentalĭum, (n.). (parentalis). Festa em honra dos parentes mortos.
parentalis, parentale. (parens). Dos pais, do pai e da mãe. Relativo a parentalĭa.
parentis, ver **parens**.
parento,-as,-are,-aui,-atum. (parens). Oferecer um sacrifício solene (em honra de pais ou parentes doentes). Celebrar uma cerimônia fúnebre. Vingar a morte (do pai, da mãe ou de um parente próximo, através da morte de outra pessoa). Apaziguar, satisfazer, acalmar.
parĕo,-es,-ere, parŭi, parĭtum. Aparecer, mostrar-se, apresentar-se, estar visível/ao alcance. Obedecer, submeter-se à ordem. Estar sujeito, ser submisso/dependente. Ser evidente, ser manifesto.
pariambus,-i, (m.). Pariambo ou pirríquio – um tipo de pé métrico (formado de duas sílabas breves).
parias, ver **pareas**.
paricid-, ver **parricid-**.
parĭes, pariĕtis, (m.). Parede, muro, muralha. Cerca, sebe, barreira.
parietĭnae,-arum, (f.). (parĭes). Paredes em ruínas, destroços.
pariĕtis, ver **parĭes**.
parĭlis, parĭle. (par). Igual, semelhante.
parĭo,-is,-ĕre, pepĕri, par(ĭ)tum. Produzir, gerar, criar. Dar à luz, parir, procriar. Fazer surgir, inventar.
paris, ver **par**.
parĭter. (par). Igualmente, de modo semelhante, da mesma forma. Juntamente, ao mesmo tempo.
parma,-ae, (f.). Parma (escudo redondo e pequeno). Escudo (em geral). Gladiador armado de *parma*, gladiador da Trácia.
parmatus,-a,-um. (parma). Armado de parma, de escudo.
parmŭla,-ae, (f.). (parma). Pequeno escudo (redondo).
parmularĭus,-i, (m.). (parma). Partidário dos gladiadores que lutavam com a parma.
paro, paronis, (m.). Pequeno navio de guerra.
paro,-as,-are,-aui,-atum. Preparar(-se), providenciar, arranjar. Adquirir, conseguir, obter, alcançar.
paro,-as,-are. (par). Tornar igual, igualar, considerar igual. Chegar a um acordo, acomodar.
parŏchus,-i, (m.). Pessoa que, mediante pagamento, fornecia casa e comida a magistrados em viagem. Dono da casa, anfitrião.
paronychĭa,-ae, (f.)/paronichĭum,-i, (n.). Cutícula, calosidade.
paropsĭdis, ver **paropsis**.
paropsis, paropsĭdis, (f.). Prato (largo e quadrado, em que se servia geralmente a sobremesa). Prato pequeno.
parra,-ae, (f.). Um tipo de ave (considerada de mau agouro).
parricida,-ae, (m./f.). (pater-caedo). Parricida, assassino do pai e/ou da mãe. Assassino de um parente próximo. Assassino, homicida. Traidor, rebelde (acusado de alta traição contra a pátria).
parricidĭum,-i, (n.). (parricida). Parricídio. Assassinato de um parente próximo. Assassinato, homicídio. Atentado contra a pátria, crime de alta traição, rebelião. Denominação dada aos idos de Março (em referência ao dia em que César foi morto).
pars, partis, (f.). Parte, pedaço, porção, partilha. Partido, facção. Personagem, papel (em uma peça de teatro). Função, ofício, obrigação. Lugar, região. Fração. Membro do corpo.
parsimonĭa,-ae, (f.). (parco). Parcimônia, economia. Sobriedade.
parsis = pepercĕris, ver **parco**.
parta,-orum, (n.). (parĭo). Aquisições.
parthenĭce,-es, (f.). Matricária (nome de uma planta).

partĭceps, particĭpis. (pars-capĭo). Participante, que toma parte. Que tem parte, que partilha. Confidente. Companheiro.
participalis, participale. (partĭceps). Participante, que toma parte. Participial, que está no particípio, semelhante ao particípio.
participialis, ver **participalis.**
particĭpis, ver **particeps.**
participĭum,-i, (n.). Participação, compartilhamento. Particípio.
particĭpo,-as,-are,-aui,-atum. (partĭceps). Fazer participar, dividir, repartir. Participar, tomar parte.
particŭla,-ae, (f.). (pars). Partícula, parcela, pequena parte.
particulatim. (particŭla). Parte a parte, um a um, em partes. Em particular.
partim. (pars). Em parte, parcialmente. Mormente, principalmente. Algumas vezes.
partĭo,-is,-ire,-iui/-ĭi,-itum. (pars). Dividir, distribuir, repartir. Partilhar, compartilhar.
partĭor, ver **partĭo.**
partis, ver **pars.**
partite. (partĭo). Com divisão adequada, metodicamente.
partitĭo, partitionis, (f.). (partĭo). Divisão, distribuição, repartição. Classificação. Divisão em capítulos. Enumeração.
partitudo, partitudĭnis, (f.). (parĭo). Parto.
parturĭo,-is,-ire,-iui. (parĭo). Estar em trabalho de parto. Dar à luz, conceber. Produzir, gerar, criar.
partus,-us, (m.). (parĭo). Parto, dores do parto. Nascimento. Criança, ninhada. Concepção, produto.
paruĭtas, paruitatis, (f.). (paruus). Tenuidade, pequenez. Insignificância.
paruitatis, ver **paruĭtas.**
parum. Pouco, muito pouco, de modo insuficiente.
parumper. Por pouco tempo, por um momento, em pouco tempo.
paruŭlus,-a,-um. (paruus). Pequenino, muito pequeno. Novo, tenro.
paruus,-a,-um. Pequeno, pouco. Breve, curto. Pouco importante. Novo, jovem, de tenra idade. Mesquinho, baixo. Humilde, de baixa categoria.
pasco,-is,-ĕre, paui, pastum. Alimentar, nutrir, fornecer alimento. Pastar, pôr a pastar. Cultivar.
pascor,-ĕris, pasci, pastus sum. Pastar, pôr a pastar.
pascŭa,-orum, (n.). (pasco). Pastagem.
pascŭus,-a,-um. (pasco). Relativo à pastagem, próprio para pastagem.
passer, passĕris, (m.). Pardal. Rodovalho (tipo de peixe).
passercŭlus,-i, (m.). (passer). Pardalzinho.
passim. (pando). Daqui e dali, em diferentes direções. Ao acaso, em desordem, confusamente.
passum,-i, (n.). Vinho de uvas passas.
passus,-us, (m.). Passo (medida de comprimento, equivalente a cinco pés). Passo, passada. Trilha.
pastillus,-i, (m.). (panis). Pão pequeno. Pastilha (remédio).
pastĭno,-as,-are,-aui,-atum. (pastĭnum). Preparar o solo para plantio.
pastĭnum,-i, (n.). Preparação do solo para plantio. Um tipo de ferramenta (utilizada para preparar o solo).
pastĭo, pastionis, (f.). (pasco). Pasto, pastagem.
pastor, pastoris, (m.). (pasco). Pastor.
pastoralis, pastorale. (pastor). Pastoral, pastoril, campestre.
pastoricĭus, ver **pastorĭus.**
pastorĭus,-a,-um. (pastor). De pastor, pastoral.
pastus,-us, (m.). (pasco). Pasto, alimento, comida.
patefacĭo,-is,-ĕre,-feci,-factum. (patĕofacĭo). Abrir, manter aberto. Esclarecer, desvendar, revelar. Expor, mostrar.
patefactĭo, patefactionis, (f.). (patefacĭo). Ação de desvendar, revelação, esclarecimento.
patefio,-is,-fĭĕri,-factus sum. (patĕo-fio). Abrir-se, manter-se aberto. Descobrir-se, ser desvendado. Mostrar-se, manifestar-se, expor-se.
patella,-ae, (f.). (patĭna). Prato pequeno (empregado em sacrifícios). Prato.
patens, patentis. (patĕo). Patente, exposto, aberto, descoberto. Claro, evidente, manifesto.
patenter. (patens). Abertamente, de modo manifesto, evidentemente.
patentis, ver **patens.**

patĕo,-es,-ere, patŭi. Estar aberto, manter-se aberto. Estar livre/acessível/à disposição. Estar exposto/sujeito. Estar claro/evidente/manifesto.

pater, patris, (m.). Pai. Divindade, deus. Pai da pátria. Chefe de família. Fundador. Velho. (*patres* = pais, avós, antepassados; senadores, senado, patrícios).

patĕra,-ae, (f.). (patĕo). Pátera (vaso largo, usado nos sacrifícios para derramar vinho).

paterfamilĭas, patrisfamilĭas, (m.). Pai/chefe de família, dono da casa.

paternus,-a,-um. (pater). Paterno, paternal. Dos pais, dos antepassados.

patesco,-is,-ĕre, patŭi. (patĕo). Descobrir-se, mostrar-se, desvendar-se. Estender-se, desenrolar-se. Manifestar-se.

patibĭlis, patibĭle. (patĭor). Suportável, tolerável. Sensível, dotado de sensibilidade.

patibulatus,-a,-um. (patibŭlum). Preso ao patíbulo, amarrado à forca.

patibŭlum,-i, (n.). (patĕo). Patíbulo, forca.

patĭens, patientis. (patĭor). Capaz de suportar/sofrer. Paciente. Sofredor, resignado. Resistente.

patienter. (patĭens). Pacientemente, resignadamente, com indulgência.

patientĭa,-ae, (f.). (patĭens). Capacidade de suportar/sofrer. Sofrimento. Resignação, paciência, tolerância. Submissão, servilismo.

patientis, ver patĭens.

patĭna,-ae, (f.). Tacho, panela comprida (própria para preparar peixe). Tigela, travessa. Prato fundo.

patinarĭus,-a,-um. (patĭna). De prato fundo. Comilão, guloso.

patĭo, ver patĭor.

patĭor,-ĕris, pati, passus sum. Sofrer, suportar, ser vítima. Permitir, consentir, admitir. Perseverar. Estar na voz passiva.

patisco, ver patesco.

patrator, patratoris, (m.). (patro). Executor, autor.

patrĭa,-ae, (f.). Pátria, terra natal. Pátria adotiva, segunda pátria. País de origem.

patriciatus,-us, (m.). (patricĭus). Condição de patrício.

patricida, ver parricida.

patricĭi,-orum, (m.). (patricĭus). Patrícios.

patricĭus,-a,-um. (patres). De patrício.

patrĭe. (patrĭus). Paternalmente.

patrimes, ver patrimus.

patrimonĭum,-i, (n.). (pater). Patrimônio, bens de família. Herança.

patrimus, (m.). (pater). Que tem o pai vivo.

patris, ver pater.

patrisso,-as,-are. (pater). Agir como pai.

patritus,-a,-um. (pater). Paterno, paternal.

patrĭus,-a,-um. (pater). Do pai, pertencente ao pai, paternal. Transmitido de pai para filho, tradicional, hereditário. Da pátria, pátrio.

patro,-as,-are,-aui,-atum. Concluir, executar, efetuar, terminar, dar cabo.

patrocinĭum,-i, (n.). (patronus). Patrocínio, patronato, proteção. Defesa. Auxílio, apoio, suporte. Justificativa, desculpa.

patrocĭnor,-aris,-ari,-atus sum. (patronus). Patrocinar, proteger, defender. Auxiliar, apoiar, socorrer. Justificar-se, desculpar-se.

patrona,-ae, (f.). (pater). Protetora. Advogada, defensora.

patronus,-i, (m.). (pater). Patrono, protetor. Advogado, defensor. Ex-senhor de um liberto.

patruelis, patruele. (patrŭus). De primo.

patruelis, patruelis, (m./f.). (patrŭus). Primo, prima (por parte de pai).

patrŭus,-a,-um. (pater). De tio paterno. Severo, rabugento.

patrŭus,-i, (m.). (pater). Tio paterno. Pessoa severa/rabugenta.

patŭlus,-a,-um. (patĕo). Aberto. Largo, vasto, extenso. Atento. Comum, banal.

pauciloquĭum,-i, (n.). (paucus-loquor). Laconismo, concisão, economia de palavras. Sobriedade de palavras.

paucĭtas, paucitatis, (f.). (paucus). Pequeno número, escassez, privação. Raridade. Sobriedade.

paucitatis, ver paucĭtas.

paucŭlus,-a,-um. (paucus). Muito pouco, muito escasso. Bastante raro.

paucus,-a,-um. Pouco, em pequeno número, escasso. Raro.

pauefacĭo,-is,-ĕre,-feci,-factum. (pauĕofacĭo). Aterrorizar, assustar, alarmar.

pauĕo,-es,-ere, paui. Estar apavorado/aterrorizado, tremer de medo. Temer, recear.

pauesco,-is,-ĕre. (pauĕo). Espantar-se, assustar-se, alarmar-se. Temer, recear.
pauicŭla,-ae, (f.). (pauĭo). Maço, socador, batedor.
pauĭdus,-a,-um. (pauĕo). Pávido, medroso, apavorado, alarmado. Trêmulo, horrorizado. Tímido, receoso. Pavoroso, aterrador, medonho.
pauimento,-as,-are,-aui,-atum. (pauimentum). Pavimentar, calçar.
pauimentum,-i, (n.). (pauĭo). Terra batida com maço. Pavimento, calçada, piso pavimentado.
pauĭo,-is,-ire,-iui,-itum. Bater, socar. Aplainar, nivelar.
pauĭto,-as,-are,-aui,-atum. (pauĕo). Estar espantado/assustado/alarmado, tremer de medo. Recear, temer.
paulatim. (paulus). Pouco a pouco, gradualmente, em pequenos grupos.
paulisper. (paulus-per). Por pouco tempo, por um momento, durante algum tempo.
paulo. (paulus). Pouco. De alguma maneira.
paulŭlo. (paulus). Um pouquinho.
paulŭlus,-a,-um. (paulus). Muito pouco, muito pequeno, em quantidade muito pequena. Breve, curto.
paulus,-a,-um. Pouco, pequeno, em pequena quantidade.
pauo, pauonis, (m.). Pavão.
pauoninus,-a,-um. (pauo). De pavão. De cauda de pavão.
pauor, pauoris, (m.). (pauĕo). Pavor, espanto, terror, horror. Medo, ansiedade, alarme, temor. Comoção, agitação, emoção.
pauper, paupĕris. Pobre, de poucos recursos.
paupercŭlus,-a,-um. (pauper). Pobre, de poucos recursos.
paupertes,-ei, (f.). (pauper). Pobreza, escassez de recursos.
paupĕro,-as,-are,-,-atum. (pauper). Empobrecer, tornar pobre. Frustrar, despojar.
paupertas, paupertatis, (f.). (pauper). Pobreza, escassez de recursos. Indigência, miséria.
paupertatis, ver **paupertas.**
paupertinus,-a,-um. (pauper). Pobre, de poucos recursos.
pausa,-ae, (f.). Pausa, parada, cessação. Fim.
pausarĭus,-a,-um. (pausa). Organizador de fileiras.

pausĕa,-ae, (f.). Azeitona (espécie da qual se extraía azeite de excelente qualidade).
pausill-, ver **pauxill-.**
pauxillatim. (pauxillus). Pouco a pouco, gradualmente, em pequenos grupos.
pauxillŭlus,-a,-um. (pauxillus). Muito pouco, muito pequeno, em quantidade muito pequena.
pauxillus,-a,-um. (paucus). Pouco, pequeno, em pequena quantidade.
pax, pacis, (f.). (Tratado de) paz, ausência de guerra, tranquilidade. Reconciliação. Graça, favorecimento, indulgência, permissão. Calma, serenidade, quietude. (*pax!* = chega! Basta!).
peccans, peccantis. (pecco). Culpado.
peccantis, ver **peccans.**
peccatum,-i, (n.). (pecco). Falha, erro, delito, engano, transgressão de uma norma.
pecco,-as,-are,-aui,-atum. Tropeçar. Falhar, errar, enganar-se, transgredir uma norma, cometer uma falta/um delito.
pecŏris, ver **pecus.**
pecorosus,-a,-um. (pecus, pecŏris). Rico em gado.
pecten, pectĭnis, (m.). (pecto). Pente. Carda. Ancinho. Plectro. Lira. Canto.
pectĭnis, ver **pecten.**
pectĭno,-as,-are,-aui,-atum. (pecten). Pentear, cardar.
pecto,-is,-ĕre, pexi, pectum/pectĭtum. Pentear, cardar. Maltratar.
pectŏris, ver **pectus.**
pectus, pectŏris, (n.). Peito, seio. Coração. Inteligência, pensamento, memória.
pecu, (n.). Gado, rebanho.
pecuarĭa,-ae, (f.). (pecu). Pecuária, criação de gado. Rebanho, gado.
pecuarĭa,-orum, (n.). (pecuarĭus). Rebanho, gado.
pecuarĭus,-a,-um. (pecu). Pecuário, relativo ao rebanho.
pecuarĭus,-i, (m.). (pecu). Criador de gado, dono de rebanho. Rendeiro de pastagens públicas.
pecŭdis, ver **pecus.**
pecuinus,-a,-um. (pecu). De gado, de rebanho.
peculator, peculatoris, (m.). (pecŭlor). Concussionário, ladrão de dinheiro público.
peculatus,-us, (m.). (pecŭlor). Peculato, concussão.

peculiaris, peculiare. (peculĭum). Adquirido com o pecúlio, relativo ao pecúlio. Próprio, pessoal. Particular, especial. Singular, extraordinário.
peculiarĭter. (peculiaris). Como pecúlio, a título de pecúlio. Particularmente, especialmente.
peculĭo,-as,-are,-aui,-atum. (peculĭum). Gratificar/recompensar com um pecúlio.
peculĭum,-i, (n.). (pecus, pecŏris). Pecúlio, economias do escravo. Dinheiro guardado. Bens, posses. Brinde, presentinho.
pecŭlor,-aris,-ari,-atus sum. (peculĭum). Roubar dinheiro público, ser um concussionário.
pecunĭa,-ae, (f.). (pecu). Riqueza em gado. Riqueza, fortuna. Dinheiro. Pagamento.
pecuniarĭus,-a,-um. (pecunĭa). Pecuniário, relativo a dinheiro.
pecuniosus,-a,-um. (pecunĭa). Rico em gado. Rico. Lucrativo.
pecus, pecŏris, (n.). Rebanho, gado, manada. Ovelhas, carneiros, cabras. Bando, grande número de animais (da mesma espécie).
pecus, pecŭdis, (f.). Cabeça de gado. Animal. Estúpido, grosseiro.
pedalis, pedale. (pes). De um pé, do tamanho de um pé.
pedarĭus,-a,-um. (pes). Do tamanho de um pé (em comprimento ou em largura), relativo ao pé. Que vai a pé.
pedatus,-a,-um. (pes). Que possui pés.
pedes, pedĭtis, (m.). (pes). Pedestre, o que vai a pé. Soldado de infantaria. Plebeu.
pedester, pedestris, pedestre. (pes). Pedestre, que vai a pé, que se faz em pé. De infantaria. Por terra. Escrito em prosa. Prosaico.
pedetemptim. (pes-tento). Pé ante pé. Lentamente, pouco a pouco, com precaução.
pedĭca,-ae, (f.). (pes). Armadilha, laço. Peias, ferros presos aos pés.
pediculosus,-a,-um. (pedicŭlus). Piolhento, cheio de piolhos.
pedicŭlus,-i, (m.). (pes). I- **(pes)** Pé pequeno. Pedúnculo. II- **(pedis)** Piolho.
pedis, pedis, (m./f.). Piolho.
pedis, ver **pes.**
pedisĕqua,-ae, (f.). (pes-sequor). Escrava que acompanha a pé. Acompanhante, aia, companheira.
pedisĕquus,-i, (m.). (pes-sequor). Escravo que acompanha a pé. Pajem, lacaio. Partidário, correligionário.
peditastellus,-i, (m.). (pedes). Simples soldado de infantaria.
peditatus,-us, (m.). (pedes). Infantaria.
pedĭtis, ver **pedes.**
pedĭtum,-i, (n.). (pedo). Flatulência, peido.
pedo,-is,-ĕre, pepedi, pedĭtum. Peidar.
peducul-, ver **pedicul-.**
pedule, pedulis, (n.). (pes). Sola do pé.
pedum,-i, (n.). (pes). Cajado.
pegma, pegmătis, (n.). Acessório feito de tábuas (usado como peça de decoração). Estante de madeira. Peça de madeira (usada no teatro para lançar os atores ao ar).
pegmaris, pegmare. (pegma). Relativo a pegma.
pegmătis, ver **pegma.**
peiĕro,-as,-are,-aui,-atum. (per-iuro). Perjurar, jurar em falso, fazer um falso juramento. Mentir.
peior/peius, peioris. (malus). Pior, de qualidade muito ruim. Mais desonesto, mais depravado. Mais pernicioso. Mais infeliz, mais miserável.
peius, ver **peior.**
pelagĭus,-a,-um. (pelăgus). Marinho, do mar, relativo ao mar.
pelăgus,-i, (n.). Alto-mar, mar aberto, mar.
pelex, ver **pellex.**
pelic-, ver **pellic-.**
pellacĭa,-ae, (f.). (pellax). Tentação, atração, sedução.
pellax, pellacis. (pellicĭo). Sedutor, atraente. Enganador.
pellectĭo, pellectionis, (f.). (perlĕgo). Leitura completa.
pellĕgo, ver **perlĕgo.**
pellex, pellĭcis, (f.). Concubina. Rival. Prostituta.
pelliarĭus,-a,-um. (pellis). De pele, relativo a pele.
pellicatus,-us, (m.). (pellex). Concubinato.
pellicĭo,-is,-ĕre,-lexi,-lectum. (per-lacĭo). Seduzir, atrair ilicitamente, aliciar. Obter através de artifício, enganar.
pellĭcis, ver **pellex.**
pellicŭla,-ae, (f.). (pellis). Película, pele fina, pequeno pedaço de pele.

pellĭo, pellionis, (m.). (pellis). O que trabalha com peles.
pellis, pellis, (f.). Pele. Pele curtida, couro. Sapato. Cordão do sapato. Pergaminho. Tenda dos soldados. Capa, manto. Aparência. Sedução.
pellitus,-a,-um. (pellis). Coberto/vestido de peles. Pobre, de baixa condição.
pello,-is,-ĕre, pepŭli, pulsum. Bater, golpear, dar pancada, surrar. Impelir, lançar. Ferir, atingir. Expulsar, expelir, afastar, repelir. Derrotar. Atingir, tocar, comover.
pellucĕo,-es,-ere,-luxi. (per-lucĕo). Ser transparente. Mostrar-se, manifestar-se. Ser inteligível.
pellucidŭlus,-a,-um. (pellucĭdus). Brilhante, transparente, límpido.
pellucĭdus,-a,-um. (pellucĕo). Transparente. Que usa uma roupa transparente. Brilhante, luminoso.
pelorĭdis, ver **peloris.**
peloris, pelorĭdis, (f.). Um tipo de molusco grande.
pelta,-ae, (f.). Um tipo de escudo (usado pelos trácios).
peltastae,-arum, (m.). (pelta). Soldados que combatem com a *pelta*.
peltatus,-a,-um. (pelta). Armado com a pelta, que combate com a *pelta*.
peltĭfer,-fĕra,-fĕrum. (pelta-fero). Armado com a *pelta*, que combate com a *pelta*.
peluis, peluis, (f.). Bacia, caldeirão.
peminosus,-a,-um. Cheio de rachaduras/fissuras.
penarĭa,-ae, (f.). (penus). Despensa.
penarĭus,-a,-um. (penus). De provisão, relativo a comida.
penates, penatĭum, (m.). Deuses Penates (divindades protetoras do lar e da pátria). Casa, lar. Colmeia.
penatĭger,-gĕra,-gĕrum. (Penates-gero). Que leva os Penates.
pendĕo,-es,-ere, pependi. Estar pendurado/suspenso, pender. Estar no ar, flutuar. Estar na expectativa. Hesitar. Ser instável/móvel, estar incerto. Estar em suspenso. Fixar a atenção, ouvir atentamente. Depender.
pendo,-is,-ĕre, pependi, pensum. Suspender, pendurar. Pesar, ser pesado. Pagar. Sofrer uma punição, pagar por um crime, ser punido.
pendŭlus,-a,-um. (pendĕo). Pendente, pendurado, que pende, suspenso. Em declive, em queda. Incerto, hesitante.
pene, ver **paene.**
penes. Com, em poder de, sob a posse de, na mão de.
penetrabĭlis, penetrabĭle. (penĕtro). Penetrável. Penetrante. Acessível.
penetrale, penetralis, (n.). (penĕtro). Parte interna, interior, espaço interno. Santuário, capela (especialmente dos deuses Penates). Lugar secreto.
penetralis, penetrale. (penĕtro). Colocado na parte interna, interior, interno. Retirado. Secreto. Penetrante, agudo.
penĕtro,-as,-are,-aui,-atum. Colocar, posicionar. Penetrar, entrar. Insinuar-se, introduzir-se.
penicillum,-i, (n.)/penicillus,-i, (m.). (penicŭlus). Pincel. Pintura. Estilo de composição.
penicŭlus,-i, (m.). (penis). Escova, vassoura. Esponja. Pincel.
peninsŭla, ver **paeninsŭla.**
penis, penis, (m.). Cauda, rabo. Pênis, membro viril.
penĭtus,-a,-um. Interior, interno. Que está bem no fundo, profundo.
penĭtus. No fundo, até o fundo, profundamente. Internamente.
penna,-ae, (f.). Pena, pluma, plumagem. Asa. Barbatana. Voo de presságio.
pennatus,-a,-um. (penna). Provido de asas, alado. Emplumado.
pennĭger,-gĕra,-gĕrum. (penna-gero). Emplumado, que possui penas. Alado, que possui asas.
pennipĕdis, ver **pennĭpes.**
pennĭpes, pennipĕdis. (penna-pes). Que possui penas nos pés.
pennipŏtens, pennipotentis. (penna-potens). Capaz de voar, que possui asas.
pennipotentis, ver **pennipŏtens.**
pennŭla,-ae, (f.). (penna). Pena pequena. Asa pequena. Barbatana.
penŏris, ver **penus.**
pensatĭo, pensationis, (f.). (penso). Recompensa, compensação.
pensĭlis, pensĭle. (pendĕo). Pendente, que pende, pendurado, suspenso. Sustentado por pilastras.

pensĭo, pensionis, (f.). (pendo). Peso. Pagamento. Taxa, imposto. Aluguel, pensão. Indenização.
pensĭto,-as,-are,-aui,-atum. (penso). Pesar. Ponderar, analisar, considerar. Pagar. Comparar.
penso,-as,-are,-aui,-atum. (pendo). Suspender, pesar. Contrabalançar, recompensar, compensar. Pagar. Punir. Comprar, adquirir. Trocar. Ponderar, analisar, considerar.
pensum,-i, (n.). (pendo). Peso. Importância, consideração. Peso de lã (entregue a uma fiandeira, como cota do dia), rocada. Obrigação, ofício, função.
pensus,-a,-um. (pendo). Pesado. Estimado, avaliado, considerado. Caro, querido.
pentamĕter,-tri, (m.). Pentâmetro.
penurĭa,-ae, (f.). Penúria, necessidade, escassez, falta, privação.
penus, penŏris, (n.), ver penus,-us.
penus,-us, (m.)/penum,-i, (n.). Provisões, comestíveis. Despensa.
peplum,-i, (n.)/peplus,-i, (m.). Manto de Minerva (utilizado a cada 5 anos para cobrir solenemente sua estátua). Manto solene (usado por deuses e pela classe alta).
per. prep./acus. Através de, ao longo de, por, por entre. Durante. Por meio de, por intermédio de. Diante de. Por causa de, em função de. Em honra de, por amor de. (Em formas compostas, acrescenta normalmente intensidade ao significado: perfeitamente, completamente, totalmente, muito, excessivamente, demais).
pera,-ae, (f.). Saco, sacola, alforje.
perabsurdus,-a,-um. (per-absurdus). Completamente absurdo.
peracer, peracris, peracre. (per-acer). Muito azedo. Muito apurado, bastante exato, muito penetrante.
peracerbus,-a,-um. (per-acerbus). Muito azedo. Muito desagradável, extremamente doloroso.
peracesco,-is,-ĕre, peracŭi. (per-acesco). Irritar-se mais e mais, aborrecer-se bastante.
peractĭo, peractionis, (f.). (perăgo). Ação de acabar/realizar, fim.
peracutus,-a,-um. (per-acutus). Bastante exato, muito preciso. Muito penetrante, muito sutil.

peradulescens, peradulescentis. (per-adulescens). Muito jovem.
peradulescentis, ver peradulescens.
peradulescentŭlus,-i, (m.). (peradulescentŭlus). Muito jovenzinho.
peraeque. (per-aeque). Exatamente do mesmo modo, de modo idêntico. Uniformemente.
peragĭto,-as,-are,-aui,-atum. (per-agĭto). Perseguir, procurar insistentemente. Agitar, movimentar. Incomodar, molestar, perturbar. Excitar, impelir. Acabar, completar, terminar.
perăgo,-is,-ĕre,-egi,-actum. (per-ago). Impelir por entre, penetrar através de. Passar por, atravessar. Incomodar, molestar, perturbar. Perseguir. Excitar, agitar, impelir. Acabar, completar, terminar, executar. Descrever detalhadamente.
peragratĭo, peragrationis, (f.). (perăgro). Ação de atravessar. Percurso.
perăgro,-as,-are,-aui,-atum. (per-ager). Percorrer por entre, atravessar. Visitar sucessivamente. Penetrar, insinuar-se.
peralbus,-a,-um. (per-albus). Muito branco.
perămans, peramantis. (per-amo). Muito amigo, muito afetuoso, muito carinhoso, muito apaixonado.
peramanter. (peramans). Muito afetuosamente, muito carinhosamente.
peramantis, ver perămans.
perambŭlo,-as,-are,-aui,-atum. (perambŭlo). Percorrer por entre, perambular, andar sem rumo através de, conduzir-se por. Atravessar. Visitar sucessivamente.
peramoenus,-a,-um. (per-amoenus). Muito agradável/doce/aprazível/encantador/gracioso.
peramplus,-a,-um. (per-amplus). De grandes proporções, muito amplo, bastante vasto.
perangustus,-a,-um. (per-angustus). Muito estreito/apertado/restrito/limitado.
peranno,-as,-are,-aui. (per-annus). Viver por um ano.
perantiquus,-a,-um. (per-antiquus). Muito antigo/velho.
perapposĭtus,-a,-um. (per-apposĭtus). Muito adequado, bastante conveniente.
perardŭus,-a,-um. (per-ardŭus). Muito alto/elevado/escarpado/difícil/desfavorável/árduo.

perargutus,-a,-um. (per-argutus). Que tem um som muito agudo. Muito apurado, muito sagaz, bastante engenhoso. Bastante espirituoso.

perarĭdus,-a,-um. (per-arĭdus). Muito seco/árido/pobre/magro/sem requinte.

perăro,-as,-are,-aui,-atum. (per-aro). Sulcar, fender a terra. Atravessar. Estriar, enrugar. Traçar, escrever.

perattente. (per-attentus). Com bastante atenção.

perattentus,-a,-um. (per-attentus). Que presta bastante atenção.

peratus,-a,-um. (pera). Que carrega uma sacola.

perbacchor,-aris,-ari,-atus sum. (per-bacchor). Entregar-se à orgia. Fazer baderna. Embriagar-se.

perbasĭo,-as,-are. (per-basĭo). Beijar com paixão.

perbeatus,-a,-um. (per-beatus). Muito rico/opulento/feliz/bem-aventurado.

perbelle. (per-belle). Perfeitamente bem, muito lindamente.

perbĕne. (per-bene). Muito bem, perfeitamente bem.

perbeneuŏlus,-a,-um. (per-beneuŏlus). Muito benévolo/afeiçoado/dedicado.

perbenigne. (per-benigne). Muito amavelmente, muito agradavelmente.

perbĭbo,-is,-ĕre,-bĭbi. (per-bibo). Beber muito, embebedar-se. Absorver, embeber.

perbito,-is,-ĕre. (per-beto). Partir para sempre, ir-se embora definitivamente, desaparecer. Perecer.

perblandus,-a,-um. (per-blandus). Muito carinhoso/meigo/lisonjeiro/afável/atraente.

perbŏnus,-a,-um. (per-bonus). Muito bom/corajoso/valente/honesto/favorável/próprio/adequado.

perbrĕuis, perbrĕue. (per-breuis). Muito curto, muito conciso, bastante breve.

perbreuĭter. (perbreuis). Muito brevemente, muito sucintamente.

percalefacĭo,-is,-ĕre,-feci,-factum. (percalefacĭo). Tornar(-se) muito quente, aquecer bastante.

percalesco,-is,-ĕre,-calŭi. (per-calesco). Tornar(-se) muito quente, aquecer bastante.

percallesco,-is,-ĕre,-callŭi. (per-callesco). Endurecer-se, tornar-se endurecido. Saber bem, conhecer a fundo, ser bem versado.

percarus,-a,-um. (per-carus). Muito caro, de preço elevado. Muito querido, muito amado.

percautus,-a,-um. (per-cautus). Muito precavido/prudente/seguro/certo/protegido/cauteloso/esperto.

percelĕbro,-as,-are,-aui,-atum. (percelĕbro). Praticar muito frequentemente. Pronunciar com bastante frequência, falar muito (sobre determinado assunto).

percĕler, percelĕris, percelĕre. (per-celer). Muito rápido, bastante ligeiro.

perceleriter. (percĕler). Muito rapidamente.

percello,-is,-ĕre,-cŭli,-culsum. Bater, ferir violentamente, derrubar através de golpe/pancada. Arruinar, destruir, abater, abalar. Consternar, desencorajar.

percensĕo,-es,-ere,-censŭi. (per-censĕo). Percorrer, passar por entre. Calcular, enumerar. Rever, examinar.

perceptĭo, perceptionis, (f.). (percipĭo). Ação de coletar/reunir, coleta. Ação de colher, colheita. Percepção, compreensão. Noção, ideia.

percido,-is,-ĕre,-cidi,-cisum. (per-caedo). Cortar em pedaços, destruir, esmagar, destroçar.

percĭĕo,-is,-ire,-ciui/-cĭi,-citum. (per-cĭĕo). Mover fortemente, agitar, abalar. Atacar, insultar, xingar.

percĭo, ver **percĭĕo.**

percipĭo,-is,-ĕre,-cepi,-ceptum. (per-capĭo). Tomar por completo, agarrar inteiramente. Tomar posse, ocupar, apoderar-se. Reunir, coletar, colecionar. Perceber, observar. Sentir. Aprender, saber, compreender.

percitus,-a,-um. (percĭĕo). Muito estimulado, bastante excitado, fortemente agitado.

perciuilis, perciuile. (per-ciuilis). Muito popular/afável/moderado/civilizado.

perclamo,-as,-are. (per-clamo). Chamar em voz altíssima, gritar muito.

percognosco,-is,-ĕre,-noui,-nĭtum. (per-cognosco). Estar perfeitamente inteirado, saber bem.

percolo,-as,-are,-aui,-atum. (per-colo,-are). Coar, filtrar, fazer passar por. Digerir.

percŏlo,-is,-ĕre,-colŭi,-cultum. (per-colo,-is,-ĕre). Cultivar. Habitar, ocupar. Aperfeiçoar, concluir, acabar. Purificar, limpar. Embelezar, adornar, enfeitar.
percolŏpo,-as,-are. Esbofetear.
percomis, percome. (per-comis). Muito atencioso, muito amável, bastante afável.
percommŏdus,-a,-um. (per-commŏdus). Muito conveniente, bastante adequado, muito apropriado.
perconor,-aris,-ari. (per-conor). Terminar, concluir, completar.
percontatĭo, percontationis, (f.). (percontor). Ação de perguntar, questionamento, inquirição. Interrogação.
percontator, percontatoris, (m.). (percontor). Inquiridor, interrogador.
percontor,-aris,-ari,-atus sum. Sondar. Inquirir, interrogar, investigar. Informar-se.
percontŭmax, percontumacis. (percontŭmax). Muito teimoso/obstinado/constante/firme/arrogante/orgulhoso.
percopiosus,-a,-um. (per-copiosus). Muito abundante. Que se expressa muito bem.
percŏquo,-is,-ĕre,-coxi,-coctum. (per-coquo). Cozinhar/ferver bastante. Aquecer. Amadurecer.
percrebesco, ver **percrebresco.**
percrebresco,-is,-ĕre,-crebŭi. (per-crebresco). Tornar-se muito frequente. Espalhar-se, divulgar-se, tornar-se público.
percrĕpo,-as,-are,-crepŭi,-crepĭtum. (per-crepo). Ressoar fortemente, produzir grande barulho. Cantar, celebrar ruidosamente.
percrucĭo,-as,-are. (per-crucĭo). Atormentar fortemente.
percupĭdus,-a,-um. (per-cupĭdus). Muito desejoso/ávido/apaixonado/cego de paixão.
percupĭo,-is,-ĕre. (per-cupĭo). Desejar ardentemente.
percuriosus,-a,-um. (per-curiosus). Muito cuidadoso/minucioso/indiscreto/impertinente.
percuro,-as,-are,-aui,-atum. (per-curo). Curar completamente.
percurro,-is,-ĕre,-cucurri/-curri,-cursum. (per-curro). Correr por entre, percorrer. Perpassar, completar um percurso. Expor brevemente.
percursatĭo, percursationis, (f.). (percurso). Ação de percorrer. Digressão.
percursĭo, percursionis, (f.). (percurro). Ação de percorrer. Ação de passar em revista. Narração rápida.
percurso,-as,-are. (per-curso). Correr daqui e dali.
percussĭo, percussionis, (f.). (percutĭo). Golpe, pancada, percussão. Tempo/compasso marcado.
percussor, percussoris, (m.). (percutĭo). O que fere/dá pancadas. Assassino, homicida, sicário.
percussus,-us, (m.). (percutĭo). Ação de bater/golpear. Pancada, golpe. Pulsação.
percutĭo,-is,-ĕre,-cussi,-cussum. (percutĭo). Penetrar batendo, atravessar, transpassar. Bater, atingir, ferir, assassinar. Percutir, tocar, tanger. Cunhar. Impressionar, comover. Enganar, lograr.
perdelirus,-a,-um. Muito insensato/extravagante.
perdicis, ver **perdix.**
perdifficĭlis, perdifficĭle. (per-difficĭlis). Extremamente difícil.
perdifficilĭter. (perdifficĭlis). Muito dificilmente.
perdignus,-a,-um. (per-dignus). Muito digno/merecedor/conveniente/justo/honesto.
perdilĭgens, perdiligentis. (per-dilĭgens). Muito cuidadoso, bastante zeloso.
perdiligenter. (perdilĭgens). Muito cuidadosamente, com bastante zelo, com muita exatidão.
perdiligentis, ver **perdilĭgens.**
perdisco,-is,-ĕre, perdidĭci. (per-disco). Aprender a fundo, saber perfeitamente.
perdiserte. (per-disertus). Muito eloquentemente.
perdĭte. (perdĭtus). De modo infame. Perdidamente, sem medida.
perdĭtor, perditoris, (m.). (perdo). Destruidor. Flagelo, peste.
perdĭtus,-a,-um. (perdo). Perdido, depravado, infame. Imoderado, excessivo.
perdĭu. (per-diu). Durante muito tempo, por um longo período de tempo.
perdiues, perdiuĭtis. (per-diues). Muito rico, bastante opulento.
perdiuĭtis, ver **perdiues.**

perdiuturnus,-a,-um. (per-diuturnus). Que dura muito tempo, bastante demorado.
perdix, perdicis, (f.). Perdiz.
perdo,-is,-ĕre, perdĭdi, perdĭtum. (per-do). Destruir, arruinar, aniquilar. Perder, gastar inutilmente. Corromper, perverter.
perdocĕo,-es,-ere,-docŭi,-doctum. (perdocĕo). Ensinar/instruir a fundo.
perdoctus,-a,-um. (perdocĕo). Muito instruído, bastante sábio, muito douto. Bem ensinado, bem amestrado.
perdolesco,-is,-ĕre,-dolŭi. (per-dolĕo). Sentir uma dor aguda.
perdŏlet,-ere,-dolŭit/dolĭtum est. (perdolĕo). Sentir profundamente, ter uma grande dor.
perdŏmo,-as,-are,-domŭi,-domĭtum. (per--domo). Domar completamente, subjugar, submeter. Amansar.
perdormisco,-is,-ĕre. (per-dormĭo). Dormir profundamente.
perduco,-is,-ĕre,-duxi,-ductum. (per-duco). Conduzir de um ponto a outro, levar até ao fim. Estender, prolongar. Cobrir, envolver, revestir.
perducto,-as,-are. (perduco). Aliciar, influenciar, levar a.
perductor, perductoris, (m.). (perduco). Condutor, guia. Aliciador, corruptor, subornador.
perdudum. (per-dudum). Há muito tempo, desde longo tempo.
perduellĭo, perduellionis, (f.). (perduellis). Crime de alta traição, atentado contra o Estado.
perduellis, perduellis, (m.). Inimigo, oponente.
perdŭim, perdŭis, perdŭit = perdam, perdas, perdat, ver **perdo.**
perduro,-as,-are,-aui,-atum. (per-duro). Durar muito tempo, perdurar, subsistir.
perĕdo,-is,-ĕre,-edi,-esum. (per-edo). Devorar, consumir por completo. Roer.
perĕgre/perĕgri. (per-ager). Em país estrangeiro, no estrangeiro. Ao longe.
peregrinabundus,-a,-um. (peregrinus). Que gosta de viajar em terras estrangeiras.
peregrinatĭo, peregrinationis, (f.). (peregrinor). Viagem longa, viagem por terras estrangeiras, peregrinação.
peregrinator, peregrinatoris, (m.). (peregrinor). O que gosta de viajar em terras estrangeiras, amante de viagens longas.
peregrinĭtas, peregrinitatis, (f.). (peregrinus). Condição de estrangeiro. Costume/hábito de estrangeiro. Sotaque de estrangeiro.
peregrinor,-aris,-ari,-atus sum. (peregrinus). Viajar por países estrangeiros, viajar por terras distantes, peregrinar. Estar em país estrangeiro. Ser novato/inexperiente.
peregrinus,-a,-um. (perĕgre). Estrangeiro, do estrangeiro, relativo ao estrangeiro. Exótico. Peregrino. Novato, inexperiente. Estranho.
perelĕgans, perelegantis. (per-elĕgans). Muito elegante, bastante delicado, de muito bom-gosto.
pereleganter. (perelĕgans). Muito elegantemente, em estilo muito fino/apurado.
perelegantis, ver **perelĕgans.**
perelŏquens, pereloquentis. (per-elŏquens). Muito eloquente.
pereloquentis, ver **perelŏquens.**
peremne, peremnis, (n.). (per-amnis). Auspícios (tomados a partir da travessia de um rio por magistrados).
perĕmo, ver **perĭmo.**
peremptalis, peremptale. (peremptus). Relativo à destruição, que destrói, destrutivo.
peremptor, peremptoris, (m.). (perĭmo). Destruidor. Assassino, homicida.
peremptorĭus,-a,-um. (peremptor). Destrutivo, mortal.
perendĭe. (dies). Depois de amanhã.
perendĭnus,-a,-um. (perendĭe). De depois de amanhã, relativo a depois de amanhã.
perennis, perenne. (per-annus). Que dura o ano inteiro. Durável, duradouro, sólido. Que dura para sempre, perene, inesgotável. Inalterável, eterno, perpétuo.
perennĭtas, perennitatis, (f.). (perennis). Perenidade, duração perpétua, perpetuidade.
perennitatis, ver **perennĭtas.**
perenno,-as,-are,-aui,-atum. (perennis). Durar o ano inteiro. Durar por um longo período. Durar, continuar.
perĕo,-is,-ire,-ĭi/-iui,-ĭtum. (per-eo). Desaparecer, perder-se. Perecer, morrer, falecer, expirar. Estar perdido/arruinado/

destruído. Perder-se de amor, estar perdidamente apaixonado.

perequĭto,-as,-are,-aui,-atum. (per-equĭto). Cavalgar de um lado para outro, atravessar a cavalo, percorrer a cavalo.

pererro,-as,-are,-aui,-atum. (per-erro). Andar sem rumo através de, percorrer a esmo, vaguear, perambular.

pereruditus,-a,-um. Muito instruído.

perexcelsus,-a,-um. Muito elevado.

perexigŭus,-a,-um. (per-exigŭus). Muito pequeno, muito pouco. Bastante restrito, muito mesquinho.

perexpeditus,-a,-um. Muito desembaraçado/livre/pronto.

perfabrĭco,-as,-are. (per-fabrĭco). Trabalhar completamente. Consumir até o fim. Trapacear, lograr, enganar.

perfacetus,-a,-um. (per-facetus). Muito divertido, bastante espirituoso, muito engraçado.

perfacĭlis, perfacĭle. (per-facĭlis). Muito fácil, extremamente simples. Muito condescendente.

perfamiliaris, perfamiliare. (per-familiaris). Muito amigo, bastante íntimo.

perfecte. (perfectus). Inteiramente, completamente, perfeitamente.

perfectĭo, perfectionis, (f.). (perficĭo). Ação de terminar/completar, conclusão. Perfeição.

perfector, perfectoris, (m.). (perficĭo). O que termina/completa. Aperfeiçoador.

perfectus,-a,-um. (perficĭo). Acabado, terminado, completo. Perfeito.

perfĕrens, perferentis. (perfĕro). Paciente.

perferentis, ver **perfĕrens.**

perfĕro,-fers,-ferre,-tŭli,-latum. (per-fero). Suportar/carregar através de. Levar, trazer, conduzir. Vir, chegar, alcançar. Anunciar. Concluir, completar. Sofrer, submeter-se, permitir.

perficĭo,-is,-ĕre,-feci,-fectum. (per-facĭo). Acabar, perfazer, completar, concluir, executar, realizar, terminar. Aperfeiçoar. Conseguir, obter.

perfĭcus,-a,-um. (perficĭo). Que completa/termina/aperfeiçoa.

perfidelis, perfidele. (per-fidelis). Muito fiel, bastante digno de confiança.

perfidĭa,-ae, (f.). (perfĭdus). Perfídia, traição, deslealdade, falsidade, desonestidade.

perfidiosus,-a,-um. (perfĭdus). Pérfido, desleal, cheio de perfídia.

perfĭdus,-a,-um. (per-fides). Pérfido, desleal, que quebra uma promessa, desonesto, falso, traidor.

perfigo,-is,-ĕre,-fixi,-fixum. Furar, atravessar, transpassar.

perflabĭlis, perflabĭle. (perflo). Que pode ser ventilado, exposto ao ar, arejado. Suscetível.

perflagitiosus,-a,-um. (per-flagitiosus). Muito escandaloso/vergonhoso/desonroso.

perflo,-as,-are,-aui,-atum. (per-flo). Soprar através, exalar com força, abalar com um sopro. Ventilar.

perfluctŭo,-as,-are. (per-fluctŭo). Flutuar através de. Espalhar-se por completo.

perflŭo,-is,-ĕre,-fluxi,-fluxum. (per-fluo). Fluir através de, escorrer por completo. Deixar escapar um segredo.

perfodĭo,-is,-ĕre,-fodi,-fossum. (per-fodĭo). Furar, transpassar, perfurar, escavar. Forçar a passagem.

perfŏro,-as,-are,-aui,-atum. (per-foro). Furar, transpassar, perfurar. Penetrar, forçar a passagem. Abrir, fazer uma abertura.

perfortĭter. (per-fortĭter). Muito bravamente.

perfrĕquens, perfrequentis. (per-frequens). Muito frequentado, bastante populoso.

perfrequentis, ver **perfrĕquens.**

perfrĭco,-as,-are,-aui/-fricŭi,-atum/-frictum. (per-frico). Esfregar completamente, friccionar, limpar por completo. (*perfricare os/frontem/faciem* = não ter vergonha na cara, perder a vergonha).

perfrigefacĭo,-is,-ĕre. (per-frigus-facĭo). Congelar.

perfrigesco,-is,-ĕre,-frixi. (per-frigesco). Tornar-se muito frio, resfriar-se.

perfrigĭdus,-a,-um. (per-frigĭdus). Muito frio/gelado/fresco/fraco/insensível/inativo/fútil/inútil.

perfringo,-is,-ĕre,-fregi,-fractum. (per-frango). Quebrar inteiramente, despedaçar. Romper, abrir, fender. Violar, infringir, forçar a passagem, penetrar. Abater, destruir.

perfrŭor,-ĕris,-frŭi,-fructus sum. (per-fruor). Aproveitar inteiramente/do início ao fim, gozar por completo. Efetuar, realizar, consumar.

perfŭga,-ae, (m.). (perfugĭo). Refugiado. Desertor.

perfugĭo,-is,-ĕre,-fugi. (per-fugĭo). Refugiar-se, escapar. Desertar.

perfugĭum,-i, (n.). (perfugĭo). Refúgio, esconderijo, abrigo.

perfunctĭo, perfunctionis, (f.). (perfungor). Realização de uma tarefa, cumprimento de um dever. Exercício de um cargo.

perfunctorĭus,-a,-um. (perfungor). Feito de maneira superficial, realizado de forma negligente.

perfundo,-is,-ĕre,-fudi,-fusum. (per-fundo). Verter por sobre, derramar ao longo de. Inundar, molhar, banhar, embeber, banhar. Percorrer. Cumular, encher, cobrir.

perfungor,-ĕris,-fungi,-functus sum. (per--fungor). Efetuar, realizar, consumar, exercer do início ao fim. Cumprir, desempenhar. Estar livre de, passar por.

perfŭro,-is,-ĕre. (per-furo). Enfurecer-se, irar-se, encolerizar-se.

perfusĭo, perfusionis, (f.). (perfundo). Ação de verter/derramar. Inundação.

perfusorĭus,-a,-um. (perfundo). Ligeiramente molhado. Leve, superficial. Indefinido, vago, impreciso.

pergaudĕo,-es,-ere. (per-gaudĕo). Alegrar-se intensamente, estar imensamente alegre.

pergnarus,-a,-um. (per-gnarus). Que conhece muito bem, bastante versado, muito experiente.

pergo,-is,-ĕre, perrexi, perrectum. (per-rego). Continuar, prosseguir, levar adiante, avançar.

pergracĭlis, pergracĭle. (per-gracĭlis). Muito fino/delgado/delicado/elegante/esbelto/pobre/miserável/sóbrio/simples.

pergraecor,-aris,-ari,-atus sum. (per-graecor). Levar a vida como os gregos, viver na orgia, entregar-se aos prazeres.

pergrandis, pergrande. (per-grandis). Muito grande/longo/abundante/forte/pomposo/imponente/sublime.

pergraphĭcus,-a,-um. (per-graphĭcus). Feito de maneira bastante primorosa, perfeito, completo.

pergratus,-a,-um. (per-gratus). Muito grato/agradável/jovial/encantador/digno de reconhecimento.

pergrăuis, pergrăue. (per-grauis). Muito pesado, bastante grave. Muito forte. Muito sério, muito importante, de grande peso.

pergrauĭter. (per-grauĭter). Muito fortemente, muito violentamente, bastante gravemente. De maneira muito importante.

pergŭla,-ae, (f.). (pergo). Pérgula, balcão, galeria exterior, varanda (como prolongamento de uma casa). Escola, oficina. Observatório de astronomia. Quarto de meretriz.

perhibĕo,-es,-ere,-hibŭi,-hibĭtum. (per-habĕo). Apresentar, fornecer, dar. Relatar, contar. Chamar, nomear, designar.

perhilum. (per-hilum). Muito pouquinho, quase nada.

perhonorifĭcus,-a,-um. (per-honorifĭcus). Muito honroso, bastante glorioso. Cheio de consideração/respeito.

perhorresco,-is,-ĕre,-horrŭi. (per-horresco). Tremer, sentir calafrios em todo o corpo. Tremer de medo. Ter horror, detestar, abominar.

perhorrĭdus,-a,-um. (per-horrĭdus). Terrível, horrível, abominável. Medonho, temível.

perhumanĭter. (perhumanus). Muito amavelmente, muito agradavelmente.

perhumanus,-a,-um. (per-humanus). Muito amável, muito agradável, bastante cortês.

periclitatĭo, periclitationis, (f.). (periclĭtor). Experimento, ensaio, demonstração. Experiência, tentativa.

periclĭtor,-aris,-ari,-atus sum. (pericŭlum). Fazer uma tentativa/experiência, experimentar, ensaiar, tentar. Arriscar (-se), correr risco, comprometer(-se).

pericl-, ver **pericŭl-**.

periculosus,-a,-um. (pericŭlum). Perigoso, arriscado.

pericŭlum,-i, (n.). (perĭor). Experiência, tentativa, ensaio. Perigo, risco. Processo, ação, julgamento, causa. Sentença.

peridonĕus,-a,-um. (per-idonĕus). Muito apropriado/apto/útil/favorável/conveniente/adequado/capaz/digno/hábil/idôneo.

periĕro, ver **peiĕro**.

perillustris, perillustre. (per-illustris). Muito luminoso/claro/brilhante/evidente/célebre/famoso/nobre/iluminado.

perimbecillus,-a,-um. (per-imbecillus). Muito fraco, sem força alguma. Bastante humilde.
perĭmo,-is,-ĕre, peremi, peremptum. (per--emo). Destruir, aniquilar. Matar, fazer perecer.
perinanis, perinane. (per-inanis). Muito vazio/vago/inútil/fútil/orgulhoso/presunçoso/leviano/pobre. Completamente oco. Totalmente privado.
perincertus,-a,-um. (per-incertus). Muito incerto/instável/variável/duvidoso/vacilante/inconstante/indeciso/inquieto/perturbado.
perincommŏdus,-a,-um. (per-incommŏdus). Muito desagradável, bastante inconveniente, muito incômodo.
perinde. Igualmente, da mesma maneira.
perindigne. (per-indigne). Muito indignamente, de maneira muito indigna. Com muita indignação.
perindulgens, perindulgentis. (per-indulgens). Muito bom, extremamente indulgente, bastante benévolo.
perindulgentis, ver **perindulgens**.
perinfamis, perinfame. (per-infamis). Muito desacreditado, com a reputação bastante abalada.
perinfirmus,-a,-um. (per-infirmus). Muito fraco, bastante débil. Sem valor algum.
peringeniosus,-a,-um. (per-ingeniosus). Bem dotado por natureza. Muito hábil, bastante engenhoso.
peringratus,-a,-um. (per-ingratus). Muito desagradável/displicente/ingrato/insociável/insaciável. Que não merece nenhuma gratidão.
periniquus,-a,-um. (per-iniquus). Muito injusto. Muito indignado, bastante relutante, sem a menor vontade.
periniurĭus,-a,-um. (per-iniurĭus). Muito injusto, bastante errado.
perinsignis, perinsigne. (per-insignis). Muito notável, bastante distinto.
perinualĭdus,-a,-um. (per-inualĭdus). Muito fraco/débil/inválido/doente.
perinuisus,-a,-um. (per-inuidĕo). Muito odiado, bastante odioso.
perinuitus,-a,-um. (per-inuitus). Muito indignado, bastante relutante, sem a menor vontade.

periŏdus,-i, (m.). Frase completa, período.
peripetasma, peripetasmătis, (n.). Tapete, cortina, cobre-leito.
peripetasmăta, peripetasmătum, (n.). Tapete, cortina, cobre-leito.
periphrăsis, periphrăsis, (f.). Perífrase, circunlocução.
perĭplus,-i, (m.). Périplo, circunavegação.
periratus,-a,-um. (per-iratus). Muito irritado, bastante nervoso.
periscelĭdis, ver **periscĕlis**.
periscĕlis, periscelĭdis, (f.). Tornozeleira.
peristăsis, peristăsis, (f.). Assunto, tema.
peristroma, peristromătis, (n.). Tapete, cortina, cobre-leito.
peristylĭum,-i, (n.). Peristilo (local rodeado por colunas em seu interior).
peritĭa,-ae, (f.). (peritus). Experiência, conhecimento prático, habilidade.
peritus,-a,-um. Que tem experiência/prática, habilidoso, versado, perito, instruído, habilitado.
periucundus,-a,-um. (per-iucundus). Muito agradável.
periuriosus,-a,-um. Que tem o hábito de jurar em falso.
periurĭum,-i, (n.). (periurus). Perjúrio, falso juramento.
periuro,-as,-are,-aui,-atum. (per-iuro). Jurar falso, perjurar.
periurus,-a,-um. (per-ius). Que quebra o juramento, falsário. Que mente sob juramento, falso, mentiroso.
perlabor,-ĕris,-labi,-lapsus sum. (per-labor). Escorregar através de, deslizar em, passar sobre. Chegar a, atravessar.
perlate. (per-late). Muito largamente, muito amplamente, muito extensivamente.
perlatĕo,-es,-ere,-latŭi. (per-latĕo). Estar completamente escondido, permanecer sempre oculto.
perlecĕbra,-ae, (f.). (pellicĭo). Atrativo, meio de sedução, tentação.
perlĕgo,-is,-ĕre,-legi,-lectum. Ver por completo, examinar minuciosamente, inspecionar, vistoriar. Ler do princípio ao fim. Ler em voz alta.
perlepĭde. (per-lepĭde). Muito graciosamente. Muito agradavelmente.
perleuis, perleue. (per-leuis). Muito liso/branco/delicado/tenro/escorregadio/

fluente. Bastante leve/ligeiro/veloz/rápido/fraco/magro/fútil/inconstante/pérfido/doce/agradável/bom.
perleuĭter. (perlĕuis). Muito levemente/ligeiramente, muito fracamente.
perlĭbens, perlibentis. (perlĭbet). Que age de boa vontade/com prazer. Que consente de boa vontade, bastante condescendente.
perlĭbenter. (perlĭbens). De muito bom grado, com muito prazer, com muito boa vontade.
perlibentis, ver **perlĭbens.**
perliberalis, perliberale. (per-liberalis). Muito bem educado, muito fino/elegante/distinto.
perliberalĭter. (perliberalis). Muito graciosamente. Muito generosamente.
perlĭbet,-ere,-libŭit. Ser muito agradável.
perlicĭo, ver **pellicĭo.**
perlĭto,-as,-are,-aui,-atum. Sacrificar com presságios muito favoráveis, oferecer um sacrifício agradável aos deuses.
perlonginquus,-a,-um. (per-longinquus). Que dura muito, muito longo/dilatado.
perlongus,-a,-um. (per-longus). Muito comprido/longo. De longa duração. Muito tedioso.
perlub-, ver **perlib-.**
perluc-, ver também **pelluc-.**
perluctuosus,-a,-um. (per-luctuosus). Muito aflito, muito doloroso, que causa muita tristeza.
perlŭo,-is,-ĕre,-lŭi,-lŭtum. (per-lŭo). Lavar, limpar, banhar(-se). Umedecer abundantemente.
perlustro,-as,-are,-aui,-atum. (per-lustro). Percorrer, explorar, atravessar completamente. Examinar atentamente.
permadefacĭo,-is,-ĕre. (per-madefacĭo). Umedecer completamente, inundar.
permadesco,-is,-ĕre,-madŭi. (per-madesco). Tornar-se completamente úmido. Enfraquecer-se, tornar-se afeminado.
permagni/permagno. (per-magnus). Muito caro, de preço bastante elevado.
permagno. (per-magno). Muito caro, de preço muito alto.
permagnus,-a,-um. (per-magnus). Muito grande. Muito importante, de grande apreço.
permananter. (permano). Com fluência, fluentemente.
permanĕo,-es,-ere,-mansi,-mansum. (permanĕo). Permanecer, ficar até ao fim, continuar, remanescer, perseverar. Ficar, restar.
permano,-as,-are,-aui,-atum. (per-mano). Fluir, derramar-se, escorrer. Penetrar, alcançar, estender-se.
permansĭo, permansionis, (f.). (permanĕo). Permanência, perseverança, persistência. Morada.
permarinus,-a,-um. (per-marinus). Que segue/acompanha através do mar.
permaturesco,-is,-ĕre,-maturŭi. (per-maturesco). Amadurecer-se por completo, tornar-se inteiramente maduro.
permediŏcris, permediŏcre. (permediŏcris). Muito moderado. Muito fraco, muito pouco importante.
permeditatus,-a,-um. (per-meditatus). Bem preparado, bem treinado, bastante instruído.
permĕo,-as,-are,-aui,-atum. (per-meo). Ir/passar através de, atravessar, cruzar, transpor, penetrar. Avançar, ir em frente.
permetĭor,-iris,-iri,-mensus sum. (permetĭor). Medir todos os lados, medir em todos os sentidos. Viajar através de, atravessar, percorrer.
permingo,-is,-ĕre,-minxi. (per-mingo). Urinar sobre, molhar de urina. Desonrar, manchar.
permiscĕo,-es,-ere,-miscŭi,-mixtum/-mistum. (per-miscĕo). Misturar, combinar, unir, juntar. Confundir, atrapalhar, perturbar, desordenar.
permissĭo, permissionis, (f.). (permitto). Desistência, entrega, rendição. Permissão, licença, autorização.
permissum,-i, (n.). (permitto). Permissão, licença, autorização.
permissus,-us, (m.). (permitto). Permissão, licença, autorização.
permistĭo, ver **permixtĭo.**
permitĭes,-ei, (f.). Ruína, destruição, perda, decadência.
permitto,-is,-ĕre,-misi,-missum. (per-mitto). Deixar ir através de, deixar passar por. Soltar, lançar. Fazer uso livre de, exercer sem reserva. Permitir, deixar, conceder,

autorizar. Confiar, entregar. Abandonar. Sacrificar.
permixtĭo, permixtionis, (f.). (permiscĕo). Mistura. Confusão, turbulência.
permixtus,-a,-um. (permiscĕo). Misturado, confuso.
permodestus,-a,-um. (per-modestus). Muito moderado. Muito modesto.
permodĭcus,-a,-um. (per-modĭcus). Muito pequeno. Muito moderado. Pouco importante.
permoleste. (permolestus). Com grande dificuldade, com muitos problemas, de modo desagradável.
permolestus,-a,-um. (per-molestus). Muito inoportuno, muito difícil, bastante desagradável.
permŏlo,-is,-ĕre. (per-molo). Moer, triturar. Apertar, comprimir. Copular, fazer sexo.
permotĭo, permotionis, (f.). (permouĕo). Agitação, perturbação, excitação. Emoção, comoção. Paixão.
permouĕo,-es,-ere,-moui,-motum. Mover completamente, agitar por completo. Influenciar, conduzir, induzir, persuadir. Excitar, comover profundamente. Suscitar, causar.
permulcĕo,-es,-ere,-mulsi,-mulsum/-mulctum. Tocar de leve, acariciar levemente. Cativar, encantar, agradar. Acalmar, apaziguar.
permulto. (per-multo). Absolutamente, sem sombra de dúvida.
permultus,-a,-um. (per-multus). Muito abundante, muito numeroso.
permunĭo,-is,-ire,-iui,-itum. (per-munĭo). Terminar a fortificação, fortificar por completo.
permutatĭo, permutationis, (f.). (permuto). Mudança, alteração. Substituição. Troca, permuta, câmbio.
permuto,-as,-are,-aui,-atum. (per-muto). Trocar completamente, alterar por completo. Inverter, desviar, verter. Permutar, cambiar. Comprar.
perna,-ae, (f.). Parte inferior do corpo (quadril e pernas). Perna. Perna de porco, pernil.
pernecessarĭus,-a,-um. (per-necessarĭus). Muito necessário. Muito próximo, muito íntimo.
pernecesse. (per-necesse). Muito necessário, extremamente indispensável.
pernĕgo,-as,-are,-aui,-atum. (per-nego). Negar até ao fim, negar categoricamente. Refutar terminantemente.
pernĕo,-es,-ere,-eui,-etum. (per-neo). Fiar até ao fim, terminar de torcer o fio.
perniciabĭlis, perniciabĭle. (pernicĭes). Pernicioso, destrutivo, ruinoso, funesto, prejudicial.
pernicĭes,-ei, (f.). (per-neco). Destruição, morte, massacre, ruína, subversão, calamidade, desastre, flagelo, peste.
perniciosus,-a,-um. (pernicĭes). Pernicioso, destrutivo, ruinoso, funesto, prejudicial.
pernicis, ver **pernix.**
pernicĭtas, pernicitatis, (f.). (pernix). Agilidade, rapidez, ligeireza.
pernicitatis, ver **pernicĭtas.**
pernicĭter. (pernix). Com agilidade, rapidamente, ligeiramente.
pernĭger,-gra,-grum. (per-niger). Muito preto, bastante negro.
pernimĭus,-a,-um. (per-nimĭus). Extremamente grande, completamente demais.
pernitĭes,-ei, ver **pernicĭes.**
pernix, pernicis. (per-nitor). Ágil, rápido, ativo, pronto, diligente. Incansável, infatigável.
pernobĭlis, pernobĭle. (per-nobĭlis). Muito conhecido/célebre/famoso/ilustre/renomado/nobre.
perobscurus,-a,-um. (per-obscurus). Muito obscuro/sombrio/tenebroso/desconhecido/incerto/duvidoso/oculto/escondido.
pernoctis, ver **pernox.**
pernocto,-as,-are,-aui,-atum. (per-nocto). Passar a noite, pernoitar.
pernosco,-is,-ĕre,-noui,-notum. (per-nosco). Examinar completamente. Aprender/conhecer a fundo, tornar-se um completo conhecedor.
pernotesco,-is,-ĕre. (pernosco). Tornar-se conhecido em todos os lugares, tornar-se publicamente conhecido.
pernox, pernoctis. (per-nox). Que continua ao longo da noite, que dura a noite inteira.
pernumĕro,-as,-are,-aui,-atum. (per-numĕro). Calcular por completo, contar completamente.

pero, peronis, (m.). Bota (feita de couro cru, usada principalmente por soldados e condutores de carroças).

perodi,-isti,-odisse. (per-odi). Odiar muitíssimo, detestar.

perodiosus,-a,-um. (per-odiosus). Muito repugnante, bastante desagradável, muito inoportuno.

perofficiose. (per-officiose). Muito atenciosamente.

perolĕo,-es,-ere,-eui. (per-olĕo). Produzir um odor penetrante, recender, exalar um cheiro infectuoso.

perolesco,-is,-ĕre,-eui. (per-olesco). Crescer completamente, desenvolver-se por completo. Aumentar.

peronatus,-a,-um. (pero). Calçado com botas de couro.

peropportunus,-a,-um. (per-opportu-nus). Muito oportuno, que ocorre em momento propício.

peroptato. (per-optato). Muito de acordo com a vontade, exatamente como se quer.

perŏpus. (per-opus). Absolutamente necessário.

peroratĭo, perorationis, (f.). (peroro). Parte final de um discurso, conclusão de uma fala, peroração.

perornatus,-a,-um. (per-ornatus). Muito equipado/preparado/ornado/enfeitado/bonito/elegante/honrado/respeitado/distinto/ilustre.

perorno,-as,-are,-aui,-atum. (per-orno). Enfeitar muito, ornar bastante, cobrir de honras.

peroro,-as,-are,-aui,-atum. (per-oro). Falar do início ao fim. Argumentar minuciosamente, advogar a fundo. Concluir uma fala, terminar um discurso. Persuadir. Fazer o último discurso. Encarregar-se da peroração. Terminar uma oração.

perosus,-a,-um. (perodi). Que detesta, que odeia intensamente. Muito odiado, odioso.

perpace. (per-pace). Muito parcimoniosamente, com bastante escassez.

perpaco,-as,-are,-aui,-atum. (per-paco). Pacificar completamente, subjugar inteiramente.

perparuŭlus,-a,-um. (per-paruŭlus). Muito pequenino.

perparuus,-a,-um. (per-paruus). Muito pequeno/pouco/breve/curto/pouco importante/novo/jovem/mesquinho/baixo/humilde.

perpasco,-is,-ĕre,-paui,-pastum. (per-pasco). Alimentar bem, nutrir apropriadamente.

perpauci,-ae,-a. (per-paucus). Muito pouco numeroso.

perpaucŭli,-ae,-a. (perpauci). Muito pouco numeroso.

perpauefacĭo,-is,-ĕre. (per-pauefacĭo). Assustar muito, provocar grande medo.

perpaulum,-i, (n.). (per-paulus). Quantidade muito pequena.

perpauper, perpaupĕris. (per-pauper). Muito pobre, de pouquíssimos recursos.

perpello,-is,-ĕre,-pŭli,-pulsum. (per-pello). Empurrar violentamente, impelir com força. Direcionar, forçar, persuadir, induzir, prevalecer sobre. Impressionar profundamente, influenciar.

perpendicŭlum,-i, (n.). (perpendo). Fio de prumo, nível.

perpendo,-is,-ĕre,-pendi,-pensum. (per-pendo). Pesar cuidadosamente, auferir o peso exato. Examinar, ponderar, considerar, avaliar.

perpĕram. (perpĕrus). Mal, incorretamente, falsamente. Erroneamente, por engano.

perpĕre. (perpĕrus). Mal, incorretamente, falsamente. Erroneamente, por engano.

perpĕrus,-a,-um. Mal constituído, falho, defeituoso, errado.

perpes, perpĕtis. (per-peto). Contínuo, ininterrupto, constante, perpétuo.

perpessicĭus,-a,-um. (perpetĭor). Muito resistente ao sofrimento, que suporta o sofrimento, muito paciente. Que sofreu muito.

perpessĭo, perpessionis, (f.). (perpetĭor). Resistência ao sofrimento, coragem ao sofrer. Firmeza, resignação.

perpetĭor,-ĕris,-pĕti,-pessus sum. (per-patĭor). Sofrer até ao fim, suportar pacientemente o sofrimento, sofrer com firmeza. Resignar-se, admitir, tolerar, resistir. Comportar.

perpĕtis, ver **perpes.**

perpĕtro,-as,-are,-aui,-atum. (per-patro). Levar até ao fim, completar, efetuar, alcançar, executar, concluir. Cometer.

perpetualis, perpetuale. (perpetŭus). Que se aplica em todas as situações, universal, geral, permanente.
perpetuarĭus,-a,-um. (perpetŭus). Permanente, constante. Sempre empregado, constantemente ocupado.
perpetŭe. (perpetŭus). Continuamente, sem interrupção.
perpetuĭtas, perpetuitatis, (f.). (perpetŭus). Duração ininterrupta, sucessão contínua, continuidade. Perpetuidade.
perpetuitatis, ver **perpetuĭtas.**
perpetŭo,-as,-are,-aui,-atum. (perpetŭus). Tornar perpétuo, perpetuar. Fazer continuamente, avançar ininterruptamente.
perpetŭo. (perpetŭus). Constantemente, continuamente, ininterruptamente.
perpetŭus,-a,-um. (per-peto). Contínuo, ininterrupto. Constante, universal, geral, permanente. Perpétuo, eterno.
perplacĕo,-es,-ere,-placŭi. (per-placĕo). Agradar muito, aprazer intensamente.
perplexabĭlis, perplexabĭle. (perple-xor). Obscuro, ambíguo, confuso.
perplexim. (perplexus). De modo confuso, obscuramente, de maneira ambígua/intrincada.
perplexor,-aris,-ari. (perplexus). Causar perplexidade, tornar confuso, enredar, equivocar.
perplexus,-a,-um. (per-plecto). Intrincado, emaranhado, enredado, confuso, ininteligível, nebuloso, ambíguo, obscuro.
perplŭo,-is,-ĕre. (per-pluo). Chover através de. Deixar chover, deixar correr a água. Fazer chover, molhar, borrifar, aspergir.
perpolĭo,-is,-ire,-iui,-itum. (per-polĭo). Polir completamente. Aperfeiçoar, dar o último retoque, acabar.
perpopŭlor,-aris,-ari,-atus sum. (per-popŭlor). Pilhar por completo, devastar completamente, saquear/roubar tudo.
perporto,-as,-are. (per-porto). Transportar até ao destino, carregar até ao fim.
perpotatĭo, perpotationis, (f.) (perpoto). Ação de beber continuamente, bebedeira prolongada.
perpoto,-as,-are,-aui,-atum. (per-poto). Beber continuamente, entregar-se à bebedeira, embebedar-se ininterruptamente.
perprĕmo, ver **perprĭmo.**

perprĭmo,-is,-ĕre,-pressi,-pressum. (per-premo). Apertar fortemente, pressionar continuamente. Espremer. Fazer sexo.
perprosper,-pĕra,-pĕrum. (per-prosper). Muito favorável, bastante próspero. Muito bom, excelente.
perprurisco,-is,-ĕre. (per-prurisco). Coçar o corpo inteiro, sentir muita coceira.
perpugnacis, ver **perpugnax.**
perpugnax, perpugnacis. (per-pugnax). Muito combativo, bastante obstinado.
perpulcher,-chra,-chrum. (per-pulcher). Muito bonito/belo/gracioso/formoso. Muito magnífico/excelente/forte/nobre/ilustre/honroso/glorioso/fino.
perpurgo,-as,-are,-aui,-atum. (per-purgo). Purgar por completo, expurgar, tornar inteiramente limpo. Esclarecer, explicar. Organizar, planejar, estabelecer.
perpusillus,-a,-um. (per-pusillus). Muitíssimo pequeno, muito insignificante/fraco/fino/vil/torpe/trivial/mesquinho.
perpŭto,-as,-are. (per-puto). Explicar nos mínimos detalhes, dissecar um assunto.
perquam. (per-quam). Tanto quanto possível, extremamente, excessivamente.
perquiro,-is,-ĕre,-quisiui,-quisitum. (per-quaero). Procurar diligentemente, realizar uma busca cuidadosa, examinar cuidadosamente. Indagar bem, inquirir.
perquisite. (perquiro). De modo exato, de maneira acurada, profundamente.
perquisitor, perquisitoris, (m.). (perquiro). Investigador, pesquisador.
perraro. (per-raro). Muito raramente/escassamente, de modo bastante esparso.
perrarus,-a,-um. (per-rarus). Muito raro, bastante incomum.
perrecondĭtus,-a,-um. (per-recondĭtus). Muito oculto, bastante misterioso.
perrepo,-is,-ĕre,-repsi,-reptum. (per-repo). Rastejar através de, mover-se lentamente por.
perrepto,-as,-are,-aui,-atum. (perrepo). Arrastar-se através de, percorrer. Penetrar, introduzir-se.
perridicŭlus,-a,-um. (per-ridicŭlus). Muito risível, bastante ridículo.
perrogatĭo, perrogationis, (f.). perrŏgo). Decreto. Aprovação de uma lei.

perrŏgo,-as,-are,-aui,-atum. (per-rogo). Pedir sucessivamente, requisitar um após o outro. Obter a aprovação de uma lei, fazer passar uma lei.

perrumpo,-is,-ĕre,-rupi,-ruptum. (per--rumpo). Quebrar por completo, despedaçar, destruir. Forçar a passagem, invadir, penetrar violentamente.

persaepe. (per-saepe). Muito frequentemente, com bastante frequência.

persalse. (per-salse). Muito espirituosamente, com muita mordacidade.

persalsus,-a,-um. (per-salsus). Muito picante, bastante espirituoso, muito engraçado.

persalutatĭo, persalutationis, (f.). (persaluto). Cumprimento a todos, saudação frequente.

persaluto,-as,-are,-aui,-atum. (per-saluto). Cumprimentar um logo depois do outro, saudar todos sem exceção.

persancte. (persanctus). Muito religiosamente, exatamente como nos ritos sagrados. Muito solenemente.

persanctus,-a,-um. (per-sanctus). Muito sagrado, bastante divino.

persano,-as,-are,-aui,-atum. (per-sano). Curar completamente.

persapĭens, persapientis. (per-sapĭens). Muito sábio, bastante prudente.

persapienter. (persapĭens). Muito sabiamente, bastante prudentemente.

persapientis, ver **persapĭens**.

perscienter. (per-scio). Muito sabiamente, bastante prudentemente.

perscindo,-is,-ĕre,-scĭdi, scissum. (per--scindo). Fender, abrir completamente, rasgar. Despedaçar.

perscitus,-a,-um. (per-scitus). Muito inteligente, bastante refinado.

perscribo,-is,-ĕre,-scripsi,-scriptum. (per--scribo). Escrever com todas as letras, escrever sem abreviações. Escrever longamente. Anotar, registrar, transcrever. Escrever uma descrição completa, descrever através de carta. Ceder os direitos por meio de escritura, transferir legalmente. Comprometer-se a pagar, dar a assinatura.

perscriptĭo, perscriptionis, (f.). (perscribo). Escrita, escritura, registro oficial, livro de contas, protocolo. Ordem de pagamento, letra de câmbio. Transferência legal de direitos.

perscriptor, perscriptoris, (m.). (perscribo). Escriturário, escrevente.

perscrutatĭo, perscrutationis, (f.). (perscrutor). Perscrutação, investigação, busca minuciosa, pesquisa detalhada.

perscrutor,-aris,-ari,-atus sum. (per-scrutor). Examinar a fundo, procurar minuciosamente, pesquisar detalhadamente. Perscrutar, investigar.

persĕco,-as,-are,-secŭi,-sectum. (per-seco). Cortar completamente, extirpar, separar cortando, dissecar. Deduzir, descontar.

persector,-aris,-atus sum. (persĕquor). Perseguir sem interrupção, ir diligentemente ao encalço de. Investigar.

persecutĭo, persecutionis, (f.). (persĕquor). Perseguição, caça. Prosseguimento de um processo judicial, instância jurídica.

persedĕo,-es,-ere,-sedi. (per-sedĕo). Permanecer sentado, ficar por um longo período de tempo. Manter-se imóvel. Morar.

persegnis, persegne. (per-segnis). Muito inativo, bastante preguiçoso/indolente.

persenesco,-is,-ĕre,-senŭi. (per-senesco). Tornar-se muito velho.

persĕnex, persenis. (per-senex). Muito velho, de idade bastante avançada.

persenis, ver **persĕnex**.

persentĭo,-is,-ire,-sensi,-sensum. (per-sentĭo). Perceber plenamente, sentir profundamente.

persentisco,-is,-ĕre. (per-sentisco). Perceber claramente, detectar, sentir profundamente.

persĕquor,-ĕris,-sĕqui,-secutus sum. (per-sequor). Seguir ininterruptamente, perseguir, continuar a seguir. Caçar, procurar, ir ao encalço de. Alcançar, ultrapassar. Esforçar--se por obter, empenhar-se em conseguir. Processar legalmente, vingar-se, ir à desforra. Reclamar, reinvindicar. Acompanhar escrevendo, fazer anotações. Fazer, executar, realizar. Seguir as ordens, obedecer. Tratar, relatar, descrever, explicar. Guardar.

perseuerans, perseuerantis. (perse-uero). Perseverante, persistente, constante.

perseueranter. (perseuero). Persistentemente, perseverantemente, ininterruptamente.

perseuerantĭa,-ae, (f.). (perseuero). Perseverança, persistência, constância. Continuidade entediante.
perseuerantis, ver **perseuerans.**
perseuero,-as,-are,-aui,-atum. (perse-uerus). Persistir, perseverar, aguentar firme. Prosseguir, continuar, resistir.
perseuerus,-a,-um. (per-seuerus). Muito severo/rigoroso, bastante estrito.
persĭce. À maneira dos persas.
persĭcum,-i, (n.). Pêssego.
persidĕo,-es,-ere. (per-sidĕo). Permanecer sentado por um longo período, continuar sentado. Morar, residir.
persido,-is,-ĕre,-sedi. (per-sido). Fixar-se, sentar-se. Afundar, submergir, penetrar.
persigno,-as,-are. (per-signo). Anotar, tomar nota, registrar. Marcar.
persimĭlis, persimĭle. (per-simĭlis). Muito semelhante/similar/parecido.
persimplex, persimplĭcis. (per-simplex). Muito simples, muito claro, bastante evidente.
persimplĭcis, ver **persimplex.**
persisto,-is,-ĕre,-stĭti. (per-sisto). Continuar ininterruptamente, persistir.
persolla,-ae, (f.). (persona). Pequena máscara. Objeto assustador.
persoluo,-is,-ĕre,-solui,-solutum. (per--soluo). Soltar completamente, livrar inteiramente, desobrigar completamente. Pagar, saldar uma dívida. Resolver, explicar. Sofrer, expiar.
persona,-ae, (f.). Máscara. Personagem, papel representado, participação no teatro. Função, papel, parte. Pessoa, ser humano.
personatus,-a,-um. (persona). Mascarado. Disfarçado, dissimulado, fingido, fictício.
persŏno,-as,-are,-sonŭi,-sonĭtum. (per--sono). Soar repetidas vezes, ressoar, retumbar. Produzir um som, tocar, fazer ressoar. Gritar, clamar, bradar.
persŏnus,-a,-um. (per-sonus). Que ressoa, retumbante.
persorbĕo,-es,-ere,-sorbŭi. (per-sorbĕo). Beber até ao fim, sugar, sorver, absorver.
perspecte. (perspicĭo). Astuciosamente, sagazmente, inteligentemente.
perspecto,-as,-are,-aui,-atum. (per-specto). Olhar até ao fim, olhar em volta, ver tudo, examinar atentamente.
perspectus,-a,-um. (perspicĭo). Minuciosamente percebido. Claramente percebido, evidente, bem reconhecido, manifesto.
perspectus,-us, (m.). (perspicĭo). Exame minucioso, inspeção.
perspecŭlor,-aris,-ari,-atus sum. (perspecŭlor). Examinar minuciosamente, explorar, reconhecer bem, observar atentamente.
perspergo,-is,-ĕre. (per-spargo). Molhar por completo, regar tudo, borrifar.
perspicacis, ver **perspĭcax.**
perspĭcax, perspicacis. (perspicĭo). Perspicaz, de visão acurada.
perspicientĭa,-ae, (f.). (perspicĭo). Percepção acurada, conhecimento exato, compreensão perfeita.
perspicĭo,-is,-ĕre,-spexi,-spectum. (per-specĭo). Olhar através de. Examinar a fundo, olhar de perto, investigar, inspecionar. Notar, observar, explorar, determinar, apurar, provar.
perspicŭe. (perspicŭus). De modo muito transparente/manifesto. Evidentemente.
perspicuĭtas, perspicuitatis, (f.). (perspicŭus). Transparência, clareza, nitidez, evidência.
perspicuitatis, ver **perspicuĭtas.**
perspicŭus,-a,-um. (perscipĭo). Transparente, claro, translúcido. Evidente, manifesto, bem conhecido.
perspiro,-as,-are. (per-spiro). Exalar em toda parte. Soprar constantemente. Transpirar.
perspisso. (per-spissus). Muito lentamente.
perstaturus,-a,-um. (persto). Que há de ficar/continuar firmemente de pé. Disposto a permanecer firme/constante, pronto para resistir/persistir/perseverar/continuar.
persterno,-is,-ĕre,-straui,-stratum. (per--sterno). Pavimentar tudo, nivelar completamente.
perstimŭlo,-as,-are. (per-stimŭlo). Excitar muito, estimular violentamente. Irritar.
persto,-as,-are,-stĭti. (per-sto). Ficar firmemente de pé, continuar de pé. Permanecer firme/constante, resistir, persistir, perseverar, continuar.
perstrĕpo,-is,-ĕre,-strepŭi. (per-strepo). Fazer muito barulho, retumbar, fazer ressoar. Fazer ecoar, repercutir.

perstringo,-is,-ĕre,-strinxi,-strictum. (per--stringo). Ligar fortemente, amarrar completamente, vincular por completo. Deslumbrar, impressionar. Tocar de leve. Moderar, abrandar, atenuar. Aproveitar. Censurar, reprovar, repreender. Narrar brevemente, citar rapidamente.

perstudiose. (perstudiosus). Muito zelosamente, com muita vontade, de muito bom grado.

perstudiosus,-a,-um. (per-studiosus). Que gosta muito, muito desejoso, muito afeiçoado.

persuadĕo,-es,-ere,-suasi,-suasum. (persuadĕo). Convencer, persuadir, induzir, incitar. Decidir, fixar, resolver, estabelecer.

persuasibĭlis, persuasibĭle. (persua-dĕo). Convincente, persuasivo.

persuasibĭlĭter. (persuasibĭlis). De modo persuasivo/convincente.

persuasĭo, persuasionis, (f.). (persua-dĕo). Persuasão, ação de convencer. Convicção, crença, opinião.

persuasor, persuasoris, (m.). (persua-dĕo). O que persuade/convence.

persuastricis, ver **persuastrix.**

persuastrix, persuastricis, (f.). (persuasor). A que persuade/convence. Sedutora.

persuasus,-us, (m.). (persuadĕo). Persuasão, ação de convencer. Instigação, conselho.

persulto,-as,-are,-aui,-atum. (per-salto). Pular, saltar, arremessar-se, lançar-se. Comandar imperiosamente.

persuptilis, persuptile. (per-suptilis). Muito refinado, muito sutil. Muito engenhoso.

pertaedesco,-is,-ĕre,-taedŭi. (pertaedet). Desgostar-se, aborrecer-se.

pertaedet,-ere,-taesum est. Estar bastante desgostoso, sentir-se muito aborrecido.

pertaesus,-a,-um. (pertaedet). Desgostoso, aborrecido.

pertegĕo,-es,-ere, pertersi, pertersum. Enxugar/esfregar/limpar/polir completamente.

pertĕgo,-is,-ĕre,-texi,-tectum. (per-tego). Cobrir completamente. Encobrir.

pertempto, ver **pertento.**

pertendo,-is,-ĕre,-tendi. (per-tendo). Levar até ao fim, acabar, concluir, cumprir. Avançar, ir em direção a. Continuar, perseverar, persistir.

pertento,-as,-are,-aui,-atum. (per-tento). Provar, testar, tentar. Considerar, avaliar bem. Penetrar, invadir. Gostar, aproveitar.

pertenŭis, pertenŭe. (per-tenŭis). Muito fino, muito pequeno. Muito fraco, bastante debilitado.

pertĕrĕbro,-as,-are,-aui,-atum. (per-tĕrĕbro). Furar, perfurar, transpassar.

pertĕro,-is,-ĕre,-, pertritum. (per-tero). Polir/esfregar/desgastar/pisar/triturar/esmagar completamente.

perterrefăcĭo,-is,-ĕre. (per-terrĕo-facĭo). Aterrorizar inteiramente, apavorar por completo.

perterrĕo,-is,-ĕre, perterrŭi, perterrĭtum. (per-terrĕo). Aterrorizar inteiramente, apavorar por completo.

perterricrĕpus,-a,-um. (perterrĕo-crepo). Que produz um ruído apavorante.

pertexo,-is,-ĕre,pertexŭi, pertextum. (per-texo). Tecer/entrelaçar/trançar completamente. Escrever/compor detalhadamente.

pertĭca,-ae, (f.). Vara, bastão.

perticatus,-a,-um. (pertĭca). Que carrega uma vara/bastão.

pertimesco,-is,-ĕre, pertimŭi. (per-timĕo). Temer/recear muito, ter grande medo. Hesitar bastante.

pertinacĭa,-ae, (f.). (pertĭnax). Pertinácia, obstinação. Teimosia. Constância, firmeza. Perseverança.

pertinacis, ver **pertĭnax.**

pertinacĭter. (pertĭnax). Persistentemente. Com pertinácia/obstinação/perseverança.

pertĭnax, pertinacis. (per-tenax). Que agarra/segura fortemente. Que dura por muito tempo. Obstinado, teimoso, pertinaz. Perseverante, constante, firme.

pertinĕo,-es,-ere, pertinŭi. (per-tenĕo). Estender-se, alongar-se. Pertencer, dizer respeito, concernir. Recair (sobre), caber (a). Ser conveniente/útil, importar.

pertingo,-is,-ĕre. (per-tango). Atingir, alcançar, chegar a obter. Estender-se.

pertolĕro,-as,-are,-aui,-atum. (per-tolĕro). Suportar até o fim.

pertorquĕo,-es,-ere. (per-torquĕo). Fazer caretas.

pertractate. (pertracto). Repetidamente.

pertractatĭo, pertractationis, (f.). (pertracto). Administração, gerenciamento, manejo.

pertracto,-as,-are,-aui,-atum. (per-tracto). Tocar/apalpar/manusear longamente. Estudar atentamente, aprofundar-se. Manipular, influenciar.

pertrăho,-is,-ĕre, pertraxi, pertractum. (per-traho). Puxar/arrastar até o destino final. Traduzir. Extrair.

pertransĕo-,-es,-ĕre,-ĭi/iui,-ĭtum. (pertransĕo). Atravessar, passar. Percorrer até o fim.

pertristis, pertriste. (per-tristis). Muito triste/sinistro/infeliz/desagradável/severo/impiedoso. De aspecto bastante sombrio.

pertritus,-a,-um. (pertĕro). Esmagado. Banal, vulgar.

pertrux, pertrucis. (per-trux). Muito cruel.

pertumultuose. (per-tumultuosus). Muito confusamente.

pertundo,-is,-ĕre, pertŭdi, pertusum. (per-tundo). Perfurar.

perturbate. (perturbo). Confusamente.

perturbatĭo, perturbationis, (f.). (perturbo). Perturbação, desordem. Revolução. Paixão, emoção.

perturbator, perturbatoris, (m.). (perturbo). Perturbador.

perturbatrix, perturbatricis, (f.). (perturbo). Perturbadora.

perturbatus,-a,-um. (perturbo). Muito perturbado/desordenado, bastante tumultuado. Agitado. Confuso.

perturbo,-as,-are,-aui,-atum. (per-turbo). Perturbar muito, colocar em extrema desordem. Desarrumar. Transtornar. Agitar, abalar.

perturpis, perturpe. (per-turpis). Muito feio/disforme/vergonhoso/desonroso/infame/ignóbil/indecente/indecoroso.

peruado,-is-ĕre, peruasi, peruasum. Avançar/penetrar até o fim. Invadir.

peruagatus,-a,-um. (peruăgor). Percorrido, invadido. Vulgarizado. Muito conhecido, comum, vulgar, banal.

peruăgor,-aris,-ari,-atus sum. (per-uagor). Andar daqui e dali, errar. Espalhar, vulgarizar.

peruăgus,-a,-um. (peruăgor). Que anda daqui e dali. Errante, andarilho.

peruarĭe. (peruarĭus). De uma maneira bastante variada.

peruarĭus,-a,-um. (per-uarĭus). Muito variado, bastante diverso.

peruasto,-as,-are,-aui,-atum. (per-uasto). Assolar por completo, devastar inteiramente.

peruĕho,-is,-ĕre, peruexi, peruectum. (per-ueho). Transportar até seu destino final. Transportar-se, dirigir-se.

peruĕlim/peruelle, ver **peruŏlo,-is,-ĕre.**

peruello,-is,-ĕre, peruelli. (per-uello). Puxar com força. Excitar, estimular. Maltratar.

peruenĭo,-is,-ĕre, perueni, peruentum. (per-uenĭo). Chegar ao destino final. Atingir. Caber (a).

peruenor,-aris,-ari. (per-uenor). Caçar, perseguir uma caça.

peruerro,-is,-ĕre. (per-uerro). Varrer cuidadosamente.

peruerse. (peruersus). De maneira atravessada/tortuosa. Perversamente, mal.

peruersĭtas, peruersitatis, (f.). (peruersus). Extravagância. Corrupção, perversão.

peruersus,-a,-um. (peruerto). Atravessado, desordenado. Defeituoso, vicioso. Pervertido.

peruerto,-is,-ĕre, peruerti, peruersum. (per-uerto). Virar completamente, revirar. Perverter, corromper, viciar. Destruir, aniquilar. Transtornar.

peruespĕri. (per-uesper). Muito tarde.

peruestigatĭo, peruestigationis, (f.). (peruestigo). Investigação minuciosa.

peruestigo,-as,-are,-aui,-atum. (per-uestigo). Seguir o rasto. Explorar, examinar com cuidado. Investigar.

peruĕtus, peruetĕris. (per-uetus). Muito antigo/velho.

peruetustus,-a,-um. (per-uetustus). Muito velho/antigo/idoso.

peruĭam. (per-uia). De fácil acesso, muito facilmente.

peruicacĭa,-ae, (f.). (peruĭcax). Obstinação, teimosia. Constância, persistência, firmeza.

peruicacis, ver **peruĭcax.**

peruicacĭter. (peruĭcax). Persistentemente, obstinadamente.

peruĭcax, peruicacis. (peruinco). Pervicaz, obstinado, teimoso, pertinaz. Resistente, firme.

peruidĕo,-es,-ere, peruidi. (per-uidĕo). Ver completamente. Discernir, ver nitidamente, compreender.

peruigĕo,-es,-ere, peruigŭi. (per-uigĕo). Estar vigoroso/cheio de vida. Estar florescente.

peruĭgil, peruigilis. (per-uigil). Que se mantém acordado a noite toda, que não dorme.

peruigilatĭo, peruigilationis, (f.). (peruigĭlo). Vigília prolongada. Vigília religiosa, culto noturno.

peruigilĭum,-i, (n.). (peruĭgil). Vigília prolongada. Vigília religiosa, culto noturno.

peruigĭlo,-as,-are,-aui,-atum. (per-uigĭlo). Passar a noite inteira acordado, velar do início ao fim.

peruilis, peruile. (per-uilis). Muito barato, de valor muito baixo.

peruinco,-is,-ĕre, peruici, peruictum. (per-uinco). Vencer completamente. Convencer, persuadir. Comprovar.

peruĭum,-i, (n.). (peruĭus). Passagem.

peruiuo,-is,-ĕre, peruixi, peruictum. (per-uiuo). Continuar a viver.

peruĭus,-a,-um. (per-uia). Que se pode atravessar, acessível. Aberto, patente.

perŭla,-ae, (f.). (pera). Sacola pequena.

perunctĭo, perunctionis, (f.). Ação de untar/besuntar, fricção.

perungo,-is,-ĕre, perunxi, perunctum. (per-ungo). Untar completamente, besuntar.

peruolgo,-as,-are, ver **peruulgo.**

peruolĭto,-as,-are,-aui,-atum. (peruŏlo). Voar daqui e dali. Percorrer voando/rapidamente.

peruŏlo,-as,-are,-aui,-atum. (per-uolo,-as,-are). Voar daqui e dali. Percorrer voando/rapidamente.

peruŏlo, peruis, peruelle, peruolŭi. (per-uolo, uis, uelle). Querer muito. Desejar ardentemente.

peruoluto,-as,-are. (per-uoluto). Folhear com frequência, ler assiduamente.

peruoluo,-is,-ĕre, peruolui, peruolutum. (per-uoluo). Rolar, revolver. Ler, folhear.

perurbanus,-a,-um. (per-urbanus). Muito polido/civilizado/delicado. Bastante espirituoso/engraçado.

perurgĕo,-es,-ere, perursi. (per-urgĕo). Apertar/oprimir fortemente, perseguir insistentemente.

peruro,-is,-ĕre, perussi, perustum. (per-uro). Queimar completamente, consumir pelo fogo. Abrasar, irritar, indignar.

perutĭlis, perutĭle. (per-utĭlis). Muito útil.

peruulgatus,-a,-um. (peruulgo). Espalhado daqui e dali. Divulgado, propalado. Oferecido indistintamente, prodigalizado. Comum, banal, vulgar.

peruulgo,-as,-are,-aui,-atum. (per-uulgo). Espalhar daqui e dali. Divulgar, propalar. Oferecer indistintamente, prodigalizar. Frequentar. Prostituir.

pes, pedis, (m.). Pé, pata. Marcha. Pé (medida de comprimento). Pé (de uma montanha). Pé (de uma mesa). Verso, metro. Escota, vela bem esticada. Solo, território.

pestilĭtas, pestilitatis, (f.). (pestis). Doença contagiosa ou infecciosa, praga, peste, epidemia. Insalubridade, atmosfera nociva.

pestilitatis, ver **pestilĭtas.**

pessĭmus,-a,-um. Péssimo, muito mau.

pessŭlus,-i, (m.). Ferrolho, tranca da fechadura.

pessum. Para baixo, em direção ao chão, para o fundo. (*pessum dare* = destruir, arruinar, anular; *pessum ire* = ir a pique, arruinar-se, fracassar).

pessumdo,-as,-are, pessumdedi, pessumdătum. (pessum-do). Submergir. Arruinar, aniquilar, destruir.

pestĭfer,-fĕra,-fĕrum. (pestis-fero). Pestífero, pestilento. Destrutivo, pernicioso, nocivo.

pestĭfere. (pestĭfer). De modo destrutivo, de maneira pestilenta.

pestĭlens, pestilentis. (pestis). Pestilento, infectado, insalubre. Nocivo, destrutivo, pernicioso.

pestilentĭa,-ae, (f.). (pestĭlens). Doença contagiosa ou infecciosa, praga, peste, epidemia. Insalubridade, atmosfera nociva.

pestilentis, ver **pestĭlens.**

pestilĭtas, pestilitatis, (f.), ver **pestilentĭa.**

pestilitatis, ver **pestilentĭa.**

pestis, pestis, (f.). Doença contagiosa ou infecciosa, praga, peste, epidemia. Insalubridade, atmosfera nociva. Destruição, ruína, morte. Maldição, calamidade, desgraça.

pesundo, ver **pessumdo.**

petasatus,-a,-um. (petăsus). Que está usando um chapéu de viagem, que está pronto para uma viagem.

petasĭo, petasionis, (m.). Presunto.

petăso, petasonis, ver petasĭo.
petăsus,-i, (m.). Chapéu de viagem.
petaurista,-ae, (m.). Equilibrista, acrobata.
petauristarĭus,-i, (m.). (petaurista). Equilibrista, acrobata.
petaurum,-i, (n.). Trampolim.
petesso,-is,-ĕre. (peto). Buscar avidamente, perseguir insistentemente.
petisso, ver petesso.
petitĭo, petitionis, (f.). (peto). Ataque, ímpeto, golpe repentino. Requerimento, petição, reclamação em juízo. Candidatura, inscrição, solicitação.
petitor, petitoris, (m.). (peto). O que busca, o que persegue. Pretendente, candidato. Reclamante, autor de um processo judicial.
petitum,-i, (n.). (peto). Pedido, desejo, solicitação.
petiturĭo,-is,-ire. (peto). Desejar candidatar-se, ambicionar ser candidato.
petitus,-us, (m.). (peto). Busca, procura. Desejo, pedido, solicitação.
peto,-is,-ĕre,-iui/-ĭi,-itum. Cair sobre, atacar, tomar de assalto, lançar(-se) sobre. Procurar obter, aspirar, desejar, demandar. Pedir, solicitar, reclamar judicialmente. Candidatar-se. Referir-se, estar relacionado a.
petorĭtum,-i, (n.). Carro de quatro rodas (gaulês).
petra,-ae, (f.). Pedra, rochedo.
petro, petronis, (m.). (petra). Camponês, rústico. Carneiro velho (cuja carne é tão dura quanto uma pedra).
petrosus,-a,-um. (petra). Rochoso, pedregoso.
petŭlans, petulantis. (peto). Pronto para o ataque. Impudente, extravagante, petulante, ousado, lascivo, atrevido.
petulanter. (petŭlans). De modo petulante, ousadamente, insolentemente, impudentemente, desmoderadamente.
petulantĭa,-ae, (f.). (petŭlans). Ataque, violência. Petulância, impudência, ousadia, insolência, extravagância. Lascívia, leviandade. Exuberância, luxúria.
petulantis, ver petŭlans.
petulcus,-a,-um. (peto). Que bate, pronto para bater (com a cabeça ou os chifres). Extravagante, ousado, atrevido.
pexatus,-a,-um. (pexus). Vestido com uma roupa felpuda.

pexus,-a,-um. (pecto). Peludo, de pelos compridos, felpudo, cabeludo. Novo.
phaecasĭa,-ae, (f.), ver phaecasĭum.
phaecasiatus,-a,-um. (phaecasĭa). Calçado com sapato branco.
phaecasĭum,-i, (n.). Um tipo de sapato de cor branca (usado por sacerdotes em Atenas).
phager,-gri, (m.). Um tipo de peixe.
phagrus,-i, ver phager.
phalangae,-arum, (f.). Estacas (sobre as quais se deslocavam cargas). Rolos de madeira (usados para deslocar navios ou máquinas bélicas).
phalangis, ver phalanx.
phalangitae,-arum, (m.). Soldados pertencentes a uma falange.
phalanx, phalangis, (f.). Grupo de soldados, exército. Batalhão, falange, tropa. Multidão.
phalĕrae,-arum, (f.). Fáleras (enfeite brilhante e maleável usado sobre o peito), disco metálico (usado especialmente por soldados como uma condecoração militar). Ornamento usado em cavalos (sobre a testa e o peito). Adorno externo.
phaleratus,-a,-um. (phalĕrae). Ornado com *phalĕrae*. Decorado, enfeitado, ornamentado.
phantasĭa,-ae, (f.). Ideia, noção, aproximação, fantasia. Fantasma, aparição.
phantasma, phantasmătis, (n.). Aparição, espectro, ilusão mental. Imagem, aparição, fantasma.
pharĕtra,-ae, (f.). Aljava.
pharetratus,-a,-um. (pharĕtra). Que carrega uma aljava.
pharmacopola,-ae, (m.). Farmacêutico, vendedor de remédios.
pharmăcus,-i, (m.). Envenenador, feiticeiro.
phaselos,-i, (m.). Um tipo de feijão. Embarcação leve (com formato semelhante a um feijão).
phasma, phasmătis, (n.). Espectro, aparição, ilusão mental.
phasmătis, ver phasma.
pheleta,-ae, (m.). Ladrão, trapaceiro.
pherĕtrum,-i, (n.). Padiola. Maca.
phiăla,-ae, (f.). Taça (larga e rasa).
phiditĭa, ver philitĭa.
philema, philemătis, (n.). Beijo.
philemătis, ver philema.

philitĭa,-orum, (n.). Refeição pública dos lacedemônios.
philograecus,-a,-um. Que gosta da Grécia. Amante da língua grega.
philologĭa,-ae, (f.). Amor às letras, prazer em aprender, instrução, erudição, dedicação à literatura. Explicação, interpretação, comentário (acerca das obras de escritores).
philolŏgus,-a,-um. Relativo ao aprendizado, de instrução, literário. Instruído, erudito, versado em história/antiguidades/literatura.
philosŏpha,-ae, (f.). Filósofa.
philosophĭa,-ae, (f.). Filosofia. Questão filosófica. Doutrina/escola filosófica.
philosŏphor,-aris,-ari,-atus sum. (philosŏphus). Dedicar-se à filosofia, fazer o papel de filósofo, filosofar.
philosophumĕnos,-on. Filosófico.
philosŏphus,-a,-um. De filósofo, filosófico.
philosŏphus,-i, (m.). Filósofo.
philtrum,-i, (n.). Poção amorosa, filtro para inspirar o amor.
phimus,-i, (m.). Recipiente para jogar dados.
phoca,-ae/phoce,-es, (f.). Foca.
phoenicis, ver **phoenix**.
phoenicoptĕrus,-i, (m.). Flamingo.
phoenix, phoenicis, (f.). Fênix (ave mitológica na Arábia).
phonascus,-i, (m.). Professor de canto e declamação. Regente do coro.
phrasis, phrasis, (f.). Dicção, elocução.
phrenesis, phrenesis, (f.). Loucura, delírio, frenesi.
phrenetĭcus,-a,-um. Louco, delirante, furioso, frenético.
phrygianus,-a,-um. Bordado a ouro.
phrygĭo, phrygionis, (m.). O que borda a ouro.
phrygionĭus,-a,-um. Bordado, ornado, adornado.
phthĭsis, phthĭsis, (f.). Tuberculose.
phthongus,-i, (m.). Som, tom, nota musical.
phu/fu. Oh! Ah!
phy/fy/phi/fi. Mas que coisa! Que chateação!
phylăca,-ae, (f.). Prisão, cadeia, cárcere, custódia.
phylacista,-ae, (m.). Carcereiro, guarda da prisão.
phylarchus,-i, (m.). Chefe de uma tribo, cacique, dirigente.

physĭca,-ae/physĭce,-es, (f.). Física, ciências naturais.
physĭce. À maneira de um físico, como um naturalista.
physĭcus,-a,-um. Físico, natural, relativo às ciências naturais.
physĭcus,-i, (m.). Físico, naturalista.
physiognomon, physiognomonis, (m.). Fisionomista.
physiologĭa,-ae, (f.). Conhecimento da natureza, filosofia natural, fisiologia.
piabĭlis, piabĭle. (pio). Que pode ser expiado, expiável.
piacularis, piaculare. (piacŭlum). Expiatório.
piacŭlo,-as,-are. (piacŭlum). Acalmar através de oferendas, apaziguar com expiações.
piacŭlum,-i, (n.). (pio). Meio de apaziguar uma divindade. Oferenda, sacrifício expiatório, expiação. Animal oferecido em sacrifício, vítima. Punição, o que exige expiação. Ato vicioso, crime, sacrilégio. Castigo, vingança. Acontecimento desagradável, infortúnio.
piamen, piamĭnis, (n.). (pio). Sacrifício expiatório, expiação.
piamentum,-i, (n.). (pio). Sacrifício expiatório, expiação.
piamĭnis, ver **piamen**.
piatĭo, piationis, (f.). (pio). Sacrifício expiatório, expiação.
pica,-ae, (f.). Pega (ave da família dos corvídeos). Papagaio. Tagarela, fofoqueiro.
picarĭa,-ae, (f.). (pix). Lugar onde se fabrica piche, fábrica de pez.
picatus,-a,-um. (pico). Coberto de piche. Que tem o gosto de betume.
picĕa,-ae, (f.). (pix). Abeto negro, tipo de pinheiro de onde se extrai o piche.
picĕus,-a,-um. (pix). De piche, de pez. Negro como piche. Sombrio, tenebroso.
picis, ver **pix**.
pico,-as,-are,-aui,-atum. (pix). Lambuzar de piche, besuntar de pez.
pictĭlis, pictĭle. (pictus). Bordado, ornado, adornado.
pictor, pictoris, (m.). (pingo). Pintor.
pictura,-ae, (f.). (pingo). Pintura, arte de pintar. Obra de pintura, quadro, painel.

picturatus,-a,-um. (pictura). Pintado, matizado, variegado, de cores variadas. Bordado, adornado.
pictus,-a,-um. (pingo). Pintado, matizado, variegado, de cores variadas, colorido. Bordado, adornado. Ornado, enfeitado. Irreal, falso, enganoso, ilusório.
picus,-i, (m.). Picanço (um dos pássaros usados pelos augures). Pássaro mitológico (que possui corpo de leão e cabeça e asas de águia). Pica-pau.
pie. (pius). Respeitosamente, piamente, religiosamente.
piĕtas, pietatis, (f.). (pius). Conduta respeitosa (em relação aos deuses, aos pais, aos parentes, aos protetores, à pátria), senso de obediência, sentimento de respeito. Respeito, afeto, amor, lealdade, patriotismo, gratidão. Consciência, escrúpulo. Justiça. Bondade, amabilidade, docilidade, brandura, ternura. Piedade, compaixão.
pietatis, ver **piĕtas.**
piger,-gra,-grum. Relutante, de má vontade, adverso, contrário. Preguiçoso, vagaroso, moroso, indolente, lento, ocioso, inerte. Demorado, duradouro. Calmo, tranquilo.
piget,-ere, pigŭit/pigĭtum est. Fazer de má vontade, relutar em fazer. Preocupar, aborrecer, incomodar, perturbar, desagradar, afligir, vexar, ofender. Arrepender-se. Envergonhar(-se).
pigmentarĭus,-a,-um. (pigmentum). Relativo a pinturas ou unguentos.
pigmentarĭus,-i, (m.). (pigmentum). Negociante de pinturas ou unguentos.
pigmentum,-i, (n.). (pingo). Ingrediente utilizado para coloração, tintura, pigmento. Cosmético, pintura. Ornamento, enfeite. Disfarce.
pignerator, pigneratoris, (m.). (pignĕro). O que recebe penhores ou hipoteca.
pignĕris, ver **pignus.**
pignĕro,-as,-are,-aui,-atum. (pignus). Hipotecar, onerar através de hipoteca, empenhar, penhorar. Comprometer-se, vincular-se.
pignĕror,-aris,-ari,-atus sum. (pignus). Tomar como penhor, ter a hipoteca. Apropriar-se, tomar posse. Aceitar como certo/ inquestionável.
pignŏris, ver **pignus.**

pignus, pignŏris/pignĕris, (n.). Penhor, hipoteca, caução, garantia de pagamento. Aposta. Sinal, fiança. Filhos, pais, irmãos, parentes (considerados como penhores do amor). Algo especialmente valioso ou estimado.
pigre. (piger). Relutantemente. Preguiçosamente, morosamente.
pigrĕo,-es,-ere. (piger). Ser relutante/lento/preguiçoso.
pigresco,-is,-ĕre. (pigrĕo). Tornar-se relutante/lento/preguiçoso.
pigritĭa,-ae, (f.). (piger). Lentidão, vagareza, indolência. Preguiça. Lazer, ócio, tempo livre.
pigritĭes,-ei, ver **pigritĭa.**
pigro,-as,-are,-aui,-atum. (piger). Ser indolente/lento. Prolongar-se demasiadamente.
pigror,-aris,-ari. (piger). Ser indolente/lento. Ser negligente. Prolongar-se demasiadamente.
pila,-ae, (f.). Almofariz, pilão. Pilar, coluna, sustentáculo. Bola. Jogo de bola. Globo, esfera.
pilanus,-i, (m.). (pilum). Triário (soldado armado com dardo e que combatia na terceira fila).
pilarĭus,-i, (m.). (pila). O que faz truques usando bola, malabarista.
pilatus,-a,-um. I- **pilo.** Depilado. Pilhado, saqueado. II- **pilus.** Armado com um dardo. III- **pila.** Condensado, apertado, pressionado.
pile-, ver **pille-.**
pilentum,-i, (n.). Carruagem leve (usada pelas senhoras romanas para transportar os objetos a serem usados em ritos sagrados).
pilicrĕpus,-i, (m.). (pila-crepo). Jogador de bola.
pilleatus,-a,-um. (pillĕus). Coberto com o pillĕus.
pillĕo,-as,-are,-aui,-atum. (pillĕus). Colocar o pillĕus (como símbolo da liberdade), cobrir com o gorro.
pilleŏlus,-i, (m.)/pilleŏlum,-i, (n.). (pillĕus). Pequeno gorro.
pillĕus,-i, (m.)/pillĕum,-i, (n.). Gorro, barrete (feito sob medida, para se ajustar à cabeça, sob o formato de meia casca de ovo, usado em Roma durante jogos e

festivais, especialmente nas Saturnálias, e que era dado a escravos como símbolo de sua libertação). Liberdade, independência. Protetor.

pilo,-as,-are,-aui,-atum. (pilus). Tornar-se cabeludo, ter cabelos compridos. Retirar os pelos, tornar careca, depilar. Pilhar, saquear.

pilosus,-a,-um. (pilus). Cabeludo, coberto de pelos.

pilpĭto,-as,-are. Chiar, produzir um chiado.

pilŭla,-ae, (f.). (pila). Bolinha. Pílula, remédio.

pilum,-i, (n.). Pilão. Pilo, dardo.

pilus,-i, (m.). Cabelo, pelo. Coisa insignificante, bagatela, ninharia (geralmente acompanhado de negação). Agrupamento dos triários no exército romano, centurião chefe dos triários (geralmente acompanhado do adjetivo primus).

pina,-ae, (f.). Pinha marinha (um tipo de molusco).

pinacotheca,-ae, (f.). Pinacoteca, galeria de artes.

pinacothece,-es, ver **pinacotheca.**

pinaster,-tri, (m.). Pinheiro marítimo.

pinetum,-i, (n.). (pinus). Pinheiral.

pinĕus,-a,-um. (pinus). Relativo ao pinheiro, de pinheiro.

pingo,-is,-ĕre, pinxi, pictum. Representar através de pintura, pintar, bordar. Tingir, colorir. Adornar, decorar, enfeitar, embelezar.

pingue, pinguis, (n.). (pinguis). Gordura, banha.

pinguefacĭo,-is,-ĕre, pinguefeci, pinguefactum. (pinguis-facĭo). Engordar, tornar gordo.

pinguesco,-is,-ĕre. (pinguis). Engordar, tornar-se gordo. Tornar-se gorduroso, tornar-se suculento. Tornar-se brilhante (como a gordura).

pinguiarĭus,-i, (m.). (pinguis). O que aprecia a gordura.

pinguis, pingue. Gordo, obeso. Suculento, saboroso. Fértil, abundante, fecundo, em boa condição. Calmo, tranquilo, confortável. Oleoso, gorduroso, viscoso, resinoso. Espesso, denso. Lambuzado, besuntado. Insípido, insensível, não apurado. Pesado, grosseiro, estúpido. Forte, audacioso, determinado. Brilhante, resplandecente, elegante.

pinguis, ver **pingue.**

pinguitĭa,-ae, (f.). (pinguis). Gordura, banha.

pinguitĭes,-ei, ver **pinguitĭa.**

pinguitudĭnis, ver **pinguitudo.**

pinguitudo, pinguitudĭnis, (f.). (pinguis). Gordura. Opulência, riqueza. Fertilidade. Aspereza, impolidez, grosseria.

pinĭfer,-fĕra,-fĕrum. (pinus-fero). Que produz pinheiros, coberto de pinheiros.

pinĭger,-gĕra,-gĕrum. (pinus-gero). Que produz pinheiros.

pinn-, ver **penn-.**

pinot(h)eres,-ae, (m.). Espécie de caranguejo (encontrado dentro da pinha marítima).

pinsĭto,-as,-are. (pinso). Esmagar, triturar, moer.

pinso,-as,-are, pinsatus sum. Pisar, triturar.

pinso,-is,-ĕre, pinsŭi/pinsi, pinsĭtum/pinsum/pistum. Pisar, triturar, esmagar, moer. Bater, espancar.

pinus,-us/pinus,-i, (f.). Pinheiro. Qualquer objeto feito de pinheiro (navio, remo, lança, coroa, tocha, archote, etc). Floresta de pinheiro.

pio,-as,-are,-aui,-atum. (pius). Aplacar, procurar apaziguar, tornar propício por meio de um sacrifício. Honrar com ritos religiosos, celebrar. Purificar através de ritos sagrados. Purificar, expiar. Punir, castigar, vingar.

piper, pipĕris, (n.). Pimenta.

piperatus,-a,-um. (piper). Apimentado. Afiado, mordaz.

pipĭlo,-as,-are. (pipĭo). Piar, pipilar, chilrear.

pipĭo,-as,-are. Piar, pipilar, chilrear.

pipo,-as,-are. Cacarejar.

pipŭlum,-i, (n.)/pipŭlus,-i, (m.). Pio, chilro. Gritaria, choradeira.

pirata,-ae, (m.). Pirata.

piratĭca,-ae, (f.). (piratĭcus). Pirataria.

piratĭcus,-a,-um. De pirata.

pirum,-i, (n.). Pera.

pirus,-i, (f.). Pereira, árvore que dá peras.

pisatĭo, pisationis, (f.). (pinso). Batida, pisada, compressão violenta.

piscarĭus,-a,-um. (piscis). De peixe, de pescador.

piscator, piscatoris, (m.). (piscis). Pescador.

piscatorĭus,-a,-um. (piscis). Relativo à pesca, de pescador.
piscatus,-us, (m.). (piscor). Ação de pescar. Pesca.
piscicŭlus,-i, (m.). (piscis). Peixinho.
piscina,-ae, (f.). (piscis). Aquário. Piscina. Cisterna, tanque, reservatório.
piscinarĭus,-i, (m.). (piscis). O que gosta de aquários.
piscis, piscis, (m.). Peixe (como animal, signo do zodíaco ou constelação).
piscor,-aris,-ari,-atus sum. (piscis). Pescar.
piscosus,-a,-um. (piscis). Abundante em peixes.
pisculentus,-a,-um. (piscis). Abundante em peixes.
piso, ver **pinso.**
pistillum,-i, (n.)/pistillus,-i, (m.). Pilão.
pistor, pistoris, (m.). (pinso). O que tritura o trigo no moinho ou no pilão. Padeiro (como profissão ou como epíteto de Júpiter).
pistorĭus,-a,-um. (pistor). De padeiro.
pistrĭcis, ver **pistris.**
pistrinensis, pistrinense. (pistrinum). De moinho.
pistrinum,-i, (n.). (pistor). Lugar em que o trigo é triturado, moinho. Padaria. Trabalho cansativo.
pistris, pistris, (f.). Monstro marinho, baleia, tubarão. Constelação da baleia.
pistrix, pistrĭcis, ver **pistris.**
pisum,-i, (n.). Ervilha.
pithecĭum,-i, (n.). Macaquinho.
pitheus,-ei/pithĭas,-ae, (m.). Um tipo de cometa (em formato cilíndrico).
pittacĭum,-i, (n.). Pequena tábua de escrever. Etiqueta, rótulo. Emplastro.
pituita,-ae, (f.). Lodo, limo, resina, goma. Mistura viscosa. Secreção, muco, catarro.
pituitosus,-a,-um. (pituita). Fleumático, catarrento.
pius,-a,-um. Que age de acordo com a obrigação (em relação aos deuses e à religião em geral, aos pais, aos parentes, aos protetores, à pátria, etc). Pio, devoto, consciente, afetuoso, carinhoso, afável, respeitoso, leal, patriota. Sagrado, divino, consagrado. Honesto, honrado. Benevolente, bondoso.
pix, picis, (f.). Pez, betume, piche.
pixis, pixis, (f.). Caixa.
placabĭlis, placabĭle. (placo). Fácil de ser pacificado, facilmente apaziguável, aplacável. Pacífico, calmo, moderado.
placabilĭtas, placabilitatis, (f.). (placabĭlis). Disposição para ser aplacado, propensão para ser pacificado.
placabilitatis, ver **placabilĭtas.**
placamen, placamĭnis, (n.). (placo). Recurso de pacificação, lenitivo.
placamentum,-i, (n.), ver **placamen.**
placamĭnis, ver **placamen.**
placatĭo, placationis, (f.). (placo). Ação de pacificar, abrandamento, apaziguamento.
placatus,-a,-um. (placo). Aplacado, apaziguado, favorável. Dócil, amável, calmo, quieto, tranquilo.
placens, placentis. (placo). Amável, agradável. Amado, querido.
placenta,-ae, (f.). Bolo sagrado.
placentis, ver **placens.**
placĕo,-es,-ere,-cŭi,-cĭtum. Agradar, ser agradável, satisfazer, ser aceitável. Parecer bom, achar razoável. Resolver, impor, ordenar, determinar. (placŭit/placĭtum est = está decidido/resolvido/determinado).
placidĭtas, placiditatis, (f.). (placĭdus). Suavidade, brandura, meiguice, serenidade, tranquilidade, placidez.
placiditatis, ver **placidĭtas.**
placĭdus,-a,-um. (placĕo). Plácido, pacífico, calmo, sereno, suave, brando, meigo, tranquilo.
placĭto,-as,-are. (placĕo). Ser muito agradável.
placĭtum,-i, (n.). (placĕo). O que é agradável. Opinião, sentimento. Determinação, ordem. Máxima, princípio.
placĭtus,-a,-um. (placĕo). Agradável, aceitável.
placo,-as,-are,-aui,-atum. Reconciliar. Acalmar, apaziguar, pacificar. Esforçar-se por apaziguar.
plaga,-ae, (f.). Golpe, pancada, soco. Surra, açoite. Ferida, lesão, cicatriz. Desgraça, calamidade. Praga, peste. Aflição, aborrecimento. Região, setor, área delimitada, zona. Distrito, comarca. Rede de caça. Armadilha, emboscada. Cortina.
plagiarĭus,-i, (m.). (plagĭum). Torturador, opressor, saqueador. Sequestrador. Ladrão de obras literárias, plagiador.

plagĭger,-gĕra,-gĕrum. (plaga-gero). Que leva muitas pancadas, nascido para ser espancado.
plagigerŭlus, ver **plagĭger.**
plagipatĭda,-ae, (m.). Saco de pancadas.
plagosus,-a,-um. (plaga). Cheio de pancadas, coberto de cicatrizes. Que gosta de espancar.
plagŭla,-ae, (f.). (plaga). Cortina. Tapete. Bandô. Folha de papel.
plagusĭa,-ae, (f.). Um tipo de peixe desconhecido.
planaris, planare. (planus). Plano, nivelado ao solo.
planctus,-us, (m.). (plango). Ação de bater e gritar ao mesmo tempo, pancada acompanhada de bramido ou urro. Ação de bater sobre o peito, braços e rosto para prantear, lamentação, pranto.
plane. (planus). Uniformemente, igualmente. Claramente, nitidamente, de maneira inteligível. Completamente, inteiramente. Certamente, com toda a certeza.
planes/planetes, planetis, ver **planeta.**
planeta,-ae, (m.). Astro errante, planeta.
plango,-is,-ĕre, planxi, planctum. Bater, espancar (especialmente provocando barulho). Bater sobre o peito, braços e rosto para prantear. Lamentar-se, lastimar-se.
plangor, plangoris, (m.). (plango). Pancada, soco, batida (acompanhada de barulho). Lamentação ruidosa, gemido de lamentação, pranto.
planicĭes, ver **planitĭes.**
planilŏquus,-a,-um. (plane-loquor). Que fala com nitidez, que se expressa de modo inteligível.
planĭpes, planipĕdis, (m.). (planus-pes). Um tipo de ator cômico (que não usa nem o *soccus* nem o *cothurnus*).
planĭtas, planitatis, (f.). Simplicidade.
planitĭa,-ae, ver **planitĭes.**
planitĭes,-ei, (f.). Planície, superfície plana, campina.
planta,-ae, (f.). Muda de plantas, haste, rebento (utilizado para replantar). Planta, vegetal. Planta do pé, sola do pé.
plantarĭa, plantarĭum, (n.). (plantaris). Mudas de plantas. Legumes. Vegetação. Sapatos, sandálias.
plantaris, plantare. (planta). Relativo a muda de plantas. Relativo à planta dos pés.
plantarĭum,-i, (n.). (planta). Viveiro de plantas.
plantatĭo, plantationis, (f.). (planto). Plantação. Muda transplantada.
plantĭger,-gĕra,-gĕrum. (palnta-gero). Que produz rebentos.
planto,-as,-are,-aui,-atum. (planta). Plantar.
planus,-a,-um. Plano, nivelado, liso. Fácil, livre de dificuldades. Humilde, desconsiderável. Claro, distinto, inteligível.
planus,-i, (m.). Trapaceiro, impostor, ladrão.
plasma, plasmătis, (n.). Criatura (formada a partir do barro). Ficção. Declamação efeminada.
plastes,-ae, (m.). Modelador, escultor.
plastĭca,-ae, ver **plastĭce,-es.**
plastĭce,-es, (f.). Arte plástica, arte de modelar.
platalĕa,-ae, (f.). Um tipo de ave marinha (provavelmente o pelicano).
platănon, platanonis, (m.). Plantação de plátanos.
platănus,-i/platănus,-us (f.). Plátano.
platĕa,-ae, (f.). Passagem larga, rua. Espaço aberto em uma casa, área ao ar livre.
plaudo,-is,-ĕre, plausi, plausum. Bater uma coisa contra a outra. Bater palmas, aplaudir. Expressar a aprovação, aprovar.
plausibĭlis, plausibĭle. (plaudo). Que merece aprovação, que deve ser aplaudido. Plausível, aceitável.
plausor, plausoris, (m.). (plaudo). O que aplaude, o que bate palmas.
plaustrum,-i, (n.). Veículo utilizado para transportar cargas pesadas, carreta, vagão de carga. A constelação da Ursa Maior.
plausus,-us, (m.). (plaudo). Ação de bater as mãos. Palmas, aplauso. Aprovação.
plautus,-a,-um. Chato, largo. Que tem os pés chatos.
plebecŭla,-ae, (f.). (plebs). Populacho, ralé, gentinha.
plebeius,-a,-um. (plebs). Relativo ao povo comum, plebeu, do povo. Popular, comum, trivial.
plebes, ver **plebs.**
plebicŏla,-ae, (m.). (plebs-colo). Amigo do povo, o que procura obter os favores do povo, demagogo.
plebis, ver **plebs.**

plebiscitum,-i, (n.). (plebs-scitum). Decreto do povo, lei do povo, plebiscito.
plebs, plebis, (f.). Povo comum, plebeu (em oposição aos patrícios, senadores e cavaleiros). Grande massa, multidão. Classe baixa, populacho, ralé. Nação, comunidade.
plectĭlis, plectĭle. (plecto). Dobrado. Complicado, intrincado.
plecto,-is,-ĕre. Bater, castigar, punir. Amaldiçoar.
plecto,-is,-ĕre, plexi, plexum. Dobrar, entrelaçar, trançar.
plectrum,-i, (n.). Vareta (com a qual um músico toca as cordas de um instrumento), plectro. Lira. Poesia lírica. Leme, timão.
plene. (plenus). Plenamente, completamente, amplamente, inteiramente. Perfeitamente.
plenilunĭum,-i, (n.). (plenus-luna). Lua cheia.
plenus,-a,-um. Cheio, completo, pleno. Corpulento, robusto, volumoso, rechonchudo, gordo. Grávida, prenhe. Preenchido, satisfeito. Sobrecarregado, bem servido. Inteiro, total, todo, por completo. Sonoro, claro. Forte, substancial. Por inteiro, não abreviado. Abundante, muito, copioso. Maduro, de idade avançada.
plerus, ver **plerusque.**
plerusque, pleraque, plerumque. A maior parte, grande parte, a maioria.
plicatricis, ver **plicatrix.**
plicatrix, plicatricis, (f.). (plico). A que dobra as roupas.
plicatura,-ae, (f.). (plico). Ação de dobrar.
plico,-as,-are,-aui,-atum. Dobrar, preguear. Duplicar.
plodo, ver **plaudo.**
ploer-, ver **plur.**
plorabĭlis, plorabĭle. (ploro). Lamentável, deplorável.
plorabundus,-a,-um. (ploro). Banhado em lágrimas.
plorator, ploratoris, (m.). (ploro). O que chora/grita de lamentação.
ploratus,-us, (m.). (ploro). Choro, grito de lamentação, pranto.
ploro,-as,-are,-aui,-atum. Gritar, bradar, clamar. Chorar, lamentar, prantear.
plostr-, ver **plaustr-.**
pluma,-ae, (f.). Pena, plumagem, penugem. Alto relevo (de bronze sobre uma couraça).

plumatĭle, plumatĭlis, (n.). (pluma). Vestimenta bordada com penas.
plumbarĭus,-a,-um. (plumbum). Plúmbeo, de chumbo.
plumbĕum,-i, (n.). (plumbum). Vaso de chumbo.
plumbĕus,-a,-um. (plumbum). Plúmbeo, de chumbo. Pobre, ruim, sem valor. Pesado, carregado, opressivo. Áspero, grosseiro. Estúpido, insípido.
plumbo,-as,-are,-aui,-atum. (plumbum). Soldar com chumbo, chumbar. Guarnecer de chumbo, trabalhar o chumbo.
plumbosus,-a,-um. (plumbum). Cheio de chumbo, misturado a bastante chumbo.
plumbum,-i, (n.). Chumbo. Bola de chumbo. Cano/tubo de chumbo. Caneta, régua.
plumesco,-is,-ĕre. (pluma). Começar a ter penas, empenar-se, tornar-se emplumado.
plumĕus,-a,-um. (pluma). Emplumado, coberto de penas. Leve, delicado, macio (como a pluma). Enfeitado, bordado.
plumĭger,-gĕra,-gĕrum. (pluma-gero). Que tem plumas, plumígero.
plumipĕdis, ver **plumĭpes.**
plumĭpes, plumipĕdis. (pluma-pes). Que tem os pés cobertos de penas.
plumo,-as,-are,-aui,-atum. (pluma). Cobrir de penas, empenar. Enfeitar, bordar. Cobrir com alto relevo. Começar a ter penas, empenar-se.
plumosus,-a,-um. (pluma). Cheio de penas, coberto de plumas, emplumado. Relativo a aves.
pluo,-is,-ĕre, plui. Chover. Jorrar como chuva, cair em gotas.
pluralis, plurale. (plus). Relativo a mais de um, que se refere a muitos. Plural.
pluralĭter. (pluralis). No plural.
plurifarĭam. (plus). Em muitas partes, em diversos lugares.
plurĭmi. (plurĭmus). Muito caro, de preço bastante elevado, que tem muito valor.
plurĭmus,-a,-um. (plus). Muito, em grande quantidade, muito mais numeroso. Muito grande, muito poderoso.
pluris, ver **plus.**
plus, pluris. (multus). Mais, muito, mais numeroso. (*plures* = a massa, a multidão; a maioria).

pluscŭlus,-a,-um. (plus). Um pouco mais, em maior quantidade, em número um pouco maior.
plusscĭus,-a,-um. (plus-scio). Que sabe mais.
plutĕum,-i, (n.)/plutĕus,-i, (m.). Mantelete, parapeito. Estante, prateleira. Cabeceira. Leito.
pluuĭa,-ae, (f.). (pluuĭus). Chuva.
pluuialis, pluuiale. (pluuĭa). Relativo a chuva, pluvial.
pluuiosus,-a,-um. (pluuĭa). Pluvioso, chuvoso.
pluuĭus,-a,-um. (pluo). Relativo a chuva, pluvial. Que produz chuva, que faz chover. (*arcus pluuĭus* = arco-íris).
pocillum,-i, (n.). (pocŭlum). Copo pequeno, pequena taça.
pocŭlum,-i, (n.). Copo, taça. Bebida, poção, dose. Bebedeira. Veneno.
podăgra,-ae, (f.). Gota nos pés.
podagrĭcus,-a,-um. Que tem gota nos pés.
podagrosus,-a,-um. Que tem gota nos pés.
podex, podĭcis, (m.). Ânus.
podĭcis, ver **podex.**
podĭum,-i, (n.). Lugar elevado, altura, cume. Sacada junto à arena (onde o imperador e outros convidados ilustres se sentavam). Varanda, sacada, parapeito.
poema, poemătis, (n.). Composição em verso, poema. Poesia.
poemătis, ver **poema.**
poematĭum,-i, (n.). Poema curto, pequena composição em verso.
poeme-, ver **pome-.**
poena,-ae, (f.). Indenização, compensação, expiação, punição, penalidade. Vingança. Dificuldade, tormento, sofrimento, dor.
poenalis, poenale. (poena). Penal, relativo a punição. Criminoso, passível de punição.
poenarĭus,-a,-um. (poena). Penal, relativo a punição. Criminoso, passível de punição.
poeni-, ver **puni-.**
poesis, poesis, (f.). Arte de compor poemas, poesia. Poema.
poeta,-ae, (m.). O que faz/produz. Mágico, inventor, artista. Poeta.
poetica,-ae/poetice,-es, (f.). Poesia, obra em verso.
poetĭcus,-a,-um. Poético, de poeta. (*poetĭce* = como poeta).
poetrĭa,-ae, (f.). Poetisa.

pogonĭas,-ae, (m.). Um tipo de cometa.
pol. Por Pólux!
polenta,-ae, (f.). Cevada (sem casca). Farinha de cevada.
polentarĭus,-a,-um. (polenta). Relativo a cevada, de cevada.
polĭo,-is,-ire,-iui,-itum. Polir, lapidar, alisar, aplainar. Adornar, decorar, embelezar. Refinar, aperfeiçoar. Limpar.
polite. (politus). De maneira refinada, polidamente, elegantemente.
politia,-ae, (f.). Organização política, governo, Estado.
politĭcus,-a,-um. Político, civil, relativo ao Estado.
politor, politoris, (m.). (polĭo). O que pole/lapida/alisa/aplaina. Cultivador.
politura,-ae, (f.). (polĭo). Ação de polir/lapidar/alisar/aplainar. Polimento.
politus,-a,-um. (polĭo). Polido, refinado, cultivado, bem acabado, perfeito. Elegante, esmerado.
pollen, pollĭnis, (n.). Farinha fina, pó de moinho. Pó, poeira.
pollens, pollentis. (pollĕo). Forte, poderoso, potente, muito capaz, superior.
pollentĭa,-ae, (f.). (pollĕo). Força, poder, potência, grande capacidade, superioridade.
pollentis, ver **pollens.**
pollĕo,-es,-ere. (potis-ualĕo). Ser forte/poderoso/potente/muito capaz. Ser superior, prevalecer. Ser eficaz, funcionar. Ter valor, ser estimado.
pollex, pollĭcis, (m.). Polegar (dedo ou medida). Polegada. Nó, protuberância.
pollicĕor,-eris,-eri, pollicĭtus sum. (licĕor). Oferecer, propor, prometer. Anunciar. Predizer, pressentir.
pollĭcis, ver **pollex.**
pollicitatĭo, pollicitationis, (f.). (pollicĭtor). Oferecimento, oferta, promessa, proposta.
pollicĭtor,-aris,-ari,-atus sum. (pollicĕor). Fazer muitas promessas, prometer insistentemente.
pollicĭtum,-i, (n.). (pollicĕor). Promessa.
pollictor, ver **pollinctor.**
pollinarĭus,-a,-um. (pollen). Relativo a farinha fina, de pó de moinho.
pollinctor, pollinctoris, (m.). (pollingo). Agente funerário, o que lava um cadáver e o prepara para a cremação.

pollingo,-is,-ĕre, pollinxi, pollinctum. Lavar um cadáver e prepará-lo para a cremação.
pollĭnis, ver **pollen.**
pollis, pollĭnis, ver **pollen.**
pollucĕo,-es,-ere, polluxi, polluctum. (licĕor). Colocar sobre o altar como sacrifício a uma divindade, oferecer em sacrifício. Servir um prato. Presentear. Entreter, distrair. Partilhar, compartilhar.
pollucibĭlis, pollucibĭle. (pollucĕo). Suntuoso, rico, magnífico.
pollucibilĭter. (pollucibĭlis). Suntuosamente, magnificamente.
polluctum,-i, (n.). (pollucĕo). Oferta, oferenda. Banquete sacrificial.
polluctura,-ae, (f.). (pollucĕo). Banquete, festa esplêndida.
pollŭo,-is,-ĕre, pollŭi, pollutum. Sujar, poluir, manchar, contaminar. Violar, desonrar, profanar. Violentar, desonrar (uma mulher).
pollutus,-a,-um. (pollŭo). Que não é mais virgem. Vicioso, indecente, impuro.
pol(l)ŭlus, ver **paulŭlus.**
polus,-i, (m.). A extremidade de um eixo, polo. Estrela polar. O céu.
polymĭtus,-a,-um. Tecido com vários fios. (*polymita ars* = tapeçaria).
polymyxos [lucerna]. Lâmpada que possui vários pavios.
polymyxos,-i. Que possui vários pavios.
polyphăgus,-i, (m.). Glutão, guloso, comilão.
polyposus,-a,-um. (polypus). Que tem um pólipo.
polypus,-i, (m.). Polvo. Pólipo.
pomarĭum,-i, (n.). (pomum). Pomar.
pomarĭus,-i, (m.). (pomum). Vendedor de frutas, fruteiro.
pomeridianus,-a,-um. (post-meridianus). Depois do meio dia, à tarde.
pomerĭum,-i, (n.). (post-murus). Espaço aberto (considerado sagrado, livre de construções em seu interior e de paredes, fora dos limites da cidade, demarcado por pedras).
pomĭfer,-fĕra,-fĕrum. (pomum-fero). Que produz frutos, frutífero, rico em frutos. (*pomifĕrae* = árvores frutíferas).
pomosus,-a,-um. (pomum). Rico em frutos, abundante em frutos.
pompa,-ae, (f.). Procissão solene/pública. Funeral. Cortejo, séquito, comboio, comitiva. Procissão durante os Jogos Circenses (em que imagens dos deuses eram carregadas). Ostentação, pompa.
pompĭlus,-i, (m.). Um tipo de peixe marinho (que segue os navios), peixe-timão, peixe-piloto.
pomum,-i, (n.). Fruto. Árvore frutífera.
pomus,-i, (f.). Árvore frutífera. Fruto.
pondĕris, ver **pondo.**
pondĕro,-as,-are,-aui,-atum. (pondus). Pesar. Ponderar, considerar, refletir.
ponderosus,-a,-um. (pondus). Pesado. Oneroso. Significante, importante, imponente.
pondo. (pondus). De peso, em peso. Libra (medida de peso).
pondus, pondĕris, (n.). (pendo). Peso, gravidade. Libra (medida de peso). Massa/volume/carga pesada. Grande quantidade/número, multidão. Importância, influência, autoridade. Responsabilidade, obrigação. Firmeza, constância.
pone. (post). Atrás, para trás, de trás. Depois.
pono,-is,-ĕre, posŭi, posĭtum. Pôr, colocar, depositar, deixar. Posicionar, instalar. Estabelecer, fixar. Erigir, construir, erguer. Plantar. Apostar, arriscar dinheiro, propor como prêmio. Investir o dinheiro, emprestar a juros. Servir, colocar à mesa. Deixar de lado, depor, afastar. Colocar no túmulo, enterrar. Ponderar, considerar, analisar cuidadosamente. Propor, expor, apresentar. Organizar, harmonizar. Acalmar, tranquilizar, domesticar.
pons, pontis, (m.). Ponte. Ponte móvel. Convés. Piso, pavimento.
pontĭcŭlus,-i, (m.). (pons). Ponte pequena.
pontĭfex, pontifĭcis, (m.). (pons-facĭo). Pontífice, sacerdote que ocupa alto cargo. (*pontĭfex maxĭmus* = presidente do Colégio dos pontífices).
pontificalis, pontificale. (pontĭfex). De pontífice, relativo a sacerdote que ocupa alto cargo.
pontificatus,-us, (m.). (pontĭfex). Cargo de pontífice, pontificado.
pontificĭs, ver **pontĭfex.**
pontificĭus,-a,-um. (pontĭfex). De pontífice, relativo a sacerdote que ocupa alto cargo.

pontis, ver pons.
ponto, pontonis, (m.). (pons). Balsa, barcaça (utilizada para transporte entre as margens de um rio).
pontŭfex, ver pontĭfex.
pontus,-i, (m.). Mar, alto mar, mar profundo. Onda, vaga.
popa,-ae, (m.). Popa (sacerdote que ocupava cargo inferior, cuja função era levar vítima ao altar e abatê-la com um machado), sacerdote assistente.
popanum,-i, (n.). Bolo sacrificial.
popellus,-i, (m.). (popŭlus). Ralé, populacho, gentinha.
popina,-ae, (f.). Restaurante, refeitório, taberna. Comida, iguarias, refeição.
popino, popinonis, (m.). Frequentador de restaurantes. Gastrônomo, glutão.
poples, poplĭtis, (m.). Jarrete. Joelho.
poplĭtis, ver poples.
pop(o)lus, ver popŭlus.
poppysma, poppysmătis, (n.). Assovio, som produzido pela movimentação da língua dentro da cavidade bucal (como um sinal de aprovação).
poppysmătis, ver poppysma.
popysmus,-i, (m.), ver poppysma.
populabĭlis, populabĭle. (popŭlor). Que pode ser devastado, destrutível.
populabundus,-a,-um. (popŭlor). Devastador, destruidor.
popularĭa, popularĭum, (n.). (popularis). Lugares destinados ao povo no anfiteatro, lugares comuns.
popularis, populare. (popŭlus). Relativo ao povo comum, do povo, proveniente do povo, destinado ao povo. Popular, público. Comum, inferior, ordinário. Democrático. (*popularis ciuĭtas* = democracia). Nativo, vernáculo, proveniente de um mesmo país.
popularis, popularis, (m./f.). (popŭlus). Compatriota, conterrâneo, concidadão. Companheiro, parceiro, camarada, cúmplice. (*populares* = democratas).
popularĭtas, popularitatis, (f.). (popularis). Mesma cidadania, proveniência de um mesmo país. Esforço para agradar o povo, busca do favorecimento do povo. População, habitantes.
popularitatis, ver popularĭtas.

popularĭter. (popularis). À maneira do povo comum. De modo comum, ordinariamente. Popularmente, democraticamente.
populatĭo, populationis, (f.). (popŭlor). Devastação, destruição, assolação. Saque, pilhagem. Presas, despojos. Corrupção, ruína.
populator, populatoris, (m.). (popŭlor). Devastador, destruidor, assolador. Saqueador.
populatricis, ver populatrix.
populatrix, populatricis, (f.). (populator). Devastadora, destruidora, assoladora. Saqueadora.
populĕus,-a,-um. (popŭlus II). Relativo ao choupo, de choupo.
populĭfer,-fĕra,-fĕrum. (popŭlus II-fero). Cheio de choupos, rico em choupos.
populiscitum,-i, (n.). (popŭlus-scitum). Decreto do povo.
popŭlo, ver popŭlor.
popŭlor,-aris,-ari,-atus sum. (popŭlus). Devastar, destruir, assolar. Saquear, pilhar. Arruinar, aniquilar. Danificar, mutilar.
populosus,-a,-um. (popŭlus I). Cheio de pessoas, populoso. Numeroso.
popŭlus,-i, (m.). I - Povo, nação, conjunto de cidadãos. Povo comum, plebe. Populacho, ralé. Região, comarca, povoação. Multidão, aglomeração, grande número (de pessoas ou coisas). O público. II (f.) - Choupo.
porca,-ae, (f.). (porcus). Porca. Porco.
porcella,-ae, (f.). (porcŭla). Leitoa, porquinha.
porcellus,-i, (m.). (porcŭlus). Leitão, porquinho.
porcina,-ae, (f.). (porcinus). Carne de porco.
porcinarĭus,-i, (m.). (porcus). Vendedor de porcos.
porcinus,-a,-um. (porcus). Suíno, de porco.
porcŭlus,-i, (m.). (porcus). Leitão, porquinho.
porcus,-i, (m.). Porco, capado.
porgo, ver porrĭgo.
porphyretĭcus,-a,-um. Vermelho como a púrpura.
porphyrĭo, porphyrionis, (m.). Porfirião (nome de uma ave).
porrectĭo, porrectionis, (f.). (porrĭgo,-is,-ĕre). Estiramento, ação de estender/esticar. Linha reta.

porrectus,-a,-um. (porrĭgo,-is,-ĕre). Longo, alongado.

porricĭo,-is,-ĕre, porreci/porrexi, porrectum. Estender sobre o altar, oferecer sacrifícios aos deuses. Trazer diante de, apresentar.

porrĭgo, porrigĭnis, (f.). Caspa. Tinha (infecção da pele por fungos).

porrĭgo,-is,-ĕre, porrexi, porrectum. (pro--rego). Estender diante de, apresentar, espalhar(-se). Esticar, estirar. Oferecer. Protelar, prolongar. Procurar obter, buscar alcançar. (*manum porrigĕre* = expressar a aprovação).

porro. Para a frente, para adiante, avante, para longe. Doravante, daqui por diante, depois. Novamente, por sua vez. Então, além disso, afora isso. Por outro lado, mas. Antigamente, antes.

porrum,-i, (n.)/porrus,-i, (m.). Alho-porro.

porta,-ae, (f.). Portão (da cidade). Passagem, entrada, acesso.

portatĭo, portationis, (f.). (porto). Meio de transporte, condução.

portendo,-is,-ĕre, portendi, portentum. (pro-tendo). Predizer, prever, pressagiar, indicar antecipadamente.

portentosus,-a,-um. (portentum). Monstruoso, sobrenatural, horrível, medonho. Maravilhoso, singular.

portentum,-i, (n.). (portendo). Sinal, indício, presságio, prodígio, agouro. Monstro, monstruosidade. Monstro de depravação. História estranha, conto extravagante, narrativa prodigiosa.

porthmĕus,-ĕi, (m.). Barqueiro dos infernos.

porticŭla,-ae, (f.). (portĭcus). Pequena sacada, pórtico pequeno.

portĭcus,-us, (f.). (porta). Pórtico, varanda, sacada, alpendre. Abrigo, cobertura (para proteger soldados em batalha).

portĭo, portionis, (f.). Parte, parcela, porção, divisão. Relação, proporção.

portiscŭlus,-i, (m.). Instrumento usado pelo chefe dos remadores para dar sinais e ritmar a passagem do remo.

portĭtor, portitoris, (m.). (porto). I - Alfandegário (junto a um porto), aduaneiro. II - Carregador, transportador (geralmente em um barco). Barqueiro, marinheiro, marujo. Barqueiro dos infernos. Carreteiro, carroceiro.

porto,-as,-are,-aui,-atum. Transportar, conduzir, carregar, levar. Trazer. Suportar, tolerar, resistir.

portorĭum,-i, (n.). Taxa de importação/exportação, imposto sobre mercadorias. Frete.

portŭla,-ae, (f.). (porta). Pequena passagem, porta pequena.

portuosus,-a,-um. (portus). Cheio de portos, que possui muitos portos.

portus,-us, (m.). Entrada, passagem. Porto, ancoradouro. Foz de um rio. Refúgio, abrigo, asilo.

posca,-ae, (f.). Bebida ácida (resultante da mistura de vinagre a água).

posco,-is,-ĕre, poposci. Pedir prementemente, rogar, implorar. Demandar, solicitar, requisitar, precisar. Exigir punição, pedir a rendição. Mendigar. Chamar, exigir a presença. Invocar. Pedir a mão, pedir em casamento.

positĭo, positionis, (f.). (pono). Posicionamento, colocação. Posição, postura, situação. Afirmação. Proposição, tema, argumento, assunto. Ritmo decrescente. Disposição do espírito, humor. Circunstância.

posĭtor, positoris, (m.). (pono). Construtor, fundador.

positura,-ae, (f.). (pono). Posição, situação, postura. Disposição, ordem, organização.

posĭtus,-us, (m.). (pono). Posição, situação. Disposição, ordem, organização.

possessĭo, possessionis, (f.). (possĭdo). Ocupação, tomada de posse. Posse, propriedade, patrimônio.

possessiuncŭla,-ae, (f.). (possessĭo). Pequena propriedade, pequeno patrimônio.

possessiuus,-a,-um. (possidĕo). Relativo a posse, possessivo. (*possessiuus casus* = caso genitivo).

possessor, possessoris, (m.). (possidĕo). Possuidor. Proprietário, dono. O que detém a posse de um objeto reclamado em juízo. Senhor, soberano.

possessus,-us, (m.). (possidĕo). Posse, propriedade.

possibĭlis, possibĭle. (possum). Que pode existir, que pode ser feito, possível.

possĭdĕo,-es,-ere, possedi, possessum. (sedĕo). Possuir, ter a posse, ter nas mãos. Ter posses, possuir propriedades. Tomar posse, ocupar.

possido,-is,-ĕre, possedi, possessum. (possidĕo). Tomar posse, ocupar, tornar-se dono.

possum, potes, posse, potŭi. (potis-sum). Ser capaz de, ter forças para, poder. Ter poder, ter influência. Ser possível.

post. prep./acus. Para trás, atrás. Depois, em seguida. Atrás de, por trás de. Depois de, após. Abaixo de, inferior a, menos importante que. Exceto.

postĕa. (post-ea). Em seguida, depois disso, posteriormente, então. Além disso.

posteaquam. (postea-quam). Depois que.

poster, ver **postĕrus.**

postĕri,-orum, (m.). (postĕrus). Gerações futuras, descendentes, posteridade.

posterĭor, posterĭus. (postĕrus). Que vem depois, seguinte, posterior. Que está em segundo lugar. Último. Inferior, que está abaixo de.

posterĭtas, posteritatis, (f.). (postĕrus). Gerações futuras, época futura, posteridade.

posteritatis, ver **posterĭtas.**

posterĭus. (postĕrus). Posteriormente, mais tarde.

postĕrus,-a,-um. (post). Que vem depois, seguinte, futuro.

postfĕro,-fers,-ferre. (post-fero). Colocar em segundo lugar, valorizar menos.

postfuturus,-a,-um. (post-futurus). Que está por vir, futuro, posterior.

postgenĭtus,-a,-um. (post-genĭtus). Nascido depois, gerado posteriormente.

posthabĕo,-es,-ere,-habŭi,-habĭtum. (post-habĕo). Colocar em segundo plano, valorizar menos. Colocar de lado, negligenciar.

posthac. (post-hac). De agora em diante, daqui para frente. Desde então.

posthaec. (post-haec). Em seguida, depois disso.

posthinc. (post-hinc). Em seguida, depois disso.

posthoc. (post-hoc). Em seguida, depois disso.

posthum-, ver **postum-.**

postĭbi. (post-ibi). Então, em seguida, depois.

postica,-ae, (f.). (posticus). Porta traseira.

postĭcŭlum,-i, (n.). (postĭcum). Pequeno quarto (localizado nos fundos da casa).

posticum,-i, (n.). (posticus). Porta traseira. Os fundos de uma construção. Fundamento.

posticus,-a,-um. (post). Que está atrás, na parte de trás, traseiro.

postidĕa. (postĕa). Então, em seguida, depois.

postilĭo, postilionis, (f.). (postŭlo). Exigência do cumprimento de um sacrifício esquecido, reclamação de uma divindade sobre os mortais.

postis, postis, (m.). (pono). Ombreiras de uma porta. Porta. Os olhos.

postlimĭnĭum,-i, (n.). (post-limen). Volta para casa. Retorno à pátria (com recuperação da antiga condição e dos privilégios). Retorno. Recuperação, reconciliação.

postmeridianus,-a,-um, ver **pomeridianus.**

postmŏdo. (post-modo). Pouco depois, logo em seguida.

postmŏdum. (post-modum). Pouco depois, logo em seguida.

postpartor, postpartoris, (m.). (post-partor). Herdeiro, sucessor.

postpono,-is,-ĕre,-posŭi,-ponĭtum. (post-pono). Colocar depois, pospor, adiar. Negligenciar, colocar de lado, valorizar menos, desconsiderar, desprezar.

postpŭto,-as,-are. (post-puto). Considerar secundário, valorizar menos, desconsiderar, desprezar.

postquam. (post-quam). Depois que, assim que, quando. Uma vez que, porque, visto que.

postremo. (postremus). Enfim, finalmente, em último lugar.

postremum. (postremus). Pela última vez.

postremus,-a,-um. (postĕrus). Último, que está em último lugar. Pior, mais baixo, mais desprezível, mais vil.

postridĭe. (postĕrus-dies). No dia seguinte.

postscribo,-is,-ĕre,-scripsi. (post-scribo). Escrever depois, acrescentar.

postulaticĭus,-a,-um. (postŭlo). Exigido, requisitado.

postulatĭo, postulationis, (f.). (postŭlo). Demanda, exigência. Processo, ação judicial. Pedido, súplica. Reclamação, queixa, pedido de reparação.

postulator, postulatoris, (m.). (postŭlo). O que entra com uma ação judicial, reclamante.
postulatum,-i, (n.). (postŭlo). Demanda, exigência, reclamação.
postulatus,-us, (m.). (postŭlo). Processo, ação judicial.
postŭlo,-as,-are,-aui,-atum. (posco). Pedir, demandar, exigir, requerer. Processar, acusar, contestar. Reclamar. Conter, medir. Precisar, necessitar.
postŭmus,-a,-um. (postěrus). Que está em último lugar, último, que nasceu por último.
postŭmus,-i, (m.). (postěrus). Filho póstumo, criança que nasceu depois da morte do pai.
postus = **posĭtus,** ver **pono.**
potatĭo, potationis, (f.). (poto). Ação de beber. Bebedeira.
potator, potatoris, (m.). (poto). Bebedor. Beberrão, bêbado.
potens, potentis. (possum). Poderoso, potente, muito capaz, forte. Que tem poder sobre, soberano. Apropriado. Eficiente.
potentatus,-us, (m.). (potens). Força, poder. Força política, domínio, comando, autoridade. Primazia, hegemonia.
potenter. (potens). Fortemente, poderosamente. De acordo com as próprias forças, segundo a própria habilidade.
potentĭa,-ae, (f.). (potens). Força, poder. Eficácia, propriedade, ação. Habilidade, capacidade. Força política, autoridade, influência, controle.
potentis, ver **potens.**
potes/potest, ver **possum.**
potestas, potestatis, (f.). (possum). Habilidade, capacidade. Poder, autoridade, força. Força política, domínio, governo, controle. Ofício de magistrado, magistratura. Magistrado, funcionário público. Regente, monarca supremo. Poder legal, direitos. Eficácia, propriedade, ação. Significado (de uma palavra). Possibilidade, oportunidade.
potestatis, ver **potestas.**
potin. (potis-ne). Você pode? Você é capaz?
potĭo, potionis, (f.). (poto). Bebida. Bebida venenosa. Poção mágica, filtro mágico. Dose.

potĭo,-is,-ire,-iui,-itum. (potis). Sujeitar, deixar sob o comando.
potiono,-as,-are,-,-atum. (potĭo). Dar de beber, embebedar.
potĭor, potĭus. (potis). Mais poderoso, superior. Preferível, melhor, mais útil, mais importante.
potĭor,-iris,-iri,-itus sum. (potis). Tomar posse, adquirir, tornar-se dono. Ter nas mãos, possuir, ocupar.
potis, pote. Capaz, poderoso. Possível.
potissĭmum. (potis). Principalmente, especialmente, preferencialmente, acima de tudo.
potissĭmus,-a,-um. (potis). Principal, mais importante, mais proeminente.
potĭto,-as,-are. (poto). Beber frequentemente.
potitor, potitoris, (m.). (potĭor). Possuidor, chefe, proprietário.
potiuncŭla,-ae, (f.). (potĭo). Bebida leve, pequena dose.
potĭus. (potis). Antes, melhor, preferivelmente, de preferência.
poto,-as,-are,-aui,-atum/potum. Beber. Sorver, absorver, sugar. Embeber, impregnar. Embebedar.
potor, potoris, (m.). (poto). Bebedor. Bêbado, beberrão.
potricis, ver **potrix.**
potrix, potricis, (f.). (potor). Bêbada.
potŭi, ver **possum.**
potulentum,-i, (n.). (potus). Bebida.
potulentus,-a,-um. (potus). Que pode ser bebido. Bêbado.
potus,-a,-um. (poto). Que bebeu. Que foi bebido. Bêbado.
potus,-us, (m.). (poto). Ação de beber. Bebedeira. Bebida.
prae. prep./abl. Na frente, adiante, acima. Muito, bastante, extremamente. Na frente de, diante de. Por causa de, em razão de. Em comparação com, à vista de. Antes, mais, de preferência. Acima de.
praeacutus,-a,-um. (prae-acutus). Afiado/amolado na ponta.
praealtus,-a,-um. (prae-altus). Muito alto / elevado. Muito profundo.
praebĕo,-es,-ere, praebŭi, praebĭtum. (prae-habĕo). Estender, apresentar. Oferecer, dar, agraciar. Fornecer, suprir. Mostrar, exibir, representar. Causar, ocasionar, conferir.

praebĭbo,-is,-ĕre, praebĭbi. (prae-bibo). Beber antes. Beber em honra a.

praebĭta,-orum, (n.). (praebĕo). Fornecimento, manutenção. Pensão.

praebĭtor, praebitoris, (m.). (praebĕo). Fornecedor.

praecaeuĕo,-es,-ere,-caui,-cautum. (praecauĕo). Prevenir-se, acautelar-se, precaver-se. Tomar conta, guardar, proteger.

praecaluus,-a,-um. (prae-caluus).

praecăno,-is,-ĕre. (prae-cano). Profetizar, predizer. Antecipar, prevenir. Destruir a força de um encantamento.

praecanto,-as,-are,-aui,-atum. (prae-canto). Profetizar, predizer. Enfeitiçar, encantar.

praecantor, praecantoris, (m.). (praecano). Bruxo, feiticeiro. O que destrói a força de um encantamento.

praecantricis, ver **praecantrix**.

praecantrix, praecantricis, (f.). (praecantor). Bruxa, feiticeira. A que destrói a força de um encantamento.

praecanus,-a,-um. (prae-canus). Branco antes do tempo, com os cabelos precocemente embranquecidos.

praecedo,-is,-ĕre,-cessi,-cessum. (prae-cedo). Ir antes, preceder. Guiar o caminho, conduzir pelo caminho. Ser superior, superar, sobressair-se. Ser mais velho.

praecĕler, praecelĕris, praecelĕre. (prae-celer). Muito rápido/pronto/célere/repentino.

praecellens, praecellentis. (praecello). Que se destaca, excelente, superior, eminente.

praecellĕo, ver **praecello**.

praecello,-is,-ĕre. (prae-cello). Ser superior, superar, sobressair-se. Presidir, governar, regulamentar.

praecelsus,-a,-um. (prae-celsus). Muito alto/elevado.

praecentĭo, praecentionis, (f.). (praecino). Recital (antes de um sacrifício, uma luta, etc), prelúdio.

praecento,-as,-are. (prae-canto). Recitar uma fórmula mágica como meio de proteção.

praecentor, praecentoris, (m.). (praecino). O que canta antes, cantor principal, corifeu.

praeceps, praecipĭtis, (n.). (prae-caput). I- Precipício, abismo. Grande perigo, situação extrema, posição crítica. II- (como adv.) no fundo, nas profundezas, no abismo.

praeceps, praecipĭtis. (prae-caput). Que coloca a cabeça na frente. Rápido, veloz, violento, arrebatador. Impetuoso, apressado, precipitado, impaciente, ansioso, abrupto. Íngreme, muito inclinado, em declive. Perigoso, crítico.

praeceptĭo, praeceptionis, (f.). (praecipĭo). Recebimento antecipado. Direito de receber antecipadamente. Noção prévia, pré-concepção. Preceito, ensinamento, doutrina.

praeceptiuus,-a,-um. (praecipĭo). Preceptivo, didático.

praeceptor, praeceptoris, (m.). (praecipĭo). Comandante, regente. Preceptor, instrutor, mestre, professor.

praeceptricis, ver **praeceptrix**.

praeceptrix, praeceptricis, (f.). (praeceptor). Preceptora, instrutora, mestra, professora.

praeceptum,-i, (n.). (praecipĭo). Preceito, instrução, ensinamento. Ordem, direção, comando.

praecerpo,-is,-ĕre,-cerpsi,-cerptum. (prae-carpo). Colher antes do tempo, realizar a colheita precocemente. Tirar, usurpar. Diminuir, reduzir. Estragar, deteriorar.

praecĭae, ver **precĭae**.

praecido,-is,-ĕre,-cidi,-cisum. (prae-caedo). Cortar antecipadamente. Remover, romper, suprimir, tirar. Cortar em pedaços, estraçalhar. Cortar caminho, evitar. Abreviar, suprimir. Interromper, terminar, destruir. Refutar, recusar, declinar.

praecingo,-is,-ĕre,-cinxi,-cinctum. (prae-cingo). Cingir, rodear, cercar, circular. Cobrir, revestir, vestir.

praecĭno,-is,-ĕre,-cecĭni/cinŭi. (prae-cano). Cantar/tocar antes. Pronunciar um encantamento. Predizer, profetizar.

praecĭpes, ver **praeceps**.

praecipĭens, praecipientis, (m.). (praecipĭo). Preceptor, mestre.

praecipientis, ver **praecipĭens**.

praecipĭo,-is,-ĕre,-cepi,-ceptum. (prae-capĭo). Pegar antes, receber antecipadamente. Antecipar. Aconselhar, advertir, informar, instruir, ensinar. Perceber antes, adivinhar, "pescar".

praecipitanter. (praecipĭto). Precipitadamente, rapidamente, apressadamente.
praecipitatĭo, praecipitationis, (f.). (praecipĭto). Queda. Precipitação.
praecipĭtis, ver **praeceps.**
praecipitĭum,-i, (n.). (praecipĭto). Precipício, abismo, descida íngreme. Queda.
praecipĭto,-as,-are,-aui,-atum. (praeceps). Lançar para baixo, precipitar. Apressar, acelerar, empurrar. Pressionar. Afastar, retirar, suprimir. Precipitar-se, cair.
praecipŭa,-orum, (n.). (praecipŭus). Questões de especial importância. Centros de excelência. Princípios.
praecipŭe. (praecipŭus). Principalmente, mormente, sobretudo, antes de qualquer coisa. Particularmente, especialmente.
praecipŭum,-i, (n.). (praecipŭus). O que é recebido como parte de uma herança antes da distribuição geral dos bens. Excelência, superioridade.
praecipŭus,-a,-um. (praecipĭo). Recebido antes, tomado antecipadamente. Particular, peculiar, especial. Principal, excelente, em destaque, extraordinário.
praecise. (praecisus). Brevemente, concisamente, em poucas palavras. Totalmente, inteiramente, categoricamente.
praecisus,-a,-um. (praecido). Cortado, abruptamente separado. Castrado. Curto, abreviado, conciso.
praeclare. (praeclarus). Muito claramente, de maneira bastante evidente. Admiravelmente, muito bem, excelentemente.
praeclarus,-a,-um. (prae-clarus). Muito claro/brilhante/radiante, bastante luminoso. Muito bonito, esplêndido, magnífico, honrável, nobre, notável, distinto, excelente. Famoso, celebrado, notório. Eficaz, eficiente.
praecludo,-is,-ĕre,-clusi,-clusum. (prae--claudo). Fechar, obstruir a passagem, impedir o acesso. Parar, impedir, embargar.
praeco, praeconis, (m.). Pregoeiro, arauto. Panegirista.
praecŏcis, ver **praecox.**
praecogĭto,-as,-are,-aui,-atum. (prae--cogĭto). Pensar bem, ponderar, considerar antes, premeditar.
praecognosco,-is,-ĕre. (prae-cognosco). Saber antes, prever.

praecŏlo,-is,-ĕre, praecolŭi, praecultum. (prae-colo). Cultivar antes. Honrar, estimar, reverenciar.
praecommouĕo,-es,-ĕre. (prae-commouĕo). Sensibilizar, comover muito.
praecomposĭtus,-a,-um. (prae-compono). Composto antes, preparado com antecedência.
praeconĭum,-i, (n.). (praeco). Ofício de pregoeiro. Proclamação, publicação, anúncio. Discurso laudatório, panegírico, elogio, apologia.
praeconĭus,-a,-um. (praeco). Relativo ao pregoeiro, de leiloeiro.
praeconsumo,-is,-ĕre,-sumpsi,-sumptum. (prae-consumo). Gastar antes, consumir precocemente.
praecontrecto,-as,-are. (prae-cum-tracto). Manusear antecipadamente, sentir antes.
praecŏquis/praecoqŭus, ver **praecox.**
praecŏquo,-is,-ĕre,-coxi,-coctum. (prae--coquo). Cozinhar antes. Amadurecer completamente.
praecordĭa,-orum, (n.). (prae-cor). Músculo que separa o coração e os pulmões do abdômen, diafragma. Entranhas, vísceras, estômago. Peito, coração.
praecorrumpo,-is,-ĕre. (prae-corrumpo). Corromper antes, subornar antecipadamente. Seduzir.
praecox, praecŏcis. (praecŏquo). Maduro antes do tempo, pronto antes do tempo. Precoce, prematuro.
praecrassus,-a,-um. (). Muito espesso/grosso/gordo/denso/lodoso/grosseiro/aviltado.
praecultus,-a,-um. (prae-cultus). Predisposto, preparado antecipadamente. Muito ornado/floreado.
praecupĭdus,-a,-um. (prae-cupĭdus). Muito ávido/desejoso.
praecurro,-is,-ĕre,-curri/-cucurri,-cursum. (prae-curro). Correr na frente, preceder. Superar, sobrepujar, sobressair-se. Prevenir, antecipar.
praecursĭo, praecursionis, (f.). (praecurro). Ação de correr na frente. Ocorrência anterior. Preparação. Combate preliminar.
praecursor, praecursoris, (m.). (praecurro). O que corre na frente, precursor.

Explorador, batedor, soldado da vanguarda. Espião, agente.

praecutĭo,-is,-ĕre,-cussi,-cussum. (praequatĭo). Agitar antes, sacudir/fazer tremer antecipadamente.

praeda,-ae, (f.). (prehendo). Propriedade conquistada na guerra, saque, roubo, pilhagem, despojos. Presa, caça, pesca. Espólio, ganho, lucro.

praedabundus,-a,-um. (praedor). Que saqueia/rouba/faz pilhagens.

praedamno,-as,-are,-aui,-atum. (prae--damno). Condenar antes. Renunciar antecipadamente, desistir antes.

praedatĭo, praedationis, (f.). (praedor). Saque, roubo, pilhagem.

praedator, praedatoris, (m.). (praedor). Ladrão, saqueador. Caçador, predador. Pirata. Sedutor, corruptor.

praedatorĭus,-a,-um. (praeda). Relativo a saque/roubo/pilhagem. Rapace, ávido, voraz. Predatório. De pirata.

praedelasso,-as,-are. (prae-delasso). Fatigar antes, esgotar precocemente. Abrandar, enfraquecer.

praedemno, ver **praedamno.**

praedestĭno,-as,-are,-aui,-atum. (praedestĭno). Determinar antecipadamente, predestinar. Providenciar antes.

praediator, praediatoris, (m.). (praedĭum). Comprador de propriedades em leilão, o que adquire bens em hasta pública.

praediatorĭus,-a,-um. (praediator). Relativo a compradores de propriedades em leilão.

praediatus,-a,-um. (praedĭum). Que possui bens imóveis, que tem terras. Abonado, rico, opulento.

praedicabĭlis, praedicabĭle. (praedico). Louvável, digno de elogios.

praedicatĭo, praedicationis, (f.). (praedico). Proclamação, publicação, anúncio público. Recomendação, indicação, apologia. Predição, profecia.

praedicator, praedicatoris, (m.). (praedĭco,-as,-are). O que torna uma coisa pública, proclamador, divulgador. Pregoeiro, arauto. O que recomenda/elogia uma coisa publicamente, preconizador.

praedĭco,-as,-are,-aui,-atum. (prae-dico,--as,-are). Gritar em público, proclamar, publicar. Anunciar, declarar, relatar, expor. Elogiar, recomendar, valorizar.

praedico,-is,-ĕre,-dixi,-dictum. (prae-dico,-is,-ĕre). Dizer antes, predizer. Chamar a atenção, apontar, fixar. Aconselhar, advertir, recomendar. Proclamar, anunciar.

praedictĭo, praedictionis, (f.). (praedico,-is,-ĕre). Predição, prognóstico.

praedictum,-i, (n.). (praedico,-is,-ĕre). Predição, prognóstico.

praedĭŏlum,-i, (n.). (praedĭum). Pequena fazenda ou propriedade.

praedis, ver **praes.**

praedisco,-is,-ĕre,-didĭci. (prae-disco). Aprender antes, saber de antemão.

praedĭtus,-a,-um. (prae-do). Bem dotado, muito talentoso, bastante provido. Superior.

praediues, praediuĭtis. (prae-diues). Muito rico, bastante opulento.

praediuĭtis, ver **praediues.**

praedĭum,-i, (n.). (prehendo). Fazenda, propriedade.

praedo, praedonis, (m.). (praeda). Ladrão, saqueador. Usurpador.

praedocĕo,-es,-ere. (prae-docĕo). Ensinar antes, instruir previamente.

praedŏmo,-as,-are,-domŭi. (prae-domo). Vencer previamente.

praedor,-aris,-ari,-atus sum. (praedo). Roubar, saquear, pilhar. Prender, capturar, tomar.

praeduco,-is,-ĕre,-duxi,-ductum. (prae-duco). Marcar antes, demarcar previamente.

praedulcis, praedulce. (prae-dulcis). Muito doce/agradável/suave/amado.

praeduro,-as,-are,-aui,-atum. (prae-duro). Tornar muito duro, endurecer bastante.

praedurus,-a,-um. (prae-durus). Muito duro/resistente/vigoroso/cruel/insensível/imprudente/descarado. Bastante difícil/custoso.

praeeminĕo,-es,-ere. (prae-eminĕo). Projetar-se para cima, ser proeminente. Sobressair-se, ser superior.

praeĕo,-is,-ire,-iui/-ii,-ĭtum. (prae-eo). Ir à frente, conduzir pelo caminho, preceder, guiar. Prescrever. Ditar, dizer antes (para que seja repetido).

praeesse, ver **praesum.**

praefandus,-a,-um. (praefor). Que requer pedido de desculpas. Ilícito, odioso.

praefascĭni, ver **praefiscĭni**.
praefascĭno,-as,-are. (prae-fascĭno). Fascinar antecipadamente.
praefatĭo, praefationis, (f.). (praefor). Ação de falar antes. O que é dito ou repetido antes, fórmula. Comunicação preliminar, discurso introdutório. Prefácio, prólogo.
praefectura,-ae, (f.). (praefectus). Presidência, superintendência, prefeitura. Ofício de comandante ou governador nas províncias, governo de um país ou cidade. Administração de uma província. Território de uma prefeitura, distrito, província.
praefectus,-i, (m.). (praeficĭo). Diretor, presidente, chefe, prefeito, superintendente, governador. Comandante, almirante, capitão.
praefĕro,-fers,-ferre, praetŭli, praelatum. (prae-fero). Carregar antes, conduzir previamente. Oferecer, presentear. Preferir, estimar mais. Tomar de antemão, antecipar. Mostrar, exibir, expor, revelar, manifestar.
praefĕrox, pareferocis. (prae-ferox). Muito indomável/fogoso/intrépido/corajoso/altivo/soberbo/orgulhoso.
praeferratus,-a,-um. (prae-ferratus). Guarnecido de ponta de ferro, que possui ponta de ferro. Algemado, acorrentado.
praeferuĭdus,-a,-um. (prae-feruĭdus). Muito quente/ardente/férvido/violento/impetuoso/exasperado.
praefescĭni, ver **praefiscĭni**.
praefestino,-as,-are,-aui,-atum. (prae-festino). Apressar-se precocemente, ir rápido demais. Atravessar rapidamente.
praefĭca,-ae, (f.). (praeficĭo). Carpideira.
praeficĭo,-is,-ĕre,-feci,-fectum. (prae-facĭo). Colocar à frente, delegar autoridade, indicar para o comando.
praefidens, praefidentis. (prae-fido). Que confia muito. Que possui muita confiança em si, presunçoso.
praefidentis, ver **praefidens**.
praefigo,-is,-ĕre,-fixi,-fixum. (prae-figo). Firmar antes, prefixar. Amarrar/prender a extremidade. Apontar, fazer ponta. Fechar, bloquear. Perfurar, transpassar. Encantar, enfeitiçar.
praefinĭo,-is,-ire,-iui/-ii. (prae-finĭo). Determinar antecipadamente, fixar antes, prescrever.
praefiscĭni. (prae-fascĭnum). Sem querer ofender, sem presunção, sem causar constrangimento.
praefloro,-as,-are,-aui,-atum. (prae-flos). Privar da florescência precocemente. Diminuir, menosprezar. Deflorar.
praeflŭo,-is,-ĕre. (prae-flŭo). Correr ao longo de, banhar, regar.
praefoco,-as,-are,-aui,-atum. (prae-fauces). Sufocar, asfixiar, estrangular.
praefodĭo,-is,-ĕre,-fodi,-fossum. (praefodĭo). Cavar antes, escavar diante de. Sepultar precocemente, enterrar antes.
praefor,-aris,-ari,-atus sum. (prae-for). Pronunciar/dizer antes, prefaciar. Dirigir uma súplica preliminar. Predizer, profetizar, pressagiar. Citar antes, nomear primeiro.
praeformido,-as,-are,-,-atum. (prae-formido). Temer antes, recear precocemente.
praeformo,-as,-are,-aui,-atum. (prae-formo). Formar/moldar antes, instruir anteriormente, preparar com antecedência.
praefractus,-a,-um. (praefringo). Quebrado, interrompido, abrupto. Rigoroso, resoluto, obstinado, inflexível.
praefrigĭdus,-a,-um. (prae-frigĭdus). Muito frio/gelado/fresco/fraco/insensível/inativo/fútil.
praefringo,-is,-ĕre,-fregi,-fractum. (prae-frango). Quebrar antes. Quebrar na extremidade. Despedaçar.
praefulcĭo,-is,-ire, praefulsi, praefultum. (prae-fulcĭo). Apoiar, sustentar, defender. Colocar à frente como uma estaca.
praefulgĕo,-es,-ere,-fulsi. (prae-fulgĕo). Irradiar diante de, brilhar muito, resplandecer antes, cintilar bastante.
praegelĭdus,-a,-um. (prae-gelĭdus). Muito gelado/frio.
praegermĭno,-as,-are. (prae-germĭno). Germinar antecipadamente.
praegestĭo,-is,-ire. (prae-gestĭo). Desejar ardentemente, deleitar-se em, ter prazer em.
praegnans, praegnantis. (prae-nascor). Grávida, prenhe. Cheio, repleto.
praegnantis, ver **praegnans**.
praegnas, ver **praegnans**.
praegnatĭo, praegnationis, (f.). (praegnans). Gestação, gravidez. Fertilidade.
praegracĭlis, praegracĭle. (prae-gracĭlis). Muito fino/delgado/delicado/elegante/

esbelto/magro/pobre. Bastante sóbrio/simples.

praegrandis, praegrande. (prae-grandis). Muito grande/longo/abundante/considerável/forte/pomposo/imponente. De idade bastante avançada.

praegrauĭdus,-a,-um. (prae-grauĭdus). Muito pesado/carregado/cheio/fecundo.

praegrăuis, praegrăue. (prae-grauis). Muito grave/pesado/forte/digno/considerável/severo/rígido/rigoroso/triste/pernicioso.

praegrăuo,-as,-are,-aui,-atum. (prae-grauo). Pressionar muito, apertar com um peso. Sobrecarregar, onerar, atravancar. Preponderar, prevalecer. Oprimir, desvalorizar.

praegredĭor,-ĕris,-gredi,-gressus sum. (prae-gradĭor). Caminhar à frente, ir antes, preceder. Passar por, ultrapassar. Sobressair-se, estar acima de.

praegressĭo, praegressionis, (f.). (praegredĭor). Ação de caminhar à frente/ir antes, antecipação. Precedência.

praegressus,-us, (m.). (praegredĭor). Ação de caminhar à frente/ir antes, antecipação.

praegustator, praegustatoris, (m.). (praegusto). Degustador, provador (o que prova as comidas e bebidas antes de serem servidas).

praegusto,-as,-are,-aui,-atum. (prae-gusto). Provar antes, degustar. Comer/beber primeiro.

praehendo,-is,-ĕre, ver **prehendo.**

praehibĕo,-es,-ere, praehibŭi, praehibĭtum. (prae-habĕo). Oferecer, dar, suprir, fornecer.

praeiacĕo,-es,-ere,-iacŭi. (prae-iacĕo). Estender-se diante de, estar localizado em frente a.

praeiudicatum,-i, (n.). (praeiudĭco). O que é decido antes. Opinião prévia, ideia pré-concebida.

praeiudicatus,-a,-um. (praeiudĭco). Decidido antes, prejulgado, preconcebido.

praeiudicĭum,-i, (n.). (praeiudĭco). Julgamento/sentença/decisão precedente. Precedente, exemplo. Prejuízo, preconceito, desvantagem. Opinião prévia, ideia pré-concebida.

praeiudĭco,-as,-are,-aui,-atum. (praeiudĭco). Prejulgar, decidir antes, tomar decisão precocemente. Apresentar um julgamento preliminar. Ser injurioso/prejudicial.

praeiŭuo,-as,-are, praeiuui. (prae-iuuo). Ajudar antes, prestar auxílio antecipadamente.

praelabor,-ĕris,-labi,-lapsus sum. (praelabor,-ĕris, labi). Deslizar para frente, escorregar para diante, mover-se rapidamente ao longo de. Passar rapidamente diante de. Correr diante de, banhar.

praelambo,-is,-ĕre. (prae-lambo). Lamber antes, provar primeiro. Tocar levemente.

praelargus,-a,-um. (prae-largus). Muito abundante/copioso/generoso/liberal/rico.

praelatĭo, praelationis, (f.). (praefĕro). Preferência.

praelautus,-a,-um. (prae-lautus). Muito elegante/rico/suntuoso.

praelectĭo, praelectionis, (f.). (praelĕgo,-is,-ĕre). Ação de ler em voz alta, leitura. Palestra, preleção, conferência.

praelego,-as,-are,-aui,-atum. (prae-lego,-as,-are). Legar antes do testamento, receber antes que a herança seja dividida.

praelĕgo,-is,-ĕre,-legi,-lectum. (prae-lego,-is,-ĕre). I - Fazer preleções, ensinar a ler, exemplificar através da leitura. Selecionar, eleger, escolher. II - Navegar ao longo de.

praelibo,-as,-are. (prae-libo). Provar antes.

praelĭgo,-as,-are,-aui,-atum. (prae-ligo). Ligar/amarrar/atar pela frente. Amarrar em volta. Fechar, obstruir, cobrir, velar.

praelongo,-as,-are,-aui. (prae-lo). Alongar muito.

praelongus,-a,-um. (prae-longus). Muito comprido/grande/extenso/afastado/distante/remoto/duradouro.

praelŏquor,-ĕris,-lŏqui,-locutus sum. (prae-loquor). Falar antes/primeiro. Introduzir, prefaciar. Predizer, profetizar.

praelucĕo,-es,-ere, praeluxi. (prae-lucĕo). Brilhar antes, produzir luz primeiro, iluminar na frente. Ser brilhante. Brilhar mais intensamente, exceder em brilho, sobressair-se.

praeludo,-is,-ĕre,-lusi,-lusum. (prae-ludo). Tocar antes, preludiar. Jogar antes, praticar, treinar. Introduzir, prefaciar.

praelum, ver **prelum.**

praelusĭo, praelusionis, (f.). (praeludo). Prelúdio de uma luta, combate inicial, luta de pequenas proporções, escaramuça.
praelustris, praelustre. (prae-lux). Muito brilhante/luminoso.
praemandata,-orum, (n.). (praemando). Mandado de prisão.
praemando,-as,-are,-aui,-atum. (prae-mando). Comandar antes, ordenar anteriormente.
praematurus,-a,-um. (prae-maturus). Precoce, prematuro.
praemedicatus,-a,-um. (prae-medĭco). Protegido por remédios/encantamento/amuleto.
praemeditatĭo, praemeditationis, (f.). (praemedĭtor). Ação de refletir antes, previsão. Premeditação.
praemeditatus,-a,-um. (praemedĭtor). Previamente refletido, pré-acordado. Premeditado.
praemedĭtor,-aris,-ari,-atus sum. (praemedĭtor). Refletir antes, deliberar com antecedência. Premeditar. Preludiar.
praemercor,-aris,-ari,-atus sum. (prae-mercor). Comprar antes, adquirir primeiro.
praemetuenter. (praemetŭo). Apreensivamente, ansiosamente.
praemetŭo,-is,-ĕre. (prae-metŭor). Recear antes, temer antecipadamente.
praeminĕo, ver praeeminĕo.
praemĭor,-aris,-ari. (praemĭum). Estipular uma recompensa, determinar um prêmio.
praemitto,-is,-ĕre,-misi,-missum. (prae-mitto). Enviar antes, despachar na frente. Colocar antes/diante de. Impelir/lançar/propagar primeiro.
praemĭum,-i, (n.). (prae-emo). Ganho proveniente de roubo/saque/pilhagem. Despojos, presa. Ganho, vantagem, privilégio, prerrogativa. Recompensa, gratificação, prêmio. Ato de heroísmo, atitude que merece recompensa.
praemodŭlatus,-a,-um. (prae-modŭlor). Que mede/regula antes. Que cadencia o ritmo primeiro.
praemoenĭo, ver praemunĭo.
praemolestĭa,-ae, (f.). (prae-molestĭa). Previsão de problema, ansiedade, apreensão.
praemolĭor,-iris,-iri. (prae-molĭor). Preparar com antecedência.
praemollĭo,-is,-ire,-,-itum. (prae-mollĭo). Amolecer antes. Suavizar/mitigar/abrandar antecipadamente.
praemollis, praemolle. (prae-mollis). Muito mole/tenro/delicado/macio/flexível/brando/fraco/tímido/sensível/suave/ameno/favorável.
praemonĕo,-es,-ere,-monŭi,-monĭtum. (prae-monĕo). Prevenir, precaver, advertir, avisar com antecedência. Prever, predizer, profetizar, pressagiar, prenunciar.
praemonĭtus,-us, (m.). (praemonĕo). Advertência, aviso. Premonição.
praemonstrator, praemonstratoris, (m.). (prae-monstro). Guia, condutor.
praemonstro,-as,-are,-aui,-atum. (prae-monstro). Mostrar antes. Guiar, direcionar, mostrar o caminho. Prever, predizer, profetizar, pressagiar, prenunciar.
praemordĕo,-es,-ere,-mordi/-morsi,-morsum. (prae-mordĕo). Morder pela frente/na extremidade, cortar com os dentes, tirar pedaços, mordiscar. Cortar, diminuir.
praemorĭor,-ĕris,-mŏri,-mortŭus sum. (prae-morĭor). Morrer cedo, perder precocemente a vida. Morrer, decair, perder-se.
praemortŭus,-a,-um. (praemorĭor). Morto, que já pereceu. Decaído, perdido.
praemostro, ver praemonstro.
praemunĭo,-is,-ire,-iui,-itum. (prae-munĭo). Defender antecipadamente, fortificar primeiro. Proteger, assegurar. Colocar diante, fazer barreiras de proteção.
praemunitĭo, praemunitionis, (f.). (praemunĭo). Fortificação, proteção. Preparação, reforço, arranjo prévio.
praenarro,-as,-are. (prae-narro). Narrar antes.
praenăto,-as,-are. (prae-nato). Nadar antes/diante de. Fluir ao longo de.
praenauĭgatĭo, praenauigationis, (f.). (praenauĭgo). Navegação ao longo de.
praenauĭgo,-as,-are,-aui,-atum. (praenauĭgo). Navegar por/ao longo de. Passar apressadamente por.
praenitĕo,-es,-ere,-nitŭi. (prae-nitĕo). Brilhar/cintilar primeiro. Brilhar mais intensamente.
praenomen, praenomĭnis, (n.). (prae-nomen). Prenome, primeiro nome, nome que antecede o nome da *gens* (geralmente abreviado). Título, cargo honorífico.

praenomĭnis, ver **praenomen**.
praenosco,-is,-ĕre,-noui,-notum. (prae-nosco). Saber antes, conhecer antecipadamente. Antever, adivinhar, antecipar.
praenotĭo, praenotionis, (f.). (prae-nosco). Noção prévia, pré-concepção.
praenubĭlus,-a,-um. (prae-nubĭlus). Muito nublado/nebuloso/sombrio/obscuro/tempestuoso/funesto/perturbado.
praenuntĭa,-ae, (f.). (praenuntĭo). Mensageira, anunciadora. Profetiza.
praenuntĭo,-as,-are,-aui,-atum. (praenuntĭo). Anunciar antes, tornar público anteriormente. Predizer, prenunciar, profetizar.
praenuntĭus,-a,-um. (praenuntĭo). Que prediz, que faz um presságio, que profetiza.
praenuntĭus,-i, (m.). (praenuntĭo). Mensageiro, anunciador. Profeta. Indicação, sinal, indício.
praeoccĭdo,-is,-ĕre. (prae-occĭdo). Pôr-se antes da hora.
praeoccupatĭo, praeoccupationis, (f.). (praeoccŭpo). Ocupação prévia. Antecipação. Um tipo de doença (que repentinamente distende o abdômen). Prolepse.
praeoccŭpo,-as,-are,-aui,-atum. (praeoccŭpo). Tomar posse primeiro, ocupar previamente. Tomar/deter/agarrar antes. Antecipar-se, prevenir-se.
praeŏlo,-is,-ĕre. (prae-olo). Perceber um cheiro de longe.
praeopto,-as,-are,-aui,-atum. (prae-opto). Desejar mais, escolher primeiro, preferir.
praepando,-is,-ĕre. (prae-pando). Espalhar/propagar/difundir antes, estender/abrir diante de.
praeparatĭo, praeparationis, (f.). (praepăro). Preparação, introdução, prelúdio.
praeparatus,-a,-um. (praepăro). Preparado, pronto, provido.
praeparatus,-us, (m.). (praepăro). Preparação.
praepăro,-as,-are,-aui,-atum. (prae-paro). Deixar pronto com antecedência, preparar(-se), equipar(-se), munir(-se), fazer os preparativos. Objetivar, aspirar.
praepedimentum,-i, (n.). (praepedĭo). Obstáculo, impedimento, oposição, embaraço, dificuldade.
praepedĭo,-is,-ire,-iui/-ĭi. (praepes). Emaranhar os pés (ou outras partes do corpo), embaraçar, impedir os movimentos. Obstruir, impedir.
praependĕo,-es,-ere. (prae-pendĕo). Estar pendurado diante de/pela frente.
praepes, praepĕtis. (prae-peto). Que voa veloz/ligeiro, rápido ao voar. Alado, que possui asas. Profético. Propício, favorável, afortunado. (*praepes Medusaeus = Pegăsus; praepes Iouis = aquĭla*).
praepĕtis, ver **praepes**.
praepĕto,-is,-ĕre. Pedir insistentemente, desejar muito.
praepĭlo,-as,-are,-,-atum. (prae-pilum). Arredondar na ponta, deixar a extremidade arredondada. Lançar para frente.
praepinguis, praepingue. (prae-pinguis). Muito gordo/saboroso/fecundo/calmo/gorduroso/espesso/denso/lambuzado/insensível/pesado/estúpido. Bastante audacioso/determinado. Muito brilhante/elegante.
praepollĕo,-es,-ere, praepollŭi. (praepollĕo). Exceder em força, ser muito poderoso, destacar-se bastante, sobressair-se.
praepondĕro,-as,-are,-aui,-atum. (praepondĕro). Ter maior peso, preponderar. Ter maior influência, ter a preferência. Direcionar a decisão, influenciar. Mostrar preferência, agir com parcialidade. Estar acima do peso, ultrapassar o peso.
praepono,-is,-ĕre,-posŭi,-posĭtum. (prae-pono). Colocar antes/em primeiro lugar, pôr à frente, antepor. Colocar como chefe/comandante, apontar como principal, indicar para o cargo de. Preferir.
praeporto,-as,-are,-aui,-atum. (prae-porto). Carregar à frente, levar diante de.
praeposĭta,-orum, (n.). (praepono). Vantagens, benefícios (não materiais, tais como saúde ou beleza).
praepositĭo, praepositionis, (f.). (praepono). Ação de colocar em primeiro lugar, preferência. Indicação para o cargo de chefe/comandante. Preposição.
praeposĭtus,-i, (m.). (praepono). Chefe, comandante, prefeito, diretor, governador.
praepossum,-potes,-posse,-potŭi. (praepossum). Ser muito poderoso, ter bastante poder, ser superior.
praepostĕre. (praepostĕrus). De maneira irregular, às avessas.

praepostĕrus,-a,-um. (prae-postĕrus). Invertido, revertido. Inapropriado. Pervertido, distorcido, absurdo.
praepostus = praeposĭtus, ver **prae-pono.**
praepŏtens, praepotentis. (prae-possum). Muito capaz, muito poderoso. Rico.
praepotentis, ver **praepŏtens.**
praepropĕrus,-a,-um. (prae-propĕrus). Muito rápido, demasiadamente veloz, súbito, instantâneo. Precipitado.
praequestus,-a,-um. (prae-queror). Que reclamou antes/primeiro.
praeradĭo,-as,-are. (prae-radĭo). Brilhar/cintilar diante de. Exceder em brilho, sobressair-se.
praerapĭdus,-a,-um. (prae-rapĭdus). Que arrebata primeiro. Muito rápido/veloz/impetuoso/precipitado/impaciente.
praeripĭo,-is,-ĕre,-rĭpŭi,-reptum. (prae-rapĭo). Pegar primeiro, arrebatar/agarrar antes. Tomar para si em momento inoportuno, pegar precocemente. Pegar rapidamente. Predizer, prever, antecipar. Escapar.
praerodo,-is,-ĕre,-,-rosum. (prae-rodo). Roer a frente/a extremidade. Morder, mordiscar.
praerogatĭo, praerogationis, (f.). (praerŏgo). Distribuição antecipada.
praerogatiua,-ae, (f.). (praerŏgo). Classe social ou centúria sorteada para votar primeiro na *Comitiua*. Escolha prévia, seleção. Sinal incontestável, prognóstico. Preferência, privilégio, prerrogativa.
praerogatiuus,-a,-um. (praerŏgo). Que é chamado antes (para expressar sua opinião), que vota primeiro, prerrogativo.
praerŏgo,-as,-are,-aui,-atum. (prae-rogo). Pedir primeiro, solicitar antes. Pagar antecipadamente.
praerumpo,-is,-ĕre,-rupi,-ruptum. (prae--rumpo). Quebrar diante de, despedaçar antes. Picar em pedaços, destroçar.
praeruptus,-a,-um. (praerumpo). Quebrado, despedaçado, picado em pedaços. Íngreme. Abrupto, instantâneo, precipitado. Crítico, extremo. Violento, tempestuoso.
praes, praedis, (m.). (prae-uas, uadis). Fiador (especificamente em relação a questões monetárias). Penhor, caução.

praes. (prae). À disposição, neste exato momento, agora.
praesaep-, ver **praesep-.**
praesaepe, praesaepis, (n.)/praesaepes, praesaepis, (f.). (praesapĭo). Espaço cercado, curral, estábulo, estrebaria. Manjedoura. Lugar onde se vive, pensão, taberna, casa. Sala de jantar, mesa. Colmeia. Lupanar, prostíbulo.
praesaepĭo,-is,-ire,-saepsi,-septum. (praesaepĭo). Bloquear, obstruir a passagem, fechar.
praesaepis, ver **praesaepe.**
praesagĭo,-is,-ire,-iui/-ĭi. (prae-sagĭo). Pressentir, perceber antes. Prever, predizer, profetizar, adivinhar.
praesagitĭo, praesagitionis, (f.). (praesagĭo). Pressentimento, adivinhação, predição, previsão, prognóstico, presságio.
praesagĭum,-i, (n.). (praesagĭo). Pressentimento, adivinhação, predição, previsão, prognóstico, presságio. Oráculo.
praesagus,-a,-um. (prae-sagus). Que pressente/adivinha/prevê. Profético.
praescĭo,-is,-ire,-sciui,-scitum. (prae-scio). Saber antecipadamente.
praescisco,-is,-ĕre,-sciui. (prae-scisco). Descobrir, adivinhar, procurar saber antes.
praescĭus,-a,-um. (prae-scius). Que sabe antecipadamente. Que pressente/adivinha/prevê. Profético.
praescribo,-is,-ĕre,-scripsi,-scriptum. (prae-scribo). Escrever antes/previamente/diante de. Ordenar, direcionar, prescrever, comandar. Apresentar uma objeção, opor-se. Ditar. Anotar, fazer anotações. Usar como pretexto. Descrever, representar.
praescriptĭo, praescriptionis, (f.). (praescribo). Ação de escrever antes/diante de. Título, inscrição, prefácio, introdução. Pretexto, desculpa. Preceito, ordem, regra, lei. Sofisma, subterfúgio.
praescriptum,-i, (n.). (praescribo). O que é prescrito, incumbência, dever. Preceito, ordem, regra.
praesĕco,-as,-are,-secŭi,-sectum/-secatum. (prae-seco). Cortar pela frente/pela extremidade. Aparar, desbastar.
praesegmen, praesegmĭnis, (n.). (praesĕco). Pedaço, porção, parte, parcela.

praesegmĭnis, ver **praesegmen.**
praesens, praesentis. (praesum). Que está ao alcance, que está à vista, presente. Iminente, imediato, instantâneo. Eficaz, poderoso, capaz. Favorável, oportuno, propício. Obstinado, resoluto, intrépido, inabalável. Apropriado, pertinente.
praesensĭo, praesensionis, (f.). (praesentĭo). Previsão, pressentimento. Preconcepção.
praesentanĕus,-a,-um. (praesens). Instantâneo, que age rapidamente, de efeito imediato.
praesentarĭus, ver **praesentanĕus.**
praesentĭa,-ae, (f.). (praesens). Ação de se apresentar antes à vista, ato de se colocar à disposição. Presença. Momento presente. Eficácia, efeito. Proteção, assistência.
praesentĭo,-is,-ire,-sensi,-sensum. (prae-sentĭo). Sentir antes, perceber com antecedência, pressentir, pressagiar, ter um pressentimento.
praesentis, ver **praesens.**
praesento,-as,-are. (praesens). Colocar diante de, exibir, mostrar, apresentar.
praesepe, praesepis, (n.)/praesepĭum,-i, (n.)/praesepes, praesepis, (f.)/praesepis, praesepis, (f.). (praesepĭo). Espaço cercado, curral, estábulo, estrebaria. Manjedoura. Lugar onde se vive, pensão, taberna, casa. Sala de jantar, mesa. Colmeia. Lupanar, prostíbulo.
praesepĭo,-is,-ire,-sepsi,-septum. (prae-saepĭo). Bloquear, obstruir a passagem, fechar.
praesertim. (prae-sero). Especialmente, particularmente, principalmente, sobretudo.
praeseruĭo,-is,-ire. (prae-seruĭo). Servir como escravo.
praeses, praesĭdis. (praesidĕo). Que está à frente de (para proteger, guardar ou dirigir). Protetor, guarda, defensor. Chefe, presidente, superintendente, prefeito, governador.
praesidĕo,-es,-ere,-sedi. (prae-sedĕo). Sentar-se diante de/à frente de. Guardar, proteger, defender, vigiar. Presidir, dirigir, comandar.
praesidiarĭus,-a,-um. (praesidĭum). Que serve para defender, que protege. Relativo ao governador da província.
praesĭdis, ver **praeses.**

praesidĭum,-i, (n.). (praeses). Defesa, proteção, ajuda, assistência, segurança. Guarda, escolta. Espaço ocupado por tropas, posto militar, fortificação, trincheira.
praesignifĭco,-as,-are. (prae-signifĭco). Mostrar antes, expressar com antecedência.
praesignis, praesigne. (prae-signum). Muito marcante/notável.
praesigno,-as,-are,-aui,-atum. (prae-signo). Marcar antes, demarcar primeiro.
praesŏno,-as,-are,-sonŭi. (prae-sono). Ressoar antes. Ressoar com mais intensidade.
praespargo,-is,-ĕre. (prae-spargo). Espalhar diante de.
praestabĭlis, praestabĭle. (prae-stabĭlis). Muito firme/constante/estável/intrépido/determinado/resoluto.
praestans, praestantis. (praesto). Que se destaca, superior, excelso, excelente, extraordinário, preeminente.
praestantĭa,-ae, (f.). (praestans). Preeminência, superioridade, excelência. Eficácia.
praestantis, ver **praestans.**
praestatĭo, praestationis, (f.). (praesto). Garantia, fiança. Pagamento.
praesterno,-is,-ĕre. (prae-sterno). Espalhar diante de/antes. Preparar.
praestes, praestĭtis, (m./f.). (praesto). O que protege, protetor, guarda. O que preside, presidente (empregado na linguagem religiosa como epíteto dos deuses).
praestigĭae,-arum, (f.). (praestinguo). Ilusão, enganação, truque, mágica. Imagens ilusórias.
praestigiatrix, praestigiatricis, (f.). (praestigiator). Enganadora.
praestigiator, praestigiatoris, (m.). (praestigĭae). Ilusionista, mágico. Enganador, impostor, trambiqueiro.
praestĭno,-as,-are,-aui,-atum. (praes). Comprar, adquirir.
praestĭtis, ver **praestes.**
praestituo,-is,-ĕre,-stitŭi,-stitutum. (prae-statŭo). Determinar com antecedência, estabelecer antes, prescrever.
praesto,-as,-are, praestĭti, praestatum. (prae-sto). Estar à frente de. Ser superior, destacar-se, ser excelente/admirável, sobressair-se. Ser responsável por, assumir a responsabilidade. Executar, realizar,

cumprir. Manter, preservar. Mostrar, exibir, provar, evidenciar, manifestar. Dar, oferecer, suprir. Apresentar, expor (*praesto*. como adv. = à disposição, ao alcance. Agora, aqui).
praestolor,-aris,-ari,-atus sum. (praesto). Estar pronto para, aguardar por, esperar.
praestrangŭlo,-as,-are. (prae-strangŭlo). Asfixiar, estrangular.
praestringo,-is,-ĕre,-strinxi,-strictum. (prae-stringo). Amarrar forte, dar nó/laço. Comprimir, apertar, espremer. Tocar de leve, roçar. Mencionar, falar de passagem. Enfraquecer, abrandar. (*praestringĕre ocŭlos* = cegar).
praestrŭo,-is,-ĕre,-struxi,-structum. (prae-strŭo). Construir antes, preparar a base, fazer a fundação. Construir diante de, bloquear o acesso, impedir a passagem. Preparar com antecedência. Organizar, planejar.
praesul, praesŭlis, (m./f.). (praesilĭo). O que dança/salta na frente, que dança em público (especialmente o dançarino principal dos *Salii*, que anualmente dançava e pulava pela cidade, carregando os escudos sagrados). Presidente, diretor. Patrono, protetor.
praesultator, praesultatoris, (m.). (praesulto). O que dança e pula antes dos outros, o que dança em público.
praesulto,-as,-are. (prae-salto). Dançar antes, pular diante de.
praesultor, ver **praesultator.**
praesum,-es,-esse,-fŭi. (prae-sum). Estar diante de, estar à frente de. Comandar, dirigir, presidir, governar. Guiar, direcionar, inspirar. Proteger.
praesumo,-is,-ĕre,-sumpsi,-sumptum. (prae-sumo). Tomar antes/primeiro, antecipar. Empregar antes, gastar antecipadamente. Retirar, anular, suprimir. Fazer conjecturas, presumir, inferir. Imaginar, representar antecipadamente. Ser presunçoso, ter a audácia de.
praesumptĭo, praesumptionis, (f.). (praesumo). Pré-concepção, ideia anterior, pré-julgamento. Hipótese. Ideia inata, concepção sem precedentes. Ousadia, segurança, intrepidez. Antecipação.
praesŭo,-is,-ĕre, praesutum. (prae-suo). Costurar pela extremidade/pela frente, cobrir através de costura.

praetĕgo,-is,-ĕre,-texi,-tectum. (prae-tego). Cobrir pela frente/pela extremidade. Abrigar, dar guarita. Velar, ocultar, dissimular.
praetempto, ver **praetento.**
praetendo,-is,-ĕre,-tendi,-tentum. (prae-tendo). Estender à frente de/diante de. Alegar, justificar, apresentar como pretexto. Fazer ver, fazer brilhar diante dos olhos.
praetĕner,-tenĕra,-tenĕrum. (prae-tener). Muito tenro/macio/mole/doce/brando/delicado/novo.
praetento,-as,-are,-aui,-atum. (prae-tento). Estender diante de, alongar à frente de. Apalpar antes, tatear primeiro, explorar através do toque. Pôr à prova, ensaiar, experimentar, tentar.
praetenŭis, praetenŭe. (prae-tenŭis). Muito tênue/delgado/fino/leve/simples/sutil/estreito/raso/pequeno/fraco/precário.
praetepesco,-is,-ĕre,-tepŭi. (prae-tepesco). Aquecer-se primeiro/anteriormente.
praeter. (prae). prep./acus. À exceção de, exceto (*praeter si* = a não ser se; *praeter quod* = a não ser que). À frente de, antes. Diante de, ao longo de. Contra, em oposição a. Além de, mais que. Independentemente de.
praeterăgo,-is,-ĕre,-,-actum. (praeter-ago). Fazer exceder, fazer transpor.
praeterbito,-is,-ĕre. Passar além.
praeterduco,-is,-ĕre. (praeter-duco). Conduzir além.
praeterĕa. (praeter-ea). Além disso, depois disso. Em seguida.
praeterĕo,-is,-ire,-iui/ĭi,-ĭtum. (praeter-eo,-is,-ire). Passar além/à frente de, caminhar ao longo de. Escapar, fugir. Exceder, ultrapassar, sobrepujar. Omitir, deixar passar, preterir. Negligenciar, deixar de fazer.
praeterequĭtans, praeterequitantis. (praeter-equĭto). Que avança a cavalo.
praeterequitantis, ver **praeterequĭtans.**
praeterfĕror,-ferris,-ferri,-latus sum. (praeter-fero). Transportar-se para além de.
praeterflŭo,-is,-ĕre. (praeter-fluo). Correr ao longo de, banhar. Escapar, evadir-se, perder-se.
praetergredĭor,-ĕris,-gredi,-gressus sum. (praeter-gradĭor). Passar à frente/além, ultrapassar.

praeterhac. (praeter-hac). De hoje em diante, doravante, daqui por diante, desde já.

praeterĭta,-orum, (n.). (praeterĕo). O passado.

praeterlabor,-ĕris,-labi,-lapsus sum. (praeter-labor,-ĕris, labi). Deslizar por, correr ao longo de, fluir por entre. Escapar, esvair-se.

praetermĕo,-as,-are. (praeter-meo). Passar por/diante de. Correr ao longo de, margear.

praetermissĭo, praetermissionis, (f.). (praetermitto). Omissão, negligência. Recusa.

praetermitto,-is,-ĕre,-misi,-missum. (praeter-mitto). Deixar passar, permitir escapar. Omitir, negligenciar. Deixar de mencionar, deixar de lado. Fechar os olhos para, ignorar.

praeternauĭgo,-as,-are. (praeter-nauĭgo). Navegar ao longo de/junto a.

praetĕro,-is,-ĕre,-triui,-tritum. (prae-tero). Esfregar diante de. Usar muito, gastar. Friccionar antes.

praeterpropter. (praeter-propter). Cerca de, aproximadamente, por volta de, mais ou menos.

praeterquam. (praeter-quam). Além de, excceto, salvo. (*praeterquam ... etĭam/quoque/tum/uero* = não só...mas também; praeterquam si = a não ser quando, exceto se).

praeteruectĭo, praeteruectionis, (f.). (praeter-ueho). Passagem, travessia.

praeteruĕhor,-ĕris,-uĕhi,-uectus sum. (praeter-ueho). Conduzir ao longo de, transportar por entre. Passar por, marchar diante de. Atravessar, transpor.

praeteruerto,-is,-ĕre. (praeter-uerto). Passar diante, ir em frente.

praeteruŏlo,-as,-are,-aui,-atum. (praeter-uolo). Voar por entre/ao longo de. Escapar, passar despercebido.

praetexo,-is,-ĕre,-texŭi,-textum. (prae-texo). Tecer diante de/antes. Franjear, margear, cercar as bordas. Colocar antes/diante de. Guarnecer, adornar, enfeitar. Apresentar uma justificativa, alegar, citar como pretexto.

praetexta,-ae, (f.). (praetexo). I - Pretexta (manto bordado com púrpura, usado em Roma pelos mais altos magistrados e pelas crianças nascidas livres, até que pudessem vestir a toga uirilis -aos 16 anos mais ou menos). II - Um tipo de mani-estação teatral romana, tragédia romana.

praetextatus,-a,-um. I- (praetexta) Que se veste com a pretexta, que usa a toga pretexta. Ainda criança. De criança, de adolescente. II- **(praetexo)** Bordado, ornado. Oculto, encoberto (*uerba praetexta* = palavras dissimuladas/ veladas/obscenas/indecentes).

praetextum,-i, (n.). (praetexo). Ornamento, enfeite. Pretexto, desculpa, dissimulação.

praetextus,-us, (m.). (praetexo). Ornamento, esplendor, aparência externa. Pretexto, desculpa, dissimulação.

praetimĕo,-es,-ere,-timŭi. (prae-timĕo). Temer antes, ter medo antecipadamente, recear primeiro.

praetingo,-is,-ĕre,-,-tinctum. (prae-tingo). Mergulhar antes, umedecer primeiro.

praetor, praetoris, (m.). (praeĕo). Líder, chefe, presidente, comandante. Pretor (magistrado romano encarregado da administração da justiça). Propretor, governador (administrador de uma província, que substituía o pretor). Procônsul.

praetoriani,-orum, (n.). (praetorĭum). Guarda pretoriana.

praetorianus,-a,-um. (praetorĭum). Pretoriano. Relativo à guarda pretoriana.

praetorĭum,-i, (n.). (praetor). Tenda, barraca (do general/comandante). Conselho de guerra. Residência oficial do governador na província. Palácio, construção esplendorosa. Célula da abelha rainha. Guarda imperial.

praetorĭus,-a,-um. (praetor). De pretor, relativo ao pretor, pretoriano. Do governador da província, do propretor. Do comandante, do chefe, do general.

praetorĭus,-i, (m.). (praetor). Ex-pretor.

praetorquĕo,-es,-ere, praetortus sum. (prae-torquĕo). Torcer antes.

praetrepĭdans, praetrepidantis. (praetrepĭdo). Que treme muito. Muito agitado, bastante impaciente/precipitado.

praetrepidantis, ver **praetrepĭdans**.

praetrepĭdus,-a,-um. (prae-trepĭdus). Muito agitado/inquieto/alarmado/apressado/precipitado/fervente.

praetrunco,-as,-are. (prae-trunco). Cortar pelas extremidades, aparar as pontas.

praetura,-ae, (f.). (praetor). Pretura, função de pretor.
praeualĕo,-es,-ere,-ualŭi. (prae-ualĕo). Ser mais capaz, ter muita força/influência. Ter mais valor, ser superior, prevalecer, destacar-se. Ter maior eficácia.
praeualĭdus,-a,-um. (praeualĕo). Muito forte, prevalecente, imponente, bastante poderoso. Muito fértil.
praeuaricatĭo, praeuaricationis, (f.). (praeuarĭcor). Violação do dever, afastamento da obrigação. Conluio, prevaricação. Transgressão da norma.
praeuaricator, praeuaricatoris, (m.). (praeuarĭcor). O que viola seu dever. Advogado acusado de falta de postura, prevaricador. Transgressor, pecador.
praeuarĭcor,-aris,-ari,-atus sum. Desviar-se do caminho, caminhar tortuosamente. Deixar de cumprir com a obrigação. Fazer um conluio, prevaricar. Transgredir, violar, pecar.
praeuĕhor,-ĕris,-uĕhi,-uectus sum. (prae--ueho). Passar na frente, ultrapassar. Correr ao longo de, passar por. Jorrar diante de, arrastar-se por.
praeuelox, praeuelocis. (prae-uelox). Muito veloz/rápido/ligeiro/ágil/ativo/enérgico/violento.
praeuenĭo,-is,-ire,-ueni,-uentum. (praeuenĭo). Vir na frente, preceder. Antecipar, prevenir, precaver-se, evitar. Ser superior, sobressair-se, exceder em brilho.
praeuerbĭum,-i, (n.). (prae-uerbum). Preposição.
praeuerro,-is,-ĕre. (prae-uerro). Varrer/escovar antes.
praeuerto,-is,-ĕre,-uerti,-uersum. (prae--uerto). Preferir. Ir na frente, correr mais, disparar, preceder. Antecipar, prevenir, precaver-se, evitar. Tornar inútil. Tomar posse antes, ocupar antecipadamente, empossar primeiro. Ser preferível/mais importante, superar, exceder em valor. Fazer antes, surpreender.
praeuidĕo,-es,-ere,-uidi,-uisum. (prae-uidĕo). Ver antecipadamente/primeiro, prever, perceber antes. Antecipar. Fornecer, guarnecer.
praeuitĭo,-as,-are,-,-atum. (prae-uitĭo). Corromper antes, viciar primeiro.

praeuĭus,-a,-um. (prae-uia). Que vai na frente, que conduz pelo caminho. Guia.
praeumbrans, praeumbrantis. (prae-umbro). Que lança sombra diante de. Obscuro, sombrio, tenebroso.
praeumbrantis, ver **praeumbrans.**
praeuŏlo,-as,-are,-aui. (prae-uolo,-as,-are). Voar antes/primeiro.
praeuorto, ver **praeuerto.**
praeuro,-is,-ĕre,-ussi,-ustum. (prae-uro). Queimar a extremidade de.
pragmatĭcus,-a,-um. Que tem habilidade em questões relativas às leis, versado em direito. Relativo a questões legais.
pragmatĭcus,-i, (m.). O que é versado em leis. Advogado, promotor.
prandĕo,-es,-ere, prandi, pransum. (prandĭum). Almoçar. Tomar café da manhã. Comer, lanchar.
prandĭum,-i, (n.). Café da manhã, almoço, desjejum. Refeição, alimentação. Ração.
pransor, pransoris, (m.). (prandĕo). O que toma café da manhã, o que almoça. O que participa de uma refeição, convidado.
pransorĭus,-a,-um. (pransor). Relativo ao almoço/café da manhã.
prasinatus,-a,-um. (prasĭnus). Vestido de verde.
prasĭnus,-a,-um. Verde.
pratensis, pratense. (pratum). Que cresce nos prados.
pratŭlum,-i, (n.). (pratum). Pequeno prado.
pratum,-i, (n.). Prado, campo para pastagens. Gramado. Campo aberto, planície.
praue. (prauus). De modo tortuoso, de maneira imprópria, erradamente. Desvirtuadamente, depravadamente. Perversamente, funestamente.
prauĭtas, prauitatis, (f.). (prauus). Irregularidade, deformidade, tortuosidade. Atitude imprópria, perversidade, depravação, vício.
prauitatis, ver **prauĭtas.**
prauus,-a,-um. Tortuoso, distorcido, deformado, irregular. Impróprio, errado, mau, ruim, vicioso.
praxis, praxis, (f.). Prática.
precarĭo. (precarĭus). Através de súplica, por solicitação. Precariamente.
precarĭus,-a,-um. (precor). Obtido através de súplica, implorado. Duvidoso, incerto, transitório, precário.

precatĭo, precationis, (f.). (precor). Súplica, solicitação, pedido, ação de implorar.

precator, precatoris, (m.). (precor). O que pede/suplica/implora. Intercessor, interventor.

precatus,-us, (m.). (precor). Súplica, pedido, solicitação, ação de implorar.

precĭae,-arum, (f.). Um tipo de videira.

precis, ver **prex.**

precor,-aris,-ari,-atus sum. Pedir, solicitar, implorar, suplicar. Invocar, recorrer. Desejar bem/mal. (*mala/male precari* = amaldiçoar).

prehendo,-is,-ĕre, prehendi, prehensum. Pegar, agarrar, segurar, apanhar, arrebatar, abarcar. Ocupar repentinamente, tomar posse à força. Apanhar em flagrante, surpreender. Alcançar, obter, chegar a. Apreender, compreender.

prehenso,-as,-are,-aui,-atum. (prehendo). Tentar agarrar. Solicitar, pedir. Implorar.

prehenso,-is,-ĕre, prehendi, prehensum. Pegar, agarrar, segurar, apanhar, arrebatar, abarcar. Ocupar repentinamente, tomar posse à força. Apanhar em flagrante, surpreender. Alcançar, obter, chegar a. Apreender, compreender.

prelum,-i, (n.). (premo). Vara do lagar, lagar. Prensa.

premo,-is,-ĕre, pressi, pressum. Pressionar, apertar, premer, comprimir. Tocar, esbarrar, alcançar. Sentar-se, recostar-se, deitar-se. Cobrir, esconder/ocultar cobrindo. Enterrar, plantar. Fazer, formar, modelar. Aglomerar-se, afluir em grande número. Sobrecarregar, colocar carga sobre. Forçar, marcar, imprimir. Intimidar, olhar de modo ameaçador, desvalorizar, depreciar. Suprimir, degradar, rebaixar. Encurtar, diminuir, podar. Condensar, abreviar. Embargar, parar, reprimir, deter. Frequentar. Ultrapassar, exceder.

prendo, ver **praehendo.**

prensatĭo, prensationis, (f.). (prehenso). Empenho para obter um cargo.

prenso, ver **prehenso.**

presse. (pressus). Com pressão, violentamente. Estreitamente, compactamente. Claramente, ordenadamente. Concisamente. Exatamente, corretamente, acuradamente.

pressĭo, pressionis, (f.). (premo). Pressão. Peso, carga. Guindaste.

presso,-as,-are. (premo). Pressionar insistentemente, apertar.

pressura,-ae, (f.). (premo). Pressão, ação de apertar/comprimir. Peso, carga. Multidão, tropel. Queda d'água. Sono pesado. Suco, sumo. Opressão, aflição, angústia.

pressus,-a,-um. (premo). Pressionado, apertado. Brando, moderado. Abaixado, reduzido. Escuro, obscuro. Conciso, sem ornamentos. Claro, distinto. Estrito, exato, acurado.

pressus,-us, (m.). (premo). Pressão, ação de apertar/comprimir.

prester, presteris, (m.). Meteoro de fogo (que, em queda, se assemelha a uma coluna de fogo). Um tipo de serpente.

pretĭae, ver **precĭae.**

pretiosus,-a,-um. (pretĭum). De grande valor, precioso, valioso, valoroso. Caro, dispendioso. Extravagante, esplêndido, rico, suntuoso.

pretĭum,-i, (n.). Preço, quantia paga, valor. Salário, recompensa, retribuição. Mérito, valor moral. Dinheiro, moeda. Punição, castigo.

prex, precis. (precor). Pedido, súplica, rogo, solicitação. Prece, oração. Maldição, xingamento, imprecação.

pridem. (prae). Há muito tempo, de longa data. Antes, antigamente, outrora.

pridianus,-a,-um. (pridĭe). Relativo ao dia anterior, de ontem, da véspera.

pridĭe. (prae-dies). No dia anterior, na véspera. Antes, pouco antes.

prima,-orum, (n.). (primus). A primeira parte, o começo, o início. Princípios, primeiros elementos.

primae,-arum, (f.). (primus). Primeiro lugar, papel principal.

primaeuus,-a,-um. (primus-aeuum). Que está no primeiro período da vida, primevo, jovem, novo.

primani,-orum, (m.). (primus). Soldados da primeira legião.

primarĭus,-a,-um. (primus). De primeira linha, principal, excelente, notável.

primas, primatis (m./f.). Que está em primeiro lugar.

primigenĭus,-a,-um. (primus-gigno). Primeiro de todos, primeiro da espécie, original.
primigĕnus,-a,-um, ver **primigenĭus.**
primipilaris, primipilaris, (m.). Centurião do primeiro manípulo dos triários.
primipilus, ver **primipilaris.**
primitĭae,-arum, (f.). (primus). Primícias, os primeiros de uma série. Primeiros frutos.
primĭtus. (primus). No começo, originariamente, pela primeira vez.
primo. (primus). Em primeiro lugar, para começar, primeiro. No começo.
primordĭum,-i, (n.). (primus-ordĭor). Primórdio, origem, começo, surgimento.
primores, primorum, (m.). (primoris). Vanguarda, primeira linha de combate. Os principais, os chefes, os nobres, os patrícios.
primoris, primore. (primus). Primeiro. Principal, mais importante. Que está na ponta/extremidade.
primŭlus,-a,-um. (primus). Primeiro, que está no começo.
primum. (primus). Primeiramente, em primeiro lugar, no começo. Pela primeira vez.
primumdum. (primus-dum). Primeiramente, em primeiro lugar, no começo.
primus,-a,-um. (prae). Primeiro, que está em primeiro lugar. Mais importante, principal, eminente, notável. Inicial, que está no começo.
princeps, princĭpis. (primus-capĭo). Primeiro (no tempo ou na ordem). Principal, mais importante, mais eminente, nobre. Principal membro, pessoa mais importante. Chefe, líder, comandante, superior, diretor. Autor, inventor. Imperador. Segunda linha de soldados (*princĭpes*). Companhia/divisão dos *princĭpes*. (Cargo de) centurião dos *princĭpes*.
principalis, principale. (princeps). Primeiro, original, primitivo. Principal, mais importante. Relativo ao imperador, imperial. Relativo aos princĭpes.
principalĭter. (principalis). Principalmente, mormente. Como um imperador.
principatus,-us, (m.). (princeps). Preeminência, preferência, o primeiro lugar. Comando do exército, posto de comandante. Reino, império, domínio. Começo, origem.
princĭpis, ver **princeps.**
principĭum,-i, (n.). (princeps). Princípio, início, começo, origem. Fundamento, elemento principal. O que vota primeiro. O que inicia/dá origem, fundador, antepassado, progenitor. Exórdio, prelúdio. Preferência, precedência. Seleção, parte principal. Domínio, controle, maestria. (**principĭa,-orum**) A primeira linha de batalha, vanguarda. Oficiais principais, membros do conselho de guerra. Quartel general.
prior, prius. (prae). Prévio, anterior, último, precedente, primeiro. Melhor, superior, preferido, excelente, mais importante.
priores, priorum, (m.). (prior). Ancestrais, progenitores, os antepassados.
prisce. (priscus). À maneira dos antigos, à moda antiga. De modo severo, rigorosamente.
priscus,-a,-um. (prius). Velho, antigo, primitivo. Dos bons tempos, venerável. Severo, rigoroso. Ultrapassado, fora de moda.
pristĭnus,-a,-um. (priscus). Antigo, anterior, original, primitivo. De ontem, precedente, que acabou de passar. Ultrapassado, fora de moda.
priuantĭa, priuantĭum, (n.). (priuo). Partículas privativas.
priuatim. (priuatus). Como indivíduo comum, por si só, independentemente de questões públicas. Particularmente, separadamente, especialmente.
priuatĭo, priuationis, (f.). (priuo). Privação, necessidade.
priuatus,-a,-um. (priuo). Relativo ao indivíduo comum, independente de questões públicas, individual, privado. Não relacionado ao imperador. Desprovido de cargo público, sem vida pública. Isolado, separado dos centros urbanos.
priuatus,-i, (m.). (priuo). Cidadão comum, homem desprovido de cargo público.
priuigna,-ae, (f.). (priuus-gigno). Enteada.
priuignus,-i, (m.). (priuus-gigno). Enteado.
priuilegĭum,-i, (n.). (priuus-lex). (Projeto de) lei contra ou a favor de um único indivíduo. Privilégio, prerrogativa.

priuo,-as,-are,-aui,-atum. (priuus). Privar, despojar, destituir, desmantelar. Soltar, libertar, livrar, desobrigar, isentar.

prius. (prior). Antes, há pouco tempo, primeiramente. Antigamente, nos velhos tempos.

priusquam. (prius-quam). Antes que, até que, sem que antes. De preferência, preferivelmente.

priuus,-a,-um. Individual, isolado, só. Cada. Privado, peculiar, particular. Desprovido de, sem.

pro. prep./abl. I - Diante de, em frente a, em presença de. Por, a favor de, em benefício de, ao lado de. Por causa de, em razão de, em função de. Em lugar de, em vez de. Em troca por, pelo preço de. Como, na qualidade de. À proporção de, em comparação com. II – (como interjeição) Oh! Ah!

proagŏrus,-i, (m.). Diretor/principal magistrado de algumas cidades da Sicília.

proauctor, proauctoris, (m.). (pro-auctor). Ancestral remoto, fundador.

proauĭa,-ae, (f.). (pro-auia). Bisavó.

proauĭtus,-a,-um. (proauus). Relativo ao bisavô, dos antepassados, herdado dos bisavós, hereditário.

proauus,-i, (m.). (pro-auus). Bisavô. Ancestral, antepassado.

probabĭlis, probabĭle. (probo). Que pode ser provado, em que se pode acreditar, verossímil, plausível, provável. Digno de aprovação, aceitável, adequado, recomendável, louvável, bom.

probabilĭtas, probabilitatis, (f.). (probabĭlis). Probabilidade, credibilidade.

probabilitatis, ver **probabilĭtas.**

probabilĭter. (probabĭlis). De modo que se pode provar, com credibilidade, com verossimilhança. De modo louvável/conveniente, bem.

probatĭo, probationis, (f.). (probo). Prova, tentativa, ensaio, teste. Aprovação, consentimento. Demonstração. A terceira parte do discurso (em que o orador enumera seus argumentos).

probator, probatoris, (m.). (probo). O que aprova. O que tenta/ensaia.

probatus,-a,-um. (probo). Testado, examinado, aprovado, bom, excelente. Agradável.

probe. (probus). Bem, de modo excelente. Muito bem! Apoiado!

probĕat = **prohibĕat,** ver **prohibĕo.**

probĭtas, probitatis, (f.). (probus). Valor, honestidade, probidade, retidão.

probitatis, ver **probĭtas.**

probĭter. (probus). Bem, apropriadamente.

probo,-as,-are,-aui,-atum. (probus). Testar, experimentar, examinar a qualidade, inspecionar. Considerar bom, julgar apropriado, estar satisfeito com, aprovar. Recrutar, alistar. Tornar aceitável, recomendar. Tornar plausível, mostrar, provar, demonstrar. Passar-se por, representar.

probrosus,-a,-um. (probrum). Vergonhoso, infame, ignóbil. Desonroso, ultrajante.

probrum,-i, (n.). Ato vergonhoso, conduta ignóbil. Indecência, lascívia, adultério. Vergonha, desgraça, desonra, infâmia. Abuso, insulto, difamação.

probus,-a,-um. Bom, apropriado, excelente, superior. Habilidoso, capaz. Que se comporta bem, de boa conduta. Honesto, honrado, virtuoso.

procacis, ver **procax.**

procacĭtas, procacitatis, (f.). (procax). Audácia, atrevimento, ousadia, sem-vergonhice, impudência.

procacitatis, ver **procacĭtas.**

procacĭter. (procax). Impudentemente, audaciosamente.

procax, procacis. (proco). Impudente, impertinente, insolente, atrevido, petulante.

procedo,-is,-ĕre,-cessi,-cessum. (pro-cedo). Ir adiante, avançar. Marchar adiante. Apresentar-se, mostrar-se, aparecer. Brotar, crescer. Projetar, estender. Passar, decorrer, transcorrer. Prosperar, progredir. Continuar, permanecer, manter-se. Resultar em, levar a. Sair-se bem, ter bons resultados, beneficiar-se. Funcionar, fazer efeito, servir. Acontecer, ocorrer.

procella,-ae, (f.). Vento violento, tempestade, temporal, furacão. Tumulto, distúrbio, violência, comoção, veemência. Ataque súbito da cavalaria.

procello,-is,-ĕre. Arremessar, lançar, jogar.

procellosus,-a,-um. (procella). Tempestuoso, cheio de temporais. Tumultuoso, turbulento.

procer, procĕris, (m.). Chefe, nobre, líder, comandante. Os principais, os mais famosos, os mestres.

procerĭtas, proceritatis, (f.). (procerus). Altura, tamanho, estatura elevada. Comprimento. Quantidade de uma sílaba.

proceritatis, ver **procerĭtas.**

procerĭus. (procerus). Mais adiante, muito à frente.

procerŭlus,-a-um. (procĕrus). Um tanto alongado.

procerus,-a,-um. Alto, de estatura elevada. Longo, extenso, amplo. Grave.

processĭo, processionis, (f.). (procedo). Ação de marchar adiante, avanço.

processus,-us, (m.). (procedo). Ação de marchar adiante, avanço, progresso, curso. Resultado. Sucesso, êxito, sorte. Ataque, projeção.

procĭdo,-is,-ĕre,-cĭdi. (pro-cado). Lançar-se à frente, cair para diante, cair prostrado.

procidŭus,-a,-um. (procĭdo). Lançado à frente, caído para diante, prostrado. Deslocado.

procinctus,-us, (m.). (procingo). Ação de estar pronto/equipado para a batalha, prontidão para entrar em ação. Empreendimento militar. Batalha, combate.

proclamatĭo, proclamationis, (f.). (proclamo). Ação de gritar/vociferar. Apelação (em juízo).

proclamo,-as,-are,-aui,-atum. (pro-clamo). Gritar, vociferar. Defender, sair em defesa de. Protestar, reclamar. Apresentar uma apelação, apelar ao juiz (para assegurar a liberdade).

proclino,-as,-are,-aui,-atum. (pro-clino). Inclinar para frente, curvar-se para diante, pender.

procliue, procliuis, (n.). (pro-cliuus). Descida, declive, precipício.

procliuis, procliue. (pro-cliuus). Íngreme, inclinado para frente, em declive. Inclinado, predisposto, propenso. Incerto, ininteligível, obscuro. Fácil, simples, rápido.

procliuĭtas, procliuitatis, (f.). (procliuis). Descida, declive, precipício. Tendência, disposição, propensão, pre-disposição.

procliuitatis, ver **procliuĭtas.**

procliuĭter. (procliuis). Em declive, de modo inclinado, diretamente para baixo. Facilmente.

procliuum,-i, (n.). (procliuis). Descida, declive, precipício.

procliuus,-a,-um, ver **procliuis.**

proco,-as,-are. Pedir, demandar.

proconsul, proconsŭlis, (m.). (pro-consul). Procônsul (cônsul que, ao final de seu consulado em Roma, se tornou governador de uma província ou chefe de um comando militar). Ex-pretor (que se tornou governador de uma província). Governador (de uma das províncias do Senado durante a época imperial).

proconsularis, proconsulare. (proconsul). Relativo ao procônsul, proconsular.

proconsulatus,-us, (m.). (proconsul). Proconsulado.

procor, ver **proco.**

procrastinatĭo, procrastinationis, (f.). (procrastĭno). Procrastinação, adiamento.

procrastĭno,-as,-are. (pro-crastĭnus). Procrastinar, adiar.

procreatĭo, procreationis, (f.). (procrĕo). Procriação, geração.

procreator, procreatoris, (m.). (procrĕo). Procriador, progenitor.

procreatricis, ver **procreatrix.**

procreatrix, procreatricis, (f.). (procreator). Progenitora, mãe.

procrĕo,-as,-are,-aui,-atum. (pro-creo). Procriar, gerar, dar à luz, reproduzir. Produzir, causar, ocasionar.

procresco,-is,-ĕre. (pro-cresco). Brotar, nascer, crescer. Aumentar, ampliar, tornar-se grande.

procŭbo,-as,-are. (pro-cubo). Espalhar-se, alongar-se, projetar-se.

procudo,-is,-ĕre,-cudi,-cusum. (pro-cudo). Modelar forjando, forjar. Produzir, realizar. Formar, cultivar.

procul. À distância, ao longe, em lugar remoto/longínquo.

proculcatĭo, proculcationis, (f.). (proculco). Ação de esmagar. Desprezo, menosprezo.

proculco,-as,-are,-aui,-atum. (pro-calco). Pisar pesadamente, esmagar, calcar. Desprezar, desdenhar, menosprezar.

procumbo,-is,-ĕre,-cubŭi,-cubĭtum. (pro--cumbo). Lançar-se à frente, cair para diante, prostrar-se, inclinar-se para frente. Cair por terra, ir a pique. Tombar, sucumbir, submergir. Estender, espalhar.

procuratĭo, procurationis, (f.). (procuro). Ação de cuidar de, superintendência, encargo, administração, gerenciamento. Esforço, meta, objetivo. Sacrifício expiatório.

procuratiuncŭla,-ae, (f.). (procuratĭo). Pequeno encargo.

procurator, procuratoris, (m.). (procuro). Administrador, gestor, superintendente, procurador. Caseiro, feitor, administrador de uma fazenda. Arrecadador imperial.

procuratricis, ver **procuratrix.**

procuratrix, procuratricis, (f.). (procuro). Governanta, dirigente. Protetora.

procuro,-as,-are,-aui,-atum. (pro-curo). Cuidar de, tomar conta de, assistir. Administrar, gerenciar. Estar a serviço de, ser procurador. Fazer expiação.

procurro,-is,-ĕre,-curri/-cucurri,-cursum. (pro-curro). Correr na frente, avançar com ímpeto, correr rapidamente. Estender-se, projetar-se. Continuar, avançar.

procursatĭo, procursationis, (f.). (procurso). Ataque repentino, investida súbita, escaramuça.

procursator, procursatoris, (m.). (procurso). O que corre na frente. Soldado da linha de frente/da tropa de choque, atirador de elite.

procursĭo, procursionis, (f.). (procurro). Corrida rápida, avanço impetuoso. Digressão.

procurso,-as,-are. (procurro). Avançar rapidamente para combater.

procursus,-us, (m.). (procurro). Ataque repentino, investida súbita, escaramuça. Sobressalto, projeção. Manifestação súbita, surgimento abrupto, impulso.

procuruus,-a,-um. (pro-curuus). Curvado para frente, curvo, tortuoso, sinuoso.

procus,-i, (m.). Noivo, pretendente.

prodĕo,-is,-ire, prodĭi, prodĭtum. (pro-eo). Ir/vir adiante, avançar, progredir. Brotar, crescer, aparecer. Mostrar-se, apresentar-se, projetar-se.

prodes/prodest, ver **prosum.**

prodesse, ver **prosum.**

prodico,-is,-ĕre,-dixi,-dictum. (pro-dico). Dizer antes, predeterminar. Adiar, protelar, procrastinar, transferir, retardar.

prodigentĭa,-ae, (f.). (prodĭgo). Prodigalidade, extravagância, profusão.

prodigialis, prodigiale. (prodigĭum). Prodigioso, desconhecido, sobrenatural, estranho, maravilhoso. Que afasta maus presságios.

prodigialĭter. (prodigialis). Prodigiosamente, de modo estranho/sobrenatural.

prodigiosus,-a,-um. (prodigĭum). Prodigioso, maravilhoso, inaudito, desconhecido, sobrenatural, estranho. Monstruoso.

prodigĭum,-i, (n.). (prodico). Sinal profético, agouro, presságio, indicação, prova. Prodígio, milagre. Crime inaudito. Monstro. Flagelo, calamidade, praga.

prodĭgo,-is,-ĕre, prodegi, prodactum. (pro--ago). Impelir, fazer avançar, forçar para frente. Consumir até ao fim, gastar. Dissipar, prodigalizar, desperdiçar, esbanjar.

prodĭgus,-a,-um. (prodĭgo). Pródigo, liberal, profuso, esbanjador, gastador. Caro, dispendioso. Rico, abundante. Forte, potente, firme. Voluptuoso, extravagante.

proditĭo, proditionis, (f.). (prodo). Traição, deslealdade. Denúncia, delato.

prodĭtor, proditoris, (m.). (prodo). Traidor, delator, denunciador.

prodo,-is,-ĕre,-dĭdi,-dĭtum. (pro-do). Dar, entregar, pôr à disposição. Produzir, fazer sair, dar à luz, parir. Publicar, relatar, tornar público, propagar. Indicar, eleger, criar. Trair, denunciar, delatar. Desistir, abandonar. Estender, prolongar. Transmitir, legar.

prodocĕo,-es,-ere. (pro-docĕo). Ensinar em público.

prodrŏmus,-i, (m.). O que corre na frente. Precursor, mensageiro, anunciador.

produco,-is,-ĕre,-duxi,-ductum. (pro--duco). Conduzir adiante, fazer avançar, fazer sair. Prolongar, estender. Apresentar, expor, manifestar, desvendar. Expor um escravo à venda. Produzir, criar, educar. Procrastinar, transferir, retardar, adiar. Alongar, prolongar. Pronunciar uma sílaba como longa. Desenvolver, tornar-se grande. Traçar, demarcar.

producta,-orum, (n.). (produco). Bens exteriores preferíveis (segundo a filosofia estóica).

productĭo, productionis, (f.). (produco). Alongamento, prolongamento, extensão.

productus,-a,-um. (produco). Alongado, prolongado, estendido.

proegmĕna,-orum, (n.). Bens exteriores preferíveis (segundo a filosofia estóica).
proeliaris, proeliare. (proelĭum). Relativo a batalha, de combate.
proeliator, proeliatoris, (m.). (proelĭor). Combatente, guerreiro.
proelĭor,-aris,-ari,-atus sum. (proelĭum). Combater, lutar, travar luta. Batalhar, esforçar-se por.
proelĭum,-i, (n.). Combate, batalha, luta. Rivalidade.
profano,-as,-are,-aui,-atum. (pro-fanum/-fanus). I - Oferecer aos deuses. II - Profanar, sujar, manchar. Violar.
profanus,-a,-um. (pro-fanum). Profano, não consagrado aos deuses. Ímpio, criminoso. Não iniciado, ignorante. Sinistro, que traz maus presságios.
profatum,-i, (n.). Máxima, preceito.
profatus,-us, (m.). (profor). Ação de falar/expressar-se. Pronunciamento.
profectĭo, profectionis, (f.). (proficiscor). Saída, partida, retirada, afastamento. Fonte, origem.
profecto. (pro-facto). Realmente, seguramente, de fato, sem dúvida.
profectus,-us, (m.). (profĭcĭo). Avanço, progresso. Efeito, resultado, consequência. Sucesso, proveito, ganho.
profĕro,-fers,-ferre,-tŭli,-latum. (pro-fero). Exibir, apresentar, mostrar. Estender, esticar, impelir, alargar, prolongar. Avançar, marchar adiante. Plantar, produzir. Pronunciar, proferir. Procrastinar, adiar, retardar. Publicar, divulgar, tornar público. Inventar, descobrir. Citar, mencionar.
professĭo, professionis, (f.). (profitĕor). Declaração, manifestação pública. Indício, sinal. Registro público. Ofício, profissão.
professor, professoris, (m.). (profitĕor). Professor, mestre.
professorĭus,-a,-um. (professor). De professor, relativo ao mestre.
profestus,-a,-um. (pro-festus). Não festivo, comum, que não é feriado. Inculto.
profĭcĭo,-is,-ĕre,-feci,-fectum. (pro-facĭo). Ir adiante, avançar, ganhar terreno, fazer progresso. Beneficiar-se, tirar vantagem. Obter, realizar, concluir, alcançar. Crescer, aumentar. Ser útil/vantajoso, contribuir, ajudar.

proficiscor,-ĕris,-ficisci,-fectus sum. (profĭcĭo). Partir, viajar, marchar, ir, iniciar uma viagem. Tentar ir, querer sair, começar a se retirar. Começar, iniciar, dar início. Surgir, originar-se, emergir, provir, emanar.
profitĕor,-eris,-fiteri,-fessus sum. (profatĕor). Declarar publicamente, admitir, reconhecer, confessar abertamente, anunciar. Praticar. Professar, ensinar, ser professor. Apresentar-se voluntariamente, oferecer-se. Expor, mostrar, divulgar.
profligator, profligatoris, (m.). (profligo). Pródigo, dissipador.
profligatus,-a,-um. (profligo). Desvirtuado, deturpado, vil, corrompido, dissoluto. (*profligata aetas* = idade avançada).
profligo,-as,-are,-aui,-atum. (pro-fligo). Derrubar, destruir, subverter, depor, destronar, conquistar. Arruinar, aniquilar. Oprimir, subjugar, esmagar.
proflo,-as,-are,-aui,-atum. (pro-flo). Soprar, exalar. Fundir, derreter, dissolver.
proflŭens, profluentis. (proflŭo). Corrente, que flui ao longo de. Fluente, contínuo.
profluenter. (proflŭens). Fluentemente, correntemente. Abundantemente. Facilmente.
profluentĭa,-ae, (f.). (proflŭo). Ação de fluir diante de. Torrente de palavras, fluência.
profluentis, ver **proflŭens.**
proflŭo,-is,-ĕre,-fluxi,-fluxum. (pro-fluo). Correr para diante, fluir ao longo de. Fazer fluir, originar. Estar relaxado.
profluuĭum,-i, (n.). (proflŭo). Escoamento, fluxo. Intestino solto, diarreia. Menstruação.
profor,-aris,-fari,-fatus sum. (pro-for). Falar, dizer, relatar, contar. Predizer, profetizar.
profŏre = profuturum esse, ver **prosum.**
profugĭo,-is,-ĕre,-fugi,-fugĭtum. (pro-fugĭo). Fugir, escapar, livrar-se. Abandonar, evitar. Refugiar-se.
profŭgus,-a,-um. (profugĭo). Que fugiu/escapou, fugitivo. Vagabundo, errante, que perambula. Banido, exilado, expatriado.
profundo,-is,-ĕre,-fudi,-fusum. (pro-fundo). Derramar com abundância, verter profusamente, deixar fluir, espalhar copiosamente. Prostrar, estirar. Fazer surgir,

produzir. Lançar aos ventos, jogar fora, dissipar, prodigalizar, desperdiçar. Sacrificar. Render, produzir. Gastar, empregar. Mostrar, explicar.

profundum,-i, (n.). (profundo). Abismo, profundeza. (Fundo do) mar. Altura.

profundus,-a,-um. (pro-fundus). Profundo. Denso, espesso. Alto, elevado. Copioso, ilimitado, imoderado, em grande quantidade. Do submundo, dos infernos. Obscuro, desconhecido.

profusĭo, profusionis, (f.). (profundo). Ação de derramar/verter profusamente. Prodigalidade, profusão. Libação.

profusus,-a,-um. (profundo). Profuso, derramado, espalhado. Pródigo, extravagante, excessivo, desmedido. Dispendioso, caro. Liberal, aberto.

progĕner,-nĕri, (m.). (pro-gener). Marido da neta.

progenĕro,-as,-are. (pro-genĕro). Gerar, criar, produzir, engendrar.

progenĭes,-ei, (f.). (progigno). Descendência, posteridade, linhagem, raça, família. Filho, filha, descendente, progênie. Filhote.

progenĭtor, progenitoris, (m.). (progigno). Iniciador de uma família, ancestral, progenitor.

progĕro,-is,-ĕre,-gessi,-gestum. (pro-gero). Levar para diante de, carregar para fora.

progigno,-is,-ĕre,-genŭi,-genĭtum. (pro-gigno). Produzir, gerar, criar.

prognatus,-a,-um. (pro-nascor). Nascido, descendente, gerado.

prognostĭcon,-i, (n.). Sinal, indício. Presságio, prognóstico.

progredĭor,-ĕris,-grĕdi,-gressus sum. (progradĭor). Ir/vir adiante, marchar avante, avançar. Proceder, continuar. Progredir.

progressĭo, progressionis, (f.). (progredĭor). Ação de avançar/ir adiante. Progresso, avanço, crescimento, aperfeiçoamento. Progressão, clímax, intensificação progressiva de expressões.

progressus,-us, (m.). (progredĭor). Ação de avançar/ir adiante. Progresso, avanço, crescimento, aperfeiçoamento. Marcha, passo. Curso (dos eventos), progressão.

progymnastes,-ae, (m.). Escravo que pratica exercícios de ginástica diante de seu senhor.

proh, ver **pro.**

prohibĕo,-es,-ere,-hibŭi,-hibĭtum. (prohabĕo). Manter-se firme diante de. Conter, reprimir, afastar, obstruir, retardar, impedir. Proibir, negar acesso, excluir. Manter, preservar, conservar, proteger.

prohibitĭo, prohibitionis, (f.). (prohibĕo). Prevenção. Impedimento, proibição.

proicĭo,-is,-ĕre,-ieci,-iectum. (pro-iacĕo). Lançar para frente, jogar para diante. Expelir, exilar, banir. Projetar, fazer um ressalto. Desistir, renunciar, resignar, rejeitar, negligenciar, abandonar. Correr riscos, lançar-se ao perigo. Degradar. Intrometer. Adiar, procrastinar.

proiectĭcĭus,-a,-um. (proicĭo). Expulso, banido. Desprezado, rejeitado.

proiectĭo, proiectionis, (f.). (proicĭo). Ação de lançar para frente. Extensão, alongamento.

proiectus,-a,-um. (proicĭo). Proeminente, manifesto, saliente. Imoderado, imprudente, viciado. Inclinado, tendencioso. Abjeto, baixo, vil, ignóbil, desprezível. Abatido, deprimido.

proiectus,-us, (m.). (proicĭo). Projeção, extensão.

proin/proinde. (pro-inde). Da mesma maneira, igualmente, exatamente assim. Assim, por isso, então, consequentemente.

prolabor,-ĕris,-labi,-lapsus sum. (pro-labor). Escorregar/deslizar para frente. Cair, resvalar. Falhar, errar. Entrar em decadência, arruinar-se.

prolapsĭo, prolapsionis, (f.). (prolabor). Ação de escorregar/deslizar para frente. Queda. Ruína, destruição. Deslize, erro, falha.

prolatĭo, prolationis, (f.). (profĕro). Prolongamento, demora, retardamento. Prorrogação, adiamento. Extensão, aumento, alargamento. Citação, menção.

prolato,-as,-are,-aui,-atum. (profĕro). Aumentar, alargar, estender, prolongar. Adiar, procrastinar, prorrogar.

prolecto,-as,-are,-aui,-atum. (policĭo). Fascinar, persuadir, atrair, seduzir, aliciar. Incitar, instigar, provocar.

proles, prolis, (f.). Progênie, filho, descendente. Prole, descendência, posteridade. Juventude. Jovem, rapaz.

proletarĭus,-a,-um. (proles). Baixo, comum, vil, do povo humilde.
proletarĭus,-i, (m.). (proles). Proletário (um cidadão das classes mais baixas, que contribuía com o Estado não através de suas propriedades, mas somente através de seus filhos).
prolibo,-as,-are. (pro-libo). Oferecer aos deuses como libação.
prolicĭo,-is,-ĕre. (pro-lacĭo). Fascinar, persuadir, atrair, seduzir, aliciar. Incitar, instigar, provocar.
prolis, ver proles.
prolixe. (prolixus). Amplamente, abundantemente, copiosamente.
prolixus,-a,-um. (pro-laxus). Longo, amplo, alto, comprido. Estendido, aumentado. Prolixo, difuso. Longe, distante. Favorável, afortunado. Obediente, cortês, bem disposto.
prologumĕne lex. Lei precedida por um preâmbulo.
prolŏgus,-i, (m.). Prólogo, prefácio/introdução de uma peça. Ator que recita o prólogo.
prolŏquor,-ĕris,-lŏqui,-locutus sum. (pro-loquor). Falar abertamente, dizer claramente, declarar, expressar. Predizer, profetizar.
prolubĭum,-i, (n.). (pro-libet). Vontade, desejo, inclinação. Prazer.
proludo,-is,-ĕre,-lusi,-lusum. (pro-ludo). Praticar antes, exercitar-se com antecedência, preparar-se, preludiar.
prolŭo,-is,-ĕre,-lŭi,-lutum. (pro-luo). Expulsar, banir, arrastar, arrebatar, levar inundando. Umedecer, banhar, molhar.
prolusĭo, prolusionis, (f.). (proludo). Prelúdio. Exercício preliminar, ensaio, teste, experimento.
proluuĭes,-ei, (f.). (prolŭo). Inundação, fluxo contínuo.
promercalis, promercale. (pro-merx). Vendável, que pode ser comercializado.
promerĕo,-es,-ere,-merŭi,-merĭtum. (pro-merĕo). Merecer, ser digno de. Adquirir, ganhar. Ser favorável, propiciar.
promerĕor, ver promerĕo.
promerĭtum,-i, (n.). (promerĕo). Mérito, benefício, favor. Falha.
prominentĭa,-ae, (f.). (prominĕo). Saliência, sobressalto, projeção.

prominĕo,-es,-ere,-minŭi. (pro-minĕo). Ser proeminente, projetar-se, sobressaltar. Alongar-se, estender-se. Sobressair-se, destacar-se.
promisce, ver promiscŭe.
promiscŭe. (promiscŭus). Indiscriminadamente, indiferentemente, em comum.
promiscŭus,-a,-um. (pro-miscĕo). Misturado, não separado, sem distinção, indiscriminado, promíscuo. Epiceno. Comum, usual.
promissĭo, promissionis, (f.). (promitto). Promessa.
promissor, promissoris, (m.). (promitto). O que faz grandes promessas.
promissum,-i, (n.). (promitto). Promessa.
promissus,-a,-um. (promitto). Enviado na frente. Dito antes, profetizado. Oferecido. Prometido, assegurado. Comprido, longo.
promitto,-is,-ĕre,-misi,-missum. (pro-mitto). Enviar na frente, deixar avançar. Deixar crescer, deixar pender. Dizer antes, predizer, profetizar. Devotar, oferecer. Prometer, assegurar, garantir, dar esperança.
promo,-is,-ĕre, prompsi, promptum. (pro-emo). Fazer surgir, produzir, dar à luz. Fornecer, dar. Revelar, expor, divulgar, expressar, dizer, relatar.
promont-, ver promunt-.
promota,-orum, (n.). (promovĕo). Coisas que devem ser preferidas/coisas boas.
promovĕo,-es,-ere,-moui,-motum. (pro-movĕo). Mover para diante, fazer avançar, empurrar para frente. Estender, alargar, esticar, aumentar, fazer crescer. Puxar, fazer sair. Revelar, divulgar. Realizar, levar a cabo, completar. Adiar, procrastinar, diferir.
promptarĭus, ver promptuarĭus.
prompte. (promo). Prontamente, rapidamente, sem demora. Facilmente.
prompto,-as,-are. (promo). Dar em abundância, distribuir, gastar profusamente.
promptuarĭus,-a,-um. (promo). Próprio para guardar/conservar.
promptus,-a,-um. (promo). Visível, aparente, evidente, manifesto. Preparado, pronto, disposto, rápido. Fácil, viável, praticável.
promptus,-a,-um. (promo). Produzido, fornecido, dado. Revelado, exposto, divulga-

do. Visível, aparente, evidente, manifesto. Preparado, pronto, disposto, rápido. Fácil, viável, praticável.

promptus,-us, (m.). (promo). Ação de colocar à vista, exposição, visibilidade. Prontidão. Facilidade. (*in promptu habere/esse* = ter/estar à disposição).

promulgatĭo, promulgationis, (f.). (promulgo). Promulgação, publicação.

promulgo,-as,-are,-aui,-atum. Tornar público, publicar, promulgar. Tornar sabido, ensinar.

promulsidare, promulsidaris, (n.). (promulsis). Travessa, prato longo.

promulsĭdis, ver **promulsis.**

promulsis, promulsĭdis, (f.). (pro-mulsum). Entrada, antepasto, aperitivo.

promunturĭum,-i, (n.). (pro-minĕo). A parte mais alta de uma cadeia de montanhas, cordilheira das montanhas. Parte de uma montanha (que se projeta sobre o mar), promontório.

promus,-i, (m.). (promo). Distribuidor de provisões, despenseiro. Bibliotecário.

promutŭus,-a,-um. (pro-mutŭus). Pré-pago, pago antes.

prone. (pronus). Para frente.

pronĕpos, pronepotis, (m.). (pro-nepos). Bisneto.

pronepotis, ver **pronĕpos.**

proneptis, proneptis, (f.). (pro-neptis). Bisneta.

pronomen, pronomĭnis, (n.). (pro-nomen). Pronome.

pronomĭnis, ver **pronomen.**

pronŭba,-ae, (f.). (pro-nubo). Mulher que providencia o necessário para um casamento (por parte da noiva), a que presta acessoria à noiva. Juno (deusa que preside ao casamento).

pronuntiatĭo, pronuntiationis, (f.). (pronuntĭo). Declaração pública, publicação, proclamação. Fala, discurso. Proposição. Sentença. Elocução, dicção.

pronuntiator, pronuntiatoris, (m.). (pronuntĭo). Recitador. Relator, narrador.

pronuntiatum,-i, (n.). (pronuntĭo). Proposição, axioma.

pronuntĭo,-as,-are,-aui,-atum. (pronuntĭo). Tornar publicamente conhecido, publicar, proclamar, anunciar. Nomear, apontar. Prometer, oferecer. Recitar, declamar, pronunciar. Atuar, fazer um papel. Dizer, expressar.

pronŭrus,-us, (f.). (pro-nurus). Esposa do neto.

pronus,-a,-um. Curvado para frente, inclinado/voltado para baixo. Que está em declive. Favorável, pronto, inclinado, propenso. Fácil, sem dificuldade.

prooemĭum,-i, (n.). Introdução, prefácio, prelúdio. Início, começo.

propagatĭo, propagationis, (f.). (propago,--as,-are). Propagação. Prolongamento, alongamento, extensão. Estabelecimento.

propagator, propagatoris, (m.). (propago,--as,-are). O que propaga/alarga/estende. Júpiter (o que alarga as fronteiras).

propages, propagis, (f.). (propago,-as,-are). Progênie, descendentes, posteridade.

propagĭnis, ver **propago.**

propago, propagĭnis, (f.). (propago,-as,--are). Fixação, plantação. Progênie, filho(s), descendente(s), posteridade.

propago,-as,-are,-aui,-atum. Firmar, fixar, plantar. Propagar, procriar, gerar, reproduzir. Ampliar, estender, alargar, aumentar. Prolongar, continuar, preservar.

propălam. (pro-palam). Abertamente, publicamente, manifestadamente.

propansus,-a,-um. (pro-pando). Estendido, alongado.

propatŭlus,-a,-um. (pro-patŭlus). Aberto, descoberto, patente.

prope. (pro). prep./acus. Perto de, junto a. Por volta de. Quase, a ponto de.

propedĭem. (prope-dies). Em breve, dentro de poucos dias.

propello,-is,-ĕre,-pŭli,-pulsum. (pro-pello). Empurrar para frente, fazer avançar, impelir, lançar, arremessar. Repelir, afastar.

propemŏdo/propemŏdum. (prope-modus). Quase, perto, por pouco, aproximadamente.

propendĕo,-es,-ere,-pendi,-pensum. (propendĕo). Pender para frente. Ter mais peso, preponderar. Estar disposto/ inclinado. Ser favorável.

propense. (propensus). Naturalmente, espontaneamente.

propensĭo, propensionis, (f.). (propendĕo). Propensão, inclinação.

propensus,-a,-um. (propendĕo). Que se inclina para, que se aproxima de. Importante, considerável, de peso, preponderante. Inclinado, disposto, propenso, favorável, pronto.
propĕrans, properantis. (propĕro). Que apressa/precipita. Pronto, rápido.
properantĭa,-ae, (f.). (propĕro). Pressa, ligeireza, rapidez.
properatĭo, properationis, (f.). (propĕro). Pressa, ligeireza, rapidez.
propĕre. (propĕrus). Às pressas, rapidamente, aceleradamente.
properipĕdis, ver **properĭpes.**
properĭpes, properipĕdis. (propĕrus-pes). Célere, rápido, de pés ágeis.
propĕro,-as,-are,-aui,-atum. (propĕrus). Apressar(-se), acelerar, agilizar. Ser ágil.
propĕrus,-a,-um. Ágil, rápido, célere, apressado, acelerado. Ávido, precipitado.
propexus,-a,-um. (pro-pecto). Penteado para frente, projetado para baixo.
propheta,-ae, (m.). Profeta, adivinho.
prophetes, ver **propheta.**
propinatĭo, propinationis, (f.). (propino). Ação de beber pela saúde de alguém, convite para beber em honra de alguém. Banquete fúnebre.
propino,-as,-are,-aui,-atum. Beber pela saúde de alguém, convidar para beber em honra de alguém. Dar de beber. Dar, ministrar, fornecer, oferecer. Aguar.
propinque. (propinquŭus). Perto, ao alcance.
propinquĭtas, propinquitatis, (f.). (propinquŭus). Proximidade, vizinhança. Relação, afinidade. Intimidade, amizade. Parentesco.
propinquitatis, ver **propinquĭtas.**
propinquo,-as,-are,-aui,-atum. (propinquus). Trazer para junto de si, aproximar-se, apropinquar. Acelerar, apressar.
propinquus,-a,-um. (prope). Próximo, vizinho, que está ao alcance. Similar, parecido. Parente.
propĭor, propĭus. (prope). Mais próximo, mais perto, mais recente. Mais similar, mais parecido. Mais ligado, mais íntimo.
propiora, propiorum, (n.). (propĭor). Lugares mais próximos.
propitĭo,-as,-are,-aui,-atum. (propitĭus). Tornar favorável, apaziguar, acalmar, tranquilizar, mitigar, abrandar.
propitĭus,-a,-um. (prope). Favorável, propício, bem disposto, afável, cortês.
propola,-ae, (m.). Vendedor ambulante, mascate.
propollŭo,-is,-ĕre. (pro-pollŭo). Poluir, manchar, contaminar.
propono,-is,-ĕre,-posŭi,-posĭtum. (pro--pono). Colocar diante dos olhos, exibir, expor, pôr à mostra. Imaginar, conceber. Indicar, evidenciar, apontar. Declarar, dizer, reportar. Oferecer, propor. Ameaçar, intimidar. Estabelecer, fixar, decidir.
proporro. (pro-porro). Além disso, ademais. Completamente, totalmente, absolutamente.
proportĭo, proportionis, (f.). (pro-portĭo). Relação comparativa, proporção, simetria, analogia.
propositĭo, propositionis, (f.). (propono). Apresentação, exposição. Determinação, plano, resolução, objetivo. Tema, assunto principal. Questão judicial. Proposição.
proposĭtum,-i, (n.). (propono). Determinação, plano, resolução, objetivo. Primeira premissa de um silogismo. Argumento. Tema, assunto principal. Modo de vida.
propraetor, propraetoris, (m.). (pro-praetor). Propretor (magistrado republicano que, após exercer a pretura em Roma, é enviado como pretor a uma província pacificada). Pretor substituto.
propriatim. (proprĭo). Apropriadamente.
proprĭe. (proprĭus). Estritamente, particularmente, peculiarmente. Especialmente, exclusivamente. Com propriedade, de modo acurado, apropriadamente.
proprĭetas, proprietatis, (f.). (proprĭus). Peculiaridade, natureza singular, característica própria. Propriedade, direito de posse. Significação própria.
proprietatis, ver **propriĕtas.**
proprĭum,-i, (n.). (proprĭus). Propriedade.
proprĭus,-a,-um. Próprio, especial, particular. Peculiar, característico, pessoal. Duradouro, constante, perpétuo, permanente.
propter. (prope). prep./acus. Perto (de), ao lado (de), junto (a/de), ao alcance (de). Por causa de, em função de. Através de, por meio de.
proptĕrĕa. (propter-is). Por isso, por essa razão, por conseguinte. (*proptĕrĕa quod/quonĭam/quia/ut* = porque).

propudiosus,-a,-um. (propudĭum). Vergonhoso, indecente, infame.

propudĭum,-i, (n.). (pro-pudet). Ato vergonhoso, infâmia, indecência, torpeza. Velhaco, patife, pessoa infame, vilão.

propugnacŭlum,-i, (n.). (propugno). Defesa, trincheira, proteção, fortaleza, cidadela.

propugnatĭo, propugnationis, (f.). (propugno). Defesa, meios de proteção.

propugnator, propugnatoris, (m.). (propugno). Defensor, soldado, combatente. Mantenedor, protetor.

propugno,-as,-are,-aui,-atum. (pro-pugno). Avançar para a batalha, fazer ataques repentinos. Lutar por, defender.

propulsatĭo, propulsationis, (f.). (propulso). Ação de repelir/afastar, repulsa.

propulsator, propulsatoris, (m.). (propulso). Defensor.

propulso,-as,-are,-aui,-atum. (propello). Afastar, repelir, desviar. Evitar, impedir, prevenir.

propulsus,-us, (m.). (propello). Propulsão, impulso.

proquaestore. Proquestor (magistrado que, após exercer a questura em Roma, se associava a um procônsul para administrar uma província).

proquam. Ao passo que, à medida que.

prora,-ae, (f.). Proa. Navio, embarcação.

prorepo,-is,-ĕre,-repsi,-reptum. (pro-repo). Rastejar diante de, mover-se lentamente. Brotar vagarosamente, escoar-se lentamente.

proreta,-ae, (m.). Marinheiro que permanece de guarda na proa.

proreus, ver **proreta.**

proripĭo,-is,-ĕre,-ripŭi,-reptum. (pro-rapĭo). Arrastar, arrebatar, levar à força, arrancar. Empurrar, impelir. Refugiar-se, fugir, correr.

prorito,-as,-are,-aui,-atum. (pro-rito). Irritar, provocar irritação. Incitar, instigar, persuadir, seduzir, atrair.

prorogatĭo, prorogationis, (f.). (prorŏgo). Prorrogação, extensão. Adiamento, procrastinação.

prorogatiuus,-a,-um. (prorŏgo). Que admite ser adiado.

prorŏgo,-as,-are,-aui,-atum. (pro-rogo). Prorrogar, prolongar, continuar, estender. Preservar, continuar, manter. Adiar, procrastinar, diferir. Pagar adiantado. Propagar, perpetuar.

prorsum. (pro-uersum). Para frente. Diretamente, em linha reta. Sem rodeios, completamente, totalmente.

prorsus,-a,-um. (pro-uersus). Em linha reta, direto. Prosaico, em prosa.

prorsus. (pro-uersus). Para frente. Diretamente, em linha reta. Sem rodeios, completamente, totalmente, certamente. Exatamente, precisamente. Em resumo, em uma palavra.

prorumpo,-is,-ĕre,-rupi,-ruptum. (pro-rumpo). Empurrar, impelir, romper, estourar, forçar. Precipitar(-se), lançar(-se). Desencadear.

prorŭo,-is,-ĕre,-rŭi,-rŭtum. (pro-ruo). Cair sobre/para frente, tombar. Subverter, revirar, derrubar, demolir. Avançar, atacar.

prosa,-ae, (f.). (prorsus). Prosa.

prosapĭa,-ae, (f.). Raça, família, descendência.

proscaenĭum,-i, (n.). Proscênio (lugar diante do cenário, onde apareciam os atores). Palco.

proscen-, ver **proscaen-.**

proscindo,-is,-ĕre,-scĭdi,-scissum. (pro-scindo). Fender, abrir, rachar, talhar, cortar em pedaços. Censurar, difamar, repreender, ridicularizar.

proscribo,-is,-ĕre,-scripsi,-scriptum. (pro-scribo). Escrever antes/diante de, inscrever. Publicar por escrito. Noticiar, fazer propaganda. Pôr à venda. Proscrever, confiscar. Banir.

proscriptĭo, proscriptionis, (f.). (proscribo). Anúncio público de venda, propaganda escrita (de venda). Proscrição, confiscação de bens.

proscripturĭo,-is,-ire. (proscribo). Ansiar por proscrever.

prosĕco,-as,-are, prosecŭi, prosectum. (pro-seco). Cortar pela frente, retirar cortando, dilacerar. Fender, sulcar, lavrar. Sacrificar.

prosectum,-i, (n.). (prosĕco). O que é cortado para um sacrifício. Vísceras, entranhas.

prosectus,-us, (m.). (prosĕco). Golpe, corte, talho. Mordida.

prosĕda,-ae, (f.). (pro-sedĕo). Prostituta comum.

prosemĭno,-as,-are,-aui,-atum. (pro-semĭno). Semear, espalhar, disseminar, dispersar, propagar.

prosentĭo,-is,-ire,-sensi,-sensum. (prosentĭo). Perceber antes, pressentir.

prosĕquor,-ĕris,-sĕqui,-secutus sum. (pro--sequor). Seguir, acompanhar, escoltar. Assistir. Comparecer. Perseguir, ir ao encalço de, procurar. Honrar, presentear, recompensar. Seguir os passos de, dar continuidade ao trabalho de. Prosseguir, continuar. Descrever minuciosamente.

prosĕro,-is,-ĕre,-seui,-sătum. (pro-sero). Produzir, gerar.

proserpo,-is,-ĕre. (pro-serpo). Arrastar-se ao longo de, rastejar. Mover-se gradualmente, deslizar ao longo de.

prosĭco, ver **prosĕco.**

prosilĭo,-is,-ire,-silŭi/-silĭi/-siliui. (pro-salĭo). Saltar para frente, lançar-se, pular adiante, arremessar-se. Estourar, explodir, quebrar, romper. Correr, acelerar, apressar.

prosistens, prosistentis. Saliente, proeminente.

prosŏcer,-ĕri, (m.). (pro-socer). Avô da esposa.

prosŏcrus,-us, (f.). (pro-socrus). Avó da esposa.

prosodĭa,-ae, (f.). Timbre, tonicidade.

prosopopoeïa,-ae, (f.). Personificação. Dramatização.

prospecto,-as,-are,-aui,-atum. (prospicĭo). Olhar fixamente, fitar, ver atentamente, contemplar. Olhar em torno, averiguar. Estar localizado na direção de. Esperar, aguardar, ansiar.

prospectus,-us, (m.). (prospicĭo). Faculdade de ver ao longe, perspectiva, visão panorâmica. Olhar, vista, visão. Aspecto exterior. Consideração, respeito, estima.

prospecŭlor,-aris,-ari. (pro-specŭlor). Observar de longe, espiar. Explorar à distância.

prosper,-ĕra,-ĕrum. (pro-spero). Em conformidade com a vontade de alguém, favorável, propício, afortunado, próspero, bom, benéfico.

prospĕra,-orum, (n.). (prosper). Circunstâncias propícias, prosperidade, sorte.

prosperĭtas, prosperitatis, (f.). (prosper). Condição propícia, sorte, sucesso, prosperidade.

prosperitatis, ver **prosperĭtas.**

prospĕro,-as,-are,-aui,-atum. (prosper). Fazer prosperar, dar sorte, propiciar uma condição favorável, ser favorável.

prospĕrus, ver **prosper.**

prospicientĭa,-ae, (f.). (prospicĭo). Precaução, prevenção, previsão, previdência, providência. Visão, formato, aparência.

prospicĭo,-is,-ĕre,-spexi,-spectum. (prospecĭo). Olhar para diante, olhar (ao longe), ver. Vigiar, observar, estar atento a, tomar conta de. Discernir, distinguir. Contemplar do alto, olhar de cima. Fitar, olhar fixamente. Antever, prever. Prover, abastecer, munir.

prospicŭus,-a,-um. (prospicĭo). Que pode ser visto à distância. Que remete ao futuro, profético.

prosterno,-is,-ĕre,-straui,-stratum. (pro--sterno). Espalhar diante de, esparramar, derrubar por terra, prostrar. Subverter, arruinar, destruir, aniquilar. Prostituir.

prostibĭlis, prostibĭlis, (f.). (prosto). Prostituta, puta.

prostibŭla,-ae, (f.). (prosto). Prostituta, puta.

prostibŭlum,-i, (n.). (prosto). Prostituta, puta. Lugar de prostituição, prostíbulo.

prostitŭo,-is,-ĕre,-stitŭi,-stitutum. (prostatŭo). Colocar diante de. Expor publicamente para prostituição, prostituir. Manchar a reputação, desonrar.

prosto,-as,-are,-stĭti,-statum. (pro-sto). Estar localizado à frente de, sobressair--se, destacar-se, projetar-se. Permanecer em local público. Oferecer uma mercadoria, expor à venda. Ser exposto à venda. Prostituir(-se).

prosubĭgo,-is,-ĕre. (pro-subĭgo). Cavar, escavar. Ajustar antes, preparar. Pisar fortemente, esmagar.

prosulĭo, ver **prosilĭo.**

prosum, prodes, prodesse, profŭi. (pro--sum). Ser útil/bom/benéfico/proveitoso, servir, beneficiar. Ser eficaz, fazer efeito.

prosum, ver também **prorsum.**

protĕgo,-is,-ĕre,-texi,-tectum. (pro-tego). Cobrir pela frente, recobrir, proteger, abrigar. Defender, proteger de um perigo. Esconder, ocultar.

protelum,-i, (n.). Fileira de animais sob arreio. Fileira, linha. Continuidade, cadência.

protěnam, ver **protĭnam.**
protendo,-is,-ěre,-tendi,-tentum/-tensum. (pro-tendo). Estender diante de, esticar, estirar. Prolongar, alongar. Apresentar.
protěnus, ver **protĭnus.**
protěro,-is,-ěre,-triui,-tritum. (pro-tero). Impelir, impulsionar, forçar. Esmagar, pisar, moer. Destruir, abater, destroçar, aniquilar.
proterrěo,-es,-ere,-terrŭi,-terrĭtum. (pro-terrěo). Afugentar pelo terror, fazer fugir apavorado.
proteruĭtas, proteruitatis, (f.). (proteruus). Impertinência, atrevimento, impudência, ousadia.
proteruitatis, ver **proteruĭtas.**
proteruus,-a,-um. (protěro). Violento, veemente, opressivo. Impertinente, impudente, atrevido, ousado, sem-vergonha.
protestor,-aris,-ari,-atus sum. (pro-testor). Declarar em público, dar testemunho, testemunhar. Protestar.
prothymĭa,-ae, (f.). Prontidão, disposição, inclinação, tendência.
protĭnam. (protĭnus). Logo em seguida, sem demora, imediatamente.
protĭnus. (pro-tenus). Para frente, para diante, avante. Diretamente, constantemente, continuamente, sem parar, ininterruptamente. Logo em seguida, sem demora, imediatamente.
protollo,-is,-ěre. (pro-tollo). Estender diante de, esticar, estirar. Prolongar, adiar, diferir, procrastinar. Elevar, erguer.
protomedĭa,-ae, (f.). Um tipo de erva desconhecida.
protomōtus,-a,-um. Que é cortado primeiro, da primeira poda.
protoplastus,-i, (m.). O primeiro homem.
protopraxĭa,-ae, (f.). Privilégio de crédito.
prototŏmus,-i, (m.). Brócolis.
protrăho,-is,-ěre,-traxi,-tractum. (pro--traho). Puxar, arrancar, tirar à força, arrastar. Descobrir, revelar, expor. Prolongar, adiar, procrastinar, diferir. Estender, prolongar, aumentar. Reduzir a, levar a.
protrimentum,-i, (n.). (protěro). Um tipo de prato (composto de vários ingredientes picados e misturados).
protrŏpum,-i, (n.). Primeiro vinho (que escorre das uvas antes que sejam pisadas).

protrudo,-is,-ěre,-trusi,-trusum. (pro-trudo). Impelir, empurrar para frente. Adiar, procrastinar, diferir.
proturbo,-as,-are,-aui,-atum. (pro-turbo). Pôr em fuga, expulsar, repulsar, repelir. Derrubar, pôr abaixo, prostrar.
prouectus,-a,-um. (prouěho). Adiantado, avançado.
prouěho,-is,-ěre,-uexi,-uectum. (pro-ueho). Carregar para frente, conduzir adiante, transportar. Avançar, fazer progresso. Exaltar, enaltecer, promover. Estender, prolongar.
prouenĭo,-is,-ire,-ueni,-uentum. (prouenĭo). Vir à frente, apresentar-se, aparecer. Originar-se, surgir, ser produzido. Acontecer, ocorrer. Continuar, avançar. Obter sucesso, prosperar, sair-se bem.
prouentus,-us, (m.). (prouenĭo). Crescimento, aumento, rendimento. Produção, colheita. Suprimento, grande número. Resultado final. Sucesso, êxito.
prouerbĭum,-i, (n.). (pro-uerbum). Ditado, provérbio, máxima.
prouĭdens, prouidentis. (prouiděo). Previdente, prudente, cauteloso, precavido.
prouidentĭa,-ae, (f.). (prouiděo). Previdência, pré-consciência. Precaução, prudência. Providência, suprema sabedoria.
prouidentis, ver **prouĭdens.**
prouiděo,-es,-ere,-uidi,-uisum. (pro-uiděo). Ver antes, prever. Agir com prudência, tomar cuidado, ser cauteloso. Cuidar, tomar conta. Suprir, fazer provisões, cuidar dos preparativos. Perceber antes, ver à distância. Prevenir, evitar.
prouĭdus,-a,-um. (prouiděo). Que vê antes, que prevê. Previdente, prudente, cauteloso, precavido. Que cuida de, responsável por.
prouincĭa,-ae, (f.). Província (território fora da Itália, conquistado e administrado pelos romanos). Província (divisão de um reino/império). Administração provincial. Cargo, função, incumbência, emprego.
prouincialis, prouinciale. (prouincĭa). Provincial, da província, relativo à administração da província.
prouincialis, prouincialis, (m.). (prouincĭa). Provinciano, habitante de uma província.

prouinciatim. (prouincĭa). De província em província.

prouisĭo, prouisionis, (f.). (prouidĕo). Ação de ver antes, previsão, antecipação. Providência, previdência, precaução.

prouiso,-is,-ĕre. (pro-uiso). Antecipar-se para ver, ir ver na frente. Ir informar-se.

prouisor, prouisoris, (m.). (prouidĕo). O que prevê, adivinho, profeta. Provedor, fornecedor.

prouisus,-us, (m.). (prouidĕo). Ação de ver antes, previsão, antecipação. Abastecimento, fornecimento. Providência, previdência, precaução.

prouiuo,-is,-ĕre,-uixi. (pro-uiuo). Continuar a viver, prolongar a existência.

prouocatĭo, prouocationis, (f.). (prouŏco). Provocação, desafio. Estímulo, encorajamento. Apelação, citação diante de um tribunal superior.

prouocator, prouocatoris, (m.). (prouŏco). Desafiante. Um tipo de gladiador.

prouŏco,-as,-are,-aui,-atum. (pro-uoco). Chamar para fora, forçar a sair. Provocar, desafiar, incitar. Apelar, levar uma causa a um tribunal superior. Rivalizar, competir, disputar. Excitar, estimular, fazer despertar. Produzir, causar, gerar.

prouolgo, ver **prouulgo.**

prouŏlo,-as,-are,-aui,-atum. (pro-uolo,--as,-are). Voar para diante. Acelerar, apressar-se, mover-se impetuosamente.

prouoluo,-is,-ĕre,-uolui,-uolutum. (pro--uoluo). Rolar para frente, girar ao longo de. Arrebatar, retirar, apressar. Humilhar, submeter, abater.

prouŏmo,-is,-ĕre. (pro-uomo). Vomitar diante de.

prout. (pro-ut). À proporção que, à medida que, conforme o que.

prouulgo,-as,-are,-aui,-atum. (pro-uulgo). Tornar publicamente conhecido, publicar, divulgar.

proxeneta,-ae, (m.). Agente, intermediário, corretor, negociador.

proxĭme. prep./acus. Muito próximo/perto de. Quase igual a, muito parecido com. Muito próximo/perto. Muito pouco tempo depois/antes. Muito acuradamente, o mais exatamente.

proximĭtas, proximitatis, (f.). (pro-xĭmus). Proximidade, vizinhança. Grau próximo de parentesco. Similaridade, semelhança. Afinidade. Conexão, forte ligação.

proximitatis, ver **proximĭtas.**

proxĭmus,-a,-um. (propĭor). Mais próximo, que está mais perto. Primeiro/seguinte, o último/anterior (no tempo ou no espaço). Mais íntimo. Mais semelhante/parecido.

prudens, prudentis. (prouĭdens). Que prevê, que sabe antes. Habilidoso, experiente, versado, instruído, culto, competente. Sábio, inteligente, sagaz, perspicaz. Sensato, prudente, discreto, cauteloso.

prudenter. (prudens). Sabiamente, habilidosamente, sagazmente, sensatamente, discretamente, cautelosamente.

prudentĭa,-ae, (f.). (prudens). Previsão, pressentimento. Conhecimento, habilidade, competência. Sagacidade, inteligência. Prudência, discrição, cautela. Discernimento.

prudentis, ver **prudens.**

pruina,-ae, (f.). Geada, neve. Inverno.

pruinosus,-a,-um. (pruina). Coberto de geada, encanecido. Glacial, gelado.

pruna,-ae, (f.). Carvão em brasa.

prunicĭus, ver **prunitĭus.**

prunitĭus,-a,-um. (prunus). Feito de madeira da ameixeira.

prunum,-i, (n.). (prunus). Ameixa.

prunus,-i, (f.). Ameixeira.

prurigĭnis, ver **prurigo.**

prurigo, prurigĭnis, (f.). (prurĭo). Coceira, sarna, comichão, prurido. Lascívia, sensualidade exacerbada.

prurĭo,-is,-ire. Coçar, ter comichão, sentir prurido. Agir lassivamente, ser devasso.

pruritus,-us, (m.). (prurĭo). Coceira, sarna, comichão, prurido. Lascívia, sensualidade exacerbada.

prytănes, prytănis, (m.). Prítane (um dos principais magistrados da Grécia).

prytanĕum,-i, (n.). (prytănes). Pritaneu (edifício público reservado às assembleias dos prítanes e onde se ofereciam jantares e entretenimento, com verba pública, àqueles que haviam prestado algum serviço especial ao governo).

prytănis, ver **prytănes.**

psallo,-is,-ĕre, psalli. Cantar ao som da cítara.

psalterĭum,-i, (n.). Psaltério (instrumento musical semelhante à cítara).
psaltes,-ae, (m.). Tocador de cítara, músico.
psaltria,-ae, (f.). Tocadora de cítara.
psecădis, ver **psecas.**
psecas, psecădis, (f.). Escrava destinada a aromatizar os cabelos de sua dona.
psephisma, psephismătis, (n.). Decreto do povo (correspondente grego do plebiscitum romano).
pseudisodŏmos,-i, (m.). Construção desproporcional.
pseudoliquĭdus,-a,-um. (liquĭdus). Aparentemente líquido.
pseudomĕnos,-i, (m.). Espécie de falso silogismo.
pseudothyrum,-i, (n.). Entrada privativa, porta dos fundos. Subterfúgio, evasiva, pretexto.
psilocitharista,-ae, (m.). Um tipo de músico (que toca a cítara sem acompanhamento vocal).
psilothrum,-i, (n.). Um tipo de unguento (destinado a fazer os pelos caírem e amaciar a pele), creme depilatório.
psith-, ver **psyth-.**
psittacinus,-a,-um. (psittăcus). De papagaio.
psittăcus,-i, (m.). Papagaio.
psora,-ae, (f.). Sarna, lepra, comichão.
psychomantĭum,-i, (n.). Lugar em que os espíritos dos mortos eram invocados, local destinado à necromancia.
psychroluta,-ae, (m.). O que toma banho frio.
psythĭus,-a,-um. Relativo a um tipo de uva (própria para fazer uva-passa). (*Psythĭa* = uva-passa.)
-pte. Próprio, de si mesmo.
ptisăna,-ae, (f.). Cevada (moída e sem casca), tisana.
ptisanarĭum,-i, (n.). (ptisăna). Tisana (de cevada ou de arroz).
pubeda,-ae, (m.). (pubes). Jovem que chegou à puberdade.
pubens, pubentis. (pubes). Que chegou à puberdade. Vigoroso, suculento, exuberante, florescente.
pubentis, ver **pubens.**
puber, ver **pubes.**
pubĕres, pubĕrum, (m.). (pubes). Jovens, adultos.

pubĕris, ver **pubes.**
pubertas, pubertatis, (f.). (puber). Puberdade, adolescência. Sinal da puberdade (barba, pelos, etc). Masculinidade, virilidade. Juventude, os jovens.
pubertatis, ver **pubertas.**
pubes, pubĕris. Púbere, adolescente, que entrou na idade adulta. Coberto de penugem, novo, fresco.
pubes, pubis, (f.). Pelos que surgem no corpo e que marcam o início da puberdade, sinais de amadurecimento (barba, pelos, buço, etc). Pelos em geral. Partes íntimas do corpo, púbis. Rapazes, mocidade, jovens. Homens, pessoas, população. Maturidade, maturação, amadurecimento.
pubesco,-is,-ĕre, pubŭi. (pubes, pubĕris). Chegar à puberdade, tornar-se adolescente. Cobrir-se, revestir-se, vestir-se. Crescer, amadurecer. Aprimorar, renovar, aprefeiçoar.
pubis, ver **pubes, pubis** e **pubes, pubĕris.**
publicanus,-a,-um. (publĭcus). Relativo a taxas públicas/ao arrendamento de impostos.
publicanus,-i, (m.). (publĭcus). Rendeiro público, o que recolhe os impostos.
publicatĭo, publicationis, (f.). (publĭco). Confisco, apreensão fiscal.
publĭce. (publĭcus). Por deliberação pública, às custas do governo, oficialmente. Sem exceção, atingindo a todos. Em público, abertamente, diante de todos.
publicĭtus. (publĭcus). Por deliberação pública, às custas do governo, oficialmente. Em público, abertamente, diante de todos.
publĭco,-as,-are,-aui,-atum. (publĭcus). Tornar propriedade do governo, confiscar, disponibilizar para uso público. Tornar publicamente conhecido, divulgar, participar ao povo. Publicar, revelar, desvendar. Expor(-se), prostituir(-se). Destruir, arruinar, aniquilar.
publĭcum,-i, (n.). (popŭlus). Território público, propriedade comum, bens governamentais. Cofre público, taxas públicas, impostos, tesouro governamental. Arquivos do Estado, documentos públicos. Interesse público, bem comum. Lugar público.
publĭcus,-a,-um. (popŭlus). Do povo, do governo, público, feito às custas do governo. Geral, comum, ordinário, banal.

pudenda,-orum, (n.). (pudĕo). Partes íntimas.
pudendus,-a,-um. (pudĕo). Vergonhoso, escandaloso, abominável, aviltante.
pudens, pudentis. (pudĕo). Envergonhado, recatado, pudico, tímido, acanhado.
pudenter. (pudens). Modestamente, acanhadamente, com discrição.
pudentis, ver **pudens.**
pudĕo,-es,-ere, pudŭi, pudĭtum. Envergonhar-se, ter vergonha, acabrunhar-se. Dar vergonha.
pudibundus,-a,-um. (pudĕo). Envergonhado, recatado, pudico, tímido, acanhado. Vergonhoso, escandaloso, abominável, aviltante.
pudicitĭa,-ae, (f.). (pudicus). Pudor, castidade, honra, decência, modéstia.
pudicus,-a,-um. (pudĕo). Pudico, casto, virtuoso, decente. Puro, não corrompido, probo.
pudor, pudoris, (m.). (pudĕo). Vergonha, acanhamento, timidez. Modéstia, decência, boas maneiras. Pudor, honra, virtude. Motivo de vergonha, desonra, ignonímia.
puella,-ae, (f.). (puellus). Menina, garota, criança (do sexo feminino). Moça. Amada, querida. Mulher nova, esposa jovem.
puellaris, puellare. (puella). De menina, relativo às garotinhas, infantil. Delicado, inocente.
puellarĭus,-i, (m.). (puella). Amante de meninas.
puellŭla,-ae, (f.). (puella). Menininha, garotinha.
puellus,-i, (m.). (puer). Menino, garoto, criança (do sexo masculino).
puer,-ĕri, (m.). Criança (do sexo masculino ou feminino). Menino, garoto. Rapaz, jovem solteiro. Filho. Servo novo, escravo jovem, pajem.
puĕra,-ae, (f.). (puer). Menina, garota, criança (do sexo feminino).
puerasco,-is,-ĕre. (puer). Entrar na adolescência.
puerilis, puerile. (puer). De menino, pueril, infantil. Inconsequente, frívolo, inconsistente, superficial.
puerilĭtas, puerilitatis, (f.). (puerilis). Puerilidade, infância. Infantilidade.
puerilitatis, ver **puerilĭtas.**

puerilĭter. (puerilis). Infantilmente, puerilmente, inocentemente. Tolamente, frivolamente.
pueritĭa,-ae, (f.). (puer). Puerícia, infância, meninice, juventude. Inocência.
puerpĕra,-ae, (f.). (puer-parĭo). Parturiente.
puerperĭum,-i, (n.). (puerpĕra). Parto, dores do parto. Recém-nascido.
puerpĕrus,-a,-um. (puer-parĭo). Relativo ao parto, que dá à luz.
puerŭlus,-a,-um. (puer). Garotinho, rapazinho. Escravo novo.
puga,-ae, (f.). Nádegas, bunda.
pugil, pugĭlis, (m.). Boxeador, pugilista.
pugilatus,-us, (m.). (pugĭlor). Pugilato, pugilismo, luta de boxe.
pugilĭce. (pugil). Como um pugilista. Vigorosamente, resolutamente.
pugĭlis, ver **pugil.**
pugillar, pugillaris, (n.). (pugnus). Tabuinha de escrever.
pugillaris, pugillare. (pugnus). Relativo ao punho, que pode ser contido nas mãos.
pugillatorĭus,-a,-um. (pugnus). Relativo ao punho.
pugillat-, ver também **pugilat-.**
pugĭo, pugionis, (m.). (pungo). Punhal, adaga. Argumentação fraca. Lista de nomes de pessoas proscritas pelo imperador Calígula.
pugiuncŭlus,-i, (m.). (pugĭo). Pequeno punhal.
pugna,-ae, (f.). Disputa corpo-a-corpo. Linha de combate. Batalha, luta, disputa. Competição, torneio, controvérsia, debate.
pugnacis, ver **pugnax.**
pugnacĭtas, pugnacitatis, (f.). (pugnax). Desejo de travar combate, combatividade.
pugnacitatis, ver **pugnacĭtas.**
pugnacŭlum,-i, (n.). (pugna). Defesa, trincheira, proteção, fortaleza, cidadela.
pugnans, pugnantis. (pugno). Combatente.
pugnantĭa, pugnantĭum, (n.). (pugno). Contradições, inconsistências.
pugnator, pugnatoris, (m.). (pugno). Combatente, guerreiro.
pugnatorĭus,-a,-um. (pugnator). Próprio do combatente, relativo ao combate.
pugnax, pugnacis. (pugno). Que gosta de lutar, combativo, bélico, marcial. Forte,

violento, enfático, veemente, impetuoso. Obstinado, persistente.
pugnĕus,-a,-um. (pugnus). De punhos.
pugno,-as,-are,-aui,-atum. Lutar, combater, travar batalha, contender. Discordar, entrar em conflito, opor-se, contradizer. Esforçar-se, empenhar-se.
pugnus,-i, (m.). Punho, murro, soco. Mão (medida de quantidade). Pugilismo, boxe.
pulce-, ver **pulche-**.
pulchellus,-a,-um. (pulcher). Bonitinho, gracioso, formoso.
pulcher,-chra,-chrum. Bonito, belo, gracioso, formoso. Magnífico, excelente. Forte, corpulento. Nobre, ilustre, honroso, glorioso, fino.
pulchre. (pulcher). Belamente, muito bem, excelentemente.
pulchritudĭnis, ver **pulchritudo**.
pulchritudo, pulchritudĭnis, (f.). (pulcher). Beleza, graça, formosura. Excelência, primor, perfeição.
pulegĭum, ver **puleĭum**.
puleĭum,-i, (n.). Poejo. Atrativo, encanto, doçura.
pulex, pulĭcis, (m.). Pulga. Pulgão.
pulĭcis, ver **pulex**.
pullarĭus,-i, (m.). (pullus,-i). Homem encarregado de alimentar as galinhas sagradas.
pullatus,-a,-um. (pullus,-a,-um). Vestido de luto, que traja vestes negras (o povo comum).
pullinus,-a,-um. (pullus,-i). Relativo a filhotes, de animais ainda pequenos.
pullŭlo,-as,-are,-aui,-atum. (pullŭlus,-i). Produzir rebentos, germinar, pulular, brotar. Espalhar, aumentar, crescer.
pullŭlus,-a,-um. (pullus,-a,-um). Preto, acinzentado, pardo.
pullŭlus,-i, (m.). (pullus,-i). Animalzinho, filhotinho, franguinho, pombinho. Broto, rebento.
pullum,-i, (n.). Veste acinzentada.
pullus,-a,-um. I - Puro. II - Preto, acinzentado, pardo. Vulgar, do povo. Triste, pesaroso.
pullus,-i, (m.). Animal pequeno, filhote. Frango, pombo, potro. Broto, rebento.
pulmentarĭum,-i, (n.). (pulmentum). Qualquer tipo de alimento que seja ingerido acompanhado de pão (frutas, mostarda, molho, pasta, etc). Ração para pássaros, painço. Comida em geral.
pulmentum,-i, (n.). (pulpa). Qualquer tipo de alimento comido acompanhado de pão (frutas, mostarda, molho, pasta, etc). Comida em geral. Porção.
pulmo, pulmonis, (m.). Pulmão.
pulmonĕus,-a,-um. (pulmo). Relativo aos pulmões, pulmonar. Esponjoso, absorvente.
pulpa,-ae, (f.). Parte carnosa do corpo de animais, carne pura (sem gordura). Natureza humana. Polpa (das frutas).
pulpamentum,-i, (n.). (pulpa). Parte carnosa do corpo de animais. Comida preparada com pedaços de carne, petisco, tira-gosto.
pulpĭtum,-i, (n.). Tablado, plataforma. Palco.
puls, pultis, (f.). Creme pastoso, papa, pasta densa.
pulsatĭo, pulsationis, (f.). (pulso). Batida, pancada, golpe.
pulso,-as,-are,-aui,-atum. (pello). Empurrar, impulsionar, impelir. Bater, golpear. Agitar, perturbar. Atacar, agitar, difamar. Insultar, ofender.
pulsus,-us, (m.). (pello). Ação de empurrar/impelir, impulso. Batida, pancada, golpe. Impressão, sensação. Influência.
pultarĭus,-i, (m.). Recipiente, vasilha.
pultatĭo, pultationis, (f.). (pulto). Batida (à porta).
pultis, ver **puls**.
pulto,-as,-are. (pulso). Bater, golpear.
puluer, ver **puluis**.
puluerĕus,-a,-um. (puluis). Que contém poeira, (cheio) de pó, coberto de poeira, empoeirado. Que produz pó, que faz levantar poeira.
puluĕris, ver **puluis**.
puluĕro,-as,-are,-aui,-atum. (puluis). Espalhar poeira, cobrir de pó, sacudir o pó.
puluerulentus,-a,-um. (puluis). Coberto de pó, empoeirado. Obtido com grande esforço.
puluillus,-i, (m.). (puluinus). Pequena almofada, travesseiro pequeno.
puluinar, puluinaris, (n.). (puluinus). Leito formado de almofadas (coberto com suntuosa colcha, destinado aos deuses e a pessoas que receberam honras divinas). Sofá, poltrona (guarnecida de almofadas),

lugar de honra. Leito nupcial. Camarote imperial.
puluinaris, puluinare. (puluinus). De almofadas, de travesseiros.
puluinarĭum,-i, (n.). (puluinar). Sofá, poltrona (guarnecida de almofadas, reservada aos deuses). Ancoradouro, amparo.
puluinatus,-a,-um. (puluinus). Em formato de almofada. Que apresenta uma protuberância, elevado.
puluinus,-i, (m.). Travesseiro, almofada. Lugar de honra. Elevação, aterro, monte. Estrutura de pedra dentro da água (sobre a qual se ergue um pilar). Parte da catapulta que lança os projéteis.
puluis, puluĕris, (m.). Pó, poeira. Terra. Areia/poeira (onde os matemáticos desenhavam figuras geométricas). Local destinado a torneios, arena, ringue. Território conhecido, campo de ação. Esforço, trabalho pesado, labuta, fadiga.
puluiscŭlus,-i, (m.)/puluiscŭlum,-i, (n.). (puluis). Pó fino. Matemática, geometria.
pumex, pumĭcis, (m./f.). Pedra-pomes. Pedra porosa. Pedra, rocha, rochedo.
pumicatus,-a,-um. (pumĭco). Afeminado.
pumicĕus,-a,-um. (pumex). De pedra-pomes. Duro como pedra.
pumĭcis, ver **pumex**.
pumĭco,-as,-are,-aui,-atum. (pumex). Esfregar pedra-pomes, alisar usando pedra-pomes.
pumilĭo, pumilionis, (m./f.). (pumĭlus). Anão, anã. Um tipo de frango. Planta pequena.
pumĭlus,-a,-um. Muito pequeno, diminuto.
punctim. (pungo). Com a ponta, de ponta.
punctĭo, punctionis, (f.). (pungo). Punção. Picada. Dor aguda.
punctiuncŭla,-ae, (f.). (punctĭo). Pequena punção. Picadinha. Dor aguda.
punctum,-i, (n.). (pungo). Marca de picada. Picada. Punção. Marca (feita ao escrever). Ponto (para indicar um voto), voto, sufrágio. Aplauso, aprovação. Pequena parte, porção, recorte. Período curto de tempo, instante, momento. Frase curta, pequeno trecho, pequena parte do discurso.
punctus,-a,-um. (pungo). Pequeno, curto.
pungo,-is,-ĕre, pupŭgi, punctum. Picar, pungir, furar, ferroar. Penetrar, entrar. Perturbar, atormentar, vexar, incomodar.

punicĕus,-a,-um. (punĭcum). Vermelho, avermelhado, da cor da púrpura.
punĭcum,-i, (n.). Romã.
punĭo,-is,-ire,-iui,-itum. (poena). Punir, castigar, aplicar uma punição. Vingar, desforrar.
punĭor, ver **punĭo**.
punitĭo, punitionis, (f.). (punĭo). Punição, castigo.
punitor, punitoris, (m.). (punĭo). O que aplica uma punição. Vingador.
pupa,-ae, (f.). (pupus). Menina, mocinha. Boneca.
pupilla,-ae, (f.). (pupa). Órfã menor de idade (que precisa de tutela). Pupila, olho.
pupillaris, pupillare. (pupillus). Relativo a órfãos, de tutelado.
pupillus,-i, (m.). (pupŭlus). Órfão menor de idade (que precisa de tutela).
puppa, ver **pupa**.
puppis, puppis, (f.). Popa (de navio). Navio. Parte traseira.
pupŭla,-ae, (f.). (pupa). Menininha, mocinha. Boneca. Olho.
pupŭlus,-i, (m.). (pupus). Menininho, garotinho.
pupus,-i, (m.). Menino, rapazinho, garoto.
pure. (purus). Puramente, limpidamente, sem manchas, sem mistura. Brilhantemente, claramente. Simplesmente, diretamente. Absolutamente, incondicionalmente.
purgamen, purgamĭnis, (n.). (purgo). Sujeira retirada anualmente do templo de Vesta. Meio de purificação/expiação. Pureza, limpidez.
purgamentum,-i, (n.). (purgo). Rejeitos, sujeira, imundície, porcaria. Meio de purificação/expiação, sacrifício expiatório.
purgamĭnis, ver **purgamen**.
purgatĭo, purgationis, (f.). (purgo). Purgação, purificação, limpeza. Expiação. Desculpa, justificativa.
purgĭto,-as,-are. (purgo). Purgar, purificar, limpar. Desculpar-se.
purgo,-as,-are,-aui,-atum. (purus-ago). Tornar limpo/puro, limpar, purificar. Expurgar, expelir, vomitar. Nivelar, tornar igual. Remover. Justificar, desculpar. Purificar de um crime (por meio de ritos religiosos), expiar, lustrar.

purificatĭo, purificationis, (f.). (purifĭco). Purgação, purificação, limpeza.

purifĭco,-as,-are. (purus-facĭo). Limpar, purificar, expiar.

puris, ver **pus**.

purpŭra,-ae, (f.). Peixe púrpura. Cor púrpura. Roupa/tecido de cor púrpura. Alto cargo, dignidade imperial.

purpuratus,-a,-um. (purpŭra). Vestido de púrpura.

purpuratus,-i, (m.). (purpŭra). Alto oficial no séquito de um rei (que se vestia de púrpura).

purpurĕus,-a,-um. (purpŭra). Purpúreo, da cor da púrpura (incluindo vários matizes de cor: vermelho, avermelhado, vinho, amarronzado, preto). Vestido de púrpura. Brilhante, bonito, radiante.

purpurissatus,-a,-um. (purpurissum). Tingido com *purpurissum*.

purpurissum,-i, (n.). Tonalidade mais escura da púrpura (usada como tintura e cosmético).

purulentus,-a,-um. (pus). Purulento, cheio de pústulas.

purus,-a,-um. Limpo, puro, livre de sujeira, sem mistura. Límpido, claro, sereno. Casto, impecável, irrepreensível. Incondicional, absoluto, sem exceção. Íntegro, não violado, não corrompido. Isento, livre. Purificado, santificado, consagrado. Simples, não sofisticado, sem adorno.

pus, puris, (n.). Pus, pústula.

pusillus,-a,-um. (pusus). Muito pequeno, insignificante. Fraco, fino. Vil, torpe, trivial, mesquinho.

pusĭo, pusionis, (m.). (pusus). Rapazinho, garotinho.

pustŭla,-ae,(f.). (pus). Pústula, bolha, vesícula.

pustulatus,-a,-um. (pustŭla). Que possui bolhas. Purificado, refinado.

pusŭla, ver **pustŭla**.

pusutalus, ver **pustulatus**.

puta. (puto). Por exemplo, a saber, isto é.

putamen, putamĭnis, (n.). (puto). O que cai das plantas quando são podadas (ramos, casca, etc). Casca de noz.

putamĭnis, ver **putamen**.

putatĭo, putationis, (f.). (puto). Poda, corte.

putĕal, putealis, (n.). (putĕus). Barreira de contenção (feita de pedras, em torno de um poço). Barreira de contenção, mureta.

putĕo,-es,-ere, putŭi. Feder, ter mau cheiro. Estar podre/estragado.

puter, putris, putre. (putĕo). Podre, estragado, insalubre, fétido. Que está em estado de putrefação/ em decomposição. Arruinado, destruído. Mole, frouxo, lasso.

putesco,-is,-ĕre, putŭi. (putĕo). Apodrecer, degenerar, putrefazer.

putĕus,-i, (m.). Poço. Cova, buraco. Subterrâneo.

putidiuscŭlus,-a,-um. (putĭdus). Um tanto mais tedioso, um tanto mais desagradável.

putidŭlus,-a,-um. (putĭdus). Degradável, ofensivo, afetado.

putĭdus,-a,-um. (putĕo). Mal cheiroso, fétido. Rebuscado, afetado, não natural. Desagradável, insuportável, odioso, repugnante.

putillus,-i, (m.). (putus,-i). Rapazinho, garotinho.

putisco, ver **putesco**.

puto,-as,-are,-aui,-atum. Limpar, purificar. Desbastar, podar, cortar, aparar. Organizar, pôr em ordem, ajustar. Contar, calcular, computar. Pensar sobre, considerar, estimar. Ponderar, refletir. Julgar, supor, acreditar, pensar, imaginar.

putor, putoris, (m.). (putĕo). Mau cheiro, fedor.

putrefacĭo,-is,-ĕre,-feci,-factum. (putrĕo-facĭo). Putrefazer, apodrecer. Amolecer.

putrefio,-is,-fiĕri,-factus sum. (putrĕo-fio). Putrefazer-se, apodrecer, deteriorar-se.

putrĕo,-es,-ere. (puter). Apodrecer, degenerar, putrefazer.

putresco,-is,-ĕre, putrŭi. (putrĕo). Entrar em estado de putrefação, começar a apodrecer. Amolecer. Tornar-se insuportável/ desagradável.

putrĭdus,-a,-um. (putrĕo). Apodrecido, estragado, corrompido, em decomposição. Murcho, seco, definhado, debilitado.

putris, ver **puter**.

putus,-a,-um. Limpo, puro, sem mistura, claro, transparente. Brilhante, radiante.

putus,-i, (m.). Rapazinho, garotinho.

puxis, puxĭdis, ver **pyxis**.

pycta,-ae, (m.). Pugilista, boxeador.

pyctes, ver **pycta**.

pyga, ver **puga**.

pygargus,-i, (m.). Espécie de águia. Espécie de antílope.
pygmaeus,-a,-um. Dos pigmeus (povo lendário de anões).
pyhonĭcus,-a,-um. Profético, mágico.
pylae,-arum, (f.). Passagem estreita, desfiladeiro.
pyra,-ae, (f.). Pira, fogueira fúnebre.
pyramĭdis, ver **pyrămis.**
pyrămis, pyramĭdis, (f.). Pirâmide.
pyrĕthrum,-i, (n.). Um tipo de planta (camomila da Espanha).

pyropus,-i, (m.). Liga metálica de cobre e ouro.
pyrrhĭcha,-ae, (f.). Dança de guerra dos lacedemônios.
pyrrhĭche,-es, ver **pyrrhĭcha.**
pyrrhichĭus,-i, (m.). Pirríquio (pé métrico composto de duas sílabas breves).
pyru-, ver **piru-.**
pythaules,-ae, (m.). Tocador de flauta, que acompanha o *cantĭcum* de um ator.
pythisco,-as,-are. Cuspir, esguichar, expelir.
pyxis, pyxĭdis, (f.). Caixinha, cofrinho. Cápsula de ferro (encaixada na base de pilão).

Q

q. Q. Abreviatura de *Quintus,* **– que** (na sigla **SPQR** – *Senatus Populusque Romanus), quaestor,* etc.
qua. (qui). De que lado, em que lugar, em que direção, por onde. Até o ponto em que, o máximo que, pelo meio que, do lado que. Como, de que maneira, através de que meio. De qualquer maneira. (*qua...qua =* tanto...quanto, por um lado...por outro).
quaad, ver **quoad.**
quacumque. (qua-cumque). Em qualquer lugar que, por onde quer que, de qualquer direção que. Independentemente do meio pelo qual, de qualquer maneira que.
quadantĕnus. (quidam-tenus). Até certo ponto, até o momento, por enquanto. De certa maneira, até certo grau, um pouco.
quadra,-ae, (f.). Quadrado. Parte mais larga da base de um pedestal. Moldura, friso, platibanda. Mesa de jantar. Pedaço, peça, parte, bocado.
quadragenarĭus,-a,-um. (quadrageni). Que contém quarenta, formado por quarenta, de quarenta.
quadrageni,-ae,-a. (quadraginta). Quarenta cada, de quarenta em quarenta, em grupos de quarenta.
quadragesĭma,-ae, (f.). (quadraginta). Quadragésima parte. Imposto de quarenta por cento.
quadragesĭmus,-a,-um. (quadraginta). Quadragésimo.

quadragĭe(n)s. (quadraginta). Quarenta vezes.
quadraginta. (quattŭor). Quarenta.
quadrans, quadrantis, (m.). (quattŭor). A quarta parte, um quarto.
quadrantal, quadrantalis, (n.). (quadrantalis). Medida para líquidos (correspondente a oito *congĭi-* aproximadamente 3 litros).
quadrantalis, quadrantale. (quadrans). Que contém a quarta parte.
quadrantarĭus,-a,-um. (quadrans). Relativo à quarta parte, de um quarto. Que custa um quarto de um asse.
quadratus,-a,-um. (quadro). Quadrado. Robusto, vigoroso. Regular, bem ordenado.
quadrĭdens, quadridentis. (quattŭor-dens). Que tem quatro dentes.
quadridentis, ver **quadrĭdens.**
quadridŭum,-i, (n.). (quattŭor-dies). Período de quatro dias.
quadriennis, quadrienne. (quattŭor-annus). Que dura quatro anos, de quatro anos de idade.
quadriennĭum,-i, (n.). (quadriennis). Período de quatro anos.
quadrifarĭam. (quattŭor). Quatro vezes, em quatro partes.
quadrifĭdus,-a,-um. (quattŭor-findo). Fendido/dividido em quatro partes.
quadrigae,-arum, (f.). (quattŭor-iugae). Grupo de quatro. Quadriga (carro puxado

por quatro cavalos, usado especialmente em corridas). Carro do Sol, carro da Lua, carro da Aurora. Carruagem, carro. Quatro partes. Curso rápido. (*nauibus et quadrigis* = com ardor, por todos os meios).

quadrigarĭus,-a,-um. (quadrigae). Relativo a quadriga.

quadrigarĭus,-i, (m.). Condutor de quadriga.

quadrigatus,-a,-um. (quadrigae). Marcado/cunhado com a figura de uma quadriga.

quadrigŭlae,-arum, (f.). (quadrigae). Pequena quadriga.

quadriiŭgis, quadriiŭge. (quattŭor-iugum). De quadriga, relativo a um grupo de quatro.

quadriiŭgus,-a,-um. (quattŭor-iugum). Pertencente a um grupo de quatro. Atrelado a quatro cavalos.

quadrilibris, quadrilibre. (quattŭor-libra). Que pesa quatro libras.

quadrimestris, quadrimestre. (quattŭor-mensis). Quadrimestral, de quatro meses.

quadrimŭlus,-a,-um. (quadrimus). De quatro anos de idade.

quadrimus,-a,-um. (quattŭor). De quatro anos de idade.

quadringenarĭus,-a,-um. (quadringeni). De quatrocentos cada, em grupos de quatrocentos.

quadringeni,-ae,-a. (quadringenti). Quatrocentos cada.

quadringentesĭmus,-a,-um. (quadringenti). Quadringentésimo.

quadringenti,-ae,-a. (quattŭor-centum). Quatrocentos.

quadringentĭe(n)s. (quadringenti). Quatrocentas vezes.

quadripartĭo,-is,-ire,-,-itum. (quattŭor-partĭo). Dividir em quatro partes.

quadripartitĭo, quadripartitionis, (f.). (quadripartĭo). Divisão em quatro partes.

quadripartitus,-a,-um, ver **quadripertitus.**

quadripertitus,-a,-um. (quadripartĭo). Quadripartido, dividido em quatro partes.

quadripes, ver **quadrŭpes.**

quadriremis, quadriremis, (f.). (quattŭor-remus). Navio que possui quatro fileiras de remos.

quadriuĭum,-i, (n.). (quattŭor-uia). Encruzilhada.

quadro,-as,-are,-aui,-atum. (quadrus). Tornar quadrado, cortar em esquadria. Co-locar na ordem apropriada, organizar de modo conveniente, completar, aperfeiçoar. Adaptar, moldar, ajustar, convir. Concordar. Ser apropriado, estar de acordo.

quadrum,-i, (n.). (quattŭor). Quadrado. Ordem apropriada, conveniência, acordo.

quadrupĕdans, quadrupedantis. (quadrŭpes). Quadrúpede, que possui quatro pés.

quadrupedantis, ver **quadrupĕdans.**

quadrupĕdis, ver **quadrŭpes.**

quadrŭpes, quadrupĕdis. (quattŭor-pes). Quadrúpede, que possui quatro pés. Galopante.

quadruplator, quadruplatoris, (m.). (*quadrŭplo/quadrŭplor*). I - O que quadruplica. Multiplicador, o que aumenta, o que exagera. II - Informante público, delator (que recebia a quarta parte do benefício delatado).

quadrŭplex, quadruplĭcis. (quattŭor-plico). Multiplicado por quatro, quádruplo. Quatro.

quadruplĭcis, ver **quadrŭplex.**

quadruplĭco,-as,-are,-aui,-atum. (quadrŭplex). Multiplicar por quatro, quadruplicar.

quadrŭplo,-as,-are,-atum. (quadrŭplus). Multiplicar por quatro, quadruplicar.

quadrŭplor,-aris,-ari. (quadrŭplus). Ser um informante, delatar.

quadrŭplus,-a,-um. (quattŭor). Multiplicado por quatro, quádruplo.

quae, ver **qui/quis.**

quaerĭto,-as,-are,-aui,-atum. (quaero). Procurar com determinação, buscar, visar, solicitar, empenhar-se, pretender, aspirar. Procurar saber com exatidão, perguntar, inquirir, investigar.

quaero,-is,-ĕre, quaesiui/quaesĭi, quaesitum/quaestum. Procurar obter, buscar, visar. Obter, adquirir. Notar a ausência de, sentir a falta de. Perguntar, interrogar, desejar saber, informar-se, inquirir. Planejar, estabelecer como meta. Esforçar-se, empenhar-se. Meditar, refletir, ponderar. Exigir, demandar, necessitar. Desejar. Preferir. Investigar judicialmente.

quaesitĭo, quaesitionis, (f.). (quaero). Busca, investigação, procura. Interrogatório sob tortura, inquirição.

quaesitor, quaesitoris, (m.). (quaero). O que busca/procura, investigador. Inquiridor, o que faz um interrogatório.

quaesitum,-i, (n.). (quaero). Questão, pergunta, quesito.

quaesitus,-a,-um. (quaero). Seleto, especial, extraordinário. Afetado, rebuscado, pretenso.

quaeso,-is,-ĕre, quaesiui/quaesĭi. (quaero). Procurar obter, buscar ardentemente, visar. Implorar, suplicar, rogar, pedir suplicantemente. (*quaeso/quaesumus* = por favor, por gentileza).

quaestĭcŭlus,-i, (m.). (quaestus). Pouco lucro, pequeno ganho.

quaestĭo, quaestionis, (f.). (quaero). Busca, procura. Inquirição, investigação. Questão, questionamento, tema para discussão, problema. Interrogatório sob tortura, investigação judicial, inquérito. Julgamento.

quaestiuncŭla,-ae, (f.). (quaestĭo). Questão insignificante.

quaestor, quaestoris, (m.). (quaero). Questor (título de uma classe de magistrados romanos que administrava as contas do tesouro nacional, ou conduzia alguns julgamentos). Assessor do imperador junto ao Senado.

quaestorĭum,-i, (n.). (quaestor). Barraca do questor (no acampamento). Residência do questor (na província).

quaestorĭus,-a,-um. (quaestor). Questoriano, relativo/pertencente ao questor.

quaestorĭus,-i, (m.). (quaestor). Ex-questor.

quaestuosus,-a,-um. (quaestus). Vantajoso, lucrativo, produtivo, proveitoso. Ambicioso, cobiçoso. Rico, que obtém muito lucro, próspero, opulento.

quaestura,-ae, (f.). (quaestor). Questura, cargo de questor.

quaestus,-us, (m.). (quaero). Ganho, vantagem, benefício, aquisição. Negócio, comércio, ocupação.

qualĭbet. (quilĭbet). Por onde quer que se queira, por todos os lugares. Como quiser, de qualquer maneira.

qualis, quale. (quis). Tal como, da natureza de, do tipo de. Assim constituído, do tipo tal que (com ou sem o correlato *talis*). Como por exemplo, exatamente como, assim, deste modo, igualmente. Que possui tal qualidade. Qual? De que espécie? De que tipo?

qualiscumque, qualecumque. (qualis-cumque). De qualquer tipo, de qualquer natureza, independentemente da qualidade. Qualquer um sem exceção (que), não importa qual.

qualiscunqu-, ver **qualiscumqu-**.

qualislĭbet, qualelĭbet. (qualis-libet). De qualquer tipo/espécie que se queira.

qualisnam, qualenam. (qualis-nam). De que sorte? Qual, pois?

qualĭtas, qualitatis, (f.). (qualis). Qualidade, propriedade, natureza, condição.

qualitatis, ver **qualĭtas**.

qualĭter. (qualis). De que maneira, como. Exatamente como. (*qualĭter qualĭter* = não importa de que maneira).

qualŭbet, ver **qualĭbet**.

qualum,-i, (n.)/qualus,-i, (m.). Cesto de vime.

quam. (qui). I - Ver **qui**. II - Quão, quão grande, a que ponto. III - Como, quanto, tanto quanto. Do que. Excessivamente, extremamente, bastante, muito. (*quam... tam/quam...tanto/aeque...quam* = tanto... quanto...).

quamde/quande, ver **quam**.

quamdĭu. (quam-diu). Há quanto tempo? Quanto tempo atrás? Tanto tempo quanto, até, durante.

quamdudum. (quam-dudum). Há quanto tempo? Quanto tempo atrás?

quamlĭbet. (quam-libet). Tanto quanto se queira, à vontade, como se quiser. Por mais que, ainda que, embora.

quamŏbrem. (quam-ob-rem). Por que razão? Por quê? Com base em quê? Por que, pelo que. É por este motivo que, eis porque.

quamplures, quamplura. (quam-plus). Muito, bastante. Vários, em grande número, numeroso.

quampridem. (quam-pridem). Há quanto tempo? Quanto tempo atrás?

quamprimum. (quam-primum). O quanto antes, logo que possível, tão rápido quanto se possa.

quamquam. (quam-quam). Ainda que, posto que, embora, apesar de que. Todavia, não obstante, contudo.

quamuis. (quam-uis). Como se queira, tanto quanto se queira. Tanto quanto possível, excessivamente. De fato, sem dúvida. Por mais que, a qualquer ponto que. Ainda que, posto que, embora, apesar de que.

quanam. (qua-nam). Onde de fato. Como, de que maneira então.

quandĭu, ver **quamdĭu**.

quando. A que horas? Quando? A qualquer hora/momento, algum dia. Desde que, já que, uma vez que, visto que.

quandocumque. (quando-cumque). Quando quer que, em qualquer momento que, sempre que. Tão logo que, tão frequentemente quanto, todas as vezes que. Não importa quando, no devido momento.

quandoque. (quando-que). I - Quando quer que, em qualquer momento que, sempre que. Tão logo que, tão frequentemente quanto, todas as vezes que. Desde que, já que, visto que. Não importa quando, no devido momento. Às vezes, de vez em quando, um dia. II – *Quandoque* = et quando.

quandoquĭdem. (quando-quidem). Desde que, visto que, já que, considerando que.

quanquam, ver **quamquam**.

quanti. (quantus). A que preço, por quanto.

quantillus,-a,-um. (quantŭlus). Quão pequeno, quão diminuto.

quantĭtas, quantitatis, (f.). (quantus). Grandeza, extensão, quantidade. Soma, quantia.

quantitatis, ver **quantĭtas**.

quanto. (quantus). Tanto! Como! Tanto... quanto...

quantopĕre. (quantus-opus). Quão grandemente? Quanto? Até que ponto?

quantŭlus,-a,-um. (quantus). Quão pouco, quão pequeno, quão insignificante. Tão pequeno/pouco quanto.

quantuluscumque,-tulacumque,-tulumcumque. (quantŭlus-cumque). Por menor que, independentemente do tamanho que.

quantum. (quantus). I - Quanto, que quantidade. Tanto quanto possível, o máximo possível. Tanto que, tão grande quantidade de que. II - Na medida que, à proporção que, ao passo que.

quantumuis. (quantus-uis). Tanto quanto se queira. Por mais que, ainda que, embora.

quantus,-a,-um. (quam). Quão grande, que, quanto. Quão pequeno. (*in quantum* = tanto quanto possível).

quantuscumque,-tacumque,-tumcumque. (quantus-cumque). Por maior que seja, independentemente do tamanho. Não importa o preço, não importa quanto.

quantuslĭbet,-talĭbet,-tumlĭbet. (quantus-libet). Tão grande quanto se queira, tanto quanto se quiser, independentemente do tamanho.

quantusuis,-tauis,-tumuis. (quantus-uis). Tão grande quanto se queira, tanto quanto se quiser, independentemente do tamanho.

quapropter. (qui-propter). Por quê? Por que razão? É porque, é por isso que.

quaqua. (quis-quis). Por qualquer lugar que, por onde quer que.

quaquauersus. (quis-quis-uersus). De todos os lados.

quare. (quae-res). Por que meios? Como? Por meio do qual, pelo que. Por que razão? Por quê? Pela qual razão, por que. Por essa razão, portanto, por conseguinte.

quarta,-ae, (f.). (quartus). Um quarto, a quarta parte.

quartadecimani, ver **quartadecumani**.

quartadecumani,-orum, (m.). (quartus-decumani). Soldados pertencentes à 14ª legião.

quartana,-ae, (f.). (quartanus). Febre quartã (que ocorre a cada quatro dias).

quartani,-orum, (m.). (quartanus). Soldados pertencentes à 4ª legião.

quartanus,-a,-um. (quartus). Relativo à quarta parte, que ocorre no quarto dia, pertencente à quarta parte.

quartarĭus,-i, (m.). (quartus). Quarta parte, um quarto (de qualquer medida, especialmente do *sextarius*).

quarto. (quartus). Em quarto lugar, pela quarta vez.

quartum. (quartus). Pela quarta vez.

quartus,-a,-um. (quattŭor). Quarto.

quartusdecĭmus,-a,-um. (quartus-decĭmus). Décimo quarto.

quasi. (quam-si). Como se, da mesma forma que se, exatamente como. Quase, mais ou menos, aproximadamente. (*quasi... quasi* = em parte... em parte).

quasillarĭa,-ae, (f.). (quasillum). Fiandeira.
quasillum,-i, (n.). (qualum). Pequeno cesto (usado especialmente para depositar a lã).
quassabĭlis, quassabĭle. (quasso). Que pode ser agitado. Abalável.
quassatĭo, quassationis, (f.). (quasso). Agito, abalo, tremor. Perturbação, aflição.
quasso,-as,-are,-aui,-atum. (quatĭo). Sacudir violentamente, abalar fortemente, agitar incessantemente. Despedaçar, fragmentar, quebrar. Perturbar, enfraquecer.
quassus,-a,-um. (quatĭo). Sacudido, abalado, agitado. Despedaçado, fragmentado. Enfraquecido.
quassus,-us, (m.). (quatĭo). Agito, abalo, tremor.
quatefacĭo,-is,-ĕre,-feci,-factum. (quatĭofacĭo). Abalar, perturbar, enfraquecer.
quatĕnus. (qua-tenus). Até onde, até que ponto. Onde. Por quanto tempo, até quando. Já que, uma vez que, visto que.
quater. (quattŭor). Quatro vezes.
quaterni,-ae,-a. (quattŭor). Quatro a quatro, em grupos de quatro, quatro cada.
quaternĭo, quaternionis, (f.). (quaterni). O número quatro.
quatĭo,-is,-ĕre,-, quassum. Sacudir, agitar. Perturbar, abalar, fazer tremer. Brandir, empunhar, manejar. Bater, golpear. Quebrar, fragmentar, bombardear. Tocar, influenciar, excitar, fazer mover. Molestar, irritar, incomodar.
quatridŭum, ver **quadridŭum.**
quattŭor. Quatro.
quattuordĕcim. (quattuor-decem). Quatorze.
quattuoruiri,-orum, (m.). (quattŭor-uir). Conselho formado por quatro membros, junta de quatro homens (encarregada de determinadas funções municipais).
quauis. (qua-uis). Em qualquer direção, independentemente do lado.
-que. E, também. Isto é, a saber. E mesmo, e também. E ao contrário. (-*que*... -*que*/*et* = tanto...quanto, não só...mas também).
quei = **qui.**
queis = **quibus,** ver **qui/quis.**
quemadmŏdum. (ad-qui-modum). De que modo, como. Da mesma forma que. Como por exemplo, assim como.

queo, quis, quire, quiui/quii, quitum. Ser capaz, poder.
quercetum,-i, (n.). (quercus). Floresta de carvalhos.
quercĕus,-a,-um. (quercus). De carvalho.
quercus,-us, (f.). Carvalho. Objeto feito de carvalho (navio, dardo, taça, copo, coroa, etc).
quere(l)la,-ae, (f.). (queror). Queixa, reclamação, lamentação. Acusação. Canto lamentoso, pranto. Dor, doença, problema de saúde.
queribundus,-a,-um. (queror). Queixoso, lastimoso. Reclamante.
querimonĭa,-ae, (f.). (queror). Queixa, reclamação, lamentação.
querĭtor,-aris,-ari. (queror). Lamentar-se veementemente.
quernĕus,-a,-um. (quercus). De carvalho.
quernus,-a,-um. (quercus). De carvalho.
queror,-ĕris, queri, questus sum. Queixar-se, reclamar, lastimar-se, lamentar-se, deplorar, gemer, suspirar. Apresentar uma reclamação diante de um tribunal.
querquetum, ver **quercetum.**
querŭlus,-a,-um. (queror). Queixoso, lastimoso. Ruidoso, sonoro, murmurante.
questĭo, questionis, (f.). (queror). Queixa, reclamação, lamentação.
questus,-us, (m.). (queror). Queixa, reclamação, lamentação, gemido. Pranto, canto lastimoso. Acusação.
qui, quae, quod. Quem, qual, que, que tipo de. Como, porque, já que, visto que, uma vez que. A fim de que, para que. Em virtude de, de acordo com, tal. Tanto quanto possível. Alguém, algum.
qui. (quis). Como, de que maneira, por que meio, por que. De alguma maneira, de qualquer forma. Por quanto, de qual preço. Para que, a fim de que.
quia. (qui-iam). Porque. Que.
quiănam. (quia-nam). Por quê?
quiăne. (quia-ne). É/será por quê?
quicqu-, ver **quisqu-.**
quicumque, quaecumque, quodcumque. (qui-cumque). Todo(-a) aquele(-a) que, tudo aquilo que, qualquer um(-a) que, qualquer coisa que. Independentemente de quem, independentemente de qual, seja quem for, seja qual for.

quicumuis. (cum-quiuis). Com qualquer que seja.
quid. (quis). Quê? Que coisa? Como? Por quê? Por que razão? Alguma coisa. O que, aquilo que. Que tipo de (+ GEN).
quidam, quaedam, quoddam/quiddam. Um certo, algum, alguém, alguma coisa. (*quodam tempŏre* = certa vez).
quidem. De fato, realmente, na verdade. Também, igualmente. Mas, contudo, ainda mais. Pelo menos, mas ao menos. Por exemplo, tal como. (*ne...quidem* = nem mesmo, nem sequer. *Et/ac...quidem* = e ainda por cima, e o que é melhor).
quidnam, ver **quisnam.**
quidni. (quis-ne). Por que não? Como não?
quidpĭam, ver **quispĭam.**
quidqu-, ver **quisqu-.**
quiduis. (quis-uis). Seja o que for, independentemente do que seja.
quidum. (qui-dum). Como, então? De que modo, pois?
quies, quietis, (f.). Descanso, repouso, sossego, calma, tranquilidade. Vida afastada do meio político, neutralidade. Paz. Sono. Sonho. Morte. Silêncio, calmaria.
quiesco,-is,-ĕre, quieui, quietum. (quies). Descansar, repousar, sossegar, manter-se tranquilo. Permanecer neutro, abster-se de interferir. Dormir. Morrer. Manter-se imóvel. Fazer uma pausa. Sofrer em silêncio, aceitar com resignação, calar-se. Parar, interromper, suspender, desistir.
quietis, ver **quies.**
quietus,-a,-um. (quiesco). Calmo, tranquilo, em repouso. Pacífico, neutro. Despretensioso, livre de ambições. Dócil, meigo, amável. Adormecido.
quilĭbet, quaelĭbet, quodlĭbet/quidlĭbet. (qui-libet). Qualquer um(-a) que se queira, seja quem for, qualquer coisa que se queira, seja qual for, independentemente de qual. O/A primeiro a chegar.
quin. (qui-ne). Como não? Por que não? Apenas, simplesmente. Que não, mas que não. Como se não. Mas, de fato, realmente, na verdade. Ou melhor.
quinam, quaenam, quodnam. (qui-nam). Quem? Que coisa? Qual? Quê?
quincenti, ver **quingenti.**
quinctus, ver **quintus.**

quincuncis, ver **quincunx.**
quincunx, quincuncis, (m.). (quinque-uncĭa). Cinco dozeavos de uma unidade. Cinco por cento. Árvores plantadas em linhas oblíquas.
quincŭplex, quincuplĭcis. (quinque-plico). Multiplicado por cinco.
quincuplĭcis, ver **quincŭplex.**
quindecĭe(n)s. (quindĕcim). Quinze vezes.
quindĕcim. (quinque-decem). Quinze.
quindecimprimi,-orum, (m.). (quindĕcim-primus). Conselho formado pelos quinze principais magistrados dos municípios.
quindecimuir,-i, (m.). (quindĕcim-uir). Membro de um conselho oficial (formado por quinze homens).
quindecimuiralis, quindecimuirale. (quindecimuir). Relativo ao conselho de quinze membros.
quindecĭmus,-a,-um. (quindĕcim). Décimo quinto.
quingenarĭus,-a,-um. (quingeni). Que consiste em quinhentos.
quingeni,-ae,-a. (quingenti). Quinhentos cada, em grupos de quinhentos.
quingentesĭmus,-a,-um. (quingenti). Quingentésimo.
quingenti,-ac,-a. (quinque-centum). Quinhentos.
quingentĭe(n)s. (quingenti). Quinhentas vezes.
quini,-ae,-a. (quinque). Cinco cada, em grupos de cinco.
quin(i)deni,-ae,-a. (quindĕcim). Quinze cada, em grupos de quinze.
quiniuiceni, quinaeuicenae, quinauicena. (quinque-uiginti). Vinte e cinco cada, em grupos de vinte e cinco.
quinquagenarĭus,-a,-um. (quinqua-geni). Que consiste em cinquenta.
quinquageni,-ae,-a. (quinquaginta). Cinquenta cada, em grupos de cinquenta.
quinquagesĭma,-ae, (f.). (quinqua-ginta). Quinquagésima parte (de um imposto).
quinquagesĭmus,-a,-um. (quinqua-ginta). Quinquagésimo.
quinquagĭe(n)s. (quinquaginta). Cinquenta vezes.
quinquaginta. Cinquenta.
quinquatrus, quinquatrŭum, (n.). (quinque). Festival celebrado em honra de

Minerva (realizado no 5º dia após os idos de março, ou nos idos de junho).
quinque. Cinco.
quinquennalis, quinquennale. (quin--quennis). Que se realiza a cada cinco anos, quinquenal. Que dura cinco anos.
quinquennis, quinquenne. (quinque-annus). Que tem cinco anos de idade. Que se realiza a cada cinco anos, quinquenal. Que dura cinco anos.
quinquennĭum,-i, (n.). (quinquennis). Quinquênio, período de cinco anos.
quinquepartitus,-a,-um. (quinque-partĭo). Dividido em cinco partes.
quinquepĕdal, quinquepedalis, (n.). (quinque-pedalis). Medida de cinco pés.
quinquepert-, ver **quinquepart-.**
quinqueprimi,-orum, (n.). (quinque-primus). Os cinco primeiros dignatários de um município.
quinqueremis, quinquereme. (quinque-remus). Que possui cinco fileiras de remos.
quinqueuir,-i, (m.). (quinque-uir). Conselheiro (de uma junta formada por cinco membros, designados para uma função oficial), quinquéviro.
quinqueuiratus,-us, (m.). (quinqueuir). Cargo de conselheiro (de uma junta formada por cinco membros, designados para uma função oficial), quinquevirato.
quinquĭe(n)s. (quinque). Cinco vezes.
quinquĭpl-, ver **quincŭpl.**
quinquiplĭco,-as,-are. (quinque-plico). Multiplicar por cinco, quintuplicar.
quintadecimani,-orum, (m.). (quintus-decĭmus). Soldados da 15ª legião.
quintana,-ae, (f.). (quintanus). Uma rua dos acampamentos (que marcava a divisão das tendas de duas legiões, de modo a separar o quinto agrupamento do sexto, e onde funcionava o comércio nos acampamentos). Mercado.
quintani,-orum, (m.). (quintanus). Soldados da 5ª legião.
quintanus,-a,-um. (quintus). Relativo à quinta posição, quinto colocado.
quintilis, quintilis, (m.). (quintus). O mês de julho (o quinto mês, contando a partir de março; posteriormente, em honra a Júlio César, recebeu o nome de Iulĭus).
quinto. (quintus). Pela quinta vez.
quintum. (quintus). Pela quinta vez.
quintus,-a,-um. (quinque). Quinto.
quintusdecĭmus, quintadecĭma, quintumdecĭmum. (quintus-decĭmus). Décimo quinto.
quippe. (qui). Certamente, de fato, realmente, com certeza. Pois, com efeito, visto que, na medida que, porque.
quippĭam, ver **quispĭam.**
quippĭni. (quippe-ni). Por que não? Como não? Com toda a certeza, indiscutivelmente.
quirinalĭa, quirinalĭum, (n.). (quirinus). Quirinais (festas em honra a Rômulo, denominado *Quirinus*).
quirinalis, quirinale. Quirinal, de Quirino/Rômulo.
quiris, quiris, (f.). Dardo, lança.
quiris, quiritis, (m.). Habitante da cidade Sabina de Cures. Quirite (designação dada ao cidadão romano, após a união entre romanos e sabinos em uma só comunidade, durante o reinado de Rômulo). Cidadão romano. Conjunto de cidadãos, comunidade.
quiritatĭo, quiritationis, (f.). (quirito). Gritos em pedido de socorro.
quiritatus,-us, (m.). (quirito). Lamentação, grito de dor, som agudo.
quiritis, ver **quiris.**
quirito,-as,-are,-,-atum. (quiris). Implorar a ajuda dos Quirites/cidadãos romanos. Lamentar-se, prantear, lamuriar, reclamar. Gritar, emitir som agudo. Gritar por socorro, apelar, invocar a ajuda.
quis, quid. I - Quem? O quê? Que tipo de pessoa? Que tipo de coisa? Por quê? Como? Por que razão? (quid, quod?) = O que se poderia dizer quanto a isto? Como assim? E, além disso, além do mais). II - Qualquer um, qualquer coisa, alguém, alguma coisa.
quis = quibus, ver **qui/quis.**
quisnam, quaenam, quidnam. (quis-nam). Quem? O quê? Que coisa? Que pessoa?
quispĭam, quaepĭam, quodpĭam/quidpĭam. Qualquer um, qualquer coisa, alguém, alguma coisa. De alguma forma, em algum aspecto.
quisquam, quaequam, quicquam/quidquam. (quis-quam). Qualquer um, qualquer coisa, alguém, alguma coisa.

quisque, quaeque, quodque/quicque/ quidque. (quis-que). Qualquer um(-a), qualquer coisa, cada um(-a), cada coisa, todo, toda. Todo(-a) aquele(-a) que, tudo aquilo que.

quisquilĭae,-arum, (f.)/quisquilĭa,-orum, (n.). (quisque). Sobra, refugo, lixo, entulho, sujeira, imundície, porcaria.

quisquis, quaequae, quodquod/quidquid. (quis-quis). Qualquer um que, qualquer coisa que, todo aquele que, tudo aquilo que. Cada um, cada coisa, todo, toda, qualquer.

quiuis, quaeuis, quoduis/quiduis. (qui-uis). Qualquer um(-a) que se queira, qualquer coisa que se queira, seja quem for, seja qual for, independentemente de qual/quem, não importa o que/quem.

quiuiscumque, quaeuiscumque, quoduiscumque/quiduiscumque. (quiuis-cumque). Qualquer um(-a) que se queira, qualquer coisa que se queira, seja quem for, seja qual for, independentemente de qual/quem, não importa o que/quem.

quo. (qui). Onde. Por que razão, por que. Pelo motivo de que, porque. Para onde, para que lugar. Com que objetivo, com que finalidade. Para que, de modo que, a fim de que. Para qualquer lugar. (*quo...eo* = quanto mais...tanto mais).

quoad. (quod-ad). Até onde, até que ponto. Até quando, enquanto, até que. Com relação a, no que diz respeito a.

quocirca. (quo-circa). Razão pela qual, pelo que, por conseguinte.

quocumque. (quo-cumque). Para qualquer lugar que, independentemente de para onde, para onde quer que.

quod. (qui). Porque, na medida que, visto que, já que. Quanto a isso, em relação a isso, nesse caso. Ainda que, embora, apesar de que. Que.

quodammŏdo. (quidam-modus). De certa maneira, em certa medida, de algum modo.

quoi = **cui,** ver **qui/quis.**

quoius = **cuius,** ver **qui/quis.**

quolĭbet. (quilĭbet). Para onde se queira, para qualquer lugar que se quiser.

quom, ver **cum.**

quomĭnus. (quo-minus). Que não. Para que não.

quomŏdo. (quo-modo). De que maneira, como (*quomodo...sic* = da mesma maneira que, como se).

quomodocumque. (quomŏdo-cumque). De qualquer modo que, independentemente da maneira pela qual.

quomodŏnam. (quomŏdo-nam). Então como?

quonam. (quo-nam). Então para onde?

quondam. (cum). Certa vez, há algum tempo, tempos atrás. Algumas vezes, de tempos em tempos, em certos momentos. Algum dia.

quonĭam. (cum-iam). Desde então, a partir do momento em que, depois que. Considerando que, desde que, já que, porque.

quopĭam. (quo-pĭam). Para qualquer lugar, independentemente de para onde.

quoquam. (quo-quam). Para qualquer lugar, independentemente de para onde.

quoque. I - Também, da mesma maneira, igualmente. II - Ver **quisque**. III - *Et quo*.

quoquo. (quisquis). Para qualquer lugar, independentemente de para onde.

quoquomŏdo. (quisquis-modus). De qualquer modo que, independentemente da maneira pela qual.

quoquouersus/quoquouersum. (quoquo--uersus). Em todas as direções, de todos os caminhos.

quoquouorsum, ver **quoquouersus.**

quorsus/quorsum. (quo-uorsus). Para que direção, para que lugar. Para quê? Com que objetivo? Por quê?

quot. Quantos. Tanto...quanto. Tão frequentemente... quanto. Todo, cada.

quotannis. (quot-annus). A cada ano, anualmente.

quotcalendis. (quot-calendae). A cada mês, mensalmente.

quotcumque. (quot-cumque). Tantos quantos, independentemente do número.

quoteni,-ae,-a. (quot). Quantos.

quotidiano, ver **cottidĭe.**

quotidianus, ver **cottidianus.**

quotienscumque. (quotĭens-cumque). Todas as vezes que, independentemente da frequência com que.

quotĭe(n)s. (quot). Quantas vezes, com que frequência. Todas as vezes que.

quotquot. (quot). Quantos possível for, inde-

pendentemente da quantidade, quaisquer que. Todos, cada um.
quottidĭe, ver **cottidĭe.**
quotŭmus,-a,-um. (quotus). De que número.
quotus,-a,-um. (quot). Em que número, em que colocação/ordem, quanto(s).
quotuscumque, quotacumque, quotumcumque. (quotus-cumque). Em qualquer número que, independentemente do número que, não importa a ordem em que.
quotusquisque, quotaquaeque, qutumquodque. (quotus-quisque). Em que número? Quantos?
quouis. (quiuis). Para onde quer se queira, independentemente do lugar para onde.
quousque. (quo-usque). Até quando, por quanto tempo ainda. Quão longe, quão distante.

R

r. R. = abreviatura de *Romanus, Rufus, recte, regnum,* dentre outras. **R.P.** = *Res Publĭca.* **R.R.**= *rationes relatae.*
rabĭdus,-a,-um. (rabĭo). Enraivecido, raivoso, encolerizado, irritado, exasperado. Violento, furioso, impetuoso, impulsivo. Selvagem, feroz, bravio, cruel.
rabĭes,-ei, (f.). (rabĭo). Raiva, ira, cólera. Furor, fúria, ferocidade. Loucura, delírio, demência, frenesi.
rabĭo,-is,-ĕre. Estar enraivecido, enfurecer-se. Delirar, estar louco.
rabiosŭlus,-a,-um. (rabiosus). Um pouco enfurecido.
rabiosus,-a,-um. (rabĭes). Enraivecido, raivoso, encolerizado, irritado, exasperado. Violento, furioso, impetuoso, impulsivo. Selvagem, feroz, bravio, cruel.
rabŭla,-ae, (m.). (rabĭo). Advogado que reclama demais, defensor que se atém a fatos irrelevantes. Advogado ruim, mau orador.
racco,-as,-are. Produzir o rosnado natural de um tigre.
racemĭfer,-fĕra,-fĕrum. (racemus-fero). Que tem/produz cachos de uva.
racemor,-aris,-ari. (racemus). Coletar informações, reunir dados.
racemus,-i, (m.). (Haste de um) cacho. Cacho de uvas. Vinho.
radĭans, radiantis. (radĭo). Radiante, luminoso, brilhante.
radiantis, ver **radĭans.**
radiatĭo, radiationis, (f.). (radĭo). Brilho, resplendor. Radiação.
radiatus,-a,-um. (radĭo). Dotado de raios. Radiante, brilhante, luminoso.
radicesco,-is,-ĕre. (radix). Criar raízes, enraizar.
radicĭtus. (radix). Até às raízes. Completamente, radicalmente, absolutamente.
radicor,-aris,-ari,-atus sum. (radix). Criar raízes, enraizar.
radicŭla,-ae, (f.). (radix). Pequena raiz.
radĭo,-as,-are,-aui,-atum. (radĭus). Dotar de raios. Emitir raios, radiar, irradiar. Brilhar.
radiosus,-a,-um. (radĭus). Que emite raios, radiante.
radĭus,-i, (m.). Bastão, vara, estaca. Compasso. Raio (de uma circunferência). Esporão, ferrão. Lançadeira. Um tipo de azeitona (pontiaguda). Brilho, raio de luz.
radix, radicis, (f.). Raiz. Base, fundação, sopé (de uma montanha). Fundamento, origem, fonte, derivação.
rado,-is,-ĕre, rasi, rasum. Raspar, tosquiar, barbear. Esbarrar, tocar de leve, encostar. Costear, banhar. Despojar, desmantelar. Riscar, apagar. Ofender, magoar, ferir.
raeda,-ae, (f.). Carruagem para viagem, vagão de quatro rodas.
raedarĭus,-a,-um. (raeda). Relativo a carruagem para viagem, do vagão de quatro rodas.
raedarĭus,-i, (m.). (raeda). Condutor da *raeda,* cocheiro.
rallus,-a,-um. (rarus). Ralo, fino.
ramale, ramalis, (n.). (ramus). Ramagem, galho fino.

ramentum,-i, (n.)/ramenta,-ae, (f.). (rado). Apara, raspadura, tosquiadura. Pedaço, fragmento.

ramĕus,-a,-um. (ramus). De ramos.

ramex, ramĭcis, (m.). (ramus). Vasos sanguíneos dos pulmões. Hérnia, varicocela.

ramosus,-a,-um. (ramus). Ramoso, ramalhudo, cheio de galhos. Que se ramifica, bifurcado.

ramŭlus,-i, (m.). (ramus). Raminho, haste.

ramus,-i, (m.). Ramo, haste. Bifurcação, ramificação. Ponta de uma cadeia de montanhas. Clube, associação. Pênis, membro viril. Braço de um rio, embocadura.

rana,-ae, (f.). Rã. Rã marinha (nome de um peixe).

rancens, rancentis. Mal cheiroso, pútrido.

rancentis, ver **rancens.**

rancidŭlus,-a,-um. (rancĭdus). Um pouco rançoso. Fastidioso, desagradável, repugnante, ofensivo.

rancĭdus,-a,-um. (rancens). Rançoso, mal cheiroso. Fastidioso, desagradável, repugnante, ofensivo.

ranco, ver **racco.**

ranŭla,-ae, (f.). (rana). Rãzinha.

ranuncŭlus,-i, (m.). (rana). Rãzinha. Um tipo de planta medicinal.

rapacĭda,-ae, (m.). (rapax). Ladrão.

rapacis, ver **rapax.**

rapacĭtas, rapacitatis, (f.). (rapax). Ganância, rapacidade.

rapacitatis, ver **rapacĭtas.**

rapax, rapacis. (rapĭo). Rapace, ávido, impetuoso, ganancioso. Devorador, arrebatador. Ladrão.

raphănus,-i, (m.). Rabanete.

rapidĭtas, rapiditatis, (f.). (rapĭdus). Rapidez, velocidade, violência.

rapiditatis, ver **rapidĭtas.**

rapĭdus,-a,-um. (rapĭo). Que arrebata, que toma à força, que arrasta violentamente. Rápido, veloz, ligeiro. Impetuoso, precipitado, impaciente.

rapina, ae, (f.). (rapĭo). Roubo, pilhagem, rapina, saque. Presa, vítima de rapina.

rapĭo,-is,-ĕre, rapŭi, raptum. Arrebatar, tomar à força, tomar de assalto, arrancar. Roubar, pilhar, saquear. Seduzir. Raptar. Despedaçar, mutilar.

raptim. (rapĭo). Rapidamente, às pressas, precipitadamente. Violentamente, avidamente.

raptĭo, raptionis, (f.). (rapĭo). Rapto.

rapto,-as,-are,-aui,-atum. (rapĭo). Arrebatar, tomar à força, arrastar. Conduzir rapidamente, apressar, acelerar. Roubar, pilhar, saquear. Agitar, inquietar.

raptor, raptoris, (m.). (rapĭo). Saqueador, ladrão, raptor, usurpador.

raptum,-i, (n.). (rapĭo). Roubo, saque, rapina, pilhagem. Rapto.

raptus,-us, (m.). (rapĭo). Ação de arrebatar/tomar à força. Roubo, saque, rapina, pilhagem. Rapto.

rapŭlum,-i, (n.). (rapum). Nabo pequeno.

rapum,-i, (n.). Nabo. Raiz de tubérculos.

rare. (rarus). Raramente, escassamente, de modo esparso.

rarefacĭo,-is,-ĕre,-feci,-factum. (rarusfacĭo). Rarefazer, tornar menos denso.

rarefio,-is,-fiĕri,-factus sum. (rarus-fio). Rarefazer-se, tornar-se menos denso.

raresco,-is,-ĕre. (rarus). Tornar-se fino/ralo, perder a densidade, rarefazer-se. Tornar-se vazio/despovoado. Diminuir, tornar-se fraco.

rarĭtas, raritatis, (f.). (rarus). Ausência de densidade, falta de textura. Separação, isolamento. Pequeno número, pouca frequência, pequena quantidade, raridade.

raritatis, ver **rarĭtas.**

raro. (rarus). Raramente, escassamente, de modo esparso.

rarus,-a,-um. Que possui largos espaçamentos entre suas partes, de textura pouco cerrada, pouco espesso, pouco denso. Separado, espaçado, disperso, disseminado. Em pequeno número, pouco frequente, raro, isolado. Extraordinário, notá-vel, incomum.

rasĭlis, rasĭle. (rado). Polido, raspado, alisado, aplainado.

rasĭto,-as,-are,-aui. (rado). Raspar com frequência.

rastellus,-i, (m.). (rastrum). Pequena enxada, ancinho.

raster, ver **rastrum.**

rastrum,-i, (n.)/rastri,-orum, (n.). (rado). Enxada, ancinho.

ratiocinatĭo, ratiocinationis, (f.). (ratiocĭnor). Raciocínio, reflexão. Silogismo. Auto-questionamento. Teoria.

ratĭo, rationis, (f.). (reor). Cômputo, cálculo, valor, avaliação, conta. Registro, balanço, lista de cálculos. Soma, número. Transação comercial, negócio. Assunto, interesse. Relação, referência, concernência. Consideração, respeito, preocupação. Conduta, procedimento, modo, maneira, método, plano, padrão, estilo. Condição, natureza, tipo, classe, espécie. Julgamento, compreensão, razão, inteligência. Causa, motivo, origem. Desculpa. Argumentação, comprovação. Lei, regra, ordem, conformidade. Teoria, doutrina, sistema, ciência, conhecimento.
ratiocinatiuus,-a,-um. (ratiocĭnor). Reflexivo, silogístico, relativo ao raciocínio.
ratiocinator, ratiocinatoris, (m.). (ratiocĭnor). Calculador, avaliador, contador.
ratiocĭnor,-aris,-ari,-atus sum. (ratĭo). Contar, calcular, computar. Considerar, deliberar, meditar, raciocinar, debater. Inferir, concluir.
rationabĭlis, rationabĭle. (ratĭo). Racional, razoável.
rationalis, rationale. (ratĭo). Racional, razoável, dotado de razão. Que depende da razão. Silogístico.
rationalĭter. (rationalis). Racionalmente, razoavelmente.
rationarĭum,-i, (n.). (ratĭo). Tabela estatística, lista de cálculos.
ratis, ratis, (f.). Um tipo de embarcação (feita de troncos sobrepostos e amarrados), jangada, balsa. Barca, barco. Navio.
ratiuncŭla,-ae, (f.). (ratĭo). Pequeno cômputo, pequeno cálculo. Argumentação fraca, fundamentação sem importância.
ratus,-a,-um. (reor). Calculado, computado. Aprovado, confirmado, ratificado. Firmemente estabelecido, certo, determinado, inalterável.
rauastellus,-a,-um. (rauus). Que se torna grisalho.
raucĭo,-is,-ire, rausi, rausum. (raucus). Emitir um som retumbante, enrouquecer.
raucisŏnus,-a,-um. (raucus-sonus). Que soa rouco.
raucus,-a,-um. Rouco. Áspero, rude, dissonante, desarmônico, irritante.
raudĕris, ver **raudus**.

raudus, raudĕris, (n.). Massa áspera. Pedaço de metal (usado como moeda).
rauduscŭlum,-i, (n.). (raudus). Pequeno pedaço de metal (usado como moeda). Pequena quantia de dinheiro.
rauĭo,-is,-ire. (rauis). Falar até ficar rouco.
rauis, rauis, (f.). Rouquidão.
rauus,-a,-um. Rouco. Amarelo-acinzentado, amarelo-amarronzado.
re-/red-. Partícula inseparável, cujas significações principais são "novamente, de novo, reiteradamente; contra, em oposição a". Pode denotar: "retorno, volta"; "repetição, reiteração"; "restituição da condição anterior"; "transição para uma situação oposta".
rea,-ae, (f.). (reus). Ré.
reapse. (res-ipse). De fato, na verdade, realmente, com efeito.
reatus, -i, (m.). (reus). Imputação, acusação. Vestimenta usada pelo acusado. Falta, falha.
rebellatĭo, rebellationis, (f.). (rebello). Reinício das hostilidades, revolta, rebelião.
rebellatricis, ver **rebellatrix**.
rebellatrix, rebellatricis, (f.). (rebello). Rebelde.
rebellĭo, rebellionis, (f.). (rebello). Reinício da guerra (pelos conquistados), revolta, rebelião.
rebellis, rebelle. (rebello). Que reinicia a guerra, rebelde, revoltoso. Insubordinado, que não se submete.
rebello,-as,-are,-aui,-atum. (re-bello). Empreender novamente a guerra (por parte dos conquistados), fazer uma insurreição, rebelar-se, revoltar-se. Oferecer resistência, não se submeter.
rebito,-is,-ĕre. Voltar, retornar.
rebŏo,-as,-are. (re-boo). Ecoar, ressoar, retumbar. Provocar eco, fazer ressoar.
recalcĭtro,-as,-are,-aui,-atum. (re-calcĭtro). Dar coices. Negar acesso. Ser petulante/desobediente.
recalefac-, ver **recalfac-**.
recalĕo,-es,-ere. (re-calĕo). Reaquecer-se, manter-se cálido, estar quente.
recalesco,-is,-ĕre,-calŭi. (re-calesco). Tornar-se (novamente) quente.
recalfacĭo,-is,-ĕre,-feci. (re-calfacĭo). Aquecer (novamente), tornar quente de novo.
recaluus,-a,-um. (re-caluus). Careca, calvo.
recandesco,-is,-ĕre,-candŭi. (re-candesco). Tornar-se (novamente) branco. Tornar-se quente, incandescer-se.

recăno,-is,-ĕre. (re-cano). Responder cantando. Desfazer um feitiço, desencantar.

recanto,-as,-are,-,-atum. (re-canto). Ressoar, ecoar. Repetir cantando, cantar de novo. Revogar, retratar. Desfazer um feitiço, desencantar.

recedo,-is,-ĕre,-cessi,-cessum. (re-cedo). Retroceder, recuar, bater em retirada. Partir, ir embora. Permanecer afastado, retirar-se, retrair-se. Abandonar, desistir. Separar-se, desprender-se. Render, produzir.

recello,-is,-ĕre. (re-cello). Fazer voltar, retroceder.

recens, recentis. Fresco, recente, que existe há pouco tempo, jovem, novo. Bem disposto, vigoroso, não fatigado.

recensĕo,-es,-ere,-censŭi,-censum/-censĭtum. (re-censĕo). Enumerar, contar, calcular. Inspecionar, vistoriar, examinar. Passar em revista. Revisar.

recensĭo, recensionis, (f.). (recensĕo). Enumeração, cômputo, cálculo. Recenseamento.

recensus,-us, (m.). (recensĕo). Revista, recontagem, enumeração.

recentis, ver **recens.**

receptacŭlum,-i, (n.). (recepto). Reservatório, depósito, receptáculo. Refúgio, abrigo, proteção, asilo, retiro.

receptibĭlis, receptibĭle. (recipĭo). Que pode ser readquirido, recuperável.

receptĭo, receptionis, (f.). (recipĭo). Ação de receber. Ação de receber secretamente, sonegação. Retenção, reserva.

recepto,-as,-are,-aui,-atum. (recipĭo). Tomar de volta, receber de novo, retomar, recuperar, readmitir. Retirar-se, afastar-se.

receptor, receptoris, (m.). (recipĭo). Receptador, o que fornece abrigo. Dissimulador. Sonegador, o que recebe secretamente. Reconquistador.

receptricis, ver **receptrix.**

receptrix, receptricis, (f.). (receptor). Receptadora, a que fornece abrigo. Dissimuladora. Sonegadora.

receptum,-i, (n.). (recipĭo). Compromisso, promessa, garantia.

receptus,-us, (m.). (recipĭo). Retirada, ação de retroceder. Retração. Retiro, refúgio. Subterfúgio, recurso.

recessim. (recedo). Para trás.

recessus,-us, (m.). (recedo). Retirada, ação de retroceder, partida. Retiro, refúgio, nicho. Retração. Profundeza. Pano de fundo, segundo plano. Lazer, ócio.

recharmĭdo,-as,-are. Deixar de exercer o papel de Charmides (personagem da comédia de Plauto).

recidiuus,-a,-um. (recĭdo). Que retorna, que renasce. Recidivo, recorrente.

recĭdo,-is,-ĕre, re(c)cĭdi, recasum. (re-cado). Cair novamente. Recuar, retroceder. Recair, reincidir. Acontecer, ocorrer, atingir. Caber a, pertencer a.

recido,-is,-ĕre,-cidi,-cisum. (re-caedo). Cortar, destacar, remover. Podar. Encurtar, abreviar, diminuir, reduzir, limitar.

recingo,-is,-ĕre,-cinxi,-cinctum. (re-cingo). Retirar o cinto, soltar a faixa.

recĭno,-is,-ĕre. (re-cano). Cantar de volta, repetir o canto, ecoar, ressoar. Fazer ressoar.

reciperatĭo, reciperationis, (f.). (recipĕro). Recuperação, retomada, restabelecimento, restauração. Decisão judicial (tomada pelos *reciperatores*).

reciperator, reciperatoris, (m.). (recipĕro). O que recupera/retoma. Recuperador (membro de uma junta formada por três ou cinco conselheiros, cuja função primeira era julgar casos relativos à recuperação de propriedade).

reciperatorĭus,-a,-um. (reciperator). Relativo aos reciperatores.

recipĕro,-as,-are,-aui,-atum. (recipĭo). Tomar posse novamente, obter de novo, recuperar. Restabelecer, reviver.

recipĭo,-is,-ĕre, recepi, receptum. (re-capĭo). Tomar posse novamente, obter de novo, recuperar, retomar. Reter, reservar. Fortificar, restabelecer. Admitir, aceitar, acolher, receber. Permitir, assumir. Capturar, ocupar, tomar posse, subjugar. Prometer, garantir, comprometer-se (*se recipĕre* = retirar-se, afastar-se, bater em retirada).

reciprŏco,-as,-are,-aui,-atum. (reciprŏcus). Mover para trás, mover para frente e para trás. Converter, reverter. Fazer recuar, retroceder. Alternar, trocar, ir e vir.

reciprŏcus,-a,-um. (re-proco). Que se move para frente e para trás, que vai e vem. Que se alterna, recíproco, mútuo.

recisus,-a,-um. (recido). Diminuído, abreviado.
recitatĭo, recitationis, (f.). (recĭto). Leitura em voz alta (de documentos no tribunal). Recitação, leitura pública (de obras literárias).
recitator, recitatoris, (m.). (recĭto). Leitor (funcionário encarregado de ler em voz alta documentos no tribunal). Leitor, o que recita obras literárias em público.
recĭto,-as,-are,-aui,-atum. (re-cĭto,-as,-are). Ler em voz alta (documentos no tribunal). Recitar, ler em público. Dizer de cor, repetir de memória.
reclamatĭo, reclamationis, (f.). (reclamo). Grito de desaprovação.
reclamĭto,-as,-are. (reclamo). Exclamar/gritar contra, contradizer em voz alta.
reclamo,-as,-are,-aui,-atum. (re-clamo). Exclamar/gritar contra, contradizer em voz alta. Ecoar, ressoar. Gritar por, chamar em voz alta.
reclinis, recline. (reclino). Que se inclina para trás, que se reclina.
reclino,-as,-are,-aui,-atum. (re-clino). Inclinar para trás, reclinar. Apoiar-se, ter suporte/auxílio. Remover, afastar. Revoltar-se, tornar-se rebelde.
recludo,-is,-ĕre,-clusi,-clusum. (re-claudo). Abrir, destrancar. Descobrir, revelar, expor, divulgar. Soltar, relaxar.
recogĭto,-as,-are,-aui. (re-cogĭto). Considerar, refletir, meditar.
recognitĭo, recognitionis, (f.). (recogĭto). Reconhecimento. Análise, exame, investigação, inspeção.
recognosco,-is,-ĕre,-cognoui,-cognĭtum. (re-cognosco). Reconhecer, recordar, lembrar-se. Revisar, inspecionar, investigar. Certificar, autenticar.
recollĭgo,-is,-ĕre,-legi,-lectum. (re-collĭgo). Reunir, ajuntar, coletar. Retomar, recuperar.
recŏlo,-is,-ĕre,-colŭi,-cultum. (re-colo). Cultivar de novo, lavrar novamente. Revisitar, voltar a visitar/morar. Praticar novamente, recomeçar, retomar. Considerar, refletir, meditar. Contemplar, olhar.
recommentor,-aris,-ari,-atus sum. (re-commentor). Lembrar-se.

recomminiscor,-ĕris, recomminisci. (re-comminiscor). Relembrar, recordar-se.
recompono,-is,-ĕre, (re-compono). Reunir novamente, recompor, rearranjar, reajustar.
reconciliatĭo, reconciliationis, (f.). (reconcilĭo). Restabelecimento, restauração, renovação. Reconciliação.
reconciliator, reconciliatoris, (m.). (reconcilĭo). Restabelecedor, restaurador, renovador.
reconcilĭo,-as,-are,-aui,-atum. (re-concilĭo). Reunir novamente, recompor, reconciliar, reajustar. Reaver, recuperar, trazer de volta.
reconcinno,-as,-are. (re-concinno). Remendar, consertar, costurar novamente.
recondĭtus,-a,-um. (recondo). Escondido, subtraído, enterrado, recolocado. Oculto, secreto, fechado, de difícil acesso, profundo, abstrato.
recondo,-is,-ĕre, recondĭdi, recondĭtum. (re-condo). Esconder novamente, ocultar de novo. Pôr à parte, retirar do campo de visão. Enterrar. Recolocar.
reconflo,-as,-are. (re-conflo). Recompor, restabelecer.
recŏquo,-is,-ĕre, recoxi, recoctum. (re-coquo). Cozinhar novamente, recozer. Forjar de novo. Revigorar, refazer.
recordatĭo, recordationis, (f.). (recordor). Lembrança, recordação.
recordor,-aris,-ari,-atus sum. (re-cor). Recordar-se, relembrar. Imaginar.
recorrĭgo,-is,-ĕre, recorrexi, recorrectum. (re-corrĭgo). Recorrigir, reformar, melhorar.
recrastĭno,-as,-are. (re-crastĭnus). Diferir, adiar, deixar para depois.
recrĕo,-as,-are,-aui,-atum. (re-creo). Recriar, produzir novamente. Fazer reviver, restabelecer.
recrĕpo,-as,-are. (re-crepo). (Fazer) ressoar, retumbar.
recresco,-is,-ĕre, recreui, recretum. (re-cresco). Crescer novamente, renascer, brotar de novo.
recrudesco,-is,-ĕre, recrudŭi. (re-crudesco). Recrudescer, tornar-se mais cruel/violento.
recta. (rectus). Em linha reta, diretamente.

recte. (rectus). Em linha reta, diretamente. Direto ao ponto, convenientemente, exatamente.

rectĭo, rectionis, (f.). (rego). Administração, governo, direção.

rector, rectoris, (m.). (rego). O que dirige/governa/administra. Guia, chefe, condutor, comandante. Preceptor, tutor.

rectrix, rectricis, (f.). (rector). A que dirige/governa/administra.

rectum,-i, (n.). (rectus). Linha reta. O que é correto/justo/direito.

rectus,-a,-um. (rego). Que está em linha reta, reto, direto. Simples, sem rodeios. Conveniente, bom. Correto, justo. Honrado, virtuoso. Fixo, firme.

recŭbo,-as,-are. (re-cubo). Deitar de costas, recostar, reclinar.

recumbo,-is,-ĕre,-cubŭi. (re-cumbo). Recostar novamente, deitar de costas, recostar. Reclinar-se à mesa. Declinar, submergir, cair.

recuper-, ver **reciper-**.

recuro,-as,-are,-aui,-atum. (re-curo). Restabelecer, revigorar, cuidar. Preparar cuidadosamente.

recurro,-is,-ĕre, recurri, recursum. (re-curro). Correr/acelerar de volta. Voltar, virar-se para trás, retornar, reverter. Recorrer, valer-se de.

recurso,-as,-are. (recurro). Correr/acelerar de volta. Voltar, virar-se para trás, retornar, reverter.

recursus,-us, (m.). (recurro). Corrida de volta, retorno, retirada. Caminho de volta. Recurso.

recuruo,-as,-are, (re-curuo). Recurvar, curvar-se para trás.

recuruus,-a,-um. (re-curuus). Curvado para trás, recurvado. Cheio de curvas.

recusatĭo, recusationis, (f.). (recuso). Recusa, não aceitação, negativa. Repugnância, asco. Objeção, protesto, reclamação. (Contra-)argumentação, defesa.

recuso,-as,-are,-aui,-atum. (re-causa). Fazer uma objeção, rejeitar, recusar, refutar, relutar. Declinar, esquivar-se, não querer. Desaprovar. Contra-argumentar, contestar uma argumentação.

recutĭo,-is,-ĕre, recussi, recussum. (re-quatĭo). Fazer ressoar. Sacudir, abalar.

recutitus,-a,-um. (re-cutis). Circuncidado. Escoriado, esfolado, irritado.

reda, ver **raeda**.

redămo,-as,-are. (red-amo). Corresponder ao amor.

redardesco,-is,-ĕre. (re-ardesco). Abrasar-se de novo.

redargŭo,-is,-ĕre,-argŭi,-argutum. (re-argŭo). Desaprovar, refutar, contradizer. Condenar, declarar culpado, sentenciar a culpa.

reddo,-is,-ĕre, reddĭdi, reddĭtum. (re-do). Dar de volta, devolver, restabelecer, restituir. Consentir, conferir, conceder, entregar, recompensar, gratificar. Desistir, ceder, abandonar, entregar-se, resignar-se, renunciar. Vomitar, expelir. Decretar, estabelecer, pronunciar. Vingar-se, punir, fazer justiça. Traduzir, verter. Repetir, declarar, relatar, narrar, recitar, ensaiar, exercitar. Responder, replicar. Representar, imitar, expressar, assemelhar-se, refletir.

redemptĭo, redemptionis, (f.). (redĭmo). Ação de alugar, arrendamento, adjudicação. Suborno. Compra, tráfico. Resgate.

redempto,-as,-are. (redĭmo). Resgatar, redimir, recuperar.

redemptor, redemptoris, (m.). (redĭmo). O que toma posse de algo por meio de contrato. Contratante, locatário. Provedor, fornecedor. O que livra um devedor de seu débito (pagando a dívida).

redemptura,-ae, (redĭmo). Arrendamento, empreitada, contratação.

redĕo,-is,-ire, redĭi, redĭtum. (re-ĕo). Voltar, retornar. Recorrer. Surgir, provir, originar-se, proceder. Chegar a, ser levado a, ser reduzido a. Restituir, devolver, voltar-se para.

redhalo,-as,-are. (re-halo). Exalar.

redhibĕo,-es,-ere, redhibŭi, redhibĭtum. (re-habĕo). Levar de volta, devolver, restituir. Pegar de volta, retomar.

redĭgo,-is,-ĕre,-egi,-actum. (re-ago). Conduzir de volta, reconduzir. Recolher, reunir, coletar. Reduzir, levar a, rebaixar, degradar. Admitir. Diminuir, encurtar.

redimicŭlum,-i, (n.). (redimĭo). Faixa, fita, colar, bracelete, pulseira. Cinta. Vínculo, corrente, amarra.

redimĭo,-is,-ire,-ĭi,-itum. Cingir, rodear, circular, cercar.

redĭmo,-is,-ĕre, redemi, redemptum. (re--emo). Readquirir, comprar de volta, recuperar, resgatar. Libertar, soltar, pôr em liberdade, remir. Alugar, arrendar. Comprar tudo, arrematar. Ganhar, adquirir, obter. Subornar. Impedir, desviar, afastar. Ressarcir, indenizar, compensar. Cumprir, manter.

redintĕgro,-as,-are,-aui,-atum. (re-intĕgro). Restabelecer, renovar, restaurar, revigorar.

redipiscor,-ĕris, redipisci. (re-apiscor). Recuperar, retomar.

reditĭo, reditionis, (f.). (redĕo/reddo). Retorno, volta. Repetição, recorrência. Oração resultante, apódose.

reditĭo, reditionis, (f.). (redĕo). Volta, retorno.

redĭtus,-us, (m.). (redĕo). Volta, retorno. Rendimento, lucro, fonte de renda.

rediuĭa, ver **reduuĭa.**

rediuiuus,-a,-um. (re-uiuus). Que vive novamente. Renovado, restabelecido, restaurado, revigorado.

redolĕo,-es,-ere,-olŭi. (re-olĕo). Exalar um cheiro, difundir um aroma. Cheirar a, fazer lembrar.

redomĭtus,-a,-um. (re-domo). Subjugado novamente.

redono,-as,-are,-aui. (re-dono). Restabelecer, retornar, dar de volta. Desistir, abandonar, resignar-se.

redŭcis, ver **redux.**

reduco,-is,-ĕre,-duxi,-ductum. (re-duco). Levar de volta, reconduzir, trazer de novo. Retirar, afastar, remover, marchar de volta. Voltar ao palco. Restabelecer, retornar, recolocar, introduzir novamente. Obter, gerar, produzir. Levar a, reduzir.

reducta,-orum, (n.). (reductus). Coisas indesejáveis.

reductĭo, reductionis, (f.). (reduco). Retorno, volta, recondução.

reductor, reductoris, (m.). (reduco). O que reconduz/leva de volta. Restaurador, o que restabelece.

reductus,-a,-um. (reduco). Retirado, remoto, distante, afastado.

reduncus,-a,-um. (re-uncus). Curvado/dobrado para trás. Recurvado, adunco.

redundans, redundantis. (redundo). Supérfluo, excessivo, redundante.

redundantĭa,-ae, (f.). (redundo). Excesso, superabundância, exorbitância, exagero. Redundância.

redundantis, ver **redundans.**

redundo,-as,-are,-aui,-atum. (re-undo). Inundar, alagar, transbordar, jorrar, fluir continuamente. Estar saturado/cheio. Superabundar, ser supérfluo, exceder, redundar.

reduuĭa,-ae, (f.). Película (em torno das unhas), cutícula. Fragmento remanescente, resíduo, sobra, resto. Ninharia, bagatela, coisa insignificante.

redux, redŭcis. (reduco). Que leva de volta, que reconduz. Recapturado, que é levado de volta.

refectĭo, refectionis, (f.). (reficĭo). Restalecimento, restauração, reparação. Renovação, recuperação. Repouso, descanso.

refector, refectoris, (m.). (reficĭo). Restaurador, o que recupera.

refello,-is,-ĕre,-felli. (re-fallo). Mostrar que é falso, desmentir, refutar, repelir uma mentira, contradizer.

refercĭo,-is,-ĕre, refersi, refertum. (re-farcĭo). Encher até à borda, abarrotar, empaturrar, atulhar. Acumular, amontoar.

referĭo,-is,-ire. (re-ferĭo). Revidar um golpe, bater de volta. Refletir, espelhar.

refĕro,-fers,-ferre, re(t)tŭli, relatum. (re--fero). Retornar, levar/trazer de volta. Retirar, afastar, remover. Retribuir, indenizar, recompensar, restituir, reintegrar. Retirar, retroceder. Renovar, restaurar, restabelecer. Representar, reproduzir. Relatar, anunciar, dar uma notícia, repetir, recontar. Relatar, anunciar, notificar. Alegar, mencionar. Trazer à lembrança. Retorquir, replicar, responder. Fazer uma moção, consultar, submeter à deliberação, propor para análise. Inscrever, registrar, gravar. Designar, atribuir (*culpam referre in alĭquem* = acusar alguém, jogar a culpa em alguém).

refert, referre, retŭlit. (res-fero). Interessa, concerne, é vantajoso/proveitoso/lucrativo, é conveniente, importa.

refertus,-a,-um. (refercĭo). Cheio, abarrotado, entulhado, empaturrado.

referuĕo,-es,-ere. (re-feruĕo). Ferver, efervescer, borbulhar.
referuesco,-is,-ĕre. (referuĕo). Ferver, efervescer, borbulhar.
refibŭlo,-as,-are. (re-fibŭlo). Desafivelar, desatar, desamarrar.
reficĭo,-is,-ĕre,-feci,-factum. (re-facĭo). Refazer, renovar, colocar em condições novamente, restabelecer, reconstruir, reparar. Retomar, reaver. Revigorar, robustecer, reabastecer, reforçar. Reeleger, nomear de novo.
refigo,-is,-ĕre,-fixi,-fixum. (re-figo). Despregar, desatar, soltar, desamarrar. Anular, abolir, suprimir, revogar. Tirar, remover, arrancar.
refingo,-is,-ĕre. (re-fingo). Refazer, renovar, restaurar. Fingir, simular, dissimular.
reflagĭto,-as,-are. (re-flagĭto). Pedir de volta, exigir novamente.
reflatus,-us, (m.). (reflo). Sopro forte, ventania, vento contrário. Reação.
reflecto,-is,-ĕre,-flexi,-flexum. (re-flecto). Curvar para trás, recurvar, voltar, retornar. Levar de volta, fazer voltar. Reverter, mudar, alterar. Dar lugar a, render, produzir.
reflo,-as,-are,-aui,-atum. (re-flo). Soprar para trás, soprar do lado oposto. Exalar, expirar. Soprar, espirar. Evaporar.
refloresco,-is,-ĕre,-florŭi. (re-floresco). Reflorescer.
reflŭo,-is,-ĕre. (re-fluo). Refluir, inundar, alagar, transbordar, derramar.
reflŭus,-a,-um. (reflŭo). Que reflui/inunda/alaga/transborda.
refodĭo,-is,-ĕre,-fodi,-fossum. (re-fodĭo). Cavar de novo, escavar novamente, desenterrar.
reformatĭo, reformationis, (f.). (reformo). Transformação, metamorfose. Reforma.
reformator, reformatoris, (m.). (reformo). Transformador. Reformador.
reformidatĭo, reformidationis, (f.). (reformido). Grande receio, pavor, espanto, terror.
reformido,-as,-are,-aui,-atum. (re-formido). Temer enormemente, recear muito, tremer de medo. Recuar de pavor, afastar-se por medo.
reformo,-as,-are,-aui,-atum. (re-formo). Remodelar, transformar, metamorfosear. Mudar, alterar. Reformar, restaurar, aperfeiçoar, corrigir, retificar, melhorar.
refouĕo,-es,-ere,-foui,-fotum. (re-fouĕo). Reaquecer. Renovar, reavivar, restaurar, restabelecer. Acariciar novamente, reconfortar.
refractarĭŏlus,-a,-um. (refractarĭus). Um tanto inflexível, um pouco teimoso.
refractarĭus,-a,-um. (refringo). Inflexível, teimoso, obstinado, refratário.
refragor,-aris,-ari,-atus sum. (re-fragor). Opor-se, resistir, obstruir, impedir. Contradizer, contestar, impugnar.
refrenatĭo, refrenationis, (f.). (refreno). Restrição, repressão, controle.
refreno,-as,-are,-aui,-atum. (re-freno). Refrear, usar o freio. Impedir, parar, conter, restringir, reprimir.
refrĭco,-as,-are,-fricŭi,-fricatum. (re-frico). Esfregar, friccionar, esfolar, escoriar. Irritar, ferir, romper, dilacerar. Excitar, renovar, reacender, reavivar, fazer ressurgir.
refrigeratĭo, refrigerationis, (f.). (refrigĕro). Resfriamento, frescura, frescor. Alívio, abrandamento.
refrigĕro,-as,-are,-aui,-atum. (re-frigĕro). Resfriar, tornar fresco, refrescar. Aliviar, abrandar. Enfraquecer, cansar, fatigar. Confortar, apoiar.
refrigesco,-is,-ĕre,-frixi. (re-frigesco). Resfriar-se, refrescar-se. Desanimar, enfraquecer, esmorecer, perder o interesse.
refringo,-is,-ĕre,-fregi,-fractum. (re-frango). Quebrar, romper, abrir. Despedaçar, destruir, destroçar. Enfraquecer, conter, reprimir.
refugĭo,-is,-ĕre,-fugi. (re-fugĭo). Fugir, escapar, recuar, retroceder. Desaparecer, sumir. Evitar, recusar, negar-se a aceitar. Desviar-se, afastar-se.
refugĭum,-i, (n.). (refugĭo). Refúgio, asilo.
refŭgus,-a,-um. (refugĭo). Fugitivo, que escapa. Que desaparece/se afasta.
refulgĕo,-es,-ere,-fulsi. (re-fulgĕo). Brilhar, luzir, resplandecer, cintilar.
refundo,-is,-ĕre,-fudi,-fusum. (re-fundo). Derramar novamente, fazer transbordar. Repelir, afastar. Devolver, restituir, restabelecer. Fundir, derreter. Espalhar, estender, esticar. Satisfazer, cumprir.
refutatĭo, refutationis, (f.). (refuto). Refutação.

refutatus,-us, (m.). (refuto). Refutação.
refuto,-as,-are,-aui,-atum. Reprimir, conter, deter. Repelir, resistir, opor-se. Refutar.
regales, regalĭum, (m.). (regalis). Membros da família real.
regalĭa, regalĭum, (n.). (regalis). Residência do rei, palácio real.
regalis, regale. (rex). Real, relativo ao rei, próprio do rei. Digno de um rei, esplêndido.
regalĭter. (regalis). À maneira de um rei, como um rei. Esplendidamente, magnificamente. Despoticamente, como senhor absoluto.
regĕlo,-as,-are,-aui,-atum. (re-gelo). Descongelar, degelar, arrefecer. Arejar, refrescar.
regĕmo,-is,-ĕre. (re-gemo). Responder com um gemido.
regenĕro,-as,-are,-aui,-atum. (re-genĕro). Fazer surgir novamente, reproduzir. Representar, apresentar características similares. Regenerar.
regĕro,-is,-ĕre,-gessi,-gestum. (re-gero). Levar de volta, conduzir para trás, fazer retornar. Transcrever, consignar. Reenviar, replicar, retrucar.
regĭa,-ae, (f.). (rex). Residência do rei, palácio real. Tenda do rei. Trono, corte real. Reino, realeza. Cidade real, capital. Salão, varanda, pórtico. Basílica.
regĭe. (regĭus). À maneira de um rei, como um rei. Esplendidamente, magnificamente. Despoticamente, como senhor absoluto.
regifĭcus,-a,-um. (rex-facĭo). Real, régio. Magnífico, suntuoso, esplêndido.
regigno,-is,-ĕre. (re-gigno). Fazer surgir novamente, reproduzir.
regĭi,-orum, (m.). (regĭus). Tropas reais. Membros da corte real.
regillus,-a,-um. (rectus). Reto, na vertical. Real, régio.
regillus,-a,-um. (regĭus). Real, régio. Magnífico, suntuoso, esplêndido.
regillus,-i, (m.). (rex). Pequeno rei.
regĭmen, regimĭnis, (n.). (rego). Orientação, direção, condução, governo, comando. Leme, timão. Diretor, governador, comandante.
regimĭnis, ver **regĭmen.**

regina,-ae, (f.). (rex). Rainha. Filha do rei, princesa. Mulher nobre, dama.
regĭo, regionis, (f.). (rego). Direção, rumo, linha reta. Linha visual (delimitada no céu pelos áugures). Limite, fronteira, demarcação. Região, território, área, extensão territorial. Província, distrito. Departamento, esfera, domínio (*e regione* = em linha reta, diretamente; na direção oposta, exatamente o contrário; por outro lado).
regionatim. (regĭo). Por região.
regis, ver **rex** e **rego.**
regĭus,-a,-um. (rex). Real, régio, pertencente ao rei. Magnífico, suntuoso, esplêndido. Absoluto, despótico, tirânico.
reglutĭno,-as,-are, (re-glutĭno). Separar, soltar, descolar.
regnator, regnatoris, (m.). (regno). Governante, senhor, soberano, monarca, rei.
regnatricis, ver **regnatrix.**
regnatrix, regnatricis, (f.). (regno). A que comanda, soberana, rainha.
regno,-as,-are,-aui,-atum. (regnum). Ser rei/soberano, comandar, governar, dominar, reinar. Prevalecer, predominar.
regnum,-i, (n.). (rex). Realeza, autoridade real, trono. Domínio, império, comando, governo. Reino, monarquia. Despotismo, tirania. Poder, influência, autoridade. Conjunto de bens, patrimônio.
rego,-is,-ĕre, rexi, rectum. Manter em linha reta, evitar que desvie. Guiar, conduzir, direcionar. Liderar, dirigir, administrar. Controlar, exercer a supremacia sobre. Corrigir, reconduzir ao caminho correto (*regĕre fines* = marcar os limites).
regredĭor,-ĕris,-grĕdi,-gressus sum. (regradĭor). Andar para trás, retornar, voltar. Marchar de volta, retroceder, recuar. Entrar com um recurso.
regressĭo, regressionis, (f.). (regredĭor). Retorno, regresso, volta. Retirada, recuo. Repetição, regressão.
regressus,-us, (m.). (regredĭor). Retorno, regresso, volta. Retirada, recuo. Recurso, subterfúgio.
regŭla,-ae, (f.). (rego). Régua. Vara, ripa, bastão. Lei, regra, modelo, exemplo, padrão.
regularis, regulare. (regŭla). Relativo a régua, que pode ser transformado em vara/ripa/bastão. Que contém regras, normas.

regularĭter. (regularis). De acordo com a norma, regularmente.

regŭlus,-i, (m.). (rex). Soberano de um país pequeno, rei jovem, príncipe. Abelha-rainha.

regusto,-as,-are,-aui,-atum. (re-gusto). Provar novamente, provar repetidas vezes, saborear de novo.

rehalo, ver **redhalo**.

reicĭo,-is,-ĕre,-ieci,-iectum. (re-iacĭo). Lançar de volta, arremessar para trás. Forçar a recuar, repelir, expulsar. Recusar, rejeitar, refutar, desprezar, desdenhar. Enviar, destinar. Adiar, diferir, procrastinar.

reicŭlus,-a,-um. (reicĭo). Sem valor, sem utilidade. Perdido, desperdiçado.

reiectanĕus,-a,-um. (reicĭo). Sem valor, sem utilidade, desprezível (*reiectanĕa* = refugo, rebotalho).

reiectĭo, reiectionis, (f.). (reicĭo). Ação de lançar de volta, arremesso para trás. Rejeição, recusa, objeção.

reiecto,-as,-are,-aui,-atum. (reicĭo). Lançar de volta, arremessar para trás. Repercutir, repetir. Vomitar.

reiicĭo, ver **reicĭo**.

relabor,-ĕris,-labi,-lapsus sum. (re-labor). Deslizar, escorregar para trás. Correr para trás, refluir. Voltar, tornar, retroceder. Recair, reincidir.

relanguesco,-is,-ĕre,-langŭi. (re-languesco). Enfraquecer-se, perder a força. Desfalecer, desmaiar. Relaxar, acalmar-se.

relatĭo, relationis, (f.). (refĕro). Ação de levar de volta, retorno. Réplica. Retribuição, paga, compensação. Relatório. Proposta, moção. Narração, relato, exposição. Referência, relação, consideração.

relatus,-us, (m.). (refĕro). Relatório oficial. Relato, narração, recital.

relaxatĭo, relaxationis, (f.). (relaxo). Descanso, repouso. Alívio.

relaxo,-as,-are,-aui,-atum. (re-laxo). Afrouxar, relaxar, desatar, soltar, abrir. Aliviar, mitigar, atenuar, minorar, facilitar. Relaxar, soltar-se, descansar, repousar.

relegatĭo, relegationis, (f.). (relego,-as,-are). Ação de banir, exílio, relegação, desterro, expatriamento. Legado, herança.

relego,-as,-are,-aui,-atum. (re-lego,-as,-are). Mandar para longe, remover. Relegar, banir, exilar, desterrar, expatriar. Rejeitar, deixar de lado, despachar. Atribuir, designar, imputar.

relĕgo,-is,-ĕre,-legi,-lectum. (re-lego,-is,-ĕre). Recolher, reunir novamente. Atravessar de novo, percorrer novamente. Reler. Relatar novamente. Relembrar.

relentesco,-is,-ĕre. (re-lentesco). Relaxar, soltar, afrouxar.

relĕuo,-as,-are,-aui,-atum. (re-leuo). Erguer, suspender, içar, levantar. Aliviar, mitigar, abrandar. Livrar, libertar. Confortar, consolar.

relictĭo, relictionis, (f.). (relinquo). Abandono, desistência, renúncia.

relicŭus, ver **relĭquus**.

religatĭo, religationis, (f.). (relĭgo). Ação de atar/amarrar.

religĭo, religionis, (f.). (relĭgo). Reverência a Deus/aos deuses, temor a Deus/aos deuses. Religião, prática religiosa, crença religiosa. Cerimônia, rito. Respeito (aos princípios religiosos), escrúpulo (que surge dos princípios religiosos), consciência (devida ao respeito a princípios religiosos). Veneração, culto. Profanação, sacrilégio. Objeto de adoração, objeto sagrado. Santidade (inerente a um objeto sagrado). Exatidão, meticulosidade. Cumprimento do dever, lealdade.

religiosus,-a,-um. (religĭo). Que reverencia os deuses, que teme os deuses. Pio, respeitoso, devoto, religioso. Venerado, respeitado. Supersticioso. Cuidadoso, escrupuloso, meticuloso. Estrito, acurado, preciso. Sagrado, santo, consagrado pela religião. Ímpio, sacrílego, nefasto.

relĭgo,-as,-are,-aui,-atum. (re-ligo). Ligar por trás, fixar, atar. Ancorar, atracar. Prender, acorrentar. Soltar, desprender, desamarrar.

relĭno,-is,-ĕre, releui, relĭtum. (re-lino). Desmontar, desarmar. Abrir, soltar.

relinquo,-is,-ĕre,-liqui,-lictum. (re-linquo). Deixar para trás, abandonar. Deixar de herança, legar em testamento, transmitir. Ficar para trás, sobrar, ser deixado. Desistir, render-se, capitular, entregar-se. Resignar-se, renunciar. Negligenciar, omitir, desprezar. Desertar, exilar. Destituir. Deixar de mencionar, não destacar, censurar.

reliquĭae,-arum, (f.). (relinquo). O que é deixado para trás, resto, sobra. Cinzas, restos mortais. Sobrevivente. Restos, fragmentos, vestígios.
relĭquum,-i, (n.). (relinquo). Resto, sobra, resíduo. Débito restante, saldo de uma dívida.
relĭquus,-a,-um. (relinquo). Deixado para trás, abandonado. Remanescente, restante. A pagar, em débito. Omitido, poupado. Futuro, subsequente.
relucĕo,-es,-ere,-luxi. (re-lucĕo). Brilhar, reluzir, refletir.
relucesco,-is,-ĕre, reluxi. (re-lucĕo). Começar a brilhar, refletir novamente, tornar-se reluzente.
reluctor,-aris,-ari,-atus sum. (re-luctor). Lutar contra, resistir, opor-se a, oferecer resistência, relutar.
reludo,-is,-ĕre. (re-ludo). Zombar, escarnecer, responder com gracejos.
remacresco,-is,-ĕre,-macrŭi. (re-macresco). Tornar-se muito magro, emagrecer novamente.
remaledico,-is,-ĕre. (re-maledico). Difamar de volta, revidar uma injúria.
remando,-as,-are. (re-mando,-as,-are). Enviar uma resposta, notificar em resposta.
remando,-is,-ĕre. (re-mando,-is,-ĕre). Remoer, ruminar, mastigar novamente.
remanĕo,-es,-ere,-mansi, mansum. (re-manĕo). Ficar para trás, ser deixado para trás. Continuar, permanecer. Aturar, suportar, tolerar, perseverar.
remano,-as,-are. (re-mano). Refluir, escorrer para trás.
remansĭo, remansionis, (f.). (remanĕo). Permanência, estadia.
remediabĭlis, remediabĭle. (remĕo). Curável, remediável.
remedĭum,-i, (n.). (re-medĕor). O que cura novamente. Remédio, medicamento. Talismã, amuleto. Assistência, recurso, alívio.
remeligo, remeligĭnis, (f.). (remŏror). Mulher que fica para trás, retardatária.
remeligĭnis, ver **remeligo.**
remĕo,-as,-are,-aui,-atum. (re-meo). Voltar, retornar. Retroceder, recuar. Recomeçar.
remetĭor,-iris,-iri,-mensus sum. (remetĭor). Medir novamente. Fazer o percurso inverso. Descartar de novo, devolver. Revolver na mente, refletir sobre. (*frumentum pecunĭa remetiri* = pagar o trigo com igual medida de dinheiro).
remex, remĭgis, (m.). (remus-ago). Remador.
remigatĭo, remigationis, (f.). (remĭgo). Ação de remar.
remĭgis, ver **remex.**
remigĭum,-i, (n.). (remex). Ação de remar. Remos. Remadores. Movimento das asas. (*remigĭo ueloque* = a toda velocidade).
remĭgo,-as,-are,-aui,-atum. (remex). Remar.
remĭgro,-as,-are,-aui,-atum. (re-migro). Voltar, retornar, fazer a viagem de volta.
reminiscor,-ĕris,-minisci. (re-memĭni). Relembrar, recordar. Imaginar, conceber.
remiscĕo,-es,-ere, remiscŭi, remixtum/-mistum. (re-miscĕo). Misturar novamente, confundir.
remisse. (remissus). De modo solto/frouxo/relaxado. Suavemente, meigamente, brandamente, moderadamente. Levemente, indulgentemente, alegremente. Negligentemente.
remissĭo, remissionis, (f.). (remitto). Ação de mandar de volta, devolução, restituição, retorno. Relaxamento, afrouxamento, diminuição, enfraquecimento. Repouso, descanso, distração, recreação. Suavidade, brandura, meiguice. Indulgência, fraqueza de caráter. Remissão, perdão, alívio. Repetição.
remissus,-a,-um. (remitto). Solto, frouxo, relaxado. Suave, meigo, brando, moderado. Leve, indulgente, alegre, bem humorado. Negligente, desleixado, preguiçoso, lento. Mais barato, de preço mais baixo.
remitto,-is,-ĕre,-misi,-missum. (re-mitto). Reenviar, fazer retornar, despachar de volta, arremessar de volta. Remeter, responder. Render, produzir. Soltar, liberar, afrouxar, desatar, relaxar. Diminuir, desacelerar. Restaurar, restituir, restabelecer, reintegrar. Rejeitar, recusar. Desobrigar, livrar de, ceder, renunciar. Repelir, abandonar. Conceder, permitir, admitir. Abrandar(-se), aplacar(-se), acalmar(-se).
remolĭor,-iris,-iri,-itus sum. (re-molĭor). Arrancar com dificuldade, puxar com esforço.
remolitus,-a,- um. (re-molĭor). Demolido.

remollesco,-is,-ĕre. (re-mollesco). Tornar-se mole novamente, amolecer. Tornar-se fraco, debilitar-se. Acalmar-se, comover-se, apaziguar-se.

remollĭo,-is,-ire. (re-mollĭo). Tornar-se mole novamente, amolecer. Tornar-se fraco, debilitar-se. Acalmar, comover, apaziguar.

remŏra,-ae, (f.). (re-mora). Demora, obstáculo, resistência passiva.

remoramen, remoramĭnis, (n.). (remŏror). Demora, obstáculo.

remoramĭnis, ver **remoramen.**

remordĕo,-es,-ere,-,-morsum. (re-mordĕo). Morder novamente. Vexar, atormentar, perturbar.

remŏror,-aris,-ari,-atus sum. (re-moror). Permanecer, ficar, demorar, tardar, atrasar. Deter, obstruir, diferir, adiar.

remote. (remotus). Ao longe.

remotĭo, remotionis, (f.). (remouĕo). Ação de afastar, remoção, afastamento.

remotus,-a,-um. (remouĕo). Afastado, distante, remoto. Separado, desconectado, desligado, distante, estranho a, livre/ isento de.

remouĕo,-es,-ere,-moui,-motum. (remouĕo). Fazer voltar, levar para trás. Afastar, remover, retirar, suprimir.

remugĭo,-is,-ire. (re-mugĭo). Mugir em resposta, responder mugindo. Ressoar, ecoar, retumbar.

remulcĕo,-es,-ere,-mulsi,-mulsum. (re-mulcĕo). Acariciar de volta, corresponder a carícias, afagar em resposta. Inclinar, abaixar.

remulcum,-i, (n.)/remulcus,-i, (m.). Reboque.

remuneratĭo, remunerationis, (f.). (remunĕror). Recompensa, remuneração, gratificação, prêmio.

remunĕror,-aris,-ari,-atus sum. (re-munĕror). Recompensar, remunerar, gratificar, premiar.

remurmŭro,-as,-are,-aui,-atum. (re-murmŭro). Murmurar em resposta. Fazer uma objeção.

remus,-i, (m.). Remo. Asa. (*remis uelisque/ uelis remisque/remis uentisque* = a toda velocidade).

renarro,-as,-are. (re-narro). Recontar, narrar novamente.

renascor,-ĕris,-nasci,-natus sum. (re-nascor). Renascer, reviver.

renauĭgo,-as,-are,-aui. (re-nauĭgo). Navegar de volta, voltar por mar.

renĕo,-es,-ere. (re-neo). Desfazer, desfiar, desemaranhar.

renes, renum, (m.). Rins.

renidĕo,-es,-ere. (re-nidĕo). Brilhar de novo, refletir um brilho, resplandecer, reluzir. Estar radiante de alegria, estar feliz. Rir, sorrir.

renidesco,-is,-ĕre. (renidĕo). Tornar-se brilhante, começar a brilhar.

renitor,-ĕris,-niti,-nisus sum. (re-nitor). Empenhar-se em combater, lutar contra, opor-se, resistir.

reno, renonis, ver **rheno.**

reno,-as,-are. (re-no). Nadar de volta, voltar a nado.

renodo,-as,-are,-,-atum. (re-nodo). Amarrar por trás. Desamarrar, desprender, soltar.

renouamen, renouamĭnis, (n.). (renŏuo). Renovação. Transformação, metamorfose.

renouamĭnis, ver **renouamen.**

renouatĭo, renouationis, (f.). (renŏuo). Renovação. Renovação de acordo, composição de interesses.

renŏuo,-as,-are,-aui,-atum. (re-nouo). Renovar. Restabelecer, restaurar. Recomeçar, reabrir, fazer reviver. Alterar, mudar. Renovar um acordo, compor interesses. Repetir, dizer novamente, dizer repetidas vezes. Recuperar as forças, fortalecer novamente, revigorar.

renudo,-as,-are,-aui,-atum. (re-nudo). Despir, expor, revelar, desnudar, despojar. Abrir.

renumĕro,-as,-are,-aui,-atum. (re-numĕro). Contar, conferir. Pagar, reembolsar.

renuntiatĭo, renuntiationis, (f.). (renuntĭo). Declaração, proclamação, anúncio, publicação. Advertência.

renuntĭo,-as,-are,-aui,-atum. (re-nuntĭo). Relatar, notificar, anunciar, declarar. Proclamar oficialmente. Desdizer, revogar, anular. Renunciar, abandonar. (*renuntiare sibi* = refletir, pensar, meditar).

renuntĭus,-i, (m.). (renuntĭo). Segundo mensageiro.

renŭo,-is,-ĕre,-nŭi. (re-nuo). Sinalizar com a cabeça que não, negar através de movimento com a cabeça. Opor-se, desaprovar, rejeitar, recusar. Proibir.

renuto,-as,-are. (renŭo). Opor-se, desaprovar, rejeitar, recusar.

reor, reris, reri, ratus sum. Contar, calcular. Acreditar, pensar, julgar, supor, imaginar, avaliar.

repagŭla,-orum, (n.). (re-pango). Ferrolho, tranca. Barreira, obstáculo, retenção, limite.

repando,-is,-ĕre. (re-pando). Reabrir, deixar aberto.

repandus,-a,-um. (re-pandus). Dobrado para trás, recurvado, revirado.

reparabĭlis, reparabĭle. (repăro). Que pode ser consertado, reparável, recuperável. Sempre pronto, em estado de alerta.

reparco,-is,-ĕre. (re-parco). Abster-se, privar-se, reprimir.

repăro,-as,-are,-aui,-atum. (re-paro). Readquirir, obter de novo, recuperar. Restabelecer, restaurar, recobrar, revigorar, renovar. Conseguir por meio de troca.

repastinatĭo, repastinationis, (f.). (repastĭno). Ação de cavar de novo, segunda escavação.

repastĭno,-as,-are,-aui,-atum. (re-pastĭno). Cavar novamente, escavar.

repecto,-is,-ĕre,-,-pexum. (re-pecto). Pentear de novo.

repello,-is,-ĕre, re(p)pŭli, repulsum. (re-pello). Lançar de volta. Rejeitar, repelir, repulsar, recusar.

repended,-is,-ĕre,-pendi,-pensum. (re-pendo). Pesar de novo, pesar em troca. Contrabalançar, compensar. Pagar com o mesmo peso. Recompensar, gratificar, premiar. Ponderar, considerar.

repens, repentis. (repo). Súbito, repentino, imediato. Inesperado, imprevisto. Recente, novo.

repenso,-as,-are,-aui,-atum. (repended). Pesar de novo, pesar em troca. Contrabalançar, compensar.

repente. (repens). De repente, subitamente, repentinamente, inesperadamente.

repentinus,-a,-um. (repens). Súbito, repentino, imediato. Inesperado, imprevisto.

repentis, ver **repens.**

reperco, ver **reparco.**

repercussĭo, repercussionis, (f.). (repercutĭo). Reflexo, repercussão.

repercussus,-us, (m.). (repercutĭo). Reverberação, repercussão, reflexo, eco.

repercutĭo,-is,-ĕre,-cussi,-cussum. (repercutĭo). Repercutir, fazer ressoar, refletir, ecoar. Replicar, retorquir, retrucar. Repelir.

reperĭo,-is,-ire, re(p)pĕri, repertum. (reparĭo). Achar (de novo), (re)encontrar, descobrir (novamente). Obter, adquirir, conseguir. Apurar, buscar informação. Reconhecer, perceber nitidamente. Imaginar, inventar.

reperta,-orum. (n.). (reperĭo). Descobrimentos, invenções, explorações.

repertor, repertoris, (m.). (reperĭo). Descobridor, explorador, inventor, autor.

repertus,-us, (m.). (reperĭo). Descoberta, invenção.

repetentĭa,-ae, (f.). (repĕto). Memória, lembrança, recordação.

repetitĭo, repetitionis, (f.). (repĕto). Repetição, recapitulação. Repetição da mesma palavra no início de várias frases. Reclamação de sentença, segunda petição.

repetitor, repetitoris, (m.). (repĕto). Reclamante, o que exige de volta.

repĕto,-is,-ĕre,-iui/-ĭi,-itum. (re-peto). Lançar-se sobre, atacar novamente. Buscar novamente, voltar para, retornar, revisitar. Buscar, trazer, mandar vir. Recomeçar, repetir, reassumir, restaurar, restabelecer. Chegar a, deduzir, retirar, derivar. Exigir, demandar, alegar, reivindicar, reclamar a posse. Processar legalmente (*pecunĭae repetundae* = concussão, peculato).

repigro,-as,-are,-,-atum. (re-pigro). Tornar preguiçoso. Retardar, deter, impor obstáculos.

replĕo,-es,-ere,-pleui,-pletum. (re-pleo). Encher novamente. Encher até ao fim, completar, preencher. Reanimar, revigorar. Satisfazer, saciar. Prover, abastecer, suprir.

replicatĭo, replicationis, (f.). (replĭco). Ação de dar uma volta completa (de modo a voltar ao ponto de partida). Réplica, resposta. Redução. Repetição.

replĭco,-as,-are,-aui,-atum. (re-plico). Fazer voltar, dobrar para trás, recurvar. Desenrolar, desdobrar, abrir. Revolver na mente, refletir, pensar. Repetir, dizer novamente. Replicar, usar o direito de resposta.

replumbo,-as,-are. (re-plumbo). Tirar a solda.

repo,-is,-ĕre, repsi, reptum. Arrastar, rastejar. Caminhar lentamente, arrastar-se, mover-se com lentidão.

repono,-is,-ĕre,-posŭi,-posĭtum. (re-pono). Recolocar, pôr de volta. Restabelecer, restaurar. Pousar sobre, estender. Guardar, reservar. Descrever novamente, repetir. Pagar, quitar. Curvar para trás, recurvar. Reservar, preservar, armazenar. Colocar no lugar, substituir. Apoiar-se em, contar com.

reporrĭgo,-is,-ĕre. (re-porrĭgo). Estender as mãos novamente, tentar alcançar.

reporto,-as,-are,-aui,-atum. (re-porto). Levar/trazer de volta, fazer retornar. Conseguir, ganhar, obter. Trazer uma resposta, relatar, informar, noticiar.

reposco,-is,-ĕre. (re-posco). Pedir novamente, exigir mais uma vez, reivindicar, demandar.

repositorĭum,-i, (n.). (repono). Travessa, tabuleiro, bandeja.

reposĭtus,-a,-um. (repono). Afastado, retirado, colocado à parte, reservado.

repostor, repostoris, (m.). (repono). Restaurador, reintegrador.

repostus, ver **reposĭtus.**

repotĭa,-orum, (n.). (re-poto). Ação de beber depois. Continuação da bebedeira no dia seguinte a uma festa ou banquete.

repraehendo, ver **reprehendo.**

repraendo, ver **reprehendo.**

repraesentatĭo, repraesentationis, (f.). (re-praesento). Mostra, exibição, manifestação. Representação, imagem, retrato. Pagamento à vista.

repraesento,-as,-are,-aui,-atum. (re-praesento). Mostrar, exibir, colocar diante de, manifestar. Retratar, representar. Pagar imediatamente, pagar à vista. Fazer imediatamente, executar sem demora.

reprehendo,-is,-ĕre,-prehendi,-prehensum. (re-praehendo). Pegar por trás, agarrar, apanhar. Conter, reter, segurar. Repreender, censurar, reprovar. Condenar, sentenciar, considerar culpado. Refutar.

reprehensĭo, reprehensionis, (f.). (reprehendo). Retenção, contenção, pausa. Repreensão, censura, reprovação, reprimenda, crítica, acusação. Falha, falta. Refutação.

reprehenso,-as,-are. (reprehendo). Agarrar ininterruptamente, deter de tempos em tempos.

reprehensor, reprehensoris, (m.). (reprehendo). Censor, crítico, o que repreende.

reprendo, ver **reprehendo.**

repressor, repressoris, (m.). (reprĭmo). Repressor, o que impõe limites.

reprĭmo,-is,-ĕre,-pressi,-pressum. (re-primo). Restringir, refrear, manter afastado, repelir, conter. Limitar, confinar.

reprŏbo,-as,-are,-,-atum. (re-probo). Reprovar, rejeitar, condenar.

repromissĭo, repromissionis, (f.). (repromitto). Promessa recíproca, confirmação de promessa.

repromitto,-is,-ĕre,-misi,-missum. (re-promitto). Corresponder a uma promessa, confirmar uma promessa, comprometer-se.

reptabundus,-a,-um. (repto). Rastejante, que se arrasta.

reptatĭo, reptationis, (f.). (repto). Ação de se arrastar.

repto,-as,-are,-aui,-atum. (repo). Arrastar-se, rastejar, mover-se lentamente.

repudiatĭo, repudiationis, (f.). (repudĭo). Rejeição, recusa, desdém, desprezo.

repudĭo,-as,-are,-aui,-atum. (repudĭum). Rejeitar, recusar, desdenhar, desprezar. Divorciar-se, abandonar, desfazer.

repudiosus,-a,-um. (repudĭum). Que deve ser rejeitado, escandaloso, ofensivo, injurioso.

repudĭum,-i, (n.). (re-pudet). Dissolução do contrato de casamento, divórcio, separação. Abandono da promessa de casamento, rompimento do noivado.

repuerasco,-is,-ĕre. (re-puerasco). Tornar-se jovem novamente. Tornar-se infantil, voltar a brincar como uma criança.

repugnanter. (repugno). Contra a vontade, relutantemente.

repugnantĭa, repugnantĭum, (n.). (repugno). Contradições.

repugnantĭa,-ae, (f.). (repugno). Resistência, oposição, meio de defesa. Contradição, desacordo, incompatibilidade.

repugnatĭo, repugnationis, (f.). (repugno). Resistência, oposição.

repugno,-as,-are,-aui,-atum. (re-pugno). Lutar contra, opor-se, apresentar resistência.

Resistir, defender-se. Advertir contra, apresentar uma objeção. Impedir a passagem, obstruir o caminho. Entrar em desacordo, ser contrário a. Ser contraditório, ser inconsistente/incompatível.

repulsa,-ae, (f.). (repello). Recusa, repulsa, resposta negativa. (*repulsam ferre* = perder uma eleição).

repulso,-as,-are. (repello). Recusar repetidas vezes, afastar ininterruptamente. Ecoar, ressoar.

repulsus,-us, (m.). (repello). Repercussão, reflexo, reverberação. Resistência.

repungo,-is,-ĕre. (re-pungo). Picar novamente.

repurgo,-as,-are,-aui,-atum. (re-purgo). Limpar novamente. Remover, expurgar.

reputatĭo, reputationis, (f.). (repŭto). Cálculo, cômputo, conta. Ponderação, consideração.

repŭto,-as,-are,-aui,-atum. (re-puto). Calcular, computar, fazer as contas. Pensar, ponderar, meditar, considerar, refletir. Designar, atribuir.

requĭes, requietis, (f.). Repouso, descanso, pausa, relaxamento, recreação.

requiesco,-is,-ĕre,-quieui,-quietum. (re-quiesco). Repousar, descansar, fazer uma pausa, relaxar. Encontrar consolo. Parar, permanecer imóvel.

requietis ver **requĭes.**

requirĭto,-as,-are. (requiro). Perguntar por, interrogar acerca de, inquirir sobre.

requiro,-is,-ĕre,-quisiui,-quisitum. (re-quaero). Procurar por, querer saber, indagar, perguntar por, inquirir sobre. Precisar, necessitar, sentir falta de, carecer de.

requisitum,-i, (n.). (requiro). Necessidade, carência, exigência.

res, rei, (f.). Coisa, objeto, ser. Fato, evento, circunstância, ocorrência. Realidade, verdade. Situação, condição. Ocupação, negócio, dever, obrigação. Posses, propriedade. Benefício, vantagem, proveito, lucro. Matéria, assunto, tópico. História, narração. Causa, razão, motivo. Processo jurídico, caso da justiça, litígio. Batalha, operação militar (*respublĭca/res publĭca* = bem comum, propriedade pública, administração do Estado, poder público, Estado; *res nouae* = mudança política, revolução; *rerum scriptor* = historiador; *pro re nata* = de acordo com a circunstância).

resăcro, ver **resĕcro.**

resaeuĭo,-is,-ire. (re-saeuĭo). Irritar-se novamente.

resalutatĭo, resalutationis, (f.). (resaluto). Retribuição da saudação, cumprimento correspondido.

resaluto,-as,-are,-aui,-atum. (re-saluto). Retribuir uma saudação, corresponder a um cumprimento, cumprimentar de volta.

resanesco,-is,-ĕre,-sanŭi. (re-sanesco). Recuperar a saúde, começar a sarar, tornar-se sadio novamente.

resarcĭo,-is,-ire, resarsi, resartum. (re-sarcĭo). Consertar, reparar, restaurar, renovar. Recompensar.

rescindo,-is,-ĕre,-scĭdi,-scissum. (re-scindo). Rasgar, partir, cortar, abrir, soltar, dividir. Anular, abolir, revogar, rescindir.

rescĭo,-is,-ire,-iui/-ĭi. (re-scĭo). Descobrir, ser informado, ficar sabendo, vir a saber.

rescisco,-is,-ĕre. (re-scisco). Descobrir, ser informado, ficar sabendo, vir a saber.

rescissĭo, rescissionis, (f.). (rescindo). Anulação, revogação, rescisão.

rescribo,-is,-ĕre,-scripsi,-scriptum. (re-scribo). Responder uma carta, escrever de volta. Estabelecer a sentença judicial, dar o veredicto. Pagar, reembolsar, creditar. Escrever novamente, passar a limpo, revisar. Alistar novamente, transferir de tropa.

rescriptum,-i, (n.). (rescribo). Veredicto imperial, resposta do imperador.

resĕco,-as,-are, resecŭi, resectum. (re-seco). Cortar, separar, tirar, suprimir. Parar, conter, refrear, reprimir.

resĕcro,-as,-are,-aui,-atum. (re-secro). Implorar repetidas vezes, suplicar ininterruptamente. Livrar de uma maldição.

resedo,-as,-are. (re-sedo). Suavizar, aliviar, curar.

resemĭno,-as,-are. (re-semĭno). Semear novamente, replantar. Reproduzir.

resĕquor,-ĕris,-sequi,-secutus sum. (re-sequor). Falar imediatamente após, replicar, responder.

resĕro,-as,-are,-aui,-atum. (re-sero,-as,-are). Destrancar, abrir. Revelar, deixar descobrir. Abrir o caminho, tornar acessível.

resĕro,-is,-ĕre,-seui. (re-sero,-is,-ĕre). Semear novamente, replantar.

reseruo,-as,-are,-aui,-atum. (re-seruo). Guardar, reservar, manter preservado, conservar.

reses, resĭdis. (residĕo). Que permanece sentado. Inativo, inerte, sem movimento. Desocupado, preguiçoso, indolente, ocioso.

residĕo,-es,-ere,-sedi,-sessum. (re-sidĕo). Permanecer sentado. Ficar, permanecer, residir. Ficar parado, não tomar atitude. Estar ocioso. Ficar para trás, ser deixado para trás.

resĭdis, ver **reses.**

resido,-is,-ĕre, resedi, resessum. (re-sido). Assentar-se, estabelecer-se, repousar, descansar. Depositar-se, decantar. Baixar, diminuir, cessar. Acalmar-se, abrandar-se.

residŭus,-a,-um. (residĕo). Que é deixado para trás, remanescente, residual, restante. A pagar, em dívida. Ocioso, preguiçoso, indolente.

resigno,-as,-are,-aui,-atum. (re-signo). Tirar o lacre, rasgar o selo. Anular, cancelar, invalidar, destruir, rescindir. Revelar, expor, divulgar. Transferir, designar, nomear. Devolver, renunciar.

resilĭo,-is,-ire, resilŭi, resultum. (re-salĭo). Pular/saltar para trás. Recuar, retratar-se, retroceder. Retrair, encolher, contrair.

resimus,-a,-um. (re-simus). Recurvado, revirado. Arrebitado.

resina,-ae, (f.). Resina, goma.

resinatus,-a,-um. (resina). Resinado. Lambuzado de resina.

resipĭo,-is,-ĕre. (re-sapĭo). Ter sabor de, cheirar a. Ser saboroso, ter um cheiro bom.

resipisco,-is,-ĕre, resipŭi/-sipiui/-sipĭi. (resipĭo). Recobrar os sentidos, voltar a si. Voltar a ser razoável.

resisto,-is,-ĕre,-stĭti. (re-sisto). Ficar para trás, ser deixado para trás. Permanecer firme, resistir, continuar, opor resistência, fazer oposição. Ressurgir, reerguer-se.

resoluo,-is,-ĕre,-solui,-solutum. (re-soluo). Desamarrar, soltar, desprender, abrir, destrancar, separar, desatrelar. Relaxar, acalmar, amenizar, desimpedir, libertar. Pagar, compensar. Revelar, mostrar, tornar conhecido. Anular, cancelar, abolir, destruir.

resolutus,-a,-um. (resoluo). Relaxado, calmo. Livre, desimpedido. Desenfreado, descontrolado. Mole, fraco, afeminado.

resonabĭlis, resonabĭle. (resŏno). Que ressoa, que reproduz o som.

resŏno,-as,-are, resonŭi/-sonaui. (re-sono). Ressoar, reproduzir um som, ecoar. Fazer ressoar, repetir. Dizer ininterruptamente.

resŏnus,-a,-um. (resŏno). Que ressoa, que reproduz o som, que ecoa.

resorbĕo,-es,-ere. (re-sorbĕo). Reabsorver, engolir de novo. Atrair. Suprimir, conter.

respecto,-as,-are,-aui,-atum. (respicĭo). Olhar para trás, olhar em volta repetidas vezes. Lançar o olhar para, voltar os olhos para. Esperar, aguardar. Respeitar, estimar, ter cuidado com.

respectus,-us, (m.). (respicĭo). Ação de olhar para trás, visão ao olhar para trás. Refúgio, asilo, abrigo. Respeito, estima, consideração.

respergo,-is,-ĕre,-spersi,-spersum. (re-spargo). Borrifar, salpicar, espirrar, esguichar. Inundar, encher.

respersĭo, respersionis, (f.). (respergo). Ação de borrifar/salpicar. Derramamento, lançamento.

respersus,-us, (m.). (respergo). Ação de borrifar/salpicar. Derramamento, lançamento.

respicĭo,-is,-ĕre,-spexi,-spectum. (re-specĭo). Olhar para trás, lançar o olhar para, voltar os olhos para. Olhar, prestar atenção, examinar. Respeitar, considerar, estimar. Olhar por, cuidar de, proteger. Observar, perceber. Esperar, aguardar.

respiramen, respiramĭnis, (n.). (respiro). Tubo respiratório, canal da traqueia.

respiramĭnis, ver **respiramen.**

respiratĭo, respirationis, (f.). (respiro). Respiração. Evaporação, exalação. Pausa, descanso.

respiratus,-us, (m.). (respiro). Inspiração, inalação.

respiro,-as,-are,-aui,-atum. (re-spiro). Expirar, exalar. Respirar, tomar fôlego. Recuperar-se, recobrar as energias, revigorar-se. Diminuir, cessar, interromper, suspender.

resplendĕo,-es,-ĕre,-splendŭi. (re-splendĕo). Resplandecer, brilhar, cintilar.

respondĕo,-es,-ĕre,-spondi,-sponsum. (respondĕo). Oferecer por seu lado, prometer uma coisa em função de outra. Responder, retrucar, replicar. Ecoar, ressoar. Dar opinião, aconselhar. Comparecer ao tribunal, responder a uma acusação. Apresentar-se, comparecer. Corresponder, concordar, refletir, estar à altura de. Produzir, gerar, render.

responsĭo, responsionis, (f.). (respondĕo). Resposta, réplica, refutação.

responsĭto,-as,-are,-aui,-atum. (respondĕo). Aconselhar, dar opinião.

responso,-as,-are,-aui,-atum. (respondĕo). Responder, replicar. Ecoar, ressoar. Resistir, opor-se, rebelar-se.

responsor, responsoris, (m.). (respondĕo). O que responde, o que replica.

responsum,-i, (n.). (respondĕo). Resposta, réplica. Decisão, solução. Correspondência entre as partes, harmonia, simetria.

respublica,-ae, ver **res**.

respŭo,-is,-ĕre,-spŭi. (re-spuo). Cuspir, expelir cuspindo, vomitar, ejetar. Rejeitar, repelir, recusar, desaprovar, não aceitar.

restagnatĭo, restagnationis, (f.). (restagno). Inundação, alagamento.

restagno,-as,-are. (re-stagno). Inundar, alagar, transbordar.

restauro,-as,-are,-aui,-atum. (re-stauro). Restaurar, restabelecer, reparar, reconstruir. Renovar, repetir.

restibĭlis, restibĭle. (re-stabĭlis). Que é renovado/reparado.

resticŭla,-ae, (f.). (restis). Corda fina, cordel, linha.

restinctĭo, restinctionis, (f.). (restinguo). Ação de saciar a sede.

restinguo,-is,-ĕre,-stinxi,-stinctum. (re-stinguo). Extinguir, satisfazer, saciar. Suavizar, aliviar, mitigar, acalmar. Aniquilar, destruir.

restĭo, restionis, (m.). (restis). Fabricante de cordas, vendedor de cordas.

restipulatĭo, restipulationis, (f.). (restipŭlor). Contra-estipulação, compromisso recíproco.

restipŭlor,-aris,-ari. (re-stipŭlor). Contra-estipular, comprometer-se reciprocamente.

restis, restis, (f.). Corda, cordão. Rama, réstia.

restĭto,-as,-are. (resto). Ficar para trás, tardar, parar frequentemente, demorar-se. Resistir, opor-se, obstar.

restitŭo,-is,-ĕre,-stitŭi,-stitutum. (restatŭo). Colocar de volta, restituir, restabelecer, restaurar, reconstruir. Renovar, fazer reviver, revigorar. Devolver, dar de volta, entregar, reintegrar.

restitutĭo, restitutionis, (f.). (restitŭo). Restauração, reconstrução, restabelecimento. Restituição, devolução. Reintegração.

restitutor, restitutoris, (m.). (restitŭo). Restaurador, reconstrutor. O que restitui/devolve. Reintegrador.

resto,-as,-are,-stĭti. (re-sto). Permanecer imóvel. Resistir, opor-se, obstar, permanecer firme. Ser deixado, ficar para trás. Subsistir, sobreviver. Esperar, aguardar.

restrictus,-a,-um. (restringo). Restrito, apertado, limitado. Curto, estreito. Moderado, modesto, mediano. Rigoroso, severo, duro, rígido.

restringo,-is,-ĕre, restrinxi, restrictum. (re-stringo). Amarrar por trás, amarrar apertando, ligar fortemente. Restringir, confinar, obstar. Abrir, desamarrar, soltar, pôr à mostra.

resulto,-as,-are,-aui,-atum. (resilĭo). Saltar para trás. Saltar, pular, saltitar. Reverberar, ressoar, ecoar.

resumo,-is,-ĕre,-sumpsi,-sumptum. (re-sumo). Voltar, reiniciar, retomar, reassumir. Recuperar, tomar de volta. Renovar, restabelecer.

resupino,-as,-are,-aui,-atum. (re-supino). Inclinar para trás, voltar o corpo/a cabeça para trás. Prostrar-se, deitar de costas. Arruinar, destruir, jogar por terra.

resupinus,-a,-um. (re-supinus). Voltado para trás, inclinado para trás. Deitado de costas, prostrado. Negligente, preguiçoso. Afeminado. Altivo, soberbo, de cabeça erguida.

resurgo,-is,-ĕre,-surrexi,-surrectum. (re-surgo). Ressurgir, mostrar-se novamente, aparecer de novo. Reerguer-se, restabelecer-se, revigorar-se.

resuscĭto,-as,-are,-aui,-atum. (re-suscĭto). Elevar de novo, reconstruir, renovar. Reviver, reanimar, ressuscitar.

resutus,-a,-um. (re-suo). Descosturado, com a costura desfeita.

retardatĭo, retardationis, (f.). (retardo). Demora, atraso, impedimento, procrastinação.

retardo,-as,-are,-aui,-atum. (re-tardo). Segurar, atrasar, impedir, procrastinar, deter. Mover-se lentamente.

retaxo,-as,-are. (re-taxo). Censurar, reprovar.

rete, retis, (n.). Rede. Armadilha, laço, cilada.

retĕgo,-is,-ĕre,-texi,-tectum. (re-tego). Abrir, pôr à mostra. Descobrir, desvendar, revelar. Tornar acessível.

retempto, ver **retento.**

retendo,-is,-ĕre,-tendi,-tensum. (re-tendo). Soltar, relaxar, distender, afrouxar.

retentĭo, retentionis, (f.). (retinĕo). Retenção, contenção. Supressão. Preservação, manutenção, conservação.

retento,-as,-are,-aui,-atum. (retinĕo/re-tento). I - Reter firmemente, conter usando a força. Suprimir. Preservar da destruição, salvar. II - Tentar novamente, esforçar-se mais uma vez, empreender mais uma experiência.

retexo,-is,-ĕre,-texŭi,-textum. (retexo). Desfazer um tecido, desemaranhar um fio. Cancelar, anular, reverter. Diminuir. Alterar, mudar, revisar, corrigir. Renovar, repetir. Narrar novamente, repetir (uma história).

rethib-, ver **redhib-.**

retĭa,-ae, (f.), ver **rete, retis.**

retiarĭus,-i, (m.). (rete). Um tipo de gladiador (que combate com uma rede).

reticentĭa,-ae, (f.). (reticĕo). Silêncio, ação de silenciar. Pausa no meio do discurso.

reticĕo,-es,-ere,-ticŭi. (re-tacĕo). Guardar silêncio, manter-se calado, silenciar-se. Não responder, recusar-se a responder. Guardar segredo, ocultar, dissimular.

reticulatus,-a,-um. (reticŭlum). Em forma de rede.

reticŭlum,-i, (n.)/reticŭlus,-i, (m.). (rete). Rede pequena, sacola feita de rede, malha de rede.

retinacŭlum,-i, (n.). (retĭneo). Laço, faixa, corda, amarra, cabresto, rédeas, corrente.

retinentĭa,-ae, (f.). (retinĕo). Recordação, lembrança.

retinĕo,-es,-ere,-tinŭi,-tentum. (re-tenĕo). Deter, reter, não deixar partir. Reprimir, restringir, pôr amarras. Manter, preservar, conservar, salvaguardar, proteger. Ter em mente, lembrar-se.

retinnĭo,-is,-ire. (re-tinnĭo). Ressoar, retumbar, reproduzir o som.

retiŏlum,-i, (n.). (rete). Rede pequena.

retis, ver **rete.**

retŏno,-as,-are. (re-tono). Ressoar, retumbar, reproduzir o som.

retorquĕo,-es,-ere,-torsi,-tortum. (re-torquĕo). Curvar para trás, revirar. Fazer voltar, fazer recuar. Alterar, mudar.

retorrĭdus,-a,-um. (re-torrĭdus). Queimado ao sol, seco, tostado, ressequido. Desidratado, enrugado. Melancólico, triste.

retractatĭo, retractationis, (f.). (retracto). Revisão, correção. Reconsideração, mudança de opinião. Hesitação, dúvida.

retractatus,-us, (m.). (retracto). Repetição. Hesitação, dúvida.

retractĭo, retractionis, (f.). (retracto). Retração. Diminuição. Hesitação, dúvida.

retracto,-as,-are,-aui,-atum. (re-tracto). Manusear novamente, manejar de novo, retomar. Sentir novamente. Inspecionar novamente, reexaminar. Reconsiderar, revisar, corrigir. Recusar, relutar, retirar-se, voltar atrás.

retractus,-a,-um. (retrăho). Retirado, afastado.

retrăho,-is,-ĕre,-traxi,-tractum. (re-traho). Levar de volta, puxar para trás, afastar, remover. Chamar de volta. Recapturar, trazer de volta. Remover, suprimir, reduzir. Convergir, resultar. Colocar novamente em foco, tornar conhecido de novo.

retribŭo,-is,-ĕre,-tribŭi,-tributum. (re-tribŭo). Dar de volta, devolver, restituir, restabelecer. Pagar, quitar.

retrimentum,-i, (n.). (re-tero). Resíduo, refugo, detrimento.

retritus,-a,-um. (re-tritus). Muito usado, bastante desgastado.

retro. Para trás, atrás, do lado de trás. Em sentido inverso/contrário. Reciprocamente. Antes, no passado, em tempos passados. Por sua vez, ao contrário, contra, por outro lado.

retroăgo,-is,-ĕre,-egi,-actum. (retro-ago). Empurrar para trás, fazer voltar, fazer recuar. Reverter, inverter, retroagir.

retrocedo,-is,-ĕre,-cessi. (retro-cedo). Voltar, retirar-se, recuar, retroceder.

retroĕo,-is,-ire. (retro-eo). Voltar, retirar-se, recuar, retroceder.
retroflecto,-is,-ĕre,-flexi,-flexum. (retro-flecto). Curvar-se, dobrar para trás.
retrogrădis, ver **retrogrădus.**
retrogrădus,-a,-um. (retro-gradĭor). Que se curva para trás, que volta, retrógrado.
retrors-, ver **retrouers-.**
retrouersus,-a,-um. (retro-uerto). Voltado para trás (*retrouersum/retrouersus* = em direção contrária, em sentido inverso, para trás; reciprocamente).
retrouors-, ver **retrouers-.**
retrudo,-is,-ĕre. (re-trudo). Empurrar para trás, fazer voltar/retroceder.
retrusus,-a,-um. (retrudo). Posto de lado, relegado a segundo plano. Escondido, encoberto, fechado. Dissimulado.
retundo,-is,-ĕre, re(t)tŭdi, retu(n)sum. (re-tundo). Embotar, tirar o fio de uma faca. Mitigar, enfraquecer, atenuar. Restringir, reprimir, fazer parar.
retusus,-a,-um. (retundo). Sem corte, sem fio, cego. Privado de sentimentos. Ofuscado, turvo. Dominado, conquistado.
reualesco,-is,-ĕre,-ualŭi. (re-ualesco). Recuperar-se, restabelecer-se.
reuĕho,-is,-ĕre,-uexi,-uectum. (re-ueho). Levar, carregar, transportar de volta. Retornar, voltar a.
reuello,-is,-ĕre,-uelli,-uulsum/uolsum. (re-uello). Arrancar, puxar, tirar à força, tirar rasgando. Remover, soltar, abrir. Perturbar, incomodar, violar. Apagar, destruir.
reuelo,-as,-are,-aui,-atum. (re-uelo). Tirar o véu, descobrir, pôr à mostra. Revelar, expor, divulgar.
reuenĭo,-is,-ire,-ueni,-uentum. (re-uenĭo). Voltar, retornar.
reuera. (res-uerus). Realmente, de fato, com efeito.
reuerbĕro,-as,-are. (re-uerbĕro). Repelir, fazer voltar. Refletir.
reuerendus,-a,-um. (reuerĕor). Venerável, digno de reverência.
reuĕrens, reuerentis. (reuerĕor). Respeitoso, reverencioso, cheio de consideração. Recatado, modesto, pudico.
reuerenter. (reuĕrens). Respeitosamente.
reuerentĭa,-ae, (f.). (reuerĕor). Receio, medo, temor. Respeito, reverência, deferência, alta consideração. Vergonha, pudor.
reuerentis, ver **reuĕrens.**
reuerĕor,-eris,-eri,-uerĭtus sum. (re-uerĕor). Temer, recear. Respeitar, reverenciar, estimar muito, honrar.
reuerro,-is,-ĕre. (re-uerro). Varrer novamente. Dissipar.
reuersĭo, reuersionis, (f.). (reuerto). Ação de retornar (antes de chegar ao destino), meia-volta. Retorno, volta. Giro, rotação. Anástrofe.
reuerto,-is,-ĕre,-uerti,-uersum. (re-uerto). Voltar, retornar, dar meia-volta. Reverter.
reuertor, ver **reuerto.**
reuĭbro,-as,-are,-aui. (re-uibro). Lançar de volta, refletir.
reuidĕo,-es,-ere. (re-uidĕo). Tornar a ver, rever.
reuilesco,-is,-ĕre. (re-uilesco). Tornar-se desprezível.
reuincĭo,-is,-ire,-uinxi,-uinctum. (re-uinco). Amarrar por trás, ligar, atar, prender bem.
reuinco,-is,-ĕre,-uici,-uictum. (re-uinco). Vencer novamente, subjugar mais uma vez. Reprimir, conter, refrear. Refutar, contestar, desaprovar.
reuiresco,-is,-ĕre,-uirŭi. (re-uiresco). Recuperar a cor verde, voltar a ser verde. Fortalecer-se, revigorar-se, renovar-se, reflorescer, reviver. Rejuvenescer, voltar a ser jovem.
reuisĭto,-as,-are. (re-uisĭto). Tornar a visitar.
reuiso,-is,-ĕre, reuisi, reuisum. (re-uidĕo). Voltar para ver, ver de novo. Revisitar, rever.
reuiuesco, ver **reuiuisco.**
reuiuisco,-is,-ĕre,-uixi,-uictum. (re-uiuisco). Voltar a viver, reviver. Voltar a crescer. Revigorar, recobrar as energias, renovar o vigor.
reuiuo,-is,-ĕre. (reuiuo). Reviver, voltar à vida.
reuocabĭlis, reuocabĭle. (reuŏco). Que pode ser chamado de volta. Que pode ser revogado, revogável.
reuocamen, reuocamĭnis, (n.). (reuŏco). Ação de chamar de volta. Revogação, dissipação.
reuocamĭnis, ver **reuocamen.**
reuocatĭo, reuocationis, (f.). (reuŏco). Ação de chamar de volta. Chamada. Retomada de uma palavra.

reuocator, reuocatoris, (m.). (reuŏco). O que chama de volta, o que restabelece à vida.

reuŏco,-as,-are,-aui,-atum. (re-uoco). Chamar de volta, fazer voltar. Afastar, tirar, remover, retrair. Reconvocar, reunir novamente, fazer recuar. Pedir bis, pedir para repetir. Fazer reviver, restabelecer à vida. Recuperar, ter de volta. Induzir, persuadir, levar a. Aplicar, encaminhar, acoplar. Revogar, cancelar, retratar, desdizer. Apelar a um juiz. Convidar em resposta, convidar de novo, corresponder a um convite.

reuŏlo,-as,-are,-aui,-atum. (re-uolo,-as,-are). Voar de volta, voltar voando. Acelerar, apressar.

reuols-, ver **reuuls-**.

reuolubĭlis, reuolubĭle. (reuoluo). Que pode ser rolado de volta.

reuoluo,-is,-ĕre,-uolui,-uolutum. (re-uoluo). Rolar de volta/para trás. Desenrolar, desenredar. Voltar, retornar. Repetir, relatar mais uma vez, reler. Experimentar de novo, passar mais uma vez por. Recordar, relembrar.

reuŏmo,-is,-ĕre,-uomŭi. (re-uomo). Lançar para fora, vomitar, regurgitar. Repelir, rejeitar, não aceitar.

reuor-, ver **reuer-**.

reus,-i, (m.). Uma das partes de uma disputa judicial (autor ou réu). Réu, acusado. Fiador, credor solidário. Prisioneiro, criminoso, culpado.

reuulsĭo, reuulsionis, (f.). (reuello). Dilaceramento, rompimento, rasgão.

rex, regis, (m.). (rego). Governante, regente, rei, soberano, monarca. Tirano, déspota. Líder, chefe, mestre. Protetor, patrono. Príncipe. Pessoa rica, poderosa. (*reges* = o rei e a rainha, a família real).

rhadĭne, rhadĭnes. Fino, delgado, delicado.

rhapsodĭa,-ae, (f.). Rapsódia, canto, livro.

rhed-, ver **raed-**.

rheno, rhenonis, (m.). Agasalho (feito de pele de rena).

rhetor, rhetŏris, (m.). Retórico, professor de retórica. Orador.

rhetorĭca,-ae, (f.). Retórica, arte da oratória.

rhetorĭce,-es, ver **rhetorĭca**.

rhetorĭce. (rhetorĭcus). Como orador.

rhetorĭcus,-a,-um. Retórico, relativo a retórica.

rhinocĕros, rhinocerotis, (m.). Rinoceronte. Vaso feito de chifre de rinoceronte (*nasum rhinocerotis habere* = ter nariz empinado, olhar com desdém).

rho, (n.). Rô (letra do alfabeto grego).

rhombus,-i, (m.). Rombo, losango. Círculo mágico. Rodovalho (nome de um peixe).

rhonchus,-i, (m.). Ronco. Coaxo. Zombaria, mofa, escárnio.

rhythmos,-i, (m.). Simetria, harmonia, ritmo, cadência (na música ou na fala).

rhytĭum,-i, (n.). Taça, copo (em formato/feito de chifre).

rica,-ae, (f.). Véu que cobre todo o rosto (usado pelas mulheres romanas em sinal de luto).

ricinĭum,-i, (n.). (rica). Pequeno véu que cobre todo o rosto (usado por mulheres e carpideiras).

ricĭnus,-i, (m.). Carrapato.

rictum,-i (n.), ver **rictus**.

rictus,-us, (m.). (ringor). Abertura da boca, boca aberta, dentes à mostra. Abertura dos olhos.

ridendus,-a,-um. (ridĕo). Ridículo, risível, que provoca o riso.

ridĕo,-es,-ere, risi, risum. Rir, dar gargalhada, dar risada. Sorrir, dar um sorriso. Ser favorável, mostrar-se contente. Escarnecer, ridicularizar, mofar, zombar. Brincar, não falar sério.

ridĕor, ver **ridĕo**.

ridibundus,-a,-um. (ridĕo). Ridículo, risível, que provoca o riso.

ridicularĭa, ridicularĭum, (n.). (ridicŭlus). Gracejos, chacotas, mofas, jocosidades, palhaçadas.

ridicularĭus,-a,-um. (ridicŭlus). Que provoca o riso, engraçado, divertido.

ridicŭlus,-a,-um. (ridĕo). Que faz rir, engraçado, divertido, jocoso. Ridículo, risível, que provoca o riso, bobo, absurdo.

rigĕo,-es,-ere. Estar duro, rijo, teso. Permanecer firme, ficar imóvel, inerte, inflexível.

rigesco,-is,-ĕre, rigŭi. (rigĕo). Tornar-se duro/rijo/teso, enrijecer-se. Ficar ereto, erguer-se. Eriçar-se, arrepiar-se.

rigidĭtas, rigiditatis, (f.). (rigĭdus). Dureza, firmeza, rigidez.
rigiditatis, ver **rigidĭtas.**
rigĭdo,-as,-are. (rigĭdus). Enrijecer, tornar firme.
rigĭdus,-a,-um. (rigĕo). Duro, rijo, teso. Firme, inflexível. Severo, rigoroso, austero. Rude, áspero, bruto, mal-educado. Cruel, insensível.
rigo,-as,-are,-aui,-atum. Molhar, umedecer, regar, aguar. Mamar, sugar. Inundar, irrigar, transbordar. Carregar, transportar, conduzir, levar a, direcionar.
rigor, rigoris, (m.). (rigĕo). Dureza, firmeza, rigidez. Frio, geada. Inflexibilidade, rigor. Direção, curso. Rudez, brutalidade. Imobilidade, posição fixa.
rigŭus,-a,-um. (rigo). Que molha/umedece/rega/água. Irrigado, banhado, umedecido.
rima,-ae, (f.). Fenda, rachadura, fissura, greta. Sulco. Órgão sexual feminino.
rimor,-aris,-ari,-atus sum. (rima). Abrir uma fenda, rachar, sulcar. Inquirir, indagar, investigar, intrometer-se, explorar. Descobrir, compreender.
rimosus,-a,-um. (rima). Cheio de fendas/fissuras/gretas, rachado. Indiscreto, que não consegue guardar segredo.
ringor,-ĕris, ringi, rictus sum. Abrir bem a boca, mostrar os dentes, rosnar. Irritar-se, enfurecer-se, exacerbar-se.
ripa,-ae, (f.). Margem. Costa, litoral.
ripŭla,-ae, (f.). (ripa). Pequena margem.
riscus,-i, (m.). Baú, caixa, cesto.
risibĭlis, risibĭle. (ridĕo). Risível, que provoca o riso.
risĭo, risionis, (f.). (ridĕo). Riso, risada.
risor, risoris, (m.). (ridĕo). Bobo, brincalhão, fazedor de graça.
risus,-us, (m.). (ridĕo). Riso, risada, gargalhada. Objeto de riso. Escárnio, mofa, zombaria.
rite. (ritus). Segundo os preceitos religiosos, de acordo com os ritos, religiosamente. Apropriadamente, muito bem, com justiça/razão, no momento certo. Segundo o costume/uso. De acordo com a lei, legalmente, formalmente, solenemente.
ritualis, rituale. (ritus). Relativo a cerimônias religiosas, ritual.
ritus,-us, (m.). Cerimônia religiosa, rito. Costume, prática, uso, hábito, moda.
riualis, riuale. (riuus). De riacho, ribeirinho. Que usa o mesmo riacho, vizinho. Que possui a mesma mulher, concorrente, rival.
riualĭtas, riualitatis, (f.). (riualis). Rivalidade, concorrência.
riualitatis, ver **riualĭtas.**
riuatim. (riuus). Como um riacho.
riuŭlus,-i, (m.). (riuus). Pequeno riacho, ribeirão. Corrente, torrente, fluxo.
riuus,-i, (m.). Pequeno fluxo de água, córrego, riacho, ribeirão. Canal de irrigação, vala. Rego, calha. Corrente, torrente, fluxo. (*e riuo flumĭna magna facĕre* = supervalorizar uma situação, fazer tempestade em copo d'água).
rixa,-ae, (f.). Briga, disputa, contenda, discussão, contestação. Batalha, luta.
rixator, rixatoris, (m.). (rixa). O que gosta de provocar discussões, brigão, rixento.
rixo, ver **rixor.**
rixor,-aris,-ari,-atus sum. (rixa). Brigar, discutir, disputar, contestar. Opor-se, discordar, entrar em conflito.
robĕus, ver **rubĕus.**
robigĭnis. ver **robigo.**
robiginosus,-a,-um. (robigo). Enferrujado. Invejoso.
robigo, robigĭnis, (f.). (ruber). Ferrugem. Praga que faz secar as plantas. Sujeira, fuligem. Mofo, bolor, fungo. Resíduo, crosta, sarro. Ociosidade, preguiça. Maus hábitos. Inveja.
robor, ver **robur.**
robŏris, ver **robur.**
robŏro,-as,-are,-aui,-atum. (robur). Fortalecer, revigorar, tornar forte. Consolidar, corroborar.
robur, robŏris, (n.). Madeira muito dura. (Madeira de) carvalho. Objeto feito de madeira dura/carvalho (bancada, assento, lança, dardo, cavalo, arado, etc). Oliveira. Firmeza, vigor, força, rigidez. Poder, autoridade. Cerne, força motriz.
robus, robŏris, ver **robur.**
robus,-a,-um, ver **rubĕus.**
robustus,-a,-um. (robur). De carvalho. Duro, firme, sólido, forte, robusto.

rodo,-is,-ĕre, rosi, rosum. Roer. Corroer, consumir até ao fim, gastar tudo. Falar mal pelas costas, difamar, caluniar, maldizer.

rodus/roduscŭlum, ver **raud-**.

rogalis, rogale. (rogus). Relativo à fogueira funerária, da pira.

rogatĭo, rogationis, (f.). (rogo). Consulta popular (quanto à aceitação de algum decreto ou lei), projeto de lei. Pergunta, inquirição, interrogatório. Pedido, requisição, súplica, solicitação.

rogatiuncŭla,-ae, (f.). (rogatĭo). Projeto de lei sem importância, consulta popular sem relevância. Pequena pergunta.

rogator, rogatoris, (m.). (rogo). O que apresenta um projeto de lei. O que reúne os votos durante uma consulta popular, oficial que trabalha durante o processo de votação. Proponente, autor de um projeto de lei. Mendigo, pedinte.

rogatum,-i, (n.). (rogo). Pergunta.

rogatus,-us, (m.). (rogo). Pedido, demanda, súplica, solicitação.

rogitatĭo, rogitationis, (f.). (rogĭto). Consulta popular, proposta de lei.

rogĭto,-as,-are,-aui,-atum. (rogo). Interrogar/perguntar insistentemente, pedir avidamente.

rogo,-as,-are,-aui,-atum. Perguntar, questionar, interrogar. Consultar a opinião, propor uma lei. Pedir opinião, pedir voto. Apresentar a candidatura, propor a eleição. Pedir, rogar, solicitar, requisitar. Convidar. Buscar, conseguir, trazer. Propor um acordo. Propor um juramento.

rogus,-i, (m.). Pira, fogueira funerária. Túmulo, sepultura.

rorarĭi,-orum, (m.). (ros). Rorários (tropa de soldados pouco armados, encarregada dos primeiros combates).

roratĭo, rorationis, (f.). (roro). Queda de orvalho, sereno.

rorĭdus,-a,-um. (ros). Molhado de orvalho, orvalhado.

rorĭfer,-fĕra,-fĕrum. (ros-fero). Que espalha orvalho.

roris, ver **ros**.

roro,-as,-are,-aui,-atum. (ros). Orvalhar, rorejar. Escorrer gota a gota, gotejar, pingar. Molhar de orvalho, umedecer, regar.

ros, roris, (m.). Orvalho. Umidade, água, líquido. (*ros marinus* = alecrim).

rosa,-ae, (f.). Rosa. Roseira. Botão de rosa.

rosarĭum,-i, (n.). (rosa). Roseiral.

rosarĭus,-a,-um. (rosa). Relativo a rosas, feito de rosas.

roscĭdus,-a,-um. (ros). Cheio de orvalho, orvalhado, umedecido pelo orvalho. Úmido, molhado, regado, banhado.

rosetum,-i, (n.). (rosa). Jardim de rosas, roseiral.

rosĕus,-a,-um. (rosa). Relativo a rosas, feito de rosas. Rosado, cor-de-rosa. Corado, avermelhado, viçoso.

rosmarinum, ver **ros**.

rostratus,-a,-um. (rostrum). Recurvado na ponta, pontudo, embicado. Guarnecido de esporão.

rostrum,-i, (n.). (rodo). Rostro, bico, focinho, tromba. Esporão de navio. (*rostra* = palco/plataforma destinada aos oradores no Fórum).

rota,-ae, (f.). Roda. Rolo. Carro. Disco (do sol).

rotatus,-us, (m.). (roto). Rotação.

roto,-as,-are,-aui,-atum. (rota). Rodar, girar, fazer dar a volta. Fazer rolar. Revirar, revolver. Compactar, tornar conciso.

rotŭla,-ae, (f.). (rota). Roda pequena.

rotundĭtas, rotunditatis, (f.). (rotundus). Formato arredondado, redondeza. Espaço circular. Lisura, polimento, suavidade.

rotunditatis, ver **rotundĭtas**.

rotundo,-as,-are,-aui,-atum. (rotundus). Arredondar. Elaborar, aperfeiçoar. Polir, suavizar. Completar, arredondar uma quantia.

rotundus,-a,-um. (rota). Redondo, circular, rotundo, esférico. Polido, elegante, harmonioso (*quadrata rotundis mutare* = virar de ponta cabeça).

rubefacĭo,-is,-ĕre,-feci,-factum. (rubĕo-facĭo). Tornar vermelho.

rubellus,-a,-um. (ruber). Avermelhado. (*rubellum* = vinho rosé).

rubens, rubentis. (rubĕo). Vermelho, corado. Matizado, colorido.

rubentis, ver **rubens**.

rubĕo,-es,-ere, rubŭi. (ruber). Ser vermelho/corado. Tornar-se vermelho, corar, enrubescer.
ruber,-bra,-brum. Vermelho, rubro. Corado.
rubesco,-is,-ĕre, rubŭi. (rubĕo). Tornar-se vermelho, corar, enrubescer.
rubeta,-ae, (f.). (rubus). Um tipo de sapo venenoso.
rubeta,-orum, (n.). (rubus). Moita de silvas, silvado.
rubĕus,-a,-um. (rubĕo/rubus). I - Vermelho, avermelhado. II - Silvestre, de amora.
rubicundŭlus,-a,-um. (rubicundus). Um pouco vermelho, avermelhado.
rubicundus,-a,-um. (rubĕo). Vermelho, avermelhado.
rubĭdus,-a,-um. (rubĕo). Vermelho, avermelhado. Vermelho escuro.
rubig-, ver **robig-.**
rubor, ruboris, (m.). (rubĕo). Cor vermelha, vermelhidão. Púrpura. Rubor. Modéstia, pudor. Vergonha, desgraça, ignonímia.
rubrica,-ae, (f.). (ruber). Terra vermelha. Tinta vermelha (extraída a partir da terra). Rubrica, título de uma lei (escrito de vermelho). Lei.
rubrico,-as,-are,-,-atum. (rubrica). Colorir de vermelho.
rubrus, ver **ruber.**
rubus,-i, (m.). Amoreira, árvore de framboesa. Amora, framboesa.
ructabundus,-a,-um. (ructo). Que arrota ininterruptamente.
ructator, ructatoris, (m.). (ructo). O que arrota/despeja/vomita.
ructatrix, ructatricis, (f.). (ructator). A que arrota/despeja/vomita.
ructo,-as,-are,-aui,-atum. (rugo). Arrotar. Despejar, vomitar.
ructor, ver **ructo.**
ructus,-us, (m.). (rugo). Arroto.
rudens, rudentis, (m.). Corda, linha, cordão, amarra. Mastro. Conjunto de cordas que prendem um navio.
rudentis, ver **rudens.**
rudĕris, ver **rudus.**
rudiarĭus,-i, (m.). (rudis). Gladiador que luta com uma *rudis* (tipo de vara entregue ao gladiador quando licenciado com honra).

rudimentum,-i, (n.). (rudis). Começo, primeira tentativa, início. Ensaio, esboço.
rudis, rude. Grosseiro, em estado bruto, tosco, selvagem, não trabalhado, não cultivado. Novo, recente, jovem, inexperiente. Rude, ignorante, inculto, indelicado, mal--educado. Simples, ingênuo.
rudis, rudis, (f.). Vara, haste, bastão, mastro (usado geralmente por soldados e gladiadores em seus exercícios, talvez similar a uma espada de madeira).
rudĭtas, ruditatis, (f.). (rudis). Imperícia, ausência de habilidade.
ruditatis, ver **rudĭtas.**
rudĭtus,-us, (m.). (rudo). Zurro.
rudo,-is,-ĕre,-iui,-itum. Rugir, urrar, zurrar, bramir. Vociferar, gritar bem alto.
rudor, rudoris, (m.). (rudo). Zurro, urro, rugido. Fragor, estrondo.
rudus, rudĕris, (n.). Cascalho. Caliça, entulho, escombros.
rufesco,-is,-ĕre. (rufus). Tornar-se avermelhado/ruivo.
rufo,-as,-are. (rufus). Colorir de vermelho, tornar ruivo.
rufŭlus,-a,-um. (rufus). Muito vermelho, bastante avermelhado.
rufus,-a,-um. Vermelho, avermelhado, ruivo.
ruga,-ae, (f.). Ruga, prega, dobra. Rugosidade, aspereza.
rugo,-as,-are,-aui,-atum. (ruga). Enrugar(se), franzir, preguear.
rugosus,-a,-um. (ruga). Enrugado, franzido, pregueado, dobrado. Rugoso, murcho, seco.
ruina,-ae, (f.). (ruo). Queda, desmoronamento, ruína. Entulhos, escombros. Destruição, catástrofe, desastre.
ruinosus,-a,-um. (ruina). Ruinoso, que ameaça cair/desmoronar. Em ruínas, que já desabou.
rumen, rumĭnis, (n.). Garganta, goela.
rumex, rumĭcis, (n.). Lança, míssil. Cavalo alazão.
rumĭcis, ver **rumex.**
rumifĭco,-as,-are. (rumor-facĭo). Causar rumor, espalhar um boato.
rumĭgo,-as,-are. (rumen). Ruminar.
ruminalis, ruminale. (rumen). Ruminante.
ruminatĭo, ruminationis, (f.). (rumĭnor). Ato de ruminar, ruminação. Repetição,

retorno. Ato de revolver no pensamento, reflexão.
rumĭnis, ver **rumen.**
rumĭno,-as,-are. (rumen). Ruminar. Repensar, refletir, revolver no pensamento.
rumĭnor, ver **rumĭno.**
rumor, rumoris, (m.). Boato, rumor, notícia corrente. Opinião popular, voz do povo. Fama, reputação. Murmúrio, ruído. (*rumore secundo* = com aprovação/anuência, com julgamento favorável).
rumpo,-is,-ĕre, rupi, ruptum. Quebrar, romper, estourar. Lacerar, rasgar, despedaçar, forçar a abertura. Violar, destruir, anular, interromper, suspender. Lançar, soltar.
rumuscŭlus,-i, (m.). (rumor). Conversa fiada, bisbilhotice, mexerico, fofoca.
runcatĭo, runcationis, (f.). (runco). Ação de capinar, retirada de ervas daninhas.
runco,-as,-are. Capinar, retirar as ervas daninhas. Depilar, retirar os pelos/cabelos. Aparar, desbastar.
ruo,-is,-ĕre, rui, rutum. Cair violentamente, desabar, desmoronar. Acelerar, apressar, precipitar-se, mover-se com ímpeto. Declinar, afundar, submergir. Cair por terra, prostrar-se. Extrair, tirar, arrancar, desenterrar.
rupes, rupis, (f.). (rumpo). Rocha, rochedo. Desfiladeiro, precipício (*rupes caua* = gruta, caverna).
rupina,-ae, (f.). (rupes). Fenda, rachadura em uma rocha.
rupis, ver **rupes.**
ruptor, ruptoris, (m.). (rumpo). O que rompe. O que viola.
rurestris, rurestre. (rus). Relativo ao campo, rústico, rural.
ruricŏla,-ae, (m./f./n.). (rus-colo). I - (m./f./n.) Que cultiva os campos, que vive no campo, que pertence ao campo, rústico, rural. II - (m.). Rurícola, camponês, rústico.
rurigĕna,-ae, (m./f.). (rus-gigno). O que nasce no campo, camponês.
ruris, ver **rus.**
ruro,-as,-are. (rus). Viver no campo.
ruror, ver **ruro.**
rursus/rursum. (reuerto). Para trás. Pelo contrário, por outro lado, por sua vez. Novamente, pela segunda vez.

rus, ruris, (n.). Campo. Casa de campo, fazenda. Lavoura, propriedade rural. Rusticidade, rudeza.
ruscum,-i, (n.). Gilbardeira (nome de uma planta).
russĕus,-a,-um. (russus). Avermelhado, colorido de vermelho.
russum, ver **rursus** e **russus.**
russus,-a,-um. Vermelho.
rusticanus,-a,-um. (rustĭcus). Pertencente ao campo, rústico, rural.
rusticatĭo, rusticationis, (f.). (rustĭcor). Vida no campo.
rustice. (rustĭcus). Como no campo, à moda rural. De modo simples/simplório/provinciano. Rudemente, grosseiramente, desajeitadamente, deselegantemente.
rusticĭtas, rusticitatis, (f.). (rustĭcus). Rusticidade, costume/comportamento de camponês. Povo do campo. Rudeza, grosseria.
rusticitatis, ver **rusticĭtas.**
rustĭcor,-aris,-ari,-atus sum. (rustĭcus). Viver no campo. Ser fazendeiro, praticar a agricultura, cuidar da lavoura.
rusticŭlus,-a,-um. (rustĭcus). Um pouco grosseiro/rude, um tanto rústico.
rustĭcus,-a,-um. (rus). Relativo ao campo, rústico, rural. Simples, simplório, provinciano. Rude, grosseiro, desajeitado, deselegante, apalhaçado.
rusum, ver **rursus.**
ruta,-ae, (f.). Arruda. Amargor, acidez (*in rutae folĭum conicĕre* = destruir um oponente, acabar com um rival).
rutatus,-a,-um. (ruta). Temperado com/guarnecido de arruda.
rutilatus,-a,-um. (rutĭlo). Vermelho.
rutilesco,-is,-ĕre. (rutĭlus). Tornar-se ruivo, avermelhar-se.
rutĭlo,-as,-are,-aui,-atum. (rutĭlus). Colorir de vermelho, tornar ruivo. Estar vermelho, apresentar um tom avermelhado. Brilhar, abrasar, incandescer.
rutĭlus,-a,-um. Vermelho incandescente, ruivo brilhante (inclinando para dourado). Brilhante, dourado, resplandecente.
rutrum,-i, (n.). Pá, enxada.
rutŭla,-ae, (f.). (ruta). Pequeno galho de arruda.
rythmĭcus,-i, (m.). Orador de estilo ritmado.

S

S. = abreviatura de *Sextus, sacrum, semis, sibi, suis*, dentre outras; **S.C.** = abreviatura de *senatusconsultum*; **S.P.** = *sua pecunĭa*; **S.P.Q.R.** = *Senatus Populusque Romanus*.
sabănum,-i, (n.). Toalhinha, guardanapo.
sabbătum,-i, (n.). Dia de descanso, feriado (entre os judeus). Sábado (7º dia da semana).
sabina,-ae, (f.). Sabina (nome de uma planta).
sabinum,-i, (n.). Um tipo de vinho (produzido pelos sabinos).
sabŭlo, sabulonis, (f.). Pedregulho, cascalho.
saburra,-ae, (f.). Lastro, balastro.
saburro,-as,-are. (saburra). Carregar com lastro, colocar balastro, lastrar.
sacabillum, ver **scabellum**.
saccarĭa,-ae, (f.). (saccus). Carregador de sacos.
saccarĭus,-a,-um. (saccus). Relativo a sacos, de sacos.
saccatum,-i, (n.). (sacco). Urina.
saccellus,-i, (m.). (saccus). Sacola, bolsa.
sacchăron,-i, (n.). Açúcar.
sacciperĭum,-i, (n.). (saccus-pera). Bolso, algibeira.
sacco,-as,-are,-aui,-atum. (saccus). Passar por peneira, coar, filtrar.
saccŭlus,-i, (m.). (saccus). Saco pequeno, bolsa, sacola.
saccus,-i, (m.). Saco, alforje. Algibeira, porta-níquel. Filtro, coador. (*ad saccum ire* = pedir esmolas).
sacellum,-i, (n.). (sacrum). Pequeno santuário.
sacellus,-i, (m.). (saccus). Sacola, bolsa.
sacer,-cra,-crum. Dedicado a uma divindade, consagrado, divinizado. Venerável, sagrado, inviolável. Criminoso, ímpio, execrável, infame, detestável, horrível.
sacerdos, sacerdotis, (m./f.). (sacer). Sacerdote, sacerdotisa.
sacerdotalis, sacerdotale. (sacerdos). Sacerdotal.
sacerdotis, ver **sacerdos**.
sacerdotĭum,-i, (n.). (sacerdos). Sacerdócio, cargo de sacerdote.
sacramentum,-i, (n.). (sacro). Quantia depositada pelas duas partes de um processo jurídico (assim denominada porque a quantia da parte derrotada no processo era usada para fins religiosos). Processo jurídico, causa processual. Alistamento militar, primeiro juramento de uma tropa. Juramento, obrigação solenemente assumida (=*iusiurandum*). Segredo, mistério. Revelação divina. Sacramento.
sacrarĭum,-i, (n.). (sacer). Santuário, capela, oratório, sacristia. Lugar secreto.
sacratus,-a,-um. (sacro). Consagrado aos deuses, santificado, sagrado, venerável.
sacri-, ver também **sacru-**.
sacricŏla,-ae, (m.). (sacer-colo). Sacerdote que sacrifica a vítima.
sacrĭfer,-fĕra,-fĕrum. (sacer-fero). Que leva/traz os objetos sagrados.
sacrificalis, sacrificale. (sacrificĭum). Relativo a sacrifícios, sacrificial.
sacrificatĭo, sacrificationis, (f.). (sacrifĭco). Sacrifício, ação de sacrificar.
sacrificĭum,-i, (n.). (sacrifĭcus). Sacrifício.
sacrifĭco,-as,-are,-aui,-atum. (sacer-facĭo). Oferecer um sacrifício, sacrificar. Imolar, oferecer como vítima em um sacrifício.
sacrificor, ver **sacrifĭco**.
sacrificŭlus,-i, (m.). (sacrifĭco). Sacerdote que conduz os sacrifícios.
sacrifĭcus,-a,-um. (sacrifĭco). Relativo ao sacrifício, sacrificial. Que sacrifica.
sacrilegĭum,-i, (n.). (sacrilĕgus). Roubo de um templo, furto de objetos sagrados. Sacrilégio, profanação.
sacrilĕgus,-a,-um. (sacer-lego). Que rouba um templo, que furta objetos sagrados. Sacrílego, profanador. Criminoso, bandido, ladrão.
sacris, ver **sacer**.
sacro,-as,-are,-aui,-atum. (sacer). Declarar como sagrado, consagrar, dedicar, devotar a uma divindade. Dedicar, devotar. Tornar inviolável, venerar, honrar como sagrado. Imortalizar, tornar eterno.
sacrosanctus,-a,-um. (sacer-sancĭo). Oficialmente consagrado, declarado sagrado através de cerimônia religiosa. Inviolável, sagrado. Venerável, sacrossanto.

sacru-, ver também **sacri-**.
sacrum,-i, (n.). (sacer). Objeto sagrado, canção sagrada, oferenda. Templo, santuário. Ato religioso, sacrifício. Cerimônia sagrada, rito, culto. Solenidade, festival. Adoração divina, religião. Poema (como consagrado às musas). Segredo, mistério. (*inter sacrum saxumque stare* = estar entre a cruz e a espada, estar em grandes apuros).
sacto, ver **scatěo**.
saecl-, ver **saecŭl-**.
saecularis, saeculare. (saecŭlum). Secular.
saecŭlum,-i, (n.). Raça, origem, geração. Duração, tempo de uma vida, era, época. Modo de vida de uma geração. Período de cem anos, século. Longo período de tempo.
saep-, ver também **sep-**.
saepe. Muitas vezes, frequentemente, com frequência. (*saepe numĕro* = repetidas vezes).
saepes, saepis, (f.). Sebe, cerca, cercado. Cerco, barreira.
saepicŭle. (saepe). Muito frequentemente, muitíssimas vezes.
saepimentum,-i, (n.). (saepes). Sebe, cerca, cercado. Cerco, barreira.
saepĭo,-is,-ire, saepsi, saeptum. (saepes). Cercar, colocar uma sebe. Rodear, cingir. Fechar, colocar uma barreira. Cobrir, envolver, colocar um invólucro. Proteger, defender, guardar.
saepis, ver **saepes**.
saepiuscŭle. (saepe). Muito frequentemente, muitíssimas vezes.
saeptum,-i, (n.). (saepes). Cerca, muro, barreira. Lugar fechado, cercado, reserva. (*saepta,-orum* = amplo espaço fechado, localizado no Campus Martĭus, onde as pessoas se reuniam para votar).
saeta,-ae, (f.). Cerda, pelo áspero, espinho. Crina. Cabelo eriçado.
saetĭger,-gĕra,-gĕrum. (saeta-gero). Que possui cerdas, de pelos ásperos, coberto de espinhos.
saetosus,-a,-um. (saeta). Coberto de pelos, de cerdas eriçadas.
saeue. (saeuus). Cruelmente, ferozmente. Severamente. Impetuosamente, violentamente.
saeuidĭcus,-a,-um. (saeuus-dico). Furiosamente pronunciado.

saeuĭo,-is,-ire,-ĭi,-itum. (saeuus). Estar furioso, encolerizar-se, enfurecer-se. Ser violento, maltratar, praticar crueldade. Ser ardente.
saeuis, ver **saeuus**.
saeuĭter. (saeuus). Cruelmente, ferozmente, furiosamente.
saeuitĭa,-ae, (f.). (saeuus). Fúria, violência, cólera, raiva, ira. Selvageria, crueldade, barbaridade. Rigor, severidade.
saeuitĭes,-ei (f.), ver **saeuitĭa**.
saeuus,-a,-um. Despertado para a fúria, levado à selvageria. Cruel, feroz, bárbaro, selvagem, desumano. Severo. Impetuoso, violento.
saga,-ae, (f.). Feiticeira, adivinha, bruxa.
sagacis, ver **sagax**.
sagacĭtas, sagacitatis, (f.). (sagax). Agudeza dos sentidos, percepção aguçada. Olfato apurado. Sagacidade, perspicácia, percepção apurada.
sagacitatis, ver **sagacĭtas**.
sagacĭter. (sagax). Rapidamente, precisamente, acuradamente.
sagatus,-a,-um. (sagum). Que se veste de *sagum*.
sagax, sagacis. Que percebe rapidamente, que tem os sentidos aguçados, de olfato apurado. Alerta, vigilante. Sagaz, perspicaz, arguto.
sagina,-ae, (f.). Engorda, ceva. Alimentação, nutrição, regime alimentar. Animal de engorda. Gordura, obesidade.
sagino,-as,-are,-aui,-atum. (sagina). Engordar, cevar, alimentar, nutrir. Abarrotar, fartar.
sagĭo,-is,-ire. Perceber rapidamente, ter sentidos aguçados.
sagitta,-ae, (f.). Seta, flecha, dardo, lança.
sagittarĭus,-a,-um. (sagitta). Relativo a flechas, de setas.
sagittarĭus,-i, (m.). (sagitta). Flecheiro.
sagittĭfer,-fĕra,-fĕrum. (sagitta-fero). Que possui flechas/setas. Armado de flechas.
sagittipŏtens, sagittipotentis, (m.). (sagitta-potens). Constelação de sagitário.
sagittipotentis, ver **sagittipŏtens**.
sagittŭla,-ae, (f.). (sagitta). Flechinha.
sagmen, sagmĭnis, (n.). Ramo de ervas sagradas (arrancado pelo cônsul ou pelo pretor, através do qual os embaixadores e feciais romanos se tornavam invioláveis).

sagmĭnis, ver sagmen.
sagulatus,-a,-um. (sagŭlum). Que se veste com o *sagum*.
sagŭlum,-i, (n.). (sagum). Sago (pequeno manto militar, geralmente de cor púrpura, usado pelo general).
sagum,-i, (n.). Cobertor, manta de lã grossa. Manto militar. (*saga sumĕre/ad saga ire* = preparar-se para a batalha; *in sagis esse* = estar sob o comando do exército; *saga ponĕre* = deixar as armas).
sagus,-a,-um. Que pressagia/adivinha, profético.
sal, salis, (m.). Sal. Água salgada, mar, oceano. Agudeza de espírito, perspicácia. Sarcasmo, mordacidade. Graça, jovialidade. Bom gosto, elegância.
salacis, ver salax.
salacĭtas, salacitatis, (f.). (salax). Lascívia, luxúria.
salacitatis, ver salacĭtas.
salăco, salaconis, (m.). Contador de vantagens.
salamandra,-ae, (f.). Salamandra.
salaputtĭum,-i, (n.). Nanico, homem pequeno.
salarĭum,-i, (n.). (sal). Dinheiro pago aos soldados para comprar sal. Salário, pensão.
salarĭus,-a,-um. (sal). Relativo ao sal. Como subst.m.: Comerciante de peixe salgado.
salax, salacis. (salĭo). Que gosta de pular. Lascivo, sensual, lúbrico. Provocante, que desperta o desejo, afrodisíaco.
salĕbra,-ae, (f.). (salĭo). Terreno irregular, solo áspero. Rudeza, aspereza, desarmonia.
salebrosus,-a,-um. (salĕbra). Áspero, cheio de irregularidades, desigual, escabroso. Rude, desarmônico.
saliatus,-us, (m.). (salĭo). Cargo de *Salĭus* (sacerdote de Marte).
salĭcis, ver salix.
salictum,-i, (n.). (salix). Salgueiral. Salgueiro.
salientes, salientĭum, (f.). (salĭo). Fontes, nascentes.
salignus,-a,-um. (salix). De salgueiro. De vime.
salillum,-i, (n.). Saleiro pequeno. Pequena medida.
salinae,-arum, (f.). (sal). Salinas. Sarcasmo, mordacidade.

salinum,-i, (n.). (sal). Saleiro.
salĭo,-is,-ire, salŭi, saltum. Saltar, pular, lançar-se, arremessar-se. Bater, palpitar, pulsar. Copular.
salipŏtens, salipotentis. (sal-potens). Que governa as águas salgadas do mar (= Netuno).
salipotentis, ver salipŏtens.
salisatĭo, salisationis, (f.). (salĭo). Salto, pulo. Palpitação, pulsação.
saliua,-ae, (f.). Saliva, cuspe. Muco, secreção. Gosto, sabor. Desejo, apetite.
saliunca,-ae, (f.). Nardo céltico (tipo de planta odorífera).
saliuo,-as,-are. (saliua). Cuspir. Livrar-se de, descartar. Fazer salivar, fazer eliminar pela salivação.
salix, salĭcis, (f.). Salgueiro.
sall-, ver também sal-.
sallĭo,-is,-ire. (sal). Salgar. Borrifar, espalhar uma pequena quantidade.
sallo,-is,-ĕre. (salĭo). Salgar. Borrifar, espalhar uma pequena quantidade.
salmo, salmonis, (m.). Salmão.
salor, saloris, (m.). (salum). A cor do mar, verde como o mar.
salpa,-ae, (f.). Badejo (nome de um peixe).
salsamentarĭus,-i, (m.). (salsamentum). Comerciante de peixe salgado.
salsamentum,-i, (n.). (salsus). Salmoura. Peixe salgado.
salse. (salsus). Mordazmente, sarcasticamente, com agudeza de espírito. Jocosamente, em tom de brincadeira.
salsipŏtens, ver salipŏtens.
salsura,-ae, (f.). (sal). Ação de salgar, salmoura. Peixe salgado. Mau humor.
salsus,-a,-um. (sal). Salgado. Mordaz, sarcástico. Jocoso, engraçado, brincalhão.
saltatĭo, saltationis, (f.). (salto). Dança.
saltator, saltatoris, (m.). (salto). Dançarino.
saltatorĭus,-a,-um. (salto). Relativo a dança, de dança.
saltatricis, ver saltatrix.
saltatrix, saltatricis, (f.). (salto). Dançarina.
saltatus,-us, (m.). (salto). Dança.
saltem/saltim. Pelo menos, ao menos, de qualquer maneira.
salto,-as,-are,-aui,-atum. (salĭo). Dançar. Representar (através de dança e gestos), apresentar (uma pantomima). Acompanhar dançando. Falar por meio de frases curtas.

saltuarĭus,-i, (m.). (saltus). Guarda-florestal.
saltuosus,-a,-um. (saltus). Cheio de florestas.
saltus,-us, (m.). (salĭo). I - Salto, pulo, lançamento, arremesso. II - Passagem estreita, desfiladeiro, vale montanhoso. Floresta, bosque.
saluber, salubris, salubre. (salus). Que promove a saúde, saudável, salubre. Salutar, útil, vantajoso, benéfico. São, que está com saúde.
salubrĭtas, salubritatis, (f.). (salubris). Salubridade. Saúde, vigor, bom estado físico.
salubritatis, ver **salubrĭtas**.
salubrĭter. (salubris). De modo a assegurar a saúde, de maneira saudável. Vantajosamente, beneficamente.
salue. (saluus/saluĕo). I - Bem, em boa condição/circunstância. II - Salve! Olá! Bom dia! Adeus! (para uma só pessoa).
saluĕo,-es,-ere. (saluus). Estar bem, estar com a saúde normalizada. Saudar, cumprimentar. Dizer adeus, despedir-se.
saluete. (saluĕo). Salve! Olá! Bom dia! Adeus! (para mais de uma pessoa).
salum,-i, (n.). Mar aberto, alto mar, profundezas do mar. Balanço do mar. A cor do mar.
salus, salutis, (f.). Bom estado de conservação, segurança, preservação, salvação, libertação. Saúde, bem-estar, prosperidade. Meio de salvação, ajuda, assistência. Cumprimento, saudação.
salutaris, salutare. (salus). Salutar, útil, benéfico, vantajoso. Saudável, eficaz à saúde.
salutarĭter. (salutaris). Vantajosamente, de modo favorável.
salutatĭo, salutationis, (f.). (saluto). Cumprimento, saudação. Acolhimento, recepção, atenção dispensada.
salutator, salutatoris, (m.). (saluto). O que cumprimenta. O que recepciona as visitas.
salutatricis, ver **salutatrix**.
salutatrix, salutatricis, (f.). (saluto). A que cumprimenta. A que corteja.
salutĭfer,-fĕra,-fĕrum. (salus-fero). Salutar, saudável. Salubre.
salutigerŭlus,-a,-um. (salus-gero). Encarregado de saudar.
salutis, ver **salus**.
saluto,-as,-are,-aui,-atum. (salus). Manter a salvo, preservar. Saudar, cumprimentar. Dar adeus, despedir-se. Recepcionar uma visita.
saluus,-a,-um. A salvo, preservado, ileso, seguro, não violado. São e salvo, incólume (*saluus sis* = Passe bem! Tenha um bom dia!).
sambuca,-ae, (f.). Instrumento musical triangular de cordas (de som estridente e, por isso, de pouco valor).
sambucina,-ae, (f.). (sambuca-cano). Tocadora de sambuca.
sambucistrĭa,-ae, (f.). Tocadora de sambuca.
sambucus,-i, (m.). (sambuca). Tocador de sambuca.
sanabĭlis, sanabĭle. (sano). Curável, que pode ser tratado.
sanatĭo, sanationis, (f.). (sano). Cura.
sancĭo,-is,-ire, sanxi, sanc(ĭ)tum. Tornar sagrado, inviolável (por meio de um ato religioso). Fixar, estabelecer, decretar, tornar irrevogável. Confirmar, ratificar, sancionar. Devotar, consagrar, dedicar. Proibir sob pena de punição, decretar um castigo.
sancte. (sancĭo). De modo sagrado/inviolável. Solenemente, religiosamente, escrupulosamente. Honestamente, lealmente.
sanctimonĭa,-ae, (f.). (sancĭo). Santidade, pureza moral, virtuosidade, probidade.
sanctĭo, sanctionis, (f.). (sancĭo). Decreto, sanção, ordenação, ato de estabelecer algo como inviolável (sob pena de punição).
sanctĭtas, sanctitatis, (f.). (sanctus). Caráter inviolável, sacralização, santidade. Pureza moral, virtude, integridade, probidade, honra, pureza.
sanctitatis, ver **sanctĭtas**.
sanctitudo, sanctitudĭnis, (f.). (sanctus). Caráter inviolável, sacralização, santidade. Pureza, probidade, retidão.
sanctitudĭnis, ver **sanctitudo**.
sanctor, sanctoris, (m.). (sancĭo). Sancionador, o que estabelece como lei.
sanctus,-a,-um. (sancĭo). Sagrado, inviolável. Venerável, augusto, divino. Moralmente puro, bom, inocente, pio, justo, probo.
sandaligerŭla,-ae, (f.). (sandalĭum-gero). Escrava que carrega as sandálias.
sandalĭum,-i, (n.). Sandália, chinelo.
sandapĭla,-ae, (f.). Caixão, maca (para pessoas das classes mais baixas).

sandicis, ver **sandix**.
sandix, sandicis/sandyx, sandycis, (m.). Vermelhão, tinta vermelha.
sane. (sanus). De modo sadio, bem. De modo sóbrio, razoavelmente. Certamente, sem dúvida, é claro. Plenamente, absolutamente, completamente.
sanguen, ver **sanguis**.
sanguinĕus,-a,-um. (sanguis). De sangue, ensanguentado. Sanguinário, sangrento, cruel. Vermelho como o sangue.
sanguĭnis. ver **sanguis**.
sanguĭno,-as,-are. (sanguis). Estar coberto de sangue, sangrar. Estar vermelho como o sangue. Ser sanguinário.
sanguinolentus,-a,-um. (sanguis). Coberto de sangue, ensanguentado, sanguinolento. Sanguinário, cruel.
sanguis, sanguĭnis, (m.). Sangue. Consanguinidade, descendência, raça, família, linhagem. Vigor, força, espírito, vida.
sanĭes,-ei, (f.). Sangue infectado, pus. Líquido viscoso.
sanĭtas, sanitatis, (f.). (sanus). Saúde, bem-estar. Razão, sanidade, bom senso. Propriedade, regularidade, pureza, correção do estilo.
sanitatis, ver **sanĭtas**.
sanna,-ae, (f.). Careta, imitação jocosa. Zombaria, escárnio.
sannĭo, sannionis, (m.). (sanna). Bobo, brincalhão, o que faz palhaçadas.
sano,-as,-are,-aui,-atum. (sanus). Curar, tornar são, restabelecer à saúde. Corrigir, restaurar, consertar. Abrandar, suavizar.
sanqualis, sanqualis, (f.). Xofrango (nome de uma ave).
sanguinarĭus,-a,-um. (sanguis). De sangue, ensanguentado. Sanguinário, sangrento, cruel.
sanus,-a,-um. São, saudável (física e/ou mentalmente). Em ótimo estado de conservação, intacto, seguro, inteiro. Racional, sóbrio, sensato, discreto. Correto, puro, virtuoso.
sapa,-ae, (f.). Vinho novo (fervido até engrossar).
sapĭens, sapientis. (sapĭo). Sábio, inteligente, instruído, culto, sagaz. Prudente, sensato, discreto. Que conhece bem, experiente.
sapienter. (sapĭens). Prudentemente, discretamente, com sabedoria.

sapientĭa,-ae, (f.). (sapiens). Bom senso, bom discernimento, discrição, prudência, inteligência. Sabedoria. Conhecimento de mundo, filosofia. (*doctores sapientīae* = filósofos).
sapientis, ver **sapĭens**.
sapinus,-i, (f.). Abeto, pinheiro.
sapĭo,-is,-ĕre,-ĭi/-iui. Saborear, provar. Ter o gosto/sabor de. Cheirar a, ter o mesmo odor de. Ser inspirado por, imitar. Ser discreto/prudente/sábio, ter discernimento. Saber, conhecer, compreender, entender.
sapor, saporis, (m.). (sapĭo). Gosto, sabor, cheiro, odor, perfume. Iguaria fina, regalo, guloseima. Elegância, refinamento.
saprophăgo,-is,-ĕre. Comer alimentos estragados.
sarăpis, sarăpis, (f.). Um tipo de túnica persa.
sarcĭna,-ae, (f.). (sarcĭo). Pacote, fardo, carga, peso, bagagem. Problema, preocupação.
sarcinarĭus,-a,-um. (sarcĭna). Relativo a bagagem, de carga.
sarcinator, sarcinatoris, (m.). (sarcĭo). Alfaiate, remendeiro.
sarcinatus,-a,-um. (sarcĭna). Carregado de bagagens, cheio de pacotes.
sarcinŭla,-ae, (f.). (sarcĭna). Pequena carga, pouca bagagem. Dote.
sarcĭo,-is,-ire, sarsi, sartum. Consertar, remendar, reparar, restaurar. Corrigir, retificar, melhorar.
sarcophăgus,-i, (m.). Túmulo, sepultura, sarcófago.
sarcŭlum,-i, (n.). (sarĭo). Enxada, sancho.
sardonychatus,-a,-um. (sardŏnyx). Enfeitado de sardônia.
sardŏnyx, sardonycis, (m./f.). Sardônia (pedra preciosa).
sargus,-i, (m.). Sargo (um tipo de peixe de água salgada, muito valorizado entre os romanos).
sarĭo, ver **sarrĭo**.
sarisa/sarissa,-ae, (f.). Um tipo de lança longa (dos macedônios).
sarisophŏros,-i, (m.). Arremessador de *sarisa*.
sarmen, sarmĭnis, ver **sarmentum**.
sarmentum,-i, (n.). (sarpo). Sarmento, vara de videira. Feixe de sarmentos.
sarmĭnis, ver **sarmentum**.

sarrĭo,-is,-ire,-ŭi/-iui,-itum. Capinar, retirar as ervas daninhas.
sartago, sartagĭnis, (f.). Panela, frigideira. Mistura heterogênea, miscelânea.
sartagĭnis, ver **sartago.**
sartor, sartoris, (m.). (sarrĭo). O que capina.
sartor, sartoris, (m.). (sarcĭo). Remendeiro, alfaiate, costureiro de retalhos.
sartura,-ae, (f.). (sarcĭo). Remendo, costura, conserto.
sas = suas, ver **suus.**
sat, ver **satis.**
sata,-orum, (n.). (sero). Terras semeadas, searas, colheita.
satagĭto,-as,-are. (satis-agĭto). Estar em grande dificuldade, estar muito atormentado.
satagĭus,-a,-um. (satăgo). Que se atormenta.
satăgo,-is,-ĕre,-egi,-actum. (satis-ago). Estar muito ocupado, estar embaraçado. Satisfazer, deixar a contento.
satelles, satellĭtis, (m.). Guarda, segurança, soldado da guarda imperial. Acompanhante, escolta. Seguidor, assistente. Cúmplice, sócio.
satellĭtis, ver **satelles.**
satĭas, satiatis, (f.). (satis). Abundância, suficiência, saciedade, profusão, fartura.
satiatis, ver **satĭas.**
satiĕtas, satietatis, (f.). (satis). Abundância, suficiência, saciedade, profusão, fartura. Saturação, tédio, fastídio.
satietatis, ver **satiĕtas.**
satin. (satis-ne). Acaso é o bastante...?
satĭo, sationis, (f.). (sero). Semeadura, plantação. Terra cultivada.
satĭo,-as,-are,-aui,-atum. (satis). Preencher, satisfazer, saciar. Saturar, impregnar. Acalmar, contentar. Aborrecer(-se), causar desgosto.
satĭra, ver **satŭra.**
satis. Suficientemente, bastante, muito. De modo satisfatório, muito bem. Moderadamente, razoavelmente.
satis ago, ver **satăgo.**
satisaccipĭo,-is,-ĕre. (satis-accipĭo). Receber como garantia.
satisdatĭo, satisdationis, (f.). (satisdo). Satisfação das exigências de um credor, ação de oferecer caução suficiente.
satisdo,-as,-ăre,-dedi,-dătum. (satis-do). Satisfazer as exigências de um credor, oferecer caução suficiente.
satisfacĭo,-is,-ĕre,-feci,-factum. (satisfacĭo). Satisfazer, contentar. Pagar, garantir o pagamento. Desculpar-se, pedir perdão, retratar-se.
satisfactĭo, satisfactionis, (f.). (satisfacĭo). Satisfação, contentamento. Garantia de pagamento. Reparação, retratação, pedido de desculpas.
satisfio,-is,-fiĕri,-factus est. (satis-fio). Estar satisfeito/contente. Aceitar um pedido de desculpa.
satĭus. (satis). Melhor, preferível.
sator, satoris, (m.). (sero). Plantador, o que semeia. Criador, autor. Disseminador, promotor.
satrapea, ver **satrapia.**
satrăpes, satrăpis, (m.). Sátrapa (governador de província entre os persas).
satrapĭa,-ae, (f.). Cargo de sátrapa. Província governada por um sátrapa.
satraps, ver **satrăpes.**
satur,-tŭra,-tŭrum. (satis). Cheio de comida, que comeu muito, saciado, farto. Repleto, rico, fértil, abundante, saturado, carregado. Gordo. Frutífero, variado.
satŭra,-ae, (f.). (satur). Prato repleto de diferentes tipos de frutas. Alimento composto de vários ingredientes, mistura, miscelânea. Mistura de prosa e verso (composição literária de gêneros variados). Sátira dramática. Sátira (gênero literário de invectiva pessoal, próprio dos romanos).
saturatus,-a,-um. (satŭro). Saturado, cheio, abundante, carregado.
satureia,-ae, (f.). Segurelha (nome de uma planta).
satureium, ver **satureia.**
saturĭtas, saturitatis, (f.). (satur). Saciedade, fartura, profusão, abundância. Superabundância, saturação.
saturitatis, ver **saturĭtas.**
satŭro,-as,-are,-aui,-atum. (satur). Saciar, fartar, oferecer em abundância. Encher, saturar. Satisfazer, contentar. Aborrecer, causar desgosto.
satus,-us, (m.). (sero). Ação de plantar/semear. Geração, produção. Origem, raça. Semente, grão, germe.
satyra, ver **satŭra.**

satyrĭcus,-a,-um. I - Relativo aos sátiros (divindades da floresta). II - Relativo à sátira (romana), satírico, mordaz.

satyrĭon,-i, (n.). Satírio (espécie de planta alucinógena). Bebida preparada com satírio.

satyriscus,-i, (m.). Pequeno sátiro.

satyrus,-i, (m.). Sátiro (divindade da floresta, de comportamento lascivo, mistura de homem e bode, que fazia parte do culto a Dioniso). Drama satírico. Uma espécie de macaco.

saucaptĭdis, ver **saucaptis**.

saucaptis, saucaptĭdis, (f.). Um tipo de tempero.

sauciatĭo, sauciationis, (f.). (saucĭo). Ferimento.

saucĭo,-as,-are,-aui,-atum. (saucĭus). Ferir, machucar. Ferir mortalmente, matar. Cavar, escavar, fender, abrir. Podar, cortar, aparar. Ofender, magoar.

saucĭus,-a,-um. Ferido, machucado. Debilitado, enfraquecido. Estragado, maltratado. Moralmente atingido, ofendido. Irritado, exaltado.

sauĭ-, ver **suauĭ-**.

saxatĭlis, saxatĭle. (saxum). Que é encontrado/vive entre as pedras.

saxetum,-i, (n.). (saxum). Local coberto de rochas, terreno pedregoso.

saxĕus,-a,-um. (saxum). Rochoso, pedregoso. Duro, resistente, sólido. Insensível, inflexível.

saxĭfer,-fĕra,-fĕrum. (saxum-fero). Que atira pedras.

saxifĭcus,-a,-um. (saxum-facĭo). Que transforma em pedra, que petrifica.

saxifrăgus,-a,-um. (saxum-frango). Que esmaga como uma pedra, que tritura.

saxosus,-a,-um. (saxum). Rochoso, pedregoso.

saxŭlum,-i, (n.). (saxum). Pedregulho.

saxum,-i, (n.). Rocha, pedra. Rochedo, penedo. Bloco de pedra, muro de rochas. Terreno pedregoso. Fundação sólida de um edifício. (*saxum sacrum* = pedra sagrada sobre o Monte Aventino, onde Remo consultou os auspícios).

saxuosus, ver **saxosus**.

scabellum,-i, (n.). (scamnum). Tamborete. Instrumento musical (semelhante à castanhola, mas tocado com os pés).

scaber,-bra,-brum. Rugoso, áspero, escamoso, escabroso. Coberto de crostas, sarnento. Inacabado, tosco, bruto.

scabĭes,-ei, (f.). (scabo). Rugosidade, aspereza. Crosta, escama. Sarna, lepra. Desejo ardente, atração, sedução, cobiça.

scabiosus,-a,-um. (scabĭes). Rugoso, áspero, escamoso, escabroso. Leproso, sarnento.

scabitudĭnis, ver **scabitudo**.

scabitudo, scabitudĭnis, (f.). (scabĭes). Coceira. Irritação, aspereza.

scabo,-is,-ĕre, scabi. (scaber). Raspar, arranhar, coçar.

scaena,-ae, (f.). Palco, cenário. Cena, espetáculo. Público, espectador. Encenação, pretexto. Papel de artista. Local destinado à prática da eloquência (nas escolas de retórica). (*scaenae seruire* = servir de espetáculo).

scaenalis, scaenale. (scaena). Cênico, teatral.

scaenĭcus,-a,-um. (scaena). Cênico, teatral, dramático. (*scaenĭce* = como um ator, como no teatro).

scaenĭcus,-i, (m.). (scaena). Ator.

scaenographĭa,-ae, (f.). Ação de desenhar em perspectiva.

scaeptrum, ver **sceptrum**.

scaeua,-ae, (f.). (scaeuus). Presságio, agouro (observado no céu, voltando-se para o lado esquerdo).

scaeuus,-a,-um. Do/no lado esquerdo, para a esquerda. Desajeitado, embaraçoso, tolo. Desfavorável, sinistro, infeliz.

scala,-ae, (f.). Degrau de escada. Escadaria.

scalmus,-i, (m.). Cavilha, pino (para prender remos). Remo.

scalpellum,-i, (n.). (scalprum). Bisturi, escalpelo.

scalpo,-is,-ĕre, scalpsi, scalptum. Raspar, cortar superficialmente. Gravar, esculpir. Fazer cócegas.

scalprum,-i, (n.). (scalpo). Instrumento cortante afiado. Bisturi. Buril, cinzel. Faca de trinchar.

scalptorĭum,-i, (n.). (scalpo). Instrumento usado para se arranhar (em formato de mão).

scalptura,-ae, (f.). (scalpo). Corte superficial, marca, gravação. Escultura.

scalpturĭo,-is,-ire. (scalpo). Arranhar, rasgar com garras.

scambus,-a,-um. Que tem pernas curvas, cambota.
scamnum,-i, (n.). Banco, tamborete, assento, escabelo. Trono. Aterro, monte de terra.
scando,-is,-ĕre, scandi, scansum. Subir, escalar, trepar, ascender. Escandir.
scansĭlis, scansĭle. (scando). Que pode ser escalado.
scansĭo, scansionis, (f.). (scando). Subida, escalada. Elevação do tom. Escansão.
scapha,-ae, (f.). Barco pequeno, canoa.
scaphĭum,-i, (n.). Vaso côncavo (em formato de barco). Bacia. Taça, copo. Penico.
scapulae,-arum, (f.). Ombros, espáduas. Costas.
scapus,-i, (m.). Cabo, haste, fuste, viga, trava. Base, sustentação. Cilindro. Pênis, membro viril.
scarus,-i, (m.). Sargo (peixe do mar, muito apreciado pelos romanos).
scatĕbra,-ae, (f.). (scatĕo). Jorro, esguicho, erupção (de água).
scatĕo,-es,-ere. Jorrar, esguichar, brotar. Abundar, existir em abundância, estar cheio. Respeitar, acatar.
scaturĭo,-is,-ire. (scatĕo). Escorrer, fluir, jorrar, transbordar. Invadir, avançar em grande número. Estar cheio/repleto.
scaurus,-a,-um. Que tem os calcanhares intumescidos/salientes.
scazon, scazontis, (m.). Um tipo de verso jâmbico (composto por um espondeu ou um troqueu no último pé).
sceleratus,-a,-um. (scelus). Poluído, profanado (por um crime). Criminoso, celerado. Ruim, ímpio, infame, abominável. Funesto, fatal, danoso, nocivo, pernicioso, infeliz.
scelĕris, ver **scelus.**
scelĕro,-as,-are,-,-atum. (scelus). Poluir, contaminar, profanar.
scelerosus,-a,-um. (scelus). Criminoso, celerado, abominável, vicioso.
scelĕrus,-a,-um. (scelus). Criminoso, celerado, abominável, vicioso.
scelestus,-a,-um. (scelus). Criminoso, celerado, abominável, vicioso, infame, ímpio. Salafrário, patife, ardiloso. Azarado, sem sorte.
scelus, scelĕris, (n.). Crime, atitude abominável, ato infame. Má qualidade, natureza viciosa. Vilania, atitude de salafrário. Velhaco, patife. Azar, infelicidade, calamidade, infortúnio. Catástrofe natural.
scena, ver **scaena.**
sceptrĭfer,-fĕra,-fĕrum. (sceptrum-fero). Que leva o cetro.
sceptrĭger,-gĕra,-gĕrum. (sceptrum-gero). Que leva o cetro.
sceptrum,-i, (n.). Cetro, mastro real. Reinado, domínio, autoridade.
sceptuchus,-i, (m.). O que leva o cetro. Rei (nos reinos do Oriente).
scheda, ver **scida.**
schedĭum,-i, (n.). Poema improvisado.
schema,-ae, (f.). Forma, figura. Modo, maneira, postura, atitude. Figura retórica. Contorno, esboço.
schema, schematis, (n.). Atitude. Figura.
schematismus,-i, (m.). Forma figurada de se expressar.
schidĭa,-ae, (f.). Lasca de madeira.
schoenobătes,-ae, (m.). Equilibrista sobre corda.
schoenus,-i, (m.). Espécie de junco (do qual se extraía um aroma, geralmente usado para aromatizar vinho). Perfume barato.
schola,-ae, (f.). Debate, disputa, conferência. Aula, curso, matéria. Escola, doutrina, sistema filosófico, seita. Discípulo, seguidor de um sistema filosófico. Galeria de arte. Agremiação, corporação. Sala de espera.
scholastĭca,-orum, (n.). Exercícios de retórica.
scholastĭcus,-a,-um. Relativo a escola, escolástico.
scholastĭcus,-i, (m.). Professor de retórica, declamador, retórico.
scida,-ae, (f.). Folha de papel, página de livro.
sciens, scientis. (scio). Que sabe. Instruído, versado, perito, especialista, que conhece bem, experiente. Ciente, de caso pensado.
scienter. (sciens). Sabiamente, habilmente, com conhecimento.
scientĭa,-ae, (f.). (sciens). Conhecimento, ciência, habilidade, especialidade. Conhecimento teórico, saber científico.
scientis, ver **sciens.**
scilĭcet. (scire-licet). Evidentemente, naturalmente, é claro, certamente, sem dúvida.
scilla,-ae, (f.). Esquila (um tipo de peixe de água salgada). Camarão, pitu.
scin = scisne. ver **scio.**

scindo,-is,-ĕre, scidi, scissum. Fender, rasgar, dividir, separar à força. Secionar, interromper, apartar, desunir. Destruir. Agitar, perturbar.

scintilla,-ae, (f.). Faísca, fagulha, chispa, centelha.

scintillo,-as,-are,-aui. (scintilla). Cintilar, brilhar, faiscar, resplandecer.

scio,-is,-ire,-iui/-ii,-itum. Saber, conhecer, compreender, perceber. Ter conhecimento, ter habilidade. Decidir, decretar, estabelecer.

scipĭo, scipionis, (m.). Mastro, bastão, cetro (levado por pessoas de alto prestígio social).

sciribilita, ver **scriblita**.

scirpĕa,-ae, (f.). (scirpus). Cesto de junco.

scirpĕus,-a,-um. (scirpus). De junco.

scirpo,-as,-are. (scirpus). Trançar com junco.

scirpŭlus,-i, (m.). (scirpus). Cesto de junco.

scirpus,-i, (m.). Junco.

sciscitatio, sciscitationis, (f.). (sciscĭtor). Inquirição, pesquisa, averiguação, indagação.

sciscitator, sciscitatoris, (m.). (sciscĭtor). Inquiridor, investigador.

sciscĭtor,-aris,-ari,-atus sum. (scisco). Informar-se, inquirir, questionar, examinar, interrogar. Consultar, pedir parecer.

scisco,-is,-ĕre, sciui, scitum. (scio). Procurar saber, pesquisar, inquirir, buscar informação, apurar. Discutir, debater. Aceitar, aprovar, consentir. Decretar, ordenar, estabelecer. Votar a favor.

scissor, scissoris, (m.). (scindo). Trinchador.

scissura,-ae, (f.). (scindo). Corte, separação, divisão.

scissus,-a,-um. (scindo). Rasgado, rompido, dilacerado.

scitamenta,-orum, (n.). (scitus). Manjar, comida fina.

scitor,-aris,-ari,-atus sum. (scio). Procurar saber, perguntar, inquirir. Consultar, pedir parecer.

scitŭlus,-a,-um. (scitus). Bonito, elegante, agradável, de bom gosto.

scitum,-i, (n.). (scio). Decreto, decisão. Máxima, princípio filosófico, dogma.

scitus,-a,-um. (scio). Instruído, sábio, experiente, habilidoso. Conhecido, notório. Bonito, elegante, fino. Apropriado, adequado. Sensível, espirituoso, inteligente.

scitus,-us, (m.). (scio). Decreto, decisão.

scius,-a,-um. (scio). Que sabe, que tem conhecimento.

sclingo,-is,-ĕre. Grasnar.

scobis, scobis, (f.). (scabo). Raspadura, limalha. Serragem.

scola, ver **schola**.

scomber,-bri, (m.). Uma espécie de peixe (talvez sarda ou cavala).

scopa,-ae, (f.). Galho, ramo. Vassoura. (*scopas dissoluĕre* = tirar da ordem, bagunçar).

scopulosus,-a,-um. (scopŭlus). Rochoso, cheio de penedos. Que se projeta (como uma pedra).

scopŭlus,-i, (m.). Rocha, rochedo, penedo. Escolho. Dificuldade, perigo.

scordalĭa,-ae, (f.). (scordălus). Briga, confusão, disputa.

scordălus,-i, (m.). Pessoa briguenta, o que gosta de causar confusão.

scorpĭo, scorpionis, (m.). Escorpião (inseto e constelação). Artefato militar (destinado a atirar qualquer tipo de projétil).

scorpĭus, ver **scorpĭo**.

scortator, scortatoris, (m.). (scortor). Frequentador de prostíbulos, homem libertino.

scortatus,-us, (m.). (scortor). Libertinagem, devassidão.

scortĕa,-ae, (f.). (scortĕus). Vestimenta feita de couro.

scortĕus,-a,-um. (scortum). De couro, de pele.

scortillum,-i, (n.). (scortum). Prostituta jovem.

scortor,-aris,-ari. (scortum). Frequentar prostíbulos, entregar-se à libertinagem.

scortum,-i, (n.). Pele, couro. Prostituta. Amante, concubina.

scotinus,-i, (m.). O obscuro, tenebroso (epíteto de Heráclito).

screator, screatoris, (m.). (screo). O que escarra.

screatus,-us, (m.). (screo). Ação de escarrar, escarradela.

screo,-as,-are. Escarrar, expelir secreção pela boca.

scriba,-ae, (m.). (scribo). Escrevente, secretário, escriturário, copista, escriba.

scriblita/sciribilita,-ae, (f.). Pastel de queijo.
scribo,-is,-ĕre, scripsi, scriptum. Escrever, traçar, delinear, esboçar. Compor, descrever, representar, retratar. Inscrever, alistar. Indicar, designar, apontar.
scrinĭum,-i, (n.). (scribo). Porta-livros, caixa de cartas, escrínio, escaninho.
scriptĭo, scriptionis, (f.). (scribo). Escrita, esboço, traçado. A arte de escrever. Composição, descrição, representação. Vínculo, contrato. (*ex scriptione* = literalmente).
scriptĭto,-as,-are,-aui,-atum. (scribo). Escrever com frequência, estar habituado a escrever.
scriptlum, ver **scriptŭlum.**
scriptor, scriptoris, (m.). (scribo). Escrevente, secretário, escriturário, copista, escriba. Escritor, autor, compositor, narrador. Relator, compilador.
scriptŭlum,-i, (n.). (scriptum). Linha, traço (no tabuleiro do jogo **duodĕcim scripta**, semelhante ao jogo de damas).
scriptum,-i, (n.). (scribo). Escrita, esboço, traçado. Linha, traço. Composição, descrição, representação. Tratado, livro. Determinação escrita, texto da lei.
scriptura,-ae, (f.). (scribo). Escrita, esboço, traçado. Linha, traço. Composição, descrição, representação. Determinação escrita, texto da lei. Imposto pago sobre as pastagens. Provisão testamentária. Vontade, decisão.
scriptus,-us, (m.). (scribo). Ofício de escrevente, secretaria.
scripu-, ver também **scrupu-.**
scripularis, scripulare. (scrupŭlus). Relativo ao escrúpulo (menor divisão de peso).
scripulatim. (scrupŭlus). Por escrúpulos, em quantidades muito pequenas.
scrobis, scrobis, (m./f.). Fosso, vala, valeta, buraco. Túmulo.
scrofa,-ae, (f.). Porca que deu cria.
scrofipascus,-i, (m.). (scrofa-pasco). Criador de porcas.
scrupĕus,-a,-um. (scrupus). Formado por pedras pontiagudas. Pedregoso, áspero. Duro, severo.
scruposus,-a,-um. (scrupus). Cheio de pedras pontiagudas, pedregoso, áspero, desigual, irregular. Duro, árduo, difícil.
scrupu-, ver também **scripu-.**

scrupulose. (scrupulosus). Minuciosamente, nos mínimos detalhes. Escrupulosamente.
scrupulosus,-a,-um. (scrupŭlus). Cheio de pedrinhas pontiagudas, pedregoso, áspero, desigual, irregular. Exato, preciso, cuidadoso, escrupuloso, acurado.
scrupŭlus,-i, (m.). (scrupus). Pedra afiada e pontiaguda. Escrúpulo (menor divisão do peso, correspondente à 24ª parte da onça). A 24ª parte de 1/12 de uma jeira. A 24ª parte da hora. Dificuldade, problema, complicação, dúvida, hesitação. Exame minucioso, minúcia, sutileza.
scrupus,-i, (m.). Pedra afiada e pontiaguda. Ansiedade, solicitude, preocupação.
scruta,-orum, (n.). Mercadoria velha e quebrada, refugo, entulho.
scrutatĭo, scrutationis, (f.). (scrutor). Pesquisa minuciosa, exame, investigação.
scrutator, scrutatoris, (m.). (scrutor). Examinador, pesquisador, investigador.
scrutinĭum,-i, (n.). (scrutor). Pesquisa minuciosa, exame, investigação, escrutínio.
scrutor,-aris,-ari,-atus sum. (scruta). Pesquisar minuciosamente, examinar cuidadosamente, explorar, investigar. Procurar saber, tentar descobrir.
sculpo,-is,-ĕre, sculpsi, sculptum. Esculpir, gravar, talhar, cinzelar. Elaborar, trabalhar.
sculponĕae,-arum, (f.). Um tipo inferior de sapatos de madeira, tamancos.
sculptĭlis, sculptĭle. (sculpo). Esculpido, gravado, talhado.
sculptura,-ae, (f.). (sculpo). Ação de esculpir, gravação em relevo. Escultura, obra de arte.
scurra,-ae, (m.). Homem elegante, cavalheiro, galã. Bufão, bobalhão, brincalhão, bobo.
scurrilis, scurrile. (scurra). De bufão, de bobalhão. Engraçado, divertido, alegre, jocoso.
scurrilĭtas, scurrilitatis, (f.). (scurra). Gracejo, zombaria, pilhéria.
scurrilitatis, ver **scurrilĭtas.**
scurror,-aris,-ari. (scurra). Fazer papel de bufão/bobalhão.
scurrŭla,-ae, (m.). (scurra). Pequeno bufão.
scuta, ver **scruta.**
scutale, scutalis, (n.). (scutum). Tira de couro (de um estilingue).

scutarĭus,-i, (m.). (scutum). Fabricante de escudos.
scutatus,-a,-um. (scutum). Armado de escudos.
scutella,-ae, (f.). (scutra). Travessa, bandeja, prato, gamela (de formato mais quadrado).
scutĭca,-ae, (f.). Chicote, açoite, látego (mais leve que o *flagellum*).
scutigerŭlus,-i, (m.). (scutum-gero). Escudeiro.
scutra,-ae, (f.). Travessa, bandeja, prato, gamela (de formato mais quadrado).
scutŭla,-ae, (f.). (scutra). Travessa pequena, pratinho, gamela pequena (de formato mais quadrado). Figura em formato de losango. Rolo, cilindro de madeira. Carta secreta. Cobra cilíndrica.
scutulatus,-a,-um. (scutŭla). Quadrado, em xadrez, em formato de losango.
scutŭlum,-i, (n.). (scutum). Escudo pequeno.
scutum,-i, (n.). Escudo oblongo. Soldados fortemente armados. Defesa, proteção, escudo humano.
scyf-, ver **scyph-**.
scymnus,-i, (m.). Filhote.
scyphus,-i, (m.). Copo, taça.
se. Se, a si, a ele(s) próprio(s), a ela(s) própria(s). Ele(s), ela(s).
se-. I - Sem. Em separado, à parte (*securus = sine cura*). II - (= **semi**) Meio, metade (*selibra, semodĭus*). III - (= **sex**) Seis (*semestris*).
sebum,-i, (n.). Sebo, gordura, banha.
secedo,-is,-ĕre, secessi, secessum. (se-cedo). Separar-se, afastar-se, retirar-se. Remover, retirar. Revoltar, rebelar-se, formar dissidência.
secerno,-is,-ĕre, secreui, secretum. (se-cerno). Colocar de lado, separar, manter afastado. Romper, partir, dissociar. Distinguir, discernir. Rejeitar, desprezar.
secessĭo, secessionis, (f.). (secedo). Retirada, afastamento, remoção. Secessão política, revolta, insurreição, rebelião. Desunião, separação.
secessus,-us, (m.). (secedo). Partida, separação. Retiro, isolamento, solidão. Retratação. Secessão política, revolta, insurreição, rebelião.
secĭus. (secus). Menos, pior.
secl-, ver também **saecŭl-**.

secludo,-is,-ĕre,-clusi,-clusum. (se-claudo). Trancar em local separado, isolar. Separar, remover, romper, partir. Excluir, segregar.
seco,-as,-are, secŭi, sectum. Cortar, separar, dividir, romper. Operar, amputar, fazer incisão. Castrar. Ferir, dilacerar, romper, corroer, atormentar. Irromper, passar por. Censurar, criticar. Eliminar uma questão, decidir.
secordĭa, ver **socordĭa**.
secretarĭum,-i, (n.). (secretum). Local retirado/afastado.
secretĭo, secretionis, (f.). (secerno). Divisão, separação, dissolução.
secreto. (secretus). À parte, com privacidade. Em segredo, secretamente, sem testemunhas.
secretum,-i, (n.). (secerno). Local retirado, lugar solitário, retiro. Conversa secreta, segredo. Mistério. Audiência secreta.
secretus,-a,-um. (secerno). Separado, colocado à parte. Retirado, remoto, solitário, secreto. Abandonado, deserto. Privado, particular. Escondido, velado. Incomum, raro. Desprovido de, escasso, que necessita de.
secta,-ae, (f.). (seco). Caminho demarcado, pegadas. Modo, maneira, conduta, método, princípios. Seita, facção, partido político, escola filosófica, doutrina.
sectarĭus,-a,-um. (seco). Castrado, capado.
sectator, sectatoris, (m.). (sector). Seguidor, acompanhante, companheiro inseparável. Sectário, discípulo, praticante. Séquito, comitiva.
sectĭlis, sectĭle. (seco). Que pode ser cortado.
sectĭo, sectionis, (f.). (seco). Divisão, corte, separação. Amputação, castração, ação de decepar. Venda em hasta pública (de bens confiscados). Confisco.
sector, sectoris, (m.). (seco). Cortador, trinchador. Comprador (de bens confiscados postos à venda em hasta pública).
sector,-aris,-ari,-atus sum. (sequor). Seguir ininterruptamente, acompanhar de perto, perseguir, ir atrás. Frequentar, visitar habitualmente. Caçar. Seguir as pistas, rastrear.
sectura,-ae, (f.). (seco). Ação de cortar. Corte, rachadura. Escavação, mina.
secubĭtus,-us, (m.). (secubo). Ação de se deitar sozinho. Castidade.

secŭbo,-as,-are,-cubŭi,-cubĭtum. (se-cubo). Deitar-se sozinho, dormir sem acompanhante. Preservar a castidade. Viver sozinho/em local afastado.

secunda,-orum, (n.). (secundus). Circunstâncias favoráveis, acontecimentos propícios.

secundae,-arum, (f.). (secundus). Partes inferiores/secundárias.

secundani,-orum, (m.). (secundus). Soldados da segunda legião.

secundanus,-a,-um. (secundus). De segunda ordem, em segundo lugar, secundário. (*Iuppĭter secundanus* = Netuno).

secundarĭus,-a,-um. (secundus). Pertencente à segunda classe, de segunda qualidade. Inferior, mediano, regular.

secundo,-as,-are. (secundus). Ajustar, adaptar, acomodar. Favorecer, promover, tornar próspero.

secundo. (secundus). Em segundo lugar. Pela segunda vez.

secundum. (sequor). prep./acus. Depois, a seguir, em segundo lugar. De acordo com, segundo. Depois de, imediatamente após, atrás de. Ao longo de, por. Ao lado de. Durante. A favor de, em benefício de.

secundus,-a,-um. (sequor). Próximo, seguinte. Segundo, que está em segundo lugar. Que se estende ao longo de. Secundário, subordinado, inferior. Favorável, propício, satisfatório.

secure. (securus). De modo despreocupado, com tranquilidade, sem cuidado. Em segurança.

securicŭla,-ae, (f.). (securis). Machadinha.

securĭfer,-fĕra,-fĕrum. (securis-fero). Armado com um machado, que leva um machado.

securĭger,-gĕra,-gĕrum. (securis-gero). Armado com um machado, que leva um machado.

securis, securis, (f.). (seco). Machado, machadinha. Golpe fatal. Autoridade, domínio, supremacia.

securĭtas, securitatis, (f.). (securus). Despreocupação, tranquilidade, serenidade. Descuido, negligência, indiferença. Ausência de perigo, segurança, garantia.

securitatis, ver **securĭtas.**

securus,-a,-um. (se-cura). Despreocupado, tranquilo, sereno, livre de problemas/temores. Descuidado, negligente, indiferente. Seguro, livre de perigos.

secus. (sequor). Ao longo de, por. De outra maneira, diferentemente, por outro lado. Mal, contra as expectativas. (*non/nec/haud secus* = assim mesmo, exatamente assim).

secus, ver **sexus.**

secutor, secutoris, (m.). (sequor). Acompanhante, seguidor. Servidor, auxiliar. Gladiador perseguidor (um tipo de gladiador levemente armado, que combatia os *retiarĭi*, perseguindo-os).

secutuleius,-a, um. (sequor). Que segue/persegue.

sed. Mas, porém, não obstante, todavia.

sedamen, sedamĭnis, (n.). (sedo). Calmante, atenuante, sedativo.

sedamĭnis, ver **sedamen.**

sedatĭo, sedationis, (f.). (sedo). Ação de acalmar/atenuar.

sedatus,-a,-um. (sedo). Calmo, tranquilo, sossegado.

sedĕcim. (sex-decem). Dezesseis.

sedecŭla,-ae, (f.). (sedes). Cadeirinha, banquinho.

sedentarĭus,-a,-um. (sedĕo). Que permanece sentado. Sedentário, inativo.

sedĕo,-es,-ere, sedi, sessum. Sentar(-se), estar sentado. Permanecer sentado/imóvel/inativo. Continuar, permanecer, esperar, aguardar. Tardar, protelar, atrasar, hesitar. Sitiar, montar guarda. Baixar, diminuir, depositar, declinar. Acalmar, tranquilizar. Estar firme/estabelecido. Estar resoluto/determinado. Morar, residir.

sedes, sedis, (f.). (sedĕo). Assento, cadeira, banco, poltrona, trono. Residência, habitação, domicílio. Local para sepultamento. Lugar, sede, base, ponto, fundação, alicerce. Fundamento, princípio-base.

sedĭle, sedĭlis, (n.). (sedĕo). Assento, banco, cadeira.

seditĭo, seditionis, (f.). Sedição, separação insurrecional (política ou militar), insurreição, motim. Discórdia, briga, confusão. Alvoroço, turbulência.

sedis, ver **sedes.**

seditiosus,-a,-um. (seditĭo). Sedicioso, turbulento, insurrecional, faccioso. Afeito a confusão, briguento. Exposto a desavenças, problemático, tumultuoso.

sedo,-as,-are,-aui,-atum. (sedĕo). Assentar, estabelecer(-se). Acalmar(-se), tranquilizar, apaziguar, mitigar, suavizar, fazer parar, deter.
seduco,-is,-ĕre,-duxi,-ductum. (se-duco). Conduzir à parte, desviar, afastar. Remover, separar, manter afastado. Seduzir, desviar do caminho, fazer perder-se.
seductĭo, seductionis, (f.). (seduco). Ação de conduzir à parte, desvio, afastamento. Remoção, separação. Sedução.
seductus,-a,-um. (seduco). Remoto, distante, separado.
sedulĭtas, sedulitatis, (f.). (sedŭlus). Assiduidade, aplicação, zelo, diligência. Intromissão, abelhudice.
sedulitatis, ver **sedulĭtas.**
sedŭlo. (se-dolus). Assiduamente, com aplicação, zelosamente, diligentemente. Intencionalmente, de propósito, designadamente.
sedŭlus,-a,-um. (sedŭlo). Assíduo, diligente, aplicado, industrioso, zeloso, cuidadoso. Intrometido, abelhudo.
seges, segĕtis, (f.). Campo semeado. Campo, terra, solo. Colheita, safra, produção agrícola. Fruto, produto, resultado, lucro.
segestre, segestris, (n.). Manto, coberta, invólucro.
segĕtis, ver **seges.**
segmentatus,-a,-um. (segmentum). Ornado, enfeitado, bordado.
segmentum,-i, (n.). (seco). Corte, tira, fatia, pedaço. Faixa, zona, segmento. Brocado, tiras de bordados, enfeite bordado. Roupa bordada.
segnĭpes, segnipĕdis. (segnis-pes). De passos lentos.
segnis, segne. Lento, vagaroso, inativo, tardio, preguiçoso, indolente. Sem energia, fraco, covarde. Estéril, improdutivo, que não apresenta resultado.
segnĭtas, segnitatis, (f.). (segnis). Lentidão, vagareza, preguiça, inatividade.
segnitatis, ver **segnĭtas.**
segnĭter. (segnis). Lentamente, vagarosamente, preguiçosamente.
segnitĭa,-ae, (f.). (segnis). Lentidão, vagareza, preguiça, inatividade.
segnitĭes,-ei, ver **segnitĭa.**
segrĕgis, ver **segrex.**

segrĕgo,-as,-are,-aui,-atum. (segrex). Separar do rebanho. Separar, remover, afastar, deixar à parte, segregar, isolar. Dividir.
segrex, segrĕgis. (se-grex). Separado, deixado à parte, isolado.
seiŭgis, seiŭgis, (m.). (sex-iugum). Carro puxado por seis cavalos.
seiŭgo,-as,-are,-,-atum. (se-iugo). Desunir, separar, dividir, secionar.
seiunctĭo, seiunctionis, (f.). (seiungo). Desunião, separação, divisão.
seiungo,-is,-ĕre,-iunxi,-iunctum. (se-iungo). Desunir, separar, disjungir, apartar. Dividir, secionar. Distinguir, destacar.
selectĭo, selectionis, (f.). (selĭgo). Escolha, seleção.
selibra,-ae, (f.). (se-libra). Meia libra.
selĭgo,-is,-ĕre,-legi,-lectum. (se-lego,-is,-ĕre). Selecionar, escolher.
sella,-ae, (f.). Assento, cadeira, banco, poltrona. Banqueta, cadeirinha. Cadeira de transporte.
sellarĭa,-ae, (f.). (sella). Cômodo mobiliado com cadeiras, sala de estar, sala de reuniões.
sellariŏlus,-a,-um. (sellarĭa). Próprio para sentar. De devassidão.
sellarĭus,-i, (m.). (sellarĭa). O que pratica atos indecorosos sobre uma cadeira. Devasso.
sellisternĭa,-niorum, (n.). (sella-sterno). Banquetes religiosos (oferecidos a divindades femininas, durante os quais as mulheres se sentavam em sellae).
sellula,-ae, (f.). (sella). Cadeirinha, banquinho, banqueta.
sem(i)-. Meio, semi-. Pequeno, fino, leve, estreito.
semanĭmis, ver **semianĭmis.**
semantĭcus,-a,-um. Designativo, que tem poder de indicar.
semel. Uma (única) vez. De uma vez por todas, definitivamente. Pela primeira vez. Uma vez, em algum momento. Apenas uma vez, não mais de uma vez.
semen, semĭnis, (n.). Semente, grão. Muda, rebento. Elemento, partícula. Linhagem, raça, família, descendência, progênie. Oportunidade, ocasião, causa, motivo. Propulsor, instigador.
sementis, sementis, (f.). (semen). Sementeira, ação de semear. Momento propício para

semear. Semente própria para plantar. Plantação que acabou de brotar, início de safra.
sementiuus,-a,-um. (sementis). Relativo a sementeira, que ocorre durante o período de semear. Próprio para plantar.
semermis, ver **semiermis.**
semestris, semestre. (sex-mensis/semi-mensis). I - De seis meses, que dura seis meses, semestral. II - Quinzenal, de quinze em quinze dias.
semesus,-a,-um. (semi-edo). Meio comido, semidevorado, semiconsumido.
semiadapertus,-a,-um. (semi-adaperĭo). Semiaberto.
semiadopertŭlus,-a,-um. (semi-ad-operĭo). Semifechado.
semiambustus,-a,-um. (semi-amburo). Semiqueimado, parcialmente consumido pelo fogo.
semiamictus,-a,-um. (semi-amicĭo). Seminu, parcialmente vestido.
semianĭmis, semianĭme. (semi-anĭma). Semivivo, semimorto, moribundo.
semianĭmus,-a,-um. (semi-anĭmus). Semivivo, semimorto, moribundo.
semiapertus,-a,-um. (semi-apertus). Semiaberto.
semibarbărus,-a,-um. (semi-barbărus). Semibárbaro.
semibos, semibŏuis, (m./f.). (semi-bos). Metade boi.
semibŏuis, ver **semibos.**
semicăper,-pri, (m.). (semi-caper). Metade bode.
semicinctĭum,-i, (n.). (semi-cinctĭum). Cinto fino.
semicrematus,-a,-um. (semicrĕmus). Semiqueimado.
semicrĕmus,-a,-um. (semi-cremo). Semiqueimado.
semicrudus,-a,-um. (semi-crudus). Semicru.
semicubitalis, semicubitale. (semicubĭtum). Semicubital, correspondente a meio côvado.
semidĕa,-ae, (f.). (semi-dea). Semideusa.
semidĕus,-i, (m.). (semi-deus). Semideus.
semidigitalis, semidigitale. (semi-digitalis). De tamanho correspondente a meio dedo.
semidoctus,-a,-um. (semi-doctus). Que aprendeu pela metade, meio instruído.

semiermis, semierme. (semi-arma). Semiarmado, mal armado.
semifactus,-a,-um. (semi-facĭo). Inacabado, incompleto.
semĭfer,-fĕra,-fĕrum. (semi-ferus). Que é metade humano e metade animal.
semifultus,-a,-um. (semi-fulcĭo). Semiapoiado.
semifunĭum,-i, (n.). (semi-funis). Cordão, fio, corda fina.
semigrăuis, semigrăue. (semi-grauis). Meio forte, meio pesado.
semĭgro,-as,-are. (se-migro). Partir, ir embora, separar-se.
semihĭans, semihiantis. (semi-hio). Semiaberto.
semihiantis, ver **semihĭans.**
semihiulcus,-a,-um. (semi-hiulcus). Semiaberto.
semihomo, semihomĭnis, (m.). (semi-homo). Metade homem e metade animal. Semi-humano.
semihora,-ae, (f.). (semi-hora). Meia hora.
semilăcer,-cĕra,-cĕrum. (semi-lacer). Meio dilacerado, semimutilado.
semilautus,-a,-um. (semi-lautus). Semilavado.
semiliber,-bĕra,-bĕrum. (semi-liber). Semilivre, quase livre.
semilixa,-ae, (m.). (semi-lixa). Pequeno servente do exército.
semimarinus,-a,-um. (semi-marinus). Que é metade peixe.
semĭmas, semimăris, (m.). (semi-mas). Metade homem e metade mulher, hermafrodita. Homem castrado, eunuco. Libertino, devasso.
semimortŭus,-a,-um. (semi-mortŭus). Semimorto.
seminarĭum,-i, (n.). (semĭno). Viveiro, canteiro de mudas. Incubadora, berçário. Princípio, origem, causa.
seminator, seminatoris, (m.). (semĭno). Semeador. Produtor, autor, propulsor.
seminĕcis, ver **semĭnex.**
semĭnex, seminĕcis. (semi-nex). Semimorto, que ainda respira. Ainda palpitante.
semĭnis, ver **semen.**
seminĭum,-i, (n.). (semen). Procriação, reprodução. Raça, criação, espécie (de animais).

semĭno,-as,-are,-aui,-atum. (semen). Semear. Reproduzir, procriar. Produzir, plantar. Propagar, disseminar.

seminudus,-a,-um. (semi-nudus). Seminu, quase pelado. Praticamente desarmado, quase sem defesa.

semiorbis, semiorbis, (m.). (semi-orbis). Semicírculo.

semipaganus,-a,-um. (semi-paganus). Meio rústico, semirural.

semipedalis, semipedale. (semi-pes). De tamanho correspondente a meio pé.

semiperfectus,-a,-um. (semi-perficĭo). Inacabado, incompleto.

semipĕdis, ver semipes.

semipes, semipĕdis, (m.). (semi-pes). Meio pé.

semiplenus,-a,-um. (semi-plenus). Semicheio.

semiputatus,-a,-um. (semi-puto). Semicortado, parcialmente eliminado.

semirasus,-a,-um. (semi-rado). Semi-raspado.

semireductus,-a,-um. (semi-reduco). Meio curvado para trás.

semirefectus,-a,-um. (semi-reficĭo). Meio renovado/refeito/revigorado.

semirotundus,-a,-um. (semi-rotundus). Semicircular.

semirŭtus,-a,-um. (semi-ruo). Meio demolido, semidestruído, parcialmente arruinado.

semis, semissis, (m.). (semi-as). Meia unidade, metade. Meio asse. Meio por cento ao mês. Meia jeira. Meio pé. Meio côvado. O número três.

semisepultus,-a,-um. (semi-sepelĭo). Meio enterrado.

semisomnis, ver semisomnus.

semisomnus,-a,-um. (semi-somnus). Semiadormecido, sonolento.

semissis, ver semis.

semisupinus,-a,-um. (semi-supinus). Semirecurvado de costas.

semĭta,-ae, (f.). Passagem estreita, atalho, desvio. Caminho, passagem, estrada.

semitalis, semitale. (semĭta). De passagem estreita. (*dei semitales* = deuses cujas estátuas são colocadas em passagens estreitas).

semitarĭus,-a,-um. (semĭta). De passagem estreita.

semitatus,-a,-um. (semĭta). Que possui sulcos.

semitectus,-a,-um. (semi-tango). Semicoberto, parcialmente tampado.

semĭto,-as,-are. (semĭta). Dividir em sulcos, colocar atalhos.

semĭuir,-uĭri, (m.). (semi-uir). Semi-homem. Metade homem e metade animal (= Centauro). Metade homem e metade mulher, hermafrodita. Eunuco, homem castrado. Homem afeminado, travesti.

semiuiuus,-a,-um. (semi-uiuus). Semi-vivo, quase sem vida.

semiuocalis, semiuocale. (semi-uocalis). Semisonoro, meio retumbante. Semivocálico.

semiuocalis, semiuocalis, (f.). (semi-uocalis). Semivogal (de acordo com os gramáticos antigos *f, l, m, n, r, s, x*). Que não tem voz articulada.

semiust-, ver semust-.

semodĭus,-i, (m.). (se-modĭus). Meio pedaço, pequena parte.

semotus,-a,-um. (semouĕo). Removido, separado, colocado à parte. Afastado, distante.

semouĕo,-es,-ere,-moui,-motum. (semouĕo). Remover, separar, colocar à parte.

semper. Sempre, todas as vezes. Para sempre, definitivamente. Em todos os lugares.

sempiternus,-a,-um. (semper). Sempiterno, eterno, perpétuo, contínuo, imperecível.

semuncĭa,-ae, (f.). (semi-uncĭa). Meia onça (= 24ª parte de um asse). 24ª parte (de um todo qualquer). Parcela insignificante.

semunciarĭus,-a,-um. (semuncĭa). De meia onça.

semustŭlo,-as,-are,-atum. (semustus). Queimar parcialmente.

semustus,-a,-um. (semi-uro). Parcialmente queimado.

senacŭlum,-i, (n.). (senatus). Local aberto no Fórum (destinado às reuniões do Senado).

senariŏlus,-a,-um. (senarĭus). Senário insignificante, verso de seis pés desprezível.

senarĭus,-a,-um. (seni). Que consiste em grupos de seis, de seis cada. De seis pés, senário.

senator, senatoris, (m.). (senex). Senador.

senatorĭus,-a,-um. (senator). De senador, senatorial.

senatus,-us, (m.). (senex). Senado, concílio dos anciãos (conselho supremo em Roma). Sala do senado. Sessão do senado. Conselho, concílio, assembleia.

senatusconsultum,-i, (n.). (senatusconsŭlo). Decreto do senado.

senecta,-ae, (f.). (senex). Idade avançada, velhice.

senectus, senectutis, (f.). (senex). Idade avançada, velhice, senilidade. Cabelos brancos. Severidade. Maturidade.

senectus,-a,-um. (senex). De idade avançada, velho.

senectutis, ver **senectus.**

senĕo,-es,-ere. (senex). Ser velho. Ser fraco.

senesco,-is,-ĕre, senŭi. (senex). Tornar-se velho, avançar na idade. Decair, enfraquecer-se, tornar-se debilitado.

senex, senis. Velho, de idade avançada.

seni,-ae,-a. (sex). De grupos de seis, de seis cada. Seis.

senideni,-ae,-a. (sedĕcim). De grupos de dezesseis, de dezesseis cada.

senilis, senile. (senex). De velho, senil.

senĭo, senionis, (m.). (seni). O número seis (no jogo de dados).

senĭor, senioris. (senex). Mais velho, de idade mais avançada, mais antigo.

senis, ver **senex.**

senĭum,-i, (n.). (senĕo). Debilidade (devida à idade avançada), fraqueza, declínio. Diminuição, minguante. Homem velho, idoso. Rabugice, mau humor. Vexação, mortificação. Pesar, aflição, tristeza (resultantes da decadência).

sensa,-orum, (n.). (sentĭo). Pensamentos, noções, ideias, concepções.

sensibĭlis, sensibĭle. (sensus). Que pode ser percebido pelos sentidos, sensível, perceptível.

sensicŭlus,-i, (m.). (sensus). Frase curta.

sensĭfer,-fĕra,-fĕrum. (sensus-fero). Que produz sensação.

sensĭlis, sensĭle. (sensus). Que pode ser percebido pelos sentidos. Tangível, material.

sensim. (sentĭo). Gradualmente, paulatinamente, pouco a pouco. Lentamente, vagarosamente. Moderadamente.

sensus,-us, (m.). (sentĭo). Poder de perceber, percepção, sensação. Capacidade de sentir, sentimento, emoção, afeição. Inclinação, predisposição. Opinião, forma de pensar, ponto de vista. Inteligência, compreensão. Senso comum, prudência, juízo. Ideia, noção, significação. Ideia expressa em palavras, sentença, frase.

sententĭa,-ae, (f.). (sentĭo). Modo de pensar, opinião, avaliação, julgamento. Propósito, intenção, determinação. Sentença, decisão, voto, parecer, decreto. Sentido, significado, ideia, noção. Pensamento expresso em palavras, frase, período. Proposição filosófica, aforismo, máxima, axioma.

sententĭŏla,-ae, (f.). (sententĭa). Frase curta, máxima, aforismo.

sententiosus,-a,-um. (sententĭa). Sentencioso, cheio de significados/ideias, sugestivo.

senticetum,-i, (n.). (sentis). Moita de arbusto espinhoso.

senticosus,-a,-um. (sentis). Espinhoso.

sentina,-ae, (f.). Água suja (que fica parada na parte inferior do navio). Porão do navio (onde a água suja fica retida). Ralé, escória, refugo, rebotalho.

sentĭo,-is,-ire, sensi, sensum. Discernir através dos sentidos, sentir, ouvir, ver, perceber. Experimentar, passar por, sofrer, suportar, resistir, tolerar. Ser influenciado por. Observar, notar. Pensar, julgar, opinar, imaginar, supor. Votar, decretar, decidir, dar parecer.

sentis, sentis, (m.). Moita de espinhos, arbusto espinhoso. Mão de larápio.

sentisco,-is,-ĕre. (sentĭo). Perceber, notar, observar.

sentus,-a,-um. (sentis). Espinhoso, áspero. Eriçado, arrepiado.

seorsum/seorsus. (se-uorto). Separadamente, à parte. Diferentemente. Independentemente, sem (normalmente seguido de ablativo).

sep-, ver também **saep-.**

separ, sepăris. (se-par). Separado, à parte. Diferente, díspar.

separabĭlis, separabĭle. (separo). Separável.

separatim. (separo). Separadamente, à parte. Diferentemente. Independentemente. Em linhas gerais, amplamente.

separatĭo, separationis, (f.). (separo). Separação, repartição, divisão.

separatĭus. (separatus). À parte, de modo muito particular.

separatus,-a,-um. (separo). Separado, distinto, particular, diferente. Distante, remoto.
separatus,-us, (m.). (separo). Separação, repartição, divisão.
separo,-as,-are,-aui,-atum. (se-paro). Separar, desunir, apartar, dividir. Considerar separadamente, distinguir, excetuar.
sepedis, ver **sepes**.
sepelibilis, sepelibile. (sepelio). Que pode ser enterrado. Que pode ser ocultado, dissimulável.
sepelio,-is,-ire,-iui/-ii, sepultum. Sepultar, enterrar. Cremar. Oprimir, subjugar, destruir, arruinar.
sepes, sepedis. (sex-pes). De seis pés.
sepia,-ae, (f.). Siba (espécie de peixe que libera um líquido preto). Tinta preta.
sepiola,-ae, (f.). (sepia). Pequena siba (um peixe).
seplasium, i, (n.). Perfume de Seplásia (nome de uma rua em Cápua, onde se comercializavam perfumes).
sepono,-is,-ere,-posui,-positum. (se-pono). Colocar de lado, separar, selecionar. Banir, exilar. Reservar, atribuir, destinar. Excluir, segregar, descartar.
sepositus,-a,-um. (sepono). Distante, remoto. Distinto, especial, seleto.
seps, sepis, (m./f./n.). Serpente venenosa (cuja picada provoca putrefação).
sepse. (se-ipse). Si próprio.
septem. Sete. Os sete sábios (da Grécia). (*Septem Stellae* = Setentrião, as Plêiades; *Septem Maria* = os lagos junto à foz do rio Pó, onde Veneza foi mais tarde fundada; *Septem Aquae* = lago no território reatino).
septem-, ver também **septen-**.
september, septembris, (m.). (septem). O sétimo mês (no ano Romano, que se iniciava em Março). Setembro.
septemfluus,-a,-um. (septem-fluo). Que possui sete embocaduras (epíteto do Rio Nilo).
septemgeminus,-a,-um. (septem-geminus). De sete vezes, composto de sete.
septempedalis, septempedale. (septem--pedalis). De sete pés de altura.
septemplex, septemplicis. (septem-plico). De sete vezes, composto de sete.
septemplicis, ver **septemplex**.
septemtrio, ver **septentriones**.

septemuir,-i, (m.). (septem-uir). Setênviro (um dos sete membros do conselho encarregado da partilha das terras).
septemuiralis, septemuirale. (sep-temuir). Relativo aos setênviros, setenviral.
septemuiratus,-us, (m.). (septemuir). Cargo de setênviro, setenvirato.
septen-, ver também **septem-**.
septenarius,-a,-um. (septem). Que contém sete, formado de sete elementos, setenário.
septendecim. (septem-decem). Dezessete.
septeni,-ae,-a. (septem). Em grupos de sete, de sete em sete. Sete. Sete vezes.
septentrionalis, septentrionale. (septentriones). Relativo ao norte, que se localiza ao norte.
septentriones, septentrionum, (m.). (septem-trio). As sete estrelas próximas ao Polo Norte, a constelação da Ursa (denominada Ursa Maior e Ursa Menor). O Setentrião (vento norte). Território ao norte.
septie(n)s. (septem). Sete vezes.
septifluus,-a,-um. (septem-fluo). De sete braços.
septimani,-orum, (m.). (septem). Soldados da sétima legião.
septimum. (septimus). Pela sétima vez.
septimus,-a,-um. (septem). Sétimo. (*septimus casus* = caso instrumental, caso adverbial sem preposição).
septingenti,-ae,-a. (septem-centum). Setecentos.
septingentie(n)s. (septingenti). Setecentas vezes.
septiremis, septireme. (septem-remus). Que possui sete fileiras de remos.
septuageni,-ae,-a. (septuaginta). Em grupos de setenta, de setenta em setenta.
septuagesimus,-a,-um. (septuaginta). Setuagésimo.
septuaginta. Setenta.
septuennis, septuenne. (septem-annus). De sete anos de idade.
septumus, ver **septimus**.
septunx, septuncis, (m.). (septem-uncia). 7/12 de uma unidade. Sete onças (unidade de peso). Sete unidades, sete partes.
sepulcralis, sepulcrale. (sepulcrum). Sepulcral.
sepulcretum,-i, (n.). (sepulcrum). Cemitério.

sepulcrum,-i, (n.). (sepelĭo). Sepulcro, túmulo, sepultura. Crematório.
sepultura,-ae, (f.). (sepelĭo). Enterro, sepultamento, honras funerárias. Cremação.
sepyllum,-i, (n.). Tomilho, timo.
sequacis, ver **sequax**.
sequax, sequacis. (sequor). Sequaz, que acompanha assiduamente, que segue rapidamente. Assíduo, constante. Penetrante. Flexível, maleável, tratável, produtivo.
sequens, sequentis. (sequor). Seguinte, posterior.
sequester, sequestris, (m.). (sequor). Depositário, curador, procurador (que guardava consigo o objeto de contestação judicial, até à resolução do caso). Mediador, intermediário.
sequestra,-ae, (f.). (sequor). Mediadora, intermediária.
sequestre, sequestris. ver **sequestrum**.
sequestrum,-i, (n.). (sequor). Depósito em juízo.
sequor,-ĕris, sequi, secutus sum. Seguir, acompanhar, ir atrás. Perseguir, caçar, ir ao encalço de. Suceder, vir depois. Caber a (como herança ou como resultado de outro tipo de partilha). Dirigir-se para. Resultar, suceder, decorrer. Conformar-se, condescender, ceder. Obedecer. Imitar. Objetivar, ter como meta. Ser obtido sem esforço, seguir a ordem natural.
sera. (serus). Tardiamente, tarde.
sera,-ae, (f.). (sero). Barra de madeira (usada para trancar portas). Fechadura, ferrolho.
serenĭtas, serenitatis, (f.). (serenus). Serenidade, calma, tranquilidade.
serenitatis, ver **serenĭtas**.
sereno,-as,-are,-aui,-atum. (serenus). Serenar, tornar calmo, claro. Acalmar, tranquilizar.
serenum,-i, (n.). (serenus). Céu claro, tempo bom.
serenus,-a,-um. Sereno, calmo, tranquilo, claro. Alegre, satisfeito, contente.
seresco,-is,-ĕre. (serenum/serum). I - Tornar-se seco. II - Transformar-se em soro.
serĭa,-ae, (f.). Jarro cilíndrico de cerâmica.
serĭca,-orum, (n.). Vestidos de seda.
sericatus,-a,-um. (serĭca). Que veste roupa de seda.

serĭcus,-a,-um. Dos Seres (povo do oeste da Ásia, famoso por seus tecidos de seda). De seda.
serĭes,-ei, (f.). Série, sequência, sucessão, encadeamento. Cadeia, conexão. Linha ininterrupta de descendentes.
serĭo. (serĭus). Com seriedade.
seriŏla,-ae, (f.). (serĭa). Pequeno jarro.
serisapĭa,-ae, (f.). (serum-sapĭo). "Sabedoria tardia" (nome de um prato servido na *Cena Trimalchionis* - Petr. *Sat.* 56,8).
serĭus,-a,-um. Sério, importante, grave.
sermo, sermonis, (m.). Fala, conversa, conversação, diálogo, discurso. Debate, discussão. Linguagem cotidiana. Rumor, calúnia, comentário maldoso, mexerico. Modo de falar, maneira de se expressar, linguagem, estilo, dicção. Língua (de um povo).
sermocinatĭo, sermocinationis, (f.). (sermocĭnor). Conversação, debate, discussão.
sermocĭnor,-aris,-ari,-atus sum. (sermo). Conversar, debater, discutir.
sermuncŭlus,-i, (m.). (sermo). Rumor, calúnia, comentário maldoso, mexerico. Discurso curto.
sero,-is,-ĕre, serŭi, sertum. Trançar, entrelaçar. Ligar, atar, conectar, combinar, compor.
sero,-is,-ĕre, seui, satum. Plantar, semear. Fundar, estabelecer. Disseminar, propagar, produzir, causar, suscitar.
sero. (serus). Tarde, tardiamente. Tarde demais.
serotĭnus,-a,-um. (serus). Que ocorre tardiamente, atrasado, tardio. Da tarde, da noite.
serpens, serpentis, (m./f.). (serpo). Serpente.
serpentigĕna,-ae, (m.). (serpens-gigno). O que é gerado por uma serpente.
serpentipĕdis, ver **serpentĭpes**.
serpentĭpes, serpentipĕdis. (serpens-pes). Que possui serpentes nos pés.
serpentis, ver **serpens**.
serperastra,-orum, (n.). Talas (usadas para endireitar pernas curvas de crianças).
serpillum, ver **serpyllum**.
serpo,-is,-ĕre, serpsi, serptum. Rastejar, arrastar-se. Mover-se lentamente, avançar gradualmente. Expandir-se, propagar-se, prevalecer.

serpullum, ver **serpyllum.**
serpyllum,-i, (n.). Serpão (nome de uma planta).
serra,-ae, (f.). Serra. Frente de batalha (em formato semelhante a uma serra).
serratus,-a,-um. (serra). Em formato de serra, semelhante a uma serra.
serrŭla,-ae, (f.). (serra). Serra pequena.
serta,-ae, (f.), ver **sertum.**
sertum,-i, (n.). (sero). Coroa de flores, grinalda.
serua,-ae, (f.). (seruus). Serva, escrava.
seruabĭlis, seruabĭle. Que pode ser preservado. Que pode ser salvo/resgatado.
seruans, seruantis. (seruo). Que mantém seguro, que vigia.
seruantis, ver **seruans.**
seruasso = **seruauĕro,** ver **seruo.**
seruatĭo, seruationis, (f.). (seruo). Observância, cumprimento.
seruator, seruatoris, (m.). (seruo). Preservador, conservador. Libertador, salvador. Cumpridor.
seruatricis, ver **seruatrix.**
seruatrix, seruatricis, (f.). (seruo). Preservadora, conservadora. Libertadora, salvadora.
seruilis, seruile. (seruus). De escravo, servil.
seruilĭter. (seruilis). Como um escravo, servilmente.
seruĭo,-is,-ire,-iui/-ĭi,-itum. (seruus). Ser escravo. Servir a, estar a serviço de. Sujeitar-se, obedecer.
seruitricĭus,-a,-um. (seruus). De escravo, servil.
seruitĭum,-i, (n.). (seruus). Condição de escravo, servidão, escravidão. Jugo, opressão. Grupo de escravos.
seruitritĭus,-a,-um. (seruus-tero). Atormentado pela escravidão.
seruĭtus, seruitutis, (f.). (seruus). Condição de escravo, servidão, escravidão. Jugo, opressão. Governo, domínio. Escravos.
seruitutis, ver **seruĭtus.**
serum,-i, (n.). I - Soro. Líquido seroso. II - Tarde do dia, tarde da noite.
seruo,-as,-are,-aui,-atum. Salvar, manter são e salvo, preservar, proteger. Reservar, guardar. Prestar atenção a, observar. Permanecer, ficar, morar, habitar.

serus,-a,-um. Que ocorre tardiamente, tardio. Demorado, prolongado, de longa duração. Lento, vagaroso.
seruŭla,-ae, (f.). (serua). Jovem escrava.
seruulicŏla,-ae, (f.). (seruŭlus-colo). Prostituta de escravo.
seruŭlus,-i, (m.). (seruus). Jovem escravo. Escravo de baixa categoria.
seruus,-a,-um. (seruo). De escravo, servil. Subjugado a, dependente de. Sujeito a escravidão.
seruus,-i, (m.). (seruo). Escravo, servo (o que foi preservado/salvo da morte para ser vendido).
sesămum,-i, (n.). Sésamo (uma planta).
sesc- ver também **sexc-.**
sesceni, ver **sescenteni.**
sescenteni. (sescenti). Em grupos de seiscentos, de seiscentos em seiscentos.
sescentesĭmus,-a,-um. (sescenti). Sescentésimo.
sescenti,-ae,-a. (sex-centum). Seiscentos. Grande número, enorme quantidade.
sescentĭe(n)s. (sescenti). Seiscentas vezes.
sescuncĭa,-ae, (f.). (sesqui-uncĭa). Um oitavo. Uma polegada e meia.
sescŭplex, ver **sesquĭplex.**
sescuplĭcis, ver **sesquĭplex.**
sese. Redobro de se.
sese, ver **sui.**
sesĕlis, sesĕlis, (f.). Séselis (nome de uma planta).
sesqui. Mais uma metade. E mais meio.
sesquialter,-tĕra,-tĕrum. (sesqui-alter). Uma vez e meia.
sesquimodĭus,-i, (m.). (sesqui-modĭus). Um módio e meio.
sesquioctauus,-a,-um. (sesqui-octauus). Que contém a razão de nove oitavos, que contém um e um oitavo.
sesquiopĕris, ver **sesquiŏpus.**
sesquiŏpus, sesquiopĕris, (n.). (sesqui-opus). Um dia e meio de trabalho.
sesquipedalis, sesquipedale. (sesqui-pedale). De um pé e meio. De comprimento desproporcional.
sesquipĕdis, ver **sesquĭpes.**
sesquĭpes, sesquipĕdis, (m.). (sesqui-pes). Um pé e meio.
sesquiplaga,-ae, (f.). (sesqui-plaga). Uma ferida e meia.

sesquĭplex, sesquiplĭcis. (sesqui-plico). Tomado uma vez e meia.
sesquitertĭus,-a,-um. (sesqui-tertĭus). Que contém quatro terços.
sessĭlis, sessĭle. (sedĕo). Apropriado para se sentar. Baixo, pequeno.
sessĭo, sessionis, (f.). (sedĕo). Assento, cadeira. Pausa para discussão, sessão.
sessĭto,-as,-are,-aui. (sedĕo). Sentar-se por um longo período, permanecer habitualmente sentado.
sessiuncŭla,-ae, (f.). (sessĭo). Reunião de um pequeno grupo de pessoas, pequeno encontro, associação.
sessor, sessoris, (m.). (sedĕo). O que está sentado. Espectador. Cavaleiro. Habitante, residente.
sessorĭum,-i, (n.). (sedĕo). Assento, cadeira. Morada, habitação.
sestertiarĭus,-a,-um. (sestertĭus). Valorizado não mais que um sestércio, de pouco valor.
sestertiŏlus,-i, (m.)/sestertiŏlum,-i, (n.). (sestertĭus). Um pequeno sestércio.
sestertĭus,-a,-um. (semis-tertĭus). De dois e meio, que contém dois e meio. De pouco valor.
sestertĭus,-i, (m.). (semis-tertĭus). Um sestércio (pequena moeda de prata, originalmente igual a dois asses e meio, ou um quarto de um denário. Sua abreviatura era HS).
set-, ver **saet-.**
setĭus, ver **secĭus.**
seu, ver **siue.**
seu. Ou se. Ou. A menos que.
seuĕhor,-ĕris,-uehi,-uectus sum. (se-uehor). Partir, ir-se embora.
seuere. (seuerus). Seriamente, austeramente, gravemente, rigorosamente. Severamente. Terrivelmente, espantosamente.
seuerĭtas, seueritatis, (f.). (seuerus). Severidade, austeridade, gravidade. Aspereza, rigor, dureza.
seueritatis, ver **seuerĭtas.**
seueritudĭnis, ver **seueritudo.**
seueritudo, seueritudĭnis, (f.). (seuerus). Severidade, austeridade, gravidade.
seuerus,-a,-um. Sério, austero, grave, rigoroso. Severo, rígido, duro. Terrível, espantoso.
seuir,-uiri, (m.). (sex-uir). Séviro (membro de um conselho formado por seis membros).

seuiratus,-us, (m.). (seuir). Sevirato.
seuŏco,-as,-are,-aui,-atum. (se-uoco). Chamar em separado, chamar à parte. Separar, remover, afastar.
seuum, ver **sebum.**
sex. Seis.
sexagenarĭus,-a,-um. (sexageni). Que contém sessenta, formado de sessenta unidades. Sexagenário, de sessenta anos de idade.
sexageni,-ae,-a. (sexaginta). Em grupos de sessenta, de sessenta em sessenta.
sexagesĭe(n)s, ver **sexagĭe(n)s.**
sexagesĭmus,-a,-um. (sexaginta). Sexagésimo.
sexagĭe(n)s. (sexaginta). Sessenta vezes.
sexaginta. Sessenta. Grande número.
sexangŭlus,-a,-um. (sex-angŭlus). Hexagonal.
sexc-, ver também **sesc-.**
sexcenarĭus,-a,-um. (sesceni). Formado de seiscentas unidades.
sexennis, sexenne. (sex-annus). De seis anos de idade.
sexennĭum,-i, (n.). (sexennis). Período de seis anos.
sexĭe(n)s. (sex). Seis vezes.
sexis, (n.). (sex). Número seis.
sexprimi,-orum, (m.). (sex-primus). Conselho de magistrados (formado de seis membros).
sextadecimani,-orum, (m.). (sextus-decimanus). Soldados da 16ª legião.
sextans, sextantis, (m.). (sex). A sexta parte de um asse. A sexta parte de uma unidade. Peso equivalente a duas onças (= um sexto de uma libra).
sextantis, ver **sextans.**
sextarĭus,-i, (m.). (sextus). A sexta parte de uma unidade.
sextilis, sextilis, (m.). (sextus). Agosto (sexto mês do antigo calendário romano, que se iniciava em março).
sextŭla,-ae, (f.). (sextus). A sexta parte de uma onça. A 72ª parte de um asse.
sextus,-a,-um. (sex). Sexto.
sexus,-us, (m.). Sexo. Órgãos sexuais.
si. Se, se por acaso. Já que, visto que, uma vez que. (*si modo* = se pelo menos; *si... tamen...*= ainda que, mesmo se, embora).
sibi. Para si, a si, lhe(s).

sibĭla,-orum, (n.). (sibĭlus). Sibilo, silvo. Assobio de desaprovação, vaia.
sibĭlo,-as,-are. (sibĭlus). Sibilar, assobiar. Vaiar.
sibĭlus,-a,-um. Sibilante.
sibĭlus,-i, (m.). Sibilo, silvo. Assobio de desaprovação, vaia.
sibyllinus,-a,-um. Relativo à Sibila, sibilino.
sic. Assim, então, dessa maneira, da seguinte forma. Nessas condições, a esse ponto. A partir disso, consequentemente, por essa razão. Do mesmo modo, igualmente, também, por exemplo. (sic... ut/quia/sicut/quemadmodum/quam = por mais que, quanto mais, de tal modo que, a tal ponto de).
sica,-ae, (f.). Punhal. Assassinato.
sicarĭus,-i, (m.). (sica). Assassino, homicida.
sicce. (siccus). Em local seco. Concisamente, solidamente.
siccesco,-is,-ĕre. (siccus). Tornar-se seco, começar a secar.
siccĭne, ver sicĭne.
siccĭtas, siccitatis, (f.). (siccus). Secura, sequidão. Aridez, falta de chuva. Firmeza, solidez. Ausência de secreção/tumores. Falta de ornamento, pobreza de estilo.
siccitatis, ver siccĭtas.
sicco,-as,-are,-aui,-atum. (siccus). Secar, tornar seco. Drenar. Exaurir, esgotar, esvaziar. Remover, extrair.
siccocŭlus,-a,-um. (siccus-ocŭlus). Que possui olhos secos.
siccum,-i, (n.). (siccus). Terra seca, terreno seco.
siccus,-a,-um. Seco, árido, sem chuva. Firme, sólido, vigoroso, saudável, sem secreção/tumor. Indiferente, insensível.
siccus,-a,-um. Seco, árido, sem chuva. Firme, sólido, vigoroso, saudável, sem secreção/tumor. Sedento. Moderado, sóbrio. Insípido, sem ornamento, pobre de estilo. Ignorante, despreparado.
sicelisso/sicilisso,-as,-are. Imitar os sicilianos, falar como um siciliano.
sicĭne. (sic-ne). É assim que, então é assim que.
sicŭbi. (si-ubi). Se em algum lugar, se em qualquer parte.
sicŭla,-ae, (f.). (sica). Pequeno punhal.
sicunde. (si-unde). Se de algum lugar, se de qualquer parte.

sicut/sicŭti. (sic-ut/uti). Assim como, exatamente como. Visto que, já que. Como se fosse, tal qual. Como por exemplo, assim como. (sicut est/erat = Como é/era de fato, como realmente é/era).
siderĕus,-a,-um. (sidus). Relativo às constelações, dos astros. Celestial, divino. Brilhante, resplandecente, cintilante. Excelente, em destaque.
sidĕris, ver sidus.
sido,-is,-ĕre, sedi/sidi, sessum. Assentar-se, estabelecer-se, fixar-se. Parar, cessar, deter-se. Abater, eliminar.
sidus, sidĕris, (n.). Grupo de estrelas, constelação. Céu, firmamento. Noite. Estrela, astro. Brilho, beleza, ornamento. Orgulho, glória. Estação do ano. Clima, tempo. Tempestade, temporal, tormenta.
sigilla,-orum, (n.). (signum). Pequenas figuras, imagens. Selo. Sinal, marca, traço.
sigillatim, ver singillatim.
sigillatus,-a,-um. (sigilla). Enfeitado de pequenas figuras/imagens.
sigillum, ver sigilla.
sigma, sigmătis, (n.). Poltrona semi-circular (para se reclinar às refeições). Banheira semicircular.
signator, signatoris, (m.). (signo). Testemunha de um testamento/de casamento, o que sela um testamento/casamento. O que cunha moedas.
signĭfer,-fĕra,-fĕrum. (signum-fero). Enfeitado de figuras/imagens. Ornado de constelações, estrelado. Que fornece sinais.
signĭfer,-fĕri, (m.). (signum-fero). Porta-estandarte, porta-bandeira. Líder, chefe, guia.
significans, significantis. (significo). Expressivo, significativo. Graficamente visível, distinto, claro.
significantis, ver significans.
significatĭo, significationis, (f.). (significo). Indicação gráfica, marca de expressão. Símbolo, sinal, marca. Sinal de aprovação, expressão de assentimento. Predição, prognóstico. Significação, denotação, ênfase. Sentido, significado, propósito. Afirmação, declaração.
significo,-as,-are,-aui,-atum. (signum-facĭo). Mostrar através de sinais. Apontar, expressar, publicar, indicar, tornar

conhecido. Intimar, notificar. Prognosticar, predizer, prever, antecipar. Chamar, nomear. Significar, querer dizer, apresentar um sentido.

signo,-as,-are,-aui,-atum. (signum). Marcar, assinalar, designar. Imprimir, selar, afixar um selo. Cunhar, imprimir uma marca. Pôr em destaque, distinguir, adornar. Significar, expressar, indicar. Gravar, imprimir. Estabelecer, prescrever. Fechar, concluir.

signum,-i, (n.). Marca, sinal, signo, indicação. Insígnia militar, estandarte. Tropa. Coorte, manípulo. Gesto, senha, sinalização. Prognóstico, sintoma, predição, previsão, antecipação. Imagem, figura, estátua, pintura. Selo, sinete. Sinal celeste, constelação.

silanus,-i, (m.). Jato de água, torrente, fonte.

silenda,-orum, (n.). (silĕo). Coisas sobre as quais se deve silenciar. Mistérios, segredos.

silens, silentis. (silĕo). Silencioso, calmo, quieto (*silentes* = os mortos).

silentĭum,-i, (n.). (silĕo). Silêncio, calma, quietude. Ausência de distúrbios, perfeição (ao tomar os auspícios). Repouso, inação, tranquilidade, ociosidade.

silĕo,-es,-ere, silŭi. Estar em silêncio, manter-se calado. Repousar, descansar, manter-se quieto. Silenciar, não se pronunciar, calar-se.

siler, silĕris, (n.). Um tipo de planta flexível (semelhante ao vime).

silesco,-is,-ĕre. (silĕo). Tornar-se silencioso/calmo, aquietar-se.

silex, silĭcis, (m./f.). Pedra, rocha, seixo. Rochedo.

silicernĭum,-i, (n.). Funeral, cortejo fúnebre. Morto-vivo, cadáver ambulante.

silĭcis, ver silex.

siligineus,-a,-um. (siligo). De trigo.

siligo, siligĭnis, (f.). Trigo especial. Farinha de trigo especial.

silĭqua,-ae, (f.). Casca, vagem (de plantas leguminosas). Pulso, pulsação.

silua,-ae, (f.). Mata, floresta. Plantação de árvores, pomar, bosque, arvoredo. Arbusto, folhagem. Grande quantidade, abundância.

siluesco,-is,-ĕre. (silua). Tornar-se selvagem, dirigir-se para a floresta.

siluestris, siluestre. (silua). Da floresta, silvestre. Selvagem, não cultivado. Rústico, rural, pastoril.

siluicŏla,-ae, (m./f.). (silua-colo). Silvícola, o/a que habita a floresta.

siluicultricis, ver siluicultrix.

siluicultrix, siluicultricis, (f.). (silua-cultrix). A que habita a floresta.

siluifrăgus,-a,-um. (silua-frango). Que quebra as árvores.

siluosus,-a,-um. (silua). Coberto de florestas, cheio de árvores. Semelhante a uma floresta.

silurus,-i, (m.). Uma espécie de peixe de água doce.

silus,-a,-um. De nariz achatado.

simĭa,-ae, (f.). Macaco, macaca.

simĭla,-ae, (f.). Farinha de trigo especial.

simĭle, simĭlis, (n.). Comparação, paralelo. Semelhança.

simĭlis, simĭle. Semelhante, similar, parecido.

similĭter. (simĭlis). De modo semelhante, paralelamente. (*similĭter ac/atque/et/ut si* = do mesmo modo que).

similitudĭnis, ver similitudo.

similitudo, similitudĭnis, (f.). (simĭlis). Semelhança, similitude. Imitação, analogia. Igualdade, uniformidade. Monotonia. Comparação, símile.

simiŏlus,-i, (m.). (simĭus). Macaquinho.

simitu. Ao mesmo tempo, de uma só vez, juntamente, simultaneamente.

simĭus,-i, (m.). Macaco.

simo,-as,-are,-aui,-atum. (simus). Aplainar, achatar, nivelar.

simplĭcis, ver simplex.

simplĭcis, ver simplicĭtas.

simplex, simplĭcis. (plico). Simples, puro, único, não misturado/composto. Honesto, franco, aberto, direto, sincero, sem dissimulação/artifício, ingênuo.

simplicĭtas, simplicitatis, (f.). (simplex). Simplicidade. Franqueza, ausência de artifício, honestidade, ingenuidade.

simplicitatis, ver simplicĭtas.

simplicĭter. (simplex). Pura e simplesmente, naturalmente, diretamente, sem reservas. Abertamente, francamente, honestamente, ingenuamente.

simplum,-i, (n.). Unidade.

simpŭlum,-i, (n.). Pequena concha. (*excitare fluctus in simpŭlo* = fazer tempestade em copo d'água).

simpuuĭum,-i, (n.). Recipiente (utilizado em sacrifícios para oferecer líquidos, especialmente vinho).

simul. Ao mesmo tempo, de uma só vez, juntamente, simultaneamente. (*simul et* = e também, assim que, tão logo; *simul... simul...* = de uma parte... de outra parte, não só...mas também...; *simul ac/atque/ut/ubi* = assim que, tão logo).

simulacrum,-i, (n.). (simŭlo). Imagem, representação, imitação. Figura, retrato, efígie, estátua. Espectro, aparição, imagem refletida, fantasma. Ideia, conceito. Marca, tipo, emblema. Descrição. Semelhança, similitude.

simulamen, simulamĭnis, (n.). (simŭlo). Cópia, imitação.

simulamĭnis, ver **simulamen**.

simŭlans, simulantis. (simŭlo). Que simula/copia/imita.

simulate. (simŭlo). De maneira simulada, de modo fingido.

simulatĭo, simulationis, (f.). (simŭlo). Fingimento, falsa aparência, hipocrisia, simulação. Engano, dolo, logro. Disfarce, pretexto.

simulator, simulatoris, (m.). (simŭlo). Imitador. Simulador, hipócrita.

simulatque, ver **simul**.

simulatrix, simulatricis, (f.). (simulator). Imitador. Simulador, hipócrita.

simŭlo,-as,-are,-aui,-atum. (simĭlis). Tornar semelhante, imitar, copiar, representar. Simular, fingir. Dissimular.

simultas, simultatis, (f.). (simul). Dissensão, desavença, rivalidade, rancor, ódio, animosidade.

simultatis, ver **simultas**.

simŭlus,-a,-um. (simus). De nariz um pouco achatado.

simus,-a,-um. De nariz achatado.

sin. (si-ne). Mas se, se contudo, se pelo contrário. Em caso contrário.

sinaliphe,-es, ver **synaloephe**.

sinapi, sinapis, (n.). Mostarda.

sincere. (sincerus). Sem alteração, claramente, diretamente. Francamente, honestamente, sinceramente.

sincerĭtas, sinceritatis, (f.). (sincerus). Limpeza, pureza, integridade. Honestidade, sinceridade.

sinceritatis, ver **sincerĭtas**.

sincerus,-a,-um. Limpo, puro, inteiro, completo, não misturado. Natural, genuíno, sincero. Correto, íntegro.

sincipitamentum, ver **sincĭput**.

sincipĭtis, ver **sincĭput**.

sincĭput, sincipĭtis, (n.). (semi-caput). Meia cabeça. Cérebro. Cabeça.

sindon, sindŏnis, (f.). Um tipo de tecido fino de algodão, musseline.

sine. (si-ne). prep./abl. Sem.

singillatim. (singŭli). Um a um, individualmente.

singulares, singularĭum, (m.). (singularis). Cavalaria destacada para guarda do Imperador.

singularis, singulare. (singŭli). Único, sozinho, isolado, singular. Notável, extraordinário, incomparável. Particular, próprio, exclusivo.

singularĭtas, singularitatis, (f.). (singularis). Singularidade. Unidade, número um.

singularitatis, ver **singularĭtas**.

singularĭter. (singularis). Um a um, individualmente, separadamente. Particularmente. Extraordinariamente, incomparavelmente. No singular.

singularĭus,-a,-um. (singularis). Singular, separado, isolado, peculiar. Notável, extraordinário.

singulatim, ver **singillatim**.

singŭli,-ae,-a. Um a um, um de cada vez. Único, individual, em separado. (*in dies singŭlos* = diariamente, todos os dias).

singultim. (singultus). Aos soluços, com suspiros.

singultĭo,-is,-ire. (singultus). Soluçar. Vibrar, tremer (de prazer).

singulto,-as,-are. (singultus). Soluçar. Palpitar. Interromper com soluços. Exalar os últimos suspiros. Respirar com dificuldade, ofegar. Murmurar.

singultus,-us, (m.). (singŭli). Soluço. Palpitação. Fala interrompida por soluços. Últimos suspiros. Murmúrio.

sinister,-tra,-trum. Esquerdo, do lado esquerdo, da mão esquerda. Errado, impróprio, inoportuno, indevido. Mau,

contrário, desfavorável, adverso, prejudicial (sentido grego). Favorável, propício, auspicioso (sentido romano).
sinisterĭtas, sinisteritatis, (f.). (sinister). Impropriedade, inconveniência.
sinisteritatis, ver **sinisterĭtas.**
sinistra,-ae, (f.). (sinister). Mão esquerda. Lado esquerdo.
sinistre. (sinister). Indevidamente, mal, de modo inoportuno.
sinistrorsus/sinistrorsum. (sinister-uorto). Para a esquerda, à esquerda.
sino,-is,-ĕre, siui/sii, situm. Pôr, colocar, depositar, estender. Deixar, permitir, conceder, admitir. Desistir, interromper, deixar de fazer. (*Sine!* = Muito bem! De acordo!; *sine modo* = se pelo menos).
sinum,-i, (n.)/sinus,-i, (m.). (sinus). Vaso largo e arredondado (especialmente usado para vinho).
sinŭo,-as,-are,-aui,-atum. (sinus). Curvar, recurvar, expandir as laterais com curvas.
sinuosus,-a,-um. (sinus). Cheio de curvas, sinuoso. Cheio de digressões, difuso.
sinus,-us, (m.). Curva, cavidade, sinuosidade, concavidade. Rosca, espiral. Prega da parte superior da toga, parte superior de uma vestimenta. Bolso, porta-moeda. Roupa, vestimenta. Seio, peito. Regaço, colo. Esconderijo, asilo. Parte mais íntima, interior, cerne, centro. Baía, enseada, golfo. Ponta de terra que avança sobre o mar. Terreno recurvado, vale. (*sinu laxo ferre* = ser descuidado, não prestar atenção).
siparĭum,-i, (n.). Cortina de teatro (a mais estreita, que é puxada entre as cenas de uma comédia). Comédia. Cortina, tela de proteção.
sipărum, ver **suppărum.**
sipho, siphonis, (m.). Sifão, cano, tubo.
siquando. (si-quando). Se alguma vez.
siqui/siquis, siqua, siquod/siquid. (si-qui). Se alguém, se alguma coisa (*siqui* como adv.: se de alguma forma).
siquĭdem. (si-quidem). Se pelo menos, se realmente. Já que, uma vez que, visto que.
siremps. (simĭlis-re-ipsa). Semelhante, equivalente.
siris, sirit = sinis, sinit, ver **sino.**
sirpe, sirpis, (n.). Um tipo de planta (também denominada silphĭum ou laser).
sirpĕa, ver **scirpĕa.**
sirpo, ver **scirpo.**
sirus,-i, (m.). Cova, buraco (destinado a guardar grãos).
sis. I - Verbo **sum**: segunda pessoa do singular, presente do subjuntivo. II - Por favor, peço-te (forma contrata de **si uis**). III - Forma equivalente a **suis,** ver **suus.**
siser, sisĕris, (f./n.). Cherívia (nome de uma planta).
sisto,-is,-ĕre, steti/stĭti, statum. Pôr, colocar, fazer ficar. Carregar, transportar, conduzir, fazer vir. Organizar, pôr em posição. Manter, conservar. Permanecer quieto, ficar parado. Aparecer, mostrar-se, apresentar-se. Erigir, erguer. Resistir, ficar firme. Reter, reprimir, fazer parar, cessar.
sistratus,-a,-um. (sistrum). Que leva o sistro.
sistrum,-i, (n.). Sistro (instrumento formado de lâminas metálicas, usado pelos egípcios nos ritos a Ísis).
sisymbrĭum,-i, (n.). Um tipo de erva aromática (consagrada a Vênus).
sitella,-ae, (f.). (sitŭla). Urna eleitoral.
siticulosus,-a,-um. (sitis). Sedento, com sede. Muito seco, árido. Que causa sede.
sitĭens, sitientis. (sitĭo). Sedento, com sede. Muito seco, árido, sem umidade. Tostado, ressecado (*luna sitĭens* = lua brilhante no céu sem nuvens).
sitienter. (sitĭo). Avidamente, ardentemente.
sitĭo,-is,-ire,-iui/-ĭi,-itum. (sitis). Ter sede, estar sedento. Estar seco, necessitar de umidade. Ansiar, desejar ardentemente, cobiçar.
sitis, sitis, (f.). Sede. Falta de umidade, aridez, secura. Desejo ardente, cobiça. Ânsia.
sititor, sititoris, (m.). (sitĭo). O que é desejoso/ávido.
sittybus,-i, (m.). Faixa do pergaminho (que traz o título da obra e o nome de seu autor).
sitŭla,-ae, (f.)/sitŭlus,-i, (m.). Balde. Urna eleitoral.
situs,-a,-um. (sino). Posto, colocado. Situado, localizado. Construído, erguido, fundado. Enterrado (*situm esse* = depender de).
situs,-us, (m.). (sino). Situação, disposição, posição. Região. Ferrugem, mofo, poeira, sujeira. Porcaria, imundície. Inatividade, abandono, falta de uso. Velhice.

siue. (si-ue). Ou se (*siue... siue...* = seja... seja..., se por um lado..., se por outro..., ou... ou mesmo...)
sliferrĕum, ver **solliferrĕum.**
smaragdus,-i, (m./f.). Esmeralda.
smarĭdis, ver **smaris.**
smaris, smarĭdis, (f.). Pequeno peixe de água salgada (de qualidade inferior).
smyrna,-ae, (f.). Mirra.
sobol-, ver **subol-.**
sobrĭetas, sobrietatis, (f.). (sobrĭus). Sobriedade. Moderação ao beber. Comedimento, temperança. Prudência.
sobrietatis, ver **sobrĭetas.**
sobrina,-ae, (f.). Prima (pelo lado materno).
sobrinus,-i, (m.). Primo (pelo lado materno).
sobrĭus,-a,-um. Sóbrio, que não está bêbado. Moderado, comedido, reservado. Prudente, cauteloso, sempre atento.
soccatus,-a,-um. (soccus). Que usa borzeguins.
soccŭlus,-i, (m.). (soccus). Borzeguim pequeno.
soccus,-i, (m.). Borzeguim (calçado leve de salto baixo, usado pelos gregos e em particular pelos atores cômicos). Comédia.
socer/socĕrus,-ĕri, (m.). Sogro.
socĕra, ver **socrus.**
socĭa,-ae, (f.). (socĭus). Companheira.
sociabĭlis, sociabĭle. (socĭo). Associável, que pode ser reunido.
socialis, sociale. (socĭus). Relativo a uma sociedade. Sociável, que pode associar-se. Aliado, confederado. Conjugal, nupcial.
socialĭtas, socialitatis, (f.). (socialis). Companheirismo, sociabilidade.
socialitatis, ver **socialĭtas.**
socialĭter. (socialis). Socialmente, em função da sociedade/de aliança. Em boa companhia.
socĭĕtas, societatis, (f.). (socĭus). Associação, sociedade, corporação, união, comunidade. Liga política, aliança, confederação. Afinidade, semelhança. Participação.
societatis, ver **socĭĕtas.**
socĭo,-as,-are,-aui,-atum. (socĭus). Associar, reunir, unir, ligar. Compartilhar, dividir, partilhar.
socĭus,-a,-um. (sequor). Que segue/acompanha. Associado, ligado, aliado, confederado. Auxiliar, protetor.
socĭus,-i, (m.). Companheiro, sócio, parceiro.
socordĭa,-ae, (f.). (socors). Estagnação da mente, fraqueza de espírito, estupidez. Falta de cuidado, negligência, indolência, preguiça.
socordĭter. (socors). Negligentemente, de modo descuidado.
socordĭus. (socors). Muito negligentemente.
socors, socordis. (se-cor). Estúpido, mentalmente limitado, tolo, bobo. Descuidado, negligente, preguiçoso, indolente.
socra, ver **socrus.**
socrus,-us, (f.). Sogra.
sodalicĭum,-i, (n.). (sodalis). Companheirismo, camaradagem. Confraria, irmandade, associação, sociedade. Sociedade secreta ilegal.
sodalicĭus,-a,-um. (sodalis). Pertencente a uma associação, partidário, aliado. Secreto, ilegal.
sodalis, sodalis, (m./f.). Companheiro, camarada, aliado, partidário. Membro, associado. Cúmplice, parceiro.
sodalĭtas, sodalitatis, (f.). (sodalis). Companheirismo, camaradagem. Confraria, irmandade, associação, sociedade. Banquete de confraternização. Sociedade secreta ilegal.
sodalitatis, ver **sodalĭtas.**
sodes. (si-audĭes). Por favor, com a devida permissão.
sol, solis, (m.). O sol. Luz, brilho do sol, calor do sol. O dia. (*sol orĭens/solis ortus* = o leste, a aurora; *sol occĭdens/solis occasus* = o oeste, o poente, o ocidente).
solaciŏlum,-i, (n.). (solacĭum). Alívio passageiro, pequeno consolo.
solacĭum,-i, (n.). (solor). Conforto, alívio, consolo. Compensação, indenização.
solamen, solamĭnis, (n.). (solor). Conforto, alívio, consolo.
solamĭnis, ver **solamen.**
solaris, solare. (sol). Solar, pertencente ao sol.
solarĭum,-i, (n.). (sol). Relógio de sol. Relógio. Varanda, terraço (partes da casa expostas ao sol).
solatiŏlum, ver **solaciŏlum.**
solator, solatoris, (m.). (solor). Consolador, o que conforta/alivia.
soldurĭi,-orum, (m.). Guardas, soldados (do comandante).

soldus,-a,-um, ver **solĭdus**.
solĕa,-ae, (f.). (solum). Sandália. Ferradura. Grilhão, algemas. Linguado (nome de um peixe).
soleariŭs,-i, (m.). (solĕa). Fabricante de sandálias.
soleatus,-a,-um. (solĕa). Que usa sandálias.
solemn-, ver **sollemn-**.
solenn-, ver **sollemn-**.
solĕo,-es,-ere, solĭtus sum. Estar acostumado/habituado, costumar. Ter relações sexuais.
soler-, ver **soller-**.
solidatĭo, solidationis, (f.). (solĭdo). Consolidação, fortalecimento.
solĭde. (solĭdus). Solidamente, firmemente, densamente. Inteiramente, completamente, totalmente. Verdadeiramente. De modo duradouro/inabalável. Certamente, seguramente.
solidesco,-is,-ĕre. (solĭdus). Consolidar, fortalecer, tornar firme.
solidĭtas, solidĭtatis, (f.). (solĭdus). Consolidação, solidez, firmeza. Totalidade, integridade.
soliditatis, ver **solidĭtas**.
solĭdo,-as,-are,-aui,-atum. (solĭdus). Tornar firme, solidificar, condensar, fortalecer. Firmar, fixar. Confirmar, estabelecer. Unir, juntar. Corrigir.
solĭdum,-i, (n.). Substância sólida. Terra firme. Totalidade, soma total.
solĭdus,-a,-um. Sólido, firme, denso, compacto. Inteiro, completo, total. Real, substancial, genuíno, verdadeiro. Duradouro, inabalável. Certo, seguro.
solĭfer,-fĕra,-fĕrum. (sol-fero). Oriental.
soliferrĕum, ver **solliferrĕum**.
solisti-, ver **sollisti-**.
solitanĕus,-a,-um. (solĕo). (solus). Usual, ordinário, comum. Separado, distinto.
solitarĭus,-a,-um. (solus). Isolado, separado, sozinho, solitário.
solĭtas, solitatis, (f.). (solus). Solidão, isolamento.
solitatis, ver **solĭtas**.
solitaurilĭa, ver **suouetaurilĭa**.
solitudĭnis, ver **solitudo**.
solitudo, solitudĭnis, (f.). (solus). Solidão, isolamento. Vida selvagem, local afastado, deserto. Necessidade, privação, carência.

solĭtum,-i, (n.). (solĕo). Costume, hábito, atitude usual.
solĭtus,-a,-um. (solĕo). Que tem o costume/hábito. Habitual, costumeiro, usual.
soliuăgus,-a,-um. (solus-uagor). Que caminha sozinho. Isolado, solitário, único, individual.
solĭum,-i, (n.). Assento, poltrona, cadeira. Trono, cetro, realeza. Banheira. Sarcófago.
sollemne, solemnis, (n.). Rito solene, cerimônia religiosa, sacrifício. Jogos solenes, festival, solenidade. Prática, uso, hábito, costume. Formalidade. Funeral, exéquias.
sollemnis, sollemne. (sollus-annus). Anual, celebrado anualmente. Estabelecido, fixado, determinado. Solene, festivo, religioso. Comum, usual, ordinário, costumeiro.
sollemnĭter. (sollemnis). Solenemente, ritualmente. De acordo com o uso, regularmente, formalmente.
sollers, sollertis. (sollus-ars). Habilidoso, hábil, perito. Inteligente, astuto, sagaz, engenhoso. Criativo, produtivo.
sollerter. (sollers). Habilmente, engenhosamente.
sollertĭa,-ae, (f.). (sollers). Habilidade. Engenhosidade, inteligência, perspicácia, sagacidade, ardil.
sollertis, ver **sollers**.
sollicitatĭo, sollicitationis, (f.). (sollicĭto). Ansiedade, tormento, aflição. Excitação, instigação. Fascínio, sedução.
sollicitator, sollicitatoris, (m.). (sollicĭto). Sedutor.
sollicĭte. (sollicĭtus). De modo agitado/perturbado. Ansiosamente, em estado de alerta, com inquietação.
sollicĭto,-as,-are,-aui,-atum. (sollicĭtus). Agitar, fazer mover, mexer. Fazer surgir, incitar, provocar, estimular. Atormentar, perturbar, agitar, inquietar, incomodar. Atrair, seduzir. Levar a, induzir.
sollicitudĭnis, ver **solicitudo**.
sollicitudo, sollicitudĭnis, (f.). (sollicĭtus). Ansiedade, tormento, aflição, inquietação. Cuidado, responsabilidade.
sollicĭtus,-a,-um. (sollus-cĭeo). Agitado, perturbado, irrequieto, aflito. Ansioso, em estado de alerta. Tímido, recuado, temeroso. Excitado, fascinado. Cuidadoso, responsável, solícito.

solliferrĕum,-i, (n.). (sollus-ferrum). Dardo de ferro.

sollistĭmus,-a,-um. (sollus). Perfeito, muito apropriado (*tripudĭum sollistĭmum* = presságio bastante favorável, ótimo agouro).

sollus,-a,-um. Inteiro, completo.

solo,-as,-are,-aui,-atum. (solus). Tornar isolado. Desolar, devastar.

soloecismus,-i, (m.). Solecismo. Falha, defeito.

solor,-aris,-ari,-atus sum. Confortar, consolar. Amenizar, aliviar, mitigar.

solstitialis, solstitiale. (solstitĭum). Relativo ao solstício. Relativo ao meio-dia, do calor do meio-dia. Relativo ao sol, solar (*solstitialis dies* = o dia mais longo; *solstitialis nox* = a noite mais curta; *solstitialis circŭlus* = o trópico de Câncer).

solstitĭum,-i, (n.). (sol-sisto). Solstício. Solstício de verão, o dia mais longo do ano. Verão, calor de verão.

solum,-i, (n.). Superfície inferior, base, alicerce, fundação. Solo, terra, chão, piso, pavimento. Fundo, profundidade. Local, região, país, território. Solado, planta dos pés.

solum. (solus). Somente, unicamente.

soluo,-is,-ĕre, solui, solutum. Soltar, desatar, desprender. Libertar, livrar, emancipar. Dispensar, desobrigar. Levantar âncora, partir para alto-mar. Dividir, separar, dispersar. Diluir, dissolver. Consumir, destruir, extinguir, abolir, violar. Absolver, inocentar. Relaxar, afrouxar. Minimizar, acalmar, suavizar. Refutar, contestar. Cumprir com as obrigações, pagar.

solus,-a,-um. Sozinho, único, isolado. Solitário, deserto, abandonado.

solute. (solutus). Livremente, de modo desimpedido. Negligentemente.

solutĭlis, solutĭle. (soluo). Que pode ser facilmente solto, solúvel.

solutĭo, solutionis, (f.). (soluo). Dissolução, decomposição. Pagamento. Solução, explicação.

solutus,-a,-um. (soluo). Livre, solto, desamarrado. Desimpedido, fluente. Não condenável, não passível de punição. Distraído, despreocupado. Relaxado, alegre, jovial. Independente, sem controle, não influenciável. Insolente, sem freios, licencioso. Negligente, descuidado. Afeminado, luxurioso. Fraco, frouxo.

somniator, somniatoris, (m.). (somnĭo). O que acredita em sonhos, sonhador.

somniculosus,-a,-um. (somnus). Propenso ao sono, sonolento. Preguiçoso, indolente, ocioso. Que causa sono/torpor.

somnĭfer,-fĕra,-fĕrum. (somnus-fero). Que produz sono, soporífero, sonífero. Que causa torpor.

somnifĭcus,-a,-um. (somnus-facĭo). Que provoca sono, narcótico.

somnĭo,-as,-are,-aui,-atum. (somnĭum). Sonhar. Imaginar, ter devaneios, dizer bobagens.

somnĭum,-i, (n.). (somnus). Sonho. Quimera, ficção, ilusão. Devaneio, fantasia.

somnolentus/somnulentus,-a,-um. (somnus). Sonolento, que está com muito sono.

somnus,-i, (m.). Sono. Inatividade, preguiça. Noite.

sonabĭlis, sonabĭle. (sono). Sonoro, retumbante.

sonacis, ver **sonax.**

sonans, sonantis. (sono). Sonoro, retumbante.

sonantis, ver **sonans.**

sonax, sonacis. (sono). Sonoro, retumbante, ruidoso, barulhento.

sonipĕdis, ver **sonĭpes.**

sonĭpes, sonipĕdis. (sonus-pes). De pés retumbantes.

sonĭtus,-us, (m.). (sono). Som, ruído, barulho. Brado, clamor.

soniuĭus,-a,-um. (sonus). Sonoro, retumbante, ruidoso, barulhento.

sono,-as,-are, sonŭi, sonĭtum. (sonus). Causar ruído, fazer barulho, ressoar, retumbar. Pronunciar, declarar, falar. Fazer soar, entoar. Cantar, recitar, declamar. Significar, querer dizer.

sonor, sonoris, (m.). (sono). Som, ruído, barulho. Brado, clamor.

sonorus,-a,-um. (sonor). Sonoro, ruidoso, barulhento, retumbante.

sons, sontis. Culpado, criminoso. Prejudicial, ofensivo, funesto.

sontis, ver **sons.**

sonus,-i, (m.). (sono). Som, ruído, barulho. Voz, palavra. Tom, característica, estilo. Sonoridade.

sophĭa,-ae, (f.). Sabedoria.
sophisma, sophismătis, (n.). Sofisma, falácia, raciocínio enganoso.
sophista/sophistes,-ae, (m.). Sofista.
sophistĭcus,-a,-um. Sofístico, relativo aos sofistas.
sophos/sophus,-i, (m.). Sábio. (*sophos!* = muito bem! Bravo!)
sopĭo,-is,-ire,-iui/-ĭi,-itum. (sopor). Privar de sentidos, entorpecer. Fazer adormecer, acalmar, colocar para dormir, ninar.
sopor, soporis, (m.). Sono profundo. Estupefação, letargia, estupor. Indiferença, apatia. Papoula, ópio. Poção soporífera.
soporatus,-a,-um. (soporo). Entorpecido, adormecido. Soporífero.
soporĭfer,-fĕra,-fĕrum. (sopor-fero). Soporífero, que provoca sono, que faz dormir, narcótico.
soporo,-as,-are,-aui,-atum. (sopor). Privar de sentidos, entorpecer. Estupefazer. Acalmar, tranquilizar. Tornar soporífero.
soporus,-a,-um. (sopor). Soporífero, que provoca sono.
sorăcum,-i, (n.). Cesto de roupas.
sorbĕo,-es,-ere, sorbŭi. Sugar, absorver, engolir, tragar. Suportar, aguentar, sofrer, tolerar.
sorbĭlis, sorbĭle. (sorbĕo). Que pode ser sugado/absorvido.
sorbillo,-as,-are. (sorbĕo). Bebericar, beber aos poucos.
sorbilo. (sorbĕo). Gota a gota, pedaço a pedaço.
sorbitĭo, sorbitionis, (f.). (sorbĕo). Absorção. Bebida, poção, dose.
sorbo, ver **sorbĕo.**
sorbum,-i, (n.). Sorva (nome de uma fruta).
sorbus,-i, (f.). Pé de sorva.
sordĕo,-es,-ere, sordŭi. Estar sujo/imundo. Ser baixo/vil/ignóbil/sórdido.
sordes, sordis, (f.). (sordĕo). Sujeira, imundície. Pobreza, miséria. Sordidez, indignidade, baixeza. Avareza, mesquinharia. Populacho, plebe, ralé. Roupa de luto. Dor, aflição. Trivialidade de estilo.
sordesco,-is,-ĕre, sordŭi. (sordĕo). Sujar-se, tornar-se imundo.
sordidatus,-a,-um. (sordĭdus). Que usa roupas sujas, mal vestido, maltrapilho. Vestido de luto.
sordĭde. (sordĭdus). De modo sujo/imundo. Pobremente, humildemente. Simplesmente. Sordidamente, torpemente.
sordidŭlus,-a,-um. (sordĭdus). Um tanto sujo, imundo. Baixo, vil, ignóbil, sórdido.
sordĭdus,-a,-um. (sordĕo). Sujo, imundo, esquálido. Pobre, humilde, maltrapilho. Simples, trivial. Sórdido, torpe, vil, ignóbil. Avarento, miserável.
sordis, ver **sordes.**
sorditudĭnis, ver **sorditudo.**
sorditudo, sorditudĭnis, (f.). (sordes). Sujeira, imundície.
sorex, sorĭcis, (m.). Rato.
soricinus,-a,-um. (sorex). De rato.
sorĭcis, ver **sorex.**
sorites,-ae, (f.). Sofisma formado por uma sequência de argumentos.
soror, sororis, (f.). Irmã. Prima. Companheira, colega.
sororicida,-ae, (m.). (soror-caedo). Assassino da irmã.
sororĭo,-as,-are. (soror). Crescer ao mesmo tempo, inchar/intumescer conjuntamente.
sororĭus,-a,-um. (soror). De irmã.
sors, sortis, (f.). Sorte, destino, acaso. Sorteio. Cargo, função, obrigação (designada por meio de sorteio). Resposta do oráculo, profecia, vaticínio. Capital, patrimônio. Parcela, quinhão. Classe social.
sorsum, ver **seorsum.**
sorticŭla,-ae, (f.). (sors). Cédula de votação.
sortilĕgus,-a,-um. (sors-lego,-is,-ĕre). Profético, de adivinhação.
sortĭor,-iris,-iri,-itus sum. (sors). Tirar à sorte, sortear. Dividir, distribuir, partilhar. Escolher, eleger, selecionar. Obter, receber.
sortis, ver **sors.**
sortitĭo, sortitionis, (f.). (sors). Sorteio.
sortito. (sortĭor). Através de sorteio. Por força do destino.
sortitus,-us, (m.). (sors). Sorteio. Cédula de votação. Sorte, destino, acaso.
sospes, sospĭtis. A salvo, preservado, ileso. Favorável, propício, auspicioso.
sospitalis, sospitale. (sospes). Que garante a salvação/preservação, salutar.
sospitator, sospitatoris, (m.). (sospĭto). Salvador, preservador, redentor.

sospitatrix, sospitatricis, (f.). (sospitator). Salvadora, preservadora, redentora.
sospĭtis, ver **sospes.**
sospĭto,-as,-are. (sospes). Salvar, manter em segurança, preservar, proteger.
sotērĭa,-orum, (n.). Presentes de felicitação (por ter recobrado a saúde ou escapado de grande perigo).
spadĭcis, ver **spadix.**
spadix, spadĭcis. I - Castanho, marrom. II (como subst.) - Um tipo de instrumento de corda.
spado, spadonis, (m.). O que não possui capacidade reprodutiva, impotente (por natureza ou por castração). Castrado, eunuco. Planta estéril.
spargo,-is,-ĕre, sparsi, sparsum. Espargir, espalhar daqui e dali, disseminar. Regar, borrifar. Molhar, umedecer. Separar, dispersar, dividir. Dissipar, desperdiçar. Distribuir, estender. Interpor, inserir. Fazer circular, espalhar (uma notícia).
sparsim. (spargo). Aqui e ali, dispersamente.
sparsĭo, sparsionis, (f.). (spargo). Aspersão. Distribuição.
spartĕus,-a,-um. (spartum). De esparto.
spartum,-i, (n.). Esparto (espécie de junco proveniente da Espanha).
sparŭlus,-i, (m.). (sparus). Um tipo de peixe.
sparus,-i, (m.). Pequeno dardo (com uma lâmina curva). Um tipo de peixe.
spatalocinaedus,-i, (m.). Devasso, indecente.
spatha,-ae, (f.). Espátula. Espada.
spathalĭum,-i, (n.). Ramo de palmeira.
spatĭor,-aris,-ari,-atus sum. (spatĭum). Caminhar, passear, andar a ermo, errar. Avançar, espalhar-se, mover-se ao longo de. Estender-se, expandir.
spatiosus,-a,-um. (spatĭum). Espaçoso, amplo, extenso, vasto. Prolongado, contínuo, de longa duração. Abrangente.
spatĭum,-i, (n.). Espaço. Distância, intervalo. Tamanho, volume, extensão. Passeio, calçada, local público. Caminhada, percurso. Trilha, pista. Compartimento, cômodo. Espaço de tempo, período, duração. Oportunidade, ocasião. Medida, quantidade.
specialis, speciale. (specĭes). Individual, especial, particular.
specĭes,-ei, (f.). Vista, visão, olhar. Aparência, aspecto exterior. Figura, formato, forma, configuração. Imagem, estátua. Esplendor, beleza. Máscara, disfarce, pretexto. Ideia, noção. Aparição, espectro, fantasma. Reputação, honra. Espécie, tipo, qualidade. Mercadoria. Consideração, ponto de vista.
specillum,-i, (n.). (specĭo). Sonda.
specĭmen, specimĭnis, (n.). (specĭo). Marca, sinal, evidência, prova, indicação. Paradigma, modelo, exemplo. Ornamento, honra.
specimĭnis, ver **specĭmen.**
specĭo,-is,-ĕre, spexi, spectum. Olhar, ver.
speciosus,-a,-um. (specĭes). Belo, bonito, esplêndido, magnífico, brilhante, elegante. Plausível, admissível, razoável.
spectabĭlis, spectabĭle. (specto). Visível, que pode ser visto. Digno de se ver, notável, admirável.
spectacŭlum,-i, (n.). (specto). Mostra, exibição, espetáculo, apresentação. Teatro, jogos públicos. Plateia, lugares no teatro. Maravilha, prodígio, coisa admirável.
spectamen, spectamĭnis, (n.). (specto). Marca, sinal, evidência, prova, indicação. Mostra, exibição, espetáculo, apresentação.
spectamĭnis, ver **spectamen.**
spectatĭo, spectationis, (f.). (specto). Olhar, visão, contemplação. Exame, análise, comprovação. Respeito, consideração.
spectatiuus,-a,-um. (specto). Especulativo.
spectator, spectatoris, (m.). (specto). Espectador, observador. Examinador, julgador, crítico.
spectatricis, ver **spectatrix.**
spectatrix, spectatricis, (f.). (spectator). Espectadora, observadora. Examinadora, julgadora.
spectatus,-a,-um. (specto). Observado, contemplado. Visto. Examinado, experimentado, testado. Considerável, notável.
spectĭo, spectionis, (f.). (specĭo). (Direito de) observação dos auspícios.
specto,-as,-are,-aui,-atum. (specĭo). Olhar fixamente, fitar, observar, contemplar. Assistir a, ver (um espetáculo). Considerar, apreciar, estimar. Objetivar, ter como meta, aspirar. Examinar, experimentar, testar. Ter relação com, ser pertinente a, referir-se a.

spectrum,-i, (n.). (specĭo). Aparência, forma, imagem. Aparição, espectro, fantasma.
specŭla,-ae, (f.). (specĭo/spes). I - Observatório, posto de observação. Altura, eminência, ponto mais alto. II - Pouca esperança.
speculabĭlis, speculabĭle. (specŭlum). Visível, que está à vista.
speculabundus,-a,-um. (specŭlor). Que está na expectativa, que aguarda. Que observa.
spacularĭa, speculariorum/specularĭum, (n.). (specŭlor). Vidro da janela, vidraça.
specularis, speculare. (specŭlum). De espelho, como um espelho.
speculator, speculatoris, (m.). (specŭlor). Espião, batedor, explorador. Investigador, examinador, pesquisador.
speculatorĭus,-a,-um. (speculator). De espião, relativo a batedor.
speculatrix, speculatricis, (f.). (speculator). Espiã, exploradora. Investigadora, examinadora, pesquisadora.
specŭlor,-aris,-ari,-atus sum. (specĭo). Espiar, observar, examinar, explorar.
specŭlum,-i, (n.). (specĭo). Espelho. Cópia, imitação.
specus,-us, (m.). Caverna, gruta, toca, covil, antro. Cavidade, brecha, fenda, duto, canal.
spelaeum,-i, (n.). Caverna, gruta, toca, covil, antro.
spelunca,-se, (f.). Caverna, gruta, toca, covil, antro.
sperabĭlis, sperabĭle. (spero). Que pode ser esperado.
sperno,-is,-ĕre, spreui, spretum. Partir, romper, separar, dividir. Desprezar, rejeitar, desdenhar, repelir.
spero,-as,-are,-aui,-atum. (spes). Esperar, aguardar, confiar. Recear, temer, estar apreensivo.
spes,-ei, (f.). Esperança, expectativa, perspectiva. Temor, mau pressentimento, receio.
sphaera,-ae, (f.). Esfera, globo, círculo, bola.
sphaeristerĭum,-i, (n.). Área para jogar bola, quadra de jogos.
sphintrĭa,-ae, (m.). Prostituto.
spica,-ae, (f.). Espiga. Vagem. Parte superior (de algumas plantas). Um tipo de tijolo (usado para pavimentação).
spicĕus,-a,-um. (spica). Coberto de espigas.
spicĭfer,-fĕra,-fĕrum. (spica-fero). Que produz espigas.

spicĭo, ver specĭo.
spico,-as,-are,-,-atum. (spica). Preencher com espigas. Colocar em forma de espiga.
spicŭlo,-as,-are. (spicŭlum). Afiar, amolar, fazer ponta fina.
spicŭlum,-i, (n.). (spica). Ponta afiada, espinho. Ferrão. Dardo, flecha.
spicum/spicus, ver spica.
spina,-ae, (f.). Espinho. Ferrão. Espinheira, roseira. Espinha dorsal, coluna vertebral. Costas. Dificuldade, perplexidade. Cuidados, preocupações. Erro, engano, equívoco.
spinetum,-i, (n.). (spina). Cerca de espinhos, moita espinhosa.
spinĕus,-a,-um. (spina). Feito de espinhos, em forma de espinho.
spinĭfer,-fĕra,-fĕrum. (spina-fero). Que tem espinhos.
spinosus,-a,-um. (spina). Coberto de espinhos, espinhoso.
spint(h)er, spint(h)eris, (n.). Bracelete.
spintrĭa, ver sphintrĭa.
spinturnicis, ver spinturnix.
spinturnicĭum,-i, (n.). (spinturnix). Pequeno pássaro de mau agouro.
spinturnix, spinturnicis, (f.). Um tipo de pássaro (desagradável de se ver).
spinus,-i, (f.). (spina). Ameixa preta (cuja árvore tem espinhos).
spira,-ae, (f.). Cone, rolo, espiral, bobina, rosca. Base de uma coluna. Bolo trançado. Trança (de cabelo). Cordão trançado (para prender o chapéu).
spirabĭlis, spirabĭle. (spiro). Respirável, próprio para respirar. Que mantém a vida, vital. Respiratório.
spiracŭlum,-i, (n.). (spiro). Passagem de ar, duto para respiração.
spiramen, spiramĭnis, (n.). (spiro). Passagem de ar, duto para respiração. Respiração, ventilação.
spiramentum,-i, (n.). (spiro). Passagem de ar, duto para respiração. Pequena pausa, intervalo curto. Respiração, ventilação.
spiramĭnis, ver spiramen.
spirĭtus,-us, (m.). (spiro). Sopro, brisa, respiração, hálito. Suspiro. Ar. Exalação, odor, cheiro, aroma. Inspiração, sopro divino. Assobio, silvo. Orgulho, arrogância. Energia, coragem. Espírito, alma, sentimento.

spiro,-as,-are,-aui,-atum. Soprar, exalar. Respirar, inalar. Viver, estar vivo. Ser favorável a, favorecer. Estar inspirado poeticamente. Mostrar, expressar, manifestar. Aspirar, estar ávido por.

spissatĭo, spissationis, (f.). (spisso). Condensação.

spisse. (spissus). De modo denso/compacto/espesso/consistente. Lentamente, vagarosamente. Com dificuldade.

spissesco,-is,-ĕre. (spissus). Tornar-se denso, condensar-se.

spissigrădus,-a,-um. (spissus-gradĭor). Que anda devagar, que dá passos lentos.

spissitudĭnis, ver spissitudo.

spissitudo, spissitudĭnis, (f.). (spissus). Densidade, consistência.

spisso,-as,-are,-aui,-atum. (spissus). Tornar denso, condensar. Coagular. Apertar, comprimir.

spissus,-a,-um. Denso, compacto, espesso, consistente. Lento, vagaroso. Difícil, penoso.

splen, splenis, (m.). Baço.

splendĕo,-es,-ere. Brilhar, resplandecer, reluzir. Ser ilustre.

splendesco,-is,-ĕre, splendŭi. (splendĕo). Tornar-se brilhante/resplandecente.

splendĭdus,-a,-um. (splendĕo). Brilhante, resplandecente, reluzente. Límpido, transparente. Esplêndido, magnífico, suntuoso. Ilustre, nobre, distinto. Fino, elegante.

splendor, splendoris, (m.). (splendĕo). Brilho, esplendor. Suntuosidade, magnificência. Honra, dignidade, excelência.

spleniatus,-a,-um. (splenĭum). Emplastrado.

splenis, ver splen.

splenĭum,-i, (n.). Emplastro.

spoliarĭum,-i, (n.). (spolĭum). Lugar no anfiteatro (reservado ao despojamento dos gladiadores mortos). Esconderijo de ladrões.

spoliatĭo, spoliationis, (f.). (spolĭo). Espoliação, pilhagem, roubo.

spoliator, spoliatoris, (m.). (spolĭo). Ladrão, espoliador.

spoliatricis, ver spoliatrix.

spoliatrix, spoliatricis, (f.). (spolĭo). Ladra, espoliadora.

spoliatus,-a,-um. (spolĭo). Despido, desnudado. Privado, despojado. Roubado, pilhado, espoliado. Vazio.

spolĭo,-as,-are,-aui,-atum. (spolĭum). Despir, desnudar. Privar, despojar. Roubar, pilhar, espoliar.

spolĭum,-i, (n.). Pele, couro (de um animal). Armas tomadas a um inimigo, despojos, espólio de guerra. Saque, roubo. Vitória, triunfo.

sponda,-ae, (f.). Armação, estrutura (de cama, poltrona, assento, etc). Cama, poltrona. Caixão, esquife.

spondalĭum,-i, (n.). Hino sacrificial ao som da flauta.

spondaul-, ver spondal-.

spondĕo,-es,-ere, spopondi, sponsum. Prometer solenemente, comprometer-se, obrigar-se. Ser fiador de, responder por. Firmar compromisso (de casamento). Prestar juramento. Assegurar, certificar, garantir.

spondĕus,-i, (m.). Vaso usado para fazer libações. Espondeu (pé métrico de quatro tempos composto de duas sílabas longas).

spondylus,-i, (m.). Junta espinhal, vértebra. Um tipo de molusco.

spongĭa,-ae, (f.). Esponja. Casaco (de malha trabalhada como esponja). Raiz (de algumas plantas). Pedra porosa, pedra-pomes.

sponsa,-ae, (f.). (spondĕo). Noiva, mulher comprometida.

sponsalĭa, sponsalĭum/ sponsaliorum, (n.). (spondĕo). Esponsais, pedido de casamento, noivado. Banquete de noivado, festa para celebrar o compromisso firmado.

sponsalis, sponsale. (spondĕo). Relativo ao pedido de casamento, de noivado.

sponsĭo, sponsionis, (f.). (spondĕo). Compromisso solene, promessa, garantia. Acordo entre as partes, consignação judiciária. Aposta.

sponsiuncŭla,-ae, (f.). (spondĕo). Pequena promessa, acordo ligeiro.

sponsor, sponsoris, (m.). (spondĕo). Fiador.

sponsum,-i, (n.). (spondĕo). Compromisso, acordo, promessa.

sponsus,-i, (m.). (spondĕo). Noivo, homem comprometido.

sponsus,-us, (m.). (spondĕo). Compromisso, acordo, promessa.

sponte. (spondĕo). Espontaneamente, de livre e espôntanea vontade. Em separado, isoladamente. Naturalmente, instintivamente.

spontis [suae]. (spondĕo). De caráter autônomo, senhor de si.
sportella,-ae, (f.). (sporta). Pequena cesta.
sportŭla,-ae, (f.). (sporta). Pequena cesta. Presente.
spretor, spretoris, (m.). (sperno). Desdenhador, desprezador, dissipador, esbanjador.
spretus,-us, (m.). (sperno). Desprezo, menosprezo, desdém.
spuma,-ae, (f.). (spŭo). Espuma, baba, saliva, gosma.
spumatus,-us. (spumo). Espuma, baba, saliva, gosma.
spumesco,-is,-ĕre. (spuma). Começar a espumar/babar, cobrir-se de gosma.
spumĕus,-a,-um. (spuma). Espumante, cheio de saliva, coberto de gosma.
spumĭfer,-fĕra,-fĕrum. (spuma-fero). Espumante, coberto de gosma.
spumĭger,-gĕra,-gĕrum. (spuma-gero). Espumoso, gosmento, que produz baba.
spumo,-as,-are,-aui,-atum. (spuma). Espumar. Fazer espumar, cobrir de espuma. Ferver, efervescer.
spumosus,-a,-um. (spuma). Espumoso, espumante, Efervescente, explosivo.
spŭo,-is,-ĕre, spŭi, sputum. Cuspir. Descartar cuspindo, vomitar.
spurce. (spurcus). De modo sujo/impuro/baixo/vil/ignóbil. Sombriamente, tenebrosamente.
spurcidĭcus,-a,-um. (spurcus-dico). Indecente, obsceno.
spurcifĭcus,-a,-um. (spurcus-facĭo). Que age de modo sujo/impuro/baixo/vil/ignóbil.
spurco,-as,-are,-aui,-atum. (spurcus). Sujar, macular, corromper, poluir.
spurcus,-a,-um. Sujo, impuro. Baixo, vil, ignóbil. Sombrio, tenebroso.
sputator, sputatoris, (m.). (sputo). Cuspidor.
sputo,-as,-are. (spŭo). Cuspir.
sputum,-i, (n.). (spŭo). Cuspe, escarro. Chapa leve e fina.
squalĕo,-es,-ere. (squalor). Ser áspero, estar coberto de crostas/escamas. Estar ressecado. Estar deserto/abandonado. Estar descuidado/fora de ordem. Estar de luto.
squalidĭus. (squalĭdus). De modo muito descuidado, muito negligentemente.
squalĭdus,-a,-um. (squalĕo). Áspero, escamoso, coberto de crostas. Sujo, esquálido. Deserto, abandonado, não cultivado. Obscuro, melancólico, triste. Rude, tosco, sem adorno.
squalĭtas, squalitatis, (f.). (squalĕo). Sujeira, imundície.
squalitatis, ver **squalĭtas.**
squalitudĭnis, ver **squalitudo.**
squalitudo, squalitudĭnis, (f.). (squalĭdus). Sujeira, imundície.
squalor, squaloris, (m.). Dureza, firmeza, aspereza. Sujeira, imundície. Desolação, abandono. Luto, lamentação.
squalus,-a,-um. Imundo, sujo, esquálido.
squama,-ae, (f.). Escama. Peixe. Armadura, couraça (em forma de escama). Casca. Catarata (nos olhos).
squamĕus,-a,-um. (squama). Escamoso, coberto de escamas.
squamĭfer,-fĕra,-fĕrum. (squama-fero). Que tem escamas, escamoso.
squamĭger,-gĕra,-gĕrum. (squama-gero). Escamoso, coberto de escamas.
squamosus,-a,-um. (squama). Escamoso, coberto de escamas. Áspero, rude.
squilla, ver **scilla.**
st. Silêncio! Atenção! Psiu!
stabilimentum,-i, (n.). (stabilĭo). Apoio, suporte, sustentáculo.
stabilĭo,-is,-ire,-iui,-itum. (stabĭlis). Tornar firme/constante/estável. Fixar, estabelecer. Fortalecer, apoiar, sustentar.
stabĭlis, stabĭle. (sto). Firme, constante, estável. Permanente, imutável, não oscilante. Intrépido, determinado, resoluto.
stabilĭtas, stabilitatis, (f.). (stabĭlis). Firmeza, estabilidade, constância, imutabilidade, solidez.
stabilitatis, ver **stabilĭtas.**
stabilĭter. (stabĭlis). Firmemente, de modo estável/constante.
stabilitor, stabilitoris, (m.). (stabilĭo). Apoio, suporte, sustentáculo.
stabŭlor,-aris,-ari,-atus sum. (stabŭlum). Residir, ter domicílio. Alojar/abrigar num estábulo.
stabŭlum,-i, (n.). (sto). Residência, domicílio, morada, habitação. Estábulo, estrebaria, cercado. Rebanho, bando, manada. Cabana, albergue, hospedaria, taberna. Lupanar, bordel.
stacta,-ae, (f.). Óleo/essência de mirra.

stacte, stactes, ver **stacta.**
stadĭum,-i, (n.). Estádio (unidade de medida de distância correspondente a cerca de 600 pés). Corrida. Competição, torneio, debate.
stagno,-as,-are,-aui,-atum. (stagnum). Formar uma poça de água. Estagnar, estar parado. Estar inundado. Cobrir com água, inundar.
stagnum,-i, (n.). Água parada. Lago, pântano, piscina. Águas do mar, mares.
stalagmĭum,-i, (n.). Brinco.
stamen, stamĭnis, (n.). (sto). Urdidura. Linha de coser, fio de costura. Faixa, atadura. Roupa, vestimenta.
staminatus,-a,-um. (stamen). Formado por fios.
stamineŭs,-a,-um. (stamen). Formado por fios, coberto de linhas. Fibroso.
stamĭnis, ver **stamen.**
stannum,-i, (n.). Liga de prata e chumbo. Estanho.
statarĭa,-ae, (f.). (sto). Tipo de comédia caracterizada pela pequena mobilidade dos atores.
statarĭus,-a,-um. (sto). Fixo, firme, constante, invariável. Calmo, tranquilo.
statera,-ae, (f.). Balança. Valor, valia, importância.
staticŭlus,-i, (m.). Um tipo de dança suave.
statim. (sto). Fixamente, firmemente, invariavelmente. Imediatamente, prontamente, instantaneamente. Regularmente, constantemente.
statĭo, stationis, (f.). (sto). Ação de ficar quieto, ausência de movimento, imobilidade. Permanência, estada, morada, domicílio. Lugar, posição. Posto de vigília, guarita, sentinela. Posto de trabalho, função, cargo. Porto, ancoradouro.
statiua,-orum, (n.). (sto). Acampamento permanente.
statiuus,-a,-um. (sto). Fixo, invariável, permanente.
stator, statoris, (m.). (sto). Mensageiro do magistrado.
statŭa,-ae, (f.). (statŭo). Estátua, imagem.
statuarĭus,-a, um. (statŭa). Relativo a estátuas, de estátua.
statumen, statumĭnis, (n.). (statŭo). Base, suporte, fundação. Viga, barra.
statumĭnis, ver **statumen.**
statumĭno,-as,-are. (statumen). Dar suporte, apoiar, segurar.
statŭo,-is,-ĕre, statŭi, statutum. (sto). Fixar verticalmente, firmar, colocar de pé, postar. Erigir, construir, fazer, solidificar. Estabelecer, fundar. Plantar. Pôr, colocar. Fazer cessar, parar, frear, estabelecer o fim. Constituir, criar. Determinar, impor, decidir. Decretar, ordenar, prescrever. Decidir, resolver. Contar, enumerar. Julgar, pensar, considerar. (*modum statuĕre* = impor limites/restrições, fixar regras; *de se statuĕre* = cometer suicídio; *de capite statuĕre* = determinar a sentença de morte).
statura,-ae, (f.). (sto). Altura, estatura.
status,-us, (m.). (sto). Postura, posição, posicionamento do corpo. Estado, situação, circunstância, condição. Maneira de se vestir, aparência. Tamanho, altura, estatura. Convicção, princípios, argumentação. Posição social. Situação política, ordem pública. Instituição política, forma de governo. Marca, característica, traço distintivo. Questão essencial, ponto central. Modo verbal.
stela,-ae, (f.). Pilar, coluna, bloco, cepo.
stella,-ae, (f.). Estrela. Meteoro, estrela cadente. Astro, constelação. Sol.
stellans, stellantis, (stello). Estrelado. Luminoso, brilhante.
stellatus,-a,-um. (stella). Estrelado, coberto de estrelas. Brilhante, cintilante, faiscante. Que possui muitos olhos.
stellĭfer,-fĕra,-fĕrum. (stella-fero). Que possui estrelas, estrelado.
stellĭger,-gĕra,-gĕrum. (stella-gero). Condutor de estrelas.
stellĭo, stellionis, (m.). (stella). Tipo de lagarto anfíbio (que possui manchas semelhantes a estrelas). Astucioso, velhaco.
stello,-as,-are,-,-atum. (stella). Estar coberto de estrelas, estar brilhante/cintilante. Cobrir de estrelas.
stemma, stemmătis, (n.). Guirlanda. Árvore genealógica. Nobreza, grandeza, elevação.
stemmătis, ver **stemma.**
stercorĕus,-a,-um. (stercus). Fedorento, malcheiroso.
stercŏris, ver **stercus.**

stercŏro,-as,-are,-aui,-atum. (stercus). Adubar, estercar, colocar estrume.
sterculinĭum, ver **sterquilinĭum.**
stercus, stercŏris, (n.). Excremento, esterco, estrume.
sterilesco,-is,-ĕre. (sterĭlis). Esterilizar-se, tornar-se improdutivo/infértil.
sterilicŭla,-ae, (f.). (sterĭlis). Útero de porca que nunca pariu.
sterĭlis, sterĭle. Estéril, infértil, improdutivo. Que causa esterilidade. Vazio, desguarnecido, desprovido. Inútil, sem proveito, vão.
sterilĭtas, sterilitatis, (f.). (sterĭlis). Esterilidade, infertilidade, improdutividade. Pobreza, escassez, insuficiência de recursos.
sternacis, ver **sternax.**
sternax, sternacis. (sterno). Que (se) lança ao chão.
sterno,-is,-ĕre, straui, stratum. Expandir, espalhar, estender. Nivelar, aplainar. Acalmar, tranquilizar, mitigar. Cobrir, pavimentar. Preparar, arranjar, fazer. Selar. Derrubar, prostrar, abater.
sternumentum,-i, (n.). (sternŭo). Espirro. Meio de fazer espirrar.
sternŭo,-is,-ĕre, sternŭi, sternutum. Espirrar. Estalar, crepitar. Sinalizar favoravelmente através de um espirro.
sternutamentum,-i, (n.). (sternuto). Espirro.
sternuto,-as,-are. (sternŭo). Espirrar repetidas vezes, ter crise de espirros.
sterquilin(ĭ)um,-i, (n.). (stercus). Estrumeira, monte de excrementos.
sterto,-is,-ĕre, stertŭi. Roncar.
stibadĭum,-i, (n.). Leito semicircular.
stigma, stigmătis, (n.). Marca de ferro em brasa, ferrete (impresso em escravos como sinal de desgraça). Estigma. Corte, cicatriz.
stigmatĭas,-ae, (m.). O que possui marcas de ferro em brasa.
stigmătis, ver **stigma.**
stigmosus,-a,-um. (stigma). Coberto de marcas de ferro em brasa.
stiliadĭum, ver **stillicidĭum.**
stilla,-ae, (f.). Gota (densa, viscosa ou resinosa). Pequena quantidade.
stillarĭum,-i, (n.). (stilla). Pequeno acréscimo, adição de uma gota.
stillatim. (stilla). Gota a gota.
stillicidĭum,-i, (n.). (stilla-cado). Líquido que cai gota a gota. Água da chuva que cai dos telhados.
stillo,-as,-are,-aui,-atum. (stilla). Gotejar, escorrer gota a gota, pingar. Fazer gotejar, destilar.
stilus,-i, (m.). Estaca. Instrumento de poda. Haste, talo. Ponteiro, estilo (instrumento pontiagudo, geralmente de ferro ou de osso, usado para escrever em tábuas enceradas). Prática de composição, maneira de escrever, estilo. Maneira de falar, modo de expressão. Decisão, veredicto, palavra final.
stimulatĭo, stimulationis, (f.). (stimŭlus). Ação de aguilhoar, Estímulo, excitação, instigação, encorajamento, impulso.
stimulator, stimulatoris, (m.). (stimŭlo). Estimulador, instigador, encorajador.
stimulatricis, ver **stimulatrix.**
stimulatrix, stimulatricis, (f.). (stimŭlo). Estimuladora, instigadora, encorajadora.
stimulĕus,-a,-um. (stimŭlus). De aguilhão/espeto.
stimŭlo,-as,-are,-aui,-atum. (stimŭlus). Aguilhoar, espetar, ferroar. Atormentar, perturbar, vexar, inquietar. Excitar, estimular, instigar, encorajar. Fazer reviver, reerguer.
stimŭlus,-i, (m.). Aguilhão, espeto. Estaca pontiaguda. Ferrão, espinho. Picada, espetada, ferroada. Incentivo, estímulo, instigação, encorajamento.
stinguo,-is,-ĕre. Extinguir, acabar, destruir. Apagar.
stipatĭo, stipationis, (f.). (stipo). Aglomerado de pessoas, comitiva, séquito. Multidão, tropel.
stipator, stipatoris, (m.). (stipo). Segurança, guarda-costas.
stipendiarĭus,-a,-um. (stipendĭum). Tributário, sujeito a cobrança de imposto, passível de tributação. Mercenário, que combate por dinheiro.
stipendĭor,-aris,-ari,-atus sum. (stipendĭum). Receber pagamento para lutar, combater por dinheiro.
stipendĭum,-i, (n.). Taxação, imposto, tributação, contribuição. Dívida, obrigação. Punição, penalidade. Salário, meio de subsistência, renda. Pagamento, estipêndio. Serviço militar. Operação de guerra, campanha militar.

stipes, stipĭtis, (m.). Tronco de árvore, tora, talo, haste. Árvore. Galho, ramo. Imbecil.
stipis, ver **stips.**
stipĭtis, ver **stipes.**
stipo,-as,-are,-aui,-atum. Comprimir, pressionar, ajuntar, reunir, aglomerar. Encher, abarrotar, rechear. Acompanhar de perto, cercar, rodear, proteger.
stips, stĭpis, (f.). I - Brinde, presente. Contribuição, doação, esmola, donativo. Benefício, proveito. II - o mesmo que *stipes*.
stipŭla,-ae, (f.). (stipes). Talo, haste, pedúnculo. Folhagem, grama. Palha, restolho.
stipulatĭo, stipulationis, (f.). (stipŭlor). Compromisso formal, promessa de pagamento, acordo, trato.
stipulatiuncŭla,-ae, (f.). (stipulatĭo). Acordo insignificante, promessa sem valor.
stipulator, stipulatoris, (m.). (stipŭlor). O que propõe um acordo, o que estipula um compromisso, intermediário.
stipulatus,-us, (m.). (stipŭlor). Compromisso formal, promessa de pagamento, acordo, trato.
stipŭlor,-aris,-ari,-atus sum. Exigir um compromisso formal, estipular um compromisso, intermediar um acordo. Comprometer-se, obrigar-se através de compromisso.
stirĭa,-ae, (f.). Gota congelada.
stirpes/stirpis, ver **stirps.**
stirpesco,-is,-ĕre. (stirps). Produzir brotos. Ter filhos.
stirpĭtus. (stirps). Pela raiz. Radicalmente, completamente.
stirps, stirpis, (m./f.). Tronco, haste, talo. Raiz. Planta, arbusto. Broto, rebento. Raça, estirpe, família, linhagem. Filho, descendente, progênie. Fonte, origem, fundação, causa, elemento desencadeador.
stiua,-ae, (f.). Rabiça, guidão do arado.
stlis. forma arcaica de **lis.**
sto,-as,-are, steti, stătum. Estar de pé, estar na vertical. Ficar firme, estar imóvel, parar. Durar, resistir, continuar. Perseverar, persistir. Estabelecer, determinar. Demorar, tardar, levar muito tempo. Permanecer na linha de batalha, combater. Contestar, opor-se. Ancorar. Condensar, coagular. Estar erigido/fixo. Estar cheio/coberto de. Custar, valer. Ser, estar.

stoĭca,-orum, (n.). (stoĭcus). Filosofia estóica.
stoĭcus,-a,-um. Estóico, relativo à filosofia estóica.
stŏla,-ae, (f.). Peça de roupa comprida. Vestido longo (usado pelas matronas romanas). Mulher nobre, matrona, dama.
stolatus,-a,-um. (stŏla). Que se veste de *stola*. Nobre, ilustre. Digno de uma matrona.
stolĭde. (stolĭdus). De modo rude/grosseiro/áspero/estúpido, tolamente.
stolidĭtas, stoliditatis, (f.). (stolĭdus). Estupidez, tolice, obtusidade.
stoliditatis, ver **stolidĭtas.**
stolĭdus,-a,-um. Incapaz de se mover. Rude, grosseiro, áspero. Obtuso, estúpido, tolo. Inerte, inoperante.
stomachĭcus,-a,-um. Que sofre do estômago, que tem problema estomacal.
stomăchor,-aris,-ari,-atus sum. (stomăchus). Estar irritado/rabugento/de mau humor.
stomachosĭus. (stomachosus). De modo nervoso/rabugento/mal humorado.
stomachosus,-a,-um. (stomăchus). Irritado, nervoso, rabugento, mal humorado.
stomăchus,-i, (m.). Garganta, goela, tubo digestivo, esôfago. Estômago. Gosto, preferência, inclinação. Irritação, aborrecimento, vexação. Paciência, persistência. (*bonus stomăchus* = boa digestão, bom humor, calma, tranquilidade).
storĕa/storĭa,-ae, (f.). Esteira, capacho.
strabo, strabonis, (m.). Vesgo, estrábico. Invejoso, ciumento.
strabonus,-a,-um, ver **strabus.**
strabus,-a,-um. (strabo). Vesgo, estrábico.
strages, stragis, (f.). (sterno). Desabamento, destruição, ruína. Subversão, tumulto, confusão. Massacre, carnificina, matança.
stragŭla,-ae, (f.). (stragŭlus). Cobertor, colcha, manta. Mortalha.
stragŭlum,-i, (n.). (stragŭlus). Cobertura. Cobertor, colcha, manta. Mortalha. Tapete, capacho.
stragŭlus,-a,-um. (sterno). Que serve para cobrir.
stramen, stramĭnis, (n.). (sterno). Palha, feno.
stramenticĭus,-a,-um. (stramentum). De palha.

stramentum,-i, (n.). (sterno). Palha, feno. Cobertor, colcha, manta. Tapete, capacho.
stramĭnĕus,-a,-um. (stramen). Feito de palha.
stramĭnis, ver **stramen.**
strangulatĭo, strangulationis, (f.). Ação de sufocar, estrangulamento.
strangŭlo,-as,-are,-aui,-atum. Sufocar, estrangular, asfixiar. Matar. Tornar improdutivo. Atormentar, torturar.
strangurĭa,-ae, (f.). Dificuldade para urinar, liberação dolorosa de urina.
strata,-ae, (f.). (sterno). Via pública, estrada pavimentada.
strategema, strategemătis, (n.). Estratagema. Artifício, ardil, artimanha, embuste.
strategemătis, ver **strategema.**
strategus,-i, (m.). General, comandante, estrategista, líder militar. Anfitrião, o que preside um banquete.
stratiotĭcus,-a,-um. Pertencente a um soldado, militar.
stratum,-i, (n.). (sterno). Cobertor, colcha, manta, lençol. Cama, leito. Sela, selim. Pavimentação.
stratura,-ae, (f.). (sterno). Pavimentação, calçamento.
strena,-ae, (f.). Prognóstico, presságio, agouro, vaticínio. Presente de passagem de ano.
strenŭe. (strenŭus). Ativamente, vigorosamente, vivazmente, agilmente. Diligentemente.
strenuĭtas, strenuitatis, (f.). (strenŭus). Atividade, vivacidade, agilidade. Diligência, zelo.
strenuitatis, ver **strenuĭtas.**
strenŭus,-a,-um. Estrênuo, ativo, vigoroso, vivaz, ágil. Diligente. Irrequieto, turbulento.
strepĭto,-as,-are. (strepo). Fazer grande barulho, provocar ruídos estrondosos.
strepĭtus,-us, (m.). (strepo). Barulho, estrondo, ruído contínuo. Som.
strepo,-is,-ĕre, strepŭi, streptum. Fazer barulho, retumbar, ribombar. Murmurar. Ressoar. Vociferar.
stria,-ae, (f.). Sulco, rego, canal. Linha paralela (de uma coluna), vinco.
striata,-ae, (f.). (strio). Um tipo de molusco.
strictim. (stringo). Estreitamente, rente. Levemente, superficialmente. Brevemente, sumariamente.
strictura,-ae, (f.). (stringo). Contração, compressão. Pressão, sofrimento, tormento. Barra de ferro batido.
strictus,-a,-um. (stringo). Apertado, comprimido, contraído. Breve, estrito, conciso.
stridĕo,-es,-ere, stridi. Produzir um som estridente/agudo, ranger, chiar, zumbir, silvar, assobiar.
strido, ver **stridĕo.**
stridor, stridoris, (m.). (stridĕo). Som estridente, rangido, chio, zumbido, assobio, silvo. Murmúrio.
stridŭlus,-a,-um. (stridĕo). Estridente, agudo, penetrante.
striga,-ae, (f.). (strix). Bruxa, feiticeira.
strigĭlis, strigĭlis, (f.). (stringo). Espécie de espátula (usada para remover impurezas da pele durante o banho). Instrumento médico (em forma de espátula, usado para pingar medicamento no ouvido). Pequena quantidade (de ouro hispânico). Linha paralela (de uma coluna), vinco.
strigis, ver **strix.**
strigo,-as,-are. (strix). Parar, conter, refrear. Desistir, sucumbir, perder as forças.
strigosus,-a,-um. (stringo). Magro, lânguido, fino, delgado. Seco, insípido.
stringo,-is,-ĕre, strinxi, strictum. Apertar, estreitar, comprimir, compactar. Tocar de leve, roçar, resvalar. Podar, cortar, desbastar. Tratar brevemente, mencionar, resumir. Gastar, consumir. Afetar, atingir, ferir, causar dor. Atacar, investir contra. Passar rente, costear. Empunhar, desembainhar a espada.
strio,-as,-are. (stria). Fazer sulcos/regos, prover de canais. Entalhar, vincar, estriar.
strix, strigis, (f.). I - Mocho (espécie de coruja que, segundo a crença, chupava sangue das crianças). Bruxa, feiticeira. II - Sulco, rego, canal, vinco.
stropha,-ae, (f.). Estrofe. Artimanha, artifício, ardil.
strophĭum,-i, (n.). Fita, tira, faixa (usada para sustentar os seios). Corda, cabo.
strophus,-i, (m.). Dor de barriga, cólica intestinal.
structĭlis, structĭle. (struo). Relativo a construção, que é construído/edificado, destinado a construção.

structor, structoris, (m.). (struo). Construtor, edificador, pedreiro, carpinteiro. O que trincha e serve a comida.
structura,-ae, (f.). (struo). Adaptação, ajuste. Construção, edifício, estrutura. Modo de construção, estruturação. Ordenação, organização.
strues, struis, (f.). (struo). Monte, pilha, amontoado. Monte de pequenos bolos sagrados.
struĭcis, ver **struix.**
struis, ver **strues.**
struix, struĭcis, (f.). (struo). Monte, pilha, amontoado.
struma,-ae, (f.). (struo). Escrófula, tumor protuberante.
struo,-is,-ĕre, struxi, structum. Empilhar. Construir, erguer, erigir. Fabricar, fazer, formar. Organizar, ordenar. Reunir, compor, combinar. Causar, provocar, ocasionar. Imaginar, inventar, projetar. Dispor, regular.
struthĕus,-a,-um. Relativo aos pardais.
struthiocamelus,-i, (m./f.). Avestruz.
studĕo,-es,-ere, studŭi. Ser dedicado/diligente, ocupar-se de, dedicar-se a. Desejar, gostar de. Favorecer, beneficiar. Estudar, dedicar-se ao estudo, querer aprender.
studiosus,-a,-um. (studĭum). Zeloso, dedicado, assíduo, diligente. Devotado, benévolo, favorável. Dedicado ao estudo, estudioso, que gosta de estudar.
studĭum,-i, (n.). (studĕo). Ocupação, dedicação, assiduidade, zelo, inclinação, gosto, desejo, paixão. Afeição, devoção, benevolência, favorecimento. Dedicação ao estudo, gosto pela aprendizagem. Resultado do estudo, trabalho, obra.
stulte. (stultus). Estultamente, tolamente, de modo simplório. Loucamente, insensatamente, imprudentemente.
stultiloquentĭa,-ae, (f.). (stultus-loquor). Asneira, bobagem.
stultiloquĭum,-i, (n.). (stultus-loquor). Asneira, bobagem.
stultilŏquus,-a,-um. (stultus-loquor). Que fala asneiras, que diz bobagem.
stultitĭa,-ae, (f.). (stultus). Estultícia, estupidez, tolice, desatino. Extravagância, loucura.

stultiuĭdus,-a,-um. (stultus-uidĕo). Que vê as coisas de maneira simplória/ilusória.
stultus,-a,-um. Estulto, tolo, bobo, simplório. Louco, insensato, imprudente.
stupa, ver **stuppa.**
stupefacĭo,-is,-ĕre,-feci,-factum. (stupĕo-facĭo). Estupefazer, espantar, pasmar.
stupefio,-is,-fiĕri,-factus sum. (stupĕo-fio). Estar estupefato/pasmado/espantado.
stupendus,-a,-um. (stupĕo). Maravilhoso, estupendo, admirável.
stupĕo,-es,-ere, stupŭi. Estar entorpecido/paralisado. Estar estupefato/pasmado/espantado. Estar maravilhado/admirado.
stupesco,-is,-ĕre. (stupĕo). Espantar-se, admirar-se, estupefazer-se.
stupidĭtas, stupiditatis, (f.). (stupĭdus). Estultícia, estupidez, tolice, desatino.
stupiditatis, ver **stupidĭtas.**
stupĭdo,-as,-are. (stupĭdus). Maravilhar, causar admiração.
stupĭdus,-a,-um. (stupĕo). Estupefato, pasmado, espantado. Tolo, estúpido, estulto. Maravilhado, admirado, extasiado, fascinado.
stupor, stuporis, (m.). (stupĕo). Torpor, entorpecimento, estagnação, estupefação. Estultícia, estupidez, tolice.
stuppa,-ae, (f.). Estopa.
stuppĕus,-a,-um. (stuppa). (Feito) de estopa.
stuprator, stupratoris, (m.). (stuprum). Corruptor, violentador, sedutor.
stupro,-as,-are,-aui,-atum. (stuprum). Sujar, poluir, manchar. Corromper, violar, deflorar, desonrar, estuprar.
stuprosus,-a,-um. (stuprum). Sujo, impuro, corrompido.
stuprum,-i, (n.). Corrupção, violação, vergonha, ignomínia. Desonra, violência sexual, estupro. Adultério. Copulação.
sturnus,-i, (m.). Estorninho (nome de uma ave).
stylus, ver **stilus.**
suadela,-ae, (suadĕo). Persuasão, capacidade de convencimento.
suadĕo,-es,-ere, suasi, suasum. Aconselhar, advertir, recomendar. Persuadir, induzir. Defender, advogar a favor.
suadus,-a,-um. (suadĕo). Persuasivo, convincente, insinuativo.
suasĭo, suasionis, (f.). (suadĕo). Conselho, advertência, recomendação. Persuasão, convencimento, indução.

suasor, suasoris, (m.). (suadĕo). Conselheiro, consultor, o que adverte, recomenda. Advogado que defende uma proposta de lei.
suasorĭa,-ae, (f.). (suadĕo). Suasória, discurso persuasivo, exortatório.
suasorĭus,-a,-um. (suadĕo). De convencimento, persuasivo, suasório, exortatório.
suasum,-i, (n.). I- Discurso persuasivo. II- Mancha (provocada por um líquido qualquer).
suasus,-us, (m.). (suadĕo). Conselho, advertência, recomendação. Persuasão, convencimento, indução.
suaueŏlens, suaueolentis. (suauis-olĕo). De aroma atraente, de perfume suave, cheiroso.
suaueolentis, ver **suaueŏlens.**
suauiatĭo, suauiationis, (f.). (suauĭor). Beijo.
suauidĭcus,-a,-um. (suauis-dico). Agradável de se ouvir, de som harmonioso.
suauillum,-i, (n.). (suauis). Bolo de queijo e mel.
suauiŏlum,-i, (n.). (suauĭum). Beijinho.
suauilŏquens, suauiloquentis. (suauis--loquor). Que fala agradavelmente, que produz som harmonioso.
suauiloquentis, ver **suauilŏquens.**
suauĭor,-aris,-ari,-atus sum. (suauĭum). Beijar.
suauis, suaue. Agradável, doce. Atraente, encantador, bonito, aprazível.
suauĭtas, suauitatis, (f.). (suauis). Suavidade, brandura, doçura. Perfume, aroma. Encanto, beleza.
suauitatis, ver **suauĭtas.**
suauiter. (suauis). Agradavelmente, docemente. De modo atraente/encantador/bonito/aprazível.
suauitudĭnis, ver **suauitudo.**
suauitudo, suauitudĭnis, (f.). (suauis). Suavidade, brandura, doçura. Delícia, encanto, prazer.
suauĭum,-i, (n.). (suauis). Boca preparada para receber um beijo. Beijo na boca, beijo de amor.
sub. prep./acus./abl. Sob, embaixo de, por baixo de, debaixo de, abaixo de. Junto a, perto de. Em presença de, diante de. Em direção a, para junto de, rumo a. No prazo de, durante, dentro de. Próximo a, imediatamente posterior. Sob o domínio de, sujeito a, no tempo de. Por volta de, pouco antes de. De baixo para cima. Secretamente, veladamente. Um pouco, levemente, até certo ponto. Em posição inferior. (*sub manum succedĕre/sub potestatem cadĕre* = adequar-se/encaixar-se perfeitamente).
subabsurdus,-a,-um. (sub-absurdus). Um tanto absurdo.
subaccuso,-as,-are. (sub-accuso). Acusar até certo ponto.
subactĭo, subactionis, (f.). (subĭgo). Preparação, capacitação. Disciplina, dedicação.
subadroganter. (sub-adrŏgo). Um pouco presunçosamente.
subaeratus,-a,-um. (sub-aeratus). Que tem um pouco de cobre.
subagrestis, subagreste. (sub-agrestis). Um pouco grosseiro, um tanto rústico.
subamarus,-a,-um. (sub-amarus). Um pouco amargo.
subaquĭlus,-a,-um. (sub-aquĭlus). Um pouco fosco, levemente pardo, amarronzado.
subaudĭo,-is,-ire,-ĭi,-itum. (sub-audĭo). Subentender, presumir. Ouvir um pouco.
subauratus,-a,-um. (sub-auratus). Um pouco dourado.
subausculto,-as,-are. (sub-ausculto). Escutar às escondidas, espiar, espreitar.
subbasilicanus,-a,-um. (sub-basilicanus). Que gosta de passear por basílicas.
subbĭbo,-is,-ĕre. (sub-bibo). Bebericar, beber um pouquinho.
subblandĭor,-iris,-iri. (sub-blandĭor). Acariciar de leve.
subc-, ver também **succ-.**
subcenturĭo, subcenturionis, (m.). (subcenturĭo). Centurião substituto.
subcontumeliose. (sub-contumelĭa). De um modo um tanto injurioso.
subcrispus,-a,-um.(subcrispus). Um pouco crespo.
subcustos, subcustodis, (m.). (sub-custos). Guarda substituto.
subdebĭlis, subdebĭle. (sub-debĭlis). Um pouco fraco/debilitado.
subdebilitatus,-a,-um. (sub-debilitatus). Um pouco debilitado/enfraquecido.
subdifficĭlis, subdifficĭle. (sub-difficĭlis). Um pouco difícil.

subdiffido,-is,-ĕre. (sub-diffido). Desconfiar um pouco.

subditicĭus/subdititĭus,-a,-um. (subdo). Não genuíno, ilegítimo, falso, impostor.

subditiuus,-a,-um. (subdo). Não genuíno, ilegítimo, falso, impostor.

subdiu. (sub-diu). Durante o dia.

subdo,-is,-ĕre,-dĭdi,-dĭtum. (sub-do). Colocar sob, pôr debaixo de. Subjugar, sujeitar. Prover, suprir, fornecer recursos. Colocar no lugar de, substituir. Falsificar, substituir, forjar. Subornar.

subdocĕo,-es,-ere. (sub-docĕo). Substituir um professor, ensinar no lugar do professor.

subdŏlus,-a,-um. (sub-dolus). Um pouco astucioso/velhaco/ladino/ardiloso, um tanto enganoso/doloso/fraudulento/falaz.

subdŏmo,-as,-are. (sub-domo). Submeter, domar.

subdubĭto,-as,-are. (sub-dubĭto). Estar um pouco em dúvida, hesitar um pouco.

subduco,-is,-ĕre,-duxi,-ductum. (sub-duco). Puxar por baixo. Erguer, suspender, içar. Puxar, arrastar, rebocar (para fora da água). Remover, retirar. Purgar, evacuar. Retirar secretamente, roubar, esconder. Computar, calcular, contar. Equilibrar, balancear (as contas).

subductĭo, subductionis, (f.). (subduco). Remoção, rebocadura. Conta, cálculo, cômputo.

subĕdo,-is,-ĕre,-edi. (sub-edo). Gastar por baixo, desgastar furtivamente.

subĕo,-is,-ire, subĭi, subĭtum. (sub-eo). Ir ou vir por debaixo de, ir ou vir furtivamente. Abordar/aproximar-se/avançar furtivamente, insinuar-se. Surgir, sobrevir, aparecer. Atacar, tomar de assalto. Penetrar, entrar. Seguir, suceder. Escalar, subir. Sucumbir, afundar. Vir à mente, ocorrer. Interromper (a fala), responder. Passar por, sofrer, resistir, suportar. Tentar, empreender.

suber, subĕris, (n.). Árvore de onde se fazem rolhas. Rolha.

subf-, ver também **suff-**.

subfuscus,-a-um. (sub-fuscus). Um pouco escuro.

subg-. ver também **sugg-**.

subhorrĭdus,-a,-um. (sub-horrĭdus). Um pouco hirsuto/eriçado.

subiacĕo,-es,-ere, subiacŭi. (sub-iacĕo). Estar deitado debaixo de/junto a. Estar sob o domínio de, pertencer a, estar conectado a, sujeitar-se a.

subiacto, ver **subiecto**.

subicĭo,-is,-ĕre,-ieci,-iectum. (sub-iacĭo). Lançar sob, colocar debaixo de/junto a. Suprir, fornecer, disponibilizar. Submeter, subjugar, sujeitar a, subordinar. Forjar, adulterar, falsificar, substituir. Ajuntar, acrescentar. Subornar. Colocar em segundo plano, anexar, tornar acessório. Abranger, conter. Propor, sugerir.

subiectĭo, subiectionis, (f.). (subicĭo). Ação de colocar debaixo de. Representação. Substituição, falsificação, adulteração. Submissão, subjugo, domínio. Anexação, incorporação, acréscimo.

subiectissime. (sub-iectum). Muito humildemente/modestamente.

subiectiuus,-a,-um. (subiectus). Relativo ao sujeito.

subiecto,-as,-are. (subicĭo). Colocar debaixo de/junto a. Levantar, erguer. Lançar, afastar.

subiector, subiectoris, (m.). (subicĭo). Falsificador, adulterador.

subiectum,-i, (n.). (subicĭo). Núcleo (de uma proposição), parte central (de um assunto).

subiectus,-a,-um. (subicĭo). Próximo, adjacente, vizinho. Sujeito, submisso, subordinado, exposto.

subiectus,-i, (m.). (subicĭo). Subordinado, inferior. Sujeito.

subigitatĭo, subgitationis, (f.). (subigĭto). Carícia lassiva.

subigitatrix, subigitatricis, (f.). (subigĭto). Sedutora.

subigĭto,-as,-are. (sub-agĭto). Manter relações sexuais ilícitas. Incitar, levar a.

subĭgo,-is,-ĕre,-egi,-actum. (sub-ago). Conduzir de baixo para cima, fazer surgir, fazer avançar. Cultivar, arar, lavrar, sulcar. Trabalhar, aperfeiçoar, aprimorar. Conquistar, subjugar, submeter. Incitar, impelir, levar a, forçar, compelir. Treinar, disciplinar.

subiicĭo, ver **subicĭo**.

subimpŭdens, subimpudentis. (sub-impŭdens). Um pouco impudente/descarado.

subinanis, subinane. (sub-inanis). Um pouco vazio.
subinde. (sub-inde). Imediatamente após, logo depois, em seguida, incontinenti. Sucessivamente, repetidas vezes, frequentemente, continuamente.
subinsulsus,-a,-um. (subinsulsus). Um pouco insípido.
subinuidĕo,-es,-ere. (sub-inuidĕo). Invejar até certo ponto, ter um pouco de inveja.
subinuisus,-a,-um. (subinuidĕo). Um tanto odioso/desagradável, um pouco detestado.
subinuito,-as,-are,-aui. (sub-inuito). Sugerir, propor.
subirascor,-ĕris,-irasci,-iratus sum. (sub-irascor). Estar um pouco irritado.
subitanĕus,-a,-um. (subĭtus). Súbito, imediato, repentino.
subitarĭus,-a,-um. (subĭtus). Feito às pressas, precipitado. Repentino, inesperado. Extemporâneo, fora de hora.
subĭto. (subĭtus). Subitamente, repentinamente.
subĭtum,-i, (n.). (subĭtus). Coisa inesperada, situação imprevista.
subĭtus,-a,-um. (subĕo). Súbito, imediato, repentino, inesperado. Precipitado, apressado, antecipado.
subiŭgo,-as,-are,-aui,-atum. (sub-iugum). Submeter ao jugo, jungir, emparelhar. Subjugar, sujeitar, dominar, subordinar.
subiŭgus,-a,-um. (sub-iugum). Atrelado, emparelhado, jungido.
subiungo,-is,-ĕre, subiunxi, subiunctum. (sub-iungo). Submeter ao jugo, jungir, emparelhar. Anexar, acrescentar. Subjugar, sujeitar, dominar, subordinar. Colocar sob. Colocar no lugar de, substituir.
sublabor,-ĕris,-labi,-lapsus sum. (sub-labor). Escorregar por baixo, deslizar, sucumbir. Alastrar, avançar.
sublate. (sub-latus). Em estilo elevado. Orgulhosamente.
sublatĭo, sublationis, (f.). (tollo). Elevação, ação de erguer. Exaltação. Remoção, anulação.
sublatus,-a,-um. (tollo). Elevado, exaltado. Soberbo, orgulhoso.
sublecto,-as,-are. (sub-lacĭo). Persuadir com palavras falsas, enganar, lograr, iludir.

sublĕgo,-is,-ĕre,-legi,-lectum. (sub-lego). Recolher por baixo, coletar de baixo para cima, reunir. Pegar secretamente, apoderar-se em segredo, roubar, sequestrar. Substituir na votação, votar no lugar de.
sublestus,-a,-um. Desprezível, insignificante, trivial.
subleuatĭo, subleuationis, (f.). (sublĕuo). Alívio, consolo. Encorajamento.
sublĕuo,-as,-are,-aui,-atum. (sub-leuo). Levantar, erguer, elevar, sustentar. Ajudar, auxiliar. Encorajar, consolar, dar apoio. Aliviar, mitigar, atenuar, suavizar.
sublĭca,-ae, (f.). Estaca. Pilotis, coluna.
sublĭces, sublĭcum, ver **sublĭca.**
sublicĭus,-a,-um. (sublĭca). Que se sustenta sobre colunas.
subligacŭlum,-i, (n.). (sublĭgo). Um tipo de vestimenta semelhante a uma ceroula (usada para cobrir as partes íntimas).
sublĭgar, subligaris, ver **subligacŭlum.**
sublĭgo,-as,-are,-aui,-atum. (sub-ligo). Atar por baixo. Ligar, amarrar. Comprimir, apertar. Enfiar.
sublime, sublimis, (n.). Altura. Ar.
sublimis, sublime. (sub-limen). Alto, elevado, que está em cima. Eminente, que se destaca. Imponente, sublime, grandioso (**sublime**-adv.: nas alturas, nos ares, em cima. Em estilo sublime, de modo superior).
sublimĭtas, sublimitatis, (f.). (sublimis). Altura, elevação. Apogeu, eminência, grandeza. Sublimidade, esplendor.
sublimitatis, ver **sublimĭtas.**
sublimo,-as,-are,-aui,-atum. (sublimis). Colocar em cima, erguer, elevar. Exaltar, engrandecer.
sublimus, ver **sublimis.**
sublĭno,-is,-ĕre,-leui,-lĭtum. (sub-lino). Untar, besuntar, lambuzar. Colocar por sob, cobrir com uma camada. Enganar, iludir, burlar, escarnecer.
sublucĕo,-es,-ere, subluxi. (sub-lucĕo). Brilhar pouco, produzir uma luz fraca.
sublucĭdus,-a,-um. (sub-lucĭdus). Pouco claro, um pouco escurecido.
sublŭo,-is,-ĕre,-,-lutum. (sub-luo). Lavar por baixo. Banhar o sopé de, correr ao longo da base de.
sublustris, sublustre. (sub-lux). Que produz uma luz fraca, que brilha pouco.

subm-, ver **summ-**.
subnascor,-ĕris,-nasci,-natus sum. (sub--nascor). Nascer por debaixo de, surgir depois. Suceder. Renascer.
subnecto,-is,-ĕre,-nexŭi,-nexum. (sub--necto). Ligar debaixo de, atar por baixo. Acrescentar, adicionar, ajuntar.
subnĕgo,-as,-are,-aui. (sub-nego). Refutar parcialmente.
subnĭger,-gra,-grum. (sub-niger). Um pouco preto, fosco, escurecido.
subnisus/subnixus,-a,-um. (sub-nitor). Apoiado por baixo, escorado por sobre. Defendido, auxiliado, assistido. Dependente de, sujeito a.
subnŏto,-as,-are,-aui,-atum. (sub-noto). Escrever sob, marcar, anotar. Assinar embaixo, subescrever. Observar secretamente, espreitar.
subnŭba,-ae, (f.). (sub-nuba). Rival, oponente.
subnubĭlus,-a,-um. (sub-nubĭlus). Um pouco obscuro, parcialmente encoberto.
subo,-as,-are. Estar no cio.
subobscenus,-a,-um. (sub-obscenus). Um pouco obsceno.
subobscurus,-a,-um. (sub-obscurus). Um pouco obscuro.
subodiosus,-a,-um. (sub-odiosus). Um pouco enfadonho.
suboffendo,-is,-ĕre. (sub-offendo). Desagradar um pouco.
subol-, ver também **sobol-**.
subolĕo,-es,-ere. (sub-olĕo). Sentir um cheiro, farejar. Pressentir, perceber, detectar.
subŏles, subŏlis, (f.). (sub-olĕo). Broto, rebento. Linhagem, raça, família, descendência, progênie. Filhote.
subolesco,-is,-ĕre. (sub-olesco). Crescer, desenvolver-se. Formar uma nova geração.
subolfacĭo,-is,-ĕre. (sub-olfacĭo). Perceber pelo cheiro, farejar.
suborĭor,-iris,-oriri. (sub-orĭor). Surgir, aparecer, originar-se, provir.
suborno,-as,-are,-aui,-atum. (sub-orno). Prover, equipar, adornar, fornecer, suprir. Incitar secretamente, subornar, instigar.
subortus,-us, (m.). (suborĭor). Surgimento, aparecimento.
subp-, ver **supp-**.
subr-, ver **surr-**.

subsciuus,-a,-um. (sub-seco). Que é cortado e abandonado. Excedente, extra, adicional, acessório. Ocasional, incidental.
subscribo,-is,-ĕre,-scripsi,-scriptum. (sub--scribo). Escrever por baixo, subscrever, assinar. Assinar uma acusação, acusar, denunciar, processar. Anotar, registrar por escrito. Concordar, aprovar, consentir.
subscriptĭo, subscriptionis, (f.). (subscribo). O que é escrito embaixo, subscrição, assinatura. Inscrição. Anotação, registro escrito. Notificação, acusação. Lista, catálogo.
subscriptor, subscriptoris, (m.). (subscribo). Signatário solidário, fiador. O que aprova/consente.
subsĕco,-is,-ĕre,-secŭi,-sectum. (sub-seco). Cortar por baixo. Tosquiar, aparar.
subsellĭum,-i, (n.). (sub-sella). Banquinho, poltrona baixa. Lugar, assento. Corte, tribunal.
subsentĭo,-is,-ire, subsensi. (sub-sentĭo). Suspeitar.
subsĕquor,-ĕris,-sequi,-secutus sum. (sub--sequor). Seguir imediatamente, seguir-se a, suceder. Aderir, adequar-se ao pensamento de. Imitar.
subseruĭo,-is,-ire. (sub-seruĭo). Estar subordinado a, servir. Adaptar-se a, ceder a, condescender.
subsessor, subsessoris, (m.). (subsido). O que ataca de emboscada, o que fica de tocaia.
subsiciuum,-i, (n.). (sub-seco). Pequena parcela de terra.
subsiciuus,-a,-um. (sub-seco). Que é cortado e abandonado. Excedente, extra, adicional, acessório. Ocasional, incidental.
subsidiarĭi,-orum. (subsidĭum). Tropas da reserva.
subsidiarĭus,-a,-um. (subsidĭum). Pertencente à reserva, subsidiário, complementar.
subsidĭum,-i, (n.). (subsidĕo). Tropas de reserva, linhas de reforço, forças auxiliares. Apoio, ajuda, socorro, assistência, proteção. Recurso, provisão.
subsido,-is,-ĕre,-sedi,-sessum. (sub-sido). Abaixar-se, agachar-se. Descer, baixar, declinar. Estabelecer-se, fixar-se, permanecer. Acalmar-se, aquietar-se, sossegar.

Tocaiar, ficar de emboscada, tomar de assalto, espreitar. Dar, consentir, ceder, submeter-se. Decrescer, diminuir, reduzir.

subsignanus,-a,-um. (sub-signum). Que serve sob uma bandeira.

subsigno,-as,-are,-aui,-atum. (sub-signo). Escrever, assinar embaixo, subscrever. Listar, catalogar. Garantir, comprometer-se a. Caucionar, penhorar.

subsilĭo,-is,-ire,-silŭi. (sub-salĭo). Pular, saltar, lançar-se, arremessar-se.

subsipĭo,-is,-ĕre. (sub-sapĭo). Saber um pouco, ter um pouco de conhecimento.

subsisto,-is,-ĕre,-stĭti. (sub-sisto). Tomar posição, parar, fixar-se, permanecer imóvel. Demorar, tardar, levar muito tempo. Opor-se, resistir, impugnar, contestar. Subsistir, persistir. Interromper, cessar. Apoiar, ser favorável a.

subsolanus,-i, (m.). (sub-solanus). Vento leste.

subsolanus,-a,-um. (sub-solanus). A leste, oriental.

subsortĭor,-iris,-iri,-itus sum. (sub-sortĭor). Escolher um juiz substituto por sorteio.

subsortitĭo, subsortitionis, (f.). (subsortĭor). Escolha de juiz substituto por sorteio.

substantĭa,-ae, (f.). (substo). Essência, conteúdo, material, substância, consistência. Fortuna, prosperidade, riqueza.

substerno,-is,-ĕre,-straui,-stratum. (sub-sterno). Espalhar, esparramar, dispersar, esticar, estender. Cobrir, espalhar sobre. Submeter, entregar, prostituir.

substitŭo,-is,-ĕre,-stitŭi,-stitutum. (sub-statŭo). Colocar sob, estabelecer debaixo de. Pôr no lugar de, substituir. (*substituĕre heredem* = declarar como herdeiro substituto).

substo,-as,-are. (sub-sto). Estar presente, estar sob. Ficar firme, resistir, persistir.

substrictus,-a,-um. (substringo). Apertado, compacto, pequeno, estreito, fino.

substringo,-is,-ĕre,-strinxi,-strictum. (sub-stringo). Ligar, juntar, amarrar. Apertar, contrair, compactar. Conter, reprimir, restringir.

substructĭo, substructionis, (f.). (substrŭo). Fundação, base, estrutura (de uma construção).

substrŭo,-is,-ĕre,-struxi,-structum. (substrŭo). Construir sob, erigir sobre uma base. Pavimentar.

subsulto,-as,-are,-aui. (subsilĭo). Pular, saltar, lançar-se, arremessar-se. Saltitar.

subsum, subes, subesse. (sub-sum). Estar sob, debaixo de. Estar junto a/próximo de, estar ao alcance de. Subsistir, estar na base de. Permanecer em segredo, estar oculto.

subsurdus,-a,-um. (sub-surdus). Ligeiramente surdo. Indistinto.

subsutus,-a,-um. (sub-suo). Costurado na parte inferior.

subtegm-, ver **subtem-**.

subtĕgo,-is,-ĕre,-texi,-tectum. (sub-tego). Cobrir por baixo, encobrir.

subtemen, subtemĭnis, (n.). (subtexo). Trama, fio, linha.

subtemĭnis, ver **subtemen**.

subter. (sub). prep. acus./abl. Sob, por baixo de, embaixo de, debaixo de. No fundo de, na base de.

subterduco,-is,-ĕre,-duxi. (subter-duco). Levar em segredo, carregar às escondidas, roubar.

subterflŭo,-is,-ĕre. (subter-fluo). Fluir por baixo, escorrer por debaixo.

subterfugĭo,-is,-ĕre,-fugi. (subter-fugĭo). Fugir, escapar em segredo, evadir. Evitar, afastar-se, esquivar-se.

subterhabĕo,-es,-ere. (subter-habĕo). Manter debaixo de.

subterlabor,-ĕris,-labi. (subter-labor). Deslizar por baixo, escorrer sob. Escapar, esquivar-se.

subterlĭno,-is,-ĕre. (subter-lino). Untar por baixo.

subtermĕo,-as,-are. (subter-meo). Passar de baixo de.

subtĕro,-is,-ĕre,-triui,-tritum. (subter-tero). Esfregar, friccionar, triturar, esmagar, moer.

subterranĕus,-a,-um. (sub-terra). Subterrâneo, sob a terra.

subteruăcans, subteruacantis. (subter-uaco). Vazio por baixo.

subteruacantis, ver **subteruăcans**.

subtexo,-is,-ĕre,-texŭi,-textum. (sub-texo). Tecer por baixo, trançar debaixo, entrelaçar sob. Ajuntar, afixar, atar, prender. Cobrir, velar, esconder, ocultar, dissimular, obscurecer. Adicionar, anexar, colocar como apêndice. Compor, reunir, preparar, produzir, realizar. Misturar.

subtilis, subtile. (sub-tela). Fino, delgado, minúsculo. Delicado, leve, agradável. Sutil, preciso, exato, acurado, aguçado. Liso, simples, sem adornos.

subtilĭtas, subtilitatis, (f.). (subtilis). Finura, delgadeza. Delicadeza, leveza. Sutileza, precisão, exatidão, agudez. Simplicidade, ausência de ornamentos.

subtilitatis, ver **subtilĭtas.**

subtilĭter. (subtilis). Finamente, tenuemente. Com precisão, minuciosamente, exatamente. De modo simples, sem adornos.

subtimĕo,-es,-ere. (sub-timĕo). Recear levemente, estar um pouco amedrontado.

subtrăho,-is,-ĕre,-traxi,-tractum. (sub--traho). Extrair por baixo, retirar, afastar, remover. Omitir, não mencionar. Renunciar.

subtristis, subtriste. (sub-tristis). Um pouco triste.

subturpicŭlus,-a,-um. (sub-turpicŭlus). Um tanto infame, ignóbil, vil.

subturpis, subturpe. (sub-turpis). Um tanto infame/ignóbil/vil.

subtus. (sub). Sob, abaixo, embaixo, por baixo.

subtusus,-a,-um. (sub-tundo). Um pouco ofendido.

subucŭla,-ae, (f.). Roupa de baixo masculina, camisa.

subuectĭo, subuectionis, (f.). (subuĕho). Transporte, carga, condução.

subuecto,-as,-are. (subuĕho). Levar de baixo para cima. Transportar, carregar.

subuectus,-us, (m.). (subuĕho). Transporte, carga, condução.

subuĕho,-is,-ĕre,-uexi,-uectum. (sub-ueho). Levar de baixo para cima. Transportar, carregar.

subuello,-is,-ĕre. (sub-uello). Puxar, arrancar.

subuenĭo,-is,-ire,-ueni,-uentum. (subuenĭo). Vir em auxílio, socorrer, prestar assistência, ajudar. Remover, curar, afastar. Sobrevir, avançar sobre. Ocorrer, vir à mente.

subuento,-as,-are. (subuenĭo). Vir em auxílio, socorrer, prestar assistência, ajudar.

subuerĕor,-eris,-uereri. (sub-uerĕor). Estar um pouco apreensivo.

subuerso,-as,-are. (subuerto). Derrubar, subverter, destruir.

subuersor, subuersoris, (m.). (subuerto). Destruidor, subversor.

subuerto,-is,-ĕre,-uerti,-uersum. (sub-uerto). Revirar, pôr em desordem. Arruinar, destruir, subverter.

subuexus,-a,-um. (subuĕho). Inclinado para cima, em ligeiro aclive.

subuirĭdis, subuirĭde. (sub-uirĭdis). Esverdeado.

subŭla,-ae, (f.). Sovela, furador.

subulcus,-i, (m.). (sus). Rebanho de porcos.

subuŏlo,-as,-are. (sub-uolo,-as,-are). Voar de baixo para cima.

subuoluo,-is,-ĕre. (sub-uoluo). Rolar de baixo para cima.

subuorto, ver **subuerto.**

suburbanĭtas, suburbanitatis, (f.). (suburbanus). Proximidade da cidade de Roma.

suburbanitatis, ver **suburbanĭtas.**

suburbanum,-i, (n.). (sub-urbanus). Casa de campo nas proximidades de Roma.

suburbanus,-a,-um. (sub-urbanus). Localizado perto de Roma.

suburbĭum,-i, (n.). (sub-urbs). Subúrbio, arredores de Roma.

suburgĕo,-es,-ere. (sub-urgĕo). Dirigir-se para junto de, apressar-se para perto de.

suburo,-is,-ĕre,-,-ustum. (sub-uro). Queimar levemente, chamuscar.

subuulturĭus,-a,-um. (sub-uulturĭus). Semelhante a um abutre, de filhote de abutre. Acinzentado.

succăuus,-a,-um. (sub-cauus). Oco na parte inferior.

succedanĕus,-a,-um. (succedo). Sucedâneo, seguinte, substituto.

succedo,-is,-ĕre, successi, successum. (sub--cedo). Vir por baixo, entrar embaixo. Vir de baixo para cima, ascender, escalar. Submeter-se a, estar sob a influência de. Aproximar-se, chegar perto. Marchar para, avançar, abordar. Seguir, vir depois, suceder, substituir. Acontecer de modo favorável, resultar com sucesso. Ligar-se, prender-se.

succendo,-is,-ĕre, succendi, succensum. (sub-candĕo). Atear fogo embaixo, incendiar a base. Inflamar, excitar, exaltar, acender a chama.

succensĕo,-es,-ere, succensŭi, succensum. (succendo). Estar enfurecido/irado/irritado, inflamar-se de raiva. Indignar-se.

successĭo, successionis, (f.). (succedo). Sucessão, substituição. Resultado favorável, sucesso. Herança.

successor, successoris, (m.). (succedo). Sucessor, substituto. Herdeiro.

successus,-us, (m.). (succedo). Aproximação, avanço, acesso. Sequência, continuação. Resultado favorável, sucesso.

succidanĕus, ver **succedanĕus.**

succidĭa,-ae, (f.). (succido). Pedaço de carne de porco, pernil. Matança, massacre, abate.

succido,-is,-ĕre, succidi, succisum. (sub--caedo). Cortar por baixo, abater, derrubar.

succĭdo,-is,-ĕre, succĭdi. (sub-cado). Cair sob, tombar, lançar-se ao chão. Sucumbir, declinar, submergir.

succĭdus, ver **sucĭdus.**

succidŭus,-a,-um. (succido). Que está em queda/declínio, que sucumbe. Hesitante, titubeante.

succinctus,-a,-um. (succingo). Preparado, pronto. Conciso, sucinto, contrátil. Encurtado, erguido.

succinĕus, ver **sucĭnus.**

succingo,-is,-ĕre, succinxi, succinctum. (sub-cingo). Cercar de baixo para cima, cingir por baixo, enrolar/envolver com um cinto. Fornecer, aparelhar, suprir, munir, equipar.

succingŭlum-i, (n.). (succingo). Cinto, faixa.

succĭno,-is,-ĕre. (sub-cano). Acompanhar cantando, seguir com o canto. Concordar, estar de acordo.

succip-, ver **suscip-.**

succlamatĭo, succlamationis, (f.). (succlamo). Grito, aclamação.

succlamo,-as,-are,-aui,-atum. (sub-clamo). Exclamar em resposta, responder gritando.

succollo,-as,-are,-aui,-atum. (sub-collum). Carregar nas costas, levar nos ombros.

succontumeliose. (sub-contumeliose). De modo um tanto afrontoso, com ultraje.

succresco,-is,-ĕre, succreui, succretum. (sub-cresco). Crescer sob, desenvolver-se debaixo de. Brotar, nascer. Surgir depois, suceder.

succrispus,-a,-um. (sub-crispus). Um tanto crespo, um pouco ondulado.

succŭba,-ae, (m./f.). (succŭbo). O/A que se deita sob. Prostituto(a). Rival, amante substituto.

succŭbo,-as,-are. (sub-cubo). Deitar-se sob.

succumbo,-is,-ĕre, succubŭi, succubĭtum. (sub-cumbo). Colocar-se sob, cair debaixo de. Deitar-se com, morar (com um homem). Ser rival de. Submeter-se, deixar-se dominar, sucumbir, render-se.

succurro,-is,-ĕre, succurri, succursum. (sub-curro). Correr debaixo de. Ajudar, socorrer, assistir, prestar assistência. Ser útil para, ser eficaz contra. Ir de encontro a, deparar-se com. Vir à mente, ocorrer.

succussĭo, succussionis, (f.). (succutĭo). Abalo, tremor.

succussus,-us, (m.). (succutĭo). Abalo, tremor, sacudida.

succustodis, ver **succustos.**

succustos, succustodis, (m.). (sub-custos). Vigia auxiliar, guarda assistente.

succutĭo,-is,-ĕre, succussi, sucussum. (sub-quatĭo). Arremessar de baixo para cima, lançar para o alto. Sacudir, abalar.

sucĭdus,-a,-um. (sucus). Suculento, cheio de sumo, fresco, viçoso.

sucĭnum,-i, (n.). (sucus). Âmbar.

sucĭnus,-a,-um. (sucĭnum). De âmbar.

suco, suconis, (m.). (sugo). Chupador, sugador.

sucosus,-a,-um. (sucus). Suculento, cheio de sumo, fresco, viçoso. Rico, endinheirado.

suctus,-us, (m.). (sugo). Sucção, sugação, absorção.

sucŭla,-ae, (f.). I - Guincho, sarilho, cabrestante. II - Pequena porca. III - As Híades (um dos grupos de estrelas da constelação de Touro).

suculentus,-a,-um. (sucus). Suculento, cheio de sumo, fresco, viçoso. Vigoroso.

sucus,-i, (m.). (sugo). Suco, sumo, seiva, umidade. Solução medicinal, poção, dose. Gosto, sabor. Força, vigor, energia. Espírito, vida.

sudarĭum,-i, (n.). (sudor). Lenço, toalhinha (para enxugar o suor).

sudatĭo, sudationis, (f.). (sudor). Suor, transpiração.

sudator, sudatoris, (m.). (sudo). O que transpira abundantemente.
sudatorĭum,-i, (n.). (sudo). Estufa.
sudatorĭus,-a,-um. (sudo). Sudorífero, sudoríparo.
sudatricis, ver **sudatrix.**
sudatrix, sudatricis, (m.). (sudo). A que provoca transpiração.
sudicŭlum,-i, (n.). (sudor). Açoite, chicote.
sudis, sudis, (f.). Estaca, vara, poste. Dardo, venábulo.
sudo,-as,-are,-aui,-atum. Suar, transpirar. Estar úmido/molhado/ensopado. Gotejar, pingar, destilar. Labutar, fatigar, exaustar pelo trabalho árduo. Fazer sair, expelir. Fazer com esforço, realizar através de muito trabalho. Impregnar de suor.
sudor, sudoris, (m.). (sudo). Suor, transpiração. Líquido, umidade. Destilação. Trabalho árduo, esforço, labuta, fadiga.
sudus,-a,-um. Seco, sem umidade. Brilhante, limpo, sem nuvens.
suĕo,-es,-ere. Estar habituado/acostumado.
suesco,-is,-ĕre, sueui, suetum. Habituar-se, acostumar-se. Estar habituado/acostumado. Habituar, acostumar, familiarizar.
suetus,-a,-um. (suesco). Habituado, acostumado. Costumeiro, usual.
sufĕtis, ver **sufes.**
sufes, sufĕtis, (m.). Magistrado principal dos cartagineses (cargo correspondente ao de cônsul em Roma).
suffarcĭno,-as,-are,-aui,-atum. (sub-farcĭno). Encher, abarrotar. Ornar, enfeitar, embelezar.
suffĕro,-fers,-ferre, sustŭli, sublatum. (sub--fero). Carregar sob, levar por debaixo. Oferecer, apresentar. Suportar, resistir, tolerar, aguentar, aturar.
suffertus,-a,-um. (sub-farcĭo). Abarrotado, cheio.
sufficĭo,-is,-ĕre, suffeci, suffectum. (sub-facĭo). Colocar sob/entre. Mergulhar, molhar, umedecer. Impregnar, imbuir. Tingir, colorir. Dar, fornecer, suprir. Ocupar, empregar. Colocar no lugar de, substituir. Ser suficiente/adequado, bastar, satisfazer.
suffigo,-is,-ĕre, suffixi, suffixum. (sub-figo). Atar sob, fixar por baixo. Crivar, fincar. Suspender, pendurar.
suffimen, suffimĭnis, (n.). (suffĭo). Incenso.

suffimentum,-i, (n.). (suffĭo). Incenso.
suffimĭnis, ver **suffimen.**
suffĭo,-is,-ire,-iui/-ĭi,-itum. Fumigar, perfumar, acender incenso. Aquecer, tornar cálido.
sufflamen, sufflamĭnis, (n.). (sufflo). Calço, trava, freio. Obstáculo, impedimento.
sufflamĭnis, ver **sufflamen.**
sufflamĭno,-as,-are. (sufflamen). Pôr calço, travar, frear. Interromper/parar repentinamente.
sufflatus,-a,-um. (sufflo). Orgulhoso, altivo, soberbo. Irado, encolerizado.
sufflauus,-a,-um. (sub-flauus). Amarelado, ligeiramente loiro.
sufflo,-as,-are,-aui,-atum. (sub-flo). Soprar, inflar. Irritar-se, encolerizar-se. Vangloriar-se, gabar-se.
suffocatĭo, suffocationis, (f.). (suffoco). Sufocação, estrangulamento, abafamento.
suffoco,-as,-are,-aui,-atum. (sub-fauces). Sufocar, estrangular, abafar.
suffodĭo,-is,-ĕre,-fodi,-fossum. (sub-fodĭo). Cavar por baixo, escavar, minar, solapar. Perfurar, ferir.
suffossĭo, suffossionis, (f.). (suffodĭo). Escavação, solapamento. Mina.
suffragatĭo, suffragationis, (f.). (suffragor). Voto a favor, apoio, favorecimento.
suffragator, suffragatoris, (m.). (suffragor). O que vota a favor, o que dá apoio, favorecedor, partidário.
suffragĭum,-i, (n.). Cédula eleitoral, tabuleta de votação. Voto, sufrágio. Direito de votar. Decisão, julgamento, opinião. Aprovação, assentimento, decisão favorável.
suffragor,-aris,-ari,-atus sum. (suffragĭum). Votar a favor de, oferecer apoio, favorecer com o voto. Ser favorável, apoiar, recomendar.
suffringo,-is,-ĕre. (sub-frango). Quebrar por baixo.
suffugĭo,-is,-ĕre, suffugi. (sub-fugĭo). Escapar, fugir, sumir. Evitar, esquivar.
suffugĭum,-i, (n.). (suffugĭo). Abrigo, proteção, refúgio, asilo, esconderijo.
suffulcĭo,-is,-ire, suffulsi, suffultum. (sub-fulcĭo). Sustentar por baixo, escorar pela base.
suffundo,-is,-ĕre, suffudi, suffusum. (sub--fundo). Derramar por baixo, despejar

por sob. Fluir sob, difundir. Encher, ocupar, completar, imbuir, impregnar. Tingir, colorir. (*aquam frigĭdam suffendĕre* = caluniar, difamar).

suffuror,-aris,-ari. (sub-furor). Roubar, furtar, subtrair furtivamente.

suffuscŭlus,-a,-um. (suffuscus). Amarronzado, levemente marrom, fosco, pardo.

suffuscus,-a,-um. (sub-fuscus). Amarronzado, levemente marrom, fosco, pardo.

suffusĭo, suffusionis, (f.). (suffundo). Derramamento. Infusão. Expansão, difusão, propagação.

suggĕro,-is,-ĕre, suggessi, suggestum. (sub-gero). Carregar por baixo, levar sob. Erguer, erigir. Fornecer, suprir. Estimular, produzir. Sugerir, aconselhar, fazer lembrar. Acrescentar, adicionar.

suggestĭo, suggestionis, (f.). (suggĕro). Acréscimo, adição. Sugestão.

suggestum,-i, (n.)/suggestus,-us, (m.). (suggĕro). Altura, elevação. Construção, local erigido. Plataforma, tribuna, tablado, palco.

suggrandis, suggrande. (sub-grandis). Um tanto amplo.

suggredĭor,-ĕris, suggrĕdi, suggressus sum. (sub-gradĭor). Avançar às escondidas, aproximar-se sem deixar pistas. Atacar, investir sobre, tomar de assalto.

sugillatĭo, sugillationis, (f.). (sugillo). Mancha roxa (provocada por pancadas e contusões). Afronta, insulto, ultraje.

sugillo,-as,-are,-aui,-atum. Contundir, causar/sofrer contusão. Bater, golpear. Escarnecer, tratar com sarcasmo, insultar, injuriar.

sugo,-is,-ĕre, suxi, suctum. Sugar, chupar. Exaurir, consumir.

sui. (se). De si, dele(s) próprio(s), dela(s) própria(s).

suillus,-a,-um. (sus). Suíno, de porco.

suis, ver **sus.**

sulco,-as,-are,-aui,-atum. (sulcus). Sulcar, estriar, vincar. Atravessar, passar por. Elaborar, preparar cuidadosamente.

sulcus,-i, (m.). Sulco, estria, vinco. Fosso, rego, vala. Rota, trilha, rasto, traço. Ruga.

sulfur, sulfŭris, (n.). Súlfur, enxofre.

sulfuratĭo, sulfurationis, (f.). (sulfur). Canal de enxofre.

sulfuratus,-a,-um. (sulfur). Sulfuroso, impregnado de enxofre.

sulfurĕus,-a,-um. (sulfur). De enxofre, sulfúreo.

sulfurosus,-a,-um. (sulfur). De enxofre, sulfúreo.

sullaturĭo,-is,-ire. Imitar Sula, fazer o papel de Sula.

sulph-, ver **sulf-.**

sultis = **si uultis,** ver **uolo, uis, uelle.**

sum, es, esse, fui. Ser, existir, viver. Acontecer, ocorrer, ter lugar. Estar presente, estar. Depender de, apoiar-se em. Pertencer a, ser próprio de. Haver. Custar, valer, ter o preço de. Causar, produzir. Compor-se de, tratar de. Ser útil a, servir para. (*in eo esse ut* = chegar a ponto de, estar prestes a; *est ut/quod* = existe razão para que, é o caso de, é motivo para; *est ubi/cum* = algumas vezes).

sumĭnis, ver **sumen.**

sumen, sumĭnis, (n.). Bico do seio, mamilo. Teta de porca. Parte principal, porção mais valiosa.

sumisse. (summissus). De modo baixo/abaixado/curvado. Suavemente, docilmente, meigamente, calmamente. De modo vil/ignóbil/abjeto. Humildemente, submissamente, simplesmente.

summa,-ae, (f.). (summus). Topo, cimo, ponto mais alto. Ponto principal, questão central. Perfeição, completude. Soma, quantia total, o todo. Volume, quantidade. Comando, autoridade, poder supremo. (*ad summam* = em linhas gerais, em poucas palavras; *in summa* = ao todo, por fim, finalmente).

summano,-as,-are. (sub-mano). Escorrer por baixo, fluir sob. Umedecer, molhar um pouco.

summarĭum,-i, (n.). (summa). Sumário, resumo, síntese, epítome.

summatis, ver **summas.**

summas, summatis, (m./f.). (summa). De origem nobre, eminente, distinto.

summatim. (summa). Superficialmente, brevemente, sucintamente, sumariamente.

summatus,-us, (m.). (summa). Soberania, supremacia.

summe. (summus). No mais alto grau, imensamente, extremamente.

summergo,-is,-ĕre, summersi, summersum. (sub-mergo). Submergir, mergulhar. Subjugar, esmagar.

summĕrus,-a,-um. (sub-merus). Praticamente puro.

summĭa,-ae, (f.). (sub-minĭum). Um tipo de roupa feminina.

sumministrator, sumministratoris, (m.). (sumministro). O que fornece ajuda. Promotor, propagador.

sumministro,-as,-are,-aui,-atum. (sub-ministro). Fornecer ajuda. Dar, suprir, pôr à disposição, prover.

summissim. (summissus). Em voz baixa, suavemente, meigamente.

summissĭo, summissionis, (f.). (summitto). Abaixamento, redução, diminuição.

summissus,-a,-um. (summitto). Baixo, abaixado, curvado. Suave, dócil, meigo, calmo. Vil, ignóbil, abjeto. Humilde, submisso, simples.

summitto,-is,-ĕre, summisi, summissum. (sub-mitto). Colocar sob, pôr debaixo. Submeter, subjugar. Produzir, gerar, fazer surgir. Criar, cultivar, deixar crescer. Colocar no lugar de, substituir. Deixar cair, fazer descer, afundar. Reduzir, diminuir, moderar, restringir. Enviar/dar secretamente, subornar. Despachar, remeter. Suprir, fornecer.

summo. (summus). Por fim, finalmente.

summolestus,-a,-um. (sub-molestus). Um tanto desagradável/irritante.

summonĕo,-es,-ere, summonŭi. (sub-monĕo). Advertir secretamente, dar uma pista.

summopĕre. (summus-opus). Muito cuidadosamente.

summorosus,-a,-um. (sub-morosus). Um tanto irritante/desagradável.

summotor, summotoris, (m.). (summoŭeo). O que remove/põe de lado, o que limpa.

summoŭĕo,-es,-ere, summoui, summotum. (sub-moŭĕo). Afastar, desviar, remover, descartar. Pôr de lado, retirar, limpar. Banir, exilar.

summŭla,-ae, (f.). (summa). Pequena soma.

summum,-i, (n.). (summus). Topo, superfície, local mais elevado.

summum. (summus). Quando muito, ao máximo. Pela última vez.

summus,-a,-um. (supĕrus). Superior, mais alto, que está no topo/na superfície. Principal, predominante, supremo, que é o melhor/mais importante, excelente. Último, derradeiro, que está no final. Mais pesado, mais grave.

summus,-i, (m.). (supĕrus). O que se senta no lugar principal, o presidente do banquete.

summuto,-as,-are. (sub-muto). Trocar, substituir.

sumo,-is,-ĕre, sumpsi, sumptum. Tomar para si, assumir o comando, tomar posse de, ocupar. Escolher, selecionar. Impor uma punição, exigir reparação. Reclamar a posse de, apropriar-se. Adquirir, comprar, receber. Usar, aplicar, empregar, consumir. Empreender, encarregar-se, incumbir-se. Tomar como certo, supor, afirmar. Citar, mencionar. Fascinar, encantar.

sumptifacĭo,-is,-ĕre,-feci,-factum. (sumptus-facĭo). Despender, gastar, empregar.

sumptĭo, sumptionis, (f.). (sumo). Ação de tomar para si. Premissa, suposição.

sumptĭto,-as,-are,-aui. (sumo). Tomar altas doses, ingerir muito.

sumptuarĭus,-a,-um. (sumptus). Relativo a despesas.

sumptuosus,-a,-um. (sumptus). Dispendioso, muito caro. Extravagante, suntuoso, pródigo, esbanjador, perdulário.

sumptus,-us, (m.). (sumo). Despesa, custo, gasto.

suo,-is,-ĕre, sui, sutum. Costurar, coser. Inventar, projetar.

suouetaurilĭa, suouetaurilĭum. (sus-ouis-taurus). Sacrifício de um porco, uma ovelha e um touro.

supellectĭlis, ver **supellex**.

supellex, supellectĭlis, (f.). (super-lego). Utensílios domésticos, mobília, pertences. Equipamento, aparelhagem, aparato. Estoque, suprimento, provisões.

super. prep. acus./abl. Em cima (de), por cima (de), de cima (de), do alto (de), sobre. Além (de), a mais (do que), demais. De resto, ademais. Durante, em. A respeito de, por causa de, por meio de.

supĕra,-orum. (supĕrus). As coisas que estão mais acima, os astros.

superabĭlis, superabĭle. (supĕro). Que pode ser ultrapassado/vencido, superável, conquistável.

superaddo,-is,-ĕre,-, superaddĭtum. (super-addo). Colocar a mais, acrescentar muito, adicionar em abundância.

superadornatus,-a,-um. (super-adorno). Abundantemente enfeitado, muito ornado.

superadsto, ver **superasto.**

superasto,-as,-are. (super-asto). Manter-se sobre.

superator, superatoris, (m.). (supĕro). O que supera/ultrapassa, vencedor.

superauratus,-a,-um. (super-auratus). Muito dourado.

superbe. (superbus). Orgulhamente, com arrogância/soberba. Presunçosamente. Com aspereza/rudeza. Com imponência/altivez.

superbĭa,-ae, (f.). (superbus). Orgulho, arrogância, soberba. Vaidade, presunção. Aspereza, rudeza, falta de cortesia. Grandiosidade, imponência, altivez.

superbĭbo,-is,-ĕre. (super-bibo). Beber sobre/depois.

superbifĭcus,-a,-um. (superbus-facĭo). Que torna orgulhoso, objeto de orgulho.

superbĭo,-is,-ire. (superbus). Orgulhar-se, estar orgulhoso. Ser magnificente/soberbo/esplêndido.

superbus,-a,-um. (super). Arrogante, insolente, presunçoso, coberto de soberba, orgulhoso. Superior, excelente, que se destaca, soberbo, esplêndido, magnificente. Tirânico, injusto.

superciliosus,-a,-um. (supercilĭum). Que trata com desdém, presunçoso, de nariz empinado. Que repreende com severidade.

supercilĭum-i, (n.). (super-celare). Supercílio, sobrancelha. Austeridade, seriedade. Cume, ponta superior, borda. Movimento do supercílio (para exprimir a vontade). Orgulho, arrogância, presunção, insolência, soberba.

supercorrŭo,-is,-ĕre. (super-corrŭo). Cair, sucumbir sobre.

supercresco,-is,-ĕre,-creui. (super-cresco). Crescer, aumentar, acrescentar. Exceder.

supercurro,-is,-ĕre. (super-curro). Ultrapassar na corrida, superar em velocidade.

superduco,-is,-ĕre,-duxi,-ductum. (super-duco). Levar sobre. Dar, trazer. Acrescentar, adicionar.

supereminĕo,-es,-ere. (super-eminĕo). Elevar-se, sobrepujar, superar, exceder. Ultrapassar, dominar.

supereuŏlo,-as,-are. (super-euŏlo). Voar por sobre.

superfĕro,-fers,-ferre, supertŭli, superlatum. (super-fero). Levar para cima, colocar por sobre, pôr em evidência. Ultrapassar.

superficĭes,-ei, (f.). (super-facĭes). Parte superior, topo, superfície. Construção.

superfio,-is,-fiĕri. (super-fio). Sobrar, ficar a mais, restar.

superfixus,-a,-um. (super-figo). Sobreposto.

superflŭo,-is,-ĕre,-fluxi. (super-fluo). Transbordar, inundar, alagar. Superabundar, sobrar, exceder. Ser supérfluo/extravagante. Deixar escapar.

superflŭus,-a,-um. (superflŭo). Que transborda/inunda/alaga. Supérfluo, desnecessário. Que sobra, restante.

superfundo,-is,-ĕre,-fudi,-fusum. (super-fundo). Derramar, espalhar sobre, dispersar. Transbordar, inundar. Envolver, submergir.

supergestus,-a,-um. (super-gero). Coberto, vedado.

supergrad-, ver **supergred-.**

supergrĕdior,-ĕris,-grĕdi,-gressus sum. (super-gradĭor). Avançar sobre, ir além. Suplantar, exceder, sobrepujar. Sobreviver por. Ser superior a, estar acima de.

supĕri,-orum, (m.). (supĕrus). Os habitantes da terra, os mortais. Deuses superiores, divindades que habitam as regiões superiores.

superiacĭo,-is,-ĕre,-ieci,-iectum. (superiacĭo). Lançar sobre, colocar por cima, espalhar em cima de. Exceder, exagerar. Encobrir.

superiacto,-as,-are. (super-iacto). Jogar para cima, arremessar sobre. Ultrapassar.

superiectĭo, superiectionis, (f.). (superiacĭo). Lançamento, arremesso. Exagero, hipérbole.

superillĭgo,-as,-are. (super-illĭgo). Ligar/amarrar/prender por cima.

superillĭno,-is,-ĕre,-, superillĭtum. (super-illĭno). Untar por cima.

superimminĕo,-es,-ere. (super-imminĕo). Estar suspenso sobre, pender sobre.

superimpendens, superimpendentis. (super-impendĕo). Que está suspenso sobre, pendente sobre. Iminente, ameaçador.

superimpendentis, ver **superimpendens.**

superimpono,-is,-ĕre,-,-posĭtum. (super--impono). Colocar por cima, sobrepor.

superincerno,-is,-ĕre. (super-incerno). Peneirar sobre.

superincĭdens, superincidentis. (super--incido). Que cai de cima.

superincŭbans, superincubantis. (superincŭbo). Que está deitado sobre.

superincubantis, ver **superincŭbans.**

superincumbo,-is,-ĕre,-incubŭi. (super-incumbo). Deitar-se em cima de, lançar-se sobre.

superinduco,-is,-ĕre,-duxi,-ductum. (super--induco). Derramar sobre, espalhar por cima de. Mencionar depois, acrescentar.

superindŭo,-is,-ĕre,-indŭi,-indutum. (super-indŭo). Vestir por cima, colocar sobre (outra vestimenta).

superingĕro,-is,-ĕre,-,-gestum. (superingĕro). Colocar sobre, acrescentar por cima, amontoar sobre.

superinicĭo,-is,-ĕre,-inieci,-iniectum. (super-inicĭo). Lançar sobre, projetar por cima de.

superinsterno,-is,-ĕre,-instraui,-instratum. (super-insterno). Estender sobre, espalhar por cima de.

superintĕgo,-is,-ĕre. (super-intĕgo). Cobrir, revestir.

superĭor, superĭus. (supĕrus). Superior, mais alto/elevado. Anterior, passado, prévio, precedente. Mais velho, de idade mais avançada, mais antigo. Mais forte, mais potente, mais sólido. Maior, mais destacado, eminente.

superiumentarĭus,-i, (m.). (super-iumentarĭus). Superintendente dos condutores de animais de carga.

superlabor,-ĕris,-labi. (super-labor,-ĕris, labi). Deslizar sobre, escorrer por cima.

superlatĭo, superlationis, (f.). (superfĕro). Exagero, hipérbole. Superlativo.

superlĭno,-is,-ĕre,-,-lĭtum. (super-lino). Untar sobre, lambuzar por cima. Revestir, cobrir.

superlitĭo, superlitionis, (f.). (superlĭno). Revestimento, cobertura.

supermando,-is,-ĕre. (super-mando). Mastigar por cima, comer sobre.

supermĕo,-as,-are. (super-meo). Deslizar sobre, escorrer por cima de.

supernas, supernatis. (supernus). Relativo aos países do norte, do Adriático.

supernatis, ver **supernas.**

supernăto,-as,-are,-aui. (super-nato). Nadar por cima, flutuar.

supernus,-a,-um. (super). Que está em cima, superior. Celestial. (*superne* = do/no alto, de/por cima; para o alto).

supĕro,-as,-are,-aui,-atum. (super). Ir para cima, elevar-se. Sobressair-se, destacar-se, ser superior. Passar além de, atravessar, ultrapassar, subir. Superar, vencer, sobrepujar. Sobreviver, restar. Ser abundante, sobrar, exceder, ser supérfluo.

superobrŭo,-is,-ĕre,-obrŭi,-obrŭtum. (super-obrŭo). Oprimir, subjugar, esmagar.

superoccŭpo,-as,-are. (super-occŭpo). Surpreender, pegar desprevenido.

superpendens, superpendentis. (superpendĕo). Suspenso sobre.

superpendentis, ver **superpendens.**

superpono,-is,-ĕre,-posŭi,-posĭtum. (super--pono). Colocar sobre, sobrepor. Colocar acima dos demais, preferir. Adiar.

superrasus,-a,-um. (super-rado). Raspado, tosquiado.

superscando,-is,-ĕre. (super-scando). Ascender, escalar, trepar.

superscribo,-is,-ĕre,-scripsi,-scriptum. (super-scribo). Escrever por cima, sobrescrever. Reescrever corrigindo.

supersedĕo,-es,-ere,-sedi,-sessum. (supersedĕo). Estar sentado sobre/em cima de. Presidir. Desistir, deixar passar, abster-se, evitar. Suspender, interromper.

superstagno,-as,-are,-aui. (super-stagno). Expandir-se, espalhar-se para dentro de.

supersterno,-is,-ĕre,-straui,-stratum. (super-sterno). Expandir, espalhar sobre, estender por cima de.

superstes, superstĭtis. (super-sto). Que se mantém firme junto a, que está presente, que é testemunha. Que permanece vivo, sobrevivente.

superstitĭo, superstitionis, (f.). (super-sto). Temor excessivo dos deuses, crença religiosa não fundamentada, superstição. Respeito excessivo, observância escrupulosa. Objeto que inspira temor. Religião, rito religioso, crença.

superstitiose. (superstitiosus). Supersticiosamente. Muito escrupulosamente, com bastante cuidado, muito acuradamente.

superstitiosus,-a,-um. (superstitĭo). Supersticioso. Profético, divinatório.

superstitĭs, ver **superstes**.

superstĭto,-as,-are. (superstes). Manter vivo, preservar. Sobreviver, restar.

supersto,-as,-are,-stĕti. (super-sto). Manter-se firme sobre. Estar por cima de, dominar, prevalecer sobre.

superstrŭo,-is,-ĕre,-struxi,-structum. (super-strŭo). Construir por cima de/sobre.

supersum, superes, superesse, superfŭi. (super-sum). Ser deixado vivo, permanecer vivo, existir ainda, sobreviver. Sobrar, abundar, ser a mais. Ser excessivo/supérfluo. Estar presente, manter-se junto a, assistir. Ser proeminente, projetar-se, destacar-se. Ser suficiente, bastar.

supertĕgo,-is,-ĕre,-texi,-tectum. (super-tego). Cobrir por cima, encobrir, proteger, abrigar.

supertrăho,-is,-ĕre. (super-traho). Arrastar sobre.

superuacanĕus,-a,-um. (superuacŭus). Desnecessário, supérfluo, inútil, excessivo, sobressalente.

superuacŭus,-a,-um. (super-uacŭus). Desnecessário, supérfluo, inútil, excessivo. Sobressalente, redundante.

superuado,-is,-ĕre. (super-uado). Ir por sobre, escalar.

superuĕhor,-uehĕris,-uĕhi,-uectus sum. (super-uehor). Transpor, atravessar, passar ao longo de. Cavalgar.

superuenĭo,-is,-ire,-ueni,-uentum. (super-uenĭo). Vir por sobre, lançar-se em cima de. Sobrevir, chegar de repente, surpreender. Ultrapassar, exceder.

superuentus,-us, (m.). (superuenĭo). Chegada súbita. Ataque, tomada.

superuiuo,-is,-ĕre,-uixi. (superu-uiuo). Sobreviver.

superuolĭto,-as,-are,-aui. (super-uolĭto). Sobrevoar frequentemente.

superuŏlo,-as,-are. (super-uolo,-as,-are). Sobrevoar.

supĕrus,-a,-um. (super). Que está acima, superior, alto. Celestial, do céu. (*supĕra* = os astros, corpos celestiais).

supine. (supinus). Negligentemente, de modo descuidado.

supinĭtas, supinitatis, (f.). (supinus). Ação de curvar para trás, ação de deitar de costas. Nivelamento, achatamento.

supinitatis, ver **supinĭtas**.

supino,-as,-are,-aui,-atum. (supinus). Curvar para trás, deitar de costas, inclinar para trás. Dobrar, recurvar. Remexer a terra, cavar a terra.

supinus,-a,-um. Curvado para trás, deitado de costas, inclinado para trás. Retrógrado, que se volta para o passado. Inclinado, em aclive. Reclinado, recostado. Indolente, negligente, descuidado, preguiçoso. Orgulhoso, arrogante.

supp-, ver também **subp-**.

suppaenĭtet, ver **suppoenĭtet**.

suppalpor,-aris,-ari. (sub-palpor). Acariciar/afagar um pouco.

suppar, suppăris. (sub-par). Quase igual, bastante similar.

supparasitor,-aris,-ari. (sub-parasitor). Lisonjear, bajular, cortejar (como um parasita).

suppărum,-i, (n.)/suppărus,-i, (m.). Vestimenta de linho (usada por mulheres). Pequena vela sobre o mastro principal.

suppatĕo,-es,-ere. (sub-patĕo). Espalhar sob, estender debaixo de.

suppeditatĭo, suppeditationis, (f.). (suppedĭto). Superabundância, exuberância.

suppedĭto,-as,-are,-aui,-atum. (suppĕto). Estar à disposição, estar em estoque/em abundância. Ter em abundância, abundar em, ser rico em. Ser suficiente, bastar. Dar, fornecer, suprir, prover, abastecer.

suppedo,-is,-ĕre. (sub-pedo). Peidar, expelir gases pelo ânus.

suppellex, ver **supellex**.

suppernatus,-a,-um. (sub-perna). Que tem quadril defeituoso. Cortado, mutilado.

suppetĭae,-arum, (f.). (suppĕto). Ajuda, auxílio, socorro, assistência.

suppetĭor,-aris,-ari,-atus sum. (suppetĭae). Ajudar, auxiliar, socorrer, prestar assistência.

suppĕto,-is,-ĕre,-iui/-ĭi,-itum. (sub-peto). Estar à disposição, estar em estoque. Ser igual a, corresponder a, ser suficiente/adequado para.

suppilo,-as,-are. (sub-pilus). Roubar, furtar, espoliar, despojar.

suppingo,-is,-ĕre, suppegi, suppactum. (sub-pango). Prender/fixar por baixo. Bater, socar, comprimir com força.

supplanto,-as,-are,-aui,-atum. (sub-planta). Passar uma rasteira, derrubar no chão. Destruir, subverter.

supplau-, ver **supplo-**.

supplementum,-i, (n.). (supplĕo). Suplementação, acréscimo, complemento. Recrutamento de tropas. Suprimento, estoque, reserva.

supplĕo,-es,-ere,-eui,-etum. (sub-pleo). Suplementar, acrescentar, completar, suprir, preencher. Recrutar, alistar.

supplex, supplĭcis. (supplĭco). Humilde, submisso, suplicante.

supplicamentum,-i, (n.). (supplĭco). Súplica pública, cerimônia religiosa.

supplicatĭo, supplicationis, (f.). (supplĭco). Súplica pública, cerimônia religiosa.

supplĭcis, ver **supplex**.

supplicĭter. (supplex). Humildemente, suplicantemente, de modo submisso.

supplicĭum,-i, (n.). (supplex). Súplica pública, adoração, culto. Sacrifício, oferenda. Humilhação, submissão. Punição, penalidade, tortura, dor, tormento, sofrimento.

supplĭco,-as,-are,-aui,-atum. (supplex). Ajoelhar-se diante de. Implorar, suplicar, pedir. Humilhar-se, subjugar-se. Adorar, cultuar. Oferecer, sacrificar.

supplodo,-is,-ĕre, supplosi, supplosum. (sub-plaudo). Imprimir, estampar, gravar, bater. Aplaudir, bater palmas. Pisotear, subjugar, tratar com desprezo.

supplosĭo, supplosionis, (f.). Impressão, estampa, gravação, batida.

suppoenĭtet,-ere. (sub-poenĭtet). Arrepender-se um pouco.

suppono,-is,-ĕre, supposŭi, supposĭtum. (sub-pono). Colocar sob, estabelecer debaixo de. Colocar no lugar de, substituir. Falsificar, fraudar, forjar. Hipotecar, alienar. Acrescentar, anexar. Sujeitar, subjugar. Menosprezar, depreciar.

supporto,-as,-are,-aui,-atum. (sub-porto). Levar de baixo para cima, transportar, carregar.

supposĭticĭus,-a,-um. (suppono). Substituto. Não autêntico, falso.

suppositĭo, suppositionis, (f.). (suppono). Colocação, estabelecimento. Substituição.

suppostricis, ver **suppostrix**.

suppostrix, suppostricis, (f.). (suppono). A que substitui através de fraude, falsificadora.

suppostus = supposĭtus, ver **suppono**.

suppraefectus,-i, (m.). (sub-praefectus). Vice-prefeito. Auxiliar, subsidiário.

suppressĭo, suppressionis, (f.). (supprĭmo). Supressão, repressão. Retenção fraudulenta, desfalque, fraude.

suppressus,-a,-um. (supprĭmo). Baixo, curto, contido.

supprĭmo,-is,-ĕre, suppressi, suppressum. (sub-premo). Pressionar, empurrar, fazer sucumbir, mandar para o fundo. Manter afastado, fazer parar, refrear, deter. Omitir, ocultar, manter em segredo.

suppromus,-i, (m.). (sub-promus). Mordomo/chefe substituto.

suppŭdet,-ere. (sub-pudet). Estar um pouco envergonhado.

suppuratĭo, suppurationis, (f.). (suppuro). Supuração, abscesso, inflamação purulenta.

suppuro,-as,-are,-aui,-atum. (sub-pus). Formar pus, supurar. Cobrir de feridas purulentas, fazer supurar.

suppus,-a,-um. Voltado para baixo.

supputatĭo, supputationis, (f.). (suppŭto). Cálculo, cômputo.

suppŭto,-as,-are,-aui,-atum. (sub-puto). Podar, aparar. Contar, calcular, computar.

supra. prep./acus. (supĕrus). Acima (de), do lado de cima (de), na parte de cima (de). Antes (de), anteriormente, previamente. Além (de), mais (que).

suprascando,-is,-ĕre. (supra-scando). Ascender além de, escalar, elevar-se acima de.

suprema,-orum, (n.). (supremus). Últimas funções/homenagens, exéquias. Testamento, últimos desejos.

supremum,-i, (n.). (supremus). Momento decisivo, hora extrema.
supremus,-a,-um. (supĕrus). Mais alto, mais extremo, que está no topo. Que está no fim, último, final. Soberano, superior, supremo.
sura,-ae, (f.). Panturrilha, batata da perna.
surcŭlus,-i, (m.). Broto, rebento, galho, ramo. Muda, enxerto. Árvore pequena.
surdaster,-tra,-trum. (surdus). Um pouco surdo, que tem dificuldade para ouvir.
surdĭtas, surditatis, (f.). (surdus). Surdez.
surdus,-a,-um. Surdo. Que não quer ouvir, desatento. Insensível, indiferente. Que não se ouve/compreende bem. Indistinto, indefinido. Silencioso, mudo.
surena,-ae, (m./f.). I - Grão-vizir (o mais alto cargo entre os Partos, semelhante ao de rei). II - Um tipo de peixe.
surgo,-is,-ĕre, surrexi, surrectum. (sub-rego). Erguer(-se), levantar(-se), suspender, içar, erigir. Surgir, aparecer, originar-se. Ascender, escalar, subir. Nascer, crescer, brotar. Provir, resultar de. Atacar, revoltar-se, rebelar-se.
surp-, ver **surr-.**
surrancĭdus,-a,-um. (sub-rancĭdus). Um pouco rançoso.
surraucus,-a,-um. (sub-raucus). Ligeiramente rouco.
surremĭgo,-as,-are. (sub-remĭgo). Remar por baixo.
surrepo,-is,-ĕre, surrepsi, surreptum. (sub-repo). Arrastar-se sob, rastejar debaixo de. Avançar lentamente, abordar furtivamente. Insinuar-se.
surrepticĭus,-a,-um. (surripĭo). Sub-reptício, feito às escondidas, fraudulento, clandestino.
surreptĭo, surreptionis, (f.). (surripĭo). Roubo, furto.
surridĕo,-es,-ere, surrisi. (sub-ridĕo). Sorrir.
surridicŭle. (sub-ridicŭlus). De modo um tanto ridículo, de maneira um pouco risível.
surrĭgo, ver **surgo.**
surringor,-ĕris, surringi. (sub-ringor). Demonstrar um pouco de insatisfação, estar um tanto irritado.
surripĭo,-is,-ĕre, surripŭi, surreptum. (sub-rapĭo). Pegar escondido, arrebatar furtivamente, roubar, furtar.

surrŏgo,-as,-are,-aui,-atum. (sub-rogo). Colocar no lugar de outro, substituir.
surrubĕo,-es,-ere. (sub-rubĕo). Corar levemente, ficar um tanto vermelho, enrubescer um pouco.
surrubicundus,-a,-um. (sub-rubicundus). Um pouco vermelho, avermelhado.
surrufus,-a,-um. (sub-rufus). Um pouco vermelho, avermelhado.
surrŭo,-is,-ĕre, surrŭi, surrŭtum. (sub-rŭo). Ruir, minar, escavar. Derrubar, destruir, subverter, corromper.
surrustĭcus,-a,-um. (sub-rustĭcus). Ligeiramente rústico, um pouco grosseiro.
sursum/sursus. (sub-uorsum). De baixo para cima, para o alto. Acima, bem no alto.
sus, suis, (m./f.). Suíno, porco, porca. Javali. Um tipo de peixe.
suscensĕo, ver **succensĕo.**
susceptĭo, susceptionis, (f.). (suscipĭo). Incumbência, empresa, tarefa, empreendimento. Aceitação.
susceptum,-i, (n.). (suscipĭo). Incumbência, empresa, tarefa, empreendimento.
suscipĭo,-is,-ĕre, suscepi, susceptum. (sub-capĭo). Suster, amparar, sustentar. Defender, apoiar. Assumir, aceitar, empreender. Receber, pegar, tomar para si, adotar. Admitir, reconhecer, validar. Tornar-se o pai de, criar, gerar. Reassumir, recomeçar, prosseguir. Suportar, sofrer.
suscĭto,-as,-are,-aui,-atum. (sub-cito). Erguer, elevar, erigir, içar, levantar. Construir. Encorajar, incitar, estimular. Invocar. Misturar, agitar, remexer. Fazer surgir, produzir, excitar.
suspecto,-as,-are,-aui,-atum. (suspicĭo). Olhar de baixo para cima. Ver, observar. Desconfiar, suspeitar.
suspectus,-a,-um. (suspicĭo). Olhado de cima. Contemplado, admirado. Suspeito, que causa suspeita, perigoso.
suspectus,-us, (m.). (suspicĭo). Ação de olhar de cima para baixo. Altura, elevação. Apreço, estima, respeito.
suspendĭum,-i, (n.). (suspendo). Auto-enforcamento, ação de se enforcar.
suspendo,-is,-ĕre,-pendi,-pensum. (sub-pendo). Pender, suspender, estar suspenso. Asfixiar, sufocar, enforcar. Dedicar,

consagrar. Construir sob formato arqueado/abobadado. Apoiar, sustentar, dar suporte. Erguer, içar, levantar. Tornar incerto/duvidoso, manter em suspense. Parar, refrear, interromper. (*naso suspendēre* = olhar com desprezo, menosprezar).

suspensus,-a,-um. (suspendo). Suspenso, pendurado, elevado, erguido. Incerto, duvidoso, hesitante, indeterminado, em suspense. Dependente.

suspicacis, ver **suspĭcax.**

suspĭcax, suspicacis. (suspĭcor). Desconfiado, cheio de suspeitas, suspeitoso. Suspeito, não confiável, que causa desconfiança.

suspicĭo, suspicionis, (f.). (suspicĭo). Suspeita, desconfiança. Noção, ideia, conjectura. Sinal, indicação.

suspicĭo,-is,-ĕre, suspexi, suspectum. (sub-specĭo). Olhar de cima para baixo. Admirar, respeitar, honrar, ter em grande estima. Olhar secretamente. Desconfiar, suspeitar.

suspiciosus,-a,-um. (suspicĭo). Cheio de suspeita, desconfiado, suspeitoso. Suspeito, não confiável, que causa desconfiança.

suspĭcor,-aris,-ari,-atus sum. (suspicĭo). Desconfiar, suspeitar. Supor, fazer conjecturas, ter uma noção.

suspiratĭo, suspirationis, (f.). (suspiro). Suspiro, respiração profunda.

suspiratus,-us, (m.). (suspiro). Suspiro, respiração profunda.

suspirĭtus,-us, (m.). (suspiro). Suspiro, respiração profunda/com dificuldade.

suspirĭum,-i, (n.). (suspiro). Suspiro, respiração profunda. Asma.

suspiro,-as,-are,-aui,-atum. (sub-spiro). Respirar profundamente, suspirar. Exalar, expirar. Ansiar por, ter saudade de. Exclamar suspirando.

susque deque. (sub-que + de-que). De baixo para cima e de cima para baixo, tanto faz, independentemente, indiferentemente.

sustentacŭlum,-i, (n.). (sustento). Sustentáculo, apoio, suporte.

sustentatĭo, sustentationis, (f.). (sustento). Demora, atraso, protelação. Ação de manter a expectativa (do ouvinte). Sustento, alimento.

sustento,-as,-are,-aui,-atum. (sustinĕo). Suster, sustentar, apoiar. Alimentar. Manter firme, preservar, conservar, proteger, defender. Refrear, conter, fazer parar. Aguentar, suportar, resistir. Adiar, procrastinar.

sustinĕo,-es,-ere,-tinŭi,-tentum. (sub-tenĕo). Suster, sustentar, escorar. Conter, controlar, restringir, refrear, suportar. Manter, preservar, conservar, proteger. Alimentar. Resistir, opor-se. Adiar, procrastinar. Encarregar-se de, desempenhar uma função.

sustollo,-is,-ĕre. (sub-tollo). Erguer, içar, levantar, elevar. Erigir, construir. Remover, tomar, levar, destruir.

susum, ver **sursum.**

susurramen, susurramĭnis, (n.). (susurro). Sussurro, murmúrio.

susurramĭnis, ver **susurramen.**

susurro,-as,-are. (susurrus). Sussurrar, murmurar, fazer um zumbido. Cochichar, falar ao ouvido.

susurrus,-a,-um. Que cochicha, que fala ao ouvido.

susurrus,-i, (m.). Sussurro, murmúrio, zumbido. Cochicho, conversa ao ouvido. Boato, fofoca.

suta,-orum, (n.). (suo). Um tipo de armadura (feita de placas de metal costuradas ou amarradas).

sutela,-ae, (f.). (suo). Artifício, astúcia, truque.

sutĭlis, sutĭle. (suo). Costurado, amarrado.

sutor, sutoris, (m.). (suo). Sapateiro.

sutoricĭus,-a,-um. (sutor). Relativo a sapateiro.

sutorĭus,-a,-um. (sutor). Relativo a sapateiro.

sutrinum,-i, (n.). (sutrinus). Ofício de sapateiro.

sutrinus,-a,-um. (sutor). Relativo a sapateiro.

sutura,-ae, (f.). (suo). Costura, sutura.

suus,-a,-um. Seu(s), sua(s), dele(s) próprio(s), dela(s) própria(s).

sycophanta,-ae, (m.). Enganador, trapaceiro, patife, impostor. Parasita, aproveitador.

sycophantĭa,-ae, (f.). Trapaça, dolo, fraude, engodo.

sycophantiose. Com trapaça/dolo/fraude, astuciosamente.

sycophantor,-aris,-ari. (sycophanta). Enganar, trapacear, fraudar.

syllăba,-ae, (f.). Sílaba. Versos, poema.

syllabatim. (syllaba). Sílaba por sílaba.

syllogismus,-i, (m.). Silogismo.
syllogistĭcus,-a,-um. Silogístico, relativo ao silogismo.
sylu-, ver **silu-**.
symbŏla,-ae, (f.). Contribuição em dinheiro (para dividir as despesas de uma festa).
symbŏlus,-i, (m.)/symbŏlum,-i, (n.). Marca, símbolo, sinal, indicação.
symmetrĭa,-ae, (f.). Simetria, proporção.
sympathia,-ae, (f.). Simpatia, afinidade, atração espontânea.
symphonĭa,-ae, (f.). Sinfonia, harmonia, combinação perfeita de sons.
symphoniăcus,-a,-um. Sinfônico, harmonioso.
symplegma, symplegmătis, (n.). Grupo de pessoas.
symplegmătis, ver **symplegma**.
synaloepha, ver **synaloephe**.
synaloephe,-es, (f.). Contração de duas sílabas em uma.
synedŏche,-es, (f.). Sinédoque (processo metonímico).
synĕdrus,-i, (m.). Cônsul, senador (entre os macedônios).
syngrăpha,-ae, (f.). Compromisso de pagamento por escrito, nota promissória, carta de fiança.

syngrăphus,-i, (m.). Contrato escrito. Permissão oficial para transitar livremente, salvo-conduto, passaporte.
synŏdus,-i, (m.). Um tipo de peixe.
synoecĭum,-i, (n.). Hospedaria, pensão.
synonymĭa,-ae, (f.). Sinonímia, identidade de significado.
synthesĭnus,-a,-um. De penhoar/robe.
synthĕsis, synthĕsis, (f.). Mistura, composição. Colocação dos pratos para servir. Coleção de roupas. Peça de roupa semelhante a um robe (usada em jantares).
syntŏnum,-i, (n.). Um tipo de instrumento musical.
syrinx, syringis, (f.). Flauta de caniço, flauta de Pan.
syrma, syrmătis, (n.). Vestido longo (com uma cauda que se arrasta pelo chão, usado especialmente pelos atores trágicos). Tragédia.
syrmătis, ver **syrma**.
systaltĭcus,-a,-um. Que atrai para si, que reúne.
systema, systemătis, (n.). Um todo que consiste de várias partes, todo complexo, sistema.
systemătis, ver **systema**.

T

T. Abreviatura de **Titus**.
tabella,-ae, (f.). (tabŭla). Tabuinha, tábua pequena. Tabuleiro de jogo. Tábua votiva, quadro de madeira, ex-voto. Tábua para escrever. Boletim, carta, contrato escrito. Berço onde foram colocados Rômulo e Remo. Espécie de bolo.
tabellarĭus,-a,-um. (tabŭla). Relativo aos votos dados por escrito, relativo a cartas. Como subst.m.: correio, mensageiro.
tabĕo,-es,-ere. Fundir-se, liquefazer-se, dissolver-se, escorrer. Consumir-se, definhar-se, deteriorar-se.
taberna,-ae, (f.). Cabana, choupana, casa de tábuas. Loja, armazém. Camarim.

tabernacŭlum,-i, (n.). (taberna). Tenda, barraca. Tenda dos arúspices.
tabernarĭus,-a,-um. (taberna). De loja, de taverna. Como subst.m.: lojista.
tabes, tabis, (f.). (tabĕo). Decomposição, liquefação, corrupção, putrefação. Definhamento, enfraquecimento. Veneno, mau-cheiro, infecção. Doença contagiosa, epidemia, peste. Melancolia.
tabesco,is,-ĕre, tabŭi. (tabĕo). Fundir-se, liquefazer-se. Consumir-se, definhar-se. Corromper-se, putrefazer-se. Morrer, consumir-se de inveja.
tabĭdus,-a,-um. (tabĕo). Que se desagrega, liquefeito, derretido. Corrupto, em decomposição. Lânguido, debilitado.

tabifĭcus,-a,-um. (tabĕo). Que liquefaz, que faz derreter. Que desagrega, corrompe. Que consome, definha.

tablinum,-i, (n.). (tabŭla). Arquivo. Sala de receber (onde se encontravam os arquivos, junto ao átrio).

tabŭla,-ae, (f.). Tábua, tábua de jogo, tábua de escrever. Livro de registros. Quadro em que se escrevia e divulgavam documentos oficiais; leis, editais, proclamações. Mapa, testamento.

tabularis, tabulare. (tabŭla). De tábuas (de madeira). Em forma de tábuas.

tabularĭum,-i, (n.). (tabŭla). Arquivo, cartório, arquivos públicos.

tabulatĭo, tabulationis, (f.). (tabŭla). Sobrado, pavimento, soalho.

tabulatum,-i, (n.). (tabŭla). Soalho, sobrado. Tablado.

tabum,-i, (n.). (tabĕo). Podridão, corrimento, pus. Doença infecciosa. Extrato de púrpura para tingimento.

tacĕo,-es,-ere, tacŭi, tacĭtum. Calar-se, manter-se em silêncio.

tacĭte. (tacĕo). Tacitamente, sem dizer nada, em silêncio, em segredo.

taciturnĭtas, taciturnitatis, (f.). (tacĕo). Silêncio. Discrição, caráter reservado.

taciturnitatis, ver **taciturnĭtas.**

taciturnus,-a,-um. (tacĕo). Silencioso, calado, taciturno. Obscuro, de que não se fala, no esquecimento.

tacĭtus,-a,-um. (tacĕo). Calado, discreto, mudo. Secreto. Calmo.

tactĭlis, tactĭle. (tango). Tangível, tátil, palpável.

tactĭo, tactionis, (f.). (tango). Ação de tocar, toque. Tato.

tactus,-us, (m.). (tango). Toque, ação de tocar. Tato. Efeito, influência, ação.

taeda,-ae, (f.), também **teda.** Espécie de pinho resinoso, ramo de pinheiro. Facho, archote, tocha (de pinheiro usada em cerimônias de casamento). Casamento, núpcias. Amor. Instrumento de tortura.

taedet,-ere, taedŭit ou **taesum est. (verbo unipessoal).** Estar aborrecido, estar entediado. Causar aborrecimento, entediar, enfastiar, enfadar.

taedĭum,-i, (n.). (taedet). Tédio, aborrecimento, enjoo. Repugnância, aversão. Fadiga, lassidão.

taenĭa,-ae, (f.). Fita, faixa. Tênia.

taeter, taetra, taetrum. Horrível, hediondo, repugnante, abominável, tétrico. Negro, sombrio, escuro. Odioso, abominável, cruel, pernicioso.

taetr- ver também **tetr-.**

taetre. (taeter). Odiosamente, de modo abominável, tetricamente.

taetrĭcus,-a,-um. (taeter). Severo, cruel, ameaçador.

tagacis, ver **tagax.**

tagax, tagacis. (tango). Que toca em. Ladrão, gatuno.

talarĭa, talarĭum, (n.). (talus). Artelhos, tornozelo. Calçados com asas (de Mercúrio, Perseu e Minerva). Hábitos talares (roupas que cobrem até os tornozelos).

talaris, talare. (talus). Que chega até os tornozelos. Comprido, talar.

talarĭus,-a,-um. (talus). De túnicas talares, compridas. Como subst.m.: Jogo, espetáculo de caráter licencioso ou efeminado (a tunĭca talaris era de aspecto efeminado)

talĕa,-ae, (f.). Rebento, vergôntea. Estaca. Barrinha de ferro usada como dinheiro pelos bretões.

talentum,-i, (n.). Talento (grande soma de dinheiro). Peso (equivalente a 26 kg.).

talis, tale. Tal, de tal qualidade, de tal espécie, natureza. Tão importante, grande. Igual, semelhante.

talĭtrum,-i, (n.). Piparote, toque com o dedo dobrado.

talpa,-ae, (f. e m.). Toupeira.

talus,-i, (m.). Astrágalo (pequeno osso humano). Tornozelo, calcanhar. Pequeno osso (de animais) usado em certos jogos, dado de jogo.

tam. Tão, tanto, de tal forma.

tamdĭu. (tam-diu). Tanto tempo, há tanto tempo.

tamen. Todavia, contudo, entretanto, ainda que.

tamenetsi. (tamen-etsi). Ainda que, se bem que, posto que.

tametsi. Ainda que, se bem que. Entretanto, contudo, mas.

tamquam ou **tanquam. (tam-quam).** Como, como se, da mesma maneira que. Como que, por assim dizer.

tandem. (tam-dem). Enfim, finalmente. Por fim, por último.

tango,-is,-ĕre, tetĭgi, tactum. Tocar. Tocar em, pegar, furtar. Atingir, alcançar. Bater, ferir. Tratar de um assunto, falar de. Enganar, iludir, impressionar, comover.
tangomĕnas facĕre. Beber em excesso.
tantidem. (tantus-dem). Do mesmo preço, de valor idêntico. Da mesma forma.
tantillus,-a,-um. (tantus). Tão pequenino, tão pouquinho.
tantisper. (tantus-per). Durante tanto tempo, durante todo este tempo.
tanto. (tantus). Tanto, tão.
tantŏpere. (tantus-opus). Tanto, de tal maneira, a tal ponto.
tantŭlum,-i, (n.). (tantus). Um quase nada, uma tal insignificância, tão pouca coisa, de tão baixo valor.
tantum. (tantus). Tão grande quantidade, tanto. Tão pouco, apenas, somente, simplesmente.
tantumdem. (tantus-dem). Tanto, tão grande quantidade. Outro tanto.
tantummŏdo. (tantus-modus). Somente.
tantus,-a,-um. Tão grande, tamanho, considerável. Tão importante, de tal qualidade. Tão pouco importante, tão pequeno, tão fraco.
tantusdem, tandădem, tantumdem. (tantus-dem). Tão grande, tão considerável.
tapanta. (do grego). Todas as coisas, tudo.
tapes, tapetis, (m.). ou tapetes, tapetis. Tapete, alcatifa.
tapetis, ver tapes
tarde. (tardus). Lentamente, vagarosamente. Tarde, tardiamente.
tardesco,-is,-ĕre, tardŭi. (tardus). Tornar-se lento, vagaroso. Entorpecer-se.
tardilŏquus,-a,-um. (tardus-loquor). Que fala devagar.
tardipĕdis, ver tardĭpes.
tardĭpes, tardipĕdis, (m.). (tardus-pes). Que anda devagar, de passo lento.
tardĭtas, tarditatis, (f.). (tardus). Lentidão, atraso, retardamento. Estupidez.
tarditatis, ver tardĭtas.
tarditĭes, tarditĭei, (f.). (tardus). Lentidão, indolência.
tarditudĭnis, ver tarditudo.
tarditudo, tarditudĭnis, (f.). (tardus). Marcha lenta. Lentidão, atraso.
tardo,-as,-are,-aui,-atum. (tardus). Tornar lento, retardar, demorar. Atrasar, tardar.
tardus,-a,-um. Lento, vagaroso. Indolente, preguiçoso, rude, estúpido, retardado. Difícil, pesado.
tarmes, tarmĭtis, (m.). Traça de madeira, cupim, térmita.
tarmĭtis, ver tarmes.
tata,-ae, (m.). Expressão de linguajar infantil: Papai.
tatăe. Interjeição para expressar surpresa: Ah, oh!
taura,-ae, (f.). (taurus). Vaca estéril.
taurĕa,-ae, (f.). (taurus). Correia de couro (de boi).
taurĕus,-a,-um. (taurus). De boi, bovino, táureo. De couro de boi.
tauriformis, tauriforme. (taurus-forma). Que tem a forma de um boi, tauriforme.
taurigĕnus,-a,-um. (taurus-geno). De touro, nascido de um touro.
taurinus,-a,-um. (taurus). De touro, de boi, taurino.
taurus,-i, (m.). Boi, touro. A constelação de Touro. Touro de Fálaris: um instrumento de tortura.
taxatĭo, taxationis, (f.). (taxo). Avaliação, apreciação.
taxillus,-i, (m.). (taxus). Pequeno dado (de jogo).
taxim. (tango). Tocando levemente, pouco a pouco, gradualmente, docemente.
taxo,-as,-are,-aui,-atum. (tango). Aludir a. Tocar fortemente, atacar, arguir. Taxar, avaliar, estimar, apreciar.
taxus,-i, (f.). Teixo (planta). Lança e haste de lança feita de teixo.
tecte. (tectus). Cobertamente, sem se expor. Às ocultas, secretamente.
tector, tectoris, (m.). (tego). Estucador, o que faz rebocos, caiador.
tectorĭum,-i, (n.). (tego). Revestimento de estuque, reboco, caiação. Tinta (de maquilagem) para uso das mulheres. Falso brilho.
tectorĭus,-a,-um. (tego). Que serve para cobrir, para rebocar. De estuque. Relativo a reboco.
tectum,-i, (n.). (tego). Teto, telhado, cobertura. Casa habitação, abrigo, morada. Covil. Caverna.
tecum. (cum te). Contigo.
tegeticŭla,-ae, (f.). (tego). Pequena esteira.
tegillum,-i, (n.). (tego). Pequeno capuz.

tegmen, tegmĭnis, (n.). (tego). Cobertura, o que serve para cobrir, proteger. Abóbada celeste. Proteção, defesa.

tego,-is,-ĕre, texi, tectum. Cobrir, vestir, revestir. Ocultar, esconder. Proteger, defender. Marchar, acompanhar protegendo.

tergŏro,-as,-are,-aui,-atum. (tergus). Cobrir com couraça, revestir, cobrir.

tegŭla,-ae, (f.). (tego). Telha, telhado, cobertura.

tegŭmen- ver **tegmen-** e **tegĭmen-**.

tegumentum,-i, (n.). (tego). Cobertura, revestimento, vestido. Abrigo, proteção.

tela,-ae, (f.). (texo). Tela, tecido de fio, teia. Teia de aranha. Tear. Trama, intriga, maquinação.

telĭger,-gĕra,-gĕrum. (telum-gero). Que carrega, contém dardos.

telluris, ver **tellus**.

tellus, telluris, (f.). A terra. Terreno, solo. Bem, propriedade, território. País, região.

telum,-i, (n.). Arma de arremesso, dardo, arma de ataque. Golpe, pancada. Estímulo, meio, arma para fazer algo.

temerarĭus,-a,-um. (temĕre). Acidental, por acaso. Imprudente, temerário, audacioso, que arrisca. Fortuito.

temĕre. Às cegas, ao acaso. Irrefletidamente, inconsideradamente. Confusamente, desordenadamente.

temerĭtas, temeritatis, (f.) (temĕre). Acaso. Irreflexão, temeridade. O lado instintivo do ser humano.

temeritatis, ver **temerĭtas**.

temeritudo, temeritudĭnis, (f.). (temĕre). Irreflexão, temeridade, desatino.

temĕro,-as,-are,-aui,-atum. (temĕre). Profanar, violar coisas sagradas. Ultrajar, desonrar, manchar.

temetum,-i, (n.). Vinho puro, bebida inebriante.

temno,-is,-ĕre. Desprezar, desdenhar.

temo, temonis, (m.). Timão, cabeçalho (do carro, da charrua). Carro. A Ursa Maior (constelação).

temperamentum,-i, (n.). (tempus). Organização proporcionada, harmoniosa de um conjunto. Proporção, justa medida. Comedimento, moderação.

temperanter. (tempus). Com moderação, temperantemente.

temperantĭa,-ae, (f.). (tempus). Medida, proporção, sobriedade, temperança, moderação.

temperate. (tempus). Moderadamente, com medida. Com temperança, comedidamente.

temperatĭo, temperationis, (f.). (tempus). Mistura, liga, combinação equilibrada. Organização, constituição, regra, princípio regulador. Ação de manter justa medida, ação de moderar.

temperator, temperatoris, (m.). (tempus). O que regula convenientemente, o que dispõe, organiza. O que dá têmpera (aquele que, na forja, regula o tratamento de metais, por exemplo, as armas de ferro).

temperatura,-ae, (f.). (tempus). Constituição ou composição bem equilibrada. Temperamento, constituição física. Temperatura.

tempĕri. (tempus). A tempo, na ocasião conveniente, no tempo adequado.

temperĭes, temperiei, (f.). (tempus). Mistura, combinação. Justa proporção, equilíbrio. Temperatura.

tempĕro,-as,-are,-aui,-atum. (tempus). Combinar adequadamente, dispor convenientemente. Misturar (água ao vinho para suavizar o sabor), juntar. Temperar, regularizar, moderar. Acalmar, abrandar.

tempestas, tempestatis, (f.). (tempus). Lapso de tempo, época, estação, espaço. Tempo bom ou ruim. Tempestade, calamidade, ruína, desgraça, flagelo.

tempestatis, ver **tempestas**.

tempestiue. (tempus). A tempo, a propósito, tempestivamente.

tempestiuĭtas, tempestiuitatis. (f.). (tempus). Tempo oportuno, tempo propício, oportunidade. Disposição apropriada. Saúde, boa constituição física.

tempestiuitatis, ver **tempestiuĭtas**.

tempestiuus,-a,-um. (tempus). Oportuno, propício, adequado, tempestivo. Maduro. Longo, demorado, que começa cedo.

templum,-i, (n.). Espaço delimitado no céu por um sacerdote/áugure a fim de ser utilizado como campo de observação para tomar e interpretar os presságios/augúrios. Terreno consagrado pelos augures. Templo, santuário. Cúria, se-

nado, tribuna. Tribunal. Asilo de uma divindade.
tempŏra, tempŏrum, (n. pl.). Têmporas. Cabeça, rosto.
temporalis, temporale. (tempus). Temporário. Temporal.
temporarĭus,-a,-um. (tempus). Temporário. Dependente das circunstâncias, inconstante, variável.
tempŏri. (tempus). A tempo.
tempŏris, ver **tempus.**
temptabundus,-a,-um. (tempto). Quem anda às apalpadelas, tateante.
temptamen, temptamĭnis, (n.). (tempto). Experiência, tentativa.
temptamĭnis, ver **temptamen.**
temptatĭo, temptationis, (f.). (tempto). Experiência, prova, ensaio. Acesso, ataque. Tentação.
temptator, temptatoris, (m.). (tempto). Que atenta contra a honra de uma mulher, sedutor.
tempto,-as,-are,-aui,-atum. Tocar, apalpar. Tentar, experimentar, ensaiar. Agitar, atacar, inquietar. Tentar corromper, seduzir.
tempus, tempŏris, (n.). Tempo. Momento, ocasião, época. Circunstância, situação, posição, interesses. Medida.
temulentus,-,-um. (temetum). Embriagado, ébrio. Saturado, embebido.
tenacis, ver **tenax.**
tenacĭtas, tenacitatis, (f.). (tenax). Tenacidade, força para segurar, ação de agarrar com força. Avareza, parcimônia.
tenacitatis, ver **tenacĭtas.**
tenacĭter. (tenax). Com força, com tenacidade. Obstinadamente.
tenax, tenacis. (tenĕo). Tenaz, que agarra, segura com força. Aderente, espesso, compacto. Resistente, sólido, firme, constante. Teimoso, obstinado. Avarento (= que se agarra ao que tem).
tendicŭla,-ae, (f.). (tendo). Laço, armadilha, rede.
tendo,-is,-ĕre, tetendi, tentum/tensum. Estender. Apresentar, oferecer. Dirigir. Prolongar, passar. Tender, inclinar, visar, dirigir-se a. Combater, fazer esforços, lutar, resistir. Acampar.
tenĕbrae, tenebrarum, (f.). Trevas, escuridão, noite. Névoa, cegueira. Esconderijo, prisão. Obscuridade, baixeza. Tristeza, desgraça, pesar. Os infernos.
tenebricosus,-a,-um. (tenĕbrae). Tenebroso, secreto, escuro.
tenebrosus,-a,um. (tenĕbrae). Tenebroso, sombrio, escuro, obscuro.
tenellus,-a,-um. (tener). Delicadinho, um tanto delicado.
tenĕo,-es,-ere, tenŭi, tentum. Segurar, reter, manter, ter. Possuir, ocupar, ser senhor de, obter. Alcançar, atingir. Conservar, guardar, preservar. Durar, persistir.
tener, tenĕra, tenĕrum. Tenro, macio, mole. Doce, brando, delicado. Novo, infantil. Meigo, efeminado.
tenĕre. (tener). Delicadamente, ternamente, suavemente.
teneresco,-is,-ĕre. (tener). Tornar-se tenro, amolecer.
tenerĭtas, teneritatis, (f.). (tener). Finura, tenuidade, delicadeza. Magreza, pequenez. Sutileza, simplicidade. Fraqueza, insignificância, pobreza.
teneritatis, ver **tenerĭtas**
tenor, tenoris, (m.). (tenĕo). Movimento ininterrupto, continuidade, marcha contínua.
tensa,-ae, (f.). Carro sagrado para transporte dos objetos de culto nos *ludi circenses*.
tentigo, tentigĭnis, (f.). (tenĕo). Priapismo. Intenso desejo sexual, ardor amoroso.
tentipellĭum,-i, (n.). (tendo-pellis). Fôrma de sapateiro.
tento, ver também **tempto.**
tentorĭum,-i, (n.). (tendo). Tenda.
tenuicŭlus,-a,-um. (tenŭis). Delgadinho, muito tênue. Magro, fino.
tenŭis, tenŭe. Tênue, delgado, fino, leve, simples. Sutil. Estreito, raso. Pequeno, fraco, precário.
tenuĭtas, tenuitatis, (f.). (tenŭis). Pequenez, finura, tenuidade. Magreza, fraqueza, insignificância. Simplicidade, pobreza.
tenuitatis, ver **tenuĭtas.**
tenuĭter. (tenŭis). Tenuemente, debilmente, de modo fraco. Com finura, com delicadeza, sutilmente. Miseravelmente, pobremente.
tenŭo,-as,-are,-aui,-atum. (tenŭis). Afinar, atenuar, diminuir, diluir, adelgaçar. Enfraquecer, rebaixar.

tenus, tenŏris, (n.). Laço, armadilha.
tenus. I – Prep/abl.: Até, somente. II – Prep/genit.: Até, até a. Obs.: com o valor de preposição vem sempre posposto.
tepefacĭo,-is,-ĕre,-feci,-factum. (tepĕofacĭo). Aquecer, amornar, tornar tépido.
tepĕo,-es,-ere. Estar quente. Estar ligeiramente aquecido, morno, tépido. Estar apaixonado. Estar sem entusiasmo.
tepesco,-is,-ĕre, tepŭi. (tepĕo). Tornar-se tépido, aquecer-se. Amornar, "esfriar" um relacionamento amoroso.
tepidarĭum,-i, (n.). (tepĕo). Sala de banhos mornos (nas termas, completa-se o ciclo com o frigidarĭum e o caldarĭum, ou seja, os banhos frios e quentes, respectivamente).
tepĭdo,-as,-are. (tepĕo). Tornar tépido, morno, aquecer um pouco.
tepĭdus,-a,-um. (tepĕo). Morno, tépido. Lânguido, arrefecido, indolente.
tepor, teporis, (m.). (tepĕo). Calor tépido, calor moderado, tepidez. Resfriamento, frieza.
ter. Três vezes. É utilizado ainda como elemento de ênfase, de indicação de que algo se repete.
terdecĭes ou **ter decĭes.** Treze vezes.
terebinthus,-i, (f.). Terebinto (árvore resinosa).
terĕbra,-ae, (f.). (tero). Broca, verruma, trado, instrumento de perfuração.
terĕbro,-as,-are,-aui,-atum. (tero). Furar (com a broca, verruma, etc.). Abrir um buraco, perfurar, cavar. Abrir caminho, insinuar-se.
teredĭnis, ver **teredo.**
teredo, teredĭnis, (m.). Caruncho de madeira. Traça, inseto.
teres, terĕtis. (tero). Bem torneado, bem feito, arredondado, bem proporcionado. Fino, elegante, polido. Claro.
terĕtis, ver **teres.**
tergemĭnus,-a,-um. (ter-gemĭnus). Que foi o terceiro a nascer de mesmo parto. Trigêmeo. Triplo, tríplice.
tergĕo,-es,-ere, tersi, tersum. Enxugar. Esfregar, limpar, polir. Agradar. Aprimorar.
terginus,-a,-um. (tergum). De pele, de couro. Como subst. neutro: chicote, açoite, correia de couro.
tergiuersatĭo, tergiuersationis, (f.). (tergum-uerto). Tergiversação, rodeios, evasivas, subterfúgios.
tergiuersor,-aris,-ari,-atus sum. (tergum-uerto). Voltar as costas. Usar de evasivas, fazer rodeios, tergiversar.
tergŏris, ver **tergus.**
tergum,-i, (n.). Pele (das costas), dorso, costas. Lombo. Pele, couro, objetos feitos de couro. Face posterior das coisas, retaguarda. Superfície (de águas, por exemplo).
tergus, tergŏris, (n.). Pele, costas. Couro de um tambor, couraça, escudo de couro.
termentum,-i, (n.). (tero). Prejuízo, detrimento.
termes, termĭtis, (m.). Ramo cortado de uma árvore. Ramo de oliveira, ramo.
terminatĭo, terminationis, (f.). (termĭnus). Delimitação, limitação. Cláusula, fim de frase, desinência. Definição, apreciação.
termĭno,-as,-are,-aui,-atum. (termĭnus). Limitar, delimitar, fixar, separar. Encerrar, acabar, fechar, terminar.
termĭnus,-i, (m.). Termo, limite, fim, extremidade. Término.
termĭtis, ver **termes.**
terni,-ae,-a. De três em três, a cada três. Três.
tero,-is,-ĕre, triui, tritum. Polir, esfregar. Gastar esfregando, desgastar. Debulhar, pisar, triturar, esmagar, beneficiar o grão. Gastar, passar o tempo.
terra,-ae, (f.). Terra firme, terra (matéria). O planeta terra, globo terrestre, o mundo. Solo, terreno, chão. Lugar da terra onde se habita, região, país.
terraneŏla,-ae, (f.). Espécie de cotovia.
terrenus,-a,-um, (n.). (terra). Da terra, formado de terra. Terrestre. Mortal, que vive na terra, terreno.
terrĕo,-es,-ere, terrŭi, terrĭtum. Aterrorizar, fazer tremer, aterrar. Repelir, afugentar pelo medo.
terrestris, terrestre. (terra). Terrestre, da terra.
terribĭlis, terribĭle. (terrĕo). Terrível, medonho, horrendo.
terrifĭco,-as,-are,-aui,-atum (terrĕo-facĭo). Aterrorizar, amedrontar, assustar, horrorizar.
terrifĭcus,-a,-um. (terrĕo-facĭo). Terrífico, terrível, medonho, aterrador, horroroso, espantoso.

terrigĕna,-ae, (f. e m.). Nascido na terra, filho da terra.
terrilŏquus,-a,-um. (terrĕo-loquor). De palavras aterrorizantes, que diz coisas terríveis.
territorĭum,-i, (n.). (terra). Território.
terror, terroris, (m.). (terrĕo). Terror, pavor. Acontecimentos apavorantes.
tertiadecimani,-orum, (m.). (ter-decem). Soldados da décima terceira legião.
tertianus,-a,-um. (ter) Que volta de três em três dias. (Febre) terçã. Como subst.m.: Soldados da terceira legião.
tertĭo,-as,-are,-aui,-atum. (ter). Repetir pela terceira vez.
tertĭo. (ter). Pela terceira vez. Em terceiro lugar.
tertĭus,-a,-um. (ter). Terceiro.
teruenefĭcus,-a,-um. (ter-uenenum-facĭo). Triplo envenenador. Terceiro envenenador.
teruncĭus,-a,-um. (ter-uncia). A quarta parte de um asse (relativamente ao dinheiro romano). Um valor insignificante. A quarta parte de um todo.
tesca,-ae, também **tesqua,-ae.** Regiões selvagens, lugares desertos.
tessella,-ae, (f.). (tessĕra). Pequena peça, em forma de cubo, para obras de marchetaria ou de mosaicos. Dado de jogar.
tessello,-as,-are,-aui,-atum. (tessĕra). Cobrir um piso com mosaicos, assoalhar, ladrilhar com mosaicos.
tessĕra,-ae, (f.). Cubo, dado. Peça de mosaico ou marchetaria. Téssera, senha de hospitalidade. Tabuinha com as ordens do exército ou com uma senha. Bilhete de entrada no teatro. Senha para distribuição de alimento.
tesserarĭus,-i, (m.). (tessĕra). Soldado encarregado de transmitir uma senha dada pelo comandante.
tesserŭla,-ae, (f.). (tessĕra). Tabuinha em que se escrevia o voto, cédula de votação. Senha para receber trigo (distribuído publicamente).
testa,-ae, (f.). Concha de molusco, casca. Carapaça de tartaruga. Vaso de barro, jarro, ânfora. Telha, caco, pedaço de telha. Concha onde se depositavam os votos (na Grécia).

testacĕus,-a,-um. (testa). De barro cozido, de tijolo. Da cor do tijolo. Que tem concha ou escama.
testamentarĭus,-a,-um. (testor). De testamento, testamentário. Como subst. m.: Falsificador de testamentos.
testatĭo, testationis, (f.). Ação de testemunhar ou de atestar, testemunho. Ação de tomar como testemunha.
testes, testĭum, (m.). Testículos.
testicŭlus,-i, (m.). (testes). Testículo.
testificatĭo, testificationis, (f.). (testis-facĭo). Depoimento, declaração, testemunho.
testificor,-aris,-ari,-atus sum. (testis-facĭo). Testemunhar, ser testemunha. Atestar, certificar. Invocar como testemunha, apelar para o testemunho de.
testimonĭum,-i, (n.). (testor). Testemunho, depoimento. Prova, argumento.
testis, testis, (m.). Testemunha. Espectador.
testor,-aris,-ari,-atus sum. (testis). Testemunhar, ser testemunha. Atestar, afirmar, declarar solenemente. Fazer testamento.
testu. (Indeclinável). Tampa de barro cozido. Vaso de barro.
testudinĕus,-a,-um. (testa). De tartaruga, de concha de tartaruga.
testudĭnis, ver **testudo.**
testudo, testudĭnis, (f.). (testa). Tartaruga, carapaça de tartaruga. Lira, cítara (feitas de casco de tartaruga). Aposento em forma de abóbada. Formação militar (soldados reunidos para ataque/defesa tendo as cabeças cobertas com os escudos).
testŭla,-ae, (f.). (testa). Concha em que se depositavam os votos (em Atenas). Caco.
tetr- ver também **taetr-.**
tetradĭum,-i, (n.). O número quatro.
tetrarcha,-ae, (m.). Tetrarca.
tetrarchĭa,-ae, (f.). Tetrarquia (divisão do exército grego).
tetrissĭto,-as,-are,-aui,-atum. Grasnar (dos patos).
tetŭli forma arcaica de **tuli.**
texo,-is,-ĕre, texŭi, textum. Tecer, entrelaçar, trançar. Fazer, construir. Escrever, compor.
textĭlis, textĭle. (texo). Tecido, entrelaçado. Como subst.n.: tela, pano, tecido.
textor, textoris, (m.). (texo). Tecelão.
textorĭus,-a,-um. (texo). Referente a tecido, de tecelão. Complicado, falaz, capcioso.

textricis, ver **textrix.**
textrina,-ae, (f.). (texo). Oficina de tecelão, ofício de tecelão.
textrix, textricis, (f.). (texo). Tecelã, tecedeira. As Parcas.
textum,-i, (n.). Tecido, pano. Várias partes reunidas, organizadas. Contextura, conjunto.
textura,-ae, (f.). (texo). Tecido, encadeamento, ligação. Contextura.
textus,-us, (m.). (texo). Encadeamento, série. Contextura.
thalămus,-i, (m.). Quarto interno de uma casa, quarto nupcial. Leito nupcial. No plural: casamento, himeneu.
theatralis, theatrale. (theatrum). De teatro, teatral. Falso, mentiroso, enganador.
theatrum,-i, (n.). Teatro, local de representações e de jogos públicos. Reunião de espectadores, auditório, assembleia. Cena, lugar de exibição.
theca,-ae, (f.). Caixa, cofre, estojo, bolsa.
thema, temătis, (n.). Tema, assunto, proposição. Tese. Horóscopo.
themătis, ver **thema.**
theologĭa,-ae, (f.). Teologia.
theolŏgus,-i, (m.). Teólogo, o que escreve sobre teologia.
thermae,-arum, (f.). Termas, banhos quentes. Caldas.
thermopoto,-as,-are,-aui,-atum. (formação híbrida de grego + latim **poto,-as**). Umedecer, molhar com bebida quente. Beber algo quente, aquecer-se bebendo.
thesaurus,-i, (m.). Tesouro, grandes riquezas. Lugar onde se guardam riquezas, armazém. Grande quantidade, abundância. Depósito.
thesis, thesis. (f.). Tese, proposição, tema.
theta. Teta, letra do alfabeto grego. (Era utilizado como sinal de condenação à morte, já que em grego a palavra morte (thanatos) começa por um teta)
thiăsus,-i, (m.). Dança em honra de Baco. Cortejo ou coro (de Baco, de Cibele, dos Sátiros).
tholus,-i, (m.). Abóbada de um templo, cúpula. Edifício com cúpula, templo de forma arredondada.
thoracis, ver **thorax.**
thorax, thoracis, (m.). Tórax, peito. Couraça, armadura, toda a roupa que cobre o peito.

thrae- ver também **thre-** ou **thra-.**
thraecidĭca,-arum. (n.). (thrax). Armas de um gladiador trácio.
thrascĭas,-ae, (m.). (thrax). Vento que sopra no sentido norte-nordeste.
thrax, thracis. Da Trácia, trácio.
thre- ver também **thrae-.**
thronus,-i, (m.). Trono.
thun- ver também **thyn-.**
thur- ver também **tur-.**
thymum,-i, (n.). Tomilho (planta).
thyn- ver também **thun-.**
thynnus,-i, (m.). Atum (peixe).
thyrsus,-i, (m.). Haste de plantas. Tirso (bastão revestido de heras ou de folhas de videira, atributo de Baco). Inspiração poética.
tiara,-ae, (f.). Tiara (cobertura para cabeça, usada por persas e frígios).
tibĭa,-ae, (f.). Flauta. Tíbia, osso da perna.
tibiale, tibialis, (n.). (tibĭa). Espécie da meias.
tibialis, tibiale. (tibĭa). De flauta, próprio para fazer flauta.
tibicen, tibicĭnis, (m.). (tibĭa-cano). Tocador de flauta, flautista. Esteio, suporte, pilar de madeira.
tibicĭna,-ae, (f.). (tibĭa-cano). Tocadora de flauta, flautista.
tibicĭnis, ver **tibicen.**
tigillum,-i, (n.). (tignum). Pedaço de madeira, barrote pequeno, graveto. Trave do telhado, teto.
tignarĭus,-a,-um. (tigna). De barrote, de carpinteiro.
tignum,-i, (n.). Barrote, caibro.
tigrĭdis, ver **tigris.**
tigris, tigris, ou **tigrĭdis, (m.).** Tigre.
tilĭa-ae, (f.) Tília (planta).
timefactus,-a,-um. (timĕo-facĭo). Atemorizado, assustado.
timĕo,-es,-ere, timŭi. Temer, recear, estar com medo, hesitar.
timidĭtas, dimiditatis, (f.). (timĕo). Timidez, receio, apreensão, insegurança.
timiditatis, ver **timidĭtas.**
timĭdus,-a,-um. (timĕo). Tímido, receoso, hesitante, apreensivo.
timor, timoris, (m.). (timĕo). Receio, medo, apreensão. Temor religioso
tincta,-orum, (n.). (tingo). Panos coloridos, tecidos pintados.

tinctĭlis, tinctĭle. (tingo). Que serve para tingir ou pintar.
tinĕa,-ae, (f.), também **tinĭa.** Traça, qualquer espécie de verme.
tingo,-is,-ĕre, tinxi, tinctum, também **tingŭo.** Molhar, banhar, mergulhar em líquido. Colorir, tingir. Impregnar. Produzir uma cor, uma tinta.
tinnĭo,-is,-ire,-iui,-itum. Tinir, retinir, soar claramente. Fazer tinir moedas, pagar. Cantar, tagarelar.
tinnitus,-us, (m.). (tinnĭo). Tinido, som metálico. Zunido, zumbido.
tinnŭlus,-a,-um. (tinnĭo). Que produz som agudo. Sonoro, estrepitoso. Claro, límpido (som).
tintinnabŭlum,-i, (n.). (tinnĭo). Campainha, sineta.
tintinnacŭlus,-i, (m.). (tinnĭo). Escravo que açoitava os outros.
tinus,-i, (f.). Loureiro silvestre.
tippŭla,-ae, (f.), também **tippulla.** Alfaiate (um inseto que anda velozmente sobre a água).
tiro, tironis, (m.). Recruta, soldado. Aprendiz, noviço, principiante.
tirocinĭum,-i, (n.). (tiro-cano). Toque de corneta dos recrutas. Aprendizado da vida militar, tirocínio. Iniciação, noviciado, aprendizagem. Recrutas, soldados alistados recentemente.
tiruncŭlus,-i, (n.) (tiro). Soldado, recruta, noviço, aprendiz.
titillo,-as,-are,-aui,-atum. Fazer cócegas. Acariciar, lisonjear.
titĭo,-as,-are. Chilrear, piar.
titiuillicĭum,-i, (n.). Coisa sem valor, ninharia.
titubantĭa,-ae, (f.). (titŭbo). Hesitação.
titubatĭo, titubatĭonis, (f.) (titŭbo). Hesitação, o andar vacilante. Embaraço, impedimento, estorvo.
titŭbo,-as,-are,-aui,-atum. Vacilar, cambalear, titubear. Balbuciar, gaguejar. Hesitar.
titŭlus,-i, (m.). Letreiro, cartaz, pôster. Inscrição, epitáfio. Título, rótulo. Sinal, indício, insígnia.
toculĭo, toculionis, (m.). Usurário, avaro.
tofinus,-a,-um. (tofus). De tufo.
tofus,-i, (m.). Tufo. Pedra esponjosa.
toga,-ae, (f.). (tego). O que cobre. Vestimenta. Toga (veste do cidadão romano). Nacionalidade romana. Vestimenta usada em tempos de paz. Vida civil, cidadão.
togata,-ae, (f.). (tego). Mulher adúltera. Peça teatral de assunto romano (*fabŭla togata*).
togatarĭus,-i. (tego). Ator que representava numa *togata*.
togati,-orum, (m.). (tego). Cidadãos romanos.
togatus,-a,-um. (tego). Vestido de toga. Civil, relativo à paz. Cliente.
togŭla,-ae, (f.). (tego). Toga pequena.
tolerabĭlis, tolerabĭle, (tolĕro). Tolerável, suportável.
tolerabilĭter. (tolĕro). De modo suportável, toleravelmente, pacientemente.
tolerantĭa,-ae, (f.). (tolĕro). Tolerância, paciência. Capacidade de suportar com firmeza, com constância.
toleratĭo, tolerationis, (f.). (tolĕro). Capacidade de suportar.
tolĕro,-as,-are,-aui,-atum. (mesma raiz de **tollo**). Suportar, tolerar, sofrer. Sustentar, aguentar. Persistir, manter. Alimentar. Resistir, combater.
tollo,-is,-ĕre, sustŭli, sublatum. Erguer, levantar, elevar, apanhar. Levar, transportar, embarcar. Tirar, tomar. Destruir, suprimir, abolir. Lançar, impelir. Exaltar, celebrar. Suportar, sofrer. *Tollĕre filĭum*: gesto simbólico de "tomar o filho" em reconhecimento da paternidade.
tolutim. A trote. Correndo, em passo acelerado.
tomacŭlum,-i (n.). Espécie de salpicão, salsicha.
tomentum,-i, (n.). Material de estofamento (lã, penas, pelos, palha, etc.).
tomus,-i, (m.). Pedaço, parcela. Volume, livro, fascículo, tomo.
tondĕo,-es,-ere, totondi, tonsum. Tosquiar, raspar, cortar (o cabelo). Podar, ceifar, segar. Despojar.
tonitrus,-us, (m.), também **tonitrŭum,-i, (n.). (tono).** Trovão.
tono,-as,-are, tonŭi. Trovejar. Fazer grande ruído, ribombar, reboar. Falar com voz forte, invocar em voz alta.
tonsa,-ae, (f.). Remo.
tonsĭlis, tonsĭle. (tondĕo). Que pode ser cortado ou tosquiado. Cortado, rapado.
tonsillae,-arum, (f.). Amídalas.

tonsor, tonsoris, (m.). (tondĕo). Tosquiador. Barbeiro, cabeleireiro. Manicura.
tonsorĭus,-a,-um. (tondĕo). De barbeiro, que serve para cortar, aparar, tosquiar.
tonstricis, ver **tonstrix.**
tonstricŭla,-ae, (f.). (tondĕo). Cabeleireira, manicura.
tonstrina,-ae, (f.). (tondĕo). Loja de barbeiro, barbearia.
tonstrinus,-a,-um. (tondĕo). De barbeiro.
tonstrix, tonstricis, (f.). (tondĕo). Cabeleireira.
tonus,-i, (m.). Tensão (de uma corda). Tônus. Tom, som. Acento silábico. Trovão.
topĭa,-orum, (n.). Paisagem pintada. Pinturas com motivos de jardins.
topiarĭum,-i, (n.). (topĭa). Trabalho de jardineiro.
topiarĭus,-a,-um. (topĭa). Relativo à arte dos jardins ou de paisagens.
topĭce, topĭces, (f.). Tópica, a arte dos lugares comuns, arte de encontrar argumentos.
topothesĭa,-ae, (f.). Situação fictícia de um lugar.
toral, toralis, (n.). (torus). Coberta, cobertura de leito.
torcŭlar, torcularis, (n.). Lagar, prensa. Recipiente onde se colocam as uvas a serem pisadas.
toreuma, toreumătis, (n.). Obra cinzelada, trabalho feito em relevo. Vaso de ouro ou de prata.
toreumătis, ver **toreuma.**
tormentum,-i, (n.). (torquĕo). Máquina de guerra (acionada por corda torcida) usada para atirar projéteis. Projétil. Instrumento de tortura, suplício, tortura. Angústia, aflição, tormento.
tormĭna, tormĭnum, (n.). (torquĕo). Dores no intestino, cólicas.
torminosus,-a,-um. (torquĕo). Sujeito a cólicas.
torno,-as,-are,-aui,-atum. (tornus). Tornear, lavrar ao torno, arredondar.
tornus,-i, (m.). Máquina de tornear, torno. Arte do poeta.
torosus,-a,-um. (torus). Nodoso, cheio de nós. Musculoso, carnudo.
torpedĭnis, ver **torpedo.**
torpedo, torpedĭnis, (f.). (torpĕo). Torpor, entorpecimento. Tremelga (espécie de peixe).
torpĕo,-es,-ere. Estar entorpecido, estar apático, imóvel. Estar paralisado de admiração, estar extasiado, pasmado.
torpesco,-is,-ĕre, torpŭi. (torpĕo). Entorpecer-se.
torpĭdus, -a, -um. Entorpecido.
torpor, torporis, (m.). (torpĕo). Entorpecimento, torpor. Inação, indolência, inércia.
torquatus,-a,-um. (torquĕo). Que traz um colar.
torquĕo,-es,-ere, torsi, tortum. Torcer, fazer o movimento de torção, dar volta. Revolver, fazer rolar. Torcer os membros, torturar, atormentar. Fazer o giro que antecede ao lançamento de uma arma. Experimentar, sondar. Sustentar, suportar.
torquis, torques, (m. e f.), também **torques.** Bracelete, colar. Guirlanda. Coleira.
torrens, torrentis. (m.). Rio impetuoso, torrente. Onda, multidão.
torrentis, ver **torrens.**
torrĕo,-es,-ere, torrŭi, tostum. Fazer secar, secar. Secar ao fogo, tostar, queimar, consumir.
torrĭdus,-a,-um. (torrĕo). Seco, árido, esgotado. Abrasado, tórrido, ardente. Entorpecido, dormente.
torris, torris, (m.). (torrĕo). Tição.
torta,-ae, (f.). Torta, bolo achatado.
torte. (torquĕo). Atravessado, de lado, de maneira inclinada.
tortĭlis, tortĭle. (torquĕo). Torcido, enrolado.
torto,-as,-are. (torquĕo). Contorcer-se de dor.
tortor, tortoris, (m.). (torquĕo). O que submete a tortura, carrasco, algoz.
tortum,-i, (n.). (torquĕo). Corda (instrumento de tortura).
tortuosus,-a,-um. (torquĕo). Sinuoso, tortuoso, cheio de rodeios. Embaraçado, complicado, sutil.
tortus,-us, (m.). (torquĕo). Dobra, volta, sinuosidade. Posição (enrolada) de uma serpente.
toruĭtas, toruitatis, (f.). (toruus). Expressão ameaçadora, caráter feroz de alguém ou de algo.
torŭlus,-i, (m.). (torus). Trança de cabelos, enfeites para cabelo, penacho.
torus,-i, (m.). Corda, pedaço de corda, atadura. O que lembra as saliências de um cabo entrançado: músculo, elevação de

um terreno, decoração, em forma de trança, na base de colunas. Almofada, colchão (primitivamente de ramos entrançados). Leito, mesa, leito nupcial. Casamento.

toruus,-a,-um. Que olha de través, de esguelha. Feroz, ameaçador (nas feições, no rosto). Austero, severo.

tot. Tantos, tão grande número.

totĭdem. (tot-dem). Outros tantos, precisamente, exatamente tantos.

totĭes ou totĭens. (tot). Tantas vezes, tão frequentemente.

totum,-i, (n.). (tot). O todo, a totalidade, o essencial.

totus,-a,-um. (tot). Todo, inteiro, indivisível.

toxĭcum,-i, (n.), ou toxĭcon. Veneno (das setas). Veneno (em geral).

tra- ver também **trans-**.

trabalis, trabale. (trabs). Relativo às traves. Da espessura de uma trave. Que prende com firmeza.

trabĕa,-ae, (f.). Manto branco, ornado de franjas ou fitas de cor púrpura (usado por reis, cavaleiros, áugures e cônsules).

trabeata,-ae, (f.). (trabĕa). Espécie de comédia em que os personagens eram romanos de classe elevada.

trabecŭla,-ae, (f.). (trabs). Pequena trave.

trabs, trabis, (f.). Viga, trave. Árvore crescida. Navio. Teto, habitação, moradia. Aríete. Tocha, archote.

tractabĭlis, tractabĭle. (tracto). Que se pode tocar ou manejar, palpável. Flexível, maleável, manuseável. Tratável, dócil.

tractatĭo, tractationis, (f.). (tracto). Ação de manejar, manejo, uso. Maneira de tratar, de agir. Ação de se ocupar de, prática, estudo, exercício.

tractator, tractatoris, (m.). (tracto). Escravo massagista. Comentador, intérprete, o que trata um assunto.

tractatus,-us, (m.). (tracto). Ação de manejar, manejo. Ação de ocupar-se de, exercício, prática. Tratado, obra, sermão. O tratar de um assunto,

tracto,-as,-are,-aui,-atum. (traho). Arrastar com violência. Arrastar, levar, conduzir com dificuldade. Tocar, apalpar, manusear. Praticar, examinar, exercitar. Discutir, expor, tratar um assunto. Meditar, refletir.

tractus,-us, (m.). (traho). Ação de arrastar, puxar. Prolongamento, desenvolvimento, extensão. Delimitação por meio de traços, região, lugar. O arrastar, o movimento vagaroso e progressivo, lentidão.

traditĭo, traditionis, (f.). (trado). Ação de entregar, de transmitir. Rendição, capitulação. Narrativa, narração histórica, transmissão de conhecimento, ensino. Tradição.

tradĭtor, traditoris, (m.). (trado). O que entrega, transmite. Traidor.

trado,-is,-ĕre, tradĭdi, tradĭtum. (trans-do). Entregar, ceder, fazer passar a. Transmitir, confiar a, dar. Narrar, contar, dizer. Ensinar. **Tradĭtum est**: conta-se, diz-se, conforme a tradição.

traducis, ver **tradux**.

traduco,-is,-ĕre,-duxi, ductum. (trans-duco). Conduzir para o outro lado, fazer passar, atravessar, levar a, transferir. Conduzir diante de, fazer desfilar. Promover, elevar. Exibir, dar espetáculo. Gastar, levar (a vida).

traductĭo, traductionis, (f.). (traduco). Passagem de um ponto a outro. Curso, decorrer do tempo. Exibição pública. Metonímia.

traductor, traductoris, (m.). (traduco). O que faz passar (de uma classe social a outra).

tradux, traducis, (m.). (traduco). Sarmento de videira (parte da planta que conduz as brotações de uma planta para outra).

tragĭce. À maneira dos poetas trágicos. Tragicamente.

tragĭcus,-a,-um. Trágico, de tragédia. Patético, veemente, sublime. Terrível, horrível, atroz. Como subst.m.: Poeta trágico. Ator de tragédia.

tragoedĭa,-ae, (f.). Tragédia, gênero trágico. Sublimidade de estilo, movimentos patéticos.

tragoedus,-i, (m.). Ator de tragédia.

tragŭla,-ae, (f.). Espécie de dardo. Armadilha, isca.

tragus,-i, (m.). Mau cheiro (das axilas). Espécie de peixe.

trahacis, ver **trahax**.

trahax, trahacis. (traho). Que arrasta tudo para si, avaro, egoísta, ávido.

traho,-is,-ĕre, traxi, tractum. Arrastar, puxar, carregar, conduzir. Atrair, levar/trazer consigo, cativar. Esticar, espichar. Estender, prolongar, passar. Exalar. Aspirar, sorver, engolir.

traiectĭo, traiectionis, (f.). (trans-iacĭo). Travessia, passagem. Ação de passar responsabilidade a outro. Hipérbole, hipérbato.

traiectus,-us, (m.). (trans-iacĭo). Travessia, passagem. Trajeto.

traii- ver também **trai-**

traiicĭo,-is,-ĕre,-ieci,-iectum. (trans-iacĭo). Arremessar para outro lado, lançar para além. Atravessar, fazer passar de um lado para outro, transportar. Lançar sobre, atribuir.

tralŏquor,-loquĕris,-lŏqui. (trans-loquor). Dizer, narrar do princípio ao fim.

trama,-ae, (f.). Urdidura, tecido, fio. Teia de aranha. Trama.

trames, tramĭtis, (m.). Caminho secundário, atalho, vereda. Caminho, via, estrada. Trâmite, meio, método.

tramĭtis, ver **trames.**

tranăto,-as,-are,-aui,-atum. (trans-no). Atravessar a nado.

trano,-as,-are,-aui,-atum. (trans-no). Atravessar a nado. Atravessar, passar através de.

tranquillĭtas, tranquillitatis, (f.). Calma, calmaria, bonança. Serenidade.

tranquillitatis, ver **tranquillĭtas.**

tranquillum,-i, (n.). Calmaria (do mar). Tempo bom. Calma, tranquilidade, repouso.

tranquillus,-a,-um. Tranquilo, calmo, sereno, pacífico.

trans- ver também **tra-**.

trans. Prep./acus. Além de, para o outro lado de. Do outro lado de.

transabĕo,-is,-ire,-abĭi,-bĭtum. (tran-ab-eo). Ir para além de, ultrapassar, atravessar. Transpassar, varar.

transactor, transactoris, (m.). (trans-ago). Intermediário.

transadĭgo,-is,-ĕre,-adegi,-adactum. (trans-ad-ago). Fazer passar através, fazer entrar. Traspassar, varar.

transcendo,-is,-ĕre,-cendi,-censum. (trans-scando). Elevar-se além, passar por cima, subir, escalar. Atravessar, transpor, ultrapassar, trascender. Transgredir, violar.

transcido,-is,-ĕre,-cidi,-cisum. (trans-caedo). Bater até ferir, bater ferindo.

transcribo,-is,-ĕre,-scripsi,-scriptum. (trans-scribo). Transcrever, copiar. Inscrever, registrar, alistar. Transferir (juridicamente), alienar, transmitir, fazer passar.

transcurro,-is,-ĕre,-cucurri,-cursum. (trans-curro). Correr para o outro lado, passar rapidamente diante de. Transcorrer. Tratar rapidamente ou levianamente de um assunto.

transcursus,-us, (m.). (trans-curro). Passagem, ação de atravessar, transcurso. Resumo, breve exposição.

transenna,-ae, (f.). Armadilha (para apanhar pássaros), grade, caniçado.

transĕo,-is,-ire,-iui/-ĭi,-itum. (trans-eo). Atravessar, passar, transpor, ir além. Mudar de opinião, de partido. Percorrer, decorrer. Passar adiante. Mudar-se, converter-se.

transfĕro,-fers,-ferre,-tŭli,-latum. (trans-fero). Levar além, transportar para, transferir, mudar. Transplantar. Transcrever, traduzir. Empregar metaforicamente.

transfigo,-is,-ĕre,-fixi,-fixum. (trans-figo). Traspassar, atravessar furando, enfiar através de.

transfiguratĭo, transfigurationis, (f.). (trans-figura). Transformação, mudança, metamorfose, transfiguração.

transfodĭo,-is,-ĕre,-fodi,-fossum. (trans-fodĭo). Transpassar.

transformis, transforme. (trans-forma). Que se transforma.

transformo,-as,-are,-aui,-atum. (trans-forma). Transformar, mudar de forma, metamorfosear.

transfŏro,-as,-are. (trans-foro). Transpassar, atravessar furando, varar de um lado a outro.

transfrĕto,-as,-are,-aui,-atum. (trans-fretum). Fazer uma travessia.

transfugĭo,-is,-ĕre,-fugi,-fugĭtum. (trans-fuga). Fugir para outro lado, passar para o inimigo, desertar. Afastar-se.

transfundo,-is,-ĕre,-fudi,-fusum. (trans-fundo). Transvasar. Espalhar, infundir, transfundir.

transflŭo,-is,-ĕre,-fluxi. (trans-flŭo). Correr para além, correr através.

transfusĭo, transfusionis, (f.). (trans-fundo). Ação de transvasar. Mistura, aglomeração.

transgĕro,-is,-ĕre. (tans-gero). Transportar.

transgredĭor,-ĕris,-gredi,-gressus sum. (trans-gradus). Passar além, passar por cima. Atravessar, transpor. Exceder, superar.

transgressĭo, transgressionis, (f.). (trans-gradus). Ação de passar além ou por cima de. Transpor, atravessar. Hipérbato.

transĭgo,-is,-ĕre,-egi,-actum. (trans-ago). Impelir através, enfiar, transpassar, varar. Acabar, realizar, terminar. Passar (o tempo). Fazer um acordo, transigir, acomodar, arranjar.

transilĭo,-is,-ĕre,-silŭi/-silĭi/-siliui. (trans-salĭo). Saltar de um lado para outro. Exceder, ultrapassar, abusar.

transitĭo, transitionis, (f.). (trans-eo). Ação de passar, passagem. Mudança de classe social. Deserção, defecção. Contágio.

transitorĭus,-a,-um. (trans-eo). Que serve de passagem.

transĭtus,-us, (m.). (trans-eo). Ação de passar, passagem. Via, canal. Mudança de opinião, de classe, de partido. Transição. Conduto (anatomia).

translaticĭus,-a,-um. (trans-fero). Transmitido pela tradição, habitual, hereditário, tradicional. Consagrado. Ordinário, comum.

translatĭo, translationis, (f.). (trans-fero). Transplantação. Transferência. Metáfora, tradução, versão.

translatiuus,-a,-um. (trans-fero). Relativo a transferência, que produz mudança.

translator, translatoris, (m.). (trans-fero). O que transfere, o que desvia. Copista, tradutor.

translatus,-us, (m.). (trans-fero). Procissão, cortejo solene, marcha pomposa.

translĕgo,-is,-ĕre. (trans-lego). Ler às pressas, ler rapidamente.

translucĕo,-es,-ere. (trans-lucĕo). Refletir, brilhar através de, refletir-se. Ser transparente, diáfano, ser translúcido.

translucĭdus,-a,-um. (trans-lucĕo). Translúcido, transparente, diáfano.

transmarinus,-a,-um. (trans-mare). Transmarino, de além-mar, ultramarino.

transmĕo,-as,-are,-aui,-atum. (trans-meo). Passar além, atravessar.

transmigro,-as,-are,-aui,-atum. (trans-migro). Passar de um lugar a outro. Emigrar, mudar. Transplantar.

transmissĭo, transmissionis, (f.). (trans-mitto). Passagem de um lugar a outro, travessia, trajeto. Transmissão.

transmitto,-is,-ĕre,-misi,-missum. (trans-mitto). Enviar para o lado de lá, para além. Passar, atravessar, transpor. Fazer, deixar passar. Transmitir, legar. Consagrar. Renunciar, passar em silêncio. Viver, passar o tempo.

transmouĕo,-es,-ere,-moui,-motum. (trans-mouĕo). Transportar, remover

transpectus,-us, (m.). (trans-specĭo). O olhar através de.

transpicĭo,-is,-ĕre. (trans-specĭo). Ver, olhar através de.

transpono,-is,-ĕre,-posŭi,-posĭtum. (trans-pono). Transpor, transferir, transportar.

transportatĭo, transportationis, (f.). (trans-porto). Emigração.

transporto,-as,-are,-aui,-atum. (trans-porto). Levar, carregar, transportar para outro lado. Deportar, exilar, banir, desterrar.

transsulto,-as,-are. (trans-salĭo). Saltar de um para outro cavalo.

transtinĕo,-es,-ere. (trans-tenĕo). Passar através de, dar acesso através de.

transtrum,-i, (n.). Viga transversal (entre duas paredes). Banco de remadores.

transuectĭo, transuectionis, (f.). (trans-ueho). Ação de transportar, transporte. Passagem, travessia. Desfile.

transueho,-is,-ĕre,-uexi,-uectum. (trans-ueho). Transportar para outro lado, fazer passar para lá. Fazer desfilar.

transuerbĕro,-as,-are,-aui,-atum. (trans-uerber). Transpassar, atravessar açoitando.

transuersarĭus,-a,-um. (trans-uerto). Colocado transversalmente. Transversal.

transuerso,-as,-are. (trans-uerto). Remexer através de.

transuersus,-a,-um. (trans-uerto). Oblíquo, transversal. Afastado do caminho correto. Contrário, hostil, de través. Transverso.

transumo,-is,-ĕre. (trans-sumo). Tomar, receber de outro.
transumptĭo, transumptionis, (f.). (trans--sumo). Metalepse (figura de linguagem).
transŭo,-is,-ĕre,-sŭi,-sutum. (trans-suo). Costurar, furar com agulha.
transuŏlo,-as,-are,-aui,-atum. (trans-uolo,--as). Atravessar voando, passar voando. Fugir, desaparecer rapidamente. Omitir, negligenciar.
trapetes, trapetum, (m.). Mó de lagar de azeite.
trapetum,-i, (n.). ou trapetus,-i, (m.), o mesmo que **trapetes.**
trapezita,-ae, (m.). Cambista, banqueiro.
trapezophŏrum,-i, (n.). Pé de mesa.
traulizi. (forma verbal grega 3ª. sg.). Ela sussurra, murmura.
trecentĭes. (tres-centum). Trezentas vezes.
tremebundus,-a,-um. (tremo). Que treme, que se agita, palpitante. Que treme de medo.
tremefacĭo,-is,-ĕre,-feci,-factum. (tremofacĭo). Fazer tremer. Tremer, abalar, agitar. Assustar, espantar.
tremesco,-is,-ĕre. (tremo). Começar a tremer. Tremer diante de.
tremo,-is,-ĕre, tremŭi. Tremer, agitar-se. Tremer diante de, ter medo.
tremor, tremoris, (m.). (tremo). Tremor, agitação. Estremecimento. Terremoto.
tremŭlus,-a,-um. (tremo). Trêmulo, que treme, que se agita. Caduco. Entrecortado. Que faz tremer, estremecer.
trepidanter. (trepĭdo). De modo agitado, desordenadamente, timidamente.
trepidatĭo, trepidationis, (f.). (trepĭdo). Agitação, desordem, perturbação. Tremor, precipitação.
trepĭdo,-as,-are,-aui,-atum. Agitar-se, andar agitado. Perturbar-se, precipitar-se. Tremer de medo, recear, estar apreensivo.
trepĭdus,-a,-um. (trepĭdo). Agitado, inquieto, desassossegado. Alarmado, receoso. Apressado, precipitado. Palpitante, fremente, fervente.
tressis, tressis, (m.). (tres-assis). Moeda de três asses. Valor de três asses, valor insignificante.
tresuiri, triumuirorum. (tres-uir). Triúnviros. Três homens. Sacerdotes subalternos. Os encarregados pela cunhagem de moedas. Encarregados de governar as colônias.
triangulus,-a,-um. (tres-angŭlos). Triangular, que tem três ângulos.
triarĭi, triariorum. (tres). Soldados da terceira linha (os soldados mais velhos, que somente intervinham em situações críticas).
tribularĭus,-a,-um. (tribus). Relativo à tribo.
tribulis, tribulis, (m.). (tribus). O que é da mesma tribo. Pobre, miserável.
tribŭlum,-i, (n.). (tero). Utensílio, em forma de grade, para debulhar o trigo.
tribunal, tribunalis, (n.). (tribus). Lugar onde se sentavam os representantes da tribo (tribunos). Tribuna (onde se sentavam, por exemplo, os magistrados, os juízes, os generais). Membros de um tribunal. Plataforma de um monumento fúnebre.
tribunatus,-us, (m.). (tribus). Tribunato, dignidade do tribuno (da plebe ou dos soldados).
tribunicĭus,-a,-um. (tribus). Relativo aos tribunos, tribunício. Como subst.m.: um antigo tribuno.
tribunus,-i, (m.). (tribus). Chefe de uma das três tribos de Roma. Título conferido a diversos magistrados (da plebe, do tesouro, dos soldados, etc.). O representante da tribo.
tribŭo,-is,-ĕre, tribŭi, tributum. (tribus). Dividir pelas tribos. Dividir, distribuir, repartir. Dar, conceder, estabelecer um acordo. Atribuir, imputar. Ter consideração por.
tribus,-us, (m.). Tribo (divisão inicial do povo romano). Povo, classe pobre, multidão, massa. Classe, categoria.
tributarĭus,-a,-um. (tribus). Relativo ao tributo, de tributo. Que paga um tributo. De crédito.
tributim. (tribus). Por tribos.
tributĭo, tributionis, (f.). (tribus). Distribuição, divisão.
tributum,-i, (n.). (tribus). Tributo, imposto, contribuição. Presente.
tricae,-arum, (f.). Bagatelas, ninharias, futilidades. Embaraços, dificuldades, intrigas.
triceps, tricipĭtis. (tres-caput). De três cabeças.

trichĭla,-ae, (f.). Caramanchão, ramada, latada.
tricipĭtis, ver **triceps.**
tricliniaris, tricliniare. (triclinum). Que se refere à sala de jantar.
triclinĭum,-i, (n.). Triclínio (sala de jantar com três leitos). Leito (os romanos tomavam suas refeições numa espécie de leito) para três, às vezes quatro ou mais pessoas.
trico, triconis, (m.). (tricae). Trapaceiro, intrigante. O que procura subterfúgios.
tricolum,-i, (n.), também **tricolon.** Período composto de três orações (gramática).
tricor,-aris,-atus sum. (tricae). Procurar dificuldades, criar embaraços para. Buscar subterfúgios.
tricorpor, tricorpŏris. (tres-corpus). Que tem três corpos.
tricuspĭdis, ver **tricuspis.**
tricuspis, tricuspĭdis. (tres-cuspis). Que tem três pontas, tricúspide.
tridens, tridentis. (tres-dens). Que tem três dentes. Como subst.m.: Tridente (de Netuno). Arpão.
tridentĭfer,-fĕra,-fĕrum. (tridens-fero). O que traz um tridente, armado de tridente. Tridentífero (epíteto de Netuno).
tridentis, ver **tridens.**
tridŭum,-i, (n.). (tres-dies). Tríduo, espaço de três dias.
triennĭum,-i, (n.). (tres-annus). Espaço de três anos, triênio.
triens, trientis. (tres). A terça parte de um asse. Um terço, a terça parte de um todo.
trientabŭlum,-i, (n.). (triens). Porção de terreno equivalente a um terço (de uma dívida).
trierarchus,-i, (m.). Comandante de uma embarcação trirreme.
trieris, trieris, (f.). Trirreme (navio com três ordens de remos).
trieterĭcus,-a,-um. Que se realiza de três em três anos. Como subst.pl.n.: Festas (tebanas) em honra de Baco.
trieteris, trieterĭdis, (f.). Espaço de três anos.
trifarĭam. Em três partes. Em três lugares.
trifaucis, ver **trifaux.**
trifaux, trifaucis. (tres-fauces). Que tem três goelas, de três gargantas, triplo.
trifer, trifĕra, trifĕrum. (tres-fero). Que produz (frutos) três vezes ao ano.
trifĭdus,-a,-um. (tres-findo). Fendido em três, de três pontas.
trifilis, trifile. (tres-filum). Que tem três fios. Três fios de cabelo.
triformis, triforme. (tres-forma). Triforme, que se apresenta sob três formas. De três corpos, três cabeças (Cérbero, Quimera).
trifur, trifuris, (m.). (tres-fur). Três vezes ladrão, ladrão muito astuto.
trifurcĭfer,-fĕra,-ferum. (tres-furca-fero). Velhaco, que merece ser enforcado três vezes.
triga,-ae, (f.). (tres-iugum). Carro puxado por três cavalos, triga.
trigarĭus,-a,-um. (triga). Condutor de triga.
trigon, trigonis, (m.). Péla (bola) para jogos a três.
trigonalis, trigonale. Triangular.
trigŏnus,-i, (m.). Espécie de atum (peixe).
trilibris, trilibre. (tres-libra). De três libras, que pesa três libras.
trilicis, ver **trilix.**
trilinguis, trilingue. (tres-lingua). Que tem três línguas, que fala três línguas.
trilix, trilicis. Tecido de três fios. Que tem tríplice tecido.
trimestris, trimestre. (tres-mensis). De três meses, que tem três meses. Como subst. pl.n.: sementes que frutificam após três meses do plantio.
trimĕtrus,-i, (m.). Trímetro, verso jâmbico trímetro.
trimodĭum,-i, (n.). (tres-modĭus). Vasilha de três módios.
trimŭlus,-a,-um. (trimus). De três aninhos, de três aninhos de idade.
trimus,-a,-um. (tres). De três anos, que tem três anos de idade.
trini,-ae,-a. (tres). Três cada um, de três em três. Triplo, três.
trinoctialis, trinoctiale. (tres-nox). De três noites.
trinoctĭum,-i, (n.). (tres-nox). Espaço de três noites.
trinodis, trinode. (tres-nodus). Que tem três nós.
trinundĭnum,-i, (n.). (tres-nouem-dies). Intervalo de vinte e sete dias (= três vezes nove) durante os quais se realizavam, em Roma, três feiras.
triones, trionum, (m.). Bois de trabalho no campo. As duas (constelações) Ursas.

triparcus,-a,-um. (tres-parcus). Mesquinho, três vezes avarento.

tripartitus,-a,-um. (tres-pars). Dividido em três, tripartido.

tripedalis, tripedale. (tripes). De três pés, que tem a medida de três pés.

tripedanĕus,-a,-um. (tripes). Que mede três pés.

tripes, tripĕdis. (tres-pes). Que tem três pés, que mede três pés.

triplex, triplĭcis. (triplĭco). Triplo, tríplice. O triplo.

triplĭces, triplicĭum, (n.). (triplĭco). Tabuínhas enceradas (de escrever) constituídas de três placas.

triplĭcis, ver **triplex**.

triplĭco,-as,-are,-aui,-atum. (tres-plico). Triplicar, multiplicar por três.

triplus,-a,-um. (tres). Triplo.

tripŏdis, ver **tripus**.

tripudĭo,-as,-are. (tripudĭum). Dançar, saltar. Estar muitíssimo feliz.

tripudĭum,-i, (n.). Dança ritual (dos sacerdotes Sálios e Arvais). Dança, salto. Augúrio favorável (quando as aves comiam com tal voracidade que deixavam cair os grãos).

tripus, tripŏdis, (m.). Tripeça, trípode (troféu em jogos gregos = mesa de três pés). Tripeça em que a Sibila de Delfos proferia os oráculos. Oráculo.

triquĕtrus,-a,-um. Que tem três ângulos. Da Sicília (seu formato é triangular).

triremis, trireme. (tres-remus). Que tem três ordens de remo. Trirreme.

tristĭa,-ium, (n.). (tristis). As adversidades, as coisas tristes. As tristezas.

tristifĭcus,-a,-um. (tristis-facĭo). Que entristece, que provoca tristeza.

tristimonĭum,-i, (n.). (tristis). Tristeza.

tristis, triste. De aspecto sombrio, de semblante triste. Taciturno, tristonho, triste. De mau agouro, sinistro, infeliz. Desagradável, amargo. Severo, impiedoso, medonho, terrível. Carrancudo, irado.

tristitĭa,-ae, (f.). (tristis). Tristeza. Gravidade, severidade, austeridade. Mau humor, cólera.

trisulcus,-a,-um. (tres-sulcus). Que tem três pontas, fendido, dividido em três, triplo.

trităuus,-i, (m.). (auus). Pai do *atauus* (ascendente em sexto grau).

triticĕus,-a,-um, também **triticeius. (tritĭcum).** De trigo.

tritĭcum,-i, (n.). Trigo (beneficiado).

tritor, tritoris, (m.). (tero). O que mói, o que mistura, triturador.

tritura,-ae, (f.). (tero). Ação de esfregar, fricção, trituração. Debulha do trigo.

tritus,-us, (m.). (tero). Fricção, trituração.

triuenefĭca,-ae, (f.). (tres-uenenum-facĭo). Três vezes envenenadora, bruxa, feiticeira.

triuialis, triuiale. (triuium). Trivial, comum, vulgar, popular, público.

triuĭum,-i, (n.). (tres-uia). Cruzamento de três vias, trevo, encruzilhada. Lugar frequentado, praça pública.

triuĭus,-a,-um. (triuium). De Encruzilhada (epíteto das divindades que possuíam altares nas encruzilhadas).

triumf- ver também **triumph-**.

triumph- ver também **triumf-**.

triumphalis, triumphale. (triumphus). Relativo a triunfo, de triunfo, triunfal.

triumphator, triumphatoris, (m.). (triumphus). Triunfador, o que recebe as honras de ou o que faz um triunfo.

triumpho,-as,-are,-aui,-atum. Receber as honras do triunfo, celebrar um triunfo, triunfar. Estar muito alegre, exultar.

triumuir, triumuri, (m.). (tres-uir). Triúnviro (membro de uma comissão formada por três homens).

triumuiralis, triumuirale. (triumuir). De triúnviro, dos triúnviros.

triumuiratus,-us, (m.). (triumuir). Triunvirato (magistratura exercida por uma comissão de três homens).

triunphus,-i, (m.). Triunfo (procissão solene de entrada em Roma de um general vencedor). Vitória, triunfo.

trochaeus,-i, (m.). Troqueu ou coreu (pé composto de uma sílaba longa e uma breve – métrica, versificação).

trochlĕa,-ae, também **troclĕa,(f.).** Roldana, guindaste.

trochus,-i, (m.). Troco (brinquedo de criança formado de um aro metálico no qual estavam presos anéis móveis).

tropaeum,-i, (n.). Troféu (erguido em campo de batalha para celebrar uma vitória). Triunfo, vitória. Monumento, sinal, lembrança.

tropĭca,-orum, (n.). Mudanças, revoluções, alterações.
trossŭli,-orum, (m.). Os cavaleiros romanos (que tomaram a cidade de Trossŭlum, sem ajuda da infantaria). Jovens elegantes.
trua,-ae, (f.). Espumadeira, colher furada.
trucidatĭo, trucidationis, (f.). (trucido). Carnificina, degola, assassinato.
trucido,-as,-are,-aui,-atum. (trux-caedo). Trucidar, degolar, assassinar. Esmagar, destruir.
trucĭlo,-as,-are. Piar de pássaro (tordo).
trucis, ver **trux.**
truculenter. (trux). Com ferocidade, brutalmente, violentamente.
truculentĭa,-ae, (f.). (trux). Dureza, violência. Aspereza, inclemência.
truculentus,-a,-um. (trux). Que tem aspecto/expressão de crueldade. Cruel, feroz, truculento, ameaçador. Duro, terrível, desumano.
trudis, trudis, (m.). Um tipo de lança.
trudo,-is,-ĕre, trusi, trusum. Empurrar com violência, impelir. Fazer sair da terra, fazer brotar, nascer.
trulla,-ae, (f.). (trua). Pequena espumadeira, colher com furos. Vaso para vinho.
trunco,-as,-are,-aui,-atum. (truncus,-i). Amputar, cortar, truncar. Diminuir, encurtar.
truncus,-a,-um. Mutilado, cortado. Diminuído, imperfeito, defeituoso.
truncus,-i, (m.). Tronco. Pessoa estúpida.
truso,-as,-are. (trudo). Impelir muitas vezes, empurrar com força.
trutina,-ae, (f.). Balança. Apreciação.
trux, trucis. Feroz, cruel, ameaçador. Com expressão de ferocidade, de violência, de bravura.
tryblĭum-i, (n.). Prato, tigela.
tu, tui, tibi, te. Tu, de ti, a ti, te.
tuatim. (tu). À tua maneira, à tua feição, segundo teu costume.
tuba,-ae, (f.). (tubus). Trombeta, tuba. Indivíduo instigador.
tuber, tubĕris, (I - m., II – f.). I – Tumor, excrescência. Nó de árvore. Espécie de cogumelo. II – Azaroleiro (árvore), azarola (o fruto).
tuberosus,-a,-um. (tuber). Cheio de saliências, de protuberâncias.

tubĭcen, tubicinis, (m.). (tuba-cano). Trombeteiro, tocador de trombeta.
tubilustrĭum,-i, (n.). (tuba-lustrum). Ritual de purificação das trombetas usadas nos sacrifícios.
tubŭla,-ae, (f.). (tuba). Trombeta pequena.
tubulatus,-a,-um. (tubus). De tubos ou canudos. Estriado. Oco (na forma de tubo).
tubŭlus,-i, (m.). (tubus). Pequeno tubo. Barra de metal.
tubus,-i, (m.). Tubo, conduto, canal. Trombeta.
tudĭto,-as,-are. (tundo). Impelir, chocar muitas vezes com.
tuĕor,-eris,-eri, tuĭtus sum/tutus sum. Ver, olhar, examinar, observar. Guardar, proteger, defender, honrar, respeitar. Perceber, descobrir. Alimentar, sustentar.
tugurĭum,-i, (n.). (tego). Cabana, choupana, casebre.
tum. Então, nesse momento. Depois, depois disso.
tumefacĭo,-is,-ĕre,-feci,-factum. (tumĕo-facĭo). Intumescer, inchar.
tumĕo,-es,-ere. Estar inchado, intumescido. Estar inflamado, encolerizado, irado.
tumesco,-is,-ĕre, tumŭi. (tumĕo). Intumescer-se, inchar-se. Fermentar, incubar. Preparar uma guerra.
tumĭdus,-a,-um. (tumĕo). Intumescido, inchado, túmido. Irado, encolerizado, irritado. Orgulhoso, soberbo.
tumor, tumoris, (m.). Inchaço, intumescência, tumor. Dor, aflição, perturbação. Cólera, indignação. Orgulho. Estilo empolado.
tumŭlo,-as,-are,-aui,-atum. (tumĕo). Sepultar, enterrar.
tumulosus,-a,-um. (tumĕo). Cheio de elevações, irregular.
tumultuarĭus,-a,-um. (tumĕo). Feito às pressas, feito desordenadamente. Confuso, desordenado.
tumultuatĭo, tumultuationis, (f.). (tumĕo). Perturbação, tumulto, agitação.
tumultŭo,-as,-are,-aui,-atum. (tumĕo). Fazer, causar uma perturbação, fazer barulho, agitação, tumulto.
tumultuosus,-a,-um. (tumĕo). Tumultuoso, desordenado, confuso, agitado. Alarmante, inquietante.

tumultus,-us, (m.). (tuměo). Agitação, sublevação, desordem, tumulto. Estrondo, ruído, tempestade. Confusão, perturbação do espírito. Recrutamento militar em massa.
tumŭlus,-i, (m.). (tuměo). Elevação de terreno, altura. Monte, colina. O pequeno amontoado de terra que resulta de um sepultamento, túmulo.
tunc. (tum-ce). Então, naquele momento, nessa ocasião. Depois disso.
tundo,-is,-ěre, tutudi, tunsum. Bater, ferir, malhar. Esmagar, moer, pisar. Açoitar. Importunar, fatigar.
tunĭca,-ae, (f.). Túnica, bata. Pele, membrana, couro, casca. O que cobre.
tunicatus,-a,-um. (tunĭca). Vestido de túnica. De origem, de condição humilde (aquele que somente possui uma túnica).
tur- ver também **thur-**.
turba,-ae, (f.). Agitação, perturbação, confusão, desordem. Afluência, multidão numerosa em desordem e confusão, turba. Ruído, gritaria, algazarra. Disputa, querela.
turbamentum,-i, (n.). (turba). Desordem, perturbação. Aquilo que perturba.
turbator, turbatoris, (m.). (turba). Perturbador, agitador, fomentador, amotinador.
turbelae,-arum, (f.). (turba). Pequeno tumulto, desordem, rebuliço.
turbĭde. (turba). Turbulentamente, agitadamente, em desordem.
turbĭdus,-a,-um. (turba). Agitado, perturbado. Confuso, desordenado. Turvo (por efeito de agitação). Impetuoso, violento, sombrio, alarmante.
turbĭnis, ver **turbo** ou **turben**.
turbo, turbĭnis, (n.), também **turben (turba).** O que tem movimentos rápidos e circulares, turbilhão, redemoinho, voragem, sorvedouro. Pião, pitorra. Giro, revolução de um astro, rotação. O rastejar de répteis. Fuso, movimento de um fuso. Círculo, agitação, perturbação.
turbo,-as,-are,-aui,-atum. (turba). Perturbar, agitar, pôr em desordem. Turvar, obscurecer. Fazer tolices.
turbulente. (turba). Perdendo a cabeça, perturbando-se. Violentamente, em desordem.

turbulenter. (turba). Desordenadamente, arrebatadamente.
turbulentus,-a,-um. (turba). Agitado, tempestuoso. Turvo, turbulento, perturbado, inquieto. Sedicioso.
turda,-ae, (f.). Tordo fêmea (ave).
turdus,-i, (m.). Tordo (ave).
turěus,-a,-um. (tus). De incenso, relativo a incenso.
turgěo,-es,-ere, tursi. Estar inchado, estar cheio, estar endurecido. Estar encolerizado. Estar ou ser empolado, enfático.
turgesco,-is,-ěre. (turgěo). Inchar-se, intumescer-se. Inflamar-se. Tornar-se empolado, enfático.
turgidŭlus,-a,-um. (turgěo). Inchado - afetivamente: "inchadinho".
turgĭdus,-a,-um. (turgěo). Inchado, empolado, enfático.
turibŭlum,-i, (n.). (tus). Turíbulo (recipiente em que se queima o incenso).
turicrěmus,-a,-um. (tus-cremo). Que queima incenso.
turĭfer,-fěra,-fěrum. (tus-fero). Que produz incenso. Que "queima/leva" incenso para os deuses.
turilěgus,-a,-um. (tus-lego). Que recolhe incenso.
turis, ver **tus**.
turma,-ae, (f.). Turma, esquadrão de cavalaria (30 homens e 3 oficiais), pelotão, destacamento. Multidão, turba de gente.
turmalis, turmale. (turma). De esquadrão, relativo a um esquadrão. De cavaleiro romano. Como subst.m.: Soldados de um esquadrão. Companheiros numerosos.
turmatim. (turma). Por esquadrões. Em bandos, em turmas.
turpicŭlus,-a,-um. (turpis). Bastante feio, "feiozinho".
turpificatus,-a,-um. (turpis-facĭo). Sujo, degradado, manchado.
turpis, turpe. Feio, disforme, horrendo. Desagradável. Vergonhoso, desonroso, infame, ignóbil, torpe. Indecente, indecoroso.
turpĭter. (turpis). De modo feio, disforme, horrendamente. Vergonhosamente, indecentemente, torpemente.
turpitudĭnis, ver **turpitudo**.
turpitudo, turpitudĭnis, (f.). (turpis). Deformidade, feiura. Vergonha, infâmia, ignomínia, desonra, torpeza.

turpo,-as,-are,-aui,-atum. (turpis). Desfigurar, tornar feio. Manchar, desonrar, sujar.
turrĭger,-gĕra,-gĕrum. (turris-gero). Que tem ou traz torres. Rodeado, protegido por torres, coroado de torres. Os elefantes de uso militar.
turris, turris, (f.). Torre (de defesa, de observação). Castelo, palácio, qualquer edifício elevado.
turritus,-a,-um. (turris). Munido, ornado de torres. Alto como torre. Que carrega uma torre (os elefantes).
turturilla,-ae, (f.). Rola, pombinha. Pessoa efeminada.
tus, turis, (n.). Incenso, grão de incenso.
tuscŭlum,-i, (n.). (tus). Pequeno grão de incenso.
tussĭo,-is,-ire. (tussis). Tossir.
tussis, tussis, (f.). Tosse.
tutamen, tutamĭnis, (n.). (tuĕor). Abrigo, defesa, proteção.
tutamentum,-i, (n.). (tuĕor). Abrigo, defesa, proteção.
tutamĭnis, ver **tutamen.**
tutela,-ae, (f.). (tuĕor). Apoio, defesa, proteção. Tutela. Guarda, patrono.
tuto. (tuĕor). Em segurança, sem perigo, sob proteção.
tutor, tutoris, (m.). (tuĕor). Tutor, guarda, protetor. Defensor.
tutor,-aris,-ari,-atus sum. (tuĕor). Defender, guardar, proteger. Socorrer, sustentar, acudir. Preservar-se.
tutus, -a, -um. Seguro, que está em segurança. Protegido, abrigado. Que não corre risco. Prudente.
tuus,-a,-um. (tu). Teu, tua. Como subst. pl.m.: Os teus (parentes, partidários, amigos).
tympanizo,-as,-are. (tynpănum). Tocar tambor frígio.
tympănum,-i, (n.). Tambor frígio, tambor. Roda, tambor de máquinas.
tynpanotriba,-ae, (m.). (tynpănum). Quem toca tambor. Homem efeminado.
typus,-i, (m.). Imagem, figura, estátua.
tyrannĭce. (tyrannus). Tiranicamente, com tirania.
tyrannicida,-ae, (m.). (tyrannus-caedo). Assassino de um tirano, tiranicida.
tyrannĭcus,-a,-um. (tyrannus). Tirânico, relativo aos tiranos.
tyrannis, tyrannĭdis, (f.). (tyrannus). Tirania, poder absoluto, despotismo, poder usurpado. Realeza.
tyrannus,-i, (m.). Déspota, tirano, usurpador. Monarca, rei absoluto, soberano.
tyrotarichum,-i, (n.). Prato rústico cujos ingredientes eram peixe salgado e queijo.

V

u/V. Abreviatura: **u.c** ou **V.C** = *urbis condĭtae*. Ab **u.c.** a partir da cidade fundada.
V. O numeral 5.
uacanter. (uaco). Em excesso, inutilmente.
uacatĭo, uacationis, (f.). (uaco). Isenção, dispensa, privilégio, prerrogativa. Indulgência, perdão.
uacca,-ae, (f.). Vaca.
uaccinĭum,-i, (n.). Mirtilo, murtinho (planta). Bagas de murtinho.
uaccŭla,-ae, (f.). (uacca). Vaquinha, vaca pequena.
uacefio,-is,-fiĕri. (uaco-facĭo). Tornar vazio.
uacillatĭo, uacillationis, (f.). (uacillo). Vacilação, hesitação.
uacillo,-as,-are,-aui,-atum. Vacilar, cambalear, tremer, hesitar. Desequilibrar-se.
uaciue. (uaco). Com vagar, à vontade, em descanso.
uaciuĭtas, uaciuitatis, (f.). (uaco). Defeito, falta, privação, esvaziamento.
uaciuitatis, ver **uaciuĭtas.**
uaciuus,-a,-um. (uaco). Vazio, vago, desocupado. Desprovido de.
uaco,-as,-are,-aui,-atum. Estar vazio, vagar, estar desocupado, estar livre. Estar ocioso. Consagrar-se, dedicar-se a. Haver tempo para, ser lícito, ser permitido.
uacuefacĭo,-is,-ĕre,-feci,-factum. (uaco-facĭo). Esvaziar, tornar vazio, desguarnecer.

uacuĭtas, uacuitatis, (f.). (uaco). Vácuo, espaço vazio. Ausência.
uacuitatis, ver **uacuĭtas.**
uacŭo,-as,-are,-aui,-atum. (uaco). Tornar vazio, esvaziar. Despejar, desguarnecer.
uacŭus,-a,-um. (uaco). Vazio, vago, desocupado, deserto. Privado, desprovido, isento, livre. Inútil, vão. Como subst.n.: O espaço vazio, o vácuo, o vão.
uadimonĭum,-i, (n.). (uadis). Promessa, obrigação. Fiança, caução como garantia de comparecimento à justiça.
uadis, ver **uas.**
uado,-is,-ĕre. (uadum). Caminhar, ir, avançar. Dirigir-se.
uador,-aris,-ari,-atus sum. (uadis). Receber ou prestar caução. Citar para comparecer em juízo.
uadosus,-a,-um. (uadum). Que tem muitos vaus. Que se pode passar a vau, pouco profundo.
uadum,-i, (n.). ou uadus,-i, (m.). Vau, banco de areia, lugar raso que permite travessia. Fundo de mar ou de rio. Passagem perigosa.
uae! Interjeição para expressar dor ou alegria. Pode ser seguida de dativo ou de acusativo.
uafer,-fra,-frum. Fino, sutil, astuto, sagaz. Velhaco, tratante.
uafre. (uafer). Com astúcia, ardilosamente.
uafritĭa,-ae, (f.). (uafer). Sutileza, astúcia, esperteza, velhacaria.
uagatĭo, uagationis, (f.). (uagus). Vida errante. Mudança.
uage. (uagus). Aqui e ali, de um e de outro lado. Vagamente, imprecisamente.
uagina,-ae, (f.). Bainha. Casca, invólucro.
uagĭo,-is,-ire,-iui/-ĭi,-itum. Soltar vagidos, gritos (de choro). Retumbar.
uagitus,-us, (m.). (uagĭo). Grito, vagido. Grito de dor.
uagor,-aris,-ari,-atus sum. (uagus). Andar errante, vagar, andar ao acaso, solto, livre. Divagar, espalhar-se.
uagus,-a,-um. Que vai ao acaso, errante. Indeciso, inconstante, incerto. Indeterminado, impreciso, genérico. Livre, espontâneo.
uah! Interjeição que expressa espanto, dor, ameaça, desprezo.
ualde, o mesmo que **ualĭde.**

uale, ualete. (ualĕo). Fórmula de despedida: passe bem, passem bem.
ualedico,-is,-ĕre,-dixi. (uale-dico). Dizer adeus.
ualenter. (ualĕo). Fortemente, vigorosamente, energicamente. De modo expressivo.
ualĕo,-es,-ere, ualŭi, ualĭtum. Ser forte, ser vigoroso, ter boa saúde, estar fisicamente bem. Prevalecer, exceder, ser influente. Ter a força, o poder. Valer, ter o valor de.
ualesco,-is,-ĕre. (ualĕo). Tornar-se forte, poderoso. Ter bom êxito, sair-se bem.
ualetudinarĭum,-i, (n.). (ualĕo). Hospital, casa de saúde. Enfermaria.
ualetudinarĭus,-a,-um. (ualĕo). Doente.
ualetudĭnis, ver **ualetudo.**
ualetudo, ualetudĭnis, (f.). (ualĕo). Boa saúde. Condições de saúde. Doença, mau estado de saúde, indisposição.
ualĭde. (ualĕo). Fortemente, muito, grandemente, excessivamente, corajosamente. Certamente, inteiramente (como resposta afirmativa).
ualĭdus,-a,-um. (ualĕo). Forte, vigoroso, robusto. Bom, salutar, eficaz. Violento, impetuoso, valente.
uallaris, uallare. (uallum). De trincheiras, relativo a trincheira.
ualles, uallis ou uallis,-is .(f.). Vale. Concavidade.
uallo,-as,-are,-aui,-atum. (uallum). Fortificar (com trincheira), entrincheirar. Defender, proteger, armar.
uallum,-i, (n.). Paliçada (sobre terra amontoada), trincheira, circunvalação. Defesa, proteção.
uallus,-i, (m.). Estaca (para construir uma paliçada). Trincheira, paliçada.
ualuae,-arum, (f.). Porta de dois batentes, porta dupla.
uanesco,-is,-ĕre. (uanus). Desaparecer, dissipar-se. Cessar, apagar.
uanidĭcus,-a,-um. (uanus-dico). Mentiroso, trapaceiro.
uaniloquentĭa,-ae, (f.). (uanus-loquor). Palavras frívolas, tagarelice, falar vazio. Fanfarronada. Vaidade.
uanilŏquus,-a,-um. (uanus-loquor). Mentiroso, falastrão, fanfarrão.
uanĭtas, uanitatis, (f.). (uanus). O vazio de dentro, oco, inutilidade. Aparência vã, falsidade, mentira. Vaidade.

uanitatis, ver **uanĭtas.**
uanitudĭnis, ver **uanitudo.**
uanitudo, uanitudĭnis, (f.). (uanus). Mentira. Vaidade.
uannus,-i, (f.). Joeira, ciranda (= peneira grossa).
uanus,-a,-um. Vazio, desguarnecido, oco. Vão, inútil, fútil. Mentiroso, impostor. Vaidoso.
uapĭdus,-a,-um. (uappa). Estragado, azedo, de sabor ruim. Corrupto.
uapor, uaporis, (m.). Vapor, exalação, fumo. Ar quente. Calor da paixão.
uaporarĭum,-i, (n.). (uapor). Estufa de vapor. Tubulação de ar, de vapor quente.
uaporatĭo, uaporationis, (f.). (uapor). Evaporação, exalação. Transpiração.
uaporo,-as,-are,-aui,-atum. (uapor). Evaporar, exalar vapores. Fumigar, encher de vapor. Aquecer. Ser consumido.
uapos, ver **uapor.**
uappa,-ae, (f.). Vinho estragado, deteriorado, azedo, zurrapa. Homem inútil, pessoa ordinária.
uapularis, uapulare. (uapulo). Açoitado, surrado. Que recebe ou apanha açoites.
uapŭlo,-as,-are,-aui,-atum. Ser açoitado, levar uma surra, apanhar.
uariantĭa,-ae, (f.). (uarĭus). Variedade, diversidade.
uariatĭo, uariationis, (f.). (uarĭus). Ação de variar, variação, diversificação. Diferença.
uarĭco,-as,-are,-aui,-atum. (uarus). Afastar as pernas, andar a passos largos.
uarĭcus,-a,-um. (uarus). Que afasta as pernas.
uarĭe. (uarĭus). Variadamente, diversamente, de diferentes matizes.
uariĕtas, uarietatis, (f.). (uarĭus). Variedade, diversidade, diferença. Instabilidade, indefinição. Mobilidade de caráter.
uarĭo,-as,-are,-aui,-atum. (uarĭus). Variar, mudar, diversificar, matizar. Diferir.
uarĭus,-a,-um. Matizado, de cores variadas. Variado, diversificado, diferente. Abundante, fecundo. Mutável, inconstante, instável, incerto.
uarix, uaricis, (m. e f.). Variz.
uarus,-a,-um. Que tem as pernas voltadas para dentro, cambado. Recurvado, vergado.
uas, uadis, (m.). Fiador.
uas, uasis, (n.). Vaso, vasilha, recipiente.

uasa,-orum, (n.). (uasis). Bagagens, equipamento (de soldados), utensílios de cozinha.
uasarĭum,-i, (n.). (uasis). Quantia concedida aos magistrados provinciais para deslocamento e instalação. Equipamento/mobiliário de banhos. Arquivo.
uascularĭus,-i, (m.). (uasis). Fabricante de vasos.
uascŭlum,-i, (n.). (uasis). Vaso pequeno.
uasis, ver **uas.**
uastatĭo, uastationis, (f.). (uastus). Devastação, destruição, assolação.
uastator, uastatoris, (m.). (uastus). Devastador, destruidor.
uaste. Grosseiramente, rudemente. Ao longe, numa grande extensão.
uastifĭcus,-a,-um. (uastus-facĭo). Devastador.
uastĭtas, uastitatis, (f.). (uastus). Vastidão, grandeza, imensidade. Abismo, deserto, solidão.
uastitatis, ver **uastĭtas.**
uastitĭes, uastitĭei, (f.). (uastus). Destruição, perda.
uastitudĭnis, ver **uastitudo.**
uastitudo, uastitudĭnis, (f.). (uastus). Devastação, ruína.
uasto,-as,-are,-aui,-atum. (uastus). Devastar, despovoar, assolar, destruir, arruinar. Transtornar, perturbar.
uastus,-a,-um. Devastado, deserto, despovoado, vazio. Inculto, rude, grosseiro. Vasto, grande, espaçoso, desmesurado, que se estende ao longe.
uates, uatis, (m. e f.). Adivinho, profeta, profetiza. Poeta, vate. Oráculo.
uaticinatĭo, uaticinationis, (f.). (uates-cano). Vaticínio, profecia, oráculo, predição.
uaticinĭum,-i, (n.). (uates-cano). Oráculo, predição, vaticínio.
uaticĭnor,-aris,-ari,-atus sum. (uates-cano). Vaticinar, profetizar. Exortar, advertir. Cantar como poeta, celebrar. Delirar.
uaticĭnus,-a,-um. (uates-cano). Profético.
uatinĭus,-i, (m.). Espécie de vaso (criado por um sapateiro de nome Vatínio).
uauăto, uauatonis, (m.). Boneco, boneca.
ubĕr, ubĕris, (n.). I – subst.: Seio, peito, teta, úbere. Riqueza, fecundidade. II – adj.: fecundo, fértil, abundante. Rico, copioso, grande, proveitoso.

ubertas, ubertatis, (f.). (uber). Fecundidade, fertilidade, abundância. Riqueza.
ubertatis, ver **ubertas.**
ubertim. (uber). Abundantemente.
uberto,-as,-are. (uber). Tornar fecundo, fertilizar, fecundar.
ubi. No lugar em que, onde. Onde, em que lugar? Quando, em tal momento. Quando? Em que momento?
ubicumque (ubi). Em qualquer lugar que, onde quer que. Por toda parte.
ubilĭbet. (ubi-libet). Em qualquer lugar que seja.
ubĭnam. (ubi-nam). Onde, pois? Em que lugar?
ubiquaque. (ubi-quaque). Por toda parte.
ubique. (ubi-que). I – Por toda parte, em qualquer lugar. II – e onde, e quando.
ubĭuis. (ubi-uis). Por toda parte, em todos os lugares.
udo, udonis, (m.). Espécie de calçado de couro ou de pele de cabra.
udus,-a,-um. (uuesco). Umedecido, molhado, banhado. Embriagado.
ue (-ue). Partícula aglutinante: I – como prefixo: indica privação – *uesanus*. II - como enclítica: corresponde a ou, nas expressões alternativas.
uecordĭa,-ae, (f.). (ue-cor). Demência, loucura. Fúria, delírio, extravagância.
uecors, uecordis. (ue-cor). Furioso, louco, insano, insensato.
uectabĭlis, uectabĭle. (ueho). Transportável.
uectatĭo, uectationis, (f.). (ueho). Ação de ser transportado. Transporte.
uectigal, uectigalis, (n.). Imposto, contribuição, taxa. Rendimento, renda, lucro.
uectigalis, uectigale. Relativo a imposto, de imposto. Que paga imposto, tributário. De aluguel.
uectĭo, uectionis, (f.). (ueho). Transporte.
uectis, uectis, (m.). (ueho). Alavanca. Ferrolho, tranca.
uecto,-as,-are,-aui,-atum. (ueho). Arrastar, transportar, levar, conduzir. Viajar, passear.
uector, uectoris, (m.). (ueho). O que é transportado, passageiro. O que leva, o que transporta. Cavaleiro.
uectorĭus,-a,-um. (ueho). De transporte, que serve para transportar.

uectura,-ae, (f.) (ueho). Transporte. Preço do transporte, frete.
uegĕo,-es,-ere. Excitar, animar, impelir. Ser ardente, vivo, ser fogoso.
uegetus,-a,-um. (uegĕo). Bem vivo, ardente, fogoso, vigoroso, forte.
uegrandis, uegrande. (ue-grandis). Magro, fraco, pequeno, franzino.
uehemens, uehementis. (uexo). Arrebatado, violento, furioso, colérico. Severo, rigoroso, forte, enérgico. Intenso. Veemente.
uehementer. (uexo). Com violência, apaixonadamente. Fortemente, vivamente, com veemência.
uehementĭa,-ae, (f.). (uexo). Força, intensidade, veemência.
uehicŭlum,-i, (n.). (ueho). Meio de transporte, veículo. Carro, carruagem.
ueho,-is,-ĕre, uexi, uectum. Transportar, carregar, conduzir, levar.
uel. Ou, ou se, ou mesmo, ou então. Talvez, mesmo.
uelamen, uelamĭnis, (n.). (uelum). Véu, cobertura. Vestido, vestimenta, traje. Pele.
uelamentum,-i, (n.). (uelum). Véu, cobertura. Ramo de suplicante. Ramos de oliveira, ornados de fitas, conduzidos pelos suplicantes.
uelamĭnis, ver **uelamen.**
uelarĭum,-i, (n.) (uelum). Toldo (de teatros ou de anfiteatros).
ueles, uelĭtis, (m.). Soldado de infantaria ligeira. O que desafia, provoca. Provocador (o palhaço de uma companhia de atores).
uelĭfer,-fĕra,-fĕrum. (uelum-fero). Provido de velas. Que vai à vela. Que enfuna as velas.
uelificatĭo, uelificationis, (f.). (uelum-facĭo). Ação de soltar as velas.
uelifĭco,-as,-are,-aui,-atum. (uelum-facĭo). Pôr as velas, dar à vela. Navegar, fazer uma travessia.
uelifĭcor,-aris,-ari,-atus sum. (uelum-facĭo). Navegar, fazer-se à vela. Trabalhar intensamente, contribuir, favorecer.
uelitatĭo, uelitationis, (f.). (ueles). Disputa, investida, escaramuça.
uelĭtis, ver **ueles.**
uelĭtor,-aris,-ari,-atus sum. (ueles). Travar combate, fazer escaramuças. Disputar, investir. Ameaçar.

ueliuŏlus,-a,-um. (uelum-uolo). Que vai à vela, em que se viaja à vela.
uelle, infinitivo de **uolo, uis.**
uellĕris, ver **uellus.**
uellicatĭo, uellicationis, (f.). (uello). Picada, alfinetada, mordedura. Dito mordaz.
uellĭco,-as,-are,-aui,-atum. (uello). Picar, alfinetar, espicaçar, beliscar. Sacudir, excitar, despertar. Falar mal de.
uello,-is,-ĕre, uulsi, uulsum. Arrancar, puxar violentamente. Puxar delicadamente. Tirar a roupa.
uellus, uellĕris, (n.). (uello). Velo, tosão, pele de ovelha com lã. Pele de animal, velocino. Flocos de lã. Faixa de lã.
uelo,-as,-are,-aui,-atum. (uelum). Cobrir com véu, velar. Coroar, cingir.
uelocĭtas, uelocitatis, (f.). (uelox). Velocidade, rapidez, ligeireza.
uelocĭter. (uelox). Velozmente, rapidamente, com presteza.
uelox, uelocis. Veloz, rápido, ligeiro. Ágil, ativo, enérgico, violento.
uelum,-i, (n.). I – : Pano, véu. Máscara, disfarce. II – : Vela de navio, navio.
uelut. (uel-ut). Por exemplo, como assim. Como, tal como, do mesmo modo. Como que, por assim dizer.
uena,-ae, (f.). Conduto, veio, fio de água, canal de água. Filão metálico. Artéria, veia, pulso, pulsação. O coração, o essencial, o íntimo. Inspiração, veia poética.
uenabŭlum,-i, (n.). (uenor). Venábulo (de caçador).
uenalicĭum,-i, (n.). (uenum). Mercado de escravos.
uenalicĭus,-a,-um. (uenum). Exposto à venda, que está para ser vendido. De escravos à venda. Como subst.m.: mercador de escravos.
uenalis, uenale. (uenum). Exposto à venda, que está para ser vendido. De escravos postos à venda. Escravo novo destinado à venda. Venal, que se deixa subornar.
uenatĭcus,-a,-um. (uenor). De caça, relativo a caça. Que anda à caça.
uenatĭo, uenationis, (f.). (uenor). Caçada, caça. Produto da caçada. Espetáculo de circo, em que escravos caçavam animais ou outros escravos.

uenator, uenatoris, (m.). (uenor). Caçador. Investigador, o que está à espreita.
uenatorĭus,-a,-um. (uenor). De caça, de caçador, venatório.
uenatura,-ae, (f.). (uenor). Caçada, caça.
uenatus,-us, (m.). (uenor). Caça, caçada. Produto de caça. Pesca.
uendibĭlis, uendibĭle. (uenum-do). Fácil de vender, vendível, vendável. Recomendável, agradável.
uenditatĭo, uenditationis, (f.). (uenum-do). Ostentação, ação de fazer valer.
uenditator, uenditatoris, (m.). (uenum-do). O que ostenta, o que se vangloria.
uenditĭo, uenditionis, (f.). (uenum-do). Venda, ação de pôr à venda.
uendĭto,-as,-are,-aui,-atum. (uenum-do). Procurar vender, sair vendendo, negociar, traficar. Gabar, elogiar, fazer valer.
uendĭtor, uenditoris, (m.). (uenum-do). Vendedor. O que trafica.
uendo,-is,-ĕre, uendĭdi, uendĭtum. (uenum-do). Vender, pôr à venda. Gabar, elogiar, fazer valer.
ueneficĭum,-i, (n.). (uenenum-facĭo). Envenenamento, crime de envenenamento. Filtro mágico, poção amorosa. Sortilégio, feitiço.
ueneficus,-a,-um. (uenenum-facĭo). Mágico. Como subst. (m. e f.): envenenador. Bruxo, feiticeiro.
uenenarĭus,-i, (m.). (uenenum). Envenenador.
uenenĭfer,-fĕra,-fĕrum. (uenenum-fero). Venenoso.
ueneno,-as,-are,-aui,-atum. (uenenum). Envenenar, empestear. Fazer mal a.
uenenum,-i, (n.). Bebida (chá) de plantas mágicas. Filtro amoroso, feitiço, magia, encantamento. Veneno. Tinta púrpura.
uenĕo,-is,-ire, ueniui/uenĭi. (uenum-eo). Ser vendido. Ir à venda. Obs.: é usado como passivo de *uendo*.
uenerabĭlis, uenerabĭle. (uenĕror). Venerável, respeitável. Respeitoso, reverente.
uenerabundus,-a,-um. (uenĕror). Respeitoso, cheio de respeito.
uenerarĭus,-a,-um. (uenĕror). Amoroso, de amor.
ueneratĭo, uenerationis, (f.). (uenĕror). Veneração, respeito, homenagem.

ueneriuăgus,-a,-um. (Venus-vago). Libertino, devasso, vagabundo.

uenerĭus,-a,-um. (Venus). I - De Vênus, relativo a Vênus. II – o lance de Vênus (no jogo de dados). Escravo do templo de Vênus.

uenĕror,-aris,-ari,-atus sum. Dirigir respeitosamente um pedido aos deuses, suplicar. Venerar, cultuar, honrar.

uenĭa,-ae, (f.). Favor, graça. Permissão, licença, concessão. Benevolência, indulgência, perdão.

uenĭo,-is,-ire, ueni, uentum. Vir, chegar. Vir sobre, avançar, cair sobre. Apresentar-se, mostrar-se. Provir, nascer, crescer. Incorrer em, suportar, sofrer.

uennucŭla ou **uennucŭla uua.** Espécie de uva (que se guardava para vender mais tarde).

uenor,-aris,-ari,-atus sum. Caçar, perseguir uma caça. Procurar. Tomar, agarrar.

uenosus,-a,-um. (uena). Cheio de veias, venoso. Velho (pelas veias salientes).

uenter, uentris, (m.). Ventre. Intestinos. Seio materno, útero.

uentĭlo,-as,-are,-aui,-atum. (uentus). Expor ao vento, ventilar. Secar ao vento. Fazer vento. Agitar, exercitar-se.

uentĭo, uentionis, (f.). (uenĭo). Vinda, chegada.

uentĭto,-as,-are,-aui,-atum. (uenĭo). Vir frequentemente.

uentosus,-a,-um. (uentus). Cheio de vento, em que há muito vento, ventoso. Inconstante, mutável, vazio, oco (como o vento).

uentricŭlus,-i, (m.). (uenter). Pequeno ventre. Ventrículo, estômago.

uentriosus,-a,-um. (uenter). Barrigudo, bojudo.

uentris, ver **uenter.**

uentŭlus,-i, (m.). (uentus). Viração, vento ligeiro.

uentus,-i, (m.). Vento. Sopro, bafejo. Correntes de opinião, tendências, influências, planos. Desventura, calamidade.

uenum,-i, (n.), ou **uenus,-us, (m.).** Venda, tráfico.

uenundo ou **uenum-do,-das,-dare, dedi, datum.** Vender, pôr à venda.

uenustas, uenustatis, (f.). (Venus). Beleza física, elegância, graça, encanto. Felicidade, alegria.

uenustatis, ver **uenustas.**

uenuste. (Venus). Com elegância, com encanto.

uenustus,-a,-um. (Venus). Formoso, encantador, elegante, sedutor. Agradável, espirituoso.

uepallĭdus,-a,-um. (ue-pallĕo). Extremamente pálido.

ueprecŭla,-ae, (f.). (uepres). Sarça pequena, pequeno espinheiro.

uepres, uepris, (m. e f.). Espinheiro, sarça.

uer- ver também **uor-.**

uer, ueris, (n.). Primavera. Juventude.

ueracis, ver **uerax.**

ueratrum,-i, (n.). Heléboro (planta).

uerax, ueracis. (uerus). Verdadeiro, verídico, veraz.

uerbena,-ae, (f.). Ramo de alecrim (usado para coroar os oficiais em seus tratados ou declarações de guerra). Qualquer folhagem de árvore sagrada (murta, oliveira, loureiro).

uerbenarĭus,-i, (m.). (uerbena). Aquele que leva um ramo sagrado.

uerbenatus,-a,-um. (uerbena). Coroado com um ramo sagrado.

uerber, uerbĕris, (n.). Açoite, vara, chicote, azorrague. Correia (de funda). Chicotada, golpe, pancada, agressão, mau trato.

uerberabĭlis, uerberabĭle. (uerber). Que merece ser açoitado, que merece apanhar.

uerberabundus,-a,-um. (uerber). Que açoita, que fere, que bate.

uerberĕus,-a,-um. (uerber). Digno de açoite.

uerbĕro, uerberonis, (m.). (uerber). Velhaco, patife, digno de açoite.

uerbĕro,-as,-are,-aui,-atum. (uerber). Chicotear, surrar, bater, açoitar. Ferir, maltratar.

uerbose. (uerbum). Com prolixidade, verbosamente, com muitas palavras.

uerbosus,-a,-um. (uerbum). Prolixo, falador, verboso. Difuso, longo.

uerbum,-i, (n.). Palavra, termo. Linguagem, conversa, palavras. Discurso, expressões, frase. Forma, letra.

uercŭlum,-i, (n.). (uer). Diminutivo afetivo: "primaverazinha", "florzinha".

uere. (uerus). Verdadeiramente, justamente, com razão. Francamente.

uerecunde. (uerĕor). Com reserva, reservadamente, discretamente, escrupulosamente, com pudor.

uerecundĭa,-ae, (f.). (uerěor). Respeito, modéstia, discrição, pudor. Sentimento de vergonha. Modéstia excessiva, timidez.

uerecundor,-aris,-ari,-atus sum. (uerěor). Ter vergonha, respeito. Ser respeitoso, acanhado, tímido. Não ousar.

uerecundus,-a,-um. (uerěor). Respeitoso, reservado, discreto, modesto. Envergonhado.

uerěor,-eris,-eri, uerĭtus sum. Ter medo religioso, ter receio respeitoso. Respeitar, ter escrúpulos. Temer, recear. Hesitar, estar em dúvida.

ueretrum,-i, (n.). (uerěor). Órgãos sexuais.

uergo,-is,-ěre. Inclinar, pender. Declinar, aproximar-se do ocaso. Estar voltado para, direcionar-se para.

ueridĭcus,-a,-um. (uerus-dico). Verídico, que diz a verdade. Confirmado pela verdade, pelos fatos.

ueriloquĭum,-i, (n.). (uerus-loquor). Etimologia. A verdadeira palavra, o verdadeiro significado.

uerissimĭlis, uerissimĭle. (uerus-simĭlis). Verossímil, provável.

uerĭtas, ueritatis, (f.). (uerus). Verdade. Franqueza, sinceridade. A realidade. As regras.

ueriuerbĭum,-i, (n.). (uerus-uerbum). Veracidade.

uermicŭlus,-i, (m.). (uermis). Pequeno verme, larva, bichinho. Hidrofobia, raiva. Cochonilha. Escarlate.

uermĭna,-um, (n.). (uermis). Espasmos, convulsões.

uerminatĭo, uerminationis, (f.). (uermis). Doença causada por vermes. Dor aguda, comichão.

uermĭno,-as,-are. (uermis). Estar contaminado por vermes, ser corroído por vermes. Sentir cócegas, ter comichão.

uerna,-ae, (m. e f.). Escravo nascido em casa de um senhor. Escravo. Nascido no país, indígena. Nascido em Roma, romano.

uernacŭlus,-a,-um. (uerna). De escravo nascido em casa. Doméstico, indígena. Nascido ou produzido no país, nacional.

uernilis, uernile. (uerna). Servil, de escravo, nascido em casa. Indigno de um homem livre.

uernilĭtas, uernilitatis, (f.). (uerna). Servilismo, subserviência. Espírito de bobo.

uernilĭter. (uerna). Servilmente, como escravo da casa.

uerno,-as,-are,-aui,-atum. (uer). Estar na primavera, estar na juventude. Florescer, reverdecer, remoçar, rejuvenescer. Retomar as atividades (interrompidas no inverno).

uernŭla,-ae, (m. e f.). (uerna). Escravo novo (nascido em casa). Nacional, indígena.

uernus,-a,-um. (uer). Da primavera, primaveril. Juvenil.

uero. (uerus). Verdadeiramente, com toda certeza, em verdade. Perfeitamente, sim, afirmativamente. Até, também, ainda.

uerpa,-ae, (f.). Órgão sexual masculino.

uerpus,-i, (m.). (uerpa). Circuncidado.

uerres, uerris, (m.). Varrão (= porco não castrado).

uerricŭlum,-i, (n.). (uerro). Espécie de rede de pesca.

uerro,-is,-ěre, uerri/uersi, uersum. Varrer, limpar. Levar, arrastar varrendo. Roubar, arrebatar.

uerruca,-ae, (f.). Altura, eminência. Verruga, excrescência. Pequeno defeito, rugosidade.

uerrucosus,-a,-um. (uerruca). Que tem verruga. Áspero, duro, rugoso.

uerrunco,-as,-are. Voltar, virar, girar.

uersabĭlis, uersabĭle. (uerto). Que se pode volver, girar, móvel. Versátil, variável, inconstante.

uersabundus,-a,-um. (uerto). Que gira em torno de si mesmo, que gira em turbilhão.

uersatĭlis, uersatĭle. (uerto). Que gira facilmente. Versátil, inconstante, que se dobra a tudo.

uersatĭo, uersationis, (f.). (uerto). Ação de virar, de girar. Alteração, mudança, instabilidade.

uersatus,-a,-um. (uerto). Experimentado, perito, versado.

uersicapillus,-i, (m.). (uerto-capillus). Aquele cujo cabelo se torna grisalho.

uersicolor, uersicoloris. (uerto-color). Que tem cores variadas, que é de cores diferentes, que se matiza de cores variadas. Variado.

uersicŭlus,-i, (m.). (uersus,-us). Pequena linha (escrita). Pequeno verso, versículo.

uersifĭco,-as,-are,-aui,-atum. (uersusfacĭo). Escrever em verso, versejar, versificar.
uersipellis, uersipelle. (uerto-pellis). Que muda a pele, que muda de forma. Dissimulado, manhoso.
uerso,-as,-are,-aui,-atum. (uerto). Voltar, virar, girar. Fazer voltar, volver, revolver. Agitar, perturbar. Alterar, mudar, modificar.
uersor,-aris,-ari,-atus sum. (uerto). Voltar-se constantemente, achar-se habitualmente, morar, viver, residir. Ocupar-se de, dedicar-se, exercer. Consistir em, estar situado em.
uersorĭa,-ae, (f.). (uerto). Escota (cordas para virar as velas de uma embarcação).
uersum ou **uersus.** Na direção de, para, do lado de.
uersura,-ae, (f.). (uerto). Ação de se voltar, volta. Empréstimo para pagamento de uma dívida, empréstimo.
uersus,-us, (m.). (uerto). Ação de voltar o arado ao terminar um sulco, volta dos bois em um novo sulco. Sulco, linha, fileira. Linha escrita, verso. Passo de dança.
uersute. (uerto). Com sutileza, com astúcia. Habilmente.
uersutĭa,-ae, (f.). (uerto). Manha, astúcia.
uersutus,-a,-um. (uerto). Que sabe voltar-se, que se vira com facilidade. Hábil, esperto, astuto, ágil. Velhaco, manhoso.
uertăgus,-i, (m.). Cão de caça (galgo).
uertĕbra,-ae, (f.). (uerto). Articulação, juntura. Vértebra.
uertebratus,-a,-um. (uerto). Vertebrado, que tem forma de vértebra. Flexível, móvel.
uertex, uertĭcis, (m.). (uerto). Redemoinho, turbilhão. Abismo, sorvedouro, voragem. Cimo da cabeça, de um monte, cume, cimo. O ponto mais alto, pólo. O mais alto grau.
uertĭcis, ver **uertex.**
uerticosus,-a,-um. (uertex). Cheio de redemoinho.
uertigo, uertigĭnis, (f.). (uerto). Turbilhão, redemoinho. Movimento de rotação. Tontura, vertigem. Mudança, revolução.
uerto,-is,-ĕre, uerti, uersum. Virar, girar, voltar. Mudar, transformar, converter. Traduzir. Derrubar, arrasar, destruir. Imputar, atribuir. Voltar-se, dirigir. Decorrer.
ueru,-us, (n.). Espeto para assar. Dardo.
ueruago,-is,-ĕre, ueruegi, ueruactum. Lavrar a terra que está em descanso, arar.
uerucŭlum,-i, (n.). (ueru). Pequeno dardo.
ueruecis, ver **ueruex.**
ueruex, ueruecis, (m.). Carneiro castrado. Homem estúpido.
ueruina,-ae, (f.). (ueru). Pequeno dardo.
uerum. (uerus). Em verdade, realmente, verdadeiramente. Mas em verdade, contudo.
uerumtămen ou **uerum tamen.** Contudo, entretanto, mas. Como ia dizendo.
uerus,-a,-um. Verdadeiro, real, verídico. Justo, conforme à verdade, legítimo, correto. Franco, sincero, consciencioso.
uerutus,-a,-um. (ueru). Armado de dardo.
uesanĭa,-ae, (f.). (ue-sanus). Desvario, loucura, insanidade, extravagância.
uesanus,-a,-um. (ue-sanus). Louco, furioso, insensato, violento. Fora do juízo, insano.
uescor,-ĕris, uesci. Alimentar-se, nutrir-se, comer. Fartar-se.
uescus,-a,-um. Que come, que corrói. Magro, franzino, corroído. Sem apetite, que não procura comer.
uesica,-ae, (f.). Bexiga. Bolha. Empolamento, rebuscamento (de estilo).
uesicŭla,-ae, (f.). (uesica). Vesícula, bexiga. Vagem (de plantas).
uespa,-ae, (f.). Vespa.
uesper,-i, (m.), também **uesper, uespĕris** ou **uespĕrus,-i.** Tarde, estrela da tarde (Vênus). O poente, o ocidente.
uespĕra,-ae, (f.). (uesper). A tarde.
uesperasco,-is,-ĕre,-peraui. (uesper). Cair a noite, aproximar-se a noite.
uespertinus,-a,-um. (uesper). Vespertino, da tarde. Ocidental, no poente.
uespillo, uespillonis, (m.). (uesper). O que enterra pobres (estes somente eram enterrados à tarde).
uestalis, uestale. (Vesta). Vestal, de Vesta.
uester, uestra, uestrum. (uos). Vosso, vossa, seus, suas (de vocês).
uestiarĭum,-i, (n.). (uestis). Guarda-roupa, vestiário.
uestibŭlum,-i, (n.). (uestis). Vestíbulo, pátio de entrada. Soleira, entrada.

uesticontubernĭum,-i, (n.). (uestis-contubernĭum). Companhia de cama.
uestigator, uestigatoris, (m.). (uestigo). Caçador, o que segue pistas. Delator, espião.
uestigĭum,-i, (n.). (uestigo). Planta do pé. Pegada, vestígio, rastro, pista. Marca, sinal. Traço, marca, indício. Ruína, resto. Momento, instante.
uestigo,-as,-are,-aui,-atum. Seguir o rasto, a pista. Investigar, procurar. Descobrir.
uestimentum,-i, (n.). (uestis). Roupa, vestido, vestimenta. Coberta, tapeçaria.
uestĭo,-is,-ire,-iui/-ĭi,-itum. (uestis). Vestir, cobrir, revestir, guarnecer.
uestiplĭca,-ae, (f.). (uestis-plico). Criada de quarto, camareira.
uestis, uestis, (f.). Roupa, vestido. Maneira de vestir, traje. Cobertura, véu, tapeçaria, cortina.
uestitus,-us, (m.). (uestis). Roupa, vestuário, vestido, traje. Cobertura, adorno.
uestri, ver **uos** e ainda **uester.**
ueteranus,-a,-um. (uetus). Velho, antigo, veterano.
ueterarĭum,-i, (n.). (uetus). Adega para o vinho envelhecido.
ueterator, ueteratoris, (m.). (uetus). Experiente, hábil, o que envelheceu em um ofício. Astuto, matreiro.
ueteratorĭus,-a,-um. (uetus). Manhoso, matreiro, fino.
uetĕres, uetĕrum, (m. e f.). (uetus). Os antigos, os antepassados. As antigas lojas (lugar de Roma).
uetĕris, ver **uetus.**
ueternosus,-a,-um. (uetus). Letárgico. Adormecido, inativo, lânguido.
ueternus,-a,-um. (uetus). Velho, antigo. Como subst.masc.: velhice, velharia, antiguidade. Sonolência, letargia. Marasmo, torpor.
ueto,-as,-are,uetŭi,uetĭtum. Proibir, vedar, vetar, não permitir. Opor-se, privar de.
uetŭlus,-a,-um. (uetus). Velhinho, muito velho, velhote. Meu velho, meu caro.
uetus, uetĕris. Velho, antigo, idoso. De antigamente, de outrora, do passado.
uetustas, uetustatis, (f.). (uetus). Velhice, idade avançada. A antiguidade, longa duração. Antigas amizades.
uetustatis, ver **uetustas.**

uetustus,-a,-um. (uetus). Velho, antigo, idoso. Vetusto, arcaico, antiquado. De longa duração.
uexamen, uexamĭnis, (n.). (uexo). Abalo, agitação, tremor forte.
uexamĭnis, ver **uexamen.**
uexatĭo, uexationis, (f.). (uexo). Agitação violenta, abalo, tremor, movimento. Dor, sofrimento, maus tratos. Perseguição, tormento, vexame.
uexator, uexatoris, (m.). (uexo). Perseguidor, atormentador, algoz, carrasco.
uexillarĭus,-ĭi, (m.). (uexillum). Porta-bandeira. Vexilários (corpo de soldados veteranos, no Império).
uexillatĭo, uexillationis, (f.). (uexillum). Destacamento dos vexilários.
uexillum,-i, (n.). (uelum). Estandarte, bandeira, insígnia. A bandeira vermelha na tenda do general para dar sinal de combate. Tropas sob uma bandeira.
uexo,-as,-are,-aui,-atum. Abalar, agitar, sacudir. Inquietar, atormentar, atacar.
uia,-ae, (f.). Caminho, via, estrada, rua. Travessia, trajeto, curso. Passagem. Meio, método, processo.
uialis, uiale. (uia). Da rua, que protege a rua (relativo a deuses).
uiaticatus,-a,-um. (uia). Munido de provisões para viagem.
uiatĭcum,-i, (n.). (uia). Provisões, dinheiro para viagem. Pecúlio de um soldado.
uiatĭcus,-a,-um. (uia). De viagem.
uiator, uiatoris, (m.). (uia). Viajante, viandante, caminheiro. Mensageiro de tribunal.
uibex, uibĭcis, (m.). Vergões, marcas, pisaduras (de açoites).
uibĭcis, ver **uibex.**
uibramen, uibramĭnis, (n.). (uibro). A vibração, a agitação, o dardejar (da língua de serpente).
uibro,-as,-are,-aui,-atum. Agitar com rapidez, sacudir, vibrar. Lançar, dardejar, brandir. Tremer. Cintilar, brilhar.
uicanus,-a,-um. (uicus). Da aldeia, aldeão. Habitante de uma aldeia.
uicarĭus,-a,-um. (uicis). Que faz as vezes de, que substitui. Como subst.m.: substituto, escravo de escravo.
uicatim. (uicus). De bairro em bairro, de rua em rua.

uice. (uicis). Em lugar de, como, por. *Vice uersa*: inversamente, vice-versa.
uicem. (uicis). No lugar de, por. À moda de, como. *In* ou *per uicem*: por sua vez, alternadamente.
uicenarĭus,-a,-um. (uiginti). Relativo a vinte: que tem vinte anos, que tem vinte polegadas, etc.
uicesĭma,-ae, (f.). (uiginti). A vigésima parte, a vintena. Imposto da vintena: a vigésima parte do valor de um escravo libertado; 5% do valor de uma colheita.
uicesimarĭus,-i, (m.). (uiginti). Recebedor do imposto da vintena.
uicĭa,-ae, (f.). Ervilhaca (planta).
uicĭes. (uiginti). Vinte vezes.
uicinalis, uicinale. (uicus). Vizinho, de vizinho, da vizinhança.
uicinĭa,-ae, (f.). (uicus). Vizinhança, proximidade. Afinidade, analogia, relação.
uicinĭtas, uicinitatis, (f.). (uicus). Vizinhança, proximidade. Pessoas vizinhas. Arredores, lugares próximos. Afinidade, analogia, relação.
uicinitatis, ver **uicinĭtas.**
uicinus,-a,-um. (uicus). Vizinho, próximo, que é da mesma aldeia, do mesmo lugar. Parecido, semelhante, análogo.
uicis. (genitivo do desusado **uix**). Lugar ocupado por alguém. Vez, sucessão alternativa. Mudança, troca, reciprocidade. Condição, destino, sorte.
uicissatim. (uicis). Alternadamente.
uicissim. (uicis). Inversamente, ao contrário. Cada um por sua vez, sucessivamente, alternadamente.
uicissitudĭnis, ver **uicissitudo.**
uicissitudo, uicissitudĭnis, (f.). (uicis). Vicissitude, mudança, sucessão, alternativa. Troca.
uictĭma,-ae, (f.). Animal oferecido em sacrifício aos deuses, vítima.
uictimarĭus,-a,-um. (uictĭma). Relativo, que diz respeito, semelhante a vítima. Como subst.m.: ministro que preparava todo o ritual de sacrifício. Negociante de animais para sacrifícios.
uictĭto,-as,-are,-aui. (uiuo). Viver. Alimentar-se.
uictor, uictoris, (m.). (uinco). Vencedor, vitorioso, triunfador.

uictorĭa,-ae, (f.). (uinco). Vitória, superioridade, triunfo.
uictoriatus,-i, (m.). (uinco). Moeda de prata no valor de 5 asses, com a efígie da deusa Vitória.
uictrix, uictricis, (f.). (uinco). Vencedora, vitoriosa, triunfadora.
uictualis, uictuale. (uiuo). Relativo à alimentação que dá a vida. Alimentar.
uictus,-us, (m.). (uiuo). O que dá a vida, víveres, alimentação, sustento. Modo de viver, hábitos.
uicŭlus,-i, (m.). (uicus). Pequena aldeia, lugarejo.
uicus,-i, (m.). Rua, bairro, ajuntamento de casas. Aldeia, lugarejo. Propriedade rural.
uidelĭcet. (uidĕo-licet). Como se vê, evidentemente, naturalmente. Certamente, sem dúvida. Isto é, ou seja.
uiden. (uides-ne). Vês? Por acaso vês?
uidĕo,-es,-ere, uidi, uisum. Ver . Olhar, presenciar, testemunhar. Perceber, compreender. Examinar, meditar. Cuidar, tomar conta, ocupar-se de, reparar.
uidĕor,-eris,-eri, uisus sum. (uidĕo). Parecer, ser visto como. Aparecer, mostrar-se, manifestar-se com clareza.
uidĕsis. (uide-si-uis). Toma cuidado, vê lá, presta atenção.
uidŭus,-a,-um. Viuvo, viuva. Privado de, despojado de. Que não tem cônjuge, solteiro.
uiĕo,-es,-ere. Curvar, entrelaçar, ligar, prender.
uietus,-a,-um. (uiĕo). Que pende, murcho, mole. Maduro. Fraco, débil.
uigĕo,-es,-ere, uigŭi. Estar vigoroso, cheio de vida, ser forte. Estar florescente, prosperar. Ter importância, estar em voga.
uigil, uigilis. (uigĕo). Bem vivo, bem acordado, vigilante.
uigilacis, ver **uigilax.**
uigilanter. (uigĕo). Vigilantemente, cuidadosamente, atentamente.
uigilantĭa,-ae, (f.). (uigĕo). Hábito de velar. Vigilância, cuidado, atenção.
uigilarĭum,-i, (n.) (uigĕo). Guarita, local de guarda.
uigilax, uigilacis. (uigĕo). Vigilante, que está em constante vigília. Que mantém acordado.

uigilĭa,-ae, (f.). (uigĕo). Vigília, insônia, privação de sono. Vigilância, guarda noturna, sentinela. Posto de vigília. Vigília: uma das quatro partes em que era dividida a duração da noite.

uigĭlo,-as,-are,-aui,-atum. (uigĕo). Estar acordado, vigilar, vigiar. Estar atento, estar alerta, fazer com cuidado. Passar sem dormir.

uigintiuiri,-orum, (m.). (uiginti-uir). Comissão de vinte membros. Magistrados subalternos aos pretores encarregados da conservação de ruas, da cunhagem de moedas e de execuções criminais.

uigor, uigoris, (m.). (uigĕo). Vigor, força, robustez, energia.

uil- ver também **uill-**.

uilĭca,-ae, (f.). (uilla). Caseira, que toma conta da casa de campo, arrendatária.

uilicatĭo, uilicationis, (f.). (uilla). Administração de propriedade rural.

uilĭco,-as,-are,-aui,-atum. (uilla). Administrar uma propriedade rural, ser capataz, arrendar.

uilĭcus,-i, (m.). (uilla). Caseiro, capataz, administrador rural.

uilis, uile. De preço baixo, barato, de pouco valor. Vil, desprezível, sem valor. Vulgar, comum.

uilĭtas, uilitatis, (f.). (uilis). Preço baixo, barateza, pechincha. Insignificância, desprezo. Vulgaridade.

uilitatis, ver **uilĭtas.**

uilĭter. (uilis). Por um preço baixo, barato. Insignificantemente.

uill- ver também **uil-**.

uilla,-ae, (f.). Casa de campo, fazenda, propriedade rural. Residência onde se recebiam embaixadores.

uillosus,-a,-um. (uillus). Peludo, coberto de pelos. Eriçado.

uillŭla,-ae, (f.). (uilla). Pequena casa de campo.

uillum,-i, (n.). Vinho fraco, zurrapa.

uillus,-i, (m.). Pelo (de animais, plantas ou de tecidos).

uimen, uimĭnis, (n.). (uiĕo). Haste flexível que serve para entrelaçar ou atar (de vime, de choupo ou de videira). Vime, vara de vime. Objeto de vime, cesto.

uimentum,-i, (n.). (uimen). Ramada de madeira flexível.

uiminĕus,-a,-um. (uimen). De vime, de madeira flexível.

uimĭnis, ver **uimen.**

uinacĕum,-i, (n.). (uinum). Grainha (da uva).

uinacĕus,-a,-um. (uinum). De uvas, de vinho.

uinarĭum,-i, (n.). (uinum). Vasilha para vinho, ânfora.

uinarĭus,-a,-um. (uinum). Relativo a vinho, de vinho. Como subst.m.: negociante de vinho.

uincenter. (uinco). Vitoriosamente, de maneira vitoriosa.

uincibĭlis, uincibĭle. (uinco). Que pode facilmente ser vencido, que se pode ganhar, vencível.

uincĭo,-is,-ire, uinxi, uinctum. Ligar, atar prender, amarrar, vincular, conter. Prender, aprisionar. Tolher, paralisar. Cativar, seduzir, encantar.

uinco,-is,-ĕre, uici, uictum. Sair vencedor, vencer. Ganhar, triunfar, superar. Convencer, provar, demonstrar.

uincŭlum,-i, (n.). (uincĭo). Laço, amarra, liame, vínculo. Algemas, grilhões, cadeias. Prisão.

uindemĭa,-ae, (f.). (uinum-demo). Vindima, colheita. Uvas.

uindemĭo,-as,-are. (uinum-demo). Vindimar, fazer a colheita das uvas.

uindex, uindĭcis, (m. e f.). Fiador. Defensor, protetor. Vingador, o que pune.

uindicatĭo, uindicationis, (f.). (uindex). Defesa, proteção. Punição, vingança.

uindicĭae,-arum, (f.). (uindex). Pedido de posse provisória. Reclamação em juízo.

uindĭcis, ver **uindex.**

uindĭco,-as,-are,-aui,-atum. (uindex). Ser fiador, defensor. Reivindicar em justiça. Libertar, livrar. Punir, vingar.

uindicta,-ae, (f.). (uindex). Reivindicação. Reivindicação de liberdade de um escravo, varinha usada nesse cerimonial. Liberdade, resgate. Castigo, punição, vingança.

uinĕa,-ae, (f.). (uinum). Plantação de videiras, vinha. Cepa de vinha. Abrigo de soldados ao atacarem muralhas (o comandante de tal destacamento usava um cepo de videira).

uinetum,-i, (n.). (uinum). Vinhedo, terreno plantado, plantação de vinhas.

uinĭtor, uinitoris, (m.). (uinum). Vinhateiro, vindimador.
uinnŭlus,-a,-um. Agradável, insinuante (pela voz).
uinolentĭa,-ae, (f.). (uinum). Embriaguez, bebedeira.
uinolentus,-a,-um. (uinum). Bêbado, embriagado. Feito com vinho.
uinosus,-a,-um. (uinum). Abundante, cheio de vinho. Que gosta de vinho. Embriagado, bêbado. Que lembra, que tem aroma ou sabor de vinho.
uinum,-i, (n.). Vinho. Embriaguez, o vinho consumido. Uvas, videira. Licor.
uiŏla,ae, (f.). Violeta (flor). Cor de violeta.
uiolabĭlis, uiolabĭle. (uiŏlo). Que pode ser violado, ultrajado, prejudicado, danificado, ferido. Violável.
uiolarĭum,-i, (n.). (uiŏla). Lugar plantado de violetas.
uiolarĭus,-i, (m.). (uiŏla). Tintureiro especializado na cor violeta.
uiolatĭo, uiolationis, (f.). (uiŏlo). Injúria, profanação, violação.
uiŏlens, uiolentis. (uiŏlo). Violento, impetuoso. Arrebatado, ardoroso.
uiolenter. (uiŏlo). Com violência, impetuosamente, arrebatadamente.
uiolentĭa,-ae, (f.). (uiŏlo). Violência, rigor, ardor. Arrebatamento, veemência, ferocidade.
uiolentus,-a,-um. (uiŏlo). Violento, impetuoso, arrebatado. Forte, enérgico. Excessivo, demasiado.
uiŏlo,-as,-are,-aui,-atum. (uis). Violar, agir violentamente. Ultrajar, violentar, atentar contra. Profanar, prejudicar, danificar.
uipĕra,-ae, (f.). (uiuo-parĭo). Víbora, serpente, cobra.
uiperĕus,-a,-um. (uipĕra). De víbora, de serpente. Feito de, cingido de víboras.
uiperinus,-a,-um. (uipĕra). Viperino, de víbora.
uir, uiri, (m.). Homem. Marido, esposo. Macho. Indivíduo, pessoa, companheiro, colega. Virilidade.
uirago, uiragĭnis, (f.). (uir). Mulher forte, corajosa como homem. Guerreira, heroína.
uirectum,-i, (n.). (uirĕo). Vergel, jardim, lugar coberto de vegetação.

uirĕo,-es,-ere, uirŭi. Estar verdejante. Estar vigoroso, estar forte, florescer.
uires, uirĭum, plural de **uis.**
uiresco,-is,-ĕre, uirŭi. (uirĕo). Tornar-se verde, verdejar.
uirga,-ae, (f.). Ramo flexível e delgado, rebento, vergôntea. Vara, chibata. Vara mágica. Caduceu (de Mercúrio). Vara com visgo para apanhar pássaros. Raios.
uirgator, uirgatoris, (m.). (uirga). O que açoita (os escravos).
uirgatus,-a,-um. (uirga). Feito com varas de vime. Listrado, raiado.
uirgetum,-i, (n.). (uirga). Salgueiral, vimieiro.
uirgĕus,-a,-um. (uirga). De varas, feito de vime.
uirgidemĭa,-ae, (f.). (uirga-demo). Coleta de varas (para açoite). Sova.
uirginalis, uirginale. (uirgo). Virginal, de virgem, de jovem.
uirginĕus,-a,-um. (uirgo). Virgem, virginal. Relativo a virgens, a jovens.
uirginĭtas, uirginitatis, (f.). (uirgo). Virgindade.
uirginitatis, ver **uirginĭtas.**
uirgiuendonĭdes. (uirgo-uendo). Vendedor de mulheres jovens.
uirgo, uirgĭnis, (f.). Mulher jovem. Virgem, novo. As Vestais. Diana. A constelação de Virgem.
uirgŭla,-ae, (f.). (uirga). Pequena vara, pequeno traço ou linha.
uirgulta,-orum, (n.). (uirga). Ramagem, moita, sarças, matagais. Rebentos, vergôntea.
uirguncŭla,-ae, (f.). (uirgo). Mocinha, menininha.
uirĭae,-arum, (f.). Espécie de bracelete de homem.
uiriatus,-a,-um. (uirĭae). Ornado de braceletes.
uiridarĭum,-i, (n.). (uirĕo). Jardim, parque, lugar coberto de verde, vergel.
uirĭde. (uirĕo). De cor verde, verdejante.
uiridĭa,-ĭum, (n.). (uirĕo). As plantas (o verde). Jardim, vergel.
uirĭdis, uirĭde. (uirĕo). Verde, verdejante. Novo, recente, jovem.
uiridĭtas, uiriditatis, (f.). (uirĕo). Verdor, verdura. Juventude, vigor.
uiriditatis, ver **uiridĭtas.**

uirilis, uirile. (uir). Viril, masculino, macho. Individual, relativo a cada homem. Másculo, corajoso.
uirilĭtas, uirilĭtatis, (f.). (uir). Virilidade, idade viril. Caráter masculino, sexo masculino.
uirilĭtatis, ver **uirilĭtas.**
uirilĭter. (uir). Virilmente, como homem. Corajosamente.
uiriŏla,-ae, (f.). (uiriăe). Pequeno bracelete.
uiripŏtens, uiripotentis. (uir-possum). Poderoso.
uiritim. (uir). Por homem, por cabeça. Em particular, individualmente, separadamente.
uirosus,-a,-um. (uirus). Fétido, de mau cheiro.
uirtus, uirtutis, (f.). (uir). Força física do homem, vigor do homem. Coragem, vigor, energia. Qualidades morais: virtude, perfeição, mérito, valor.
uirtutis, ver **uirtus.**
uirus,-i, (n.). Suco de plantas. Humor venenoso, veneno, peçonha. Amargor, mau cheiro.
uis, uis, (f.). no plural: **uires, uirĭum.** Força, violência. Essência, substância, propriedades, poder. Forças físicas, forças militares, tropas. Ataque, assalto.
uisceratĭo, uiscerationis, (f.). (uiscus). Distribuição pública de carne. Refeição de carne.
uiscĕris, ver **uiscus.**
uisco,-as,-are,-aui,-atum. (uiscum). Untar com visgo ou com qualquer substância viscosa.
uiscum,-i, (n.). Visco (planta). Visgo.
uiscus, uiscĕris, (n.). Vísceras, partes internas do corpo. Carne. Ventre, o filho que está no ventre. Entranhas: coração, fígado, pulmões. O âmago. O mais puro, o melhor, o substancial.
uisĭo, uisionis, (f.). (uidĕo). Visão, vista, faculdade de ver. Sonho, simulacro, aparição. Ideia, concepção, noção.
uisĭto,-as,-are,-aui,-atum. (uiso). Ver frequentemente. Ir ver frequentemente, visitar.
uiso,-is,-ĕre, uisi, uisum. (uidĕo). Procurar ver, ir ver, visitar. Examinar, contemplar.
uisum,-i, (n.). (uidĕo). Visão, coisa vista, aparição, sonho. Percepção exterior, espetáculo.

uisus,-us, (m.). (uidĕo). Vista(enquanto um dos sentidos), faculdade de ver. O que se vê, percepção. Sonho, aparição. Aparência, aspecto.
uita,-ae, (f.). (uiuo). Vida. Maneira de viver. Recursos, subsistência. A humanidade, os seres vivos. Uma pessoa especial. As almas.
uitabĭlis, uitabĭle. (uito). Que se pode evitar, que deve ser evitado, evitável.
uitabundus,-a,-um. (uito). Que procura evitar.
uitalĭa, uitalĭum, (n.). (uita). As partes vitais, órgãos vitais. Princípio vital. Vestes de um morto.
uitalis, uitale. (uita). Vital, da vida. Que preserva a vida, essencial à vida, capaz de viver. Digno de ser vivido.
uitalĭtas, uitalitatis, (f.). (uita). O princípio da vida, vitalidade, a vida.
uitalitatis, ver **uitalĭtas.**
uitalĭter. (uita). De modo vital, com sopro de vida.
uitatĭo, uitationis, (f.). (uito). Ação de evitar.
uitellus,-i, (m.). I – vitelo, bezerrinho. II – gema do ovo.
uitĕus,-a,-um. (uitis). De videira, de vinha.
uitiarĭum,-i, (n.). (uitis). Plantação de videira.
uitiatĭo, uitiationis, (f.). (uitĭum). Violação, corrupção.
uitiator, uitiatoris, (m.). (uitĭum). Sedutor, corruptor.
uiticŭla,-ae, (f.). (uitis). Pequena videira.
uitigĕnus,-a,-um. (uitis-geno). De vinha, nascido de videira.
uitĭo,-as,-are,-aui,-atum. (uitĭum). Viciar, estragar, corromper, causar dano físico. Falsificar, adulterar. Violar, desonrar, atentar contra a honra.
uitiose. (uitĭum). De modo defeituoso, mal. Falsamente, irregularmente, defeituosamente.
uitiosĭtas, uitiositatis, (f.). (uitĭum). Defeito, corrupção, vício. Predisposição ao vício, maldade.
uitiositatis, ver **uitiosĭtas.**
uitiosus,-a,-um. (uitĭum). Defeituoso, cheio de vícios, irregular. Repreensível, pejorativo. Perverso, mau, corrupto, vicioso. Corrompido, estragado, apodrecido.

uitis, uitis, (f.). (uieo). Videira, vide, cepa de videira. Vinha, uva. Vara (usada pelo centurião), centurião.

uitisator, uitisatoris, (m.). (uitis-sator). Plantador de vinha, o que plantou uma vinha.

uitĭum,-i, (n.). Defeito físico, falha, imperfeição, má qualidade. Defeito, erro, falta, crime, culpa. Ultraje, atentado à honra. Vício. Presságio ou sinal desfavorável.

uito,-as,-are,-aui,-atum. Evitar, fugir de, escapar.

uitor, uitoris, (m.). (uiĕo). O que entrelaça vimes, cesteiro.

uitrearĭus,-a,-um. (uitrum). Vidraceiro, o que trabalha vidros.

uitrĕus,-a,-um. (uitrum). Vítreo, de vidro. Claro, transparente, límpido. Brilhante, frágil.

uitrĭcus,-i, (m.). Padrasto.

uitrum,-i, (n.). Vidro. Pastel-dos-tintureiros (planta de que se obtém tinta vítrea).

uitta,-ae, (f.). (uiĕo). Faixa, fita (para ornamentação pessoal e ritual).

uittatus,-a,-um. (uiĕo). Ornado de fitas.

uitŭla,-ae, (f.). (uitŭlus). Novilha, bezerra, vitela.

uitulina,-ae (f.). (uitŭlus). Carne de vitela, carne de bezerro.

uitulinus,-a,-um. (uitŭlus). De bezerro, de vitelo.

uitŭlor,-aris,-ari,-atus sum. [(dea) Vitŭla]. Estar cheio de alegria (após uma vitória). Celebrar uma vitória.

uitŭlus,-i, (m.). Novilho, bezerro, vitelo.

uituperabĭlis, uituperabĭle. (uitupĕro). Censurável, repreensível.

uituperatĭo, uituperationis, (f.). (uitupĕro). Censura, reprimenda, repreensão, crítica.

uituperator, uituperatoris, (m.). (uitupĕro). Censor, crítico.

uitupĕro,-as,-are,-aui,-atum. (do campo semântico de *uitĭum*). Achar defeitos em, censurar, repreender, criticar, desaprovar, acusar. Viciar.

uiuacĭtas, uiuacitatis, (f.). (uiuo). Força vital, longa vida, existência. Vivacidade.

uiuacitatis, ver **uiuacĭtas.**

uiuarĭum,-i, (n.). (uiuo). Viveiro.

uiuatus,-a,-um. (uiuo). Que tem vida, animado.

uiuax, uiuacis. (uiuo). Que vive muito tempo. Vivaz. Duradouro. Vivo, vivificante, animado.

uiue. (uiuo). Vivamente, com toda intensidade.

uiuesco,-is,-ĕre, uixi. (uiuo). Tomar vida, começar a viver. Avivar-se, animar-se.

uiui,-orum, (m.). (uiuo). Os vivos, os seres vivos, os viventes.

uiuĭdus,-a,-um. (uiuo). Cheio de vida, vívido, ativo. Ardente, impetuoso, vivaz, enérgico, vigoroso.

uiuiradicis, ver **uiuiradix.**

uiuiradix, uiuiradicis, (f.). (uiuo-radix). Planta viva, planta com raiz.

uiuo,-is,-ĕre, uixi, uictum. Viver, existir, estar com vida. Passar a vida, morar, residir. Viver de, alimentar-se de. Durar, completar a vida.

uiuus,-a,-um, (n.). (uiuo). Vivo, com vida. Cheio de vida, ardente, animado. Como subst.n.: carne viva, dinheiro que está rendendo juros.

uix. Com custo, com dificuldade, dificilmente. Mal, apenas. Enfim, em suma.

uixdum. Apenas, ainda apenas.

ulceratĭo, ulcerationis, (f.). (ulcus). Ulceração, úlcera, ferida.

ulcĕris, ver **ulcus.**

ulcĕro,-as,-are,-aui,-atum. (ulcus). Ulcerar, ferir, fazer uma chaga.

ulcerosus,-a,-um. (ulcus). Ulceroso, ulcerado, coberto de feridas.

ulciscor,-ĕris, ulcisci, ultus sum. Vingar. Vingar-se de, punir com vingança, castigar.

ulcus, ulcĕris, (n.). Úlcera, chaga.

ulcuscŭlum,-i, (n.). (ulcus). Pequena ferida.

uligo, uligĭnis, (f.). (udus). Umidade natural da terra.

ullus,-a,-um. (unŭlus, diminutivo de **unus).** Alguém, alguma coisa, algum, algo.

ulmarĭum,-i, (n.). (ulmus). Olmedo (lugar plantado de olmeiros).

ulmĕus,-a,-um. (ulmus). De olmeiro, da madeira de olmeiro.

ulmitriba,-ae, (m. e f.). (ulmus). Grande consumidor de (varas de) olmeiro, pessoa surrada com varas de olmeiro.

ulmus,-i, (f.). Olmeiro, olmo. Vara de olmeiro (para castigar).

ulna,-ae, (f.). Antebraço. Braço. Braça (medida de comprimento).
ulpĭcum,-i, (n.). Espécie de alho (de cabeça grande).
ulterĭor, ulterĭus. Que está mais afastado, mais adiante. Que está do outro lado, que vem depois.
ultĭma,-orum, (n.). (ultĭmus). As coisas mais afastadas, as mais remotas. A morte, o fim.
ultĭme, também ultimo. (ultĭmus). No último ponto, ao máximo, tanto quanto possível. Por fim, em último lugar. Enfim, finalmente.
ultĭmus,-a,-um. (ultra). Que está inteiramente do lado de lá, o mais afastado, mais remoto, extremo, último. O mais antigo.
ultĭo, ultionis, (f.). (ulciscor). Vingança, castigo, punição. A (deusa) Vingança.
ultor, ultoris, (m.). (ulciscor). Vingador, o que pune, o que tira vingança de.
ultra. I – Adv.: além, do outro lado, mais longe. Depois, no futuro, por mais tempo. Demais, além disso. II – Prep./abl.: além de, do outro lado de, depois de, acima de.
ultro. Além de, ao longe de, ao largo de, demais. Além disso, fora disso.
ulŭla,-ae, (f.). (ulŭlo). Coruja.
ululatus,-us, (m.). (ulŭlo). Uivo, grito penetrante, vociferações. Gemidos, lamentações.
ulŭlo,-as,-are,-aui,-atum. Uivar. Vociferar, gritar, lamentar aos gritos. Chamar aos gritos.
um- ver também **hum-**.
umbella,-ae, (f.). (umbra). Sombrinha, guarda-sol.
umbilicus,-i, (m.). Umbigo. O meio, o centro, o ponto central. Extremidade do cilindro em que se enrolava um volume (livro antigo). Ponteiro do quadrante solar. Espécie de concha.
umbo, umbonis, (m.). Saliência em superfície redonda ou cônica: bossa de escudo, escudo. Cotovelo, promontório, prega ou dobra de toga (sobre o peito).
umbra,-ae, (f.). Sombra, obscuridade, trevas, escuridão da noite. Lugar ensombrado, objeto que produz sombra. Fantasma, espectro. Repouso, calma, abrigo, casa. Pessoa não convidada, mas levada por um conviva.

umbracŭlum,-i, (n.). (umbra). O que dá sombra. Sombrinha, guarda-sol. Escola (por ser local em que se fica na sombra).
umbraticŏla,-ae, (m.). (umbra-colo). Que gosta, cultua sombra. Mole, efeminado.
umbratĭcus,-a,-um. (umbra). De sombra, relativo a sombra. Que gosta de estar à sombra, ocioso, efeminado. Feito em casa, retirado, privado.
umbratĭlis, umbratĭle. (umbra). Que passa o tempo à sombra, que vive em casa. Ocioso, desocupado.
umbrĭfer,-fĕra,-fĕrum. (umbra-fero). Que dá sombra, sombrio. Que traz as sombras (dos mortos).
umbro,-as,-are,-aui,-atum. (umbra). Sombrear, dar sombra, cobrir de sombra. Escurecer.
umbrosus,-a,-um. (umbra). Sombrio, coberto de sombra. Escuro. Que dá sombra. Umbroso.
umor, ver **humor.**
umquam também **unquam.** Em algum momento, algum dia, alguma vez.
una. (unus). Juntamente, ao mesmo tempo. De uma só vez.
unaetuicesimani,-orum. (m.). (unus et uicesĭmus). Soldados da vigésima primeira legião.
unanimĭtas, unanimitatis, (f.). (unusanĭmus). Concórdia, harmonia, unanimidade.
unanimitatis, ver **unanimĭtas.**
unanĭmus,-a,-um. (unus-anĭmus). Que vive em harmonia, em acordo. Que tem os mesmos sentimentos, unânime.
uncĭa,-ae, (f.). Um duodécimo, a 12ª. parte de um todo. Onça (moeda equivalente a um duodécimo do asse). Quantidade muito pequena.
uncialis, unciale. (uncĭa). Da duodécima parte. Do peso de uma onça.
unciatim. (uncĭa). De moeda em moeda.
uncinatus,-a,-um. (uncus). Curvo, adunco, recurvado. Em forma de gancho.
unco,-as,-are. Roncar, rosnar (o urso).
unctĭo, unctionis, (f.). (ungo). Ação de untar, fricção. Luta, exercícios de ginásio. Unção.
unctĭto,-as,-are. (ungo). Untar muitas vezes, untar habitualmente.

ulna - unus 453

unctor, unctoris, (m.). (ungo). Escravo encarregado de untar/massagear os atletas com azeite ou essências. O que unta ou fricciona.

unctorĭum,-i, (n.). (ungo). Sala de massagens com óleos ou essências.

unctum,-i, (n.). (ungo). Boa mesa, boa refeição. Luxo na mesa, requinte, esmero, capricho. Perfume, essência.

unctus,-a,-um. (ungo). Rico, opulento, elegante, bem guarnecido. Massageado, untado.

uncus,-i, (m.). Gancho, bastão terminado em gancho. Âncora. Como Adj.: curvo, recurvo, em forma de gancho. Adunco.

unda,-ae, (f.). Água em movimento, agitada. Onda, vaga. Agitação, tempestade, tormenta.

unde- (unus de), fórmula que entra nos compostos de numerais, como por exemplo: *undeviginti* = vinte menos um/dezenove (um tirado de vinte).

unde. De onde, de que lugar. De que, de quem. Donde.

undeciremis, undeciremis, (f.). (unus--decem-remus). Navio de onze ordens de remos.

undecumani,-orum, (m.). (unus-decĭmus). Soldados da décima primeira legião.

undicŏla,-ae, (m.). (unda-colo). O que vive na água. Aquático.

undĭque. (unde-que). De/por todos os lados, de/por todas as partes. De todas as maneiras.

undisŏnus,-a,-um. (unda-sono). Que soa como o ruído das águas. Que faz as ondas retumbarem.

undo,-as,-are,-aui,-atum. (unda). Estar agitado (o mar), ondular, correr como ondas. Abundar, estar cheio. Inundar.

undosus,-a,-um. (unda). Cheio de ondas, revolto, tempestuoso, agitado.

ungo,-is,-ĕre, unxi, unctum, também unguo. Untar, perfumar. Esfregar, friccionar (com óleos ou perfumes). Embeber, impregnar. Temperar. Ungir.

unguen, unguĭnis, (n.). (ungo). Corpo gordo. Gordura, unguento, óleo.

unguentarĭa,-ae, (f.). (ungo). Arte da perfumaria. Perfumista. Loja de perfumaria.

unguentarĭus,-a,-um. (ungo). De perfume, relativo ao perfume. Como subst.: perfumista.

unguentum,-i, (n.). (ungo). Perfume (líquido), óleo perfumado, essência.

unguicŭlus,-i, (m.). (unguis). Unha do pé ou da mão.

unguĭnis, ver **unguen.**

unguinosus,-a,-um. (ungo). Gordo, oleoso.

unguis, unguis, (m.). Unha. Garra, casco, esporão. Objeto em forma de unha.

ungŭla,-ae, (f.). (unguis). Unha, casco. Cavalo.

ungŭlus,-i, (m.). (unguis). Anel, bracelete. Unha dos pés.

unguo, ver **ungo.**

unĭcus,-a,-um. (unus). Único, sem igual, incomparável. Notável, excelente. Preferido, querido.

uniformis, uniforme. (unus-forma). Uniforme, homogêneo.

unigĕna,-ae, (m.). (unus-geno). Que nasceu só, único. Nascido de um só parto: gêmeo. Irmão, irmã.

unimanus,-a,-um. (unus-manus). Que tem somente uma mão.

unĭo, unionis, (f.). (unus). I – Unidade, união. II – pérola grande. Espécie de cebola.

unĭo,-is,-ire. (unus). Unir, reunir, tornar um só.

unĭtas, unitatis, (f.). (unus). Unidade, identidade de sentimentos.

unitatis, ver **unĭtas.**

unĭter (unus). De modo a formar uma unidade.

uniuersalis, uniuersale. (unus-uerto). Universal, que é comum a todos, geral.

uniuerse. (unus-uerto). Geralmente, em geral.

uniuersĭtas, uniuersitatis, (f.). (unus-uerto). Universalidade, a totalidade, o todo. O universo, a totalidade das coisas.

uniuersus,-a,-um. (unus-uerto). Todo, inteiro. Inteiramente voltado para.

uniusmŏdi também **unius modi.** Uniforme, de uma mesma espécie.

unocŭlus,-i, (m.). (unus-ocŭlus). Pessoa de um só olho.

unus,-a,-um. Um, um só, um único. Que forma uma totalidade, uma unidade. O primeiro, o mais importante. Um certo, uma certa.

unusquisque, unaquaeqe, unumquodque/ unumquidque. Cada, cada um, cada qual.

unusquisquis, unumquidque. Quem quer que seja, o que quer que seja.

uo- ver também **uu-**.

uocabŭlum,-i, (n.). (uox). Nome, vocábulo, termo, palavra. Nome próprio, denominação.

uocalis, uocale. (uox). Dotado de voz, de palavra, de voz humana, que fala. Que tem voz sonora. Sonoro, retumbante.

uocalĭter. (uox). Aos gritos.

uocamen, uocamĭnis, (n.). (uox). Nome, denominação.

uocamĭnis, ver **uocamen**.

uocatĭo, uocationis, (f.). (uox). Convite, convocação, chamado.

uocatus,-us, (m.). (uox). Convocação, chamamento. Invocação, súplica, apelo. Convite.

uocifĕror,-aris,-ari,-atus sum. (uox-fero). Vociferar, gritar. Falar alto.

uocis, ver **uox**.

uocĭto,-as,-are,-aui,-atum. (uox). Chamar insistentemente, gritar, denominar.

uoco,-as,-are,-aui,-atum. (uox). Chamar, mandar vir, convocar. Nomear, pronunciar o nome de. Convidar, exortar, incitar, desafiar. Intimar, citar, processar.

uocŭla,-ae, (f.). (uox). Voz débil, voz suave. Segredinhos, palavrinhas. Monossílabo.

uolatilĭcus,-a,-um. (uolo,-as). Alado, que voa. Volúvel, inconstante, efêmero. De aves.

uolatĭlis, uolatĭle. (uolo,-as). Volátil, que tem asas, que voa. Efêmero, passageiro, rápido, ligeiro. Como subst.: pássaro.

uolatus,-us, (m.). (uolo,-as). Ação de voar, voo. Transcurso rápido.

uolema,-orum, (n.). Espécie de peras grandes.

uolenter. (uelle). De boa vontade, voluntariamente.

uolĭto,-as,-are,-aui,-atum. (uolo,-as). Esvoaçar, voejar, voar aqui e ali. Correr, discorrer.

uolo, uis, uelle, uolŭi. Querer, desejar. Ter vontade, ter intenção.

uolo,-as,-are,-aui,-atum. Voar. Movimentar-se rapidamente, ir, vir, andar depressa.

uolsella,-ae, (f.). (uello). Pinça de cirurgião, de arrancar pelos.

uolsus,-a,-um. (uello). Depilado, pelado. Efeminado.

uolubĭlis, uolubĭle. (uoluo). Que tem movimento giratório, que rola, que gira. Enrolado, enroscado, redondo. Volúvel, inconstante, instável, efêmero. Rápido, fluente.

uolubilĭtas, uolubilitatis, (f.). (uoluo). Rotação, movimento giratório, circular. Forma arredondada. Inconstância, volubilidade. Fluência.

uolubilitatis, ver **uolubilĭtas**.

uolubilĭter. (uoluo). Fluentemente.

uolŭcer, uolŭcris, uolŭcre. (uolo,-as). Alado, que voa. Rápido, veloz. Inconstante, passageiro.

uolŭcris, uolŭcre. (f.). (uolo,-as). Pássaro, ave.

uolumen, uolumĭnis, (n.). (uoluo). Rolo, rosca, dobra. Rolo de papiro, volume, livro, obra. Turbilhão de fumaça. Movimento dos astros, giro, volta.

uolumĭnis, ver **uolumen**.

uoluntarĭus,-a,-um. (uelle). Que procede livremente, de livre vontade. Voluntário (soldado).

uoluntas, uoluntatis, (f.). (uelle). Vontade, faculdade de querer, desejo, intenção. Disposição.

uoluo, -is, -ĕre, uolui, uolutum. Rolar. Fazer rolar, revolver. Meditar, refletir. Precipitar, derrubar. Desenrolar, folhear. Desenvolver. Passar, percorrer.

uolup ou uolŭpe. (uelle). Satisfatoriamente, agradavelmente, conforme o desejado.

uoluptabĭlis, uoluptabĭle. (uelle). Agradável, aprazível.

uoluptarĭe. (uelle). Com prazer, voluptuosamente.

uoluptarĭus,-a,-um. (uelle). De prazer, de alegria. Agradável, aprazível, prazeroso. Voluptuoso, sensual.

uoluptas, uoluptatis, (f.). (uelle). Prazer, alegria, contentamento. Volúpia, prazer sensual, sensualidade. Delícia. Prazeres, divertimentos, festas, espetáculos.

uoluptatis, ver **uoluptas**.

uoluptuosos,-a,-um. (uelle). Delicioso, agradável, prazeroso, que encanta.

uolutabrum,-i, (n.). (uoluto). Lamaçal (onde o javali rola), atoleiro.

uolutabundus,-a,-um. (uoluto). Que gosta de rolar na lama.

uolutatĭo, uolutationis, (f.). (uoluto). Ação de rolar, de revolver-se. Agitação, inquietação. Instabilidade.

uolutatus,-us, (m.). (uoluto). Redemoinho, ação de rolar.

uoluto,-as,-are,-aui,-atum. (uoluo). Rolar, fazer rolar, revolver, balançar, sacudir, derrubar, precipitar. Refletir, meditar. Desenrolar, folhear. Decorrer, percorrer, passar.

uomer, uomĕris, (m.). também **uomis.** Arado, relha do arado.

uomĭca,-ae, (f.). (uomo). Abscesso, tumor purulento. Peste, flagelo.

uomitĭo, uomitionis, (f.). (uomo). Vômito, ação de vomitar.

uomĭto,-as,-are,-aui,-atum. (uomo). Vomitar muitas vezes, vomitar muito.

uomitorĭa,-iorum. (n.). (uomo). Entradas de teatros ou anfiteatros, passagens que conduziam aos assentos.

uomo,-is,-ĕre, uomŭi, uomĭtum. Vomitar. Lançar, expelir.

uor- ver também **uer-**.

uoracĭtas, uoracitatis, (f.). (uoro). Voracidade, avidez.

uoracitatis, ver **uoracĭtas.**

uoragĭnis, ver **uorago.**

uorago, uoragĭnis, (f.). (uoro). Abismo, sorvedouro. Voragem. O que engole ou devora.

uorax, uoracis. Voraz, devorador.

uoro,-as,-are,-aui,-atum. Devorar, engolir, comer vorazmente. Dissipar.

uos, uestri ou **uestrum.** Vós, vocês, de vós, de vocês.

uot- ver também **uet-**.

uotiuus,-a,-um. (uouĕo). Relativo a um voto, votivo, prometido por um voto. Consagrado, dedicado, oferecido. Desejado, agradável.

uotum,-i, (n.) (uouĕo). Voto, promessa. Objeto votivo, oferenda. Desejo.

uouĕo,-es,-ere, uoui, uotum. Fazer um voto, prometer por um voto, devotar, consagrar, dedicar. Desejar, aspirar.

uox, uocis, (f.). Voz, som articulado. Grito, ruído, murmúrio. Notas musicais. Palavra, vocábulo, termo. Língua, idioma, linguagem. Acento.

upŭpa,-ae, (f.). Poupa (ave). Picareta, enxada.

urbane. (urbs). Com urbanidade, civilizadamente, polidamente. Com finura, delicadamente, espirituosamente.

urbanĭtas, urbanĭtatis, (f.). (urbs). Morada, vida em Roma, morada na cidade. Urbanidade, polidez, civilidade. Elegância, graça de linguagem. Zombaria, gracejo, dito espirituoso.

urbanus,-a,-um. (urbs). De Roma, da cidade, urbano. Polido, civilizado, delicado. Engraçado, espirituoso. Indiscreto, impudente.

urbicăpus,-i, (m.). (urbs-capĭo). O que toma cidades, conquistador de cidades.

urbĭcus,-a,-um. (urbs). De Roma.

urbs, urbis, (f.). Cidade (quanto ao aspecto físico: conjunto de ruas, edifícios, etc.). Roma, a cidade por excelência. Morada, asilo. População de uma cidade.

urceatim. (urcĕus). A cântaros, copiosamente.

urcĕus,-i, (m.). Vaso com asas, cântaro, jarro, pote.

urco,-as,-are. Urrar (do lince). Gritar.

uredo, uredĭnis, (f.). (uro). Prurido, comichão, coceira. Alforra, mangra (doenças de plantas).

urgĕo,-es,-ere, ursi, também **urguĕo.** Apertar, oprimir, pisar, calcar. Impelir, empurrar. Estar iminente, ameaçar. Apressar, perseguir. Insistir, ocupar-se de, persistir.

urigĭnis, ver **urigo.**

urigo, urigĭnis, (n.). (uro). Espécie de sarna. Coceira. Desejo amoroso.

urina,-ae, (f.). (uro). Urina.

urinor,-aris,-ari. (uro). Mergulhar na água.

urna,-ae, (f.). Urna (vaso de gargalo estreito e comprido, mas de bojo expandido) para guardar água, dinheiro, para votar, para guardar as cinzas dos mortos. Medida de capacidade (aproximadamente 12 litros).

uro,-is,-ĕre, ussi, ustum. Queimar, arder. Incendiar, inflamar, abrasar. Assolar, destruir, consumir. Atormentar, inquietar, irritar.

ursa,-ae, (f.). Ursa. Ursa Maior e Ursa Menor (constelações). O norte, as regiões geladas.

ursina,-ae, (f.). (ursus). Carne de urso.
ursus,-i, (m.). Urso.
urtica,-ae, (f.). Urtiga (planta). Comichão, coceira, desejo vivo e intenso. Urtiga do mar.
uruca,-ae, (f.). Lagarta (de plantas).
urus,-i, (m.). Uro (boi selvagem, búfalo).
usitate. (utor). Segundo o uso, conforme o uso. De acordo com o costume.
uspĭam. Em qualquer lugar, em algum lugar, em qualquer parte.
usquam. De algum modo, em algum lugar.
usque. I – Adv.: sem interrupção, sempre, continuamente. II – Prep./acus.: até, até a.
ustĭo, ustionis, (f.). (uro). Queimadura. Inflamação.
ustor, ustoris, (m.). (uro). O encarregado de queimar cadáveres.
ustrina,-ae, (f.). (uro). Ação de queimar, combustão. Local onde se queimavam cadáveres.
ustŭlo,-as,-are,-aui,-atum. (uro). Queimar, incinerar.
usucapĭo, usucapionis, (f.). (usus-capĭo). Usucapião (meio de adquirir pelo uso prolongado).
usucapĭo,-is,-ĕre,-cepi,-captum. (usus-capĭo). Adquirir, após longo uso, tomar por longo uso. Adquirir por usucapião ou por prescrição.
usufacĭo,-is,-ĕre,-feci,-factum. (usus-facĭo). Apropriar-se.
usura,-ae, (f.). (utor). Uso de uma coisa, faculdade de usar. Lucro de dinheiro emprestado, usura, juros. Rendimento, ganho. Dinheiro emprestado sem juros.
usurarĭus,-a,-um. (utor). De que se tem o gozo, que serve para uso.
usurpatĭo, usurpationis, (f.). (usus-rapĭo). Uso, emprego. Uso ilícito, abuso, usurpação.
usurpo,-as,-are,-aui,-atum. (usus-rapĭo). Tomar posse pelo uso. Apropriar-se de, tomar posse ou conhecimento, usurpar. Fazer uso, empregar, usar, praticar. Designar, denominar.
usus, usus, (m.). (utor). Uso, utilização, emprego. Utilidade, proveito, fruto. Prática, experiência, costume, hábito. Amizades, relações de amizade. Faculdade de usar.
ut. I – Adv.: como, de modo que, de que maneira. Assim como, do mesmo modo que. II – conj.: que, a fim de que, para que. Quando, como.
utcumque. (ut-cumque). De qualquer maneira que.
utensilĭa,-ium, (n.). (utor). Tudo de necessário ao uso diário: móveis, provisões, ferramentas, etc.
uter, utra, utrum. Um dos dois, não importa qual dos dois. Qual dos dois?
uter, utris, (m.). Odre (recipiente para líquidos). Homem vaidoso, inchado.
utercumque, utracumque, utrumcumque. (uter-cumque). Qual dos dois que, qualquer dos dois.
uterlĭbet, utralĭbet, utrumlĭbet. (uter-libet). Qualquer dos dois.
uterque, utrăque, utrumque. (uter-que). Um e outro, cada um de. Uns e outros, ambos.
uteruis, utrauis, utrumuis. (uter-uelle). Qualquer dos dois.
utĕrus,-i, (m.). Útero, ventre. Feto, criança no ventre. Flanco, cavidade, interior.
uti, o mesmo que **ut.**
utĭbilis, utĭbile. (utor). Que pode servir, vantajoso, que pode ser útil.
utĭlis, utĭle. (utor). Que serve, vantajoso, útil. Bom, aproveitável. Como subst.: as coisas úteis. Utensílios.
utilĭtas, utilitatis, (f.). (utor). Utilidade, vantagem, proveito, interesse. Necessidades.
utilitatis, ver **utilĭtas.**
utilĭter. (utor). Utilmente, com vantagem, com proveito.
utĭnam. (ut-nam). Que de fato, que em verdade. Oxalá.
utĭque. Em qualquer caso, de qualquer maneira. Sobretudo, principalmente.
utor, utĕris, uti, usus sum. Usar, servir-se de, empregar, utilizar. Ter relações com. Ter à disposição, usufruir de.
utpŏte. Como é possível, como é natural.
utralĭbet. De um ou de outro lado.
utrarĭus,-i, (m.). (utris). O que transporta água em odres.
utricularĭus,-i, (m.). (utris). Tocador de gaita de foles. Fabricante de odres.
utricŭlus,-i, (m.). (utris). Pequeno ventre. Pequeno cálice (de plantas).
utrimque. Dos dois lados. De uma ou de outra parte.
utrimquesĕcus. Das duas partes.
utris, ver **uter.**
utro. (uter, utra). Para um dos dois lados.

Para qual dos dois lugares.
utrŏbi. Num dos dois lugares. Em qual das duas partes.
utrobĭque ou utrubĭque. Nos dois lados, em ambas as partes, em um e outro lado.
utroque. (uterque). Para um e outro lado, para ambos os lados.
utrum. (uter, utra). Por ventura, por acaso?
uu- ver também **uo-**.
uua,-ae, (f.). Uva, cacho de uvas, videira.
uuesco,-is,-ĕre. Tornar-se úmido, tornar-se lento. Beber, molhar a garganta.
uuĭdus,-a,-um. (uuesco). Úmido, molhado. Regado, refrescado. Bêbado, embriagado.
uulgaris, uulgare. (uulgus). Geral, comum, vulgar. Banal, público.
uulgarĭter. (uulgus). Vulgarmente, comumente, banalmente.
uulgator, uulgatoris, (m.). (uulgus). O que divulga, revelador, vulgarizador.
uulgiuăgus,-a,-um. (uulgus-uagor). Sem destino, vagabundo, que anda por toda parte.
uulgo,-as,-are,-aui,-atum. (uulgus). Espalhar entre a multidão, propagar, divulgar. Dar a público, oferecer a todo mundo. Comunicar, atribuir.
uulgo,-as,-are,-aui,-atum. (uulgus). Espalhar entre o público, propagar, divulgar, oferecer a toda a gente. Publicar. Rebaixar, prostituir.
uulgo. (uulgus). Comumente, corriqueiramente. Por toda parte, por todos os lugares. Em público, abertamente. Indistintamente, em grande número.
uulgus,-i, (n.). O povo, a multidão, o vulgo, o populacho, a massa.
uulnerabĭlis, uulnerabĭle. (uulnus). Vulnerável, que pode ser ferido.
uulnerarĭus,-a,-um. (uulnus). Relativo a feridas, que se pode aplicar a feridas. Como subst.m.: cirurgião, operador.

uulneratĭo, uulnerationis, (f.) (uulnus). Ferida, lesão, ulceração. Injúria, agravo.
uulnĕris, ver **uulnus.**
uulnĕro,-as,-are,-aui,-atum. (uulnus). Ferir, causar lesão. Ofender, injuriar, molestar. Danificar.
uulnifĭcus,-a,-um. (uulnus-facĭo). Que fere, homicida.
uulnus, uulnĕris, (n.). Ferida, golpe, corte, talho, lesão, chaga. Angústia, dor, aflição, desgraça.
uulpecŭla,-ae, (f.). (uulpes). Raposa pequena, raposinha, raposa.
uulpes, uulpis, (f.). Raposa. Manha, astúcia, dissimulação.
uulpinus,-a,-um. (uulpes). De raposa.
uulpĭo, uulpionis, (m.). (uulpes). Astuto, velhaco, manhoso, dissimulado.
uult, 3ª. sing. do presente de **uelle.**
uultĭculus,-i, (m.). (uultus). Semblante, aspecto, expressão severa.
uultuosus,-a,-um. (uultus). Carrancudo, de expressão grave, afetado. Sério.
uultur, uultŭris, (m.), também **uultŭrus,-i.** Abutre. Rapina, rapacidade. Pessoa avarenta.
uulturinus,-a,-um. (uultur). De abutre, de rapina.
uulturĭus,-i, (m.). (uultur). Abutre. Homem espoliador. Lance de dados (jogada infeliz).
uultus,-us, (m.). Expressão do rosto, fisionomia, rosto, semblante, olhar. Figura, aspecto, aparência.
uulua,-ae, (f.). Vulva, útero. Ventre de porca (prato muito apreciado pelos romanos).
uxor, uxoris, (f.). Mulher casada, esposa. Fêmea dos animais.
uxorcŭla,-ae, (f.). (uxor). – diminutivo afetivo. Esposa querida.
uxorĭus,-a,-um. (uxor). Relativo a esposa ou ao casamento da mulher. De mulher casada. Dedicado à esposa, esposo amável.

X, Z

x. Abreviatura de **decem, denarĭus.**
xenĭum,-i, (n.). Presente. Honorários, vencimentos.
xerampelinus,-a,-um. Que é da cor da folha seca de videira. Como subst.f.: clâmide (vestimenta) de cor verde.
xistus,-i, (m.). Pórtico coberto (onde se exercitavam os atletas). Rua arborizada, aleia.
z. Letra de origem grega.
zamĭa,-ae, (f.). Perda, prejuízo, dano.
zaplutus,-a,-um. Extremamente rico.
zelotypa,-ae, (f.). Ciumenta.

zelotypĭa,-ae, (f.). Inveja (por amor). Ciúme.
zelotypus,-a,-um. Invejoso, ciumento.
zigĭa,-ae. Relativo a himeneu. Que preside ao casamento (epíteto de Juno).
zinzĭo,-as,-are. Piar (o tordo).
zona,-ae, (f.). Cinto (usado pelas mulheres em volta dos rins ou pelos homens para guardar dinheiro). Zona. Constelação de Órion.
zonarĭus,-i, (m.) (zona). Fabricante de cintos.
zonŭla,-ae, (f.). (zona). Pequeno cinto.
zythum,-i, (n.). Cerveja (de cevada).

Apêndice

A elaboração deste apêndice tem como proposta inicial orientar na solução das diferenças formais entre os temas do **perfectum** e do **infectum**. Isso se faz pelo confronto entre a primeira pessoa do singular do pretérito perfeito com a do presente do indicativo (ver pág. 15-16). Incluem-se também nesta listagem as formas adjetivais do particípio passado (elas integram as formas analíticas da passiva e as dos verbos depoentes) e o particípio presente, este de largo uso pelos autores latinos.

Associadas aos radicais de verbo existem não somente outras formações nominais, como o gerúndio e os particípios do futuro, mas também os já referidos nomes de agente e substantivos de tema em –u.

O quadro abaixo apresenta uma sistematização das formas nominais do verbo e pode também auxiliar na identificação de palavras que não se encontram registradas neste dicionário.

FORMAS NOMINAIS ADJETIVAS			
PARTICÍPIOS			
PASSADO	PRESENTE		FUTURO
amaTVS,-A,-VM miSSVS,-A,-VM	Nominativo amaNS Genitivo amaNTis		ATIVO = o que há de... amaTVRVS,-A,-VM miSSVRVS,-A,-VM
^^^	^^^		PASSIVO = o que há de ser... amaNDVS,-A,-VM

FORMAS NOMINAIS SUBSTANTIVAS				
SUPINO				
acusativo ablativo	-TVM/-SVM	amatum	lectum	missum
^^^	-TV/-SV	amatu	lectu	missu

GERÚNDIO				
genitivo	-NDI	amandi	legendi	audiendi
dativo	-NDO	amando	legendo	audiendo
ablativo	-NDO	amando	legendo	audiendo
acusativo	-NDVM	amandum	legendum	audiendum

FORMAS NOMINAIS SUBSTANTIVAS			
INFINITIVO			
	Presente	Perfeito	Futuro
Voz Ativa	-ARE - amare	-ISSE	amauisse	amaTVRM,-AM,-VM ESSE amaTVROS,-AS,-A ESSE
		auxisse	
	-ERE - augere	audiuisse	
	-IRE - audire	legisse	miSSVRVS,-AM,-VM ESSE miSSVROS,-AS,-A ESSE
	-ĔRE - lĕgere	fuisse	
Voz Passiva	-ARI - amari	amaTVM,-AM,-VM ESSE amaTOS,-AS,-A ESSE	amaTVM IRI
	-ERI - augeri		aucTVM IRI
	-IRI - audiri	miSSVM,-AM,-VM ESSE miSSOS,-AS,-A ESSE	audiTVM IRI
	-I - legi		lecTVM IRI

Verbos

Verbos

perfeito	presente	particípio passado	particípio presente
abdĭdi	abdo	abdĭtus,-a,-um	abdens, abdentis
abduxi	abduco	abductus,-a,-um	abducens, abducentis
abegi	abĭgo	abactus,-a,-um	abĭgens, abigentis
abfŭi	absum	-	absens, absentis
abhorrŭi	abhorrĕo	-	abhorrens, abhorrentis
abieci	abiicĭo	abiectus,-a,-um	abiicĭens, abiicientis
abĭi	abĕo	abĭtus,-a,-um	abĭens, abientis
abiunxi	abiungo	abiunctus,-a,-um	abiungens, abiungentis
ablŭi	ablŭo	ablutus,-a,-um	ablŭens, abluentis
abnŭi	abnŭo	-	abnŭens, abnuentis
aboleui	abolĕo	abolĭtus,-a,-um	abolens, abolentis
aboleui	abolesco	-	abolescens, abolescentis
abrasi	abrado	abrasus,-a,-um	abradens, abradentis
abripŭi	abripĭo	abreptus,-a,-um	abripĭens, abripientis
abrupi	abrumpo	abruptus,-a,-um	abrumpens, abrumpentis
abscessi	abscedo	abscessus,-a,-um	abscedens, abscedentis
abscídi	abscido	abscisus,-a,-um	abscidens, abscidentis
abscĭdi	abscindo	abscissus,-a,-um	abscindens, abscindentis
abscondi	abscondo	absconsus-a,-um	abscondens, abscondentis
abscondĭdi	abscondo	abscondĭtus-a,-um	abscondens, abscondentis
absilŭi	absilĭo	-	absilĭens, absilientis
absistĭti	absisto	-	absistens, absistentis
absolui	absoluo	absolutus,-a,-um	absoluens, absoluentis
absorbŭi	absorbĕo	-	absorbens, absorbentis
absterrŭi	absterrĕo	absterrĭtus,-a,-um	absterrens, absterrentis
abstersi	abstergo	abstersus,-a,-um	abstergens, abstergentis
abstinŭi	abstinĕo	abstentus,-a,-um	abstĭnens, abstinentis
abstraxi	abstraho	abstractus,-a,-um	abstrahens, abstrahentis
abstrusi	abstrudo	abstrusus,-a,-um	abstrudens, abstrudentis
abstŭli	aufĕro	ablatus,-a,-um	aufĕrens, auferentis
absumpsi	absumo	absumptus,-a,-um	absumens, absumentis
accendi	accendo	accensus,-a,-um	accendens, accendentis
accepi	accipĭo	acceptus,-a,-um	accipĭens, accipientis
accessi	accedo	accessus,-a,-um	accedens, accedentis
accidi	accido	accisus,-a,-um	accidens, accidentis
accĭdi	accĭdo	-	accĭdens, accidentis
accinxi	accingo	accinctus,-a,-um	accingens, accingentis
accolŭi	accŏlo	accultus,-a,-um	accŏlens, accolentis

perfeito	presente	particípio passado	particípio presente
accredĭdi	accredo	accredĭtus,-a,-um	accredens, accredentis
accreui	accresco	accretus,-a,-um	accrescens, accrescentis
accubŭi	accŭbo	accubĭtus,-a,-um	accŭbens, accubentis
accubŭi	accumbo	accŭbitus,-a,-um	accumbens, accumbentis
accurri ou accucurri	accurro	accursus,-a,-um	accurens, accurentis
acquieui	aquiesco	acquietus,-a,-um	acquiescens, acquiescentis
acquisiui	acquiro	acquisitus,-a,-um	acquirens, acquirentis
acŭi	acesco	-	accescens, accescentis
acŭi	acŭo	-	acŭens, acuentis
adahesi	adhaerĕo	adhaesus,-a,-um	adhaerens, adhaerentis
adaperŭi	adaperĭo	adapertus,-a,-um	adaperĭens, adaperĭentis
adauxi	adaugĕo	adauctus,-a,-um	adaugens, adaugentis
addĭdi	addo	addĭtus,-a,-um	addens, addentis
addidĭci	addisco	-	addiscens, addiscentis
addixi	addico	addictus,-a,-um	addicens, addicentis
adduxi	adduco	adductus,-a,-um	adducens, adducentis
adegi	adĭgo	adactus,-a,-um	adĭgens, adigentis
ademi ou adempsi	adĭmo	ademptus,-a,-um	adĭmens, adimentis
adfŭi/affŭi	adsum	-	-
adhibŭi	adhibĕo	adhibĭtus,-a,-um	adhĭbens, adhibentis
adiacŭi	adiacĕo	-	adiacens, adiacentis
adieci	adiicĭo	adiectus,-a,-um	adiicĭens, adiicientis
adĭi	adĕo	adĭtus,-a,-um	adeuns, adeuntis
adiunxi	adiungo	adiunctus,-a,-um	adiungens, adiungentis
adiuui	adiuuo	adiutus,-a,-um	adiuuans, adiuuantis
admiscŭi	admiscĕo	admixtus,-a,-um	admiscens, admiscentis
admisi	admitto	admissus,-a,-um	admittens, admittentis
admomordi	admordĕo	admorsus,-a,-um	admordens, admordentis
admonŭi	admonĕo	admonĭtus,-a,-um	admonens, admonentis
admoui	admouĕo	admotus,-a,-um	admouens, admouentis
adoperŭi	adoperĭo	adopertus,-a,-um	adoperĭens, adoperientis
adrasi	adrado	adrasus,-a,-um	adradens, adradentis
adueni	aduenĭo	aduentus,-a,-um	aduenĭens, aduenientis
aduexi	adueho	aduectus,-a,-um	aduĕhens, aduehentis
adussi	aduro	adustus,-a,-um	adurens, adurentis
affeci	afficĭo	affectus,-a,-um	afficĭens, afficientis
affinxi	affingo	affictus,-a,-um	affingens, affingentis
affixi	affigo	affixus,-a,-um	affigens, affigentis
afflixi	affligo	afflictus,-a,-um	affligens, affligentis
affluxi	afflŭo	affluctus,-a,-um	afflŭens, affluentis

perfeito	presente	particípio passado	particípio presente
affricŭi	affrĭco	affrictus,-a,-um	affrĭcans, affricantis
affudi	affundo	affusus,-a,-um	affundens, affundentis
affulsi	affulgeo	-	affulgens, affulgentis
afŭi	absum	-	absens, absentis
aggessi	aggĕro	aggestus,-a,-um	aggĕrens, aggerentis
aggressus sum	aggredĭor	aggressus,-a,-um	aggredĭens, aggredientis
agnatus sum	agnascor	agnatus,-a,-um	agnascens, agnascentis
agnoui	agnosco	agnĭtus,-a,-um	agnoscens, agnoscentis
allapsus sum	allabor	allapsus,-a,-um	allabens, allabentis
allexi	allicĭo	allectus,-a,-um	allicĭens, allicientis
allisi	allido	allisus,-a,-um	allidens, allidentis
allusi	alludo	allusus,-a,-um	alludens, alludentis
alsi	algĕo	alsus,-a,-um	algens, algentis
altercatus sum	altercor	altercatus,-a,-um	altercans, altercantis
alŭi	alo	alĭtus/altus,-a,-um	alens, alentis
ambussi	amburo	ambustus,-a,-um	amburens, amburentis
amicŭi/amixi	amicĭo	amictus,-a,-um	amicĭens, amicientis
amisi	amitto	amissus,-a,-um	amittens, amittentis
amolitus sum	amolĭor	amolitus,-a,-um	amolĭens, amolientis
amoui	amouĕo	amotus,-a,-um	amouens, amouentis
amplexatus sum	amplexor	amplexatus,-a,-um	amplexens, amplexentis
amplexus sum	amplector	amplexus,-a,-um	amplectens, amplectentis
ampullatus sum	ampullor	ampullatus,-a,-um	ampullans, ampullantis
ancillatus sum	ancillor	ancillatus,-a,-um	ancillans, ancillantis
annexŭi	annecto	annexus,-a,-um	annectens, annectentis
annisus sum	annitor	annisus,-a,-um	annitens, annitentis
annixus sum	annitor	annixus,-a,-um	annitens, annitentis
anquisiui	anquiro	anquisitus,-a,-um	anquirens, anquirentis
antecepi	antecapĭo	anteceptus,-a,-um	antecapĭens, antecapientis
antecessi	antecedo	antecessus,-a,-um	antecedens, antecedentis
antegressus sum	antegredĭor	antegressus,-a,-um	antegredĭens, antegredientis
antĕi/anteiui	anteĕo	anteĭtus,-a,-um	anteĭens, anteientis
antemisi	antemitto	antemissus,-a,-um	antemittens, antemittentis
anteposŭi	antepono	anteposĭtus,-a,-um	anteponens, anteponentis
antesteti/antĭsti	antesto	-	antestans, antestantis
antetŭli	antefĕro	antelatus,-a,-um	antefĕrens, anteferentis
anxi	ango	anctus,-a,-um	angens, angentis
aperŭi	aperĭo	apertus,-a,-um	aperĭens, aperientis
apparŭi	apparĕo	apparĭtus,-a,-um	apparens, apparentis
appinxi	appingo	appictus,-a,-um	appingens, appingentis

perfeito	presente	particípio passado	particípio presente
applausi	applaudo	aplausus,-a,-um	applaudens, applaudentis
apposŭi	appono	apposĭtus,-a,-um	apponens, apponentis
appressi	apprĭmo	appressus,-a,-um	apprĭmens, apprimentis
appŭli	appello	appulsus,-a,-um	appellens, appellentis
aptus sum	apiscor	aptus,-a,-um	apiscens, apiscentis
arcŭi	arcĕo	-	arcens, arcentis
arefeci	arefacĭo	arefactus,-a,-um	arefacĭens, arefacientis
arrepsi	arrepo	arreptus,-a,-um	arrepens, arrepentis
arrexi	arrĭgo	arrectus,-a,-um	arrĭgens, arrigentis
arripŭi	arripĭo	arreptus,-a,-um	arripĭens, arripientis
arrisi	arridĕo	arrisus,-a,-um	arridens, arridentis
arrosi	arrodo	arrosus,-a,-um	arrodens, arrodentis
arsi	ardĕo	arsus,-a,-um	ardens, ardentis
arsi	ardesco	arsus,-a,-um	ardescens, ardescentis
ascripsi	ascribo	ascriptus,-a,-um	ascribens, ascribentis
aspernatus sum	aspernor	aspernatus,-a,-um	aspernans, aspernantis
aspersi	aspergo	aspersus,-a,-um	aspergens, aspergentis
aspexi	aspicĭo	aspectus,-a,-um	aspicĭens, aspicientis
aspŭli	aspello	aspulsus,-a,-um	aspellens, aspellentis
assectatus sum	assector	assectatus,-a,-um	assectans, assectantis
assecutus sum	assequor	assecutus,-a,-um	assequens, assequentis
assedi	assidĕo	assessus,-a,-um	assidens, assidentis
assedi	assido	assessus,-a,-um	-
asserŭi	assĕro	assertus,-a,-um	assĕrens, asserentis
assilŭi	assilĭo	assultus,-a,-um	assilĭens, assilĭentis
assistiti	assisto	-	assistens, assistentis
assueui	assuesco	assuetus,-a,-um	assuescens, assuescentis
assŭi	assŭo	assutus,-a,-um	assŭens, assuentis
assumpsi	assŭmo	assumptus,-a,-um	assŭmens, assumentis
assurrexi	assurgo	assurrectus,-a,-um	assurgens, assurgentis
astĭti	asto	-	astans, astantis
astrinxi	astringo	astrictus,-a,-um	astringens, astringentis
astruxi	astrŭo	astructus,-a,-um	astrŭens, astruentis
atriui	attĕro	attritus,-a,-um	attĕrens, atterentis
attendi	attendo	attentus,-a,-um	attendens, attendentis
atterŭi	attĕro	attritus,-a,-um	attĕrens, atterentis
attestatus sum	attestor	attestatus,-a,-um	attestans, attestantis
attexŭi	attexo	attextus,-a,-um	attexens, attexentis
attĭgi	attingo	attactus,-a,-um	attingens, attingentis
attinŭi	attinĕo	attentus,-a,-um	attĭnens, attinentis

perfeito	presente	particípio passado	particípio presente
attondi	attondĕo	attonsus,-a,-um	attondens, attondentis
attonŭi	attŏno	attonĭtus,-a,-um	attŏnans, attonantis
attraxi	attraho	attractus,-a,-um	attrahens, attrahentis
attŭli	affĕro	allatus,-a,-um	affĕrens, afferentis
aucupatus sum	aucupor	aucupatus,-a,-um	aucupans, aucupantis
auelli ou auulsi	auello	auulsus,-a,-um	auellens, auellentis
auersatus sum	auersor	auersatus,-a,-um	auersans, auersantis
auexi	aueho	auectus,-a,-um	auehens, auehentis
ausi (arcaico)	audĕo	ausus,-a,-um	audens, audentis
ausus sum	audĕo	ausus,-a,-um	audens, audentis
auxi	augĕo	auctus,-a,-um	augens, augentis
bacchatus sum	bacchor	bacchatus,-a,-um	bacchans, bacchantis
benedixi	bendĭco	benedictus,-a,-um	benedĭcens, benedicentis
benefeci	benefacĭo	benefactus,-a,-um	benefacĭens, benefacientis
blanditus sum	blandior	blanditus,-a,-um	blandĭens, blandientis
calefactus sum	calefio	calefactus,-a,-um	calefĭens, calefientis
calefeci	calefacĭo	calefactus,-a,-um	calafacĭens, calafacientis
callŭi	callĕo	-	callens, callentis
calŭi	calĕo	-	calens, calentis
candŭi	candĕo	-	candens, candentis
capessiui	capesso	capessitus,-a,-um	capessens, capessentis
carpsi	carpo	carptus,-a,-um	carpens, carpentis
carŭi	carĕo	-	carens, carentis
caui	cauĕo	cautus,-a,-um	cauens, cauentis
cauillatus sum	cauillor	cauillatus,-a,-um	cauillans, cauillantis
causatus sum	causor	causatus,-a,-um	causans, causantis
cecidi	caedo	caesus,-a,-um	caedens, caedentis
cecĭdi	cado	casus,-a,-um	cadens, cadentis
censŭi	censĕo	census,-a,-um	censens, censentis
cepi	capĭo	captus,-a,-um	capĭens, capientis
cessi	cedo	cessus,-a,-um	cedens, cedentis
ceui	ceuĕo	-	ceuens, ceuentis
cinxi	cingo	cinctus,-a,-um	cingens, cingentis
circumcidi	circumcido	circumcisus,-a,-um	circumcidens, circumcidentis
circumclusi	circumcludo	circumclusus,-a,-um	circumcludens, circumcludentis
circumcomposŭi	circumcompono	circumcomposĭtus,-a,-um	circumcomponens, circumcomponentis
-	-	-	
circumcongressus sum	circumcongredĭor	circumcongressus, -a,-um	circumgredĭens, circumgredientis
	-		-
circumdĕdi	circumdo	circumdătus,-a,-um	circumdans, circumdantis

perfeito	presente	particípio passado	particípio presente
circumduxi	circumduco	circumductus,-a,-um	circumducens, circumducentis
circumegi	circumăgo	circumactus,-a,-um	circumăgens, circumagentis
circumfluxi	circumflŭo	circumfluxus,-a,-um	circumflŭens, circumfluentis
circumfusi	circumfundo	circumfusus,-a,-um	circumfundens, circumfundentis
circumleui/-liui	circumlino	circumlĭtus,-a,-um	circumlĭnens, circumlinentis
circumliniui	circumlinĭo	circumlinitus,-a,-um	circumlinĭens, circumlinientis
circummisi	circummitto	circummissus,-a,-um	circummittens, circummittentis
circumplexus sum	circumplector	circumplexus,-a,-um	circumplectens, circumplectentis
-	-	-	
circumrosi	circumrodo	circumrosus,-a,-um	circumrodens, circumrodentis
circumsaepsi	circumsaepĭo	circumsaeptus,-a, -um	circumsaepĭens, circumsaepientis
-	-	-	
circumsecŭi	circumsĕco	circumsectus,-a,-um	circumsĕcans, circumsecantis
circumsedi	circumsedĕo	circumsessus,-a,-um	circumsedens, circumsedentis
circumspexi	circumspicĭo	circumspectus,-a,-um	circumspicĭens, circumspicientis
circumsteti	circumsisto	-	circumsistens, circumsistentis
circumtonŭi	circumtŏno	-	circumtŏnans, circumtonantis
circumtŭli	circumfĕro	circumlatus,-a,-um	circumfĕrens, circumferentis
circumuasi	circumuado	-	circumuadens, circumuadentis
circumuectus sum	circumuĕhor	circumuectus,-a,-um	circumuĕhens, circumuehentis
circumueni	circumuenĭo	circumuentus,-a,-um	circumuenĭens, circumuenientis
circumuersus sum	circumuerto	circumuersus,-a,-um	circumuertens, circumuertentis
circumuolui	circumuoluo	circumuolutus,-a,-um	circumuoluens, circumuoluentis
circunscripsi	circumscribo	circunscriptus,-a,-um	circunscribens, circumscribentis
ciui	ciĕo ou cio	citus,-a,-um	ciens, cientis
clarŭi	claresco	-	clarescens, clarescentis
clausi	claudo	clausus,-a,-um	claudens, claudentis
clepsi	clepo	-	clepens, clepentis
clusi	cludo	clusus,-a,-um	cludens, cludentis
coacŭi	coacesco	-	coacescens, coacescentis
coalŭi	coalesco	coalĭtus,-a,-um	coalescens, coalescentis
coegi	cogo	coactus,-a,-um	cogens, cogentis
coemi	coemo	coemptus,-a,-um	coemens, coementis
coercŭi	coercĕo	coercĭtus,-a,-um	coercens, coercentis
cognoui	cognosco	cognĭtus,-a,-um	cognoscens, cognoscentis
cohaesi	cohaerĕo	cohaesus,-a,-um	cohaerens, cohaerentis
cohibŭi	cohibĕo	cohibĭtus,-a,-um	cohĭbens, cohibentis
cohorrŭi	cohorresco	-	cohorrescens, cohorrescentis
cohortatus sum	cohortor	cohortatus,-a,-um	cohortans, cohortantis
coïi	coĕo	coïtus,-a,-um	coiens, coientis

perfeito	presente	particípio passado	particípio presente
collabefactus sum	collabefio	collabefactus,-a,-um	collabefĭens, collabefientis
collapsus sum	collabor	collapsus,-a,-um	collabens, collabentis
collegi	collĭgo	collectus,-a,-um	collĭgens, colligentis
collibĭtum est	collĭbet	collĭbitus,-a,-um	collĭbens, collibentis
collibŭit	collĭbet	collĭbitus,-a,-um	collĭbens, collibentis
collisi	collido	collisus,-a,-um	collidens, collidentis
collocutus sum	colloquor	collocutus,-a,-um	colloquens, colloquentis
collŭi	collŭo	collutus,-a,-um	collŭens, coluuentis
collusi	colludo	collusus,-a,-um	colludens, colludentis
colluxi	collucĕo	-	collucens, collucentis
colŭi	colo	cultus,-a,-um	colens, colentis
combĭbi	combĭbo	combibĭtus,-a,-um	combĭbens, combibentis
combussi	comburo	combustus,-a,-um	comburens comburentis
comedi	comĕdo	comessus,-a,-um	comĕdens, comedentis
comedi	comĕdo	comestus,-a,-um	comĕdens, comedentis
commensus sum	commetĭor	commensus,-a,-um	commetĭens, commetientis
commentatus sum	commentor	commentatus,-a,-um	commentans, commentantis
commentus sum	comminiscor	commentus,-a,-um	comminiscens, comminiscentis
commerĭtus sum	commerĕor	commerĭtus,-a,-um	commerens, commerentis
commiscŭi	commiscĕo	commixtus,-a,-um	commiscens, commiscentis
commiseratus sum	commisĕror	commiseratus,-a,-um	commisĕrans, commiserantis
commisi	committo	commisus,-a,-um	committens, committentis
commonefeci	commonefacĭo	commonefactus,-a,-um	commonefacĭens, commonefacientis
-	-		
commonŭi	commonĕo	commonĭtus,-a,-um	commonens, commonentis
commortŭus sum	commorĭor	commortŭus,-a,-um	commorĭens, commorientis
commoui	commouĕo	commotus,-a,-um	commouens, commouentis
compactus sum	compaciscor	compactus,-a,-um	compaciscens, compaciscentis
comparŭi	comparĕo	-	comparens, comparentis
compassus sum	compatĭor	compassus,-a,-um	compatĭens, compatientis
compĕri	comperĭo	compertus,-a,-um	comperĭens, comperientis
compescŭi	compesco	-	compescens, compescentis
competiui/competĭi	compĕto	competitus,-a,-um	compĕtens, competentis
complacĭtus sum	complacĕo	complacĭtus,-a,-um	complacens, complacentis
complacŭi	complacĕo	complacĭtus,-a,-um	complacens, complacentis
compleui	complĕo	completus,-a,-um	complens, complentis
complexus sum	complector	complexus,-a,-um	complectens, complectentis
composŭi	compono	composĭtus,-a,-um	componens, componentis
comprehendi	comprehendo	comprehensus,-a,-um	comprehendens, comprehendentis
-	-	-	

perfeito	presente	particípio passado	particípio presente
compromisi	compromitto	compromissus,-a, -um	compromittens, compromittentis
-	-	-	
compsi	como	comptus,-a,-um	comens, comentis
compŭli	compello	compulsus,-a,-um	compellens, compellentis
compunxi/-pŭgi	compungo	compunctus,-a,-um	conpungens, compungentis
computrŭi	computresco	-	computrescens, computrescentis
-	-	-	
conatus sum	conor	conatus,-a,-um	conans, conantis
concalefactus sum	concalefio	concalefactus,-a,-um	concalefĭens, concalefientis
concallŭi	concallĕo	-	concallens, concallentis
concalŭi	concalesco	-	concalescens, cocalescentis
concepi	concipĭo	conceptus,-a,-um	concipĭens, concipientis
concerpsi	concerpo	concerptus,-a,-um	concerpens, concerpentis
concessi	concedo	concessus,-a,-um	concedens, concedentis
concidi	concido	concisus,-a,-um	concidens, concidentis
concĭdi	concĭdo	-	concĭdens, concidentis
concinŭi	concĭno	-	concĭnens, concinentis
conciui	concĭĕo ou	concĭtus,-a,-um	concĭens, concientis
-	concĭo	-	-
conclusi	concludo	conclusus,-a,-um	concludens, concludentis
concoxi	concŏquo	concoctus,-a,-um	concŏquens, concoquentis
concredĭdi	concredo	concredĭtus,-a,-um	concredens, concredentis
concrepŭi	concrĕpo	concrepĭtus,-a,-um	concrĕpens, concrepentis
concreui	concresco	concretus,-a,-um	concrescens, concrescentis
concruciatus sum	concucrĭor	concruciatus,-a,-um	concrucĭans, concruciantis
concubŭi	concumbo	concubĭtus,-a,-um	concumbens, concumbentis
concupĭi	concupisco	concupitus,-a,-um	concupiscens, concupiscentis
concurri	concurro	concursus,-a,-um	concurrens, concurrentis
condidĭci	condisco	-	condiscens, condiscentis
condixi	condico	condictus,-a,-um	condicens, condicentis
condocŭi	condocĕo	condoctus,-a,-um	condocens, condocentis
conduxi	conduco	conductus,-a,-um	conducens, conducentis
conexŭi	conecto	conexus,-a,-um	conectans, conectantis
confabulatus sum	confabŭlor	-	confabulans, confabulantis
confeci	conficĭo	confectus,-a,-um	conficĭens, conficientis
conferbŭi	conferuĕo	-	conferuens, conferuentis
confersi	confercĭo	confertus,-a,-um	confercĭens, confercientis
confessus sum	confitĕor	-	confitens, confitentis
confinxi	confingo	confectus,-a,-um	confingens, confingentis
confisus sum	confido	-	confidens, confidentis

VERBOS | 471

perfeito	presente	particípio passado	particípio presente
confixi	configo	confixus,-a,-um	configens, configentis
conflixi	confligo	conflictus,-a,-um	confligens, confligentis
confluxi	confluo	-	confluens, confluentis
confodi	confodio	confossus,-a,-um	confodiens, confodientis
confregi	confringo	confractus,-a,-um	confringens, confringentis
confremui	confremo	-	confremens, confrementis
confricui	confrico	confricatus,-a,-um	confricens, confricentis
confudi	confundo	confusus,-a,-um	confundens, confundentis
congemui	congemo	-	congemens, congementis
congessi	congero	congestus,-a,-um	congerens, congerentis
congratulatus sum	congratulor	congratulatus,-a,-um	congratulans, congratulantis
congressus sum	congredior	congressus,-a,-um	congrediens, congredientis
conieci	coniicio	coniectus,-a,-um	coniiciens, coniicientis
conisus sum	conitor	conisus,-a,-um	conitens, conitentis
coniunxi	coniungo	coniunctus,-a,-um	coniungens, coniungentis
conixus sum	conitor	conixus,-a,-um	conitens, conitentis
conquestus sum	conqueror	conquestus,-a,-um	conquerens, conquerentis
conquieui	conquiesco	conquietus,-a,-um	conquiescens, conquiescentis
conquisiui	conquiro	conquisitus,-a,-um	conquirens, conquirentis
consaepsi	consaepio	consaeptus,-a,-um	consaepiens, consaepientis
consanui	consanesco	-	consanescens, consanescentis
conscendi	conscendo	conscensus,-a,-um	conscendens, conscendentis
conscidi	conscindo	conscissus,-a,-um	conscindens, conscindentis
consciui	conscio	conscitus,-a,-um	consciens, conscientis
consciui	conscisco	conscitus,-a,-um	consciscens, consciscentis
conscripsi	conscribo	conscriptus,-a,-um	conscribens, conscribentis
consectus sum	consequor	consecutus,-a,-um	consequens, consequentis
consecui	conseco	consectus,-a,-um	consecans, consecantis
consedi	consido	consessus,-a,-um	considens, considentis
consensi	consentio	consensus,-a,-um	consentiens, consentientis
consenui	consenesco	-	consenescens, consenescentis
conserui	consero	consertus,-a,-um	conserens, conserentis
conseui	consero	consitus,-a,-um	conserens, conserentis
consilui	consilesco	-	consilescens, consilescentis
consonui	consono	consonitus,-a,-um	consonans, consonantis
conspersi	conspergo	conspersus,-a,-um	conspergens, conspergentis
conspexi	conspicio	conspectus,-a-um	conspiciens, conspicientis
conspicatus sum	conspicor	conspicatus,-a,-um	conspicans, conspicantis
constiti	consisto	constitus,-a,-um	consistens, consistentis
constiti	consto	constatus,-a,-um	constans, constantis

perfeito	presente	particípio passado	particípio presente
constitŭi	constitŭo	constitutus,-a,-um	constitŭens, constituentis
constraui	consterno	constratus,-a,-um	consternens, consternentis
constrinxi	constringo	constrictus,-a,-um	constringens, constringentis
construxi	constrŭo	constructus,-a,-um	constrŭens, construentis
consuefeci	consuefacĭo	consuefactus,-a,-um	consuefacĭens,
-	-	-	consuefacientis
consueuí	consuesco	consuetus,-a,-um	cosuescens, consuescentis
consŭi	consŭo	consutus,-a,-um	consŭens, consuentis
consulŭi	consŭlo	consultus,-a,-um	consŭlens, consulentis
consumpsi	consumo	consumptus,-a,-um	consumens, consumentis
consurrexi	consurgo	consurrectus,-a,-um	consurgens, consurgentis
contabŭi	contabesco	-	contabescens, contabescentis
contemplatus sum	contemplor	contemplatus,-a,-um	contemplans, contemplantis
contempsi	contemno	contemptus,-a,-um	contemnens, contemnentis
contendi	contendo	contentus,-a,-um	contendens, contendentis
conterrŭi	conterrĕo	conterrĭtus,-a,-um	conterrens, conterrentis
contexi	contĕgo	contectus,-a,-um	contĕgens, contegentis
contexŭi	contexo	contextus,-a,-um	contexens, contexentis
conticŭi	conticesco	-	conticescens, conticescentis
contĭgi	contingo	contactus,-a,-um	contingens, contingentis
continŭi	continĕo	contentus-a,-um	contĭnens, continentis
continxi	contingo	continctus,-a,-um	contingens, contingentis
contionatus sum	contionor	contionatus,-a,-um	contionens, contionentis
contorsi	contorquĕo	contortus,-a,-um	contorquens, contorquentis
contradixi	contradico	contradictus,-a,-um	contradicens, contradicentis
contralexi	contralĕgo	contralectus,-a,-um	contralĕgens, contralegentis
contremŭi	contremisco	-	contremiscens,
-	-	-	contremiscentis
contriui	contĕro	contritus,-a,-um	contĕrens, conterentis
contrusi	contrudo	contrusus,-a,-um	contrudens, contrudentis
contudi	contundo	contusus,-a,-um	contundens, contundentis
contuĭtus sum	contuĕor	contuĭtus,-a,-um	contŭens, contuentis
conualŭi	conualesco	-	conualescens, conualescentis
conuulsi	conuello	conuulsus,-a,-um	conuellens, conuellentis
conueni	conuenĭo	conuentus,-a,-um	conuenĭens, conuenientis
conuerri	conuerro	conuersus,-a,-um	conuerrens, conuerrentis
conuerti	conuerto	conuersus,-a,-um	conuertens, conuertentis
conuexi	conuĕho	conuectus,-a,-um	conuĕhens, conuehentis
conuiciatus sum	conuicĭor	conuiciatus,-a,-um	conuicĭans, conuiciantis
conuiuatus sum	conuiuor	conuiuatus,-a,-um	conuiuans, conuiuantis

perfeito	presente	particípio passado	particípio presente
conuixi	conuiuo	conuictus,-a,-um	conuiuens, conuiuentis
coortus sum	coorĭor	coortus,-a,-um	coorĭens, coorientis
corrasi	corrado	corrasus,-a,-um	corradens, corradentis
correpsi	correpo	-	correpens, correpentis
correxi	corrĭgo	correctus,-a,-um	corrĭgens, corrigentis
corripŭi	corripĭo	correptus,-a,-um	corripĭens, corripientis
corrisi	corridĕo	-	corridens, corridentis
corrosi	corrodo	corrosus,-a,-um	corrodens, corrodentis
corrŭi	corrŭo	-	corrŭens, corruentis
corrupi	corrumpo	corruptus,-a,-um	corrumpens, corrumpentis
coxi	coquo	coctus,-a,-um	coquens, coquentis
crebrŭi	crebresco	-	crebrescens, crebrescentis
creui	cerno	cretus,-a,-um	cernens, cernentis
creui	cresco	cretus,-a,-um	crescens, crescentis
crucifixi	crucifigo	crucifixus,-a,-um	crucifigens, crucifigentis
crudŭi	crudesco	-	crudescens, crudescentis
cubŭi	cubo	cubĭtus,-a,-um	cubans, cubantis
cucurri	curro	cursus,-a,-um	currens, currentis
cudi	cudo	cusus,-a,-um	cudens, cudentis
cupĭi	cupĭo	cupitus,-a,-um	cupĭens, cupientis
debacchatus sum	debacchor	debacchatus,-a,-um	debacchans, debacchantis
debŭi	debĕo	debĭtus,-a,-um	debens, debentis
decepi	decipĭo	deceptus,-a,-um	decipĭens, decipientis
decerpsi	decerpo	decerptus,-a,-um	decerpens, decerpentis
decessi	decedo	decessus,-a,-um	decedens, decedentis
decidi	decido	decisus,-a,-um	decidens, decidentis
decĭdi	decĭdo	-	decĭdens, decidentis
decoxi	decŏquo	decoctus,-a,-um	decŏquens, decoquentis
decreui	decerno	decretus,-a,-um	decernens, decernentis
decreui	decresco	decretus,-a,-um	decrescens, decrescentis
decubŭi	decumbo	decubĭtus,-a,-um	decumbens, decumbentis
decussi	decutĭo	decussus,-a,-um	decutĭens, decutientis
dedecŭit	dedĕcet	-	-
dedi	do	datus,-a,-um	dans, dantis
dedĭdi	dedo	dedĭtus,-a,-um	dedens, dedentis
dedidĭci	dedisco	-	dediscens, dediscentis
dedignatus sum	dedignor	dedignatus,-a,-um	dedignans, dedignantis
dedocŭi	dedocĕo	dedoctus,-a,-um	dedocens, dedocentis
dedolŭi	dedolĕo	-	dedolens, dedolentis
deduxi	deduco	deductus,-a,-um	deducens, deducentis

perfeito	presente	particípio passado	particípio presente
defeci	deficĭo	defectus,-a,-um	deficĭens, deficientis
defendi	defendo	defensus,-a,-um	defendens, defendentis
deferbŭi/deferui	deferuĕo	-	deferuens, deferuentis
defessus sum	defetiscor	defessus,-a,-um	defetiscens, defetiscentis
defixi	defigo	defixus,-a,-um	defigens, defigentis
deflexi	deflecto	deflexus,-a,-um	deflectens, deflectentis
deflorŭi	defloresco	-	deflorescens, deflorescentis
defluxi	deflŭo	defluxus,-a,-um	deflŭens, defluentis
defodi	defodĭo	defossus,-a,-um	defodĭens, defodientis
defregi	defringo	defractus,-a,-um	defringens, defringentis
defricŭi	defrĭco	defrictus/	defrĭcans, defricantis
-	-	defricatus,-a,-um	-
defudi	defundo	defusus,-a,-um	defundens, defundentis
defŭi	desum	-	-
defunctus sum	defungor	defunctus,-a,-um	defungens, defungentis
degessi	degĕro	-	degĕrens, degerentis
degressus sum	degredĭor	degressus,-a,-um	degredĭens, degredientis
dehortatus sum	dehortor	dehortatus,-a,-um	dehortans, dehortantis
deieci	deiicĭo	deiectus,-a,-um	deiicĭens, deiicientis
delapsus sum	delabor	delapsus,-a,-um	delabens, delabentis
delegi	delĭgo	delectus,-a,-um	delĭgens, deligentis
delicŭi	deliquesco	-	deliquescens, deliquescentis
deliqui	delinquo	delictus,-a,-um	delinquens, delinquentis
delitŭi	delitesco	-	delitescens, delitescentis
demadŭi	demadesco	-	demadescens, demadescentis
demensus sum	demetĭor	demensus,-a,-um	demetĭens, demetientis
demersi	demergo	demersus,-a,-um	demergens, demergentis
demerŭi	demerĕo	demerĭtus,-a,-um	demerens, demerentis
demiratus sum	demiror	demiratus,-a,-um	demirans, demirantis
demisi	demitto	demissus,-a,-um	demittens, demittentis
demolitus sum	demolĭor	demolitus,-a,-um	demolĭens, demolientis
demordi	demordĕo	demorsus,-a,-um	demordens, demordentis
demortŭus sum	demorĭor	demortŭus,-a,-um	demorĭens, demorientis
dempsi	demo	demptus,-a,-um	demens, dementis
demulsi	demulcĕo	demulsus,-a,-um	demulcens, demulcentis
denupsi	denubo	denuptus,-a,-um	denubens, denubentis
depaui	depasco	despastus,-a,-um	depascens, depascentis
depectus sum	depeciscor	depectus,-a,-um	depeciscens, depeciscentis
depeculatus sum	depeculor	depeculatus,-a,-um	depeculans, depeculantis
dependi	dependo	depensus,-a,-um	dependens, dependentis

VERBOS | 475

perfeito	presente	particípio passado	particípio presente
deperdĭdi	deperdo	deperdĭtus,-a,-um	deperdens, deperdentis
depinxi	depingo	depictus,-a,-um	depingens, depingentis
deplanxi	deplango	deplanctus,-a,-um	deplangens, deplangentis
depoposci	deposco	-	deposcens, deposcentis
depopulatus sum	depopŭlor	depopulatus,-a,-um	depopŭlans, depopulantis
deposŭi	depono	deposĭtus,-a,-um	deponens, deponentis
depressi	deprimo	depressus,-a,-um	deprimens, deprimentis
deprompsi	depromo	depromptus,-a,-um	depromens, depromentis
depsŭi	depso	depsus,-a,-um	depsens, depsentis
depudŭit	depŭdet	-	depŭdens, depudentis
depŭli	depello	depulsus,-a,-um	depellens, depellentis
derasi	derado	derasus,-a,-um	deradens, deradentis
derepsi	derepo	-	derepens, derepentis
derigŭi	derigesco	-	derigescens, derigescentis
deripŭi	deripĭo	dereptus,-a,-um	deripĭens, deripientis
derisi	deridĕo	derisus,-a,-um	deridens, deridentis
descendi	descendo	descensus,-a,-um	descendens, descendentis
descripsi	describo	descriptus,-a,-um	describens, describentis
desecŭi	desĕco	desectus,-a,-um	desĕcans, desecantis
desedi	desĭdĕo	-	desĭdens, desĭdentis
desedi	desido	-	desidens, desidentis
deserŭi	desĕro	desertus,-a,-um	desĕrens, deserentis
desii	desĭno	desĭtus,-a,-um	desĭnens, desinentis
desilŭi	desalĭo	desultus,-a,-um	desalĭens, desalientis
despexi	despicĭo	despectus,-a,-um	despicĭens, despicientis
despondi	despondĕo	desponsus,-a,-um	despondens, despondentis
destertŭi	desterto	-	destertens, destertentis
destĭti	desisto	destĭtus,-a,-um	desistens, desistentis
destitŭi	destitŭo	destitutus,-a,-um	destitŭens, destituentis
destruxi	destrŭo	destructus,-a,-um	destrŭens, destruentis
desumpsi	desumo	desumptus,-a,-um	desumens, desumentis
detendi	detendo	detensus,-a,-um	detendens, detendentis
deterrŭi	deterrĕo	deterrĭtus	deterrens, deterrentis
detersi	detergĕo	detersus,-a,-um	detergens, detergentis
detexi	detĕgo	detectus,-a,-um	detĕgens, detegentis
detinŭi	detinĕo	detentus,-a,-um	detĭnens, detinentis
detondi	detondĕo	detonsus,-a,-um	detondens, detondentis
detonŭi	detŏno	-	detŏnans, detonantis
detorsi	detorquĕo	detortus,-a,-um	detorquens, detorquentis
detraxi	detraho	detractus,-a,-um	detrahens, detrahentis

perfeito	presente	particípio passado	particípio presente
detrusi	detrudo	detrusus,-a,-um	detrudens, detrudentis
detŭli	defĕro	delatus,-a,-um	defĕrens, deferentis
deuelli	deuello	deuulsus,-a,-um	deuellens, deuellentis
deuexi	deueho	deuectus,-a,-um	deuehens, deuehentis
deuici	deuinco	deuictus,-a,-um	deuincens, deuincentis
deuinxi	deuincĭo	deuinctus,-a,-um	deuincĭens, deuincientis
deuolui	deuoluo	deuolutus,-a,-um	deuoluens, deuoluentis
deussi	deuro	deustus,-a,-um	deurens, deurentis
deusus sum	deutor	deusus,-a,-um	deutens, deutentis
didĭdi	dido	didĭtus,-a,-um	didens, didentis
diffidi	diffindo	diffissus,-a,-um	diffindens, diffindentis
diffisus sum	diffido	-	diffidens, diffidentis
diffluxi	difflŭo	diffluxus,-a,-um	difflŭens, difflŭentis
diffregi	diffringo	difractus,-a,-um	diffringens, diffringentis
digessi	digĕro	digestus,-a,-um	digĕrens, digerentis
dignatus sum	dignor	dingatus,-a,-um	dignans, dignantis
dignoui	dignosco	dignotus,-a,-um	dignoscens, dignoscentis
digressus sum	digredĭor	digressus,-a,-um	digredĭens, digredientis
dilapsus sum	dilabor	dilapsus,-a,-um	dilabens, dilabentis
dilargitus sum	dilargĭor	dilargitus,-a,-um	dilargĭens, dilargientis
dilŭi	dilŭo	dilutus,-a,-um	dilŭens, diluentis
diluxi	dilucesco	-	dilucescens, dilucescentis
dimadŭi	dimadesco	-	dimadescens, dimadescentis
dimensus sum	dimetĭor	dimensus,-a,-um	dimetĭens, dimetĭentis
dimisi	dimitto	dimissus,-a,-um	dimittens, dimittentis
dimoui	dimouĕo	dimotus,-a,-um	dimouens, dimouentis
diremi	dirĭmo	diremptus,-a,-um	dirĭmens, dirimentis
direxi	dirĭgo	directus,-a,-um	dirĭgens, dirigentis
diribŭi	diribĕo	diribĭtus,-a,-um	dirĭbens, diribentis
diripŭi	diripĭo	direptus,-a,-um	dirĭpĭens, diripientis
dirŭi	dirŭo	dirutus,-a,-um	dirŭens, diruentis
dirupi	dirumpo	diruptus,-a,-um	dirumpens, dirumpentis
dis(pe)pŭli	dispello	dispulsus,-a,-um	dispellens, dispellentis
discerpsi	discerpo	discerptus,-a,-um	discerpens, discerpentis
discidi	discindo	discissus,-a,-um	discindens, discindentis
discinxi	discingo	discinctus,-a,-um	discingens, discingentis
disclusi	discludo	disclusus,-a,-um	discludens, discludentis
discreui	discerno	discretus,-a,-um	discernens, discernentis
discripsi	discribo	discriptus,-a,-um	discribens, discribentis
discubŭi	discumbo	discubĭtus,-a,-um	discumbens, discumbentis

perfeito	presente	particípio passado	particípio presente
discurri/discucurri	discurro	discursus,-a,-um	discurrens, discurrentis
disieci	disiicĭo	disiectus,-a,-um	disiicĭens, disiicientis
disiunxi	disiungo	disiunctus,-a,-um	disiungens, disiungentis
dispandi	dispando	dispansus,-a,-um	dispandens, dispandentis
disperdĭdi	disperdo	disperdĭtus,-a,-um	disperdens, disperdentis
dispersi	dispergo	dispersus,-a,-um	dispergens, dispergentis
displicŭi	displicĕo	displicĭtus,-a,-um	displĭcens, displicentis
displosi	displodo	displosus,-a,-um	displodens, displodentis
disposŭi	dispono	disposĭtus,-a,-um	disponens, disponentis
dispuxi	dispungo	dispunctus,-a,-um	dispungens, dispungentis
dissecŭi	dissĕco	dissectus,-a,-um	dissĕcans, dissecantis
dissedi	dissidĕo	disessus,-a,-um	dissĭdens, dissidentis
dissensi	dissentĭo	dissensus,-a,-um	dissentĭens, dissentientis
disserŭi	dissĕro	dissertus,-a,-um	dissĕrens, disserentis
disseui	dissĕro	dissĭtus,-a,-um	dissĕrens, disserentis
dissilŭi	dissilĭo	dissultus,-a,-um	dissilĭens, dissilientis
dissolui	dissoluo	dissolutus,-a,-um	dissoluens, dissoluentis
dissuasi	dissuadĕo	dissuasus,-a,-um	dissuadens, dissuadentis
distendi	distendo	distentus,-a,-um	distendens, distendentis
distinŭi	distinĕo	distentus,-a,-um	distĭnens, distinentis
distinxi	distinguo	distinctus,-a,-um	distinguens, distinguentis
distorsi	distorquĕo	distortus,-a,-um	distorquens, distorquentis
distraxi	distraho	distractus,-a,-um	distrahens, distrahentis
distrinxi	distringo	districtus,-a,-um	distringens, distringentis
distŭli	diffĕro	dilatus,-a,-um	diffĕrens, differentis
diuerti	diuerto	diuersus,-a,-um	diuertens, diuertentis
diuisi	diuĭdo	diuisus,-a,-um	diuĭdens, diuidentis
dixi	dico	dictus,-a,-um	dicens, dicentis
docŭi	docĕo	doctus,-a,-um	docens, docentis
domŭi	domo	domĭtus,-a,-um	domans, domantis
durŭi	duresco	-	durescens, durescentis
eblanditus sum	eblandĭor	eblanditus,-a,-um	eblandĭens, eblandientis
edi	edo	esus,-a,-um	edens, edentis
edĭdi	edo	edĭtus,-a,-um	edens, edentis
edidĭci	edisco	-	ediscens, ediscentis
edisserŭi	edissĕro	edissertus,-a,-um	edissĕrens, edissĕrentis
edixi	edico	edictus,-a,-um	edicens, edicentis
edocŭi	edocĕo	edoctus,-a,-um	edocens, edocentis
edomŭi	edŏmo	edomĭtus,-a,-um	edŏmans, edomantis
eduxi	edŭco	eductus,-a,-um	edŭcens, educentis

perfeito	presente	particípio passado	particípio presente
effatus sum	1ªsg desusada	effatus,-a,-um	effans, effantis
effeci	efficĭo	effectus,-a,-um	efficĭens, efficientis
efferbŭi	efferuesco	-	efferuescens, efferuescentis
effersi	effercĭo	efferctus,-a,-um	effercĭens, effercientis
efferui	efferuesco	-	efferuescens, efferuescentis
effinxi	effingo	effinctus,-a,-um	effingens, effingentis
effleui	efflĕo	effletus,-a,-um	efflens, efflentis
efflixi	effligo	efflictus,-a,-um	effligens, effligentis
efflorŭi	effloresco	-	efflorescens, efflorescentis
effluxi	efflŭo	-	efflŭens, effluentis
effodi	effodĭo	effosus,-a,-um	effodĭens, effodientis
effregi	effringo	effractus,-a,-um	effringens, effringentis
effudi	effundo	effusus,-a,-um	effundens, effundentis
efrixi	effrĭco	effricatus,-a,-um	effrĭcans, effricantis
egessi	egĕro	egestus,-a,-um	egĕrens, egerentis
egi	ago	actus,-a,-um	agens, agentis
egressus sum	egredĭor	egressus,-a,-um	egredĭens, egredientis
egŭi	egĕo	-	egens, egentis
eieci	eiicĭo	eiectus,-a,-um	eiicĭens, eiicientis
elangui	elanguesco	-	elanguescens, elanguescentis
elapsus sum	elabor	elapsus,-a,-um	elabens, elabentis
elaui	elăuo	elautus,-a,-um	elăuans, elauantis
elegi	elĭgo	electus,-a,-um	elĭgens, eligentis
elicŭi	elicĭo	elicĭtus,-a,-um	elicĭens, elicientis
elisi	elido	elisus,-a,-um	elidens, elidentis
elixi	elicĭo	elicĭtus,-a,-um	elicĭens, elicientis
elocutus sum	elŏquor	elocutus,-a,-um	elŏquens, eloquentis
elusi	eludo	elusus,-a,-um	eludens, eludentis
eluxi	elucĕo	-	elucens, elucentis
eluxi	elucesco	-	elucescens, elucescentis
emarcŭi	emarcesco	-	emarcescens, emarcescentis
ematurŭi	ematuresco	-	ematurescens, ematurescentis
emensus sum	emetĭor	emensus,-a,-um	emetĭens, emetientis
ementitus sum	ementĭor	ementitus,-a,-um	ementĭens, ementientis
emerŭi	emerĕo	emerĭtus,-a,-um	emerens, emerentis
emessus sum	emĕto	emessus,-a,-um	emĕtens, emetentis
emicŭi	emĭco	emicatus,-a,-um	emĭcans, emicantis
eminŭi	eminĕo	-	emĭnens, eminentis
emisi	emitto	emissus,-a,-um	emittens, emittentis
emolitus sum	emolĭor	emolitus,-a,-um	emolĭens, emolientis

perfeito	presente	particípio passado	particípio presente
emortŭus sum	emorĭor	emortŭus,-a,-um	emorĭens, emorientis
emoui	emouĕo	emotus,-a,-um	emouens, emouentis
emulsi	emulgĕo	emulsus,-a,-um	emulgens, emulgentis
emunxi	emungo	emunctus	emungens, emungentis
enatus sum	enascor	enatus,-a,-um	enascens, enascentis
enecŭi	enĕco	enectus,-a,-um	enĕcans, enecantis
enisus sum	enitor	enisus,-a,-um	enitens, enitentis
enitŭi	enitĕo	-	enitens, enitentis
enixus sum	enitor	enixus,-a,-um	enitens, enitentis
enotŭi	enotesco	-	enotescens, enotescentis
enupsi	enubo	enuptus,-a,-um	enubens, enubentis
epotaui	epoto	epotus,-a,-um	epotans, epotantis
erasi	erado	erasus,-a,-um	eradens, eradentis
erepsi	erepo	ereptus,-a,-um	erepens, erepentis
erexi	erĭgo	erectus,-a,-um	erĭgens, erigentis
eripŭi	eripĭo	ereptus,-a,-um	eripĭens, eripientis
erosi	erodo	erosus,-a,-um	erodens, erodentis
erubŭi	erubesco	-	erubescens, erubescentis
escendi	escendo	escensus,-a,-um	escendens, escendentis
eualŭi	eualesco	-	eualescens, eualescentis
euanŭi	euanesco	-	euanescens, euanescentis
euasi	euado	euasus,-a,-um	euadens, euadentis
euelli	euello	euulsus,-a,-um	euellens, euellentis
euersi	euerro	euersus,-a,-um	euerrens, euerrentis
euexi	euĕho	euectus,-a,-um	euehens, euehentis
euici	euinco	euictus,-a,-um	euincens, euincentis
euilŭi	euilesco	-	euilescens, euilescentis
euinxi	euincĭo	euinctus,-a,-um	euincĭens, euincientis
euomŭi	euŏmo	euomĭtus,-a,-um	euŏmans, euomantis
euulsi	euello	euulsus,-a,-um	euellens, euellentis
exacŭi	exacŭo	exacutus,-a,-um	exacŭens, exacuentis
exalbŭi	exalbesco	-	exalbescens, exalbescentis
exarsi	exardĕo	exarsus,-a,-um	exardens, exardentis
exarŭi	exaresco	-	exarescens, exarescentis
excandŭi	excandesco	-	excandescens, excandescentis
excellŭi	excello	excelsus,-a,-um	excellens, excellentis
excerpsi	excerpo	excerptus,-a,-um	excerpens, excerpentis
excidi	excido	excĭsus,-a,-um	excidens, excidentis
excĭdi	excĭdo	-	excĭdens, excidentis
exclusi	excludo	exclusus,-a,-um	excludens, excludentis

VERBOS | 481

perfeito	presente	particípio passado	particípio presente
excolŭi	excŏlo,	excultus,-a,-um	excŏlens, excolentis
excoxi	excŏquo	excoctus,-a,-um	excŏquens, excoquentis
excreui	excresco	excretus,-a,-um	excrescens, excrescentis
excubŭi	excŭbo	excubĭtus,-a,-um	excŭbens, excubentis
exercŭi	excercĕo	exercĭtus,-a,-um	exercens, exercentis
excussi	excutĭo	excussus,-a,-um	excutĭens, excutientis
exhausi	exhaurĭo	exhaustus,-a,-um	exhaurĭens, exhaurientis
exhorrŭi	exhorresco	-	exhorrescens, exhorrescentis
exhortatus sum	exhortor	exhortatus,-a,-um	exhortans, exhortantis
exoleui	exolesco	exoletus,-a,-um	exolescens, exolescentis
exorsus sum	exordĭor	exorsus,-a,-um	exordĭens, exordientis
expandi	expando	expansus,-a,-um	expandens, expandentis
expaui	expauesco	-	expauescens, expauescentis
expendi	expendo	expensus,-a,-um	expendens, expendentis
expergefactus sum	expergefio	expergefactus,-a,-um	expergefĭens, expergefientis
experrectus sum	expergiscor	-	expergiscens, expergiscentis
expertus sum	experĭor	expertus,-a,-um	experĭens, experientis
expinxi	expingo	expictus,-a,-um	expingens, expingentis
expiscatus sum	expiscor	expiscatus,-a,-um	expiscans, expiscantis
explicŭi	explico	explicĭtus,-a,-um	explicans, explicantis
explosi	explodo	explosus,-a,-um	explodens, explodentis
expoposci	exposco	exposcĭtus,-a,-um	exposcens, exposcentis
exporrexi	exporrĭgo	exporrectus,-a,-um	exporrĭgens, exporrigentis
expressi	exprĭmo	expressus,-a,-um	exprĭmens, exprimentis
exprompsi	expromo	expromptus,-a,-um	expromens, expromentis
expŭli	expello	expulsus,-a,-um	expellens, expellentis
expunxi	expungo	expunctus,-a,-um	expungens, expungentis
exquisiui	exquiro	exquisitus,-a,-um	exquirens, exquirentis
exscĭdi	exscindo	exscissus,-a,-um	exscindens, exscindentis
exscripsi	exscribo	exscriptus,-a,-um	exscribens, exscribentis
exsculpsi	exsculpo	exsculptus,-a,-um	exsculpens, exsculpentis
exsecŭi	exsĕco	exsectus,-a,-um	exsĕcans, exsecantis
exsecutus sum	exsĕquor	exsecutus,-a,-um	exsĕquens, exsequentis
exserŭi	exsĕro	exsertus,-a,-um	exsĕrens, exserentis
exsilŭi	exsilĭo	exsultus,-a,-um	exsilĭens, exsilientis
exsolui	exsoluo	exsolutus	exsoluens, exsoluentis
exsonŭi	exsŏno	-	exsŏnans, exsonantis
exsorbŭi	exsorbĕo	-	exsorbens, exsorbentis
exspersi	exspergo	exspersus,-a,-um	exspergens, exspergentis
exsplendŭi	exsplendĕo	-	exsplendens, exsplendentis

perfeito	presente	particípio passado	particípio presente
exstinxi	exstinguo	exstinctus,-a,-um	exstinguens, exstinguentis
exstruxi	exstrŭo	exstructus,-a,-um	exstrŭens, exstruentis
exsurrexi	exsurgo	exsurrectus,-a,-um	exsurgens, exsurgentis
exsuxi	exsugo	exsuctus,-a,-um	exsugens, exsugentis
extendi	extendo	extensus,-a,-um	extendens, extendentis
extendi	extendo	extentus,-a,-um	extendens, extendentis
exterrŭi	exterrĕo	exterrĭtus,-a,-um	exterrens, exterrentis
extersi	extergĕo	extersus,-a,-um	extergens, extergentis
extorsi	extorquĕo	extortus,-a,-um	extorquens, extorquentis
extraxi	extrăho	extractus,-a,-um	extrăhens, extrahentis
extriui	extĕro	extritus,-a,-um	extĕrens, exterentis
extrusi	extrudo	extrusus,-a,-um	extrudens, extrudentis
extŭdi	extundo	extusus,-a,-um	extundens, extundentis
extŭli	effĕro	elatus,-a,-um	effĕrens, efferentis
extŭli	extollo	-	extollens, extollentis
exŭi	exŭo	exutus,-a,-um	exŭens, exuentis
exussi	exuro	exustus,-a,-um	exurens, exurentis
fabrefeci	fabrefacĭo	fabrefactus,-a,-um	fabrefacĭens, fabrefacientis
fabricatus sum	fabrĭcor	fabricatus,-a,-um	fabrĭcans, fabricantis
fabulatus sum	fabŭlor	fabulatus,-a,-um	fabŭlans, fabulantis
facessĭi	facesso	facessitus,-a,-um	facessens, facessentis
famulatus sum	famŭlor	famulatus,-a,-um	famŭlans, famulantis
fassus sum	fatĕor	fassus,-a,-um	fatens, fatentis
fatus sum	for	fatus,-a,-um	fans, fantis
faui	fauĕo	fautus,-a,-um	fauens, fauentis
feci	facĭo	factus,-a,-um	facĭens, facientis
fefelli	fallo	falsus,-a,-um	fallens, fallentis
feriatus sum	ferĭor	feriatus,-a,-um	ferĭans, feriantis
fidi	findo	fissus,-a,-um	findens, findentis
finxi	fingo	fictus,-a,-um	fingens, fingentis
fisus sum	fido	fisus,-a,-um	fidens, fidentis
fixi	figo	fictus,-a,-um	figens, figentis
fixi	figo	fixus,-a,-um	figens, figentis
flexi	flecto	flexus,-a,-um	flectens, flectentis
flixi	fligo	flictus,-a,-um	fligens, fligentis
florŭi	florĕo	-	florens, florentis
fluxi	fluo	fluctus,-a,-um	fluens, fluentis
fluxi	fluo	fluxus,-a,-um	fluens, fluentis
foui	fouĕo	fotus,-a,-um	fouens, fouentis
fregi	frango	fractus,-a,-um	frangens, frangentis

perfeito	presente	particípio passado	particípio presente
fremŭi	fremo	fremĭtus,-a,-um	fremens, frementis
fricŭi	frico	frictus,-a,-um	fricans, fricantis
frigŭi	frigĕo	-	frigens, frigentis
frixi	frigĕo	-	frigens, frigentis
frixi	frigesco	-	frigescens, frigescentis
frixi	frigo	frictus,-a,-um	frigens, frigentis
fruĭtus sum	fruor	fruĭtus,-a,-um	fruens, fruentis
frutus sum	fruor	frutus,-a,-um	fruens, fruentis
fulsi	fulcĭo	fultus,-a,-um	fulcĭens, fulcientis
fulsi	fulgĕo	-	fulgens, fulgentis
functus sum	fungor	functus,-a,-um	fungens, fungentis
futŭi	futŭo	fututus,-a,-um	futŭens, futuentis
gauisus sum	gaudĕo	gauisus,-a,-um	gaudens, gaudentis
genŭi	gigno	genĭtus,-a,-um	gignens, gignentis
gessi	gero	gestus,-a,-um	gerens, gerentis
glupsi	glubo	gluptus,-a,-um	glubens, glubentis
gressus sum	gradĭor	gressus,-a,-um	gradĭens, gradientis
habŭi	habĕo	habĭtus,-a,-um	habens, habentis
haesi	haerĕo	haesus,-a,-um	haerens, haerentis
hausi	haurĭo	hausus,-a,-um	haurĭens, haurientis
horrŭi	horrĕo	-	horrens, horrentis
horrŭi	horresco	-	horrescens, horrescentis
iacŭi	iacĕo	-	iacens, iacentis
iaculatus sum	iacŭlor	iaculatus,-a,-um	iacŭlans, iaculantis
ieci	iacĭo	iactus,-a,-um	iacĭens, iacientis
ignoui	ignosco	ignotus,-a,-um	ignoscens, ignoscentis
illapsus sum	illabor	illapsus,-a,-um	illabens, illabentis
illeui	illĭno	illĭtus,-a,-um	illĭnens, illinentis
illexi	illicĭo	illectus,-a,-um	illicĭens, illicientis
illisi	illido	illisus,-a,-um	illidens, illidentis
illusi	illudo	illusus,-a,-um	illudens, illudentis
illuxi	illucĕo	-	illucens, illucentis
illuxi	illucesco	-	illucescens, illucescentis
immadŭi	immadesco	-	immadescens, immadescentis
immersi	immergo	immersus,-a,-um	immergens, immergentis
immiscŭi	immiscĕo	immistus,-a,-um	immiscens, immiscentis
immiscŭi	immiscĕo	immixtus,-a,-um	immiscens, immiscentis
immortŭus sum	immorĭor	immortŭus,-a,-um	immorĭens, immorientis
impallŭi	impallesco	-	impallescens, impallescentis
impegi	impingo	impactus,-a,-um	impingens, impingentis

perfeito	presente	particípio passado	particípio presente
impendi	impendo	impensus,-a,-um	impendens, impendentis
impleui	implĕo	impletus,-a,-um	implens, implentis
implexi	implecto	implectus,-a,-um	implectens, implectentis
implicŭi	implico	implicatus,-a,-um	implicans, implicantis
implŭi	implŭo	implutus,-a,-um	implŭens, impluentis
imposŭi	impono	imposĭtus,-a,-um	imponens, imponentis
imprecatus sum	imprecor	imprecatus,-a,-um	imprecans, imprecantis
impŭli	impello	impulsus,-a,-um	impellens, impellentis
inacŭi	inacesco	-	inacescens, inacescentis
inarsi	inardesco	-	inardescens, inardescentis
inarŭi	inaresco	-	inarescens, inarescentis
incalŭi	incalesco	-	incalescens, incalescentis
incandŭi	incandesco	-	incandescens, incandescentis
incanŭi	incanesco	-	incanescens, incanescentis
incepi	incipĭo	inceptus,-a,-um	incipĭens, incipientis
incessi	incedo	incessus,-a,-um	incedens, incedentis
incidi	incido	incisus,-a,-um	incidens, incidentis
incinŭi	incĭno	incentus,-a,-um	incĭnans, incinantis
incinxi	incingo	incinctus,-a,-um	incingens, incingentis
inclarŭi	inclaresco	-	inclarescens, inclarescentis
inclusi	includo	inclusus,-a,-um	includens, includentis
incolŭi	incŏlo	-	incŏlans, incolantis
incoxi	incŏquo	incoctus,-a,-um	incŏquens, incoquentis
increbrŭi	increbresco	-	increbrescens, increbrescentis
increpŭi	incrĕpo	increpĭtus,-a,-um	incrĕpans, increpantis
increui	incresco	-	increscens, increscentis
incubŭi	incŭbo	incubĭtus,-a,-um	incŭbans, incubantis
incussi	incutĭo	incussus,-a,-um	incutĭens, incutientis
indeptus sum	indipiscor	indeptus,-a,-um	indipiscens, indipiscentis
indĭdi	indo	indĭtus,-a,-um	indens, indentis
indixi	indico	indictus,-a,-um	indicens, indicentis
indolŭi	indolesco	-	indolescens, indolescentis
indŭi	indŭo	indutus,-a,-um	indŭens, induentis
indulsi	indulgĕo	indultus,-a,-um	indulgens, indulgentis
indurŭi	induresco	-	indurescens, indurescentis
induxi	induco	inductus,-a,-um	inducens, inducentis
inegi	inĭgo	inactus,-a,-um	inĭgens, inigentis
infeci	inficĭo	infectus,-a,-um	inficĭens, inficientis
inferbŭi	inferuesco	-	inferuescens, inferuescentis
infersi	infercĭo	infersus,-a,-um	infercĭens, infercientis

perfeito	presente	particípio passado	particípio presente
infidi	infindo	infissus,-a,-um	infindens, infindentis
infixi	infigo	infixus,-a,-um	infigens, infigentis
inflexi	inflecto	inflexus,-a,-um	inflectens, inflectentis
inflixi	infligo	inflictus,-a,-um	infligens, infligentis
influxi	inflŭo	influxus,-a,-um	inflŭens, influentis
infregi	infringo	infractus,-a,-um	infringens, infringentis
infremŭi	infrĕmo	-	infrĕmens, infrementis
infudi	infundo	infusus,-a,-um	infundens, infundentis
infŭi	insum	-	-
infulsi	infulcĭo	infultus,-a,-um	infulcĭens, infulcientis
ingemŭi	ingemisco	-	ingemiscens, ingemiscentis
ingemŭi	ingĕmo	-	ingĕmens, ingementis
ingenŭi	ingigno	ingenĭtus,-a,-um	ingignens, ingignentis
ingessi	ingĕro	ingestus,-a,-um	ingĕrens, ingerentis
ingredi	ingredĭor	ingressus,-a,-um	ingredĭens, ingredientis
inhaesi	inhaerĕo	inhaesus,-a,-um	inhaerens, inhaerentis
inhorrŭi	inhorresco	-	inhorrescens, inhorrescentis
inieci	iniicĭo	iniectus,-a,-um	iniicĭens, iniicientis
iniunxi	iniungo	iniunctus,-a,-um	iniungens, iniungentis
innatus sum	innascor	innatus,-a,-um	innascens, innascentis
innexŭi	innecto	innexus,-a,-um	innectens, innectentis
innisus, sum	innitor	innisus,-a,-um	innitens, innitentis
innixus, sum	innitor	innixus,-a,-um	innitens, innitentis
innotŭi	innotesco	-	innotescens, innotescentis
inolevi	inolesco	inolĭtus,-a,-um	inolescens, inolescentis
inquisiui	inquiro	inquisitus,-a,-um	inquirens, inquirentis
inscensi	inscendo	inscensus,-a,-um	inscendens, inscendentis
inscripsi	inscribo	inscriptus,-a,-um	inscribens, inscribentis
insculpsi	insculpo	insculptus,-a,-um	insculpens, insculpentis
insecutus sum	insĕquor	insecutus,-a,-um	insĕquens, insequentis
insedi	insidĕo	insessus,-a,-um	insĭdens, insidentis
insenŭi	insenesco	-	insenescens, insenescentis
inserŭi	insĕro	insertus,-a,-um	insĕrens, inserentis
inseui	insĕro	insĭtus,-a,-um	insĕrens, inserentis
insilŭi	insĭlio	insultus,-a,-um	insilĭens, insilientis
insonŭi	insŏno	-	insŏnans, insonantis
inspersi	inspergo	inspersus,-a,-um	inspergens, inspergentis
inspexi	inspicĭo	inspectus,-a,-um	inspicĭens, inspicientis
instinxi	instinguo	instinctus,-a,-um	instinguens, instinguentis
instĭti	insisto	-	insistens, insistentis

perfeito	presente	particípio passado	particípio presente
instĭti	insto	instatus,-a,-um	instans, instantis
instraui	insterno	instratus,-a,-um	insternens, insternentis
instrepŭi	instrĕpo	instrepĭtus,-a,-um	instrĕpens, instrepentis
instruxi	instrŭo	instructus,-a,-um	instrŭens, instruentis
insumpsi	insumo	insumptus,-a,-um	insumens, insumentis
insurrexi	insurgo	insurrectus,-a,-um	insurgens, insurgentis
intabŭi	intabesco	-	intabescens, intabescentis
intellexi	intellĕgo	intellectus,-a,-um	intellĕgens, intellegentis
intendi	intendo	intentus,-a,-um	intendens, intendentis
intepŭi	intepesco	-	intepescens, intepescentis
intercepi	intercipĭo	interceptus,-a,-um	intercipĭens, intercipientis
intercessi	intercedo	intercessus,-a,-um	intercedens, intercedentis
intercidi	intercido	intercisus,-a,-um	intercidens, intercidentis
interclusi	intercludo	interclusus,-a,-um	intercludens, intercludentis
intercucurri	intercurro	intercursus,-a,-um	intercurrens, intercurrentis
interdixi	interdico	interdictus,-a,-um	interdicens, interdicentis
interemi	interĭmo	interemptus,-a,-um	interĭmens, interimentis
interfeci	interficĭo	interfectus,-a,-um	interficĭens, interficientis
interfodi	interfodĭo	interfossus,-a,-um	interfodĭens, interfodientis
interfudi	interfundo	interfusus,-a,-um	interfundens, interfundentis
interfŭi	intersum	-	
interiacŭi	interiacĕo	-	interiacens, interiacentis
interieci	interiicĭo	interiectus,-a,-um	interiicĭens, interiicientis
interiunxi	interiungo	interiunctus,-a,-um	interiungens, interiungentis
interlapsus sum	interlabor	interlapsus,-a,-um	interlabens, interlabentis
interleui	interlĭno	interlĭtus,-a,-um	interlĭnens, interlinentis
interlocutus sum	interlŏquor	interlocutus,-a,-um	interlŏquens, interloquentis
interluxi	interlucĕo	-	interlucens, interlucentis
interminatus sum	intermĭnor	interminatus,-a,-um	intermĭnans, interminantis
intermiscŭi	intermiscĕo	intermixtus,-a,-um	intermiscens, intermiscentis
intermisi	intermitto	intermissus,-a,-um	intermittens, intermittentis
internoui	internosco	internotus,-a,-um	internoscens, internoscentis
interposŭi	interpono	interposĭtus,-a,-um	interponens, interponentis
interpunxi	interpungo	interpunctus,-a,-um	interpungens, interpungentis
interquieui	interquiesco	interquietus,-a,-um	interquiescens, interquiescentis
interrupi	interrumpo	interrruptus,-a,-um	interrumpens, interrumpentis
intersaepsi	intersaepĭo	intersaeptus,-a,-um	intersaepĭens, intersaepientis
interscidi	interscindo	interscissus,-a,-um	interscindens, interscindentis
interstinxi	interstinguo	interstinctus,-a,-um	interstinguens, interstinguentis
interstĭti	intersisto	-	intersistens, intersistentis

perfeito	presente	particípio passado	particípio presente
intertexŭi	intertexo	intertextus,-a,-um	intertexens, intertexentis
interuerti	interuerto	interuersus,-a,-um	interuertens, interuertentis
interuulsi	interuello	interuulsus,-a,-um	interuellens, interuellentis
intexi	intĕgo	intectus,-a,-um	intĕgens, integentis
intextŭi	intexo	intextus,-a,-um	intexens, intexentis
intinxi	intingo	intinctus,-a,-um	intingens, intingentis
intonŭi	intŏno	intonatus,-a,-um	intŏnans, intonantis
intorsi	intorquĕo	intortus,-a,-um	intorquens, intorquentis
intremŭi	intremisco	-	intremiscens, intremiscentis
intriui	intĕro	intritus,-a,-um	intĕrens, interentis
introduxi	introduco	introductus,-a,-um	introducens, introducentis
intromisi	intromitto	intromissus,-a,-um	intromittens, intromittentis
introrupi	introrumpo	introruptus,-a,-um	introrumpens, introrumpentis
introspexi	introspicĭo	introspectus,-a,-um	introspicĭens, introspicientis
introtŭli	introfĕro	introlatus,-a,-um	introfĕrens, introferentis
intuĭtus sum	intuĕor	intuĭtus,-a,-um	intŭens, intuentis
intŭli	infĕro	illatus,-a,-um	infĕrens, inferentis
intumŭi	intumesco	-	intumescens, intumescentis
inuasi	inuado	inuasus,-a,-um	inuadens, inuadentis
inueteraui	inueterasco	-	inueterascens, inueterascentis
inuexi	inuĕho	inuectus,-a,-um	inuĕhens, inuehentis
inuidi	inuidĕo	inuisus,-a,-um	inuĭdens, inuidentis
inuisi	inuiso	inuisus,-a,-um	inuisens, inuisentis
inunxi	inungo	inunctus,-a,-um	inungens, inungentis
inuolui	inuoluo	inuolutus,-a,-um	inuoluens, inuoluentis
inussi	inuro	inustus,-a,-um	inurens, inurentis
iratus sum	irascor	iratus,-a,-um	irascens, irascentis
irrausi	irraucesco	-	irraucescens, irraucescentis
irrepsi	irrepo	irreptus,-a,-um	irrepens, irrepentis
irrisi	irridĕo	irrisus,-a,-um	irridens, irridentis
irrupi	irrumpo	irruptus,-a,-um	irrumpens, irrumpentis
iunxi	iungo	iunctus,-a,-um	iungens, iungentis
iussi	iubĕo	iussus,-a,-um	iubens, iubentis
labefeci	labefacĭo	labefactus,-a,-um	labefacĭens, labefacientis
laesi	laedo	laesus,-a,-um	laedens, laedentis
lapsus sum	labor	lapsus,-a,-um	labens, labentis
latŭi	latĕo	-	latens, latentis
laui	lauo	lautus,-a,-um	lauans, lauantis
legi	lego	lectus,-a,-um	legens, legentis
lenocinatus sum	lenocĭnor	lenocinatus,-a,-um	lenocĭnans, lenocinantis

perfeito	presente	particípio passado	particípio presente
leui	lino	litus,-a,-um	linens, linentis
libŭit	libet	-	libens, libentis
licĭtus sum	licĕor	licĭtus,-a,-um	licens, licentis
licŭi	liquesco	-	liquescens, liquescentis
linxi	lingo	linctus,-a,-um	lingens, lingentis
liquefactus sum	liquefĭo	liquefactus,-a,-um	liquefĭens, liquefientis
liquefeci	liquefacĭo	liquefactus,-a,-um	liquefacĭens, liquefacientis
liqui	linquo	-	linquens, linquentis
lusi	ludo	lusus,-a,-um	ludens, ludentis
luxi	lucĕo	-	lucens, lucentis
luxi	lucesco	-	lucescens, lucescentis
luxi	lugĕo	luctus,-a,-um	lugens, lugentis
macrŭi	macresco	-	macrescens, macrescentis
madefeci	madefacĭo	madefactus,-a,-um	madefacĭens, madefacientis
madŭi	madĕo	-	madens, madentis
maledixi	maledico	maledictus,-a,-um	maledicens, maledicentis
malefeci	malefacĭo	malefactus,-a,-um	malefacĭens, malefacientis
mansi	manĕo	mansus,-a,-um	manens, manentis
mansuefactus sum	mansuefio	mansuefactus,-a,-um	mansuefĭens, mansuefientis
mansuefeci	mansuefacĭo	mansuefactus,-a,-um	mansuefacĭens, mansuefacientis
mansueui	mansuesco	mansuetus,-a,-um	mansuescens, mansuescentis
manumisi	manumitto	manumissus,-a,-um	manumittens, manumittentis
maturŭi	maturesco	-	maturescens, maturescentis
medicatus sum	medĭcor	medicatus,-a,-um	medĭcans, medicantis
meditatus sum	medĭtor	meditatus,-a,-um	medĭtans, meditantis
mensus sum	metĭor	mensus,-a,-um	metĭens, metientis
mentitus sum	mentĭor	mentitus,-a,-um	mentĭens, mentientis
mercatus sum	mercor	mercatus,-a,-um	mercans, mercantis
mersi	mergo	mersus,-a,-um	mergens, mergentis
merŭi	merĕo	merĭtus,-a,-um	merens, merentis
messŭi	meto	messus,-a,-um	metens, metentis
metatus sum	metor	metatus,-a,-um	metans, metantis
micŭi	mico	-	micans, micantis
minatus sum	minor	minatus,-a,-um	minans, minantis
minitatus sum	minĭtor	minitatus,-a,-um	minĭtans, minitantis
minŭi	minŭo	minutus,-a,-um	minŭens, minuentis
minxi	mingo	minctus,-a,-um	mingens, mingentis
minxi	mingo	mictus,-a,-um	mingens, mingentis
miratus sum	miror	miratus,-a,-um	mirans, mirantis
miscŭi	miscĕo	mixtus,-a,-um	miscens, miscentis

perfeito	presente	particípio passado	particípio presente
miseratus sum	misĕror	miseratus,-a,-um	misĕrans, miserantis
miserĭtus sum	miserĕor	miserĭtus,-a,-um	misĕrens, miserentis
misi	mitto	missus,-a,-um	mittens, mittentis
modulatus sum	modŭlor	modulatus,-a,-um	modŭlans, modulantis
molitus sum	molĭor	molitus,-a,-um	molĭens, molientis
momordi	mordĕo	morsus,-a,-um	mordens, mordentis
monŭi	monĕo	monĭtus,-a,-um	monens, monentis
moratus sum	moror	moratus,-a,-um	morans, morantis
morigeratus sum	morigĕror	morigeratus,-a,-um	morigĕrans, morigerantis
mortŭus sum	morĭor	mortŭus,-a,-um	morĭens, morientis
moui	mouĕo	motus,-a,-um	mouens, mouentis
mulsi	mulgĕo	mulsus,-a,-um	mulgens, mulgentis
mulxi	mulcĕo	mulctus,-a,-um	mulcens, mulcentis
mulxi	mulcĕo	mulsus,-a,-um	mulcens, mulcentis
nactus sum	nanciscor	nactus,-a,-um	nanciscens, nanciscentis
natus sum	nascor	natus,-a,-um	nascens, nascentis
neglexi	neglĕgo	neglectus,-a,-um	neglĕgens, neglegentis
neui	neo	netus,-a,-um	nens, nentis
nexi	necto	nexus,-a,-um	nectens, nectentis
nexŭi	necto	nexus,-a,-um	nectens, nectentis
nigrŭi	nigresco	-	nigrescens, nigrescentis
ninxit	ningit	-	-
nisus sum	nitor	nisus,-a,-um	nitens, nitentis
nitŭi	nitĕo	-	nitens, nitentis
nixus sum	nitor	nixus,-a,-um	nitens, nitentis
nocŭi	nocĕo	nocĭtus,-a,-um	nocens, nocentis
nolŭi	nolo	-	nolens, nolentis
noui	nosco	notus,-a,-um	noscens, noscentis
nundinatus sum	nundĭnor	nundinatus,-a,-um	nundĭnans, nundinantis
nupsi	nubo	nuptus,-a,-um	nubens, nubentis
obdĭdi	obdo	obdĭtus,-a,-um	obdens, obdentis
obdurŭi	obduresco	-	obdurescens, obdurescentis
obduxi	obduco	obductus,-a,-um	obducens, obducentis
obfŭi	obsum	-	-
obiacŭi	obiacĕo	-	obiacens, obiacentis
obieci	obiicĭo	obiectus,-a,-um	obiicĭens, obiicientis
obĭi	obĕo	obitus,-a,-um	obĭens, obientis
obiui	obĕo	obitus,-a,-um	obĕuns, obeuntis
oblangui	oblanguesco	-	oblanguescens, oblanguescentis
obleui	oblino	oblitus,-a,-um	oblĭnens, oblinentis

perfeito	presente	particípio passado	particípio presente
oblisi	oblido	oblisus,-a,-um	oblidens, oblidentis
oblitŭi	oblitesco	-	oblitescens, oblitescentis
oblitus sum	obliuiscor	oblĭtus,-a,-um	obliuiscens, obliuiscentis
oblocutus sum	oblŏquor	oblocutus,-a,-um	oblŏquens, obloquentis
oblusi	obludo	oblusus,-a,-um	obludens, obludentis
obmutŭi	obmutesco	-	obmutescens, obmutescentis
obnisus sum	obnitor	obnisus,-a,-um	obnitens, obnitentis
obnixus sum	obnitor	obnixus,-a,-um	obnitens, obnitentis
obnupsi	obnubo	obnuptus,-a,-um	obnubens, obnubentis
obolŭi	obolĕo	-	obolens, obolentis
obortus sum	oborĭor	obortus,-a,-um	oborĭens, oborientis
obrepsi	obrepo	obreptus,-a,-um	obrepens, obrepentis
obrigŭi	obrigesco	-	obrigescens, obrigescentis
obsaepsi	obsaepĭo	obsaeptus,-a,-um	obsaepĭens, obsaepientis
obsecutus sum	obsĕquor	obsecutus,-a,-um	obsĕquens, obsequentis
obsedi	obsidĕo	obsessus,-a,-um	obsĭdens, obsidentis
obseui	obsĕro	obsĭtus,-a,-um	obsĕrens, obserentis
obsolefactus sum	obsolefĭo	obsolefactus,-a,-um	obsolefĭens, obsolefientis
obsoleui	obsolesco	obsoletus,-a,-um	obsolescens, obsolescentis
obsorbŭi	obsorbĕo	-	obsorbens, obsorbentis
obstĭti	obsisto	-	obsistens, obsistentis
obstĭti	obsto	-	obstans, obstantis
obstrepŭi	obstrĕpo	obstrepĭtus,-a,-um	obstrĕpens, obstrepentis
obstrinxi	obstringo	obstrictus,-a,-um	obstringens, obstringentis
obstruxi	obstrŭo	obstructus,-a,-um	obstrŭens, obstruentis
obstupefactus sum	obstupefio	obstupefactus,-a,-um	obstupefĭens, obstupefientis
obstupefeci	obstupefacĭo	obstupefactus,-a,-um	obstupefacĭens, obstupefacientis
obstupŭi	obstupĕo	-	obstupens, obstupentis
obsurdŭi	obsurdesco	-	obsurdescens, obsurdescentis
obtestatus sum	obtestor	obtestatus,-a,-um	obtestans, obtestantis
obtexi	obtĕgo	obtectus,-a,-um	obtĕgens, obtegentis
obtexŭi	obtexo	obtextus,-a,-um	obtexens, obtexentis
obticŭi	obticesco	-	obticescens, obticescentis
obtigi	obtingo	-	obtingens, obtingentis
obtinŭi	obtinĕo	obtentus,-a,-um	obtĭnens, obtinentis
obtorpŭi	obtorpesco	-	obtorpescens, obtorpescentis
obtorsi	obtorquĕo	obtortus,-a,-um	obtorquens, obtorquentis
obtriui	obtĕro	obtritus,-a,-um	obtĕrens, obterentis
obtrusi	obtrudo	obtrusus,-a,-um	obtrudens, obtrudentis
obtŭli	offĕro	oblatus,-a,-um	offĕrens, offerentis

perfeito	presente	particípio passado	particípio presente
obtursi	obturgesco	-	obturgescens, obturgescentis
obtusi	obtundo	obtusus,-a,-um	obtundens, obtundentis
obuersatus sum	obuersor	obuersatus,-a,-um	obuersans, obuersantis
obuerti	obuerto	obuersus,-a,-um	obuertens, obuertentis
obuolui	obuoluo	obuolutus,-a,-um	obuoluens, obuoluentis
occecĭni	occĭno	-	occĭnens, occinentis
occepi	occĭpio	occeptus,-a,-um	occipĭens, occipientis
occidi	occido	occisus,-a,-um	occidens, occidentis
occĭdi	occĭdo	occasus,-a,-um	occĭdens, occidentis
occlusi	occludo	occlusus,-a,-um	occludens, occludentis
occubŭi	occubo	occubĭtus,-a,-um	occubans, occubantis
occubŭi	occumbo	occubĭtus,-a,-um	occumbens, occumbentis
occucurri	occurro	occursus,-a,-um	occurrens, occurrentis
occulŭi	occŭlo	occultus,-a,-um	occŭlens, occulentis
offeci	officĭo	offectus,-a,-um	officĭens, officientis
offendi	offendo	offensus,-a,-um	offendens, offendentis
offixi	offigo	offixus,-a,-um	offigens, offigentis
offudi	offundo	offusus,-a,-um	offundens, offundentis
offulsi	offulgĕo	-	offulgens, offulgentis
olfeci	olfacĭo	olfactus,-a,-um	olfacĭens, olfacientis
olŭi	olĕo	-	olens, olentis
omisi	omitto	omissus,-a,-um	omittens, omittentis
operatus sum	opĕror	operatus,-a,-um	opĕrans, operantis
opertus sum	operĭor	opertus,-a,-um	operĭens, operientis
opinatus sum	opinor	opinatus,-a,-um	opinans, opinantis
opitulatus sum	opitŭlor	opitulatus,-a,-um	opitŭlans, opitulantis
oportŭit	oportet	-	-
oppegi	oppango	oppactus,-a,-um	oppangens, oppangentis
oppleui	opplĕo	oppletus,-a,-um	opplens, opplentis
opposŭi	oppono	opposĭtus,-a,-um	opponens, opponentis
oppressi	opprĭmo	oppressus	opprĭmens, opprimentis
orsus sum	ordĭor	orsus,-a,-um	ordĭens, ordientis
ortus sum	orĭor	ortus,-a,-um	orĭens, orientis
osculatus sum	oscŭlor	osculatus,-a,-um	oscŭlans, osculantis
ostendi	ostendo	ostentus,-a,-um	ostendens, ostendentis
otiatus sum	otĭor	otiatus,-a,-um	otĭans, otiantis
pabulatus sum	pabŭlor	pabulatus,-a,-um	pabŭlans, pabulantis
pactus sum	paciscor	pactus,-a,-um	paciscens, paciscentis
paenitŭit	paenĭtet	-	-
pallŭi	pallĕo	-	pallens, pallentis

perfeito	presente	particípio passado	particípio presente
pallŭi	pallesco	-	pallescens, pallescentis
palpatus sum	palpor	palpatus,-a,-um	palpans, palpantis
pandi	pando	pansus,-a,-um	pandens, pandentis
panxi	pango	panctus,-a,-um	pangens, pangentis
parsi	parco	parsus,-a,-um	parcens, parcentis
partitus sum	partĭor	partitus,-a,-um	partĭens, partientis
parŭi	parĕo	parĭtus,-a,-um	parens, parentis
passus sum	patĭor	passus,-a,-um	patĭens, patientis
pastus sum	pascor	pastus,-a,-um	pascens, pascentis
patefactus sum	patefio	patefactus,-a,-um	patefĭens, patefientis
patefeci	patefacĭo	patefactus,-a,-um	patefacĭens, patefacientis
patrocinatus sum	patrocĭnor	patrocinatus,-a,-um	patrocĭnans, patrocinantis
patŭi	patĕo	-	patens, patentis
patŭi	patesco	-	patescens, patescentis
paui	pasco	pastus,-a,-um	pascens, pascentis
paui	pauĕo	-	pauens, pauentis
pellexi	pellicĭo	pellectus,-a,-um	pellicĭens, pellicientis
pelluxi	pellucĕo	-	pellucens, pellucentis
pepedi	pedo	pedĭtus,-a,-um	pedĕns, pedentis
pependi	pendĕo	-	pendens, pendentis
pependi	pendo	pensus,-a,-um	pendens, pendentis
peperci	parco	parsus,-a,-um	parcens, parcentis
peperdi	perdo	perdĭtus,-a,-um	perdens, perdentis
pepĕri	parĭo	partus,-a,-um	parĭens, parientis
pepĭgi	pango	pactus,-a,-um	pangens, pangentis
pepŭli	pello	pulsus,-a,-um	pellens, pellentis
perbacchatus sum	perbacchor	perbacchatus,-a,-um	perbacchans, perbacchantis
percallŭi	percallesco	-	percallescens, percallescentis
percalŭi	percalesco	-	percalescens, percalescentis
percensŭi	percensĕo	-	percensens, percensentis
percepi	percipĭo	perceptus,-a,-um	percipĭens, percipientis
percolŭi	percŏlo	percultus,-a,-um	percŏlens, percolentis
percontatus sum	percontor	percontatus,-a,-um	percontans, percontantis
percoxi	percŏquo	percoctus,-a,-um	percŏquens, percoquentis
percrebŭi	percrebresco	-	percrebrescens, percrebrescentis
percrepŭi	percrepo	percrepĭtus,-a,-um	percrepans, precrepantis
percŭli	percello	perculsus,-a,-um	percellens, percellentis
percussi	percutĭo	percussus,-a,-um	percutĭens, percutientis
perdidĭci	perdisco	-	perdiscens, perdiscentis
perdocŭi	perdocĕo	perdoctus,-a,-um	perdocens, perdocentis

perfeito	presente	particípio passado	particípio presente
perdolŭi	perdolesco	-	perdolescens, perdolescentis
perdomŭi	perdŏmo	perdomĭtus,-a,-um	perdŏmans, perdomantis
perduxi	perduco	perductus,-a,-um	perducens, perducentis
peredi	perĕdo	peresus,-a,-um	perĕdens, peredentis
peregi	perăgo	peractus,-a,-um	perăgens, peragentis
peregrinatus sum	peregrinor	peregrinatus,-a,-um	peregrinans, peregrinantis
peremi	perĭmo	peremptus,-a,-um	perĭmens, perimentis
perfeci	perficĭo	perfectus,-a,-um	perficĭens, perficientis
perfluxi	perflŭo	perfluxus,-a,-um	perflŭens, perfluentis
perfodi	perfodĭo	perfossus,-a,-um	perfodĭens, perfodientis
perfregi	perfringo	perfractus,-a,-um	perfringens, perfringentis
perfrixi	perfrigesco	-	perfrigescens, perfrigescentis
perfructus sum	perfrŭor	perfructus,-a,-um	perfrŭens, perfruentis
perfudi	perfundo	perfusus,-a,-um	perfundens, perfundentis
perfunctus sum	perfungor	perfunctus,-a,-um	perfungens, perfungentis
pergraecatus sum	pergraecor	pergraecatus,-a,-um	pergraecans, pergraecantis
perhibŭi	perhibĕo	perhibĭtus,-a,-um	perhĭbens, perhibentis
perhorrŭi	perhorresco	-	perhorrescens, perhorrescentis
periclitatus sum	periclĭtor	periclitatus,-a,-um	periclĭtans, periclitantis
perlapsus sum	perlabor	perlapsus,-a,-um	perlabens, perlabentis
perlatŭi	perlatĕo	-	perlatens, perlatentis
permadŭi	permadesco	-	permadescens, permadescentis
permansi	permanĕo	permansus,-a,-um	permanens, permanentis
permaturŭi	permaturesco	-	permaturescens, permaturescentis
-	-	-	
permensus sum	permetĭor	permensus,-a,-um	permetĭens, permetientis
perminxi	permingo	-	permingens, permingentis
permiscŭi	permiscĕo	permixtus,-a,-um	permiscens, permiscentis
permisi	permitto	permissus,-a,-um	permittens, permittentis
permulsi	permulcĕo	permulsus,-a,-um	permulcens, permulcentis
permulsi	permulcĕo	permulctus,-a,-um	permulcens, permulcentis
pernotŭi	pernotesco	-	pernotescens, pernotescentis
pernoui	pernosco	pernotus,-a,-um	pernoscens, pernoscentis
peroleui	perolĕo	-	perolens, perolentis
peroleui	perolesco	-	perolescens, perolescentis
perpendi	perpendo	perpensus,-a,-um	perpendens, perpendentis
perpessus sum	perpetĭor	perpessus,-a,-um	perpetĭens, perpetientis
perplacŭi	perplacĕo	-	perplacens, perplacentis
perpopulatus sum	perpopŭlor	perpopulatus,-a,-um	perpopŭlans, perpopulantis
perpressi	perprĭmo	perpressus,-a,-um	perprĭmens, perprimentis

perfeito	presente	particípio passado	particípio presente
perpŭli	perpello	perpulsus,-a,-um	perpellens, perpellentis
perquisiui	perquiro	perquisitus,-a,-um	perquirens, perquirentis
perrupi	perrumpo	perruptus,-a,-um	perrumpens, perrumpentis
perscidi	perscindo	perscissus,-a,-um	percindens, perscindentis
perscripsi	perscribo	perscriptus,-a,-um	perscribens, perscribentis
perscrutatus sum	perscrutor	perscrutatus,-a,-um	perscrutans, perscrutantis
persectatus sum	persector	persectatus,-a,-um	persectans, persectantis
persecŭi	persĕco	persectus,-a,-um	persĕcans, persecantis
persecutus sum	persĕquor	persecutus,-a,-um	persĕquens, persequentis
persensi	persentĭo	persensus,-a,-um	persentĭens, persentientis
persenŭi	persenesco	-	persenescens, persenescentis
personŭi	persono	personĭtus,-a,-um	personans, personantis
persorbŭi	persorbĕo	-	persorbens, persorbentis
perspexi	perspicĭo	perspectus,-a,-um	perspicĭens, perspicientis
perstaedŭi	perstaedesco	-	perstaedescens, perstaedescentis
perstaesum est	perstaedet	-	-
perstĭti	persto	-	perstans, perstantis
perstraui	persterno	perstratus,-a,-um	persternens, persternentis
perstrepŭi	perstrĕpo	-	perstrĕpens, perstrepentis
perstrinxi	perstringo	perstrictus,-a,-um	perstringens, perstringentis
persuasi	persuadĕo	persuasus,-a,-um	persuadens, persuadentis
perterrŭi	perterrĕo	perterrĭtus,-a,-um	perterrens, perterrentis
pertexi	pertĕgo	pertectus,-a,-um	pertĕgens, pertegentis
pertexŭi	pertexo	pertextus,-a,-um	pertexens, pertexentis
pertimŭi	pertimesco	-	pertimescens, pertimescentis
pertinŭi	pertenĕo	-	pertĭnens, pertinentis
pertraxi	pertrăho	pertractus,-a,-um	pertrăhens, pertrahentis
pertŭli	perfĕro	perlatus,-a,-um	perfĕrens, perferentis
peruerti	peruerto	peruersus,-a,-um	peruertens, peruertentis
peruexi	peruĕho	peruectus,-a,-um	peruĕhens, peruehentis
peruici	peruinco	peruictus,-a,-um	peruincens, peruincentis
peruigui	peruigĕo	-	peruigens, peruigentis
peruixi	peruiuo	-	peruiuens, peruiuentis
perunxi	perungo	perunctus,-a,-um	perungens, perungentis
peruolŭi	peruŏlo	-	peruŏlens, peruolentis
perursi	perurgĕo	-	perurgens, perurgentis
pexi	pecto	pexus,-a,-um	pectens, pectentis
pexi	pecto	pectĭtus,-a,-um	pectens, pectentis
pigĭtum est	piget	-	-
pigneratus sum	pignĕror	pigneratus,-a,-um	pignĕrans, pignerantis

perfeito	presente	particípio passado	particípio presente
pigŭit	piget	-	-
pinsi	pinso	pinsĭtus,-a,-um	pinsens, pinsentis
pinsŭi	pinso	pistus,-a,-um	pinsens, pinsentis
pinxi	pingo	pictus,-a,-um	pingens, pingentis
piscatus sum	piscor	piscatus,-a,-um	piscans, piscantis
placŭi	placĕo	placĭtus,-a,-um	placens, placentis
planxi	plango	planctus,-a,-um	plangens, plangentis
plausi	plaudo	plausus,-a,-um	plaudens, plaudentis
plexi	plecto	plexus,-a,-um	plectens, plectentis
pollicĭtus sum	pollicĕor	pollicĭtus,-a,-um	pollĭcens, pollicentis
pollinxi	pollingo	pollinctus,-a,-um	pollingens, pollingentis
polluxi	pollucĕo	polluctus,-a,-um	pollucens, pollucentis
poposci	posco	-	poscens, poscentis
porrexi	porricĭo	porrectus,-a,-um	porricĭens, porricientis
porrexi	porrĭgo	porrectus,-a,-um	porrĭgens, porrigentis
possedi	possidĕo	possessus,-a,-um	possĭdens, possidentis
possedi	possido	possessus,-a,-um	possidens, possidentis
postposŭi	postpono	postposĭtus,-a,-um	postponens, postponentis
posŭi	pono	posĭtus,-a,-um	ponens, ponentis
potitus sum	potĭor	potitus,-a,-um	potĭens, potientis
potŭi	possum	-	-
praebŭi	praebĕo	praebĭtus,-a,-um	praebens, praebentis
praececĭni	praecĭno	-	praecĭnens, praecinentis
praecepi	praecipĭo	praeceptus,-a,-um	praecipĭens, praecipientis
praecerpsi	praecerpo	praecerptus,-a,-um	praecerpens, praecerpentis
praecessi	praecedo	praecessus,-a,-um	praecedens, praecedentis
praecidi	praecido	praecisus,-a,-um	praecidens, praecidentis
praecinxi	praecingo	praecinctus,-a,-um	praecingens, praecingentis
praeclusi	praecludo	praeclusus,-a,-um	praecludens, praecludentis
praecolŭi	praecŏlo	praecultus,-a,-um	praecŏlens, praecolentis
praecoxi	praecŏquo	praecoctus,-a,-um	praecŏquens, praecoquentis
praedidĭci	praedisco	-	praediscens, praediscentis
praedixi	praedico	praedictus,-a,-um	praedicens, praedicentis
praeduxi	praeduco	praeductus,-a,-um	praeducens, praeducentis
praefatus sum	praefor	praefatus,-a,-um	praefans, praefantis
praefixi	praefigo	praefixus,-a,-um	praefigens, praefigentis
praefodi	praefodĭo	praefossus,-a,-um	praefodĭens, praefodientis
praefregi	praefringo	praefractus,-a,-um	praefringens, praefringentis
praefŭi	praesum	-	-
praefulsi	praefulcĭo	praefultus,-a,-um	praefulcĭens, praefulcientis

perfeito	presente	particípio passado	particípio presente
praefulsi	praefulgĕo	-	praefulgens, praefulgentis
praegressus sum	praegredĭor	praegressus,-a,-um	praegredĭens, praegredientis
praehibŭi	praehibĕo	praehibĭtus,-a,-um	praehĭbens, praehibentis
praeiacŭi	praeiacĕo	-	praeiacens, praeiacentis
praelapsus sum	praelabor	praelapsus,-a,-um	praelabens, praelabentis
praelegi	praelĕgo	praelectus,-a,-um	praelĕgens, praelegentis
praelocutus sum	praelŏquor	praelocutus,-a,-um	praelŏquens, praeloquentis
praelusi	praeludo	praelusus,-a,-um	praeludens, praeludentis
praeluxi	praelucĕo	-	praelucens, praelucentis
praemeditatus sum	praemedĭtor	praemeditatus,-a,-um	praemedĭtans, praemeditantis
praemisi	praemitto	praemissus,-a,-um	praemittens, praemittentis
praemonŭi	praemonĕo	praemonĭtus,-a,-um	praemonens, praemonentis
praemordi	praemordĕo	praemorsus,-a,-um	praemordens, praemordentis
praemortŭus sum	praemorĭor	praemortŭus,-a,-um	praemorĭens, praemorientis
praenitŭi	praenitĕo	-	praenĭtens, praenitentis
praenoui	praenosco	praenotus,-a,-um	praenoscens, praenoscentis
praeposŭi	praepono	praeposĭtus,-a,-um	praeponens, praeponentis
praeripŭi	praeripĭo	praereptus,-a,-um	praeripĭens, praeripientis
praerupi	praerumpo	praeruptus,-a,-um	praerumpens, praerumpentis
praescisci	praescisco	-	praesciscens, praesciscentis
praescripsi	praescribo	praescriptus,-a,-um	praescribens, praescribentis
praesecŭi	praesĕco	praesecatus,-a,-um	praesĕcans, praesecantis
praesedi	praesidĕo	-	praesĭdens, praesidentis
praesensi	praesentĭo	praesensus,-a,-um	praesentĭens, praesentientis
praesonŭi	praesŏno	-	praesŏnans, praesonantis
praestĭti	praesto	praestatus,-a,-um	praestans, praestantis
praestolatus sum	praestolor	praestolatus,-a,-um	praestolans, praestolantis
praestrinxi	praestringo	praestrictus,-a,-um	praestringens, praestrigentis
praestruxi	praestrŭo	praestructus,-a,-um	praestrŭens, praestruentis
praesumpsi	praesumo	praesumptus,-a,-um	praesumens, praesumentis
praetergressus sum	praetergredĭor	praetergressus,-a,-um	praetergredĭens, praetergredientis
-	-		
praeterlapsus sum	praeterlabor	praeterlapsus,-a,-um	praeterlabens, praeterlabentis
praeterlatus sum	praeterfĕror	praeterlatus,-a,-um	praeterfĕrens, praeterferentis
praeteruectus sum	praeteruĕhor	praeteruectus,-a,-um	praeteruĕhens, praeteruehentis
-	-		-
praetexi	praetĕgo	praetectus,-a,-um	praetĕgens, praetegentis
praetexŭi	praetexo	praetextus,-a,-um	praetexens, praetexentis
praetimŭi	praetimĕo	-	praetimens, praetimentis
praetriui	praetĕro	praetritus,-a,-um	praetĕrens, praeterentis

perfeito	presente	particípio passado	particípio presente
praetŭli	praefĕro	praelatus,-a,-um	praefĕrens, praeferentis
praeualŭi	praeualĕo	-	praeuălens, praeualentis
praeuaricatus sum	praeuarĭcor	praeuaricatus,-a,-um	praeuarĭcans, praeuaricantis
praeuectus sum	praeuĕhor	praeuectus,-a,-um	praeuĕhens, praeuehentis
praeussi	praeuro	-	praeurens, praeurentis
prandi	prandĕo	pransus,-a,-um	prandens, prandentis
preaetermisi	praetermitto	praetermissus,-a,-um	praetermittens, praetermittentis
-	-	-	-
precatus sum	precor	precatus,-a,-um	precans, precantis
pressi	premo	pressus,-a,-um	premens, prementis
processi	procedo	processus,-a,-um	procedens, procedentis
procubŭi	procumbo	procubĭtus,-a,-um	procumbens, procumbentis
procudi	procudo	procusus,-a,-um	procudens, procudentis
prodegi	prodĭgo	prodactus,-a,-um	prodĭgens, prodigentis
prodi	prodo	prodĭtus,-a,-um	prodens, prodentis
prodĭi	prodĕo	prodĭtus,-a,-um	prodĭens, prodientis
produxi	produco	productus,-a,-um	producens, producentis
proeliatus sum	proelĭor	proeliatus,-a,-um	proelĭans, proeliantis
proeminŭi	proeminĕo	-	proemĭnens, proeminenetis
profeci	proficĭo	profectus,-a,-um	proficĭens, proficientis
profectus sum	proficiscor	profectus,-a,-um	proficiscens, proficiscentis
professus sum	profitĕor	professus,-a,-um	profĭtens, profitentis
profluxi	proflŭo	profluxus,-a,-um	proflŭens, profluentis
profudi	profundo	profusus,-a,-um	profundens, profundentis
progenŭi	progigno	progenĭtus,-a,-um	progignens, progignentis
progessi	progĕro	progestus,-a,-um	progĕrens, progerentis
progressus sum	progredĭor	progressus,-a,-um	progredĭens, progredientis
prohibŭi	prohibĕo	prohibĭtus,-a,-um	prohĭbens, prohibentis
proieci	proiicĭo	proiectus,-a,-um	prohicĭens, prohicientis
prolapsus sum	prolabor	prolapsus,-a,-um	prolabens, prolabentis
prolocutus sum	prolŏquor	prolocutus,-a,-um	prolŏquens, proloquentis
promisi	promitto	promissus,-a,-um	promittens, promittentis
promoui	promouĕo	promotus,-a,-um	promouens, promouentis
prompsi	promo	promptus,-a,-um	promens, promentis
propendi	propendĕo	propensus,-a,-um	propendens, propendentis
proposŭi	propono	proposĭtus,-a,-um	proponens, proponentis
proripŭi	proripĭo	proreptus,-a,-um	proripĭens, proripientis
prorupi	prorumpo	proruptus,-a,-um	prorumpens, prorumpentis
proscidi	proscindo	proscissus,-a,-um	proscindens, proscindentis
proscripsi	proscribo	proscriptus,-a,-um	proscribens, proscribentis

perfeito	presente	particípio passado	particípio presente
prosecŭi	prosĕco	prosectus,-a,-um	prosĕcans, prosecantis
prosecutus sum	prosĕquor	prosecutus,-a,-um	prosĕquens, prosequentis
prosilŭi	prosilĭo	-	prosilĭens, prosilientis
prospexi	prospicĭo	prospectus,-a,-um	prospicĭens, prospicientis
prostĭti	prosto	prostatus,-a,-um	prostans, prostantis
prostraui	prosterno	prostratus,-a,-um	prosternens, prosternentis
protendi	protendo	protensus,-a,-um	protendens, protendentis
proterrŭi	proterrĕo	proterrĭtus,-a,-um	proterrens, proterrentis
protestatus sum	protestor	protestatus,-a,-um	protestans, protestantis
protexi	protĕgo	protectus,-a,-um	protĕgens, protegentis
protraxi	protrăho	protractus,-a,-um	protrăhens, protrahentis
protriui	protĕro	protritus,-a,-um	protĕrens, proterentis
protrusi	protrudo	protrusus,-a,-um	protrudens, protrudentis
protŭli	profĕro	prolatus,-a,-um	profĕrens, proferentis
prouexi	prouĕho	prouectus,-a,-um	prouĕhens, prouehentis
prouidi	prouidĕo	prouisus,-a,-um	prouĭdens, prouidentis
pudŭit	pudet	-	pudens, pudentis
putrefatus sum	putrefīo	-	putrefĭens, putreficentis
putrefeci	putrefacĭo	putrefactus,-a,-um	putrefacĭens, putrefacientis
putrŭi	putresco	-	putrescens, putrescentis
quaesiui	quaero	quaestus,-a,-um	quaerens, quaerentis
quaesiui	quaeso	-	quaesens, quaesentis
questus sum	queror	questus,-a,-um	querens, querentis
quieui	quiesco	quietus,-a,-um	quiescens, quiescentis
quiui	queo	quitus,-a,-um	quiens, quientis
racalŭi	recalesco	-	recalescens, recalescentis
radicatus sum	radĭcor	radicatus,-a,-um	radĭcans, radicantis
rapŭi	rapĭo	raptus,-a,-um	rapĭens, rapientis
ratus sum	reor	ratus,-a,-um	rens, rentis
recalfeci	recafacĭo	-	recalfacĭens, recalfacientis
recandŭi	recandesco	-	recandescens, recandescentis
recensŭi	recensĕo	recensus,-a,-um	recensens, recensentis
recepi	recipĭo	receptus,-a,-um	recipĭens, recipientis
recessi	recedo	recessus,-a,-um	recedens, recedentis
recidi	recido	recisus,-a,-um	recidens, recidentis
recĭdi	recĭdo	recasus,-a,-um	recĭdens, recidentis
recinxi	recingo	recinctus,-a,-um	recingens, recingentis
reclusi	recludo	reclusus,-a,-um	recludens, recludentis
recognoui	recognosco	recongĭtus,-a,-um	recognoscens, recogonscentis
recollegi	recollĭgo	recollectus,-a,-um	recollĭgens, recolligentis

perfeito	presente	particípio passado	particípio presente
recolŭi	recŏlo	recultus,-a,-um	recŏlens, recolentis
recondĭdi	recondo	recondĭtus,-a,-um	recondens, recondentis
recordatus sum	recordor	recordatus,-a,-um	recordans, recordantis
recorrexi	recorrĭgo	recorrectus,-a,-um	recorrĭgens, recorrigentis
recoxi	recŏquo	recoctus,-a,-um	recŏquens, recoquentis
recreui	recresco	recretus,-a,-um	recrescens, recrescentis
recrudŭi	recrudesco	-	recrudescens, recrudescentis
recubŭi	recumbo	-	recumbens, recumbentis
recurri	recurro	recursus,-a,-um	recurrens, recurrentis
recussi	recutĭo	recussus,-a,-um	recutĭens, recutientis
reddĭdi	reddo	reddĭtus,-a,-um	reddens, reddentis
redegi	redĭgo	redactus,-a,-um	redĭgens, redigentis
redemi	redĭmo	redemptus,-a,-um	redĭmens, redimentis
redhibŭi	redhibĕo	redhibĭtus,-a,-um	redhĭbens, redibentis
redĭi	redĕo	redĭtus,-a,-um	redens, redentis
redolŭi	redolĕo	-	redolens, redolentis
reduxi	reduco	reductus,-a,-um	reducens, reducentis
refeci	reficĭo	refactus,-a,-um	reficĭens, reficientis
refersi	refercĭo	refertus,-a,-um	refercĭens, refercientis
refixi	refigo	refixus,-a,-um	refigens, refigentis
reflexi	reflecto	reflexus,-a,-um	reflectens, reflectentis
refodi	refodĭo	refossus,-a,-um	refodĭens, refodientis
refoui	refouĕo	refotus,-a,-um	refouens, refouentis
refregi	refringo	refractus,-a,-um	refringens, refringentis
refricŭi	refrĭco	refricactus,-a,-um	refrĭcans, refricantis
refrixi	refrigo	-	refrigens, refrigentis
refudi	refundo	refusus,-a,-um	refundens, refundentis
refulsi	refulgĕo	-	refulgens, refulgentis
regessi	regĕro	regestus,-a,-um	regĕrens, regerentis
regressus sum	regredĭor	regressus,-a,-um	regredĭens, regredientis
reieci	reiicĭo	reiectus,-a,-um	reiicĭens, reiicientis
relangui	relanguesco	-	relanguescens, relanguescentis
relapsus sum	relabor	relapsus,-a,-um	relabens, relabentis
relegi	relĕgo	relectus,-a,-um	relĕgens, relegentis
releui	relĭno	relĭtus,-a,-um	relĭnens, relinentis
reliqui	relinquo	relictus,-a,-um	relinquens, relinquentis
reluxi	relucesco	-	relucescens, relucescentis
reluxi	relucĕo	-	relucens, relucentis
remansi	remanĕo	remansus,-a,-um	remanens, remanentis
remensus sum	remetĭor	remensus,-a,-um	remetĭens, remetientis

perfeito	presente	particípio passado	particípio presente
remiscŭi	remiscĕo	remixtus,-a,-um	remiscens, remiscentis
remisi	remitto	remissus,-a,-um	remittens, remittentis
remolitus sum	remolĭor	remolitus,-a,-um	remolĭens, remolientis
remoratus sum	remŏror	remoratus,-a,-um	romŏrans, remorantis
remoui	remouĕo	remotus,-a,-um	remouens, remouentis
remulsi	remulgĕo	remulsus,-a,-um	remulgens, remulgentis
remuneratus sum	remunĕror	remuneratus,-a,-um	remunĕrans, remunerantis
renatus sum	renascor	renatus,-a,-um	renascens, renascentis
renisus sum	renitor	renisus,-a,-um	renitens, renitentis
rependi	rependo	repensus,-a,-um	rependens rependentis
repercussi	repercutĭo	repercussus,-a,-um	repercutĭens, repercutientis
repleui	replĕo	repletus,-a,-um	replens, replentis
reposŭi	repono	reposĭtus,-a,-um	reponens, reponentis
reppŭli	repello	repulsus,-a,-um	repellens, repellentis
reprehendi	reprehendo	reprehensus,-a,-um	reprehendens, reprehendentis
repressi	reprĭmo	repressus,-a,-um	reprĭmens, reprimentis
repsi	repo	reptus,-a,-um	repens, repentis
requieui	requiesco	requietus,-a,-um	requiescens, requiescentis
requisiui	requiro	requisitus,-a,-um	requirens, requirentis
resanŭi	resanesco	-	resanescens, resanescentis
resarci	resarcĭo	resartus,-a,-um	resarcĭens, resarcientis
rescidi	rescindo	rescissus,-a,-um	rescindens, rescindentis
rescripsi	rescribo	rescriptus,-a,-um	rescribens, rescribentis
resecŭi	resĕco	resectus,-a,-um	resĕcans, resecantis
resedi	residĕo	resessus,-a,-um	resĭdens, residentis
resedi	resido	resessus,-a,-um	residens, residentis
reseui	resĕro	-	resĕrens, reserentis
resilŭi	resilĭo	resultus,-a,-um	resilĭens, resilientis
resipŭi	resipisco	-	resipiscens, resipiscentis
resolui	resoluo	resolutus,-a,-um	resoluens, resoluentis
resonŭi	resŏno	-	resŏnans, resonantis
respersi	respergo	respersus,-a,-um	respergens, respergentis
respexi	respicĭo	respectus,-a,-um	respicĭens, respicientis
resplendŭi	resplendĕo	-	resplendens, resplendentis
respondi	respondĕo	responsus,-a,-um	respondens, respondentis
restinxi	restinguo	restinctus,-a,-um	restinguens, restinguentis
restĭti	resisto	-	resistens, resistentis
restĭti	resto	-	restans, restantis
restrinxi	restringo	restrictus,-a,-um	restringens, restringentis
resumpsi	resumo	resumptus,-a,-um	resumens, resumentis

perfeito	presente	particípio passado	particípio presente
resurrexi	resurgo	resurrectus,-a,-um	resurgens, resurgentis
retendi	retendo	retensus,-a,-um	retendens, retendentis
retexi	retĕgo	retectus,-a,-um	retĕgens, retegentis
retexŭi	retexo	retextus,-a,-um	retexens, retexentis
reticŭi	reticĕo	-	retĭcens, reticentis
retinŭi	retinĕo	retentus,-a,-um	retĭnens, retinentis
retorsi	retorquĕo	retortus,-a,-um	retorquens, retorquentis
retraxi	retrăho	retractus,-a,-um	retrăhens, retrahentis
retrocessi	retrocedo	-	retrocedens, retrocedentis
retroegi	retroăgo	retroactus,-a,-um	retroăgens, retroagentis
retroflexi	retroflecto	retroflexus,-a,-um	retroflectens, retroflectentis
rettŭdi	retundo	retunsus,-a,-um	retundens, retundentis
retŭdi	retundo	retusus,-a,-um	retundens, retundentis
retŭli	refĕro	relatus,-a,-um	refĕrens, referentis
reualŭi	reualesco	-	reualescens, reualescentis
reuelli	reuello	reuulsus,-a,-um	reuellens, reuellentis
reuerĭtus sum	reuerĕor	reuerĭtus,-a,-um	reuĕrens, reuerentis
reuexi	reueho	reuectus,-a,-um	reuehens, reuehentis
reuici	reuinco	reuictus,-a,-um	reuincens, reuincentis
reuinxi	reuincĭo	reuinctus,-a,-um	reuincĭens, reuincentis
reuirŭi	reuiresco	-	reuirescens, reuirescentis
reuixi	reuiuesco	reuictus,-a,-um	reuiuescens, reuiuescentis
reuomŭi	reuŏmo	-	reuŏmens, reuomentis
rexi	rego	rectus,-a,-um	regens, regentis
rictus sum	ringor	rictus,-a,-um	ringens, ringentis
rigŭi	rigĕo	-	rigens, rigentis
rigŭi	rigesco	-	rigescens, rigescentis
rimatus sum	rimor	rimatus,-a,-um	rimans, rimantis
risi	ridĕo	risus,-a,-um	ridens, ridentis
rixatus sum	rixor	rixatus,-a,-um	rixans, rixantis
rosi	rodo	rosus,-a,-um	rodens, rodentis
rubefeci	rubefacĭo	rubefactus,-a,-um	rubefacĭens, rubefacientis
rubŭi	rubĕo	-	rubens, rubentis
rubŭi	rubesco	-	rubescens, rubescentis
rupi	rumpo	ruptus,-a,-um	rumpens, rumpentis
saepsi	saepĭo	saeptus,-a,-um	saepĭens, sapientis
saeuĭi	saeuĭo	saeuitus,-a,-um	saeuĭens, saeuientis
salŭi	salĭo	saltus,-a,-um	salĭens, salientis
sanxi	sancĭo	sanctus,-a,-um	sancĭens, sancientis
sapĭi	sapĭo	-	sapĭens, sapientis

perfeito	presente	particípio passado	particípio presente
sarrŭi	sarrĭo	sarritus,-a,-um	sarrĭens, sarrientis
sarsi	sarcĭo	sartus,-a,-um	-
sategi	satăgo	satactus,-a,-um	satăgens, satagentis
satisdedi	satisdo	satisdătus,-a,-um	satisdans, satisdantis
satisfactum est	satisfio	satisfactus,-a,-um	satisfiens, satisfientis
satisfeci	satisfacĭo	satisfactus,-a,-um	satisfacĭens, satisfacientis
scalpsi	scalpo	scalptus,-a,-um	scalpens, scalpentis
scandi	scando	scansus,-a,-um	scandens, scandentis
scidi	scindo	scissus,-a,-um	scindens, scindentis
scii	scio	scitus,-a,-um	sciens, scientis
sciui	scisco	scitus,-a,-um	sciscens, sciscentis
scripsi	scribo	scriptus,-a,-um	scribens, scribentis
sculpsi	sculpo	sculptus,-a,-um	sculpens, sculpentis
secessi	secedo	secessus,-a,-um	secedens, secedentis
seclusi	secludo	seclusus,-a,-um	secludens, secludentis
secreui	secerno	secretus,-a,-um	secernens, secernentis
secubŭi	secubo	secubĭtus,-a,-um	secubans, secubantis
secŭi	seco	sectus,-a,-um	secans, secantis
secutus sum	sequor	secutus,-a,-um	sequens, sequentis
sedi	sedĕo	sessus,-a,-um	sedens, sedentis
sedi/sidi	sido	sessus,-a,-um	sidens, sidentis
seduxi	seduco	seductus,-a,-um	seducens, seducentis
seiunxi	seiungo	seiunctus,-a,-um	seiungens, seiungentis
selegi	selĭgo	selectus,-a,-um	selĭgens, seligentis
semoui	semouĕo	semotus,-a,-um	semouens, semouentis
sensi	sentĭo	sensus,-a,-um	sentĭens, sentientis
senŭi	senesco	-	senescens, senescentis
sepelĭi	sepelĭo	sepultus,-a,-um	sepelĭens, sepelientis
seposŭi	sepono	seposĭtus,-a,-um	seponens, seponentis
serpsi	serpo	serptus,-a,-um	serpens, serpentis
serŭi	sero	setus,-a,-um	serens, serentis
seruĭi	seruĭo	seruitus,-a,-um	seruĭens, seruientis
seuectus sum	seuĕhor	seuectus,-a,-um	seuĕhens, seuehentis
seui	sero	satus,-a,-um	serens, serentis
sii	sino	situs,-a,-um	sinens, sinentis
silŭi	silĕo	-	silens, silentis
sitĭi	sitĭo	sititus,-a,-um	sitĭens, sitientis
solĭtus sum	solĕo	solĭtus,-a,-um	solens, solentis
solŭi	soluo	solutus,-a,-um	solŭens, soluentis
sonŭi	sono	sonĭtus,-a,-um	sonans, sonantis

perfeito	presente	particípio passado	particípio presente
sopĭi	sopĭo	sopitus,-a,-um	sopĭens, sopientis
sorbŭi	sorbĕo	-	sorbens, sorbentis
sordŭi	sordĕo	-	sordens, sordentis
sortitus sum	sortĭor	sortitus,-a,-um	sortĭens, sortientis
sparsi	spargo	sparsus,-a,-um	spargens, spargentis
spexi	specĭo	spectus,-a,-um	specĭens, specientis
splendŭi	splendesco	-	splendescens, splendescentis
spopondi	spondĕo	sponsus,-a,-um	spondens, spondentis
spreui	sperno	spretus,-a,-um	spernens, spernentis
spŭi	spŭo	sputus,-a,-um	spŭens, spuentis
squalŭi	squalĕo	-	squalens, squalentis
statŭi	statŭo	statutus,-a,-um	statŭens, statuentis
sternŭi	sternŭo	sternutus,-a,-um	sternŭens, sternuentis
stertŭi	sterto	-	stertens, stertentis
steti	sto	stătus,-a,-um	stans, stantis
steti/stĭti	sisto	status,-a,-um	sistens, sistentis
straui	sterno	stratus,-a,-um	sternens, sternentis
strepŭi	strepo	strepĭtus,-a,-um	strepans, strepantis
stridi	stridĕo	-	stridens, stridentis
strinxi	stringo	strictus,-a,-um	stringens, stringentis
struxi	strŭo	structus,-a,-um	strŭens, struentis
studŭi	studĕo	-	studens, studentis
stupefactus sum	stupefio	stupefactus,-a,-um	stupefĭens, stupefientis
stupefeci	stupefacĭo	stupefactus,-a,-um	stupefacĭens, stupefacientis
stupŭi	stupĕo	-	stupens, stupentis
suasi	suadĕo	suasus,-a,-um	suadens, suadentis
subaudĭi	subaudĭo	subauditus,-a,-um	subaudĭens, subaudientis
subbĭbi	subbĭbo	-	subbĭbens, subbibentis
subdĭdi	subdo	subdĭtus,-a,-um	subdens, subdentis
subduxi	subduco	subductus,-a,-um	subducens, subducentis
subedi	subĕdo	-	subĕdens, subedentis
subegi	subĭgo	subactus,-a,-um	subĭgens, subigentis
subiacŭi	subiacĕo	-	subiacens, subiacentis
subieci	subicĭo	subiectus,-a,-um	subicĭens, subicientis
subĭi	subĕo	subĭtus,-a,-um	subens, subentis
subiratus sum	subirascor	subiratus,-a,-um	subirascens, subirascentis
subiunxi	subiungo	subiunctus,-a,-um	subiungens, subiungentis
sublapsus sum	sublabor	sublapsus,-a,-um	sublabens, sublabentis
sublegi	sublĕgo	sublectus,-a,-um	sublĕgens, sublegentis
subleui	sublĭno	sublĭtus,-a,-um	sublĭnens, sublinentis

perfeito	presente	particípio passado	particípio presente
subnatus sum	subnascor	subnatus,-a,-um	subnascens, subnascentis
subnexŭi	subnecto	subnexus,-a,-um	subnectens, subnectentis
subscripsi	subscribo	subscriptus,-a,-um	subscribens, subscribentis
subsecŭi	subsĕco	subsectus,-a,-um	subsĕcans, subsecantis
subsecutus sum	subsĕquor	subsecutus,-a,-um	subsĕquens, subsequentis
subsedi	subsido	subsessus,-a,-um	subsidens, subsidentis
subsilŭi	subsilĭo	-	subsilĭens, subsilientis
subsortitus sum	subsortĭor	subsortitus,-a,-um	subsortĭens, subsortientis
substĭti	subsisto	-	subsistens, subsistentis
substitŭi	substitŭo	substitutus,-a,-um	substitŭens, substituentis
substraui	substerno	substratus,-a,-um	substernens, substernentis
substrinxi	substringo	substrictus,-a,-um	substringens, substringentis
substruxi	substrŭo	substructus,-a,-um	substrŭens, substruentis
subterduxi	subterduco	-	subterducens, subterducentis
subterfugi	subterfugĭo	-	subterfugĭens, subterfugientis
subtexi	subtĕgo	subtectus,-a,-um	subtĕgens, subtegentis
subtexŭi	subtexo	subtextus,-a,-um	subtexens, subtexentis
subtraxi	subtrăho	subtractus,-a,-um	subtrăhens, subtrahentis
subtriui	subtĕro	subtritus,-a,-um	subtĕrens, subterentis
subueni	subuenĭo	subuentus,-a,-um	subuenĭens, subuenientis
subuerti	subuerto	subuersus,-a,-um	subuertens, subuertentis
subuexi	subuĕho	subuectus,-a,-um	subuĕhens, subuehentis
succendi	succendo	sucensus,-a,-um	succendens, succendentis
succensŭi	succensĕo	succensus,-a,-um	succensens, succensentis
successi	succedo	successus,-a,-um	succedens, succedentis
succidi	succido	succisus,-a,-um	succidens, succidentis
succĭdi	succĭdo	-	succĭdens, succidentis
succinxi	succingo	succinctus,-a,-um	succingens, succingentis
succubŭi	succumbo	succubĭtus,-a,-um	succumbens, succumbentis
succurri	succurro	succursus,-a,-um	succurrens, succurrentis
succussi	succutĭo	succussus,-a,-um	succutĭens, succutientis
sueui	suesco	suetus,-a,-um	suescens, suescentis
suffeci	sufficĭo	suffactus,-a,-um	sufficĭens, sufficientis
suffii	suffĭo	suffitus,-a,-um	suffiens, suffientis
suffixi	suffigo	suffixus,-a,-um	suffigens, suffigentis
suffodi	suffodĭo	suffossus,-a,-um	suffodĭens, suffodientis
suffudi	suffundo	suffusus,-a,-um	suffundens, suffundentis
suffugi	suffugĭo	-	suffugĭens, suffugientis
suffulsi	suffulcĭo	suffultus,-a,-um	suffulcĭens, suffulcientis
suggessi	suggĕro	suggestus,-a,-um	suggĕrens, suggerentis

VERBOS | 505

perfeito	presente	particípio passado	particípio presente
suggressus sum	suggredĭor	suggressus,-a,-um	suggredĭens, suggredientis
sui	suo	sutus,-a,-um	suens, suentis
summersi	summergo	summersus,-a,-um	summergens, summergentis
summisi	summitto	summissus,-a,-um	summittens, summittentis
summonŭi	summonĕo	-	summonens, summonentis
summoui	summouĕo	summotus,-a,-um	summouens, summouentis
sumpsi	sumo	sumptus,-a,-um	sumens, sumentis
sumptifeci	sumptifacĭo	sumptifactus,-a,-um	sumptifacĭens, sumptifacientis
supercreui	supercresco	-	supercrescens, supercrescentis
superduxi	superduco	superductus,-a,-um	superducens, superducentis
superfluxi	superflŭo	-	superflŭens, superfluentis
superfudi	superfundo	superfusus,-a,-um	superfundens, superfundentis
superfŭi	supersum	-	-
supergressus sum	supergrĕdior	supergressus,-a,-um	supergredĭens, supergredientis
superieci	superiacĭo	superiectus,-a,-um	superiacĭens, superiacentis
superincubŭi	superincumbo	-	superincumbens, superincumbentis
-	-	-	
superindŭi	superindŭo	superindutus,-a,-um	superindŭens, superinduentis
superinduxi	superinduco	superinductus,-a,-um	superinducens, superinducentis
superinstraui	superinsterno	-	superinsternens, superinsternentis
-	-	-	
superobrŭi	superobrŭo	superobrŭtus,-a,-um	superobrŭens, superobruentis
superposŭi	superpono	superposĭtus,-a,-um	superponens, superponentis
superscripsi	superscribo	superscriptus,-a,-um	superscribens, superscribentis
supersedi	supersedĕo	supersessus,-a,-um	supersedens, supersedentis
superstĕti	supersto	-	superstans, superstantis
superstruxi	superstrŭo	superstructus,-a,-um	superstrŭens, superstruentis
supertexi	supertĕgo	supertectus,-a,-um	supertĕgens, supertegentis
superuectus sum	superuĕhor	superuectus,-a,-um	superuĕhens, superuehentis
superueni	superuenĭo	superuentus,-a,-um	superuenĭens, superuenientis
suppetĭi	suppĕto	suppetitus,-a,-um	suppĕtens, suppetentis
supplosi	supplodo	supplosus,-a,-um	supplodens, supplodentis
supposŭi	suppono	supposĭtus,-a,-um	supponens, supponentis
suppressi	supprĭmo	suppressus,-a,-um	supprĭmens, supprimentis
surrepsi	surrepo	surreptus,-a,-um	surrepens, surrepentis
surrexi	surgo	surrectus,-a,-um	surgens, surgentis
surripŭi	surripĭo	surreptus,-a,-m	surripĭens, surripientis
surrisi	surridĕo	-	surridens, surridentis
surrŭi	surrŭo	surrŭtus,-a,-um	surruĕns, surruentis
suscepi	suscipĭo	susceptus,-a,-um	suscipĭens, suscipientis

perfeito	presente	particípio passado	particípio presente
suspendi	suspendo	suspensus,-a,-um	suspendens, suspendentis
suspexi	suspicĭo	suspectus,-a,-um	suspicĭens, suspicientis
sustinŭi	sustinĕo	sustentus,-a,-um	sustĭnens, sustinentis
sustŭli	tollo	sublatus,-a,-um	tollens, tollentis
sustŭli	suffĕro	sublatus,-a,-um	suffĕrens, sufferentis
suxi	sugo	suctus,-a,-um	sugens, sugentis
tabŭi	tabesco	-	tabescens, tabescentis
tacŭi	tacĕo	tacĭtus,-a,-um	tacens, tacentis
taedŭit	taedet	taesus,-a,-um	taedens, taedentis
tardŭi	tardesco	-	tardescens, tardescentis
tenŭi	tenĕo	tentus,-a,-um	tenens, tenentis
tepefeci	tepefacĭo	tepefactus,-a,-um	tepefacĭens, tepefacientis
tepŭi	tepesco	-	tepescens, tepescentis
terrŭi	terrĕo	terrĭtus,-a,-um	terrens, terrentis
tetendi	tendo	tentus,-a,-um	tendens, tendentis
tetendi	tendo	tensus,-a,-um	tendens, tendentis
texŭi	texo	textus,-a,-um	texens, texentis
timŭi	timĕo	-	timens, timentis
tinxi	tingo	tinctus,-a,-um	tingens, tingentis
tonŭi	tono	-	tonans, tonantis
torpŭi	torpesco	-	torpescens, torpescentis
torrŭi	torrĕo	tostus,-a,-um	torrens, torrentis
totondi	tondĕo	tonsus,-a,-um	tondens tondentis
tradĭdi	trado	tradĭtus,-a,-m	tradens, tradentis
traduxi	traduco	traductus,-a,-um	traducens, traducentis
traieci	traiicĭo	traiectus,-a,-um	traiicĭens, traiicientis
tralŏqui	tralŏquor	-	tralŏquens, traloquentis
transabĭi	transabĕo	transabĭtus,-a,-um	transabeuns, transbeuntis
transadegi	transadĭgo	transadactus,-a,-um	transadĭgens, transadigentis
transcendi	transcendo	transcensus,-a,-um	transcendens, transcendentis
transcidi	transcido	transcisus,-a,-um	transcidens, transcidentis
transcripsi	transcribo	transcriptus,-a,-um	transcribens, transcribentis
transcucurri	transcurro	transcursus,-a,-um	transcurrens, transcurrentis
transegi	transĭgo	transactus,-a,-um	transĭgens, transigentis
transfixi	transfigo	transfixus,-a,-um	transfigens, transfigentis
transfluxi	transflŭo	-	transflŭens, transfluentis
transilŭi	transilĭo	-	transilĭens, transilientis
transmisi	transmitto	transmissus,-a,-um	transmittens, transmittentis
transposŭi	transpono	transposĭtus,-a,-um	transponens, transponentis
transtŭli	transfĕro	tanslatus,-a,-um	transfĕrens, transferentis

perfeito	presente	particípio passado	particípio presente
transŭi	transŭo	transutus,-a,-um	transŭens, transuentis
traxi	traho	tractus,-a,-um	trahens, trahentis
tremefeci	tremefacĭo	tremefactus,-a,-um	tremefacĭens, tremefacientis
tremŭi	tremo	-	tremens, trementis
triui	tero	tritus,-a,-um	terens, terentis
trusi	trudo	trusus,-a,-um	trudens, trudentis
tuĭtus sum	tuĕor	tuĭtus,-a,-um	tuens, tuentis
tuli	fero	latus,-a,-um	ferens, ferentis
tumefeci	tumefacĭo	tumefactus,-a,-um	tumefacĭens, tumefacientis
tumŭi	tumesco	-	tumescens, tumescentis
tursi	turgĕo	-	turgens, turgentis
tutatus sum	tutor	tutatus,-a,-um	tutans, tutantis
tutudi	tundo	tunsus,-a,-um	tundens, tundentis
tutus sum	tuĕor	tutus,-a,-um	tuens, tuentis
uacuefeci	uacuefacĭo	uacuefactus,-a,-um	uacuefacĭens, uacuefacientis
uadatus sum	uador	uadatus,-a,-um	uadans, uadantis
ualedixi	ualedico	ualedictus,-a,-um	ualedicens, ualedicentis
ualŭi	ualĕo	ualĭtus,-a,-um	ualens, ualentis
uelitatus sum	uelĭtor	uelitatus,-a,-um	uelitans, uelitantis
uenatus sum	uenor	uenatus,-a,-um	uenans, uenantis
uendĭdi	uendo	uendĭtus,-a,-um	uendens, uendentis
ueni	uenĭo	uentus,-a,-um	uenĭens, uenientis
uenĭi	uenĕo	-	uenĭens, uenientis
uenumdedi	uenumdo	uenumdatus,-a,-um	uenundans, uenumdantis
uerĭtus sum	uerĕor	uerĭtus,-a,-um	uerens, uerentis
uerri	uerro	uersus,-a,-um	uerrens, uerrentis
uersatus sum	uersor	uersatus,-a,-um	uersans, uersantis
uersi	uerro	uersus,-a,-um	uerrens, uerrentis
ueruegi	ueruăgo	ueruactus,-a,-um	ueruăgens, ueruagentis
uesperaui	uesperasco	-	uesperascens, uesperascentis
uetŭi	ueto	uetĭtus,-a,-um	uetans, uetantis
uexi	ueho	uectus,-a,-um	uehens, uehentis
uici	uinco	uictus,-a,-um	uincens, uincentis
uidi	uidĕo	uisus,-a,-um	uidens, uidentis
uinxi	uinco	uinctus,-a,-um	uincens, uincentis
uirŭi	uirĕo	-	uirens, uirentis
uirŭi	uiresco	-	uirescens, uirescentis
uisi	uiso	uisus,-a,-um	uisens, uisentis
uixi	uiuesco	-	uiuescens, uiuescentis
uixi	uiuo	uictus,-a,-um	uiuens, uiuentis

perfeito	presente	particípio passado	particípio presente
ultus sum	ulciscor	ultus,-a,-um	ulciscens, ulciscentis
unxi	ungo	unctus,-a,-um	ungens, ungentis
uolui	uoluo	uolutus-a,-um	uoluens, uoluentis
uomŭi	uomo	uomĭtus,-a,-um	uomens, uomentis
uoui	uouĕo	uotus,-a,-um	uouens, uouentis
ursi	urgĕo	-	urgens, urgentis
ussi	uro	ustus,-a,-um	urens, urentis
usucepi	usucapĭo	usucaptus,-a,-um	usucapĭens, usucapientis
usus sum	utor	usus,-a,-um	utens, utentis
uulsi	uello	uulsus,-a,-um	uellens, uellentis

Os autores

Antonio Martinez de Rezende é professor de língua e literatura latina na Universidade Federal de Minas Gerais. É autor, entre outros, de *Rompendo o silêncio: a construção do discurso oratório em Quintiliano* (Crisálida, 2010); *Latina Essentia: preparação ao latim* (UFMG, 2009, 4ª ed.). Traduziu *A vida e os feitos do Divino Augusto*, de Suetônio e Augusto (UFMG, 2007), em parceria com Paulo Sérgio Vasconcellos e Matheus Trevizam; e o *Diálogo dos oradores*, de Tácito (Autêntica, 2014), em parceria com Júlia Batista Avellar.

Sandra Braga Bianchet, é professora de língua e literatura latina na Universidade Federal de Minas Gerais. Sua tradução do *Satyricon*, de Petrônio, foi publicada em edição bilíngue (Crisálida, 2004).

Esta edição do *Dicionário do Latim Essencial* foi impressa para a Autêntica pela Formato Artes Gráficas em dezembro 2023, no ano em que se celebram

2125 anos de Júlio César (102-44 a.C.);
2107 anos de Catulo (84-54 a.C.);
2093 anos de Virgílio (70-19 a.C.);
2088 anos de Horácio (65-8 a.C.);
2073 anos de Propércio (c. 50 a.C.-16 a.C.);
2066 anos de Ovídio (43 a.C.-18 d.C.);
1967 anos de Tácito (56-114 d.C.);
1958 anos do *Satyricon*, de Petrônio (65 d.C.);
1624 anos das Confissões, de Agostinho (399)
e
26 anos da fundação da Autêntica (1997).

O papel do miolo é Off-White 70g/m² e o da capa é Supremo 300g/m².
A tipologia é Minion Pro para textos.